周啟成　崔富章
朱宏達　張金泉　注譯
水渭松　伍方南

劉正浩　陳滿銘
沈秋雄　黃俊郎
黃志民　周鳳五　校閱
高桂惠

新譯昭明文選

（四）

三民書局印行

國家圖書館出版品預行編目資料

新譯昭明文選／周啟成等注譯;劉正浩等校閱.－
－二版二刷.－－臺北市：三民，2019
面；　公分.－－(古籍今注新譯叢書)

ISBN 978-957-14-2564-1　(第四冊：平裝)

1. 昭明文選－注釋

830.1

© 新譯昭明文選(四)

注譯者	周啟成　崔富章　朱宏達　張金泉 水渭松　伍方南
校閱者	劉正浩　陳滿銘　沈秋雄　黃俊郎 黃志民　周鳳五　高桂惠
發行人	劉振強
著作財產權人	三民書局股份有限公司
發行所	三民書局股份有限公司 地址　臺北市復興北路386號 電話　(02)25006600 郵撥帳號　0009998-5
門市部	(復北店) 臺北市復興北路386號 (重南店) 臺北市重慶南路一段61號
出版日期	初版一刷　1997年4月 二版一刷　2011年11月 二版二刷　2019年6月
編號	S 031310

行政院新聞局登記證局版臺業字第〇二〇〇號

ISBN　978-957-14-2564-1　(第四冊：平裝)

http://www.sanmin.com.tw　三民網路書店

新譯昭明文選 目次

第四冊

弔文

祭文

索引

卷四七

頌

聖主得賢臣頌

【作　者】王褒，字子淵，蜀資中（今四川資陽北）人。喜音樂，工詩善賦。漢宣帝時，因益州刺史王襄推薦，被徵入朝，應詔作〈聖主得賢臣頌〉，遂得與劉向、張子僑等待詔金馬門。常隨宣帝一道田獵，所過宮館，每作歌頌。不久擢為諫議大夫。皇太子有病，王褒受命至太子宮陪伴太子，為太子讀文章。神爵元年奉命往益州祭祀金馬碧雞之神，病死途中。《隋書．經籍志》記其集五卷，已散佚，明人輯有《王諫議集》。

【題　解】王褒為益州刺史王襄作了〈中和〉、〈樂職〉、〈宣布詩〉之後，王襄覺得他有俊才，就向朝廷奏薦。於是王褒應漢宣帝之徵入朝，並受詔作了這篇〈聖主得賢臣頌〉。

本文雖題名為「頌」，其實是篇「論」。文章緊扣「聖主得賢臣」的中心議題，用種種設喻闡明「聖主」應竭盡智力依附「賢臣」，方能創建霸業；而「人臣」也需遭遇「明君」，才可志酬意得。所以，「聖主」與「賢臣」是相輔相成，相得益彰。所謂「聖主必待賢臣而弘功業，俊士亦俟明主以顯其德」。並對漢宣帝的好神仙作了委婉的勸誡。

全文主旨明確，議論痛快，雖多用偶對，卻神完氣足，噴薄有力。清譚獻說它「風骨學於諸子，華實化於騷賦」（《駢體文鈔．卷三》），是個恰當的評語。

夫荷旃❶被毳❷者，難與道純綿❸之麗密❹；羹藜唅糗❺者，不足與論太牢❻之滋味。今臣僻在西蜀，生於窮巷之中，長於蓬茨❼之下。無有游觀廣覽之知，顧❽有至愚極陋之累❾，不足以塞厚望，應明旨。雖然，敢不略陳愚心而抒情素❿！

【章旨】本段可視作全文的小序。謙稱自己身處窮巷僻壤，學識淺陋，見聞不廣，唯恐自己所說的不符合皇上的旨意。

【注釋】❶旃 同「氈」。毛織品。❷毳 粗糙的毛織品。❸純綿 絲織品。❹麗密 華美嚴密。❺糗 乾糧。❻太牢 指牛羊豬三種食品。❼蓬茨 用蓬草蓋的房屋。❽顧 反。❾累 缺點。❿情素 誠心。

【語譯】穿毛織衣服的人，難以與他稱說絹帛的華美；喝菜湯、吃乾糧的人，不配和他談論肉食的滋味。目前臣居住在偏僻的西蜀，在陋巷中出生，在茅屋下長大。沒有廣遊博覽的學識，反而有孤陋寡聞的缺點，不足以滿足陛下對我的厚望，應對陛下的旨意。儘管如此，但我怎敢不陳述自己的心意，申說自己的衷腸！

記❶曰：恭惟❷《春秋》❸，法五始❹之要，在乎審己正統而已。夫賢者，國家之器用也。所任賢，則趨舍❺省而功施普；器用利，則用力少而就效❻眾。故工人之用鈍器也，勞筋苦骨，終日矻矻❼。及至巧冶❽鑄干將❾之璞❿，清水淬⓫其鋒，越砥⓬斂⓭其鍔，水斷蛟龍，陸剸⓮犀革，忽若篲⓯氾⓰畫塗。如此，則使離婁⓱督繩，公輸⓲削墨⓳，雖崇臺五層，延袤⓴百丈而不溷㉑者，工用相得也。

庸人[22]之御駑馬[23]，亦傷吻敝策[24]，而不進於行，胸喘膚汗，人極[25]馬倦。及至駕齧膝[26]，驂[27]乘旦[28]，王良[29]執靶[30]，韓哀[31]附輿，縱騁馳騖[32]，忽如影靡，過都越國，蹶[33]如歷塊[34]。追奔電，逐遺風，周流[35]八極[36]，萬里一息[37]，何其遼哉！人馬相得也。故服絺綌[38]之涼者，不苦盛暑之鬱燠[39]；襲[40]狐貉[41]之煖者，不憂至寒之淒滄[42]。何則？有其具者易其備。賢人君子，亦聖王之所以易海內也，是以嘔喻[43]受之，開寬裕之路，以延天下之英俊也。夫竭智附賢者，必建仁策；索人求士者，必樹伯[44]跡。昔周公[45]躬吐握[46]之勞，故有圄[47]空之隆。齊桓[48]設庭燎[49]之禮，故有匡合[50]之功。由此觀之，君人者，勤於求賢而逸於得人。人臣亦然。昔賢者之未遭遇也，圖事揆策[51]，則君不用其謀；陳見悃誠[52]，則上不然其信。進仕不得施效，斥逐又非其愆[53]。是故伊尹[54]勤於鼎俎[55]，太公[56]困於鼓刀[57]，百里[58]自鬻[59]，甯戚[60]飯牛，離[61]此患也。及其遇明君，遭聖主也，運籌[62]合上意，諫諍則見聽，進退得關[63]其忠，任職得行其術。去卑辱奧渫[64]，而升本朝，離蔬釋蹻[65]，而享膏粱。剖符[66]錫壤[67]，而光祖考[68]，傳之子孫，以資說士。故世必有聖智之君，而後有賢明之臣。虎嘯而谷風冽[69]，龍興而致雲氣。蟋蟀俟秋吟，蜉蝣[70]出以陰。《易》曰：「飛龍在天，利見大人[71]。」《詩》云：「思皇多士，生此王國[72]。」

故世平主聖，俊乂(73)將自至。若堯、舜、禹、湯、文、武之君，獲稷、契(74)、皋陶(75)、伊尹、呂望之臣，明明(76)在朝，穆穆(77)列布，聚精會神，相得益章。雖伯牙(78)操遞鐘(79)，蓬門子(80)彎烏號(81)，猶未足以喻其意也。

【章　旨】本段以工匠和器用、駕車者與馬的關係設喻，並援引歷史事實作證，闡述聖主與賢臣的關係。指出人君必須延攬人才，方能成就帝王的功業，而人臣也只有遭遇明君，才可以施展自己的才能。從而說明聖主與賢臣是相輔相成，相得益彰的道理。

【注　釋】❶記　此為記載本篇正文的開頭語。❷惟　思。❸春秋　相傳為孔子根據魯國歷史修訂而成的一部編年體史書。所記之事始於魯隱公元年，止於魯哀公十四年西狩獲麟，凡十二公（隱、桓、莊、閔、僖、文、宣、成、襄、昭、定、哀），二百四十二年。記事簡短，寓有褒貶之意，有「春秋筆法」之稱。❹五始　古人以「元年春王正月公即位」為「五始」，解釋說：元是氣的開始，春為四時的開始，王是接受天命的開始，正月為施行政教的開始，公即位是一統國家的開始。❺趨舍　指進退官員。❻就效　成效。❼砣砣　勤勞不懈貌。❽巧冶　即甌冶。相傳是越國鑄劍的能工巧匠。❾干將　此為寶劍名。❿璞　本指不曾雕琢的玉，此指未經磨礪過的劍。⓫淬　把金屬工件加熱到一定溫度，然後浸入水裡急速冷卻，以增加其硬度。⓬越砥　越地的磨刀石。⓭斂　磨礪。⓮劘　割斷。⓯篲　掃把。⓰氾　用水灑過的地。⓱離婁　古代視力很好的人。據說他能在百步之外，清晰看見秋毫之末。⓲公輸　公輸般。是古代著名的巧匠。⓳削墨　工匠用繩子沾上墨水打直線的工具。⓴延袤　連綿；伸展。袤，指南北的長度。(21)溷　混亂。(22)庸人　平常的人。(23)駑馬　劣馬。(24)弊策　馬鞭破敗。(25)極　疲倦。(26)齧膝　良馬名。(27)驂　本指拉車的四匹馬中的旁邊兩匹馬，此指駕御。(28)乘旦　良馬名。(29)王良　古代善於駕車的人。(30)靶　馬轡頭。(31)韓哀　古代善於駕車的人。(32)馳騖　奔走。(33)蹶　迅疾行進貌。(34)歷塊　越過一小塊土地。(35)周流　遍遊。(36)八極　八方極遠的地方。(37)一息　一呼一吸。比喻時間很短。(38)絺綌　細的和粗的葛布衣。(39)鬱燠　悶熱。(40)襲　穿著。(41)狐貉　此指用狐狸或貉子的皮製成的皮襖。(42)淒滄　寒冷。(43)嘔喻　和悅貌。(44)伯　通「霸」。(45)周公　西周初年的政治家。姬姓，周武王之弟，名旦，因采邑在周（今陝西岐山北），故稱周公。他曾輔佐武王滅商。武王死後，成王年幼，由他攝政，平定了其兄弟管叔、蔡叔、霍叔等人的反叛，並營建洛邑（今河南洛陽）作為東都。㊻吐握　《韓詩外傳》說周公「一沐三握髮，一飯三吐哺，猶恐失天下之士」。哺，口中咀嚼著的食物。㊼囹圄　囹圄；監獄。㊽齊桓　齊桓公。春秋時齊國君。姜姓，名小白。齊襄公弟。西元前六八五至前六四三年在位。襄公被殺後，他從莒回國取得政權，任用管仲進行改革，國力富強。曾多次大會諸侯，訂立盟約，成為春秋時第一個霸主。㊾設庭燎　相傳齊桓公曾在庭中陳列火炬以等待賢士。㊿匡合　匡正天下，會盟諸侯。相傳齊桓公曾使天下一切得到匡正，並多次主持諸侯間的會盟。(51)揆策　籌劃計策。(52)悃誠　誠懇。(53)愆　過失。(54)伊尹　商朝初年的大臣。名摯，是商湯妻子陪嫁的奴隸，後來輔佐商湯攻滅夏桀，被尊為阿衡（宰相）。(55)鼎俎　烹調的鍋子和宰割菜肉的砧板。相傳伊尹曾從事烹飪工作，後來為商湯所重用。(56)太公　即太公望。周初人。姜姓，呂氏，名尚。相傳他在渭濱垂釣，周文王出獵與他相遇，遂同載而歸，說：「吾太公望子久矣。」因號為太公望，立為師。他輔助武王滅商有功，封於齊，成為齊國的始祖。(57)鼓刀　鳴刀。相傳太公望曾在殷都朝歌當過屠夫，屠宰牲畜時發出聲響，故稱鼓刀。(58)百里　即百里奚。春秋時秦國的大夫，他原是虞大夫，虞亡時被晉俘去，作為秦穆公夫人的陪嫁之臣送入秦國。後出走到楚國，為楚人所執。秦穆公聽說他是個賢才，就用五張牡黑羊皮贖回，用為大夫，稱為五羖大夫。與蹇叔、由余等共同幫助穆公建立霸業。(59)鬻　出賣。(60)甯戚　春秋時衛人。因為家貧替別人拉車。到了齊國，他在餵牛時扣牛角而歌，齊桓公聽見了，知道他是賢人，用他為上卿。(61)離　遭遇。(62)運籌　猶言「設謀定計」。籌，古代計算數目時所用的籌碼。(63)關　用。(64)奧渫　幽暗汙穢之處。(65)蹻　草鞋。(66)剖符　委任官職的意思。古代以竹為符信，剖而為二，命官時分一半與之，一半留中央。(67)錫壤　賜給土地。(68)祖考　祖先。考，已故的父親。(69)冽　颳風貌。(70)蜉蝣　蟲名。體形狹長細小，生存期很短，一般均朝生暮死。常在日落後大群飛舞。(71)飛龍在天二句　出於《周易・乾卦》。比喻帝王居位而臨天下，猶如飛龍在天。飛龍，借指帝王。(72)思皇多士二句　出於《詩經・大雅・文王》。思，語助詞。皇，美。(73)俊乂　有才德的人。(74)稷契　傳說中古代輔佐虞舜的兩位賢臣。(75)皋陶　相傳是虞舜的賢臣。掌管刑獄之事。(76)明明　明察貌。(77)穆穆　端莊盛美貌。(78)伯牙　相傳是春秋時代的人。據說他是位技藝高超的琴師。他彈琴，連正在吃食的馬也仰頭聆聽。琴曲〈水仙操〉、〈高山流水〉相傳是他的作品。(79)箎鐘　琴名。(80)蓬門子　相傳是古代擅於射箭的人。據說他是羿的嫡傳弟子。(81)烏號　弓名。

【語　譯】奏記如下：敬想《春秋》所以師法「五始」的關鍵，在於君王審視自己、端正地位、統治天下罷了。

賢人是國家的器具。所任命的是賢人，就可省卻進退官員而廣施功德；器具銳利就能用力寡小而成效巨大。所以工匠使用鈍器，勞筋動骨，整天不懈地操作。等到巧匠甌冶鑄造成干將，經過淬火加硬刀口，磨快刀刃，用來斬殺蛟龍，割斷犀牛皮，輕快得如同掃地劃泥。像這樣，指使離婁瞄繩，公輸劃墨，即便五層的高臺，延伸百丈，也不會混亂，這是因為工匠與器具配合得當之故。平常的人駕御劣馬，也大聲吆喝，不停地揮動馬鞭，卻不能向前行進，以至於氣喘吁吁，大汗淋漓，人馬都疲憊不堪。等到駕御齧膝、乘旦這樣的良馬，王良手持韁繩，韓哀駕駛車子，奔走馳騁，迅疾得彷彿光影消失一般。經過都城，穿越邦國，快速得像越過一小塊土地，追逐閃電，趕超疾風，遊遍八方，行萬里才喘一口氣的工夫，行走得多麼遼遠啊！這是駕車者與俊馬配合得好之故。所以身穿涼快的葛布衣的人，不會受盛夏的悶熱煎熬；體披輕暖皮襖的人，不必擔心隆冬的寒冷。為什麼呢？因為有了器物便容易事先做好準備。賢人君子也是聖明天子用來輕鬆地治理天下的輔佐，因此，聖明天子應和顏悅色地禮遇他們，拓寬求賢的渠道，以延攬天下的英雄俊傑。使智者皆來、賢者皆附的，一定能訂立仁德的策略；努力訪求賢士的，必定會創建霸主的功業。往日周公急不可待地接納賢才，所以出現了社會安定、監獄空置的盛世。齊桓公陳設庭燎延攬賢人，因此建立了匡正天下會盟諸侯的功業。由此看來，作為國君，勤勉地訪求賢人，就會以得到賢人而感到逸樂。作臣子的也是這樣。先前賢人沒有遭逢明君時，他考慮事情出謀劃策，而君主卻不採納他的謀略；他陳述己見表現誠信，但皇上卻不相信他的忠心。進身朝廷做官任職，不能建功立業，遭到驅逐又不是因為他本人有什麼過失。因此，伊尹勤苦地從事烹調，太公望困頓在屠宰場上，百里奚被迫出賣自己，甯戚靠拉車餵牛過活，他們都遭到這樣的憂患。等到碰上明君，遇到聖主，他們出的計謀符合皇上的旨意，他們的直言規勸皇上也會採納，進退朝廷可以表現他們的忠誠，擔任官職能夠實行他們的主張。離開卑下汙穢的處境，登上朝廷，告別粗菜淡飯，脫去草鞋，而享用肥美的食品。做官任職，分封土地，光宗耀祖，傳業子孫，並可供遊說之士作為談資。因此，人世間必須有聖明睿智的君主，然後才有賢能聰明的臣子。老虎嘯鳴而後山谷裡風聲激越，蛟龍騰飛而後天空中雲煙氤氳。蟋蟀待到秋天鳴叫，蜉蝣在日落時飛舞。《周易》說：「龍騰飛在天上，因此得以見到居帝位的大人。」

《詩經》說：「眾多俊美的賢士，生長在這個邦國。」所以天下太平，君主聖明，那麼德才兼備的人將不召自至。像堯、舜、禹、湯、文王、武王這些明君，獲得了稷、契、皋陶、伊尹、呂望那樣的賢臣，委任官職，清明和平，聚精會神，相得益彰。即便伯牙操琴，蓬門子彎弓，還不足以比喻他們的配合默契。

故聖主必待賢臣而弘功業，俊士亦俟明主以顯其德。上下❶俱欲，懽然交欣，千載一會，論說無疑。翼❷乎如鴻毛遇順風，沛❸乎若巨魚縱大壑。其得意如此，則胡禁不止，曷令不行！化溢四表，橫被無窮。遐夷貢獻，萬祥必臻。是以聖主不偏窺望，而視已明，不殫❹傾耳，而聽已聰。恩從祥風翺，德與和氣游。太平之責❺塞，優游❻之望得。遵❼游自然之勢，恬淡❽無為之場。休徵❾自至，壽考❿無疆。雍容垂拱⓫，永永萬年。何必偃仰詘信⓬若彭祖⓭，呴嘘⓮呼吸如喬松⓯，眇然絕俗離世哉？《詩》曰：「濟濟⓰多士，文王以寧。」蓋信乎其以寧也。

【章　旨】本段進一步論述聖主、賢臣的欣然遇合，如魚得水，國家就能令行禁止，君主就可無所用心地治理好天下，並可長壽無疆，從而對漢宣帝的喜好神仙作了委婉的諷諫。

【注　釋】❶上下　指君臣。❷翼　快速飛翔貌。❸沛　迅速游行貌。❹殫　盡。❺責　求；慾望。❻優游　悠閒自得。❼遵　沿著。❽恬淡　淡泊。❾休徵　吉祥的徵兆。❿壽考　長壽。⓫垂拱　垂衣拱手。⓬偃仰詘信　俯仰屈伸。指導引之術。⓭彭祖　相傳是唐堯的臣子。封於彭，享年七百餘歲，以長壽著稱。⓮呴嘘　開口出氣。⓯喬松　王子喬、赤松子。都是古代傳說中的仙人。⓰濟濟　眾多貌。

【語　譯】所以聖主必須憑藉賢臣方能光大功業，俊士也得等待明主才可顯示才德。君臣上下都欣然樂意，歡喜相聚，君臣遇合，千載難逢，任何離間、誣陷的言論全然不信。這樣就能像鴻毛碰上順風般的快速飛翔，如巨魚縱身大河似的任性遨游。得意如此，哪裡會有禁令不止，哪裡會有號令不行！仁德教化施遍四方，廣及無窮。使得邊遠國家前來朝貢，各種祥瑞疊現紛呈。因此，聖主不必遍觀盡視，傾耳聆聽，便能耳聰目明。皇恩共祥風齊飛，仁德與和氣同游。達到要求太平的目的，實現悠閒自得的願望。沿著自然的趨勢浮遊，到達淡泊無為的境界。各種吉祥的徵兆不求自來，自己也可享受長壽。從容不迫無所用心地治理天下，享福萬年，何必像彭祖那樣俯仰屈伸肢體？或像王子喬、赤松子似的吐納呼吸，遠離世俗？《詩經・大雅・文王》說：「賢才濟濟，文王安寧。」如此，天下想必能太平啊！

趙充國頌

【作　者】揚雄（西元前五三～西元一八年），字子雲，蜀郡成都（今四川成都）人。西漢著名的辭賦家、哲學家、語言學家。他的上代世業農桑，到他時家產不過十金，也不憂貧賤。他少即好學，博覽群書，口吃不能暢言，沈默好深湛之思。四十歲左右由蜀來到京師長安，大司馬車騎將軍王音奇其文雅，召為門下史，又把他舉薦給朝廷，於是揚雄待詔於承明殿。他連獻〈甘泉賦〉、〈羽獵賦〉等賦，被任為郎官，給事黃門。以後揚雄歷仕成帝、哀帝、平帝三世，未曾升職。到新莽時，因耆老久次轉為大夫，對王莽他曾抱過一些幻想，上過〈劇秦美新〉一文。不久，因受劉棻之案牽連，曾從天祿閣下投自殺，雖未死，以病免官。後復召為大夫。天鳳五年逝世。《漢書・卷三〇・藝文志》著錄其賦十二篇，今存全文和佚文者還略多於此數。原有集五卷，已佚，清嚴可均《全上古三代秦漢三國六朝文》輯有四卷，較為詳備。揚雄學宗儒家，也吸收了一些老子學說，曾仿《論語》作《法言》，仿《易經》作《太玄》。他的《方言》是研究古代語言的重要資料，《訓纂》對文字學也有相當大的貢獻。

【題解】趙充國（西元前一三七～前五二年），西漢大將。字翁孫，隴西上邽（今甘肅天水西南）人。他熟悉匈奴和羌族的情況。武帝、昭帝時，率軍反擊匈奴的攻擾，升任後將軍。宣帝即位，封為營平侯。因他功德與霍光等並列，他的容貌也被摹繪在未央宮的壁上。成帝時，西羌經常騷擾邊境。成帝思念能勝任將帥的大臣，追憶並讚美趙充國的軍功，於是召命黃門侍郎揚雄，在充國圖畫旁寫上了這篇頌文。全文讚美趙充國平定先零族侵擾西部邊境的軍功。用酒泉太守作反襯，寫出充國的忠於職守，足智多謀。認為趙充國的拳拳忠心，赫赫武功，赳赳雄風，都足以與周宣王時的方叔、召虎競爽比美。

明靈惟宣，戎①有先零②。先零猖狂，侵漢西疆。漢命虎臣③，惟後將軍。整我六師④，是討是震。既臨其域，諭⑤以威德。有守⑥矜功⑦，謂之弗克⑧。請奮其旅，于罕⑨之羌。天子命我，從之鮮陽⑩。營平⑪守節，屢奏封章⑫。料敵制勝，威謀靡亢⑬。遂克西戎，還師於京。鬼方⑭賓服⑮，罔有不庭⑯。昔周之宣⑰，有方⑱有虎⑲。詩人歌功，乃列於〈雅〉⑳。在漢中興㉑，充國作武。赳赳㉒桓桓㉓，亦紹㉔厥後。

【注釋】①戎　古代西部少數民族的統稱。②先零　羌族的別號。③虎臣　勇猛如虎的大臣。④六師　即六軍。《周禮》說天子有「六軍」，後泛指皇帝的軍隊。⑤諭　曉喻；告示。⑥守　指酒泉太守辛武賢。他勸說趙充國與其屯田駐防，不如發兵攻擊。⑦矜功　自誇功勞。⑧克　戰勝。⑨罕　羌族的別支。辛武賢認為只要攻打罕羌，先零就可不戰自降。⑩鮮陽　鮮水的北面。漢宣帝命令趙充國，在鮮水的北面對羌族的別支罕部、開部發起攻擊。⑪營平　漢宣帝封趙充國為營平侯。⑫封章　密封的奏章。趙充國上疏宣帝，陳述屯田的便利，不採納辛武賢發兵攻擊的計策。⑬靡亢　不可抵擋。⑭鬼方　西方部族名。此指邊遠部族。⑮賓服　歸順；臣服。⑯不庭　背叛不來王庭。⑰宣　周宣王。西周國王。姬姓，名靖（一作靜），厲王子。西元前八二七至前七八二年在位。用仲山甫、尹吉甫、方叔、召虎等，北伐玁狁，南征荊蠻、淮夷、徐戎。舊史稱為中興。⑱方　方叔。周宣王時卿士，奉命北伐玁狁，南征荊蠻，有功於周。⑲虎　召虎。即召穆公。召公奭的後代。周宣王時，淮夷不服，他奉命領兵沿江漢出征。⑳雅　指《詩經》中〈大雅〉和〈小雅〉。〈小雅．采芑〉中讚美方叔說：「方叔元老，克壯其猶。」意謂：方叔乃是元老大臣，雄才大略用兵如神。〈大雅．江漢〉歌頌召虎云：「江漢之滸，王命召虎；式闢四方，徹我疆土。」意思是說：長江邊，漢水旁，宣王任命召虎為大將，為我開闢四方，治理疆土。㉑中興　重新興盛。㉒赳赳　勇武貌。㉓桓桓　威武貌。㉔紹　繼。

【語　譯】宣帝睿智聖明，而西戎部族中有名叫先零的，竟然狂妄放肆，侵擾漢朝的西部邊境。朝廷命令勇猛如虎的大臣出征，他就是後將軍趙充國。他整治皇家軍隊，揮師討伐而威震先零。他率兵到達邊境，先用漢朝的威德招降敵人。辛武賢自恃有功，以為充國之策不能獲勝。請求率領眾兵，先擊罕羌。宣帝命令充國，從鮮水的北面追擊罕部、開部。營平侯盡忠盡職，以為與其攻打不如屯田駐防，並把此意屢次密奏朝廷。他的神威謀略，銳不可當，料事如神，克敵制勝。終於戰勝西北的入侵者，高奏凱歌回歸京城。邊遠部族臣服歸順，紛紛前來朝貢。從前的周宣王，有方叔、召虎作大將，詩人讚美他們軍功的詩篇，皆列在《詩經》的〈小雅〉、〈大雅〉中。大漢重新興盛，趙充國威武雄壯，他雄赳赳氣昂昂，也足以承繼方叔、召虎的功業，使國威遠揚。

出師頌

【作　者】史岑，字孝山，東漢人，生卒年和爵里均不詳。漢和帝時，曾作〈和熹鄧后頌〉，劉勰《文心雕龍．頌贊》說：「子雲之表充國，孟堅之序戴侯，武仲之美顯宗，史岑之述熹后，或擬〈清廟〉，或範〈駉〉、〈那〉，雖淺深不同，詳略各異，其褒德顯容，典章一也。」此頌已散佚。

【題解】安帝永初元年（西元一〇七年），太后兄鄧騭出征西羌，安帝親至平樂觀餞送，史岑為之撰寫了這篇〈出師頌〉。文章先敘述人神輔助漢高祖劉邦創建帝業，以說明有漢一朝的不容侵擾。並用呂尚攻滅殷紂、尹吉甫北伐玁狁作比，預祝能文善武的鄧將軍出征西零，定能旗開得勝，建立赫赫軍功。最後寫安帝親自為鄧將軍餞行，恩寵有加，足使奔赴上郡開疆拓土的鄧將軍聲名顯揚。

茫茫❶上天，降祚有❷漢。兆基❸開業，人神攸❹贊。五曜❺霄映，素靈夜歎❻。皇運來授，萬寶增煥。歷紀❼十二❽，天命中易。西零❾不順，東夷❿遘逆⓫。乃命上將⓬，授以雄戟⓭。桓桓⓮上將，寔⓯天所啟⓰。允⓱文允武，明《詩》悅禮。憲章⓲百揆⓳，為世作楷。昔在孟津⓴，惟師㉑尚父㉒。素旄㉓一麾，渾一區宇㉔。蒼生更始㉕，朔風變楚㉖。薄伐獫狁，至於太原㉗。詩人歌之，猶歎其艱。況我將軍，窮城極邊。鼓無停響，旗不蹔㉘褰㉙。澤㉚霑遐荒，功銘鼎鉉㉛。我出我師，于㉜彼西疆。天子餞我，路車㉝乘黃㉞。言㉟念伯舅㊱，恩深渭陽㊲。介珪㊳既削㊴，列壤酬勳。今我將軍，啟土㊵上郡㊶。傳子傳孫，顯顯㊷令問㊸。

【注釋】❶茫茫　曠遠無邊貌。❷有　語助詞。❸兆基　開創基業。❹攸　所。❺五曜　五星。相傳漢高祖劉邦起兵時，有五星聚於井宿，這一天象顯示劉邦將取得天下。❻素靈夜歎　相傳劉邦率兵夜行澤中，有蛇當道，他拔劍把蛇一分為二。後聽到一老嫗在蛇旁哭泣，人問其故，她說那蛇是她的兒子白帝子所化，今為赤帝子所斬殺。❼紀　世。❽十二　自劉邦建立漢朝至王莽篡位，凡十二世。❾西零　即「先零」。羌族的別號。❿東夷　東方的少數民族。⓫遘逆　構造禍亂。⓬上將指鄧騭。⑬雄戟　古代兵器名。⑭桓桓　威武貌。⑮寔　是。⑯啟　此言鄧騭是上天所開導、所贊助的人。⑰允　確實。⑱憲章　效法。⑲百揆　古代總領國政的長官。⑳孟津　地名。在今河南孟津南。相傳是周武王伐紂時與諸侯會盟的地方。㉑師太師。官名。㉒尚父　即呂尚。周武王稱呂尚為尚父，意謂可尊尚的父輩。㉓旄　古代在旗杆頭上用犛牛尾做裝飾的旗子。㉔區宇　疆土境域。區，指疆域。宇，指上下四方。㉕更始　重新開始。㉖朔風變楚　李善注說：「朔，北方也；楚，南方也。《史記》：子貢問樂曰：『舜彈五弦之琴，歌南風之詩，而天下治。紂為朝歌北鄙之音，身死國亡。何也？夫南風之詩者，生長之音，舜樂好之，故天下治也。夫北者，敗也；鄙者，陋也。紂樂好之，故身死國滅。』」此言以良好的風氣改易舊俗。㉗薄伐獫狁二句　《詩經．小雅．六月》中的詩句。〈六月〉是首敘述讚美周宣王時尹吉甫北伐玁狁獲得勝利的詩。薄，句首助詞。有勉力的意思。獫，同「玁」。玁狁，古代西北邊區少數族名。春秋時稱「戎」或「狄」。秦漢時稱「匈奴」或「胡」。隋唐稱「突厥」。散居在今甘肅、陝西北部及內蒙西部。太原，地名。在今甘肅固原。㉘蹔　同「暫」。㉙褰　卷縮。㉚澤皇帝的恩澤。㉛鼎鉉　即鼎。鉉，橫貫鼎耳用以扛鼎的器具。㉜于　前往。㉝路車　古代天子及諸侯貴族所乘的車。㉞乘黃四匹黃色的馬。㉟言　語助詞。㊱伯舅　指鄧騭。漢安帝對鄧騭的妹妹既行子母之禮，與鄧騭便也成了甥舅關係。㊲渭陽《詩經．秦風》篇名。是首寫外甥送舅父的送別詩。㊳介珪　大珪。介，大。珪，古代玉製的禮器，諸侯執此以朝君王。㊴削剖。㊵啟土　開疆拓土。㊶上郡　郡名。其地在今陝西延安、榆林一帶。㊷顯顯　光明貌。㊸令問　好名聲。問，通「聞」。

【語　譯】浩蕩無垠的蒼天，將洪福賜給了漢代。高祖開始創建帝業，人神都予以贊助幫忙。天上有五顆星辰輝映於井宿，地上有白帝母的哭歎。一旦授予帝王的命運，各種珍寶都光采加添。歷經了十二代帝王，天命中途更換。先零不願歸順，東夷構成禍亂。於是皇帝命令上將，授給兵器雄戟。上將威武雄健，得到上天的開導、輔助。他確實能文善武，既熟習《詩》又愛好禮。師法古代總管國政的長官，成為世人學習的榜樣。以前武王伐紂會師孟津，統帥三軍的是太師呂尚。他一揮白旗，天下就取得了平定統一。黎民百姓獲得了新生，用良好風氣改易舊俗。尹吉甫勉力北伐玁狁，追趕到太原。詩人歌頌讚美他們，還慨歎他們立功的艱難。何況我朝的鄧將軍，將深入到遼遠的西邊。一路上擂響戰鼓，旗幟也不停地迎風招展。讓皇上的恩澤灑遍八荒，使自己的功勳永遠銘刻在鼎鉉。我軍遠征，開往西部的邊境。天子前來餞行，賞賜大車一輛、黃馬四匹。

想念著舅父，那恩情比〈渭陽〉詩所寫的還要深。既剖開璞玉準備列官朝聖，又將分割土地以酬答功勳。而今我鄧將軍，將在上郡拓土開疆。讓功業留傳子孫後代，使美好名聲永遠顯揚。

酒德頌

【作　者】劉伶，字伯倫，沛國（今安徽宿縣）人，西晉文學家，「竹林七賢」之一。魏末曾為建威參軍。晉武帝泰始初召對策問，力主無為而治，遂被黜免。他憤恨司馬氏的黑暗政治和虛偽禮教，為免遭迫害，遂嗜酒佯狂，任性放浪。所著除〈酒德頌〉外，今唯存〈北芒客舍〉詩一首。

【題　解】「酒德」是指飲酒的德性。文章借縱酒成癖、放浪形骸之外的「大人先生」對「貴介公子」、「搢紳處士」的怒視和嘲諷，以表現作者蔑視禮法、敵視士大夫階級的反抗精神。全文奮筆直書，以氣運詞，不假藻飾，託體高健，是作者「意氣所寄」之作。

有大人先生[1]，以天地為一朝[2]，萬期[3]為須臾，日月為扃牖[4]，八荒[5]為庭衢[6]。行無轍跡，居無室廬，幕天席地，縱意所如[7]。止則操卮[8]執觚[9]，動則挈[10]榼[11]提壺，唯酒是務[12]，焉知其餘？有貴介[13]公子，搢紳[14]處士[15]，聞吾風聲，議其所以。乃奮袂攘襟[16]，怒目切齒[17]，陳說禮法，是非鋒起[18]。先生於是[19]方捧甖[20]承槽[21]，銜杯漱醪[22]，奮髯[23]踑踞[24]，枕麴[25]藉糟[26]，無思無慮，其樂陶陶[27]。兀然[28]而醉，豁爾[29]而醒，靜聽不聞雷霆之聲，孰視不睹泰山之形，不覺寒暑之切[30]肌，利欲之感情㉛。俯觀萬物，擾擾焉㉜如江漢之載浮萍。二豪㉝侍側焉，如蜾蠃㉞之與螟蛉㉟。

【注釋】❶大人先生　此是劉伶用來自喻。大人，古代用來稱聖人或有道德的人。❷朝　指平旦到食時。❸期　周年。❹扃牖　門和窗。❺八荒　八方極遠的地方。❻庭衢　庭院與衢道。❼如　往。❽卮　古代的一種圓形盛酒器。❾觚　古代的一種飲酒器。❿挈　提。⓫榼　古代的一種盛酒器。⓬務　勉力從事。⓭貴介　尊貴。介，大。⓮搢紳　把笏版插在大帶間。古代做官的人垂紳搢笏，因稱士大夫為搢紳。⓯處士　有道德學問而未做官或不做官的人。⓰奮袂攘襟　揎起袖子，撩起衣襟。⓱切齒　咬緊牙齒。表示極端痛恨。⓲鋒起　同「蜂起」、「蠭起」。成群而起。⓳於是　在這時。⓴罌　此指酒瓮。㉑槽　貯存酒的器皿。㉒漱醪　含著濁酒。㉓奮髯　擺動著鬍子。㉔踑踞　一種坐勢。臀部著地，兩足向前伸展，表示放蕩不守禮法。㉕麴　酒母。㉖藉糟　墊著酒糟。㉗陶陶　和樂貌。㉘兀然　無知覺貌。㉙豁爾　開通貌。㉚切　接觸。㉛感情　動心。㉜擾擾焉　紛亂貌。㉝二豪　指公子和處士。㉞蜾蠃　蜂的一種。體青黑，細腰，用泥在牆上或樹上作窩。㉟螟蛉　蛾的幼蟲。蜾蠃捕捉螟蛉，存放在窩裡，留作牠的幼蟲的食物，然後產卵，封閉窩口。舊時誤認為蜾蠃養螟蛉為己子，螟蛉即變為蜾蠃。這裡以二蟲比二豪。

【語譯】有一位大人先生，他把天地開闢以來看作一個早上，把萬年視為剎那，把日月當作門戶和窗牖，八荒看成庭院和大道。他去留沒有留下車跡，也沒有固定的居所，以蒼天為帷幕，把大地當作墊席。他任性所往，行動居止無不提著酒壺，拿著酒杯，一味致力於喝酒，哪裡曉得其他？而貴介公子、搢紳處士，聽到先生的消息，議論他的種種。他們揎起袖子，撩起衣襟，怒目相視，咬牙切齒，陳說名教禮法，批評指責紛紜而至。這時大人先生正手提酒瓮在酒槽接酒，口銜酒杯在飲濁酒，擺動鬚髯，時而蹲踞在地，時而枕著酒母墊著酒糟，無思無慮，自得其樂。忽而酩酊大醉，忽而豁然而醒，隆隆的雷聲聽而不聞，巍峨的泰山視而不見，肌膚沒有酷暑嚴寒的感覺，功名利祿也打動不了他的內心。俯視世間萬物，紛紛擾擾得好像江漢所載的浮萍。陪伴在身旁的公子、處士也如同蜾蠃、螟蛉似的小蟲。

漢高祖功臣頌并序

【作　者】陸機（西元二六一～三〇三年），字士衡，吳郡吳縣華亭（今上海松江）人。西晉著名文學家。出身世族，吳丞相陸遜之孫，吳大司馬陸抗之子。陸抗死，陸機領兵為牙門將。吳亡，家居勤學，十年不仕。晉太康末與弟陸雲同到洛陽，文才傾動一時，時稱二陸。太傅楊駿辟為祭酒。駿誅，又遷太子洗馬、著作郎。吳王晏出鎮淮南，以陸機為郎中令，遷尚書中兵郎，轉殿中郎。趙王倫輔政，以為中書郎。趙王倫失敗，齊王冏收他下獄，賴成都王穎解救得免。後遂附穎，穎表為平原內史，故世稱陸平原。大安初，穎與河間王顒起兵討長沙王乂，以陸機為後將軍、河北大都督，率軍二十餘萬人。戰於鹿苑，其軍大敗。司馬穎的宦官孟玖及其弟孟超誣陸機通敵，遂被殺，年四十三。陸機擅長詩賦及論文。原有集四十七卷，已散佚，後人輯有《陸士衡集》。

【題　解】漢高祖劉邦曾自稱他重用了張良、蕭何、韓信這三大人傑，所以取得了天下。其實，在楚漢戰爭中，輔佐劉邦，為他戰勝項羽立下汗馬功勞的不僅這三大人傑。陸機仔細披閱史策，發現參與「定天下安社稷」者實有三十一人，認為儘管他們所立功業有大小，結局也各不相同，但他們都是劉邦的功臣，理應受到讚頌，於是寫了這篇漢魏以來同類文體中最為精闢的作品。

文章先以自然界的非常現象作象徵，簡略地描寫了秦末英雄豪傑紛紛起義時的天下局勢，以說明劉邦應運而出的必然性及群雄甘願為他效力的合理性。接著用精練的語言，概述了群雄在輔助劉邦創建帝業過程中的業績和謀略，及其對於漢高祖的忠誠，表示出頌讚之意。最後總結說明君王必須延攬賢才，上下同心協力，方能「同濟天網」，成就帝業的道理，並再一次對眾功臣表達了宗仰之情。

《文心雕龍·頌贊》說：「陸機積篇，惟功臣最顯，其褒貶雜居，固末代之訛體也。」劉勰批評此文既然是「頌」，就只宜褒，而不當有貶。其實，這倒正體現了作者評論人物的全面觀點。

相國酇文終侯沛蕭何❶，相國平陽懿侯沛曹參❷，太子少傅留文成侯韓張良❸，丞相曲逆獻侯陽武陳平❹，楚王淮陰韓信❺，梁王昌邑彭越❻，淮南王六黥布❼，趙景王大梁張耳❽，韓王韓信❾，燕王豐盧綰❿，長沙文王吳芮⓫，荊王沛劉賈⓬，太傅安國懿侯王陵⓭，左丞相絳武侯沛周勃⓮，相國舞陽侯沛樊噲⓯，右丞相曲周景侯高陽酈商⓰，太僕汝陰文侯沛夏侯嬰⓱，丞相潁陰懿侯睢陽灌嬰⓲，代丞相陽陵景侯魏傅寬⓳，車騎將軍信武肅侯靳歙⓴，大行廣野君高陽酈食其㉑，中郎建信侯齊劉敬㉒，太中大夫楚陸賈㉓，太子太傅稷嗣君薛叔孫通㉔，魏無知㉕，護軍中尉隨何㉖，新成三老董公㉗，轅生㉘，將軍紀信㉙，御史大夫沛周苛㉚，平國君侯公㉛。右三十一人，與㉜定天下安社稷㉝者也。

【章旨】本段是全文的總序。它交代了所讚頌的三十一人的官職、封號、諡號、故里及姓名，認為他們都是參與「定天下安社稷」的「功臣」。

【注釋】❶蕭何（西元前？～前一九三年）漢沛縣（今屬江蘇）人。曾為沛縣吏。佐劉邦建立漢朝。高祖入咸陽，他收取秦朝的律令圖書，掌握了全國的山川險要、郡縣戶口和當時的社會情況。楚漢戰爭中，他推薦韓信為大將，以丞相身分留守關中，輸送士卒糧餉，支援作戰。天下既定，論功第一，封酇侯。卒後諡為文終侯。❷曹參（西元前？～前一九〇年）漢沛縣人。曾為沛縣獄吏。秦末從劉邦起義，屢立戰功。漢朝建立，封平陽侯。協助高祖平定陳豨、英布等異姓諸侯王。後繼蕭何為漢惠帝丞相。卒，諡為懿侯。❸張良（西元前？～前一八五年）字子房，傳為城父（今安徽亳縣東南）人。秦末聚眾歸劉邦，為其重要謀士。楚漢戰爭期間，他提出不立六國後代，聯結英布、彭越，重用韓信等策略，又主張追擊項羽，殲滅楚軍，都為劉邦所採納。漢朝建立，封留侯，行太子少傅事。卒，諡文成侯。❹陳平　（西元前？～前一七八年）漢初陽武（今河南原陽東南）人。秦末從項羽入關，任都尉。不久歸向劉邦。他建議用反間計使項羽去謀士范增，並以爵位籠絡大將韓信，為劉邦所採納。漢朝建立，封曲逆侯。惠帝、呂后時任丞相。呂后死後，他與周勃定計，誅殺呂產、呂祿等，迎立文帝，任丞相。卒，諡獻侯。❺韓信　（西元前？～前一九六年）淮陰（今江蘇清江縣西南）人。初屬項羽，繼歸劉邦，任為大將軍。楚漢戰爭時，劉邦採其策，攻占關中。劉邦在滎陽、成皋間與項羽相持時，使他率軍抄襲項羽後路，破趙取齊，占據黃河下游之地。後劉邦封他為齊王。不久率軍與劉邦會合，擊滅項羽於垓下（今安徽靈壁南）。漢朝建立，改封楚王。後有人告他謀反，降封淮陰侯。又被告與陳豨勾結在長安謀反，為呂后所殺。❻彭越　（西元前？～前一九六年）字仲，昌邑（今山東金鄉西北）人。秦末聚眾起兵。楚漢相爭時，他率兵三萬餘歸劉邦，略定梁地（在今河南東南部），屢斷項羽糧道。不久率兵從劉邦擊滅項羽於垓下。封梁王。漢朝建立後，因被告發謀反，為劉邦所殺。❼黥布　（西元前？～前一九五年）本名英布，曾坐法黥面，故稱黥布，六縣（今安徽六安東北）人。秦末率驪山刑徒起義，屬項羽，作戰常為前鋒，封九江王。楚漢戰爭中歸漢，封淮南王，從劉邦擊滅項羽於垓下。漢初，以彭越、韓信相繼為劉邦所殺，因舉兵反，戰敗逃江南，被長沙王（吳芮之子成王臣）誘殺。❽張耳　（西元前？～前二〇二年）大梁（今河南開封）人。秦末與陳餘同隨武臣北定趙地。武臣為趙王，他任丞相。後投奔劉邦，改立為趙王。卒，諡景王。❾韓信　（西元前？～前一九六年）韓襄王庶孫。秦末投奔劉邦，並率兵從入武關。楚漢相爭中，因擊降韓王昌，被立為韓王。漢朝建立後，與匈奴作戰，被圍困多時，受到劉邦的責備，恐誅，遂投降匈奴。後竟率匈奴兵與漢軍作戰，被斬殺。❿盧綰　（西元前二四七～前一九三年）豐（今屬江蘇）人。秦末隨劉邦起義於沛，入漢中，為將軍。漢東擊項羽時，官太尉。後與劉賈擊滅臨江王共尉，又從劉邦破燕王臧荼，封燕王。因參與陳豨的叛亂，事敗，逃亡匈奴，匈奴王單于以為東胡盧王。死於匈奴。⓫吳芮　（西元前？～前二〇二年）秦末率越人起兵，並派部將梅鋗領兵從劉邦入關。項羽分封侯，被封為衡山王。漢朝建立，改封長沙王。卒，諡文王。⓬劉賈　（西元前？～約前一九五年）劉邦的堂兄弟。楚漢相爭中，他派人招降了楚大司馬周殷，從劉邦擊滅項羽於垓下，有功，立為荊王。後為英布部下所殺。⓭王陵　（西元前？～前一八一年）沛縣人。楚漢戰爭時，聚眾數千人占據南陽，後歸劉邦，轉戰各地。漢朝建立，封安國侯，任右丞相。因反對呂后封諸呂為王，罷相，改任太傅。卒，諡懿侯。⓮周勃　（西元前？～前一六九年）沛縣人。秦末隨劉邦起義，以軍功為將軍，封絳侯。漢初又從劉邦平定韓王信、陳豨和盧綰的叛亂。呂后時，任太尉。呂后死後，他與陳平定計，入北軍號召將士擁護劉氏，誅殺企圖奪取政權的呂產、呂祿等人，迎立漢文帝，任右丞相。卒，諡武侯。⑮樊噲　（西元前？～前一八九年）沛縣人。少以屠狗為業。初隨劉邦起義，為其部將，以軍功封賢成君。滅秦後，項羽謀士范增擬在鴻門宴上謀殺劉邦，他直入營門，斥責項羽，使劉邦得以脫走。漢初，隨劉邦擊破臧荼、韓王信的叛亂，任左丞相，封舞陽侯。⑯酈商　（西元前？～前一八〇年）高陽（今河南杞縣）人。秦末聚眾四千人隨劉邦起義，有功，封信成君。漢初，隨劉邦平定臧荼叛亂，升任右丞相。又隨劉邦擊破黥布，封為曲周侯。卒，諡景侯。⑰夏侯嬰　（西元前？～前一七二年）沛縣人。少與劉邦友善，從起兵，轉戰各地，任太僕。後封汝陰侯。惠帝、文帝時繼為太僕。卒，諡文侯。⑱灌嬰　（西元前？～前一七六年）睢陽（今河南商丘南）人。從劉邦轉戰各地。後從韓信擊破齊軍，並攻殺項羽。漢朝建立，任車騎將軍，封潁陰侯。卒，諡懿侯。⑲傅寬　（西元前？～前一九〇年）魏人。從劉邦入漢中，還定三秦後又從韓信擊破齊軍，封陽陵侯。漢朝建立，以相國代丞相樊噲擊破陳豨。卒，諡景侯。⑳靳歙　（西元前？～前一八三年）從劉邦還定三秦。擊破楚軍成皋南，斷絕其糧道。又從劉邦取楚王韓信，封為信武侯。後因擊破韓王信，有功，升任車騎將軍。卒，諡肅侯。㉑酈食其　（西元前？～前二〇三年）高陽（今河南杞縣）人。秦末群雄起義時歸劉邦，獻計克陳留，封廣野君。楚漢相爭中，遊說齊王田廣歸漢，韓信乘機襲齊，齊王以為被他出賣，把他烹死。㉒劉敬　齊人。本名婁敬，因建議劉邦入都關中，有功，賜姓劉。漢朝建立，他勸阻劉邦攻打匈奴，雖未被採納，卻因有先見之明而封關內侯，號建信侯。劉邦在白登被匈奴打敗後，他提出「和親」政策，建議將魯元公主嫁與單于，被劉邦採納，因呂后不欲其女遠行，始以宗室女代替，並派他前往結約。㉓陸賈　楚人。從漢高祖定天下，常使諸侯為說客，曾官至太中大夫。他建議劉邦提倡儒學，並輔以黃老的「無為而治」的思想，對漢初政治曾發生影響。著作有《新語》。㉔叔孫通　薛（今山東滕縣東南）人。曾為秦博士。秦末，先為項羽部屬，後歸劉邦，任博士，稱稷嗣君。漢朝建立，與儒生共立朝儀。後任太子太傅。㉕魏無知　生卒年里不詳。因向劉邦引見陳平，有功，而受厚賞。㉖隨何　楚漢戰爭中，奉劉邦命赴淮南，說淮南王英布歸漢，有功，任護軍中尉。㉗董公　史失其名。秦末，任新城（今河南伊川西南）三老（掌管教化的地方長官）。楚漢戰爭中，建議為被項羽殺死的義帝行哭喪之禮，以收取民心，為劉邦採納。㉘轅生　一作袁生。史失其名。楚漢戰爭中，建議剛從滎陽突圍後的劉邦出兵武關，使項羽引兵向南，以分散其兵力，使漢兵得以休整，為劉邦採納。㉙紀信　從劉邦起兵，有功，任將軍。楚漢戰爭時，劉邦被圍困滎陽。情勢危急，紀信假冒漢王乘坐黃屋車，向楚軍投降，以轉移楚軍視線，使劉邦得以脫走。後被項燒殺。㉚周苛　從劉邦起兵，任御史大夫。劉邦從滎陽脫走後，周苛奉命留守滎陽城，城破，誓死不肯降楚，為項羽烹殺。㉛侯公　史失其名。楚漢戰爭中，奉命說項羽歸還漢王父母妻子，有功，封為平國君。㉜與　參預。㉝社稷　土神和穀神。天子諸侯所祭，祈禱豐年。古代常以社稷為國家的代稱。

【語　譯】宰相酇文終侯沛地的蕭何，宰相平陽懿侯沛地的曹參，太子少傅留文成侯韓國的張良，丞相曲逆獻侯陽武的陳平，楚王淮陰的韓信，梁王昌邑的彭越，淮南王六縣的黥布，趙景王大梁的張耳，韓王韓信，燕王豐地的盧綰，長沙文王吳芮，荊王沛地的劉賈，太傅安國懿侯王陵，左丞相絳武侯沛地的周勃，宰相舞陽侯沛地的樊噲，右丞相曲周景侯高陽的酈商，太僕汝陰文侯沛地的夏侯嬰，丞相潁陰懿侯睢陽的灌嬰，代丞相陽陵景侯魏地的傅寬，車騎將軍信武肅侯靳歙，大行廣野君高陽的酈食其，中郎建信侯齊地的劉敬，太中大夫楚地的陸賈，太子太傅稷嗣君薛地的叔孫通，魏無知，護軍中尉隨何，新成三老董公，轅生，將軍紀信，御史大夫沛地的周苛，平國君侯公。右列三十一人，都是參與平定天下安定國家的人。

頌曰：芒芒❶宇宙，上墋❷下黷❸。波振四海，塵飛五岳❹。九服❺徘徊，三靈❻改卜。赫矣高祖，肇載天祿❼。沈跡中鄉❽，飛名帝錄❾。慶雲❿應輝，皇階授木⓫。龍興泗濱⓬，虎嘯豐⓭谷。彤雲⓮晝聚，素靈夜哭⓯。金精⓰仍頹，朱光⓱以渥⓲。萬邦宅心⓳，駿民效足。

【章　旨】本段描繪了當時天下紛紛擾擾、震盪昏慘的局勢，交代了高祖劉邦應時而出，各賢能之士甘願為他奔走效力的緣由。

【注　釋】❶芒芒　曠遠無邊貌。❷墋　混濁。❸黷　汙濁。❹五岳　指嵩山、泰山、華山、衡山和恆山。❺九服　相傳古代天子所住京都以外的地方按遠近分為九等，叫九服。這裡泛指全國。❻三靈　天地人。❼天祿　上天賜給的福祿。❽中鄉劉邦是江蘇豐縣中陽里人。❾帝錄　帝王的譜錄。❿慶雲　五色雲。范增對項羽說，劉邦所居之處的上方有呈龍形的五色氣，這是「天子氣」。⓫授木　古代迷信說漢代是接受周朝的木德而稱王天下。⓬泗濱　泗水之濱。劉邦曾任沛縣的泗水亭長。⓭豐　地名。秦時沛縣的一個市鎮。即今江蘇豐縣。⓮彤雲　紅雲。據說劉邦曾避禍隱居在今河南永城芒山、碭山之間，其上常有雲氣繚繞。⓯素靈夜哭　相傳劉邦率兵夜行澤中，有蛇當道，他拔劍把蛇一分為二。後聽到一老嫗在蛇旁哭泣，人問其故，她說那蛇是她的兒子白帝子所化，今為赤帝子所斬殺。⓰金精　指秦朝。相傳秦以金德王天下。⓱朱光　指漢。漢為火德。⓲渥　興盛。⓳宅心　居心；存心。

【語譯】頌文說：遼闊的宇宙，上下一片混濁。波濤激盪四海，塵土飛揚五岳。全國人們徘徊觀望，都在改變著歸屬。顯赫的漢高祖，開始接受上帝賜給的福祿。他潛伏在豐縣的中陽里，隨即揚名在帝王的譜錄。祥雲呈現光輝的五顏六色，皇位是木德的周朝所授。蛟龍從泗水之濱騰飛，猛虎在豐縣山中嘯鳴。白晝紅雲繚繞，黑夜有白帝子母親的哭泣。秦朝已在衰落頹敗，大漢光輝正在興盛。天下百姓存心歸嚮高祖，賢才能士甘願為他效力。

堂堂❶蕭公，王跡是因❷。綢繆❸叡后❹，無競維人❺。外濟六師❻，內撫三秦❼。拔奇夷難，邁德❽振民。體國❾垂制，上穆下親。名蓋群后，是謂宗臣❿。

平陽樂道，在變則通。爰淵爰嘿⓫，有此武功。長驅河朔⓬，電擊壤東⓭。協策淮陰，亞跡蕭公。

文成作師，通幽洞冥⓮。永言⓯配命⓰，因心則靈。窮神觀化，望影揣情。鬼無隱謀，物無遯形。武關⓱是闢，鴻門⓲是寧。隨難滎陽⓳，即謀下邑⓴。銷印惎廢[21]，推齊勸立[22]。運籌固陵[23]，定策東襲。三王從風[24]，五侯允集[25]。霸楚寔喪，皇漢凱入。怡顏[26]高覽，彌翼[27]鳳戢[28]。託跡黃老[29]，辭世[30]卻粒[31]。

曲逆宏達[32]，好謀能深。遊精杳漠[33]，神跡是尋。重玄[34]匪奧，九地[35]匪沈。伐謀[36]先兆，擠響于音。奇謀六奮[37]，嘉慮四迴[38]，規主于足[39]，離項于懷[40]。格人[41]乃謝，楚翼寔摧。韓王窘執[42]，胡馬洞開[43]。迎文[44]以謀，哭高以哀。

灼灼[45]淮陰，靈武冠世。策出無方[46]，思入神契。奮臂雲興，騰跡虎噬。凌險必夷，摧剛則脆。肇謀漢濱[47]，還定渭表[48]。京[49]索[50]既扼，引師北討。濟河夷魏，登山滅趙。威亮[51]火烈，勢踰風掃。拾代如遺，偃[52]齊猶草。二州[53]肅清，四邦咸舉[54]。乃眷北燕，遂表[55]東海[56]。克滅龍且[57]，爰取其旅。劉項懸命，人謀[58]是與。念功惟德，辭通絕楚。

彭越觀時，弢[59]跡匿光[60]。人具[61]爾瞻，翼爾鷹揚[62]。威凌楚域，質委漢王。靖難河濟，即宮舊梁[63]。

烈烈黥布，眈眈[64]其眄。名冠彊楚，鋒猶駭電。覩幾[65]蟬蛻，悟主革面。肇彼梟風，翻為我扇。天命方輯，王在東夏[66]。矯矯[67]三雄[68]，至于垓下[69]。元凶[70]既夷[71]，寵祿來假[72]。保大全祚，非德孰可？謀之不臧，舍福取禍。

張耳之賢，有聲梁魏。士[73]也罔極[74]，自詒[75]伊[76]愧。俯思舊恩，仰察五緯[77]。脫跡違難，披榛來洎[78]。改策西秦，報辱北冀[79]。悴葉更輝，枯條以肄[80]。

王信韓孽[81]，宅土開疆。我圖爾才，越遷晉陽[82]。

盧綰自微，婉孌[83]我皇。跨功踰德，祚爾輝章[84]。人之貪禍，寧[85]為亂亡。

吳芮之王，祚由梅鋗[86]。功微勢弱，世載忠賢。

肅肅[87]荊王，董[88]我三軍。我圖四方，殷[89]薦[90]其勳。庸[91]親作勞，舊楚是分。往踐厥宇，大啟淮墳[92]。

安國違親[93]，悠悠[94]我思。依依哲母，既明且慈。引身伏劍，永言固之。淑人[95]君子，實邦之基。義形[96]於色，憤發于辭[97]。主亡與亡，末命[98]是期。

絳侯質木[99]，多略寡言。曾是忠勇，惟帝攸歎[100]。雲騖靈丘[101]，景逸上蘭[102]。平代禽狶，奄有燕韓。寧亂以武，斃呂以權。滌穢紫宮[103]，徵帝太原。實惟太尉，劉宗以安。挾功震主，自古所難。勳耀上代，身終下藩[104]。

舞陽道迎，延帝幽藪。宣力[105]王室，匪惟厥武。揔干鴻門[106]，披闥帝宇[107]。聳顏誚[108]項，掩淚悟主。

曲周之進，于其哲兄。俾率爾徒，從王于征。振威龍蛻，攄[109]武庸城。六師寔因，克荼[110]禽黥。

猗歟[111]汝陰，綽綽有裕。戎軒[112]肇跡，荷策來附。馬煩[113]轡殆[114]，不釋擁樹[115]。皇儲[116]時乂[117]，平城[118]有謀。

潁陰銳敏[119]，屢為軍鋒。奮戈東城[120]，禽項定功。乘風藉[121]響，高步長江。收吳引淮，光[122]啟于東。

陽陵之勳，元帥[123]是承。信武薄伐[124]，揚節江陵[125]。夷王殄[126]國，俾亂作懲。

恢恢廣野，誕[127]節令[128]圖。進謁嘉謀，退守名都[129]。東窺白馬[130]，北距飛狐[131]，即倉敖[132]庾[133]，據險三塗[134]。輶軒[135]東踐，漢風載徂[136]。身死于齊，非說之辜。我皇寔念，言[137]祚爾孤。

建信委輅[138]，被褐獻寶[139]。指明周漢，銓時論道。移帝伊洛[140]，定都酆鎬[141]。柔[142]遠鎮邇，寔敬攸考[143]。

抑抑[144]陸生，知言之貫。往制勁越[145]，來訪皇漢。附會[146]平勃，夷凶翦亂。所謂伊人[147]，邦家之彥[148]。

百王之極[149]，舊章[150]靡存。漢德雖朗，朝儀則昏。稷嗣制禮，下肅上尊。穆穆(151)帝典(152)，煥其盈門。風睎三代(153)，憲(154)流後昆。

無知叡敏(155)，獨昭奇跡。察侔蕭相(156)，貺同師錫(157)。

隨何辯達(158)，因資於敵(159)。紓(160)漢披楚，唯生之績。

皤皤(161)董叟，謀我平陰(162)。三軍縞素(163)，天下歸心。

袁生秀朗(164)，沈心善照。漢旆南振(165)，楚威自撓(166)。大略淵回(167)，元功響效。

邈哉惟人，何識之妙！

紀信誑項(168)，軺軒(169)是乘。攝齊(170)赴節(171)，用死孰懲？身與煙消，名與風興。

周苛慷慨，心若懷冰。刑可以暴，志不可凌(172)。貞軌(173)偕沒，亮(174)跡雙升。帝疇(175)爾庸(176)，後嗣是膺(177)。

天地雖順，王心有違。懷親望楚，永言(178)長悲。侯公伏軾(179)，皇媼(180)來歸。是謂平國，寵命(181)有輝。

【章　旨】本段是頌文的中心。用精練的語言，透過概述蕭何等三十一人在輔佐劉邦完成和鞏固帝業過程中所創立的豐功偉績，以表達對這三十一位功臣的讚頌之意。在褒揚的同時，並對韓信、彭越、黥布等人的終結提出了批評，認為他們「謀之不臧，舍福取禍」。

【注　釋】❶堂堂　容儀莊嚴大方。❷因　憑藉。❸綢繆　親密。❹叡后　聖明君主。此指劉邦。❺無競維人　語本《詩經・

周頌・烈文》。競，彊。言莫強於得人。❻六師　六軍。❼三秦　項羽擊破秦軍後，分秦地（當時長安附近的關中地區）為雍、塞、翟三國，封秦將章邯為雍王，司馬欣為塞王，董翳為翟王。故稱三秦。❽邁德　施行恩德。❾體國　治理國家。❿宗臣　人們宗仰的大臣。⓫爰淵爰嘿　為人沈靜。爰，於。淵、嘿，深沈不言語。⓬河朔　泛指黃河以北地區。⓭壤東　地名。在今陝西武功。⓮通幽洞冥　通曉幾微幽隱的事理。幽、冥，深幽之事。⓯言　語助詞。⓰配命　配合天命。⓱武關　在今陝西商南東南，是陝西南部與河南南部的交通要道。劉邦在攻克宛縣後，揮師西向，進軍武關，受到駐守在藍田關的秦將阻擊。劉邦採取張良計謀，用重金收買秦軍將領，並乘其鬆懈之際擊敗他們。⓲鴻門　地名。在今陝西臨潼，今名項王營。劉邦進駐長安時，僅十萬大軍，而項羽則擁有四十萬大軍。項羽準備攻打劉邦，形勢異常危急。劉邦採納張良的建議，到鴻門向項羽陪禮道歉，終於轉危為安。⓳滎陽　地名。在今河南滎陽東北。西元前二〇四年，劉邦在此遭到項羽的圍攻。⓴下邑　秦縣名。縣治即今安徽省碭山。劉邦在彭城兵敗之後，到了下邑，問張良：我打算豁出函谷關以東地區不要，誰可以與我共同建立功業呢？張良向他舉薦了英布、彭越和韓信。劉邦憑藉他們三人擊敗了項羽。㉑銷印惎廢　劉邦在滎陽遭圍困後，謀臣酈食其建議分封六國的後代，以共同對付項羽。經張良的勸阻，劉邦終於下令銷毀已刻治成的印章。惎，教。㉒推齊勸立　西元前二〇三年，韓信破齊之後，致書劉邦，請求代理齊王。起初劉邦不同意，經張良提醒規勸，才批准韓信立為齊王。㉓運籌固陵　劉邦原約韓信、彭越共擊項羽，到期，韓、彭之兵未至。項羽回擊劉邦，邦軍失利，在固陵屯兵堅守。張良建議把相應的土地分封給韓、彭等，使其各自為戰。劉邦聽從他的建議，聚集了各路諸侯軍把項羽圍困在垓下，致使項羽兵敗自刎。運籌，猶言「設謀定計」。籌，古代計算數目時所用的籌碼。固陵，秦縣名。在今河南太康南。㉔三王從風　三王迅速相隨。三王，齊王韓信、九江王英布、彭越。從風，即「風從」。比喻跟隨得迅速。㉕五侯允集　五侯果真會集。五侯，指各諸侯軍將領。因古來諸說不一，難以確指。㉖怡顏　容色和悅。㉗彌翼　停止飛翔。比喻退隱。㉘戢　收藏。㉙黃老　黃帝與老子。道家以黃老為祖，因也稱道家為黃老。《老子・第九章》說：「功成、名遂、身退，天之道。」張良功成之後，遯世隱居，故曰「託跡黃老」。㉚辭世　謝絕人世間的事情。㉛卻粒　即辟穀。是古代道家所提倡的養生之術，以為不食五穀，可以長生。㉜宏達　才識廣博通達。㉝杳漠　深遠難知之處。㉞重玄　指天。㉟九地　本指地下最深處，此指地。㊱伐謀　破壞敵人的計畫。㊲奇謀六奮　據說陳平輔佐劉邦定天下，凡六出奇計。錢大昕《漢書辨疑》說：「間疏楚君臣，一奇計也；夜出女子二千人滎陽東門，二奇計也；躡漢王立信為齊王，三奇計也；偽遊雲夢縛信，四奇計也；解平城圍，五奇計也；其六當在從擊臧荼、陳豨、黥布時，史傳無文。」㊳四迴　回轉於天下四方。㊴規主于足　陳平踩劉邦的腳，提醒規勸劉邦封韓信為齊王。(40)離項于懷　陳平用反間計離間了項羽與范增的關係，使項羽對范增起疑心。(41)格人　至人。指范增。范增離開項羽後，到了徐州就疽發於背而死。(42)韓王窘執　有人上書告發韓信謀反，劉邦採納陳平建議，假裝巡視，韓信不知就裡，外出迎接，束手就擒。(43)胡馬洞開　劉邦曾被匈奴圍困在平城（今山西大同東北），七日不得食。後用陳平奇計，派人遊說單于夫人閼氏，才解圍而出。(44)迎文　迎立文帝。呂后時，諸呂專權。呂太后死後，陳平與周勃合謀誅殺了諸呂，迎立孝文皇帝劉恆。(45)灼灼　盛烈貌。(46)無方　沒有極限。(47)肇謀漢濱　在漢中開始設謀定計。漢濱，指漢中。肇，開始。(48)渭表　渭水之濱。此代指三秦。(49)京　縣名。縣治在今河南滎陽東南。(50)索　古城名。即今滎陽。(51)亮　確實。(52)偃　倒下。(53)二州　冀州和青州。因魏趙屬冀州，齊代屬青州。(54)舉　攻克。(55)表　立。(56)東海　指齊國。(57)龍且　項羽手下的將軍。韓信將攻打齊國時，他奉項羽之命率兵二十萬與齊王田廣合力拒守。在山東濰水，為韓信用計擊殺。(58)人謀　指蒯通為韓信所出的計謀。蒯通勸韓信說：「當今兩主之命縣於足下，足下為漢則漢勝，與楚則楚勝。」(59)弢　通「韜」。隱藏。(60)匿光　藏匿光彩。此指彭越的藏才不露。(61)具　通「俱」。(62)鷹揚　老鷹飛揚。比喻勇猛奮發。(63)舊梁　彭越受命下濟陰擊楚，大敗楚軍，被任命為魏相國。滅項之後，封為梁王，都定陶，故稱舊梁。(64)眈眈　威視貌。(65)幾　指事物細微的動向。(66)東夏　陽夏。即今河南太康。西元前二〇二年，劉邦追趕項羽到了陽夏南，與韓信、彭越等相約攻打楚軍。(67)矯矯　勇武貌。(68)三雄　指韓信、彭越、英布。(69)垓下　地名。在今安徽靈壁東南。(70)元凶　指項羽。(71)夷　削平。(72)假　到。(73)士　指陳餘。(74)罔極　沒有準則。張耳與陳餘起兵時，曾結為生死之交。後雙方反目，陳餘竟率兵襲敗了張耳，所以說「士也罔極」。(75)詒　同「遺」。留給。(76)伊　同「緊」。此；這。(77)五緯　五星。相傳劉邦入關後，其上空有五星聚於井宿。(78)洎　到。(79)報辱北冀　張耳投靠劉邦後，奉命與韓信攻打趙王歇。在河北的泜水之上擊殺陳餘，報了當年被襲敗的恥辱。(80)肄　通「蘖」。樹木砍伐後再生出來的枝條。(81)孽　庶出子孫。韓王信是韓襄王庶出的孫子。(82)晉陽　地名。在山西太原。劉邦立信為韓王後，又調遣他屯兵晉陽，以防備匈奴的侵擾。(83)婉孌　親愛。(84)章　印章。盧綰曾被劉邦封為燕王。(85)寧　乃。(86)梅鋗　吳芮手下的大將。他奉吳芮之命跟從劉邦入關破秦。劉邦為感謝吳芮而封之為長沙王，故云「祚由梅鋗」。(87)肅肅　威嚴貌。(88)董　督察；糾正。(89)殷　周殷。楚大司馬。劉邦追逐項羽到了固陵，周殷受劉賈所派間諜的策反，遂與劉賈聯合攻打項羽。(90)薦　進獻。(91)庸　用。(92)淮墳　淮水邊的高地。(93)違親　離別母親。王陵投奔劉邦後，項羽想用王陵之母以招引王陵。王陵之母卻伏劍自殺，以使兒子能盡心跟隨劉邦。(94)悠悠　憂思不已貌。(95)淑人　善人。(96)形　顯現。(97)憤發于辭　劉邦死後，呂后想讓呂姓稱王，王陵率先反對，說：當年與高祖有約在先，不是劉氏稱王的，天下共擊之。(98)末命　帝王臨終時的遺命。(99)質木　質樸。(100)惟帝攸

歎　劉邦彌留之際，呂后問宰相人選，劉邦說「安劉氏者必勃也」。(101)靈丘　漢縣名。縣治在山西靈丘東。周勃曾在靈丘擊殺與匈奴勾結叛亂的陳豨。(102)景逸上蘭　如影子跟從身體般的奔赴上蘭。上蘭，水名。亦稱馬蘭溪。在今河北懷來東北。周勃曾率兵在此地擊破叛亂的燕王盧綰。景，通「影」。逸，奔馳。(103)紫宮　帝王宮禁。(104)藩　古時建立諸侯是為了藩衛中央，故稱諸侯封地為藩。(105)宣力　致力。(106)摠干鴻門　劉邦在鴻門，樊噲得知范增想加害劉邦，就持楯護身進入軍門，使劉邦免遭於難。摠，同「總」。聚結。干，楯。(107)披闥帝宇　劉邦嘗患病，不願見人，樊噲就推門直入，哭諫劉邦，終於使他幡然醒悟。闥，小門。(108)誚　責備。(109)攄　用。(110)荼　臧荼。本是燕王的大將。在反秦戰爭中，他參加了攻打章邯的鉅鹿之戰，又跟從項羽入關，故被封為燕王。劉邦即位後，臧荼叛亂，酈商參與平定。(111)猗歟　讚歎詞。(112)戎軒　兵車。(113)煩　疲倦。(114)殆通「怠」。怠惰。(115)擁樹　抱持小孩。(116)皇儲　太子。此指孝惠帝劉盈。劉邦為項羽擊敗時，為了逃得快些，多次把兒女劉盈和魯元公主推下車。而夏侯嬰則每次都及時地將他們拉上車，故云「皇儲時乂」。(117)乂　平安。(118)平城　秦縣名。縣治在今山西大同東北。劉邦率兵前往平定韓王信等叛亂時，被匈奴圍困在平城達七日之久。後匈奴首領開一角，劉邦想鞭馬奔馳。夏侯嬰建議引弓對敵，緩步撤退，才平安而回。(119)銳敏　精銳敏捷。(120)東城　秦縣名。縣治在今安徽定遠東南。楚漢相爭時，灌嬰奉命率五千騎追逐項羽到東城，迫使項羽灰心短氣，自殺身亡。(121)藉　憑藉。(122)光　大。(123)元帥　指韓信、曹參。傅寬隨韓信擊敗齊國的歷下軍；又從曹參攻破博地。(124)薄伐　討伐。薄，語助詞。(125)江陵　縣名。在今湖北。靳歙統兵平定江陵，親自捕捉了江陵王共勉，並把他押送到洛陽。(126)殄　滅絕。(127)誕　大。(128)令　善。(129)名都　指滎陽。(130)白馬　白馬津。黃河渡口名。在今河南滑縣。(131)飛狐　即飛狐口。關隘名。在今河北蔚縣東南。(132)倉敖　即敖倉。秦朝的大糧倉，在滎陽北的黃河邊上。因其地處敖山，故稱敖倉。(133)庾　露天的穀倉。(134)三塗　指太行、轘轅、崤澠三山。在今河南嵩縣西南。(135)輶軒　輕車。(136)徂　往。(137)言　發語詞。(138)委輅　棄車。(139)獻寶　指劉敬力勸劉邦定都關中。(140)伊洛　伊水和洛水。代指洛陽。(141)酆鎬　地名。在今陝西戶縣和西安。這裡指長安。(142)柔　安撫。(143)考　完成。(144)抑抑　慎密貌。(145)越　指南越王尉他。本姓趙，尉是官名。趙他在秦時為南海郡（治番禺，今廣州市）的龍川（今廣東龍川西南）縣令，至二世時，陳涉吳廣事起，中原擾亂，南海郡尉任囂召趙他，囑以後事。任囂死，趙他遂繼任南海尉。後又發兵擊桂林、象郡，并有三郡之地，而自稱南越武王。陸賈奉命前往遊說，使尉他甘願稱臣，接受漢朝的管轄。(146)附會　親和協調。(147)伊人　這個人。(148)彥　有才德的人。(149)極　衰敗。(150)舊章　原先的典章制度。(151)穆穆　態度端莊恭敬貌。(152)帝典　帝王的法制。(153)三代　夏商周。(154)憲　法。(155)叡敏　聰明敏捷。(156)寀侔蕭相　陳平降漢後，透過魏無知的引薦，得以進見劉邦。這可與蕭何向劉邦推薦韓信相媲美，故云「寀侔蕭相」。侔，相等。157貺同師錫　獲得的賞賜與眾人一樣。貺，賜給。師，眾人。錫，賜給。158辯達　能說善辯。159因資於敵　隨何曾奉命前往遊說九江王英布，使英布背叛項羽。因，依仗。資，資助。160紓　解除。161皤皤　頭髮斑白貌。162平陰　平陰津。渡口名。在今河南孟津東北。163三軍縞素　劉邦到洛陽時，採納董公的建議，為被項羽殺死的義帝發喪，令士兵都穿縞素孝服。164秀朗　賢明。165漢旆南振　劉邦從滎陽突圍後，入關收聚兵力，想再向東出兵，袁生建議引兵南向。旆，旌旗。166撓　削弱。167淵回　深水迴旋曲折。168誑項　劉邦被項羽圍困滎陽時，形勢異常危急。紀信冒充劉邦，坐著帝王的車駕，向楚軍投降，使劉邦安全突圍。誑，欺騙；迷惑。169軺軒　輕車。170攝齊　提起衣裳的下襬，以示恭敬。171赴節　猶赴義。172志不可凌　劉邦突圍後，周苛奉命留守滎陽。楚兵攻破滎陽，活捉了周苛，項羽以上將、三萬戶的爵祿誘降，周苛非但不聽，反而要項羽馬上投降。項羽大怒，烹殺了周苛。凌，侵犯；欺侮。173軌　事蹟。174亮　誠信；正直。175疇　通「酬」。176庸　功。177後嗣是膺　劉邦得天下後，追念紀信、周苛的功勞，封紀信子為襄平侯，周苛子成為高景侯。膺，受；當。178言　語助詞。相當於「然」、「焉」。179侯公伏軾　劉邦向項羽請求歸還被俘的父母妻子，沒有成功。侯公奉命前往遊說，勸說項羽與劉邦締結盟約，以鴻溝為界，中分天下。項羽聽從了他的勸說，並送還了劉邦的父母妻子。劉邦因而封他為平國君。伏軾，靠著車前橫木。此處指乘車。180媼　指劉邦的母親劉媼。181寵命　加恩特賜的任命。

【語譯】莊嚴大方的蕭何，是一位成就帝業所需依賴的大臣。他親近聖明的君王，為使帝業強大而任用賢人。他對外接濟作戰的六軍，對內安撫了三秦。舉薦奇才平定禍難，廣施恩德賑濟黎民。制定治國的典章而流傳後世，君臣上下和睦相親。功名位居群臣之首，是一位眾人宗仰的賢臣。

平陽侯曹參愛好黃老之道，處理事情善於變通。為人寧靜沈默，建有如此的武功：所向無敵直驅河朔，閃電般地擊破壞東。協助淮陰侯定計破敵，功績地位僅次蕭何。

文成侯張良作帝王的老師，通曉幾微幽隱的事理。常常順應著天命，隨心劃策神靈莫比。窮極神妙，通達變化，看到外表就能揣度內情，雖鬼神也難隱瞞，萬物不能逃形。打開了武關的大門，在鴻門變危險為安寧。隨從滎陽而被圍困遭受災難，在下邑確立了戰勝楚軍的方案。教導銷毀印章廢除分封，力勸批准韓信立為齊王。在固陵設謀定策，東伐楚兵。三王迅速相隨，五侯果真會集。西楚霸王兵敗自殺，漢王劉邦高奏凱歌而回。他神態悠然地泛覽神仙之道，鳳鳥似地收起了羽翼。投身於黃老之術的研習，辟穀養生，謝絕了人事。

曲逆侯陳平才多識廣，擅長深謀遠慮。運思深遠難知之事，探尋神妙之跡。重重上天，也不玄奧，層層大地，也不深沈。在跡象顯露之前就破壞了敵方的計策，消除回響先消除初音。他六出奇計異謀，神妙的策略傳播四方。踩高祖的腳提醒規勸他封韓信為齊王，用反間計使項羽對范增起疑心。范增於是疽發於背而死，使西楚失去了左右臂。楚王韓信窘迫被擒，逃出匈奴騎兵的包圍。運用計謀迎立漢文帝，哭祭哀悼高祖的去世。

光彩照人的淮陰侯，英明勇武舉世第一。出謀獻策變化無窮，奇思異想妙合神理。振臂奮起如同雲飛霧起，闊步行進勇如猛虎捕食。攻打險阻必夷為平地，摧堅陷陣脆若拉朽折腐。他在漢水之濱開始設謀定計，回師東向平定了三秦。控制了京索要地，率兵向北討伐。以渡河之計平定魏國，登山擒獲了趙王歇。勇猛威武確實如同烈火，攻勢淩厲勝過疾風吹颳。收拾代國彷彿撿起掉落的東西，掃滅齊國好像風吹草就傾倒。冀州青州已肅清，魏代趙齊都攻克。於是顧及北方而攻取燕地，立為齊王顯耀於東海之濱。攻滅了龍且，俘虜了他的兵士。此時劉項的命運操縱在他的手裡，緊隨著又有蒯通的遊說獻計。但他自念所立的功績和漢王的恩惠，於是謝絕蒯通而對楚決絕。

彭越觀察時局變化，隱聲匿跡，他受到人們所仰望，勇猛疾速似老鷹鼓翼奮飛。聲威淩駕楚地，卻委身於漢王劉邦。平定黃河濟陰一帶的變亂，就在原先的梁地稱王。

勇武的英布，怒睜圓目顧盼雄視。威名首居強楚，凶猛銳利似閃電驚雷。一見敗跡就金蟬脫殼遠離項羽，認清主子洗心革面而歸附漢王，把那驍勇雄風轉為漢王橫掃勁吹。天命正應協同，漢王屯兵陽夏，勇武的韓信、彭越、英布，齊集到了垓下，項羽既遭誅滅，恩寵利祿紛紛到來。保全大業福祿，沒有德行怎麼可能？考慮事情一不得當，就丟了福分招來禍災。

張耳賢明能幹，在梁魏頗有聲望。陳餘為人三心二意，終於自取羞愧。張耳自念漢王舊情，仰觀天象，遠離禍難，披荊斬棘歸向漢王。揮師西向秦中，擊殺陳餘於泜水之上。使自己如枯枝敗葉，重獲滋潤生長。

韓王信是韓國國君的子孫，在居住地拓土開疆。皇上考慮到他的才幹，升他作韓王，駐守晉陽。

盧綰本出自微賤，我皇與他相愛相親。超越他實際的功德，賜給耀眼的燕王印章。但他為人卻喜歡作亂，竟因禍亂而自取滅亡。

吳芮之所以封為長沙王，是因為他的別將梅鋗。功業勢位都很微弱，世間卻流傳著他的忠賢。

荊王劉賈威武嚴正，督察我皇的三軍。我皇圖謀統一四方，他策反周殷建立了功勳。重用宗親並建立了功勞，分裂原先楚地設置荊國。劉賈前往他的封地，在淮水之濱開疆經營。

安國侯王陵離別親人，對慈母思念不已。情深賢明的母親，既通曉事理又仁慈。她抽身用劍自刎，以使兒子心無旁騖地跟隨漢王。王陵是善人君子，實在是邦國的基石。堅持正義毫不掩飾，發表了不滿呂氏稱王的言辭。願與劉氏共存亡，高祖臨終遺命可望他來遵守。

絳侯周勃質樸無文，富有謀略而很少言語。他竟是這樣忠誠勇敢，深為高帝歎賞。雲飛似的馳騁靈丘，像影子跟從身體般的奔赴上蘭。平定代郡，擒獲陳豨，占據了整個燕韓。憑藉武力平定叛亂，利用權謀消滅諸呂。蕩除皇宮中的汙穢，迎立本封太原的文帝。實在是這位太尉，才使劉氏宗廟獲得安寧。據有的功勞足使君主震動，這是自古所難的事情。因此他的功業光耀前代，自身卻死在封國絳地。

舞陽侯樊噲沿途奉迎，在草叢中接到皇帝。殫心竭力為王室操勞，不僅僅貢獻他的武力。持楯直入鴻門，推門闖進宮禁。怒髮衝冠責備項羽，痛哭感悟君主。

曲周侯酈商的進見沛公，在於他兄長的引薦。他的兄長指使他率領徒眾，跟隨皇上前往征戰。在龍蛻顯揚了聲威，在庸城表現出勇武。依靠六軍的威力，戰勝了臧荼擒拿了英布。

盛美啊汝陰侯夏侯嬰，氣量宏大才能充裕。沛公的兵車一啟動，就扛著馬鞭來歸附。當馬兒疲乏，車駕緩慢時，也沒放棄護持小孩。太子因而獲得平安，在平城設計幫助皇帝突圍。

潁陰侯灌嬰銳利敏捷，屢次擔任軍隊的先鋒。率兵揮戈大戰東城，擒拿項羽建立軍功。憑藉凌厲的氣勢，大踏步地跨越長江。收拾東吳平定淮北，在東方拓土開疆。

陽陵侯傅寬的建立功勳，是奉承元帥的命令。

信武侯靳歙率兵征伐，在江陵揚鞭馳驅。翦除了江陵王共勉，使作亂者受到懲罰。

氣度弘大的廣野君酈食其，品節高尚多計謀。拜謁漢王獻妙策，收取滎陽要堅守。東面窺視白馬津，北向占據飛狐口。就食敖倉之糧，依據三塗險關。東行勸降齊王廣，漢王威德獲得播揚。雖在齊國遭到烹殺，並非不善遊說的罪過。漢王追念他的功勞，就賜封他兒子為高梁侯。

建信侯劉敬丟棄拉車的工作，身著粗布衣去進獻安邦定國的法寶。指明周、漢得天下的不同，權衡時勢講論大道。力勸皇帝遷離伊洛，建都在酆鎬。安撫穩定遠近的百姓，確實是劉敬成就的功勞。

慮事慎密的陸賈，通曉言辯的通貫。以口舌制約強悍的南越王，使他前來歸順大漢。盡力協助陳平、周勃，翦除諸呂平定禍亂。所稱道的這個人，是邦國的賢良。

漢承百王衰敗之後，原有的典章蕩然無存。漢代威德雖已顯揚，朝廷的禮儀卻暗昧不明。稷嗣君叔孫通制禮作樂，使皇上尊貴臣下肅敬。帝王禮儀莊嚴肅穆，滿門富麗又堂皇。風範仰望夏商周，法規流傳後代子孫。

魏無知聰穎敏捷，獨標奇跡。察舉人物的成就與蕭丞相相媲美，獲得的賞賜與眾人一樣。

隨何真是能言善辯，竟能利用敵方的英傑。為漢王排憂解難，挫敗項羽，實在是先生的功業。

頭髮斑白的董公，在平陰獻了妙計。讓三軍為義帝穿縞素孝服，使天下人心歸向漢帝。

袁生聰敏賢明，運思深遠而洞悉玄妙。勸說漢王揮師南向，楚軍威權自然弱小。所出計謀長遠周密，大功響應立刻奏效。此人謀略真邈遠啊，識見是多麼高妙！

紀信迷惑楚兵，假裝漢王乘坐輕車。提起衣服趨就節義，因此獻身哪有恐懼？自身雖煙消灰滅，忠名卻風飄宇宙。

周苛慷慨激昂，為人玉潔冰清。可以對他施以暴刑，但他的志節卻不能欺凌。堅貞的紀信、周苛雖遭殺戮，他倆的高風亮節則永存。皇帝酬答你倆的功勳，分封你們的後代子孫。天下雖已臣服歸順，漢王卻心存矛盾。猶豫徘徊，遙望楚營而眷念親人，內心充滿深長的悲哀。承侯公乘車遊說，母親劉媼才得以歸來。於是封侯公為平國君，賜給他殊榮恩惠。

震風❶過物，清濁效響。大人于興，利在攸往。弘海者川，崇山惟壤。韶❷護❸錯音，袞龍❹比象。明明❺眾哲，同濟天網。劍宣其利，鑒❻獻其朗。文武四充，漢祚克廣。悠悠遐風，千載是仰。

【章旨】本段總結說明了眾功臣能各效其才、漢高祖能成就帝業，在於他們的齊心協力、勤勉不已的道理，並對他們再一次表達了宗仰之情。

【注釋】❶震風　疾風。❷韶　舜時音樂。❸護　湯時音樂。❹袞龍　古代帝王的禮服。❺明明　勤勉。❻鑒　鏡子。

【語譯】強風吹拂著萬物，不論清濁都作出反應。世間出現的貴人，所往之處無不獲勝。使滄海闊大的是河流，成就高山的是土壤。韶護音樂雜錯彈奏，帝王禮服繡著眾多的圖象。勤勤懇切的眾功臣，同心協力編織成天網。武將如刀劍顯示出它的鋒利，文臣如鏡子貢獻出它的明亮。文臣武將充溢四方，漢代福祚能夠遠揚。功臣們的高風亮節流傳久遠，千載後也令人宗仰。

贊

東方朔畫贊 并序

【作　者】夏侯湛（西元二四三～二九一年），字孝若，譙國譙（今安徽亳縣）人。富文才，美容貌，與潘岳友善，時稱「連璧」。始為太尉掾。泰始中（西元二六五～二七四年），舉賢良，拜郎中，累年不得升遷，乃作〈抵疑〉以自慰。後歷任太子舍人、尚書郎、野王令、中書侍郎等職。晉惠帝即位，任散騎常侍。建安之後，駢文盛行，他一反流俗，仿「周誥」文體，作〈昆弟誥〉一篇，揭開了古文與駢文之爭的序幕。今存詩文二十餘篇。詩以〈周詩〉較著名。文以〈東方朔畫贊〉為代表。

【題　解】本文是作者見了東方朔的故鄉祠堂裡的畫像後所寫的贊文。文章指出東方朔的滑稽詼諧、玩世不恭，實在是迫不得已，因為他生活在「濁世」，不能正言直諫以表明自己的節操，「故詼諧以取容」，用表面的汙穢來掩蓋自己內心的高潔。極力讚頌了他「戲萬乘若寮友，視儔列如草芥」的頡頏傲世的高貴品格，認為東方朔是位出類拔萃，遊心於常教之外的人物。全文透過對東方朔的性情、學問、為人諸方面的鋪寫，形象地勾勒出東方朔的性格特徵。文辭精美，筆姿也頗搖曳生動。

大夫諱❶朔，字曼倩，平原厭次❷人也。魏建安❸中，分厭次以為樂陵郡，故又為郡人焉。事漢武帝❹。《漢書》❺具載❻其事。先生瓌瑋❼博達❽，思周變通。以為濁世不可以富貴也，故薄遊❾以取位；苟出❿不可以直道⓫也，故頡頏⓬以傲世；傲世不可以垂訓⓭也，故正諫以明節⓮；明節不可以久安也，故詼諧以取容⓯。潔其道而穢其跡，清其質⓰而濁其文⓱。弛張⓲而不為邪，進退而不離群。

若乃遠心曠度，贍智宏材，倜儻[19]博物[20]，觸類[21]多能[22]。合變[23]以明筭[24]，幽贊[25]以知來。自《三墳》《五典》《八索》《九丘》[26]，陰陽[27]圖[28]緯[29]之學，百家眾流[30]之論，周[31]給[32]敏捷之辯，支離[33]覆[34]逆[35]之數，經脈藥石[36]之藝，射御書計之術，乃研精而究其理，不習而盡其功，經目而諷於口，過耳而闇[37]於心。夫其明濟開豁[38]，包含弘大，凌轢[39]卿相，嘲哂豪傑，籠罩靡前[40]，跆籍[41]貴勢。出不休顯[42]，賤不憂戚。戲萬乘[43]若寮友，視儔列[44]如草芥[45]。雄節[46]邁倫，高氣蓋世，可謂拔乎其萃[47]，遊方之外[48]者已。談者又以先生噓吸[49]沖和[50]，吐故納新[51]，蟬蛻[52]龍變，棄俗登仙，神交造化[53]，靈為星辰[54]，此又奇怪惚恍，不可備論[55]者也。大人[56]來守此國，僕自京都，言歸定省[57]，覩先生之縣邑，想先生之高風。徘徊路寢[58]，見先生之遺像。逍遙城郭，觀先生之祠宇。慨然有懷，乃作頌焉。

【章　旨】本段是頌贊文的序。著重於介紹東方朔的處世、學問和為人，盛贊他「戲萬乘若寮友，視儔列如草芥」的性格。並交代了作文的緣由。

【注　釋】❶諱　古時對尊者、長者或死者，忌諱直呼其名，因稱被避諱的名字為諱。❷平原厭次　平原郡厭次縣。在今山東惠民。❸魏建安　建安是漢獻帝年號，不應稱魏，所以李善疑是誤字。但也許在晉人眼中，這時實際政權已歸曹魏，所以直接稱「魏」，也是可能的。❹漢武帝　即劉徹（西元前一五六～前八七年）。是漢景帝子。承文、景之業，對內實行政治經濟改革，對外用兵，開拓疆土。曾接受董仲舒的建議，獨尊儒術。他在位五十四年，是前漢一代軍事政治經濟文化的極盛時期。(5)漢書　指《漢書·卷六五·東方朔傳》。(6)具載　詳細記載。(7)瓌瑋　奇偉。(8)博達　博古通今。(9)薄遊　為薄祿而宦遊。(10)苟出　苟且出仕。(11)直道　正直之道。(12)頡頏　鳥上下飛貌。此有放縱自恣的意思。(13)垂訓　傳教後人。(14)明節　表明自己的節操。(15)取容　取得別人相容。(16)質　品質。(17)文　外表。(18)弛張　本指弓的一弛一張，此比喻人行為的動靜。(19)倜儻　有才能而不受拘束。(20)博物　博知事物。(21)觸類　觸類旁通。(22)多能　具有多方面的才能。(23)合變　適合事態變合。(24)明筭　表明多智。筭，同「算」。(25)幽贊　深入探究。(26)三墳五典八索九丘　都是傳說中三皇五帝時代的典籍。(27)陰陽　指陰陽家（講五行生剋的一個學派）。(28)圖　指《河圖》（傳說中古代河中所出的「天書」）。(29)緯　是漢朝人假造的一類偽書。表示和經書相輔，故稱「緯書」。(30)百家眾流　指先秦諸子。據《漢書·卷三〇·藝文志》記載，先秦諸子分為儒、道、陰陽、法、名、墨、縱橫、農、雜、小說十家。(31)周　周到。(32)給　口才捷敏。(33)支離　分析。(34)覆　射覆。猜測覆蓋之物，是古代近於占卜的一種遊戲。(35)逆　逆料前事。〈東方朔傳〉中曾記他長於射覆的故事。(36)藥石　藥物的總稱。藥，方藥。石，砭石。(37)闇　同「諳」。熟悉。(38)開豁　指胸襟開朗、豁達。(39)淩轢　輕視而敢於抗拒。(40)靡前　指無可與敵者。(41)跆籍　踐踏。(42)休顯　誇美；炫耀。(43)萬乘　代指天子。(44)儕列　同列的官吏。(45)芥　小草。(46)雄節　高貴的節操。(47)萃　本為草叢生貌，此比喻聚集在一起的人。(48)遊方之外　指他的精神修養超出一般的社會常規之外。(49)噓吸　呼吸。(50)沖和　古代道家說人的元氣是沖和的，故以此代指元氣。(51)吐故納新　吐出舊氣吸入新氣。(52)蟬蛻　傳說得神仙之道的人，像蟬脫皮一樣變化。(53)神交造化　精神與造化合一。(54)靈為星辰　傳說東方朔為太白金星的「精靈」所變。(55)備論　詳細地加以討論。(56)大人　作者稱自己的父親（夏侯莊）。(57)言歸定省　回來問安。言，發語詞。歸，指歸到父處。定省，向父母問安。(58)路寢　本來是帝王居住的地方，此指東方朔廟宇的正殿。路，大。

【語　譯】大夫名朔，字曼倩，平原厭次人。魏建安中，分厭次設為樂陵郡，所以又成為樂陵郡人。他曾侍奉過漢武帝，《漢書》詳細記載著他的事蹟。先生為人魁梧奇偉，博古通今，思考問題周密，能達到變通的境界。以為世俗混濁不可以富貴，所以為薄祿而宦遊以博取官位；苟且做官任職不可以實行正直之道，所以放縱自恣、傲睨世俗；傲睨世俗不可以傳教後人，所以正言直諫以表明自己的節操；表明自己的節操不可以長久遠禍全身，所以用戲謔有趣的話語以取得君主的相容。道德高尚而行跡醜惡，內心清白而外表汙濁。或動或靜不行為邪僻，或進或退不離開眾人。至於心志高遠，度量宏大，材智宏富，卓越豪邁，廣知事物，觸類旁通，多才多藝。適應事變以顯示足智多謀，深刻探究以推知未來的發展。自《三墳》、《五典》、《八索》、《九丘》之類的典籍，陰陽五行、河圖、緯書方面的學問，諸子百家的言論，周到敏捷的談辯，剖析射覆占卜的技術，脈診用藥的技藝，射擊、駕馭、文字、算數的技能，竟研治精熟，窮究其理，不必經常學習就能全面掌握它們的妙用。一經過目便琅琅上口，一當聞見就了然胸中。他聰明能幹，豁達大度，包含弘富，敢於輕視抗拒卿相，嘲弄豪傑，涵蓋一切，無與倫比，踐踏權貴。做官任職，不自我炫耀，身處卑位，不憂賤歎貧。戲謔天子猶如友朋，俯視同僚彷彿草芥。高風亮節，超邁群倫，豪邁氣概，籠蓋一世，可說是位超群出眾，遨遊世俗之外的人。談說的人又以為先生呼吸天地間的自然氣息，揚棄溷濁，吸入清氣，如同金蟬脫殼、神龍變化，遠離世俗，登臨仙境。精神與造化合一，精靈化為星辰。這些又是奇奇怪怪，幽微玄妙，難以一一加以細說的。家父出任樂陵郡太守，我從京都（洛陽）前來問安，目睹先生的故鄉舊里，想見他的高情遠致。在先生廟宇的正殿留連徘徊，看到先生的遺像。在先生的故里逍遙漫步，瞻仰先生的祠廟。慨然有感，於是撰寫這篇頌文。

其辭曰：矯矯先生，肥遯❶居貞❷。退不終否❸，進亦避榮。臨世❹濯足❺，希古振纓。涅而無滓❻，既濁能清。無滓伊何？高明克柔❼；能清伊何？視汙若浮。樂在必行，處淪罔憂。跨世凌時，遠蹈獨游。瞻望往代，爰想遐蹤。邈邈先生，其道猶龍❽。染跡朝隱❾，和而不同❿。棲遲⓫下位，聊以從容。我來自東⓬，言適茲邑。敬問墟墳，企佇原隰⓭。墟墓徒存，精靈永戢。民思其軌，祠宇斯立⓮。徘徊寺寢，遺像在圖。周旋祠宇，庭序⓯荒蕪。榱棟⓰傾落，草萊弗除。肅肅先生，豈焉是居？是居弗形，悠悠⓱我情。昔在⓲有德，罔不遺靈。天秩⓳有禮，神監孔⓴明。彷彿風塵㉑，用垂頌聲。

【章旨】本段贊詞頌揚了東方朔的隱於朝廷，既能做到與世俗同流，又能保持自己的高潔品格。並描述了東方朔的故鄉祠堂的荒蕪冷落，以表達作者的懷念之情。

【注釋】❶肥遯　優裕的隱居。即所謂「朝隱」。以做官為隱，是隱之最優者。❷居貞　能守正道。❸退不終否　隱退不會永遠困厄。否，六十四卦中的卦名。是壞的卦。此指惡運。❹臨世　入世。❺濯足　洗腳。〈滄浪歌〉：「滄浪之水清兮，可以濯我纓；滄浪之水濁兮，可以濯我足。」（見《孟子・離婁上》）❻涅而無滓　居獨處而不為所汙。涅，一種黑色泥土。滓，借用為「緇」。黑色。❼高明克柔　指用柔弱克服孤高。高明，此指人偏於高亢明爽的性格。克柔，是說用柔來克服這種性格的缺點。❽猶龍　《史記・卷四七・老子韓非列傳》記孔子對弟子說：「吾今日見老子，其猶龍邪！」本是孔子讚美老子的話。此借以讚美東方朔。❾朝隱　隱於朝廷。這是東方朔自己的話。❿和而不同　善於與人相處，但不苟同。⓫棲遲　停留；息止。⓬我來自東　此借用《詩經》文句。自，應為「至」，因為作者是從洛陽到樂陵，方向是從西向東。⓭企佇原隰　久立在墳場。企，企足。佇，久候。原隰，此指墳場。原，平原。隰，窪地。⓮斯立　因此建立。斯，相當於「於是」。⓯庭序　庭院。序，東西牆。⓰榱棟　屋椽叫榱，中樑叫棟。⓱悠悠　長久不絕貌。⓲昔在　即在昔。從前。⓳天秩　上天所安排的秩序。⓴孔　很。㉑風塵　在這裡是不敢直指，而用「神光」照耀下的風塵來代替。

【語譯】頌詞說：先生清高出群，以做官為隱，堅守正道。隱退永不遭受困厄，仕進也能迴避榮耀。入世做官既能從俗浮沈，仰望古人，又能保持自己的節操。出於汙泥，卻能不沾塵垢。為何能不染一塵？只因他能用柔弱克服孤高；為何能清白如故？只因他能視汙濁為清高。遇到樂事即行樂，身處卑位不憂愁。跨越世俗，高步獨遊。遠望前代，於是想像先生的遺韻流風。邈遠的先生，他的道術如蛟龍變化無窮。他隱身於朝廷，與世俗混和卻不苟同。處身卑位，暫且以此悠閒舒緩。我自西向東，來到樂陵。敬訪先生的故塚，久立在墳場。只有墳墓依然還在，先生的精靈卻永藏。百姓懷念先生的品德風範，於是建造了這座祠堂。在先生的廟堂徘徊，上面懸掛著先生的遺像。在先生的祠堂盤桓，庭院荒蕪，一片荒涼。檁條櫟木都已傾斜，蓬草叢生，沒有清除。品格高潔的先生，怎麼好居住在這樣的地方？此處不見先生的笑貌音容，使我思念深長。自古有德之人，無不留傳著他的神靈。上天所安排的秩序表現為禮，神的考察很是清明。我彷彿感受到先生的神靈，因此寫下了這篇頌文。

三國名臣序贊 并序

【作　者】袁宏（西元三二八～三七六年），東晉文學家、史學家，字彥伯，小字虎。陳郡（今河南淮陽）人。少孤貧，靠運租（租稅的輸送）為生。因在牛渚運租船上吟誦所作〈詠史詩〉，而深得謝尚讚賞。永和四年（西元三四八年），謝尚進位安西將軍，引宏為參軍。後為大司馬桓溫記室，溫重其文筆，使之專掌書記。曾從桓溫北征，作〈北征賦〉，受到王珣的稱讚。後自吏部郎出為東陽太守，卒於東陽。他繼荀悅《漢記》，編成《後漢記》三十卷，史料豐富，剪裁精當，為史學名著之一。其〈詠史詩〉二首師法左思，借古事以抒懷抱，為鍾嶸所稱道，原有集，已散佚。詩存六首。文以這篇〈三國名臣序贊〉最著名。

【題　解】全文分序和贊兩部分。依照「出處有道，名體不滯，風軌德音，為世作範」的準則，於魏選取荀彧、荀攸、袁煥、崔琰、徐邈、陳群、夏侯玄、王經、陳泰九人，於蜀選取諸葛亮、龐統、蔣琬、黃權四人，於吳選取周瑜、張昭、魯肅、諸葛瑾、陸遜、顧雍、虞翻七人，加以贊頌。文章認為這些有名的大臣，他們的表現方面雖不同，但他們都光輝不朽。他們的品德風概，足供後代效法。它確實是篇「意存風教」的作品。

本篇序文雖句法駢整，辭語精雅，但在遣詞上力求準確明朗，故無論敘事說理，都宛轉自如。由於作者「意存風教」，所以在敘說事理中均寓含著作者的激昂感慨之情。

夫百姓不能自治，故立君以治之；明君不能獨治，則為臣以佐之。然則三五[1]迭隆，歷世承基。揖讓之與干戈，文德之與武功，莫不宗匠[2]陶鈞[3]，而群才緝熙[4]。元首[5]經略[6]，而股肱[7]肆力，遭離不同，跡有優劣。至於體分[8]冥固，道契不墜，風美所扇，訓革千載，其揆[9]一也。故二八[10]升而唐朝盛，伊呂[11]用而湯武[12]寧，三賢[13]進而小白[14]興，五臣[15]顯而重耳[16]霸。中古凌遲[17]，斯道替[18]矣。居上者不以至公理物，為下者必以私路期榮；御圓者[19]不以信誠率眾，執方者[20]必以權謀自顯。於是君臣離而名教[21]薄，世多亂而時不治。故蘧甯[22]以之卷舒，柳下[23]以之三黜[24]，接輿[25]以之行歌，魯連[26]以之赴海。衰世之中，保持名節，君臣相體[27]，若合符契[28]，則燕昭[29]樂毅[30]古之流也。夫未遇伯樂[31]，則千載無一驥；時值龍顏[32]，則當年控三傑[33]。漢之得材，於斯為貴。高祖雖不以道勝御物，群下得盡其忠；蕭曹[34]雖不以三代[35]事主，百姓不失其業。靜亂庇人，抑亦其次。夫時方顛沛[36]，則顯不如隱；萬物思治，則默不如語。是以古之君子，不患弘道難，遭時難；遭時匪難，遇君難。故有道無時，孟子[37]所以咨嗟[38]；有時無君，賈生[39]所以垂泣。夫萬歲[40]一期[41]，有生之通塗；千載一遇，賢智之嘉會。遇之不能無欣，喪之何能無慨！古人之言，信有情哉！余以暇日，常覽國志[42]，考其君臣，比其行事，雖道謝(43)先代，亦異世一時也。

文若(44)懷獨見之明，而有救世之心。論時則民方塗炭(45)，計能則莫出魏武(46)，故委面(47)霸朝，豫議世事。舉才不以標鑒，故久之而後顯；籌畫不以要功(48)，故事至而後定。雖亡身明順，識亦高矣。

董卓(49)之亂，神器遷逼(50)，公達(51)慨然，志在致命(52)。由斯而談，故以大存名節。至如身為漢隸，而跡入魏幕，源流趣舍，其亦文若之謂。所以存亡殊致，始終不同，將以文若既明，名教有寄乎。夫仁義不可不明，則時宗舉其致；生理不可不全，故達識攝其契，相與弘道，豈不達哉！

崔生(53)高朗(54)，折而不撓，所以策名(55)魏武，執笏(56)霸朝者，蓋以漢主當陽(57)，魏后北面者哉！若乃一日進璽(58)，君臣易位，則崔子所不與，魏武所不容。夫江湖所以濟舟，亦所以覆舟；仁義所以全身，亦所以亡身。然而先賢玉摧於前，來哲攘袂(59)於後，豈非天懷發中，而名教束物者乎！

孔明(60)盤桓(61)，俟時而動，遐想管樂(62)，遠明風流。治國以禮，民無怨聲，刑罰不濫，沒有餘泣(63)，雖古之遺愛(64)，何以加(65)茲？及其臨終顧託(66)，受遺作相，劉后(67)授之無疑心，武侯處之無懼色，繼體(68)納之無貳情，百姓信之無異辭。君臣之際，良可詠矣。

公瑾[69]卓爾，逸志不群，總角[70]料主，則素契於伯符[71]；晚節[72]曜奇，則參分於赤壁[73]。惜其齡促，志未可量。

子布[74]佐策，致延譽[75]之美；輟哭止哀[76]，有翼戴[77]之功，神情所涉，豈徒蹇愕[78]而已哉？然而杜門不用[79]，登壇受譏[80]。夫一人之身，所照未異，而用舍之間，俄[81]有不同。況沈跡溝壑[82]，遇與不遇者乎！

夫詩頌之作，有自來矣。或以吟詠情性，或以述德顯功，雖大旨同歸，所託或乖[83]。若夫出處[84]有道，名體[85]不滯，風軌[86]德音，為世作範，不可廢也。故復撰序[87]所懷，以為之讚云。〈魏志〉九人，〈蜀志〉四人，〈吳志〉七人。荀彧字文若，諸葛亮字孔明，周瑜字公瑾，荀攸字公達，龐統[88]字士元，張昭字子布，袁渙[89]字曜卿，蔣琬[90]字公琰，魯肅[91]字子敬，崔琰字季珪，黃權[92]字公衡，諸葛瑾[93]字子瑜，徐邈[94]字景山，陸遜[95]字伯言，陳群[96]字長文，顧雍[97]字元歎，夏侯玄[98]字泰初，虞翻[99]字仲翔，王經[100]字承宗，陳泰[101]字玄伯。

【章旨】本段是全文的序。它以所要贊頌的三國名臣中的幾個代表人物的生平大節為例，著重闡明賢臣要在遭遇明君的認識和任用時，才能行其道的道理。並標出贊頌這些名臣的準則，是「出處有道，名體不滯，風軌德音，為世作範」。

【注　釋】❶三五　三皇五帝。❷宗匠　以大匠陶鑄器具。比喻培育人才。❸陶鈞　古代製造陶器時所用的圓輪。比喻對事物的控制、調節。❹緝熙　光明。❺元首　君主。❻經略　籌劃；治理。❼股肱　大腿和胳膊。比喻輔佐君主的大臣。❽體分　指為君之體、為臣之分。❾揆　道理。❿二八　相傳舜曾向唐堯舉薦了八元八愷。八元，伯奮、仲堪、叔獻、季仲、伯虎、仲熊、叔豹、季貍。八愷，蒼舒、隤敳、檮戭、大臨、龍降、庭堅（一作咎繇）、仲容、叔達。⓫伊呂　伊尹和呂尚。伊尹，商朝的開國元勳，名摯，本為湯妻陪嫁的奴隸。後幫助湯攻伐夏桀，被尊為阿衡（宰相）。呂尚，周朝的開國元勳，他輔佐周武王滅商，建立周朝。⓬湯武　商湯和周武王。⓭三賢　指管仲、鮑叔牙、隰朋。⓮小白　即齊桓公。名小白，齊襄公弟。襄公被殺後，他從莒回國取得政權，任用管仲進行改革，國力富強。他曾多次大會諸侯，訂立盟約，成為春秋時第一位霸主。⓯五臣　指狐偃、趙衰、顛頡、魏武子、司空季子。⓰重耳　即晉文公。名重耳，獻公子。因獻公立幼子為嗣，他曾出奔在外十九年，由秦送回即位。他整頓內政，增強軍隊，使國力強盛，成為春秋時的霸主。⓱凌遲　衰敗。⓲替　廢。⓳御圓者　古人認為天道圓，為君主所執。故以御圓者代指君主。⓴執方者　古人認為地道方，為人臣所執。故以執方者代指臣子。㉑名教　指以正名定分為主的封建禮教。㉒蘧甯　蘧瑗和甯俞。蘧瑗，字伯玉，春秋衛人，衛大夫蘧莊子（無咎）子，諡成子。他年五十而知四十九年非。國家政治清明就出來做官，政治黑暗就可以把自己的本領收藏起來。甯俞，春秋時衛大夫。孔子稱道他「在國家太平時節，便聰明；在國家昏暗時節，便裝傻。」（見《論語・公冶長》）㉓柳下　即春秋時魯大夫柳下惠。本名展獲，字禽，又叫展季。因食邑柳下，諡惠，故稱柳下惠。他做法官，多次被撤職。有人勸他離開魯國。他認為：以直道事人，去到哪裡將不被撤職呢？若能枉道事人，又何必一定要離開父母之邦呢？（見《論語・微子》）㉔黜　廢免。㉕接輿　傳說為春秋時楚國隱士，他佯狂避世。因為他曾經迎著孔子的車駕唱歌，故稱接輿。㉖魯連　即魯仲連。戰國時齊人。他好為人排難解紛，曾幫助齊王收復被燕占據的聊城。當齊王要給他封賞時，他卻逃隱海上。㉗相體　互相親近。㉘符契　猶符節。古代朝廷用作憑證的信物。符以竹、木或金屬製成，上面書寫著文字，剖而為二，各執其一，使用時以兩片相合為驗。㉙燕昭　燕昭王。戰國時燕國君。燕王噲的庶子，名平。原來流亡在韓，後被趙國護送回國。西元前三一一年即位後，他改革政治，招徠人才，士人爭相歸附，樂毅自魏往，鄒衍自齊往，劇辛自趙往。燕昭王二十八年（西元前二八四年），聯合五國攻齊，派樂毅攻破齊國，占領齊國七十多城，是燕國最強盛時期。㉚樂毅　戰國時燕國的大將。中山國靈壽（今河北平山東北）人。其昭王時任亞卿。其昭王二十八年，他率軍攻占齊國七十多城，因功封於昌國（今山東淄博東南），號昌國君。㉛伯樂　春秋秦穆公時人。以善相馬著稱。㉜龍顏　據說漢高祖劉邦為人高鼻子，額頭隆起似龍。此以「龍顏」代指劉邦。㉝三傑　指張良、蕭何和韓信。㉞蕭曹　指蕭何、曹參。㉟三代　夏、商、周。㊱顛沛　傾覆；仆倒。用以形容人事困頓、社會動亂。㊲孟子　名軻。字子輿，是戰國時思想家、政治家、教育家。他在〈公孫丑上〉中援引齊人的話說：縱有聰明，還得趁形勢；縱有鋤頭，還得待農時。㊳咨嗟　歎息。㊴賈生　賈誼（西元前二〇〇～前一六八年），西漢政論家、文學家。他在〈治安策〉中說當時天下時勢，「可為痛哭者一，可為流涕者二，可為長太息者六」。㊵萬歲　此極言聖君少見。㊶期會合；際會。㊷國志　西晉陳壽編著的《三國志》，把三國分成三書——〈魏書〉三十卷、〈蜀書〉十五卷、〈吳書〉二十卷，共六十五卷，而以「三國志」名其全書。故習慣上也稱魏、蜀、吳三書為「志」。㊸謝　不如。㊹文若　荀彧（西元一六三～二一二年）。字文若，東漢潁川潁陰（今河南許昌）人。初依附袁紹，繼歸曹操為司馬。建安元年（西元一九六年），建議迎漢獻帝都許，使曹操取得有利的政治形勢。不久，任尚書令，參與軍國大事。後以反對曹操稱魏公，被迫自殺。㊺塗炭　爛泥和炭火。比喻極端困苦的境地。㊻魏武　魏武帝曹操（西元一五五～二二〇年）。字孟德，小名阿瞞，譙（今安徽亳縣）人。東漢末，在鎮壓黃巾起義中不斷擴充力量。建安元年，迎漢獻帝都許，先後擊滅袁術、袁紹、劉表，逐漸統一黃河流域。位至丞相，大將軍，封魏王。曹丕稱帝，追尊為武帝。㊼委面　歸順。㊽要功　求功。㊾董卓　（西元？～一九二年）東漢隴西臨洮（今甘肅岷縣）人，字仲穎。本為涼州豪強。靈帝時，任并州牧。昭寧元年（西元一八九年），率兵入洛陽，廢少帝，立獻帝，專斷朝政。曹操和袁紹等起兵反對，他挾獻帝西遷長安，自為太師。後為王允、呂布所殺。㊿神器遷逼　指董卓挾持漢獻帝西遷長安。神器，帝位。(51)公達　荀攸（西元一五七～二一四年）。字公達，曹操謀士。潁川潁陰人。東漢末何進當權時，任黃門侍郎。後為曹操軍師，從征張繡、呂布、袁紹等，屢進計謀，被任為尚書令。後隨曹操攻孫權，病死途中。(52)致命　捨棄生命。(53)崔生　崔琰。字季珪，三國東武城（今山東武城）人。師事鄭玄。袁紹召為騎都尉。曹操擊破袁紹後，他被徵召為別駕從事。由於為人公正剛直，升遷為中尉。後所舉失職，觸怒曹操，被迫自殺。(54)高朗　高亢爽朗。(55)策名　指做官任職。(56)執笏　古代臣下朝見君王或臣僚相見時，手持玉石、象牙或竹、木做的手板為禮，稱執笏。引申為稱臣、做官。(57)當陽　舊時君見臣，南面而坐。故以當陽指召見群臣。(58)璽　帝王的印。(59)攘袂　揎袖捋臂。表示奮起之狀。(60)孔明　諸葛亮（西元一八一～二三四年）。字孔明，三國蜀漢政治家、軍事家。琅琊陽都（今山東沂水縣南）人。東漢末，隱居隆中（今湖北襄陽西），自比於管仲、樂毅，留心世事，被稱為「臥龍」。建安十二年（西元二〇七年），劉備三顧茅廬，請他出山。從此他成為劉備的主要謀士。後輔助劉備建立蜀漢，任丞相。備死，輔佐後主劉禪。曾多次伐魏，病死於五丈原軍中，諡為忠武侯。61盤桓　逗留不進貌。62管樂　管仲和樂毅。管仲（西元前？～前六四五年），春秋初期政治家。名夷吾，字仲，潁上（潁水之濱）人。由鮑叔牙推薦，被齊桓公任命為卿，尊稱「仲父」。他在齊國進行了一系列改革，使齊國國力大振。他幫助齊桓公以「尊王攘夷」相號召，使其成為春秋時第一個霸主。63沒有餘泣　廖立在劉備時任侍中。劉禪即位，調任為長水校尉。因誹謗先帝劉備被諸葛亮削職為民。但當聽到諸葛亮去世的消息，他痛哭流涕，深表惋惜，見《三國志‧卷四〇》。64遺愛　遺留給後世的仁愛。65加　超越。66顧託　臨終託付後事。67劉后　劉禪（西元二〇七～二七一年）。蜀漢後主，字公嗣，小字阿斗。涿郡涿縣（今屬河北）人。劉備子。西元二二三至二六三年在位。初由諸葛亮輔政。亮死，他信任宦官黃皓，朝政腐敗。西元二六三年投降魏軍。後被封為安樂公。68繼體　繼承帝位的人。此指劉禪。69公瑾　周瑜（西元一七五～二一〇年）。字公瑾，三國吳國名將。廬江舒縣（今安徽舒城）人。少與孫策為友，後歸策。為建威中郎將，幫助孫策在江東創立孫吳政權。策死，與張昭同輔孫權，任前部大都督。建安十三年（西元二〇八年），曹操率軍南下，他和魯肅堅決主戰，並親率吳軍在赤壁大破曹兵。後病死，年僅三十六歲。70總角　古代男女未成年把頭髮紮成兩角的樣子。這裡代指童年。71伯符　孫策（西元一七五～二〇〇年）。字伯符，三國吳郡富縣（今浙江富陽）人。孫堅子。堅死後，他依附袁術，收領其父殘餘部曲千餘人。興平二年（西元一九五年），他率軍渡江，經營江東，在江東地區建立了孫氏政權。後遇刺身亡。72晚節　晚年。73赤壁　山名。但曾為古戰場的赤壁山確在何地，古今聚訟紛紜。一種意見認為赤壁在蒲圻縣，與烏林隔江相對。一種意見認為赤壁即武昌西南的赤磯山。考察當時戰況，赤壁在蒲圻之說較為可信（參見楊貫一、丁力〈對於赤壁所在地的一點看法〉，載《中國歷史博物館館刊》，一九七九年，一期）。74子布　張昭（西元一五六～二三六年）。字子布，三國彭城（今江蘇徐州）人。東漢末渡江，任孫策長史、撫軍中郎將，甚得信任。策死，輔立孫權。赤壁戰前，主張投降曹操，為孫權所不滿。官至輔吳將軍。75延譽　播揚名譽。76輟哭止哀　孫策死時，孫權痛哭不已，張昭提醒他這不是哭泣的時候，並扶他上馬，讓他外出巡視軍士。77翼戴　輔佐擁戴。78蹇愕　通「謇諤」。忠直敢言。79杜門不用　張昭因常常在眾大臣面前向孫權規諫，而觸怒了孫權，遂被孫權用泥土堵住了家門。80登壇受譏　孫權即帝位，召會百官，張昭上前想讚揚功德，未及開口，孫權就發話說：「照您的計策，現在已在曹營裡過屈辱的生活了。」因張昭曾主張投降曹操，所以孫權這樣反唇相譏（見《三國志‧卷五二》注引〈江表傳〉）。81俄　瞬間；頃刻。82溝壑　谿谷；山溝。83乖　乖異；不一致。84出處　出來做官和在家隱居。85名體　名稱和實體。86風軌　高風懿行。87撰序　依次撰述。88龐統　（西元一七九～二一四年）字士元，劉備的謀士，襄陽（今湖北襄樊）人。初與諸葛亮齊名，號稱鳳雛。劉備得荊州，以為謀士，與諸葛亮同任軍師中郎將。後從劉備入蜀，劉備採其議，進兵成都。建安十九年攻雒城，中流矢死。89袁煥　《三國志・卷一一》作「袁渙」，字曜卿，陳郡扶樂人。初被劉備舉為茂才，繼依袁術。呂布攻打袁術而得袁渙。呂布用兵刃強迫他寫信辱罵劉備，遭到他的斷然拒絕。後歸附曹操，所出計策，多被採納，深得曹操敬重。官至郎中令。90蔣琬　（西元？～二四六年）字公琰，零陵湘鄉（今屬湖南）人。初隨劉備入蜀，後為諸葛亮所重，任丞相長史。諸葛亮攻魏，他主持兵源糧餉的供應。亮死，代亮執政，為大將軍，錄尚書事。91魯肅　（西元一七二～二一七年）字子敬，吳國名將。臨淮東城（今安徽定遠東南）人。初率部屬百餘人從周瑜到江南，為孫權所敬重。建安十三年（西元二〇八年）曹操率軍南下，嚴重威脅孫氏政權，他與周瑜堅決主戰，並輔助周瑜大破曹軍於赤壁。瑜死後，任奮武校尉，代領其軍。92黃權　（西元？～二四〇年）字公衡，巴西閬中（今四川閬中）人。初任劉璋主簿。後依劉備，為治中從事。隨劉備伐孫權，被吳將軍陸議切斷退路，無以還蜀，遂率部投降曹魏，任鎮南將軍，封育陽侯。卒後謚景侯。93諸葛瑾　（西元一七四～二四一年）字子瑜，諸葛亮兄。東漢末移居江南受到孫權優禮，任長史。後以綏南將軍代呂蒙為南郡太守，率將駐公安。孫權稱帝後，官至大將軍。94徐邈　（西元一七二～二四九年）字景山，燕國薊人。從曹操征戰，被任為尚書郎。文帝即位，調任撫軍大將軍軍師。魏明帝時為涼州刺史，興修水利，發展農業，注意與西域的往來，頗得民心。後官至司空。95陸遜　（西元一八三～二四五年）字伯言，吳郡吳縣華亭（今上海松江）人。孫策婿。善謀略，曾與呂蒙定襲取關羽之計。黃武元年（西元二二二年），劉備攻吳，他任大都督，堅守七八月不戰，直待蜀軍疲憊，利用順風放火，取得彝陵之戰的勝利。後任荊州牧，久鎮武昌，官至丞相。96陳群　（西元？～二三六年）字長文，穎川許昌（今河南許昌東）人。初為劉備別駕，後歸曹操，任司空掾。延康元年（西元二二〇年），曹丕任為尚書，建議選用官吏，實行九品中正制。這一制度，後來逐漸演變成士族壟斷政權的工具。魏明帝時，任司空。錄尚書事。97顧雍　（西元一六八～二四三年）字元歎，吳郡吳縣（今屬江蘇）人。初為合肥長。孫權領會稽太守，以他為丞，行太守事。後任丞相，在吳國執政達十九年。98夏侯玄　（西元二〇九～二五四年）字太初，譙（今安徽亳縣）人。曾任魏征西將軍，都督雍、涼州諸軍事。後擬謀殺司馬師並奪取司馬氏在魏國的權力，事洩被殺。他是早期的玄學領袖。99虞翻　（西元一六四～二三三年）字仲翔，會稽餘姚（今屬浙江）人。初事孫策，曾任富春長。孫權時為騎都尉，因觸怒孫權，被謫戍交州。家傳西漢今文孟氏《易》，將八卦與天干、五行、方位相配合，推論象數，所撰《易注》九卷，已散佚。100王經　清河（今屬山東）人。字承宗，高貴鄉公（曹髦）時曾任尚書。甘露五年（西元二六〇年），司馬昭誅殺曹髦時，王經不顧合作而遭害。101陳泰

（西元？～二六〇年）字玄伯，陳群子。魏齊王曹芳時，屢遷征西將軍、假節都督雍、涼諸軍事。後任尚書右僕射。高貴鄉公被司馬昭的黨徒賈充命人殺死，他號哭盡哀。司馬昭問他：「您怎樣處置我？」他回答說：「誅賈充以謝天下。」司馬昭要求想想其他辦法，他說：「怎能讓我再講別的話？」遂吐血身亡。

【語 譯】百姓不能管理自己，所以建置君主加以治理；賢明的君主不能獨自統治天下，所以選擇大臣作為輔佐。既然這樣，那麼三皇五帝的更相興盛，經過數代而仍承繼帝業。作揖謙讓與大動干戈，修治文德與建立武功，無不由於君主政權的教化及群才賢明。君主籌劃，大臣盡力，雖然他們遭逢不同，事蹟也各有優劣。至於君主與臣子固守各自的本位和職分，志同道合，永不背離。美好的風氣傳揚，訓誡流傳千載，君臣之道是一樣的。所以八元八愷登用而唐堯的國勢強大，伊尹、呂尚被重用而商湯、周武王之世安寧，三賢進身朝廷而齊桓公興盛，五臣顯達而晉文公成為霸主。中古時代的風氣衰敗，這種君臣之道廢棄了。身處高位的不秉公辦事，身居卑位的就一定透過私下請託以取得榮華；君主不以誠信統治眾人，臣子就一定會憑藉權謀自求顯達。於是君臣離心背德而名教衰敗，世勢紛擾而沒有治理。所以蘧伯玉、甯俞因此收藏本領、裝傻作愚，柳下惠因此多次被撤職，接輿因此邊走邊唱，魯仲連因此逃隱海上。衰世之中，保持名節，君臣相親，如合符契，那麼燕昭王與樂毅的互相配合，是屬於古代君臣志同道合的一類事例。不遇上伯樂，千載都沒有一匹駿馬；時逢高祖，當年就任用了三傑。漢代得到的人才，在這時最為珍貴。高祖雖然不以能取勝的仁義之道控制眾人，群臣卻能竭盡忠心；蕭何、曹參雖然不用三代的人臣之義侍奉君主，百姓卻能安居樂業。平定禍亂，庇護眾人，也可以說是次一等了。當天下動亂時，則顯達不如隱居；百姓渴望太平時，則靜默不如說話。因此，古代的君子不擔心弘揚道義的困難，而擔心不容易遇上時機；遇上時機並不困難，遭逢賢君實在不易。所以懷抱道義卻沒有機遇，孟子因此歎息；碰上機會卻沒有賢君，賈誼所以流淚。萬年有一際會，是士人遇上了大道；千年有一遇合，是賢人的好機會。若能碰上大好時機自然歡欣不已，若失去怎能不感慨萬端！古人的話確實是有道理的啊！我用閒暇時光，常常瀏覽《三國志》，考察他們的君臣遇合，排比他們的立身事跡，儘管君臣道義不及以前，但也是不同時代的一時之盛。

荀彧具有獨到的見識，胸懷救世的雄心。考察時勢，老百姓正處於水深火熱之中，估量才能，無人超過魏武帝，所以歸順霸者之朝，參與議論世事。舉薦賢才不是為了炫示自己有鑑識人物之明，因此，時間一久更加顯耀；出謀劃策並非為了邀功求賞，所以臨事才作出決定。雖然他飲藥身亡表明順於漢室，但其識見也是很高明的。

董卓製造禍亂，挾持漢獻帝遷都長安，荀攸激昂奮發，願為匡復漢室豁出性命。由此說來，他仍能保存名節。至於身為漢官，而入魏朝軍府謀事，推究他的進退趨捨，他也是荀彧之輩。因此他倆或存或亡，結局不同，大概荀彧深明大義，寄跡名教吧！深明道德仁義，那麼時人就尊奉他的妙理；保全謀生之道，所以達識君子就掌握他的契機。他們互相弘揚為臣之道，影響難道不深遠嗎！

崔琰為人高亢爽朗，寧願折損也不屈服，他之所以在曹府為官任職，稱臣做官，大概是因為當時漢主南面而王，魏君仍北面稱臣吧！至於一旦進獻了玉璽，漢主與魏君更換了地位，那是崔琰所不肯贊同，魏武帝也因而感到不能容他。江湖可用來擺渡舟船也可使舟船覆沒；仁義可靠它保全生命，也可使自身滅亡。然而前代的忠義之士寧為玉碎，後代的聖哲之人揎袖奮起，這難道不是人們的天性自然流露而用名教律己嗎！

諸葛亮徘徊盤桓，等待時機才行動，遠懷古代的管仲樂毅，早知他們的精神風概。用禮樂來治理國家，因而老百姓沒有怨言，不濫施刑罰，所以死後有人哭泣懷念。即便古人的仁愛遺風，怎麼能超過他？等到劉備臨終託付，諸葛亮接受遺命，擔任丞相，劉王放心地把軍政大權交給他，武侯身居相位而毫無懼色，繼位之主全心全意地接納他，百姓眾口一辭地信賴他。君臣間的關係實在可以稱讚。

周瑜卓然不群，志向高遠，早年選擇人主，則與孫策志同道合；晚年出奇制勝，在赤壁三分天下。可惜他年壽短促，否則，他的志向不可限量。

張昭輔佐孫策，獲得美好的名聲；規勸孫權停止哀號，具有擁戴的功勞，他用心所及，哪裡僅僅是忠直敢言而已呢？然而他的家門被堵，不再受到信用，在孫權即位時遭到譏諷。以一人之身，所表現出來的並沒有兩樣，但用與不用，頃刻之間便迥然不同。何況那些沈淪山溝荒野，遇時與不遇時的呢！

詩頌的創作，由來已久。有的用以吟詠性情，有的用以稱揚功德，雖然大意歸向一處，但所寄託之事或有不同。至於做官隱居，各得其道，名稱實質互相符合，高風懿行，美言嘉話，可作為世人榜樣的，不可廢而不說。所以又依次撰述自己的感想，以作為對他們的頌讚。〈魏志〉九人，〈蜀志〉四人，〈吳志〉七人。荀彧字文若，諸葛亮字孔明，周瑜字公瑾，荀攸字公達，龐統字士元，張昭字子布，袁煥字曜卿，蔣琬字公琰，魯肅字子敬，崔琰字季珪，黃權字公衡，諸葛瑾字子瑜，徐邈字景山，陸遜字伯言，陳群字長文，顧雍字元歎，夏侯玄字泰初，虞翻字仲翔，王經字承宗，陳泰字玄伯。

火德❶既微，運纏❷大過❸。洪飆扇海，二溟❹揚波❺。虯❻虎雖驚，風雲未和。潛魚擇淵，高鳥候柯❼。赫赫❽三雄❾，並迴乾軸。競收杞梓❿，爭采松竹。鳳不及棲，龍不暇伏。谷無幽蘭，嶺無亭菊⓫。

英英⓬文若，靈鑒洞照。應變知微，探賾⓭賞要。日月在躬，隱之彌曜。文明映心，鑽之愈妙。滄海橫流，玉石同碎。達人兼善⓮，廢己存愛。謀解時紛，功濟宇內。始救生人，終明風概⓯。

公達潛朗，思同蓍蔡⓰。運用無方⓱，動攝群會。爰⓲初發跡⓳，遘此顛沛⓴。神情玄定，處之彌泰。愔愔㉑幕裡，筭㉒無不經。亹亹㉓通韻，跡不暫停。雖懷尺璧㉔，顧哂㉕連城㉖。知能拯物，愚足全生㉗。

郎中溫雅，器識[28]純素。貞而不諒[29]，通而能固。恂恂[30]德心，汪汪[31]軌度[32]。志成弱冠[33]，道敷歲暮。仁者必勇，德亦有言。雖遇履虎[34]，神氣恬然。行不修飾，名跡無愆。操不激切，素風愈鮮。

邈哉崔生，體正心直。天骨[35]疏朗[36]，牆宇[37]高嶷。忠存軌跡，義形風色。思樹芳蘭[38]，翦除荊棘[39]。人惡其上，時不容哲。琅琅[40]先生，雅杖名節。雖遇塵霧，猶振霜雪。運極道消，碎此明月。

景山恢誕[41]，韻與道合。形器不存，方寸海納。和而不同，通而不雜。遇醉忘辭[42]，在醒貽答[43]。

長文通雅，義格[44]終始。思戴元首，擬伊[45]同恥。民未知德，懼若在己。嘉謀肆庭，讜言[46]盈耳。玉生雖麗，光不踰把。德積雖微，道映天下。

淵哉泰初，宇量[47]高雅。器範自然，標準[48]無假。全身由直，跡洿必偽。處死匪難，理存則易。萬物波蕩，孰任其累？六合[49]徒廣，容身靡寄。君親自然，匪由名教。敬授既同，情禮兼到。

烈烈[50]王生，知死不撓。求仁不遠，期在忠孝。

玄伯剛簡[51]，大存名體。志在高構，增堂[52]及陛[53]。端委[54]虎門[55]，正言彌啟。

臨危致命，盡其心禮。

堂堂孔明，基宇[56]宏邈。器同生民[57]，獨秉先覺。標牓[58]風流，遠明管樂[59]。初九盤龍[60]，雅志彌確。百六[61]道喪，干戈迭用。苟非命世[62]，孰掃雰雺[63]？宗子[64]思寧，薄言[65]解控。釋褐[66]中林，鬱為時棟[67]。

士元弘長，雅性內融。崇善愛物，觀始知終。喪亂備矣，勝途未隆[68]。先生標之，振起清風。綢繆[69]哲后，無妄[70]惟時。夙夜匪懈，義在緝熙。三略[71]既陳，霸業已基。

公琰殖根，不忘中正。豈曰摸擬，實在雅性。亦既羈勒[72]，負荷時命。推賢恭己，久而可敬。

公衡仲達[73]，秉心[74]淵塞[75]。媚茲一人，臨難不惑。疇昔[76]不造[77]，假翮鄰國[78]。進能徽音[79]，退不失德。六合紛紜，民心將變。鳥擇高梧，臣須顧眄。

公瑾英達，朗心獨見。披草求君，定交一面。桓桓[80]魏武，外託霸跡。志掩衡霍[81]，恃戰忘敵。卓卓若人[82]，曜奇赤壁。三光[83]參分，宇宙暫隔。

子布擅名，遭世方擾。撫翼[84]桑梓[85]，息肩[86]江表[87]。王略威夷[88]，吳魏同寶。遂獻宏謨，匡[89]此霸道。桓王[90]之薨，大業未純。把臂託孤，惟賢與親。輟哭止哀，臨難忘身。成此南面，寔由老臣。才為世出，世亦須才。得而能任，貴在無猜。

昂昂[91]子敬，拔跡草萊。荷檐[92]吐奇[93]，乃構雲臺[94]。

子瑜都長[95]，體性純懿。諫而不犯，正而不毅。將命公庭，退忘私位[96]。豈無鵜鴂[97]？固慎名器[98]。

伯言蹇蹇[99]，以道佐世。出能勤功，入能獻替[100]。謀寧社稷[101]，解紛挫銳。正以招疑，忠而獲戾[102]。

元歎穆遠，神和形檢[103]。如彼白珪，質無塵玷。立上以恆[104]，匡上以漸。清不增潔，濁不加染。

仲翔高亮，性不和物。好是不群，折而不屈。屢摧逆鱗[105]，直道受黜[106]。歎過孫陽[107]，放同賈屈[108]。

【章　旨】本段先以自然界的種種事物變化活動的形象，盡致地形容出在社會動盪紛擾中，三國之君爭相網羅人才的急迫情狀。接著用簡潔的語言概括了荀彧等二十位名臣的生平大略，對他們的品德風概和所建立的功勳，給予嚴肅的崇敬，對他們的不幸遭遇則深表惋惜。

【注　釋】❶火德　此指東漢。秦漢方士以金、木、水、火、土五行相生相剋的道理來附會王朝的命運。漢代帝王以為自己受命正值五行的火運，故以「火德」代稱漢朝。❷纏 通「躔」。運行。❸大過 《周易》中的卦名。意謂大過失、大錯誤。❹二溟 南海、北海。❺揚波 比喻天下大亂。❻虯 傳說中的無角龍。❼候柯 尋求棲止的樹枝。候，尋求。柯，草木的莖幹。❽赫赫 顯赫強盛貌。❾三雄 指曹操、劉備、孫權。❿杞梓 兩種優質木材。與下「松竹」都是用以比喻賢才。⓫亭菊 即秀菊。與「幽蘭」都是用以比喻賢才。⓬英英 俊美貌。⓭探賾 探求幽深。⓮兼善 不僅自己求善，而且使別人也達到善的境界。⓯風概 風采氣概。⓰蓍蔡 即蓍龜。因蔡地出大龜，故以蔡代指龜。本是兩種用以占卜的器具，這裡指卜筮。⓱無方 沒有極限。⓲爰 發語詞。⓳發跡 指立功揚名。⓴遘此顛沛 荀攸與何顒等因圖謀刺殺董卓而被捕，何顒憂懼自殺，荀攸卻言語飲食，泰然自若。董卓死後，他獲釋出獄。㉑愔愔 和悅、安閒貌。㉒筭 同「算」。計謀。㉓亹亹 行進貌。㉔尺璧 比喻才華。㉕哂 譏笑。㉖連城 指極其珍貴的寶玉。戰國時趙惠文王獲得了楚國的和氏璧，秦昭王聽到後，願意用十五城來交換。㉗愚足全生 荀攸死後，曹操常常稱道他，說他看上去像傻子，實際很聰明，外表怯弱，內心剛強。他那聰明，別人趕得上，那裝傻，別人就趕不上。㉘器識 度量見識。㉙諒 信。㉚恂恂 恭順貌。㉛汪汪 深廣貌。㉜軌度 法度。㉝弱冠 古時男子二十歲成人而行冠禮，其時身體尚弱未壯，故稱弱冠。後世亦有將二十歲上下的稱為弱冠。㉞履虎 踐踏虎尾。此指袁煥遭到呂布的脅迫。㉟天骨 天賦的風骨。此指人的氣量、風度。㊱疏朗 俊偉。㊲牆宇 指人的風度。㊳芳蘭 比喻君子。㊴荊棘 比喻小人。㊵琅琅 形容俊美。㊶恢誕 浮誇怪誕。㊷遇醉忘辭 徐邈任尚書郎時，因酒醉說了句「中聖人」的話而觸犯了曹操，度遼將軍鮮于輔說喝酒者認為「酒清者為聖人，濁者為賢人」，「中聖人」是指酒而不是指人。經他說解，才使徐邈免受刑罰。㊸在醒貽答 曹丕即位後，經過許昌，問徐邈「你還中聖人不?」他回答說自己有喝酒的嗜好，不能戒掉，因此還「時復中之」，但自己卻是因醉酒而被賞識的。曹丕聽後，對左右說他「名不虛立」。貽，遺留。㊹格 到。㊺伊 伊尹。㊻讜言 正直的話。㊼宇量 器宇度量。㊽標准 榜樣；規範。准，通「準」。㊾六合 天地四方。㊿烈烈 威武貌。(51)剛簡 堅強樸直。(52)堂 殿堂。比喻君主。(53)陛 進出殿堂的臺階。比喻臣子。(54)端委 端正而寬長的朝服。(55)虎門 古代君主處理政事的宮室之門。因其門外畫有虎像，故稱。(56)基宇 器度。(57)生民 人民。(58)標牓 宣揚。(59)管樂 管仲、樂毅。(60)初九盤龍 《周易・乾卦》中有「初九，潛龍勿用」的話。孔夫子解釋說：「潛龍，比喻有德而隱居的君子。……他對高興的事就去做，對可憂的事就避開。堅定地不可改變，是潛龍。」盤龍，蟠龍。即潛龍。諸葛亮曾被徐庶譽為「臥龍」，故以「潛龍」作比。(61)百六 古人以百六陽九為厄運。(62)命世 治世之才。(63)雰雰 霧氣。比喻禍亂。(64)宗子 皇族子弟。劉備為漢景帝子中山靖王劉勝的後代，故以「宗子」稱之。(65)薄言 語助詞。(66)釋褐 脫去布衣換上官服。猶言做官任職。67時棟　諸葛亮官至丞相，故稱其為當時的棟梁。68隆　盛；多。69綢繆　親密貌。70無妄　《周易》卦名。意謂不胡來。71三略　劉璋回成都後，命劉備北征漢中，龐統向劉備建議說：暗選精兵，日夜兼程，偷襲成都，可一舉便定。這是上策；假裝回歸荊州，誘使劉璋的名將楊懷、高沛慕名前來送行，乘便捉住他們並奪取其兵權，然後向成都進發。這是中策；退回白帝城，聯合荊州，然後再慢慢打算攻取成都。這是下策。劉備採用了中策。72羈勒　比喻牽制束縛。73仲達　淡泊曠達。74秉心　操心；用心。75淵塞　深遠踏實。76疇昔　往日。77不造　不善。即不祥、不幸的意思。78鄰國　指魏國。黃權統率江北軍攻伐孫吳，被吳將陸議斷絕退路，不得已遂率兵投降魏國，被任命為鎮南將軍。79徽音　美好的言語。80桓桓　威武貌。81衡霍　二山名。在東吳境內。82若人　此人。指周瑜。83三光　日、月、星。84撫翼　收起翅膀。比喻隱居。85桑梓　皆古代住宅旁經常栽種的樹木。後遂用以比喻故鄉。86息肩　卸去負擔。此指棲身。87江表　指長江以南地區。從中原看，地在長江之外，故稱江表。88威夷　衰頹。89匡　輔助。90桓王　指孫策。孫權稱帝後，追諡兄策為桓王。91昂昂　志行高超貌。92荷檐　擔負。指肩負重任。檐，通「擔」。93吐奇　魯肅初次拜見孫權，就向孫權提出鼎足江東，以觀察天下的變異，然後建立帝王之號以謀取天下的計策。94雲臺　高聳入雲的殿臺。比喻帝王之業。95都長　美麗寬厚。96將命公庭二句　建安二十五年（西元二一五年），諸葛瑾奉命出使劉蜀，只在公開場合與其弟諸葛亮見面，沒有私下相會。將命，傳達賓主的話。97鶺鴒　《詩經・小雅・常棣》有「鶺鴒在原，兄弟急難」的詩句。後遂以鶺鴒比喻兄弟。98名器　名位器物。99蹇蹇　通「謇謇」。忠直貌。100獻替　「獻可替否」的略語。意謂進獻可行的，除去不可行的。101社稷　天子諸侯所祭，祈求豐年。古代常以社稷為國家的代稱。社，土神。稷，穀神。102獲戾　獲罪。孫權既立孫和為太子，又寵愛孫霸，封為魯王，並想更換太子。陸遜多次上書，陳說應維持太子正統的地位，受到孫權的責備，故云「忠而獲戾」。103檢　約束。104恆　恆久。即準則。105逆鱗　倒生的鱗片。《韓非子・說難》說：龍的咽喉部位有直徑一尺的逆鱗，如果觸摸該部位，龍性發作，人就要受傷害。國君亦有逆鱗，遊說的人不能觸犯它。古代以龍為人君的象徵，故稱觸怒國君為「摧逆鱗」。106直道受黜　虞翻曾多次犯顏直諫，孫權很不高興，遂把他流放到交州。107孫陽　又名伯樂，古代善於相馬的人。據說他看到駿馬、劣馬一起拉車，深為駿馬的不幸而歎息。108賈屈　賈誼和屈原。賈誼任太中大夫時，因周勃、灌嬰等讒毀，被貶為長沙王太傅。他前往長沙途經湘水時，寫下了〈弔屈原賦〉。屈原，戰國楚人。楚懷王時任左徒、三閭大夫，後遭靳尚等人誣陷，被放逐，作〈離騷〉。

【語譯】東漢王室已經衰弱，國運艱難，出現重大的過失。狂風吹颳著海面，揚起滔天大波。龍虎雖已驚動，但風雲卻沒有應和。游魚選擇藏身的深淵，飛鳥尋求棲止的巢窩。顯赫強大的三國君主，一併扭轉乾坤宇宙。競相收羅杞梓，爭著採納松竹。鳳鳥不及棲止，蛟龍無暇深伏。山谷裡不見幽蘭，崇嶺上沒有芳菊。

聰明俊美的荀彧，對時務深明洞曉。順應時變悉知幾微，能夠探索識別要妙之道。他好像日月在身，欲掩蓋卻更加光耀。胸中文德輝耀，愈鑽研愈益精妙。滄海橫流，玉石同碎。達人想使眾人得善，犧牲自己而給人仁愛。設謀定計排解時亂，建功立業普濟天下。起初本為拯救百姓，最後顯示出他的品節。

荀攸神明莫測，思慮如同卜筮。運思用神沒有限制，總理眾多大事。剛開始立功揚名，竟遭到困頓。他神情高遠鎮靜，身處困境更加安寧。在曹營裡安閒自得，出謀定計符合常理。進謀如樂音諧和，功業又與日俱進。他才華橫溢，竟可藐視連城之璧。聰明才智能拯救眾人，裝傻作愚可保全自己。

袁渙溫文爾雅，器識純淨無瑕。依循正道而不固執小信，為人通達卻堅守志節。志意恭順和善，法度深遠廣大。年輕時胸懷大志，到晚年大行其道。仁人一定勇敢，有德必有名言。他雖遭呂布脅迫，神情卻能泰然。道德品行不用修飾，名望行事沒有過失。志節操守不用激勵，純樸風度更加明顯。

高遠啊崔琰，為人剛正率直，他風骨疏朗，氣質高雅。立身行事保持忠誠，主持正義常形於色。一心想要種植芳草蘭花，剷除惡木荊棘，眾人嫉妒他的超群之才，他因此不為時俗所容納。先生奇偉俊美，一向保持名節。雖遭受塵垢般的恥辱，仍顯示出霜雪似的高潔。國運窮盡道義消亡，竟碎裂了這顆明月珠。

徐邈為人浮誇怪誕，性情高遠與道冥合。胸懷萬物，無所不納。混同世俗而自有主見，通曉眾事卻用心專一。碰上醉酒說錯了話，酒醒後留下了得體的答詞。

陳群通達雅正，堅守道義始終如一。一心想要擁戴曹丕，自比伊尹以不能致君堯舜為羞愧。百姓不感激君王的恩德，他憂懼不已，就好像是自己沒有盡職。奇計善謀為朝廷採用，文帝可經常聽到他正直的話。璧玉雖然潔白無瑕，流光溢彩卻不過滿把。累積的美德儘管微薄，卻能映照天下。

淵深啊夏侯玄，器宇軒昂，氣質高雅。器量法度出於自然，為人師表無所假借。立身純正乃由剛直所致，行事汙濁必從虛假而生。如何處理死亡並非難事，胸中有理就容易對待。萬物波盪，天下大亂，誰能承受這亂世的危殆？天下徒然遼闊寬廣，竟無處可容身託體。親近君王出於自然親情，並非由名教的熏陶。孝敬父母侍奉皇上，兩者的情禮都能盡到。

威嚴勇武的王經，明知死難決不屈撓。尋求仁道並不遙遠，目的在於達到忠孝。

陳泰堅強質樸，保持名稱與實際相符。立志於輔佐君主成就帝業，推尊君主整治群臣。不僅身著朝服立在虎門，並發表了正直的言論。面對危險願豁出生命，竭盡了禮節和忠誠。

諸葛亮相貌堂堂，器度宏大邈遠。形象與眾人無別，卻獨具先知的素質。弘揚古人的餘韻流風，早就自比管仲、樂毅。他像蛟龍似的潛伏隆中，平素的志向更加堅定。漢代失德，遭到百六厄運，大動干戈，兵禍連年。倘若不是治世賢才，誰能平定戰亂？劉備想要安定天下，消除天下的禍難，使他從山野步入仕途，官至丞相，儼然成為當時的棟樑。

龐統深謀遠慮，性情高雅，心眼明亮。崇尚善道，愛惜萬物，長於預測，見始知終。天下備受喪亂，取勝途徑沒有暢通。先生建立治亂之道，振起古人的清風。與君主情深意切，審時度勢絕不胡來。日夜勤勉毫不懈怠，意在使光明重現天下。陳述了三條奇計，奠定了霸王的基業。

蔣琬的立身根本，始終不忘中正。這哪裡是效法古人？實在是他平素的本性。既為他人奔走，奉行君主的命令，推賢進士又態度莊嚴，時間越久越可尊敬。

黃權淡泊曠達，用心深遠又踏實。眾人愛戴這一個人，面臨危難不迷惑。往日遭逢不祥，暫且投降了魏國。進身蜀漢能正言勸諫，投降曹魏仍保持品德。天下禍亂紛紜，眾人將要變心。鳳鳥選擇梧桐棲止，人臣需要君主重視。

周瑜英俊通達，心眼明亮具有獨見。身著簑衣訪求賢君，一經相見便建立了深情。勇武的魏武帝，表面上是建立霸業，實際上卻想取得東吳的土地，自恃善戰而輕視吳國。周瑜高卓獨特，在赤壁顯示出他的奇才，把天下分成三國，河山暫時分割。

張昭大有名望，正好遭逢時代的紛擾，隱居家鄉等待時機，最後棲身於江南。王道衰頹，吳魏共同保護。於是進獻宏遠計畫，輔助東吳。桓王去世，大業還沒有穩定，抓住手臂把孫權託付給他，在於他既親密又賢明。他規勸孫權停止哭泣，面對危難而不顧自身。使孫權能南面稱王，實在是由於這位老臣。賢才為亂世而出，亂世也需要賢才。獲得賢才而能任用，貴在信任無疑。

超群出眾的魯肅，從山野中得到提拔。肩負重任提出奇計，終於完成宏大王業。

諸葛瑾為人閑雅寬厚，品性純美。直言勸諫而不怒形於色，剛正不阿卻不倔強固執。在公開的場合傳達君主之命，辦完公事也不與兄弟私下相會。他難道沒有兄弟情誼？只是他對自身的名位權責特別慎重罷了。

陸遜忠誠耿直，用道義輔助國君。率兵出征能勤勉立功，處身朝廷能興利除弊。想方設法安定國家，排解紛亂挫敗勁敵。正直反而招致懷疑，忠誠卻受過獲罪。

顧雍壯美高遠，性情溫和而嚴於律己，如同那白珪瓊玉，質地潔白無瑕。推尊君主持之以恆，又能循序漸進地匡正過失。他為人中和，清濁得宜。

虞翻為人高亢明爽，性情不合世俗。愛好孤高不凡，寧願折斷也不屈服。多次諫諍觸怒君主，堅守直道而遭到黜免。哀歎不幸超過伯樂，遭到放逐如同賈誼和屈原。

詵詵❶眾賢，千載一遇。整轡❷高衢❸，驤首❹天路。仰挹❺玄流❻，俯弘時務。名節殊途，雅致同趣。日月麗❼天，瞻之不墜。仁義在躬，用之不匱❽。尚想重暉❾，載❿挹載味。後生擊節，懦夫增氣。

【章　旨】本段是對二十位三國名臣的總贊。認為他們的表現方面雖有不同，但都如同日月，光景常新。

他們身上存在的仁義品德，足使「後生擊節，懦夫增氣」。

【注　釋】❶詵詵　眾多貌。❷整轡　駕車出行。❸高衢　大道。❹驤首　昂首。❺挹　取。❻玄流　比喻君主的恩澤。玄，《周易・坤卦》：「天玄而地黃。」本指天的顏色，借代為天。❼麗　附麗。❽匱　窮竭。❾重暉　耀眼的光輝。此比喻他們的品節風概。❿載　語助詞。

【語　譯】這麼眾多的賢士相遇，千百年來僅有一次。他們駕馭著車子，在大道上昂首行駛。仰受君主的恩澤，整治了當時的要事。名譽節操雖各有異，卻都具備風雅的意趣。如同附麗在天上的日月，讓人瞻望永不消失。他們身上所具有的仁義，取之不盡，用之不竭。追念他們的品德，可供人挹取，讓人回味，使後生擊節稱賞，令懦夫增添壯氣。

卷四八

符命

封禪文 并序

【作　者】司馬相如（西元前一七九～前一一七年），字長卿，蜀郡成都（今四川成都）人，西漢著名辭賦作家。少時名犬子，後慕藺相如為人，改名相如。曾以入貲為郎。事景帝為武騎常侍。因景帝不好辭賦，而梁孝王來朝時帶了鄒陽、枚乘、莊忌等一批遊說之士，於是託病去職，客遊於梁。梁孝王死後，歸成都，得臨邛令幫助，與臨邛富人卓王孫女卓文君戀愛結婚，後得卓王孫資助，遂在成都買田宅為富人。武帝時，司馬相如受到推薦，獻賦於帝，被任為郎官。時漢武帝採納唐蒙建議，開通「西南夷」，相如兩度奉使巴蜀，曾提升為中郎將，施展了不錯的政治才能。後來，有人上書告他出使時受人賄賂，於是失官。歲餘復召為郎，後改孝文園令。復以病免官，家居茂陵，遂卒於家。武帝命人取其作品，得遺作〈封禪文〉。相如口吃而善著書，因家財富有，不慕官爵。司馬相如原集已經散佚，明人輯有《司馬文園集》，《漢書・藝文志》著錄其賦二十九篇，今存六篇。其賦廣博閎麗，卓絕於一代，使漢代大賦得以定型，對於以後揚雄、班固、張衡等人的創作都起了重大影響。

【題　解】「封」指登泰山築壇祭天，「禪」是在泰山南的梁父山上闢場祭地。因此，祭祀天神地祇以報答天地大功的「封禪」，向來被封建王朝視為國家大典。

本篇是司馬相如臨終前向漢武帝建議封禪的有關朝章大典的文章。它通過對漢朝功德的極意歌頌讚美，以說明漢武帝舉行封禪的合理性和重要性。全文分序和頌兩部分。序文指出自古以來封泰山、禪梁父的已有七十二君，但他們所建立的功德都遠不及漢代。而漢代的聲威功德，數千年以來無與倫比，連泰山、梁父的神靈都盼望著武帝的大駕光臨。因此，武帝於情於理都適宜舉行封禪大典。頌文交代了在恩澤廣被萬物、符瑞紛呈疊現之後，武帝舉行封禪，正體現出他的居安思危、謹慎從事的「聖王之德」，從而進一步表達了對武帝的頌揚讚美。

這是司馬相如的盡心之作，雖然幾乎通篇都是空洞的歌頌，卻寫得典雅莊重，對後來的歌功頌德之文，如揚雄的〈劇秦美新〉、班固的〈典引〉等，都有一定的影響。

伊❶上古之初肇❷，自昊穹❸兮生民。歷選❹列辟❺，以迄❻於秦。率❼邇者踵武❽，逖❾聽者風聲。紛綸威蕤❿，湮滅⓫而不稱者，不可勝數。繼韶⓬夏⓭，崇號諡⓮，略可道者，七十有⓯二君。罔⓰若⓱淑⓲而不昌，疇⓳逆失⓴而能存？軒轅㉑之前，遐哉邈乎，其詳不可得聞已。五三㉒六經㉓載籍之傳，維風可觀也。《書》㉔曰：「元首明哉，股肱㉕良哉！」因斯以談，君莫盛於唐堯㉖，臣莫賢於后稷㉗。后稷創業於唐堯，公劉㉘發跡於西戎㉙。文王㉚改制㉛，爰㉜周郅㉝隆，大行㉞越㉟成。而後陵遲㊱衰微，千載亡聲㊲，豈不善始善終哉？然無異端㊳，慎所由㊴於前，謹遺教於後耳。故軌跡㊵夷易㊶，易遵也，湛恩㊷厖鴻㊸，易豐也；憲度㊹著明，易則㊺也；垂統㊻理順，易繼也。是以業隆於繈緥㊼，而崇冠於二后㊽。揆㊾厥所元[50]，終都[51]攸卒，未有殊尤[52]絕跡[53]，可考[54]於今者也。然猶躡[55]梁父、登泰山，建顯號，施尊名[56]。大漢之德，逢[57]湧原[58]泉，沕潏[59]曼羨[60]，旁魄[61]四塞[62]，雲布霧散，上暢九垓[63]，下泝[64]八埏[65]，懷生[66]之類，沾濡浸潤[67]，協氣[68]橫流[69]，武節[70]猋[71]逝，邇陿[72]遊原[73]，遐闊泳[74]沫[75]，首惡[76]鬱沒[77]，晻昧[78]昭晰[79]，昆蟲闓澤[80]，迴首面[81]內。然後囿[82]騶虞[83]之珍群，徼[84]麋鹿之怪獸，導[85]一莖六穗於庖，犧[86]雙觡[87]共柢[88]之獸，獲周餘珍[89]，放龜[90]于岐[91]，招翠黃乘龍[92]於沼。鬼神接[93]靈圉[94]，賓[95]於閒館。奇物譎詭[96]，俶儻[97]窮變。欽[98]哉！符瑞[99]臻茲[100]，猶以為德薄，不敢道封禪。蓋周躍魚隕航[101]，休[102]之以燎[103]，微夫！此之為符也。以登介丘[104]，不亦恧[105]乎！進讓[106]之道，何其爽[107]歟！於是大司馬[108]進曰：陛下仁育群生[109]，義征不譓[110]，諸夏[111]樂貢，百蠻[112]執贄[113]。德侔[114]往初，功無與二，休烈[115]浹洽[116]，符瑞眾變，期應紹至，不特[117]創見[118]。意[119]泰山梁甫，設壇場[120]望幸[121]，蓋[122]號以況榮[123]。陛下謙讓而弗發，挈[124]三神[125]之歡，缺王道[126]之儀，群臣恧焉！或曰：且天為質[127]，闇示珍符，固不可辭。若然辭之，是泰山靡記，而梁甫罔幾[128]也。亦各並時而榮[129]，咸濟厥世[130]而屈[131]，說者尚何稱於後，而云七十二君哉？夫修德以錫符[132]，奉命以行事[133]，不為進越[134]也。故聖王不替[135]，而修禮地祇[136]，謁[137]款[138]天神，勒功[139]中嶽[140]，以章玉尊。舒[141]盛德，發[142]號榮，受厚福，以浸[143]黎元[144]。皇皇[145]哉，此天下之壯觀，王者之卒業[146]，不可貶[147]也。願陛下全之。而後因雜[148]搢紳[149]先生之略術[150]，使獲燿日月之末光絕炎，以展寀[151]錯[152]事。猶[153]兼正列[154]其義，祓飾[155]厥文，作《春秋》[156]一藝，將襲[157]舊六為七，攄[158]之亡窮。俾萬世得激清流，揚微波，蜚[159]英聲，騰茂實。前聖所以永保鴻名，而常為稱首[160]者用此[161]。宜命掌故[162]，悉奏其儀而覽焉。於是天子俙然[163]改容曰：俞[164]乎，朕[165]其試哉！乃遷[166]思迴[167]慮，揔[168]公卿之議，詢封禪之事，詩[169]大澤之博[170]，廣[171]符瑞之富[172]。

【章　旨】本段是全文的序。它指出自古以來，因封禪泰山而得以傳名後世的已有七十二君，但他們並沒有特殊功德可與當今相比。漢代功德廣被四方，充溢天地，眾多符瑞，紛呈疊現，認為漢武帝於情於理都適宜舉行封禪大典。

【注　釋】❶伊　發語詞。❷肇　開始。❸旻穹　指天。❹歷選　即歷數。指古代帝王相繼的次第。❺辟　君主。❻迄　至。❼率　遵循；沿著。❽武　足跡。❾逖　遠。❿紛綸葳蕤　多而亂貌。⓫湮滅　埋沒。⓬韶　相傳為舜樂。此處代舜。⓭夏　禹樂。此處代禹。⓮號謚　古代君主生前上有尊號，死後有美謚。⓯有　通「又」。⓰罔　無。⓱若　順從。⓲淑　善良。⓳疇　誰。⓴逆失　逆行、失道。㉑軒轅　即黃帝。相傳他姓公孫，因居於軒轅之丘，故名曰軒轅。與炎帝同為中華民族的共同祖先。㉒五三　指五帝（黃帝、顓頊、帝嚳、堯、舜）、三王（夏禹、商湯、周文王）。㉓六經　儒家稱《詩》、《書》、《禮》、《樂》、《易》、《春秋》為六經。今文學家說《樂經》附於《詩》中。古文學家說《樂經》秦焚書後亡。㉔書　指《尚書》。尚，通「上」。意謂上古之書。又稱《書經》，是現存最早的關於上古時典章文獻的彙編。相傳曾經由孔子編選。此處引文見今文

《尚書・皋陶謨》。㉕股肱　大腿和胳膊。比喻輔佐君主的大臣。㉖唐堯　即堯。傳說中父系氏族社會後期部落聯盟領袖。號陶唐氏，名放勳。㉗后稷　古代周族的始祖。相傳他是有邰氏之女姜嫄踏巨人足跡，懷孕而生，因此一度被棄，名棄。他善於種植各種糧食作物，曾在堯舜時代做農官，教民耕種。㉘公劉　古代周族的領袖。相傳他是后稷的曾孫。夏代末年他率領周族遷到豳（今陝西彬縣東北），觀察地形水利，開墾荒地，安定居處。在發展農業生產上有一定的貢獻。㉙西戎　我國古代西部少數民族的統稱。㉚文王　周文王。商末周族領袖。姬姓，名昌，商紂時為西伯，亦稱伯昌。曾被商紂囚於羑里（今河南湯陰北）。在位期間，國勢強盛，並建立豐邑（今陝西西安灃水西岸），作為國都。㉛改制　指改正朔、易服色等。㉜爰　於是；乃。㉝郅　至。㉞大行　大道。此指太平之道。㉟越　於是。㊱陵遲　衰落。㊲亡聲　指無惡聲。㊳無異端　猶言無他故。㊴所由　所從由的道路。此指所採用的方式方法。㊵軌跡　法則。㊶夷易　平易。㊷湛恩　深恩。㊸厖鴻　廣大。㊹憲度　法度。㊺則　效法。㊻垂統　把帝業傳給後世子孫。多指皇位承襲。㊼繈緥　背負嬰兒的布帶和布兜。引申為嬰兒時期。此指周成王。㊽二后　指周文王、武王。㊾揆　度量。㊿元　開始。(51)終都　終於。(52)殊尤　特殊。(53)絕跡　卓絕的、不同尋常的事業。(54)考　比較。(55)躡　踩；踏。(56)建顯號施尊名　建立顯赫的封號，施加尊貴的名稱。顯號、尊名皆指封禪。(57)逢大。(58)原　古「源」字。(59)沕潏　泉水湧流貌。(60)曼羨　擴大散布。(61)旁魄　即「旁薄」。廣被；普及。(62)四塞　布滿；充塞。(63)九垓　天空極高遠處。猶言九重天。(64)泝　流。(65)八埏　八方的邊際。(66)懷生　指有生命。(67)沾濡浸潤　浸溼霑潤。指被恩澤。(68)協氣　和氣。(69)橫流　充溢四方。(70)武節　武德；武道。(71)猋　眾犬奔馳貌。引申為迅速貌。(72)陿　狹窄。(73)原　根本。(74)泳　浮。(75)沫　通「末」。末梢。(76)首惡　開始作惡者。即罪魁禍首。(77)鬱沒　埋沒消滅。(78)晻昧　愚昧。此處指代「夷狄」之人。(79)昭晰　光明。(80)闓澤　喜樂。(81)面　向。(82)囿　養禽獸的地方。此處作圈養解。(83)騶虞　據說是一種白底黑文、不食生物的「義獸」。(84)徼　攔截。(85)導　選擇。(86)犧　犧牲。古代祭祀用的牲畜。此處用作動詞。(87)觡　角。(88)柢　根本。(89)餘珍　遺留的珍禽。即「神龜」。(90)放龜　放養在池塘裡的神龜。(91)岐　岐山。在陝西岐山東北。(92)乘龍　即乘坐毛色翠黃的龍。相傳該龍是龍翼馬身，黃帝曾乘著牠登仙。(93)接　接通。(94)靈圉　傳說中仙人名。(95)賓　作客。(96)譎詭　怪誕；變幻多端。(97)俶儻　即「倜儻」。灑脫；不拘束。(98)欽　敬；敬佩。(99)符瑞　祥瑞的徵兆。(100)臻茲　至此。(101)躍魚隕航　跳起的魚掉進船裡。《史記索隱》引胡廣說：「武王渡河，白魚入于王舟，俯取以燎。」(102)休　美。用作動詞。(103)燎　祭天。(104)介丘　大山。指泰山。(105)恧　慚愧。(106)進讓　指周未可封禪而封禪，漢可封禪卻不封禪。進，謂周。讓，謂漢。(107)爽　差異。(108)大司馬　官名。漢武帝元狩四年廢太尉設大司馬，為全國軍政首長，與丞相、御史大夫並稱「三公」。(109)仁育群生　以仁愛撫育百姓。(110)諟　順從。(111)諸夏　本指周代分封的諸侯國，此泛指中國。(112)百蠻　指與華夏對稱的諸少數民族。(113)執贄　手持禮品。(114)侔　等同。(115)休烈　盛美的功業。(116)浹洽　遍及。(117)特　只。(118)創見　初次出現。(119)意　料想。(120)壇場　祭祀用的高臺、場地。(121)幸　皇帝臨幸。(122)蓋　加上。(123)況榮　比榮。(124)挈　斷絕。(125)三神　上帝、泰山、梁父。一說：指天、地、人。(126)王道　儒家稱以仁義治天下。(127)質　質實。(128)罔幾　沒有祭祀的機會。(129)並時而榮　一時榮貴。(130)濟厥世　畢其世。(131)屆　絕。(132)錫符　賜給符瑞。(133)行事　指舉行封禪之事。(134)進越　苟進越禮。(135)替　廢。(136)地祇　地神。指土地社稷的神。(137)謁　告。(138)款　誠信。(139)勒功　刻石記功。(140)中嶽　即嵩山。為五嶽之一，在河南省登封縣北。案：舉行封禪程序，先禮中嶽，後幸泰山。(141)舒　舒布。(142)發　發布。(143)浸　浸潤。(144)黎元　百姓。(145)皇皇　盛美。(146)卒業　最終的事業。(147)貶　缺少。(148)因雜　總萃；彙集。(149)搢紳　把笏版插在大帶間。古代做官的人垂紳搢笏。因稱士大夫為搢紳。(150)略術　道術。(151)寀　通「采」。古代卿大夫受封的土地。後引申為官職。(152)錯　通「措」。施行。(153)猶　因。(154)正列　正天時、列人事。(155)袚飾　除去舊事，更飾新文。(156)春秋　儒家經典之一。編年體春秋史。相傳孔子依據魯國史官所編《春秋》加以整理修訂而成。起於魯隱公元年（西元前七二二年），終於魯哀公十四年（西元前四八一年），計二百四十二年。是後代編年體的開創之作。(157)襲　因循；沿襲。(158)攄　傳布。(159)蜚　通「飛」。飛揚。(160)稱首　第一；傑出。(161)用此　因此（指封禪之典）。(162)掌故　官名。掌管禮樂制度等故事。(163)俙然　感動貌。(164)俞　然。表示許可。(165)朕　古人自稱之詞。從秦始皇起，才用為皇帝的自稱。(166)遷　改變。(167)迴　掉轉。(168)揔　採納。(169)詩　歌詠。(170)大澤之博　《漢書音義》說指下文「自我天覆，雲之油油」章。(171)廣大。(172)符瑞之富　《漢書音義》說指下文「班班之獸」以下三章。

【語　譯】遠古開始，天生萬民。歷經了數代君主，直到秦朝。近的可遵循他們的足跡，遠的只可聽到他們的傳聞。在眾多的君主中，埋沒而不被稱道的，不能盡數。能承繼虞舜、夏禹而崇尚美諡尊號，封禪泰山，略可稱道的大致有七十二位國君。沒有和順善良而不昌盛的，誰逆行失德而能生存？黃帝之前，時間遙遠，事物渺茫，其詳細情形已無從知道。五帝三王的道義，六經典籍所流傳的，還可以考察他們遺留的風範。《尚書》說：「君主英明啊！大臣賢良啊！」依此說來，君主沒有誰比唐堯更盛美，大臣沒有誰比后稷更賢能。后稷在唐堯時開創王業，公劉在西戎立功揚名。周文王改革制度，於是周朝極其強盛，太平之道於是形成。以後雖頹敗衰落，但千載之後沒有惡聲，難道不是善始善終嗎？這沒有別的緣故，只是謹慎地採用以前的方式，細心地把遺訓傳留給後代罷了。所以法則平易，容易遵行；恩德深廣，容易豐厚；法度顯著明白，容易仿效；統緒通順，容易繼承。因此，周成王時王業興盛，高居於周文王、周武王之上。考察其本末始終，卻沒有特別突出而異乎尋常的事業，可以與今日比較的。但還是登上梁父山和泰山，建立顯赫的封號，施加尊貴的名稱。漢代的德業，如源泉湧出，四處奔流，廣散遍布，上達九重藍天，下及八方邊際。凡有生之物，都蒙受恩惠，和氣充溢四方，武德飄然遠播。人們承受恩德，近者如游其源，遠者如浮其波。罪魁禍首都已湮滅，夷狄之人見到光明。各種動物歡欣喜悅，紛紛回頭面向中土。然後圈養起珍貴的騶虞，攔截了奇異的白麟。從廚房裡挑選出一莖六穗的精米，把同根雙角的異獸作為祭品。在岐山旁，得到周朝留存下來的、放生在池塘裡的「神龜」，在沼澤中，招呼並乘坐上毛色翠黃、龍翼馬身的「神馬」。至德通鬼神，仙人靈圉前來閒館作客。奇異怪誕之物，隨意自恣，窮極變化。可敬佩啊！各種吉祥的徵兆都已來到，還以為德薄，不敢提封禪之事。周朝時由於白魚跳進船裡，便以為美事，因而祭天，把這作為祥瑞的徵兆，這真是微不足道啊！卻以此登泰山，不也太慚愧了嗎！周朝的苟進封禪，漢代的謙讓封禪，這中間的差異多麼大啊！於是大司馬進言說：陛下仁愛撫育百姓，依仗道義征討不順，華夏樂意進貢，百蠻執禮相見。美德齊等上古，大功無與倫比，盛美的功業遍布天下，祥瑞的徵兆變化眾多，應驗之期，當相繼而至，已不僅僅是初次出現。料想泰山、梁甫也設立高臺場地，盼望皇帝的駕臨，加上尊號，以與前代比榮爭光。若陛下謙讓，不肯發意封禪，斷絕了三神的歡心，缺漏了王道的禮儀，群臣都會感到慚愧哪！有人說：而且天道是質實的，藉珍異的符瑞暗示旨意，本來就不可辭讓。如果這樣仍辭讓，那麼泰山就無處表記，而梁甫山也就無望祭祀了。古代帝王也各有一時榮貴，如果只是盡其世就絕滅，述說的人還如何稱述於後代，而說有七十二君呢？修明道德，得賜符瑞，尊奉天命，舉行封禪，是不算苟進越禮的。所以聖明的君主不廢除封禪，而是向地祇修行禮儀，對天神稟告誠心，在中嶽嵩山刻石記功，以顯示至上尊位，舒布盛美功德，發表榮耀的稱號，承受豐厚的福祿，用此浸潤百姓。盛美啊，這是天下雄偉的景象，做君主的終極目標，是不可或缺的。希望陛下成全它（指封禪之事）。然後彙集搢紳先生的學術見解，使他們看到日月餘光遠餤的照耀，以展露他們的官職，成就他們的事業。因便兼及正天時、列人事的大義，除去舊事，更飾新文，制成有如《春秋》的一經。將沿襲原有的「六經」增為「七經」，使之流傳無窮。使萬世之後得以激揚大漢的政教的清流微波，飛揚傑出的名聲，騰播茂盛的實績。前代聖明的君主之所以能永保大名，而經常居於首位的，就在於行封禪之禮。應當命令掌故之官，把封禪禮儀全部上奏，以供觀覽。於是天子怦然心動，容色頓改，說：「好啊，我試試看吧！」因而天子回心轉意，採納公卿的建議，詢問封禪的事宜，作詩歌詠功德的廣博遼闊，符瑞的廣大富饒。

遂作頌曰：自我天覆[1]，雲之油油[2]。甘露[3]時雨[4]，厥壤可遊。滋液[5]滲漉[6]，何生不育？嘉穀[7]六穗，我穡[8]曷蓄？非惟雨[9]之，又潤澤之；非惟遍之我，氾[10]布護[11]之。萬物熙熙[12]，懷而慕思。名山[13]顯位[14]，望君之來。君乎君乎，侯[15]不邁[16]哉？般般[17]之獸，樂我君圃[18]，白質[19]黑章[20]，其儀[21]可嘉。旼旼[22]穆穆[23]，君子之態。蓋[24]聞其聲，今親其來。厥塗[25]靡從[26]，天瑞之徵。茲[27]亦於舜，虞氏[28]以興。濯濯[29]之麟[30]，遊彼靈時。孟冬十月，君徂[31]郊祀[32]。馳我君輿，帝[33]用[34]享祉[35]。三代[36]之前，蓋[37]未嘗有。宛宛[38]黃龍，興德而升。采色炫燿，熿炳[39]煇煌。正陽[40]顯見，覺悟黎蒸[41]。於傳載之，云受命所乘。厥[42]之有章[43]，不必諄諄。依類託寓，喻以封巒[44]。披藝[45]觀之，天人[46]之際已交，上下[47]相發允答[48]。聖王之德，兢兢[49]翼翼。故曰於興必慮衰，安必思危。是以湯武至尊嚴，不失肅祗[50]；

舜在假典51，顧省52闕遺53，此之謂也。

【章旨】頌文讚美大漢恩德遍行廣布，符瑞富饒眾多，天人之際已溝通。說於此時封禪泰山，正體現出武帝居安思危、謹慎從事的「聖王之德」。

【注釋】❶覆　覆蓋。❷油油　雲行貌。❸甘露　甘美的雨露。古人迷信，以降甘露為太平的瑞兆。❹時雨　及時的雨。❺滋液　液汁。❻滲漉　水下流貌。❼嘉穀　嘉禾。生長得特別茁壯的禾稻，古人認為是吉祥的象徵。❽穡　收割莊稼；收穫。❾雨　下雨。❿氾　普遍。⓫布護　分布；散布。⓬熙熙　和樂貌。⓭名山　泰山。⓮顯位　指封禪。⓯傒　何。⓰邁　行。指行封禪之事。⓱般般　同「斑斑」。意謂有著雜色的花紋和斑點。⓲圃　種植蔬菜的園地。《史記・卷九九・司馬相如列傳》作「囿」。是蓄養禽獸的園地。⓳質　底子。⓴章　花紋。㉑儀　外表。㉒旼旼　溫和。㉓穆穆　恭敬。㉔蓋　發語詞。㉕厥塗　它所來之路。㉖靡從　不知從何處來。㉗茲　此。指騶虞。相傳「舜百獸率舞」，則騶虞當在其中。㉘虞氏　指舜。傳說中父系氏族社會後期部落聯盟的領袖。姚姓，有虞氏，名重華。史稱虞舜。㉙濯濯　肥美貌。㉚麟　白麟。古代傳說中的鹿屬動物，古人視為吉祥的徵兆。《漢書・卷六・武帝紀》載：「元狩元年（西元前一二二年），冬十月，（武帝）行幸雍，祠五時（地名，在今陝西鳳翔南），獲白麟。」㉛徂　往。㉜郊祀　在郊外祭祀天地。㉝帝　天帝。㉞用　以。㉟享祉　享用賜福。㊱三代　指夏、商、周。㊲蓋　大概。㊳宛宛　蜿蜒屈伸貌。㊴煥炳　明亮。㊵正陽　古以太陽為君之象，因以正陽指帝王。㊶黎蒸　眾民。㊷厥　其。指代天命。㊸有章　有明顯的符瑞。㊹封巒　封禪泰山。巒，山。此指泰山。㊺披藝　翻開圖書。㊻天人　天道人事。㊼上下　官民。㊽允答　答應；許諾。㊾兢兢　謹慎戒懼。㊿肅祗　嚴肅恭敬。51假典　大典。52顧省　觀看；省察。53闕遺　遺失。

【語譯】於是作頌說：自我蒼天覆蓋大地，煙雲油然飄拂。普降及時的甘甜雨露，使大地肥美，可作遨遊。甘霖時雨潤澤大地，有何生物不受撫育？嘉禾一莖長出六束稻穗，我的收穫怎麼不蓄積？不僅降下雨露，而且滋潤大地。不僅遍及我輩下人，更廣布到萬物。萬物溫和歡樂，無不眷懷思慕。泰山想要封禪，盼望君王前來。君王啊君王，為何不駕車出行啊？色彩斑駁的騶虞，喜歡我君王的園地，白底配上黑紋，外表嘉美可喜。容態和藹恭敬，猶如世上的君子。昔日聽到牠的名聲，今朝親見牠的來臨。不知牠從何處來，實為天降祥瑞的徵兆。此獸在大舜時也曾出現，虞氏因此興盛。碩大肥美的白麟，嬉遊到那五畤，孟冬十月時，君王前來郊祀。白麟奔向我君車駕前，天帝因此享用賜福。這是夏、商、周以前，不曾有過的大事。蜿蜒屈伸的黃龍，因至德而飛升。色彩炫燿，明亮輝煌。象徵帝王的黃龍已顯現，將覺悟黎民百姓。在書傳記載中，說這黃龍是稟受天命者所乘。天命已有明顯的符瑞，不必反覆叮嚀。依照事類寄託心意，敬用封禪泰山曉喻。翻開典籍觀覽，天道人事的關係已經交通，群官百姓彼此啟發許諾。聖王的德行，仍兢兢業業，小心翼翼。所以說：在興盛時一定要考慮衰敗，平安時一定要想到危亡。因此，湯武身居尊嚴的高位，仍然嚴肅恭敬；虞舜名在大典，仍能省察闕失。說的就是這個道理。

劇秦美新并序

【作　者】揚雄，見頁一三四〇。

【題　解】「劇秦」，指責秦王朝的過錯；「美新」，讚美王莽的新朝。文章抨擊秦始皇的焚書、統一度量衡等措施，為王莽歌功頌德。

揚雄為人喜事模擬。因仰慕司馬相如，對司馬相如的作品，他幾乎篇篇模仿。本篇序中說明他因見司馬相如作有〈封禪〉一篇，所以竭盡思慮撰成〈劇秦美新〉。但與〈封禪文〉相比，他的歌功頌德，還能列舉事實，文中寫到王莽託古改制的內容，就並非全是空話，也不是一味的歌頌。他還能在模擬的生活中，運用他的高才博學，表現出自己的特色。

明代張溥稱它是後來〈勸進表〉、〈九錫文〉的始祖（見〈揚侍郎集題辭〉），可見本文對後世還有些影響。

諸吏中散大夫臣雄，稽首❶再拜，上封事❷皇帝陛下：臣雄經術淺薄，行能❸無異，數❹蒙渥恩❺，拔擢倫比❻，與群賢並，媿無以稱職。臣伏惟❼陛下以至聖之德，龍興❽登庸❾，欽明尚古❿，作民父母，為天下主。執粹清之道，鏡照⓫四海，聽聆風俗，博覽廣包，參天貳地⓬，兼並神明。配五帝⓭，冠三王⓮，開闢以來，未之聞也。臣誠樂昭著新德，光之罔極⓯。往時司馬相如⓰作〈封禪〉一篇，以彰漢氏之休⓱。臣常有顛眴⓲病，恐一旦先犬馬⓳填溝壑⓴，所懷不章，長恨黃泉。敢㉑竭肝膽，寫腹心，作〈劇秦美新〉一篇。雖未究㉒萬分之一，亦臣之極思也。臣雄稽首再拜以聞㉓。

【章旨】本段為全篇的序文，交代了作文的緣由。說為了報答王莽對自己的深恩厚德，所以煞費苦心地撰寫了這篇〈劇秦美新〉。

【注釋】❶稽首　叩頭至地。為古時最恭敬的一種跪拜禮。❷封事　古代百官上書奏機密事，為防洩露，用皂囊封緘呈進，故稱。❸行能　品行及才能。❹數　屢次。❺渥恩　深恩。❻倫比　同類。❼伏惟　俯伏思惟。是下對上的敬詞，常用於奏疏或信函中。❽龍興　比喻新王朝的興起。龍，是君王的象徵。❾登庸　指皇帝登位。❿尚古　接近古人之道。⓫鏡照　照耀。⓬參天貳地　指人的品德可與天地相比。⓭五帝　黃帝、顓頊、帝嚳、堯、舜。⓮三王　夏禹、商湯、周文王。⓯罔極　無窮無盡。⓰司馬相如　西漢著名辭賦家。他曾作〈封禪文〉，歌頌漢代的功德，建議漢武帝舉行封禪大典。⓱休　美。⓲顛眴　顛倒眩惑。一說：風病。⓳犬馬　臣子對君王的自卑之稱。⓴填溝壑　指死亡。人死後埋在地下，故稱填溝壑，是自謙之詞。㉑敢　自言冒昧之詞。㉒究　盡。㉓聞　稟告。

【語　譯】諸官中散大夫臣揚雄，叩頭拜呈密封的奏章給皇帝陛下：臣揚雄經學之術淺薄，沒有殊異的品行才能，多次蒙受深恩厚惠，從群輩中提拔上來，得與眾賢同官共職，自覺慚愧無能勝任職務。臣私下想：陛下以極其聖明的品德，興建王朝，登上帝位，恭敬賢明，接近古人之道，做百姓的父母，成為天下的君主。掌握精粹純一的大道，照耀四海，聆聽風俗，廣覽博見，包納萬有。他的品德可與天地相比，兼具神明，能與五帝相媲美，高居於三王之上。這是自天地開闢以來，從未聽到過的。臣誠心樂意顯揚新朝的功德，使之光大無窮。往日司馬相如撰寫〈封禪〉一篇，以表彰漢代的美德，臣常患顛倒眩惑的疾病，唯恐一旦離開人世，不能表明自己的心跡，永遠抱恨黃泉。因而冒昧竭盡肝膽，抒發心意，作〈劇秦美新〉一篇。雖然不能窮究萬分之一，也是臣的竭盡思慮之作。臣揚雄叩頭稟告。

曰：權輿[1]天地未祛[2]，睢睢盱盱[3]；或玄而萌，或黃而牙。玄黃剖判，上下相嘔[4]，爰[5]初生民[6]，帝王始存。在乎混混茫茫[7]之時，舋聞罕漫[8]而不昭察，世莫得而云也。厥[9]有云者，上罔[10]顯於羲皇[11]，中莫盛於唐虞[12]，邇靡[13]著於成周[14]。仲尼[15]不遭用，《春秋》困斯發，言神明所祚[16]，兆民[17]所託，罔不云道德仁義禮智。獨秦屈起[18]西戎[19]，邠[20]荒岐雍[21]之疆，因[22]襄文宣靈[23]之僭跡，立基孝公[24]，茂惠文，奮昭莊[25]，至政[26]破縱擅[27]衡，并吞六國，遂稱乎始皇。盛從鞅儀韋斯之邪政，馳騖[28]起翦恬賁之用兵，刬滅[29]古文[30]，刮[31]語燒書，弛[32]禮崩[33]樂，涂民耳目。遂欲流唐漂虞，滌殷蕩周，⿱難灬除[34]仲尼之篇籍，自勒功業，改制度軌量㉟，咸稽㊱之於《秦紀》。是以耆儒㊲碩老㊳，抱其書而遠遜㊴，禮官博士，卷其舌而不談，來儀之鳥㊵，肉角之獸㊶，狙獷㊷而不臻㊸。甘露㊹嘉醴㊺，景曜㊻浸潭㊼之瑞潛，大茀㊽經貫㊾，巨狄㊿鬼信(51)之妖發。神歇靈繹(52)，海水群飛，二世(53)而亡，何其劇(54)與(55)！帝王之道，兢兢乎不可離已。夫能貞而明之者窮祥瑞，回(56)而昧之者極妖愆(57)。上覽古在昔(58)，有憑應而尚缺，焉壞徹(59)而能全？故若(60)古者稱堯舜，威侮者陷桀紂(61)，況盡汛掃(62)前聖數千載功業專用己之私，而能享祐者哉？會漢祖龍騰豐沛(63)，奮迅宛葉(64)，自武關(65)與項羽戮力(66)咸陽，創業蜀漢(67)，發跡三秦(68)，剋(69)項山東，而帝天下。擿(70)秦政慘酷尤煩者，應時而蠲(71)。如儒林刑辟(72)，歷紀圖典之用，稍增焉。秦餘制度，項氏爵號，雖違古而猶襲(73)之。是以帝典(74)闕而不補，王綱弛而未張，道極數殫，闇忽(75)不還。

【章　旨】本段指責秦王朝的過惡。說自從天地間有人民帝王後，無不注重道德仁義禮智，而秦王朝卻一掃前聖數千載功業，一味實行自己的主張，所以符瑞不至，妖孽疊出，到了二世就迅速滅亡。而漢王朝也未能完全改變秦代違古之制，因而終於滅亡了。

【注　釋】❶權輿　開始。❷袪　分開。❸睢睢盱盱　視不分明的樣子。此謂天地未開闢前，元氣渾樸貌。❹嘔　通「煦」。❺爰　發語詞。❻生民　人民。❼混混茫茫　天地未形成時蒙昧的狀態。❽舋聞罕漫　昏昧不明貌。❾厥　其。❿罔　無。⓫羲皇　即伏羲。因其為「三皇」之一，故稱羲皇。為古代傳說中的部落酋長。相傳他始畫八卦，教民捕魚畜牧，以充庖廚。⑫唐虞　指陶唐氏（堯）和有虞氏（舜）。相傳他們都以揖讓得帝位，故以唐虞時為太平盛世。⑬靡　無。⑭成周　西周的東都雒邑。故址傳說在今河南洛陽東郊。此處代指西周。⑮仲尼　即孔子。是春秋末年著名思想家，偉大的教育家，名丘，字仲尼。相傳他在遭到困厄時，依據魯國史官所編《春秋》加以整理修訂成《春秋》一書，成為後代編年史的開創之作。⑯祚　賜福。⑰兆民　萬民。⑱屈起　特起；勃起。屈，通「崛」。⑲西戎　西北部各少數民族的總稱。⑳邠　地名。在今陝西彬縣。㉑岐雍　地名。在今陝西中部與北部。㉒因　沿襲。㉓襄文宣靈　指秦襄公、文公、宣公、靈公。㉔孝公　秦孝公用商鞅變法，使秦國富強。㉕昭莊　昭襄王、莊襄王。㉖政　即秦始皇。嬴姓，名政。莊襄王之子。西元前二四六至前二一〇年在位。他先後消滅了割據稱雄的六國，建立了中國歷史上第一個統一的中央集權的封建國家。把全國分為三十六郡，郡下設縣。確定最高統治者的稱號為皇帝，自為始皇帝。㉗擅　專擅。㉘馳騖　奔走。㉙剗滅　剷除；消滅。㉚古文　此指先王的典籍。㉛刮　削除。㉜弛　廢。㉝崩　敗壞。㉞難除　燒毀。難，古「然」字。㉟軌量　車道和度量衡。㊱稽考校。㊲耆儒　年老博學的儒者。㊳碩老　德高望重的博學長者。㊴遯　遁逃。㊵來儀之鳥　指鳳鳥。《尚書・益稷》：「鳳凰來儀。」古代傳說太平盛世，就有鳳凰飛來。㊶肉角之獸　即「麒麟」。是傳說中的仁獸。㊷狃獷　驚懼遠去貌。㊸臻　至。㊹甘露　甘美的雨露。古人迷信以降甘露為太平的瑞兆。㊺嘉醴　醴泉。㊻景曜　景星閃耀。㊼浸潭　浸潤滋生萬物。㊽茀　彗星。俗名掃帚星，為妖星。㊾霣　同「隕」。墜落。㊿巨狄　據說秦始皇時，在臨洮出現過身長五丈，穿著夷狄服裝的「大人」。(51)鬼信　秦始皇三十六年（西元前二一一年）秋天，使者從關東夜過華陰平舒道，有人手持璧玉擋住使者，說「今年祖龍（暗指秦始皇）死」，待使者問其原因，卻已不見蹤影。這就是所謂的「鬼信」。(52)靈繹　靈澤。(53)二世　秦二世胡亥。他繼秦始皇即位後，加重賦稅徭役，不久即爆發陳涉、吳廣的起義。後被專權的宦官趙高逼迫自殺。(54)劇　迅速。(55)與　語助詞。表示感歎。(56)回　邪曲。(57)妖愆　妖孽。(58)在昔　從前。(59)壞徹　壞廢。(60)若　順。(61)桀紂　夏桀、商紂。他們都是暴君，後用為暴君的代稱。(62)汛掃　灑掃。汛，同「灑」。(63)豐沛　地名。在今江蘇沛縣和豐縣。(64)宛葉　地名。在今河南南陽一帶。(65)武關　地名。在今陝西商南西北。(66)戮力　并力。(67)蜀漢　項羽立劉邦為漢王，稱王巴蜀漢中。(68)三秦　指關中地區。因項羽把秦地分為雍、塞、翟三國，封秦降將章邯等三人為王，故稱。(69)剋　通「克」。戰勝。(70)擿　選取；挑揀。(71)蠲　免除。(72)刑辟　刑法。(73)襲　因襲。(74)帝典　帝王的法則。(75)闇忽　急遽貌。

【語　譯】話說：起初，天地未開闢，元氣充塞，一片渾沌；天地剛開闢，天玄地黃，始生萌芽。天地開闢後，天地上下互相撫養萬物，開始有人民，就有帝王。在那天地蒙昧的時候，善惡好壞混為一體，難以明辨，所以人世間不得而言。其可言者，上古沒有比伏羲氏時更顯明，中古沒有比唐堯虞舜時更強盛，近世沒有比西周時更顯著。孔子不受重用，因此，困厄中發憤編著了《春秋》，說是神明所賜福的，萬民所依託的，無不講求道德仁義禮智。獨有秦國崛起西戎，在荒遠的邠岐雍一帶。沿襲襄公、文公、宣公、靈公的遺業，秦孝公建立霸業，惠文王日益強盛，昭襄王、莊襄王乘勢奮起，直到嬴政挫敗合縱的計謀，專擅連橫的策略，吞併六國，終於自稱始皇帝。一味採納商鞅、張儀、呂不韋、李斯的治國詭計，運用白起、王翦、蒙恬、王賁的用兵謀略，毀滅古文字書寫的典籍，廢除諸子百家，焚燒《詩》、《書》，敗壞禮樂，堵塞人民的耳目。於是想除去唐虞的禮法，廢棄殷周的舊制，燒毀孔子的典籍，自記功業，改變制度、車道和度量衡，都加以考校並著錄在《秦紀》。因此，年高望重的博學之士，懷抱書籍遠走高飛，禮官博士，閉口不談。鳳凰麒麟驚懼而不前來，甘露嘉醴、景星閃耀、潤澤萬物的祥瑞徵兆，深藏不出。彗星錯行隕落，巨狄、鬼信之類的妖孽紛紛出現。神靈停止降福，海水翻騰紛飛，到了秦二世就滅亡了，多麼迅速啊！做帝王的道理，兢兢業業，不可背離。能正直賢明的就富祥瑞，邪曲暗昧的就多妖孽。縱觀前代的帝王，有依仗瑞應興起卻還有喪缺的，哪裡有實行毀壞之道而能保全的？所以順從古之王道者就被稱為堯舜，侵犯秩序的就被視同於桀紂。況且秦始皇一掃前代賢人數千年的功業，只實行自己的主張，哪能享受福祐呢？恰巧漢高祖劉邦從豐沛蛟龍般地騰起，在宛葉迅速行動，自武關與項羽并力攻打咸陽，稱王於巴蜀漢中，發跡於關中地區，在山東戰勝了項羽，而稱帝天下。挑出秦朝格外殘酷煩瑣的政令，適應時勢，及時廢除，使儒林、刑法、曆數、綱紀、圖書經典的功用，稍稍增加。秦朝的制度，項羽的爵號，雖然明知與古代的相違背，卻還沿用。因此，帝王的法則缺而不補，國家的綱紀廢而不設。天道既窮，氣數已盡，迅速滅亡，一去不還。

逮❶至大新❷受命，上帝還資，后土顧懷，玄符❸靈契❹，黃瑞❺湧出。滭浡❻

沕潏[7]，川流海渟[8]，雲動風偃[9]，霧集雨散，誕[10]彌[11]八圻[12]，上陳天庭[13]，震聲[14]日景，炎光飛響，盈塞[15]天淵之間，必有不可辭讓云爾。於是乃奉若[16]天命，窮寵極崇[17]，與天剖神符，地合靈契，創億兆[18]，規[19]萬世。奇偉倜儻[20]譎詭[21]，天祭地事，其異物殊怪，存乎五威將帥[22]，班[23]乎天下者，四十有八章。登假[24]皇穹，鋪衍[25]下土，非新家其疇[26]離[27]之！卓哉煌煌[28]，真天子之表也。若夫白鳩[29]丹烏[30]，素魚[31]斷蛇[32]，方[33]斯蔑[34]矣。受命甚易，格來[35]甚勤。昔帝纘[36]皇，王纘帝，隨前踵[37]古，或無為而治，或損益而亡。豈知新室委[38]心積意，儲思垂務，旁[39]作穆穆[40]，明旦不寐，勤勤懇懇者，非秦之為與？夫不勤勤，則前人不當；不懇懇，則覺德[41]不愷[42]。是以發祕府[43]，覽書林[44]，遙集乎文雅之囿[45]，翱翔乎禮樂之場。胤[46]殷周之失業，紹[47]唐虞之絕風。懿[48]律[49]嘉量[50]，金科玉條，神卦靈兆[51]，古文畢發。煥炳[52]照曜，靡不宣臻[53]。式[54]軨軒[55]旂旗[56]以示之，揚和鸞[57]〈肆夏〉[58]以節之，施黼黻[59]袞冕[60]以昭之，正嫁娶送終以尊之，親九族[61]淑賢[62]以穆之。夫改定神祇，上儀[63]也；欽修百祀[64]，咸秩也；明堂[65]雍臺[66]，壯觀也；九廟[67]長壽[68]，極孝也；制成六經[69]，洪業也；北懷[70]單于，廣德也。若復五爵[71]，度三壤[72]，經井田[73]，免人役[74]，方[75]〈甫刑〉[76]，匡馬法[77]，恢崇[78]祇庸[79]爍德[80]懿和之風，廣彼搢紳[81]

講習言諫[82]箴[83]誦[84]之塗，振鷺[85]之聲充庭，鴻鸞之黨漸[86]階，俾[87]前聖之緒，布濩[88]流衍[89]而不韞韣[90]，郁郁[91]乎煥[92]哉！天人之事盛矣，鬼神之望允[93]塞[94]。群公先正[95]，罔不夷儀[96]；姦宄[97]寇賊，罔不振威。紹[98]少典[99]之苗，著黃虞[100]之裔[101]，帝典闕者已補，王綱弛者已張，炳炳麟麟[102]，豈不懿哉？厥被風濡化[103]者，京師沈潛，甸內[104]匝洽[105]，侯衛[106]厲揭[107]，要荒濯沐[108]，而術[109]前典，巡四民[110]，迄四嶽[111]，增封泰山，禪梁父[112]，斯受命者之典業[113]也。蓋受命日不暇給[114]，或不受命，然猶有事[115]矣。況堂堂有[116]新，正丁[117]厥時，崇嶽渟海[118]通瀆之神，咸設壇場，望受命之臻焉？海外遐方，信延頸[119]企踵[120]，回面[121]內嚮，喁喁[122]如也。帝者雖勤，惡[123]可以已乎？宜命賢哲，作〈帝典〉一篇，舊三為一[124]，襲以示來人，摛[125]之罔極。令萬世常戴巍巍，履栗栗[126]，臭[127]馨香，含甘實，鏡[128]純粹之至精，聆清和之正聲，則百工[129]伊[130]凝[131]，庶績[132]咸喜[133]。荷[134]天衢，提地釐[135]，斯天下之上則[136]已，庶[137]可試哉！

【章　旨】本段是歌頌新朝的功德。認為王莽建立新朝既承天意，又受符命，他託古改制，增補了缺漏的帝王法則，健全了廢弛的國家綱紀，功德浩蕩，遍及四方，可以試行封禪大典。

【注　釋】❶逮　及。❷大新　指王莽。❸玄符　天符。❹靈契　地契。❺黃瑞　王莽自稱是黃帝、虞舜之後，故以黃氣為祥瑞。[6]滭浡　水盛湧貌。[7]沕潏　泉水湧流貌。[8]渟　水積聚不流。[9]偃　倒下。[10]誕　發語詞。[11]彌　滿。[12]八圻　八方的邊界。圻，地界。[13]天庭　神話中天帝的朝廷。[14]震聲　雷聲。《周易・說卦》：「震為雷。」[15]盈塞　充滿。[16]奉若　奉行順從。[17]窮寵極崇　最為尊崇的地位。即帝位。[18]億兆　極言其多。[19]規　法度；準則。這裡作動詞用。[20]倜儻　卓異。[21]譎詭　怪誕；變幻。[22]五威將帥　據《漢書・卷九九・王莽傳中》記載：王莽曾派遣五威將王奇等十二人，把四十二篇符命頒布天下。[23]班　頒布。[24]登假　登上；登到。[25]鋪衍　廣布。[26]疇　誰。[27]離　遭逢。[28]煌煌　盛美貌。[29]白鳩　相傳商湯時有白鳩的祥瑞。[30]丹烏　相傳是周武王時的祥瑞。[31]素魚　白魚。相傳周武王渡河時，有白魚入船。[32]斷蛇　漢高祖起兵時，夜過沼澤地，有大蛇當道，他拔劍斬蛇，一分為二。[33]方　比擬。[34]薎　同「蔑」。渺小。[35]格來　到來。[36]纘繼承。[37]踵　追隨。[38]委　積。[39]旁　遍；廣。[40]穆穆　恭謹的樣子。[41]覺德　大德。覺，通「梏」。高大、正直貌。[42]愷和樂。[43]祕府　古代宮禁中藏祕籍之處。[44]書林　藏書處。意謂書多如林。[45]囿　園地。[46]胤　續。[47]紹　繼。[48]懿　美。[49]律　指分別聲音的高低清濁、調整樂器的音調的「六律」。[50]嘉量　古代標準量器。[51]神卦靈兆　指卜筮。[52]煥炳　光明顯耀。[53]宣臻　遍至。[54]式　用。[55]軨軒　車子。[56]旂旗　旗幟。[57]和鑾　車鈴。[58]肆夏　古代樂曲名。[59]黼黻　古代禮服上繡飾的花紋。黼，白與黑相間的花紋。黻，黑與青相間的花紋。[60]袞冕　袞衣和冠冕。是古代帝王及大夫的禮服和禮帽。[61]九族　指從自己算起，上至高祖，下至玄孫的同姓親族。[62]淑賢　善良賢能的人。[63]上儀　最高的法則。[64]百祀　祭祀百神。[65]明堂　古代帝王宣明政教的地方。[66]雍臺　指為貴族子弟所設的學校。[67]九廟　據《漢書・卷九九・王莽傳下》載：一曰黃帝太初祖廟，二曰帝虞始祖昭廟，三曰陳胡王統祖穆廟，四曰齊敬王世祖昭廟，五曰濟北愍王王祖穆廟，六曰濟南伯王尊禰昭廟，七曰元城孺王尊禰穆廟，八曰陽平頃王戚禰昭廟，九曰新都顯王戚禰穆廟。[68]長壽　即長壽宮。是王莽為文母太后營建的饌食堂，見《漢書・卷九八・元后傳》。[69]制成六經　儒家經典有《詩經》、《尚書》、《禮記》、《周易》、《春秋》五經。今文家說《樂經》本無經，附於《詩經》中，古文家說有《樂經》，秦焚書後亡。漢平帝元始四年（西元四年），王莽奏立《樂經》，故云「制成六經」。[70]懷　歸向；來到。[71]五爵　公侯伯子男五等爵位。[72]三壤　把土地按肥瘠分為上中下三等。[73]井田　相傳為殷周時代的一種土地制度。因這種土地劃作「井」字形，故名。其基本內容為：由國家將每方里土地按「井」字形劃作九區，分配農民耕作；中一區為公田，餘八區為私田，分授八夫（即八家）；公田由八夫助耕，全部收穫均繳給公家；男子成年受田，老、死還田。按王莽時曾實行「井田制」，見《漢書・卷九九・王莽傳中》。[74]免人役　《漢書・卷九九・王莽傳中》載：王莽下令更名天下奴婢曰「私屬」，都不得買賣。[75]方　比擬。[76]甫刑　周穆王時，呂侯為天子司寇，穆王叫他制定刑法，通告四方。今《尚書·呂刑》即記載其事。因呂侯的後代為甫侯，故〈呂刑〉又稱〈甫刑〉。此以〈甫刑〉泛指周代的刑法。77馬法　春秋時齊景公之將田穰苴，官至大司馬，善治軍。其後齊威王使大夫整理古司馬兵法，附穰苴於其中，號為《司馬穰苴兵法》。此以「馬法」泛指兵法。78恢崇　恢弘；發揚。79祗庸　恭敬而守恆常之道。80爍德　盛德。81搢紳　此指儒生。82言諫　傳言規諫。83箴　一種寓有勸戒意義的文辭。與後世的格言相近。84誦　指不配合樂曲的誦讀。85振鷺　奮飛的白鷺。此與「鴻鸞」都比喻賢人。86漸　進。87俾　使。88布濩　散布。89流衍　廣布；充溢。90韞韣　同「韞櫝」。藏在盒子裡。91郁郁　文采盛貌。92煥　光亮；鮮明。93允　確實。94塞　滿足。95先正　前代的賢臣。96夷儀　即「常儀」。法則；標準。夷，通「彝」。經常；常道。97姦宄　為非作歹的人。98紹　承繼。99少典　相傳黃帝是少典之子。100黃虞　黃帝和虞舜。101裔　後代。102麟麟　光明貌。103被風濡化　蒙受教化。104甸內　都城郊外地方。105匝洽　普遍霑潤。106侯衛　指離都城極遠的地方。據《尚書·禹貢》：古代王畿外圍，每五百里劃為一區，按距離的遠近分為五等，即甸、侯、綏、要、荒，稱為五服；而《尚書·康誥》則以周朝稱侯、甸、男、采、衛為五服。107厲揭　比喻影響深淺不同。厲，提起衣裳涉水。揭，連衣涉水。108濯沐　洗濯。109術　效法。110四民　指士、農、工、商。一說：指四方之民。111四嶽　指東嶽泰山、西嶽華山、南嶽衡山、北嶽恆山。112梁父　泰山下的一座小山。113典業　常業。114日不暇給　形容事務繁多，時間不夠。給，足夠。115有事　指封禪泰山。《史記·卷六·秦始皇本紀》載：二十八年（西元前二一九年），秦始皇上泰山，舉行封禪大典。116有　語助詞。117丁　當。118渟海　深海。119延頸　伸長脖子。120企踵　踮起腳跟。121回面　回轉頭。122喁喁　眾口相向。形容眾人歸順。123惡　何。124舊三為一　李善注說：「足舊二典（案指《尚書》中的〈堯典〉和〈舜典〉）而成三典。」125擿　傳布。126栗栗　驚懼貌。127臭　同「嗅」。聞。128鏡　借鑑。129百工　百官。130伊　唯。131凝　形成。132庶績　眾功績。133咸喜　都興起。134荷　扛。135地釐　即「地理」。136上則　上策。137庶　將近；差不多。

【語　譯】及至大新朝秉受天命，上帝回頭資助，后土顧念眷懷，天符地契，黃氣祥瑞，泉湧而出，四處奔瀉。似川流不息，海水蓄積，像煙雲飄動，風行草偃，霧集雨散，充滿八方，上列天庭，雷聲飛揚，日光閃耀，充塞天地之間，一定有難以辭讓的事。於是就恭行天命，登上帝位，與皇天剖分神符，同后土靈契相合，創業億兆，作範萬世。奇偉卓越，變幻多端的瑞徵，是由於能夠祭祀天地所致；而那些奇特異物，存在五威將帥而頒布天下的，有四十八章。眾多符瑞上升皇天，廣布下土，不是新朝誰能應受！偉大啊盛美，是真天子的儀表。至於白鳩、丹烏、素魚、斷蛇之類的符瑞，與此相比，就微不足道了。大新秉受天命並不難，而眾符瑞紛紛到來也很多。以前五帝承繼三皇，三王承繼五帝，追隨前古，或無為而治，或減增而亡。哪裡知道新朝的處心積慮，留意世務，事事恭謹，通宵達旦，勤勤懇懇，不是因為秦王朝的所作所為不對嗎？不幸勤就與先王不相當，不懇切就與大德不融洽。因此打開祕籍，瀏覽群書，沈浸在文雅之囿，優遊於禮樂之場，繼續殷周之後喪失的王業，承繼唐虞以來棄絕的作風。古代美好的音樂、量器、珍貴的法律條文以及卜筮都加以恢復，先王的典籍全都發現。這些都光明照耀，無所不至。用車駕、旗幟以顯示等級，搖響車鈴、唱起〈肆夏〉以調節步伐，製作禮服、禮帽以標明貴賤，考定嫁娶送終的禮儀以顯示尊重，親近九族中善良賢能的人以表達和善。改定祭祀神祇的禮儀，成為最隆重的典禮；敬修祭祀群神的儀式，使之符合次序；設立明堂、學校，是雄偉的景象；營建九廟、長壽宮，表現出純孝；制成「六經」，是洪大的功業；使北方的單于前來歸順，是廣遠的恩德。至於恢復公、侯、伯、子、男五等爵位，把土地按肥瘠分成上中下三等，經營井田，免除奴婢買賣，比照〈甫刑〉制定刑法，匡正兵法，恢弘恭敬守常、盛德和美的風氣，廣開經生講習規諫誦箴的途徑，白鷺群飛，鳴聲充滿庭院，鴻鸞一類的祥鳥進入殿階，使前代聖人的緒業，分散流布而不會深藏不行，文采多麼盛美鮮明啊！天與人的事情已經很盛多，鬼和神的願望確已滿足。百官前賢，無不有法則標準；為非作歹、匪寇盜賊之人，無不被威德所震懾。承繼少典的後代，顯揚黃帝虞舜的子孫，漏缺的帝王法則已經增補，廢弛的國家綱紀也已設立，光明彪炳，難道不懿美嗎？那蒙受仁風教化的，京師滋潤，郊外遍霑，侯衛要荒之處，大小深淺，各有不同。而效法前代典禮，巡視四民，到達四嶽，增封泰山，祭祀梁父，這是受天命者的常業。像漢高祖秉承天命，日不暇給，或像秦始皇不受天命，卻還封禪泰山。何況堂堂新朝，正當其時，高山、大海、河瀆的神祇，都設立壇場，盼望受天命者的到達呢？海外遠方的人，確實已伸長脖子，踮起腳跟，回頭順從，好像眾人都歸順的樣子。做帝王的雖勤於王事，怎麼可以停止封禪呢？應當命令賢人哲士，作〈帝典〉一篇，補足原有的「二典」為「三典」，沿襲下去以昭示後人，使之傳布無窮。使萬代經常感戴巍巍恩德，履行恭敬大道，鼻聞馨香，口含甘果，借鑑於純粹精美的大道，以聆聽百姓的清和歌聲。

那麼，百官有成，眾功興盛。肩扛天道，手提地理，這封禪大典是天下的上策呀，應可以試試吧！

典　引并序

【作　者】班固，字孟堅，東漢扶風安陵（今陝西咸陽東北）人。九歲能文，誦詩賦。十六歲左右入太學。後以父喪歸鄉里，居憂時，在其父班彪續補《史記》之作《後傳》的基礎上開始編寫《漢書》，有人因他私作國史告密，被捕入獄，其弟班超詣闕上書，方才得釋。積二十餘年之功，至章帝建初中，才大略完成《漢書》這一史學巨著。明帝時任蘭臺令史，後升為郎。章帝時，為玄武司馬，常隨侍皇帝左右，曾參加討論五經異同的白虎觀會議，兼任記錄，負責把討論結果整理成《白虎通德論》。和帝永元元年大將軍竇憲奉旨遠征匈奴，班固被任為中護軍隨行，參與謀議。永元四年竇憲在政爭中失敗自殺，洛陽令對班固懷有私怨，羅織罪名捕其入獄，遂死於獄中。他留下的詩賦等作品有四十一篇。

【題　解】「典」指〈堯典〉，「引」謂引申。漢朝王室以為漢乃承繼唐堯之後的，所以班固引申〈堯典〉以敘述漢代的功德。

這是班固秉承漢明帝批評司馬遷而稱讚司馬相如的旨意，效法〈封禪文〉而作的歌功頌德的文章，旨在以此「光揚大漢」。文章先從「太極之元，兩儀始分」說起，然後說到「陶唐」，再到「漢劉」，以表明漢代是承繼陶唐之後，同樣具備揖讓的美德。接著對漢代的二祖四宗作了極意歌頌，認為他們的榮顯光耀宇宙，尊貴無與倫比。而明帝能使祖先的基業發揚光大，使各種祥瑞朝夕顯現。因此建議明帝理應舉行封禪大典，以酬答皇天所賜予的福祚，頌述祖宗的功德。

本篇是班固「畢力竭情」之作。他認為司馬相如的〈封禪文〉是「靡而不典」，揚雄的〈劇秦美新〉是「典而亡實」，很顯然，他寫〈典引〉是要做到既典且實的。而事實上，他的〈典引〉雖然寫得相當典雅，卻不如司馬相如的具有文采，也不及揚雄的列舉事實。

臣固言：永平十七年[1]，臣與賈逵、傅毅、杜矩、展隆、郗萌等，召詣[2]雲龍門。小黃門[3]趙宣持〈秦始皇帝本紀〉[4]，問臣等曰：太史遷下贊語中，寧有[5]非耶？臣對此贊賈誼〈過秦篇〉云：向使[6]子嬰[7]有庸主[8]之才，僅得中佐[9]，秦之社稷[10]，未宜絕也。此言非是。即召臣入問，本聞此論非耶？將[11]見問意開寤[12]耶？臣具對[13]素聞知狀。詔因曰：司馬遷著書，成一家之言，揚名後世。至以身陷刑[14]之故，反微文[15]刺譏[16]，貶損[17]當世，非誼士[18]也。司馬相如洿行[19]無節，但有浮華之辭，不周[20]於用。至於疾病而遺忠，主上求取其書，竟得頌述功德，言封禪事，忠臣效也，至是賢[21]遷遠矣。臣固常伏刻誦[22]聖論，昭明[23]好惡，不遺微細，緣事斷誼[24]，動有規矩。雖仲尼[25]之因史見意，亦無以加[26]。臣固被學[27]最舊，受恩浸深，誠思畢力竭情，昊天[28]罔極[29]。臣固頓首[30]頓首。伏惟[31]相如封禪，靡而不典[32]；揚雄美新，典而亡實[33]，然皆游揚[34]後世，垂為舊式。臣固才朽，不及前人。蓋詠〈雲門〉[35]者難為音，觀隋和[36]者難為珍。不勝區區[37]，竊[38]作〈典引〉一篇，雖不足雍容[39]明盛萬分之一，猶啟發憤滿[40]，覺悟童蒙[41]，光揚大漢，軼聲前代[42]，然後退入溝壑，死而不朽。臣固愚戇[43]，頓首頓首。

【章旨】本段是全文的序。交代了作文的緣由：他秉承明帝批評司馬遷、稱讚司馬相如的旨意，遂效法司馬相如的〈封禪文〉而作〈典引〉，用以「光揚大漢」，歌頌漢德。

【注釋】❶永平十七年　西元七四年。永平，漢明帝劉莊年號。❷詣　到。❸小黃門　指宦者。東漢給事內廷的黃門令、中黃門諸官皆以宦者充任。故稱宦者為黃門。❹秦始皇帝本紀　《史記》中的一篇。司馬遷在該篇末採賈誼〈過秦〉下篇以作為贊語。❺寧有　何有。❻向使　假使。❼子嬰　秦始皇孫，二世兄子。秦二世三年（西元前二〇七年），趙高殺二世，立他為秦王。他設計殺死趙高，並滅其三族。為秦王四十六日，即降於劉邦，不久為項羽所殺。❽庸主　中等人主。❾中佐　中等人才來作他的輔佐。❿社稷　古代常以為國家的代稱。社，土神。稷，穀神。天子諸侯所祭，祈禱豐年。⓫將　連詞。表示選擇。猶抑或。⓬開寤　覺悟。⓭具對　詳細回答。⓮陷刑　指司馬遷因替李陵說情而觸怒了漢武帝，在天漢三年（西元前九八年），被下「蠶室」，受「腐刑」。⓯微文　隱約諷諭的文章。⓰刺譏　指責譏諷。⓱貶損　抑制；壓低。⓲誼士　同「義士」。⓳洿行　惡濁下流的行為。⓴周　合。㉑賢　勝過。㉒刻誦　深入誦讀。㉓昭明　顯明。㉔斷誼　下斷定的話。㉕仲尼　即孔子。名丘，字仲尼。相傳他據魯史修訂成編年體史書《春秋》。該書文字簡短，傳說寓有褒貶之意，後世稱為「春秋筆法」。㉖加　超過。㉗被學　指擔任學官。㉘昊天　天。㉙罔極　無窮無盡。㉚頓首　即叩頭。古代奏疏或書信中的客氣話。㉛伏惟　俯伏思慮。是下對上的敬詞。㉜靡而不典　華麗卻不典雅。㉝典而亡實　典雅但不核實。㉞游揚　宣揚；傳揚。㉟雲門　相傳是黃帝時的音樂。「言其德如雲之所出，民得以有族類。」見《周禮・春官・大司樂》及注。㊱隋和　隋珠與和氏之璧。相傳隋侯遇見一條中斷的大蛇，使人以藥封之，歲餘，蛇銜明珠以報，大徑寸，絕白有光，因號「隋珠」。相傳楚人卞和得璞玉於山中，以獻楚厲王，王以為誑，砍其左足；武王即位，再獻之，又以為誑，砍其右足。及文王立，乃抱璞泣於荊山下，王使人理其璞，果得玉，遂稱它為「和氏之璧」。㊲區區　猶「愨愨」。固執；迂拘。㊳竊　私下。我的謙稱。㊴雍容　優美。㊵憤滿　鬱悶；鬱積。㊶童蒙　泛指知識低下。㊷軼聲前代　名聲超越前代。㊸愚戇　愚昧不明事理。

【語譯】臣班固陳說：永平十七年，臣與賈逵、傅毅、杜矩、展隆、郗萌等，被召到雲龍門。小黃門趙宣手持《史記・秦始皇帝本紀》，詢問臣子等人說：太史公司馬遷所下贊語中，哪裡有不對呀？臣子回答，這贊語中引賈誼〈過秦篇〉說：假使子嬰具備中等人主的才能，只要得到中等人才來作他的輔佐，秦朝的社稷是不當絕滅的。這話是不對的。於是皇上就召喚臣子入朝，問道：本來就知道這個論斷不對呢？還是被詢問而內心醒悟呢？臣詳細回答了一向知道的情形。皇帝於是說：司馬遷著書，撰寫成一部有自己體系和見解的著作，揚名於後代。卻因為自身遭受腐刑的緣故，反而用隱約諷諭的文章，指責譏刺，貶低當代，他不是位義士。司馬相如行為惡濁沒有節操，只有虛浮不實的文辭，不合於實用，然而他身患重病卻遺留忠心，皇上求取他的書稿，竟然得到稱頌功德，建言封禪事宜的文章，這是忠臣的徵驗，以這點來說，他就遠勝司馬遷了。臣時常俯伏研讀皇上聖明的評論，顯明好惡，連細枝末節也不遺漏，依據事實下斷語，常有規矩法度。即便孔子的憑藉修史表現褒貶之意，也不能超過。臣擔任學官最久，蒙受恩惠極深，確實想竭力盡情，以報答如蒼天般無窮無盡的恩惠。臣跪拜叩頭。俯伏思慮司馬相如的〈封禪文〉，華麗卻不典雅；揚雄的〈劇秦美新〉，典雅但不核實，然而都顯揚後代，傳為舊式。臣的才能卑下，不及前人。大概詠唱過〈雲門〉音樂的人，別的音樂便難於吸引他了，觀賞過隋侯之珠、和氏之璧的人，別的珍寶便難於吸引他了。臣不盡區區之情，創作〈典引〉一篇，儘管不夠形容天子的美好聖明的萬分之一，但還是啟發鬱悶的衷情，開導知識低下的人，使大漢功德發揚光大，聲名超越前代，然後退歸黃泉，死而不朽。臣愚昧不曉事理。跪拜叩頭。

曰：太極❶之元❷，兩儀❸始分，烟烟熅熅❹，有沈而奧❺，有浮而清。沈浮交錯，庶類❻混成❼。肇❽命民主❾，五德❿初始，同於草昧⓫，玄混⓬之中。踰繩⓭越契⓮，寂寥而亡詔⓯者，系⓰不得而綴⓱也。厥有氏號⓲，紹⓳天闡繹⓴，莫不開元㉑於太昊㉒皇初之首㉓，上哉敻㉔乎，其書猶得而修也。亞斯之代，通變神化，函光而未曜。若夫上稽乾則㉕，降承龍翼㉖，而炳㉗諸典謨㉘，以冠德㉙卓絕者，莫崇乎陶唐[30]。陶唐舍胤[31]而禪有虞[32]，有虞亦命夏后[33]，稷契[34]熙載[35]，越[36]成湯武。殷肱[37]既周[38]，天迺[39]歸功元首[40]，將授漢劉。俾[41]其承三季[42]之荒末[43]，值亢龍[44]之災孽，懸象[45]闇而恆文[46]乖，彝倫[47]斁[48]而舊章缺[49]。故先命玄聖[50]，使綴學[51]立制，宏亮洪業，表相[52]祖宗，贊揚迪[53]喆[54]，備哉燦爛[55]，真神明[56]之式[57]也。雖皋[58]、夔[59]、衡[60]、旦[61]密勿[62]之輔，比茲[63]褊[64]矣。是以高、光[65]二聖，宸居[66]其域，時至氣動，乃龍見淵躍。拊翼[67]而未舉，則威靈紛紜[68]，海內雲蒸，雷動電熛[69]，胡縊[70]莽分[71]，尚不莅[72]其誅。然後欽若[73]上下，恭揖群后[74]，正位度宗[75]，有于德[76]不台[77]淵穆[78]之讓，靡[79]號師[80]矢[81]敦[82]奮撝[83]之容。蓋以膺[84]當天之正統，受克讓之歸運，蓄炎上[85]之烈精，蘊孔佐[86]之弘陳云爾。洋洋[87]乎若德，帝者之上儀[88]，誥誓[89]所不及已。鋪觀[90]二代[91]洪纖之度，其賾[92]可探也。並開跡於一匱[93]，同受侯甸之服[94]，奕世[95]勤民，以方伯[96]統牧。乘其命賜彤弧[97]黃鉞[98]之威，用討韋[99]、顧[100]、黎[101]、崇[102]之不恪[103]。至于參五華夏，京遷鎬[104]亳[105]，遂自北面[106]，虎螭其師[107]，革滅天邑[108]。是故誼士華而不敦[109]，〈武〉稱未盡[110]，〈護〉有慚德[111]，不其然歟？亦猶於穆[112]猗那[113]，翕純皦繹[114]，以崇嚴[115]祖考[116]，殷[117]薦[118]宗配[119]帝，發祥[120]流慶[121]，對越[122]天地者，舄奕[123]乎千載，豈不克自神明哉？誕略[124]有常，審言[125]行於篇籍[126]，光(ㄍㄨㄤ)藻(ㄗㄠˇ)[127]朗(ㄌㄤˇ)而(ㄦˊ)不(ㄅㄨˋ)渝(ㄩˊ)[128]耳(ㄦˇ)。

【章 旨】本段敘述漢代承繼唐堯正統，又得孔子作《春秋》的輔助，其發跡遠勝商周，而商周卻有詩樂頌揚其功德。

【注 釋】[1]太極 指原始混沌之氣。《周易·繫辭上》云：「《易》有太極，是生兩儀。」[2]元 開始。[3]兩儀 指天地。[4]烟烟熅熅 陰陽二氣和合貌。[5]奧 濁。[6]庶類 萬物。[7]混成 混然而成。[8]肇 開始。[9]民主 天子。[10]五德 指金木水火土五行。[11]草昧 天地初開時的混沌狀態。[12]玄混 蒙昧昏暗。[13]繩 結繩。用繩子打結以記事，是文字產生前的一種幫助記憶的方法。[14]契 書契；文字。《周易·繫辭下》有「上古結繩而治，後世聖人易之以書契」的話。[15]詔 告。[16]系 指《周易·繫辭》。[17]綴 連綴。[18]氏號 氏與名號。如太昊號伏羲氏，炎帝號神農氏，黃帝號軒轅氏之類。[19]紹 繼。[20]闡繹 闡明陳述。[21]開元 創始。[22]太昊 傳說中的古帝名。即伏羲氏。[23]皇初之首 初始的天子。[24]敻 遠。[25]乾則 天的法則。[26]龍翼 龍法。即龍圖。傳說是由龍馬從黃河裡背負出來的圖。翼，法。[27]炳 明。[28]典謨 指《尚書》中的〈堯典〉和〈皋陶謨〉。[29]冠德 道德居於首位。[30]陶唐 即堯。傳說中父系氏族社會後期部落聯盟領袖，陶唐氏，名放勳。[31]胤 子嗣。[32]有虞 即有虞氏。部落名。相傳虞舜是有虞氏部落聯盟領袖。他接受堯的禪讓，在堯去世後主持朝政，又諮詢四嶽，挑選賢人，治理民事，並選拔治水有功的禹為繼承人。[33]夏后 即夏后氏。部落名。禹是夏后氏部落領袖，因奉舜之命治水有功，被舜選為繼承人。舜死後擔任部落聯盟領袖。[34]稷契 傳說中古代輔佐虞舜的兩位賢臣。[35]熙載 發揚功業。[36]越 遠。[37]股肱 大腿和胳膊。比喻輔佐君主的大臣。[38]周 周遍。[39]迺 同「乃」。[40]元首 君主。此指堯。[41]俾 使。[42]三季 指夏桀、殷紂、周幽王。他們是夏商周三朝的末代帝王，故稱「三季」。季，末。[43]荒末 荒亂的末世。[44]亢龍 位居至高無上的君王。《周易·乾卦》：「上九，亢龍有悔。」亢，至高。龍象君位。[45]懸象 天象。[46]恆文 指日月星辰。[47]彝倫 常理。[48]斁 敗壞。[49]舊章缺 舊時典章制度殘缺。[50]玄聖 孔子。《春秋演孔圖》說：「孔子母徵在夢感黑帝而生，故曰玄聖。」見《後漢書》李賢注引。[51]綴學 承襲前人的學業。[52]表相 表彰。[53]迪 踐踏；踩。[54]喆 同「哲」。[55]爚爛 光明。[56]神明 神聖。[57]式 法。[58]皋 皋陶。舜禹時的賢臣。[59]夔 相傳是舜的樂官。[60]衡 伊尹。商湯的大臣，名摯，本是湯妻陪嫁的奴隸。後輔佐湯攻滅夏桀，被尊為阿衡（宰相）。[61]旦 姬旦。周武王之弟，曾幫助武王滅商，武王死後，成王年幼，由他主持朝政，為穩定鞏固西周政局作出貢獻。(62)密勿　勤勉努力。(63)茲　指孔子。(64)褊　小。(65)高光　指漢高祖劉邦和光武帝劉秀。(66)宸居　帝王的居處。言帝王的居處，像北極星一般，在一定位置上，別的星辰都環繞著它。見《論語・為政》。(67)拊翼　拍打翅膀。比喻將奮飛。(68)紛紜　盛多貌。(69)熛　閃動。(70)胡紲　指秦二世胡亥為專權的宦官逼迫自殺。(71)莽分　指新朝建立者王莽，在綠林軍攻入長安時，為商人杜吳所殺，屍體被軍人分裂。(72)蒞　蒞臨。(73)欽若　恭敬順從。(74)群后　指各諸侯軍將領。(75)度宗　居於尊貴的地位。度，居處。宗，尊貴。(76)于德　《尚書・舜典》：「舜讓于德，弗嗣。」這裡把高祖、光武比作虞舜，說他們像虞舜那樣再三辭讓，表明自己的品德不配承繼帝功。(77)台　通「嗣」。承繼。(78)淵穆　深遠和美。(79)靡　無。(80)師　眾人。(81)矢　陳列。(82)敦　逼迫。(83)撝　通「麾」。(84)膺　受。(85)炎上　火向上燃。漢人自言以火德稱王天下，故以「炎上」代指火德。(86)孔佐　孔子的輔助。(87)洋洋　盛美貌。(88)上儀　最高的法則。(89)誥誓　告誡之文。《尚書》中有〈康誥〉、〈湯誓〉等，故此處以「誥誓」代指《尚書》。(90)鋪觀　遍覽。(91)二代　指商周。(92)賾　精微深奧。(93)一匱　一筐。比喻細小。(94)侯甸之服　相傳古代天子所住京都以外的地方按遠近分為九等，叫九服。侯服和甸服是靠近京都的地方。(95)奕世　累世。(96)方伯　一方諸侯的軍政長官。(97)彤弧　紅色的弓。(98)黃鉞　金黃色的斧頭。(99)韋　夏的同盟部落，也叫豕韋，彭姓。在今河南滑縣，後為商湯所滅。(100)顧　夏的同盟部落，己姓。在今河南范陽東南，後為商湯所滅。(101)黎　古諸侯國名。在今山西壺關西南，商末為周人所滅。(102)崇　古諸侯國名。商的盟國。在今陝西西安西南灃水沿岸，後為周文王所滅。(103)恪　恭敬。(104)鎬　地名。周武王滅商後，從酆遷都於此。故地在今陝西西安西南灃水東岸。(105)亳　地名。商湯的國都，故址在今河南商丘北。(106)北面　古代君主南面而坐，臣子朝見君主則北面，因謂稱臣於人為「北面」。(107)虎螭其師　言其兵士如虎似螭般的勇猛。螭，傳說中無角的龍。(108)天邑　帝王都邑。(109)敦　厚實。(110)武稱未盡　《論語・八佾》載孔子論到〈武〉說：「盡美矣，未盡善也。」〈武〉，周武王時樂曲名。(111)護有慚德　《左傳・襄公二十九年》載吳公子季札看到跳〈韶護〉舞時，評論說：「聖人之弘也，而猶有慚德，聖人之難也。」〈護〉，湯時的樂曲名。(112)於穆　《詩經・周頌・清廟》：「於穆清廟。」於，贊歎詞。穆，形容清廟深遠貌。(113)猗那　美盛貌。《詩經・商頌・那》：「猗與那與。」(114)翕純皦繹　《論語・八佾》載孔子給魯國的太師講演奏音樂的道理時說：「始作，翕如也；從之，純如也，皦如也，繹如也，以成。」翕，壯盛。純，和諧。皦，清晰。繹，和諧通暢。(115)崇嚴　崇敬。(116)祖考　祖和父。(117)殷　盛。猶熱烈地。(118)薦　進。(119)配　獻。(120)發祥　發現吉祥。(121)流慶　遺留幸福。(122)越　於。(123)舄奕　蟬聯不絕貌。(124)誕略　大略。(125)審言　誠信的話語。(126)篇籍　指《詩經》、《尚書》。(127)光藻　光彩文章。(128)渝　變。

【語　譯】話說太極之初，生出兩儀，陰陽二氣和合而混為一體，有的濁沈而為地，有的清浮而為天。濁沈的地氣與清浮的天氣互相交錯，混然形成了萬物。開始命名天子，以金木水火土這五行相承作為起始，同處於混沌暗昧的狀態之中。超過結繩、書契以前，寂寥無聲而無可相告，《周易．繫辭》中也不能接連寫到。擁有氏號，承繼天地，闡述人事，莫不創始於太昊這一位最早的天子，上古邈遠啊！他創立的文字至今猶可修習。次於太昊的時代，雖通神變化，卻內含光芒而不顯明，因此無從知曉。至於上能稽考天的法則，下能承繼龍圖，而明著在《尚書》的〈堯典〉和〈皋陶謨〉，道德居於第一，事蹟卓異的，沒有比堯更崇高的。堯捨棄他的子嗣丹朱而把皇位禪讓給虞舜，虞舜也任命夏禹為繼承人，稷與契發揚功業，遙遙成就了成湯、周武王的大業。輔佐大臣已經齊備，天帝於是歸功於君主唐堯，而將帝位授給漢代劉家。使他承繼夏商周三代荒亂的末世，遭逢君王悔恨的災禍，日月昏闇而星辰乖錯，常理敗壞而舊時典章制度殘缺。所以先命令孔子，讓他承襲前人的學業，建立制度，弘揚大業，表彰祖宗，讚揚踐行聖王之道的人，完美啊光明，真是神聖的法則。即便皋陶、夔、伊尹、周公旦這些勤奮盡力的輔佐，與孔子相比都是太渺小了。因此高祖、光武帝二位聖明君主，身應上天帝王之星，時機來臨，瑞氣升騰，竟像蛟龍自深潭一躍而起，還沒有振翼奮飛，就聲威遠揚，天下豪傑風起雲蒸，似雷動像閃電，胡亥被迫自殺，王莽身首分離，還不用他們親自參與誅殺。然後高祖、光武恭敬順從天神地祇，再三揖讓各諸侯將領的擁戴，登上天子的寶座。他們具有自稱美德不足、難承帝功、深遠和美的辭讓，沒有號令眾人、陳兵逼迫、奮擊揮旗的舉動。這實是因為他們膺受天命的正統，接受能夠辭讓的期運，蓄積烈焰熊熊的火德，蘊藏孔子極力稱揚的王道之故啊！盛美啊如此大德，是帝王的最高法則，《尚書》所記載的也趕不上。遍覽商周二代大大小小的法度，其深奧的道理是可以探求的。商周都是從弱小發跡，同樣享有侯服和甸服的封地，一代接一代地勤勞治民，以一方諸侯的軍政長官統領州牧。用夏商命令賜給威嚴的紅弓黃斧，以討伐不恭敬的韋、顧部落和黎、崇諸侯國。至於把華夏之地三五而分，遷都到鎬、亳，終於由臣子的身分，率領勇猛似虎如龍的士兵，攻滅京都。因此，義士以為這是浮華而不厚實，周武王的〈武〉樂被評為還不夠好，商湯的〈護〉樂，人稱還有所慚愧，不是這樣的嗎？但也還有歎美功德深遠盛大的文章，雄壯、和諧、清晰、流暢的樂舞，用以尊崇祖先，熱烈地進奉祖宗，獻給上帝，發現吉兆，澤及子孫，酬答天地，能千年連綿不絕的，難道不是商周二代能使自己的道德神明嗎？他們的施政大略有常道，也只是把誠信的言論流傳在《詩經》、《尚書》等典籍裡，使光彩文章永遠顯耀罷了。

矧❶夫赫赫聖漢，巍巍唐基，泝測❷其源，乃先孕虞育夏，甄殷❸陶周，然後宣❹二祖❺之重光，襲❻四宗❼之緝熙❽。神靈日照，光被六幽❾，仁風翔乎海表，威靈行乎鬼區❿，慝⓫亡迥⓬而不泯，微胡瑣⓭而不頤⓮。故夫顯定三才⓯昭登⓰之績，匪堯不興；鋪聞⓱遺策⓲在下⓳之訓，匪漢不弘。厥道⓴至於經緯乾坤，出入三光[21]，外運渾元[22]，內沾豪芒，性類[23]循理，品物咸亨，其已久矣。盛哉！皇家帝世，德臣列辟[24]，功君百王，榮鏡[25]宇宙，尊亡[26]與亢[27]。乃始虔[28]鞏[29]勞謙[30]，兢兢業業，貶成抑定，不敢論制作[31]。至今遷正黜色[32]賓[33]監[34]之事，渙揚寓內[35]，而禮官[36]儒林[37]屯[38]用篤誨[39]之士，不傳祖宗之髣髴[40]，雖云優慎[41]，無乃[42]葸[43]與？

【章旨】本段盛讚漢代「二祖」、「四宗」的功德，認為他們榮顯照耀四海，尊貴無與倫比，卻不制禮作樂，使禮官儒生誠惶誠恐。

【注釋】❶矧　況且。❷泝測　尋源推求。❸甄殷　本指製作陶器，此用以比喻化育、造成。❹宣　顯示。❺二祖　高祖劉邦，世祖劉秀。❻襲　因襲。❼四宗　太宗文帝、世宗武帝、中宗宣帝、顯宗明帝。❽緝熙　光明。❾六幽　上下四方。

⑩鬼區　即鬼方。絕遠的地方。⑪慝　原作「匿」，依《後漢書・卷七〇・班彪列傳》改。邪惡。⑫迥　原作「回」，今依《後漢書》改。遙遠。⑬瑣　細小。⑭頤　保養。⑮三才　天地人。⑯昭登　《尚書・文侯之命》云：「昭升于上。」昭，明。⑰鋪聞　傳布。⑱遺策　古代典籍。⑲在下　在天下。一說：指後代子孫。⑳厥道　其道。指大漢的道德。㉑三光　日月星。㉒渾元　天地元氣。㉓性類　有生命的種類。性，生。㉔列辟　眾多的君主。辟，君主。㉕鏡　照。㉖亡　通「無」。㉗亢　相敵。㉘虔　恭敬。㉙鞏　通「恐」。憂懼。㉚勞謙　勤謹謙虛。㉛制作　指制禮作樂。《禮記・樂記》：「王者功成作樂，治定制禮。」㉜遷正黜色　改正朔，易服色。㉝賓　指待以賓客之禮。《後漢書・卷一・光武帝紀上》載：光武帝「封殷後孔安為殷紹嘉公」，封「周後姬常為周承休公」。㉞監　視；借鑒。㉟寓內　天下。寓，同「宇」。㊱禮官　掌管禮儀的官。㊲儒林　眾多的儒生。㊳屯　聚積。㊴篤誨　真誠教誨。㊵髣髴　梗概。㊶優慎　優遊謹慎。㊷無乃　豈不是。㊸葸　畏懼的樣子。

【語　譯】況且顯赫聖明的漢代，承繼巍峨高大的唐堯基業，追本溯源，是先在虞夏孕育，成就於商周，然後經二祖的發揚光大，沿襲四宗的光明盛美。神明似陽光普照，遍及上下四方，仁風飛越海外，聲威大震遠方，不管多麼遙遠的邪惡全遭絕滅，無論如何細微的東西都獲保養。所以明確規定天地人的道理而使美德明顯地升到天上的功績，不是唐堯不能興辦；傳布教誨天下的古代遺訓，不是大漢不能弘揚。大漢的道德達到經緯天地乾坤，出入日月星辰，外可運行於天地之間，內能沾及纖細毫芒，各種生命順理成章，各樣事物都通順暢達，是由來已久了。盛美啊！承繼唐堯的皇家帝世，道德使眾多的君主臣服，功業能君臨百王，顯榮光耀宇宙，尊貴無可抗敵。卻開始恭敬戒懼、勤謹謙虛，兢兢業業，貶抑成功，不敢議論制禮作樂。至於下令改正朔、易服色，封立商周的後代而待以客禮，借鑒商周的禮儀制度等事，渙然盛揚海內，而掌管禮儀、研治儒學、聚為備用、真誠教誨之人，不能傳述漢家祖宗的約略形跡，雖說優遊謹慎，豈不感到畏懼嗎？

於是三事❶嶽牧❷之寮❸，僉❹爾而進曰：陛下仰監唐典❺，中述祖則❻，俯蹈宗軌[7]。躬奉天經[8]，惇[9]睦辨章[10]之化洽[11]。巡靖[12]黎蒸[13]，懷保[14]鰥寡之惠浹[15]。燔瘞縣沈[16]，肅祗[17]群神之禮備。是以來儀[18]集[19]羽族[20]於觀魏[21]，肉角[22]馴[23]毛宗[24]於外囿[25]，擾[26]緇文皓質[27]於郊，升黃輝采鱗[28]於沼[29]，甘露[30]宵零[31]於豐草，三足[32]軒翥[33]於茂樹。若乃嘉穀[34]靈草，奇獸神禽，應《圖》[35]合諜[36]，窮祥極瑞者，朝夕坰牧[37]，日月邦畿[38]，卓犖[39]乎方州[40]，洋溢乎要荒[41]。昔姬[42]有素雉[43]、朱烏[44]、玄秬[45]、黃婺[46]之事耳，君臣動色，左右相趨，濟濟[47]翼翼[48]，峨峨如也。蓋用昭明寅畏[49]，承聿懷[50]之福。亦以寵靈[51]文武，貽[52]燕[53]後昆[54]，覆[55]以懿鑠[56]，豈其為身而有顓辭[57]也？若[58]然受之，亦宜懃恁[59]旅力[60]，以充厥道，啟恭館[61]之金縢[62]，御[63]東序[64]之祕寶[65]，以流其占。夫圖書[66]亮[67]章[68]，天哲也；孔[69]猷[70]先命，聖孚[71]也；體行德本[72]，正性也；逢吉丁[73]辰，景命[74]也。順命以創制[75]，因[76]定以和神，答三靈[77]之蕃祉[78]，展[79]放[80]唐之明文，茲事[81]體大，而允[82]寤[83]寐[84]次[85]於心。瞻前[86]顧後[87]，豈蔑[88]清廟[89]，憚[90]勑[91]天命也？伊[92]考自遂古[93]，乃降戾[94]爰[95]茲，作者七十有四人[96]，有不俾而假素[97]，罔光度而遺章，今其[98]如台[99]而獨闕[100]也？是時聖上固以垂精遊神，苞舉藝文[101]，屢訪群儒，諭咨故老，與之斟酌道德之淵源，肴覈[102]仁誼之林藪[103]，以望元[104]符[105]之臻焉。既感群后[106]之讜辭[107]，又悉經五繇[108]之碩慮矣。將絣(109)萬嗣，揚洪輝，奮景炎(110)，扇遺風，播芳烈，久而愈新，用而不竭，汪汪(111)乎丕(112)天之大律(113)，其疇(114)能亙(115)之哉？唐哉皇哉，皇哉唐哉！

【章　旨】本段讚美明帝承繼祖先的遺業，恩澤廣被，使符瑞疊現。建議明帝舉行封禪大典，以酬答神祇的賜福，頌揚祖宗的功德。

【注　釋】❶三事　三公。❷嶽牧　傳說堯舜時代有四嶽、十二牧。後泛指地區的長官。❸寮　同「僚」。❹僉　皆；都。❺唐典　唐堯的典章。❻祖則　高祖的法則。❼宗軌　世宗武帝封禪的足跡。❽天經　孝道。《孝經・三才章》曰：「夫孝，天之經也。」❾惇　敦厚。《尚書・皋陶謨》：「惇敘九族。」❿辨章　分辨明白。《尚書・堯典》：「九族既睦，平章百姓。」辨，通「平」。⓫洽　周遍；廣博。⓬巡靖　巡視安撫。⓭黎蒸　黎民；眾人。⓮懷保　招撫安置。⓯浹　遍及。⓰燔瘞縣沈　均祭祀名。《爾雅・釋天》云：「祭天曰燔柴，祭地曰瘞薶，祭山曰庪縣，祭川曰浮沈。」⓱肅祗　恭敬。⓲來儀　指鳳凰。《尚書・益稷》：「鳳凰來儀。」古代傳說逢到太平盛世，就有鳳凰飛來。⓳集　棲止。⓴羽族　鳥類。(21)觀魏　皇宮門前兩邊的樓臺。(22)肉角　麒麟。為傳說中的仁獸，據傳牠頭生肉角。(23)馴　順。(24)毛宗　獸類。(25)囿　豢養禽獸的地方。(26)擾　馴。(27)緇文皓質　指騶虞。是傳說中的義獸。據說牠白虎黑文，不食生物。(28)黃輝采鱗　指黃龍。(29)沼　水池。(30)甘露　甘美的雨露。古人迷信，以降甘露為太平的瑞兆。(31)零　降落。(32)三足　指烏鳥。(33)軒翥　飛舉。(34)嘉穀　嘉禾。生長得特別茁壯的禾稻。古人認為是吉瑞的象徵。(35)圖　《河圖》。(36)諜　通「牒」。譜牒。(37)坰牧　郊野。(38)邦畿　國境。(39)卓犖　卓絕出眾。(40)方州　京都。(41)要荒　要服和荒服。指離京都極遠的地方。(42)姬　因周朝天子姓姬，故以代周朝。(43)素雉　白雉。古代迷信以白雉為祥瑞。《孝經・援神契》：「周成王時，越裳來獻白雉。」(44)朱烏　即赤烏。吉祥的神鳥。《尚書大傳・大誓》：「武王伐紂，觀兵於孟津，有火流於王屋，化為赤烏，三足。」(45)玄秬　黑黍。(46)麰　大麥。(47)濟濟　眾多的樣子。(48)翼翼　恭敬謹慎的樣子。(49)寅畏　敬畏。(50)聿懷　《詩經・大雅・大明》：「昭事上帝，聿懷多福。」聿，語助詞。懷，來；招來。(51)寵靈　恩寵；寵異。(52)貽　留給。(53)燕　安樂。(54)後昆　後代子孫。(55)覆　重；加上。(56)懿鑠　美盛。(57)顓辭　專為一身稱頌之辭。顓，通「專」。(58)若　如此。(59)懃恁　勤思。(60)旅力　陳力；出力。(61)恭館　古代帝王收藏策書的地方。62金縢 用金緘封的櫃子。據說周武王在滅商後的第二年，染上疾病，周公作冊書告神，請代武王死，並把冊書安放在金縢之櫃。63御 進用。64東序 東邊的廂房。65祕寶 指《河圖》之類。66圖書 指《河圖》、《洛書》。為古代儒家關於《周易》和《洪範》兩書來源的傳說。67亮 信。68章 明。69孔 孔子。70猷 當從六臣本作「繇」。道。71孚 誠信。72德本 孝道。《孝經・開宗明義》：「夫孝，德之本也。」73丁 當。74景命 大命。皇天授予帝位的命令。75創制 指創立封禪制度。76因 依。77三靈 天地人。78蕃祉 多福。79展 陳列。80放 仿效。81茲事 指封禪之事。82允 信。83寤 睡醒。84寐 睡著。85次 止。86前 前代帝王。87後 後代子孫。88薎 同「蔑」。輕視。89清廟 宗廟。90憚難。91勑 正。92伊 語助詞。93遂古 遠古。94戾 到。95爰 於。96作者七十有四人 《史記・卷二八・封禪書》引管仲語云，「古者封泰山禪梁父者七十二家」，加上武帝、光武帝，故云「七十四人」。97素 白絹。在無紙時，用來書寫文字。後遂用以指書冊、史乘。98其 豈。99台 我。100闕 同「缺」。廢棄。101藝文 指圖書文獻。102肴覈 肴，魚肉。覈，通「核」。乾果。「肴覈」這裡用作動詞，意為咀嚼。103林藪 比喻聚集之處。104元 天。105符 符瑞。106群后 百官。107讜辭 正直的言辭。108五繇 古代帝王巡狩，預卜五年，以占吉凶，稱為五繇。繇，占卜。109絣 使。110景炎 火焰。比喻大德。111汪汪 深廣的樣子。112丕 大。113大律 大法。114疇 誰。115亙 終。

【語 譯】於是三公及地方長官都紛紛進言說：陛下借鑒唐堯的典章，祖述高祖的法則，踏著世宗、武帝的足跡，奉行孝道，敦厚和睦九族，而又明辨其他各族的教化已廣泛實施。巡視安撫眾民，安置鰥寡孤獨的恩惠也遍及海內。祭祀天地山川，禮敬群神的儀禮都已具備。因此，鳳凰率眾鳥棲止在宮門前的樓臺，麒麟及群獸馴順地生活在園囿內，使騶虞在郊外溫順自在，讓黃龍從水池中飛起來，甘露在夜裡灑落在繁盛的野草上，烏鳥在茂密的樹林中飛翔。至於應合《河圖》、史牒，極其祥瑞的嘉禾、靈芝、奇獸、珍禽，朝朝夕夕疊現於郊野，日日月月紛呈在境內。爭奇於京都，充溢於邊界。往日，周朝僅有白雉、赤烏、黑黍、黃麥之類的祥瑞而已，卻君臣喜形於色，左右奔走相告，濟濟一堂，小心翼翼，表現出端莊盛美的樣子。用以表明敬畏天命，招來無限量的幸福。也因此使文王、武王得到恩寵福澤，給後代子孫留下安樂，讓他們享有盛美的功德，這哪裡只是專為自身的頌美之辭呢？如此而秉承天命，也應勤思盡力，以充實祖先的治國之道，開啟恭館中的金縢，進獻東廂裡的《河圖》，以便傳布占卜。《河圖》、《洛書》誠信顯明，是上天的智慧；孔子之道乃先王的教命，是聖人誠信；親自奉行孝道，是端正性命；遭逢良辰吉日，是秉承天命。順應天命，創立封禪制度，憑藉天下安定，作樂和合人神，酬答天地人的無量幸福，陳列效法唐堯的典章，這封禪之事關係十分重大，而確能白天夢裡常存胸中。瞻望前代帝王，回顧後代子孫，難道是輕視祖廟而難以正天命嗎？考察自遠古以來至於現在，舉行封禪的有七十四人，有天命不使他封禪卻假借書冊、史乘的，沒有光揚法度而遺棄書傳不舉行封禪的，如今怎麼能像我聖明天子而偏偏廢棄封禪禮儀的？這時候，皇上本來已經留神注意，蒐集所有的圖書文獻，多次訪問群儒，諮詢故老，同他們斟酌道德的淵源，考慮仁義的所在，以盼望符瑞的到來。既感於百官的正直言辭，又已經過多次深思熟慮的占卜。將使萬代，傳布光輝，播散盛德，宣揚遺風，傳播洪業，歷久愈新，取用不盡，深廣啊，皇天的大法，誰能完成它呢？唐堯呀大漢，大漢呀唐堯！

卷四九

史論

公孫弘傳贊

【作　者】班固，見頁二四一三。

【題　解】此文選自班固所著《漢書・卷五八・公孫弘卜式兒寬傳》。《漢書》之贊，實屬史論，班固將其置於每篇之末，或補充傳文之未備，或褒貶人事之優劣。但此文雖為一傳之贊，實則大體概括了武帝、宣帝兩朝名臣的情況。此文之主旨乃是：武宣二帝之所以能夠傲立中原，統服四夷，成為前漢一代的盛世之主，這跟二帝廣求賢俊，不拘一格以進用人才是分不開的。

此文措辭溫雅，議論恰當，可謂論贊中之傑出者。

贊曰：公孫弘❶、卜式❷、倪寬❸皆以鴻漸之翼❹困於燕雀❺，遠迹羊豕之間❻，非遇其時❼，焉能致❽此位乎？是時，漢興六十餘載，海內乂安❾，府庫充實，而四夷❿未賓⓫，制度多闕⓬。上⓭方欲用文武⓮，求之如弗及⓯，始以蒲輪⓰迎枚生⓱，見主父⓲而歎息。群士慕嚮⓳，異人⓴並出。卜式拔於芻牧㉑，弘羊㉒擢於賈豎㉓，衛青[24]奮於奴僕，日磾[25]出於降虜[26]，斯亦曩時[27]版築[28]飯牛[29]之明[30]已。漢之得人，於茲為盛。儒雅[31]則公孫弘、董仲舒[32]、倪寬，篤行[33]則石建[34]、石慶[35]，質直[36]則汲黯[37]、卜式，推賢[38]則韓安國[39]、鄭當時[40]，定令[41]則趙禹[42]、張湯[43]，文章則司馬遷[44]、相如[45]，滑稽[46]則東方朔[47]、枚皐[48]，應對[49]則嚴助[50]、朱買臣[51]，歷數[52]則唐都[53]、落下閎[54]，協律[55]則李延年[56]，運籌[57]則桑弘羊，奉使[58]則張騫[59]、蘇武[60]，將帥則衛青、霍去病[61]，受遺[62]則霍光[63]、金日磾，其餘不可勝紀[64]。是以興造功業[65]，制度遺文[66]，後世莫及。孝宣[67]承統[68]，纂修[69]洪業[70]，亦講論六藝[71]，招選[72]茂異[73]，而蕭望之[74]、梁丘賀[75]、夏侯勝[76]、韋玄成[77]、嚴彭祖[78]、尹更始[79]以儒術進，劉向[80]、王褒[81]以文章顯，將相則張安世[82]、趙充國[83]、魏相[84]、邴吉[85]、于定國[86]、杜延年[87]，治民則黃霸[88]、王成[89]、龔遂[90]、鄭弘[91]、召信臣[92]、韓延壽[93]、尹翁歸[94]、趙廣漢[95]、嚴延年[96]、張敞[97]之屬[98]，皆有功迹見述[99]於後世，參[100]其[101]名臣，亦其[102]次也。

【注釋】❶公孫弘　字季，西漢菑川薛（今山東滕縣東南）人。獄吏出身，年四十餘，始學《春秋》雜說。武帝初，徵為博士，後免歸。元光中，以對策擢第一，拜為博士。元朔中，以御史大夫升丞相，封平津侯。為人外寬內深，睚眦必報。❷卜式　西漢河南（治今河南洛陽）人。以牧羊致富。屢以家財助邊，武帝任為中郎。後封關內侯，元鼎中為御史大夫。因反對鹽鐵專賣，貶為太子太傅。❸倪寬　西漢千乘（今山東高青北）人。治《尚書》，為孔安國弟子。武帝時射策補廷尉文學卒史。元狩四年（西元前一一九年），任左內史，在任勸農緩刑，受民愛戴。後拜御史大夫。倪或作「兒」。❹鴻漸之翼　有如鴻雁一樣能一飛千里的羽翼。比喻公孫弘等三人有大才。鴻，涉禽類，鴨科，較雁為大。漸，進。翼，翅膀。❺燕雀　比喻不足輕重的小人物。❻遠迹羊豕之間　指公孫弘和卜式。公孫弘年輕時家貧，牧羊海上，卜式入山牧羊十餘年。遠迹，遠其蹤跡。豕，豬。❼時　時代。指漢武帝時。❽致　達到。❾海內乂安　天下太平無事。乂，治理。❿四夷　東夷、南蠻、西戎、北狄的統稱。⓫賓　服。⓬闕　通「缺」。⓭上　指漢武帝。⓮文武　指身懷文才武略的人。⓯弗及　趕不上。⓰蒲輪　用蒲草裹車輪，以減輕車子的震動。古代徵聘賢士時用之，以示禮敬。⓱枚生　即枚乘。字叔，西漢淮陰（今江蘇淮陰）人。先後為吳王濞、梁孝王武文學侍從之臣。景帝召為弘農都尉，後因病去職。武帝即位，以安車蒲輪徵，死於途中。⓲主父　即主父偃。西漢臨淄（今山東淄博東北）人。元光時上書言事，武帝謂：「公皆安在？何相見之晚也！」拜郎中，一年之內四遷至中大夫。後任齊相，因告發齊王與姊通姦事，迫齊王自殺，因此得罪族誅。⓳慕嚮　思慕之甚，如響應聲。⓴異人　不尋常的人。指有突出才能的人。㉑芻牧　割草放羊。卜式牧羊出身，故稱。㉒弘羊　指桑弘羊。西漢洛陽（今河南洛陽東）人。出身商人家庭。武帝時，任治粟都尉，領大司農。主張重農抑商，推行鹽鐵酒類的官營專賣政策。武帝臨終，授御史大夫，與霍光、金日磾共同輔佐昭帝。始元七年（西元前一二〇年），因與上官桀等謀立燕王劉旦而被誅。㉓賈豎　對商人的蔑稱。賈，商人。豎，小子。㉔衛青　字仲卿，西漢河東平陽（今山西臨汾西南）人。衛皇后弟。本平陽公主家奴。後為武帝重用，自元朔二年（西元前一二七年）至元狩四年（西元前一一九年），前後七次出擊匈奴，屢立戰功。官至大將軍，封長平侯。㉕日磾　即金日磾。字翁叔。本為匈奴休屠王的太子，漢武帝時歸漢，賜姓金。先官馬監，後任侍中。篤實忠誠，為武帝所信重。昭帝即位，與霍光、桑弘羊同受遺詔輔政，封秺侯。西元前八六年卒，謚敬侯。㉖降虜　投降的奴僕。日磾父休屠王因不降漢被昆邪王所殺，他與母、弟俱淪為官奴，在黃門養馬。㉗曩時　從前。㉘版築　築牆時用兩板相夾，以泥置其中，用杵舂實。此代指傅說。據《史記・卷三・殷本紀》，商王武丁夢見一聖人，名叫說。於是據夢所見，在全國尋找，終於在一個叫傅巖的地方找到了，這時傅說正在服版築的勞役。武丁任以為相，殷國大治。㉙飯牛　餵牛。此代指甯戚。據《呂氏春秋・離俗覽・舉難》，甯戚家貧，無引薦之人。於是替人挽車而至齊，餵牛於車下，望見桓公，擊牛角而歌。桓公認為非常人，召見，拜為上卿。㉚明　當為「朋」之誤，據《文選考異》說。朋，類。㉛儒雅　博學的儒士。㉜董仲舒　西漢廣川（今河北景縣西南）人。少治《春秋公羊傳》，景帝時為博士。武帝時，以賢良對策得重用，拜江都相。後任膠西王相。生平講學著書，尊儒術，黜百家，開以後二千多年封建社會以儒學為正統的局面。著有《春秋繁露》等。㉝篤行　行為惇樸厚道。㉞石建　萬石君石奮的長子。恭順孝謹，因此，漢武帝建元二年（西元前一三九年）拜郎中令。事父甚孝，元朔六年（西元前一二三年）因父喪，哀痛過甚而死。㉟石慶　石奮的第四子。因孝行拜內史。漢武帝元狩元年（西元前一二二年）為太子太傅，元鼎五年（西元前一一二年）為丞相，封牧丘侯。在任無所作為，唯為人謹慎敦厚。死諡恬侯。㊱質直　正直。㊲汲黯　字長孺，西漢濮陽（今河南濮陽西南）人。武帝時，任東海太守，繼為主爵都尉。常直言切諫。後出為淮陽太守，在任七年死。㊳推賢　舉薦賢人。㊴韓安國　字長孺，西漢梁國成安（今河南臨汝）人。初為梁孝王中大夫，吳楚七國之亂時，擊退吳兵，由此著名。武帝時，歷任御史大夫、衛尉、材官將軍。元朔三年（西元前一二六年），病死。其所推舉者有壺遂、臧固等，皆天下名士。㊵鄭當時　字壯，西漢陳（今河南淮陽）人。以任俠聞名梁楚間。景帝時任太子舍人，武帝時歷官濟南太守、江都相、右內史、大司農，為官清廉，待人不分貴賤，積極推舉賢人，廣交天下名士。卒於汝南太守任。㊶定令　制定律令。㊷趙禹　西漢斄（今陝西武功西南）人。初以佐史補中都官，後為周亞夫丞相史。武帝時官至中大夫，與張湯共同編定律令。為官廉平，然用法深刻，《漢書》列入〈酷吏傳〉。㊸張湯　漢杜陵（今陝西西安東南）人。武帝時歷任太中大夫、廷尉、御史大夫等職。曾與趙禹共定律令，然刑法殘酷。後為朱買臣陷害，自殺。撰有《越宮律》二十七篇。㊹司馬遷　字子長，西漢夏陽（今陝西韓城南）人。漢武帝元封三年（西元前一〇八年）繼父職為太史令，開始寫《史記》。後因替李陵辯護，下獄受宮刑。出獄後，任中書令，發憤著述，完成《史記》一百三十篇，開創了紀傳體史書的範例，對後世史學有深遠的影響。㊺相如　指司馬相如。字長卿，西漢蜀郡成都（今四川成都）人。作〈子虛賦〉、〈上林賦〉，得武帝賞識，任為郎。通使西南有功，拜孝文園令。所作賦辭藻華麗，文采橫溢，成為漢魏以後文人賦體的模倣對象，被譽為漢代辭宗。後人輯有《司馬文園集》。㊻滑稽　詼諧。㊼東方朔　字曼倩，西漢平原厭次（今山東惠民）人。武帝時待詔金馬門，官至太中大夫。性格詼諧，為武帝弄臣。因其以詼諧著名，後人關於他的傳說很多，方士又把他附會為神仙。㊽枚皐　字少孺，西漢淮陰（今江蘇淮陰）人，枚乘子。武帝時為郎。好詼諧，善寫辭賦，常常諷刺權貴，當時人比之東方朔。㊾應對　對答。㊿嚴助　本姓莊，《漢書》避漢明帝劉莊諱，改為嚴。西漢會稽吳（今江蘇蘇州）人。武帝時，郡舉賢良對策，拜為中大夫。善言辭，常與大臣辯論政事，無勝之者。建元中為會稽太守。後因淮南王劉安謀反事受株連，被殺。(51)朱買臣　字翁子，西漢吳縣（今江蘇蘇州）人。武帝時，得嚴助薦，拜為中大夫。為置朔方郡之事，言利害之事十條難公孫弘，弘無言以對。後任會稽太守，與韓說破東越之功，拜主爵都尉。西元前一一五年被殺。(52)歷數　推算節氣之度。歷，通「曆」。(53)唐都　天文術數家。曾重新劃分和測定二十八宿各宿的距星和宿度。參加了元封年間改正朔、造《太初曆》諸事。54落下閎　或作「洛下閎」、「洛下弘」。字長公，西漢巴郡閬中（今四川閬中西）人。精通天文，隱居於落亭。武帝時為待詔太史，改《顓頊曆》，更作《太初曆》，創「渾天說」。55協律　校正音樂律呂。56李延年　李廣利弟，西漢中山（今河北定縣）人。初為太監，後以其妹李夫人故官侍中。擅長歌舞，又善創造新聲。當時武帝正興建天地諸祠，他便新造樂章，為《漢郊祀歌》十九章配樂，官拜協律都尉。李夫人死後，被誅。57運籌　搬動竹籌。比喻計算。籌，竹籌。計算用具。58奉使　奉命出使。59張騫　西漢漢中成固（今陝西城固）人。官至大行，封博望侯。漢武帝建元二年（西元前一三九年），奉命出使大月氏。他越過葱嶺，親歷大宛、康居、大月氏和大夏等地，元朔三年（西元前一二六年）方歸，在外達十三年。元鼎二年（西元前一一五年）又出使烏孫，並派副使出使大宛、康居、大夏、安息等地。從此，西北諸國開始與漢交通。60蘇武　字子卿，西漢杜陵（今陝西西安東南）人。漢武帝天漢元年（西元前一〇〇年）以中郎將出使匈奴，被扣。匈奴威脅誘降，始終不屈，達十九年。始元六年（西元前八一年），昭帝與匈奴和親，才得以歸國，拜典屬國。61霍去病　西漢河東平陽（今山西臨汾西南）人，衛青之甥。年十八為侍中，善騎射。前後六次出擊匈奴。官至驃騎將軍，封冠軍侯。62受遺　接受遺命。63霍光　字子孟，西漢河東平陽（今山西臨汾西南）人。霍去病異母弟。武帝時，為奉車都尉。昭帝八歲即位，他與桑弘羊、金日磾等同受遺詔輔政，任大司馬大將軍，封博陸侯。昭帝死後，迎立昌邑王劉賀，不久即廢。又迎立宣帝。諡宣成。64勝紀　盡記。65功業　功勳事業。66遺文　留下來的禮樂制度。67孝宣　即漢宣帝。西元前七四至前四九年在位。初名病己，後改名詢，字次卿，漢武帝曾孫。年輕時生長民間。昭帝死，為霍光所立。即位後，勵精圖治，任用賢良，重視吏治，輕徭薄賦，為漢室中興之主。68承統　繼承皇位。統，世代相繼的系統。69纂修　繼承推進修治。纂，繼承。70洪業　大業。71六藝　六經。指《詩經》、《尚書》、《禮記》、《樂經》、《周易》、《春秋》。72招選　招引選擇。73茂異　茂才異等的簡稱。漢代選拔人才的一種科目。茂，原作「秀」，因避東漢光武帝劉秀諱改。74蕭望之　字長倩，西漢東海蘭陵（今山東蒼山西南）人，移家杜陵（今陝西西安東南）。從后蒼學《齊詩》，又從夏侯勝問《禮記》及《論語》，射策拜為郎。宣帝時歷任左馮翊、大鴻臚、御史大夫等官，曾任太子太傅，教授太子（元帝）。元帝即位，倍受尊敬。後為宦官石顯、弘恭排擠，自殺。75梁丘賀　字長翁，西漢琅邪諸（今山東諸城）人。從京房、田王孫學《易》。官至少府，與施讎、孟喜《易》說共列於學官。著作已失傳，清人輯有《梁丘氏章句》一卷。76夏侯勝　字長公，西漢東平（今山東東平）人。從夏侯始昌學今文《尚書》，又從簡卿及歐陽生問學，徵為博士。宣帝時，任太子太傅。受詔撰《尚書說》、《論語說》，史稱大夏侯之學。著作已佚，清人輯有《尚書歐陽夏侯遺說考》。77韋玄成　字少翁，西漢鄒（今山東鄒縣）人。韋賢子。少好學，繼父業，通《詩經》。以父任為郎，因明經提升為諫大夫，歷任河南太守、太常、太子太傅、御史大夫等職，元帝永光年間，拜丞相。諡共侯。❼❽嚴彭祖　字公子，西漢東海下邳（今江蘇睢寧西北）人。宣帝時為博士，歷任河南東郡太守、左馮翊、太子太傅等職。早年從眭孟學《春秋公羊傳》，著作已佚，清人輯有《公羊嚴氏春秋》和《春秋公羊嚴氏記》。❼❾尹更始　字翁君，西漢汝南（今河南汝南）人。從蔡千秋治《穀梁春秋》，官至諫大夫。❽⓿劉向　本名更生，字子政，漢高祖弟楚元王劉交四世孫，沛（今江蘇沛縣）人。宣帝時任散騎諫大夫，元帝時為中壘校尉，成帝時更名向，任光祿大夫，校書天祿閣，著成我國最早的分類目錄學著作《別錄》。其著作今存者有《洪範五行傳》、《列女傳》、《列仙傳》、《新序》、《說苑》、《九歎》等。❽❶王褒　字子淵，西漢蜀資中（今四川資陽）人。宣帝時為諫大夫。善詩賦，著作有〈聖主得賢臣頌〉、〈九懷〉、〈洞簫賦〉等。❽❷張安世　字子孺，張湯子，西漢杜陵（今陝西西安東南）人。武帝時，任尚書令，遷光祿大夫。昭帝時，任右將軍、光祿勳，封富平侯。昭帝死，與大將軍霍光共立宣帝，拜大司馬，領尚書事。後任後將軍。宣帝即位，封營平侯。諡壯侯。❽❸趙充國　字翁孫，西漢隴西上邽（今甘肅天水西南）人。善騎射，通兵法。武帝時，因擊破匈奴，拜中郎將，卒諡敬侯。❽❹魏相　字弱翁，西漢濟陰定陶（今山東定陶西北）人，移家平陵（今陝西咸陽西北）。年輕時學《周易》，舉賢良，以對策高第為茂陵令，後遷河南太守。宣帝時，累官大司農、御史大夫、丞相，封高平侯。主張整頓吏治，考核實效。❽❺邴吉　也作「丙吉」。字少卿，西漢魯國（今山東曲阜）人。本為魯獄吏，累遷廷尉監。因救護皇曾孫（即宣帝）功，任大將軍霍光長史。因建議迎立宣帝，封博陽侯。後繼魏相為丞相。為人知大體，能禮讓，時稱賢相。❽❻于定國　字曼倩，西漢東海郯縣（今山東郯城西南）人。初為獄吏、郡決曹。宣帝時，任廷尉。為人謙恭，斷案決獄，有疑者皆從輕。後為丞相，封西平侯。❽❼杜延年　字幼公，杜周子，西漢南陽杜衍（今河南南陽西南）人。昭帝時任諫大夫。後因告發上官桀謀反事，封建平侯，拜太僕右曹給事中。主張為政儉約寬和。霍光死後，免官。後又歷任北地太守、西河太守、御史大夫，死諡敬侯。❽❽黃霸　字次公，西漢淮陽陽夏（今河南太康）人。武帝末年，補侍郎謁者，歷河南太守丞。是時官吏崇尚治民嚴酷，霸卻以寬和為名。宣帝時，任潁川太守、揚州刺史，為政外寬內明，重視農桑，政績時稱天下第一。官至御史大夫、丞相，封建成侯。《漢書》列入〈循吏傳〉。❽❾王成　漢宣帝時為膠東相，治民甚有聲望，因而流民聞聲而往者達八萬餘，得宣帝褒揚，賜爵關內侯。《漢書》列入〈循吏傳〉。❾⓿龔遂　字少卿，西漢山陽平陽（今山東鄒縣）人。初為昌邑王劉賀郎中令。宣帝時，任渤海太守，時渤海及附近各郡發生饑荒，他開倉濟貧，勸民農桑，境內大治。官至水衡都尉。《漢書》列入〈循吏傳〉。❾❶鄭弘　字稺卿，西漢泰山剛（今山東寧陽東北）人。好學明經，通法律政事。為南陽太守，治績顯著，遷淮陽相，又因品第高升為右扶風。官至御史大夫。(92)召信臣　字翁卿，西漢九江壽春（今安徽壽縣）人。元帝時，歷任零陵、南陽太守。在南陽任內，修築堤閘數十處，灌溉田地三萬多頃，人尊稱他為「召父」。後遷河南太守，治行考績常為第一。竟寧中，任少府。(93)韓延壽　字長公，西漢杜陵（今陝西西安東南）人。昭帝時為諫大夫，後為淮陽、穎川、東郡太守，甚有治績。後為左馮翊，遭蕭望之誣陷，被殺。(94)尹翁歸　字子兄，西漢河東平陽（今山西臨汾西南）人。宣帝時為東海太守，執法嚴謹，東海大治。升任右扶風。為人清廉自守，死後家無餘財。(95)趙廣漢　字子都，西漢涿郡蠡吾（今河北博野西南）人。原為郡吏、州從事。宣帝時，任穎川太守，誅殺豪強，遷升京兆尹。執法不避權貴，治事廉明。後因摧辱大臣罪被誅。(96)嚴延年　字次卿，西漢東海下邳（今江蘇邳縣南）人。早年學法律於丞相府，任侍御史。屢次劾奏大臣。宣帝時，歷任涿郡太守、河南太守。治民主張嚴酷，誅殺甚多，人稱「屠伯」。後因誹謗朝廷罪，被殺。《漢書》列入〈酷吏傳〉。(97)張敞　字子高，西漢河東平陽（今山西臨汾西南）人。早年為太僕丞。宣帝時，歷任太中大夫、京兆尹、冀州刺史。直言敢諫，賞罰分明，所至皆有治績。(98)屬　類；輩。(99)見述　被人稱道。(100)參　參驗。(101)其　指宣帝。(102)其　指武帝。

【語　譯】贊文曰：公孫弘、卜式、倪寬都像鴻雁的羽翼一樣有大才，卻被世俗視同燕雀一般不能通達，而在遠方牧羊、牧豬，若不是遇上漢武帝時代，怎麼能達到這個地位呢？這個時候，漢朝興起已六十多年了，天下太平無事，府庫充實，但四方少數民族沒有臣服，法令禮制還有很多欠缺。武帝正想任用懷有文才武略的人，尋求人才好像恐怕趕不上一樣，起先用安車蒲輪迎接枚乘，見到主父偃而感歎相見恨晚。眾多士人十分思慕嚮往，有突出才能的人一齊出現。卜式從牧羊人中被選拔出來，桑弘羊從商人中被提拔上來，衛青從奴僕中振奮而起，金日磾是從投降的俘虜中選拔出來的，這些人也是像從前傳說、甯戚這一類的賢才。漢朝得到人才，在這時候最多。博學的儒生有公孫弘、董仲舒、倪寬，行為惇樸厚道的有石建、石慶，質樸正直的有汲黯、卜式，舉薦賢人的有韓安國、鄭當時，制定律令的有趙禹、張湯，寫文章的有司馬遷、司馬相如，詼諧滑稽的有東方朔、枚皋，對答的有嚴助、朱買臣，推算節氣的有唐都、落下閎，校正音樂律呂則有李延年，處理運算的有桑弘羊，奉命出使的有張騫、蘇武，將帥有衛青、霍去病，接受武帝遺命，輔佐少主的有霍光、金日磾，其餘的不能盡記。所以這個時期建立起來的功勳事業、律令法規以及留下來的禮樂制度，後代難以趕上。宣帝繼位，繼續推進修治武帝的大業，也講論六經，招引選拔茂才異等，因而蕭望之、梁丘賀、夏侯勝、韋玄成、嚴彭祖、尹更始因為其儒家學術而進用，劉向、王褒因為其文章而顯達，將相則有張安世、趙充國、魏相、丙吉、于定國、杜延年，治理百姓則有黃霸、王成、龔遂、鄭弘、召信臣、韓延壽、尹翁歸、趙廣漢、嚴延年、張敞之輩，都有功績被後世稱道，參驗宣帝時的名臣，可說是僅次於武帝時的盛況啊！

論晉武帝革命

【作　者】干寶，字令升，東晉新蔡（今河南新蔡）人。勤學博覽，並且喜好陰陽術數。因其才器，被召為著作郎領修國史。歷任山陰令、始安太守、散騎常侍。著作有《晉紀》、《搜神記》、《春秋左氏義外傳》及《周易》注、《周官》注數十篇。

【題　解】〈論晉武帝革命〉，選自干寶所著《晉紀》。《晉紀》其書久佚，內容不得而詳。據《隋書・經籍志》，是書二十三卷（《晉書・干寶傳》作二十卷，《史通・古今正史》謂二十二卷），編年體裁，述宣帝司馬懿至愍帝司馬鄴七帝事（《晉書・干寶傳》言五十三年，乃指武帝泰始元年至愍帝建興五年之年數，未計入晉朝建立前宣帝、景帝、文帝三人之年時）。敘事簡略，直而能婉，評論切中，當時號為良史。

西元二六五年，曹魏陳留王被迫把帝位禪讓給權臣司馬炎，司馬炎建立了晉朝，曹魏滅亡。干寶在文中議論此晉革魏命之事，認為朝代更替，帝王興廢，皆天命所定，非人力能及，因而為晉武帝司馬炎之篡奪曹魏政權粉飾辯解。全篇精練曉暢，頗足稱道。

史臣曰：帝王之興，必俟❶天命，苟有代謝❷，非人事❸也。文質❹異時，興建❺不同。故古之有天下者，柏皇❻、栗陸❼以前，為而不有❽，應而不求❾，執大象⑩也。鴻黃⑪世及⑫，以一民⑬也；堯舜內禪⑭，體文德⑮也；漢魏外禪⑯，順大名⑰也；湯武革命⑱，應天人⑲也；高光⑳爭伐㉑，定功業㉒也。各因㉓其運而天下隨時㉔，隨時之義大矣哉！古者㉕敬其事㉖則命以始㉗，今㉘帝王受命而用其終㉙。豈人事乎？其㉚天意乎！

【注釋】❶俟　等待。❷代謝　更替變化。❸人事　人力所能及的事。❹文質　文采與質樸。❺興建　興起與建立。❻柏皇　亦作「伯皇」、「柏黃」。姓柏名芝，上古帝王。❼栗陸　傳說古帝王，在女媧氏後。❽為而不有　治理而不據為私有。為，治理。有，占有。❾應而不求　應和而不追求。❿大象　大道之法象。即世界一切事物的本原。⓫鴻黃　帝鴻氏與黃帝。帝鴻，黃帝子帝律之子，治四十七載（羅泌《路史・後記》說）。⓬世及　父子兄弟相繼。父傳子稱世，兄傳弟稱及。⓭一民　統一民心。⓮內禪　古代帝王讓位給內定的繼承人。此指堯把帝位傳給舜。⓯體文德　指以禮樂教化進行統治。體，表現。⓰漢魏外禪　指漢獻帝讓位於曹丕，陳留王讓位於司馬炎。外禪，把帝位傳給外姓。⓱大名　崇高美好的名聲。⓲湯武革命　指商湯伐桀滅夏，周武王伐紂滅殷。湯，又稱武湯、天乙、成湯，原是夏朝商部族領袖，於西元前十一世紀初滅夏，建立商朝。武，即周武王，姓姬名發，周文王次子。文王死後繼位，率兵討伐紂王，滅了商朝，建立周朝。⓳應天人　適應天命，順從人心。⓴高光　漢高祖劉邦和光武帝劉秀。㉑爭伐　指劉邦滅項羽，劉秀伐王莽。㉒功業　功勳事業。㉓因　憑藉。㉔隨時　順應時勢。㉕古者　指堯時。㉖事　指帝王之事。㉗始　開始；起初。指舜受命告廟。㉘今　指陳留王時。㉙終　指陳留王結束其為帝之事，讓位於司馬炎。㉚其　乃是。

【語譯】史臣說：帝王的興起，一定等待上天的意旨，假如有更替變化，不是人力所能掌握的。文采與質樸因時不同，興起與建立也不同。所以古代統治天下的，柏皇、栗陸以前，治理而不據為私有，應和而不追求，乃是抓住了大道的法象。黃帝、帝鴻世代相傳，是為了統一民心；堯主動把帝位讓給舜，體現了禮樂教化；漢獻帝、陳留王禪讓帝位，是順應崇高美好的名聲；商湯、周武王奪取桀、紂的天下，是適應天命，順從人心；高祖和光武帝征伐項羽、王莽，是確立功勳事業。都是憑藉著他們的運數而使整個天下順應時運，「順應時運」這個詞的涵義是很廣大的啊！古代堯時崇敬帝王之事，舜稱帝以告廟受命作為開始；現在武帝接受天命則以陳留王讓出皇位作為開始。這種古今終與始的不同，難道是人力所能掌握的嗎？這是天的意旨啊！

晉紀總論

【作　者】干寶，見頁二四三六。

【題　解】此文詳論宣帝司馬懿至愍帝司馬鄴的西晉一朝，故名總論。

司馬氏的天下乃以詐謀篡奪而得。故史家修史，多曲為隱諱。陳壽《三國志》對於齊王芳、高貴鄉公髦被司馬氏廢殺之事，即極力曲筆回護。而干寶卻能務在審實，指出其「不務公劉、太王之仁，受遺輔政，屢遇廢置」。對於惠帝時朝政廢弛、亂臣當道、干戈四起、國家殘破的現象，干寶歸結其根源，認為乃是不施仁政、篡權奪位的報應。故王應麟稱：「干寶論晉之創業之本，固異於先代。後之作史者，不能為此言也，可謂直筆。」（《困學紀聞・卷一三・考史》）

然干寶終係晉臣，其修史黨晉貶魏，勢所必然。司馬懿、師、昭三人乃是魏臣，並未稱帝，而干寶竟列入晉紀。雖說自司馬懿開始，已掌握了曹魏的實權，然畢竟曹魏尚存，事實豈能抹殺！後之修晉史者，多立三紀，干寶實乃始作俑者。

此文評述審正，論理切實，文辭典雅，可稱「序例之美者」（《史通・序例》）。

史臣曰：昔高祖宣皇帝❶以雄才碩量❷，應運而仕❸。值魏太祖❹創基之初，籌畫軍國❺，嘉謀❻屢中❼，遂服輿軫❽，驅馳❾三世❿。性深阻⓫有如城府⓬，而能寬綽⓭以容納⓮；行任數⓯以御⓰物，而知人⓱善采拔⓲。故賢愚咸懷⓳，小大畢力⓴。爾乃㉑取鄧艾㉒於農隙㉓，引㉔州泰㉕於行役㉖，委㉗以文武，各善其事㉘。故能西禽㉙孟達㉚，東舉㉛公孫淵㉜，內夷㉝曹爽㉞，外襲王陵㉟。神略㊱獨斷㊲，征伐四克㊳，維御群后㊴，大權在己。屢拒諸葛亮㊵節制㊶之兵，而東支㊷吳人輔車㊸之勢。軍旅屢動，邊鄙㊹無虧。於是百姓與㊺能，大象㊻始構㊼矣。

【章　旨】此章言司馬懿之為人行事及卓著功勳，云其為晉之建立奠定了基礎。

【注　釋】❶高祖宣皇帝　即司馬懿。字仲達，河內溫縣（今河南溫縣西）人。多謀略，善權變。初為曹操主簿，後為太子中庶子，為曹丕所信重。魏明帝時，任大將軍，多次出兵與諸葛亮相拒，為魏重臣。曹芳即位，他與曹爽同受遺詔輔政。嘉平元年（西元二四九年），殺曹爽，自為丞相，獨攬大權。其孫司馬炎代魏稱帝，建立晉朝後，追尊為宣皇帝，廟號高祖。❷雄才碩量　雄武的才能，寬宏的器量。❸應運而仕　順應上天的氣數而出來做官。曹操為丞相時，徵司馬懿為文學掾。❹魏太祖　即曹操。字孟德，小名阿瞞，沛國譙（今安徽亳縣）人。機警有權術。年二十舉孝廉為郎，任洛陽北部尉，遷頓丘令。漢靈帝時，鎮壓黃巾起義有功，拜濟南相。建安元年（西元一九六年）迎獻帝都許（今河南許昌東），挾天子以令諸侯。先後討滅袁術、袁紹、劉表，逐漸統一了中國北部。位至丞相、大將軍，封魏王。其子曹丕代漢稱帝，建立魏國，追尊為武皇帝，廟號太祖。❺軍國　軍務與國政。❻嘉謀　好的計策。❼中　合用；合格。❽遂服輿軫　於是就乘車馬。服，乘。輿軫，指車。❾驅馳　驅逐奔馳。這裡指盡力效命。❿三世　指曹操及魏文帝曹丕、魏明帝曹叡。世，代。⓫深阻　深沈不外露。⓬城府　城市和官署。比喻深隱難測。⓭寬綽　器量寬裕廣大。⓮容納　能寬容而任用人才。⓯任數　使用權術。⓰御　使。⓱知人　能辨識別人的賢愚善惡。⓲采拔　選擇提拔。⓳懷　歸向。⓴畢力　盡力。㉑爾乃　至於。㉒鄧艾　字士載，三國魏義陽棘陽（今河南新野東北）人。初為司馬懿掾屬，仕魏至城陽太守，鎮西將軍，都督隴右諸軍事，進封鄧侯。景元四年（西元二六三年），同鍾會分軍滅蜀。後鍾會誣以謀反，被殺。㉓隙　當依《文選考異》作「瑣」。細小微賤。㉔引　引進；推薦。㉕州泰　三國魏南陽（今河南南陽）人。官至征虜將軍，假節都督江南諸軍事。景元二年（西元二六一年）死，追贈衛將軍，諡壯侯。㉖行役　因公務跋涉在外。州泰初為荊州刺史裴潛從事，多次被派去見司馬懿。後司馬懿征孟達，州泰為嚮導，因而司馬懿任之為官。㉗委　任命。㉘事　職事。㉙禽　通「擒」。抓住。㉚孟達　字子度，一字子敬，扶風（今陝西）人。初事劉璋，後歸蜀漢。因不發兵救關羽，懼罪降魏，拜散騎常侍，領新城太守。後又與諸葛亮書信來往，謀反。司馬懿統兵討之，僅十六日即敗滅，被斬。㉛舉　攻克。㉜公孫淵　遼東襄平（今遼寧遼陽）人，公孫康子。魏明帝即位，拜遼東太守。後又拜大司馬，封樂浪公。景初元年（西元二三七年）反，自立為燕王。第二年，司馬懿率軍討伐，淵敗被斬。㉝夷　消滅。㉞曹爽　字昭伯，譙（今安徽亳縣）人。曹操侄孫。魏明帝時為武威將軍。曹芳即位，以大將軍受遺詔與司馬懿同輔政。正始十年（西元二四九年），謀奪司馬懿之權，被懿所殺。㉟王陵　字彥雲，三國魏太原祁（今山西祁縣東南）人。舉孝廉，為發干長，遷中山太守。文帝時，歷任兗州刺史，青州刺史，揚、豫州刺史，有善政。正始初，為征東將軍。因敗吳兵功，封南鄉侯，遷車騎將軍、儀同三司。司馬懿誅曹爽，拜為太尉。因謀廢曹芳，懿領軍討之，事敗，自殺。陵，當從《文選考異》作「淩」。㊱神略　如神之謀略。㊲獨斷　獨自決斷。㊳四克　四方皆攻克。㊴維御群后　統轄百官。群后，眾官。㊵諸葛亮　字孔明，琅邪陽都（今山東沂水南）人。隱居隆中（今湖北襄陽西），善計謀，通兵法，留心世事，人稱「臥龍」。漢獻帝建安十二年（西元二〇七年），出山助劉備。勸備聯孫權、拒曹操，佐備取荊州，定益州，遂與魏吳成鼎足之勢。劉備稱帝，任丞相。後輔佐後主劉禪，封武鄉侯，兼領益州牧。曾五次北伐，兩出祁山，以圖統一全國。建興十二年（西元二三四年），病死於五丈原軍中，年五十四，諡忠武侯。㊶節制　調度管束。㊷支　拒。㊸輔車　比喻互相依存。輔，面頰。車，牙床。㊹邊鄙　近邊界之地。㊺與　稱譽。㊻大象　指帝王的一統天下。㊼構　締造。

【語　譯】史臣說：從前高祖宣皇帝憑著他雄武的才能和寬宏的器量，順應上天的氣運而出來做官。正當魏太祖創立基業之初，謀畫軍務國政，好的計策多次合用。於是就乘車馬，為曹氏三代盡力效命。他性格深沈好像城府一樣深隱難測，但器量寬裕廣大，能寬容而任用人才；行事使用權術來用人，善於辨識別人的賢愚善惡而加以選擇提拔。所以無論聰明愚笨的都歸向他，不管小官大官都盡其力。於是從管理農業的小吏中選拔鄧艾，從跛涉公務的小吏中引進州泰，都委任以文武之官，使各人做好自己的職事。所以在西部能活捉孟達，在東方攻滅公孫淵，在朝廷內部誅滅曹爽，在朝外襲擊王淩。有神妙的謀略，臨事獨自決斷，征伐四方，皆能攻克。控制住朝廷百官，把國家大權掌握在自己手中。多次抵禦諸葛亮調度的軍隊。在東面抗拒與蜀兵互相依存的吳軍勢力。軍隊經常行動，而邊境沒有損失。於是百姓稱譽他的才能，而大晉基業也開始締造了。

世宗承基[1]，太祖繼業[1]，玄豐[2]亂內，欽誕[3]寇外，潛謀[4]雖密，而在幾[5]必兆[6]；淮浦再擾[7]，而許洛[8]不震。咸黜異圖[9]，用融前烈[10]。然後推轂[11]鍾鄧[12]，長驅庸蜀[13]，三關[14]電掃[15]，劉禪[16]入臣[17]，天符人事[18]，於是信[19]矣。始當非常之禮[20]，終受備物之錫[21]。名器[22]崇於周公[23]，權制[24]嚴於伊尹[25]。至於世祖[26]，遂享皇極[27]。正位居體[28]，重言慎法[29]，仁以厚下[30]，儉以足用[31]，和而不弛[32]，寬而能斷[33]，故民詠惟新[34]，四海悅勸[35]矣。聿修[36]祖宗之志，思輯[37]戰國[38]之苦。腹心[39]不同，公卿異議[40]，而獨納羊祜[41]之策，以從善為眾[42]。故至於咸寧[43]之末，遂排群議而杖[44]王杜[45]之決。汎舟三峽[46]，介馬[47]桂陽[48]，役[49]不二時[50]，江湘來同[51]。夷[52]吳蜀之壘垣[53]，通二方之險塞[54]；掩[55]唐虞之舊域，班[56]正朔[57]於八荒[58]。太康[59]之中，天下書同文，車同軌[60]，牛馬被[61]野，餘糧棲[62]畝，行旅草舍，外閭不閉。民相遇者，如親；其匱乏者，取資[63]於道路。故于時有「天下無窮人」之諺。雖太平未洽[64]，亦足以明[65]吏奉其法，民樂其生，百代之一時矣。

【章旨】此章敘述司馬師、司馬昭繼承父業，在內鏟除異己、控制朝政，在外滅亡蜀漢，以及司馬炎代魏稱帝後重整朝綱、滅亡吳國、統一天下諸事。

【注釋】❶世宗承基二句　此句原在「軍旅屢動」上，今據《文選考異》校正。世宗，即司馬師。字子元，河內溫縣（今河南溫縣西）人。司馬懿長子。繼其父為魏大將軍，專國政。嘉平六年（西元二五四年），廢魏帝曹芳，立曹髦。次年病死。司馬炎建立晉朝後，追尊為景皇帝，廟號世宗。太祖，即司馬昭。字子上。司馬懿次子。繼其兄司馬師為魏大將軍，專國政。甘露五年（西元二六〇年），殺曹髦，立曹奐。景元四年（西元二六三年），滅蜀漢，封晉公，後進為晉王。死後，其子司馬炎廢魏稱帝，建立晉朝，追尊為文皇帝，廟號太祖。「承基」與「繼業」為互文。❷玄豐　夏侯玄和李豐。夏侯玄，字太初，譙（今安徽亳縣）人。歷任散騎黃門侍郎，散騎常侍、中護軍，征西將軍、都督雍涼二州諸軍事，大鴻臚。李豐，字安國，馮翊（今陝西境內）人。歷任騎都尉、給事中、永寧太僕、侍中尚書僕射、中書令。後與夏侯玄、張緝謀殺司馬師，以玄輔政。事洩露，皆被殺，滅三族。❸欽誕　文欽和諸葛誕。文欽，驍勇粗猛，屢有戰功，官至揚州刺史。正元二年（西元二五五年），與鎮東大將軍毌丘儉舉兵反。司馬師領兵討之，文欽戰敗，逃亡吳國。諸葛誕，字公休，琅邪陽都（今山東沂水南）人。初以尚書郎為滎陽令，歷任御史中丞尚書、揚州刺史。以討王淩、毌丘儉功，封高平侯，任征東大將軍。因起兵反司馬昭，兵敗被殺，滅三族。❹潛謀　暗中謀畫。❺幾　細微。❻兆　表現。❼淮浦再擾　在淮河邊兩次侵掠。文欽、諸葛誕起兵皆在淮南。再，兩次。❽許洛　許昌和洛陽。❾異圖　異心圖謀之人。❿用融前烈　以顯明前人的功業。用，以。融，明。前烈，前人的事業。⓫推轂　助人推車，使之前進。比喻派遣將帥出征。轂，車輪軸。⓬鍾鄧　鍾會和鄧艾。鍾會，字士秀，潁川長社（今河南長葛西）人。精於名理，博學有才。景元四年（西元二六三年），與鄧艾分軍滅蜀，官至司徒。次年，謀叛被殺。⓭庸蜀　庸國和蜀國。先秦時二小國。庸國在今湖北竹山一帶，蜀國在今四川境內，三國時皆在蜀漢境內，故此處代指蜀漢。⓮三關　即陽平關（在今陝西寧強西北）、江關（在今四川奉節東）、白水關（在今四川廣元西北）。⓯電掃　像閃電掠過。比喻急速。⓰劉禪　字公嗣，小字阿斗，涿郡涿縣（今河北涿縣）人。劉備子。初由丞相諸葛亮輔政。亮死，信任宦官黃皓，朝政日趨腐敗。炎興元年（西元二六三年），魏軍逼成都，出降，被封為安樂公。在位四十一年。⓱入臣　指投降。

⑱天符人事　上天的符命和人力能及之事。⑲信　信實。⑳當非常之禮　承受不同尋常的禮。指景元四年九月（西元二六三年）進爵晉公，賜九錫之禮。次年三月進爵為王。㉑備物之錫　指咸熙二年（西元二六五年）五月陳留王「命晉王冕十有二旒，建天子旌旗，出警入蹕，乘金根車、六馬，備五時副車，置旄頭雲罕，樂舞八佾，設鐘虡宮縣」。備物，即服物。指穿戴、使用之物。錫，賜。㉒名器　封號和車服儀制。㉓周公　姓姬名旦，又稱叔旦。周文王子，武王弟。因封地在周（今陝西岐山北），故稱周公，也稱周公旦。曾助武王滅商。武王死後，成王年幼，由他攝政。後又東征平定武庚叛亂。並興建洛邑（今河南洛陽）作為東都。㉔權制　權力制治。㉕伊尹　商湯臣。名摯，是湯妻陪嫁的奴隸。助湯伐桀，被尊為阿衡（宰相）。湯死後，輔佐卜丙、仲壬二王。仲壬死後，立湯孫太甲。太甲不尊祖法，被他放逐到桐宮，三年後迎之復位。卒於沃丁時。㉖世祖　即司馬炎。字安世，河內溫縣（今河南溫縣）人。司馬昭之子。咸熙二年（西元二六五年）繼其父為相國、晉王。不久，逼陳留王退位，自立為帝，國號晉。咸寧六年（西元二八〇年）滅吳，統一全國。西元二六五至二九〇年在位。謚武皇帝，廟號世祖。㉗皇極　皇位。㉘正位居體　端正天子之位，處中正之體。居，處。㉙重言慎法　重視言語，謹慎法令。㉚下　指百姓。㉛用　費用。㉜弛　廢弛。㉝斷　決斷。㉞惟新　《詩經・大雅・文王》：「周雖舊邦，其命維新。」言周至文王，乃成新國。此以司馬炎比之周文王。惟，通「維」。語氣詞。㉟勸　勉勵。㊱聿修　遵循。聿，句首助詞。㊲思輯　和睦；和諧。思，句首助詞。㊳戰國　進行戰爭的國家。㊴腹心　親信。與「公卿」為互文。㊵異議　關於伐吳之事，中書令張華、益州刺史王濬主張伐吳，祕書監荀勖、太尉賈充反對伐吳。㊶羊祜　字叔子，泰山南城（今山東費縣西南）人。魏末任相國從事中郎，與荀勖共掌機密。晉建立後，封鉅平侯。泰始五年（西元二六九年），以尚書左僕射都督荊州諸軍事，在任十年，開屯田，儲軍糧，作滅吳的準備。咸寧初，上疏主張伐吳。臨終，舉杜預自代。㊷從善為眾　《左傳・成公六年》：「善鈞從眾。夫善，眾之主也。三卿為主，可謂眾矣。從之，不亦可乎？」此言羊祜之策善，善則當為眾人所從，今從羊祜之策，即為從眾人之言。㊸咸寧　晉武帝司馬炎年號。西元二七五至二七九年。㊹杖　執持。㊺王杜　王濬和杜預。王濬，字士治，弘農湖縣（今河南靈寶西南）人。曾為羊祜部屬，後任巴郡太守、益州刺史。上疏求伐吳，咸寧五年（西元二七九年）受命進兵，直取吳都建康（今南京），接受孫皓投降。因功封襄陽縣侯，輔國大將軍。官至撫軍大將軍，卒謚武。杜預，字元凱，京兆杜陵（今陝西西安東南）人。咸寧四年（西元二七八年），任鎮南大將軍、都督荊州諸軍事，屢次上疏要求攻吳。太康元年（西元二八〇年），與王濬等分道出擊。因功封當陽縣侯，卒謚成。㊻三峽　指瞿塘峽、巫峽、西陵峽。在四川奉節至湖北宜昌之間的長江兩岸。㊼介馬　給戰馬披甲。介，甲。㊽桂陽　漢高祖劉邦時所置郡，治所在郴縣（今湖南郴州）。轄境約當

今湖南耒陽以南的耒水、春陵水流域，北至洣水入湘處附近，南包廣東英德以北的北江流域。㊾役　戰事。㊿二時　兩個季節。晉從咸寧五年十一月發兵，至太康元年三月滅吳，不到五個月。51江湘來同　指吳國歸順。吳據有長江下游及湖南一帶。來同，歸順。來，語詞。同，朝會。52夷　削平。53壘垣　軍營的圍牆。54險塞　險要之地。55掩　占有。56班　頒布。57正朔　指帝王新頒的曆法。正，正月。朔，初一。58八荒　八方。59太康　晉武帝司馬炎年號。西元二八〇至二八九年。60書同文車同軌　指天下一統。61被　覆蓋。62棲　停留；居留。63資　財物；費用。64洽　遍；普及。65明　顯示。

【語譯】世宗、太祖繼承高祖的事業，夏侯玄、李豐在朝中作亂，文欽、諸葛誕在朝外作亂；夏侯玄、李豐暗中謀畫雖然機密，但只要有細微的動作，一定會表現出來；文欽、諸葛誕在淮河邊兩次侵掠，但許昌和洛陽並不受震動。把這些異心圖謀之人統統廢去，以顯明高祖的事業。然後派遣鍾會和鄧艾出征，長驅直入蜀漢境內，像閃電一樣掠過陽平關、江關、白水關，劉禪終於投降。上帝的符命與人力能及的事，在這時候都證實了。太祖開始接受非比尋常的禮儀，最後接受皇上賞賜的穿戴、使用的法物。封號和車服儀制比周公還高，以權力制治比伊尹還嚴。到了世祖，就享有了皇位。他端正天子之位，處中正之體，重視言語，謹慎法令，行仁以使百姓富厚，儉樸以使費用充足，和順而不廢弛，寬容但能決斷，所以老百姓吟詠「維新」的《詩經》句，天下百姓都喜悅而且互相勉勵。於是遵循祖宗的志向，安撫戰爭中國家的苦難。親信大臣、公卿大夫對伐吳之事各有不同意見，但世祖獨獨採納羊祜的謀略，認為聽從羊祜的善策就是聽從眾人之言。所以到咸寧末年，就排除大眾的議論而執持王濬、杜預的決定。戰船航行三峽，戰馬馳驅桂陽，戰役不到兩個季節，吳國就投降了。削平了吳蜀兩國的防禦工事，打通了這兩國的險要之地；疆土包括了堯舜時代舊有的地域，把曆法頒布到八方。太康年間，天下書同文字，車同軌轍，牛馬遍布田野，多餘的糧食留在田中。來往旅客在野外住宿，外面的里門晚上不關閉。老百姓在路上相遇，好像親人一樣；有所缺乏的人，可以在路途中取得財物。所以這時有「天下沒有窮人」的諺語。雖然這樣的太平沒有普及全國，也足夠顯示官吏遵守法律，百姓生活快樂了，可以說是百世之中難得之時。

武皇❶既崩，山陵❷未乾，楊駿❸被誅，母后❹廢黜，朝士舊臣夷滅者數十族。尋❺以二公❻、楚王❼之變，宗子無維城之助❽，而閼伯、實沈❾之郤❿歲構；師尹無具瞻之貴⓫，而顛墜⓬戮辱之禍日有。至乃易天子以太上之號⓭，而有免官之謠⓮。民不見德，唯亂是聞。朝為伊周⓯，夕為桀跖⓰，善惡陷於成敗，毀譽脅於勢利。於是輕薄干紀⓱之士，役姦智⓲以投之，如夜蟲之赴火。內外⓳混淆，庶官⓴失才，名實反錯㉑，天網㉒解紐㉓。國政迭㉔移於亂人，禁兵㉕外散於四方，方岳㉖無鈞石之鎮㉗，關門無結草㉘之固。李辰㉙、石冰㉚傾之於荊揚，劉淵㉛、王彌㉜撓㉝之於青冀。二十餘年，而河洛㉞為墟㉟，戎羯㊱稱制㊲，二帝失尊㊳，山陵無所㊴，何哉？樹立失權㊵，託付非才，四維不張，而苟且之政多也。

【章旨】此章言司馬炎死後，其子司馬衷繼位，賈后專權，八王作亂，朝政廢弛，國無寧日，以至五胡亂華，懷愍二帝被劉曜擒殺，江北淪陷，西晉滅亡。

【注釋】❶武皇　即晉武帝司馬炎。❷山陵　帝王的墳墓。❸楊駿　字文長，弘農華陰（今陝西華陰）人。因其女為晉武帝皇后，任車騎將軍，封臨晉侯。惠帝時，為太傅、大都督，總攬朝政，權傾天下。後為賈后所殺。❹母后　晉武帝皇后。姓楊名芷，字季蘭，小字男胤，楊駿女。咸寧二年（西元二七六年）立為皇后。惠帝繼位後，尊為皇太后。楊駿被殺後，被賈后廢為庶人，因於永寧宮，絕食而死。懷帝永嘉元年（西元三〇六年），追諡尊號武悼皇后。❺尋　不久。❻二公　太保衛瓘和太宰汝南王司馬亮。❼楚王　即司馬瑋。字彥度，司馬炎第五子。初封始平王，太康末，封為楚王。汝南王司馬亮、太保衛瓘建議諸王回封國，瑋甚不滿，假託詔令殺亮、瓘。惠帝用張華之計，以矯詔罪斬瑋。❽宗子無維城之助　《詩經・大雅・板》：「懷德維寧，宗子維城。」言王之諸子是護衛國家的城牆。維，是。城，城牆。此處作者變其意而用之，謂武帝之諸子沒有城牆那樣對國家有所幫助。❾閼伯實沈　帝嚳的兩個兒子。不和睦，經常互相打鬥。堯就把閼伯遷到商丘，把實沈遷到大夏，使永不見面。後來因此以閼伯、實沈比喻兄弟不和睦。此以比晉惠帝之諸王兄弟。❿郤　嫌隙。⓫師尹無具瞻之貴　《詩經・小雅・節南山》：「赫赫師尹，民具爾瞻。」謂師尹權威顯赫，為眾目所睹。此以「師尹」比喻大臣，言大臣沒有權威。⓬顛墜　跌倒；落下來。比喻下臺。⓭易天子以太上之號　晉惠帝永康二年（西元三〇一年），趙王倫篡位，遷惠帝於金墉城，號太上皇。易，改。天子，指晉惠帝。⓮免官之謠　臧榮緒《晉書》載中書令繆播言：「太史案星變，事當有免官天子。」⓯伊周　伊尹與周公。此比喻賢能的主持國政的大臣。⓰桀跖　夏桀與盜跖。為歷史上有名的惡人。此比喻名聲醜陋的惡人。⓱干紀　違犯法紀。⓲役姦智　運用姦惡的才智。⓳內外　指漢族與少數民族。⓴庶官　百官。庶，眾。㉑名實反錯　名稱與實際相違背而不合。㉒天網　國家法律。㉓解紐　失去維繫作用。此指渙散解體。㉔迭　輪流。㉕禁兵　皇帝的親兵。㉖方岳　指地方長官。㉗鈞石之鎮　比喻當國家之重任。鈞，三十斤為鈞。石，四鈞為石。㉘結草　比喻不堅固。㉙李辰　本名張昌，義陽（今河南信陽北）蠻族。晉惠帝太安二年（西元三〇三年），在江夏（今湖北安陸）率流民數千人起事，立丘沈為天子，自任相國。與黃林、石冰分三路進軍，占有荊、江、徐、揚、豫五州。永興元年（西元三〇四年），晉寧朔將軍、領南蠻校尉劉弘破之，被斬。㉚石冰　李辰部將，領軍一路攻破揚州、江州。永興元年（西元三〇四年）戰敗被殺。㉛劉淵　字元海，匈奴族。世襲匈奴左部帥。永安元年（西元三〇四年），乘晉八王之亂，在離石（今山西離石東北）起兵反晉，自稱大單于，次年，稱漢王。永嘉二年（西元三〇八年），稱漢帝，遷都平陽（今山西臨汾西南）。曾兩次命其子劉聰大舉進攻洛陽，死於永嘉四年（西元三一〇年）。㉜王彌　東萊（今山東掖縣）人，出身大族。永興三年（西元三〇六年）從劉伯根起事。伯根死，聚眾轉戰青徐二州，誅殺官吏。永嘉二年（西元三〇八年）進犯洛陽，為晉軍所敗。後歸劉淵，任征東大將軍，封東萊公。光興二年（西元三一一年），與劉曜、石勒攻破洛陽，縱兵大掠。在回師途中，為石勒所殺。㉝撓　擾亂。㉞河洛　黃河和洛水。這裡指此兩河流域地區。㉟墟　廢墟。㊱戎羯　少數民族。㊲稱制　做皇帝。匈奴族劉淵建漢國，其姪劉曜改稱趙國；羯族石勒建後趙。㊳二帝失尊　愍帝和懷帝失去尊位。懷帝為劉曜俘虜，愍帝被劉粲俘虜。㊴山陵無所　愍帝、懷帝被擄去，都死在平陽。山陵，墳墓。所，處所。㊵樹立失權　指立太子而不知變通。嫡長子司馬衷近於白痴，不宜為太子。司馬炎不知變通，固守古制。所以說樹立失權。

【語　譯】武帝死了以後，陵墓上的土還沒乾，楊駿就被殺，皇太后也被廢免，朝廷官吏或武帝時的大臣被滅門的有幾十家。不久因為二公及楚王的變故，宗室子弟沒有能夠像城牆那樣成為國家的幫助力量，而像閼伯、實沈那樣兄弟之間的嫌隙每年造成；國家大臣沒有權威，而被罷黜、殺戮、汙辱的災禍每天都有，以至於竟有改易天子為太上皇，而出現「免官天子」的謠諺。老百姓看不到德政，只聽到動亂之事。早上還是賢能的伊尹和周公，晚上就成為名聲狼藉的像夏桀、盜跖那樣的惡人。成功則為善人，失敗則為惡人；誹謗和讚譽無公正可言，而為權勢與財利所逼迫。於是輕浮薄行、違法犯紀的人，運用姦惡的才智去投奔，好像晚上的蟲子撲向火一樣。漢族與外族混雜一起，百官失去賢才，名稱與實際相違背，國家法律渙散無用。國家政權輪流轉移到作亂之人手中，皇帝親兵逃散到四面八方，地方長官沒有能擔當國家重任的，關塞的門還沒有打結的草堅固。李辰、石冰在荊州、揚州傾覆國家，劉淵、王彌在青州、冀州擾亂朝廷。二十幾年時間，黃河、洛水一帶成為廢墟，外族的人做了皇帝，愍帝和懷帝失去尊位，以至死無葬身之地，為什麼呢？因為武帝立太子不知變通，委託的又不是有才之人，禮、義、廉、恥四維不推廣，而且馬虎草率的政令又多。

夫作法❶於治，其弊❷猶亂；作法於亂，誰能救之？故于時天下非暫❸弱也，軍旅非無素❹也。彼劉淵者，離石❺之將兵都尉❻；王彌者，青州之散吏❼也。蓋皆弓馬之士❽，驅走❾之人，凡庸之才，非有吳先主❿、諸葛孔明⓫之能也；新起之寇，烏合之眾⓬，非吳蜀之敵⓭也；脫耒為兵⓮，裂裳⓯為旗，非戰國⓰之器也；自下逆⓱上，非鄰國⓲之勢也。然而成敗異效，擾天下如驅群羊，舉⓳二都⓴如拾遺㉑。將相侯王連頭受戮㉒，乞為奴僕而猶不獲；后嬪妃主虜辱於戎卒㉓，豈不哀哉？夫天下，大器也；群生㉔，重畜㉕也。愛惡相攻，利害相奪，其勢常也。若積水于防㉖，燎㉗火于原，未嘗暫靜㉘也。器大者，不可以小道㉙治；勢動者，不可以爭競擾㉚。古先哲王㉛知其然也，是以扞㉜其大患，而不有其功；禦其大災，而不尸其利㉝。百姓皆知上德㉞之生己，而不謂浚㉟己以生也，是以感而應之，悅而歸之，如晨風㊱之鬱㊲北林，龍魚之趣淵澤㊳也。順乎天而享其運，應乎人而和其義。然後設禮文㊴以治之，斷㊵刑罰以威㊶之，謹好惡以示㊷之，審㊸禍福以喻㊹之，求明察㊺以官㊻之，篤慈愛以固之。故眾知向方㊼，皆樂其生而哀其死，悅其教而安其俗；君子勤禮，小人盡力，廉恥篤於家閭㊽，邪僻銷㊾於胸懷。故其民有見危以授命㊿，而不求生以害義，又況可奮臂(51)大呼，聚之以干紀作亂之事乎！基廣則難傾，根深則難拔，理節(52)則不亂，膠結(53)則不遷(54)，是以昔之有天下者所以長久也。夫豈無僻主(55)？賴道德典刑(56)以維持之也。故延陵季子(57)聽樂(58)，以知諸侯存亡之數(59)、短長之期者，蓋民情風教(60)，國家安危之本也。

【章　旨】此章探討西晉滅亡的原因，認為在於民心不歸，禮教不行。

【注　釋】❶作法　制定法律。❷弊　通「敝」。後果。從楊伯峻《春秋左傳注》昭公四年注。❸暫　突然。❹素　平時。此指平時演習。❺離石　今山西離石東北。❻將兵都尉　劉淵於太康八年（西元二八七年）拜為北部都尉。❼散吏　閒散的官吏。❽弓馬之士　騎射之人。指武士。❾驅走　指到處奔波。❿吳先主　孫權。⓫諸葛孔明　即諸葛亮。亮字孔明。⓬烏合之眾　倉卒集合之眾。謂如烏鴉那樣忽聚忽散。⓭敵　對等。⓮脫耒為兵　解下耒耜作為兵器。耒，翻土農具，形狀像木叉。兵，武器。⓯裳　裙子。此泛指衣服。⓰戰國　戰時之國。⓱逆　反；叛。⓲鄰國　指吳國與蜀國。⓳舉　攻克。⓴二都　洛陽和長安。晉都城在洛陽，愍帝定都長安。㉑拾遺　撿取丟在地上的東西。比喻容易。㉒將相侯王句　懷帝永嘉五年六月丁酉，劉曜、王彌攻入洛陽，吳王晏、竟陵王楙，尚書左僕射和郁、右僕射曹馥、尚書閭丘沖、袁粲、王緄、河南尹劉默等皆被殺。愍帝建興四年十一月，劉曜攻入長安，尚書梁允、侍中梁濬、散騎常侍嚴敦、左丞臧振、黃門侍郎任播、張偉、杜曼被殺。㉓后嬪妃主句　劉曜攻入洛陽，逼辱妃后，納惠帝羊皇后為皇后；劉粲把南陽王模妃劉氏賞賜給屬下張本為妻；劉曜將愍懷太子妃王氏賞賜給部將喬屬，王氏不從，被殺。后，皇后。嬪，宮中女官。妃，皇帝之妾，地位次於后。太子、王、侯的妻也稱妃。主，公主。虜，俘獲。辱，汙辱。戎卒，兵士。㉔群生　指萬民。㉕重畜　貴重的畜牲。㉖防　隄壩。㉗燎　燒。㉘靜　停息。㉙小道　指儒家禮教以外的學說、技藝。㉚擾　安撫。㉛哲王　賢明的君主。㉜扞　抵禦。㉝尸其利　比喻受祿。尸，主。㉞上德　帝王的功德。此指賢明的君主。㉟浚　取。㊱晨風　亦作「鷐風」，鳥名，即鸇，似鷂，青黃色。㊲鬱　茂盛的樣子。㊳淵澤　深潭大澤。淵，深潭。澤，聚水的洼地。㊴禮文　禮節儀式。㊵斷　裁定。㊶威　震懾。㊷示　告示。㊸審　仔細研究。㊹喻　曉喻。㊺明察　能明白地審察事理的人。㊻官　授予官職。㊼向方　歸向正直。㊽閭　指鄉里。古代以二十五家為閭。㊾銷　通「消」。消除。㊿授命　獻出生命。(51)奮臂　振臂。(52)節　節度。(53)膠結　牢靠周密。(54)遷　移動。(55)僻主　乖戾不正之君主。(56)典刑　常規。(57)延陵季子　春秋時吳王壽夢的小兒子。多次推讓君位，封於延陵（今江蘇常州），稱延陵季子。魯襄公二十九年（西元前五四四年），歷聘魯、齊、鄭、衛、晉等國，當時以遠見多聞著稱。(58)聽樂　魯襄公二十九年，季札出使魯國，觀周樂，對周和各國諸侯的盛衰大勢作了分析。詳見《左傳》。(59)數　命運。(60)風教　風俗；教化。

【語譯】在安定時期制定法律，尚且會造成禍亂；更何況在亂時制定法律，又有誰能挽救它呢？所以當時的天下不是突然削弱，軍隊不是平素沒有演習。劉淵是離石的帶兵都尉，王彌是青州的閒散官吏。他們大都是騎射的武士，奔波的下人，只有平庸之才，沒有孫權、諸葛亮的才能；新興起來的賊寇，倉卒集合的徒眾，不能與吳國和蜀國相對等；解下耒耜作為兵器，撕裂衣服做旌旗，這些都不是戰時之國的兵器；以臣下反抗君上，也沒有吳國、蜀國那時的形勢。但是成功與失敗的效果不同，攪亂天下好像驅趕羊群那樣容易，攻克洛陽與長安好像拾取丟在地上的東西那樣方便。晉朝的將相侯王頭連著頭被殺，請求做奴僕尚且不能得到；皇后、嬪妃、公主被兵士俘獲、汙辱，難道不可悲嗎？天下是大器物；萬民是貴重的畜牲。喜愛與厭惡互相攻擊，利益與危害互相爭奪，這樣的態勢是經常的。好像在隄壩內積水，在原野上燒火，不曾有暫時的停息。天下這樣的大器，不能用非正統的學說治理；變動的態勢，不能用爭逐的方式安撫。古代賢明的君主知道這樣的原因，所以抵禦大災難，但不占有功勞；抵禦大的災禍，但不接受好處。百姓都知道賢明的君主養自己，而不認為從自己這兒取去自養，因此感動而應和，喜悅而歸附，好像晨風飛入茂密的北林，龍魚趨向深潭大澤。遵循天道而享受氣運，順從民心而和順其義。然後設置禮節儀式來治理他們，裁定刑罰來震懾他們，謹慎區別善惡來告訴他們，仔細研究禍與福來曉喻他們，尋求能明白地審察事理的人授予官職，真誠表現仁慈愛人之意以堅固他們的心。所以眾人知道歸向正直，都喜歡活著而害怕死去，喜歡政教而安於習俗；君子勤勉於禮，百姓竭盡才力，在家庭鄉里專心實行廉恥，在心中消除乖戾不正之氣。所以百姓有見到危險而獻出生命，不會為了求活而妨害義，又何況做出振臂高呼，聚集起來違法亂紀、犯上作亂的事呢！基礎大就難以傾倒，根深就難以拔起，治理有節度就不會亂，牢靠周密就不會移動，所以從前占有天下的人能夠長久統治。難道沒有乖戾不正的君主嗎？此時國家是因為依賴固有的道德規範才得以維持。所以延陵季子聽周樂，因而知道諸侯國存亡的命運以及國運長短的期限，可知民情風俗是國家安危的根本啊。

昔周之興也，后稷❶生於姜嫄❷，而天命❸昭顯❹，文武❺之功起於后稷。故其《詩》曰：「思文后稷，克配彼天❻。」又曰：「立我蒸民，莫匪爾極❼。」又曰：「實穎實栗，即有邰家室❽。」至于公劉❾，遭狄❿人之亂，去邰之⓫豳，身服厥勞。故其《詩》曰：「乃裹餱糧，于橐于囊[12]。」「陟則在巘，復降在原[13]。」以處其民。以至于太王[14]，為戎翟[15]所逼，而不忍百姓之命，杖策[16]而去之。故其《詩》曰：「來朝走馬，帥西水滸，至于岐下[17]。」周民從而思之，曰：「仁人不可失也。」故從之如歸市[18]，居之一年成邑[19]，二年成都[20]，三年五倍其初，每勞來[21]而安集[22]之。故其《詩》曰：「乃慰乃止，乃左乃右，乃疆乃理，乃宣乃畝[23]。」以至于王季[24]，能貊[25]其德音[26]。故其《詩》曰：「克明克類，克長克君[27]。」「載錫之光[28]。」至于文王[29]，備修[30]舊德[31]，而惟新[32]其命。故其《詩》曰：「惟此文王，小心翼翼。昭事上帝，聿懷多福[33]。」由此觀之，周家世積忠厚，仁及草木，內睦九族[34]，外尊事黃耇[35]，養老乞言[36]，以成其福祿者也。而其妃后躬行四教[37]，尊敬師傅[38]，服澣濯之衣[39]，修煩辱[40]之事，化[41]天下以婦道。故其《詩》曰：「刑于寡妻，至于兄弟，以御于家邦[42]。」是以漢濱之女[43]，守潔白[44]之志；中林之士[45]，有純一之德[46]。故曰文武自〈天保〉以上治內[47]，〈采薇〉以下治外[48]，始於憂勤，終於逸樂。於是天下三分有二[49]，猶以服事[50]殷；諸侯不期而會者八百，猶曰天命未至。以三聖[51]之智，伐獨夫[52]之紂[53]，猶正其名教[54]，曰逆取順守[55]。保大定功[56]，安民和眾[57]，猶著〈大武〉[58]之容[59]，曰未盡善也。及周公遭變[60]，陳后稷先公風化61之所由，致王業62之艱難者，則皆農夫女工63衣食之事也。故自后稷之始基靜64民，十五王65而文始平66之，十六王而武始居之67，十八王68而康69克安之。故其積基樹本70，經緯禮俗71，節理人情72，恤隱73民事，如此之纏綿74也。爰75及上代76，雖文質異時，功業不同，及其安民立政77者，其揆78一也。

【章旨】此章言周之興盛、強大，皆由歷代先公及文武成康之仁政愛民，應天順人，以致民心向歸，自然功成而得殷商之天下。

【注釋】❶后稷 古代周族始祖。因一度被其母丟棄，故名棄。善於種植各種糧食作物，在堯時為農師，舜時封於邰，號后稷，別姓姬氏。❷姜嫄 一作姜原。后稷之母，有邰氏之女。神話傳說她在野外踏到巨人腳跡，懷孕而生后稷。❸天命 天神的意旨。❹昭顯 明白。❺文武 文王和武王。❻思文后稷二句 《詩經・周頌・思文》文。思，語詞。文，文德。克，能。配，配享。❼立我蒸民二句 《詩經・周頌・思文》文。立，定，從馬瑞辰說。蒸，眾。極，至。指最高道德。從朱熹說。❽實穎實栗二句 《詩經・大雅・生民》文。實，通「是」。這樣。穎，穗下垂。栗，穀粒飽滿。即，就。有，名詞詞頭。邰，在今陝西武功西南。❾公劉 后稷曾孫，夏朝末年把周族遷到豳（今陝西彬縣東北），周從此興盛起來。❿狄 當時北方的少數民族。⓫之 到。⓬乃裹餱糧二句 《詩經・大雅・公劉》文。裹，包裝。餱糧，乾糧。橐，沒有底的袋子，裝上東西後，用繩綁住兩頭。囊，有底的口袋。⓭陟則在巘二句 《詩經・大雅・公劉》文。陟，登。巘，小山。復，又。降，下來。原，平地。⓮太王 即古公亶父。后稷第十二代孫，周文王的祖父。原在豳，因被戎、狄族侵逼，遷到岐山（今陝西岐山）下，建築城郭，設立官吏，開墾荒地，使周族逐漸強盛。周人追尊為太公王。⓯戎翟 戎族和翟族。戎，西部少數民族。翟，通「狄」。北方地區少數民族。⓰杖策 執鞭。⓱來朝走馬三句 《詩經・大雅・緜》文。來，是。朝，早上。走馬，驅馬。帥，通「率」。沿著。西水，豳地西邊的水。滸，水邊。岐，岐山。⓲歸市 擁向市集。⓳邑 小城市。⓴都 大城市。㉑勞來 勸勉。來，勞。㉒安集 安撫。集，通「輯」。和順。㉓乃慰乃止四句 《詩經・大雅・緜》文。慰，安心。止，居住。左，東。此作動詞。右，西。此作動詞。疆，劃分田界。理，治理土田。宣，開發溝渠。畝，整治田地。㉔王季　古公亶父的小兒子，文王之父，名季歷。其兄太伯、虞仲逃往荊蠻，讓位於他。古公死後，立為公。武王滅商後，追尊為王季。㉕貊　大；隆著。㉖德音　美好的聲名。㉗克明克類二句　《詩經・大雅・皇矣》文。克，能。明，明辨是非。類，區分善惡。長，教好子弟。君，做好人君。㉘載錫之光　《詩經・大雅・皇矣》文。載，開始。錫，賞賜。光，光榮。㉙文王　姓姬名昌，周武王的父親。商紂時為西伯，亦稱伯昌。曾被紂囚禁於羑里。在位五十年，滅黎、邘、崇等國，國勢強盛。遷都於豐。㉚備修　完全遵循。㉛舊德　指王季的善政。㉜惟新　更新。惟，語詞。㉝惟此文王四句　《詩經・大雅・大明》文。小心翼翼，恭敬謹慎的樣子。昭，明白。事，侍奉。聿，動詞詞頭。懷，來。㉞九族　從高祖、曾祖、祖父、父親、自己、兒子、孫子、曾孫到玄孫九代的同姓親屬。㉟黃耇　老人。㊱乞言　向老人求教。㊲四教　指婦德、婦言、婦容、婦功。㊳師傅　老師。此指教女子以四教的女師傅。㊴澣濯之衣　洗滌過的衣服。澣，洗去衣物汙垢。濯，洗。㊵煩辱　繁重雜亂。㊶化　教化。㊷刑于寡妻三句　《詩經・大雅・思齊》文。刑，通「型」。示範。寡妻，嫡妻；正妻。御，治理。邦，國家。㊸漢濱之女　《詩經・周南・漢廣》：「漢有游女，不可求思。」漢濱，漢水岸邊。㊹絜白　貞潔純正。絜，通「潔」。㊺中林之士　即《詩經・周南・兔罝》所言之「赳赳武夫」。中林，林中。㊻純一之德　《詩經》云：「赳赳武夫，公侯腹心」，一心為主，故謂之純一之德。㊼天保以上治內　〈鹿鳴〉、〈四牡〉、〈皇皇者華〉、〈常棣〉、〈伐木〉、〈天保〉所言者都是君臣、兄弟、朋友相互關係，所以說治內。㊽采薇以下治外　〈采薇〉、〈出車〉、〈杕杜〉皆言征伐出兵之事，所以言治外。㊾天下三分有二　商紂王荒淫暴虐，西伯姬昌有聖明之德，天下有三分之二的諸侯歸順周。㊿服事　臣服聽命。古代諸侯定期朝貢，各依服數以事天子。(51)三聖　指周文王、周武王、周公旦。(52)獨夫　一夫。指眾叛親離的統治者。(53)紂　一作「受」。亦稱帝辛。商朝末代君主。沈湎酒色，奢侈荒淫，大肆誅戮賢臣，專寵妲己。後周武王起兵討伐，兵敗自殺。(54)名教　名聲與教化。(55)逆取順守　以武力奪取天下，而修文教以治天下。(56)保大定功　保有大德，安定功業。(57)安民和眾　安撫人民，和協大眾。(58)大武　武王之樂。(59)容　盛。(60)周公遭變　武王死後，成王年幼，周公攝政，管叔、蔡叔散布流言，說周公要篡權。(61)風化　風俗教化。(62)王業　帝王的基業。(63)女工　女子的工作。指紡織、刺繡、縫紉等。(64)靜　安定。(65)十五王　指后稷、不窋、鞠、公劉、慶節、皇僕、差弗、毀隃、公非、高圉、亞圉、公叔祖類、古公亶父、季歷、姬昌。從后稷到文王凡十五王。(66)平　齊一。姬昌由西伯而稱文王，與商王齊等。(67)居之　居王位。(68)十八王　十五王加武王、成王至康王。(69)康　指周康王。名釗，成王之子。(70)樹本　建立根基。(71)經緯禮俗　規劃治理禮儀習俗。(72)節理人情　節制治理人之常情。(73)恤隱　憂慮憐憫。

74纏綿　遠。75爰　句首助詞。76上代　先世。77立政　推行政事。78揆　準則。

【語　譯】從前周族興起時，姜嫄生下后稷，天帝的意旨明顯，文王、武王的功業開始於后稷。所以《詩經》說：「有文德的后稷，能夠配享上天。」又說：「安定我們人民，都是由於你的德行所致啊。」又說：「這樣穀穗下垂，這樣顆粒飽滿，受封到邰成家立室。」到了公劉時，遭到狄族的侵擾，離開邰遷到豳，親自從事勞動。所以《詩經》說：「就包裝好乾糧，裝進小袋和大袋。」「登上去就在那小山上，下來就在那平地上。」以此安置他的百姓。等到了太王時，被戎族、翟族侵逼，而又不忍心喪失百姓的生命，就執鞭驅馬離開了豳。所以《詩經》說：「清早驅趕著馬，沿著豳地西邊水涯，來到岐山腳下。」周族人民因而思念他，說：「仁人不能失去。」所以跟隨他好像擁向市集一樣，他們定居在豳，使當地一年就成為小城市，第二年成為大城，第三年人口是剛開始的五倍，太王常常勸勉安撫追隨而來的人民。所以《詩經》說：「於是就安下心來，定居此地，分住東邊或西邊，劃分田界，治理土田，開發溝渠，整治田地。」到了王季時，聲譽隆著。所以《詩經》說：「能明辨是非、區分善惡，能教導子弟、做好人君。」「上帝開始賞賜給他光榮。」到了文王，完全遵循王季的善政，而使天命更新。所以《詩經》說：「這文王，為人恭敬謹慎。明白怎樣侍奉上帝，招來了許多福。」從這些看來，周家世代積存忠厚之德，仁德及於草木，在內和睦九族，在外尊敬老人，贍養老人以便向他們求教，以成就他們的福分與祿位。而且他們的妃子、王后親自實行四教，尊敬老師，穿洗滌過的衣服，整治繁重雜亂的事務，教化天下婦女為婦之道。所以《詩經》說：「為妻子做示範，至於他的兄弟，進而治理家族和國家。」故漢水岸邊的女子，能夠堅守她貞潔純正的意志；林中的武士，有一心為主的德行。所以說文王、武王是從〈天保〉以上五首詩言治理內部，〈采薇〉以下三首詩言征伐出兵，從憂愁勞苦開始，到安逸歡樂結束。此時周占有天下的三分之二，還朝貢殷商；諸侯沒有約定而會合的有八百，但他還說上天的意旨未下達，時機未到。憑文王、武王、周公三位聖人的才智，討伐那眾叛親離的商紂王，還要端正名聲與教化，說以武力奪取天下，而修習文教以治天下。保有大德、安定功業，安撫人民、和協大眾，還要顯明

〈大武〉的隆盛，說還沒能盡善盡美。等到周公遇到變亂，陳述后稷及先代諸公風俗教化之所由來，以及達成帝王基業所遭受的艱難困苦，卻都是農夫、女工等等衣食之類的事。所以從后稷開始安定民眾，經歷十五王而文王才與商王齊等，到第十六王武王才居有王位，到第十八王康王才能安定天下。所以周家建立根本基業，規劃治理禮儀習俗，節制治理人的常情，憂慮憐憫民眾之事，是如此的深遠。推及先世，雖然文采與質樸因時不同，功勳事業也不一樣，但他們安定百姓、推行政事，準則是一樣的。

今晉之興也，功烈❶於百王，事捷❷於三代，蓋有為❸以為之矣。宣景❹遭多難之時，務伐英雄❺，誅庶桀❻以便事，不及修❼公劉、太王之仁也。受遺❽輔政，屢遇廢置❾。故齊王❿不明，不獲思庸於亳⓫；高貴⓬沖人⓭，不得復子明辟⓮。二祖⓯逼禪代⓰之期，不暇待參分八百之會⓱也。是其創基立本，異於先代者也。又加之以朝寡純德⓲之士，鄉乏不二之老⓳，風俗淫僻，恥尚⓴失所㉑。學者以莊老㉒為宗，而黜六經㉓；談者以虛薄㉔為辯㉕，而賤名儉㉖。行身者㉗以放濁㉘為通㉙，而狹節信㉚；進仕者㉛以苟得為貴，而鄙居正㉜；當官者以望空㉝為高，而笑勤恪㉞。是以目㉟三公㊱以蕭杌㊲之稱，標㊳上議㊴以虛談之名。劉頌㊵屢言治道，傅咸㊶每糾邪正㊷，皆謂之俗吏；其倚杖虛曠㊸，依阿㊹無心㊺者，皆名重海內。若夫文王日昃㊻不暇食，仲山甫㊼夙夜匪懈者，蓋共嗤點㊽，以為灰塵而相詬病矣。

由是毀譽亂於善惡之實，情慝(49)奔於貨慾(50)之塗。選者(51)為人擇官，官者為身擇利。而秉鈞(52)當軸(53)之士，身兼官以十數，大極其尊(54)，小錄其要(55)，機事(56)之失，十恆(57)八九。而世族貴戚(58)之子弟，陵邁(59)超越，不拘資次(60)。悠悠(61)風塵(62)，皆奔競(63)之士；列官(64)千百，無讓賢之舉(65)。子真(66)著《崇讓》而莫之省(67)，子雅(68)制九班(69)而不得用，長虞(70)數直筆(71)而不能糾。其婦女，莊櫛織紝(72)皆取成於婢僕，未嘗知女工絲枲(73)之業、中饋(74)酒食之事也。先時而婚(75)，任情(76)而動，故皆不恥淫逸(77)之過，不拘妬忌之惡(78)，有逆于舅姑(79)，有反易剛柔(80)，有殺戮妾媵(81)，有黷亂上下(82)，父兄弗之罪(83)也，天下莫之非也。又況責之聞四教於古，修貞順(84)於今，以輔佐君子(85)者哉！禮法刑政(86)，於此大壞，如室斯構(87)，而去其鑿契(88)；如水斯積，而決(89)其隄防；如火斯畜(90)，而離其薪燎(91)也。國之將亡，本必先顛(92)，其此之謂乎！

【章　旨】此章與前章相對比，言晉之得天下不以其時，治天下不以其道，朝政腐敗，官吏貪殘，女子失婦道，禮法刑政皆所不存，故晉之滅亡，已成必然之勢。

【注　釋】❶烈　顯赫。❷捷　迅速。❸有為　有所為。即有緣故之意。❹宣景　指宣帝司馬懿和景帝司馬師。❺務伐英雄　致力征討各地英雄。❻桀　桀傲的人。❼修　興修；遵行。❽受遺　接受皇帝遺命。❾廢置　廢黜和擁立。❿齊王　即曹芳。

字蘭卿。青龍三年（西元二三五年），立為齊王。景初三年（西元二三九年），繼皇帝位。在位十五年，被司馬師廢為齊王，遷至河內重門（在今河南輝縣西北），死於晉武帝泰始十年（西元二七四年），諡厲。⓫思庸於亳　意謂回到都城重新登基。偽古文《尚書・太甲上》：「太甲既立，不明，伊尹放諸桐。三年，復歸于亳，思庸。」思，想念。庸，常道。亳，商都城，在今河南商丘北。⓬高貴　即曹髦。字彥士，曹丕孫。正始五年（西元二四四年），封郯縣高貴鄉公。嘉平六年（西元二五四年），司馬師立之為帝。因不甘心做司馬氏的傀儡，於甘露五年（西元二六〇年）率數百人攻司馬昭，被殺。死後無號，史稱高貴鄉公。⓭沖人　幼童。曹髦繼位時年僅十四歲，死時年二十。⓮復子明辟　《尚書・洛誥》：「周公拜手稽首曰：『朕復子明辟。』」朕，我。復，歸還。子，你。辟，君主。⓯二祖　指太祖司馬昭和世祖司馬炎。⓰禪代　禪讓帝位，使別的家族來接替。此指司馬氏取代曹氏稱帝。⓱參分八百之會　指周文王時三分天下有其二及武王時諸侯不期而會者八百。⓲純德　純一的美德。⓳不二之老　沒有二心的臣子。老，指臣子。⓴恥尚　恥辱與尊崇。㉑失所　失當。㉒莊老　莊周與老聃。此指他們無為、虛玄、放誕的學說。㉓六經　《周易》、《詩經》、《尚書》、《禮記》、《春秋》、《樂經》。㉔虛薄　空談。㉕辯　有口才。㉖名儉　名聲規矩。儉，當從《文選考異》作「檢」。㉗行身者　修養自身品節的人。㉘放濁　放縱濁行。㉙通　通達。㉚節信　操守與誠實。㉛進仕者　追求做官的人。㉜居正　遵循正道。㉝望空　看到文牘上空白的地方就簽名，意謂不問政事。㉞勤恪　勤勉謹慎。㉟目　品評。㊱三公　太尉、司徒、司空。㊲蕭杌　懶散不勤職事。㊳標　稱。㊴上議　上奏給皇帝的意見。㊵劉頌　字子雅，廣陵（今江蘇清江）人。武帝時拜尚書三公郎，累遷中書侍郎至廷尉，在職六年，周密公平。官至吏部尚書，死諡貞。㊶傅咸　字長虞，北地泥陽（今陝西耀縣東南）人。武帝時，任尚書左丞等官，多次上疏，主張裁併官府，重視農耕。惠帝時，歷任太子中庶子、御史中丞、司隸校尉，剛直忠貞，為官清廉，奏免高官多人。元康四年（西元二九四年）死，諡貞。㊷邪正　姦邪之人。此偏義複詞，著重在「邪」字。㊸虛曠　指虛無空曠的學說。㊹依阿　曲意逢迎。㊺無心　沒有自己的思想。㊻日昃　太陽偏西。㊼仲山甫　也作「仲山父」、「中山父」。魯獻公次子，封於樊（今陝西長安南），又稱樊仲、樊穆仲。周宣王時為卿士。《詩經・大雅・烝民》全首都是頌揚他的功德。㊽黜　汙辱。㊾情慝　真情與邪惡。㊿貨慾　財物與貪慾。(51)選者　主管選拔官吏的人。(52)秉鈞　執掌國政。(53)當軸　指主持政事。軸，車軸。以當車之重任，比喻要職。(54)大極其尊　大的職務達到高貴的。極，至。尊，高貴。(55)小錄其要　小的職務採取重要的。錄，採取。要，重要。(56)機事　機密要事。(57)恆　常。(58)世族貴戚　世代顯貴的家族、君主的親屬。(59)陵邁　超越。(60)資次　聲望位次。(61)悠悠　長久。(62)風塵　比喻世俗。(63)奔競　奔走競爭。意謂追求名利。(64)列官　眾官。(65)舉　舉動。(66)子真　劉寔，字子真，平原高唐（今山東禹城西南）人。武帝時歷官少府、太常，封循陽伯。惠帝時，歷任太子太保、司空、太保、太傅，進爵為侯。著有《崇讓論》，因世多進趣，少謙讓而著之，欲以糾正弊端。卒諡元。(67)省　省悟。(68)子雅　劉頌之字。(69)九班　劉頌擔任吏部尚書時提議建立九班制，主張對於官吏政績實行考核，以明其賞罰，當升則升，當降則降，不被採用。(70)長虞　傅咸之字。(71)直筆　如實書寫。(72)莊櫛織紝　化粧、梳頭、織布、紡織。莊，同「粧」。(73)絲枲　指紡織。絲，蠶絲。枲，麻。(74)中饋　指婦女在家主持飲食之事。(75)先時而婚　不按時而早婚。古代依禮，男三十而娶，女二十而嫁。(76)任情　放縱性情。(77)淫逸　縱慾放蕩。(78)惡　指不良品德。(79)舅姑　丈夫的父母。(80)反易剛柔　把剛與柔改換位置。指女子凌駕於丈夫之上。易，更改。剛，指男人。柔，指女人。(81)妾媵　指侍妾。妾，小妻。媵，諸侯貴族女子出嫁時從嫁的妹妹或姪女。(82)上下　指尊卑。(83)罪　懲罰。(84)貞順　貞潔和順。(85)君子　指丈夫。(86)禮法刑政　禮儀法度、刑罰政令。(87)如室斯構　好像建造房子。斯，助詞。無義。構，建造。(88)鑿契　卯眼與榫頭。(89)決　打開缺口。(90)畜　聚。(91)薪燎　木柴火炬。(92)顛　倒下。

【語　譯】現在晉朝的興起，功勳比歷代帝王顯赫，取天下比夏商周迅速，這是有緣故才這樣做的。宣帝和景帝碰上國家多難的時候，致力於征討各地英雄，誅殺眾多桀傲的人，以求便利於行事，來不及興修公劉、太王那樣的仁恩。接受皇帝遺命輔佐朝政，卻多次碰上廢黜和擁立幼主。所以齊王曹芳不聰明，不能像太甲那樣重新回到都城；高貴鄉公是個幼童，不能像成王那樣被歸還君主之位。太祖和世祖逼近魏帝讓位的時間，來不及像周那樣等待三分天下有其二及八百諸侯不期而會的形勢。這是晉創建基業、樹立根本與前代不同的地方。再加上朝廷上缺少具有純一美德的官吏，鄉里間缺少沒有二心的臣子，風尚習俗放縱邪惡，恥辱與尊崇失當。學者以莊子、老子的學說為宗旨，而擯棄六經；談論者以空談為有口才，而輕視名聲規矩。修養自身品節的人把放縱濁行當作通達，而認為操守與誠實為狹隘；追求做官的人以苟且求得為重要，而輕視遵循正道；當道為官的人以不問政事為高尚，而譏笑勤勉謹慎。以懶散不勤職事的稱號品評三公，以一個空談的名聲給皇帝提建議。劉頌多次談論治國之道，傅咸常常舉發姦邪之人，卻被認為是平庸無能的官吏；那些依賴虛無空曠的學說、曲意逢迎而沒有自己思想的人，反而都名聲響徹天下。至於像周文王那樣太陽偏西還沒有空間吃飯，像仲山甫那樣從早到晚不懈怠的人，大概都要受譏笑汙辱，被視作灰塵而加以貶損。由於這個原因，誹謗與讚譽被實際的善與惡攪亂，人們胸懷邪念奔逐於貪圖財利之途。主管選拔官吏的人替私人挑選官職，當官的人為自己擇取利益。執掌國家大權的人，一身兼有數以十計的職務，大的職務多極其顯貴，小的職務則擇取要職，對機密要事的過失，常常占十之八九；世代顯貴家族與君主親屬的子弟們，官職跳躍飛越，不受聲望位次的限制。滾滾紅塵之中，都是追求名利的人；眾官有成千上百，沒有人有讓賢的舉動。劉寔著了《崇讓論》想要宣揚推崇謙讓，但沒有人省悟的；劉頌制定九班之制而不被採用；傅咸多次直筆上書而不能糾正弊病。那些婦人女子，化粧、梳頭、紡絲、織布等事都是從婢女那兒取得現成的，不曾瞭解女工紡織的事務、家中主持飲食的事情。她們不按時而早婚，任由自己的性情而行動，所以都不以縱慾放蕩這樣的錯誤為可恥，不受妬忌這樣的惡行限制，有的不順從丈夫的父母，有的凌駕於丈夫之上，有的殺害丈夫的侍妾，有的輕慢攪亂尊卑倫理，但她們的父親兄長不懲罰她們，天下之人不責備她們。更別談要求她們從古訓中聽取婦德、婦言、婦容、婦功四教，在當今遵循貞潔和順的訓誡，來輔佐自己的丈夫了！禮儀法度與刑罰政令，到這時已大大敗壞，好像建造房子，卻去掉了它的卯眼榫頭一樣；好像積蓄水，卻打開隄壩的缺口一樣；好像聚積火，卻搬開木柴火炬一樣。國家將要滅亡，它的根本一定先倒下，大概就是說這個吧！

故觀阮籍❶之行，而覺❷禮教崩弛之所由；察庾純、賈充之事❸，而見師尹❹之多辟；考❺平吳之功，知將帥之不讓❻；思郭欽之謀❼，而悟戎狄之有釁❽；覽傅玄❾、劉毅❿之言，而得百官之邪；核傅咸之奏⓫、《錢神》之論⓬，而覩寵賂⓭之彰。民風國勢⓮如此，雖以中庸之才⓯，守文⓰之主治之，辛有必見之於祭祀⓱，季札必得之於聲樂，范燮必為之請死[18]，賈誼必為之痛哭[19]，又況我惠帝[20]以蕩蕩[21]之德臨[22]之哉！故賈后[23]肆虐於六宮[24]，韓午[25]助亂於外內[26]，其所由來者漸[27]矣，豈特[28]繫一婦人[29]之惡乎？懷帝[30]承亂[31]之後得位，羈[32]於彊臣[33]；愍帝[34]奔播[35]之後，徒廁[36]其虛名。天下之政既已去矣，非命世之雄[37]，不能取之矣！然懷帝初載[38]，嘉禾[39]生于南昌。望氣[40]者又云：「豫章[41]有天子氣。」及國家多難，宗室[42]迭興[43]，以愍懷[44]之正[45]，淮南[46]之壯[47]，成都[48]之功，長沙[49]之權，皆卒於傾覆，而懷帝以豫章王[50]登天位[51]。劉向之讖[52]云：「滅亡[53]之後，有少如水名者得之。起事者據秦川[54]，西南乃得其朋[55]。」案[56]愍帝，蓋秦王之子[57]也，得位於長安。長安，固[58]秦地也。而西以南陽王[59]為右丞相，東以琅邪王[60]為左丞相。上[61]諱業，故改鄴[62]為臨漳[63]，漳，水名也。由此推之，亦有徵祥[64]。而皇極[65]不建，禍辱及身，豈上帝臨[66]我，而貳其心？將由[67]人能弘道，非道弘人者乎？淳耀之烈未渝[68]，故大命[69]重集于中宗元皇帝[70]。

【章旨】此章言西晉自惠帝始，無論皇帝后妃，還是文武百官，皆昏庸無能，自私利己，國之大勢已去。最後把愍帝之亡，東晉重興，歸結為天命。

【注釋】❶阮籍　字嗣宗，陳留尉氏（今河南開封）人。曾為步兵校尉，世稱阮步兵。博覽群書，尤其愛好《老子》、《莊子》，蔑視禮教，放蕩不羈。生當魏晉之際，不滿現實，縱酒談玄，但不評論時事，不批評人物，以求自全。為「竹林七賢」之一。❷覺　明白。❸庾純賈充之事　事詳《晉書．庾純傳》。庾純，字謀甫，潁川鄢陵（今河南鄢陵西北）人。博學有才義，為黃門侍郎，封關內侯，歷中書令、河南尹。因與賈充相爭，免官。後起復為國子祭酒，加散騎常侍。歷官御史中丞、尚書、少府。賈充，字公閭，平陽襄陵（今山西襄汾東北）人。曹魏時，任大將軍司馬、廷尉，為司馬氏親信。曾指使成濟殺高貴鄉公，參與司馬氏密謀代魏之事。晉初任司空、侍中、尚書令，專權自恣。賈充曾經宴饗朝士，庾純遲到，二人口舌相爭，互相揭短。庾純為此免官。❹師尹　大臣。❺考　考核。❻將帥之不讓　王渾與王濬爭平定吳國之功，更相上表，各言對方之短。❼郭欽之謀　晉武帝時，侍御史郭欽上疏，認為戎狄強橫，必難久服。應當趁平吳之餘威，復上郡，實馮翊，遷徙胡人，嚴密防守。謀，謀劃。❽釁　裂痕。❾傅玄　字休奕，北地泥陽（今陝西耀縣東南）人。歷官弘農太守，領典農校尉，封鶉觚男。武帝時，進爵為子，加駙馬都尉。天下貴刑名，賤守節，虛無放誕之論遍於朝野，故上書武帝，希求改之。官至司隸校尉，卒諡剛。❿劉毅　字仲雄，東萊掖（今山東掖縣）人。歷官司隸校尉、尚書左僕射。認為九品中正制使賄賂橫行，邪人得勢，上品無寒門，下品無士族，主張廢除。⓫傅咸之奏　傅咸曾上表曰：「以貨賂流行，所宜深絕。」⓬錢神之論　魯褒著《錢神論》，以譏刺時人之貪婪鄙陋。⓭寵賂　私寵和賄賂。⓮民風國勢　民間風尚、國家形勢。⓯中庸之才　中等的才能。⓰守文　遵守成法。⓱辛有必見之於祭祀　據《左傳．僖公二十二年》，周平王東遷時，辛有到伊川去，看到有人披散頭髮在野外祭祀，因而認為此地不用百年時間，必定為外族人占據。果然，到西元前六三八年，秦、晉把陸渾之戎遷徙到這裡。辛有，周朝大夫。⓲范燮必為之請死　《左傳．成公十七年》載，范燮從鄢陵之役回國後，派他的祝宗向上帝求死，認為國君晉厲公傲慢放縱，必定大難將發。希望咒自己早死，以逃避大難。范燮，或作士燮、文叔燮，范武子之子。晉國卿，諡文子。⓳賈誼必為之痛哭　賈誼上〈治安策〉，認為國家事勢，可為痛哭者一，可為流涕者二，可為長太息者六。賈誼，洛陽（今河南洛陽東）人。年輕時即有文才，人稱賈生。漢文帝召為博士，不久遷太中大夫。數上疏陳政事，言時弊，為周勃、灌嬰所忌，貶為長沙王太傅、梁懷王太傅，死時年僅三十三歲。⓴惠帝　指晉惠帝司馬衷。武帝司馬炎之子。西元二九〇至三〇六年在位，以痴呆著稱。初由賈后專權，引起「八王之亂」。其後諸王相繼擅政，實同傀儡。相傳被東海王越毒死。㉑蕩蕩　廣大。㉒臨　治理。㉓賈后　晉惠帝皇后。名南風，平陽襄陵（今山西襄汾東北）人，賈充之女。永平元年（西元二九一年），指使楚王瑋殺死太后父楊駿。又用計殺汝南王亮、楚王瑋。擅政十年，後被趙王倫所殺。㉔六宮　指皇帝的後宮。賈后性妬忌，若後宮有懷孕者，就用戟投擲，殺子殺母。㉕韓午　即賈午。賈后之妹，韓壽妻。㉖外內　指朝廷內外。㉗漸逐漸。㉘豈特　難道只是。㉙一婦人　指賈后。㉚懷帝　指晉懷帝司馬熾。字豐度，司馬炎第二十五子。惠帝時皇太弟。惠帝死後即位，東海王越專權，無所作為。永嘉五年（西元三一一年），劉曜攻破洛陽，被俘到平陽（今山西臨汾西南），封為平阿公。永嘉七年（西元三一三年），被劉聰所殺。㉛承亂　繼惠帝之亂。㉜羈　牽制。㉝彊臣　擅權的大臣。指東海王司馬越。㉞愍帝　指晉愍帝司馬鄴。字彥旗，懷帝姪。劉曜攻破洛陽，他在長安被擁立為太子。懷帝死後即位。建興四年（西元三一六年），劉曜攻破長安，被俘到平陽，次年被殺。㉟奔播　流亡遷徙。㊱廁　置。㊲命世之雄　聞名於當世的英雄。㊳初載　始生。初，始。載，生。㊴嘉禾　生長得特別茁壯的禾稻。古時認為是吉瑞的象徵。㊵望氣　古代迷信占卜法，望雲氣附會人事，預言吉凶。㊶豫章　郡名。在今江西省境。㊷宗室　皇族。㊸迭興　輪流興起。㊹愍懷　指晉惠帝長子司馬遹。字熙祖。封廣陵王，惠帝即位，立為皇太子。元康九年（西元二九九年）被廢。永康元年（西元三〇〇年）被賈后殺害。諡愍懷。㊺正　嫡長。㊻淮南　指淮南王司馬允。字欽度，司馬炎子。咸寧三年（西元二七七年），封濮陽王，太康十年（西元二八九年）改封淮南王。趙王倫專權，率兵攻之，被殺。㊼壯　強健。㊽成都　指成都王司馬穎。字章度，司馬炎第十六子。太康末受封。趙王倫篡權，穎響應齊王冏，起兵，殺趙王倫，迎惠帝還都。及河間王顒廢太子覃，立其為皇太弟，遂生不臣之心。後東海王越率軍迎皇駕，穎逃奔關中，為范陽王長史劉輿所殺。㊾長沙　指長沙王司馬乂。字士度，司馬炎第六子。太康十年（西元二八九年）受封，楚王瑋被殺後，貶為常山王。率軍殺齊王冏，擊破成都王軍。後被東海王越所殺。㊿豫章王　司馬熾在武帝太熙元年（西元二九〇年）受封為豫章郡王。51天位　帝位。52讖　預言吉凶得失的文字。53滅亡　指懷帝被俘而死。54秦川　指今陝西、甘肅秦嶺以北平原地帶。因春秋、戰國時地屬秦國而得名。55朋　黨羽。56案　通「按」。查考。57秦王之子　司馬鄴為吳孝王晏子，過繼給後伯父秦王柬，繼承秦王爵位。58固　原來。59南陽王　指司馬模子司馬保。字景度。其父遇害，他占有秦州之地，自號大司馬。愍帝即位，任右丞相，加侍中、都督陝西諸軍事。60琅邪王　指司馬睿。字景文，琅邪王覲子。十五歲，襲琅邪王位。愍帝即位，任左丞相。61上　指愍帝。62鄴　今河北臨漳西南。63臨漳　指鄴城。北面為漳水，故改此名。64徵祥　吉祥的預兆。65皇極　帝王之位。66臨　統管。67將由　還是由於。68淳耀之烈未渝　光大美盛的功業仍未改變。淳耀，光大美盛。烈，功業。渝，改變。69大命　天命。70中宗元皇帝　指司馬睿。永嘉元年（西元三〇七年）任安東將軍、都督揚州江南諸軍事。在王導主謀下，出鎮建康（今南京），依靠中原南遷士族，聯合江南大族顧榮、何循等，統治長江中下游和珠江流域。劉曜攻滅長安，俘走愍帝後，他在建康重建晉政權，史稱東晉。後因王敦專權，憂忿而死。諡號元帝，廟號中宗。

【語　譯】所以看看阮籍的行為，就明白禮儀教化敗壞廢棄的由來；審察庾純與賈充相爭之事，就能見到大臣有多姦邪；考核平定吳國的功勞，就知道將帥互不謙讓；仔細考慮郭欽的謀劃，就明白戎狄要挑起事端；觀看傅玄、劉毅的言論，就知道文武百官不正；考查傅咸的奏章、魯褒的《錢神論》，就能目睹私寵和賄賂的明目張膽。民間風尚、國家形勢到如此地步，即使用中等才能的人、遵守成法的君主治理，辛有一定能從祭祀中預見到國家滅亡，季札一定能從聲樂中得到啟發，范燮一定為之請求死去，賈誼一定為之痛哭失聲，又何況我們惠帝以這樣廣大的德行來治理這個國家呢！所以賈后在後宮恣行暴虐，賈午在朝廷內外助長亂行，這由來的原因是逐漸的，難道只是由於一個婦人的惡行嗎？懷帝在惠帝之亂後繼承皇位，被擅權的大臣所牽制；愍帝在流亡遷徙之後繼承皇位，空有虛名。天下的政權既然已經失控了，不是聞名於當世的英雄，是不可能奪取的啊！但是懷帝剛生下來時，嘉禾出生在南昌。占卜的人又說：「豫章那裡有天子氣。」等到國家災難重重，皇族輪流興起的時候，憑著愍懷太子的嫡長正統，淮南王的強健，成都王的功勞，長沙王的權勢，都死於顛覆之中，而懷帝卻以豫章王的身分而登上皇位。劉向的讖語說：「在懷帝滅亡以後，有稍微像水名的人得到皇位。舉事的人占據秦川，在西南方向才得到他的黨羽。」查考愍帝，他是秦王的兒子，在長安得到皇位。長安，原來是秦地。在西面讓南陽王做右丞相，在東面讓琅邪王做左丞相。皇上名諱叫業，所以把鄴城改作臨漳，漳是水的名字。從這些推算，也有吉祥的預兆。但是皇位沒有建立，禍害和屈辱就到了身上。難道是上帝垂意於我，而有了二心？還是由於人能弘大道，不是用道來弘大人事嗎？光大美盛的功業還沒有改變，所以天命重新集中到元帝身上。

後漢書皇后紀論

【作　者】范曄（西元三九八～四四五年），字蔚宗，順陽（今河南淅川）人。少好學，博涉經史，善為文章，能隸書，曉音律。晉末曾為劉裕相國掾，劉義康冠軍參軍。入宋，任尚書吏部郎。元嘉元年，被貶為宣城太守，鬱鬱不得志，乃著《後漢書》，成一代史學名著。元嘉中，累遷左衛將軍，太子詹事，後因與孔熙先等謀立彭城王劉義康，事敗被誅。原有集十五卷，已散佚，今存文五篇，詩二首。

【題解】本文是《後漢書·卷一〇·皇后紀》的序論。《史記》、《漢書》都把皇后列入〈外戚傳〉。但由於東漢外戚專權，特別是和帝以後，六個太后臨朝聽政，皇帝形同擺設。故范氏據這實際情況，把皇后單獨編為〈皇后紀〉一卷。后妃本當職掌內宮，輔佐君主，以為天下母儀。然而歷朝君主多有惑於色相，委政內宮者，其結果不外乎國破身亡。東漢一朝，太后貪於權勢，屢立幼童，臨朝聽政，而使外戚專政，朝綱腐敗，爭鬥迭起，常常是禍及滅門，家破人亡。這成為東漢王室滅亡的主要原因。

《後漢書》之文采可與《漢書》媲美，用辭簡練，文筆優美，議論放縱，特別是它的序、論、贊部分，尤為突出。

夏、殷以上，后妃之制❶，其文略❷矣。《周禮》❸王者立后、三夫人❹、九嬪❺、二十七世婦❻、八十一女御❼，以備內職❽焉。后正位❾宮闈❿，同體天王⓫。夫人坐論婦禮⓬，九嬪掌教四德⓭，世婦主知⓮喪、祭、賓客⓯，女御序⓰于王之燕寢⓱。頒官⓲分務⓳，各有典司⓴。女史㉑彤管㉒，記功書過㉓。居有保阿㉔之訓，動有環珮㉕之響。進㉖賢才以輔佐君子㉗，哀㉘窈窕㉙而不淫㉚其色。所以能述宣㉛陰化㉜，修㉝成〈內則〉㉞，閨房肅雍㉟，險謁㊱不行者也。故康王㊲晚朝㊳，〈關雎〉㊴作諷㊵；宣后㊶晏起㊷，姜氏請愆㊸。及周室東遷㊹，禮序凋缺㊺。諸侯僭縱㊻，軌[47]制無章[48]。齊桓[49]有如夫人[50]者六人[51]，晉獻[52]升戎女[53]為元妃[54]，終於五子作亂[55]，冢嗣[56]遘屯[57]。爰逮戰國[58]，風憲[59]愈薄，適情任欲[60]，顛倒衣裳[61]，以至破國亡身，不可勝數。斯固輕禮弛防[62]，先色後德者也。秦并天下，多自驕大[63]，宮[64]備七國[65]，爵列八品[66]。漢興，因循[67]其號，而婦制莫釐[68]。高祖[69]帷薄不修[70]，孝文[71]衽席無辨[72]。然而選納尚簡，飾玩華少。自武、元[73]之後，世增淫費[74]，至乃掖庭[75]三千，增級十四[76]。妖倖[77]毀政之符[78]，外姻[79]亂邦之迹，前史載之詳矣。

【章　旨】此章敘述從夏商至西漢各代，帝王賢能則國強，好色則國弱，先色後德而至國破身亡者不在少數。

【注　釋】❶制　制度。❷略　簡略。❸周禮　原名《周官》。也稱《周官經》。西漢末列為經而屬於禮，故名。內容是把周王室官制和戰國時代各國制度，添附儒家政治思想，增減排比而成。古文經學家認為周公所作，今文經學家認為是王莽時劉歆偽作。全書共分〈天官冢宰〉、〈地官司徒〉、〈春官宗伯〉、〈夏官司馬〉、〈秋官司寇〉、〈冬官司空〉六篇。〈冬官〉早佚，漢時補以〈考工記〉。有東漢鄭玄注，唐賈公彥疏。清朝孫詒讓有《周禮正義》八十六卷。❹夫人　帝王之妾。位在王后之後。❺嬪　宮廷內的女官名。帝王之妾，位在夫人之後。❻世婦　宮中女官。帝王之妾，位在嬪之後。❼女御　宮中女官。帝王之妾，位在世婦之後。❽內職　指宮廷中的職務。❾正位　端正其位。❿宮闈　宮中后妃居住的地方。闈，宮中的旁門。⓫天王　指周天子。因春秋時，楚、吳等諸侯相繼稱王，故尊稱周天子為天王。⓬婦禮　女人應該遵守的禮節。⓭四德　指婦德、婦言、婦容、婦功。⓮主知　掌管。知，執掌。⓯賓客　招待賓客的禮儀。⓰序　按次序而從。⓱燕寢　王有六個寢宮，一是正寢，其餘五個在後面，通名燕寢。⓲頒官　發布官職。⓳分務　分配事務。⓴典司　掌管。㉑女史　宮中女官。掌管王后禮儀。㉒彤管　女史記事所用的赤管筆。彤，朱紅色。㉓書過　記載過失。㉔保阿　古代宮廷裡管撫養子女的女妾。㉕環

珮　衣帶上所繫的佩玉。環，一種玉璧。圓形，中心有孔。珮，玉之帶。環珮之聲以節步態。㉖進　引薦。㉗君子　此指周王。㉘哀　思。㉙窈窕　美好的女子。㉚淫　貪色。㉛述宣　遵循發揚。㉜陰化　女子的教化。陰，指女子。㉝修　撰寫。㉞內則　《禮記》篇名。內容是記載婦女在家庭內言行舉止的準則。㉟肅雍　莊重和順。㊱險謁　不正當的請託。㊲康王　指周康王。㊳晚朝　延遲上朝。㊴關雎　《詩經》篇名。〈魯詩〉說是大臣畢公刺周康王好色晏起而作。㊵諷　不用正言，託辭婉言勸說。㊶宣后　指周宣王。姓姬，名靜，厲王子。厲王死後，周公、召公擁立他為王，任用仲山甫、尹吉甫、方叔、召虎等大臣，征討玁狁、荊蠻、淮夷、徐戎，周室重新興盛，史稱「宣王中興」。西元前八二八至前七八二年在位。后，王。㊷晏起　晚起。㊸姜氏請愆　據《列女傳》記載，姜后是齊侯之女，宣王王后。宣王曾經貪於女色，早晨遲起。姜后就卸掉首飾，在永巷等著被治罪，讓她的傅母去告訴宣王，認為由於自己的不良，而使君王貪色忘德，不理朝政，請求治罪。以此來規勸宣王。愆，「愆」的古字。罪過。㊹周室東遷　西元前七七一年，周幽王被犬戎殺於驪山，平王繼位，把首都向東遷到洛邑（今河南洛陽）。㊺禮序凋缺　禮儀敗壞。禮序，禮儀之次序。凋，衰敗。缺，廢棄。㊻僭縱　僭越放縱。僭，指超越身分。縱，放縱。㊼軌　法則。㊽章　條理。㊾齊桓　即齊桓公。春秋時齊國國君。姓姜，名小白。西元前六八五至前六四三年在位。襄公被殺後，從莒歸國即位。任管仲為相，尊王攘夷，九合諸侯，一匡天下，成為春秋時第一個霸主。管仲死後，任用豎刁、易牙等姦臣，荒於政事。死後，諸子爭權，霸業衰落。㊿如夫人　像夫人的。指妾。(51)六人　長衛姬，生武孟；少衛姬，生惠公元；鄭姬，生孝公昭；葛嬴，生昭公潘；密姬，生懿公商人；宋華子，生公子雍。(52)晉獻　即晉獻公。春秋時晉國國君。姓姬，名詭諸。西元前六七六至前六五一年在位。寵信驪姬，致使太子申生自殺，重耳、夷吾遠逃，晉國大亂。(53)戎女　即驪姬。或作麗姬。驪戎（今山西晉城西南）之女。西元前六七二年，獻公伐驪戎，被奪歸，立為夫人，生奚齊，欲立為太子。於是陷害太子申生，逼其自殺，又趕逐群公子。獻公死，奚齊繼位，為大臣里克所殺，她也被鞭殺。(54)元妃　國君或諸侯的嫡妻。(55)五子作亂　桓公死後，公子昭繼位，於是其餘五公子（武孟、元、潘、商人、雍）皆求君位，公子昭出奔宋國。(56)冢嗣　嫡長子。此指晉獻公太子申生。(57)遘屯　遭難。(58)戰國　時代名。從周元王元年（西元前四七五年）至秦始皇二十六年（西元前二二一年）統一全國為止。因各諸侯國之間連年戰爭，被稱為「戰國」而得名。(59)風憲　風紀法度。(60)適情任欲　滿足性情，放縱情欲。(61)顛倒衣裳　《詩經．齊風．東方未明》：「東方未明，顛倒衣裳。」謂貪色遲起，急忙中上下衣服穿倒。顛倒，上下倒置。衣，上衣。裳，裙子。(62)弛防　放鬆防備。(63)驕大　驕傲自大。(64)官　指宮廷內的女官。(65)七國　齊、楚、燕、韓、趙、魏、秦。(66)八品　八個等級。指皇后、夫人、美人、良人、八子、七子、長使、少使。

(67)因循　因襲沿用。(68)釐　更改。(69)高祖　即漢高祖劉邦。字季，沛縣（今江蘇沛縣）人。初為泗水亭長。秦二世元年（西元前二〇九年），起兵響應陳涉起義。前二〇六年，率軍攻占咸陽。後被項羽封為漢王。前二〇二年，戰勝項羽，即皇帝位，國號漢。在位十二年，廟號高祖。(70)帷薄不修　對生活淫亂、男女無別的婉稱。高祖曾經懷抱戚姬接見周昌。事見《史記・卷九六・張丞相列傳》。帷，帳幔。薄，簾子。修，整治。(71)孝文　即孝文帝劉恆。劉邦子。初為代王，呂后死後，周勃、陳平等迎立為帝。在位二十三年，主張清靜無為，與民休息，以生活儉樸著稱。(72)衽席無辨　文帝駕幸上林，竇皇后與慎夫人跟從，常同席而坐，不分尊卑。衽席，臥席。(73)武元　指漢武帝、漢元帝。漢元帝，名奭，宣帝子。西元前四九至前三三年在位。喜好儒術，任貢禹、薛廣德、韋賢、匡衡等為丞相。為人優柔寡斷，宦官弘恭、石顯等專權，開宦官外戚專政之局面。諡號元。(74)淫費　淫穢生活之費用。(75)掖庭　宮中妃嬪居住的地方。此代指妃嬪。(76)十四　武帝置婕妤、娙娥、容華、充衣四等；元帝增昭儀；加上美人、良人、七子、八子、長使、少使、五官、順常，以及無涓、共和、娛靈、保林、良使、夜者（此六官品秩同為一等），凡十四等。(77)妖倖　豔麗受寵幸之人。(78)符　徵兆。(79)外姻　指外戚。即皇帝的母親和妻子的親屬。

【語譯】夏朝、商朝以前，關於后妃的制度，文獻的記載多很簡略。《周禮》規定做天子的設置一個王后、三個夫人、九個嬪、二十七個世婦，八十一個女御，用來充實宮廷內的職務。王后在後宮中端正其位，與天子體統相同。夫人坐而談論婦女應該遵守的禮節，九嬪掌管教授婦德、婦言、婦容、婦功，世婦掌管喪葬之禮、祭祀及迎送賓客的禮儀，女御在燕寢按次序服侍天子。發布宮職分配事務，各自有掌管之事。女史手執赤管筆，記錄功勞與過失。居家有保阿的教誨，行動時有佩玉的聲音。引薦賢能之人來幫助帝王，思念美好的女子但不貪其色相。所以能夠遵循發揚女子的教化，撰寫成〈內則〉，閨房莊重和順，不正當的請託不能施行。所以周康王上朝遲到，〈關雎〉就作諷刺之辭；周宣王起床太遲，姜后就請求治罪。等到周王室向東遷徙到洛陽，禮儀衰敗廢棄。諸侯王超越身分、放縱自恣，法則制度沒有條理。齊桓公有妾六人，晉獻公把戎人之女驪姬升為正妻，終於造成齊國五位公子作亂，晉國太子遭難。等到戰國，風紀法度更加淡薄。滿足性情、放縱情欲，貪色遲起而衣服穿倒，以至於國破身亡的人，不能盡計。這都是輕視禮儀、放鬆防備，以色欲為先道德為後所造成的啊！秦國兼并天下，驕傲自大，內官具備七國的女子，爵位陳列八個級別。漢朝建立後，因襲沿用秦國的名號，而且婦女制度沒有更改。高祖對男女生活不檢點，文帝尊卑不分，不區別臥席。但是選納妃嬪尚稱簡約，裝飾打扮及玩賞之物也還不多。然從武帝、元帝以後，每代皇帝都增加淫逸生活的費用，以至於妃嬪有三千，級別增加到十四。豔麗受寵之人是毀壞國家政權的徵兆，外戚攪亂國家的事情，從前史書的記載已很詳細了。

及光武❶中興❷，斲雕為朴❸，六宮❹稱號，唯皇后、貴人。貴人❺金印紫綬❻，俸不過粟數十斛❼。又置美人、宮人、采女三等，並無爵秩❽，歲時❾賞賜充給而已。漢法常因❿八月筭民⓫，遣中大夫與掖庭丞⓬及相工⓭，於洛陽鄉中閱視⓮良家童女⓯，年十三以上，二十以下，姿色端麗，合法相⓰者，載還後宮⓱，擇視⓲可否，乃用登御⓳。所以明慎聘納⓴，詳求淑哲㉑。明帝㉒聿遵先旨㉓，宮教㉔頗修，登建㉕嬪后，必先令德㉖，內無出閫㉗之言，權無私溺㉘之授，可謂矯其弊矣。向使㉙因設外戚之禁，編著《甲令》㉚，改正后妃之制，貽厥㉛方來㉜，豈不休㉝哉！雖御㉞己有度，而防閑㉟未篤，故孝章㊱以下，漸用色授㊲，恩隆好合㊳，遂忘淄蠹㊴。

【章　旨】此章言東漢初期，光武帝、明帝能重德輕色，但由於未能形之於律令，章帝以後，淫風又長。

【注　釋】❶光武　即漢光武帝劉秀。字文叔，南陽蔡陽（今湖北棗陽西南）人，漢高祖九世孫。王莽地皇三年（西元二二年）從其兄劉縯起兵反莽，加入更始帝劉玄部隊。更始三年（西元二五年）稱帝，定都洛陽，是為東漢。在位三十三年，諡號光武，廟號世祖。❷中興　由衰落而重新興盛。西漢被王莽篡奪，光武重建漢室，故稱中興。❸斲雕為朴　去除浮華，崇尚質樸。斲，砍。雕，雕刻。朴，同「樸」。樸素。❹六宮　皇后妃嬪居住之處。❺貴人　原本無，據《文選考異》補。❻金印紫綬　用黃金製成的印，以紫色絲帶繫於印柄。❼斛　容量單位。十斗為一斛。❽爵秩　爵位和俸祿。❾歲時　一年中的季節。❿因　在。⓫筭民　計人口徵賦。筭，同「算」。⓬掖庭丞　掖庭令副手。由宦官擔任，掌管後宮貴人、采女，俸祿六百石。⓭相工　看相的人。⓮閱視　考核審察。⓯童女　未成年的少女。⓰法相　規定的容貌標準。⓱後宮　宮中后妃所居之處。⓲擇視　選擇審察。⓳登御　奉進。登，進。御，奉進。⓴聘納　下聘納娶。㉑淑哲　善良聰明。㉒明帝　即漢明帝劉莊。光武帝之子。西元五八年繼位，嚴明法令，尊重儒學。在位十八年，諡明，廟號顯宗。㉓聿遵先旨　遵循先人的旨意。聿，語詞。㉔宮教　宮中的禮教。㉕登建　升遷建立。㉖令德　美德。㉗閫　門檻。此指婦女所居住的房門。㉘私溺　親近愛幸的人。㉙向使　假如。㉚甲令　朝廷頒發的第一道法令。㉛貽厥　留給。厥，語詞。㉜方來　將來。㉝休　美。㉞御　治。㉟防閑　防備。㊱孝章　即漢章帝。名炟，明帝第五子。西元七六年繼位，主張寬厚。在位十三年，諡章，廟號肅宗。㊲色授　因女色而給與寵幸。㊳好合　和好。㊴淄蠹　汙染腐蝕。淄，黑色。原作「濇」，從《後漢書》改。蠹，蛀蟲。

【語　譯】等到光武帝中興漢朝，去除浮華，崇尚質樸，後宮妃嬪稱號只有皇后和貴人兩種。貴人之印用黃金製成，印綬為紫色絲帶，俸祿不過每月幾十斛糧。又設置美人、宮人、采女三等，都沒有爵位和俸祿，只是在逢季節時賞賜一些使豐足罷了。漢代法律，常常在八月份計算人口徵收賦稅，派遣中大夫與掖庭丞以及看相的人，在洛陽鄉下考核審察清白人家的未成年少女，年紀在十三歲以上，二十歲以下，姿態容貌端莊秀麗，符合規定的容貌標準的人，載回後宮，經考核擇定後，才把她們進奉皇上。目的是表明謹慎下聘納娶，審慎求取善良聰明的女子。漢明帝遵循光武帝的旨意，能與修宮中的禮教，升遷確立皇后嬪妃，一定先求美德之人，後宮內沒有言論傳出門檻之外，權利不會給與親近愛幸的人，可以說是糾正原來的毛病了。假如因而設立關於外戚的禁令，編著《甲令》，修正關於后妃的制度，留給將來，難道不是很美好的事嗎！雖然光武帝和明帝對自己有節度，但是防備不嚴，所以從章帝以後，漸漸地又寵幸女色，皇恩對於和好的后妃特別隆重，於是就忘記了汙染腐蝕國本的危機。

自古雖主幼時艱❶，王家❷多釁❸，委成❹冢宰❺，簡❻求忠貞，未有專任婦人，斷割重器❼。唯秦芈太后❽始攝❾政事，故穰侯❿權重於昭王⓫，家富於嬴國⓬。漢仍其謬，知患莫改。東京⓭皇統屢絕，權歸女主⓮。外立⓯者四帝⓰，臨朝⓱者六后⓲，莫不定策⓳帷帟⓴，委㉑事父兄，貪孩童㉒以久其政，抑㉓明賢以專其威。任重道悠㉔，利深㉕禍速。身犯霧露㉖於雲臺㉗之上，家嬰㉘縲紲㉙於囹犴㉚之下。湮滅連踵，傾輈㉛繼路。而赴蹈㉜不息，燋爛㉝為期，終於陵夷㉞大運㉟，淪亡神寶㊱。《詩》、《書》所歎㊲，略同一揆㊳。故考列行迹，以為〈皇后本紀〉。雖成敗事異，而同居正號㊴者，並列于篇。其以恩私㊵追尊，非當世所奉者，則隨他事附出。親屬㊶別事，各依列傳。其餘無所見，則係㊷之此紀，以纘㊸西京㊹〈外戚〉㊺云爾。

【章旨】此章論東漢後期女人干預朝政，導致外戚專權，以致國家滅亡事以及〈皇后紀〉的編撰體例。

【注釋】❶時艱　時世艱難。❷王家　帝王之家。❸釁　嫌隙。❹委成　委任而責以成功。❺冢宰　指大臣。❻簡　選擇。❼重器　指國家。❽芈太后　戰國時秦昭王之母。楚國人，芈姓，叫做芈八子。秦昭王年十九即位，她掌握政權，號宣太后，任用其異父弟魏冄為相，封穰侯，又封弟芈戎為華陽君。昭王四十一年（西元前二六六年），昭王任用范雎為相，驅逐魏冄等，她才失勢。❾攝　代理。❿穰侯　即魏冄。秦昭王母宣太后之異父弟。秦武王去世，秦國內亂，他擁立昭王。宣太后攝政，封之於穰（今河南鄧縣），號穰侯。後又加封陶邑（今山東定陶西北），富於王室。推薦白起為將，連續攻伐韓、魏、齊，並攻克楚都郢（今湖北江陵西北），權傾一國。秦昭王四十一年（西元前二六六年），改用范雎為相，他被罷免。後死於陶邑。⓫昭王　即秦昭王。也稱秦昭襄王，姓嬴名稷。秦武王異母弟。西元前三〇六至前二五一年在位。初由母宣太后當權，魏冄為相，白起為將，連勝東方諸國。四十一年（西元前二六六年），任用范雎為相，後在長平（今山西高平西北）大勝趙軍，為秦統一天下奠定了基礎。⓬嬴國　指秦國為嬴姓，故稱。⓭東京　指東漢。西漢都長安，東漢都洛陽，洛陽在長安之東，因稱長安為西京，洛陽為東京。後也以東京代稱東漢，西京代稱西漢。⓮女主　臨朝執政的皇后或太后。⓯外立　不是先皇帝的子弟而立為皇帝的。⓰四帝　指安帝劉祜、質帝劉纘、桓帝劉志、靈帝劉宏。⓱臨朝　當朝處理國事。⓲六后　指章帝竇太后、和熹鄧太后、安思閻太后、順烈梁太后、桓思竇太后、靈思何太后。⓳定策　指擁立皇帝。把擁立皇帝的事寫在簡上，告於宗廟。策，竹簡。⓴帷帟　幃帳。喻內室。帷，帳幕。帟，小帳幕。㉑委　託付。㉒孩童　殤帝死，鄧太后與兄鄧騭迎立安帝，年十三；沖帝死，梁太后與兄梁冀迎立質帝，年八歲；質帝死，太后與梁冀又迎立桓帝，年十五；桓帝死，竇太后與父竇武迎立靈帝，年十二。㉓抑　貶退。㉔悠　遠。㉕利深　好處多。㉖犯霧露　指生病。犯，觸犯。㉗雲臺　漢皇宮中的高臺。靈帝時，中常侍曹節假造皇帝命令把竇太后幽禁到雲臺。㉘纓　通「嬰」。纏繞。㉙縲紲　捆綁犯人的繩索。㉚圄犴　監獄。㉛傾輈　翻倒的車。傾，偏側。輈，車轅。㉜赴蹈　即赴湯蹈火。㉝燋爛　被燒得焦爛。燋，通「焦」。燒焦。爛，為火燒傷。㉞陵夷　衰落。㉟大運　天運。㊱神寶　指帝位。㊲詩書所歎　《詩經・小雅・正月》：「赫赫宗周，褒姒威之。」《尚書・牧誓》：「牝雞之晨，惟家之索。」㊳一揆　一個道理。㊴正號　指皇后。㊵恩私　當從《後漢書》及李善注作「私恩」。私人的恩情。㊶親屬　指外戚。㊷係　聯屬依附。㊸纘　繼續。㊹西京　指西漢。㊺外戚　指班固《漢書・卷九七・外戚傳》。

【語　譯】從古以來，即使皇帝年幼，時世艱難，帝王之家多嫌隙，但一定是委任大臣責以成功，選擇尋求忠誠堅貞的臣子，而未有專門任用婦女，來壟斷國家大權的。只有秦國芈太后才代理國家大事，所以穰侯的權勢比秦昭王還重，家比國還富裕。漢朝因襲秦的錯誤，知道災禍而不改變。東漢皇帝世系經常斷絕，權力歸於太后。非先皇子弟而立為皇帝的有四個，當朝處理國事的太后有六個，她們沒有不在內室中決定擁立皇帝之策，進而把國事託付給父親兄弟，貪圖立小皇帝以便長久地執政，貶退賢明的臣子以便專行權威的。負擔重而道路遠，受的好處多則禍害來得快。自身被幽禁在雲臺之上而生病，家屬被綑綁在監獄之中。滅亡的接二連三，傾覆的不絕於道路。然他們還赴湯蹈火而不知停止，直到被燒得焦爛為止，終於天運衰落，帝位喪失。《詩經》、《尚書》所歎息的，差不多與此同一個道理。所以考核排列她們所行之事，把它編為〈皇后本紀〉。雖然成功與失敗的事情不同，但一同位居皇后的，都列入本篇。那些因為私人的恩情而追封尊號的，不是當代所擁戴的人，就隨其他的事情附帶提出。她們親屬的別樣事情，各自附在他們的列傳中。其餘沒有什麼事蹟可見的，就依附於這篇紀中，用來接續《漢書・外戚傳》。

卷五〇

後漢書二十八將傳論

【作　者】范曄，見頁二四六三。

【題　解】本文附於《後漢書・卷二二・朱景王杜馬劉傅堅馬列傳》後，其實是從卷一六〈鄧寇列傳〉至卷二二凡七卷二十八將列傳的總論。中興二十八將輔佐光武帝，重興漢室，功高天下。但是光武帝並不付以重任，加之顯職。范曄在文中分析了此舉之利弊，稱讚光武之英明，認為如此可避免功臣居功專權的流弊，亦可免卻功臣觸犯國法而導致家破身亡的悲劇。

論曰：中興二十八將❶，前世以為上應二十八宿❷，未之詳也。然咸能感會❸風雲❹，奮❺其智勇，稱為佐命❻，亦各志能❼之士也。議者多非光武不以功臣任職，至使英姿❽茂績❾，委❿而勿用。然原⓫夫深圖遠筭⓬，固將有以⓭焉爾。若乃王道⓮既衰，降及霸德⓯，猶能授受惟庸⓰，勳賢兼序⓱，如管⓲、隰⓳之迭升桓世⓴，先㉑、趙㉒之同列文朝㉓，可謂兼通㉔矣。降自秦漢，世資㉕戰力，至於翼扶㉖王室，皆武人屈起㉗。亦有鬻繒㉘盜㉙狗輕猾㉚之徒，或崇以連城之賞㉛，或任以阿衡㉜之地，故勢疑㉝則隙生，力侔則亂起。蕭㉞、樊㉟且猶縲紲㊱，信㊲、越㊳終見葅㊴戮，不其然乎！自茲以降，迄于孝武，宰輔㊵五世㊶，莫非公侯。遂使縉紳㊷道塞，賢能蔽壅，朝有世及(43)之私，下多抱關(44)之怨。其懷道(45)無聞，委身(46)草莽(47)者，亦何可勝言！故光武鑒前事(48)之違，存矯枉(49)之志，雖寇(50)、鄧(51)之高勳，耿(52)、賈(53)之鴻烈(54)，分土(55)不過大縣數四(56)，所加特進(57)、朝請(58)而已。觀其治平臨政，課職責咎，將所謂「導之以法，齊之以刑(59)」者乎！若格(60)之功臣，其傷已甚。何者？直繩(61)則虧喪恩舊，撓情(62)則違廢禁典(63)，選德則功不必厚(64)，舉勞(65)則人或未賢，參任(66)則群心難塞，並列(67)則其弊未遠。不得不校(68)其勝否，即以事相權(69)。故高秩厚禮，允答元功(70)；峻文(71)深憲(72)，責成(73)吏職。建武(74)之世，侯者百數，若夫數公(75)者，則與參國議(76)，分均休咎(77)，其餘並優以寬科(78)，完其封祿(79)，莫不終以功名(80)，延慶(81)于後。昔留侯(82)以為高祖悉用蕭(83)、曹(84)故人(85)，郭伋(86)亦譏南陽(87)多顯，鄭興(88)又戒功臣專任(89)。夫崇恩偏授(90)，易啟私溺(91)之失；至公均被(92)，必廣(93)招賢之路，意者不其然乎？永平(94)中，顯宗(95)追感前世功臣，乃圖畫二十八將於南宮雲臺，其外又有王常(96)、李通(97)、竇融(98)、卓茂(99)，合三十二人。故依本第(100)，係(101)之篇末，以志(102)功次云爾。

【注釋】❶二十八將　鄧禹、吳漢、賈復、耿弇、寇恂、岑彭、馮異、朱祐、祭遵、景丹、蓋延、銚期、耿純、臧宮、馬武、劉隆、馬成、王梁、陳俊、杜茂、傅俊、堅鐔、王霸、任光、李忠、萬修、邳彤、劉植。❷二十八宿　古人把黃道（太陽周年運行的軌道）附近的恆星分成二十八個星座，稱為二十八宿。四方各有七宿。東方蒼龍七宿，角、亢、氐、房、心、尾、箕；南方朱雀七宿，井、鬼、柳、星、張、翼、軫；西方白虎七宿，奎、婁、胃、昴、畢、觜、參；北方玄武七宿，斗、牛、女、虛、危、室、壁。❸感會　相感應而會合。❹風雲　《周易．乾卦》：「雲從龍，風從虎，聖人作而萬物覩。」謂如同雲出跟從龍，風起跟從虎一樣，同類感應。❺奮　發揚。❻佐命　輔佐帝王承受天命。❼志能　志向才能。❽英姿　英俊的風姿。❾茂績　豐功偉績。茂，多。績，功。❿委　丟棄。⓫原　推其根原。⓬筭　同「算」。計謀。⓭有以　有緣故。⓮王道　儒家所稱用仁義治天下。此指周家天下。⓯霸德　猶「霸道」。憑藉武力、刑罰、權勢等進行統治。此指春秋時期。⓰庸　用。指可用之處。⓱兼序　按等級次第以進職。兼，據《文選考異》作「皆」為是。序，通「敘」。⓲管　即管仲。名夷吾，字仲，潁上（今山東潁水之濱）人。初事公子糾，後得鮑叔牙推薦，被齊桓公任命為相，尊稱「仲父」。主張通貨積財，富國強兵。幫助桓公九合諸侯，一匡天下，使齊桓公成為春秋時第一個霸主。死於西元前六四五年。⓳隰　即隰朋。齊桓公時，由管仲推舉，任大行，與管仲等共助桓公成霸業。管仲病重時，向桓公推薦他為相位繼承人，與管仲同年病死，諡成子。⓴桓世　桓公時代。桓，即齊桓公。㉑先　即先軫。春秋時晉國正卿。因封於原（今河南濟源西北），亦稱原軫。初為下軍佐，後升為中軍元帥。晉文公五年（西元前六三二年）城濮之戰中大敗楚軍。晉襄公元年（西元前六二七年）大敗秦軍於崤（今河南三門峽東南）。同年秋與狄人戰，陣亡。㉒趙　即趙衰。嬴姓。趙氏，字子餘。也稱孟子餘。隨從公子重耳流亡在外凡十九年，並助重耳回國即位。以功封原（今河南濟源西北）大夫，幫助文公創建霸業。死於西元前六二二年，諡成季。㉓文朝　指晉文公之朝。文，即晉文公。姓姬，名重耳，獻公子。西元前六三六至前六二八年在位。遭驪姬之亂，出外流亡十九年，得秦穆公之力回國即位。用狐偃、趙衰、賈佗、先軫等為輔。平定周室內亂，迎周襄王復位，救宋破楚，成為霸主。諡文。㉔兼通　謂管仲、隰朋、先軫、趙衰諸人的功與賢兼通。㉕資　憑藉。㉖翼扶　輔助。㉗屈起　勃起。㉘鬻繒　指灌嬰。發達前以販繒為業。鬻，賣。繒，絲織品。㉙盜　當從《後漢書》及《史記．卷九五．樊噲列傳》作「屠」。㉚輕猾　輕佻狡猾。㉛連城之賞　連接起來達數城的賞賜。指韓信、彭越等。㉜阿衡　商代官名。伊尹曾為之。此指丞相之職。㉝勢疑　勢力大而被君所懷疑。㉞蕭　即蕭何。沛（今江蘇沛縣）人。曾為沛縣吏，幫助劉邦起事。劉邦為漢王，任他為丞相。楚漢戰爭中，留守關中，輸送士卒糧餉。劉邦稱帝後，論功第一，封酇侯，任丞相。漢朝之律令制度，多是蕭何制定。死於漢惠帝二年（西元前一九三年）。㉟樊　即樊噲。沛（今江蘇沛縣）人。年輕時以殺狗為業。初隨劉邦起事，以軍功封賢成君。漢初，任左丞相，封舞陽侯。死於漢惠帝六年（西元前一八九年）。㊱縲紲　綑綁犯人的繩索。此指被下獄。蕭何當丞相時，替人民請求上林苑中的空地，被劉邦下獄。樊噲去平定燕王盧綰謀反，有人上告樊噲與呂氏結黨。劉邦派陳平把樊噲抓到了長安。㊲信　即韓信。淮陰（今江蘇清江西南）人。初屬項羽，後歸劉邦，被任為大將。伐魏，舉趙，降燕，破楚，定齊，封為齊王。漢朝建立後，改封楚王。高祖六年（西元前二〇一年），被告謀反，降為淮陰侯。十一年（西元前一九六年）被呂后所殺。㊳越　即彭越。字仲，昌邑（今山東金鄉西北）人。秦末舉兵起事，後歸劉邦。屢立奇功，封為梁王。高祖十一年（西元前一九六年），被告發謀反，滅三族。㊴葅　把人剁為肉醬的酷刑。㊵宰輔　皇帝的輔政大臣。一般指宰相或三公。㊶五世　高祖、惠帝、文帝、景帝、武帝，凡五代。㊷縉紳　插笏於帶中。此官宦裝束，因作官宦的代稱。縉，同「搢」。插。紳，束腰的大帶。㊸世及　世襲。㊹抱關　守門的人。指下級官吏。關，門栓。㊺懷道　懷藏治國之道。㊻委身　棄身。委，放棄。㊼草莽　叢生的雜草。此喻鄉間。㊽前事　指西漢不任賢能、專用功臣。㊾矯枉　糾正不正。㊿寇　即寇恂。字子翼，上谷昌平（今北京昌平）人。世為地方豪強。劉秀占有河內，被任為河內太守。鎮壓綠林軍蘇茂、賈強部。後歷任潁川、汝南太守，封雍奴侯。51鄧　即鄧禹。字仲華，南陽新野（今河南新野南）人。年輕時與劉秀交好。劉秀起兵至河北，禹往助之。鎮壓銅馬及綠林軍王匡、成丹部。劉秀稱帝，官拜大司徒，封酇侯。統一全國後，論功第一，改封高密侯。卒謚元侯。52耿　即耿弇。字伯昭，扶風茂陵（今陝西興平東北）人。更始帝時，率上谷郡兵歸劉秀，從定王郎，擊銅馬、赤眉軍，拜建威大將軍。擊敗張步，平定齊地城陽、琅邪等十二郡，封好時侯。53賈　即賈復。字君文，冠軍（今河南鄧縣西北）人。漢末亂起，復聚眾羽山。後從劉秀，戰常身先士卒，以功封冠軍侯，拜執金吾。建武十三年（西元三七年），改封膠東侯。謚剛侯。54鴻烈　大功。鴻，大。55分土　分封土地。56數四　三、四個。57特進　專授給列侯中功盛德優的，位在三公之下。58朝請　諸侯春季朝見天子叫朝，秋季朝見叫請。漢代對退職大臣，給予奉朝請的名號，使能參加朝會。59導之以法二句　《論語·為政》作「導之以政，齊之以刑」。導，引導。法，法律。齊，整頓。刑，刑罰。60格　取用。61直繩　徑直糾正。62撓情　屈服於情面。63禁典　法律。64厚　大。65舉勞　選用有功之人。勞，功績。66參任　參雜任官。67並列　一同列於朝。68校　考核。69權　權衡。70允答元功　用以報答大功。元，大。71峻文　苛酷嚴細的法律條文。72深憲　重法。73責成　督促完成任務。74建武　光武帝年號。西元二五至五六年。75數公　指鄧禹、李通、賈復。76國議　有關國事的計議。77休咎　善惡。78寬科　寬容的法律。79封祿　封土和俸祿。80功名　功績和聲名。81慶　幸福。82留侯　即張良。字子房，城父（今河南郟縣東）人。秦末之亂時，歸劉邦，成為重要謀士，屢獻良策，多被採納。漢朝建立，因功封留侯。83蕭　指蕭何。84曹　即曹參。沛縣（今江蘇沛縣）人。曾為沛縣獄吏，後從劉邦起事，漢朝建立後，因功封平陽侯，任齊相。惠帝時，繼蕭何為丞相，凡事無所變更，一切遵照蕭何之規定，實行無為而治。(85)故人　舊友。(86)郭伋　字細侯，扶風茂陵（今陝西興平東北）人。西漢末為漁陽都尉，王莽時任并州牧。更始時，為左馮翊。東漢建武中，歷潁川太守、并州牧，深受民眾愛戴。(87)南陽　東漢皇室的家鄉。光武帝為南陽郡人。其轄境約當今河南熊耳山以南葉縣、內鄉間和湖北大洪山以北應山、鄖縣間地。(88)鄭興　字少贛，河南開封（今河南開封）人。光武時徵為太中大夫，上疏告戒光武不可用功臣。為學治《左傳》、《周禮》，為東漢著名經學家。(89)專任　一心信任。(90)偏授　授官偏向某一方。(91)私溺　親近愛幸。(92)被　覆蓋。(93)廣　擴大。(94)永平　漢明帝年號。西元五八至七五年。(95)顯宗　漢明帝的廟號。(96)王常　字顏卿，潁川舞陽（今河南舞陽西）人。王莽末年參加綠林軍，後從更始軍，為廷尉、大將軍，封知命侯。後與劉秀一道取得昆陽大捷。更始敗後，歸劉秀，封山桑侯。屢建戰功，官至橫野大將軍。諡節侯。(97)李通　字次元，南陽宛（今河南南陽）人。與劉秀共起事。更始帝拜為大將軍，封平西王。劉秀即位後，封固始侯，拜大司農，累官至大司空。諡恭侯。(98)竇融　字周公，扶風平陵（今陝西咸陽西北）人。王莽時，任波水將軍。後投降更始，任張掖屬國都尉。更始敗後，割據河西，稱五郡大將軍。後歸劉秀，任涼州牧，因平隗囂功，封安豐侯。官至大司空。諡戴侯。(99)卓茂　字子康，南陽宛（今河南南陽）人。元帝時學於長安，事博士江生，稱為通儒。性格寬仁恭愛。更始任為侍中祭酒。光武即位，拜之為太傅，封褒德侯。(100)本第　本來次序。(101)係　依附。(102)志　記。

【語　譯】評論說：輔佐光武中興的二十八將，前代認為與天上二十八宿相對應，這種說法我還不很清楚。但是他們都能像龍虎跟從風雲一樣相感應而會合，發揚他們的智謀與勇氣，稱為輔佐帝王承受天命，也都是有志向才能的人。評論的人多責難光武帝不用功臣擔任職務，致使有英俊風姿和豐功偉績的人，被放棄而不受重用。但推究光武帝深入謀畫長遠思慮的根源，本來是有目的這樣做的。至於說周天子衰落以後王道不再實行，下至春秋霸道行世時期，還能夠憑著每個人可用之處而授予官職，有功之臣與有才之人都加以敘用，像管仲、隰朋在齊桓公時輪流晉升，先軫、趙衰一同排列在晉文公之朝，他們可以說是功與賢兼具了。從秦、漢以下，世代多注重戰鬥之力，至於輔助帝王的臣屬，也都是武人出身。其中也有買賣絲織品、殺狗出賣以及輕佻狡猾之人，朝廷對他們有的給予多達數城的賞賜，有的使擔任丞相的職務。久而久之，他們龐大的勢力就易被君主所懷疑，那麼紛爭就產生了；力量與皇帝相等，那麼禍亂就起來了。蕭何、樊噲況且還被綑綁下獄，韓信、彭越最後被殺戮而剁成肉醬，不是這樣嗎！從此以下，到漢武帝時，這五代的輔政大臣，沒有不是公侯的。於是使得擔任官吏的途徑堵塞，賢良有才能之人被壓制，朝廷之人都有世襲的私心，下面多有不能得志的怨氣。那些懷藏治國之道而沒有聲名，卻棄身於鄉間的人，又怎麼能夠講得完呢！所以光武帝鑒於西漢不任賢能、專用功臣的過失，胸存著糾正不當風氣的志向，即使像寇恂、鄧禹那樣的高勳，耿弇、賈復那樣的大功，分封土地也不超過三、四個大縣，所增加的只是特進、朝請這一類頭銜罷了。觀察光武帝治國平天下、處理政事，考核官吏職司、處罰罪過，或許就是所說的「用法律來引導人民，用刑罰來整頓人民」吧！如果任用功臣，對於國政損傷就太厲害了。為什麼呢？因為若徑直依法懲處他們的過失就會破壞恩情舊誼；若屈服於情面就會違背敗壞法律；選拔有德的人，那麼功勞就不一定大；選用有功之人，那麼人或許不賢良；參雜任用，那麼就難以滿足眾人之心；功臣一同列於朝，那麼它的弊害就不遠了。不得不考核他們是否勝任，就要根據具體行事來權衡。所以豐厚的俸祿和隆重的禮儀，用以報答大功之人；苛酷嚴厲的法律，督促官吏以完成其職事。光武帝一朝，封侯的有一百多，至於鄧禹、李通、賈復幾位，就參與有關國事的計議，平均分擔政事善惡的後果，其餘的都優待以寬容的法律，保全他們的封土和俸祿，因此他們沒有不保持功名而終其一生，並使後代享受福蔭的。從前張良認為漢高祖全部任用蕭何、曹參那樣的舊友，郭伋也議論南陽多有顯貴的人，鄭興又警告光武帝不要一心信任功臣。崇尚恩情而授官偏心，容易開啟親近愛幸之人的過失；大公無私同樣照顧，一定可以擴大招求賢者的道路，難道不是這樣嗎？永平年間，漢明帝追思前代的功臣，就把二十八將的容貌繪在南宮的雲臺上，此外又有王常、李通、竇融、卓茂四人，合計三十二人。特地依照本來次第，附在篇末，用來記功臣的次序。

宦者傳論

【作　者】范曄，見頁二四六二。

【題　解】本文是《後漢書・卷七八・宦者列傳》正文前的序論。宦者，即宦官，也叫寺人、奄人、中官等，唐以後也叫太監，是宮廷內侍奉皇帝及其家族的官員。他們本是內廷官，不應干預政事，但因他們經常和皇帝接近，易得皇帝寵信，不少朝代都發生過宦官專政的事實。東漢後期，宦官和外戚交替把持國家政權，皇帝成為傀儡。范氏根據這種情況，把一些有權有勢，在政治上占有一定地位的宦官單獨編為〈宦者列傳〉，這是范氏的首創。他在本文中分析了宦官得寵的原因，敘述了宦官勢力囂張的始末，指責了他們橫暴、奢侈、貪婪及胡作非為的罪行。並指出宦官勢力從中央延伸到地方，對東漢政治造成了嚴重的影響，成為東漢王室覆亡的主要原因之一。

《易》[1]曰：「天垂象[2]，聖人則[3]之。」宦者四星[4]，在皇位[5]之側。故《周禮》置官[6]，亦備其數[7]。閽者[8]守[9]中門[10]之禁，寺人[11]掌女宮[12]之戒[13]。又云：「王之正內者五人[14]。」〈月令〉[15]：「仲冬[16]，命[17]閹尹[18]審[19]門閭[20]，謹房室。」《詩》[21]之〈小雅〉[22]，亦有〈巷伯〉[23]刺讒[24]之篇。然宦人之在王朝[25]者，其來舊[26]矣。將以[27]其體非全氣[28]，情志[29]專良[30]，通關[31]中人[32]，易以役養[33]乎？然而後世因[34]之，才任[35]稍廣。其能[36]者，則勃貂[37]、管蘇[38]有功於楚、晉，景監[39]、繆賢[40]著庸[41]於秦、趙。及其弊也，則豎刁[42]亂齊，伊戾[43]禍宋。

【章　旨】此章言周代宦官的設置及其職責，並指出若用其能，可使有功於國；也有信用而產生弊端的，則可亂政禍國。

【注釋】❶易 《周易》的簡稱。❷垂象 顯示徵兆。❸則 效法。❹宦者四星 位在帝座星的西南，代表宦官。❺皇位 指帝座星。位於天市垣，候星西部，今屬武仙座。❻置官 設置宦官。❼備其數 《周禮・天官冢宰》記載設奄上士四人，王宮每門閽人四人。備，全。數，指像天上宦者四星一樣的數目。❽閽者 看門人。❾守 掌管。❿中門 外門與內門之間的門。⓫寺人 宦官。⓬女宮 因罪或受牽連而沒入宮中服役的女宮人。⓭戒 戒令。⓮王之正內者五人 《周禮・天官冢宰》文。正內，正寢。⓯月令 《禮記》篇名。相傳為周公所作，其實是秦漢間人抄合《呂氏春秋》十二月紀的首章而成。記述每年夏曆十二個月的時令及其相關事物。⓰仲冬 夏曆十一月。⓱命 原無，據《禮記・月令》、《後漢書》、《文選》五臣注本補。⓲閹尹 主管閹人的官。⓳審 審察。⓴閭 里門。㉑詩 指《詩經》。先秦稱為《詩》，漢時列為「五經」之一，始稱《詩經》，是我國最早的詩歌總集。共收自西周初至春秋中期的詩歌三百十一篇，其中六篇有目無詩，實存三百零五篇。漢時有齊、魯、韓、毛四家，今所存者唯《毛詩》。㉒小雅 《詩經》的組成部分之一，共七十四篇。大部分是西周後期和東周初期貴族宴會的樂歌，小部分是批評朝政、抒發怨憤的民間歌謠。㉓巷伯 《詩經・小雅》篇名，寺人孟子被讒言中傷，故作此詩。巷伯，宦官。㉔刺讒 指責讒人。㉕王朝 朝廷。㉖舊 久。㉗將以 或者因為。㉘體非全氣 身體不是完整無缺的。因宦官的生殖機能已被除去。㉙情志 感情志趣。㉚專良 專一馴良。㉛通關 來往接觸。通，交通。關，關涉。㉜中人 皇宮中的人。㉝役養 驅使；使喚。㉞因 因襲。㉟才任 論才和任職。㊱能 有能力。㊲勃貂 也叫勃鞮、履鞮。即寺人披，春秋時晉國宦官。獻公時，遭驪姬之亂，公子重耳出逃，他奉命追殺，未遂。後又奉惠公之命謀殺重耳，又未成功。重耳回國為君後，他向文公密告呂甥和郤芮將焚燒文公宮室的消息，使文公幸免於難。後來又向文公推薦趙衰擔任原守。㊳管蘇 楚共王時宦官，常常以道義進諫楚王。事詳《新序・雜事一》。㊴景監 楚國人，入秦為宦官，深受秦孝公寵信。向孝公推薦公孫鞅（即商鞅），使鞅為孝公所重用，實行變法，秦國因而富強。㊵繆賢 戰國時趙國宦官。惠文王時，得和氏璧，秦言願以十五城換璧。這時秦強趙弱，趙王左右為難，繆賢向趙王推薦藺相如出使秦國，最後終得以完璧歸趙。㊶庸 功勞。㊷豎刁 春秋時齊國宦官。齊桓公死後，他與易牙殺群吏，立公子無虧，造成政局混亂。㊸伊戾 春秋時宋國宦官。向宋平公誣陷太子與楚國勾結作亂，平公因而殺太子。後事敗，被平公烹死。

【語譯】《周易》說：「上天顯示徵兆，聖人就效法它。」四顆宦者星，位在帝座星的旁邊。所以《周禮》

設置宦官，也具備這個數目。看門人掌管中門的禁衛，宦官掌管女宮的戒令。《周禮》又說：「天子的正寢內設置五人。」〈月令〉上說：「十一月，命令主管宦官的官，審察門戶的出入，謹慎房室的開閉。」《詩經》中的〈小雅〉，也有〈巷伯〉指責讒人的詩篇。這樣說來宦官存在於朝廷之中，可謂由來已久了。或者因為他們的身體有缺陷，所以感情志趣專一馴良，能和皇宮中人來往接觸，容易使喚吧？但是後代因襲這種制度，根據才能授予的職務範圍逐漸擴大。其中有能力的，則有對楚國和晉國有功的管蘇和勃貂，在秦國和趙國顯露功勞的景監和繆賢。至於產生弊端的，則有豎刁攪亂齊國，伊戾禍害宋國。

漢興，仍❶襲❷秦制，置中常侍❸官。然亦引用❹士人，以參其選，皆銀璫❺左貂❻，給事❼殿❽省❾。及高后❿稱制⓫，乃以張卿⓬為大謁者⓭，出入臥內⓮，受宣⓯詔令⓰。文帝時，有趙談⓱、北宮伯子⓲，頗見親倖⓳。至於孝武，亦愛李延年⓴。帝數宴後庭㉑，或潛遊㉒離館㉓，故請㉔奏機事㉕，多以宦人主之。元帝之世，史游㉖為黃門令㉗，勤心㉘納忠㉙，有所補益。其後弘恭㉚、石顯㉛以佞㉜險自進，卒有蕭、周之禍㉝，損㉞穢㉟帝德焉。

【章旨】此章言西漢諸帝寵任宦官事。

【注釋】❶仍　因襲。❷襲　繼承。❸中常侍　官名。秦始設置，掌出入宮廷，侍從皇帝，或用宦官，或用士人兼任。❹引用　招致使用。❺銀璫　銀製的璫。璫，武官的冠飾。❻左貂　在冠的左面裝飾貂尾。❼給事　供事。❽殿　指朝廷。❾省　省中。即禁中。❿高后　即呂后。名雉，字娥姁，劉邦皇后，單父（今山東單縣）人。其子惠帝即位後，掌握實際政權。惠帝死後，臨朝聽政達八年之久，分封諸呂，排斥劉邦舊臣。西元前一八〇年去世，周勃、陳平平定諸呂，迎立文帝。⑪稱制　行使皇帝權力。制，即制書。天子的命令。⑫張卿　呂氏時宦官，名澤（一作「釋」），亦稱張子卿、張釋卿。頗受呂后寵幸，任大謁者、宦者令。高后七年（西元前一八一年），示意大臣請封諸呂為王，以諂媚呂后。次年，封建陵侯。文帝繼位，廢除其侯爵。⑬大謁者　謁者的長官，掌賓贊傳達等事。⑭臥內　寢室。⑮宣　宣諭。⑯詔令　詔書誥令。⑰趙談　宦官，很受文帝寵信，常出入同車。⑱北宮伯子　宦官，深受文帝寵幸。⑲親倖　寵幸。⑳李延年　中山（今河北定縣）人，李廣利弟，宦官。因其妹李夫人受武帝寵愛而官侍中。擅長歌舞，又善創造新聲，官至協律都尉。㉑後庭　後宮。㉒潛遊　暗中遊處。㉓離館　皇帝正式宮殿之外的宮室。㉔請　謁見。㉕機事　機密的事情。㉖史游　宦官，元帝時擔任黃門令，著有《急就章》。㉗黃門令　宦官擔任，主管禁門內之事。黃門，凡禁門皆漆成黃色，故稱。㉘勤心　勞其心力。㉙納忠　貢獻忠誠。㉚弘恭　沛（今江蘇沛縣）人。年輕時因犯法被處宮刑而入宮為中黃門。宣帝時為中書令。元帝時，與石顯並受寵信，權傾一時。㉛石顯　字君房，濟南（今山東濟南一帶）人。宣帝時為中書僕射，元帝時代石顯為中書令。為人陰險，多傷害人。成帝時遷長信中太僕。後免官歸鄉，病死途中。㉜佞　花言巧語。㉝蕭周之禍　弘恭、石顯專權，蕭望之與周堪上奏，要求元帝取消中書宦官之職，不要親近宦官。弘、石因而進讒陷害，結果，望之自殺，周堪免官。蕭，即蕭望之。周，即周堪。字少卿，文安（今河北文安）人。元帝時官光祿大夫，與蕭望之同領尚書事。㉞損　減少。㉟穢　汙穢。

【語　譯】漢朝建立，因襲秦朝制度，設置中常侍這個官職。但是也引用士人，用來參與其中人選，他們都在冠上裝飾銀璫，左邊插上貂尾，在朝廷及禁中供事。等到呂后臨朝聽政，就用張卿做大謁者，出入君主寢室，接受並宣諭詔書誥令。漢文帝時，宦官有趙談、北宮伯子，很被文帝寵幸。到了武帝時，也喜愛李延年。武帝多次在後宮宴集，或者暗中遊處別宮，所以謁見及上奏機密事情，多用宦官掌管。元帝一朝，史游做黃門令，盡心竭力貢獻忠誠，對朝廷有所助益。這以後弘恭、石顯憑花言巧語及陰險之心自謀高位，終於有蕭望之與周堪受害之事，以致損害汙穢元帝的德行。

中興❶之初，宦官悉用閹人❷，不復雜調❸他士。至永平❹中，始置員數❺，中常侍四人，小黃門⑥十人。和帝⑦即祚⑧幼弱⑨，而竇憲⑩兄弟專總⑪權威⑫，內外⑬臣僚，莫由親接⑭，所與居者，唯閹官⑮而已。故鄭眾⑯得專謀禁中⑰，終除大憝⑱，遂享分土⑲之封，超登⑳宮卿㉑之位，於是中官㉒始盛焉。自明帝以後，迄乎延平㉓，委用漸大，而其資㉔稍增，中常侍至有十人，小黃門亦㉕二十人，改以金璫右貂，兼領卿署㉖之職。鄧后㉗以女主臨政，而萬機㉘殷遠㉙，朝臣圖議㉚，無由參斷㉛帷幄㉜，稱制下令，不出房闈㉝之間，不得不委用刑人㉞，寄之國命㉟。手握王爵㊱，口含天憲㊲，非復掖庭㊳永巷㊴之職，閨牖房闈之任也。其後孫程㊵定立順㊶之功，曹騰㊷參建桓㊸之策，續以五侯㊹合謀，梁冀㊺受鉞㊻，迹因㊼公正，恩固主心。故中外服從，上下屏氣㊽。或稱伊㊾、霍㊿之動，無謝(51)於往載(52)；或謂良(53)、平(54)之畫，復興於當今。雖時有忠公(55)，而競(56)見排斥。舉動迴(57)山海，呼吸變(58)霜露。阿旨(59)曲求(60)，則寵光(61)三族(62)；直情(63)忤意，則參夷(64)五宗(65)。漢之綱紀(66)大亂矣！

【章　旨】此章言東漢自明帝以後，宦官勢力漸大，至於誅殺大臣，擁立幼主，控制國政，震懾百官。

【注　釋】❶中興　王莽篡漢，西漢滅亡。劉秀重建東漢政權，故稱。❷閹人　被割去生殖器的男人。❸雜調　錯雜選任。❹永平　漢明帝年號。西元五八至七五年。❺員數　人員數目。❻小黃門　宦官的一種官職。❼和帝　名肇，章帝第四子。

即位時年僅十歲，由其母竇太后臨朝執政。在位十七年，西元一〇五年去世，諡和，廟號穆宗。❽即祚　即位。即，就。祚，皇位。❾幼弱　年小無力。和帝即位時年十歲。❿竇憲　字伯度，扶風平陵（今陝西咸陽西北）人。和帝母竇太后之兄。太后臨朝，官侍中，操縱朝政。不久，遷車騎將軍。永元元年（西元八九年），率兵大破匈奴，勒銘燕然山，因拜大將軍，獨攬大權。永元四年（西元九二年），和帝與宦官鄭眾合謀，逼令自殺。⓫專揔　專擅統管。揔，同「總」。統管。⓬權威　權力威勢。⓭內外　指朝內朝外。⓮親接　親自接觸。⓯閹官　指宦官。官，當從《後漢書》作「宦」。⓰鄭眾　字季產，南陽犨（今河南魯山）人。章帝時，為中常侍。和帝時竇憲當權，他與和帝合謀誅滅憲，因功任大長秋，封鄛鄉侯，參與政事。東漢宦官專政從此開始。⓱禁中　皇宮之內。因門戶有禁，常人不能入內，故稱。⓲大憝　大惡。指竇憲。憝，奸惡。⓳分土　分封土地。指封侯。⓴超登　越級升遷。㉑宮卿　即大長秋。為皇后近侍，管理宮中事宜。㉒中官　指宦官。㉓延平　漢殤帝年號。僅一年。西元一〇六年。㉔資　當從《後漢書》作「員」。㉕亦　據《文選考異》，此為衍文。㉖卿署　指九卿的職司。㉗鄧后　名綏，南陽新野（今河南新野南）人，和帝皇后。和帝死後，先後立殤帝、安帝，臨朝執政。建光元年（西元一二一年）病死，諡熹。㉘萬機　指帝王日常紛繁的政務。㉙殷遠　深遠。殷，深。㉚圖議　有關國事的計議。圖，當從《文選考異》作「國」。㉛參斷　參議決斷。㉜帷幄　帳幕。此指深宮內苑中。㉝闈　宮中小門。㉞刑人　指宦官。因宦官都是受過宮刑的人。㉟國命　國家的命脈。㊱王爵　朝廷的爵位。㊲天憲　帝王法令。㊳掖庭　宮中旁舍。妃嬪居住的地方。㊴永巷　宮中妃嬪居住的地方。漢武帝時改名為掖庭。㊵孫程　字稚卿，涿郡新城（今河北徐水）人。安帝時為中黃門。安帝死後，閻后立北鄉侯劉懿。懿死，孫程與中黃門王康等十八人擁立濟陰王，是為順帝，消滅閻氏勢力。因功封浮陽侯，任騎都尉。㊶順　即順帝。名保，安帝長子。永寧初立為皇太子，延光中廢為濟陰王。後被孫程等擁立為帝，在位十九年（西元一二六至一四四年），諡順，廟號敬宗。㊷曹騰　字季興，沛國譙（今安徽亳縣）人。曹操祖父。順帝時為中常侍。後因立桓帝有功，封費亭侯，任大長秋。魏明帝時追尊為高皇帝。㊸桓　即桓帝。名志，章帝曾孫。質帝死，被迎立為帝。在位二十一年（西元一四七至一六七年），諡桓，廟號威宗。㊹五侯　桓帝時，大將軍梁冀專權驕橫，桓帝與宦官單超、徐璜、具瑗、左悺、唐衡五人共定議誅殺梁冀，五人同日封侯。單為新豐侯，徐為武原侯，具為東武侯，悺為上蔡侯，唐為汝陽侯，世稱五侯。㊺梁冀　字伯卓，安定烏氏（今甘肅平涼西北）人。兩妹為順帝、桓帝皇后。繼父梁商為大將軍。順帝死後，與其妹梁太后先後立沖、質、桓三帝，專斷朝政二十幾年，驕橫不法。延熹二年（西元一五九年），桓帝與宦官單超等合謀，派兵捕之，冀自殺。㊻受鉞　被殺。鉞，一種兵器。用於斫殺，形狀如大斧，有穿以長柄。㊼因　沿襲。㊽屏氣　抑制呼吸，不敢出氣。形容恭謹畏懼的樣子。㊾伊　指伊尹。㊿霍　指霍光。51謝　不如。52往載　往年。載，年。53良　指張良。54平即陳平。陽武（今河南原陽東南）人。秦末大亂，從項羽，任都尉。後歸劉邦，任護軍中尉，屢出奇計。漢建立，封曲逆侯。惠帝時為左丞相，呂后降為右丞相。後與周勃合議，誅滅諸呂，迎立代王劉恆，是為文帝，任丞相。死於文帝前元二年（西元前一七八年）。55忠公　忠貞之人。56競　通「竟」。終於。57迴　運轉。58變　變化。59阿旨　附和宦官的意旨。阿，迎合。60曲求　曲意求榮。61光　榮耀。62三族　指父族、母族、妻族。63直情　任憑自己的意志。64參夷　據說是商鞅所造連坐之法，為誅滅三族。此即連坐誅滅的意思。65五宗　指曾祖、祖父、父親、自己、兒子、孫子、玄孫這些五服內的親人。66綱紀　國家法紀。

【語　譯】光武帝時期，宦官全部用閹人，不再錯雜選任其他的人。到永平年間，才設置人員數目，中常侍四人，小黃門十人。和帝年幼即位，因而竇憲兄弟專斷掌握大權，朝廷內外的群臣百官，皇帝沒有機會親自接觸，能夠在一起的人，只有宦官罷了。所以鄭眾能在皇宮之內專營謀劃，終於除去大惡之人，於是就享受封侯之賞，越級升遷為大長秋的位置，在這時候宦官之權開始興盛了。從明帝以後，到延平年間，宦官被任用的職權逐漸擴大，而且人員也漸漸增多，中常侍達到十人，小黃門二十人，裝飾改銀璫為金璫，貂尾插到冠的右邊，兼任九卿的職務。鄧后以女主身份主持政事，國家政事因而深遠難明，朝廷大臣計議國事，沒有機會在深宮內苑之中參議決斷，太后行使權力下達詔令，不出後宮之門，於是不得不任用宦官，把國家的命脈委託給他們。從此宦官們手裡掌握著朝廷爵位，嘴裡發布著帝王法令，擔任的不再是原來掖庭、永巷中的職務，內室後房的職責了。這以後孫程確定了擁立順帝的功勞，曹騰參與了策立桓帝的計謀，接著單超等五侯合夥計議，梁冀被殺。他們的做法符合於公正，對他們的恩寵也牢牢存在皇帝心中。所以中央與地方都順服遵從，上下官吏屏氣靜息。有的稱揚他們有伊尹、霍光的功績，比前代毫不遜色的；有的認為張良、陳平的謀劃，又在當今出現。雖然有時有一些忠貞之人，但終於被排除斥逐。他們的一舉一動可以運轉山和海；一呼一吸可以變化為霜和露。附和其意旨、曲意求榮的人，就能恩寵榮耀三族；任憑自己情感而違逆其意志的人，就連同五服之內的親人也遭到誅滅。於是漢朝的國家法紀大亂了！

若夫高冠[1]長劍，紆朱[2]懷金[3]者，布滿宮闈[4]；苴茅[5]分虎[6]，南面[7]臣民[8]者，蓋以十數。府署第[9]館，棊列[10]於都鄙[11]；子弟支附[12]，過半於州國[13]。南金[14]和寶[15]冰紈[16]霧縠[17]之積，盈牣[18]珍藏[19]；嬙媛[20]侍兒歌童舞女之玩[21]，充備[22]綺室[23]。狗馬飾雕文[24]，土木[25]被緹繡[26]。皆剝割[27]萌黎[28]，競恣[29]奢欲，構害[30]明賢，專樹[31]黨類。其有更相援引[32]，希附權彊[33]者，皆腐[34]身熏[35]子，以自銜達[36]。同弊相濟[37]，故其徒有繁[38]。敗國蠹政[39]之事，不可殫書。所以海內嗟毒[40]，志士窮棲[41]，寇劇[42]緣間[43]，搖亂[44]區夏[45]。雖忠良懷憤，時或奮發，而言出禍從[46]，旋見孥戮[47]。因復大考[48]鉤黨[49]，轉相誣染[50]，凡稱善士[51]，莫不罹被[52]災毒[53]。竇武[54]、何進[55]，位崇[56]戚近[57]，乘[58]九服[59]之囂怨[60]，協[61]群英之勢力，而以疑留[62]不斷[63]，至於殄敗[64]。斯亦運[65]之極[66]乎？雖袁紹[67]龔行[68]，芟夷[69]無餘，然以暴易亂，亦何云及[70]！自曹騰說梁冀，竟立昏弱[71]；魏武[72]因之，遂遷龜鼎[73]。所謂「君以此始，必以此終[74]」，信乎其然矣！

【章　旨】此章言宦官在政治上專擅朝政，排斥異己；生活上奢侈腐化，窮極靡麗，終於導致了東漢的滅亡。

【注　釋】[1]高冠　高帽。[2]紆朱　繫朱紱。紆，繫。朱，指朱紱。繫印章的紅色絲帶。[3]金　指金印。[4]宮闈　宮門。闈，宮中小門。[5]苴茅　用白茅包土。古代帝王分封諸侯的一種儀式。[6]分虎　即剖符。虎，指做成虎形的符。古代用符作為憑信之具，以金、玉、銅、竹或木等做成，分成兩半。朝廷派遣外官，雙方各執一半。有事遣使帶了半符去，兩半相合，以驗真偽。[7]南面　君主朝見臣子，或上司召見下屬時，都面向南方而坐，以示尊貴。[8]臣民　役使百姓。臣，役使。[9]第　房屋。[10]棊列　像棋子一樣布列。棊，同「棋」。原文作「基」，據《文選考異》改。[11]都鄙　京城和郊野。鄙，京都以外的地區。[12]支附　宗族親屬。[13]州國　皆地方行政單位。國，諸侯封國。[14]南金　南方所產的金。荊州、揚州一帶為產金之所。[15]和寶　春秋時楚人卞和所得的寶玉。此代指名貴的寶玉。[16]冰紈　細潔雪白如冰的絲織品。紈，輕細的熟絹。[17]霧縠　如薄霧的輕紗。縠，比紗細密的一種絲織品。[18]牣　通作「仞」。充滿。[19]珍藏　指寶庫。[20]嬙媛　宮女。嬙，宮庭內的女官。媛，美女。[21]玩　供玩賞之人。[22]充備　猶充滿。備，全。[23]綺室　裝飾華麗的房室。[24]雕文　繪有文采的飾物。[25]土木　土牆木屋。[26]緹繡　橘紅色的刺繡織物。[27]剝割　剝削宰割。[28]萌黎　百姓。萌，通「氓」。民眾。黎，眾。[29]競恣　爭相放縱。[30]搆害　設計迫害。[31]專樹　一心樹立。[32]援引　擢拔拉攏。[33]權彊　權勢威力。[34]腐　指宮刑。[35]熏　指閹割。宮刑後必定熏合。[36]衒達　自薦求顯達。[37]相濟　互相救助。[38]有繁　猶眾多。有，詞頭。[39]蠹政　敗壞國政。[40]嗟毒　慨歎怨恨。[41]窮棲　謂深隱於山野。[42]劇　指劇賊。勢力強大的盜賊。[43]緣間　乘間隙而起事。[44]搖亂　擾亂。[45]區夏　猶中國。區，區域。夏，華夏。[46]從　跟從。[47]孥戮　沒為奴婢或處以死刑。孥，通「奴」。[48]考　捶擊。[49]鉤黨　相牽引為同黨。[50]誣染　誣陷牽連。[51]善士　品行高尚的人。[52]罹被　遭遇。[53]毒　傷害。[54]竇武　字游平，扶風平陵（今陝西咸陽西北）人。其女為桓帝皇后。桓帝死，他擁立靈帝，任大將軍，封聞喜侯。後與陳蕃謀誅宦官曹節等，事洩，兵敗自殺。[55]何進　字遂高，南陽宛縣（今河南南陽）人。其妹為靈帝皇后，任大將軍。靈帝死後，擁立少帝，專斷朝政。後與袁紹等謀誅宦官，事洩被殺。[56]位崇　指官位高。[57]戚近　指親戚關係近。[58]乘　趁機會。[59]九服　指全國。天子所住京都以外的地方按遠近分為侯服、甸服、男服、采服、衛服、蠻服、夷服、鎮服、藩服。自王朝直接管轄的王畿千里之外，每五百里為一服。[60]囂怨　眾口怨恨。[61]協　和合。[62]疑留　遲疑逗留。[63]斷　決斷。[64]殄敗　敗滅。殄，滅絕。[65]運　氣數。[66]極　盡頭。[67]袁紹　字本初，汝南汝陽（今河南商水西南）人。初為司隸校尉。何進謀誅宦官被害，他進京殺盡諸宦官。董卓進京專朝政，他出奔冀州，起兵討卓。卓死後，他陸續占據冀、青、幽、并四州。建安五年（西元二〇〇年）在官渡（今河南中牟東北）為曹操所敗，不久病死。[68]龔行　奉行上天的懲罰。語本《尚書・甘誓》：「今予惟恭行天之罰。」龔，通「恭」。[69]芟夷　削除。芟，刪除。夷，削平。[70]及　指及於政道。[71]昏弱　糊塗軟弱。指桓帝。[72]魏武　指曹操。魏國建立後，追謚為武帝。

❼❸龜鼎　指帝位。龜，大龜。可以占卜，為國寶。鼎，九鼎。夏朝所鑄，商、周滅前朝後，都把鼎搬到自己的新都。❼❹君以此始二句　語出《左傳・宣公十二年》。此處之意謂：漢桓帝因曹騰而得君位，傳至獻帝，君位被曹氏奪去。曹操是曹嵩之子，曹嵩是曹騰的養子。

【語　譯】至於頭戴高帽、腰佩長劍，繫朱紱、懷金印的人，布滿宮門；封侯拜官，面向南坐、役使百姓的人，大概數以十計。官署房舍，像棋子一樣布列在京城和郊野；宗族親屬，佔據了天下州郡、封國一半多的官職。南方所產的金、和氏璧及細潔雪白如冰的絲織品、薄霧般的輕紗等存物，充滿寶庫；宮女、婢女及歌女、舞女這些供玩賞之人，塞滿了裝飾華麗的房室。狗與馬身上都裝配了繪有文采的飾物，牆與柱都披上了橘紅色的刺繡織物。他們都剝削宰割百姓，爭相放縱奢侈的欲望，設計迫害明達賢良之人，一心樹立同黨。其中有互相擢拔拉攏，希望依附權勢威力的人，都閹割自身或熏腐兒子，用來自薦以求顯達。同惡之人互相救助，所以他們的徒眾眾多。敗壞國家毀廢國政的事情，不可能全部書寫下來。因而天下之人慨歎怨恨，有遠大志向的人深隱於山野，寇盜劇賊乘機而起事，擾亂中國。雖然忠良之人心懷憤恨，有時激勵振作，但是言一出口，禍就跟隨而來，不久即被沒為奴婢或處以死刑。因而又大肆捶擊那些被指為互有關係的同黨，輾轉誣陷牽連，凡是稱為品行高尚的人，沒有不遭受禍害和傷害的。竇武與何進，官位高而且與皇帝親戚關係近，趁全國眾口怨恨的機會，和合眾英雄的勢力，但是因為遲疑逗留而沒有決斷，以至於敗滅。這也是氣數到了盡頭吧？雖然袁紹奉行上天的懲罰，把宦官削除無餘，但是用殘暴代替昏亂，這怎能說是合於政道呢！自從曹騰勸說梁冀，終於擁立了糊塗軟弱的桓帝；曹操因襲曹騰，從此曹氏得到了帝位。古書所說的「君位從此開始，一定從此結束」，確實是這樣的！

逸民傳論

【作　者】范曄，見頁二四六二。

【題解】本文是《後漢書・卷八三・逸民列傳》的序論。逸民，是指那些為保節全志而隱居避世的人。由於王莽亂漢、群雄爭戰以及光武帝對逸民高爵重禮的厚聘，造成東漢一代避世隱居成為風尚。范曄為此特立〈逸民列傳〉，收錄了較有影響的一十八人。他在此文中熱情讚揚了古代隱士的高潔品格，又充分肯定了光武帝禮重隱士，使天下歸心的政治方略。

《易》稱「〈遯〉之時義大矣哉❶」。又曰：「不事王侯，高尚其事❷。」是以堯稱則天❸，而不屈潁陽之高❹；武❺盡美矣，終全孤竹❻之絜❼。自茲以降，風流❽彌繁，長往之軌❾未殊，而感致❿之數⓫匪一。或隱居以求其志，或迴避⓬以全⓭其道，或靜己以鎮其躁，或去危以圖其安，或垢俗⓮以動其槩⓯，或疵物⓰以激⓱其清⓲。然觀其甘心⓳畎畝⓴之中，憔悴㉑江海㉒之上，豈必親㉓魚鳥樂㉔林草哉？亦云介性㉕所至而已。故蒙恥之賓，屢黜不去其國㉖；蹈海之節，千乘莫移其情㉗。適㉘使矯易去就㉙，則不能相為矣。彼雖硜硜㉚有類沽名㉛者，然而蟬蛻㉜囂埃㉝之中，自致寰區㉞之外，異夫飾智巧以逐浮利者乎！荀卿㉟有言曰，「志意修則驕富貴，道義重則輕王公㊱」也。漢室中微㊲，王莽㊳篡位，士之蘊藉㊴義憤㊵甚矣。是時裂冠毀冕㊶，相攜持㊷而去之㊸者，蓋不可勝數。揚雄㊹曰：「鴻飛冥冥，弋人何篡焉㊺？」言其違患㊻之遠也。光武㊼側席㊽幽人㊾，求之若不及，旌帛[50]蒲車[51]之所徵賁[52]，相望於巖中[53]矣。若薛方[54]、逢萌[55]聘而不肯至，嚴光[56]、周黨[57]、王霸[58]至而不能屈。群方[59]咸遂[60]，志士懷仁[61]，斯固所謂「舉逸人則天下歸心[62]」者乎！肅宗[63]亦禮鄭均[64]而徵高鳳[65]，以成其節。自後帝德[66]稍衰，邪孽[67]當朝，處子[68]耿介，羞[69]與卿相等列[70]，至乃抗憤[71]而不顧，多失其中行[72]焉。蓋錄其絕塵[73]不及[74]，同夫作者[75]，列之此篇。

【注釋】[1]遯之時義大矣哉　《周易・遯卦》之彖辭。遯，逃。時義，當時的意義。[2]不事王侯二句　《周易・蠱卦・上九》文。事，侍奉。高尚，崇高。事，指隱居避世。[3]則天　效法上天。[4]潁陽之高　指許由和巢父。據皇甫謐《高士傳》，堯要把天下讓給許由，許由逃到潁水之陽。堯又想讓他為九州長，許由認為玷汙了他的耳朵，就到潁水旁去洗耳朵。正好巢父牽牛來飲水，問知緣故，認為許由隱居不深，被人找到，乃是有意沽名釣譽。因而把牛牽到上游飲水，不願飲許由洗過耳的髒水。高，指高尚的節氣。[5]武　指周武王。[6]孤竹　指伯夷、叔齊。他們是孤竹國君的兩個兒子，周武王伐紂滅殷，他們義不食周粟，餓死在首陽山。[7]絜　同「潔」。高潔。[8]風流　風氣流行。[9]長往之軌　指隱居之道。語本潘岳〈西征賦〉：「悟山潛之逸士，卓長往而不反。」長，永遠。往，去。軌，跡。[10]感致　有所感而達到。[11]數　方式。[12]迴避　躲避。[13]全　保全。[14]垢俗　以世俗為汙穢。[15]槩　同「概」。節操。[16]疵物　非議世間的事物。[17]激　激發。[18]清　高潔。[19]甘心　情願。[20]甽畝　田地。甽，田間水溝。畝，田埂。[21]憔悴　折磨困苦。[22]江海　指四方各地。[23]親　接近。[24]樂　喜歡。[25]介性　耿介的性格。[26]蒙恥之賓二句　春秋時魯國人柳下惠做典獄官，多次被撤職，但他就是不離開魯國。事詳《論語・微子》。蒙恥，受恥辱。屢，多次。黜，廢退。去，離開。[27]蹈海之節二句　戰國時，秦圍趙國都城邯鄲，魏派新垣衍遊說趙國，請尊秦王為帝，以換取秦的退兵。這時齊人魯仲連正在趙國，他駁斥了新垣衍的說法，並宣稱，如果秦王稱帝，他就跳東海自殺，決不做秦的臣子。在趙魏聯軍擊退秦軍後，平原君要封賞魯仲連，他不受而去。事詳《史記・卷八三・魯仲連列傳》。節，節操。千乘，指有兵車千乘的封國。一車四馬為一乘。情，此隱居之情。[28]適　如果。[29]矯易去就　改易魯仲連之去與柳下惠之留。矯易，改易。去，指魯仲連之離開。就，指柳下惠之留。㉚硜硜　固執。㉛沽名　獵取名譽。㉜蟬蛻　像蟬蛻殼一樣。比喻解脫。㉝囂埃　喧鬧多塵埃。比喻世俗。㉞寰區　指國家全境。㉟荀卿　即荀子。名況，時人尊而稱為荀卿。漢時避宣帝劉詢諱，改稱孫卿。戰國時趙國人。曾三為齊稷下學宮祭酒。後至楚國，春申君用為蘭陵令。西元前二三八年春申君死去後，他著書終老於蘭陵（今山東蒼山蘭陵鎮）。著作有《荀子》三十二篇。㊱志意修則驕富貴二句　《荀子．修身》文。志意，猶意志。修，整飭。驕，輕慢。輕，輕視。㊲中微　中道衰微。㊳王莽　字巨君，元城（今河北大名東）人。漢元帝皇后之姪。年輕時貧困，刻苦讀書，結交名士，甚有聲譽。成帝時，封新都侯。平帝繼位，以為大司馬，進封安國公。元始五年（西元五年）毒死平帝。次年立年僅二歲的劉嬰，自稱攝皇帝。初始元年（西元八年）稱帝，改國號為新。在全國實行改制，結果造成混亂，激起民變。地皇四年（西元二三年）在長安被義軍所殺。㊴蘊藉　蓄積。㊵義憤　因不義之事所激起的憤怒。㊶裂冠毀冕　比喻決定不再為官。冕，帝王、諸侯、卿大夫所戴的禮帽。㊷攜持　扶持。㊸之　指王莽。㊹揚雄　字子雲，蜀郡成都（今四川成都）人。好學博聞，成帝時為給事黃門郎。王莽時為大夫，校書天祿閣。為人口吃，長於文章。㊺鴻飛冥冥二句　《法言．問明》文。冥冥，高遠。弋人，射鳥的人。弋，以繩繫箭而射。篡，取。㊻違患　離開禍患。㊼光武　指漢光武帝劉秀。㊽側席　不正坐。以示對賢良的尊敬。㊾幽人　隱士。㊿旌帛　漢朝招聘民間人才，致送束帛，表示旌賢。旌，表彰。帛，絲織品的總稱。(51)蒲車　用蒲草裹輪的車，以求車子行駛時安穩。(52)徵賁　聘請。徵，徵聘。賁，裝飾。(53)巖中　山崖之中。(54)薛方　字子容，齊（在今山東）人。王莽曾聘請，辭謝不就，居家教書為業。劉秀稱帝後，徵聘之，死於途中。(55)逢萌　字子康，北海都昌（今山東昌邑西）人。兒子被王莽所殺，即掛冠城門，攜家遠至遼東。東漢建立後，到琅邪勞山養志修道。屢次徵聘，不肯就，以壽終。(56)嚴光　字子陵，會稽餘姚（今浙江餘姚）人。曾與劉秀為同學。劉秀稱帝後，他改名隱居。劉秀派人把他徵召到洛陽，任為諫議大夫，不肯受，歸隱到浙江富春山。(57)周黨　字伯況，太原廣武（今山西代縣西南）人。王莽時，閉門不出。建武中，為議郎，因病去職。後被徵至京師，不願就職，於是隱居於澠池。(58)王霸　字儒仲，太原廣武（今山西代縣西南）人。建武中，徵至京師，不受職。歸家隱居，以壽終。(59)群方　萬方。(60)遂順從。(61)懷仁　懷念仁德。(62)舉逸人句　此引《論語．堯曰》文：「舉逸民，天下之民歸心焉。」舉，提拔。人，當作「民」。李善避李世民諱改。歸心，從心裡歸附。(63)肅宗　指漢章帝劉炟。(64)鄭均　字仲虞，東平任城（今山東濟寧）人。不應州郡徵辟。建初中，公車特徵，屢進忠言，章帝甚為敬重，後因病告歸。(65)高鳳　字文通，南陽葉（今河南葉縣南）人。家以農為業，誦經不輟，遂成名儒，教授於西唐山中。屢次徵召，不肯就，隱身漁釣，終於家。(66)帝德　皇帝的道德。(67)邪孽　作姦為禍之人。68處子　指隱士。69差　原無，據五臣本及《後漢書》補。恥辱。70等列　並列。71抗憤　大怒。72中行　中庸之道。73絕塵　超絕塵俗。74及　當從五臣本及《後漢書》作「反」。反，返。75作者　做的人。指隱士。語本《論語・憲問》：「作者七人矣。」

【語　譯】《周易》稱道「〈遯〉的當時意義真大啊」。又說：「不侍奉王侯，以隱居避世為崇高的事。」所以唐堯號稱效法上天，但是不能屈服許由、巢父的高尚氣節；周武王夠美好了，最後還是成全了伯夷、叔齊的高潔。從此以後，隱居這種風氣流行下去更加盛行，隱居之道沒有不同，但是因有所感而達到目的的方式不止一種。有的隱居以求符合自己的心志，有的避世以保全自己的理念，有的安靜自己來鎮定內心的浮躁，有的離開危險之地以謀取安全，有的詬病世俗汙穢而堅定自己的節操，有的非議世事來激發自己的高潔。但是觀察他們棲身在田間村野之中，困苦在江湖河海之上，難道一定是親近魚兒禽鳥、喜歡林木花草嗎？只能說是他們耿介的性格所致罷了。所以蒙受恥辱的柳下惠，多次貶職而不離開他的祖國；有跳海自盡之節操的魯仲連，千乘之國的封賞也不能變移他的隱居之情。如果改易魯仲連之去與柳下惠之留，就不可能做出他們所做的事了。他們雖然固執地有點像干求名譽的人，但是從喧鬧的世俗之中解脫出來，使自己置身於世界之外，與那些粉飾智謀巧詐、追逐虛浮利祿的人還是不同的吧！荀子有句話說：「意志整飭就輕視富貴，道義重就輕視王公。」漢朝中道衰微，王莽篡奪了帝位，士人們對此所激起的憤怒蓄積得已很深了。這時候撕毀冠冕以示不再做官，互相攜帶扶持而離開王莽的人，數也數不清。揚雄說：「鴻雁飛得很高遠，射鳥的人怎麼能射取呢？」是說牠離開禍患很遠之故。光武帝對隱士側身而坐，求取他們好像怕趕不上一樣，以旌帛、蒲車所聘請的人，在山崖之中前後相望。如薛方、逢萌聘請他們而不肯來，嚴光、周黨、王霸來了但不能使他們服從。萬方都能順從，有遠大志向的人都懷念朝廷的仁德，這就是所說的「提拔遺漏之人才，那麼天下之人就心悅誠服」吧！漢章帝也禮待鄭均、徵聘高鳳，來成全他們的節操。從此以後，皇帝的道德漸漸衰退，作姦為禍之人當朝，隱士正直，恥與那些卿相們並列，以至於竟有大怒而不顧一切的，這些大多已失去了中庸之道了。大抵收錄那些超絕塵俗而不返回的，同那些做隱居之事的人，列入於這篇之中。

宋書謝靈運傳論

【作　者】沈約（西元四四一～五一三年），字休文，吳興武康（今浙江德清）人。少年孤貧，篤志好學，遂博通群書，能屬文。曾仕於宋、齊二代。為「竟陵八友」之一。因助梁武帝蕭衍登基有功，為尚書僕射，封建昌縣侯。復遷尚書令，領太子少傅。後因事忤蕭衍，畏懼而卒，謚曰隱。原有集一百卷，已佚，明人輯有《沈隱侯集》。著有《宋書》、《齊紀》、《梁武紀》、《邇言》、《文章志》、《晉書》、《四聲譜》等，除《宋書》外，其他均已散佚。沈約名望很大，是齊梁文壇領袖。與謝朓、王融等共創「永明體」詩，講究聲律，注意對偶。他所創立的「四聲八病說」為格律詩的形成準備了條件，在中國詩歌史上具有重要意義。

【題　解】本文是《宋書．卷六七．謝靈運傳》的論。此文雖說是為〈謝靈運傳〉作的史論，其實乃是沈約借評論謝靈運提出自己的文學觀，包括文藝創作、發展源流及文藝批評等諸方面的見解。前半部談情與文的關係，歷敘詩歌的產生、文學形式的發展；作者主張要根據情以組織文辭，要用文辭來潤飾情，然而其宗趣所在，卻重在文藻。後半談詩文的聲律問題，提出了有關音聲的奧祕問題，特別強調音聲諧和的重要，並且有規律可尋，這對後代駢文、律詩的發展，產生了極大的影響。

本文的體裁為駢體文，形式美麗，音聲鏗鏘，把飛揚的文采和精闢的說理巧妙地結合起來。

史臣❶曰：民稟❷天地之靈，含五常❸之德❹，剛柔迭❺用，喜慍分情❻。夫志❼動於中，則歌詠❽外發。六義❾所因❿，四始⓫攸繫，升降⓬謳謠⓭，紛披⓮風⓯什⓰。雖虞夏⓱以前，遺文不覩⓲，稟氣⓳懷靈⓴，理無或異㉑。然則歌詠所興，宜自生民㉒始也。

【章旨】此章言詩歌乃因人感情所至而發，所以人類出現了，詩歌也就產生了。

【注釋】❶史臣　寫史的臣子。沈約自稱。❷稟　承受。❸五常　即五行。指水、火、木、金、土。❹德　德性。❺迭更　替。❻情　感情。指喜、怒、哀、懼、愛、惡、欲七情。❼志　心意。即指感情。❽歌詠　詩歌。❾六義　詩六義。即風、賦、比、興、雅、頌。見〈毛詩序〉。❿因　依據。⓫四始　〈國風〉、〈小雅〉、〈大雅〉、〈頌〉。王道興衰所由始，故稱。⓬升降　謂歌聲抑揚。⓭謳謠　歌謠。謳，歌。謠，不用樂器伴奏的歌。⓮紛披　形容多。⓯風　指〈國風〉。⓰什　指〈雅〉、〈頌〉。因《詩經》中〈雅〉與〈頌〉每十篇同卷，稱為「什」。⓱虞夏　虞舜和夏禹時代。⓲遺文不覩　遺留下來的文字中沒有看到。⓳稟氣　承受天地自然之氣。⓴懷靈　懷藏天地之靈氣。㉑理無或異　其道理是沒有什麼不同的。原作「理或無異」，據《宋書》及五臣本改。㉒生民　人。

【語譯】史臣說：人承受天地自然的靈氣，包涵水火木金土的德性，剛強與柔弱兩方面交替用事，高興與憤怒屬不同的感情。感情在內心激蕩，就通過詩歌表現出來。詩為風、賦、比、興、雅、頌六義所依據，為〈國風〉、〈小雅〉、〈大雅〉、〈頌〉四始所依附，歌謠抑揚，風雅繁多。雖然虞舜和夏禹時代以前的詩歌，在遺留下來的文字中沒有看到，但是同是承受天地自然之靈氣的人，其道理是沒有什麼差別的。既然如此，那麼詩歌的興起，應該是自從有了人就開始了。

周室既衰，風流❶彌著。屈平❷、宋玉❸，導清源❹於前；賈誼、相如❺，振芳塵❻於後。英辭❼潤金石❽，高義❾薄❿雲天⓫。自茲以降，情志⓬愈廣。王褒⓭、劉向⓮、揚⓯、班⓰、崔⓱、蔡⓲之徒，異軌⓳同奔⓴，遞相師祖㉑。雖清辭㉒麗曲㉓，時發乎篇㉔；而蕪音㉕累氣㉖，固亦多矣。若夫平子㉗豔發㉘，文以情變，絕唱㉙高蹤㉚，久無嗣響㉛。至于建安㉜，曹氏基命㉝，三祖㉞、陳王㉟，咸蓄盛藻㊱。甫㊲乃以情緯㊳文，以文被㊴質㊵。自漢至魏，四百餘年，辭人㊶才子㊷，文體㊸三變：相如工㊹為形似之言㊺，二班㊻長於情理之說㊼，子建㊽、仲宣㊾以氣質㊿為體(51)。並摽能(52)擅美(53)，獨映當時。是以一世之士，各相慕習(54)。源(55)其飆流(56)所始，莫不同祖(57)風騷(58)；徒以賞好(59)異情(60)，故意(61)製(62)相詭(63)。

【章　旨】此章言自戰國至曹魏文體之變化及情文關係之變異。

【注　釋】❶風流　指作詩的風氣。❷屈平　字原，戰國時楚國人。我國最早的大詩人，古代詩歌中「騷體」的開創者，其著作對後世文學的發展有巨大的影響。主要有〈離騷〉、〈九歌〉、〈天問〉、〈九章〉等。❸宋玉　戰國時楚國人。後於屈原，或說是屈原弟子，曾為頃襄王大夫。長於辭賦，古人認為他和荀況同是漢賦的開創者。作品主要有〈九辯〉、〈招魂〉、〈高唐賦〉、〈神女賦〉、〈風賦〉、〈登徒子好色賦〉等。❹導清源　疏通了清澈的水源。意謂開闢了好的先路。❺相如　指司馬相如。❻振芳塵　振動起芳香的塵土。意謂創作上樹立了美好的名聲。❼英辭　華美的文辭。英，華。❽金石　指鐘鼎碑碣之類。❾高義　高尚的情志。❿薄　迫近。⓫雲天　比喻天之高。⓬情志　指抒發感情志趣。⓭王褒　字子淵，蜀郡資中（今四川資陽）人。漢宣帝時曾任諫議大夫。以辭賦著稱，代表作有〈洞簫賦〉。⓮劉向　本名更生，字子政。西漢著名經學家、目錄學家。少年時其辭賦與王褒齊名。主要作品有〈九歎〉、〈清雨華山賦〉等。⓯揚　即揚雄。字子雲，蜀郡成都人。辭賦作品有〈反離騷〉、〈甘泉賦〉、〈長楊賦〉等。⓰班　即班固。字孟堅，扶風安陵（今陝西咸陽東北）人。初為蘭臺令史，典校祕書。後從大將軍竇憲出擊匈奴，為中護軍，作〈燕然山銘〉。永元四年（西元九二年），因竇憲被殺，受牽連，死於獄中。辭賦作品有〈兩都賦〉。⓱崔　即崔駰，字亭伯，涿郡安平（今河北安平）人。少與班固、傅毅齊名。作品有〈達旨〉等。⓲蔡即蔡邕。字伯喈，陳留圉（今河南杞縣南）人。靈帝時為議郎，董卓時被任為侍御史，官左中郎將。後被王允所捕，死於獄中。通經史、天文，工音律、書畫。辭賦作品有〈述行賦〉等。⑲異軌　不同的道路。⑳同奔　共同向前奔馳。㉑師祖　效法。師，效法。祖，仿效。㉒清辭　清新的文辭。㉓麗曲　華美的詩句。㉔篇　篇章。㉕蕪音　蕪雜之音。㉖累氣　累贅的言辭。㉗平子　指張衡。字平子，南陽西鄂（今河南南召南）人。曾兩任太史令，精通天文曆算。作品有〈兩京賦〉、〈歸田賦〉、〈四愁詩〉等。㉘豔發　文彩煥發。㉙絕唱　無人能及的文章。㉚高蹤　指很高的造詣。蹤，行跡。㉛嗣響　指後繼者。嗣，繼承。響，聲音。㉜建安　漢獻帝年號。西元一九六至二二〇年。㉝基命　始受天命。建安時，曹操受封魏王，掌握了朝廷大權，魏朝之建立可說從此開始。基，開始。㉞三祖　指魏太祖曹操、魏高祖曹丕、魏烈祖曹叡。㉟陳王　即曹植。字子建，沛國譙（今安徽亳縣）人。曹操第三子。封陳王，謚思，世稱陳思王。名作有〈洛神賦〉。㊱盛藻　豐盛的辭藻。㊲甫　開始。㊳緯　織物的橫線。比喻組織。㊴被　覆蓋。此引申為修飾。㊵質　指文章的內容。㊶辭人　擅長詩文之人。㊷才子　有才華的人。㊸文體　文章的風格。㊹工　擅長。㊺形似之言　指描寫物體形態的文章。㊻二班　指班彪、班固父子。㊼情理之說　指抒情說理之文。㊽子建　曹植之字。㊾仲宣　即王粲。字仲宣，山陽高平（今山東鄒縣）人。「建安七子」之一，以博洽著稱。曾為曹操幕僚，官侍中。與曹植齊名。作品有〈登樓賦〉、〈七哀詩〉等。㊿氣質　指才性。(51)體　指文章的風格。(52)摽能　表現出才能。(53)擅美　專有其美。(54)慕習　仰慕學習。(55)源　推尋。(56)飆流　猶「風流」。飆，暴風。(57)祖　效法。(58)風騷　指《詩經》和《楚辭》。《詩經》以〈國風〉為主，《楚辭》以〈離騷〉為主，故稱。(59)賞好　欣賞愛好。(60)異情　不同情形。(61)意　指文章的內容。(62)製　指文章的體裁。(63)相詭　不同。詭，異。

【語　譯】周朝王室衰微以後，作詩的風氣更加興盛。屈原、宋玉，在前面開闢了好的先路；賈誼、司馬相如，在後面樹立了美好的名聲。華美的文辭使金石增光生色，高尚的情志迫近雲天。從此以後，抒情敘志更加廣泛。王褒、劉向、揚雄、班固、崔駰、蔡邕這班人，在不同的創作道路上一齊向前奔馳，前後互相效法。雖然清新的文辭和華美的詩句，經常出現在篇章之中；但是蕪雜之音和累贅的言辭，卻也還很多。至於張衡文采煥發，文章因為感情不同而有所變化，他那無人能及的文辭和高超的造詣，長久沒有後繼者。到了建安時期，曹氏始受天命，太祖、高祖、烈祖以及陳王，都蓄積了豐盛的辭藻。開始用感情來組織文辭，用文辭來修飾內容。自漢朝至魏朝，四百多年間，擅長詩文之人及有才華的人很多，文章的風格變化了三次：司馬相如擅長描寫物體形態的文章，班彪和班固擅長抒情說理的文章，曹植和王粲以其才性為文章的風格。他們都能表現出才能而專有其美，在當時獨自光照天下。所以當時的讀書人，都仰慕並向他們學習。推尋這段時間詩賦創作的原委，沒有不是共同效法《詩經》和《楚辭》的；只是因為欣賞愛好不同，所以作品的內容和體裁也不同。

降及元康❶，潘、陸❷特秀，律❸異班❹、賈❺，體❻變曹❼、王❽。縟❾旨❿星稠⓫，繁文⓬綺合⓭，綴⓮平臺⓯之逸響⓰，采南皮⓱之高韻⓲。遺風⓳餘烈⓴，事極江右㉑。在晉㉒中興㉓，玄風㉔獨扇㉕，為學窮㉖於柱下㉗，博物㉘止乎七篇㉙。馳騁㉚文辭㉛，義殫㉜乎此㉝。自建武㉞暨㉟于義熙㊱，歷載將百。雖比響㊲聯辭㊳，波屬㊴雲委㊵；莫不寄言㊶上德㊷，託意㊸玄珠㊹，遒麗㊺之辭，無聞焉爾。仲文㊻始革孫㊼、許㊽之風，叔源㊾大變太元之氣㊿。爰逮宋氏(51)，顏(52)、謝(53)騰聲(54)。靈運之興會(55)標舉(56)，延年之體裁明密(57)，並方軌(58)前秀，垂範(59)後昆(60)。

【章　旨】此章論述西晉之承漢魏餘響，至東晉一變而為玄風獨興，劉宋顏延之、謝靈運一改舊弊，創作出風格清新的山水詩文。

【注　釋】❶元康　西晉惠帝年號。西元二九一至二九九年。❷潘陸　潘岳、陸機。是西晉初的文壇領袖，「太康文學」的代表作家。潘，即潘岳。字安仁，滎陽中牟（今河南中牟東）人。曾任河陽令、著作郎、給事黃門侍郎等職。後為趙王倫及孫秀所殺。長於辭賦，風格華麗。主要有〈閒居賦〉、〈秋興賦〉、〈關中賦〉、〈懷舊賦〉等。陸，指陸機。字士衡，吳郡吳縣華亭（今上海松江）人。曾官平原內史，世稱陸平原。後為成都王司馬穎所殺。詩文重藻繪排偶，有〈文賦〉、〈歎逝賦〉、〈疑古詩〉等名作。❸律　指詩文的聲律。❹班　指班固。❺賈　指賈誼。❻體　指風格。❼曹　指曹植。❽王　指王粲。❾縟　繁雜。❿旨　指作品的思想。⓫星稠　像星辰一樣稠密。⓬縟文　豐富的辭藻。⓭綺合　像綺一樣組織得那麼協調。綺，有花紋的絲織品。合，和。⓮綴　聯接。⓯平臺　西漢梁孝王劉武曾在睢陽（今河南商丘東北）的平臺，招延四方才士遊宴寫作。當時司馬相如、枚乘、嚴忌等都曾為其座上客。⓰逸響　高超的作品。響，聲音。此代指文章。⓱南皮　今河北南皮。建安時，五官中郎將曹丕曾與吳質、阮瑀、應瑒等共遊於此，論文賦詩。⓲高韻　高超的詩文。韻，代指詩文。⓳遺風　遺音。⓴烈　業。㉑江右　指西晉。東晉建都建康（今南京），稱江左；西晉都城在洛陽，故稱江右。㉒在晉　指晉朝。在，當從《宋書》作「有」。名詞詞頭。㉓中興　西晉滅亡，司馬睿在建康重建晉朝，史稱東晉，故稱。㉔玄風　玄學的風氣。指老莊之學。㉕扇　熾盛。㉖窮　止。㉗柱下　指《老子》。相傳老聃曾任東周王室的柱下史。㉘博物　多識事物。㉙七篇　指《莊子》。《莊子》分為內篇、外篇、雜篇三部分，其中內篇七篇相傳為莊周本人所作，所以用「七篇」作為《莊子》的代稱。㉚馳騁　涉獵。此指寫作。㉛文辭　指詩文。㉜殫　盡。㉝此　指老莊學說。㉞建武　晉元帝年號。西元三一七至三一八年。㉟暨　到。㊱義熙　晉安帝年號。西元四〇五至四一八年。㊲比響　指寫作詩文。比，排比。響，聲調。此指文字。㊳聯辭　連結文辭。㊴屬　連接。㊵委　堆積。㊶寄言　寄託言論。㊷上德　《老子・第三十八章》：「上德不德，是以有德。」此指老子學說。㊸託意　寄託思想。㊹玄珠　《莊子・天地》：「黃帝遊乎赤水之北，登乎崑崙之丘，而南望還歸，遺其玄珠。」此指莊子學說。㊺遒麗　剛勁華麗。㊻仲文　即殷仲文。陳郡（治今河南淮陽）人。曾官尚書，遷東陽太守，後因謀反罪，於義熙三年（西元四〇七年）為劉裕所殺。開始改革東晉玄言詩的風尚，但尚未盡除玄氣。所作僅存〈南州桓公九井作〉等兩首。㊼孫　即孫綽。字興公，太原中都（今山西平遙西北）人，家於會稽（今浙江紹興）。官至廷尉卿，領著作。為詩宣揚玄學，枯燥乏味，是玄言詩的代表作家。所作賦有〈遂初賦〉、〈遊天台山賦〉。㊽許　即許詢。字玄度，高陽（今河北蠡縣南）人。亦為晉孝武帝太元年間玄言詩的代表人物。詩作今僅存〈竹扇〉一首。㊾叔源　謝混。字叔源，小字益壽，陳郡陽夏（今河南太康）人。謝安之孫。官至尚書左僕射，因與劉毅交往過密，毅敗，他也被殺。東晉末開始創作山水詩，風格清美，對改變玄言詩風有較大影響。詩作今僅存〈遊西池〉等三首。㊿太元之氣　指以孫綽、許詢為代表的玄言詩風。太元，晉孝武帝年號，西元三七六至三九六年。(51)宋氏　指劉裕在西元四二〇年建立的宋朝。(52)顏　即顏延之。字延年，琅邪臨沂（今山東臨沂北）人。官至金紫光祿大夫。所作五言詩，力追陸機，華靡工煉而用典多，與謝靈運齊名。代表作有〈五君詠〉、〈北使洛詩〉等。53謝　即謝靈運。陳郡陽夏（今河南太康）人，移籍會稽（今浙江紹興）。謝玄之孫，晉時襲封康樂公。入宋，歷任永嘉太守、侍中、臨川內史等職。元嘉十年（西元四三三年）因被告謀反而被殺。他是我國第一位以描寫山水為主的詩人。明人輯有《謝康樂集》。54騰聲　飛騰名望。55興會　情興所會。56摽舉　高舉。57明密　明白細密。58方軌　兩車並行。比喻並駕齊驅。59垂範　傳下法式。60後昆　後代子孫。此指後人。昆，子孫。

【語譯】下至元康年間，潘岳、陸機特出於流輩，他們詩文的聲律與班固、賈誼不同，風格與曹植、王粲相比也有變化。作品繁雜的內容像星辰一樣稠密，豐富的辭藻組織得像有花紋的絲織品一樣協調，繼承了西漢平臺眾賢高超的辭賦水準，採取了建安諸子高超的詩文技巧。它的遺音餘業，縱貫西晉一代。東晉中興，玄學的風氣特別熾盛，治學止於《老子》，博識事物止於《莊子》。寫作詩文，道理完全在老莊學說中。從建武到義熙，經歷將近一百年。雖然寫作的詩文，像波浪一樣一個接一個，像雲層一樣積聚眾多；但是無不在老子學說中寄託言論，在莊子學說中寄託思想，剛勁華麗的文章，再也看不見了。殷仲文開始改革孫綽、許詢的玄言風氣，謝混大大改變了孫綽、許詢為代表的太元年間的玄言詩風。到了劉宋朝代，顏延之、謝靈運飛騰名望。謝靈運的詩情與高逸，顏延之的詩風格細密，他們都與前代的優秀作家並駕齊驅，為後代人傳下法式。

若夫敷衽❶論心❷，商榷❸前藻❹，工拙之數❺，如❻有可言。夫五色❼相宣❽，八音❾協暢❿，由乎玄黃⓫律呂⓬，各適物宜。欲使宮羽⓭相變，低昂⓮舛⓯節，若前有浮聲⓰，則後須切響⓱。一簡⓲之內，音韻⓳盡殊；兩句⓴之中，輕重㉑悉異。妙㉒達此旨，始可言文㉓。至於先士㉔茂製㉕，諷高㉖歷賞㉗。子建㉘「函京」之作㉙，仲宣㉚「霸岸」之篇㉛，子荊㉜「零雨」之章㉝，正長㉞「朔風」之句㉟，並直舉胸情㊱，非傍㊲詩史㊳。正以音律㊴調韻㊵，取高前式㊶。自靈均㊷以來，多歷年代，雖文體稍精，而此祕㊸未覩。至於高言㊹妙句，音韻天成㊺，皆暗與理㊻合，匪由思至。張㊼、蔡㊽、曹㊾、王㊿，曾無先覺(51)；潘(52)、陸(53)、顏(54)、謝(55)，去之(56)彌遠。世之知音(57)者，有以(58)得之，此言非謬。如曰不然，請待來哲(59)。

【章　旨】此章是這篇文章的重點，談的是聲律問題。沈約主張作詩要格律嚴整，調協平仄，做到清濁高下有節奏。

【注　釋】❶敷衽　鋪開衣襟。敷，鋪開。衽，下衣兩旁的襟，用以掩前後幅間的縫隙。古人席地而坐，坐時襟要鋪開。❷論心　談論文心。心，指文心。作文之用心。❸商榷　商討。❹前藻　前人的作品。藻，文章。❺數　技術。❻如　好像。❼五色　青、黃、赤、白、黑。❽宣　顯明。❾八音　金、石、絲、竹、匏、土、革、木八類樂器所奏出的聲音。❿協暢　協調流暢。⓫玄黃　指顏色。玄，黑中帶赤之色。⓬律呂　古代用來確定樂音高低的十二個標準音管。陰陽各六，陽為律，陰為呂。此泛指聲音。⓭宮羽　指平聲和仄聲。古代音樂，分宮、商、角、徵、羽五音。沈約等提出聲調有平、上、去、入四聲，因以五音來比附四聲，宮、商是平聲，角是上聲，徵是去聲，羽是入聲，上、去、入三聲統稱仄聲。⓮昂　高。⓯舛　相背。⓰浮聲　指平聲。⓱切響　指仄聲。⓲一簡　指五言詩的一句。簡，古代用以書寫的狹長竹片。⓳音韻　指聲和韻。除聯綿字外，一句之中不能出現聲或韻相同的字。⓴兩句　指五言詩的上下兩句。㉑輕重　指平聲和仄聲。輕，指平聲。音清。重，指仄聲。音濁。㉒妙　善。㉓文　指詩文。㉔先士　前代的文士。㉕茂製　好的作品。㉖諷高　謂諷誦的人都認為是高妙作品。㉗歷賞　為歷代文人所欣賞。㉘子建　曹植之字。㉙函京之作　曹植〈贈丁儀王粲〉詩有「從軍度函谷，驅馬過西京」兩句，此約為「函京」二字。㉚仲宣　王粲之字。㉛霸岸之篇　王粲〈七哀詩〉中有「南登霸陵岸，回首望長安」兩句，此簡約為「霸岸」二字。霸，原作「灞」，此從《文選考異》改。㉜子荊　即孫楚。字子荊，西晉時太原中都（今山西平遙西北）人。官至馮翊太守。明人輯有《孫馮翊集》。㉝零雨之章　孫楚〈征西官屬送於陟陽候作〉中首兩句為「晨風飄歧路，零雨被秋草」，此取其「零雨」二字。㉞正長　即王讚。字正長，義陽（治今河南信陽）人。太康時為太子舍人，惠帝時拜侍中，永嘉中為陳留內史，加散騎常侍。有集五卷。㉟朔風之句　王讚〈雜詩〉首兩句謂「朔風動秋草，邊馬有歸心」，此選取「朔風」二字。㊱胸情　胸中之情。㊲倚　依靠。㊳詩史　指別人的詩句和史實。㊴音律　詩文聲韻的格律。㊵調韻　和諧。㊶式　法度。㊷靈均　即屈原。屈原在〈離騷〉中說自己字叫靈均。㊸此祕　指詩文中運用平仄聲調，使詩文格律化的奧祕。㊹高言　美善的言辭。㊺天成　天然成就。㊻理　指聲律方面的原理。㊼張　指張衡。㊽蔡　指蔡邕。㊾曹　指曹植。㊿王　指王粲。(51)先覺　在別人之前預先覺察。(52)潘　指潘岳。(53)陸　指陸機。(54)顏　指顏延之。(55)謝　指謝靈運。(56)之　指聲律之美。(57)知音　精通音律。(58)有以　有可能。(59)來哲　將來的明智之人。

【語　譯】至於鋪開衣襟、席地而坐來談論作文的用心，商討前人的作品，這其中的精巧與笨拙，好像還是可以談的。五色互相映襯，使彼此顯得更加鮮明，八音合奏，聲音協調流暢，這是由於顏色和聲音，都合其所宜。想要讓平聲與仄聲相互有變化，高音與低聲交錯調節，如果前面有平聲，那麼後面必須用仄聲。一句五字之內，聲和韻要全部不同；相對的兩句之中，平聲和仄聲都要不同。善於通達這個意思，才可以談論作詩文。至於前代文士的好作品，諷誦的人都認為高妙而為歷代文人所欣賞。曹植「函京」這篇詩作，王粲「霸岸」這篇詩文，孫楚「零雨」這篇詩章，王讚「朔風」這句詩文，都直接發自胸中之情，沒有依靠別人的詩句和史實。正是由於音律和諧，比起前人的詩作，取得更高的成就。從屈原以來，經歷了很多年代，雖然文體漸精，但是這個奧祕未能窺破。至於美的言辭和好的文句，聲韻是天然成就的，都暗中符合於聲律原理，不是經過思考而達到的。張衡、蔡邕、曹植、王粲，竟然沒有先行覺察；潘岳、陸機、顏延之、謝靈運，離開這聲律之美更加遠。世上精通音律的人，有可能獲得它，這話不錯。如果說不是這樣，請等待將來的明智之人。

恩倖傳論

【作　者】沈約，見頁二四九五。

【題　解】本文是《宋書・卷九四・恩倖列傳》的序論。恩倖，指受皇帝寵信之人。本文簡述了歷代用人制度並加以評價。作者讚揚了商周二代唯才是舉的做法。肯定了兩漢士族、庶族的仕進不分兩途的制度，也說明魏武帝權立九品，還是論人才優劣，只有到魏晉之後，方形成「下品無高門，上品無賤族」的不正常局面。但劉宋明帝又走向另一面，信用身邊卑賤近臣，終於使國家昏亂而傾覆。這種佞倖之臣也應加以抨擊。沈約文中所說亦為實情，寒人掌握大權後，多有專橫跋扈、公行賄賂者，甚至於弒君立幼，竊奪大權。但沈約自居世族，鄙薄寒人，也存有一定偏見。

夫君子小人，類物❶之通稱。蹈道❷則為君子，違之❸則為小人。屠釣❹，卑事❺也；板築❻，賤役也。太公❼起為周師❽，傅說去為殷相❾。非論❿公侯之世⓫，鼎食⓬之資⓭，明敭⓮幽仄⓯，唯才是與⓰。逮于二漢，茲道未革⓱。胡廣⓲累世⓳農夫，伯始致位公相⓴；黃憲㉑牛毉㉒之子，叔度名動京師㉓。且任子㉔居朝㉕，咸有職業㉖。雖七葉㉗珥貂㉘，見崇西漢，而侍中㉙身奉奏事，又分掌御服㉚。東方朔為黃門侍郎㉛，執戟㉜殿下㉝。郡縣掾吏㉞，並出豪家㉟；負戈㊱宿衛㊲，皆由勢族[38]。非若晚代[39]，分為二塗[40]者也。漢末喪亂，魏武[41]始基[42]，軍中倉卒[43]，權[44]立九品[45]，蓋以論人才優劣，非謂[46]世族[47]高卑。因此相沿[48]，遂為成法[49]。自魏至晉，莫之能改。州都[50]郡正[51]，以才品[52]人。而舉世人才，升降[53]蓋寡，徒[54]以憑藉世資[55]，用[56]相陵駕[57]。都正[58]俗士[59]，斟酌時宜[60]，品目[61]少多[62]，隨事俯仰[63]，劉毅[64]所云「下品無高門，上品無賤族[65]」者也。歲月遷訛[66]，斯風[67]漸篤。凡厥衣冠[68]，莫非二品[69]，自此以還[70]，遂成卑庶[71]。周、漢之道，以智役[72]愚，臺隸[73]參差[74]，用成等級；魏晉以來，以貴役賤，士庶[75]之科[76]，較然[77]有辨[78]。夫人君南面[79]，九重[80]奧絕[81]，陪奉[82]朝夕，義隔[83]卿士[84]。階[85]闥[86]之任，宜有司[87]存。既而恩以狎[88]生，信[89]由恩固，無可憚[90]之姿，有易親之色[91]。孝建[92]、泰始[93]，主威[94]獨運，空置百司[95]，權不外假[96]。而刑政[97]糾雜[98]，理難遍通；耳目所寄，事歸近習[99]。賞罰之要，是謂國權[100]，出[101]納[102]王命[103]，由其掌握，於是方塗[104]結軌[105]，輻湊[106]同奔。人主謂其身卑位薄[107]，以為權不得重。曾[108]不知鼠憑社貴[109]，狐藉虎威[110]，外無逼主之嫌，內有專用[111]之功[112]，勢傾天下，未之或悟。挾朋[113]樹黨，政以賄成。鈇鉞[114]瘡痏[115]，構[116]於床笫[117]之曲[118]；服冕[119]乘軒[120]，出於言笑之下。南金[121]北毳[122]，來悉方艚[123]；素縑[124]丹魄[125]，至皆兼兩[126]。西京[127]許[128]、史[129]，蓋不足云；晉朝王[130]、石[131]，未或能比。及太宗[132]晚運[133]，慮[134]經盛衰。權倖[135]之徒，慴憚[136]宗戚[137]，欲使幼主[138]孤立[139]，永竊國權。搆造[140]同異[141]，興樹[142]禍隙[143]，帝弟宗王[144]，相繼屠[145]勦[146]。民忘宋德[147]，雖非一塗，寶祚[148]夙[149]傾，實由於此。嗚呼！《漢書》有〈恩澤侯表〉[150]，又有〈佞倖傳〉，今采其名，列以為〈恩倖篇〉云。

【注釋】[1]物　指人。[2]蹈道　實行道德。[3]之　指道德。[4]屠釣　指姜尚。他曾屠牛於朝歌，釣魚於渭水之濱。[5]卑事　低賤的職業。[6]板築　指傅說。傅說曾在傅巖服板築之勞役。築牆時，用兩板夾土，用杵舂實，叫板築。[7]太公　即姜尚。[8]周師　周文王封姜尚為太師，故稱。[9]殷相　商王武丁得傅說後，任以為相。[10]非論　不論。[11]世　後代。[12]鼎食　列鼎而食。為豪奢的貴族生活。此指貴族。鼎，古代的一種烹飪器，常見者為三足兩耳。[13]資　地位、聲望。[14]明敭　選拔。敭，古「揚」。[15]幽仄　指隱居未出仕的人。[16]與　通「舉」。選拔。[17]革　改變。[18]胡廣　字伯始，南郡華容（今湖北潛江西南）人。安帝時，試以章奏，天下第一。歷官至太傅。歷仕安、順、沖、質、桓、靈六帝，時朝廷衰微，外戚、宦官專政，廣性格謹素，練達事體，明哲保身。[19]累世　歷代。[20]致位公相　官職做到三公丞相之位。[21]黃憲　字叔度，汝南慎陽（今河南正陽北）人。舉孝廉，為周舉、陳蕃等所歎服，荀淑把他比為顏回。死時年僅四十八，世號為「徵君」。[22]牛毉　治牛病的獸醫。毉，同「醫」。[23]叔度名動京師　當時京城中清流領袖陳蕃等對黃憲極為尊敬讚歎，黃憲因而轟動京城。[24]任子　因父兄的功績，得保任授予官職的人。任，原作「士」，據《文選考異》改。[25]居朝　處於朝廷。[26]職業　所從事的主要工作。[27]七葉　七代。[28]珥貂　插貂尾。指親貴之臣。西漢金日磾、張安世皆七代為大臣。[29]侍中　為丞相、列侯的加官。有此者可以侍從皇帝左右，出入宮廷，應對顧問。[30]御服　皇帝使用之物。[31]黃門侍郎　官名，因供職於黃門之內，故稱。[32]執戟　手持戟，這是宮廷侍衛官的職責。戟，一種兵器，合戈矛為一體，可以直刺和橫擊。[33]殿下　殿階之下。[34]掾吏　當據《文選考異》作「掾史」。分曹治事的屬吏。漢以後，中央及各州縣都置有掾史。[35]豪家　權勢盛大的家族。[36]戈　一種兵器，橫刃，裝有長柄。[37]宿衛　在宮中值宿，擔任警衛。[38]勢族　有權勢的大族。[39]晚代　近代。[40]二塗　士族與庶族。各自分開的仕進之途。士族不居賤職，庶族無緣高位。[41]魏武　指曹操。[42]始基　始創基業。[43]倉卒　匆忙。[44]權　暫且。[45]九品　指九品中正制。陳群所提議，每個州郡由有聲望的人擔任中正官，把州郡內的士人按其才能分為九品，每十萬人選拔一人，由吏部授予官職。(46)非謂　不論。(47)世族　世代顯貴的家族。(48)㳂　同「沿」。(49)成法　已定的法制。(50)州都　官名，設置於縣一級，掌管選拔官吏事宜。(51)郡正　官名，設置於郡一級，掌管選拔官吏事宜。(52)品　衡量。(53)升降　指上下差別。(54)徒但。(55)世資　由祖先家世而取得的特殊身分。(56)用　憑。(57)陵駕　高出其上。(58)都正　州都與郡正。(59)俗士　見識淺陋的鄙俗之人。(60)時宜　當時的需要。(61)品目　衡量的名目。(62)少多　多與少。(63)俯仰　指上下。(64)劉毅　字仲雄，東萊掖（今山東掖縣）人。曾官司隸校尉、尚書左僕射。有清節，性切直，批評晉武帝賣官鬻爵，主張廢除九品中正制。(65)下品無高門二句　《晉書・劉毅傳》載其〈疏〉作「上品無寒門，下品無勢族」。高門，指富貴之家。賤族，卑微之家。(66)遷訛　變遷。訛，變。(67)斯風　指任用世族之風。(68)衣冠　指士大夫。(69)二品　指上品、中品。(70)以還　猶以外。(71)卑庶　指下等官吏。(72)役使喚。(73)臺隸　周代把人分成十等，臺與隸分別為第七和第十等。(74)參差　不齊的樣子。(75)士庶　世族與庶族。(76)科　等級。(77)較然　明顯的樣子。(78)辨　別。(79)南面　坐北朝南為尊，因以指帝王的統治。(80)九重　指帝王的宮廷。言其深遠。(81)奧絕　深遠。(82)陪奉　陪同侍奉。(83)義隔　在恩義上隔絕。(84)卿士　執政大臣。(85)堦　同「階」。宮殿的臺階。(86)闥　門。(87)有司　指專職官吏。(88)狎　親近。(89)信　信任。(90)憚　畏懼。(91)色　氣色；神態。(92)孝建　南朝宋孝武帝劉駿年號。西元四五四至四五六年。(93)泰始　南朝宋明帝劉彧年號。西元四六五至四七一年。(94)主威　君主的權勢。(95)百司　指文武百官。(96)假　給予。(97)刑政　刑罰與政令。(98)糾雜　糾結繁雜。(99)近習　所親幸的人。(100)國權　國家的權力。(101)出納　把帝王詔命向下宣告。把下面意見向帝王報告。(103)王命　帝王的命令。(104)方塗　並道。方，並。(105)結軌　車跡交疊。(106)輻湊　聚集一處。輻，車輪中連接軸心和輪圈的直木條。(107)薄　輕微。(108)曾　竟然。(109)鼠憑社貴　寄身在社廟中的老鼠，不敢用煙燻，不敢用水灌，怕損壞社廟，因而對牠無可奈何，祭祀社神的時候也連帶祭祀了老鼠。說詳《韓非子・外儲說右上》。憑，憑藉。社，祭祀土神的廟。(110)狐藉虎威　老虎覓食野獸，一次捉到一隻狐。狐說牠為百獸之長，老虎不能吃牠，如若不相信，可跟牠一塊兒走，百獸見了牠沒有不跑的。果然百獸見了都逃跑了。老虎不知道百獸是怕自己，還真以為是怕狐。事詳《戰國策・楚策一》。藉，假借。(111)專用　擅自用權。(112)功　成效。(113)朋　同類。(114)鈇鉞　指刑戮。鈇，即鍘刀。用作腰斬的刑具。鉞，一種兵器，圓刃或平刃，可用以砍斫。(115)瘡痏　疤痕。此指創傷。(116)構　構成。(117)床笫　床席。笫，竹席。(118)曲　深隱之處。(119)服冕　戴官帽。冕，帝王、諸侯、卿大夫所戴的禮帽。(120)軒　一種曲輈有轓的車，為卿大夫及諸侯夫人所乘。(121)南金　南方荊州、揚州一帶出產的金。(122)北毳　北方所出產的毛皮衣。毳，鳥獸的細毛。(123)方艚　兩船相並。艚，一種船。(124)素縑　白絹。素，白色。縑，雙絲織的微帶黃色的細絹。(125)丹魄　琥珀的別名，因其色紅。(126)兼兩　不止一輛車。兩，車輛。(127)西京　指西漢。(128)許　指漢宣帝許皇后家。許皇后，名平君，父廣漢。宣帝為皇曾孫時娶之，生元帝。宣帝繼位，封皇后。後被霍光夫人所害，諡恭哀皇后。劉奭立為太子後，宣帝大封許家，廣漢及二子皆為侯，一門顯貴。(129)史　指漢宣帝祖母史良娣家。史良娣，元鼎四年（西元前一一三年）嫁衛太子，生史皇孫，是為宣帝之父。後因巫蠱之難，衛太子、史良娣、史皇孫皆遇害，宣帝為其外曾祖母貞君及舅公史恭撫養。及宣帝即位，大封史家，侯凡四人。(130)王　指王愷，字君夫，東海郯（今山東郯城）人。晉武帝司馬炎之舅，因討楊駿功，封山都縣公。官至龍驤將軍、驍騎將軍、散騎常侍。性豪侈，日用無度。(131)石　指石崇，字季倫，渤海南皮（今河北南皮東北）人。初為修武令，累官至侍中。永熙元年（西元二九〇年）為荊州刺史。因搶劫客商而致富，與貴戚王愷、羊琇等鬥富。後為趙王倫所殺。(132)太宗　南朝宋明帝劉彧的廟號。(133)晚運　末年。運，指時期。(134)慮　大概。(135)權倖　有權勢而受皇帝寵信之人。(136)慴憚　恐懼；畏懼。(137)宗戚　皇室親屬。(138)幼主　指嗣君廢帝劉昱。(139)孤立　孤單無助。(140)搆造　捏造。(141)同異　相同和相異。(142)興樹　發起建立。(143)禍隙　禍殃和嫌隙。(144)宗王　宗室的諸侯王。(145)屠　殺戮。(146)勦　消滅。(147)宋德　南朝宋的恩德。(148)寶祚　皇帝寶座。(149)夙　早。(150)恩澤侯表　《漢書》有〈外戚恩澤侯表〉。

【語　譯】君子與小人，是區分世人的通稱。實行道德就是君子，違反道德就是小人。殺牛釣魚，是卑賤的職業；築牆，是低賤的勞役。太公起而成為周朝太師，傳說離開傅巖做殷朝之相。不論是否公侯的後代，還是貴族的地位，選拔隱居未出仕的人，只選拔有才能的人。到了西漢與東漢，這個舉賢之道沒有改變。胡廣世代是農夫，而做到三公丞相之位；黃憲是個牛醫的兒子，而聲名震動京城。況且憑著父兄而得任官職的人處於朝廷，都有自己的主要工作。雖然七代為皇帝親貴之臣的世家，在西漢一朝被尊崇，但是身為侍中要承擔奏章之事，又要分管皇帝使用之物。東方朔為黃門侍郎，在殿階之下持戟而立。郡縣那些分曹治事的屬吏，都出於權勢盛大的家族；執戈在宮中值宿警衛的，都來自有權勢的大族。不像近代，分成士族與庶族不同的仕進之途。東漢末年喪亡禍亂，魏武帝開始創立基業，戰爭期間事務繁忙，暫且訂立九品中正制，用來衡量人才的優劣，不論家族的顯赫與否。因此沿襲下來，就成為定法。從魏朝到晉朝，沒有能夠改變它。州都和郡正，憑才能而衡量人。但是全世間的人才，其上下差別大概不多，只是由於憑藉著祖先家世而取得的特殊身分，來互相超越。州都與郡正都是見識淺陋的鄙俗之人，考慮時勢的需要，衡量名目的多與少，都隨事而定高下，這就是劉毅所說的「下品沒有富貴家庭之人，上品沒有卑微家庭之人」呀。年月變遷，任用世族的風氣逐漸興盛。凡是那些士大夫，沒有不是上品、中品的，從這以外，就都成了下等官吏和百姓。周朝和漢朝的任官之道，用聰明的人役使愚蠢的人，臺和隸智力高低不齊，因而分成各個等級；魏朝與晉朝以來，用高貴的人使喚卑賤的人，士族與庶族的等級，很明顯地有區別。君主面南而坐統治天下，身處深遠的宮廷之中，那些親近之臣早晚陪同侍奉，理應跟執政大臣相隔。負責殿階和宮門責任的，應該有專職官吏存在。不久恩寵因為親近而生，信任由於寵情而堅固，皇帝沒有可以畏懼的容色，只有容易親近的神態。孝建、泰始時，君主獨自運用威權，空自設置了文武百官，權力不外給。但是刑罰政令糾結繁雜，於理難以全部通曉；其耳目所寄託的，諸事都歸於所親幸的人。賞賜與懲罰實為樞要，這就叫做國家的權力。傳達帝王的命令，轉奏臣言都由他們掌握，於是天下人並道連路，都聚集一處奔向他們。君主認為他們身分低下、官位輕微，以為他們的權力不可能很重。竟然不知道老鼠憑藉社廟而高貴，狐假借老虎之威以嚇退百獸的故事。他們在外面雖然沒有逼迫主上的嫌疑，但在內有專擅大權的成效，勢力壓倒天下，君主還不覺悟。他們倚仗同類、樹立黨徒，政事因為賄賂而成功。使大臣遭刑戮創傷的決定，在那寢宮深隱之處構成；戴官帽、乘軒車這樣的榮耀，都出自他們言談笑語之下。南方的金子、北方的毛皮衣，都是並船裝來；白絹和琥珀，都是好幾輛車一齊到。西漢的許皇后和史良娣家，大概是不值得講了；晉朝的王愷和石崇，沒有可能相比。等到南朝宋太宗晚年，大概由盛而衰。那些有權勢而受皇帝寵信之輩，畏懼皇室及其親屬，想要讓年幼的明帝孤立無助，永遠竊取國家大權。捏造真假不定之事，釀成禍殃，皇帝之弟及宗室諸王，相繼被殺戮消滅。百姓忘記宋朝的恩德，雖然不僅僅是一個原因，但是皇帝寶座過早傾覆，確實是因為這一點。啊！《漢書》有〈恩澤侯表〉，又有〈佞倖傳〉，現在採取它們的名稱，排列以為〈恩倖篇〉。

史述贊

述高祖紀贊

【作　者】班固，見頁二一四一三。

【題　解】本文選自《漢書・卷一〇〇・敘傳》。其體例全仿自司馬遷《史記・卷一三〇・太史公自序》，其中記載了自己的家世（特別著重記述其父班彪的生平事蹟）、撰寫《漢書》的目的、經過及各篇的寫作宗旨。《漢書》云「述」，司馬遷言「作」，這是班固自謙，其實都是敘目。本文是第一篇〈高祖紀〉的敘目，總括了漢高祖劉邦一生行事及功績。

皇❶矣漢祖❷，纂堯之緒❸，寔❹天生德，聰明神武❺。秦人❻不綱❼，網❽漏于楚❾，爰❿茲發迹⓫，斷蛇⓬奮旅⓭。神母告符⓮，朱旗⓯乃舉，粵⓰蹈⓱秦郊⓲，嬰⓳來稽首⓴。革命㉑創制㉒，三章㉓是紀，應天順民，五星㉔同晷㉕。項氏㉖畔換㉗，黜我㉘巴㉙、漢㉚。西土㉛宅心㉜，戰士憤怨。乘釁㉝而運㉞，席卷㉟三秦㊱，割據河山㊲，保㊳此懷民㊴。股肱㊵蕭㊶、曹㊷，社稷是經㊸，爪牙㊹信㊺、布㊻，腹心㊼良㊽、平㊾，恭行天罰㊿，赫赫(51)明明(52)。

【注釋】①皇　大。②漢祖　指漢高祖劉邦。③纂堯之緒　繼承唐堯的事業。堯的後代有劉累，而范氏為劉累的後代，做晉國的士師，魯文公時代出奔秦國，後又回到晉，留在秦的就是劉氏。④寔　實。⑤神武　神明而威武。⑥秦人　指秦皇。⑦不綱　不能整其綱。綱，提網的繩。⑧綱　比喻法律。⑨楚　指陳涉。陳勝在陳縣（今河南淮陽）稱王後，建立張楚政權。⑩爰　於。⑪發迹　指由卑微而至富貴。⑫斷蛇　劉邦曾為縣押送刑徒去酈山，到豐西部大澤中，路有大蛇當道，劉邦就拔劍把蛇斬為兩截。⑬奮旅　振作眾人。旅，眾。⑭神母告符　劉邦斬蛇後，有人來到蛇被殺處，見到一個老婦在哭，訴說她的兒子白帝子因化為蛇，現被赤帝子所斬。符，符命。⑮朱旗　赤色的旗子。因劉邦為赤帝子，色尚赤。⑯粵　句首助詞。⑰蹈　踏。⑱秦郊　指秦都咸陽城外。郊，距都城百里謂之郊。⑲嬰　即秦王子嬰。秦始皇之孫，秦二世兄扶蘇之子。秦二世三年（西元前二〇七年），趙高殺死二世，立他為秦王。他又設計殺死趙高，並滅其三族。在位四十六日，投降劉邦。後為項羽所殺。⑳稽首　古代最表示敬崇的一種跪拜禮。跪而拱手，手下至於地，同時頭也磕到地上。臣子與君行禮，皆行此禮。此處指投降。㉑革命　改變秦制以應天命。㉒創制　始造制度。創，始。㉓三章　劉邦攻入咸陽後，約法三章，殺人者死，傷人及盜抵罪。㉔五星　指金、木、水、火、土五大行星。㉕晷　通「軌」。軌道。高帝元年五星聚於東井。前人認為此為聖人取天下之瑞應。㉖項氏　指項羽。名籍，羽為字，下相（今江蘇宿遷西南）人。秦二世元年（西元前二〇九年），從叔父項梁在吳中（今江蘇蘇州）起事。項梁戰死後，他繼領其軍，連克秦軍，威震天下。秦亡後，自立為西楚霸王，大封諸侯。在楚漢戰爭中，與劉邦爭奪天下失敗，最後在烏江（今安徽和縣東北）自刎，年僅三十一歲。㉗畔換　專橫。㉘我　指劉邦。㉙巴　巴郡。包括今四川重慶、南充、達縣、奉節、彭水、涪陵等地。㉚漢　指漢中郡。轄境約當今陝西秦嶺以南，留壩、勉縣以東，乾祐河流域以西和湖北鄖縣、保康以西，粉青河、珍珠嶺以北地區。㉛西土　指函谷關以西。原秦國土地。㉜宅心　猶歸心。宅，通「託」。周壽昌說。㉝乘釁　乘隙。釁，「舋」的俗字。間隙。㉞運　動。㉟席卷　像捲席子一樣。比喻全部占有。卷，通「捲」。㊱三秦　項羽破秦後，三分秦關中之地，以章邯為雍王，領咸陽以西之地；司馬欣為塞王，領咸陽以東至黃河之地；董翳為翟王，領上郡之地，合稱三秦。㊲河山　河流與山脈。指國土。㊳保　安定。㊴懷民　歸順之民。

懷，歸向。㊵股肱　比喻輔佐君主的大臣。股，大腿。肱，胳膊。㊶蕭　指蕭何。㊷曹　指曹參。㊸經　治理。㊹爪牙　指武臣。㊺信　指韓信。㊻布　指英布。六縣（今安徽六安東北）人。曾因犯法被黥面，故又稱黥布。秦末率驪山刑徒起事，歸屬項羽，封九江王。楚漢戰爭時，歸劉邦，封淮南王。高祖十一年（西元前一九六年）發兵反，兵敗被殺。㊼腹心　比喻親信。㊽良　指張良。㊾平　指陳平。㊿恭行天罰　奉行上天的懲罰。51赫赫　顯赫盛大貌。52明明　明察貌。

【語譯】偉大的漢高祖，繼承堯的事業，實是上天賦予他這樣的盛德，聰敏睿智而神明威武。秦人失去綱紀，陳涉造反衝破法網，高祖由此而發跡，斬斷當路之蛇，振作眾人之氣。神母來告訴符命，於是就舉起了朱旗，踏上了秦都咸陽的土地，秦王子嬰低頭投降。改變秦制以應天命，始創制度，約法三章，適應天命，順從人心，金、木、水、火、土五星同軌。項羽專橫，把高祖貶到巴郡、漢中郡一帶。關西百姓歸心高祖，士兵們憤怒怨恨項羽。於是乘隙而動，全部占有了三秦之地，分割占據了那片國土，安定這些歸順之民。輔佐大臣是蕭何、曹參，他們協助治理國家，武臣是韓信、英布，親信是張良、陳平，奉行上天的懲罰，真是顯赫明察。

述成紀贊

【作　者】班固，見頁二四一三。

【題　解】本文選自《漢書・卷一〇〇・敘傳》。是卷一〇〈成帝紀〉的敘目。成帝，名驁，元帝長子。年二十即位，西元前三二至前七年在位。在位期間，外有外戚王氏專政，內有趙飛燕姊妹專寵，西漢從此衰落。本文概述了成帝之政，寥寥幾語批評，擊中肯綮。

孝成皇皇❶，臨朝❷有光❸，威儀❹之盛，如珪❺如璋❻。閫闈❼恣❽趙❾，朝政在王⑩，炎炎⑪燎火⑫，亦⑬允⑭不陽⑮。

【注　釋】❶皇皇　美盛貌。❷臨朝　當朝。❸有光　有光明。❹威儀　莊嚴的容貌舉止。❺珪　長形玉版，上圓或尖，下方，為帝王諸侯所執。❻璋　形似珪，但上部為斜銳角形。貴族在朝聘、祭祀、喪葬時所用的禮器。❼閫闈　指後宮。閫，門檻。闈，小門。❽恣　聽任。❾趙　指趙飛燕姊妹。趙飛燕，成陽侯趙臨之女。善歌舞，因體輕，號曰飛燕。成帝時入宮，為婕妤，許后廢，立為皇后，與其妹昭儀趙合德專寵十餘年。哀帝立，尊為皇太后。平帝立，廢為庶人，自殺。❿王　指王鳳。字孝卿，東平陵（今山東濟南東）人。其妹王政君為元帝皇后。初為衛尉，繼承父親陽平侯的爵位。成帝時，以外戚而為大司馬、大將軍、領尚書事。他專斷朝政，內外官吏皆出其門下。⑪炎炎　灼熱的火光。⑫燎火　大燭的火。燎，大燭。⑬亦　句首助詞。原作「光」，據《文選考異》改。⑭允　確實。⑮陽　光明。

【語　譯】孝成皇帝真美盛，上朝之時身帶光彩，容貌舉止莊嚴齊整，彷彿珪璋般地典雅美盛。無奈後宮一味寵幸聽任趙飛燕姊妹，朝政大事均被王鳳把持，這灼熱的大燭之火，確實使得西漢國祚落入灰暗。

述韓彭英盧吳傳贊

【作　者】班固，見頁二四一三。

【題　解】本文選自《漢書・卷一〇〇・敘傳》，是卷三四〈韓彭英盧吳傳〉的敘目。楚王韓信、梁王彭越、淮南王英布、燕王盧綰、長沙王吳芮是劉邦定天下後分封的八個異姓諸侯王之中的五個，除吳芮外，其餘四個後皆被劉邦誅滅。究其原由非一，而本文卻從諸王出身低下著眼，說他們德薄位尊，必然遭禍，議論略嫌偏頗。

信❶惟❷餓隸❸，布❹寔❺黥徒❻，越❼亦❽狗盜❾，芮❿尹⓫江湖⓬。雲起⓭龍驤⓮，化⓯為侯王，割有齊、楚⓰，跨制淮、梁⓱。綰⓲自⓳同閈⓴，鎮我北疆㉑，德薄㉒位尊，非祚㉓惟殃㉔。吳㉕克㉖忠信，胤嗣㉗乃㉘長。

【注釋】❶信　指韓信。❷惟　是。❸餓隸　韓信未發達時，家貧，常寄食人家。隸，賤人。❹布　指英布。❺寔　是。❻黥徒　英布曾受黥刑，故稱。徒，服勞役的犯人。❼越　即彭越。字仲，昌邑（今山東金鄉西北）人。常漁鉅野澤中，為盜。秦末聚眾起兵，後歸劉邦，屢建奇功，封梁王。漢高祖十一年（西元前一九六年）被人告謀反，滅三族。❽亦　乃。❾狗盜　指偷盜者。❿芮　即吳芮。鄱陽（今江西波陽）人。初為秦鄱陽令，甚得江湖間民心，號曰鄱君。秦末起兵，項羽封之為衡山王。漢朝建立，改封為長沙王。⓫尹　治理。⓬江湖　五湖四海各地。此指鄉間，以與朝廷相對，因吳芮為鄱陽縣令，治理一縣之地。⓭雲起　像雲一樣興起。⓮龍驤　像龍一樣騰空。驤，高舉。⓯化　變。⓰割有齊楚　指韓信，先封齊王，後改封楚王。⓱跨制淮梁　指英布和彭越。英布封淮南王，彭越封梁王。跨，據有。制，控制。⓲綰　即盧綰。與劉邦同鄉，又同日生。隨劉邦起事於沛，入漢中，為將軍。後擊破燕王臧荼，封燕王。因牽連到陳豨叛亂事，逃亡匈奴，匈奴單于封之為東胡盧王，病死於匈奴中。⓳自　因為。⓴閈　里門。㉑北疆　北方邊疆。㉒薄　微少。㉓祚　福。㉔殃　災禍。㉕吳　吳芮。㉖克　能。㉗胤嗣　後代。胤，後代。嗣，子孫。㉘乃　就。

【語譯】韓信是個捱餓的卑賤之人，英布是個受過黥刑的犯人，彭越是個偷盜之人，吳芮是個小小的縣令。他們像雲興起，像龍騰空，變成侯王，分割占有齊楚之地，據有控制淮梁地區。盧綰因為與高祖同里，鎮守我大漢北方邊疆，德行微少而位置高貴，這不是福而是禍。如果吳芮能夠忠心誠實，其後代就能長久。

後漢書光武紀贊

【作者】范曄，見頁二四六三。

【題解】司馬遷〈太史公自序〉、班固〈敘傳〉，敘述寫作諸篇之意，或曰作，或曰述，而總在一篇，使前後相次，井然有序。范曄更名為贊，而分別割裂，置於每卷之末，其弊劉知幾即已言之（見《史通・論贊》）。

本文是第一篇〈光武帝紀〉的贊，總述了光武帝劉秀統率群雄，中興漢室的豐功偉績，讚美了劉秀的英明神武。

贊曰：炎政❶中微❷，大盜❸移國❹。九縣❺飆迴❻，三精❼霧塞❽。民厭❾淫詐❿，神⓫思反德⓬。世祖⓭誕命⓮，靈⓯貺⓰自甄⓱。沈⓲機⓳先物，深略⓴緯文㉑。尋㉒、邑㉓百萬㉔，貔㉕虎為群。長轂㉖雷野，高旗彗㉗雲。英威㉘既振㉙，新都㉚自焚。虔劉㉛庸㉜、代㉝，紛紜㉞梁㉟、趙㊱。三河㊲未澄㊳，四關㊴重擾㊵。神旌㊶乃顧㊷，遞行㊸天討㊹。金湯㊺失險，車書共道㊻。靈慶㊼既啟㊽，人謀㊾咸贊㊿。明明[51]廟謨[52]，赳赳[53]雄斷[54]。於赫[55]有命[56]，系[57]我皇漢！

【注釋】❶炎政 指漢朝。漢自稱以火德王，故稱。❷中微 中道衰微。指哀帝、平帝時王莽專政。❸大盜 指王莽。❹移國 謂篡奪國政。❺九縣 與「九州」同。指中國。❻飆迴 比喻動亂。飆，暴風。迴，旋轉。❼三精 日、月、星。❽霧塞 比喻昏暗。❾厭 憎惡。❿淫詐 過度的欺詐。⓫神 指上帝。⓬反德 回歸漢德。反，通「返」。回歸。⓭世祖 指劉秀。他死後，廟號世祖。⓮誕命 猶大命。天命。誕，大。⓯靈 神靈。⓰貺 賜。⓱甄 彰明。⓲沈 深。⓳機 謀策。⓴略 謀略。㉑緯文 經緯天地。文，經緯天地。㉒尋 即王尋。王莽時大司徒，率軍進攻昆陽（今河南葉縣北）綠林軍，兵敗被殺。㉓邑 即王邑。王莽時為大司空，與王尋一起率軍攻打昆陽，戰敗而逃。㉔百萬 王莽地皇四年（西元二三年），王尋、王邑率軍四十二萬，號稱百萬，攻打昆陽綠林軍。㉕貔　一種猛獸，形狀像虎。㉖長轂　兵車。㉗彗　掃。㉘英威　威武。㉙振　整頓。㉚新都　指王莽。莽曾封新都侯。㉛虔劉　均為殺意。㉜庸　指公孫述。述據有庸蜀之地。㉝代　指盧芳。芳據代郡。㉞紛紜　擾亂。㉟梁　指劉永。永占有梁地。㊱趙　指王郎。郎占趙地。㊲三河　指河東、河內、河南三郡。㊳未澄　沒有安定。這時更始帝大司馬朱鮪等據洛陽，沒有歸順劉秀。㊴四關　指長安。關中東有函谷關、南有武關、西有散關、北有蕭關。㊵重擾　更始帝定關中後，赤眉軍又攻入長安，殺死劉玄。重，再。擾，亂。㊶神旌　神旗。旌，旗。㊷顧觀看。㊸遞行　順次實行。㊹天討　指奉上天之命征伐。㊺金湯　指金城湯池。㊻車書共道　車同軌、書同文。指天下一統。㊼靈慶　神靈的獎賞。㊽啟　開。㊾人謀　眾人的謀劃。㊿贊　幫助。(51)明明　明察的樣子。(52)廟謨　指皇帝對國事的計謀。(53)赳赳　雄健勇武的樣子。(54)雄斷　英明善於決斷。(55)於赫　贊歎辭。於，歎詞。赫，明貌。(56)有命　天命。有，助詞。(57)系　繼承。

【語　譯】贊文曰：漢朝中道衰微，王莽篡奪了國政。九州大地狂飆捲起，日、月、星三光昏暗。百姓憎惡王莽過度的欺詐，上帝想要回歸漢德。世祖大受天命，神靈恩賜的禎祥自己顯現。深沈的謀策先於萬物，高深的謀略經緯天地。王尋、王邑率軍百萬，貔虎成群結隊。兵車聲像雷震於野，高聳的軍旗掃及雲端。威武已經整頓，王莽自焚而死。公孫述、盧芳殺戮庸代之地，劉永、王郎擾亂梁趙之處。河東、河內、河南三郡沒有安定，長安再次紛亂。於是神旗所至，順次實行上天的征伐。割據之人雖有金城湯池，也失去了險要之用，天下歸於一統，達到車同軌、書同文。神靈的獎賞已經開啟，眾人的謀劃都有幫助。皇帝英明的計謀，雄武而又善於決斷。啊！光明的天命，繼承我大漢皇朝！

卷五一

論

過秦論

2519 論秦過

【作　者】賈誼（西元前二〇〇～前一六八年），洛陽（今河南洛陽東）人。西漢政治家、文學家。漢文帝初年，由洛陽守吳公推薦，被召為博士，掌管文獻典籍，官至大中大夫。力主改革政制，因被權貴中傷，出為長沙王太傅。四年後，復被召為梁懷王太傅。懷王墮馬死，誼自傷為傅無狀，鬱鬱而死。賈誼在政治上建議逐步削弱地方割據勢力，鞏固朝廷政權，以全力抗擊匈奴；並強調重農，充裕民食。他的政論文章內容充實，分析透闢，具有說服力。辭賦則除本篇外，尚有〈弔屈原賦〉最有名。他的原集已散佚，今人輯為《賈誼集》，包括《新書》十卷。

【題　解】本篇主要是論析秦王朝的過錯。賈誼生當漢初文帝之時，距秦朝滅亡的時間很近。文帝當時，雖然社會比較富裕安定，但是賈誼已敏銳地發覺許多潛伏的危機，並為此而憂心忡忡。他覺得有必要總結強大不可一世的秦王朝所以會速亡的經驗教訓，以為漢朝的長治久安提供借鑒。

〈過秦論〉有上中下三篇（劉向所編賈誼《新書》，將中下篇合為下篇，因此是上下兩篇），這是上篇。論述秦王朝在以武力統一全國之後，依恃自己的強大，不能對百姓施行仁義，而一意推行暴虐統治，妄圖使百姓屈服於他的淫威，而使自己子孫能萬代相繼稱王。然而，事實恰恰與他的願望相反，秦王朝很快就被陳涉起義的浪潮所推翻，證明暴虐者終究自食惡果。中篇是論述秦二世之過錯。認為二世若能改弦易轍，行仁義之政，則尚可保其功業，然而他卻暴虐如故，因而難免敗亡。下篇論述子嬰的過錯。認為他沒有採取挽救危敗的正確策略，所以必然滅亡。同時總論始皇、二世、子嬰三人的過錯。

人心的向背，關係到事業的成敗與國家的興亡，這樣的認識，早在漢以前的一些有識之士中已逐漸形成。賈誼此篇雖然沒有提到「人心向背」的詞語，但是顯然是以秦王朝敗亡的突出事例，有力地論證這一思想觀點：以暴虐逞威，違逆民心，縱有金城千里，也將頃刻土崩瓦解，這是歷史發展的必然。由於賈誼此文透徹地揭示了這種必然性，使得這一進步的思想觀點無論對於當時或後代都產生巨大的影響，本文也因此成為具有不朽價值的政論名篇。

秦孝公據殽函之固❶，擁雍州❷之地，君臣固守，以窺周室❸。有席卷天下、包舉宇內、囊括四海之意❹，并吞八荒❺之心。當是時也，商君❻佐之，內立法度，務❼耕織，修❽守戰之具❾，外連衡而鬥諸侯❿。於是秦人拱手⓫而取西河之外⓬。孝公既沒，惠文、武、昭蒙故業，因遺冊⓭，南取漢中⓮，西舉巴⓯蜀⓰，東割膏腴⓱之地，收⓲要害之郡。諸侯恐懼，會盟而謀弱秦⓳，不愛珍器重寶肥饒之地，以致⓴天下之士，合從㉑締交，相與為一㉒。當此之時，齊有孟嘗㉓，趙有平原㉔，楚有春申㉕，魏有信陵㉖。此四君者，皆明智而忠信，寬厚而愛人，尊賢而重士，約從離橫㉗，兼韓、魏、燕、趙、宋、衛、中山之眾㉘。於是六國之士，有甯越、徐尚、蘇秦、杜赫之屬為之謀㉙，齊明、周最、陳軫、召滑、樓緩、翟景、蘇厲、樂毅之徒通其意㉚，吳起、孫臏、帶佗、兒良、王廖、田忌、廉頗、趙奢之倫制其兵㉛。嘗㉜以十倍之地，百萬之眾，叩關㉝而攻秦。秦人開關而延敵㉞，九國㉟之師逡逃㊱而不敢進。秦無亡矢遺鏃之費㊲，而天下諸侯已困矣。於是從散約解㊳，爭割地而賂㊴秦。秦有餘力㊵而制其弊㊶，追亡逐北㊷，伏屍㊸百萬，流血漂櫓㊹。因利乘便㊺，宰割天下，分裂河山㊻，強國請伏㊼，弱國入朝㊽。施及孝文王、莊襄王，享國之日淺㊾，國家無事。

【章　旨】論述秦國由於所據地勢的險要，加上自孝公至昭王採取了正確的內外政策，所以日益強盛，一舉粉碎了山東九國的聯合進攻，使它們不得不表示屈服。

【注　釋】❶秦孝公句　秦孝公，名渠梁，西元前三六一至前三三八年在位。殽，同「崤」。即崤山。在今河南洛寧西北。函，函谷關。在今河南靈寶東北。固，險阻。❷擁雍州　擁，擁有；占據。雍州，我國古時九州之一，約在今陝西東、北部、甘肅大部與青海小部分地區。❸窺周室　窺，暗中觀察。周室，東周王朝。❹席卷天下句　席卷天下，把天下像捲席子一樣全部捲走。包舉，打包裹。囊括，在袋中盛放東西，並結紮袋口。宇內、四海，意同「天下」。指全國。❺八荒　八方荒遠的地方。❻商君　即商鞅（約西元前三九〇至前三三八年）。本衛人，入秦後，輔助孝公實行變法，封於商於（今陝西商縣），故稱商君。❼務　努力。❽修　治；從事。❾守戰之具　防守與出戰的器械。❿連衡而鬥諸侯　連衡，即「連橫」。是當時秦國為抗拒山東六國聯合進攻秦國所採取的外交策略。即秦國聯合山東個別諸侯國家，以打擊其他國家。鬥諸侯，使諸侯國互相鬥爭。⓫秦人拱手　指輕而易舉的意思。拱手，兩手合抱。⓬西河之外　指魏在黃河以西的土地。⓭孝公既沒三句　既沒，已去世。惠文，惠文王。名駟，孝公子，西元前三三七至前三一一年在位。武，武王。名蕩，惠文王子，西元前三一〇至前三〇七年在位。昭，昭襄王。名稷，武王異母弟，西元前三〇六至前二五一年在位。蒙，承繼。故業，先前的業績。因，遵循。遺冊，冊，當從《史記・卷四十八・陳涉世家》引作「策」。指孝公的既定策略。⑭漢中　在今陝西南部、秦嶺以南。⑮巴　古國名。在今四川東部。⑯蜀　古國名。在今四川西部。⑰膏腴　肥沃。⑱收　取。⑲弱秦　削弱秦國。⑳致　招致；招集。㉑合從　即「合縱」。是山東之國聯合起來對抗秦國的外交策略。㉒相與為一　相互結成一體。㉓孟嘗　孟嘗君田文。是靖郭君田嬰之子，承父封爵為薛公。以好客著稱，門下食客至數千人。曾為齊相、魏相。㉔平原　平原君趙勝。是趙武靈王之子、惠文王之弟，封於東武城，曾三任趙相。相傳有食客三千人。㉕春申　春申君黃歇。考烈王時為楚相，有食客三千餘人。㉖信陵　信陵君無忌。安釐王異母弟，有食客三千人。㉗約從離橫　使合縱之國加強團結，破壞秦國的連橫。約，纏束；團結。㉘兼韓魏句　兼，聯合。「燕」下當據《史記・卷六・秦始皇本紀》引補「楚齊」二字。韓、魏、燕、楚、齊、趙，即山東六國，是合縱抗秦的主要力量。宋、衛、中山，是比較小的國家。宋在今河南東部和山東、江蘇、安徽間。衛在今河北南部、河南北部一帶。中山在今河北定縣一帶。眾，眾多諸侯國家。㉙有甯越句　甯越，趙人。徐尚，未詳。蘇秦，東周洛陽人，縱橫家。杜赫，周人。屬，類。為之謀，為合縱之國出謀劃策。㉚齊明句　齊明，東周臣。後仕於秦、楚及韓。周最，周君之公子。陳軫，夏人。曾仕於秦和楚。召滑，楚人。樓緩，魏文侯之弟。翟景，未詳。蘇厲，蘇秦之弟，仕齊。樂毅，本齊臣，後入燕，燕昭王以為亞卿、上將軍，後又出奔，仕於趙。徒，眾；一班人。通其意，溝通合縱國之間的意圖。㉛吳起句　吳起，（西元前？至前三七八年）衛人。善用兵，初仕魏為將，後為楚相，銳意改革，楚悼王死後被殺害。孫臏，齊人。軍事家，孫武的後代，為齊大將，著有《孫臏兵法》。帶佗，未詳。兒良、王廖，當時知名的豪士。田忌，齊將。廉頗，趙將。趙奢，趙將。倫，輩；類。制其兵，率領他們的軍隊。㉜嘗　曾。㉝叩關　攻打函谷關。叩，擊。㉞延敵　引進對方的軍隊。㉟九國　即山東六國加上宋、衛、中山三國。㊱遁逃　逃跑。㊲亡矢遺鏃之費　亡、遺，損失。矢，箭。鏃，箭頭。費，損耗。㊳從散約解　合縱的盟國關係瓦解。㊴賂　賄賂；討好。㊵餘力　充裕的力量。㊶制其弊　乘九國之師陷於困境的形勢，以制服他們。㊷追亡逐北　亡、北，敗逃的人。逐，追擊。㊸伏屍　倒斃的屍體。㊹櫓　大盾牌。㊺因利乘便　憑藉這有利的形勢。㊻分裂河山　分割他國土地，歸己所有。㊼請伏　請求服從。㊽入朝　到秦國朝拜稱臣。㊾施及二句　施及，延續到。孝文王，昭襄王之子，西元前二五〇年在位。莊襄王，孝文王之子，西元前二四九至前二四七年在位。享國日淺，在位時間短。

【語　譯】秦孝公依靠崤山與函谷關的險阻，占據著雍州這個地方，君臣上下牢牢地守住，窺視著東周王朝的動靜，懷著把天下像捲席子一樣地全部捲走，像包裹東西一樣全部包走，像口袋裝東西一樣全部裝走，甚至連八方荒遠的地方也一起吞併掉的雄心。在這個時候，商鞅輔佐他，在國內建立法律制度，使百姓努力耕織，修繕防守與出戰的器械，對外採取連橫的策略使諸侯國家互相鬥爭。因此，秦國人輕而易舉地取得了魏國在黃河以西的地方。孝公去世之後，惠文王、武王、昭襄王先後承繼孝公的事業，並遵循孝公的既定策略，南面兼併了漢中，西面攻下了巴、蜀，東面占據了肥沃的土地，取得險要的郡邑。諸侯因而感到恐懼，相會結盟以謀劃削弱秦國的力量。他們不惜拿出珍貴的器物和肥沃的土地，用來招引天下有才能的人士，他們以「合縱」的外交策略締結邦交，彼此結成一體。在這個時侯，齊國有孟嘗君，趙國有平原君，楚國有春申君，魏國有信陵君。這四君，都明智而且守信用，為人寬厚而且愛恤百姓，又尊重賢士，他們都致力於加強合縱之國的團結而破壞連橫策略，使韓、魏、燕、楚、齊、趙、宋、衛、中山等眾多國家聯合起來。於是在山東六國的人士中，有甯越、徐尚、蘇秦、杜赫這一類人出謀劃策；有齊明、周最、陳軫、召滑、樓緩、翟景、蘇厲、樂毅這一類人溝通意圖；有吳起、孫臏、帶佗、兒良、王廖、田忌、廉頗、趙奢這一類人率領軍隊。他們憑藉著十倍於秦的土地，曾以百萬之眾的兵力，出擊函谷關，進攻秦國。秦人打開關門引他們進去，九國之兵卻不敢進入而後退逃跑。秦國不費一箭一矢，而對方就已陷入困境。因而合縱盟國的關係瓦解，各國爭相割地去討好秦國。秦國便有充裕的力量乘九國之兵陷於困境時，出兵追擊敗逃之敵，致使百萬之眾倒斃原野，流淌的血把大的盾牌都漂浮起來了。憑藉這有利的形勢，秦國任意割裂別國土地，歸己所有，使強國告請服從，弱國到秦國朝拜稱臣。延續到孝文王、莊襄王，他們在位的時間短，國家沒有發生重大事故。

及至始皇，奮六世之餘烈❶，振❷長策❸而御❹宇內。吞二周❺而亡諸侯❻，履至尊❼而制❽六合❾，執敲扑以鞭笞天下❿，威振四海。南取百越之地，以為桂林、象郡⓫。百越之君俛首係頸⓬，委命下吏⓭。乃使蒙恬北築長城而守蕃籬⓮，卻匈奴⓯七百餘里，胡人⓰不敢南下而牧馬，士⓱不敢彎弓而報怨。於是廢先王之道，燔百家之言⓲，以愚黔首⓳。隳名城⓴，殺豪俊，收天下之兵㉑聚之咸陽，銷㉒鋒㉓鍉㉔鑄以為金人㉕十二，以弱天下之民㉖。然後踐華為城，因河為池㉗，據億丈之城，臨不測之谿以為固；良將勁弩㉘，守要害之處，信臣精卒㉙，陳利兵而誰何㉚。天下已定，始皇之心，自以為關中㉛之固，金城㉜千里，子孫帝王，萬世之業㉝。

【章旨】論述秦始皇完成了統一全國的大業之後，隨即採取了一系列殘暴鎮壓和防範的措施，妄圖實現子孫萬世為帝的野心。

【注釋】❶及至始皇二句　及至，到了。始皇，嬴姓，名政，西元前二四六至二一〇年在位。西元前二二一年統一六國後稱帝，自號始皇帝。奮，發揚。六世，自秦孝公至莊襄王六代。餘烈，傳下的功業。❷振　揮動。❸長策　長鞭。❹御　駕御。❺二周　西周與東周。東周王朝在最後的周赧王時，分東西周而治，實際為兩個小國。西周滅於昭襄王五十一年，東周滅於莊襄王元年，並不在秦始皇時。❻亡諸侯　滅亡各諸侯國。秦始皇二十六年滅齊，六國至此都亡。❼履至尊　履，登上。至尊，指皇帝之位。時在始皇二十六年（西元前二二一年）。❽制　控制。❾六合　天地四方。指全國。❿執敲扑句　意為殘暴地統治天下。敲扑，木杖一類的刑具，短的稱敲，長的稱扑。鞭笞，鞭打。⓫南取百越之地二句　百越，也稱百粵。指居住在我國南方（今浙江、福建、廣東、廣西等地）越族的總稱。桂林、象郡，郡名。桂林郡在今廣西北部及東部地區，象郡在廣西南部及以南、以西地區。⓬俛首係頸　俛首，低著頭。俛，同「俯」。係頸，項頸上拴著繩索。⓭委命下吏　將性命交給秦朝的下級官吏。⓮乃使蒙恬北築長城而守蕃籬　蒙恬，秦將。秦始皇三十三年，蒙恬率軍擊敗匈奴後，修築長城，西起臨洮（今甘肅岷縣），東至遼東。世稱萬里長城。蕃籬，籬笆。這裡指邊境。蕃，通「藩」。⓯卻匈奴　使匈奴退卻。⓰胡

人　即指匈奴。⑰士　指匈奴的軍士。⑱燔百家之言　秦始皇三十四年，用丞相李斯議，《詩經》、《尚書》、百家語限博士官保有，私藏者限三十天交地方官燒毀。燔，焚燒。百家之言，眾多學派的言論。此指記載言論的書籍。⑲黔首　民眾。是秦統治者對民眾的稱呼。⑳隳名城　指毀壞各地名城的城牆等城防建築。隳，毀壞。㉑兵　兵器。㉒銷　熔化。㉓鋒　刀刃。㉔鍉　箭頭。㉕金人　銅人。㉖以弱天下之民　用來削弱全國民眾的反抗力量。㉗踐華為城二句　踐，登上。華，華山。在今陝西省華陰縣東南。為城，作為城牆。因，憑藉。河，黃河。池，護城河。㉘勁弩　用強勁有力的機械發射的弓。㉙信臣精卒　信臣，可信賴的臣子。精卒，精兵。㉚陳利兵而誰何　陳，布列。利兵，銳利的兵器。誰何，查問是誰。㉛關中　指秦雍州地。秦以函谷關為門戶。㉜金城　比喻堅固的城牆。㉝子孫帝王二句　秦始皇曾說：「朕為始皇帝，後世以計數，二世、三世，至於萬世，傳之無窮。」帝王，稱帝稱王。萬世之業，可傳萬代的功業。

【語譯】到了秦始皇，他發揚六代傳下的功業，舉起長鞭駕御整個天下。他吞併了東周、西周兩個小國，又滅亡所有的諸侯國家，登上皇帝之位，實現了天下一統的美夢。他手執棍棒實行殘暴統治，威勢震懾四海。隨後向南攻占了百越之地，設置桂林郡和象郡。使百越地方的君長，都低著頭，項頸上拴著繩索，把自己的性命交給秦朝的下級官吏處置。又派遣蒙恬在北方修築長城保衛邊疆，使得匈奴後撤七百餘里，再也不敢南下牧馬，軍士也不敢開弓而報仇。於是廢棄先王的治國大道，燒毀諸子百家的圖書文籍，想以此使百姓愚昧無知。又毀壞各地名城的城牆，殺死豪傑人士，繳收天下的兵器，把它們聚集於咸陽，銷熔後鑄造成十二個銅人，用以削弱民眾的反抗力量。然後憑藉華山作為京都東面的城牆，黃河作為護城之河，據有億丈之高的城牆，依靠著有不測之深的護城河，認為防守的地勢如此險固；再加上有善戰的將領，並設置有強有力的弓弩，把守這個要害之地，更有忠貞可信的臣子和精銳的士兵，布列著銳利的兵器，查問進出的行人。天下已經平定，始皇自己認為，關中的險固，堅城綿延千里，這是子子孫孫可以稱帝稱王，傳之萬代的功業。

始皇既沒，餘威❶震於殊俗❷。然而陳涉❸，甕牖繩樞❹之子，甿隸❺之人，而遷徙之徒❻也，材能不及中庸❼，非有仲尼墨翟❽之賢，陶朱猗頓❾之富，躡足行伍❿之間，俛起⓫阡陌⓬之中，率罷散⓭之卒，將⓮數百之眾，轉⓯而攻秦，斬木為兵⓰，揭竿為旗⓱，天下雲集⓲而響應⓳，贏糧而景從⓴，山東㉑豪俊遂㉒並起㉓而亡秦族矣。

【章　旨】論述陳涉起義的發生與全國出現的討秦聲勢。

【注　釋】❶餘威　留下的威勢。❷殊俗　指風俗不同的邊遠地區。❸陳涉　（西元前?至前二〇八年）名勝，陽城（今河南登封告成鎮）人，是秦末起義抗秦的領袖。❹甕牖繩樞　甕牖，用破罈做窗戶。繩樞，用繩圈做門臼。❺甿隸　替人耕種的雇農。❻遷徙之徒　被徵調去邊地守衛的士卒。二世元年七月，陳涉作為戍卒，被徵發去戍守漁陽。❼中庸　平常的人。❽仲尼墨翟　仲尼，即孔丘。字仲尼（西元前五五一至前四七九年）。春秋魯人，儒家學派的創始人，倡導仁愛。墨翟，（約西元前四六八至前四〇〇年）戰國初年魯人，墨家學派的創始人，主張「兼愛」、「非攻」。❾陶朱猗頓　陶朱，即范蠡。春秋楚人，仕越為大夫。他在輔助越王句踐滅亡吳國後，辭官至陶（今山東定陶），經商致富，自號陶朱公。猗頓，春秋時魯人，以經營鹽業致富。❿躡足行伍　躡足，奔走。行伍，隊伍。原軍隊編制，五人為伍，二十五人為行，這裡是泛指。⓫俛起　猶「俯仰」。操勞。⓬阡陌　田間小路。這裡泛指田野。⓭罷散　困疲散亂。⓮將　率領。⓯轉　轉身。⓰斬木為兵　砍下樹木作為兵器。⓱揭竿為旗　舉起竹竿作為旗幟。⓲雲集　像雲一樣聚集。⓳響應　像回聲一樣應聲而起。⓴贏糧而景從　贏糧，擔著糧食。贏，通「贏」。景從，如影隨形那樣地跟從。景，同「影」。㉑山東　崤山以東原合縱之國的廣大地區。㉒遂　於是。㉓並起　一道起來。

【語　譯】秦始皇死後，他的威勢，使得那些風俗不同的邊遠地區的人們，也仍然感到驚懼。然而陳涉，是一個出身於用破罈當窗戶、用繩圈當門臼那樣貧窮人家的子弟，是一個受人雇傭的農夫，一個被徵調去守衛邊地的士卒，他的才能趕不上一般的人，沒有孔子、墨子那樣的賢能，也沒有陶朱公、猗頓那樣的富有，不過是奔走在軍隊裡的一個士卒、操勞在田野裡的一個農夫而已，卻率領著困疲散亂的數百個士卒，轉過身來向秦王朝進攻。他們砍下樹木作為武器，舉起竹竿作為旗幟，天下的人如風起雲湧一般地聚集起來，如回聲一般地應聲而起，他們自擔糧食，像影子依附形體一樣地緊緊跟隨。於是崤山以東地區的豪傑人士，便群起而消滅秦王室了。

且夫❶天下❷非小弱❸也，雍州之地，殽函之固自若❹也。陳涉之位，非尊於齊、楚、燕、趙、韓、魏、宋、衛、中山之君也；鋤耰❺棘矜❻，非銛❼於鉤戟❽長鎩❾也；謫戍❿之眾，非抗⓫於九國之師也；深謀遠慮，行軍用兵之道，非及曩時⓬之士也。然而成敗異變⓭，功業相反⓮。試使⓯山東之國與陳涉度長絜大，比權量力⓰，則不可同年而語⓱矣。然秦以區區⓲之地，致萬乘之權⓳，招⓴八州㉑而朝㉒同列㉓，百有餘年㉔矣，然後以六合為家㉕，殽函為宮㉖，一夫㉗作難㉘而七廟㉙隳，身死人手㉚，為天下笑者何也？仁義不施，而攻守之勢異也㉛。

【章　旨】論述陳涉的起義軍，雖然各方面都無法與當初九國聯軍相提並論，但是卻推翻了秦王朝，從而揭示出其中的根本原因：在於秦不施仁義，攻守勢異，所以終必陷於全國共討和敗亡的境地。

【注　釋】❶且夫　提示詞。❷天下　指秦朝統治的天下。❸小弱　變小變弱。❹自若　仍舊和從前一樣。❺耰　用來打碎土塊的木棒。❻棘矜　木做的杖。❼銛　鋒利。❽鉤戟　有鉤的戟。鉤，同「鈎」。戟，合戈矛為一體的兵器。❾長鎩　長矛類兵器。❿謫戍　因被處罰而去守邊。⓫抗　高；強。⓬曩時　早時；先前。⓭異變　大變。⓮功業相反　功業的成敗相反。⑮試使　若使。⑯度長絜大二句　都是說從力量上作比較。度，度量。絜，度量物的粗細叫絜。權，重。⑰同年而語　猶相提並論。⑱區區　狹小。指雍州一方之地。⑲萬乘之權　指國力強盛，一如天子。萬乘，擁有萬輛兵車。權，勢力。⑳招　舉；攻占。㉑八州　古時分全國為九州，秦據有雍州，所以總稱其他諸侯所據有的土地為八州。㉒朝　到秦朝拜稱臣。㉓同列　原先地位同等的諸侯。㉔百有餘年　從秦孝公執政到秦始皇統一全國，共一百四十年。㉕以六合為家　把天地四方變為他一家所有。㉖殽函為宮　把崤山、函谷關作為他宮廷的東牆。㉗一夫　一人。指陳涉。㉘作難　作亂。㉙七廟　古代天子所建的七座宗廟，以供奉七代祖先。這裡指代秦王朝。㉚身死人手　二世被趙高所殺，子嬰被項羽所殺。㉛攻守之勢異也　攻守的形勢不同了。過去攻人人不能守，現在人攻己也不能守。

【語　譯】這個時侯，秦王朝統治的天下，並沒有變小變弱，雍州這地方，崤山、函谷關的險阻，都和以往一樣。陳涉的地位，並不比齊、楚、燕、趙、韓、魏、宋、衛、中山的君主尊貴；鋤頭、木棒、刺木杖也並不比鉤戟、長矛鋒利；一群因被處罰而去守邊的人，並不比九國的軍隊強；他們的深謀遠慮，行軍用兵的辦法，也趕不上六國先前的將領謀士。然而成敗之勢大變，功業的興廢相反。若使山東的諸侯國與陳涉度量一下長短粗細，比較一下力量強弱，那是無法相提並論的。可是秦憑著狹小的地域起家，發展到擁有萬輛戰車的實力，攻占了其他八州的土地，使得同等的諸侯入朝稱臣，前後經營了一百多年，然後才使天下成為自己一家所有，把崤山、函谷關作為宮廷的東牆。可是一人作亂而七座祖廟倒塌，皇帝自己也死於他人之手，被天下人所譏笑，這是什麼原因呢？是由於不能施行仁義，而攻守的形勢變了的緣故啊。

非有先生論

【作　者】東方朔，字曼倩，平原厭次（今山東惠民）人。西漢文學家。漢武帝初即位，徵集天下人才，他上書自薦，「高自稱譽」，武帝以為奇。待詔金馬門，後為常侍郎，官至太中大夫，給事中。原有集二卷，已佚。

【題　解】東方朔為人詼諧滑稽，為武帝所親近，但是在事關國計民生時，他也敢於直言切諫。如他曾上書反對武帝修造上林苑，認為將「上乏國家之用，下奪農桑之業」。又如曾上書「諫農戰強國之計」等。然而，武帝卻始終將他看作可供調笑取樂的弄臣而已，在政治上不加重用，為此，東方朔內心憤鬱不平。他因感慨自己懷才不遇而作〈答客難〉。本篇則是以主（吳王）客（非有先生）問答的形式，闡明只有君王具有聽納臣下直言切諫的見識與胸懷，才能求得國泰民安的道理。文中的人物和情節都是虛構的，我們由此可以窺見作者欲有所作為的心跡。

非有先生仕於吳❶，進❷不能稱往古❸以廣主意❹，退❺不能揚君美以顯其功，默然無言者三年矣。吳王怪而問之，曰：「寡人獲先人之功❻，寄❼于眾賢之上，夙興夜寐❽，未嘗敢怠也。今先生率然❾高舉❿，遠集⓫吳地，將以輔治寡人⓬，誠竊嘉之⓭，體不安席⓮，食不甘味，目不視靡曼⓯之色，耳不聽鐘鼓之音，虛心定志，欲聞流議⓰者，三年於茲矣。今先生進無以輔治，退不揚主譽，竊為先生不取⓱也。蓋懷能而不見⓲，是不忠也；見而不行，主不明也。意者⓳寡人殆⓴不明乎？」非有先生伏㉑而唯唯㉒。吳王曰：「可以談矣，寡人將竦意㉓而聽焉。」先生曰：「於戲㉔！可乎哉？可乎哉？談何容易！夫談者有悖於目㉕而佛於耳㉖，謬㉗於心而便㉘於身者；或有說㉙於目、順於耳、快於心而毀於行㉚者，非有明王聖主，孰能聽之矣？」吳王曰：「何為其然㉛也？『中人以上可以語上也㉜』，先生試言，寡人將覽㉝焉。」

【章 旨】非有先生陳述對吳王三年不發一言的原因，在於事情的實際利害與君主的喜聽與厭聞常相反，因而說明對暗於事理的君主是不易勸諫的。

【注 釋】❶仕於吳　在吳國任職。❷進　指朝見君主。❸稱往古　舉古代的事。❹廣主意　開闊君主的心胸。❺退　指退朝之後。❻獲先人之功　承繼祖上的功業。❼寄　居；處。❽夙興夜寐　早起晚睡。❾率然　輕快的樣子。❿高舉　高飛。⓫集　止。⓬輔治寡人　輔佐我治理。寡人，吳王自稱。⓭誠竊嘉之　對此確實感到慶幸。⓮體不安席　身體不能安心地坐在坐席上。⓯靡曼　美麗。⓰流議　餘論；本論以外的議論。這是自謙的說法，即我只能聽您的餘論。⓱竊為先生不取　私下認為先生不該這樣做。⓲不見　不顯示；不表現。⓳意者　或許。⓴殆　或許；可能。㉑伏　上身前傾，面向下的動作。表恭敬。㉒唯唯　不表可否的應答辭。㉓竦意　抱恭敬之心。㉔於戲　猶「嗚呼」。表感歎。㉕悖於目　眼睛看了不舒服。悖，違背。㉖佛於耳　逆耳。佛，通「拂」。㉗謬　違背。㉘便　利。㉙說　通「悅」。㉚毀於行　損害品行。㉛何為其然　怎麼會像您所說的那樣。㉜中人以上可以語上也　見《論語・雍也》。中人，中等程度的人。語上，告以高深的學問。㉝覽　猶「聽」。

【語 譯】非有先生在吳國任職，覲見吳王時不能稱舉古代之事以開拓君主的心胸，退朝後也不能讚揚君主的美德以顯示他的功績，一直默默無言，已有三年的時間。吳王覺得奇怪，問他說：「我承繼祖上的功業，身處於眾多賢臣之上，早起晚睡，從不敢怠惰。現今先生輕快地高飛，遠到吳國之地，我本以為您將輔佐我治理吳國，私下確實感到慶幸。我為此坐不安席，飲食無味，眼睛不看美麗的色彩，耳朵不聽鐘鼓的聲音，虛心一意，想聽聽您的高論，到現在已經等了三年時間。可是您在朝廷之上既沒有輔佐我治理的作為，退朝後也不讚揚我的功績，我私下認為您不該這樣。您具有才能而不願表現，這是不忠；表現了而不能照辦，這是我的不明。這樣說來，或許是我的不明使您這樣吧？」非有先生彎下身子，只是唯唯諾諾，不表可否。吳王說：「可以說了，我將恭敬的聆聽你的高見。」先生說：「唉！行嗎？行嗎？談何容易！說到談論，有令君主看了不舒服，聽了逆耳，且違背他的心意，卻對他有利的情況；也有使他感到悅目順耳，稱心快樂，卻會損害他品行的情況，要不是明王聖君，誰能聽不稱心的話呢？」吳王說：「怎麼會像您所說的那樣呢？『中等程度以上的人可以告訴他高深的學問』，您試著說說，我會聽著。」

先生對曰：「昔關龍逢深諫於桀❶，而王子比干❷直言於紂，此二臣者，皆極慮盡忠，閔❸主澤❹不下流❺，而萬民騷動，故直言其失，切諫其邪者，將以為君之榮，除主之禍也。今❻則不然，反以為誹謗君之行，無人臣之禮，果❼紛然❽傷於身，蒙不辜之名❾，戮及先人❿，為天下笑，故曰談何容易！是以輔弼⓫之臣瓦解，而邪諂之人並進，遂及⓬飛廉⓭、惡來⓮、革等，三人皆詐偽，巧言⓯利口⓰，以進其身，陰奉彫瑑刻鏤⓱之好⓲，以納⓳其心，務快耳目之欲，以苟容為度⓴。遂往㉑不戒，身沒被戮㉒，宗廟崩弛㉓，國家為墟。殺戮賢臣，親近讒夫。《詩》㉔不云乎？『讒人罔極，交亂四國』㉕，此之謂也。故卑身賤體㉖，說色微辭㉗，愉愉呴呴㉘，終無益於主上之治，即㉙志士仁人不忍為也。將儼然㉚作矜莊㉛之色，深言直諫，上以拂㉜人主之邪，下以損㉝百姓之害，則忤㉞於邪主之心，歷㉟於衰世之法，故養壽命之士莫肯進也，遂居深山之間，積土㊱為室，編蓬為戶㊲，彈琴其中，以詠先王之風㊳，亦可以樂而忘死矣。是以伯夷叔齊㊴避周，餓于首陽之下，後世稱其仁。如是，邪主之行固足畏也，故曰談何容易！」

【章　旨】非有先生以關龍逢、比干因直言切諫被桀、紂殺害，飛廉、惡來、革邪惡諂媚，卻反受寵幸的事例，說明邪主令人畏懼，難以勸諫，所以志士仁人與養壽命之士寧可隱居山林而無意於仕進。

【注　釋】❶昔關龍逢深諫於桀　關龍逢，傳說夏朝賢臣。夏桀無道，為酒池糟丘，關龍逢極諫，被桀所殺。深諫，極力勸諫。❷王子比干　商紂王叔伯父（一說：紂庶兄）。傳說紂淫亂，比干犯顏強諫，被紂剖心而死。❸閔　憂傷。❹主澤　君主恩澤。❺下流　到達民眾。❻今　此；這。指這件事情。❼果　終於。❽紛然　雜亂的樣子。❾蒙不辜之名　無故蒙受罪名。辜，通「故」。❿戮及先人　連他們的祖宗也蒙受恥辱。戮，恥。⓫輔弼　輔佐。⓬及　至；出現。⓭飛廉　傳說是紂之諛臣。⓮惡來　傳說是飛廉之子，有力，善讒。⓯巧言　花言巧語。⓰利口　能言善道。⓱彫琢刻鏤　即雕刻。彫，通「雕」。⓲好　玩好之物。⓳納　結交。⓴以苟容為度　以求得苟且容身為限度。㉑遂往　竟一意孤行。㉒身沒被戮　自己被人殺死。㉓崩弛　廢毀。㉔詩　指《詩經》。是我國最早的一部詩歌總集，分風、雅、頌三部分，共三百零五篇，搜集了自西周初年至春秋中葉中原地區及江漢流域的詩歌，儒家列為經典之一。㉕讒人罔極二句　《詩經・小雅・青蠅》文。罔極，罪大惡極。交亂，一併擾亂。四國，四方。㉖卑身賤體　輕賤自己。㉗說色微辭　做出討人喜歡的臉色，以隱微方式表達意見。說，通「悅」。㉘愉愉呴呴　愉愉，和顏悅色的樣子。呴呴，言語和順的樣子。㉙即　則。㉚儼然　莊嚴的樣子。㉛矜莊　莊嚴。㉜拂　批評指責。㉝損　減少；消除。㉞忤　違背。㉟歷　遭遇。㊱積土　累土；堆土。㊲編蓬為戶　用蓬草編成門戶。㊳先王之風　先王的教化。㊴伯夷叔齊　商末孤竹君的兩個兒子，武王伐紂時，兩人曾叩馬諫阻，商被滅後，兩人恥食周粟，逃到首陽山（在今山西省永濟縣南），採薇而食，餓死在山裡。

【語　譯】非有先生回答說：「從前關龍逢向夏桀極力勸諫，王子比干向商紂直言相諫。這兩個臣子，都深思苦慮，竭盡忠心，憂傷民眾得不到君主的恩澤，從而造成萬民騷動的後果，因而直言君主的過失，極力諫阻君主的邪惡言行，這是想要為君主贏取榮耀，消除災禍啊。然而事情並不像他們所想的，反而被認為是誹謗君主的行為，不合臣子的禮節，終於先後都被殺害，無故地蒙受罪名，並且連他們的祖宗也蒙受了恥辱，被天下人所嘲笑，所以說『談何容易』！這就使得輔佐之臣瓦解零落，而邪惡諂媚之人都得到任用，於是就出現了飛廉、惡來、革等人，這三個人全都虛偽姦詐，花言巧語，能說善道，因而得到任用，他們私下將雕刻玩好之物獻給君主，來討君主的歡心，竭力滿足君主的聲色欲望，以求得自己苟且容身為限度。君主竟一意孤行，毫不戒備，因而被人所殺，宗廟廢毀，國家成為廢墟。殺害賢臣，親近讒人。《詩經》上不是這樣說的嗎？『讒人罪大惡極，四方都被擾亂』，說的就是這個意思。所以，輕賤自己，做出一付討人喜歡的臉色，不敢直言批評，和顏悅色，言語溫順，終究無益於君主的治理，志士仁人是不忍心這樣做的。而擺出一付嚴肅正經的臉色，極力的直言相諫，指責君主的邪惡，以消除對百姓的禍害，那就違背了邪惡君主的心意，不免遭到衰亂之世的刑法的殘害，因此保養壽命的人士就不肯任職，於是隱居在深山之中，堆土築室，編蓬草作門戶，在裡面撥弄琴弦，歌詠先王的教化，這也可以自得其樂而忘記死亡了。所以，伯夷、叔齊不願作周朝的臣民，逃避到首陽山下挨餓，後代稱讚他們的仁德。這樣看來，邪惡君主的作為確實是可怕的，所以說『談何容易』！

於是吳王懼然❶易容❷，捐薦去几❸，危坐❹而聽。先生曰：「接輿❺避世，箕子❻被髮佯狂，此二子者，皆避濁世以全其身者也。使遇明王聖主，得賜清讌❼之閒，寬和之色，發憤❽畢誠❾，圖畫❿安危，揆度⓫得失，上以安主體，下以便萬民，則五帝⓬三王⓭之道可幾⓮而見也。故伊尹蒙恥辱、負鼎俎、和五味以干湯⓯，太公釣於渭之陽以見文王⓰。心合意同，謀無不成，計無不從，誠得其君也。深念遠慮，引義以正其身⓱，推恩以廣其下⓲，本仁祖誼⓳，褒有德，祿賢能，誅惡亂，揔⑳遠方，壹㉑統類㉒，美風俗，此帝王所由昌也。上不變天性㉓，下不奪㉔人倫㉕，則天地和洽，遠方懷㉖之，故號聖王。臣子之職既加矣，於是裂地㉗定封㉘，爵為公侯㉙，傳國子孫，名顯後世，民到于今稱之，以遇湯與文王也。太公伊尹以如此，龍逢比干獨如彼，豈不哀哉！故曰談何容易！」

【章　旨】非有先生說明伊尹、太公的境遇與遭逢昏君邪主的接輿、箕子相反，由於他們遇上明王聖主，所以能相輔而創建帝王之業。

【注　釋】❶懼然　震驚的樣子。❷易容　臉色改變。❸捐薦去几　拿掉了薦席與几案。❹危坐　古人坐時兩膝著地，危坐則挺直身子，抬起臀部。❺接輿　春秋末楚國隱士。佯狂避世。❻箕子　商紂諸父。紂暴虐，箕子勸諫不聽，於是披髮佯狂，為紂所囚。周武王滅紂後，箕子獲釋歸於鎬京。❼讌　相聚敘談。❽發憤　意氣奮發。❾畢誠　竭盡忠誠。❿圖畫　謀劃。⓫揆度　度量。⓬五帝　黃帝、顓頊、帝嚳、堯、舜（據《史記．卷一．五帝本紀》）。⓭三王　禹、湯、周文王、武王。⓮幾　幾乎；差不多。⓯故伊尹句　是說伊尹有意充當陪嫁的廚師，以求知於成湯。伊尹，名摯。本是成湯妻的陪嫁奴隸，後輔佐湯伐夏桀，被尊為阿衡（宰相）。負，背。鼎，古人烹飪的器具。俎，切肉用的砧板。和五味，五味調和。五味，指酸、苦、甘、辣、鹹。干，求（知）。⓰太公句　太公，姜姓，呂氏，名尚，周初人。相傳曾垂釣於渭水之濱，周文王出獵相遇，相談大喜，同車而返，說：「吾太公望子久矣！」於是號為太公望，立為師。後輔佐武王滅商，封於齊，是齊國的始祖。渭之陽，渭水的北岸。⓱引義以正其身　舉說道義以使君主身正。⓲推恩以廣其下　使君主的恩惠自上而推廣於下。⓳本仁祖誼　以仁義為根本。誼，義。⑳揔　統。㉑壹　統一。㉒統類　綱紀法式。㉓天性　天道自然。㉔奪　亂。㉕人倫　指人與人之間親疏長幼尊卑等關係。㉖懷　歸附。㉗裂地　分予土地。㉘定封　確定封賞。㉙爵為公侯　授予公侯的爵位。

【語　譯】於是吳王感到震驚，臉色也變了，撤去了薦席和几案，正襟危坐地傾聽。非有先生說：「接輿避世，箕子披散頭髮裝瘋，這二位都是逃避亂世以保全自身的人。假如他們能遇到明王聖主，賞賜他們相聚敘談的機會，以寬容和氣的態度對待他們，使他們意氣奮發，竭誠效忠，為國家消除危亂，求得安定，權衡得失，這樣，上可以使君主安寧，下可以有利於萬民，那麼，五帝三王的治國之道幾乎可以再現了。因而伊尹寧願蒙受恥辱，揹著鼎俎，調和五味以求知於湯，太公望垂釣於渭水的北岸而得見文王。由於君臣心合意同，所以他們的計謀無不成功，無不得到聽從，確實得到了意中的君主。他們深思遠慮，舉說道義以使君主身正，使他把恩惠自上而推廣於下，一切都能從仁義出發，使有德者得到褒獎，賢能者得到俸祿，有作亂之惡者受到懲罰，使偏遠地方也歸於一統，統一綱紀，美化風俗，這是帝王之業所以昌盛的原因啊！這樣做，對上是順應天道自然，對下又合乎人倫，使得天地和諧，遠方歸附，稱他們為聖王。如此之臣，君主當初既已授予他們官職，如今大功告成，於是分給他們土地，確定他們的封賞，授予公侯的爵位，並且讓他們傳國於子孫，名顯於後世，人民到今天還稱頌他們，原因在於他們遇到了成湯與周文王這樣的賢主啊！太公、伊尹是這樣，龍逢、比干卻是那樣，難道不令人傷心嗎！所以說『談何容易』！」

於是吳王穆然❶，俛而深惟❷，仰而泣下交頤❸，曰：「嗟乎！余國之不亡也，綿綿連連，殆哉，世之不絕❹也！」於是正明堂之朝❺，齊君臣之位❻，舉賢才，布德惠，施仁義，賞有功；躬親節儉，減後宮❼之費，損車馬之用；放鄭聲❽，遠佞人❾，省庖廚，去侈靡，卑宮館❿，壞苑囿⓫，填池塹⓬，以與貧民無產業者；開內藏⓭，振⓮貧窮，存耆老⓯，恤孤獨⓰，薄賦斂，省刑罰。行此三年，海內晏然⓱，天下大洽⓲，陰陽⓳和調⓴，萬物咸得其宜；國無災害之變，民無飢寒之色，家給人足，畜㉑積有餘，囹圄㉒空虛；鳳皇來集，麒麟在郊㉓，甘露既降，朱草萌芽㉔，遠方異俗之人，嚮風㉕慕義，各奉其職而來朝賀。故治亂之道，存亡之端，若此易見，而君人者㉖莫肯為也，臣愚竊以為過。故《詩》曰：「王國克生，惟周之貞。濟濟多士，文王以寧㉗。」此之謂也。

【章　旨】陳述吳王因感悟於非有先生之言而革新政治，結果使國家大治。

【注　釋】❶穆然　即「默然」。❷深惟　深思。❸泣下交頤　哭泣而淚流滿面。頤，面頰。❹世之不絕　沒有斷代。❺正明堂之朝　確立明堂朝會制度。明堂，古代帝王宣明政教的地方。凡朝會、祭祀、慶賞、選士、養老、教學等大典，都在此舉行。❻齊君臣之位　指「君君臣臣」，各明其位，各守其職。齊，正。❼後宮　宮中嬪妃所居之處。❽放鄭聲　見《論語・衛靈公》。放，拋棄；禁止。鄭聲，春秋時期產生於鄭國（今河南中部）的一種新的地方曲調。它雖然為人們所喜愛，卻不合於雅樂的傳統，並且還對雅樂的正統地位構成威脅，所以孔子說「鄭聲淫」，主張「放鄭聲」。孔子說的「淫」，就是指它背離正統。後人卻附會為歌曲內容淫蕩。此「鄭聲」，即指內容淫蕩的歌曲。❾佞人　諂媚的人。❿卑宮館　居住簡陋的宮館。⓫壞苑囿　拆除供皇室遊樂射獵的場所。⓬池塹　苑囿四周的濠溝。⓭內藏　朝廷倉庫。⓮振　通「賑」。救濟。⓯存耆老　使老年人能活命。⓰恤孤獨　撫養孤身無依靠的人。⓱晏然　太平。⓲大洽　十分和洽。⓳陰陽　指自然界兩種相互對立和相互消長的事物。⓴和調　即「調和」。㉑畜　通「蓄」。㉒囹圄　監獄。㉓鳳皇來集二句　傳說鳳凰與麒麟的出現，預示著太平盛世的到來。來集，飛來聚集於一處。㉔甘露既降二句　傳說這是出現太平盛世的徵兆。甘露，甘美的雨露。朱草，一種紅色的草。㉕嚮風　聞風嚮慕。㉖君人者　治人者。㉗王國克生四句　出自《詩經・大雅・文王》。克生，能夠產生。貞，通「楨」。骨幹。濟濟，眾多的樣子。多士，眾多的士子。

【語　譯】於是吳王沈默不語，低頭深思，又抬頭哭泣，淚流滿面，說：「啊！我的國家沒有滅亡，綿延至今，危險啊，幸好沒有斷代！」於是確立明堂的朝會制度，端正君臣的名位，舉用賢才，廣布德惠，施行仁義，獎賞有功；親自履行節儉，節省後宮的費用，減少車馬的使用；禁止唱淫蕩的歌曲，疏遠諂媚的小人，節省膳食，杜絕奢侈，居住簡陋的宮館，拆除苑囿建築，填平四周的濠溝，把它分給無產業的貧民；打開朝廷的倉庫，賑濟貧窮，使老人能生存，孤身無靠的人得到撫養，並減輕賦稅，減省刑罰。如此實行三年，國內一片太平景象，十分和洽，陰陽調和，萬物各得其所；國家沒發生災害變故，人民無飢寒之色，家家豐衣足食，積蓄有餘，監獄空虛；鳳凰飛來，聚集一處，麒麟也出現於郊外，甘露既已降下，朱草也萌了芽，遠方風俗不同的人，嚮慕仁義之風，都勤於職守而來朝見慶賀。所以，國家治亂之道，存亡的端緒，如此顯而易見，而治人者不肯去做，臣下雖愚昧，也認為是錯的。因此《詩經》說：「王國能夠產生，是由於周朝有骨幹之臣。擁有了眾多的士子，文王因而安寧。」說的正是這個意思。

四子講德論并序

【作　者】王褒，見頁二三三三。

【題　解】這是漢宣帝時王褒（子淵）為益州（故地大部在今四川省境內）刺史王襄所作的一篇讚美宣帝盛德的文章。在作這篇文章之前，王褒曾為王襄作了〈中和〉、〈樂職〉、〈宣布〉三首詩，內容也是歌頌宣帝的功德。王襄還特地讓人為詩譜曲習唱。此事被宣帝知道後，曾親自觀看演唱，並自謙不敢當「盛德」之稱。這篇文章可能正是在這種情況下作的。王襄因此而上奏朝廷，舉薦王褒有軼才。於是宣帝徵王褒入朝，授諫議大夫。

漢宣帝被史家譽為「中興之主」，劉向《風俗通．正失》稱宣帝時「政教明，法令行，邊境安，四夷清，單于款塞（即通好），天下殷富，百姓康樂」，可見治績頗為顯著。因此，對於王褒的這篇文章，我們不能看作是一般阿諛奉承之作。

本文是以假設的微斯文學、虛儀夫子、浮遊先生、陳丘子四人相問答的形式，讚頌宣帝聖德，皇澤豐沛：

能舉用賢才，使他們盡職竭力；能自行節儉，減輕徭役賦稅，體恤百姓，使百姓安居樂業，風俗趨於淳厚；更使匈奴等民族紛紛歸附，使邊患得到安寧。

褒既為益州刺史王襄作〈中和〉、〈樂職〉、〈宣布〉❶之詩，又作傳❷，名曰〈四子講德〉❸，以明其意焉。

【章旨】交代本文寫作的緣起。

【注釋】❶中和樂職宣布　三詩已佚。中和，政治和平。樂職，官吏樂於盡職。宣布，遍告（宣宗之聖德）。❷傳　解釋頌歌意義和闡明作者寫作用意的文字。❸四子講德　即下文。

【語譯】王褒已為益州刺史王襄作了〈中和〉、〈樂職〉、〈宣布〉之詩，又作了一篇傳，名叫〈四子講德〉，用來解釋詩歌的意義和闡明自己的寫作用意。

微斯文學問於虛儀夫子曰：「蓋聞國有道，貧且賤焉，恥也❶。今夫子閉門距躍❷，專精❸趨學❹有日矣。幸遭❺聖主平世❻，而久懷寶❼，是伯牙❽去❾鍾期❿，而舜、禹遁⓫帝堯也。於是欲顯名號，建功業，不亦難乎？」

夫子曰：「然，有是言也。夫蠚⓬蝱⓭終日經營⓮，不能越階序⓯，附驥尾則涉⓰千里，攀鴻翮⓱則翔四海。僕雖嚚頑⓲，願從足下。雖然，何由⓳而自達⓴哉？」

文學曰：「陳㉑懇誠㉒於本朝之上，行話談於公卿之門㉓。」

夫子曰：「無介紹之道㉔，安從㉕行乎公卿？」

文學曰：「何為其然㉖也？昔甯戚商歌以干齊桓㉗，越石負芻而寤晏嬰㉘，非有積素累舊㉙之歡㉚，皆塗覯卒遇㉛，而以為親者也。故毛嬙㉜、西施㉝，善毀者不能蔽㉞其好㉟；嫫姆、倭傀㊱，善譽者不能掩其醜。苟㊲有至道㊳，何必介紹？」

夫子曰：「咨㊴，夫特達㊵而相知㊶者，千載之一遇也。招賢而處友㊷者，眾士之常路㊸也。是以空柯無刃㊹，公輸㊺不能以斲㊻；但懸曼矰㊼，蒲苴㊽不能以射。故膺騰㊾撇波㊿而濟水(51)，不如乘舟之逸(52)也；衝蒙(53)涉田(54)而能致遠，未若遵塗(55)之疾也。才蔽於無人(56)，行衰於寡黨(57)，此古今之患，唯文學慮之。」

文學曰：「唯唯，敬聞命矣。」

【章　旨】通過文學和夫子兩人的對話，反映他們願得友人引薦，以便為朝廷貢獻才力的心願。

【注　釋】❶國有道三句　見《論語・泰伯》。唯「國」作「邦」。❷距躍　不行。❸專精　精神專一。❹遨學　求學。❺遭　遇。❻平世　太平之世。❼懷寶　懷藏美好的才能。❽伯牙　春秋時人。傳說是精於琴藝的著名音樂家。❾去　離開。❿鍾期　即鍾子期。春秋楚人，精於音律，只有他能理解伯牙的琴意，稱為知音。鍾子期死，伯牙絕弦破琴，終身不再奏琴。⓫遁　逃避。⓬蟁　即「蚊」字。⓭蝱　即「虻」字。如蠅稍大，刺吸牛等牲畜血液為生。⓮經營　飛行。⓯階序　臺階及東西牆。⓰涉　遊歷。⓱鴻翮　天鵝翅膀。⓲嚚頑　愚笨固執。⓳何由　即「由何」。通過什麼途徑。⓴自達　使自己成就功名。㉑陳陳述。㉒懇誠　誠懇。㉓行話談於公卿之門　前往公卿之門談說。㉔道　途徑。㉕安從　何從；跟從誰。㉖何為其然　怎麼會那樣。㉗甯戚商歌以干齊桓　甯戚，春秋時衛人。因家貧為人輓車，至齊，餵牛於車下，扣牛角而歌。桓公以為非平常之人，召見，拜為上卿。商歌，悲歌。干，打動。齊桓，姜姓，名小白，春秋時齊國諸侯。西元前六八五至前六四三年在位，是春秋五霸之一。㉘越石負芻而寤晏嬰　據《晏子春秋》記述，晏子出使於晉，在晉之中牟（今河南湯陰西）遇到背著草束為人僕的越石，於是解馬相贖，同車而歸。越石，春秋時齊人。負芻，背著捆束的草。寤，感悟。晏嬰，（西元前？至前五〇〇年）字平仲，春秋齊人。初為大夫，後為卿，曾為齊景公相。㉙積素累舊　即積累素舊。指素有交情。㉚歡　友好關係。㉛塗覯卒遇　在途中突然遇見。覯，見。卒，通「猝」。㉜毛嬙　古美女名。㉝西施　春秋時越國美女。越王句踐為圖謀滅吳，將她獻給吳王夫差。㉞蔽　掩蓋。㉟好　美。㊱嫫姆倭傀　二人皆古醜婦。㊲苟　若。㊳至道　最好的主張。㊴咨　歎息聲。㊵特達　單獨受到禮重。㊶相知　知己。㊷處友　以朋友相待。㊸常路　常例；常規。㊹空柯無刃　光有斧柄而沒有斧子。柯，斧柄。㊺公輸　即公輸般。公輸為其號，又稱魯班。春秋戰國之交魯國巧匠。㊻斲　砍削。㊼但懸曼矰　光懸掛著繫有長絲的矰箭，而沒有弓。曼，長。矰，古代繫生絲以射飛鳥的箭。㊽蒲苴　古時善弋射的人。㊾膺騰　胸部騰起。㊿撇波　擊波。(51)濟水　渡河。(52)逸　輕快。(53)蒙　猶蒙籠。草木茂密。(54)涉田　經過農田。(55)遵塗　沿著道路。(56)才蔽於無人　懷才卻因無人引薦而被埋沒。(57)行衰於寡黨　品行因缺少志同道合的朋友而默默無聞。寡黨，缺少志同道合的朋友。

【語　譯】微斯文學問虛儀夫子說：「我聽說，國家治理有方，而有人卻貧困而低賤，這是可恥的。現在您閉門不出，精神專一地求學，已有好多日子了。您有幸遇到聖主的太平之世，卻一直懷才不用，這就像伯牙離開鍾子期，舜和禹逃避堯帝一般。像這樣而想顯揚名聲，建功立業，不是困難的嗎？」

夫子說：「是的，確實有這樣的話。蚊子虻蟲一天飛到晚，卻不能飛過臺階和東西牆，而依附在千里馬的尾巴上，就可遊歷千里；攀援在天鵝的翅膀上，就可翱翔四海。我雖然愚笨固執，希望能跟隨著您。話雖這麼說，要通過什麼途徑，才能成就功名呢？」

文學說：「在朝廷之上陳述自己的誠意，前往公卿之門去談說治道。」

夫子說：「沒有介紹的途徑，我跟從誰前往公卿之門？」

文學說：「怎麼會那樣呢？從前甯戚悲歌以打動齊桓公，越石背著草感悟晏嬰，他們都沒有舊交情的友好關係，只不過在途中突然遇見就引為親近。毛嬙、西施，即使善於詆毀的人也不能掩蓋她們的美麗；嫫姆、倭傀，即使善於稱讚的人也不能掩飾她們的醜陋。假若您有最好的主張，又何必別人介紹呢？」

夫子說：「唉！單獨受到禮重而逢知己，這種機會一千年才會遇到一次。招請賢人而以友人相待，這是眾多士子出仕的經常途徑。光有斧柄而沒有斧子，公輸般也不能砍削東西；光懸掛著繫有長絲的矰箭，而沒有弓，蒲苴也不能射擊目標。在水面上聳動著胸脯，打著水浪渡河，還不如乘船來得輕快；奔走於田野而到達遠方，還不如沿路向前來得快速。人懷有才能而無人引薦則被埋沒，雖有品行而缺少志同道合的朋友則默默無聞，這是古往今來共同的憂患，請您加以考慮。」

文學說：「是啊是啊，我聽到您的囑咐了。」

於是相與結侶，攜手俱遊，求賢索友，歷于西州❶。有二人焉，乘輅❷而歌。倚輗❸而聽之：詠歎中雅，轉運中律❹，嘽緩舒繹❺，曲折不失節❻。問歌者為誰？則所謂浮遊先生、陳丘子者也。於是以士相見之禮❼友❽焉。

禮文❾既集❿，文學、夫子降席⓫而稱⓬曰：「俚人⓭不識，寡見尠⓮聞，曩⓯從⓰末路⓱，望聽玉音⓲，竊動心⓳焉。敢問所歌何詩？請聞其說。」浮遊先生、陳丘子曰：「所謂〈中和〉、〈樂職〉、〈宣布〉之詩，益州刺史之所作也。刺史見太上⓴聖明，股肱㉑竭力，德澤洪茂，黎庶㉒和睦，天人並應㉓，屢降瑞福㉔，故作三篇之詩以歌詠之也。」

文學曰：「君子動作有應㉕，從容㉖得度。南容三復白珪，孔子睹其慎戒㉗；太子擊誦〈晨風〉，文侯諭其指意㉘。今吾子㉙何樂此詩而詠之也？」

先生曰：「夫樂者感人密深㉚，而風移俗易。吾所以詠歌之者，美其君術明而臣道得也。君者中心㉛，臣者外體。外體作㉜，然後知心之好惡；臣下動，然後知君之節趨㉝。好惡不形㉞，則是非不分；節趨不立，則功名不宣㉟。故美玉蘊於碔砆㊱，凡人視之怢㊲焉，良工㊳砥㊴之，然後知其和寶㊵也。精練㊶藏於鑛朴㊷，庸人㊸視之忽焉，巧冶㊹鑄㊺之，然後知其幹㊻也。況乎聖德㊼巍巍蕩蕩㊽，民氓㊾所不能命㊿哉！是以刺史推(51)而詠之，揚君德美，深乎洋洋(52)，罔(53)不覆載(54)，紛紜(55)天地，寂寥(56)宇宙。明君之惠顯，忠臣之節究(57)。皇唐之世(58)，何以加茲(59)！是以每歌之，不知老之將至也。」

文學曰：「《書》(60)云：『迪一人使四方若卜筮(61)。』夫忠賢之臣，導主志(62)，承君惠，攄盛德(63)而化洪(64)，天下安瀾(65)，比屋可封(66)，何必歌詠詩賦可以揚君哉？愚竊惑焉。」

浮游先生色勃(67)眥溢(68)，曰：「是何言與？昔周公詠文王之德而作〈清廟〉，建為〈頌〉首[69]；吉甫歎宣王『穆如清風』，列于〈大雅〉[70]。夫世衰道微，偽臣[71]虛稱[72]者，殆也。世平[73]道明，臣子不宣[74]者，鄙[75]也。鄙殆之累[76]，傷乎王道[77]。故自刺史之來也，宣布詔書，勞來[78]不怠，令百姓徧曉聖德，莫不霑濡。厖眉[79]耆耇[80]之老，咸愛惜朝夕，願濟[81]須臾[82]，且觀大化[83]之淳流[84]。於是皇澤豐沛，主恩滿溢，百姓歡欣，中和感發[85]，是以作歌而詠之也。傳[86]曰：『詩人感而後思，思而後積，積而後滿，滿而後作，言之不足，故嗟歎之；嗟歎之不足，故詠歌之；詠歌之不足，不知手之舞之足之蹈之也[87]。』此臣子於君父之常義[88]，古今一也。今子執分寸[89]而罔[90]億度[91]，處把握[92]而卻[93]寥廓[94]，乃欲圖[95]大人[96]之樞機[97]，道[98]方伯[99]之失得，不亦遠乎？」

陳丘子見先生言切，恐二客慙[100]，膝步[101]而前曰：「先生[102]詳之[103]：行潦暴集[104]，江海不以為多；鰌[105]鱓[106]並逃，九罭[107]不以為虛[108]。是以許由匿堯而深隱，唐氏不以衰[109]；夷、齊恥周而遠餓[110]，文武[111]不以卑[112]。夫青蠅不能穢垂棘[113]，邪論不能惑孔、墨[114]。今刺史質敏[115]以流惠[116]，舒化[117]以揚名，采詩[118]以顯至德[119]，歌詠以董其文[120]，受命如絲，明之如緍[121]，〈甘棠〉之風[122]，可倚而俟[123]也。二客雖窒計沮議[124]，何傷[125]？」顧[126]謂文學、夫子曰：「先生微矜[127]於談道，又不讓乎當仁(128)，亦未臣過也，願二子措意(129)焉。」

夫子曰：「否。夫雷霆必發，而潛底(130)震動；枹鼓(131)鏗鏘(132)，而介士(133)奮竦(134)。故物不震不發，士不激不勇。今文學之言，欲以議愚感敵(135)，舒先生之憤，願二生亦勿疑。」於是文繹(136)復集(137)，乃始講德。

【章旨】敘述四人相見的經過，並交代寫作與歌唱〈中和〉、〈樂職〉、〈宣布〉三詩的本意，以為當今君主聖德如此盛美，作詩歌唱是理所當然的事。

【注釋】❶歷于西州　歷，經過。西州，西方之地。指蜀地。❷輅　大車。❸輗　指車杠（轅）和前端衡木相連接處。❹詠歎中雅二句　詠歎，長歎。中雅，合於雅樂。轉運，轉折運行。中律，合於六律（黃鐘、太簇、姑洗、蕤賓、夷則、無射）。❺嘽緩舒繹　歌聲柔和舒緩。❻節　節奏。❼士相見之禮　古時士相見之禮儀。詳《儀禮・士相見禮》。❽友　結友。❾禮文　禮儀。❿既集　已畢。⓫降席　離席而下。⓬稱　言。⓭俚人　俗人。⓮尠　少。⓯曩　早先；前面。⓰從　相隨。⓱末路　猶「下風」。⓲玉音　對人言詞的敬稱。喻其貴重。此指對方唱歌。⓳動心　心中感動。⓴太上　指君主。(21)股肱　指臣子。(22)黎庶　百姓。(23)並應　一起應和。(24)瑞福　吉祥。(25)動作有應　有所動作，就會有相應的後果。(26)從容　舉動。(27)南容三復白珪二句　南容，即南宮括。字子容，春秋魯人，孔子弟子。三復，多次重複誦讀。白珪，指《詩經・大雅・抑》中說白珪的詩句：「白珪之玷，尚可磨也；斯言之玷，不可為也。」後句是說因說話而蒙受的恥辱，是不可洗刷的。睹，看出。慎戒，為人謹慎有戒備。(28)太子擊誦晨風二句　太子擊，戰國時魏文侯的長子。魏文侯立其弟訢為嗣，而封擊於中山。後擊派其傅趙倉唐見文侯，並告擊喜好〈晨風〉（《詩經・秦風》篇名）之詩。詩中有「未見君子，憂心欽欽。如何如何，忘我實多」之句，於是文侯大悅，即廢太子訢，召擊立為嗣。諭，明白。(29)吾子　對親愛者之稱。此稱浮遊夫子與陳丘子。(30)密深　深切微妙。(31)中心　猶內心。(32)作　動作。(33)節趨　行止；取捨。(34)不形　不顯露。(35)不宣　不能顯示。(36)碔砆　似玉的美石。(37)怢　忽略。(38)良工　技術高的工匠。(39)砥　琢磨加工。(40)和寶　如和氏之璧一樣的珍寶。傳說春秋時楚人和氏得璧於楚山中，為稀世之寶。41精練　金。42鑛朴　礦石。43庸人　常人。44巧冶　技術精巧的冶煉工人。45鑄　冶煉。46幹　本體。47聖德　君主之德。48巍巍蕩蕩　高大；偉大。49民氓　人民。50命　名；用言語表達。51推　推崇。52洋洋　深貌。53罔　無。54覆載　覆本指天而說，載本指地而說。這裡是包容霑濡的意思。55紛紜　充滿。56寂寥　曠遠貌。57節究　義盡。58皇唐之世　光輝的唐堯時代。唐，唐堯。堯曾封於唐，故稱唐堯。59何以加茲　怎麼會超過現在。60書　即《尚書》。是我國現存最早的上古時期典章文獻的彙編，其中保存了商及西周初期的一些重要史料，儒家列為經典之一。61迪一人使四方若卜筮　見〈君奭〉。迪，引導。一人，指君主。使，出行。若卜筮，是說人們像對待卜筮一樣信順。卜筮，古人用龜板、蓍草來占卜凶吉。62導主志　引導君主樹立志向。63攄盛德　傳布君主之美德。64化洪　變化宏大。指風俗民情。65安瀾　水波不興。喻太平。66比屋可封　家家可得封賞。比喻教化的成績。67色勃　發怒時臉色改變。68眥溢　同「眥裂」。眼眶開裂。69昔周公二句　周公，姬姓名旦，周文王子，輔助武王滅商，建立周王朝。武王死，成王尚幼，由周公攝政。相傳周朝的禮樂制度都是他所制訂。文王，姬姓名昌，殷時為諸侯，後為西方諸侯之長，其子武王建立周王朝後，追封為文王。〈清廟〉，《詩經．周頌》篇名。是祭祀文王之詩。建為〈頌〉首，編定為〈頌〉詩的首篇。70吉甫二句　吉甫，周宣王時重臣。姓兮，名甲。歎，讚歎。宣王，西周君主。名靜，厲王之子，西元前八二七至前七八二年在位，舊史稱他為中興之主。穆如清風，《詩經．大雅．烝民》詩句。穆，和。〈烝民〉一詩，朱熹《詩集傳》說：「宣王命樊侯仲山甫築城于齊，而尹吉甫作詩以送之。」從詩文內容看，主要是對於仲山甫輔佐周宣王功績的讚美。再從詩末章「吉甫作誦，穆如清風」之詩句看，穆如清風是對這首詩歌而言的，即讚美之聲好像舒和的清風，王褒說是讚美周宣王，是借用其意。71偽臣　弄虛作假的臣子。72虛稱　虛假地稱讚。73世平　社會太平。74不宣　不宣揚。75鄙　無知。76累　憂患。77王道　儒家所提倡的以仁義治天下的主張。78勞來　勸勉。79厖眉　眉毛有黑白二色。指老年人。厖，雜。80耆耇　老年人。81濟　成；實現。82須臾　片刻。指延年。83大化　指社會風尚的巨大變化。84淳流　猶洪流。85中和感發　中和，內心喜悅。感發，心有所感，尋求抒發。86傳　此指書籍記載。87詩人感而後思十句　出自〈樂動聲儀〉文。不知，不知不覺。指情不自禁。88常義　不變之義理。89分寸　喻見識之狹小。90罔　通「妄」。91億度　猜測；度量。92把握　手一握之大小。形容其處於狹小之境地。93卻　拒絕。94廖廓　廣闊的境界。95圖　測度。96大人　指君主。97樞機　指言行。98道　言。99方伯　一方諸侯之長。也指地方長官。100慙　即「慚」字。101膝步　膝行；用膝蓋著地走路。102先生　指浮遊先生。103詳之　我把你的話說完備。104行潦暴集　溝中積水，突然間匯注江海。105鮋　泥鰍。106鱓　同「鱔」。107九罭　網眼細密的魚網。108虛　空無所獲。109許由二

句　許由匿堯，傳說堯想把治理天下的職位讓給他，他躲避隱居。許由，堯時的隱士。匿，逃避。唐氏，即「堯」。不以衰，不因此而弱不能治。110夷齊恥周而遠餓　夷齊，伯夷和叔齊。是殷末孤竹君的二子，周武王伐紂，曾叩馬諫阻。恥周，恥食周黍。遠餓，遠去首陽山（今山西永濟南）下採薇而食，最後餓死在那裡。111文武　周文王、周武王。周武王，姬姓名發，文王子。起兵滅商，建立周王朝。112卑　卑賤。113垂棘　春秋時晉產美玉之地。此借指美玉。114孔墨　孔，孔子。名丘字仲尼，春秋末魯人，是儒家學派的創始人，倡導仁愛。墨，墨子。名翟，戰國初魯人，是墨家學派的創始人，提倡「兼愛」、「非攻」。他們都被稱為聖賢。115質敏　稟性聰慧。116流惠　施恩於人。117舒化　廣泛地實施教化。118采詩　採集詩歌。119至德　指君主之盛德。120董其文　使禮樂制度端正。董，正。文，指禮樂制度。121受命如絲二句　由蠶絲至緍線，是由細變粗，用以比說從受命到發揚光大的變化。明之，將王命發揚光大。緍，同「緡」。釣魚的絲線。122甘棠之風　即召伯體恤民情，百姓愛戴召伯的風尚。〈甘棠〉，《詩經・召南》篇名。甘棠，棠梨，果實酸美可食。傳說周武王時，召伯（奭）巡行南國，曾憩息於棠梨樹下，後人思念其德，於是作此詩。123俟　待。124窒訐沮議　訐議造成阻礙。窒、沮，阻止。125何傷　有什麼害處。126顧　回過頭。127微矜　稍微矜持。128不讓乎當仁　即當仁不讓。此謂堅持己見，不肯謙讓。129措意　不必介意。130潛底　指藏身在下的生物。131枹鼓　用鼓槌擊鼓。枹，鼓槌。132鏗鏘　擊鼓聲。133介士　披甲戰士。134奮竦　奮起。135議愚感敵　笨拙的議論激勵對方。136文繹　文理。指雙方論述的道理。137復集　又歸於一致。

【語　譯】於是兩人結為同伴，手拉著手一道出遊，去尋求賢友，經過西州。他們看到了有兩人乘著大車在唱歌。於是靠著車輗傾聽：長聲歌歎，合於雅樂；轉折運行，符合六律；歌聲柔和舒緩，委婉曲折，富於節奏。問唱歌的人是誰？就是稱作浮遊先生和陳丘子的人。於是雙方以士相見之禮相見而結為朋友。

相見的禮節行畢，文學與夫子離席而下，說道：「俚俗之人有眼不識泰山，寡見少聞，剛才我們下風相隨，仰望兩位，傾聽難得一聞的歌聲，私下心中感動。請問唱的是什麼詩歌？請說給我們聽聽。」浮遊先生、陳丘子說：「稱為〈中和〉、〈樂職〉、〈宣布〉之詩，是益州刺史所作。刺史見到天子聖明，臣下盡力，君主的德化與恩惠盛大，百姓和睦，天人都相應和，屢屢降臨吉祥，所以作這三首詩來歌唱。」

文學說：「君子有所動作，都會產生相應的後果，他的一舉一動都要得當。南容再三說『白珪』的詩句，孔子看出他為人謹慎戒備；太子擊吟誦〈晨風〉之詩，魏文侯明白他的用意。現在您為什麼喜歡這些詩而歌唱呢？」

先生說：「音樂的感人效果是深切微妙的，它可以移風易俗。我所以要歌唱，是為了讚美君主治術的高明和臣子盡其本分的表現。君主譬如是內心，臣子是外體，外體有所動作，然後知道內心的好惡；臣子有所活動，然後知道君主的取捨。好惡不顯露，是非就不分；取捨不定，功名就不能顯揚。所以美玉蘊藏在碔砆之中，一般的人看了會忽略，要由技術高明的工匠把它琢磨加工，然後知道它像和氏之璧一樣珍寶。金蘊藏在礦石之中，平常人看了會忽略，要由技術精巧的冶煉工人冶煉之後，然後才能識得它的本體。何況君王之德非常偉大，人民無法用言語來形容呀！因此刺史推崇它，歌詠它，宣揚君主德行之美，德澤所及，如此深厚，世間萬物，無不霑濡，充滿於天地，遠及於宇宙。明君的恩惠顯著，忠臣的道義竭盡。光輝的唐堯盛世，哪能超過現在！因此常常歌唱它，竟不知道老年將要來臨。」

文學說：「《尚書》說：『引導君主出行四方，人們好像對待卜筮一樣信順。』忠賢之臣，引導君主樹立志向，秉承君主的恩惠，傳布君主的美德，使風俗民情發生巨大變化，天下太平，家家可受封賞，又何必要通過歌唱詩賦去宣揚君主呢？我對這疑惑不解。」

浮遊先生怒氣滿面，眼眶氣裂，說：「這是什麼話？從前周公歌頌文王之德而作〈清廟〉，編定為〈頌〉的首篇；尹吉甫讚歎周宣王『像清風一樣舒和』，列在〈大雅〉裡。社會風氣衰敗，世道低微之時，弄虛作假的臣子虛偽地稱讚，這就形成危害。社會太平，風尚文明，作臣子的不去宣揚，這是無知。危害與無知的傷害，在於它妨礙以仁義治天下。因而，刺史到任後，就宣布君主詔書，勸勉不怠，使百姓遍知君主聖德，無不霑濡恩澤。年老之人也都愛惜光陰，希望能延年益壽，以便一睹風尚大變的潮流。當此皇恩浩蕩、主惠滿溢、百姓歡欣之時，刺史也內心喜悅，抒發他的感受，所以作詩而歌唱了。古書記載說：『詩人有所感觸而後有情思，有情思然後有所積累，日積月累然後滿溢，滿溢了然後有所創作，言語不足以表達思想感情，就發出感歎；發出感歎還不足以表達思想感情，就歌唱；歌唱還不足以表達思想感情，就不知不覺地手舞足蹈起來。』作詩歌唱，這是臣、子對於君、父的一種永恆不變的大義，古今一樣。現在你以偏執狹小的見識而妄加測度，身處一握之地而拒絕進入廣闊的境界，竟然想窺測君主的言行，批評地方長官的得失，不是差遠了嗎？」

陳丘子見浮遊先生言詞激切，擔心兩位客人羞愧，於是膝行向前，說：「先生，讓我把您的話說完備吧！所有溝中的積水突然匯注江海，江海也不以為多；泥鰍鱔魚全都逃走，細密的魚網也不會空無所獲。同樣的，許由躲避堯而隱居深藏，堯不會因此而弱不能治；伯夷、叔齊恥食周黍而遠走挨餓，周文王、周武王也不會因此而顯得卑下。蒼蠅不能汙損美玉，邪說不能迷惑孔子、墨子。現今刺史稟性聰慧，施恩於百姓，廣行教化，名聲傳揚，他採集詩歌以顯示君主的盛德，讓人歌唱以使禮樂制度端正。他接受了王命之後，將它發揚光大，好像將細蠶絲變成了垂釣的絲線。像〈甘棠〉所反映的召伯體恤民情而百姓愛戴召伯的風尚，可期待它再出現於世上了。兩位客人的議論雖然有點不通，可是又能妨害什麼？」回過頭來對文學、夫子說：「浮遊先生的談論稍微矜持，又當仁不讓，也沒有大的過錯，望兩位不必介意。」

夫子說：「不是的。雷霆必定會爆發，使藏身在地下的生物震動；鼓槌擊鼓咚咚，使披甲戰士奮起。因此物不震不動，戰士不激勵不勇敢。剛才文學之言，是想用笨拙的議論激勵對方，使浮遊先生能暢發感慨，希望兩位也不要疑心。」於是雙方的議論又歸於一致，方才開始講德。

文學、夫子曰：「昔成康之世❶，君之德與？臣之力也？」

先生曰：「非有聖智之君，惡❷有甘棠之臣❸？故虎嘯而風寥戾❹，龍起而致雲氣，蟋蟀俟秋吟，蜉蝣出以陰❺。《易》❻曰：『飛龍在天，利見大人❼。』鳴聲相應，仇偶相從❽。人由意合，物以類同❾。是以聖主不偏窺望而視以明，不殫[10]傾耳[11]而聽以聰，何則[12]？淑人[13]君子，人就[14]者眾也。故千金之裘，非一狐之腋[15]；大廈之材，非一丘之木；太平之功，非一人之略[16]也。

「蓋君為元首[17]，臣為股肱，明其一體，相待[18]而成。有君而無臣，《春秋》刺焉[19]。三代[20]以上，皆有師傅[21]；五伯[22]以下，各自取友[23]。齊桓有管、鮑，隰、甯[24]，九合諸侯[25]，一匡[26]天下。晉文公有咎犯、趙衰[27]，取威定霸[28]，以尊天子[29]。秦穆有王、由、五羖[30]，攘卻[31]西戎[32]，始開帝緒[33]。楚莊有孫叔、子反[34]，兼定[35]江淮，威震諸夏[36]。句踐有種、蠡、渫庸[37]，剋滅[38]強吳，雪[39]會稽之恥。魏文有段干、田、翟[40]，秦人寢兵[41]，折衝萬里[42]。燕昭有郭隗、樂毅[43]，夷破強齊[44]，困閔於莒[45]。夫以諸侯之細[46]，功名猶尚若此，而況帝王選於四海[47]，羽翼[48]百姓哉！

「故有賢聖之君，必有明智之臣。欲以積德，則天下不足平[49]也。欲以立威，則百蠻[50]不足攘[51]也。今聖主冠道德，履純仁，被六藝，佩禮文[52]，屢下明詔，舉賢良，求術士[53]，招異倫，拔俊茂[54]。是以海內歡慕，莫不風馳雨集[55]，襲雜[56]並至，填庭溢闕[57]。含淳[58]詠德之聲盈耳，登降揖讓[59]之禮極目[60]，進者[61]樂其條暢[62]，怠者欲罷不能。偃息匍匐乎《詩》、《書》之門[63]，遊觀乎道德之域，咸絜身修思[64]，吐情素而披[65]心腹，各悉精銳[66]以貢忠誠，允願[67]推[68]主上，弘風俗[69]而騁太平[70]，濟濟乎多士，文王所以寧[71]也。

【章旨】由浮遊先生發論，說明正是由於「賢聖之君」德高，使得「明智之臣」欣然效力，所以才造成一派興盛的世面。

【注釋】❶成康之世　西周周成王、周康王的盛世。史稱成康之世。天下安寧，刑罰不用，後世讚美天下大治之盛世，常稱舉成康之世為例。❷惡　何。❸甘棠之臣　即指召伯（奭）。❹寥戾　形容風聲清遠。❺蜉蝣出以陰　蜉蝣，蟲名。出以陰，天陰雨時才從洞穴中出來。❻易　即《周易》。也稱《易經》。是古時卜筮之書。❼飛龍在天二句　這是《周易・乾卦》文句。作者引述此文，意在說明事情要依靠君主。大人，指官吏、貴族。❽鳴聲相應二句　《周易・乾卦・文言》說：「同聲相應。」相應，相應和。《周易・乾卦・文言》說：「水流溼，火就燥，雲從龍，風從虎。」即水向潮溼的地方流，火向著乾燥的東西燒，雲伴隨著龍，風伴隨著虎。水與溼地，火與燥物，雲與龍，風與虎，就是相匹配的事物。作者引此用以說明君臣必須相應和配合。仇偶，匹配。❾人由意合二句　《周易・繫辭》說：「方（爬蟲）以類聚，物以群分。」作者引此意用以說明「賢聖之君」與「明智之臣」因主見一致而相聚合。類同，類聚。❿殫　盡。⓫傾耳　側耳。⓬何則　為什麼。⓭淑人　賢人。⓮就　歸附。⓯千金之裘二句　狐腋之皮輕而暖，集腋而做成裘衣，價值千金，然而它不是取一狐之腋即可做成。腋，指腋下之皮。⓰略　謀略。⓱元首　頭。⓲相待　相備；兩相具備。⓳有君而無臣二句　有君而無臣，指有好的君主而沒有好的臣子。《春秋》，編年史書，相傳是孔子根據魯史修訂的，起自魯隱公元年（西元前七二二年），訖於魯哀公十四年（西元前四八一年），記事簡約，寄寓褒貶。刺焉，對「有君而無臣」的情況作了諷刺。其實，提出「有君而無臣」並進行諷刺的不是《春秋》本文，而是闡釋《春秋》微言大義的《公羊傳》。《春秋・僖公二十二年》（西元前六三八年）記述：「冬，十有一月，己巳朔，宋公（宋襄公）及楚人戰于泓（水名，在今河南省柘城縣西北），宋師敗績。」此戰宋軍所以大敗，是由於宋襄公指揮失策。戰爭尚未開始，宋軍已嚴陣以待，而楚軍正在渡泓水，宋襄公卻不許出擊；楚軍已渡過泓水，還沒有排好陣列，宋襄公仍不許出擊，結果宋軍大敗，宋襄公自己也腿上受傷。宋人責怪襄公，他卻說：「君子打仗，不能使已經受傷的敵人再受傷，不能俘虜頭髮花白的人，不能依靠險阻出擊，不能對未排好陣列的敵人出擊。」《公羊傳》說：「君子推崇他不對未排好陣列的敵人出擊，面臨戰事而不忘大禮，有這樣的君主而沒有相應的臣子，所以難以成事。即使周文王打仗，也不過如此。」⑳三代　夏、商、周。㉑師傅　老師。㉒五伯　即「五霸」。春秋時五個霸主，但說法不一，從本文看，作者以下所列之齊桓、晉文、秦穆、楚莊、句踐為五霸。㉓取友　找到友人。㉔齊桓句　管，管仲。名夷吾（西元前？至前六四五年）。春秋齊人，曾為齊桓公相。主張通貨積財，富國強兵，終於使齊國強盛，而桓公成為諸侯盟主，對安定天下起了重要的作用。鮑，鮑叔。春秋齊人，事齊桓公，並向桓公推薦管仲，使桓公用管仲為相而成霸業。隰，隰朋。春秋齊人，曾助管仲相桓公，管仲臨死前，向桓公舉薦隰朋可代己。甯，即甯戚。㉕九合諸侯　多次會盟諸侯。㉖匡　正。㉗晉文公句　晉文公，姬姓。名重耳，春秋時晉國國君，西元前六三六至前六二八年在位，是春秋五霸之一。咎犯，即狐偃。字子犯，晉文公之舅。晉獻公時，晉國內亂，咎犯曾隨重耳出亡，輔助他回國奪取政權，並建立霸業。趙衰，即趙成子。字子餘，曾隨重耳出亡，甚有功績，歸國後，又輔佐文公安國建立霸業。㉘取威定霸　取得威信，建立霸業。㉙以尊天子　使諸侯尊奉周天子。㉚秦穆有王由五羖　秦穆，秦穆公。嬴姓，名任好，春秋時秦國國君，西元前六五九至前六二一年在位，是春秋五霸之一。王，王廖。是協助穆公掌管政務之內史，曾為穆公出謀征服西戎。由，由余。祖先本晉人，後亡入西戎。秦穆公招致他歸秦，後用其計討伐並征服西戎。五羖，指百里奚。本虞國大夫，晉滅虞後被俘，作為晉獻公女兒的陪嫁奴僕入秦。後從秦國出逃至楚，為楚國邊境人員所拘留。秦穆公聽說他賢能，就用五張黑色公羊皮（五羖）將他贖出，並任用為相。後與由余等一起輔佐穆公建成霸業。㉛攘卻　擊退；挫敗。㉜西戎　我國古代西部少數民族的通稱。㉝緒　業。㉞楚莊有孫叔子反　楚莊，楚莊王。羋姓，名旅，春秋時楚國國君，西元前六一三至前五九一年在位，是春秋五霸之一。孫叔，原誤作「叔孫」，據上海涵芬樓藏宋刊本《四部叢刊初編》之《六臣注文選》改正。即孫叔敖。蔿氏，楚莊王時任令尹（相），輔佐莊王治楚成霸業。子反，楚公子側。字子反，曾任司馬。魯宣公十二年（西元前五九七年）晉楚戰於邲（今河南武陟東南），子反曾率軍出戰，使楚贏得勝利。成公十六年（西元前五七五年）晉楚又戰於鄢陵，子反為中軍主帥，因酒醉誤事而自殺。㉟兼定　兼併。㊱諸夏　指中原地區的各諸侯國。㊲句踐有種蠡渫庸　句踐，春秋末年越國國君。西元前四九七至前四六五年在位。他曾被吳王夫差所戰敗，困於會稽，屈膝求和，後來發憤圖強，終於消滅吳國，成為東方霸主。種，文種。字子禽，越國大夫，曾助句踐報仇雪恥，戰敗吳國。蠡，范蠡。字少伯，越國大夫，相助句踐強國滅吳。渫庸，本吳臣，後為越國大夫。與文種、范蠡共助句踐滅吳。㊳剋滅　戰勝並消滅。㊴雪　洗刷。㊵魏文有段干田翟　魏文，魏文侯。戰國時魏國君主，西元前四四六至前三九七年在位，能任用賢人，上下和合，四方賢士爭歸，為諸侯所稱譽。段干，姓段干，名木，戰國魏人，是魏文侯之師。田，田子方。戰國魏人，名無擇，為魏文侯師友。翟，翟璜。戰國魏人，魏文侯臣，曾向魏文侯薦吳起、西門豹、樂羊、李克等賢士。㊶秦人寢兵　傳說秦本欲攻魏，人諫秦君，魏文侯禮賢下士，天下共聞，不可用兵。秦君於是不出兵攻魏。寢兵，息兵；不出兵。㊷折衝萬里　此指對秦國不戰而勝利。折衝，使敵人衝車後撤。衝，戰車。㊸燕昭有郭隗樂毅　燕昭，燕昭王。燕王噲子，名平，戰國燕國君主，西元前三一一至前二七九年在位。西元前三一四年，燕為齊所破，噲被殺。昭王被立後，卑身厚幣，招納賢士，各地賢士紛紛赴燕，使燕逐漸富強。郭隗，戰國燕人。燕昭王欲得賢士，先師事郭隗，為其作宮，使賢士紛至沓來。樂毅，戰國燕將。自魏至燕後，燕昭王任為上將。㊹夷破強齊　燕昭王二十八年，燕與秦楚趙韓魏合力攻齊，攻入都城臨淄，齊地除莒、即墨外，盡被攻占。夷破，攻破。㊺困閔於莒　使齊閔王被困於莒地。閔，齊閔王。齊國君主。莒，本古國名（在今山東莒縣），西元前四一二年為齊所攻取。臨淄被攻破後，閔王奔衛，後走鄒魯，最後至莒，為楚將淖齒所殺。㊻細　微不足道。㊼選於四海　天下優異非凡的人物。㊽羽翼　保護。㊾天下不足平　治理好天下還綽綽有餘。平，平治；治理。㊿百蠻　眾多的少數民族。(51)攘　擊退。(52)冠道德四句　是以衣飾喻君主立德行之美。冠道德，喻視道德為首要。履純仁，喻履行仁義。被六藝，喻通曉六經（《詩經》、《尚書》、《禮記》、《樂經》、《周易》、《春秋》）。佩禮文，形容舉止彬彬有禮。(53)術士　有學問的人士。(54)招異倫二句　異倫、俊茂，傑出的人士。(55)風馳雨集　急風暴雨。(56)襲雜　錯雜。(57)溢闕　溢，滿。闕，本指宮門前兩邊的望樓。也指望樓之間的闕門。此處指朝廷。(58)含淳　心懷真誠。(59)登降揖讓　都是古時禮儀動作。登降是登上和降下的動作，揖是賓主所行拱手禮，讓是謙讓辭讓的動作。(60)極目　目力所及。(61)進者　進取者。(62)條暢　通達。(63)偃息句　比喻靜心致力於研習《詩經》、《尚書》等六經。偃息，止息；安息。匍匐，爬行。(64)絜身修思　絜，同「潔」。身，指自身的品節行為。修思，精勵自己的智謀。(65)披　袒露。(66)悉精銳　悉，盡。精銳，精心銳思。(67)允願　真誠願意。(68)推　尊崇。(69)弘風俗　弘揚好的風俗。(70)騁太平　在太平之世施展自己的才能。騁，騁能。(71)濟濟乎二句　此引《詩經・大雅・文王》：「濟濟多士，文王以寧。」句意。濟濟，眾多貌。多士，眾多的士子。

【語　譯】文學、夫子說：「從前成康之世，是君主之德所致呢？還是臣下之力所致呢？」

先生說：「沒有聖智的君主，哪有召伯這樣的臣子？因此老虎咆哮而風聲起，龍騰空中而聚雲氣，蟋蟀等到秋天才鳴叫，蜉蝣要到天陰雨才出穴。《周易》說：『飛龍出現在天上，意謂著仁義之君即將出現。』鳴叫之聲相應和，配偶相隨從。人因意氣相投而聚集一處，物因同類而聚集一處。因此，聖明的君主不必普遍觀察就可以看得明明白白，不必全都側耳相聽就能聽得一清二楚，為什麼能這樣？因為依附賢人君子的人多啊！價值千金的狐皮裘衣，不是一隻狐狸腋下之毛皮所能做成；建造高大房屋的木材，不是一座小山丘的樹木就行；要創建太平盛世的業績，不是只靠一人的謀略而已。

「君主是頭腦，臣子是手腳，要明白他們本是一體，兩相具備才成。有好的君主而沒有好的臣子，《春秋》作了諷刺。三代以上的君主都有老師輔佐，五霸以下各自找到賢能的臣子。齊桓公有管仲、鮑叔、隰朋、甯戚，多次會盟諸侯，終於稱霸而匡正天下。晉文公有咎犯、趙衰，贏得威信，建立了霸業，使諸侯都尊奉周天子。秦穆公有王廖、由余、百里奚，終能挫敗西戎，開創帝王之業。楚莊王有孫叔敖、子反，因而兼併江淮，威震中原各國。句踐有文種、范蠡、泄庸，所以戰勝並消滅了強大的吳國，洗刷了被困會稽的恥辱。魏文侯有段干木、田子方、翟璜，使秦人息兵，萬里之外敵軍撤軍。燕昭王有郭隗、樂毅，終能攻破強大的齊國，使齊閔王被困於莒地。像諸侯這樣微不足道的地位，還有如此的功名，何況帝王是天下最傑出的人，承擔著保護天下百姓的重任呢！

「因此，有賢聖之君，必定有明智之臣。只要君主打算建樹功德，那麼天下之大讓他來治理還嫌太小；打算樹立威望，那麼百蠻之多讓他去征服還是太少。現今聖主視道德為首要，切實履行仁愛，通曉六經，舉止彬彬有禮，一再下達明白的詔令，舉薦賢良，訪求有學之士，招請優異人才，提拔俊傑。因此海內群情歡欣嚮往，人才之聚集猶如急風暴雨，各色人才都紛至沓來，充滿於朝廷，滿耳是出自真誠之心的歌頌盛德之聲，滿眼是登降揖讓的禮尚之風，進取者喜悅自己的通達有為，怠惰者也欲罷而不能。大家都靜心致力於《詩經》、《尚書》等六經的研習，留意於道德的修養，使自己的行為高尚、情操美善，向君主袒露心跡，傾吐真意，奉獻自己全部的精心銳思和一份忠心，虔誠地尊崇君主，弘揚良好的風尚，在這太平之世施展自己的才能，這正如《詩經》上所說的：有著眾多的士人，周文王因而安寧啊。

「若乃❶美政所施，洪恩所潤❷，不可究陳❸。舉孝❹以篤行❺，崇能以招賢，去煩蠲苛❻以綏❼百姓，祿勤增奉❽以厲❾貞廉。減膳食，卑宮觀❿，省⓫田官，損⓬諸苑⓭，疎⓮繇⓯役，振⓰乏困⓱，恤民災害，不遑⓲遊宴。閔耄老之逢辜⓳，憐繈絰之服事⓴，惻隱身死之腐人㉑，悽愴子弟之縲匿㉒。恩及飛鳥，惠加走獸，胎卵得以成育，草木遂㉓其零茂㉔。『愷悌君子，民之父母㉕』，豈不然哉？

「先生獨㉖不聞秦之時耶？違三王㉗，背五帝㉘，滅《詩》、《書》㉙，壞禮義；信任群小，憎惡仁智，詐偽者進達，佞諂者容入㉚。宰相刻峭㉛，大理㉜峻法㉝。處位而任政者，皆短於仁義，長於酷虐，狼摯虎攫㉞，懷殘秉賊㉟。其所臨涖㊱，莫不肌栗㊲懾伏㊳，吹毛求疵㊴，並施㊵螫毒㊶。百姓征伀㊷，無所措其手足，嗷嗷㊸愁怨，遂亡秦族㊹。是以養雞者不畜㊺貍㊻，牧獸者不育豺，樹木者㊼憂其蠹㊽，保民者除其賊。故大漢之為政也，崇簡易，尚寬柔，進淳仁，舉賢才，上下無怨，民用㊾和睦。

【章旨】由浮遊先生敘述行美政、施德澤的具體措施，並指出這是一反秦朝暴政的最有效策略。

【注釋】❶若乃　至於。❷所潤　所潤澤。❸究陳　盡述。❹舉孝　稱舉孝子。❺篤行　使人們品行淳厚。篤，淳厚。❻去煩蠲苛　除去煩瑣苛刻的法令。蠲，除去。❼綏　安。❽祿勤增奉　給勤於職守者增加俸祿。奉，通「俸」。❾厲　勉勵。

⑩卑宮觀　自己住簡陋的宮館。宮觀，即「宮館」。⑪省　減少。⑫損　減少。⑬諸苑　多處的苑囿場所。⑭疎　同「疏」。減輕。⑮繇　同「傜」。⑯振　通「賑」。救濟。⑰乏困　貧窮。⑱不遑　無暇。⑲閔耄老之逢辜　《漢書・卷八・宣帝紀》記述宣帝的話說：「年老之人，只要無暴虐之心；年紀在八十以上，只要不是誣告人、殺傷人，都可以不治罪。」閔，憐憫。耄老，老人。逢辜，遭遇犯罪事例。⑳憐縗絰之服事　《漢書・卷八・宣帝紀》記述宣帝說：「凡家有祖父母、父母喪事者，可以不服傜役。」縗絰，指有喪事人家。此作動詞用。縗，披於胸前的麻布條。絰，拴在頭上或腰間的麻帶。服事，服役。㉑惻隱身死之腐人　《漢書・卷八・宣帝紀》說：「宣帝對於被打或飢餓而死於獄中的人，很為痛心。」惻隱，痛心。腐人，因刑事死於獄中的人。㉒悽愴子弟之縲匿　《漢書・卷八・宣帝紀》說：「凡子隱匿父母，孫隱匿祖父母之罪的，都不治罪。」悽愴，悲傷。縲匿，因隱匿長輩之罪而被繫押的人。㉓遂　順。㉔零茂　秋冬零落，春夏繁茂。㉕愷悌君子二句　《詩經・大雅・洞酌》文。愷悌，和樂平易。㉖獨　猶「豈」。㉗三王　禹、湯、周文王武王。㉘五帝　據司馬遷《史記・卷一・五帝本紀》為黃帝、顓頊、帝嚳、堯、舜。㉙滅詩書　秦始皇三十四年，用丞相李斯議，私藏《詩經》、《尚書》等者限三十天交地方官燒毀。㉚容入　容納。㉛刻峭　苛刻。㉜大理　掌刑法官吏。㉝峻法　嚴刑酷法。㉞狼摯虎攫　像狼虎一樣抓人。㉟懷殘秉賊　存心殘害人。㊱所臨蒞　所到之處。㊲肌栗　身子發抖。㊳慴伏　畏懼屈服。㊴吹毛求疵　喻極力挑剔。㊵施　放。㊶螫毒　螫蟲的毒汁。㊷征忪　惶恐。㊸嗷嗷　應聲嘈雜。㊹秦族　指秦王朝。㊺畜　養。㊻貍　貓貍。善於偷食雞鴨。㊼樹木者　種樹的人。㊽蠹　蛀蟲。這裡作動詞用。被蟲蛀。㊾用　因。

【語　譯】「至於美政的實施，洪恩所澤及的範圍，真是難以盡述。如稱舉孝子，使人們的品行變得淳厚；尊重能人來招請賢能；除去煩瑣苛刻的法令，以使百姓安定；給勤於職守者增加俸祿，以勉勵忠貞廉潔的風氣。節省膳食，居住簡樸的宮室，減少田官，減少苑囿場所，減輕傜役，救濟窮困，體恤民眾的災害，使自己無暇遊玩宴飲。對於老人的犯罪表示憐憫，對於有喪事人家的服役表示哀憐，對於因刑事而死於獄中的人感到痛心，對於因犯隱匿長輩之罪而被關押的人感到悲傷。可以說，君主的恩惠及於飛鳥，加於走獸，使胎卵都能得到孳生，使草木自然地零落繁茂。《詩經》上說：『和樂平易的君子，是百姓的父母』，難道不是這樣嗎？

「先生難道沒有聽說秦時朝政的情況嗎？違反三王，背棄五帝，燒毀《詩經》、《尚書》，毀壞禮義，信用一群小人，憎恨仁智之人，詐偽者飛黃騰達，諂媚者收容在旁。宰相苛刻，掌刑法者嚴刑酷法。居官任職者是一幫缺乏仁義、擅長酷虐的人，他們活像一群抓人的狼虎，存心要殘害人。他們所到之處，沒有人見到了不全身發抖、畏懼屈服的；他們極力挑剔，活像會刺人放毒汁的螫蟲。這就使得百姓萬分恐懼，連自己的手腳也不知該怎麼放，因此激起了一片愁怨之聲，終於推翻了秦朝統治。如此看來，養雞的人不能養貓貍，牧養獸類的人不能養豺狼，種植樹木的人擔心被蟲蛀，保護人民的人要為民除害。所以大漢王朝的政治，注重簡易，崇尚寬和，任用仁厚之人，選拔賢才，使上下無怨，人民和睦。

「今海內樂業，朝廷淑清❶。天符❷既章❸，人瑞❹又明。品物❺咸亨❻，山川降靈。神光燿暉，洪洞朗天❼。鳳皇來儀，翼翼邕邕❽。群鳥並從，舞德垂容❾。神雀仍❿集，麒麟⓫自至。甘露滋液，嘉禾櫛比⓬。大化隆洽⓭，男女條暢⓮。家給⓯年豐，咸則三壤⓰。豈不盛哉！昔文王應九尾狐⓱而東夷⓲歸⓳周，武王獲白魚而諸侯同辭⓴，周公受秬鬯而鬼方臣㉑，宣王得白狼而夷狄㉒賓㉓：夫名自正㉔而事自定㉕也。今南郡㉖獲白虎，亦偃武興文㉗之應也。獲之者張武，武張㉘而猛服㉙也。是以北狄賓洽㉚，邊不恤㉛寇，甲士㉜寢而旌旗仆㉝也。」

文學、夫子曰：「天符既聞命矣，敢問人瑞。」

先生曰：「夫匈奴㉞者，百蠻之最強者也。天性憍蹇㉟，習俗傑暴㊱，賤老貴壯，氣力相高㊲。業在攻伐㊳，事在獵射㊴，兒㊵能騎羊，走箭飛鏃㊶。逐水㊷隨畜，都無常處[43]，鳥集獸散，往來馳騖，周流[44]曠野，以濟[45]嗜欲。其耒耜[46]則弓矢鞍馬，播種則扞弦掌拊[47]，收秋[48]則奔狐馳兔[49]，穫刈則顛倒殪仆[50]。追之則奔遁，釋之則為寇。是以三王不能懷[51]，五伯不能綏[52]，驚邊扤士[53]，屢犯匈蕘[54]，詩人所歌，自古患之[55]。今聖德隆盛，威靈[56]外覆[57]，日逐舉國而歸德[58]，單于[59]稱臣而朝賀[60]。乾坤之所開，陰陽之所接[61]，編結[62]沮顏[63]，燋齒[64]梟瞯[65]，翦髮[66]黥首[67]，文身[68]裸袒[69]之國，靡[70]不奔走貢獻，懽忻[71]來附，婆娑[72]嘔吟[73]，鼓掖[74]而笑。夫鴻均[75]之世，何物不樂？飛鳥翕翼，泉魚奮躍。是以刺史感懣舒音[76]而詠至德[77]。鄙人[78]黯淺[79]，不能究[80]識，敬遵[81]所聞，未尅[82]殫[83]焉。」

【章　旨】浮遊先生列舉天降瑞象和人事吉祥的眾多事例，印證太平盛世的來臨。

【注　釋】❶淑清　清明。❷天符　上天的符命。即上天賜給人君的吉祥的徵兆，作為受命的憑證。❸章　同「彰」。明顯。❹人瑞　人事的吉祥。❺品物　眾物。❻咸亨　都通達順利。❼神光二句　神光，神異之光。燿，同「耀」。洪洞，彌漫無際。朗天，明朗的天空。❽鳳皇二句　鳳皇，傳說的瑞鳥。來儀，猶來翔。翼翼，飛翔貌。喈喈，鳴聲相和。❾舞德垂容　舞德，舞動著牠的頭。德，鳳凰頭上的花紋叫德。這裡指代頭。垂容，顯示儀態。❿仍　相隨。⓫麒麟　傳說的瑞獸。⓬甘露滋液二句　甘露，甘美的雨露。滋液，滋潤。嘉禾，生長得特別茁壯的禾稻。古時以為吉祥的象徵。櫛比，梳齒一樣排列。形容緊密相連。⓭隆洽　昌盛和洽。⓮男女條暢　男女都通達順利。即男有分，女有歸。⓯給　足。⓰咸則三壤　繳納賦稅都按三壤法進行。則，法。三壤，土地按肥瘠分為上中下三等，以確定貢賦的級別。⓱應九尾狐　與九尾狐的出現相應驗。九尾狐的出現是天授命給文王的徵兆。⓲東夷　指東方少數民族。⓳歸　歸附。⓴諸侯同辭　與諸侯共同立下討伐商紂的誓言。相傳武王在孟津（今河南孟縣南）與八百諸侯會盟立誓伐紂。㉑周公句　秬鬯，用黑黍和鬱金草釀造的酒，祭祀時灌地所用。鬼方，殷周時西北部族名。臣，臣服。其事不詳。㉒夷狄　古時對東方與北方少數民族的稱呼。㉓賓　服。㉔名自正　即自名正。由於名義正當。㉕事自定　事情自然成功。㉖南郡　郡名。其地域在今湖北中部與南部。㉗偃武興文　息武功而興文治。㉘武張　發揚武功。㉙猛服　猛獸被擒服。㉚賓洽　因歸附而和睦相處。㉛恤　憂。㉜甲士　披甲之士卒。㉝仆　放下。㉞匈奴　古代我國北方民族之一。㉟憍蹇　驕傲。㊱傑暴　凶暴。㊲氣力相高　憑氣力逞能。㊳業在攻伐　以攻伐為功。業，功。㊴事在獵射　以射獵為事。㊵兒　兒童。㊶走箭飛鏃　會射箭。走，意同「飛」。鏃，箭頭。㊷逐水　尋找水源。㊸常處　固定的住處。㊹周流　遍遊。㊺濟　滿足。㊻耒耜　古時翻土農具。曲木之手柄為耒，柄端起土之器為耜。㊼扞弦掌拊　套上臂套，抓住弓拊，拉緊弓弦。扞，臂套。為射箭時所套的皮質臂套。拊，弓中央把手之處。㊽收秋　即「秋收」。㊾奔狐馳兔　追逐狐兔。㊿殪仆　被打死倒在地上。51懷　歸附。52綏　安。53驚邊扤士　驚擾邊境士卒。扤，擾。54芻蕘　割草打柴的人。指邊地百姓。55詩人所歌二句　詩人所歌，指《詩經・小雅・采薇》等，〈采薇〉說：「靡室靡家，玁狁之故。不遑啟居，玁狁之故。」玁狁即匈奴，秦漢時稱匈奴。患，憂慮。56威靈　神威。57外覆　遠及外邦。58日逐舉國而歸德　《漢書・卷七〇・鄭吉傳》說：「神爵（宣帝年號）中，匈奴乖亂，日逐王先賢撣欲降漢。」日逐，匈奴屬王號。其部族居西邊，管轄西域諸國。舉國，全國。指所管轄西域諸國。歸德，歸順有德之君。59單于　匈奴王號。60朝賀　朝拜慶賀。61乾坤之所開二句　自天地開闢，在這陰陽交會的大千世界裡。乾坤，天地。陰陽，指自然界兩種相互對立和相互消長的事物。接，會合。62編結　編髮。63沮顏　刻面。64燋齒　黑齒。燋，通「焦」。65梟瞯　深目。66翦髮　剪髮。67黥首　雕顏。68文身　在身上刻圖案花紋。69裸袒　裸體。70靡　無。71懽忻　同「歡欣」。72婆娑　舞貌。73嘔吟　吟唱。嘔，通「謳」。74鼓掖　拍打腋下使發聲響。75鴻均　太平。76感懣舒音　感觸滿懷，發為歌聲。77至德　指君主無以復加的盛德。78鄙人　對自己的謙稱。79黯淺　淺陋。80究　盡。81遵　按照。82未剋　不能。83殫　詳盡。

【語　譯】「現在全國百姓樂業，朝廷清明，上天的符命已相當明顯，人事的吉祥也已大白，萬物都通達順利，山川降下神靈，神異之光燦爛輝煌，彌漫照向明朗的天空。鳳凰飛來，邊飛邊鳴，群鳥在後跟從，鳳凰擺動著頭顯示儀態。神雀也相隨而至，麒麟又不期而來。甘美的雨露滋潤作物，嘉禾接連出現。廣遠深入的教化使得國家昌盛，人民和洽，男男女女都婚嫁如意。年豐家足，全都按三壤法繳納賦稅，豈不興盛！從前周文王與九尾狐的出現相應而使東夷歸附於周，周武王獲白魚而與諸侯會盟立誓伐紂，周公接受秬鬯酒而使鬼方臣服，周宣王得白狼而使夷狄歸服：由於名義正當，所以事情自然成功。現在在南郡抓獲白虎，也是息武功、興文治的徵兆。抓獲白虎必須發揚武功，發揚武功而猛獸就被擒服。所以北狄歸順而和睦相處，邊境不憂寇亂，披甲士卒可以安臥而戰旗可以放下了。」

文學、夫子說：「上天的符命我們已經知道，敢問人事吉祥的情況。」

先生說：「匈奴，是百蠻中最強大的。他們天性驕傲，習性凶暴，輕賤老人而看重壯丁，憑氣力逞能。以攻伐為業，以射獵為事，兒童能騎羊射箭。他們為尋找水源，隨著家畜浪跡四方，全無固定的住所，像鳥獸一樣聚集又分散，來去都騎馬奔馳，遍遊廣闊的原野，以滿足嗜欲。他們的耕具就是弓箭鞍馬，他們的播種就是握弓拉弦，他們的秋收就是追捕狐兔，他們的收穫就是倒斃的野獸。追趕他們就逃跑，放開他們就侵擾。因此三王不能使他們歸附，五霸不能使他們安分，於是他們仍舊驚擾邊境士卒，屢屢侵犯邊民，詩人曾經對此詠歎，這是自古以來就憂患難解之事。現在君主聖德隆盛，神威遠及外邦，日逐王以其統轄之國來歸順聖德之君，單于也前來朝拜稱臣慶賀。自天地開闢以來，在這陰陽交會的大千世界裡，編髮刻面，黑齒深目，短髮雕顏，紋身裸體之國，無不奔走前來奉獻貢物，欣喜歸附，謳歌獻舞，拍腋發響而歡笑。在這太平之世，還有什麼東西不快樂的？飛鳥合攏翅膀，梟魚蹦跳水面。所以刺史感觸滿懷，發為歌聲，歌唱君主無以復加的盛德。鄙人因淺陋，不能盡識，僅以恭敬之心一述所聞，但未能詳盡。」

於是二客醉❶于仁義，飽❷于盛德，終日仰歎❸，怡懌❹而悅服。

【章旨】交代微斯文學與虛儀夫子聽浮游先生講論後的反應，結束全文。

【注釋】❶醉　陶醉。❷飽　滿足。❸仰歎　景仰讚歎。❹怡懌　喜悅。

【語 譯】於是文學與夫子兩位來客陶醉於君主的仁義之懷，滿足於君主的隆盛之德，終日景仰讚歎，心悅而誠服。

卷五二

王命論

【作　者】班彪（西元三～五四年），字叔皮，扶風安陵（今陝西咸陽東北）人。性沉重好古，喜讀莊老。年二十餘，值王莽敗，三輔大亂。時隗囂占據甘肅，擁眾天水，彪乃避難相從，著〈王命論〉來感喻隗囂，以復興漢室，而隗囂終不醒悟，也不禮遇他。彪遂避地河西（今甘肅、青海二省黃河以西地）依大將軍竇融，竇融任為從事，以師友之禮相待，彪遂為竇融策劃歸附漢光武帝（劉秀），竇融所上章表，皆彪所作。及竇融徵還京師，光武帝詢問竇融：「比來文章所奏誰作？」答以「班彪」，光武帝聞彪之才，於是召見，舉為茂才，拜徐縣令，以病免。後為司徒王況府屬官，轉為望都長，卒於官。彪才高而好述作，曾採前史遺事，並貫串異聞，繼司馬遷《史記》作《後傳》數十篇。其子班固後來在此基礎上完成史學巨著《漢書》。彪原有集二卷，已佚。今存論、賦數篇。

【題　解】本篇題旨是說只有受天命者才能稱王。文中側重論證劉邦之起而稱王，是天命所歸，非人力所致。從而勸人有鑒於此而拋棄對王位的妄想，擁戴應天順人的劉秀稱帝。

班彪二十二歲（西元二五年）時，劉秀已在鄗（今河北安邑）即帝位。同年，更始帝劉玄已被攻入長安的赤眉軍所殺，京畿大亂，因此，班彪便逃難到天水（今甘肅通渭北），去投靠在那裡擁兵據守的隗囂。隗囂看到當時天下離亂，各地紛紛擁兵自立，因而也蠢蠢欲動，伺機奪取天下。於是隗囂問班彪：「當今的形勢是否可比戰國縱橫爭雄？」班彪回答說：「今日時勢不同於戰國，看看百姓思念景仰漢朝的功德就可明白。」隗囂說：「這是由於愚蠢人向來只知劉氏姓號之故，說漢朝還會復興的人，是太沒有見識了。」這話使班彪很反感，為了感悟隗囂，班彪寫了此文，然而隗囂終究不聽。於是，班彪離開天水，前往河西投靠竇融，並為其策劃而歸順於劉秀。

昔在帝堯之禪[1]曰：「咨[2]，爾舜！天之歷數[3]在爾躬[4]。」舜亦以命禹。暨[5]于稷[6]、契[7]，咸佐唐[8]、虞[9]，光濟[10]四海，奕世[11]載德[12]，至于湯、武[13]，而有天下。雖其遭遇異時，禪代不同[14]，至于應天順人[15]，其揆[16]一焉。是故劉氏承堯之祚，氏族之世，著于《春秋》[17]。唐據[18]火德[19]，而漢紹之[20]。始起沛澤，則神母夜號，以彰赤帝之符[21]。由是言之，帝王之祚，必有明聖顯懿[22]之德，豐功厚利[23]積累之業[24]，然後精誠[25]通于神明[26]，流澤[27]加於生民[28]。故能為鬼神所福饗[29]，天下所歸往[30]。未見運世[31]無本[32]，功德不紀[33]，而得崛起[34]在此位[35]者也。世俗見高祖興於布衣[36]，不達其故[37]，以為適遭暴亂[38]，得奮其劍[39]，游說之士，至比天下於逐鹿，幸捷而得之[40]。不知神器[41]有命，不可以智力[42]求。悲夫！此世之所以多亂臣賊子者也。若然[43]者，豈徒[44]闇於天道[45]哉，又不覩之於人事矣！

【章　旨】論述劉邦的崛起為帝王，是上秉天命、下有功德於民的結果，並不是僥倖得來的。

【注　釋】[1]禪　傳位。[2]咨　歎詞。[3]歷數　天命定數。即朝代更替的次序。[4]爾躬　你身。[5]暨　及；至。[6]稷　即后稷。舜時農官，周之始祖。[7]契　舜之臣。助禹治水有功，任司徒，是商之先祖。[8]唐　堯。傳說堯曾封於唐。[9]虞　舜。舜為有虞氏。[10]光濟　廣濟；普救。[11]奕世　累世；一代接一代。[12]載德　行德。[13]湯武　成湯和武王。稷為武王之祖，契為成湯之祖。[14]禪代不同　君位傳遞情況各異。[15]應天順人　上應天命，下順人心。[16]揆　理。[17]劉氏承堯三句　所引劉氏之事，見《春秋左氏傳》（簡稱《左傳》）。《左傳・昭公二十九年》記晉大夫蔡墨之言，說堯的後代有劉累，曾向豢龍氏學養龍，晉國的范氏即劉累的後代。又《左傳・文公十三年》記，晉大夫士會（即范武子）出奔秦，後歸於晉，後嗣留秦的為劉氏。祚，皇統。氏族之世，劉姓宗族之世系。著，記述。《春秋》，編年史書。相傳是孔子根據魯史修訂的，起自魯隱公元年（西元前七二二年），迄於魯哀公十四年（西元前四八一年）。⑱據　值。⑲火德　秦漢方士以五行（金木水火土）相生相剋的說法來附會王朝的命運。帝王受命正值五行的火運，就稱為火德。⑳紹之　繼唐。指也為火德。㉑始起沛澤三句　沛，縣名。在今江蘇省沛縣東。澤，指水草茂密的低窪地。神母夜號，傳說劉邦有一次夜過澤中，見一大蛇擋路，即拔劍斬了牠。後有人到斬殺之處，見一老婦號哭，說其子是白帝之子，今被赤帝子所殺。彰，表明。赤帝，指赤帝子。符，徵兆。㉒顯懿　顯著的美德。㉓厚利　指厚利天下。㉔業　功。㉕精誠　至誠之心。㉖神明　神靈。㉗流澤　散布的恩澤。㉘生民　百姓。㉙福饗　賜福。㉚歸往　歸附。㉛運世　朝代按五行相更替。㉜無本　即「本無」。指本無其分。㉝功德不紀　無功德記載。紀，通「記」。㉞崛起　突然興起。㉟位　指帝王之位。㊱布衣　平民。㊲不達其故　不瞭解它的緣故。㊳適遭暴亂　剛好遇到暴亂之世。㊴奮其劍　提劍奮起。㊵遊說之士三句　蒯通曾說：「秦失其鹿，天下共逐之，於是高材疾足者先得焉。」（見《史記・卷七四・淮陰侯列傳》）遊說之士，指往來勸說別人聽從自己意見的人。此指楚漢時說客蒯通。逐鹿，比喻爭奪帝位。鹿，喻帝位。幸，僥倖。捷，即疾足。跑得快的人。㊶神器　帝位。㊷智力　智與力。㊸若然　像這樣。㊹豈徒　豈只。㊺闇於天道　對於天道一無所知。

【語　譯】從前，堯傳帝位給舜時說：「啊，舜！上天的大命要落到你的身上了。」舜也用這樣的話來命禹即位。到了稷與契，都輔佐堯舜，普救天下，一代接一代地實行仁德，到了成湯、武王之時，才取得天下。雖然他們所遇到的時代不同，帝位傳遞的情況也各異，然而上應天命，下順人心，道理卻是一樣的。因此劉氏秉承堯的皇統，使劉氏宗族的世系，記述於《春秋》一書之上。唐值火德，漢則繼唐，也值火德。劉邦興起於沛澤，而白帝子之母夜哭，表明了劉邦是赤帝之子的徵兆。由此說來，得帝王之統系者，必須具有英明顯著的美德，積累了厚利天下的豐功，他的至誠之心為神靈所知曉，他散布的恩澤廣被於百姓身上。能做到這樣，才能受到鬼神賜福，為天下人所歸附。沒有看到過在以五行相更替的朝代中本無其位，又無功德可記述，卻能突然興起而據有帝位的。世俗之人看高祖出身平民而能興起，不瞭解其中的緣故，認為是剛好遇上暴亂之世，因而能提劍奮起，遊說的人士乃至把爭奪天下比作追趕一頭鹿，跑得快的人僥倖得到牠。不知道帝位本有天命，是不能依靠智謀與武力求得的。可悲呀！這就是世上亂臣賊子多的原因啊！如作這樣的認識，那麼豈只對於天道無知，連人事也看不見了啊！

夫餓饉❶流隸❷，飢寒道路，思有短褐❸之襲❹，檐石❺之蓄，所願不過一金❻，終於轉死❼溝壑❽。何則❾？貧窮亦有命也。況乎天子之貴，四海之富，神明之祚，可得而妄處❿哉？故雖遭罹⓫厄會⓬，竊其權柄⓭，勇如信⓮、布⓯，強如梁⓰、籍⓱，成如王莽⓲，然卒⓳潤鑊⓴伏鑕㉑，烹㉒醢㉓分裂㉔，又況么麼㉕不及數子㉖，而欲闇干㉗天位㉘者也。是故駑蹇㉙之乘㉚，不騁千里之塗㉛；鷰㉜雀之疇㉝，不奮六翮㉞之用㉟；楶㊱梲㊲之材不荷㊳棟梁之任㊴；斗筲之子㊵，不秉㊶帝王之重㊷。《易》曰：「鼎折足，覆公餗㊸。」不勝其任㊹也。

【章旨】論述非天命所授而覬覦帝王之位，是無知妄為，必致失敗。

【注釋】❶餓饉　指五穀與菜蔬皆無收成的荒年。❷流隸　流亡的奴僕。❸短褐　粗劣的短衣。❹襲　夾衣。❺檐石　百斤為檐。也稱一石。❻一金　一斤之金。❼轉死　棄屍；拋棄死者。❽溝壑　溝坑。❾何則　為什麼。❿妄處　非分而居帝王之位。⓫遭罹　遇上。⓬厄會　厄運。指時局危難。⓭權柄　權力。⓮信　韓信（西元前？—至前一九六年）。秦末淮陰人，初從項羽，後歸劉邦，拜為大將，伐魏，舉趙，降燕，破楚將龍且於濰水，定齊地，圍殲項羽於垓下，勇略過人，戰功顯赫。後有人告韓信謀反，為高祖所執，最後為呂后所殺。⓯布　英布（西元前？—至前一九五年）。秦末六縣人，曾犯法被黥面，故又稱黥布。初時率驪山刑徒起事，歸附項羽，後歸劉邦，擊滅項羽於垓下。後因見韓信等被殺，發兵叛反，高祖親征，布敗走，為人所殺。⓰梁　項梁（西元前？至前二〇八年）。秦末下相人，楚將項燕之子，項羽叔父。在吳中起兵響應陳涉起義，立楚懷王孫心為義帝，後戰死。⓱籍　項籍。字羽（西元前二三二至前二〇二年）。秦末下相人。從叔父項梁在吳中起義，梁死後，籍率領其軍，與秦兵九戰皆捷，滅秦後，自立為西楚霸王，分天下而立諸侯王。楚漢相爭中最後為漢軍圍困於垓下，突圍後在烏江自殺。⓲王莽　（西元前四五至西元二三年）漢元城人，漢元帝皇后之姪。平帝立，以莽為大司馬，元后臨朝稱制，委政於莽。平帝死，莽立孺子嬰為帝，自稱攝皇帝，三年後篡位，改國號新。執政期間，紛事改革，法令苛細，又連年征戰，繁為勞役，民不聊生，光武起兵討伐，最後被殺。⓳卒　終究。⓴潤鑊　受烹刑。古代用鼎鑊煮人致死。鑊，煮食物的器具。㉑伏鑕　伏於砧板之上受腰斬。鑕，古代腰斬人時所用的砧板。㉒烹　即受烹刑。㉓醢　肉醬。此指人被刀割致死。㉔分裂　割裂肢體。㉕么麼　細小；微不足道。㉖數子　指韓信、英布、項籍、王莽諸人。㉗闚干　睹求。㉘天位　帝位。㉙駑蹇　馬體力弱而跛足。㉚乘　馬車。㉛塗　通「途」。道路。㉜鷰　同「燕」。㉝疇　類。㉞六翮　六羽莖，健翼。指天鵝之翼。㉟用　指作為。㊱楶　柱頭斗栱。㊲梲　梁上短柱。㊳荷　承擔。㊴任　用。㊵斗筲之子　指才識短淺，器量狹小的人。斗筲，盛一斗之竹器。㊶秉　執掌。㊷重　重任。㊸易曰三句　引文為《周易‧鼎卦》之辭。《易》，也稱《周易》。是我國古代一本占卜書，也是儒家的重要典籍。公，指貴族。餗，鼎中食物。㊹不勝其任　指因鼎足折斷，不能勝任其事。比喻非其材而處其位，必致敗事。

【語　譯】一個僕役因荒年而流亡，當他在途中飢寒交迫之時，想能有一件粗劣的夾衣，有一石糧食的貯存，他的奢望只不過黃金一斤而已，然而終於死去，屍體被拋棄在山溝之中。為什麼呢？人的貧窮也是有命定的。何況天子是那樣的高貴，他富有四海，得到神靈的賜福，難道可以非分而居帝王之位嗎？所以人們雖然在天子遭遇到了危難的時候，竊據了權力，像勇猛的韓信、英布，像強大的項梁、項籍，像篡位得逞的王莽，可是終究落得受烹刑，被腰斬，肢體被割裂的下場，更何況在他們之下的那些微不足道而想睹求帝位的人呢。因此用體力弱又跛足的馬駕車，不可能馳騁千里的路程；燕雀之類的小鳥，不可能有健翼奮飛的作為；斗栱與短柱之材，不可能承擔棟樑之用；才識短淺、器量狹小的人，不可能執掌帝王的重任。《周易》說：「鼎的腳被折斷了，把貴族們鼎中的食物給倒了。」這是因為斷腳之鼎，是不能勝任其事的。

當秦之末，豪桀共推陳嬰而王之①。嬰母止之曰：「自吾為子②家婦，而世③貧賤，卒④富貴，不祥。不如以兵屬人⑤，事成，少受其利。不成，禍有所歸⑥。」嬰從其言，而陳氏以寧。王陵⑦之母，亦見項氏之必亡，而劉氏之將興也。是時，陵為漢將，而母獲於楚⑧。有漢使來，陵母見之，謂曰：「願告吾子，漢王長者⑨，必得天下，子謹事之，無有二心。」遂對漢使伏劍⑩而死，以固勉⑪陵。其後，果定⑫於漢。陵為宰相，封侯。夫以匹婦之明⑬，猶能推事理之致⑭，探禍福之機⑮，全宗祀⑯於無窮，垂冊書於春秋⑰，而況大丈夫之事乎？是故窮達⑱有命，吉凶由人。嬰母知廢⑲，陵母知興⑳，審㉑此二者，帝王之分㉒決矣。

【章　旨】舉陳嬰之母與王陵之母之事為例，說明連平民婦人都知窮困與顯達都由命定的道理。

【注　釋】①豪桀句　東陽少年殺東陽令，強立陳嬰為長。又欲立嬰為王。陳嬰推辭而以兵歸屬項梁。後歸劉邦，封堂邑侯。桀，通「傑」。陳嬰，秦二世時為東陽令史。王之，立他為王。②子　你。③世　世世。④卒　通「猝」。突然。⑤屬人　歸附別人。⑥所歸　歸屬的人。即承擔人。⑦王陵　秦末沛人。曾聚眾數千人於南陽，楚漢爭戰時歸附劉邦。漢朝建立後，封安國侯，任右丞相。⑧獲於楚　被項羽的人抓獲。⑨長者　謹厚者之稱。⑩伏劍　以劍自殺。⑪固勉　加以勉勵使堅定。⑫定　平定。⑬匹婦之明　匹婦，平民婦人。明，眼力。⑭致　極。⑮機　關鍵。⑯全宗祀　全，保全。宗祀，宗廟祭祀。⑰垂冊書句　垂，留傳。冊書，史冊。春秋，歲月。指後世。⑱窮達　窮困與顯達。⑲廢　失敗；滅亡。指項氏（羽）敗亡。⑳興　指劉邦將得天下。㉑審　仔細觀察和研究。㉒分　名分。指人的地位和身分。

【語　譯】在秦末之時，地方豪傑之士一致推舉陳嬰，要立他為王。陳嬰的母親阻止說：「自從我嫁到你陳家，聽說你家世世代代都貧賤，你現在突然富貴，這是不吉利的。不如把軍隊歸附他人，事情成功了，既可以稍得好處。事情不成功，災禍又有承擔的人。」嬰聽從母親的話，因而陳家得到安寧。王陵的母親也預見項氏必定滅亡，而劉氏將興起。這時，王陵任漢將，而他的母親被項羽的人抓獲。有漢使前來，王陵的母親見到他們，說：「希望你們告訴我的兒子，漢王是謹厚之人，必定會得天下，讓我兒子謹慎地侍奉他，不要有二心。」於是當著漢使之面用劍自殺而死，以此來勉勵和堅定王陵的心志。此後，天下果真為漢所平定。王陵被任為宰相，封了侯。以一個平民婦人的眼力，尚且能夠推測事理發展的結局，審察禍福的關鍵，從而保全祖廟的祭祀，使它永久不廢，事蹟載入史冊，留傳後世，何況一個大丈夫的行事呢？因此窮困與顯達，各自有命，吉凶全由人自取。陳嬰的母親知道項氏必亡，王陵的母親知道劉邦必得天下，仔細觀察和研究這兩個事例，可知帝王的名分是早就確定的。

蓋在高祖，其興也有五：一曰帝堯之苗裔❶，二曰體貌多奇異❷，三曰神武❸有徵應❹，四曰寬明❺而仁恕❻，五曰知人善任使。加之以信誠❼好謀，達❽於聽受❾，見善如不及❿，用人如由己⓫，從諫如順流，趣時如響起⓬。當食吐哺，納子房之策⓭；拔足揮洗，揖酈生之說⓮；悟戍卒之言，斷懷土之情⓯；高四皓之名，割肌膚之愛⓰；舉韓信於行陣⓱，收陳平於亡命⓲。英雄陳力⓳，群策畢舉，此高祖之大略⓴，所以成帝業也。若乃靈瑞符應㉑，又可略聞矣：初劉媼妊高祖，而夢與神遇，震電晦冥，有龍蛇之怪㉒。及長而多靈㉓，有異於眾。是以王、武感物而折契㉔，呂公覩形而進女㉕；秦皇東遊以厭其氣㉖，呂后望雲而知所處㉗；始受命則白蛇分㉘，西入關㉙則五星聚㉚。故淮陰㉛、留侯㉜謂之天授㉝，非人力也。

【章　旨】列舉高祖出自天授的傳說事例與其他過人之處，說明高祖興起的必然性。

【注　釋】❶苗裔　後裔；後代。❷體貌多奇異　劉邦形貌奇特。如高鼻，龍顏，美鬚髯，左股有七十二黑子。❸神武　聰明威武。❹徵應　驗證。❺寬明　寬厚賢明。❻仁恕　仁愛寬容。❼信誠　誠實可信。❽達　通達暢快。❾聽受　聽取意見。❿見善如不及　看見善良的行為，努力去追求，好像趕不上似的。⓫用人如由己　用人如用己一般信任。由，用。⓬從諫二句　從諫，聽從勸諫之言。如順流，喻很樂意。趣時，順應時宜。如響起，喻迅捷。⓭當食吐哺二句　儒生酈食其向劉邦建議立戰國六國之後代，劉邦問張良，張良列舉八難，於是劉邦吐出口中食物，罵酈食其敗事。當食，正在進食。吐哺，把口中食物吐出。子房，張良。字子房（西元前？—至前一八九年）。秦末韓人。秦滅韓後，欲以椎擊秦始皇，未遂。後為劉邦謀士，佐漢滅秦楚，因功封留侯。⓮拔足揮洗二句　酈食其求見劉邦，劉邦正放開兩腿坐在床上讓兩個女子洗足。酈食其責備劉邦不應這樣無禮地見長者，劉邦即起身整好衣服道歉，請酈上坐。酈於是說服劉邦襲擊陳留。拔足，把足伸出。揮洗，揮手示意不要再洗。揖，表敬從。⓯悟戍卒二句　高祖建都洛陽，婁敬說高祖，不如入函谷關建都長安，較為險固。高祖當日即駕車西行。戍卒，駐守的兵士。指婁敬。懷土，指留戀洛陽。⓰高四皓二句　四皓於秦末隱居於商山（今陝西商縣東），高祖召，不應。後高祖欲廢太子，立所寵幸戚夫人子趙王如意為太子。呂后用張良之計，迎四皓輔佐太子。一日高祖見四皓侍從太子，知事已不可更易，終於不易太子。高，尊。四皓，四個隱士。名東園公、綺里季、夏黃公、甪里先生。因四人都鬚眉皆白，故稱四皓。割，棄。肌膚之愛，親近寵愛之人。⓱舉韓信於行陣　韓信棄楚歸漢後，因不滿於僅任管糧餉軍官之職，不告而走，丞相蕭何追返後，薦於劉邦，劉邦擇良日，齋戒，設壇場，拜為大將軍。舉，提拔。行陣，軍隊行列。⓲收陳平於亡命　收，接納。陳平，（西元前？—至前一七八年）秦末陽武人。初從項羽，後歸劉邦。有謀略，積功任護軍中尉，封曲逆侯。惠帝時為左丞相，後與太尉周勃合力誅滅諸呂，迎立文帝，安定漢朝。亡命，逃亡在外。陳平本為楚軍都尉，後懼項羽誅而逃亡降漢。⓳陳力　施展才力。⓴大略　遠大的謀略。㉑若乃靈瑞符應　即天降祥瑞。為王者受命之徵。若乃，至於。靈瑞，祥瑞。符應，天降符命，與人事相應。符，符命。㉒劉媼妊四句　劉邦之母，曾息於澤之邊岸，在夢中遇到了神靈。當時雷電交加，天地昏暗。劉邦之父前去，見有似龍似蛇之怪物在其身上。不久就懷孕，後來生了劉邦。劉媼，劉婦。指劉邦之母。妊，孕。震電，打雷閃電。晦冥，天地昏暗。虵，同「蛇」。㉓多靈　多神奇之事。㉔王武感物句　劉邦曾常去王媼與武負兩酒家賒酒，有時喝醉了就躺下。王與武見到劉邦身子上方，常有怪象。到了年終，兩家都不再收他的欠債。王，王媼。武，武負。感物，即見到有怪象。折契，毀掉債券。㉕呂公覩形而進女　呂公會相術，他見到劉邦相貌異常，於是將女兒嫁給劉邦。呂公，劉邦的岳父。形，指劉邦的形相。進女，將女兒嫁給劉邦。㉖秦皇東遊以厭其氣　秦始皇常說，東南方有天子氣，於是東遊以鎮壓其氣。秦皇，秦始皇。嬴姓，名政，西元前二四六至前二一〇年在位。西元前二二一年統一六國後稱帝，自號始皇帝。厭，鎮壓。氣，天子氣。㉗呂后望雲而知所處　始皇東遊，劉邦自己疑心而匿隱於芒碭山澤巖石之間，其妻呂氏常能根據雲氣而知道劉邦所在。雲，雲氣。即天子氣。㉘白蛇分　白蛇，即白帝子化為蛇者。分，斷。被劉邦斬斷。㉙入關　進入函谷關至霸上。㉚五星聚　五星聚於井宿。㉛淮陰　淮陰侯韓信。他在被高祖所執時，說高祖是天授，非人力。㉜留侯　張良。張良以《太公兵法》說沛公劉邦，劉邦常稱善並採用他的策略，因此張良說沛公或許是天授。㉝天授　天所授予。

【語　譯】在高祖本身來說，他能起而得天下，有五項條件：一是帝堯的後代；二是形貌多奇特；三是聰明威武，有受天命的徵驗；四是寬厚賢明，而且仁愛寬容；五是善於知人用人。加上誠實可信，善用計謀；聽取意見，通達暢快；看見善良的行為，努力去追求，迫切之心好像追趕不上一樣；用人好像用己一般信任；樂意聽從勸諫之言，好像順流之水一樣快捷；適應時宜，迅捷得好像回響之起。正在用餐，急忙吐出口中食物，採納張良的策略；停止洗足，敬從酈食其的勸說；感悟於駐守士卒之言，割斷留戀洛陽之情；尊重四皓之名聲，棄置原本親近寵愛之人；提拔韓信於軍隊之中，接納陳平於逃亡之時。使英雄得以施展才力，所獻各種計謀都能付諸實現，這就顯示了高祖有偉大的謀略，是使他終成帝業的根源所在。至於天降符命，祥瑞畢現，與人事之相應，又可約略得知：當初劉母懷高祖，在夢中與神靈相遇，當時雷電交加，天地昏暗，有龍蛇模樣的怪物出現在她的身上。到劉邦長大之後，又有許多神奇之事，不同於眾人。王媼、武負因見到劉邦身子上方有怪象而毀掉他的債券，呂公因見劉邦之相貌非凡而將女兒嫁給他；秦始皇東遊以鎮壓他的天子之氣，妻子呂氏望見雲氣而知道劉邦隱匿所在；一接受天命，就斬斷白蛇，西入函谷關，則見五星聚於井宿。所以淮陰侯、留侯都說劉邦是天授他大位，不是人力所致。

歷❶古今之得失，驗行事之成敗，稽❷帝王之世運❸，考五者❹之所謂，取舍❺不厭❻斯位❼，符瑞❽不同斯度❾，而苟❿昧⓫權利，越次⓬妄據⓭，外不量力，內不知命，則必喪保家之主⓮，失天年⓯之壽，遇折足之凶⓰，伏⓱斧鉞⓲之誅⓳。英雄⓴誠知覺寤㉑，畏若㉒禍戒㉓，超然㉔遠覽，淵然㉕深識㉖，收㉗陵、嬰之明分㉘，絕信、布之覬覦㉙，距逐鹿之瞽說㉚，審神器之有授㉛，貪不可冀㉜，無為二母之所笑，則福祚㉝流㉞于子孫，天祿㉟其永終㊱矣。

【章旨】告戒不能知命量力，妄想靠人力奪取帝位者，必須識大體，幡然醒悟，方可避凶得福。

【注釋】❶歷 觀察。❷稽 考察。❸世運 意同「運世」。❹五者 謂五行相承。❺取舍 作為。❻不厭 不適合。❼斯位 其地位。❽符瑞 符命祥瑞。❾斯度 此數。指天命定數。❿苟 姑且。⓫昧 貪冒（見利勇往）。⓬越次 超越次序。⓭妄據 非分地占據。⓮保家之主 家主。此指當事人。保家，保持家業。⓯天年 自然的年歲。⓰折足之凶 敗事之災禍。折足，即鼎折足。⓱伏 受。⓲斧鉞 指處死罪犯用的斧子。⓳誅 殺。⓴英雄 指隗囂。㉑寤 通「悟」。㉒若 而。㉓禍戒 戒備災禍及身。㉔超然 遠貌。㉕淵然 深貌。㉖深識 深刻的見識。㉗收 吸取。㉘明分 明白人各有其名分。㉙覬覦 非分的欲望。㉚瞽說 瞎說；胡說。㉛有授 自有天授。㉜貪不可冀 貪求者想得到卻不能。㉝福祚 即「福」。㉞流傳。㉟天祿 天賜之祿。㊱永終 終久；久長。

【語　譯】歷觀古今的得失，檢驗行事的成敗，考察帝王朝代的更替，研究五行相承所顯示的意義，凡是一個人的作為不合於自己的地位，而又沒有劉邦這樣的符命祥瑞，卻苟且去貪冒權利，超越次序，非分地去占據，對外不自量力，對己又不知命分，那就必然自取喪亡，不能壽終，遭到敗事的災禍，承受處死的結局。作為英雄，如能知道醒悟，抱畏懼之心，而戒備災禍及身，達於遠見深識的境地。王陵、陳嬰明白人各有其名分，這點要加以吸取；韓信、英布有非分的欲望，這點要加以杜絕。抵制逐鹿的瞎說，審察帝位自有天授的道理，不去貪求不可能得到的東西，不要被二母所笑，那麼福可傳於子孫，天賜之祿也將久長不斷。

典論論文

【作　者】曹丕（西元一八七～二二六年），字子桓，沛國譙（今安徽亳縣）人，曹操第二子。漢時曾為五官中郎將，曹操死後，嗣位為丞相魏王。不久迫使漢獻帝禪位，建立魏王朝，都洛陽。死後謚文帝。有《魏文帝集》。

【題　解】《典論》是曹丕在漢獻帝建安後期，即他為魏太子時精心撰述的一部著作。全書早亡佚（清嚴可均有輯文，見《全三國文》）。〈論文〉一篇因收於《文選》之中，故得以保存。這是一篇關於文學理論批評的專題論文。

曹操與其子曹丕、曹植都愛好文學，且都有很高的文學修養和造詣。曹丕還在為太子時，即已成為當時文壇的領袖，在他的周圍聚集了一些著名的文人，如被稱為「建安七子」中的陳琳、王粲、徐幹、阮瑀、應瑒、劉楨等人。他們的詩文創作，由於東漢末年世局離亂，風衰俗怨，而他們又都情志高遠，意氣風發，富有才氣，所以取得了值得注目的成就，使「建安文學」在我國文學史上享有較高的地位。不僅如此，他們在詩文寫作的同時，相互間還經常就文學創作的一些理論性問題進行切磋探討，如曹丕、曹植各有〈與吳質書〉，曹植有〈與楊德祖書〉，陳琳有〈答東阿王牋〉等，獲得了具有一定理論深度的認識。曹丕此文可以說是對於這種探討的總結。

曹丕在本文中主要闡述四個觀點：首先是批評了「文人相輕」的陋習，認為這是由於人們善於見己之長、見人之短所致，只有「審己以度人」，才能免於此患。第二，就建安七子之作品評述其才性，認為各有所長與不足，從而指出各種文體本有不同的特色與寫作要求，難得兼勝各體之通才。第三，提出「文以氣為主」的論點，認為作品所呈現的作者風格，有清濁之別，「不可力強而致」。第四，論述文學的社會功能和價值，把它提高到「經國之大業，不朽之盛事」的高度來認識。

此文是我國文學理論批評史上第一篇專題論文，是奠基之作，它對於作家的創作與文論的研究都具有重要的意義。作者對於文人相輕的批評，能使作家有意識地取長補短，以提高創作水準。文氣說的提出，說明作者已注意到了作家個性和風格這一重要問題，對於它的研究，有益於作家發揚自己獨特的個性和風格特色。所欠缺的是，他認為氣質與個性出於天賦，沒有看到它與作家的社會經歷以及藝術修養的關係。另外，作者關於文體的論述，對於創作有一定的指導意義。至於將文學提高到與事功相並立的地位來認識，是曠古所未有，表明了作者的卓見，這將有力地鼓勵作家自覺地從事創作活動，以取得成就。作者的這些見解，雖然不夠全面，但無疑的對於我國的文論研究具有開創之功，它促使後人對於這一領域的諸多問題作更深入全面的研究，從而使文論成為獨立的學科。

文人相輕，自古而然。傅毅❶之於班固❷，伯仲之間❸耳，而固小之❹，與弟超❺書曰：「武仲以能屬文❻為蘭臺❼令史❽，下筆不能自休❾。」夫人善於自見❿，而文非一體⓫，鮮⓬能備善⓭，是以各以所長，相輕所短。里語⓮曰：「家有弊帚⓯，享⓰之千金。」斯不自見之患也。

今之文人，魯國孔融文舉⑰，廣陵陳琳孔璋⑱，山陽王粲仲宣⑲，北海徐幹偉長⑳，陳留阮瑀元瑜㉑，汝南應瑒德璉㉒，東平劉楨公幹㉓：斯七子者，於學無所遺㉔，於辭無所假㉕，咸以自騁驥騄於千里，仰齊足而並馳㉖。以此相服㉗，亦良㉘難矣。蓋君子審己㉙以度人㉚，故能免於斯累㉛，而作〈論文〉。

【章旨】提出並批評「文人相輕」的陋習，認為這是由於人們善於見己所長、見人之短所致。又舉建安七子能相敬重之例，說明人們只有「審己以度人」，才能免於此患。

【注釋】❶傅毅　東漢文學家。生年不詳，卒於約西元九〇年，字武仲，扶風茂陵人。漢章帝時為蘭臺（宮中藏書處）令史，拜郎中，與班固等共校內府藏書，後曾任司馬等職。著有詩、賦、誄、頌等共二十八篇。❷班固　（西元三二至九二年）東漢史學家、文學家。字孟堅，扶風安陵人，班彪子。早年承父業續寫《史記後傳》。有人告發他私改國史，入獄，賴弟班超上書辯白，得釋。漢明帝時，召為蘭臺令史，後升為郎，典校內府藏書，並奉詔撰寫《漢書》。後奉命出征匈奴，受牽連入獄而死。❸伯仲之間　意為彼此相差無幾。伯仲，兄弟。❹小之　輕視他。❺超　班超（西元三三至一〇三年）。字仲升，班固弟。漢明帝時出使西域，官至西域都護，封定遠侯。年老返歸洛陽後，拜射聲校尉。❻屬文　寫文章。❼蘭臺　漢代宮中藏書處。❽令史　掌管校理圖籍、劾奏等文書檔案之職。❾下筆不能自休　譏傅毅文筆冗長。自休，自止。❿自見　指見己所長。為省略語。（下文「斯不自見之患」，「又患闇於自見」之「自見」，則指見己所短）⓫一體　一種體裁。⓬鮮　少。指少有人。⓭備善　全都擅長。⓮里語　俚語；俗語。里，通「俚」。⓯弊帚　破掃帚。⓰享　當；值。⓱魯國孔融文舉　孔融，（西元一五三至二〇八年）字文舉，魯國（今山東曲阜）人，孔子二十世孫。漢獻帝時舉為北海相，後曾為太中大夫。曹操專權時，常以詭詞嘲諷，為曹操忌恨而被殺。所著有詩、頌、碑文、書記等共二十五篇。原集已散佚，明人輯有《孔北海集》。⓲廣陵陳琳孔璋　陳琳，（西元？至二一七年）字孔璋，廣陵（今江蘇揚州）人。初為袁紹記室，後歸曹操，為司空軍謀祭酒，管記室。擅長章表書記。軍國文書，多出其手。詩僅存四首。原集十卷，已散佚，明人輯有《陳記室集》。⓳山陽王

粲仲宣　王粲，(西元一七七至二一七年) 字仲宣，山陽高平 (今山東鄒縣西南) 人。初依劉表，後歸曹操，為丞相掾，賜爵關內侯。魏國建立後，官至侍中。著有詩、賦、論、議等近六十篇，尤以詩賦著稱。原集十一卷，已散佚，明人輯有《王侍中集》。⑳北海徐幹偉長　徐幹，(西元一七〇至二一七年) 字偉長，北海 (今山東壽光) 人。為曹操司空軍謀祭酒掾屬，後官至五官中郎將文學。善詩賦，又著有哲學著作《中論》，主要闡明儒家經義。原集五卷，已散佚，後人輯有《徐偉長集》。㉑陳留阮瑀元瑜　阮瑀，(西元?～二一二年) 字元瑜，陳留尉氏 (今河南開封) 人。為曹操司空軍謀祭酒，管記室，善作章表書記。原集五卷，已散佚，明人輯有《阮元瑜集》。㉒汝南應瑒德璉　應瑒，(西元?至二一七年) 字德璉，汝南南頓 (今河南項城西) 人。為曹操丞相掾屬，後為五官中郎將文學。原集五卷，已散佚，明人輯有《應德璉集》。㉓東平劉楨公幹　劉楨，(西元?至二一七年) 字公幹，東平寧陽 (今屬山東) 人。為曹操丞相掾屬，善詩，著有詩、賦等數十篇，原集四卷，已散佚，明人輯有《劉公幹集》。㉔學無所遺　指無所不學，學識廣博。遺，遺漏。㉕於辭無所假　指為文出於自創。辭，指運用文辭。即創作。假，憑藉；因襲。㉖騁驥騄於千里二句　意謂七子各自靠其才學，在創作造詣上並駕齊驅。驥騄，駿馬。仰，恃。㉗相服　互相欽佩。㉘良　確實。㉙審己　審察自己。㉚度人　度量他人。㉛斯累　此種過失。

【語譯】文人之間相互輕視，自古以來就是這樣。傅毅和班固，才學相差無幾，然而班固卻輕視他，在給他弟弟班超的書信中說：「武仲由於會寫文章而作蘭臺令史，下筆冗長，不能休止。」人善於見己所長，而文章並非只有一種體裁，少有人能全都擅長，因此就各以己之所長，輕視人之所短。俗語說：「家有破掃帚，當作價千金。」這就是不能自見其短的毛病。

現今的文人，魯國人孔融文舉，廣陵人陳琳孔璋，山陽人王粲仲宣，北海人徐幹偉長，陳留人阮瑀元瑜，汝南人應瑒德璉，東平人劉楨公幹：這七人，無所不學，為文能自創而不因襲他人，都像跨著駿馬馳騁於千里之途，各恃其力而並駕齊驅，卻能相互欽佩，也確實是非常難能可貴的。君子因能審察自己而度量他人，所以能避免這種過失，於是作了〈論文〉。

王粲長於辭賦，徐幹時有齊氣❶，然粲之匹❷也。如粲之〈初征〉、〈登樓〉、

〈槐賦〉、〈征思〉❸，幹之〈玄猿〉、〈漏卮〉、〈圓扇〉、〈橘賦〉❹，雖張、蔡❺不過也。然於他文❻未能稱是❼。琳、瑀之章❽表❾書記❿，今之雋⓫也。應瑒和而不壯⓬，劉楨壯而不密⓭。孔融體氣⓮高妙，有過人者，然不能持論⓯，理不勝詞⓰，以至乎雜以嘲戲，及其所善，楊、班儔也⓱。

常人貴遠賤近，向聲背實⓲，又患闇於自見，謂己為賢。夫文，本⓳同而末⓴異。蓋奏議宜雅㉑，書論宜理㉒，銘誄尚實㉓，詩賦欲麗㉔。此四科㉕不同，故能之者偏㉖也，唯通才㉗能備其體㉘。

【章旨】對建安七子，由其作品評述其才性，認為各有所長與不足之處；指出各種文體本有不同的特色與寫作要求，難得兼勝各體之通才。

【注釋】❶齊氣　舒緩的風格。❷匹　匹敵；對手。❸初征登樓槐賦征思　〈初征〉、〈槐賦〉，二賦見嚴可均輯《全後漢文・卷九〇》。〈登樓〉，此賦見《文選》。〈征思〉，此賦已佚。❹玄猿漏卮圓扇橘賦　〈玄猿〉、〈漏卮〉、〈橘賦〉，三賦已佚。〈圓扇〉，此賦見嚴可均輯《全後漢文・卷九三》。❺張蔡　張，張衡（西元七八至一三九年）。東漢南陽西鄂（今屬河南）人。東漢辭賦家、科學家。著有〈西京賦〉、〈東京賦〉、〈思玄賦〉、〈歸田賦〉等。蔡，蔡邕（西元一三二至一九二年）。字伯喈。東漢陳留圉（今河南杞縣南）人。著有〈述行賦〉。❻他文　辭賦之外的其他作品。❼稱是　與辭賦相稱。❽章　臣下向君主所上的文書，用以謝恩。❾表　臣下向君主陳情之文書。❿書記　指軍中及官府文書。⓫雋　通「俊」。卓異。⓬和而不壯　平和而不豪壯。⓭不密　不周密。⓮體氣　稟性和才氣。⓯持論　立論；提出主張。⓰理不勝詞　即詞過於理。長於文詞而短於論理。⓱楊班儔也　楊，當作「揚」。指揚雄（西元前五三至西元一八年）。字子雲。西漢蜀郡成都人。擅長於辭賦。他的〈解嘲〉等篇，即是「嘲戲」之名篇。班，班固。他有〈答賓戲〉，也是「嘲戲」之佳作。儔，同等；同類。⓲向聲背實崇尚虛名，不重實際。⑲本　指一切文章都具有的通性。⑳末　各種文體所具有的各自的特性。㉑奏議宜雅　奏議，指臣下向君主陳事或有所議論的一種文體。雅，典雅。㉒書論宜理　書，即書記。論，論說文。理，有條理。㉓銘誄尚實　銘，刻於器物或碑石之上稱頌功德之文體。誄，哀悼死者述其生平功德之文體。尚實，崇尚真實。㉔欲麗　欲其辭語華麗。㉕四科　四類。㉖偏　偏於其一。㉗通才　才能全面的人。㉘備其體　各體全擅長。

【語　譯】王粲擅長於辭賦，徐幹時常流露出舒緩的風格，然可與王粲相匹敵。如王粲的〈初征賦〉、〈登樓賦〉、〈槐賦〉、〈征思賦〉，徐幹的〈玄猿賦〉、〈漏卮賦〉、〈圓扇賦〉、〈橘賦〉，即使是張衡、蔡邕也不能超過。可是他們的其他作品，卻不能與辭賦相稱。陳琳、阮瑀的章表書記，在現今是卓絕的。應瑒平和而不豪壯，劉楨豪壯而不周密。孔融才性高妙，有過人之處，然而不能立論，長於文辭而短於論理，以至摻雜嘲諷戲弄之筆，但達到了恰當好處之時，卻可與揚雄、班固同步。

一般的人以遠為貴，以近為賤，崇尚虛名而不重實際，又患有不能自見其短的毛病，認為自己是賢才。各種體裁的文章，從根本上說有它們的共同性，但又有各自的特殊性。奏議應當典雅，書論應當有條理，銘誄崇尚真實，詩賦要求華麗。由於這四類文章體裁各不相同，所以寫文章的人僅能偏於其一，只有才能全面的人才能擅長各體。

文以氣為主❶，氣之清❷濁❸有體❹，不可力強而致❺。譬諸音樂，曲度❻雖均❼，節奏❽同檢❾，至於引氣❿不齊⓫，巧拙有素⓬，雖在父兄，不能以移⓭子弟。

【章　旨】提出「文以氣為主」的論點，認為作品所呈現的作者風格有清濁之別，它們非靠力強所能達到。

【注　釋】❶文以氣為主　是說文氣是文章的主要特徵。氣，是作者的氣質與個性的表現。❷清　指俊爽超邁的陽剛之氣。

❸濁　指凝重沈鬱的陰柔之氣。❹體　本原。即指作者的氣質與個性。❺致　達到。❻曲度　曲調。❼均　同。❽節奏　音調緩急的度數為節，更端為奏。❾檢　法度。❿引氣　運氣。指吹奏者的運氣。⓫不齊　不同。⓬素　本。⓭移　傳授。

【語　譯】文章以文氣為主，文氣的清濁有其本原，不是靠力勉強所能達到。譬如音樂，曲調雖然相同，節奏也相同，然而由於各人運氣的方法不同，或巧或拙，繫於本性，所以即使是父兄也不能把它傳授給子弟。

蓋文章經國之大業❶，不朽之盛事❷。年壽❸有時❹而盡，榮樂止乎其身❺。二者❻必至❼之常期❽，未若文章之無窮。是以古之作者，寄身於翰墨，見意於篇籍❾，不假❿良史⓫之辭，不託飛馳之勢⓬，而聲名自傳於後。故西伯幽而演《易》⓭，周旦顯而制禮⓮，不以隱約⓯而弗務⓰，不以康樂而加思⓱。夫然則古人賤尺璧⓲而重寸陰⓳，懼乎時之過已。而人多不強力，貧賤則懾⓴於飢寒，富貴則流㉑於逸樂㉒，遂營㉓目前之務㉔，而遺千載之功㉕。日月逝於上，體貌衰於下，忽然與萬物遷化㉖，斯志士之大痛也！融等已逝，唯幹著論㉗，成一家言㉘。

【章　旨】論述文學的社會功能和價值，認為它是「經國之大業，不朽之盛事」。

【注　釋】❶經國之大業　經國，治國。大業，大事。❷不朽之盛事　古人有三不朽之說：「太上有立德，其次有立功，其次有立言，雖久不廢，此之謂不朽。」（《左傳．襄公二十四年》）文章屬於立言的範圍，所以說是不朽之盛事。盛事，大事；美事。❸年壽　壽命。❹有時　有一定的時限。❺止乎其身　隨著個人生命的結束而終止。❻二者　年壽和榮樂。❼至　終極。❽常期　一定的期限。❾寄身二句　寄身，寄託身心。翰墨，筆墨。指寫作。見意，表露情意。篇籍，篇章與文籍。❿假假借；憑藉。⑪良史　好的史官。⑫飛馳之勢　指身處高位的人，出行時高車駟馬，飛馳於途，聲勢顯赫。⑬西伯句　西伯，即周文王姬昌。商紂時曾為西方諸侯之長，故稱西伯。幽，囚。姬昌曾被商紂囚禁於羑里。演《易》，推演古代的八卦為六十四卦，成為《周易》一書的骨幹。《周易》是我國古代的占卜書，包含有哲學思想。演，推演。⑭周旦句　周旦，即周公姬旦。武王弟，輔助武王滅商，建立周王朝。武王死，成王年幼，周公攝政。管叔、蔡叔與武庚叛亂時，周公東征，平定叛亂，之後歸政於成王，建成雒邑，並制訂禮樂制度。顯，顯達。⑮隱約　困厄。⑯弗務　不從事著述。⑰加思　改變心意。⑱尺璧　直徑一尺的璧玉。指它大而可貴。⑲寸陰　短暫的時間。陰，光陰。⑳懾　恐懼。㉑流　放縱。㉒逸樂　安樂。㉓營　經營；從事。㉔目前之務　眼前之事。㉕千載之功　名聲傳揚千年之事。㉖遷化　指衰亡。㉗著論　指著作《中論》。㉘一家言　指有獨特見解，自成體系的學說。曹丕〈與吳質書〉說徐幹「著《中論》二十篇，成一家之言，辭義典雅，足傳於後，此子為不朽矣」。

【語　譯】文章是治國的大業，是不朽的美事。壽命有一定的時限而結束，榮耀與快樂也隨著個人生命的結束而終止。這二者必定以一定的期限為終極，不像文章可傳於無窮。因此古代的作者，將身心寄託於寫作，情意表白於篇章，不憑藉良史的文辭，不依託於聲勢顯赫的貴人，而名聲自然傳揚於後世。因此之故，西伯被囚禁而推演成《周易》，周公旦顯達而制訂周禮，不因困厄而不從事著述，不因康樂而改變心意。正因為如此，所以古人輕賤貴重的璧玉而看重一寸的光陰，恐懼時光的流逝。而人們大都不能努力，貧賤者恐懼於飢寒，富貴者則放縱於享樂，於是就經營眼前之事，而放棄可傳揚千年的功業。日月運轉於上，身體容貌衰弱於下，忽然之間與萬物一起衰亡，這是有志之士的莫大痛苦啊！孔融等人已經去世，只有徐幹著有《中論》，能自成一家之言。

六代論

【作　者】曹冏，字元首，是魏少帝曹芳的族祖，曾為弘農（在今河南內鄉、宜陽以西，黃河、華山以南，陝西柞水以東）太守。

【題解】西元二三八年魏明帝（曹叡）死，即位的曹芳才八歲，曹爽與司馬懿受命共掌軍政大權。當時曹氏政權極不穩固，隨時都有可能被握有軍事實力的司馬懿勢力所推翻，曹魏政權卻沒有強固有力的宗族勢力可以應付這種變亂，而曹爽則對於這種危機沒有作充分的估計，以採取有效的應變措施。曹冏正是在這種形勢下，於西元二四三年向曹爽上了此論。所謂「六代」，即指夏、商、周、秦、漢、魏。作者總結自三代至秦漢興敗存亡的經驗教訓，認為王室要長治久安，必須封授子弟，依靠宗親，造成根深蒂固的統治基礎，同時任用功臣賢良以為輔助，如此才可抵禦異姓的篡權傾覆，立於不敗之地；不然，則覆亡猶如摧枯拉朽之易。然後指出，曹魏之政，有違此道，子弟宗室散於地方，均無實力，不能形成堅固的維護力量，而異姓地方勢力強大失控，將危及王室之生存，因而規勸曹爽，認清形勢，封宗室，以形成強固的力量，方可圖安拯危。但曹爽沒有聽取。結果於西元二四九年司馬懿發動政變，殺曹爽等人，專魏政，此後司馬氏篡位代魏，王室毫無抵抗之力，可見曹冏是有先見之明的。

昔夏殷周之歷世數十，而秦二世而亡❶，何則❷？三代之君與天下❸共其民❹，故天下同其憂；秦王獨制❺其民，故傾危❻而莫救。夫與人共其樂者，人必憂其憂；與人同其安者，人必拯其危。先王知獨治之不能久也，故與人共治之；知獨守之不能固也，故與人共守之。兼親疏❼而兩用，參❽同異❾而並進。是以輕重足以相鎮❿，親疏足以相衛⓫，并兼⓬路塞⓭，逆節⓮不生。及其衰也，桓、文帥禮⓯；苞茅不貢，齊師伐楚⓰；宋不城周，晉戮其宰⓱。王綱⓲弛而復張⓳，諸侯傲而復肅⑳。二霸㉑之後，寖㉒以陵遲㉓。吳楚憑江㉔，負固方城㉕，雖心希九鼎㉖，而畏迫宗姬㉗，姦情㉘散於胸懷，逆謀消於脣吻㉙。斯豈非信重親戚，任用賢能，枝葉碩茂㉚，本根㉛賴之與？自此之後，轉相攻伐。吳并於越㉜，晉分為三㉝，魯滅於楚㉞，鄭兼於韓㉟。暨㊱乎戰國，諸姬微㊲矣，唯燕、衛獨存㊳。然皆弱小，西迫強秦㊴，南畏齊、楚，救於滅亡，匪遑相䘏㊵。至於王赧，降為庶人㊶，猶枝幹㊷相持㊸，得居虛位㊹。海內無主，四十餘年㊺。秦據勢勝㊻之地，騁譎詐之術㊼，征伐關㊽東，蠶食九國㊾。至於始皇㊿，乃定天位(51)。曠日若彼(52)，用力若此(53)，豈非深根固蔕(54)，不拔(55)之道乎？《易》曰：「其亡其亡，繫于苞桑。」(56)周德(57)其可謂當之(58)矣。

【章　旨】論述夏、商、周三代所以歷時久長，原因在於其君主能與人共治共守；秦朝所以短命而亡，原因在於其君主的獨治獨守。並進一步論述周代因能信任並重用親戚，兼用賢能，所以能形成根深蒂固、堅不可拔的統治基礎。

【注　釋】❶昔夏殷周二句　夏自禹至桀經十七代，商自成湯至紂經二十九代，周自武王至赧王經三十六代。歷世數十，夏商周各經歷數十代。歷世，經歷的世代。秦二世而亡，秦由始皇至二世二代即亡。❷何則　為什麼。❸天下　指全國的諸侯。❹共其民　共同擁有他的人民。❺獨制　獨自統治。❻傾危　覆亡之危。❼兼親疎　兼，一起。親疎，指天子之宗族中血緣關係之親者和疏者而言。疎，同「疏」。❽參　雜。❾同異　指與天子同姓異姓的人。❿輕重足以相鎮　大國與小國都足以相安相重。輕重，指大小國。⑪親疏足以相衛　親疏都可以相衛相護。⑫并兼　指諸侯國之間相吞併。⑬路塞　路絕。指不能再進行兼併。⑭逆節　違背王命之事。⑮桓文帥禮　桓，齊桓公。春秋時齊國國君，姜姓，名小白，西元前六八五年至前六四三年在位，是春秋五霸之一。文，晉文公。春秋時晉國國君，姬姓，名重耳，西元前六三六至前六二八年在位，也是春秋五霸之一。帥禮，遵循禮制。⑯苞茅不貢二句　西元前六五六年，齊軍會同魯、宋、陳、衛、鄭、許、曹等國之軍進攻楚國，以苞茅不貢作為出兵的理由。苞茅，菁茅草。是楚國進貢的禮物。古代祭祀用酒，要用菁茅草濾去酒糟。不貢，不進貢給周天子。⑰宋不城周二句　西元前五〇九年，晉執政大夫魏舒會合諸侯之大夫將增修成周，宋大夫仲幾不受命，於是魏舒拘執仲幾至京師，以示懲罰。城周，指增修成周城（今洛陽東郊白馬寺以東）。戮，懲罰。宰，官吏。此指宋大夫仲幾。⑱王綱　王朝的法度。⑲復張　重新確立。⑳肅　敬懼。㉑二霸　指齊桓公、晉文公。㉒寖　逐漸。㉓陵遲　衰敗；衰弱。㉔吳楚憑江　吳國處於長江下游，楚國處於長江中游。吳，諸侯國，其先祖太伯是周部族首領古公之子。春秋時其地域在今江蘇大部，及毗鄰的安徽、浙江的一部分。楚，周成王時受封的諸侯國。春秋時其地域在今湖北、湖南等地。憑江，依靠長江天險。㉕負固方城　即負方城之固。依恃方城的堅固。負，依恃。方城，春秋時楚北的長城。自今之河南方城縣北至鄧縣。㉖心希九鼎　西元前六〇六年，楚莊王在周的邊境檢閱楚軍，周定王派周大夫王孫滿慰勞楚莊王，楚莊王問鼎之大小輕重。表明他有取而代之之意。希，企求。九鼎，傳說是禹所鑄造，三代時奉為傳國之寶，是國家政權的象徵。㉗畏迫宗姬　迫於畏懼姬姓諸侯國的力量。宗姬，與周同宗的姬姓之國。㉘姦情　邪惡之心。㉙脣吻　嘴脣。借指言辭。㉚碩茂　粗大茂密。㉛本根　主幹和樹根。㉜吳并於越　西元前四七三年，越王句踐滅亡並吞併吳國。并，併吞。越，諸侯國名。春秋時其地域在今浙江北部，以及江蘇、安徽、江西部分地區。㉝晉分為三　西元前三七六年，晉之韓哀侯、趙敬侯、魏武侯廢晉君，三分其地，成為韓、趙、魏三國。晉，周分封姬姓諸侯國。春秋時其疆域在今山西，以及河北西南部、河南北部中部地區。㉞魯滅於楚　西元前二四九年，魯為楚考烈王所滅。魯，周分封姬姓諸侯國。其地域在今山東西南部。㉟鄭兼於韓　韓哀侯於西元前三七五年滅鄭，兼併鄭國。鄭，周分封姬姓諸侯國。其地域在今河南中部。兼，吞併。㊱暨　及；至。㊲諸姬微　諸姬，眾多姬姓諸侯國。微，衰敗。㊳燕衛獨存　燕，周分封的姬姓諸侯國。其地在今河北北部和遼寧西端。燕至西元前二二二年為秦所滅。衛，周分封的姬姓諸侯國。其地在今河南省黃河以北地區。衛至西元前二〇九年為秦所滅。㊴秦　周平王時分封的諸侯國。嬴姓，春秋時其地在今陝西省，至戰國秦孝公時日益富強，為戰國七雄之一。㊵匪遑相卹　匪遑，無暇。匪，同「非」。卹，同「恤」。憂。㊶王赧二句　王赧，即周赧王姬延。赧，同「赧」。周赧王，西元前三一四至前二五六年在位。降為庶人，周赧王即位後，並無王權，當時京畿分東西周而治，赧王寄居於西周，實同平民，故說「降為庶人」。庶人，平民。㊷枝幹　旁枝與主幹。比喻主要與次要之勢力。㊸相持　支持他。㊹虛位　虛有其名的王位。㊺海內無主二句　指周赧王死後無人承繼君位達四十餘年。周赧王死於西元前二五六年，至西元前二二一年秦王嬴政稱帝，共三十五年。㊻勢勝　形勢險要堅固。㊼騁譎詐之術　騁，施展。譎詐，欺詐。術，手段。㊽關　函谷關。㊾蠶食九國　蠶食，逐步侵吞。九國，齊、楚、燕、韓、趙、魏、宋、衛、中山。㊿始皇　嬴姓，名政。西元前二四六至前二一〇年在位。西元前二二一年統一六國，稱帝，自號始皇帝。(51)天位　帝位。(52)曠日若彼　即指「海內無主，四十餘年」。曠日，空缺的時日。(53)用力若此　指秦之實現統一而言。(54)蔕　同「蒂」。(55)不拔　堅不可拔。(56)易曰三句　見《周易・否卦》。是以苞桑比喻宗親勢力，說明只有依靠他們，國家和王室才可免於滅亡。《易》，也稱《周易》。是我國古時的一本占卜書，其中包含有哲學思想。其亡，指將會亡失的東西。苞桑，桑樹的主幹。因其牢固，故所繫之物可不亡失。(57)周德　周王室之福。(58)當之　正是如此。

【語譯】從前夏、商、周各經歷了數十代，而秦卻二代就滅亡，這是為什麼？因為三代的君主與全國的諸侯共同擁有他的人民，所以全國的諸侯與他同憂；秦王則獨自統治他的人民，所以王朝有覆亡之危時卻無人能救。與人們共享快樂的人，人們也必定憂慮他所憂愁的事；與人們共享安寧的人，在他陷於危難之時，人們也必定拯救他。先王知道獨自統治不能長久，所以與人共同治理；知道獨自守衛不能堅固，所以與人共同守衛。將宗族中親疏兩種人一起任用，將同姓異姓之人一并進用。因此大國與小國都足以相安相重，親者和疏者都可以相衛相護，諸侯國之間的兼併得以杜絕，違背王命的事也不致發生。到了王室衰弱之時，有齊桓公、晉文公遵循禮制，楚國不進貢菁茅草，齊國的軍隊就進行討伐；宋國不願增修成周，晉國就懲罰它的官吏。王朝已廢弛的法度重新得到確立，諸侯的態度由傲慢而又轉為敬懼。齊桓公、晉文公之後，王朝的法度逐漸衰敗。吳國與楚國依靠長江天險和方城的堅固，心中雖然企求九鼎，卻迫於畏懼姬姓諸侯國的力量，因而邪惡之心消散於胸，謀反之言不敢出口。這豈不是由於信任並借重親戚，任用賢能，枝葉粗大茂密，所以主幹與樹根都得到依賴嗎？自此之後，諸侯間相互攻伐。吳國被越國併吞，晉國一分為三，魯國被楚國滅亡，鄭國被韓國兼併。到了戰國時期，眾多的姬姓諸侯國衰亡了，只有燕國和衛國還存在。然而兩國都弱小，西面既受強盛的秦國所威逼，南面又畏懼齊國和楚國，所以僅能救己，免於滅亡，無暇憂慮他國。到了周赧王，則已淪為平民一般，然而尚有大小勢力相支持，使他還能處在虛有其名的王位上。赧王死後，國家沒有君主，前後有四十多年。秦國據有險固的地勢，施展欺詐的手段，征伐函谷關以東各國，逐步侵吞九國之地。到了始皇帝嬴政，才確立帝位。君位空缺的日子是那樣的久長，秦國的實現統一又如此費力，這豈不是周王室的影響根深蒂固、堅不可拔的道理嗎？《周易》說：「將亡失了，將亡失了，把它繫在桑樹幹上。」周王室之福可以說正是如此。

秦觀周之弊❶，將❷以為以弱見奪❸，於是廢五等之爵❹，立郡縣之官❺，棄禮樂之教，任❻苛刻之政❼。子弟無尺寸之封，功臣無立錐之土❽，內❾無宗子❿以自毗輔⓫，外⓬無諸侯以為蕃衛⓭。仁心不加於親戚，惠澤不流於枝葉⓮，譬猶芟刈股肱⓯，獨任胸腹；浮舟江海，捐棄楫櫂⓰。觀者為之寒心，而始皇晏然⓱，自以為關中⓲之固，金城⓳千里，子孫帝王⓴萬世之業㉑也，豈不悖㉒哉！是時，淳于越㉓諫曰：「臣聞殷、周之王，封子弟功臣，千有餘歲㉔。今陛下君㉕有海內，而子弟為匹夫㉖，卒有田常六卿之臣，而無輔弼㉗，何以相救？事不師古㉘而能長久者，非所聞㉙也。」始皇聽李斯偏說而絀其義㉚。至身死之日，無所寄付㉛，委㉜天下之重㉝於凡夫之手，託廢立之命於姦臣之口㉞，至今趙高之徒，誅鋤宗室㉟。

胡亥少習剋薄之教，長遵凶父之業㊱，不能改制易法，寵任兄弟，而乃師謨申、商㊲，諮謀㊳趙高，自幽㊴深宮，委政讒賊㊵，身殘望夷，求為黔首㊶，豈可得哉？遂乃㊷郡國㊸離心，眾庶㊹潰叛㊺，勝、廣唱㊻之於前，劉、項㊼斃之於後。向使㊽始皇納淳于之策，抑㊾李斯之論，割裂州國，分王子弟，封三代之後，報功臣之勞，土有常君，民有定主㊿，枝葉相扶，首尾為用(51)，雖使(52)子孫有失道之行，時人無湯、武(53)之賢，姦謀未發，而身已屠戮(54)，何區區(55)之陳、項，而復得措其手足(56)哉！故漢祖奮三尺之劍(57)，驅烏集之眾(58)，五年之中而成帝業。自開闢(59)以來，其興功立勳，未有若漢祖之易者也。夫伐深根者難為功(60)，摧枯朽者易為力(61)，理勢然(62)也。

【章　旨】論述由於秦王朝不能分封子弟與功臣，無可依恃之輔佐大臣，致使姦臣當道，為所欲為，所以推翻秦王朝，就如摧枯拉朽之易。

【注　釋】❶弊　滅亡。❷將　必。❸以弱見奪　因勢弱而被人強取。❹五等之爵　即公、侯、伯、子、男五種等級的爵位。❺立郡縣之官　設置郡與縣的長官。❻任　用；實行。❼政　指政事與刑事管理。❽立錐之土　喻極小的封地。錐，鑽孔的工具。❾內　指朝廷中。❿宗子　皇族子弟。⓫毗輔　輔佐。⓬外　指各地。⓭蕃衛　捍衛的屏障。⓮枝葉　指同宗旁支、親屬。⓯芟刈股肱　芟刈，割除。股肱，手腳。⓰捐棄楫櫂　捐棄，拋棄。楫櫂，船槳。⓱晏然　安然。⓲關中　指秦雍州地域。秦以函谷關為門戶。⓳金城　比喻堅固的城牆。⓴子孫帝王　子子孫孫為帝王。(21)萬世之業　可傳萬代的功業。(22)悖荒謬。㉓淳于越　齊人。為秦始皇時的博士。㉔殷周之王三句　殷代約六百多年，周代約八百多年，說千有餘歲，是誇大的說法。㉕君　統治；主宰。㉖匹夫　平民。㉗卒有二句　卒，同「猝」。突然。田常，春秋時齊國貴族。西元前四八一年殺齊簡公，立平公，自任齊相，專齊國之政。六卿，指春秋時晉國的范氏、中行氏、智氏、趙氏、韓氏與魏氏。他們勢力強於晉君，相互侵吞，最後韓、趙、魏三家廢晉君，三分其地。輔弼，輔佐。㉘師古　效法古代。㉙非所聞　未聽說過。意為不可能有這樣的事情。㉚李斯偏說而絀其義　李斯，（西元前？‧至前二〇八年）戰國末楚人，入秦後拜為客卿。始皇稱帝後為丞相，曾是郡縣制，下禁書令。始皇死，與趙高謀殺公子扶蘇，立胡亥為帝。最後被趙高所誣，腰斬咸陽。偏說，片面之言。李斯說時代變了，三代不足法，主張師古是惑亂民眾，欲以古非今，因此提議禁止私藏《詩經》、《尚書》、百家語，對以古非今者處以族刑。李斯之說為始皇所許而下令實行。絀其義，貶斥淳于越的主張。㉛無所寄付　沒有可以寄託的人。㉜委　交託。㉝天下之重　指國家的重擔。㉞託廢立之命於姦臣之口　秦始皇臨死前，令趙高給在上郡監兵的公子扶蘇寫詔書，囑扶蘇返咸陽治喪。書未發而始皇死。趙高陰謀立少子胡亥為帝，即說服胡亥，後又逼使李斯相從，說定誰為帝，「在君侯（指李斯）與高之口耳」。於是假造始皇詔令，賜公子扶蘇死而立胡亥為帝。廢立之命，立誰即位為帝而廢黜誰的詔令。姦臣，指趙高。㉟誅鋤宗室　誅鋤，誅殺。宗室，指公子扶蘇。㊱胡亥二句　趙高常教胡亥獄律法令等事。少習，年少時學習。剋薄，同「刻薄」。凶父，凶惡之父。業，行事。㊲師謨申商　師謨，同「師模」。師表。申，申不害（西元前？‧至前三三七年）。戰國時鄭人，是有名的法家人物，韓昭侯任為相，使國治兵強。商，商鞅（約西元前三九〇至前三三八年）。戰國衛人，姓公孫名鞅，因封於商，故也稱商鞅。先仕魏，後入秦，曾為相，輔助秦孝公變法，廢井田，開阡陌，獎勵耕戰，使秦國富強。孝公死，被車裂而死。商鞅是著名的法家代表人物。㊳諮謀　問事；商議。㊴幽　安居。㊵委政讒賊　委政，把政務交託於人處理。讒賊，指趙高。㊶身殘望夷二句　關東討秦已是蜂起之勢，而趙高卻隱瞞二世。二世得知後派人責讓趙高。趙高害怕自己被殺，於是派女婿咸陽令閻樂至望夷宮殺二世。二世乞求為王，不許；求與妻子為黔首，又不許，遂自殺。殘，殺。望夷，宮名。黔首，平民。㊷遂乃　於是。㊸郡國　指郡縣。㊹眾庶　民眾。㊺潰叛　叛亂。㊻勝廣唱　勝，陳勝。字涉（西元前？至前二〇八年）。秦末陽城人。本為給人耕作的雇農。秦二世元年七月，被徵發戍守漁陽，行至蘄縣大澤鄉時，與吳廣率領戍卒起義，得到全國各地響應，成為起義軍的領袖。後自立為王，國號張楚。最後兵敗，被人所害。廣，即吳廣（西元前？至前二〇九年）。陽夏人。起義初，在監軍擊滎陽時，被部下矯詔所殺。唱，通「倡」。倡導。㊼劉項　劉，劉邦。字季（西元前二五六至前一九五年）。秦末沛縣人。秦二世元年，響應陳涉、吳廣起義而起兵於沛。後領兵攻入秦都咸陽，秦王子嬰投降。此後與項羽爭戰，終於擊敗項羽，即帝位為高祖，國號漢。項，項籍。字羽（西元前二三二至前二〇二年）。秦末下相人，響應陳涉、吳廣起義，相隨叔父項梁起兵於吳中。梁戰敗死後，項籍率領軍隊，與秦軍連戰連捷。秦亡後，自立為西楚霸王。後與劉邦爭戰，被圍困於垓下，突圍後，至烏江自刎而死。㊽向使　先前假如。㊾抑　貶斥。㊿土有常君二句　土有常君，地方上有穩定的君主。定主，確定的主子。51首尾為用　首尾互相救助。52雖使　即使。53湯武　湯，成湯。子姓，名履。他是推翻夏桀暴政建立商朝的開國君主。武，周武王。姬姓，名發。他是起兵推翻商紂暴政建立周朝的開國君主。54屠戮　被殺。55區區　微不足道。56措其手足　安放他們的手足。指有所行動。57奮三尺之劍　提長三尺之劍奮起。58烏集之眾　即烏合之眾。指倉卒聚合的兵眾。59開闢　指天地初開。60難為功　難以成功。61易為力　容易成功。62理勢然　事情的趨勢必然如此。

【語　譯】秦朝統治者看到周朝的滅亡，必定以為是由於勢弱而被人所強取，於是廢除五等的爵位，設置郡縣的長官，拋棄禮樂的教導，實行苛刻的政務與刑事管理。秦王的子弟沒有尺寸的封地，功臣也無小小的封邑，朝廷中沒有宗族子弟來輔佐自己，地方上又無諸侯來捍衛自己。仁愛之心不加於宗親，恩澤也不施予支族旁親，譬如割除手足，只用胸腹；泛舟江海，丟棄船槳。使看的人為此寒心，而始皇卻處之泰然，自以為關中的堅固，好比千里金鑄的城牆，子子孫孫可為帝王，功業可傳萬代，這難道不荒謬嗎！這時候，淳于越規諫說：「臣聽說殷、周的君主，由於能封子弟功臣，所以傳國一千多年。現今皇上統治全國，而子弟是平民，一旦有齊國田常、晉國六卿這樣的臣子，卻沒有輔助之臣時，要怎樣拯救？事情不效法古代而能長久統治下去，是沒有聽說過的。」然始皇聽信李斯的片面之辭，而貶斥淳于越的主張。到了他死的時候，沒有可以寄託之人，把國家的重擔交託給常人之手，把廢黜誰立誰為帝的詔令託付給姦臣，由姦臣說了就算數，致使趙高那幫人，殺害了宗室骨肉。而胡亥年少時就接受刻薄的教育，長大後又遵照他凶惡的父親的事例辦事，不能改變法制去寵愛並任用兄弟，反而以申不害、商鞅為師表，遇事則向趙高問計商議，自己安居於深宮之中，將政治全交給讒賊處置，直到自己在望夷宮即將被殺之時，雖然僅要求作一個平民，又哪能辦得到呢？於是郡縣離心，民眾叛亂，陳勝、吳廣倡導起義在先，劉邦、項羽滅亡秦朝在後。假如始皇先前採納淳于越的計策，貶斥李斯的論說，劃分州國，分封子弟為王，封三代的後代，報答功臣的功勞，使地方上有穩定的君主，人民有確定的主子，又使旁支親屬互相扶持，互相救助，那麼，即使子孫有違背道義的行為，當時的人又沒有成湯、周武王那樣的賢能，那麼必定是狡詐的陰謀尚未發動，而人已被誅殺，豈會讓微不足道的陳勝、項籍能有所行動！因此漢高祖能夠提三尺之劍奮起，驅使烏合之眾，五年之中而成就帝業。自從天地開闢以來，建立功勳，是沒有像漢高祖這樣容易的。砍伐根深之木難以辦到，摧枯拉朽則容易成功，這是必然的趨勢。

漢鑒❶秦之失，封植子弟❷。及諸呂擅權❸，圖危劉氏❹，而天下所以不能傾動❺，百姓所以不易心❻者，徒以諸侯強大，盤石膠固❼，東牟、朱虛❽授命於內，齊、代、吳、楚作衛於外故也❾。向使高祖踵❿亡秦之法，忽先王之制，則天下已傳⓫，非劉氏有也。然高祖封建⓬，地過古制⓭，大者跨州兼域⓮，小者連城數十⓯，上下⓰無別，權侔京室⓱，故有吳、楚七國之患⓲。賈誼⓳曰：「諸侯強盛，長亂起姦⓴。夫欲天下之治安，莫若眾建諸侯而少其力㉑。令海內之勢，若身之使臂㉒，臂之使指，則下無背叛之心，上無誅伐之事。」文帝㉓不從。至於孝景㉔，猥用朝錯之計，削黜諸侯㉕。親者怨恨，疏者震恐，吳、楚唱謀㉖，五國從風㉗。兆發高祖㉘，釁㉙成文、景，由寬之過制，急之不漸㉚故也。所謂「末大必折，尾大難掉㉛」。尾同於體㉜，猶或不從，況乎非體之尾㉝，其可掉㉞哉？

【章　旨】論述漢王朝由於能吸取秦亡的教訓，而分封子弟為諸侯，所以挫敗了諸呂篡權的陰謀；可是由於封地過大，造成了尾大難掉之勢，又無法急切糾正，終於釀成吳、楚七國的叛亂。

【注　釋】❶鑒　審察。❷封植子弟　封立子弟為諸侯。❸諸呂擅權　諸呂，高祖皇后呂氏家族之人。此指其侄呂祿、呂產。擅權，獨攬大權。呂后病重之時，封呂祿為上將軍，在遺詔中又封呂產為相國，使他們掌握軍政大權。❹圖危劉氏　陰謀取代劉姓稱帝。❺傾動　顛覆動搖。❻易心　變心。❼盤石膠固　盤石，巨石。膠固，堅固。❽東牟朱虛　東牟，指東牟侯劉興居。東牟，縣名。故城在今山東文登西北。劉興居在誅滅諸呂中無功，只在此後將少帝劉弘清除出宮，以便於迎立代王劉恆為帝（即漢文帝）。朱虛，指朱虛侯劉章。朱虛，縣名。故城在今山東臨朐東。他受太尉周勃之命而殺呂產，又斬長樂宮衛呂更始。❾齊代句　齊，指齊王（王齊地七十三縣）劉襄。他在得知諸呂將陰謀作亂的消息時，即發兵討伐。代，指代王（王雲中、雁門、代郡）劉恆。吳，指吳王（王自淮東而南，盡丹陽、會稽）劉濞。楚，指楚王（王薛郡、東海、彭城）劉交。作衛，進行保衛。❿踵　追隨。⓫已傳　已傳於他人。⓬封建　指帝王將爵位和一定區域的土地分給諸侯，以建立邦國。⓭地過古制　土地超過古代規定的制度。據周代的制度，公、侯為百里，伯為七十里，子、男為五十里。⓮跨州兼域　跨州，超過一州的地域。州，古代行政區劃名稱。兼域，兼有一州之外的地域。與「跨州」意同。⓯連城數十　即數十城相連。⓰上下　上，指帝王。下，指諸侯。⓱侔京室　侔，等同。京室，朝廷。⓲吳楚七國之患　指西元前一五四年（漢景帝前元三年）吳王劉濞、楚王劉戊，聯合趙、膠東、膠西、淄川、濟南諸王舉兵叛亂。⓳賈誼　（西元前二〇〇至前一六八年）西漢政論家、文學家。洛陽人。漢文帝時為博士，遷為太中大夫，對國家大事多所建議。後出為長沙王太傅，又轉任梁懷王太傅，一年後死。明人輯有《賈長沙集》，另傳《新書》十卷。下引文出自〈陳政事疏〉。⓴長亂起姦　引起叛亂。㉑眾建諸侯而少其力　多分封諸侯而削弱他們的勢力。即將原來較大的諸侯王國，分為若干個小國，使子孫都受封地為諸侯，這樣就可削弱原封地較大的諸侯的勢力。㉒身之使臂　喻可如意指使。使，指使。㉓文帝　劉恆。西元前一七九至前一五七年在位。在位時提倡農耕，與民休息，經濟逐漸恢復，政治穩定。與其子景帝兩代，由於社會比較安定富裕，被稱為「文景之治」。㉔孝景　漢景帝劉啟，西元前一五六至前一四一年在位。在位期間，繼文帝重農抑商，整頓吏治，為史家所稱。㉕猥用朝錯二句　猥，猝；突然。朝錯，（西元前二〇〇至前一五四年）即「鼂錯」。西漢潁川郡（今河南禹縣等地）人。景帝為太子時，為太子家令等職。景帝即位，為內史，御史大夫。為加強中央集權，他主張削減諸侯封地。吳王劉濞等七國以「誅鼂錯」，「清君側」

為名起兵反叛，又遭袁盎等讒毀，遂被殺害。計，即指削減諸侯封地的主張。削黜，削減。㉖唱謀　倡議謀反。㉗五國從風　五國，即趙、膠東、膠西、淄川、濟南。從風，即「風從」。迅速跟隨。㉘兆發高祖　萌發於高祖之時。兆，開端。㉙釁　縫隙；裂痕。㉚急之不漸　急切進行削弱，不能逐步實施。㉛末大必折二句　見《左傳．昭公十一年》。楚滅蔡，楚靈王想封公子棄疾為蔡公，問於申無宇，申無宇以此作答表示不可，喻意是非但不能指揮控制，而且將妨礙並危及本身。末大必折，樹枝大於主幹，必定會折斷主幹。末，樹枝。尾大難掉，尾巴太大不能靈活擺動。掉，搖擺。㉜尾同於體　尾巴與身體同為一體。尾喻同姓諸侯。體喻朝廷。㉝非體之尾　不是同體之尾。指異姓勢力。即司馬懿勢力。㉞其可掉　其，通「豈」。掉，使其搖擺。即指揮控制。

【語　譯】漢朝審視了秦朝失敗的原因，於是分封子弟為諸侯。到了諸呂專權，陰謀取代劉姓稱帝之時，國家所以沒有被顛覆動搖，百姓所以沒有變心，只是因為諸侯強大，如盤石一樣堅固，東牟侯劉興居、朱虛侯劉章在朝廷內接受誅滅諸呂的使命，齊、代、吳、楚在京城外進行保衛的緣故。當初假如漢高祖追隨亡秦的作法，忽略先王的制度，那麼天下已傳於他人，非劉姓所有了。然而高祖封授爵位和土地給諸侯，封給的土地卻超過了古代的制度，大的諸侯超過一州的疆域，小的諸侯也數十城相連，使得帝王與諸侯沒有差別，諸侯的權力等同於朝廷，因此有吳、楚七國反叛的禍患。賈誼說：「諸侯勢力強盛，會引起叛亂。想要國家治安，不如多分封諸侯而削弱他們的勢力。使全國的形勢，好像身子指使手臂，手臂指使手指，那麼諸侯無背叛之心，朝廷也無誅伐之事。」但文帝沒有聽從。到了孝景帝之時，突然採用鼂錯的計謀，削弱諸侯。結果同姓諸侯中親者怨恨，疏者也震驚恐懼，吳、楚倡議謀反，五國隨即跟從。禍患萌發於高祖之時，縫隙則形成於文帝、景帝之際，由於放寬而超過古制，又急切進行削弱，不能逐步實施，所以造成禍患。這就是所說的「樹枝大於主幹，必定會折斷主幹；尾巴大了難以擺動」啊。尾巴與身體同為一體，有的尚且不能隨意擺動，何況不是同一身體的尾巴，難道可以隨意擺動嗎？

武帝從主父之策，下推恩之命❶。自是之後，齊分為七❷，趙分為六❸，淮南三割❹，梁、代五分❺。遂以陵遲，子孫微弱❻，衣食租稅❼，不豫政事❽。或以酎金免削❾，或以無後國除❿。至於成帝⓫，王氏擅朝⓬。劉向⓭諫曰：「臣聞公族⓮者，國之枝葉。枝葉落，則本根無所庇蔭⓯。方今同姓⓰疏遠，母黨⓱專政，排擯⓲宗室，孤弱公族，非所以保守社稷，安固國嗣⓳也。」其言深切，多所稱引⓴。成帝雖悲傷歎息而不能用。至乎哀、平㉑，異姓秉權㉒，假周公之事㉓，而為田常之亂㉔。高拱㉕而竊天位，一朝而臣四海㉖，漢宗室王侯，解印釋綬㉗，貢奉社稷㉘，猶懼不得為臣妾㉙。或乃為之符命㉚，頌莽恩德，豈不哀哉！由斯言之，非宗子獨忠孝於惠㉛、文之間，而叛逆於哀、平之際也，徒以權輕勢弱，不能有定㉜耳。

【章　旨】闡述漢武帝由於採取削弱諸侯的「推恩」之法，果然有利於朝廷的控制與安定。然而到漢成帝之後，卻又出現了異姓專權的情況，以致權輕勢弱的宗室，不得不屈從。

【注　釋】❶武帝從主父之策二句　主父偃曾提議武帝下推恩之命，即令諸侯分封土地給其子弟，使子弟為侯，以達到削弱諸侯勢力的目的。為武帝所採納。武帝，劉徹。西元前一四〇至前八七年在位。承文、景之業，對內實行政治經濟改革，對外用兵，開拓疆土。尊崇儒術，建太學，置五經博士，使政治經濟軍事文化達到昌盛的局面。主父，指主父偃（西元前?至前一二七年）。漢臨淄人。武帝時為郎中、中大夫，後為齊相，揭發齊王淫亂事，結果齊王自殺，主父偃也被族誅。推恩，將恩惠施於他人。❷齊分為七　齊分為齊、城陽、濟北、濟南、淄川、膠西、膠東七個侯國。❸趙分為六　趙分為趙、河間、廣川、中山、常山、清河六個侯國。❹三割　三分。即分為淮南、衡山、廬江三侯國。❺梁代五分　梁五分。即分為梁、濟川、濟東、山陽、濟陰五侯國。代五分，未詳。西元前一三二年（武帝元光三年）代恭（共）王子劉義嗣為代王，武帝時尚有代恭王之九子分封為侯，詳《漢書・卷一五・王子侯表》。❻子孫微弱　諸侯王之子孫勢力薄弱。❼衣食租稅　僅以獲取封地的衣食租稅為事。❽不豫政事　不參與政事管理。豫，通「與」。❾酎金免削　酎金，漢代宗廟祭祀時，諸侯助祭所獻之金。金之數量則按封地戶口而定。免削，免去官職、削去爵位。所獻酎金，如數量不足，或色澤差，即受此處罰。❿國除　撤消封國。⓫成帝　漢元帝子劉驁。西元前三二至前七年在位。⓬王氏擅朝　王鳳等人在成帝在位時，曾先後據大司馬、丞相等顯職，掌握軍政大權。王氏，指成帝母舅王鳳、王商、王根等人。擅朝，專權於朝廷。⓭劉向　（西元前七七至前六年）字子政。漢沛人。宣帝時任諫議大夫，元帝時為宗正，成帝時任光祿大夫，中壘校尉。曾校閱經傳諸子詩賦等書籍，寫成《別錄》。另著有《新序》、《說苑》、《列女傳》、《洪範五行傳論》等書。⓮公族　此指帝王宗族子弟。⓯庇蔭　遮蓋；掩護。⓰同姓　指劉姓宗族之人。⓱母黨　母方的親族。即指王太后的親族。⓲排擯　排斥。⓳安固國嗣　安固，穩定牢固。國嗣，承繼帝位之人。⓴稱引　引述。指引述古今事例。㉑哀平　哀，漢哀帝劉欣。西元前六至前一年在位。在位時，政由己出，罷王莽大司馬官，後寵用董賢，權重百官。平，漢平帝劉衎。西元一至五年在位。即位時年九歲，由太皇太后王氏臨朝，以王莽（王氏之姪）為大司馬執政，後為王莽毒死。㉒異姓秉權　異姓，指王莽。秉權，把持政權。㉓假周公之事　平帝死，立宣帝玄孫嬰為皇太子，號孺子，年二歲。太皇太后詔，由王莽攝政，如周公輔成王故事。假，假借。周公，姬姓，名旦。周文王子，輔助武王滅紂，建立周王朝。武王死，成王年幼，由周公攝政。曾出兵東征，平定管叔、蔡叔、武庚發動的叛亂。之後，還政於成王。事，即指攝政之事。㉔田常之亂　比說王莽毒死平帝，把持漢朝之政權。㉕高拱　兩手高拱，是安坐時姿勢。比喻輕而易舉。㉖臣四海　使全國之人成為他的臣民。㉗解印釋綬　解下所佩的印綬。意為交權聽命。綬，繫印的絲帶。㉘貢奉社稷　把國家奉獻給王莽。㉙臣妾　臣僕。㉚符命　天降祥瑞，為王者受命之徵。如謝囂奏有人疏井得白石，上丹書「告安漢公莽為皇帝」等。㉛惠　漢惠帝劉盈。西元前一九四至前一八八年在位。即位後，因母呂太后殺害高祖所寵戚夫人及其子趙王如意，驚而得病，不治政事，由呂太后掌權。㉜定　平定。遏止王莽之篡國。

【語　譯】漢武帝聽從主父偃的策略，下達推恩的詔令。從此以後，齊分成七國，趙分成六國，淮南一分為三，梁、代各分為五。諸侯的勢力於是變得衰弱，他們的子孫勢力則更加薄弱，只知從封地上獲得衣食租稅而已，不再參與政事管理。有的因所獻酎金不合規定而被免官削爵，有的因無後嗣而被撤消封國。到了漢成帝之時，王氏專權於朝廷。劉向進諫說：「臣聽說帝王的宗族子弟，好比國家的枝葉。枝葉脫落，主幹和樹根都沒有遮蓋掩護的東西了。如今劉姓宗族之人被疏遠，由母方的親族專政，他們排斥劉姓宗族之人，孤立並削弱宗族子弟，這不是保衛國家，使帝位承繼人地位牢固的做法。」他的論述深刻，並且大量引述古今事例。成帝雖然悲傷歎息，卻不能採用。到了哀帝、平帝之時，由異姓王莽掌權，他假借周公的故事，而行田常專政之實。一旦輕而易舉竊取帝位，就使全國的人成為他的臣民，漢朝的宗族王侯，解下自己的印綬，將國家獻出，還害怕不能作他的臣僕。有的竟給他假造符命，頌揚他的恩德，豈不可悲嗎！從這件事來說，並不是皇族子弟只忠孝於惠帝、文帝之時，而要叛逆於哀帝、平帝之日，只是因為他們權輕勢弱，不能平定篡國之亂的緣故。

賴光武皇帝挺不世之姿❶，禽王莽於已成❷，紹漢祀於既絕❸，斯非宗子之力耶？而曾❹不鑒秦之失策，襲周之舊制❺，踵亡國之法❻，而僥倖無疆之期❼。至於桓、靈❽，奄豎執衡❾。朝無死難之臣，外無同憂之國，君孤立於上，臣弄權❿於下，本末⓫不能相御⓬，身手⓭不能相使⓮。由是天下鼎沸⓯，姦凶並爭⓰，宗廟焚為灰燼，宮室變為蓁藪⓱。居九州之地⓲，而身無所安處⓳，悲夫！

【章　旨】論述劉秀光復漢朝，顯示了宗族子弟的作用和力量，但由於不能分封子弟，使得太監得以弄權，造成王朝的覆亡。

【注　釋】❶賴光武皇帝挺不世之姿　光武皇帝，劉秀（西元前六至西元五七年）。漢高祖劉邦九世孫。王莽末，起兵於舂陵，受更始帝劉玄命，大破莽軍。西元二五年，自立為帝，定都洛陽，建立東漢王朝。先後平定赤眉軍與割據勢力，統一全國。西元二五至五七年在位，在位期間，勵精圖治，使漢室中興。「光武」為其諡號。挺，特出；顯示出。不世，罕有；非常。❷禽王莽於已成　禽，通「擒」。已成，指王莽篡奪帝位取代漢朝之事已成。事實上，王莽並非為劉秀擒獲，而是在更始帝劉玄之兵進入長安後，被人所殺的。❸紹漢祀於既絕　因為漢王室後嗣無人，所以宗廟祭祀也斷絕。如今劉秀重建漢王室，能繼續進行宗廟祭祀。紹，繼。漢祀，漢王室的宗廟祭祀。既絕，已斷。❹曾　竟。❺襲周之舊制　襲，繼承；因襲。周之舊制，指分封子弟而言。❻亡國之法　指實行郡縣制。亡國，指秦王朝。❼無疆之期　指將帝位無限地傳下去。❽桓靈　桓，漢桓帝劉志。西元一四七至一六七年在位。在位期間，與宦官單超等除滅專權跋扈的梁冀之後，朝政由宦官所把持，日益腐敗，李膺等反宦官人士，被誣為「黨人」，多遭禁錮。靈，漢靈帝劉宏。西元一六八至一八八年在位。在位期間，寵任宦官曹節等，大肆捕殺「黨人」，朝政昏暗，造成東漢衰亂的局面，引起了黃巾之亂。❾奄豎執衡　奄豎，對宦官的賤稱。豎，「豎」俗字。執衡，掌權。❿弄權　濫用權力。⓫本末　指君臣。⓬御　抵制。⓭身手　喻親戚。⓮使　指使。⓯鼎沸　大亂。⓰姦凶並爭　姦凶，姦詐凶惡之人。並爭，都起而爭奪帝位。⓱宗廟焚二句　西元一九〇年，擅廢少帝劉辯立劉協為帝（即獻帝）的董卓，逼獻帝遷都長安，並盡燒洛陽宮室宗廟。蓁藪，草木叢生之地。⓲九州之地　古時中國地分九州，故以九州指代古時之中國。⓳身無所安處　即無安身之地。

【語　譯】依賴光武皇帝顯示了他非常的姿態，擒獲篡位已成的王莽，接續了漢王室已斷絕的宗廟祭祀，這不是皇族子弟的力量嗎？然而他竟不能審察秦朝的失策，因襲周朝的舊制，而去追隨亡秦的作法，又奢望帝位能傳期無限。以致到了桓帝靈帝之時，由宦官掌權。朝中沒有能為國難獻身之臣，外地也沒有與君主共憂的諸侯，君主被孤立於上，宦官則濫用權力於下，對於此種情況，君臣都不能進行控制，宗族親戚也無法聽命。因而天下大亂，姦詐凶惡的人都起而爭奪帝位，宗廟被燒為灰燼，宮室變為草木叢生之地。雖擁有九州之地，卻無安身之所，真是可悲呀！

魏太祖武皇帝[1]，躬[2]聖明之資[3]，兼神武[4]之略，恥王綱之廢絕[5]，愍[6]漢室之傾覆，龍飛譙、沛，鳳翔兗、豫[7]，掃除凶逆，翦滅鯨鯢[8]。迎帝西京，定都潁邑[9]。德動天地，義感人神。漢氏奉天，禪位大魏[10]。大魏之興，于今二十有四年[11]矣。觀五代[12]之存亡，而不用其長策[13]；覩前車之傾覆，而不改其轍迹[14]。子弟王空虛之地[15]，君有不使之民[16]；宗室竄於閭閻[17]，不聞邦國之政，權均匹夫[18]，勢齊凡庶[19]，內無深根不拔之固，外無盤石宗盟[20]之助，非所以安社稷為萬代之業[21]也。且今之州牧、郡守[22]，古之方伯[23]、諸侯，皆跨有千里之土，兼軍武[24]之任，或比國數人[25]，或兄弟並據[26]。而宗室子弟曾[27]無一人間廁[28]其間，與相維持，非所以強榦弱枝[29]，備萬一[30]之慮也。今之用賢，或超為名都之主[31]，或為偏師[32]之帥。而宗室有文者[33]必限以小縣之宰[34]，有武者必置於百人之上[35]，使夫廉高之士，畢志於衡軛之內[36]，才能之人，恥與非類為伍[37]，非所以勸進賢能[38]，褒異[39]宗族之禮[40]也。

【章　旨】論述自魏代漢之後，王室非但不能信用其子弟宗室，使他們發揮衛護王室的重要作用，反而加以種種限制，使他們無權無力。相反地，一些州牧郡守卻據有較大的地域，並且握有軍事實力，這不是防備禍患之策。

【注　釋】❶魏太祖武皇帝　即曹操。西元二二〇年曹丕代漢自立，為魏文帝，追尊其父曹操為太祖武皇帝。曹操（西元一五五至二二〇年）。字孟德，沛國譙人。初為洛陽北部尉，遷頓丘令。靈帝時，以騎都尉參加鎮壓黃巾起義。遷濟南相。後起兵討伐董卓，於建安元年迎獻帝而建都於許昌。先後擊滅袁術、袁紹、劉表等割據勢力，統一了北方。位至丞相、大將軍，封魏王。❷躬　身。指本身所稟賦。❸資　才資。❹神武　威武。❺廢絕　廢棄。❻愍　憂傷。❼龍飛二句　龍飛，喻曹操崛起。龍，傳說中的瑞獸。喻非常之人。此指曹操。譙，縣名。屬沛郡，故地在今安徽亳縣。沛，郡名。治相縣等三十七縣，治所在今安徽宿縣西北。鳳翔，喻曹操轉戰各地，建立功勳。鳳，傳說中的瑞禽。喻非常之人。也指曹操。兗，州名。曹操鎮壓黃巾起義時，曾為兗州牧。兗州管轄陳留、東郡等八郡，州治昌邑，在今山東省金鄉縣西北。豫，州名。地域約包括今河南省及湖北省北部。曹操曾迎獻帝建都許昌，許昌屬豫州潁川郡。❽掃除凶逆二句　凶逆，凶惡叛逆之人。鯨鯢，大魚。喻凶惡之人。凶逆、鯨鯢，指黃巾和董卓等人。❾迎帝西京二句　曹操從長安迎獻帝還洛陽，因聽從董昭之言，定都於許昌。帝，指獻帝。西京，長安。潁邑，指許昌。❿漢氏奉天二句　漢氏，指漢王朝劉姓帝王。此指漢獻帝劉協。奉天，遵承天意。禪位，把帝王之位傳予他人。大魏，即魏朝。西元二二〇年，獻帝禪位於魏王曹丕，為魏文帝。文帝封獻帝為山陽公，東漢亡。⓫于今二十有四年　即自西元二二〇年至二四三年。有，通「又」。⓬五代　指夏、殷、周、秦、漢。⓭長策　良策。指分封子弟，使他們能起到衛護王室的重要作用。⓮轍迹　行車的痕跡。⓯王空虛之地　魏王室封子弟為王，為防不測，常更改封地，故為王者雖有其封地，類同虛有，並非實屬。王，為王。⓰君有不使之民　君，即指子弟為王者。有不使之民，他們所擁有的封地的人民，實際上也不能由他們指使。⓱竄於閭閻　竄，放置。閭閻，泛指民間。⓲均匹夫　均，同。匹夫，平民。⓳齊凡庶　齊，等同。凡庶，平民。⓴宗盟　指與帝王同宗會盟之諸侯。㉑萬代之業　指帝位相傳萬代的功業。㉒州牧郡守　州牧，州的行政長官。郡守，郡的行政長官。㉓方伯　一方諸侯之長。㉔軍武　軍隊武官。㉕比國數人　相鄰的州郡數人相聯合。比國，鄰國。此指州郡。㉖兄弟並據　兄弟一起據有某一州郡。㉗曾　竟。㉘閒廁　安插。㉙強幹弱枝　使主幹強使枝條弱。即使宗室勢力強大而異姓勢力弱小。幹，主幹。㉚備萬一　防備意想不到的災禍。㉛或超為名都之主　超，舉拔。名都之主，指州牧郡守。㉜偏師　一部分軍隊。㉝有文者　有文才的人。㉞宰　長。㉟有武者必置於百人之上　有武者，有武功的人。百人之上，統率百人之軍官。即百夫長。㊱畢志於衡軛之內　在被制約的情況下盡心。衡，車轅前端的橫木。軛，加在車衡上用以駕馬的部件。㊲非類為伍　非類，不是同一類型的人。指不是志同道合的人。為伍，做伙伴。㊳勸進賢能　勉勵賢能者上進。㊴褒異　不同於眾地讚揚。㊵禮　法制；做法。

【語　譯】魏太祖武皇帝，稟賦聖明的才資，兼具威武的謀略，為王朝法度的廢棄而羞恥，為漢王朝的覆亡而憂傷，於是如龍騰般地崛起於沛郡譙邑，如鳳翔般地轉戰於兗州、豫州，掃除了叛逆之人，消滅了元凶巨惡。將獻帝從長安迎回，定都於許昌。他的功德感動天地，正義的舉動感動神靈和百姓。後來漢朝帝王遵奉天命，將帝位禪讓給大魏王朝。大魏王朝自興建至今，已有二十四年，它雖然看到了五個朝代的存亡，卻不能採取它們的良策；看到了前車的倒覆，卻不能改變它的覆轍。讓子弟在並不領屬於他的封地上為王，擁有的是不能由他指使的人民；讓皇族放置於民間，不知國家之政，權力等同於平民，勢力類似於百姓，因此朝中沒有根深蒂固的勢力，朝外也沒有如盤石般同宗會盟的援助，這不是使國家得以安定、建立帝位相傳萬代功業的做法。當今的州牧郡守，即是古時的方伯諸侯，他們都地跨千里，並且兼任軍隊武官；他們有的與相鄰的州郡幾個人相聯合，有的與兄弟一起據有某一地域，而皇族子弟竟然無一人插足其間，和他們維繫相互的關係，這不是加強宗族勢力，削弱異姓勢力，以防備萬一的謀慮。當今任用賢能，有的人舉拔為州牧郡守，有的人成為一方軍隊的統帥，而皇族中有文才的人必定只限於擔任小縣的縣令，有武才的必定只安置率領一百名士卒的職位，使得廉潔高尚的人，只能在被制約的情況之下盡心效力，有才能的人羞於和不是志同道合的人共職，這不是勉勵賢能的人上進，與眾不同地表揚宗族之人的做法。

夫泉竭則流涸❶，根朽則葉枯。枝繁者蔭根❷，條落者本孤❸。故語曰：「百足之蟲，至死不僵❹，扶之者眾❺也。」此言雖小，可以譬大❻。且墉基❼不可倉卒❽而成，威名不可一朝而立。皆為之有漸❾，建之有素❿。譬之種樹，久則深固其根本，茂盛其枝葉。若造次⓫徙⓬於山林之中，植於宮闕⓭之下，雖壅之以黑墳⓮，暖之以春日，猶不救於枯槁，何暇繁育⑮哉？夫樹猶親戚，土猶士民⑯，建置⑰不久，則輕下慢上⑱，平居⑲猶懼其離叛，危急將如之何⑳？是㉑聖王安而不逸㉒，以慮危㉓也；存而設備㉔，以懼亡也。故疾風卒㉕至，而無摧拔㉖之憂；天下有變，而無傾危之患矣。

【章旨】論述王室必須早封親戚，使得士民親附，以有利於王室之穩固，防備變亂之禍患。

【注釋】❶流涸　水流乾枯。❷蔭根　掩護根部。❸本孤　主幹孤單。❹不僵　不倒下。❺扶之者眾　支撐身子的腳眾多。❻此言雖小二句　此言雖小，這話說的雖是小事。譬大，比方大事。❼墉基　城牆之基。❽倉卒　匆促。❾有漸　有一個漸進的過程。❿有素　平時。⓫造次　匆促。⓬徙　移栽。⓭植於宮闕　植，種植。宮闕，宮廷。⓮雖壅之以黑墳　壅，把土壤或肥料培在植物根部。黑墳，黑色的肥土。⓯何暇繁育　何暇，意為何能。繁育，生長。⓰士民　士人（指學道藝或習武事的人）和平民。⓱建置　指封親戚為侯。⓲輕下慢上　指輕視下屬，傲視上司。⓳平居　平時。⓴如之何　如何對付他。㉑是　猶「故」。㉒不逸　不放縱。㉓慮危　想到危亂。㉔設備　設法防備。指封子弟為諸侯。㉕卒　同「猝」。突然。㉖摧拔　樹被摧折拔起。

【語譯】水泉乾了，水流也就乾枯；樹根爛了，樹葉也就枯黃。枝葉茂密就能掩護根部，枝葉掉落就使主幹孤立。因此有話說：「百隻腳的蟲，到牠死了也不會倒下，這是由於支撐身子的腳眾多的緣故。」這話說的雖然是小事，卻可以用來比喻大事。城牆之基不可能匆促間築成，威名不可能一個早上就建立。凡事都要有個漸進的過程，要平時積累。譬如種樹，時間長了樹根就會深入牢固，枝葉就會茂盛。假如匆促之間移植於山林之中，移植於宮廷之下，即使培上黑色的肥土，在春天暖和的陽光照耀之下，還是不能挽救它免於枯槁，又怎能長得茂盛呢？樹木好比親戚，土壤好比士人與平民，封立諸侯不長久，他就會輕視下屬而傲視上司，平時尚且擔心他叛離，一到危急時刻將如何對付他呢？聖王所以在國家安寧之時不放縱，是因為顧慮著危亂的發生；在國家存在之時而設法防備，是因為害怕滅亡的日子。由於能這樣做，所以狂風突然刮來，也沒有被摧折或拔起的憂慮；天下發生變亂，也沒有覆亡的禍患。

博弈論

【作　者】韋昭，字弘嗣（本名曜，避晉諱改昭），三國吳雲陽人。孫權在位時，曾為丞相屬吏、西安令、尚書郎，轉任太子中庶子。太子孫和被廢後，為黃門侍郎。孫亮即位，為太史令，撰《吳書》。孫休即位，為中書郎、博士祭酒。孫皓即位後，為侍中，領國史，因正言相諫，使孫皓忿恨，下獄被誅。

【題　解】〈博弈論〉是作者任太子中庶子時所寫。當時蔡穎也在太子之宮，他性好博弈，太子孫和以為博弈無益，於是命弘嗣撰文論述，弘嗣就寫了此文。博弈即下棋。博，又稱六博，共十二子，每人六子，先擲骰子後走棋子。弈，即下圍棋，共三百子，每人一百五十子。此文主要論述君子應該精心於經術道義的研習，致力於國家之事業，從而達到立功揚名的目標，以勸時人不可怠惰，沈溺於博弈，日夜無度，勞心疲體，枉費精力在於國於己都無益的遊戲之事上。由於此文切中時弊論理透徹，長於誘導說服，因此為當時人們所稱道。

蓋君子恥當年❶而功不立，疾沒世❷而名不稱❸，故曰「學如不及，猶恐失之❹」。是以古之志士，悼年齒之流邁，而懼名稱之不建❺也，勉精厲操❻，晨興夜寐❼，不遑寧息❽，經之以歲月，累之以日力❾。若甯越之勤❿，董生之篤⓫，漸漬⑫德義之淵，棲遲道藝⑬之域。且以西伯之聖，姬公之才，猶有日昃待旦之勞⑭，故能隆興周道⑮，垂名億⑯載，況在臣庶⑰，而可以已乎？

歷觀古今功名之士，皆有積累殊異⑱之迹，勞神苦體，契闊⑲勤思，平居⑳不惰其業㉑，窮困不易其素㉒。是以卜式立志於耕牧㉓，而黃霸受道於囹圄㉔，終有榮顯㉕之福，以成不朽之名。故山甫勤於夙夜㉖，而吳漢不離公門㉗，豈有遊惰㉘哉？

【章　旨】舉聖賢為例，闡述古今能成就功名之士，都立志遠大，勤苦於道德修養和學業事業，日積月累，終於功成名揚，流芳千古。

【注　釋】❶當年　壯年。❷疾沒世　疾，痛恨。沒世，去世。❸不稱　不被人讚揚。❹學如不及二句　見《論語・泰伯》。不及，趕不上。失之，丟失所學的東西。❺悼年齒之流邁二句　悼，傷心。年齒，年紀。流邁，流逝。名稱，名聲；聲望。不建，不能樹立。❻勉精厲操　勉精，振作精神。厲操，勉勵意志。❼晨興夜寐　早起晚睡。❽不遑寧息　無暇寧靜地休息。❾累之以日力　將每天努力之所得積累起來。❿甯越之勤　據《呂氏春秋・博志》記述，甯越本為農夫，苦於耕種之勞苦，問他的朋友，怎樣才可以避免這種勞苦？朋友告訴他，只有努力學習，花三十年的時間才可以成功。他說自己決心花十五年時間求得成功。人家休息，我不休息；人家睡覺，我不睡覺。果然十五年後做了周威王的老師。甯越，戰國中牟人。曾為周威王之師。⓫董生之篤　董仲舒早年即發憤讀書，在為博士講授時，三年不窺視園子，其精神專一如此。董生，指西漢學者董仲舒（西元前一七九至前一〇四年）。廣川人。早年專治《春秋》，精於《公羊傳》。景帝時為博士，教授弟子。武帝時任江都王相，後為中大夫。因著《災異之記》，被認為意在譏刺，險被處死。後為膠西王相，不久，因病辭官，在家修學著書。著有《春秋繁露》，另存《董子文集》。篤，專心致志。⓬漸漬　浸潤。⓭棲遲道藝　棲遲，遊息。道藝，指學問與技能。⓮且

以西伯之聖三句　西伯，西方諸侯之長。指周文王。姓姬名昌，殷時諸侯，居於岐山之下，曾被紂所囚，獲釋後為西方諸侯之長。姬公，指周公。姓姬名旦，周文王子，曾助武王滅紂，建立周王朝。武王死，成王尚幼，由周公攝政。曾東征平定管叔、蔡叔與武庚的叛亂。相傳周代的禮樂制度都由他制訂。日昊，太陽偏西。昊，同「昃」。據說文王為了使人民和睦，從早上一直到太陽偏西，都無功夫吃飯。待旦，等到天明。據說周公為使政治達到三王之盛，常憂思，坐以待旦。⑮隆興周道　隆興，興盛。指達到社會興盛之治績。周道，周王朝的治國之道。⑯億　古時以十萬為億。⑰臣庶　眾臣百姓。⑱殊異　不同尋常。⑲契闊　勤苦。⑳平居　平時。㉑業　事。㉒素　始。指當初的志向。㉓卜式立志於耕牧　卜式，西漢河南人。早年以牧羊致富。武帝時，曾以一半家財支助朝廷對匈奴作戰；又能賑濟貧民，任為中郎，賜爵左庶長，並布告天下以示尊顯。後因朴忠，拜齊王太傅，轉為相，賜爵關內侯，再次布告天下。後為御史大夫，因不習文章，貶為太子太傅。立志於耕牧，早年入山牧羊，十餘年，積一千餘頭。武帝任為中郎，卜式不願，武帝讓他在上林苑牧羊，結果羊群肥壯，繁殖又多。㉔黃霸受道於囹圄　據《漢書・卷四一・夏侯勝傳》記述，在夏、黃同時被繫獄後，黃霸表示願向夏學經（夏學今文《尚書》），夏以獲罪將死推辭。黃引述孔子的話說：「早上聞知道理，當晚死了都可以。」於是黃聽夏講授，始終不懈。黃霸，西漢淮陽陽夏人。武帝時為侍郎謁者，後為河南太守丞。宣帝時為廷尉正，丞相長史。因夏侯勝事受牽下獄。出獄後為諫大夫、揚州刺史、潁川太守。因善於治民，有治績，賜爵關內侯。後為丞相，封建成侯。受道，接受學說傳授。囹圄，監獄。㉕榮顯　獲得榮耀和揚名。㉖山甫勤於夙夜　《詩經・大雅・烝民》中讚揚仲山甫日夜勤勉不懈，為周宣王操勞（「夙夜匪懈，以事一人」）。山甫，仲山甫。周宣王時大臣，封為樊侯，輔佐周宣王使周室中興。夙夜，早晚。㉗吳漢不離公門　吳漢，東漢宛人。字子顏。初為亭長，王莽末，因賓客犯法而亡命至漁陽，以販馬為業。後歸劉秀，拜偏將軍伐蜀，獲勝。後又追擊匈奴，官大司馬，封廣平侯。公門，公府之門。㉘遊惰　怠惰而以遊戲為事。

【語　譯】君子為壯年之時不能建立功業而羞恥，為死後名字不被人們讚揚而憾恨，所以說「學習好像趕不上似的，又生怕有所丟失」。古代的有志之士，感傷年歲過而不留，而擔心名聲不能建立，因而振作精神，勉勵意志，早起晚睡，無暇安心休息，這樣經過了一定的歲月，把每天的努力所得積累起來。好像甯越那樣的勤勉，董仲舒那樣的專心一志，浸潤於道德仁義的淵府，遊息於學問技藝的領域。並且像西伯那樣的聖明，周公那樣的才智，尚且有處理事情到太陽偏西，憂思治國坐等天明這樣的勞苦，終於使周王朝的治道興盛起來，而他們的名聲也因而流傳億萬年之久，何況做群臣與百姓的，可以不這樣做嗎？

一一觀察古今成就功名的人士，他們都是有所積累，有不同於尋常人的行跡，精神和身體都很勞苦，勤於思考，勤於作為，平時對所從事的事情不怠惰，窮困之時也不改變他們當初的志向。像卜式立志於耕種放牧，黃霸在監獄中接受學說的傳授，終於獲得榮耀和揚名的福分，成就不朽的名望。又像仲山甫早晚勤勞，吳漢身不離公府之門，怎麼會有怠惰遊戲之事呢？

今世之人，多不務經術[1]，好翫[2]博弈，廢事棄業，忘寢與食，窮日盡明[3]，繼以脂燭[4]。當其臨局交爭[5]，雌雄[6]未決，專精銳意，神迷體倦，人事曠而不脩[7]，賓旅闕而不接[8]，雖有太牢之饌[9]，〈韶〉[10]、〈夏〉[11]之樂，不暇存[12]也。至或賭及衣物，徙棊易行[13]，廉恥之意弛[14]，而忿戾之色[15]發[16]。然其所志[17]不出一枰[18]之上，所務[19]不過方罫[20]之間。勝敵無封爵之賞，獲地無兼土[21]之實。技非六藝[22]，用非經國[23]。立身者不階其術[24]，徵選者[25]不由其道。求之於戰陣，則非孫、吳之倫[26]也；考之於道藝，則非孔氏之門[27]也；以變詐為務，則非忠信之事也；以切[28]殺為名[29]，則非仁者之意也。而空妨日廢業，終無補益。是何異設木而擊之，置石而投之哉？且君子之居室也，勤身以致養[30]；其在朝也，竭命以納忠[31]；臨事且猶旰食[32]，而何暇博弈之足耽[33]？夫然，故孝友之行[34]立，貞純[35]之名章[36]也。

【章　旨】指出世人陷溺於博弈，非但無補於治國修身，而且荒廢事業，有傷身心，於是規勸世人移心轉意於有益之事。

【注　釋】❶不務經術　不務，不努力從事。經術，經學。即研究經書，為其作字義解釋，或闡發其中的義理。❷翫　同「玩」。❸窮日盡明　花費整個白天。❹繼以脂燭　點燃脂燭繼續博弈。脂燭，用脂所製之燭。❺臨局交爭　臨局，面對棋盤。交爭，相互競爭。❻雌雄　勝負。❼曠而不脩　曠，耽擱。不脩，不辦理。脩，通「修」。❽賓旅闕而不接　賓旅，賓客與旅人。闕，空等著。不接，不接待。❾太牢之饌　太牢，古時宴會或祭祀時並用牛、羊、豕三牲，叫太牢。饌，食品。❿韶　相傳為舜之樂章。⓫夏　傳說為夏禹之樂章。⓬不暇存　無空閒顧及。⓭徙棊易行　品行隨著棋子的走動而逐漸改變。⓮弛　消失。⓯忿戾之色　蠻不講理，滿臉怒色。⓰發　擺出。⓱所志　志向。⓲一枰　一張棋盤。⓳所務　從事之事。⓴方罫　棋盤上的方格。㉑兼土　兼併土地。㉒六藝　指禮、樂、射、御（駕車）、書（文字）、數（算術）六個科目。㉓經國　治國。㉔立身者句　立身者，樹立自身的人。指使自己有一定的修養和作為。階，憑藉。術，下棋之法。㉕徵選者　被徵召選拔的人。㉖孫吳之倫　孫，孫武。春秋時齊人，軍事家。曾以兵法求見吳王闔廬，任用為將，西破強楚，北威齊、晉。著有《孫子兵法》。吳，吳起（西元前？至前三七八年）。戰國時衛人，軍事家。初仕魯，後仕魏，為魏文侯將，攻秦，並為西河守領兵拒秦。後奔楚，楚悼王任為令尹，實行改革，以求富國強兵。楚悼王死後，被貴戚大臣殺害。《漢書・卷三〇・藝文志》兵家類有《吳子》，已佚。今所傳本為後人依託。倫，同類。㉗孔氏之門　孔氏，指孔子（西元前五五一至前四七九年）。春秋末年魯人。魯定公時曾任中都宰、司空、大司寇，攝相事。後周遊列國，不為列國君主所用而返回魯國。孔子是我國儒家學派的創始人，長期聚徒講學，傳授儒家思想文化。此外，他還做過整理文獻典籍的工作。門，同類。㉘刦　同「劫」。威脅。㉙名　名目；名稱。㉚勤身以致養　勤身，自身勤勞。致養，供養長輩。㉛竭命以納忠　竭命，將生命完全奉獻。納忠，表達自己的忠心。㉜旰食　晚食。因事忙而不能按時吃飯。㉝耽　沈迷。㉞孝友之行　孝友，孝順父母，友愛兄弟。行，品行。㉟貞純　忠貞純一。㊱章　同「彰」。顯著。

【語　譯】當今世上的人們，大都不努力於經學的研究，好玩下棋的遊戲，荒廢了事業，忘記了睡覺和吃飯，花費整個白天，又點燃脂燭繼續玩。當他們面對棋盤互相競爭，勝負未定的時候，精神專注，心神迷戀，身體疲倦，人事耽擱著不去辦理，讓賓客和旅人空等著不去接待，即使有太牢這樣的食品，有〈韶〉、〈夏〉這樣的樂曲，也無暇顧及。甚至於有時用衣物相賭，品行隨著棋子的走動而逐漸改變，廉恥的心理消失了，而露出一臉的怒色。然而他們的心志不出於一張棋盤之上，所做的事不過在方格之間。勝了對手既沒有封給爵位的獎賞，得了地盤也沒有兼併土地的事實。技藝不關六藝，作用不關治國。修養自身的人不憑藉他們的方法，徵召選拔的人不循由他們的途徑。探索他們的戰術與陣法，則和孫武、吳起不同；考察他們的學問和技能，則和孔門相異；它以變幻詐偽為事，就不是忠貞誠信之道；以劫殺為名稱，就不是仁慈者的心意。可是卻白白地妨礙和荒廢每天的事務，終究沒有益處。這和擺一截樹幹而向它投擊，擺一塊石頭而向它丟擲有什麼不一樣呢？君子在家，應該勤勞以供養長輩；在朝廷上，應該把整個生命奉獻以表達忠心；面對著要處理的事情尚且要延遲吃飯，還會有什麼空閒可以沈迷於下棋呢？這樣做了，孝順父母、友愛兄弟的品行就樹立了，忠貞純一的名聲也就世人皆知了。

方今大吳受命❶，海內未平，聖朝乾乾❷，務❸在得人。勇略❹之士，則受熊虎❺之任；儒雅之徒❻，則處龍鳳之署❼。百行兼苞❽，文武並騖❾。博選良才，旌簡髦俊❿。設程試之科⓫，垂金爵⓬之賞。誠千載之嘉會⓭，百世之良遇⓮也。當世之士，宜勉思至道⓯，愛功⓰惜力，以佐明時⓱。使名書史籍，勳在盟府⓲。乃君子之上務⓳，當今之先急⓴也。

夫一木之枰㉑，孰與方國㉒之封；枯棋三百㉓，孰與萬人之將。袞龍之服㉔，金石㉕之樂，足以兼棋局而貿博弈㉖矣。假令世士移博弈之力用之於《詩》㉗、

《書》㉘，是有顏㉙、閔㉚之志也；用之於智計，是有良㉛、平㉜之思也；用之於資貨㉝，是有猗頓㉞之富也；用之於射御㉟，是有將帥之備㊱也。如此，則功名立而鄙賤遠矣。

【章旨】闡述現今正是朝廷急於得人用人之際，君子應該乘此良機，表現自己的才能，以取得名位，從而為國家盡力，建立功勳，留名史冊。因此規勸愛好下棋之人，要棄邪歸正，只要珍惜精力，得其所用，定可建立功名。

【注釋】❶方今大吳受命　方今，當今。大吳，對吳國的敬稱。三國之一。西元二二二年孫權在建業（今江蘇南京）建國稱吳王，據有今長江中下游，南至福建、兩廣以及越南北部和中部地區，西元二八〇年為晉所滅。受命，接受天命而立國稱王。❷聖朝乾乾　《周易·乾卦》：「君子終日乾乾。」聖朝，對吳國朝廷的敬稱。乾乾，自強不息貌。❸務　努力。❹勇略　勇敢有謀略。❺熊虎　比喻猛將。❻儒雅之徒　博學的儒家一類人士。❼龍鳳之署　賢才任職的公府。龍鳳，比喻賢才。❽百行兼苞　對於某一方面有好的品行才能的人都加錄用。百行，多方面的品行。兼苞，都加錄用。苞，納。❾文武並騖　有文才武才的人都在施展自己的才能。騖，馳。❿旌簡髦俊　旌簡，表彰選拔。髦俊，俊傑之士。⓫程試之科　程試，按規定的程序考試。科，科舉取士的條例名目。⓬垂金爵　垂，賜給。金爵，可佩掛金印紫綬之爵位。⓭嘉會　好機會。⓮良遇　好的機遇。⓯至道　至高無上的道理。即聖道。⓰功　用力。此指精力。⓱明時　政治清明的時代。古時多用來稱頌本朝。⓲勳在盟府　勳，指記載功勳的文書。盟府，掌管保存盟書的官府。⓳上務　要事。⓴先急　首要的急事。㉑一木之枰　一張木製的棋盤。㉒孰與方國　孰與，怎麼比得上。方國，原指四方諸侯之國，此指州郡。㉓枯棋三百　圍棋黑白棋子共三百枚，各一百五十枚。枯棋，指棋子。是枯槁之木所製。㉔袞龍之服　古時帝王和公侯所穿的繪繡龍等圖案的禮服。此指州郡長官之服。㉕金石　指鐘磬等用金屬與石製作的樂器。㉖兼棋局而貿博弈　兼棋局，指壓倒下棋之樂。兼，掩蓋；壓倒。貿博弈，以從事建功立業來替代下棋之事。貿，改換。㉗詩　《詩經》。是我國最早的一部詩歌總集，共三百零五首，搜集了自西周初年至春秋中葉中原與江漢等地域的詩歌。儒家將它列為經典之一。㉘書　《尚書》。是我國現存最早的上古時典章文獻的彙編，其中保存了商及西周初期的一些重要史料。儒家列為經典之一。㉙顏　顏回。春秋魯人，名回，字子淵，孔子弟子，樂道安貧，好學，在孔子弟子中以德行著稱。㉚閔　閔子騫。春秋魯人，名損，字子騫，孔子弟子，能盡孝道，潔身自好，在孔子弟子中以德行著稱。㉛良　張良（西元前？至前一八九年）。秦末韓人，字子房。秦末群雄起義時，張良追隨劉邦，為其謀士，以善謀使劉邦制勝秦、楚，建立漢朝，張良被封為留侯。㉜平　陳平（西元前？至前一七八年）。秦末陽武人。秦末群雄起義時，開始時追隨項羽，後歸從劉邦，富有謀略，任護軍中尉，封曲逆侯。惠帝、呂后當政時為丞相，後與太尉周勃合力誅諸呂，迎立文帝。㉝資貨　開發資源，積累資財。㉞猗頓　春秋魯人。經營畜牧及鹽業，十年成為巨富。㉟射御　射箭與駕車。㊱備　指所具備的本領。

【語　譯】當今偉大的吳國承受天命立國稱王，而天下尚不安定。皇朝能發揚自強不息的精神，努力於獲得人才。有勇有謀的人，則受任猛將之職；博學的儒士，則受任文臣之職。各方面好的品行才能，都能加以錄用，具有文武之才的人，都能充分施展自己的才能。朝廷既能廣泛地選用賢才，又能表彰俊傑人士。它設立了按一定程序進行考試的條例與科目，中選者就賜給爵位，使他們佩帶金印紫綬。這確實是千年難逢的良機、百世難得的機遇。當世之人，應該努力地思考聖人的道理，愛惜精力，以輔佐大吳王朝。使自己的名字載入史冊，記載自己功勳的文書收藏於盟府。這才是當今君子首先應該急切去做的要務。

一張木製的棋盤，怎麼比得上諸侯的封土；三百枚的枯木棋子，怎麼比得上率領萬人的將領。繪繡龍紋的禮服，金鐘石磬的音樂，足以壓倒下棋之樂，而替代下棋之事了。假使世人能將用於下棋的精力移用於研讀《詩經》、《尚書》，就會具有顏回、閔子騫的志向；移用於智謀，就會有張良、陳平的頭腦；移用於開發資源，積累資財，就會有猗頓的富有；移用於射箭駕車，就會具有將帥的本領。如能這樣，那麼就可以建樹功名而遠離鄙賤了。

卷五三

養生論

【作　者】嵇康（西元二二四～二六三年），字叔夜，譙郡銍（今安徽宿縣）人。三國魏時的著名文學家、哲學家、音樂家。竹林七賢之一。少孤，聰穎好學，博覽群書，有奇才。官任中散大夫，世稱嵇中散。當時正是魏晉易代之際，曹氏與司馬氏鬥爭極為複雜，而他又與魏宗室通婚。他一面崇尚老莊，恬靜寡欲，服食養生，一面又剛腸激烈，與物多忤。在現實生活中鋒芒畢露，顯明臧否，公開聲言「非湯武而薄周孔」，反對司馬氏圖謀篡權。後因鍾會構陷，終為司馬昭所殺。著有《嵇中散集》十五卷，至宋代僅存十卷，今人輯有《嵇康集》。嵇康在哲學上頗受老莊影響，提出「越名教而任自然」之說，反對虛偽禮教。在文學上，他是正始文學的主要代表人物之一，與阮籍齊名。善為詩，尤長散文。

【題　解】魏晉時期，在士大夫中間盛行著一種服食丹藥以求長生的風尚，嵇康也不例外，然而嵇康的養生之術又不僅如此，《晉書・嵇康傳》說他「常修養性服食（即服食丹藥）之事，彈琴詠詩，自足于懷」，即可概見其養生之情。此篇即是他專論如何養生的作品。所謂養生，是指人如何保養身心，使其健全，以求延年益壽的意思。當時人們或僅以服藥祈求長壽，或雖欲養生而不能忘情於聲色物欲，又或急於求成。嵇康認為如此養生，非但無益，而且有害。他在文中闡明，養生當以養人心性，亦即涵養精神為主，而輔以服食丹藥，調理飲食等其他條件，方為「得理」。也就是說，養生者其內心必須「清虛靜泰，少私寡欲」；要精神專一，對於傷生害性之因素要善於防微杜漸，又須持之以恆。

這樣的養生主張，很明顯地是反映了他嚮往自然、超脫現實的人生追求，然而現實的遭遇使他很難照此去做。他生活在魏晉易代之際，是當世名士，又是魏宗室的姻親，對於司馬氏的篡魏陰謀看得十分清楚，所以，不僅對於司馬氏的執政採取全然不合作的態度，而且常激情難抑，以冷言相嘲，這當然為司馬氏所不容，終於藉故把他殺了。

嵇康一方面想追求清心寡欲，另一方面又憤世嫉俗，這是他人生態度的矛盾性的反映。從思想根源上來分析，則顯然是受到了老莊思想的影響。

世或有謂神仙可以學得❶，不死可以力致❷者；或云上壽❸百二十，古今所同，過此以往，莫非妖妄❹者。此皆兩❺失其情❻，請試粗論❼之。夫神仙雖不目見，然記籍❽所載，前史所傳，較❾而論之，其有必矣。似特受異氣❿，稟⓫之自然，非積學⓬所能致也。至於導養⓭得理⓮，以盡性命⓯，上獲⓰千餘歲，下可數百年，可有之耳。而世皆不精，故莫能得之。何以言之？夫服藥求汗⓱，或有弗獲⓲；而愧情⓳一集⓴，渙然㉑流離㉒。終朝㉓未餐，則囂然㉔思食；而曾子銜哀，七日不飢㉕。夜分㉖而坐，則低迷㉗思寢；內懷殷憂㉘，則達旦不瞑㉙。勁刷㉚理鬢㉛，醇醴㉜發顏㉝，僅乃㉞得之；壯士之怒，赫然㉟殊觀㊱，植㊲髮衝㊳冠。由此言之，精神之於形骸，猶國之有君也。神躁㊴於中㊵，而形喪㊶於外，猶君昏於上，國亂於下也。

【章　旨】論述人們假如能夠導養得理，則可致千百歲之壽。但世人由於不能精心其事，所以難有成效。

【注　釋】❶神仙可以學得　經過學習可以成為神仙。❷力致　依靠努力達到。❸上壽　最長的壽命。❹妖妄　離奇不真實。❺兩　指上述兩種說法。❻失其情　違背事理。❼粗論　約略論述。❽記籍　書籍。❾較　明確。❿異氣　特異的元氣。⓫稟受。⑫積學　通過學習積累。⑬導養　調養；保養。⑭得理　符合養生的道理。⑮性命　生命。⑯上獲　最高達到。⑰求汗　使能發汗。⑱弗獲　不能達到。⑲愧情　慚愧之心。⑳一集　一下產生。㉑渙然　盛多貌。㉒流離　汗流貌。㉓終朝　一個早晨。㉔囂然　憂愁貌。㉕曾子銜哀七日不飢　此指因父母亡故而內心悲傷。據《禮記・檀弓上》記述，曾子曾說自己辦父母之喪事，七天水漿不入於口。曾子，曾參，字子輿（西元前五〇五至前四三五年）。春秋魯人，孔子弟子。銜哀，心懷哀傷。㉖夜分　半夜。㉗低迷　神志恍惚迷離。㉘殷憂　深切的憂慮。㉙不瞑　不閉目；不能入睡。㉚刷　梳。㉛鬢　近耳邊的頭髮。此指頭髮。㉜醇醴　味厚之酒。㉝發顏　使容光煥發。㉞僅乃　少能。㉟赫然　憤怒之貌。㊱殊觀　特異的儀容。㊲植　豎。㊳衝　頂起。㊴躁　躁動。㊵中　體內。㊶喪　失；損害。

【語　譯】世上有人認為經過學習可以成為神仙，通過努力可以達到不死；有人說最長的壽命是一百二十歲，古今都一樣，超過了這個年限而更長，無不是怪誕離奇，背離真實的。這兩種看法都違失實情，請讓我試作粗略的論述。神仙雖然是眼不能見的，然而一般書籍上都有所記載，就是以往的史冊上也有記述，這些書都曾明確的論述，所以必定是有的。神仙似乎是獨特地稟受了異常的元氣，得之於自然，不是通過學習積累所能達到的。人們只要能按照養生的道理加以調養，以到達生命的終極，那麼最長的壽命可達到一千多歲，短的也可達到幾百歲，這是有可能的。而世人都不能精心調養，所以不能達到。為什麼這樣說呢？服食丹藥，要使身體發汗，而有人卻發不了汗；但有人羞愧之心一下產生，汗也就出了很多。一個早上不吃，那就會為吃而憂慮；可是曾子心懷著哀傷之情，七天也不感到飢餓。人如坐到深更半夜，就會神志恍惚地想睡了；可是要是心中懷有深切的憂愁，那麼直到天明也不會闔眼。用勁地梳理鬢髮，喝下味厚的美酒，想以此使自己容光煥發，可是少有人能達到這種效果；然而壯士一怒之下，自然會顯示出異常的儀容，上豎的頭髮會頂起帽子。由此說來，精神對於形體，好比國家中有君主一樣。精神躁動於體內，就會損害在外的形體，好像上面的君主昏庸，則國家就會混亂一樣。

夫為稼❶於湯❷之世，偏❸有一溉之功❹者，雖終歸燋爛❺，必一溉者後枯❻，然則一溉之益，固不可誣❼也。而世常謂一怒不足以侵性❽，一哀不足以傷身，輕❾而肆❿之，是猶不識一溉之益，而望嘉穀於旱苗⓫者也。是以君子知形恃神以立⓬，神須⓭形以存，悟生理⓮之易失，知一過⓯之害生，故修性⓰以保神，安心以全身⓱，愛憎不棲⓲於情⓳，憂喜不留於意⓴，泊然㉑無感㉒，而體氣㉓和平。又呼吸吐納㉔，服食㉕養身，使形神相親，表裡㉖俱濟㉗也。

【章　旨】論述人的身體和精神本是相互依存的關係，所以傷害身心之事都應當防止，必須使兩者都得其所養，養生方可獲得成效。

【注　釋】❶為稼　種植莊稼。❷湯　成湯，商朝的開國君主。傳說湯時曾發生連續七年的旱災。❸偏　一部分。❹一溉之功　一次灌溉之事。❺燋爛　枯焦。❻後枯　在未受灌溉的莊稼之後枯焦。❼誣　妄加否定。❽侵性　傷害心性。❾輕　輕意。❿肆　放任。⓫望嘉穀於旱苗　希望能由大旱之年的秧苗，獲得好的穀物收成。嘉穀，好的穀物。⓬立　能起居活動。⓭須　待。⓮生理　指養生之理。⓯一過　一有差錯。⓰修性　指修養性情（即脾氣）。⓱全身　健全身體。⓲不棲　不居。⓳情　指心。⓴意　指心。㉑泊然　淡漠的樣子。㉒無感　不為外物所動。㉓體氣　此指心情。㉔吐納　猶呼吸。指食氣。是道家養生之一法。㉕服食　指服食丹藥。㉖表裡　外內。指形神。㉗俱濟　都獲成效。

【語　譯】在商湯發生連續七年旱災之時種植莊稼，如果其中的一些莊稼受過一次灌溉，那麼雖然最後也要枯焦，然而這受過一次灌溉的莊稼，必定會在未受灌溉的莊稼之後枯焦。這樣看來，一次灌溉的好處，確實不可妄加否定。可是世人常說發一次怒不足以傷害心性，一度陷入悲哀不會傷害身體，因而在這方面輕意放任，這好像不知道一次灌溉的好處，而希望受旱的秧苗能收穫好的穀物一樣。因此，君子懂得身體依靠精神而能起居活動，精神必待形體而存在。覺察養生之理是容易疏忽的，知道一有差錯是會危害生命的，所以能修養性情以保養精神，安靜心神以健全身體，使愛憎之情不居於心，憂喜之情不存於心，心境淡漠，不為外物所動，心情安泰和平。又能呼吸食氣，服用丹藥，保養身體，使得身體和精神相親附，內外都獲得成效。

夫田種❶者，一畝十斛❷，謂之良田，此天下之通稱❸也。不知區種❹可百餘斛。田種一也，至於樹養❺不同，則功收❻相懸❼。謂商無十倍之價❽，農無百斛之望，此守常❾而不變者也。且豆令人重❿，榆令人瞑⓫，合歡蠲忿⓬，萱草⓭忘憂，愚智所共知也。薰辛害目⓮，豚魚不養⓯，常世⓰所識⓱也。蝨⓲處頭⓳而黑，麝⓴食柏㉑而香㉒；頸處險㉓而癭㉔，齒居晉而黃㉕。推此而言，凡所食之氣㉖，蒸性染身㉗，莫不相應。豈惟蒸之使重而無使輕㉘，害之使闇而無使明㉙，薰之使黃而無使堅㉚，芬之使香而無使延㉛哉？故神農曰「上藥養命，中藥養性」㉜者，誠知性命之理㉝，因輔養㉞以通㉟也。而世人不察，惟五穀是見㊱，聲色是耽㊲。目惑玄黃㊳，耳務㊴淫哇㊵。滋味㊶煎㊷其府藏㊸，醴醪㊹鬻㊺其腸胃。香芳腐其骨髓，喜怒悖㊻其正氣㊼。思慮銷㊽其精神，哀樂殃㊾其平粹㊿。夫以蕞爾[51]之軀，攻之者非一塗[52]，易竭[53]之身，而外內受敵，身非木石，其[54]能久乎？其自用[55]甚者，飲食不節[56]，以生百病；好色不倦，以致乏絕[57]；風寒所災，百毒所傷，中道[58]夭[59]於眾難。世皆知笑悼[60]，謂之不善持生[61]也。至于措身[62]失理[63]，亡之於微[64]，積微成損，積損成衰，從衰得白[65]，從白得老，從老得終，悶若無端[66]。中智[67]以下，謂之自然。縱[68]少覺悟，咸歎恨於所遇[69]之初，而不知慎眾險[70]於未兆[71]。是由[72]桓侯抱將死之疾，而怒扁鵲之先見[73]，以覺痛之日，為受病[74]之始也。害成於微而救之於著，故有無功之治；馳騁常人之域[75]，故有一切之壽[76]。仰觀俯察，莫不皆然。以多自證[77]，以同自慰[78]，謂天地之理盡此而已矣。縱聞養生之事，則斷以所見，謂之不然。其次狐疑[79]，雖少庶幾[80]，莫知所由[81]。其次，自力[82]服藥，半年一年，勞而未驗[83]，志以厭衰[84]，中路復廢。或益之以畎澮，而泄之以尾閭[85]。欲坐望顯報[86]者，或抑情忍欲，割棄[87]榮願[88]，而嗜好常在耳目之前，所希[89]在數十年之後，又恐兩失[90]，內懷猶豫，心戰於內[91]，物誘於外，交賒相傾[92]，如此復敗者。夫至物[93]微妙，可以理知[94]，難以目識[95]。譬猶豫章，生七年然後可覺耳[96]。今以躁競[97]之心，涉[98]希靜之塗[99]，意速[100]而事遲[101]，望近[102]而應遠[103]，故莫能相終[104]。夫悠悠者[105]既以未效[106]不求[107]，而求者以不專喪業[108]，偏恃者[109]以不兼[110]無功，追術者[111]以小道[112]自溺[113]，凡若此類，故欲之者[114]萬無一能成也。

【章　旨】闡述人在養生過程中，既要重視內在心性的修養，也要注意外界條件的輔助作用，才會有成效。指出世人或者由於內外失養，以至放任而害生；或者由於不能防微杜漸，致使遭受病患或過早衰亡；或者雖欲養生而中途猶豫、厭倦，急於求成，終於不敵外物的誘惑、蒙蔽而導致失敗。

【注　釋】❶田種　田地。❷斛　古時量器名，容十斗。一畝不可能收穫十斛之多。「斛」可能是「觳」之假借。觳，容一斗二升。❸通稱　通常的說法。❹區種　設區域耕種，可保持肥、水等條件以有利於作物生長，提高收成。❺樹養　種植養育。❻功收　收效；收成。❼相懸　相互懸殊。即兩者差距很大。❽十倍之價　指商品售出價比進價高十倍。❾守常　墨守陳規。❿豆令人重　李善注引《經方小品》云：「倉公對黃帝曰：『大豆多食，令人身重。』」引《博物志》云：「食豆三年，則身重，行止難。」豆，指食豆。⓫榆令人瞑　用榆樹的莢仁煮作羹，食後使人好睡。榆，指食榆樹的莢仁。瞑，眠。⓬合歡蠲忿　崔豹《古今注》云：合歡樹「樹之階庭，使人不忿」。合歡，樹木名。蠲，消除。忿，怒。⓭萱草　傳說可使人忘憂，故又名忘憂草。⓮薰辛害目　指蔥蒜等有刺激性氣味的蔬菜，食後對眼睛不利。薰辛，即葷辛。⓯豚魚不養　河豚魚極毒，食後會令人中毒致死。豚魚，河豚魚。⓰常世　世人；一般人。⓱識　知。⓲蝨　指頭蝨。⓳處頭　處於頭上黑髮之中。⓴麝　鹿類動物。㉑柏　指柏樹葉。㉒香　麝的腹部有香腺，能分泌香氣。㉓險　指山谷險阻之地。㉔癭　頸部之瘤。㉕齒居晉而黃　晉地產棗，晉地人喜好食棗，故致齒發黃。晉，晉地。即今山西一帶。周朝時所分封的晉諸侯國所在地。㉖氣　指飲食物。㉗蒸性染身　薰染改變人的本性體質。㉘蒸之使重而無使輕　謂食豆等物致使人體變重而不會減輕。㉙害之使闇而無使明　謂食葷辛之物使眼視物不明晰。闇，同「暗」。㉚薰之使黃而無使堅　謂食棗等物致使牙齒發黃而變脆。㉛延　當為「脡」。是生肉醬。借指羶氣（戴明揚《嵇康集校注》引一說）。㉜神農曰三句　《本草》云：「上藥一百二十種為君，主養命以應天，無毒，久服不傷人，輕身益氣，不老延年。中藥一百二十種為臣，主養性以應人。」神農，傳說古帝名。相傳他曾嘗百草為醫藥以醫治疾病。後世寫成醫藥之書，因而託之神農，名為《神農本草經》（簡稱《本草》）。上藥，上等藥。養命，使人延年益壽。中藥，中等藥。養性，調養性情。㉝性命之理　性和命本身的原理。㉞輔養　以外界條件相輔助保養。㉟通　指取得成效。㊱惟五穀是見　即只見五穀。五穀，指稻、麥、黍、稷、菽五種穀物。泛稱糧食。㊲聲色是耽　即耽於聲色。㊳玄黃　黑色和黃色。借指色彩。㊴務　專心致力。㊵淫哇　淫邪。指淫蕩的聲樂。㊶滋味　指美味的食物。㊷煎　煎熬；折磨。㊸府藏　即腑臟。㊹醴醪　美酒。㊺鬻　煮。意同「煎」。㊻悖　亂。㊼正氣　指安樂之情。㊽銷　消耗。㊾殃　傷害。㊿平粹純和之性。51蕞爾　小貌。52一塗　即一途。53易竭　容易衰竭。54其　猶「豈」。55自用　放任自己。56不節　不能節制。57乏絕　精神極度困乏。58中道　生命的中途。59夭　短命而死。60笑悼　對其不注意養生覺得可笑，又哀傷其早夭。悼，哀傷。61持生　養生。62措身　置身；處身。63失理　違背養生之道。64亡之於微　從細小地方開始背離養生之道。亡，失。65得白　生出白髮。白，指白髮。66從老得終二句　意思是世人對於積微成衰，以至死亡的過程，看成是自然而然的趨勢。實際上衰亡自有端緒，世人對此卻毫不察覺。終，死。悶若，不覺貌。無端，沒有起點。67中智　中等智力的人。68縱　縱使；即使。69所遇　指變衰老。得病致死。70眾險　各種致衰致病致死的危險因素。71未兆　尚未顯現出跡象之時。72由　同「猶」。73桓侯抱將死之疾二句　〈喻老〉說：扁鵲見蔡桓公，告訴桓公：「你有病，病在皮膚表層，不治的話會加重的。」桓公說：「我沒有病。」過了十天，扁鵲見到桓公，說：「你的毛病在肌膚，不治的話會加重。」桓公不回答，心裡不高興。又過了十天，扁鵲再次見到桓公，說：「你的毛病在腸胃，不治的話會加重。」桓公又不回答，心裡更不高興。又過了十天，扁鵲望見桓公轉身就跑。桓公為此派人去問他。扁鵲說：「毛病在皮膚表層，在肌膚，在腸胃，都還有辦法治療；在骨髓，已無法治療了。現在桓公病在骨髓，因此我不再請求給他治病了。」過了五天，桓公身體疼痛，派人找尋扁鵲，扁鵲已逃往秦國了，桓公也終於死了。桓侯，據《韓非子‧喻老》為蔡桓侯，然蔡桓侯是春秋時蔡國君主，不可能由戰國時的名醫扁鵲為他治病；戰國時蔡國無桓侯。此桓侯為誰，難以確指。74受病　得病。75馳騁常人之域　人們在常人的生活環境中活動。76一切之壽　一般的壽命。一切，一般；普通。77以多自證　以人大都如此來證實己見。78以同自慰　以人之壽命與自己相同來安慰自己。79狐疑　猶豫；懷疑。80庶幾　有希望成功。81莫知所由　不知還該怎樣去養生。82自力　自己努力。83未驗　沒有效驗。84志以厭衰　養生的心意因厭倦而衰弱。85益之以畎澮二句　《莊子‧秋水》中海神海若說：「天下之水沒有比海更大的：萬條河流流注大海，不知什麼時候才會停止，卻不會滿溢；尾閭在排泄，也不知什麼時候才會停止，卻不會乾竭。」這裡用以譬喻人一方面在養生，一方面又在傷生，故難有成效。益，增。畎澮，田間水溝。也指小水流。尾閭，傳說為海水流泄之處。86顯報　顯著的功效。87割棄　捨棄。88榮願　榮華富貴之願望。89所希　指長壽。90兩失　既不能使當今耳目之嗜欲得到滿足，又不能獲得長壽。91心戰於內　指追求嗜好與養生長壽兩種心思在內心鬥爭。92交賒相傾　近時和遠時造成危害。交賒，猶近遠。指近時和遠時。93至物　指極微妙的事物。94理知　從道理上得知。95目識　憑眼睛察覺。96譬猶豫章二句　李善引延叔堅曰：「豫章與枕木相似，須七年乃可辨別耳。」豫章，木名，樟類。可覺，能夠辨識。97躁競　急躁好勝。98涉　進入。99希靜之塗　老子《道德經》曰：「聽之不聞名曰希。」喻內心達到清虛寡欲的境地。希靜，靜寂無聲。塗，同「途」。(100)意速　希望迅速見效。(101)事遲　養生見效遲緩。(102)望近　希望近時見效。(103)應遠　養生所產生的效應在遠時。(104)莫能相終　不能堅持到最終。(105)悠悠者　指世俗之人。(106)未效　沒有功效。(107)不求　指不尋求養生。(108)喪業　遺志；荒廢養生之事。(109)偏恃者　靠單方面養生的人。作者認為養生既要重視內在心性的保養，也要注意外界條件的輔助作用，內外兼顧，不能單靠一方面。(110)以不兼　因不能兼顧。(111)追術者　追求養生方術的人。(112)小道　小技。(113)自溺　陷害自己。(114)欲之者　想養生的人。

【語譯】田地一畝能收穫十斛，就說它是良田，這是天下人們通常的說法。不知道用區種的方法，一畝可以收穫一百多斛。同樣是田地，由於種植養育的方法不同，收成就相互懸殊。說商人不會有十倍的贏利，農夫不會有一畝收穫百斛的希望，這是墨守成規、不能變化的看法。又如食豆能使人體重增加，食榆樹的莢仁能使人好睡，合歡樹能使人消除怨忿，萱草能使人忘記憂愁，這是愚笨的人和聰明的人都知道的。吃葷辛的蔬菜對眼睛不利，河豚魚不能滋養人體，這是世人所知道的。蝨子因為處在頭髮之中，所以變成黑色；麝由於食柏樹葉，所以能分泌香氣；生活在山谷險阻地方的人，頸部會生瘤；居住在晉地的人，牙齒會發黃。據此推論，一切飲食之物，都會使人受到薰染，而改變人的本性素質，兩者是無不相應的。然而情況又豈只是食豆使體重增加而不致減輕，食葷辛物造成眼睛視物不明晰，食棗等物致使牙齒發黃而變脆，麝食柏葉使牠分泌香氣而不致腥羶呢？因而《神農本草經》所說的「上等藥使人延年益壽，中等藥使人調養性情」，這確實是知道性命本身的原理，依靠外界條件的輔助保養，來取得成效的說法。然而世人卻不能看到這一點，只見到五穀，耽於聲色。眼睛迷惑於各種色彩，耳朵致力於淫蕩的聲樂。於是美食煎熬他的臟腑，美酒煎煮他的腸胃。芳香腐蝕他的骨髓，喜怒擾亂他的安樂之情。思慮消耗他的精神，哀樂傷害他的純和之性。以人這種小小的軀體，侵襲他的不只一途而已，容易衰竭的身體，卻內外受到侵害，而身體又不是木頭、石頭，難道能長久嗎？那些極度放縱自己的人，飲食不加節制，因而百病叢生；好色而不厭倦，因而精神極度困乏；身體又為風寒所侵襲、百毒所傷害，終於不敵眾害，在生命的中途便死亡。世人對於這種人既覺得可笑，又為之哀傷，以為他們不善於養生。至於自己處身，卻違背養生的道理，在細小的地方不加注意，積小就造成虧損，積虧損就造成衰弱，積衰弱就生出白髮，由生白髮而到了老年，由老年而致死。然而世人對此全無覺察，完全不知道衰亡是怎麼引起的。中等智力以下的人，認為這是自然的過程。縱使略有覺悟，也都在變衰老致死之時才感歎悵恨，而不知在各種疾患尚未顯露跡象之時就小心對待。這就如同蔡桓侯患了將會致死的疾病，卻因扁鵲預先察覺而惱怒，把感到疼痛之日，認作是疾病初起之時。細微之處造成的危害，卻在疾病明顯之時才療救，因此就有了沒有療效的治療；在常人的生活環境中活動，因此只有普通壽命。上下觀察，無不如此。以別人大都如此來證實自己的看法，以別人的壽命與自己相同來安慰自己，認為天地之理全都在此。即使聽到養生之事，也以主觀的見識下結論，認為事情並不如此。其次是內心猶豫，雖然有一點成功的希望，卻不知還該怎麼努力。再其次是自己能努力服食丹藥，堅持了一年半載，卻勞而無功，看不到效驗，因而養生的心意就隨之淡漠，感到厭倦，結果就半途而廢。又有人一面在養生，一面又在傷生，正如雖增加一點小水流，卻反而大量從尾閭流泄掉一樣。想坐著等有顯著功效的人，有時克制情欲，拋棄獲得榮華富貴的願望，然而嗜好的事物經常在耳目跟前誘惑，所希望的長壽卻在數十年之後，加上擔心滿足嗜好與長壽兩樣都不可得，心中一猶豫，鬥爭不下，而外面又有物欲引誘，造成近時和遠期的危害，因此養生又歸於失敗。極微妙的事物，可以從道理上知道，卻難以憑眼睛察覺。譬如豫章樹，生長七年才能夠辨識。現今人們以急躁好勝之心，進入清虛寡欲之境，心中希望迅速見效而養生本身卻見效遲緩，希望近時見效而效應卻在遠時，因而不能堅持到最後。世俗之人由於養生沒有功效而不尋求養生，尋求養生的人則由於不能專心致意而荒廢其事，靠單方面養生的人又由於不能內外兼顧而不見功效，只追求方術的人則更以小技自害。大都像這個樣子，所以欲養生者在萬人之中卻無一人能成功啊。

善養生者則不然矣，清虛靜泰，少私寡欲❶。知名位之傷德❷，故忽而不營❸，非欲而強禁也。識厚味❹之害性❺，故棄而弗顧，非貪而後抑❻也。外物❼以累心❽

不存，神氣⑨以醇白⑩獨著⑪，曠然⑫無憂患，寂然⑬無思慮。又守之以一⑭，養之以和⑮，和理⑯日濟⑰，同乎大順⑱。然後蒸⑲以靈芝⑳，潤㉑以醴泉㉒，晞㉓以朝陽，綏㉔以五弦㉕，無為自得，體妙心玄㉖，忘歡而後樂足㉗，遺生㉘而後身存。若此以往，恕㉙可與羨門㉚比壽，王喬㉛爭年㉜，何為其㉝無有哉？

【章　旨】闡明善於養生的人，必定自覺地摒棄名位、嗜欲等身外之物，使內心臻於虛靜無為、安然自樂之境，如此就自然可以長壽。

【注　釋】❶清虛靜泰二句　據《莊子・在宥》，廣成子對黃帝說：「精神必須清靜，不要使你的身體勞累，不要損耗你的精神，才能夠長生。」《道德經》：「少私寡欲。」靜泰，安靜。❷傷德　傷害人的本性。❸不營　不求。❹厚味　美味。❺害性　有害本性。❻抑　克制。❼外物　指身外之事物。❽累心　牽連、妨礙心神。❾神氣　精神。❿醇白　純潔。⓫著　明。⓬曠然　指心胸開闊。⓭寂然　安靜貌。⓮守之以一　《道德經》：「聖人抱一，為天下式。」抱一，即守一。謂保守元氣。一，道家用以稱宇宙萬物的原始狀態。也指元氣。⓯養之以和　用中和來保養。和，中和。⓰和理　中和之道。⓱日濟　日益提高。⓲大順　自然。⓳蒸　薰染；滋養。⓴靈芝　菌類植物。世俗以為吉瑞之物。㉑潤　滋養。㉒醴泉　甘泉，味如甜酒。㉓晞　曬。㉔綏　安。㉕五弦　指琴。意為彈琴。㉖體妙心玄　內心體會玄妙之道的境界。體，體會。㉗忘歡而後樂足　不去追求歡樂，然後足有其樂。㉘遺生　遺忘生存。即不追求生存。㉙恕　同「庶」。幾乎。㉚羨門　傳說中的古仙人。㉛王喬　即王子喬。古仙人。《列仙傳》曰：「王子喬者，周靈王太子晉也，道人浮丘公接以上嵩高山。」㉜爭年　意同比壽。㉝其　指長壽者。

【語　譯】善於養生的人卻不是這樣，內心清虛安靜，私念私欲甚少。知道名聲地位會傷害人的本性，所以輕視它，不去追求，而非心裡想要卻又勉強加以克制。知道美味會有害本性，所以厭棄而不顧，而非貪戀之後又加以克制。沒有什麼身外之物能牽制心神，精神因純潔而獨自顯明，心胸開闊，沒有憂患，靜寂沒有思慮。

又能保守元氣，用中和來保養自己，使中和之道的涵養日益提高，最後歸於自然。然後用靈芝滋養，用甘泉潤澤，在朝陽下曝曬，彈奏弦琴，安然自樂，不去追求作為，舒暢適意，內心體會到玄妙之道的境界。遺忘歡樂而後能十足歡樂，遺忘生存而後能保全自身。假如能夠照此做下去，幾乎可與仙人羨門比長壽，與王子喬比高齡，怎麼說沒有長壽的人呢？

運命論

【作　者】李康（約西元一九六至二六四年），字蕭遠，中山（今河北唐縣、定縣一帶）人，生平不詳。據李善引《集林》說，為人品性孤高，不能順從時俗，曾作〈遊山九吟〉，為魏明帝所賞識，於是任以尋陽（治所在今湖北廣濟東北、黃梅西南）長。在任上，頗有治績，後病卒。

【題　解】本篇不知作於何時，從篇中有「何以守位曰仁，何以正人曰義」之語推測，極有可能是在尋陽任上作的。所謂「運」，是指朝代治亂興衰的天命定數。所謂「命」，是指人生遭遇或困厄或順達的命運。作者認為運與命都是不可用人力來轉移的。與「命」相關的，作者還提出遇「時」的問題，認為人之所以有貴賤，取決於是否遇「時」。而實際上，遇不遇「時」，也還是出於命定。作者的此種觀點，並沒有超脫世俗之見；然而值得注意的是，他在提出人應該「樂天知命」的同時，又強調保持德操的重要性。認為人在時運不濟、遭遇困厄之時，既不必逆天命而行，去設法遂志成名；也不能貪求名利而變節從俗，以落得可悲的結局。而在時運通達之時，則必須在其職位上，以仁義自守並待人處事，判明公私，分清善惡，更要善於權謀禍福，避辱就榮，如此便可以長保自身，並且澤及子孫。

李康的一生，經由漢末，三國鼎立，至曹魏實現統一的前夕。他親睹了國家的衰亂，朝代的更替，豪強的崛起爭雄。對於國家最終將歸屬於誰，即由誰完成統一而使國家轉入平治的局面的問題，無法找到答案，因而只能將它歸之於運。時局持續的大動亂，正是天下英雄用武逞才的好時機；而勢利之徒亦碌碌趨走鑽營，在此種情況下，人如何能以節操自勵，趨高而不逐下，這是擺在每個人面前的一個嚴肅問題。作者對此十分看重，不僅在文中作了明確的闡述，而且表現在他為人的不隨俗流與尋陽任的建樹上，可見他是一個能實踐自己主張的有志之士。另外，應該一提的是，作者雖然任職於魏，可是在文章中卻絲毫沒有表示魏承天命、理當稱帝之意。這與班彪之作〈王命論〉，論定劉姓是天命所歸，理該為王的，迥然不同。我們或許由此可以窺測作者對曹魏政權的某種不言之意。作者在文中所倡導的既要樂天知命，又要以節操自勵的精神，正是後世不少士人所奉行的人生準則。

夫治亂，運❶也；窮達❷，命❸也；貴賤❹，時❺也。故運之將隆❻，必生聖明之君。聖明之君，必有忠賢之臣。其所以相遇也，不求而自合❼；其所以相親也，不介❽而自親。唱之而必和❾，謀之而必從，道德玄同❿，曲折⓫合符⓬，得失不能疑其志⓭，讒構⓮不能離其交，然後得成功也。其所以得然⓯者，豈徒⓰人事哉？授之⓱者天也，告之⓲者神也，成之者⓳運也。

【章旨】總提治亂決定於運，出於天意；窮達決定於命；貴賤決定於時。並側重論述運將隆盛之時，必定會有聖明之君與忠賢之臣相遇合，以成功業。

【注釋】❶運　指朝代治亂興衰和更替的天命定數。❷窮達　人生遭遇的困厄和順達。❸命　即命運。❹貴賤　指地位的高貴和低下。❺時　指時機。❻隆　興盛。❼自合　自然相合。❽不介　不用介紹。❾和　隨聲伴唱。比喻君臣非常協調。❿玄同　同一；一致。⓫曲折　事情的原委。此指根據事情的原委去思考與處理事情。⓬合符　如符節之相合。這裡是非常合拍的意思。符節是古代朝廷傳達命令或徵調兵將用的憑證，用金或銅、竹、木製成，雙方各執一半，相合方可證信。⓭疑

其志　使君主信賴賢臣的心意有所動搖。⓮讒構　以讒言羅織罪名。⓯得然　能夠如此。指產生聖明之君與忠賢之臣，君臣遇合以成就事業。⓰豈徒　豈只。⓱授之　指授與隆盛之運。⓲告之　指告示運之將隆。⓳成之者　成就功業的決定因素。

【語　譯】國家的治亂，取決於運；人生遭遇的困厄或順達，取決於命；地位的高貴或低下，取決於是否遇時。因此運將要隆盛，必定會產生聖明之君。有了聖明之君，必定會有忠賢之臣。聖明之君和忠賢之臣相遇，是不必訪求而自然遇合的；他們親密相處，是不必介紹而自然親密的。一方吟唱，一方必相應和；一方謀劃，一方必定聽從。雙方的道德完全一致，考慮和處理事情都非常合拍。事情的得失不會動搖君主信賴賢臣的心思，別人對於賢臣羅織罪名的讒言不能離間君主對賢臣的情誼，然後事業得以成功。事情之所以會如此，難道只是人世之事嗎？授與隆盛之運的是天，告示運之將隆的是神，決定事業成功的是運。

夫黃河清而聖人生❶，里社鳴而聖人出❷，群龍見❸而聖人用❹。故伊尹，有莘氏之媵臣也，而阿衡於商❺。太公，渭濱之賤老也，而尚父於周❻。百里奚在虞而虞亡，在秦而秦霸❼，非不才於虞而才於秦也。張良受黃石之符，誦《三略》之說❽，以遊於群雄❾。其言也，如以水投石❿，莫之受⓫也；及其遭漢祖，其言也，如以石投水，莫之逆也⓬。非張良之拙說於陳、項⓭，而巧言於沛公也。然則張良之言一也，不識⓮其所以合離⓯？合離之由，神明之道⓰也。故彼四賢⓱者，名載於籙圖⓲，事應乎天人⓳，其⓴可格之賢愚㉑哉？孔子曰：「清明在躬，氣志如神。嗜慾將至，有開必先。天降時雨，山川出雲。」㉒《詩》云：「惟嶽降神，生甫及申。惟申及甫，惟周之翰。」㉓運命之謂也。豈惟興主㉔，亂亡者亦如之㉕焉。幽王之惑褒女也，祅始於夏庭㉖。曹伯陽之獲公孫強也，徵發於社宮㉗。叔孫豹之暱豎牛也，禍成於庚宗㉘。吉凶成敗，各以數至，咸皆不求而自合，不介而自親矣。

【章旨】論述聖明之君會遇合忠賢之臣，昏亂之君會遇合奸邪之人，造成吉凶成敗兩種結果，都是出於天意。

【注釋】❶黃河清而聖人生　《周易·乾鑿度》曰：「聖人受命，瑞應先見於河。」俗說黃河之水千年一清，是太平之兆。❷里社鳴而聖人出　《春秋·潛潭巴》說：「里社明（通『鳴』），此里有聖人出。」里社，民間祭祀土地神所立之社。里社鳴，是指土地神鳴呼。❸群龍見　群龍出現於天空。《周易·乾卦》：「見群龍無首，吉。」高亨《周易古經今注》：「群龍在天，首為雲蔽，而僅見其身尾足也。此群龍騰升之象。」❹用　被任用。❺伊尹三句　傳說伊尹是湯妻的陪嫁奴隸。伊尹，名摯，商湯時大臣，助湯滅夏建國。有莘氏，指有莘國。其地在今山東曹縣西北。成湯娶有莘氏之女為妻。媵臣，陪嫁奴隸。阿衡，商代官名。相當於宰相。❻太公三句　傳說太公垂釣於渭水之濱，為周文王所遇，說：「吾太公望子久矣！」因而號為太公望，立為師。後輔佐武王滅商，建立周王朝。太公，姜姓，呂氏，名尚。尚父，周武王對呂尚的尊稱。意思是可尊尚的父輩。❼百里奚在虞而虞亡二句　百里奚，原為虞國大夫。晉獻公滅虞後被俘，作為秦穆公夫人的陪嫁奴隸入秦。奚從秦逃亡，至宛，被楚人所執。秦穆公聽說他是賢人，便用五張黑公羊的皮把他贖出。後來，他與蹇叔、由余等大臣共同輔助穆公建成霸業。❽張良受黃石之符二句　張良少時曾在下邳（今江蘇下邳南）橋上遇一老父，老父授與一書，告張良：「讀此，則為王者師矣。十三年，孺子見我濟北（濟水之北），穀城山（今山東省阿東北）下黃石即我矣。」此書即《太公兵法》。此老父即稱作黃石公。《三略》，古兵書名。舊題漢黃石公撰，已失傳。清姚際恆《古今偽書考》認為此書出於偽託。張良，（西元前？至前一八九年）字子房，秦末韓人。韓被秦滅後，從劉邦，為謀士，佐漢滅秦、楚，建立漢朝，封為留侯。受黃石之符，指黃石公授與張良《太公兵法》事。❾群雄　指各地諸侯。❿以水投石　水投石，不能進入石中。喻所言不被人們聽取。⓫莫之受　沒有人接受他說的話。⓬及其遭漢祖四句　《史記・卷三七・留侯世家》：「良數以《太公兵法》說沛公，沛公善之，常用其策。良為他人言，皆不省。」遭，遇。漢祖，即劉邦。劉邦西元前二〇二年即皇帝位，為漢高祖。以石投水，石投水，必入於水。喻所言皆聽。莫之逆，沒有表示反對的。⓭拙說於陳項　據史傳，張良並無說陳涉、項羽之事。張良曾說項梁立韓成為韓王。項梁使張良求韓成，立為韓王。拙說，不善於說。陳，陳涉（西元前？至前二〇八年）。名勝，陽城人，秦末農民起義的領袖。項，指項羽（西元前二三二至前二〇二年）。名籍，下相人。隨其叔項梁在吳中起兵響應陳涉起義，是消滅秦軍推翻秦王朝的主力。後在楚漢爭戰中被劉邦所滅。⓮不識　不知。⓯合離　指聽從與違棄。⓰道　指作用。⓱四賢　指伊尹、呂尚、百里奚、張良。⓲籙圖　指史籍。⓳事應乎天人　指他們的行事，上應天意，下順人心。⓴其　猶「豈」。㉑格之賢愚　謂四賢先時不能得用是由於愚，後時得用是由於賢，如此去思量。格，量度。㉒孔子曰七句　引語出自《禮記・孔子閒居》。孔子，名丘，字仲尼（西元前五五一至前四七九年）。春秋末魯人，是儒家學派的創始人。清明，指將王天下之人，神志清靜明朗。躬，身。氣志，氣質與志向。如神，喻高超。嗜慾，喻稱王天下的欲望。將至，將實現。有開，指有神為他開啟成功之路。必先，必定預先為他降生賢智的輔佐人才。時雨，及時之雨。喻聖明之君。雲，喻賢智的輔佐人才。雲出而雨降，喻輔佐者出，聖明之君便功成。㉓詩云五句　見《詩經・大雅・崧高》。《詩》，即《詩經》。是我國自西周初年至春秋中葉的一部詩歌總集。惟嶽降神，嵩山有神下降。嶽，指中嶽嵩（同「崧」）山。在今河南登封。甫，仲山甫。周宣王時為卿士，封為樊侯。申，申伯。周宣王之母舅，為卿士，封為申國之伯。周，周王朝。翰，柱子。㉔興主　興起的君主。㉕如之　如此。指君臣遇合以致亂亡，也出於運命。㉖幽王之惑褒女也二句　據《史記・卷四・周本紀》記載：在夏朝衰弱的時候，曾有兩條神龍停在朝廷之上，牠們並且說：「我們是褒國的兩個君主。」夏帝為此進行占卜。占卜的結果是：若把兩條神龍殺死，或者趕走，或者留下，都不吉利；只有請留下牠們的唾液保藏起來，則是吉利的。於是將此意告訴兩條神龍。兩條神龍果然留下了唾液之後飛走了。夏帝把唾液盛放在一隻木盒之中。這木盒一直保留到周朝，沒有人敢打開。到了周厲王末年，他把木盒打開來觀看，木盒中的唾液就流到朝廷之上，並且無法掃除。厲王就讓婦人赤著身子大聲呼喊，結果唾液變成一條黑黿進入了後宮。後宮一個七歲的童妾剛好被牠碰到。這個童妾長到十五歲，未有丈夫而有了身孕，並且生下一個女嬰。她由於恐懼的緣故，把女嬰丟棄了。到了周宣王的時候，有一對有罪的夫婦在逃亡途中，遇見了這個被遺棄而在傷心啼哭的女孩，出於憐憫之心，他們帶著她一起逃到了褒國。此後，因褒人有罪，向周王室請求進此女以贖罪。此女即是褒姒。

周幽王三年時，幽王在後宮見到褒姒，很是喜愛，因而得到寵幸。幽王，周幽王。名宮涅，是西周暴虐無道的國王。褒女，即褒姒。褒國人，姒姓，褒國所進，為幽王所寵幸。幽王為此而廢申侯和太子宜臼，致使申侯率軍討伐，殺幽王於驪山之下，西周滅亡。祅，通作「妖」。夏庭，指夏朝的朝廷。㉗曹伯陽之獲公孫強也二句　據《左傳・哀公七年》記載：有一個曹國人，曾經做過一個夢，夢見眾多君子站在社宮，計謀滅亡曹國。當時曹國的開國君主曹叔振鐸請等待公孫強，眾君子答應了這一要求。天亮之後，這個曹國人在曹國尋找公孫強，並未找到。於是他告戒兒子說：「我死之後，你聽到公孫強執政，一定要離開曹國。」到了曹伯陽即位，喜好射獵。郊野有個叫公孫強的人也喜好射鳥，他射獲了一隻白雁獻給曹伯陽，並且向曹伯陽說了一番射獵之事，使曹伯陽聽了很高興。曹伯陽於是問及政事，公孫強的見解使他十分欣喜，因而得到寵信，授予他司城之職而讓他處理政務。做夢的那個人的兒子於是離開了曹國。公孫強向曹伯陽說爭霸之事，曹伯陽聽從其說，於是背離晉國，又觸犯了宋國，引起宋國的討伐，晉國也不加救援，終於造成曹伯陽被殺而曹國滅亡的結局。曹伯陽，春秋時曹國君主。西元前五〇一至前四八七年在位。公孫強，曹人。西元前四八八年見寵於曹伯陽，為執政大夫。此年，宋伐曹。下年，俘曹伯陽及公孫強，至宋而處死之。徵，徵兆。發，顯示。社宮，猶社稷。古時帝王、諸侯祭土神之處所。㉘叔孫豹之暱豎牛也二句　據《左傳・昭公四年》記載：當初叔孫豹離開魯國前往齊國時，曾在庚宗一婦人處住宿，後來這婦人生下一子。叔孫豹在齊國時曾做過一個夢，夢見天壓著自己，不能勝。回頭看見一個黑而屈背，眼睛凹陷，嘴巴像豬嘴巴的人，於是向他叫喊：「牛幫助我！」這樣才取勝。叔孫豹返歸魯國後，庚宗之婦人帶著兒子見叔孫豹。叔孫豹見這兒子的模樣正像自己夢中見到的那個幫助自己取勝的人，於是號為牛，使為豎官，得到寵愛。以後，又使他管理政務。一次，叔孫豹出獵於邱蕕，得了疾病。豎牛欲乘機作亂，並據有叔孫豹之家室。他殺死了異母之弟孟丙，另一弟仲王則被逐於齊。他又使叔孫豹飢不得食，渴不得飲。臣下想送食物給叔孫豹，他加以攔阻，說：「夫子病重，不想見人。」並將食物暗中倒掉，交還空的食器。叔孫豹於是被餓死。叔孫豹，春秋時魯國大夫。暱，親暱。豎牛，叔孫豹的私生子。牛為其號，豎為官職名，是宮中小官。庚宗，魯國地名。在今山東泗水東。

【語　譯】黃河的水變清時，聖人就誕生了；里社的土地神鳴呼時，聖人也就出生了；群龍出現在天空時，聖人就會被任用。所以，伊尹本是有莘國成湯妻子的陪嫁奴隸，卻做了商朝的宰相。太公本是渭水之濱一個低賤的老人，卻在周朝被尊為尚父。百里奚在虞國，虞國被滅亡了，他在秦國，卻使得秦國完成霸業，這不是他在虞國沒有才能而在秦國有了才能的緣故。張良接受黃石公《太公兵法》之書，誦讀《三略》之論，而遊說各地諸侯。他的話，好比將水投到石頭之上一樣，沒有人接受；到了他遇到漢高祖，他的話，好比是將石頭投入水中，沒有不被接受的。這不是張良在陳涉、項羽面前不善言說，而在沛公面前善於言說的緣故。這樣說來，張良的話是同樣的，可是有人聽從，有人卻違棄，不知道這是什麼緣故？其實，聽從或者違棄，其中的緣故，是神的作用。所以，那四位賢者，名字記載在史籍，他們的行事上應天意、下順人心，豈能從先愚後賢去衡量？孔子說：「自身神志清靜明朗，氣質與志向高超如神。當他統一天下的欲望將要實現之時，必定有神會預先為他降生賢智的輔佐人才，開啟成功之路。這好像天將下及時之雨，事先山河會湧出烏雲一樣。」《詩經》說：「嵩山有神下降，誕生了仲山甫和申伯。仲山甫和申伯，是周王朝的臺柱。」這說的就是運命。哪裡光是興起的君主是這樣，亂亡的君主也是如此。周幽王被褒姒所迷惑，妖孽從夏朝朝廷出現神龍時開始。曹伯陽得到公孫強，亡國的徵兆在曹人夢見眾多君子在社宮計謀，而曹叔振鐸請求等待的情節中已得到顯示。叔孫豹親暱豎牛，亂亡之禍形成於夜宿庚宗之時。吉凶成敗，各有其天命定數所致，其中的君臣遇合，全都是不必訪求而自然遇合，不必介紹而自然親密的。

昔者，聖人受命《河》、《洛》❶，曰：以文命者❷，七、九而衰❸；以武興者❹，六、八❺而謀❻。及成王定鼎於郟鄏❼，卜❽世三十❾，卜年七百❿，天所命⓫也。故自幽、厲之間⓬，周道⓭大壞；二霸⓮之後，禮樂陵遲⓯。文薄⓰之弊，漸於靈⓱、景⓲；辯詐之偽⓳，成於七國⓴；酷烈之極，積㉑於亡秦㉒；文章之貴，棄於漢祖㉓。雖仲尼至聖㉔，顏㉕、冉㉖大賢，揖讓㉗於規矩之內㉘，誾誾㉙於洙、泗㉚之上，不能遏其端㉛。孟軻㉜、孫卿㉝體二希聖㉞，從容㉟正道，不能維㊱其末㊲。天下卒至于溺而不可援㊳。

【章　旨】論述朝代的治亂興衰都出於天命，即使至聖大賢，對此也是無能為力。

【注　釋】❶聖人受命河洛　傳說伏羲氏時，有龍馬從黃河出現，背著《河圖》。有神龜從洛水出現，背著《洛書》。伏羲根據這種「圖」、「書」，畫成八卦，演變而成後來的《周易》。據《周易・繫辭上》記載：「黃河出現圖，洛水出現書，聖人取法於它們。」一說：禹治洪水時，上帝賜給他《洪範九疇》（《尚書・洪範》），此即《洛書》。聖人，指伏羲。受命，受天之命。河、洛，《河圖》、《洛書》。❷以文命者　以文治之德而接受天命為君王的。文，文德。❸七九而衰　經歷七世或者九世而衰弱。七、九，指七世、九世。❹以武興者　以武功興起而接受天命為君王的。❺六八　指六世或八世。❻謀　被謀。指被人圖謀推翻。❼成王定鼎於郟鄏　成王，周成王。姬姓，名誦，武王子，武王死，即位為王。定，安置。鼎，九鼎。傳說夏禹時所鑄，歷商至周，作為傳國重器，是國家政權的象徵。郟鄏，地名。即周之雒邑，是成王時所營建，故城在今河南洛陽。❽卜　指占卜所顯示。❾世三十　周朝經歷三十世代。❿年七百　周朝經歷七百年。⓫天所命　天命之定數。⓬自幽厲之間　史家習慣上說「幽厲」，實際上則厲王在前，幽王處末，他們是西周殘暴無道的君主的代表。幽，周幽王。厲，周厲王。姬姓，名胡。西周君主，由於實行暴虐統治，國人起義反抗，他逃奔於彘而亡。⓭周道　指周的治道。⓮二霸　指春秋時稱霸諸侯的齊桓公和晉文公。齊桓公，姜姓，名小白，西元前六八五至前六四三年在位。晉文公，姬姓，名重耳，西元前六三六至前六二八年在位。⓯陵遲　衰敗。⓰文薄　文德之澆薄。⓱靈　周靈王。姬姓，名泄，春秋時周朝君主，西元前五七一至前五四五年在位。⓲景　周景王。姬姓，名貴，靈王子，西元前五四四至前五二〇年在位。⓳辯詐之偽　指巧辯欺騙之習氣。⓴七國　指戰國時期。此時齊、楚、燕、趙、韓、魏、秦七國爭雄。㉑積　集中。㉒亡秦　被滅亡之秦國。㉓文章之貴二句　《史記・卷七九・陸賈列傳》記載：太中大夫陸賈時常在高祖面前稱說《詩經》、《尚書》，高祖就罵他，說：「我騎在馬上奪得天下，有何必要聽你稱說《詩經》、《尚書》？」可見他對文章典籍的輕視和遺棄的態度。棄於漢祖，被漢高祖所鄙棄。㉔至聖　品行才學最卓絕的聖人。我國古時對孔子的尊稱。㉕顏　顏回（西元前五二一至前四九〇年）。字子淵。春秋時魯人，孔子弟子。好學且樂道安貧，在孔門弟子中以德行著稱，孔子稱讚其賢。㉖冉 冉求。字子有，春秋魯人，孔子弟子。善理政事，品性謙遜。㉗揖讓 拱手辭讓。是古時賓主相見的禮節。此喻舉止彬彬有禮。㉘規矩之內 指符合規定的禮儀要求。㉙誾誾 和顏悅色貌。㉚洙泗 洙水、泗水。古時二水，自今山東泗水北合流西下，至曲阜北，又分為二水，洙水在北，泗水在南。春秋時為魯地。孔子居於洙泗之間，教授弟子。㉛端 指周朝衰敗的開端。㉜孟軻 即孟子（西元前三七二至前二八九年）。名軻，字子輿，戰國時鄒人。他受業於子思之弟子，曾遊說齊、梁等諸侯，未為所用，於是與其弟子著書立說，即《孟子》。孟子承繼孔子學說，提出仁政的主張，倡性善說，在儒家中他的地位僅次於孔子。㉝孫卿 即荀子（約西元前三一三至前二三八年）。名況，戰國趙人。為當時學者所尊，稱為荀卿。漢時因避宣帝諱（名詢），改稱孫卿。年五十始遊學於齊，三為稷下祭酒，因遭讒而離開齊國去到楚國，春申君以為蘭陵令。著書數萬言，今傳有《荀子》。其學說以孔子為宗，對前期儒學有所批判革新。主人性皆惡，須以禮義矯正。㉞體二希聖 取法於顏回、冉求二位賢人，希望自己達到聖人孔子的修養境界。㉟從容 安樂舒緩貌。㊱維 繫住。㊲末 指衰敗。㊳天下卒至于溺而不可援 天下百姓陷溺於亂世，雖有孔子、顏回、冉求、孟子、荀子等聖賢，也終究無法救助他們。溺，落水；被淹沒。比喻人陷於亂世。

【語　譯】從前，聖人由《河圖》、《洛書》接受天命，說：以文德受天命為君王的，經歷七世或者九世而衰弱；以武功興起受天命為君王的，經歷六世或者八世就會被人圖謀推翻。到了周成王將九鼎安置於雒邑，進行占卜，卜象顯示：周朝可經歷三十世，時間為七百年。這就是天命的定數。因此從周厲王到周幽王這期間，周朝的治道大壞；到了齊桓、晉文之後，禮樂衰敗；文德澆薄的弊害，在周靈王、周景王時漸次產生；欺詐巧辯的習氣，形成於戰國七國爭雄之時；極端的殘暴，集中表現於被滅亡的秦朝的統治上；珍貴的文章典籍，被漢高祖所鄙棄。雖然是孔子這樣品行才學最卓絕的聖人，顏回、冉求這樣的大賢人，行為舉止彬彬有禮，符合禮儀的規範，心情和樂地在洙水和泗水之間講道論學，對於周朝開始衰敗的趨勢也不能阻止；孟子、荀子取法於顏回、冉求二位大賢，希望自己的修養達到聖人孔子的境界，安樂於正道，但對於周朝衰敗已到了終極的趨勢也不能力挽狂瀾；對天下百姓陷溺於亂世的情況，也終究無法救助。

夫以仲尼之才也，而器不周於魯、衛[1]；以仲尼之辯也，而言不行於定、哀[2]；以仲尼之謙也，而見忌於子西[3]；以仲尼之仁也，而取讎於桓魋[4]；以仲尼之智也，而屈厄於陳、蔡[5]；以仲尼之行也，而招毀於叔孫[6]。夫道[7]足以濟[8]天下，而不得貴於人[9]；言足以經[10]萬世，而不見信於時[11]；行足以應神明[12]，而不能彌綸於俗[13]；應聘七十國，而不一獲其主[14]；驅驟[15]於蠻夏[16]之域，屈辱於公卿之門：其不遇也如此。及其孫子思[17]，希聖備體[18]，而未之至[19]，封己[20]養高[21]，勢動人主[22]。其所遊歷諸侯，莫不結駟[23]而造[24]門；雖造門猶有不得賓[25]者焉。其徒[26]子夏[27]，升堂而未入於室[28]者也。退老[29]於家，魏文侯[30]師之，西河之人肅然[31]歸德[32]，比之於夫子[33]而莫敢問[34]其言。故曰：治亂，運也；窮達，命也；貴賤，時也。而後之君子，區區[35]於一主，歎息於一朝[36]。屈原以之沈湘[37]，賈誼以之發憤[38]，不亦過乎？

【章　旨】列舉以孔子之才德而遭遇困厄，受人輕賤，以才德不及孔子的孔子之孫子思與孔子之徒子夏，卻各有所遇，受人尊重的事例，闡明命運與時機對人所起的決定性作用。

【注　釋】❶以仲尼之才也二句　據《史記・卷二九・孔子世家》所載，孔子在魯定公十四年由大司寇攝相事，當時執政大夫季桓子接受齊國贈送的女子歌舞隊，觀賞三日而不處理政務，孔子就離開魯國，到了衛國。衛靈公接待了孔子，給了俸祿，後因有人在衛靈公面前說孔子的壞話，孔子怕得罪，就又離開了衛國。器，才能。不周，不合；不能恰當發揮。魯，周分封的諸侯國。地域在今山東省西南部。衛，周分封的諸侯國。地域在今河南省黃河以北地區。❷以仲尼之辯也二句　辯，指善於辨事析理。定，魯定公。春秋魯國君主，西元前五〇九至前四九五年在位。定公時，孔子先後任中都宰、司空、大司寇等職。哀，魯哀公。定公子，繼定公為魯國君主，西元前四九四至前四六八年在位。孔子於哀公十三年返回魯國。❸以仲尼之謙也二句　據《史記・卷二九・孔子世家》記述：孔子至楚，楚昭王將以書社地七百里封孔子。子西說：「君王出使諸侯的使者有像子貢這樣的人嗎？君王的將帥有像子路這樣的人嗎？君王的官吏有像宰予（子貢、子路、宰予都是孔子弟子）這樣的人嗎？」昭王說：「沒有。」子西說：「周文王在豐，周武王在鎬，是百里之君，後來終於稱王天下。假如使孔子據有封地，又有賢弟子作輔佐，這對於楚國並不是福。」昭王於是中止給孔子封地的考慮。見忌，被忌恨。子西，即公子申。為春秋時楚昭王之兄，任令尹。❹以仲尼之仁也二句　據《史記・卷二九・孔子世家》：孔子至宋，與弟子在大樹下練習禮儀。宋司馬桓魋欲殺孔子，把樹也拔起了。孔子弟子說：「可以快點走了。」孔子說：「我的品德是出於天賦，桓魋能把我怎麼樣？」讎，同「仇」。桓魋，春秋時宋國司馬。❺以仲尼之智也二句　據《史記・卷二九・孔子世家》載：楚聞孔子在陳、蔡之間，即派人往聘。陳、蔡大夫商議說：「孔子是賢人，若任用於楚國，我們陳、蔡就危險了。」於是派人包圍孔子，使孔子不能前行，以至於斷糧，跟隨的人病得都爬不起來。屈厄，被困。陳，周分封的諸侯國。地域在今河南省東部和安徽省一部分。蔡，周分封的諸侯國。地域在今河南省東南部、安徽省東北部一帶。❻以仲尼之行也二句　據《論語・子張》記述，叔孫武叔毀謗孔子，孔子弟子子貢勸他不要這樣；並說孔子如同日月，毀謗孔子，無損於孔子。行，品行。叔孫，叔孫武叔。名州仇，春秋時魯國大夫。❼道　指孔子的主張。❽濟　救助。❾貴於人　被人尊重。❿經　治。⓫不見信於時　不被當時之人所信任。⓬應神明　和神的意願相應合。⓭彌綸於俗　統攝世俗。彌綸，統攝；包羅。⓮應聘七十國二句　指孔子離開魯國在外十四年中，受聘於七十個諸侯國，卻沒有得到一個諸侯國君的任用。據《史記・卷一四・十二諸侯年表》說：「孔子闡明王道，求見七十多國君，沒有人任用他。」⓯驅驟　奔馳。⓰蠻夏　古時稱我國中原地區為夏，其餘地區貶稱為夷蠻，如楚即是。⓱子思　（西元前四八三？至前四〇二年）名伋，字子思。曾為魯繆公師，著有《子思》二十三篇，唐後佚，後人有輯佚。⓲備體　即「備聖人之一體」（語出《孟子・公孫丑上》）。指部分達到聖人的修養境界。一體，一肢。喻一部分。⓳未之至　總體上未達到聖人修養的最高境界。⓴封己　充實、豐厚自己的修養。封，厚。㉑養高　保養高尚的志向。㉒勢動人主　威望震動君主。㉓結駟　四匹馬並駕一車。㉔造　至。㉕不得賓　不能處於賓客之位。㉖其徒　他（孔子）的弟子。

㉗子夏 （西元前五〇七至前四〇〇年）卜商，字子夏。春秋衛人。長於文學，相傳曾講學於西河（魏地，在今陝西東部黃河以西地區），為魏文侯師。㉘升堂而未入於室 孔子曾說：「子路已登上堂了，還沒有進入室。」比喻學習已經取得一定成就，但是還須進一步提高。升堂，登堂。入於室，進入室。古人房屋，朝南之前面為堂，堂後東面為房，西面為室，堂前有臺階，可登而至堂。㉙退老 因年老而返歸。㉚魏文侯 戰國時魏國君主，西元前四四六至前三九七年在位。以子夏、段干木、田子方等為師友，對賢人以禮相待，使四方賢士爭往歸附。國家上下和合，為諸侯所稱道。㉛肅然 尊敬貌。㉜歸德 因敬仰一個人的品德而歸附。㉝夫子 指孔子。㉞間 批評。㉟區區 愛慕；思念。㊱一朝 一個朝代。指一個君主的統治時期。㊲屈原以之沈湘 屈原，（約西元前三四〇至前二七八年）名平，字原。戰國楚人。楚懷王時任左徒、三閭大夫。他主張革新政治，聯齊抗秦。因遭誣陷，被流放。後看到政治腐敗，國土被削，無力挽救，投汨羅江而死。作品有〈離騷〉、〈九歌〉、〈天問〉、〈九章〉等。湘，湘水。在今湖北省境內。汨羅江是湘水支流，所以說沈於湘水。㊳賈誼以之發憤 賈誼，（西元前二〇〇至前一六八年）漢初洛陽人。文帝時召為博士，後為太中大夫。深得文帝器重，欲任為公卿之位。因遭到一些大臣讒毀，出為長沙王太傅。渡湘水時，作賦以弔屈原，抒發失意的憂憤。後轉任梁懷王太傅。梁懷王墮馬而死，他不久也抑鬱而死。作品已散佚，後人輯有《賈長沙集》。另傳有《新書》十卷。發憤，指出為長沙王太傅，作賦弔屈原，抒發憂憤之情。

【語　譯】以孔子的才能，卻不能在魯國、衛國得到發揮；以孔子的口才，說的話卻不被魯定公、魯哀公採用；以孔子的謙遜，卻被子西所猜忌；以孔子的仁愛，卻遭桓魋所仇恨；以孔子的智慧，卻被困於陳、蔡；以孔子的品行，卻招來叔孫武叔的毀謗。孔子的主張可以救助天下的人，而他卻不被人所尊重；他說的話可以治理千秋萬代之世，而他卻不被當時的人所信奉；他的行為和神的意願相應合，卻不能統攝世俗；他曾受聘於七十個諸侯國，而卻不能得到一個諸侯國君的任用；他在中原地區和蠻夷之地到處奔馳，並在公卿之門蒙受屈辱：孔子不遇時機的情形竟是像這個樣子。到了他的孫子子思，希望達到聖人的修養境界，也部分地達到了，總體上卻還沒有達到，正不斷地在充實自己，保養高尚的志向，他的威望震動了君主。他所遊歷的國家，諸侯無不駕車來到他門下；有的人雖然來到了門下，還不能處於賓客之位。孔子的弟子子夏，雖然學有所成，但是還須進一步地提高境界。他因年老返回家中，魏文侯把他尊為老師，西河地區的人對他肅然起敬，因仰慕他的品德而歸附於他，把他比作孔子而沒有人敢批評他所說的話。所以說：國家的治亂，取決於運；人生遭遇的困厄或順達，取決於命；地位的高貴或低下，取決於是否遇時。然而後來的君子，只局限於對某一君主表示愛慕與思念，因不遇當朝君主而歎息。由此看來屈原因此而自沈湘水，賈誼因此而抒發憂憤之情，不是大錯特錯了嗎？

然則聖人所以為聖者，蓋在乎樂天知命❶矣。故遇之❷而不怨❸，居之❹而不疑❺也。其身可抑❻，而道不可屈❼；其位可排❽，而名❾不可奪❿。譬如水也，通之斯為川焉，塞之斯為淵⓫焉，升之於雲⓬則雨施⓭，沈⓮之於地則土潤⓯。體清⓰以洗物，不亂於濁⓱；受濁⓲以濟物⓳，不傷於清⓴。是以聖人處窮達如一也。夫忠直之迕㉑於主，獨立㉒之負㉓於俗，理勢然也㉔。故木秀於林㉕，風必摧㉖之；堆出於岸㉗，流㉘必湍㉙之；行高於人，眾必非之。前監㉚不遠，覆車繼軌㉛。然而志士仁人猶蹈之㉜而弗悔，操之㉝而弗失，何哉？將以遂志而成名也。求遂其志㉞，而冒風波於險塗㉟；求成其名，而歷㊱謗議於當時。彼所以處之，蓋有筭㊲矣。子夏曰：「死生有命，富貴在天㊳。」故道之將行也，命之將貴也，則伊尹、呂尚之興於商、周，百里、子房之用於秦、漢，不求而自得，不徼㊴而自遇矣。道之將廢也，命之將賤也，豈獨君子恥之而弗為乎？蓋亦知為之而弗得矣。凡希世㊵

苟合[41]之士，蘧蒢[42]戚施[43]之人，俛仰尊貴之顏[44]，逶迤[45]勢利之間[46]，意無是非[47]，讚之如流[48]；言無可否[49]，應之如響[50]。以闚看為精神[51]，以向背[52]為變通[53]。勢之所集[54]，從之如歸市[55]；勢之所去[56]，棄之如脫遺[57]。其言[58]曰：名與身孰親也？得與失孰賢也？榮與辱孰珍也[59]？故遂[60]絜[61]其衣服，矜[62]其車徒[63]，冒[64]其貨賄[65]，淫其聲色，脈脈[66]然自以為得矣。蓋見龍逢[67]、比干[68]之亡其身，而不惟飛廉[69]、惡來[70]之滅其族也。蓋知伍子胥之屬鏤於吳[71]，而不戒費無忌之誅夷於楚[72]也。蓋譏汲黯之白首於主爵[73]，而不懲[74]張湯牛車之禍[75]也。蓋笑蕭望之跋躓[76]於前，而不懼石顯之絞縊[77]於後也。

【章　旨】指出人應該樂天知命，要窮達如一地保持這種態度。在時運不濟、遭遇困厄之時，既不必逆天命而行，去設法遂志成名；也不能貪求名利而變節從俗，因而落得可悲的下場。

【注　釋】[1]樂天知命　知道天命而樂意順從。[2]遇之　指遭遇困厄。[3]不怨　指對於天命不怨恨。[4]居之　指處於重任。[5]不疑　對於天命不懷疑。[6]可抑　可以受到制約。[7]道不可屈　他的主張不能有所虧損。[8]排　撤免。[9]名　指仁義之名望。[10]不可奪　不可用強制手段去毀壞。[11]淵　深潭。[12]雲　指雲天。[13]雨施　雨水散布。[14]沈　落。[15]潤　浸潤。[16]體清　指水本身潔淨。[17]不亂於濁　不被濁物所汙。[18]受濁　指水容受汙濁。[19]濟物　有益於濁物。[20]不傷於清　不傷害水本身的潔淨。[21]迕　觸犯。[22]獨立　以獨特的高尚志節立於世。[23]負　違背。[24]理勢然也　事情的趨勢必然如此。[25]木秀於林　此樹高出於林中的其他樹木。秀，高出。[26]摧　摧折。[27]堆出於岸　土堆突出於河岸之外。堆，土堆。[28]流　水流。[29]湍　衝擊。[30]前監　先前的覆車之鑒。監，通「鑒」。[31]覆車繼軌　後人有繼續在此軌跡上覆車的。[32]蹈之　行之。[33]操之　保持志節。㉞遂其志　實現他的志向。㉟險塗　即險途。險惡的路途。㊱歷　逢。㊲有筭　有自己的打算。筭，同「算」。計謀。㊳死生有命二句　見《論語・顏淵》。富貴在天，富貴由天安排。㊴不徼　不招致。㊵希世　望得世俗稱譽。㊶苟合　隨便附合。㊷蘧蒢　諂媚。㊸戚施　指諂諛獻媚。㊹俛仰尊貴之顏　觀察尊貴者之臉色而獻媚奉承。俛仰，伏俯和仰頭。此喻奉承獻媚的姿態。俛，同「俯」。顏，臉色。㊺逶迆　曲折婉轉貌。㊻勢利之間　居勢得利的人物中間。㊼意無是非　對尊貴者、居勢得利者之心意不分是非。㊽如流　如同流水。喻其迅捷。㊾言無可否　對尊貴者、居勢得利者之言不論可否。㊿應之如響　應答如同回聲一樣。(51)以闚看為精神　用窺察尊貴者、居勢得利者之心意所在作為機警。闚看，窺察。闚，通「窺」。精神，精明；機警。(52)向背　指尊貴者、居勢得利者的所向與所背。(53)變通　隨機應變而求得通達。(54)勢之所集　權勢所集中的人。(55)歸市　擁向市集。(56)勢之所去　失去權勢的人。(57)棄之如脫遺　拋棄他如同脫下破鞋把它拋棄掉。《孟子・盡心上》說：「舜把拋棄天下，看得如同拋棄破鞋子一樣。」(58)其言　指上述「希世苟合」、「蘧蒢戚施」這種人的說法。(59)名與身孰親也三句　指身當然比名切近，得當然比失優越，榮當然比辱珍貴。孰，哪一樣。親，切近。賢，優越。珍，珍貴。(60)遂　於是。(61)絜　修飾。(62)矜　文飾；美化。(63)車徒　車馬與徒從。(64)冒　貪。(65)貨賄　財物。(66)脈脈　驕詐貌。(67)龍逢　即關龍逢。傳說是夏朝賢臣，夏桀無道，為酒池糟丘，關龍逢極力勸諫，被桀所殺。(68)比干　商紂王叔伯父（一說為紂之庶兄）。傳說紂淫亂荒政，比干犯顏強諫，被紂剖心而死。(69)飛廉　傳說是商紂王之諛臣。(70)惡來　傳說是飛廉之子。有力，好讒。(71)伍子胥之屬鏤於吳　伍子胥，（西元前？～前四八四年）春秋楚人，名員。因楚平王殺其父伍奢、兄伍尚，出奔至吳。後與孫武共同輔佐吳王闔閭伐楚，大敗楚人。吳王夫差時，吳打敗越國，越國請和，子胥認為不可。夫差聽信伯嚭之言，答應越和而賜子胥屬鏤之劍，迫他自殺。屬鏤，劍名。這裡作動詞用。謂被賜屬鏤劍自殺。(72)費無忌之誅夷於楚　費無忌，春秋楚大夫。好以讒言害人。因進讒，使蔡大夫朝吳被蔡人所逐；使太子建出奔於宋；使太子太傅伍奢與大夫郤宛先後被殺；使蔡侯朱出奔於楚。誅夷，滅族。郤宛被殺後，沈尹戌向令尹子常言費無忌以讒言害人，子常殺無忌，滅其族。(73)汲黯之白首於主爵　汲黯，（西元前？～前一一二年）漢濮陽人，字長孺。武帝時為東海郡太守，後召為主爵都尉，列於九卿。對武帝敢於犯顏直諫。後出任淮陽太守，七年而卒。白首，年老。主爵，即主爵都尉。掌管列侯封爵。(74)不懲　不戒備。(75)張湯牛車之禍　張湯，（西元前？～前一一五年）漢杜陵人，武帝時為太中大夫、廷尉、御史大夫。治獄以嚴峻著稱。曾建議造白金及五銖錢，國家專賣鹽鐵，限制富商利益，摧抑豪富。後為朱買臣等所陷，自殺。牛車，用牛拉的車。以示儉樸。張湯死後，諸子欲厚葬，湯母說：「湯為天子大臣，蒙受惡言而死，為什麼要厚葬呢？」於是用牛車載棺材，並且棺材外面也無套棺。(76)蕭

望之跋躓　蕭望之，（西元前一〇六至前四一年）漢東海蘭陵人，字長倩。宣帝時為諫大夫、御史大夫，後為太子太傅。宣帝病危，受遺詔輔政。元帝即位，以師傅之身分受到尊重。後因宦官弘恭、石顯等進讒言，元帝敕令下獄，並兵圍其宅，遂飲鴆自殺。跋躓，受挫折。⑰石顯之絞縊　石顯，（西元前？至前三二年）漢濟南人，字君房。宣帝時，以中書官為僕射。元帝時為中書令。為人陰險，先後被他譖殺的有蕭望之、京房、賈捐之等人。在朝深得寵幸，結黨營私，家資累一萬萬。成帝時為長信中太僕，後免官歸故里，途中憂懣不食而病死。絞縊，指被絞死。此說有誤。

【語　譯】既然如此，那麼聖人之所以為聖，在於他知道天命而樂意順從。因此，遭遇困厄之時，對天命既不怨恨，處於重任之時，對天命也不懷疑。他自身可以受到貶抑，但他的主張卻不能有所虧損；他的職位可以被撤免，但他的名望卻無法用強力去毀壞。譬如水，流通了就成為河流，堵塞了就成為深潭，升上雲天就成為下落的雨水，落入地面就潤溼土壤。由於水本身潔淨，所以用它洗物，不會被濁物所汙；水能容受汙濁並有益於萬物，卻不致有損於水本身的潔淨。因此之故，聖人處於困阨或順達之時，都能始終如一地抱著樂天知命的態度。忠直會觸犯君主，志節卓立會與世俗相違背，事情的趨勢必定如此。樹木高出於樹林，風必定會把它吹折；土堆突出於河岸之外，水流必定會沖蝕它；品行高出於世人，眾人必定會非難他。先前的覆車之鑒，時隔不遠，而後人卻相繼覆車。然而志士仁人還是照此而行不懊悔，保持他的志節而不拋棄，這是為什麼呢？他們要以此實現志向而成名啊。為了實現志向，而在險惡的路途上頂著風浪；為了成名，而甘願在當時蒙受誹謗。他們所以讓自己處於此種境地，是自有打算的。子夏說：「死或者生，有命注定，富貴是由天安排的。」因此，大道將行，世道將治，命運將使某人高貴之時，伊尹、呂尚就會興起於商、周，百里奚、張子房就會被任用於秦國與漢王，不用訪求而自然獲得，不用招致而自然遇合。大道將廢，世道將衰，命運將使某人低賤之時，難道君子會覺得羞恥而不為君主去辦事嗎？他們知道即使為他去辦事也不會有好結果。一切迎合世俗苟且附和的人，以及諂諛獻媚的人，他們察看尊貴者的臉色前俯後仰地巴結奉承，對於居勢得利的人物，曲折婉轉地迎合，對於尊貴者和居勢得利者的心意，不論是非，一概即刻稱讚；言論不論可否，一概像回聲一樣應答。他們把窺察尊貴者、居勢得利者的心意視為機警，隨著他們之所向與所背而隨機應變，以求得通達。對於權勢所集中的人，趨附於他好像擁向市集一樣；對於失去權勢的人，拋棄他好像丟棄脫下的破鞋一般。依他們的說法是：自身哪比名望可愛？失去哪比得到優越？恥辱哪比榮譽貴重？因而就修飾他的衣服，美化他的車馬與隨從，貪婪於財物，荒淫於聲色，驕詐地自以為有所得益了。他們見到關龍逢、比干被殺身亡，而不想飛廉、惡來被滅族。知道伍子胥在吳國被賜屬鏤之劍而自殺，而不戒懼費無忌在楚國被滅族。譏諷汲黯白了頭還做著主爵都尉之職，而不懲戒張湯的棺材載在牛車之上的災禍。嘲笑蕭望之受到挫折於前的事情，而不恐懼石顯被絞死於後的結果。

故夫達者之筭也，亦各有盡❶矣。曰：凡人之所以奔競❷於富貴，何為者哉？若夫❸立德❹必須貴乎？則幽、厲之為天子，不如仲尼之為陪臣❺也。必須勢乎？則王莽、董賢之為三公❻，不如楊雄、仲舒之闃其門❼也。必須富乎？則齊景之千駟❽，不如顏回、原憲❾之約其身❿也。其為實乎？則執杓⓫而飲河⓬者，不過滿腹；棄室而灑雨者，不過濡身⓭；過此以往⓮，弗能受⓯也。其為名乎？則善惡書于史冊，毀譽流⓰於千載；賞罰懸⓱於天道⓲，吉凶灼⓳乎鬼神，固⓴可畏也。將以娛耳目，樂心意乎？譬命駕㉑而遊五都㉒之市，則天下之貨畢陳㉓矣。褰裳㉔而涉㉕汶陽㉖之丘。則天下之稼如雲㉗矣。椎紒㉘而守敖庾㉙、海陵㉚之倉，則山坻之積㉛在前矣。扱衽㉜而登鍾山㉝、藍田㉞之上，則夜光㉟璵璠㊱之珍可觀矣。夫如是也，為物甚眾，為己甚寡[37]。不愛其身，而嗇其神[38]，風驚塵起[39]，散[40]而不止。六疾[41]待其前[42]，五刑[43]隨其後[44]；利害生其左，攻奪出其右[45]，而自以為見身名之親疏[46]，分榮辱之客主[47]哉！天地之大德曰生[48]，聖人之大寶曰位，何以守位[49]曰仁，何以正人[50]曰義。故古之王者，蓋以一人治天下，不以天下奉[51]一人[52]也。古之仕者，蓋以官[53]行其義，不以利冒其官[54]也。古之君子，蓋恥得之[55]而弗能治也，不恥能治而弗得也。原[56]乎天人之性[57]，核[58]乎邪正之分[59]，權[60]乎禍福之門[61]，終[62]乎榮辱之筭[63]，其昭然[64]矣。故君子舍彼取此[65]。若夫出處[66]不違其時，默語[67]不失其人[68]，天動星迴[69]而辰極[70]猶居其所[71]，璣旋輪轉，而衡軸猶執其中[72]，既明[73]且哲[74]，以保其身。貽[75]厥孫[76]謀，以燕[77]翼子[78]者，昔吾先友[79]，嘗從事於斯[80]矣。

【章　旨】闡述命運通達者，必須在其職位上以仁義自守並待人處事，要掌握天命與人事的界限，要判明公私，分清善惡，善於權謀禍福，避辱就榮，如此，不但可長保其身，也可澤及子孫。

【注　釋】❶盡　窮盡；透徹。❷奔競　奔走競爭。❸若夫　發語詞。❹立德　樹立聖人之德。❺陪臣　諸侯之臣。❻王莽董賢之為三公　王莽，（西元前四五至西元二三年）漢元城人，漢元帝皇后之姪。平帝立，以王莽為大司馬，元后臨朝稱制，委政於王莽。平帝死，王莽立孺子嬰為帝，自稱攝皇帝，三年後篡位，改國號新。執政期間，紛事改革，法令苛細，又連年征戰，繁為勞役，民不聊生，光武起兵討伐，最後被殺。董賢，漢雲陽人，字聖卿。哀帝時，因貌美得寵幸，為光祿大夫。

出則與帝同車，入則與帝同臥，賞賜鉅萬，貴傾朝廷。封高安侯，官至大司馬衛將軍。後為王莽所劾，畏罪自殺。三公，是國家負責政事的最高級長官。西漢時以丞相（大司徒）、太尉（大司馬）、御史大夫（大司空）合稱三公。❼楊雄仲舒之闐其門　楊雄，即揚雄（西元前五三至西元一八年）。西漢蜀郡成都人，字子雲。少好學，長於辭賦，成帝時為郎。王莽時為大夫，校書天祿閣。揚雄生活清貧，自甘淡泊，不慕榮利，晚年專門研究哲學，埋頭著述。著有《法言》、《太玄》、《方言》等。仲舒，即董仲舒。（西元前一七九至前一〇四年）。西漢廣川人。早年專治《春秋》，精於《公羊傳》。景帝時為博士，教授弟子。武帝時先後為江都王相與膠西王相。後因病辭官，在家修學著書。著有《春秋繁露》，另存《董子文集》。闐其門，門庭靜寂。指他專心治學著述，不慕榮華。闐，同「闃」。靜寂。❽齊景之千駟　據《論語．季氏》說：「齊景公有馬四千匹，可是到他死的時候，百姓認為他沒有什麼功德可以稱道。」齊景，齊景公，春秋齊國君主，西元前五四七至前四九〇年在位。駟，四匹馬駕一輛車。也指四匹馬。❾原憲　春秋魯人，字子思，孔子弟子。傳說他專心致力於學業，雖蓬蒿環室，褐衣疏食，仍不減其樂。❿約其身　自身能清苦儉樸。⓫杓　用以舀取液體的器具。⓬飲河　取河水飲。⓭濡身　淋溼一身。⓮往　增加。⓯受　接受；容納。⓰流　流傳。⓱懸　繫；取決。⓲天道　天意。⓳灼　顯明。⓴固　確實。㉑命駕　命令駕車的人駕駛車馬。㉒五都　五大城市。漢時指洛陽、邯鄲、臨淄、宛、成都，是貨物集散之地。㉓畢陳　全都聚集。㉔褰裳　提起裙子。㉕涉　徒步過河。㉖汶陽　汶水之北岸。汶，汶水。在今山東省境。㉗如雲　形容眾多。㉘椎紒　即椎髻。一撮之髻，形狀如椎，故名。此作動詞用，言梳好椎髻。㉙敖庾　即敖倉。是秦朝所建倉名，在今河南滎陽東北敖山之上。㉚海陵　倉名。是漢吳王劉濞所建，在今江蘇泰州東。㉛山坻之積　如山丘、如小洲般屯積的糧食。㉜扱衽　插衣襟於帶。扱，插。衽，衣襟。㉝鍾山　崑崙山的別名，在新疆、西藏之間。傳說產美玉。㉞藍田　山名。在陝西藍田東，驪山之南阜。山出產美玉。㉟夜光　美玉名。㊱璵璠　美玉名。㊲為己甚寡　為自己所得到之物甚少。㊳嗇其神　愛惜他的精神。㊴風驚塵起　風起塵土飛揚，天地昏暗。用以比喻世俗的騷擾。㊵散　指精神流散。㊶六疾　六種疾病。《左傳．昭公元年》記述秦醫和對晉侯說：「天有六氣，過分就會產生六疾。六氣是陰、陽、風、雨、晦、明。陰過分產生寒疾，陽過分產生熱疾，風過分產生四肢之疾，雨過分產生腹疾，晦過分產生惑疾，明過分產生心疾。」此泛指多種疾病。㊷待其前　在前面等待他。意思是他將得到這些疾病。㊸五刑　五種刑罰。即墨（刺刻面額，並染黑）、劓（割去鼻子）、剕（斷足）、宮（傷害生殖器）、大辟（斬首）。㊹隨其後　在他的後面相隨。意思是他就會遭到這些刑罰的懲處。㊺利害生其左二句　利害與爭奪之事出現在他的左右。意為他熱衷於此。㊻身名之親疏　即身親名疏。㊼客主　猶親疏。意指去就。㊽生　生育萬物。㊾守位　保守職位。㊿正人引導人合於正道。51奉　侍奉。52一人　指王者。53官　官職。54冒其官　貪圖這種官職。冒，貪。55得之　得到官職。56原察。57天人之性　指天命與人事不相同的性質。58核　考察。59分　區分；區別。60權　權謀。61門　關鍵。62終　最終實現。63榮辱之筭　指避辱就榮的謀劃。筭，算計；謀劃。64昭然　明白。65舍彼取此　指捨欲利而取仁義，捨違逆天命而安於天命。66出處　入世與隱居。67默語　沈默與說話。68不失其人　其人可與言則言，不可與言則不言。不失，猶不違。69迴轉。70辰極　北極星。71居其所　在它原來的位置上。72璣旋輪轉二句　比喻不管外界怎樣騷亂，自己都能不為所動，順應天命。璣，渾天儀；觀測天體的儀器。輪，輪圈。儀器上設有分別代表地平、子午圈和赤道等輪圈。衡，儀器上用來觀測天體的長管。執其中，保持它居中的位置。73明　聰明。74哲　富有智慧。75貽　給。76孫　通「遜」。善。77烝　安定。78翼子　保護子孫。79先友　已去世的友人。80從事於斯　這樣做。

【語　譯】通達的人謀劃事情，各人也想得很透徹了。試問，一切在為富貴而奔走競爭的人，他們是為了什麼呀？樹立聖人之德必須尊貴嗎？那麼幽王、厲王貴為天子，德性還不如孔子作為陪臣的好。立德必須有權勢嗎？那麼王莽、董賢作為三公，德性還不如揚雄、董仲舒門庭靜寂的好。立德必須富有嗎？那麼齊景公擁有一千輛用四匹馬駕的馬車，德性還不如顏回、原憲節儉自奉的好。他們是為了追求實利嗎？那麼拿著杓子到河邊飲水，不過飲滿一肚子；離開居室去淋雨，不過淋溼一身；超過這個限度而增加數量，就不能受納。他們是為了追求名嗎？那麼作好事、作壞事都記載於史冊之上，被詆毀與被讚譽都將流傳千年；賞罰取決於天意，吉凶由鬼神來顯示，確實是可怕的。或者是為了娛悅耳目，使心中快樂嗎？譬如命令駕車去遊歷五大都市的集市，就會看到天下的貨物全都聚集在這裡了。提起裙子渡過汶水，從山的南側登上山峰，就會看到天下農作物的盛多，猶如天上的雲彩了。梳好椎形的髮髻而據守敖倉、海陵的糧倉，就會看到如山、如小洲一般屯積的糧食出現在你的眼前了。把衣襟提起而插進腰帶，登上崑崙山、藍田山，那麼夜光、璵璠這樣珍貴的美玉就可觀賞了。假如這樣，財寶十分眾多，而能為己所有的卻十分的少。不能愛護自己的身子，珍惜自己的精神，一遇世俗的騷擾，精神就會流散而不能靜止。多種疾病就會產生，各種刑罰也會隨即而至；利害與爭奪之事常出現在他的左右，而他竟自以為看清了身與名當何親何疏、分清了榮與辱當何去何從呢！天地的大恩德是生育萬物；聖人的大寶物是職位；怎樣來保守職位？靠的是仁愛；怎樣來引導人們合於正道？靠的是道義。所以古代的君王，是靠他一人治理天下，而不是使天下之人侍奉他一人。古代的官吏，是靠他的官職行使道義，而不是為了利去貪圖這種官職。所以古代的君子，只以得到這種官職而不能做好為恥，而不以有治理的能力而得不到這種官職為羞。應當明察天命與人事的不同性質，考察邪惡與正義的區別，權衡得福避禍的關鍵所在，最終實現避辱就榮的謀劃，這道理是很明白的。所以君子捨棄那種做法而採取這種做法。至於入世或者隱居都不違其時，沈默或者說話都切合其對象，天動星轉而北極星還是處在它原來的位置上，渾天儀的輪圈旋轉而觀測的長管和輪軸還是保持它居中的位置，既聰明又富有智慧，以此保全自身，又留下好的謀劃，以安定和保護他的子孫，以前我那已故世的友人，是曾經這樣做過啊！

辯亡論 上

【作　者】陸機，見頁二三四七。

【題　解】在陸機二十歲的時候，晉師南下，吳王孫皓即行投降，而吳國滅亡。陸機作為吳國的將相之後，對此自然是無比悲憤。陸機的祖父陸遜，在孫權為吳王時任丞相之職，他曾率軍擊退蜀漢的進犯；父親陸抗曾任大司馬之職，也率軍挫敗過晉軍的南犯。父子兩代，為保衛吳國政權建樹了赫赫功勳。在吳亡之後，陸機即返歸故里吳郡，閉門勤奮讀書。他感慨於孫權所以強大、孫皓所以屈降，於是寫此〈辯亡論〉上下二篇以述己見；同時也藉此一述祖父陸遜、父親陸抗的豐功偉績。

所謂「辯亡」，是辯明吳國所以滅亡之意。雖名為「辯亡論」，而文章卻側重在辨明吳之所以興，似乎偏離了題意。其實，辨明了所以興，也就從反面辨明了所以亡。這是因為興亡的關鍵，就在於君主能否獲得眾多英才的輔佐並達到人和：能者必興，否者必亡。陸機這樣寫，很明顯是出於為吳國諱惡的用心。陸機為吳國總結所以興亡的經驗教訓，由於所見深刻，所以具有普遍的價值，為後人所重視。

上篇是回顧吳國從創業建國到覆亡的歷史，突出說明政權的興亡，關鍵在於是否得英才的輔佐。孫堅在漢末以討董卓起家後，其子孫策由於得張昭、周瑜等人的輔助，所以在江東建立了政權。孫權即位後，由於擁有濟濟的肱股之臣，所以能造成割據爭雄之勢。既敗曹操於赤壁，又挫蜀漢之進伐，孫權終於稱帝，使吳與魏、蜀成鼎立之勢。王位傳至孫皓，由於輔弼大臣的先後去世，再不得其人，所以即刻為晉所亡。

昔漢氏失御，姦臣竊命❶，禍基京畿❷，毒❸徧宇內❹，皇綱❺弛紊❻，王室遂卑❼。於是群雄❽蜂駭❾，義兵❿四合⓫。吳武烈皇帝慷慨下國，電發荊南⓬，權略⓭紛紜⓮，忠勇伯世⓯。威稜⓰則夷羿⓱震盪⓲，兵交則醜虜⓳授馘⓴，遂掃清宗祊㉑，蒸禋皇祖㉒。于時雲興㉓之將帶州㉔，飆起㉕之師跨邑㉖；哮闞之群㉗風驅，熊羆㉘之眾霧集。雖兵以義合，同盟戮力㉙，然皆包藏㉚禍心㉛，阻兵㉜怙亂㉝。或師無謀律㉞，喪威稔寇㉟。忠規㊱武節㊲，未有如此㊳其著者也。

【章　旨】論述孫堅在漢末與群雄為討滅董卓扶持漢室而起兵，他的忠與勇遠非他人所能比。

【注　釋】❶漢氏失御二句　董卓在靈帝時為前將軍。少帝時，大將軍何進謀誅宦官，密召董卓，董卓領兵入朝，誅滅宦官。於是董卓就擅權於朝中，自任相國，廢少帝，立獻帝，為所欲為。漢氏，漢王室。失御，對於政權失去控制。姦臣，指董卓。竊命，擅自奪取君權發號施令。❷禍基京畿　災禍從京畿開始。指董卓在朝中擅自廢立，擅權行暴，其軍士在京城一帶恣意淫亂，人民遭殃。京畿，京城洛陽及其周圍地區。❸毒　禍害。❹宇內　指全國。❺皇綱　帝王統治天下的綱紀，像君臣上下的次序等。❻弛紊　被廢棄和擾亂。❼王室遂卑　漢王室的地位於是變得卑下。❽群雄　指關東（函谷關以東）州郡討伐董卓的諸將領。當時推渤海太守袁紹為盟主。❾蜂駭　蜂起。❿義兵　即討伐董卓維護正義的軍隊。⓫四合　由四方匯合。⓬吳武烈皇帝慷慨下國二句　《三國志・卷四六・吳志・孫破虜討逆傳》記載：「漢以孫堅為長沙太守。董卓專權，各州郡都起兵準備討伐董卓。孫堅也起兵。荊州刺史王叡素來對孫策無禮，孫堅軍過荊州，殺王叡。軍至南陽，已有數萬之眾。」吳武烈皇帝，指孫堅（西元一五七至一九三年）。孫權稱帝後，追諡孫堅為武烈皇帝。下國，諸侯國。指州郡。雷發，如雷電之爆發。形容迅猛異常。荊南，即荊州，治所在今湖北襄陽。因荊州位處我國南方，故稱荊南。⓭權略　權變之謀略。⓮紛紜　眾多。⓯伯世　當世第一。⓰威稜　聲威。⓱夷羿　即后羿。夷為羿之氏。夏朝有窮氏部落首領。善於射獵，曾奪取夏君相之位，後被寒浞所殺。這裡以夷羿喻善戰的人。⓲震盪　震驚。⓳醜虜　眾多敵人。⓴授馘　指敵人被殺死。馘，古代作戰時把被殺死的敵人的左耳割下，用以計功，叫做馘。也指被割下的敵人的左耳。㉑宗祊　宗廟。指洛陽漢之宗廟。㉒蒸禋皇祖　孫堅進入洛陽後，掃除漢之宗廟，用太牢（牛豬羊各一）祭祀。蒸禋，祭祀。皇祖，指漢高祖。㉓雲興　雲湧。㉔帶州　連州；州與州相連續。㉕飆起　狂風之起。㉖跨邑　連邑；邑與邑相連。㉗哮闞之群　發出的呼喊聲如同虎哮一樣的軍隊。哮闞，虎哮聲。㉘熊羆　熊與羆，都是猛獸。比喻勇士。㉙戮力　并力。㉚苞藏　包藏；內懷。㉛禍心　罪惡的心計。㉜阻兵　依恃其軍隊。㉝怙亂　指靠時局之亂以獲得自己的利益。㉞謀律　策謀紀律。㉟稔寇　老練的敵軍。㊱忠規　忠心之謀。㊲武節　威武之節操。㊳此　指孫堅。

【語　譯】昔時漢王室失去了對政權的控制，姦臣私自發號施令，災禍從京城地區開始蔓延，毒害遍及全國，帝王賴以統治天下的綱紀被廢棄和擾亂，王室的地位於是變得卑下。此時眾多將領猶如群蜂之起，正義之師從四方匯集。吳武烈皇帝在州郡意氣激昂，如雷電爆發般由荊州起義，他富於權變的謀略，忠與勇當世數第一。他的聲威使得像后羿一般的善戰者震驚，他的軍隊一與敵軍交鋒，眾多的敵人就死在他們手下。於是清掃漢朝宗廟，祭祀漢高祖。當時起事的將領和軍隊是連州帶邑，勢如風起雲湧；呼叫猶如虎哮的人群，像疾風一般地奔馳；勇猛猶如熊羆的人群，像雲霧一般聚集。雖然軍隊根據道義聯合，共同結盟，并力行事，然而都內懷罪惡的心計，想依恃自己的軍隊，乘時局的紊亂而獲得利益。也有的軍隊作戰不遵循法則，所以面對老練的敵軍，大喪軍威。能以忠心謀劃，表現出威武的節操，還沒有人能像武烈皇帝這樣顯著出色的。

武烈❶既沒❷，長沙桓王❸逸才❹命世❺，弱冠❻秀發❼。招攬❽遺老❾，與之述業❿。神兵⓫東驅⓬，奮寡犯眾⓭。攻無堅城之將，戰無交鋒之虜。誅叛柔服⓮，而江外⓯底定⓰；飾法⓱修師⓲，則威德翕赫⓳。賓禮名賢⓴，而張昭㉑為之雄㉒；交御㉓豪俊，而周瑜㉔為之傑。彼二君子，皆弘敏㉕而多奇㉖，雅達㉗而聰哲㉘。故同方者㉙以類附㉚，等契者㉛以氣集㉜，而江東㉝蓋多士矣。將北伐諸華㉞，誅鉏㉟干紀㊱。旋㊲皇輿㊳於夷庚㊴，反㊵帝座㊶乎紫闥㊷。挾天子以令諸侯㊸，清天步㊹而歸㊺舊物㊻。戎車㊼既次㊽，群凶㊾側目㊿，大業(51)未就(52)，中世而殞(53)。

【章　旨】論述孫策繼承父業，揮師江東，依靠張昭、周瑜等眾多賢士的輔佐，據有江東之地。卻在正當圖謀北伐，迎獻帝返京之時，不幸身亡。

【注　釋】❶武烈　即武烈皇帝孫堅。❷既沒　已死。❸長沙桓王　孫策（西元一七五至二〇〇年）。孫權稱帝後，追諡孫策為長沙桓王。❹逸才　才智出眾的人。❺命世　著名於當世。❻弱冠　二十歲。指年輕時。❼秀發　出眾。❽招攬　召集。❾遺老　指其父孫堅的老臣。❿述業　繼承遺業。⓫神兵　指孫策所率領的善戰的軍隊。⓬東驅　渡過長江，在江東作戰。⓭奮寡犯眾　以數量少的軍隊奮勇進擊數量眾多的軍隊。⓮誅叛柔服　抗拒者予以誅殺，降服者予以安撫。⓯江外　即指江東地區。從中原地區來看在長江之外，故如此相稱。⓰底定　達到安定。⓱飾法　即飭法。整治法令。⓲修師　整治軍隊。⓳翕赫　顯赫。⓴賓禮名賢　以接待賓客之禮接待有名的賢者。㉑張昭　（西元一五六至二三六年）彭城人，字子布。從孫策，任長史、撫軍中郎將。孫策臨死時，請張昭等輔助其弟孫權。後官至輔吳將軍。㉒雄　俊傑。㉓交御　結交和任用。㉔周瑜　（西元一七五至二一〇年）。廬江舒人，字公瑾。少時與孫策友善。孫策渡江而東，周瑜率兵相迎。孫權即位後，周瑜以中護軍之職與張昭共輔孫權，掌理眾事。後與蜀漢聯合大敗曹操兵於赤壁。拜南郡太守。㉕弘敏　十分機敏。㉖多奇　多卓異之見。㉗雅達　雅正通達。㉘聰哲　聰慧。㉙同方者　意氣相同的人。㉚以類附　因同類而相聚集。㉛等契者　心意相投合的人。㉜以氣集　意同「以類附」。㉝江東　指長江下游自安徽蕪湖以下的南岸地區。㉞諸華　指中原。㉟誅鉏　即誅鋤。誅滅。㊱干紀　擾亂綱紀的勢力。指曹操等。漢獻帝建安元年，曹操挾持獻帝從洛陽至許昌。㊲旋　返歸。㊳皇輿　天子之車。㊴夷庚　平坦大道。指通往京城之路。㊵反　同「返」。㊶帝座　天子之寶座。㊷紫闥　帝王的宮庭。㊸挾天子以令諸侯　挾制天子，從而以其名義號令諸侯。㊹天步　指國運、時運。㊺歸　恢復。㊻舊物　指前代的典章制度。㊼戎車　戰車。㊽既次　已排列好。㊾群凶　指曹操等人。㊿側目　不敢正視之貌。(51)大業　指重振漢室之事業。(52)未就　未成。(53)中世而殞　孫策為人所刺而亡，時年二十六歲。中世，中年。人一生為一世。殞，死亡。

【語　譯】武烈皇帝死後，長沙桓王以才智出眾著名於當世，二十歲就已顯得出類拔萃。他召集父親的老臣，與他們繼續完成他父親留下的事業。他率領善戰之軍渡江向東，以少數的軍隊奮勇地進擊大量的敵軍。攻城不曾遇到能堅守的將領，打仗不曾遇到敢交鋒的敵軍。敢抗拒的就加以誅滅，願降服的就加以安撫，這就使得江東得到安定。他又整治法令與軍隊，因而他的威勢和德望都顯赫於世。在彬彬有禮地接待知名的賢人方面，張昭是個卓越的人才；在交結和任用豪傑方面，周瑜是個出色的人物。他們二位君子都十分機敏而且多卓異的見識，雅正通達而聰慧過人。所以，道術相同的人則因同類而歸附，心意投合的人也因意氣相合而會集在一起，這樣江東就有眾多的賢士了。長沙桓王於是準備北伐中原，誅滅擾亂綱紀的勢力。使天子的車駕踏上返歸京城的大道，使天子重新登上皇宮的寶座。從而挾制天子而號令諸侯，使國運得到廓清，而前代的典章制度也得以恢復。北伐的戰車已經排列好，眾多凶頑的敵人不敢加以正視；可是，重振漢室的事業尚未成功，長沙桓王正值中年卻被刺身亡了。

用❶集❷我大皇帝❸，以奇蹤❹襲❺於逸軌❻，叡心❼因❽於令圖❾。從政❿咨⓫於故實⓬，播憲⓭稽⓮乎遺風⓯。而加之以篤固⓰，申之⓱以節儉；疇咨⓲俊茂⓳，好謀善斷。束帛[20]旅[21]於丘園[22]，旌命[23]交於塗巷[24]。故豪彥[25]尋聲而響臻[26]，志士希光而景騖[27]。異人[28]輻湊[29]，猛士如林。於是張昭為師傅[30]，周瑜、陸公[31]、魯肅[32]、呂蒙[33]之儔[34]，入[35]為腹心[36]，出[37]作股肱[38]；甘寧[39]、凌統[40]、程普[41]、賀齊[42]、朱桓[43]、朱然[44]之徒，奮其威；韓當[45]、潘璋[46]、黃蓋[47]、蔣欽[48]、周泰[49]之屬[50]，宣[51]其力。風雅[52]則諸葛瑾[53]、張承[54]、步騭[55]，以名聲光國[56]；政事則顧雍[57]、潘濬[58]、呂範[59]、呂岱[60]，以器任[61]幹職[62]；奇偉[63]則虞翻[64]、陸績[65]、張溫[66]、張惇[67]，以諷議舉正[68]；奉使[69]則趙咨[70]、沈珩[71]，以敏達[72]延譽[73]；術數[74]則吳範[75]、趙達[76]，以禨祥[77]協德[78]。董襲[79]、陳武[80]，殺身[81]以衛主[82]；駱統[83]、劉基[84]，強諫以補過[85]。謀無遺諝[86]，舉不失策，故遂割據山川，跨制[87]荊、吳[88]，而與天下爭衡[89]矣。

【章旨】論述孫權繼業後，發揚父兄的遺風善政，特別注重於招攬賢士，以至於群賢畢至，又各盡其才，忠心效力，所以造成割據東吳，與天下爭雄之勢。

【注釋】❶用　由；因此。❷集　集合天命而至。謂傳位。❸大皇帝　指孫權（西元一八二至二五二年）。孫權死後，諡為大皇帝。❹奇蹤　奇蹟。即卓異的功業。❺襲　繼承。❻逸軌　指孫堅、孫策所創建的超逸成就。❼叡心　明智的心計。❽因　繼承。❾令圖　指孫堅、孫策的好計謀。❿從政　處理政務。⓫咨　徵詢；詢問。⓬故實　以前可資效法的事情。⓭播憲　頒布法令。⓮稽　考察。⓯遺風　遺傳的風習。指前代的作法。⓰篤固　堅定。⓱申之　重之；加上。⓲疇咨　商議。⓳俊茂　賢人。⓴束帛　帛五匹為束，古時作為聘問的禮物。㉑旅　陳；列。㉒丘園　賢人隱逸之處。㉓旌命　指手執旌旗按照君命徵召賢人的使者。㉔塗巷　路途街巷。㉕豪彥　德才傑出的人士。㉖尋聲而響臻　意思是對於東吳之求賢，德才傑出的人士都循聲而至，好像聲響之有回聲一樣。尋，循。臻，至。㉗希光而景騖　意思是仰望東吳的求賢，有志之士都奔馳而至，好像影子依隨於光照之物一樣。希，通「睎」。望。景，同「影」。騖，奔馳。㉘異人　指才德卓異的人。㉙輻湊　車輻集中於軸心。比喻人物聚集於一處。輻，車輪中連接軸心和輪圈的直木條。㉚師傅　指孫權以師傅之禮對待張昭。㉛陸公　指陸遜（西元一八三至二四五年）。字伯言，吳郡吳人，孫策之婿。早時呂蒙向孫權推薦，稱陸遜有才可負重任，孫權便派他屯駐陸口。他輔佐呂蒙擊敗關羽，占據荊州。黃武元年作為大都督，領兵抵拒蜀漢劉備的進犯，用火攻破劉備四十餘營，因而加授為輔國將軍，領荊州牧。黃武七年與魏將曹休戰於皖，大敗魏師。赤烏中，官至丞相。後因孫權欲廢太子，上疏力爭而不納，孫權又遣使責讓，故憤恚而死。㉜魯肅　（西元一七二至二一七年）字子敬。臨淮東城人。孫權時，為周瑜所薦舉。曹操屯兵赤壁，進逼吳國。吳君臣議而未定，魯肅主張聯合蜀漢共拒曹操。結果大敗曹操於赤壁。周瑜死後，被授奮武校尉，代領其兵。㉝呂蒙　（西元一七八至二一九年）字子明，富陂人。從周瑜在烏林擊敗曹軍，拜為偏將軍。定計襲取南郡，定荊州，擒關羽，封孱陵侯。㉞儔　輩；一類人。㉟入　指在朝廷。㊱腹心　喻親信。㊲出　指在朝廷之外。㊳股肱　手足。喻輔弼大臣。㊴甘寧　字興霸，巴郡臨江人。初在劉表部下，不見用。後為孫權將領，從周瑜破曹操，又從呂蒙拒關羽。屢立戰功，被稱為江表虎臣，官至折衝將軍。㊵凌統　字公績，餘杭人。年十五即拜別部司馬，征江夏，為前鋒，有功。後從周瑜破曹操於烏林，遷校尉。從征合肥，魏將張遼忽然領兵至，孫權被圍困。凌統帶親近三百人殺入重圍，救護孫權出圍。隨即又還戰，左右盡死，淩統也受傷，被拜為偏將軍。㊶程普　字德謀，右北平土垠人。初為州郡吏，從孫堅征伐。後隨孫策平定江南有功。孫策卒後，與張昭等共輔孫權。赤壁之戰，與周瑜為左右都督，大破曹操軍於烏林，官至江夏太守、蕩寇將軍。㊷賀齊　字公苗，會稽山陰人。孫策時為永寧長，征討屢有功，威名大振。拜安東將軍，封山陰侯，出鎮江上。魏曹休伐吳，見其軍容雄壯，即退避。遷後將軍，領徐州牧。㊸朱桓　字休穆，吳郡人。孫權為將軍，朱桓給事幕府。任餘姚長，有惠政。為濡須督時，魏曹仁步騎忽至，朱桓以計擊破。封新城侯，遷奮武將軍。㊹朱然　字義封。初為臨川太守。呂蒙病危，薦朱然代己，孫權使鎮守江陵。魏曹真等圍攻江陵，經六月不能下而撤退，因此名震敵國，封當陽侯。後拜左大司馬、右軍師。㊺韓當　字義公，令支人。從孫堅征伐，有功，為別部司馬。從孫策東渡討三郡，遷先登校尉。後因與周瑜等破曹操，又與呂蒙襲取南郡，遷偏將軍，領永昌太守。後加昭武將軍，封石城侯。㊻潘璋　字文珪。發干人。孫權時，屢平寇盜有功，為別部司馬。後遷平北將軍、襄陽太守。孫權稱帝後，拜右將軍。㊼黃蓋　字公覆，零陵人。初從孫堅起兵。建安中，與周瑜、魯肅等迎擊曹操軍於赤壁，建議用火攻，因而大破曹軍。官至偏將軍。㊽蔣欽　字公奕，壽春人。從孫策東渡，拜別部司馬。屢有戰功，為蕩寇將軍，領濡須督。㊾周泰　字幼平，九江下蔡人。與蔣欽隨孫策為左右，數有戰功。後孫權被困於宣城，周泰奮力護衛，方得脫險。後又與周瑜、程普拒曹操於赤壁，攻曹仁於南郡。先後拜為平虜將軍、漢中太守、奮威將軍，封陵陽侯。㊿屬　等；輩。51宣　發揮。52風雅　風流儒雅。53諸葛瑾　（西元一七四至二四一年）字子瑜，陽都人。諸葛亮之兄。初任孫權長史，轉中司馬。後官至大將軍、左都護，領豫州牧。為人品性純懿，有容貌思度，時人推服其弘雅。得孫權器重，就重大事相咨訪。54張承　字仲嗣，是張昭長子。少以才學知名，為人壯毅，忠心直言，能甄識人物。官至奮威將軍，封都鄉侯。55步騭　字子山，臨淮淮陰人。初因征南與拒蜀漢有功，拜平戎將軍，遷右將軍左護軍。孫權稱帝後，拜驃騎將軍，領冀州牧，後為丞相。步騭衣服居處如儒生，常誨育門生，手不釋書，性寬弘，鄰敵敬其威信。56光國　指光耀吳國。57顧雍　字元歎，吳郡人。初為合肥長，孫權以為會稽丞。孫權稱帝後為尚書令，封醴陵侯，後為丞相十九年。能知人善任，並察訪民間，以有益於政治。58潘濬　字承明，武陵漢壽人。初從劉表與劉備，從孫權後，為輔軍中郎將，遷奮威將軍。孫權稱帝後，拜為少府，封劉陽侯，遷太常。為人剛直盡職。59呂範　字子衡，汝南細陽人。初從孫策，因戰功為宛陵令、征虜中郎將。孫權時，與周瑜等破曹軍於赤壁，拜裨將軍。後官至揚州牧，封南昌侯。性好威儀，能勤公奉法。60呂岱　字定公，廣陵海陵人。孫權時，初為吳丞。後屢有征討之功績，封番禺侯，官至交州牧，上大將軍。孫亮即位，拜大司馬。為官清廉勤勉，時人稱美其德。61器任　勝任的才能。62幹職　處理職事。63奇偉　此指具有超人的膽識。64虞翻　字仲翔，餘姚人。初為會稽太守王朗功曹，後歷事孫策、孫權，屢犯顏爭諫，因而獲罪被遷徙交州。然仍治學講學不倦，門徒常數百人，為《易經》、《老子》、《論語》、《國語》訓注。65陸績　字公紀，吳郡人。博學多識，星曆算數無不覽閱。孫權時，為奏曹掾，因懼其直言切諫，出為鬱林太守。嘗作《渾天圖》、《陸氏易解》。66張溫　字惠恕，吳郡人。初因具有卓異之才，為孫權與朝臣所重，拜議郎、選曹尚書，遷太子太傅。後出使蜀漢，為孫權所忌，因而廢黜不用。67張惇　字叔方，吳郡人。德量淵懿，清虛淡泊，又善於文辭。孫權時初任車騎將軍，後為西曹掾，轉主簿，出補海昏令，有惠政。68舉正　匡正失誤。69奉使　奉命出使。70趙咨　字德度，南陽人。博聞多識，應對辯捷。孫權稱帝後，舉拔為中大夫，出使曹魏。魏文帝問他：「吳王是怎麼樣的君主？」趙咨回答說：「聰明、仁智、雄略的君主。」文帝問具體的情況，趙咨說：「將魯肅安置於一般的級別，這是他的聰；提拔呂蒙於軍隊行列之中，這是他的明；俘獲魏將于禁而不加傷害，這是他的仁；得到荊州而血不染刀刃，這是他的智；占據三州之地而虎視天下，這是他的雄；屈身於陛下，這是他的略。」趙咨多次出使曹魏，魏人敬異其才。孫權拜為騎都尉。(71)沈珩　字仲山，吳郡人。孫權以為有智謀，能專對，因而派遣他出使於魏。魏文帝問他：「吳是不是疑心魏出兵東討呢？」沈珩說：「不疑心。」文帝問：「憑什麼知道？」沈珩說：「憑雙方信守舊盟約，言歸於好，因此不疑心。假若魏破壞盟約，吳國自有準備。」由於奉命出使有功績，封永安鄉侯，官至少府。(72)敏達　聰敏通達。(73)延譽　播揚名譽。(74)術數　用陰陽五行生剋制化的數理，來推斷人事吉凶。如占候、卜筮、星命等。(75)吳範　字文則，會稽上虞人。初以治曆數，知風氣，聞於郡中。從孫權後，推斷人事，多有效驗。拜騎都尉，領太史令。(76)趙達　河南人。治九宮一算之術，探究其中微旨。孫權每行師征伐，令趙達推算，多見效驗。(77)機祥　吉凶。指推測吉凶。(78)協德　協力建樹功德。(79)董襲　字元代，會稽餘姚人。孫策任為揚武都尉，孫權時拜偏將軍。曹操軍出濡須，董襲從孫權出兵防守，奉命督五樓船住濡須口，夜遇暴風而不撤離，終於船壞而死。(80)陳武　字子烈，廬江松滋人。孫策時為別部司馬。孫權時屢有功勞，為偏將軍。後從孫權出擊合肥，奮戰而死。(81)弒身　犧牲自己。(82)衛主　保衛君主。主，指孫權。(83)駱統　字公緒，會稽烏傷人。初為孫權行騎都尉。用心在補察，只要有所聞見，夕不待旦以諫。後為偏將軍，封新陽亭侯，至濡須督。前後上書數十次，所言皆善。(84)劉基　字敬輿，東萊牟平人，劉繇長子。孫權為吳王時，任大農，徙郎中令。孫權稱帝後，改為光祿勳，分平尚書事。能據理諫爭。虞翻曾因醉酒冒犯孫權，孫權盛怒想殺他，由於劉基諫爭而得免。(85)補過　彌補過失。(86)遺諝　失智。(87)跨制　兼有並控制。(88)荊吳　楚國和吳國。泛指長江以南地區。當時所占據的荊州在今湖北，治所在江陵，是古楚國之地。(89)爭衡　在角逐中較量勝負。

【語　譯】因此而傳位給我們的大皇帝，他繼承了父兄所創建的超逸成就，而建樹了卓越的功業，繼承了父兄好的計謀，而又有自己明智的心計。處理政務能徵詢以前可資效法的事情，頒布法令能考察相傳的先例。加上意志堅定，為人節儉；又能與賢人共同商議，既好謀劃，又善於決斷。招聘的束帛送至賢者隱逸之地，手執旌旗的招賢使者相遇於道途。因而德才兼備的人士都循聲而至，好像聲音之有回聲一樣；有志之士都奔驅而來，好像影子依隨光照之物一樣。這就使得才德卓異的人都聚集一處，勇猛的將士多如林木。於是，奉張昭為師傅，周瑜、陸公、魯肅、呂蒙之輩，在朝廷是心腹，在朝外是輔弼大臣；甘寧、凌統、程普、賀齊、朱桓、朱然之輩，奮發他們的聲威；韓當、潘璋、黃蓋、蔣欽、周泰之輩，發揮他們的力量。風流儒雅則有諸葛瑾、張承、步騭等人，以他們的名聲光耀吳國；處理政事則有顧雍、潘濬、呂範、呂岱等人，以勝任的才能盡其職守；膽識奇偉則有虞翻、陸績、張溫、張惇等人，以匡正失誤；奉命出使則有趙咨、沈珩等人，以聰敏通達播揚名譽；術數則有吳範、趙達等人，以預知吉凶，協力建樹功德。另有董襲、陳武以犧牲自己來保衛君主；駱統、劉基以強諫來彌補過失。計謀沒有失算，舉動沒有失策，因而終於割據山河，兼有並控制了楚國和吳國之地，而足以和強敵角逐較量，一爭勝負了。

魏氏[1]嘗藉戰勝之威，率百萬之師，浮鄧塞之舟[2]，下漢陰之眾[3]，羽檝[4]萬計，龍躍[5]順流，銳騎千旅[6]，虎步原隰[7]，謨臣[8]盈室[9]，武將連衡[10]，喟然[11]有吞江滸[12]之志，一[13]宇宙[14]之氣[15]。而周瑜驅[16]我偏師[17]，黜[18]之赤壁[19]，喪旗[20]亂轍[21]，僅而獲免[22]，收迹[23]遠遁。漢王[24]亦憑帝王[25]之號[26]，帥巴、漢[27]之民，乘危[28]騁變[29]；結壘千里[30]，志報關羽之敗，圖收湘西[31]之地。而陸公亦挫之西陵[32]，覆師敗績[33]，困而後濟[34]，絕命永安[35]。續以濡須之寇[36]，臨川摧銳[37]；蓬籠之戰[38]，孑輪[39]不反。由是二邦[40]之將，喪氣挫鋒，勢衄[41]財匱，而吳莞然[42]坐乘其弊[43]。故魏人請好[44]，漢氏[45]乞盟[46]，遂躋天號[47]，鼎跱而立[48]。西屠庸、益之郊[49]，北裂淮、漢之涘[50]，東包百越[51]之地，南括群蠻[52]之表[53]。於是講八代[54]之禮，蒐[55]三王[56]之樂，告類[57]上帝，拱揖群后[58]。虎臣[59]毅卒[60]，循江而守，長棘[61]勁鎩[62]，望飆而奮[63]。庶尹[64]盡規[65]於上，四民[66]展業[67]于下。化[68]協[69]殊裔[70]，風[71]衍[72]遐圻[73]。乃俾[74]一介[75]行人[76]，撫巡[77]外域[78]。巨象逸駿[79]，擾[80]於外閑[81]；明珠瑋寶[82]，耀於內府[83]。珍瑰[84]重迹[85]而至，奇玩[86]應響而赴[87]。輶軒騁於南荒，衝輣息於朔野[88]。齊民[89]免干戈之患，戎馬[90]無晨服[91]之虞[92]，而帝業固矣。

【章　旨】敘述孫權先後在赤壁與西陵挫敗了曹魏與蜀漢的進犯，從而實現稱帝和造成三國鼎立的局面。進而將吳國建成安定富庶，強固而講求禮樂之邦。

【注　釋】[1]魏氏　即指魏王曹操。[2]浮鄧塞之舟　船經鄧塞山下順流而下。浮，順流而下。鄧塞，山名。即今河南鄧縣東南之小山。[3]下漢陰之眾　曹操的軍隊下抵漢水的南岸。漢陰，漢水南岸。[4]羽檝　飛速之船。檝，同「楫」。船槳。此指船。[5]龍躍　比喻船像龍騰飛一般，去勢壯盛而快速。[6]旅　古時軍隊編制，五百人為一旅。[7]虎步原隰　指陳兵於原隰。虎步，舉步如虎行。形容威武。原隰，高原與低溼之地。[8]謨臣　謀臣。[9]盈室　滿室。[10]連衡　戰車相連。言武將之多。衡，車轅。代指戰車。[11]喟然　歎息聲。[12]江滸　長江邊岸。指長江流域。[13]一　一統。[14]宇宙　指天下。即全國。[15]氣　氣勢。[16]驅　驅使；率領。[17]偏師　一部分軍隊。[18]黜　擊退。[19]赤壁　山名。在今湖北蒲圻，長江南岸，北岸為烏林。其地石山高聳如長垣，突入江濱，上刻「赤壁」二字。西元二〇八年（漢獻帝建安十三年），孫權與劉備合作，命周瑜、程普統兵，結果周瑜破曹軍於赤壁。[20]喪旗　丟棄軍旗。[21]亂轍　戰車後撤逃跑所留下的混亂車跡。[22]僅而獲免　即僅能獲免。指曹操僅能免於遭擒。[23]收迹　收聚其殘餘兵馬。[24]漢王　指劉備。[25]帝王　指漢景帝。劉備是漢景帝的玄孫。[26]號　名。[27]巴漢　巴郡和漢中郡。代指蜀國。[28]乘危　履危險之地。指劉備在關羽被孫權擒殺之後，親自領兵攻孫權。[29]驟變　使形勢急劇變化。[30]結壘千里　劉備從巫峽連營至彝陵（今湖北宜昌東）。結壘，連營。[31]湘西　荊州。本關羽所據守，後為孫權所襲破並據有。[32]挫之西陵　據《三國志・卷五八・吳志・陸遜傳》，陸遜率軍進攻蜀漢軍，劉備登馬鞍山（今宜昌西北），布置軍隊環繞自己。陸遜督促諸軍四面進逼，蜀軍土崩瓦解，死者萬數。劉備乘夜逃跑，入白帝城。西陵，在今湖北宜昌西北。[33]敗績　大敗。[34]濟　止；放棄。[35]絕命永安　永安，縣名。本名魚復。劉備敗退於此，改名永安，不久在此病死。地在今四川奉節東。[36]濡須之寇　指曹仁所率之魏軍。濡須，水名。自安徽巢湖東南流入長江。西元二二二年九月曹仁軍出濡須，為吳將朱桓所拒。下年二月曹仁遣將軍常雕等，以兵五千，乘油船渡濡須急攻朱桓，朱桓抵禦，遣將軍嚴圭等擊敗常雕等，魏軍撤退。㊲摧銳　指挫敗精銳之魏軍。㊳蓬籠之戰　魏將張遼遣臧霸至皖（今安徽潛山北）討伐吳。吳將韓當遣兵迎戰，與臧霸戰於蓬籠，再戰於夾石（今安徽桐城北），擊敗臧霸。蓬籠，山名。在今安徽安慶北。《三國志・卷一八・魏志・臧霸傳》作「逢龍」。㊴子輪　一隻車輪。輪，指代戰車。㊵二邦　指魏、蜀二國。㊶衂　即「衄」字。挫損。㊷莞然　微笑貌。㊸乘其弊　等待二國陷入困境而乘機行事。㊹請好　請求和好。㊺漢氏　指蜀漢。㊻乞盟　乞求訂立盟約，不相攻伐。㊼躋天號　登上天子之名位。西元二二九年四月孫權由吳王即皇帝位，為吳大帝。㊽鼎跱而立　比喻魏、蜀、吳三國如鼎足三方峙立。㊾西屠庸益之郊　指吳國的疆域。西面以庸、益之郊為分界。屠，分裂。庸，地名。本為春秋時庸國地，其地域在今湖北竹山。益，州名。地域大部在今四川省境內，是蜀國之地。㊿北裂淮漢之涘　北面以淮河、漢水為分界。涘，水涯。(51)百越　地名。古越族所居，地域在今江蘇、浙江、福建、廣東等地。(52)蠻　南方蠻族。(53)表　外。(54)八代　指三皇五帝。(55)蒐　通「搜」。(56)三王　指夏禹、商湯、周文王周武王。(57)類　古祭天之名。(58)拱揖群后　表示與諸侯以禮相待。拱揖，古時拱手之禮，以示敬意。群后，諸侯。(59)虎臣　喻勇猛之武臣。(60)毅卒　堅強的士卒。(61)長棘　即長戟。(62)勁鎩　銳利的長矛。(63)望飆而奮　望風而奮勇戰鬥。飆，風。(64)庶尹　百官。(65)盡規　完全按法規辦事。(66)四民　士、農、工、商。(67)展業　發展本業。(68)化　教化。(69)協　和洽。(70)殊裔　不同習俗的邊遠地區。(71)風　指教化。(72)衍　擴展。(73)遐圻　遠遠的邊界。(74)俾　使；派遣。(75)一介　一個。(76)行人　外交使者。(77)撫巡　安撫巡視。(78)外域　外地；遠方。(79)逸駿　良馬。(80)擾　馴服。(81)外閑　外間養獸之所。(82)瑋寶　珍寶。(83)內府　內庫。(84)珍瑰　珍貴美好的東西。(85)重迹　車馬行進之跡相重疊。指遠方貢獻珍瑰者多。(86)奇玩　奇異玩好之物。(87)應響而赴　如聲響產生回聲那樣即刻送至。(88)輶軒騁於南荒二句　是說與四方國家通使往來，而停止征伐。輶軒，使臣所乘之輕車。南荒，南方相距遙遠的國家。衝輣，兵車名。朔野，北郊。(89)齊民　眾民。(90)戎馬　戰馬。(91)晨服　一早就整裝待發。(92)虞　憂患。

【語　譯】曹操曾憑藉打了勝仗的威勢，率領百萬軍隊，乘坐戰船，經鄧塞山下順流而下，軍隊抵達漢水的南岸。飛速行進的戰船，數以萬計，它們像龍騰飛一般順流向前。精銳的騎兵有一千個旅，陳兵於高原與低溼之地。謀臣滿室，武將所駕的戰車前後相連。他喟然而歎，有吞併長江流域的志向，又有著一統天下的氣勢。然而周瑜率領我吳國的部分軍隊，在赤壁把他擊退，曹軍丟棄了軍旗，戰車奪路而逃，曹操自己也僅能免於被擒獲而已，於是收聚殘兵敗卒遠遠逃竄。漢王劉備也憑著先祖是漢景帝的名義，率領巴郡、漢中郡的人民；冒著危險，使形勢急劇變化，連營千里，決意為關羽的失敗報仇，圖謀收復荊州之地。而陸遜也在西陵把他挫敗，使他的軍隊遭到大敗，幾乎覆滅。劉備陷入了如此困境然後才放棄報仇，終於在永安斷送了性命。接著有自濡須水入侵的魏軍，吳軍臨水相拒，挫敗了精銳的敵軍；魏軍與吳軍又在蓬籠交戰，魏軍連一輛車子都回不去。因此魏蜀二國的將領，垂頭喪氣，鋒芒受挫，氣勢削弱，財用匱乏，而吳國微微一笑地坐等二國陷入困境而乘機行事。所以魏人請求和好，蜀漢乞求訂立盟約，於是大皇帝登上天子的名位，與魏國、蜀國鼎足而立。吳國的疆域，西面以庸、益之郊為分界，北面以淮河、漢水為分界，東面包括百越之地，南面以眾多的蠻族為外界。於是講述八代之禮，搜集三王之樂，祭祀並稟告上帝，與諸侯以禮相待。勇猛的武臣和堅強的士卒沿著長江守衛，手拿著長戟和銳利的長矛，望風而準備奮勇戰鬥。在上的百官都能完全按照法規辦事，在下的民眾都能發展本業。教化擴展到不同習俗的邊遠地區，因而能與他們和洽相處。於是只要派遣一個外交使者，到遠方進行巡視安撫就行。大象與良馬，被馴養於外間養獸之所；明珠珍寶，收藏在內庫而閃耀著光彩。珍貴美好的東西從遠地一再地送來，奇異玩好的物品隨己所需而立即送至。使臣的車驅向南方遙遠的國家，兵車停置於北方的郊野。眾多百姓避免了戰爭的災難，戰馬也無一早就整裝待發的憂慮，帝王的基業因此穩固下來了。

大皇❶既歿，幼主❷蒞朝❸。姦回肆虐❹，景皇聿興❺。虔修❻遺憲❼，政無大闕❽，守文❾之良主也。降及❿歸命之初⓫，典刑⓬未滅，故老猶存。大司馬⓭陸公⓮以文武熙朝⓯，左丞相⓰陸凱⓱以謇諤⓲盡規，而施績⓳、范慎⓴以威重顯，丁奉㉑、離斐㉒以武毅㉓稱，孟宗、丁固之徒為公卿㉔，樓玄㉕、賀邵㉖之屬掌機事㉗，元首㉘

雖病㉙，股肱㉚猶存。爰㉛及末葉㉜，群公既喪㉝，然後黔首㉞有瓦解之志㉟，皇家㊱有土崩㊲之釁㊳。歷命應化而微，王師躡運而發㊴。卒散於陣㊵，民奔于邑㊶；城池㊷無藩籬㊸之固，山川無溝阜㊹之勢。非有工輸雲梯之械㊺，智伯灌激之害㊻，楚子築室之圍㊼，燕人濟西之隊㊽，軍未浹辰㊾，而社稷夷矣。雖忠臣孤憤，烈士死節㊿，將奚救(51)哉？夫曹、劉之將(52)，非一世所選(53)；向時之師(54)，無曩日(55)之眾。戰守之道，抑(56)有前符(57)；險阻之利(58)，俄然未改(59)。而成敗貿理(60)，古今詭趣(61)，何哉？彼(62)此(63)之化殊(64)，授任之才(65)異也。

【章　旨】闡述在孫皓即位之初，由於輔弼大臣猶在，所以朝廷尚能維持局面；到了他們一一去世，吳國即被滅亡，以見有無能肩負重任的人才是國家存亡的關鍵。

【注　釋】❶大皇　即大皇帝。指孫權。❷幼主　指孫亮。字子明，是孫權少子。即位時年十歲。❸莅朝　臨朝執政。❹姦回肆虐　孫亮即位後，孫綝為侍中、武衛將軍，領中外諸軍事。孫亮因孫綝專恣，與太常全尚、將軍劉丞密謀誅殺孫綝。結果全尚被孫綝所抓獲，劉丞被攻殺。孫綝在宮門召集大臣，廢黜孫亮為會稽王。姦回，姦邪。指孫綝。肆虐，恣意作惡為禍。❺景皇聿興　孫休本封為琅邪王，孫綝廢黜孫亮後，迎立孫休為帝。景皇，孫休，死後謚景皇帝。字子烈，是孫權第六子。聿，遂；於是。興，即位。❻虔修　敬慎地實行。❼遺憲　舊法。❽大闕　大的失誤。❾守文　遵守賢聖君主所奉行的法度。文，指周文王。指代賢聖的君主。❿降及　延續到。⓫歸命之初　指孫皓即位之初。歸命，指孫皓。孫皓於西元二六四年即位，二八〇年晉武帝伐吳，孫皓投降，吳亡，孫皓被封為歸命侯。⓬典刑　舊法；常規。⓭大司馬　官名。掌管國家軍政要務。⓮陸公　指陸抗（西元二二六至二七四年）。字幼節。年二十，孫權拜為建武校尉，後官至鎮軍將軍，都督西陵。孫皓即位，加鎮軍大將軍，領益州牧，都督信陵、西陵、夷道、樂鄉、公安諸軍事。西元二七二年西陵督步闡叛吳降晉，被陸抗所擊破，加拜都護，駐軍於樂鄉以拒晉將羊祜。後官至大司馬、荊州牧。⑮熙朝　使王朝興盛。⑯左丞相　丞相是古時輔佐皇帝總理國家政務的最高官長，丞相有時分設左右丞相各一人。⑰陸凱　字敬風，吳郡人，陸遜族子。孫權在位時，初拜建武都尉，領兵，累遷為盪魏、綏遠將軍。孫休即位，拜征北將軍，授命領豫州牧。孫皓立，遷鎮西大將軍，都督巴丘，領荊州牧，進封嘉興侯，官至左丞相。所上表疏，都指事不飾，忠懇內發。⑱謇諤　直言相諫。⑲施績　字公緒，朱然之子（朱然本姓施氏，朱績復本姓）。初以父任為郎，後拜建忠都尉，遷偏將軍營下督，領盜賊事，執法公正。孫亮時拜驃騎將軍，孫休時遷上大將軍、都護督，孫皓拜左大司馬。⑳范慎　字孝敬，廣陵人。品性純直，著《矯非》二十篇。後為侍中，出補武昌左都督，治軍嚴整，孫皓對他十分敬畏。㉑丁奉　字承淵，廬江安豐人。孫權時以驍勇為偏將軍。孫亮即位，為冠軍將軍。因力戰有功，拜左將軍。孫休即位，因誅孫綝有功，遷大將軍，加左右都護，領徐州牧。後因與丞相濮陽興等迎立孫皓，遷右大司馬左軍師。㉒離斐　即黎斐。魏大將軍諸葛誕據壽春來降吳，魏人包圍壽春，吳使丁奉與黎斐解圍。㉓武毅　勇猛堅強。㉔孟宗丁固之徒為公卿　孟宗，字恭武，江夏人。後因避孫皓字，改名仁。初為鹽池司馬，調吳令，官至御史大夫、司空。丁固，字子賤。孫皓時初為御史大夫，後遷司徒。司空、司徒屬「三公」之列。㉕樓玄　字承先，沛郡蘄人。孫休時為監農御史。孫皓即位，為大司農，後為宮下鎮禁中侯，主殿中事。因應對切直，違逆孫皓之意，受斥責。後有人誣樓玄與賀邵訕謗政事，被遣送廣州，並被迫自殺。㉖賀邵　即「賀劭」。字興伯，會稽山陰人。孫休時為散騎中常侍，出為吳郡太守。孫皓即位，入為左典軍，遷中書令，領太子太傅。孫皓兇暴驕矜，政事凋弊，賀邵奉公切諫，為孫皓所忌恨，後被殺害。㉗機事　機密要事。㉘元首　頭。喻皇帝。指孫皓。㉙病　喻有缺陷。㉚股肱　手足。喻指上述大臣。㉛爰　語助詞。㉜末葉　末朝。指王朝末年。㉝群公既喪　指上述大臣已死。㉞黔首　百姓。秦改稱民為黔首。㉟瓦解之志　離散之心。㊱皇家　朝廷。㊲土崩　迅速崩潰。㊳釁　縫隙；裂痕。㊴歷命應化而微二句　指西元二七八年晉都督揚州諸軍事王渾派兵伐吳於皖城（今安徽潛山）。明年，命王伷、王渾、王戎、杜預、王濬等分路進兵伐吳。下年，王濬克西陵，又從武昌順流直趨建業；杜預進克江陵，孫皓投降。歷命，天命定數。指朝代更替的次序。應化，朝代順應天命定數而更替變化。微，隱微；人所不能知。王師，王朝的軍隊。此指晉師。躡運，遵循天命定數。發，出兵伐吳。㊵散於陣　從戰鬥隊列中潰散。㊶奔于邑　從城邑逃離。㊷城池　城牆和護城河。㊸藩籬　籬笆。㊹溝阜　小溝渠和小山。㊺工輸雲梯之械　楚國打算進攻宋國，公輸班自魯至楚，為楚建造雲梯，以便於進攻。工輸，即公輸班（「班」或作「盤」、「般」）。也稱為魯班。戰國初魯國巧匠。雲梯之械，雲梯那種器械。雲梯，古代攻城時用來登城的器械。用「雲」字形容其高。㊻智伯灌激之害　智伯攻趙襄子（也是六卿之一），趙襄子退保晉陽。智伯於是引汾水灌注晉陽城，晉陽幾乎被淹沒。智伯，春秋末年晉卿。晉當時為六卿專權，而智伯最強。灌溉，河水猛烈地灌注。㊼楚子築室之圍　西元前五九五年，楚莊王出兵圍宋，積九月，打算撤離。中叔時告莊王：「只要在宋建造房屋，並讓士兵耕種（表示沒有撤離的考慮），宋國必定聽命。」莊王聽從他的主張。宋人於是恐懼，與楚談和。楚子，楚王。即楚莊王。築室，建造房屋。㊽燕人濟西之隊　西元前二八四年，燕昭王使樂毅為上將軍率軍伐齊，樂毅軍在濟西擊敗齊軍。燕人，指燕軍。濟西，濟水之西。㊾軍未浹辰　晉軍之至，未經十二日。軍，指晉軍。浹辰，十二日。浹，一周。辰，指地支。地支自子至亥為十二辰，故以辰紀日為十二日。㊿死節　為堅持氣節而死。(51)奚救　怎能挽救。(52)曹劉之將　曹操、劉備的將領。(53)非一世所選　不是晉一代所能選出。這是說晉朝的將領遠不及曹操、劉備的將領。(54)向時之師　指當時滅吳的晉軍。(55)曩日　早時。指三國鼎立之時。(56)抑　語助詞。(57)前符　古法。(58)利　有利條件。(59)俄然未改　未突然改變。俄然，突然。(60)成敗貿理　指早時曹操、劉備的軍隊將強兵眾，吳國能挫敗他們的進犯而終於創建帝業；今日晉軍遠不如曹操、劉備軍隊的將強兵眾，吳國卻反而被它滅亡。貿理，事理變易。(61)古今詭趣　指孫權時趨向興盛，孫皓時歸於滅亡。詭趣，趨向改變。趣，通「趨」。(62)彼　彼時。指孫權時。(63)此　此時。指孫皓時。(64)化殊　政治教化不同。(65)授任之才　所授予重任之人才。

【語譯】大皇帝去世後，幼主臨朝執政。奸臣孫綝恣肆暴虐，景皇帝於是即位。他敬慎地按舊法行事，政治上沒有大的失誤，是一位能遵守賢聖君主所奉行法度的好君主。延續到歸命侯即位之初，舊法未消亡，老臣還在。大司馬陸公以文武之才使王朝興盛，左丞相陸凱以正直敢言而極盡規諫，而施績、范慎以威嚴莊重出名，丁奉、離斐以勇猛堅強為人稱道，孟宗、丁固之輩任公卿，樓玄、賀邵之輩掌管機密要事，首腦雖然有缺陷，股肱大臣卻還在。到了王朝末年，這些大臣去世了，然後民心渙散，朝廷出現了導致迅速崩潰的裂痕。朝代順應天命的定數在隱微地更替變化，於是晉王朝的軍隊遵循天命定數出征吳國。吳國的士兵從戰鬥隊伍中潰散，民眾從城邑逃離；這樣，城牆和護城河的堅固既不如籬笆，山河的形勢也不如小的山丘和溝渠。所以晉軍不是擁有像公輸班所建造的雲梯那種器械，也沒有造成像智伯引汾水向晉陽城猛烈地灌注那種危害，又沒有形成像楚莊王在宋國建造房屋以示永不撤兵的那種圍困，更不具備像燕軍在濟西的部伍，然而晉軍到來，未經十二日，吳國就被滅亡了。雖有忠臣孤直憤恨，烈士為堅持氣節而死，又怎能挽救呢？曹操、劉備的將領，不是晉一代所能選出；當時的晉軍，也沒有從前曹操、劉備的軍隊那麼多。而出戰與防守的原則，一樣有古法可以遵循；至於地形險阻的有利條件，又未突然之間改變。可是成敗之事理變易，先前與當今歸趨相反，這是什麼原因呢？是由於先前與當今的政治教化不同，授予重任的人才不一樣的緣故啊！

辯亡論下

【作　者】陸機，見頁二三四七。

【題　解】下篇旨在論析吳之長於曹魏、蜀漢之處，在於吳王能識拔人才，給予信賴和重用，使人人能盡輔弼之職。正因為如此，所以在蜀漢滅亡之後，陸抗能力拒晉軍。最後總結吳國興亡的根本原因，指出由於得天時、地利、人和，所以興；由於失卻最重要的人和這一項，所以覆亡必不可免。

昔三方❶之王也，魏人據中夏❷，漢氏有岷❸、益，吳制❹荊❺、楊❻而奄❼交❽、廣❾。曹氏雖功濟諸華，虐亦深矣，其民怨矣。劉公❿因險⓫以飾智⓬，功已薄⓭矣，其俗陋⓮矣。夫吳，桓王基之以武⓯，太祖⓰成之以德，聰明叡達⓱，懿度⓲弘遠矣。其求賢如不及⓳，卹⓴民如稚子；接㉑士盡盛德之容㉒，親仁罄㉓丹府㉔之愛；拔呂蒙於戎行，識潘濬於係虜㉕。推誠信士，不恤㉖人之我欺㉗；量能授器㉘，不患權之我逼㉙。執鞭鞠躬，以重陸公之威㉚；悉委武衛，以濟周瑜之師㉛。卑宮菲食㉜，以豐功臣之賞；披懷㉝虛己，以納謨士㉞之筭㉟。故魯肅一面而自託㊱，士燮蒙險而致命㊲。高張公之德，而省遊田之娛㊳；賢諸葛之言，而割情欲之歡㊴。感陸公之規，而除刑法之煩㊵；奇劉基之議，而作三爵之誓㊶。屏氣跼蹐，以伺子明之疾㊷；分滋損甘，以育凌統之孤㊸。登壇慷慨，歸魯子之功㊹；削投惡言，信子瑜之節㊺。是以忠臣競盡其謨㊻，志士咸得肆力㊼。洪規遠略㊽，固不厭㊾夫區區㊿者也。故百官苟合(51)，庶務(52)未遑(53)。

【章　旨】讚揚孫權德性之完美，主要表現在他求賢若渴、善於識拔和信用人才上，而且能虛懷納諫，使臣下能人盡其才，因而為他實現統一的宏圖奠定了基礎。

【注　釋】❶三方　指魏、蜀、吳。❷中夏　中原地區。❸岷　指岷山一帶。岷山在今四川松潘北，綿延四川、甘肅兩省邊境。❹制　控制。❺荊　荊州。❻楊　通「揚」。即揚州。地域在長江下游，治所在建業（今南京）。❼奄　包括。❽交　交州。地域在今廣西省等地，治所在今蒼梧縣。❾廣　廣州。地域在今廣東省，治所在番禺，後遷至交趾。❿劉公　指劉備。⓫因險　憑藉地形的險阻。⓬飾智　玩弄智巧。⓭薄　少。⓮俗陋　風俗鄙陋。⓯基之以武　以武功開創了基業。⓰太祖　指孫權。⓱叡達　深明事理。⓲懿度　厚大的度量。⓳不及　不能實現。形容心情迫切。⓴卹　同「恤」。憂念；憐憫。㉑接　接待。㉒盡盛德之容　充分體現出具有崇高道德者所應有的態度。㉓罄　盡。㉔丹府　赤心。㉕拔呂蒙於戎行二句　呂蒙在孫策時拜別部司馬。孫權統事後因戰功屢加提拔，先後拜平北都尉、領廣德長，為橫野中郎將，偏將軍，左護軍、虎威將軍，最後為南郡太守，封孱陵侯。潘濬本從劉備，掌管荊州事務。孫權奪取荊州後，荊州將吏都歸附孫權。孫權請潘濬也能歸降。據〈江表傳〉記述：孫權攻克荊州後，潘濬推託有病，不去見孫權。孫權派人把一張床載在車上給他送去，潘濬捂著臉伏在床上傷心痛哭。孫權稱他的字勸慰他說：「從前，觀丁父是鄀國的俘虜，武王拜他為軍師；彭仲爽是申國的俘虜，文王拜他為令尹。這二人，開始雖然被囚，後來都被提拔任用，成為楚的名臣。您不肯歸降，是不是以為我與古人的氣量不一樣呢？」並且讓親近用手巾給他擦眼淚，潘濬於是起身拜謝。孫權任之為治中，荊州的軍事事務一一諮問於他。拔，提拔。戎行，軍隊之中。係虜，被繫縛的俘虜。㉖不恤　不憂。㉗我欺　欺我。㉘器　古代標誌名位、爵號的器物。《左傳．成公二年》：「唯器與名，不可以假人。」㉙權之我逼　自己為權勢所逼。㉚執鞭鞠躬二句　據陸機為陸遜所作銘文說：「魏大司馬曹休侵犯吳國北郊，孫權於是把用黃金裝飾的斧鉞授與陸遜，讓他統率六師及中軍警衛皇宮之軍隊，而代行王事。孫權親自為他執鞭駕車，百官屈膝。」執鞭，手拿鞭子駕車。以表示對某人的敬重。鞠躬，彎著身子。也是表示對人的敬意。陸公，指陸遜。以重陸公之威，用以加重陸遜的威望。㉛悉委武衛二句　據〈江表傳〉，曹操軍進入荊州，周瑜晚上請求見孫權，對孫權說：「大家光見到曹操書信上說有水步兵八十萬，因而各自恐懼，不再推斷他的事實。現在從實際考察，不過十五六萬，而且軍隊已長久處於困疲狀態。我有精兵五萬，自然能夠戰勝他。」孫權說：「一下子難以調集五萬兵，現已選好三萬人，船隻糧食都已辦到。您與子敬便可在前出發，我會增發人眾，多運糧食，以作後援。」悉委，盡數交給。武衛，武力護衛者。指皇宮警衛軍隊。濟，接濟。㉜卑宮菲食　指生活儉樸。卑宮，住室簡陋。菲食，飲食菲薄。㉝披懷　開懷。㉞謨士　謀士。㉟筭　通「算」。計謀。㊱魯肅一面而自託　據《三國志．卷五四．吳志．魯肅傳》，周瑜向孫權推薦魯肅，說魯肅有佐時之才，要成就功業，不可讓他離去。孫權立即見魯肅，與他交談，十分喜歡。賓客罷退之後，又獨帶魯肅回居室，二人同榻對飲。此後，魯肅就畢生為孫權效力。一面，第一次見面。自託，託身於孫權。㊲士燮蒙險而致命　孫權派遣步騭為交州刺史，士燮率其兄弟奉承部署。後又誘導益州豪姓雍闓等歸附於孫權。每年又有珍貴物品與土產進貢。士燮，字威彥，蒼梧廣信人。漢末時為交趾太守。建安十五年接受孫權管轄，加為左將軍，後又遷衛將軍，封龍編侯。蒙，受任。險，險阻之地。指交趾。治所在今越南河內市東天德江北岸。致命，效命；畢生盡力。㊳高張公之德二句　據《三國志．卷五二．吳志．張昭傳》載：張昭為軍師時，孫權常在田獵時乘馬射虎，而虎常衝上前來攀住馬鞍。張昭變色而諫，說：「作為君主，要能駕御英雄，驅使群賢，怎麼能在原野上馳逐，與猛獸較量勇氣呢？如果一旦發生禍患，怎樣對待天下人的譏笑呢？」孫權承認過錯說：「年輕人考慮事情不能長遠，因此在您面前感到慚愧。」但是仍然不能停止，張昭雖諫爭，常笑而不答。此處說減省，是對孫權的文飾。張公，指張昭。省，減省。遊田，打獵。㊴賢諸葛之言二句　指稱道諸葛瑾的言論，而割棄喜悅女色的歡情。其事未詳。諸葛，指諸葛瑾。割，棄。情欲，指喜悅女色。㊵感陸公之規二句　陸遜曾規諫孫權要施行德政，減輕刑罰，放寬賦稅，停收調稅（一種徵收紡織品的戶稅）。孫權回答說：「您以為法令太重，對我又有什麼好處，只是不得已而這樣做的。現在根據您的意見，當重加諮謀，僅擇其可行的加以實施。」於是令有關官員都把法令條規寫出，送交陸遜與諸葛瑾酌定，有不妥的，即加刪除。規，規諫。煩，煩雜。㊶奇劉基之議二句　在歡慶孫權為吳王的宴會上，孫權親自為群臣斟酒。當時虞翻伏在地上，假裝喝醉了，不拿起酒爵。孫權走開之後，虞翻坐起身子。孫權於是大怒，手握劍想殺虞翻。在座的人都驚慌失措，只有劉基起身抱住孫權，勸諫說：「大王酒過三爵之後要殺善良之士，雖然虞翻有罪，天下人誰能知道？」虞翻因此而得到赦免。孫權於是告諭左右：「從今天開始，凡是酒後言殺，都不能殺。」議，諫。三爵，三次飲酒。指酒醉之後。㊷屏氣踽蹐二句　呂蒙病，孫權當時在公安，即把他接來安置在內殿，用種種方子調護，並在國內招募能治好呂蒙疾病的人，賞賜千金。為了能經常觀察他的面色，又不至於勞累他，於是在牆壁上鑿一小洞來察看。看到他稍能下床飲食就高興，眼顧左右說說笑笑；不然就歎息，晚上常睡不著。病稍愈，就下達赦免令，讓群臣慶賀。後來病轉重了，又親自看望。屏氣，憋住氣不呼吸。踽蹐，彎著身子輕聲行走。都是形容小心謹慎，生怕驚動人的樣子。伺，候望。子明，呂蒙字。㊸分滋損甘二句　凌統死後，孫權幾天飲食減少，一說便落淚。於是封凌統的兩個孩子，並且接進宮中撫養，愛如自己的孩子。有賓客進見孫權，稱是自己的虎子。滋，美味食品。損甘，從自己吃的美味食品中減省下來。孤，失去父親的孩子。㊹登壇慷慨二句　孫權臨登壇時，回頭對公卿說：「當初魯子敬曾經說到這事，可以說是看清了事態的發展趨勢了。」登壇，指登壇舉行稱帝儀式。慷慨，情緒激動。魯子，指魯肅。㊺削投惡言二句　有人散布流言，說諸葛瑾私下派人給劉備通消息。孫權說：「我與子瑜有死生不變的誓言，子瑜不辜負我，就像我不辜負子瑜一樣。」削投，棄而不聽。古人將文字刻寫在竹簡上，將竹簡上的文字削去並且把竹簡丟棄，表示棄之不顧。子瑜，諸葛瑾之字。㊻競盡其謨　毫無保留地爭相獻上他們的計謀。㊼肆力　充分發揮才力。㊽洪規遠略　宏大而長遠的規劃。㊾猒　同「厭」。㊿區區　小。指小國的地位。(51)苟合　權且聚集。(52)庶務　國家的眾多事務。(53)未遑　無暇。

【語　譯】當初鼎立的三方各自稱王，曹魏佔據中原地區；蜀漢據有岷山地區與益州；吳國控制荊州、揚州，包括交州、廣州。曹氏雖然有著助益中原的功績，然而由於他的暴虐深重，所以招致百姓的怨恨。劉公憑藉險阻的地勢而玩弄智巧，因此他少有功業，而且風習鄙陋。而吳國，由桓王以武力開創了基業，太祖以道德而獲得成功。他聰慧而深明事理，度量宏大深遠。謀求賢者，迫切得好像來不及那樣，憂念百姓，如同對待自己幼小的孩子那樣；他接待士子，充分體現出一位具有崇高道德者應有的態度，親近具有仁德的人，竭盡內心的赤誠之愛；他提拔呂蒙於軍隊之中，識別潘濬於俘虜之列。對於士人推誠致信，不憂慮別人會欺騙自己；估量他們的才能而授與職位，不憂慮他們會憑仗權勢逼迫自己。他手拿著鞭子恭敬地為陸公（遜）駕車，用以加重陸公的威望；他把禁軍盡數交付周瑜，用以增加周瑜的軍隊。他居住簡陋的宮室，飲食菲薄，用以增加功臣的賞賜；敞開胸懷，虛心待人，以接納謀士的計策。因此，魯肅初次見面就畢生為太祖盡力，士燮受任於險阻之地而終身效命。崇敬張昭盡忠的德行，而減省可獲得娛樂的打獵活動；稱道諸葛瑾的言論，而割棄喜悅女色的歡情。感悟於陸公（遜）的規勸，而刪除煩雜的刑法；驚異於劉基的諷諫，而發出酒後不能殺人的誓言。憋住呼吸，彎著身子輕聲行走，以探望呂蒙的病情；將自己吃的美味食品減省分出，以撫育淩統的孤兒。登壇稱帝之時，情緒激動，把它歸功於魯肅的先見之明；不聽受對諸葛瑾的誹謗，而相信諸葛瑾的品節。因此，忠臣毫無保留地爭相獻上他們的計謀，志士都能充分發揮才力。於是國家有了宏大而長遠的規劃，根本不以區區小國為滿足，而思一統天下。所以百官權且聚集，國家的眾多事務還無暇作完備的處理。

初都建業(1)，群臣請備(2)禮秩(3)，天子(4)辭而不許，曰：「天下其謂朕何(5)？」宮室輿服(6)蓋(7)慊如(8)也。爰(9)及中葉(10)，天人之分(11)既定，百度(12)之缺粗脩(13)，雖醲化(14)懿綱(15)，未齒乎上代(16)，抑(17)其體國經邦(18)之具(19)，亦足以為政矣。地方幾(20)萬里，帶甲(21)將百萬，其野沃，其兵練(22)，其器(23)利，其財豐。東負(24)滄海，西阻險塞，長江制(25)其區宇(26)，峻山帶(27)其封域(28)。國家之利，未巨(29)有弘(30)於茲者矣。借使(31)中才(32)守之以道，善人御之有術，敦(33)率(34)遺典(35)，勤民謹政(36)，循定策，守常險(37)，則可以長世(38)永年，未有危亡之患也。

【章　旨】論述孫權稱帝之後，達到了富國強兵之治績。假如能後繼得人，治國有道，則不至於有危亡的禍患。

【注　釋】❶都建業　西元二二九年，孫權即皇帝位後，遷都建業。都，建都。建業，今南京。❷備　完備。❸禮秩　指皇帝的禮儀和秩祿。❹天子　即指孫權。❺其謂朕何　將會怎樣說我。朕　孫權自稱。❻輿服　車和冠服。❼蓋　語助詞。❽慊如　不足；不完備。❾爰　語助詞。❿中葉　中年之時。⓫天人之分　指天意讓三國各據一方。天，天道。人，人事。分，分界。⓬百度　各種禮儀制度。⓭粗脩　初步建立。脩，通「修」。⓮醲化　醇厚之教化。⓯懿綱　美善之綱紀。⓰未齒乎上代　尚未與以往聖明之朝代處於同列。齒，列。上代，指以往聖明之朝代。⓱抑　可是。⓲體國經邦　治理國家。⓳具才器；才幹。⓴幾　近。㉑帶甲　披鎧甲的將士。㉒練　精銳。㉓器　武器。㉔負　靠。㉕制　限定。㉖區宇　領土。㉗帶像帶一樣環繞。㉘封域　疆界。㉙巨　發聲詞。《晉書・卷五四》、《三國志・卷四八》注皆作「見」。㉚弘　大。㉛借使　假使。㉜中才　才能中等的人。㉝敦　勉力。㉞率　遵循。㉟遺典　傳下的法則。㊱勤民謹政　勤於民事，謹慎執政。㊲常險永恆不變的險阻地勢。㊳長世　長年。

【語　譯】在建都建業之初，群臣請求使皇帝的禮儀和秩祿完備，皇帝拒絕而不答應，說：「天下人將會怎樣說我？」所以，宮室車輿冠服還是不完備的。到了中年之時，根據上天的意志，三國各據一方的局勢已定，各種禮儀制度的缺失初步補足，雖然醇厚的教化、美善的治國綱紀還不能與先前聖明的朝代一樣，可是他治理國家的才幹，也足可掌管政務了。其時地域近萬里，將士近百萬，原野肥沃，士兵精銳，武器鋒利，財物豐富。東面靠著大海，西面有險阻防禦，長江是國土的天然界線，高山峻嶺環繞著疆界。國家的有利條件，沒有大於這個時候。假如讓才能中等的人按照法則保守基業，善人治理有方，勉力遵循傳下的法規行事，勤於民事，謹慎執政，沿著既定的策略，守衛恆久不變的險阻，那麼就可以長年久歲，不會有危亡的禍患了。

或曰：吳、蜀脣齒之國❶，蜀滅則吳亡，理則然❷矣。夫蜀，蓋藩援❸之與國❹，而非吳人之存亡[5]也。何則[6]？其郊境之接[7]，重山積險，陸無長轂[8]之徑[9]；川阨[10]流迅[11]，水有驚波之艱[12]。雖有銳師百萬，啟行[13]不過千夫[14]；舳艫[15]千里，前驅不過百艦[16]。故劉氏[17]之伐，陸公[18]喻之長蛇[19]，其勢然也[20]。昔蜀之初亡，朝臣異謀[21]；或欲積石[22]以險其流[23]，或欲機械[24]以御其變[25]。天子[26]總群議[27]而諮[28]之大司馬陸公[29]。公以四瀆[30]天地之所以節宣[31]其氣[32]，固[33]無可遏[34]之理，而機械則彼我之所共。彼若棄長技[35]以就[36]所屈[37]，即[38]荊、楊而爭舟楫之用[39]，是天贊[40]我也。將謹守峽口[41]，以待禽[42]耳。逮[43]步闡之亂[44]，憑[45]寶城[46]以延[47]強寇[48]，重資幣[49]以誘群蠻[50]。于時大邦[51]之眾，雲翔[52]電發，懸旍[53]江介[54]，築壘遵渚[55]，襟帶[56]要害，以止吳人之西[57]。而巴、漢舟師[58]沿江東下。陸公以偏師三萬，北據東阬[59]，深溝高壘，案甲[60]養威[61]。反虜[62]踠跡[63]待戮[64]，而不敢北[65]窺生路；強寇敗績宵遁[66]，喪師[67]太半。分命銳師五千，西御水軍[68]。東西同捷，獻俘[69]萬計。信[70]哉，賢人之謀，豈欺我哉？自是烽燧[71]罕警[72]，封域寡虞[73]。陸公歿而潛謀[74]兆[75]，吳釁[76]深而六師[77]駭。夫太康之役[78]，眾[79]未盛乎曩日[80]之師[81]；廣州之亂[82]，禍有[83]愈[84]乎向時[85]之難[86]。而邦家顛覆，宗廟為墟。嗚呼！「人之云亡，邦國殄瘁[87]。」不其然與[88]？《易》曰：「湯、武革命，順乎天[89]。」《玄》[90]曰：「亂不極[91]則治不形(92)。」言帝王之因(93)天時(94)也。古人有言曰：「天時不如地利(95)。」《易》曰：「王侯設險，以守其國。」言為國之恃險也(96)。又曰：「地利不如人和(97)。」「在德不在險(98)。」言守險之由人也。吳之興也，參而由(99)焉，孫卿所謂合其參者(100)也。及其亡也，恃險而已，又孫卿所謂舍其參(101)者也。

【章旨】闡述陸抗曾憑藉地形之利而擊敗步闡的反叛和晉軍的進犯。而在陸抗亡故之後，雖有地利而不得其人，所以終於頃刻為晉所滅亡。

【注釋】❶脣齒之國　猶如脣齒相依的國家。喻利害相關聯。脣，同「唇」。❷理則然　事理即是如此。❸藩援　如籬笆那樣有護衛之助。❹與國　友好的國家。❺非吳人之存亡　吳國的存亡並不取決於蜀國。吳人，指吳國。❻何則　為什麼。❼郊境之接　與吳接壤之郊野。❽長轂　兵車。❾徑　通行之路。❿川阨　河道狹窄。⓫流迅　水流迅疾。⓬驚波之艱　驚濤駭浪的艱險。⓭啟行　出發；啟程。⓮千夫　千人。⓯舳艫　船隻。⓰艦　戰船。⓱劉氏　指劉備。⓲陸公　指陸遜。⓳喻之長蛇　隊伍行進如長蛇之形。意為首尾不能相救。⓴其勢然也　那種山川地形必致如此。㉑異謀　各種不同的計謀。㉒積石　在長江中堆積石頭。㉓險其流　使長江水流險阻。㉔機械　用軍事器械。作動詞用。㉕御其變　抵禦晉軍的進犯。㉖天子　指孫皓。㉗總群議　匯集各種議論。㉘諮　訊問。㉙陸公　指陸抗。㉚四瀆　四條河流。指黃河、長江、淮河、濟水。㉛節宣　節制、散泄。㉜氣　指六氣。古人認為天有陰陽風雨晦明六氣。㉝固　必。㉞遏　阻塞。㉟長技　擅長的戰術。指陸戰。㊱就　採用。㊲所屈　猶所短。即所不擅長的戰術。指水戰。㊳即　前往。㊴爭舟楫之用　爭用戰船進行水戰。楫，船槳。㊵贊　幫助。㊶峽口　長江出蜀的險隘之處。㊷禽　通「擒」。㊸逮　至。㊹步闡之亂　西元二七二年，孫皓徵步闡入朝，步闡畏懼而據城降晉。並遣其姪步璣與其弟步璿至洛陽任事。晉以步闡為都督西陵諸軍事、衛將軍、儀同三司，加侍中，領交州牧，封宜都公。步璣、步璿各有封授。步闡，步騭之子，繼父業為西陵督，加昭武將軍，封西亭侯。㊺憑　依恃。㊻寶城　猶堅城。㊼延　引進。㊽強寇　指晉軍。晉車騎將軍羊祜等率軍救護步闡。㊾資幣　財物與禮品。㊿誘群蠻　勸誘好多從屬於吳的蠻族叛吳降晉。[51]大邦　指晉。[52]雲翔　如雲之趨翔。形容晉軍人眾勢強。[53]旍　同「旌」。旗子。[54]江介　長江岸邊。[55]築壘遵渚　沿著小洲修築營壘。[56]襟帶　指山川屏障環繞，如衣襟，如衣帶。[57]吳人之西　吳軍向西出擊。[58]巴漢舟師　蜀地之水軍。[59]東阬　地名。在西陵城之北。[60]案甲　即按兵。停止軍事活動。[61]養威　蓄養軍威。[62]反虜　指稱步闡。[63]踠跡　俯伏。[64]戮　殺。[65]北　指晉朝。建都在洛陽。[66]宵遁　夜間逃跑。[67]喪師　軍隊喪失。[68]水軍　即指蜀地沿江東下之軍。[69]獻俘　所獻之俘虜。古時戰後要獻戰俘於祖廟。[70]信　確實。[71]烽燧　即烽火。是古代邊防報警的兩種信號。白天放煙叫「烽」，夜間舉火叫「燧」。[72]罕警　報警的情況少有。意指邊境安寧。[73]寡虞　少憂。[74]潛謀　暗中的策劃。指討滅吳國。[75]兆　顯露。[76]釁　縫隙；弊病。[77]六師　即六軍。天子有六軍。也是軍隊的統稱。[78]太康之役　即太康元年（西元二八〇年）晉軍王濬克西陵後，由武昌順流直趨建業，孫皓投降。太康，晉武帝（司馬炎）年號。[79]眾　指晉軍之兵眾。[80]曩日　早時。指魏、蜀進犯之時。[81]師　指魏、蜀之軍。當初魏、蜀之軍兵多勢強而吳能挫敗他們。[82]廣州之亂　西元二七九年原合浦太守郭馬聚人眾攻殺廣州都督虞授，自號都督廣、交二州諸軍事、安南將軍。[83]有　通「又」。[84]愈　更輕。[85]向時　往時。也指三國鼎立之時。[86]難　禍害。[87]人之云亡二句　《詩經・大雅・瞻卬》文。人，指賢人。云，語助詞。亡，逃亡。殄瘁，困病。作者引用此文句，將其中的「亡」詞作去世解釋。[88]不其然與　不是這樣嗎。[89]易曰三句　下引文出自其中的〈革卦〉。湯武革命，他們分別用武力推翻夏朝和商朝，建立了商朝和周朝。湯，成湯。武，周武王。順乎天，順應天意。易，也稱作《周易》。是我國古代一部占卜書，也是儒家的重要典籍。[90]玄　即《太玄經》。是西漢末年揚雄模仿《周易》之作。[91]不極　不發展到極點。[92]不形　不會出現。[93]因　順應。[94]天時　天命。[95]天時不如地利　是說天時不如地利之重要。此言出自戰國時之孟子，見《孟子・公孫丑下》。天時，指有利於攻戰的時令、氣候條件。地利，有利的地理條件。[96]王侯設險三句　引文為〈坎卦〉之辭。設險，設置險阻。為國，保衛國家。恃，依靠。[97]地利不如人和　見《孟子・公孫丑下》。人和，指有利於戰爭的人心所向、上下團結、士氣旺盛等因素。[98]在德不在險　此為戰國時軍事家吳起對魏武侯之言。魏武侯對吳起說：「山河的險固，這是魏國之寶。」吳起回答說：「在德不在險。」見《史記・卷四七・吳起列傳》。在德，意為國家所寶貴的在於國君之有德。不在險，不在於國家有山川之險阻。[99]參而由　根據三者行事。參，通「叁」（三）。指天時、地利、人和三者。由，行。[100]孫卿所謂合其參者　荀子在其〈天論〉中說：「天有時令，地有財物，人能配合天地二者進行治理，這稱為『能三』。要是捨棄人治而寄希望於天地二者，就是迷惑不清。」孫卿，即荀子。漢人因避漢宣帝（劉詢）諱，改「荀」為「孫」。名況（西元前三一三？至前二三八年）。戰國趙人。為學者所尊敬，稱為荀卿。年五十始遊學於齊，三為稷下祭酒。因遭讒而至楚，春申君以為蘭陵令。今傳《荀子》三十二篇。他的學說以孔子為宗，反映出對於儒學傳統的批判與革新。合其參，指人能配合天地二者進行治理。101 舍其參　捨棄人治而寄希望於天地二者。舍，捨棄。

【語　譯】有人說：吳國與蜀國是脣齒相依之國，蜀國滅亡了，吳國就會跟著滅亡，事理是必然如此的。蜀國，對於吳國來說，是像籬笆那樣有護衛之助的友好國家，而吳國的存亡並不取決於它。為什麼呢？蜀國與吳國接壤的郊野，重山峻嶺，險阻相繼，沒有兵車可通行之路；河道狹窄，水流迅疾，驚濤駭浪，充滿艱險。所以，即使有百萬精銳的軍隊，能啟程的不過千人；戰船千里相連，而前驅不過百艘。因此，劉備的征伐，陸公（遜）比作長蛇，這是地理形勢決定他們必然如此的緣故。在當初蜀國剛滅亡的時候，吳國的朝臣有各種不同的計謀：有的想在長江中堆積石頭，以使水流險阻；有的想用軍事器械來抵禦晉軍的進犯。天子匯集各種議論而訊問大司馬陸公（抗）。陸公認為四條大河是天地用來節制與散泄六氣的，必無可以阻塞之理；而軍事器械則是他們和我們所共有的。他們假如拋棄擅長的戰術而採用不擅長的戰術，前往荊州、揚州爭用戰船進行水戰，這是天在幫助我們啊。只要在峽口謹慎守候，以等待敵軍來到而將他們擒獲。到了步闡發動叛亂，依恃城防堅固而引入強大的敵軍，又以厚重的禮品與財物勸誘眾多蠻族叛吳降晉。在當時，大國的軍隊趨之若雲，迅猛若雷電，長江邊岸懸掛起旗子，沿著小洲築起營壘，要害之處有山川作屏障與環繞，以此來阻止吳軍向西進擊。而蜀地的水軍也沿長江東下。陸公率領三萬軍隊，占據了北面的東阬，修築深的壕溝和高的營壘，按兵不動，以蓄養軍威。反叛者俯伏著身子等待被誅，而不敢窺視北方以謀求生路；強大的敵軍也大敗而連夜逃跑，喪失大半的軍隊。陸公另又命令精兵五千人，抵禦西來的水軍。於是東西兩邊一起傳來捷報，所獲俘虜以上萬計。確實呀，賢人的謀劃，難道會欺騙人嗎？從此之後，邊境用煙火報警的情況少有發生，邊界少有憂患。陸公去世後，晉朝策劃討滅吳國的陰謀也暴露了，吳國內部弊病的深重使吳國的軍隊震驚。太康元年滅吳的戰役，晉軍的人數並不比往日曹魏、蜀漢的軍隊要多；廣州的叛亂，災難又輕於魏、蜀進犯之時。然而國家覆亡，宗廟變為廢墟。啊！「賢人逃亡，國家困病。」不是這樣嗎？《周易》說：「成湯、武王革命，是順應天意的。」《太玄經》說：「騷亂不發展到極點就不會出現太平。」說的是帝王順應天命的道理。古人有句話說：「天時不如地利重要。」《周易》說：「王侯設置險阻，用以守衛他的國家。」說的是守衛國家要依靠險阻的道理。又說：「地利不如人和重要。」「國家最重要的在於國君有德，而不在於有山川的險阻。」說的是守衛險阻在於人的道理。吳國的興起，是由於根據天時、地利、人和三者來行事，也就是荀子所說的人能配合天地二者來理事。到了它滅亡之時，依靠的只有險阻而已，也就是荀子所說的捨棄了人治而寄希望於天地二者了。

夫四州❶之萌❷非無眾也，大江❸之南非乏俊❹也，山川之險易守也，勁利之器❺易用也，先政之策❻易循也。功不興❼而禍遘❽者，何哉？所以用之者失也❾。是故先王❿達⓫經國之長規⓬，審存亡之至數⓭；謙己以安百姓，敦惠⓮以致人和；寬沖⓯以誘⓰俊乂⓱之謀，慈和⓲以結⓳士民之愛。是以其安也，則黎元⓴與之同慶；及其危也，則兆庶㉑與之共患㉒。安與眾同慶，則其危不可得也；危與下共患，則其難不足恤㉓也。夫然，故能保㉔其社稷，而固其土宇㉕，〈麥秀〉無悲殷之思㉖；〈黍離〉無愍周之感㉗矣。

【章　旨】論述吳國雖然有民眾，有人才，得地利，有先時之政策可循等有利條件，然而由於執政者德行有失，不能致力於實現人和，所以亡國之禍便不可避免了。

【注　釋】❶四州　指吳國所據有的荊州、揚州、交州、廣州。❷萌　通「氓」。即民。❸大江　指長江。❹俊　傑出的人才。❺勁利之器　強勁銳利的武器。❻先政之策　先前政治上的措施。❼興　建立。❽遘　遭遇。❾所以用之者失也　對於這些有利條件，在利用上有過失。這話實際上是隱晦地指責孫皓，由於他德行有失，所以這些有利條件雖有若無。❿先王　指古代帝王。⓫達　通曉。⓬經國之長規　治國的永久法則。⓭至數　天命定數。⓮敦惠　敦厚仁愛。⓯寬沖　胸襟寬大，虛懷若谷。⓰誘　引出。⓱俊乂　德才傑出的人。舊說德才超過千人為俊，百人為乂。⓲慈和　慈愛平和。⓳結　造成。⓴黎元　百姓。㉑兆庶　萬民。㉒患　憂。㉓恤　憂慮。㉔保　安定。㉕土宇　國土。㉖麥秀無悲殷之思　即「無〈麥秀〉悲殷之思」。意思是不會有像箕子歌唱〈麥秀歌〉所抒發的悲傷殷朝覆亡的那種哀思。〈麥秀〉，即〈麥秀歌〉。傳說是箕子所作。箕子本是商紂王諸父，封國於箕，故稱箕子。紂王暴虐，箕子勸諫不聽，於是披髮裝瘋作為奴僕而隱居。周武王滅商後，訪問箕子，並封於朝鮮。後箕子朝周，途經殷墟，感慨於宮室毀壞，生長著禾黍，因而作〈麥秀之歌〉而詠唱。歌詞說：「麥子吐穗長著麥芒，禾黍苗兒油光光。那個虛有其表的少年（指商紂王）呀，不與我好呀！」殷商的遺民聽到這歌聲，都流下了眼淚。事見《史記・卷二〇・宋微子世家》。後以〈麥秀歌〉喻亡國之痛。㉗黍離無愍周之感　即「無〈黍離〉愍周之感」。意思是不會有像東周大夫作〈黍離〉詩所抒發的憂傷西周王朝覆亡的那種感慨。〈黍離〉，即《詩經・王風・黍離》。據〈詩序〉說：「〈黍離〉，是憫傷西周覆亡的作品。東周大夫因公務來到西周都城鎬京，經過原來的宗廟宮室之地，見到遍地長著禾黍。他憫傷西周王朝的顛覆，徘徊而不忍離去，於是作了這一首詩。」後以〈黍離〉為感慨亡國觸景生情之詞。愍，憂傷。周，指西周王朝。

【語　譯】吳國擁有四州之民，並不是沒有民眾；位在長江之南並不缺乏傑出的人才，有著山川的險阻，容易守衛；有著強勁銳利的武器，方便於使用；有著先前傳下的政策措施，便於遵循。然而她不但沒有具建樹的功績，反而遭遇到災禍，是什麼原因呢？這是由於對於這些有利條件在利用上有過失的緣故。因此，古代帝王通曉治國永久奉行的法則，審察國家存亡的天命定數，自己做到謙遜以使百姓安寧，敦厚仁愛以達到人和；心胸寬大，虛懷若谷，以引出卓絕人士的計謀；慈愛平和，以凝成百姓愛戴的情意。由於能夠如此，所以他獲得安寧，百姓就會與他一起享福；到了他發生危難，萬民就會與他一道共度患難。安寧之時，他與民眾一起得福，那麼他就不會遇到危難；危難之時，他與人民一道共度患難，那麼他的危難就不足以憂慮。由於做到這樣，所以能安定他的國家，穩定他的國土，既不會有像箕子歌唱〈麥秀歌〉所抒發的悲傷殷朝覆亡的那種哀思，也不會有像東周大夫作〈黍離〉詩所抒發的憂傷西周王朝覆亡的那種感慨了。

卷五四

五等論

【作　者】陸機，見頁二三四七。

【題　解】五等是指公、侯、伯、子、男五種等級的爵位。作者在文章中引據歷史，論證實行五等制的優越和實行郡縣制的弊害。作者認為，實行五等制，由於被封授者是以王室宗族為主體，他們與王室利害一致，休戚與共，所以不僅王室的名位可賴以確保，國家可致磐石之固，而且即使王室衰微，地位受到威脅，也可依靠他們禦暴護衛。也正由於五等制如此優越，所以在秦代以前歷朝相沿不變。與此相反的，實行郡縣制，由於授命的郡縣之長，並非王室宗族，他們又各謀其利，所以不僅容易造成禍亂，而且會使王室陷於孤立無援的困境。秦漢二代所以禍亂迅速蔓延，王朝轉眼瓦解，正是出於這種原因。總之，作者認為五等制的實行與廢棄，直接關係到王室和國家的利害、朝代的興亡。由分封制轉變到郡縣制，已被歷史證明是我國社會發展的一大進步，這種發展的趨勢已無可逆轉。陸機此論，把五等分封制視為國家命運所繫，以為實行五等制，國家必利，王朝必興；改行郡縣制，則國家必受害，王朝必危亡。這種觀點為今人所不取。

夫體國營治❶，先王所慎。創制垂基❷，思隆後葉❸。然而經略❹不同，長世❺異術❻：五等之制，始於黃、唐❼；郡縣之治，創自秦、漢❽。得失成敗，備在❾典謨❿，是以其詳⓫，可得而言。

【章　旨】說明五等制與郡縣制創立的先後，並指出可以由它們的得失成敗來評定孰優孰劣。

【注釋】❶體國營治　建設京城，先把宮室、社稷、宗廟、道路等加以區劃標記，然後進行修建。泛指治理國家。體，區分。國，京城。營治，原誤作「經野」，據胡克家《文選考異》校正。營，營表。即將區劃作出標記。治，修建。❷創制垂基　創制，創建制度。垂基，把基業傳給後代子孫。❸後葉　後代。❹經略　治理的策略。❺長世　為時久長的世世代代。❻異術　治理的方法不同。❼黃唐　黃，黃帝。唐，唐堯。傳說堯曾封於唐，故稱唐堯。二人都是古代傳說中的帝王。❽郡縣之治二句　秦統一全國後，用廷尉李斯建議，廢分封諸侯之制，分全國為三十六郡，郡下設縣。西漢沿襲秦的郡縣制，只是將部分郡縣分封給同姓與異姓諸侯王。❾備在　全在。❿典謨　原指《尚書》中的〈堯典〉和〈大禹謨〉。這裡指典籍。⓫其詳　得失成敗的詳細情況。

【語譯】治理國家，這是古代帝王慎重去做的事情。創建一種制度，把基業傳給子孫後代，則是希望後代能使國家昌盛發達。然而在久長的世世代代中，人們用來治理的策略方法不一：五等的制度開始於黃帝、唐堯的時代；劃分郡縣來進行治理，則開創於秦漢之時。二者的得失成敗，在典籍中有周全的記載，因此其中的詳細情況，能夠加以論述。

夫先王知帝業至重，天下至曠❶。曠不可以偏制❷，重不可以獨任；任重必於借力❸，制曠終乎因人❹。故設官分職❺，所以輕其任❻也；並建五長❼，所以弘其制❽也。於是乎立其封疆之典❾，財其親疏之宜❿，使萬國⓫相維⓬，以成盤石⓭之固；宗⓮庶⓯雜居⓰，而定⓱維城⓲之業。又有以見綏世⓳之長御⓴，識人情之大方㉑：知其為人不如厚己，利物不如圖身㉒；安上在於悅下，為己在乎利人㉓。故《易》㉔曰：「說以使民㉕，民忘其勞。」孫卿㉖曰：「不利㉗而利之㉘，不如利而後利之㉙之利也。」是以分㉚天下㉛以厚樂㉜，而己得與之同憂；饗㉝天下以豐利㉞，而我得與之共害。利博㉟則恩篤㊱，樂遠㊲則憂深㊳。故諸侯享食土㊴之實，萬國受世及㊵之祚㊶矣。夫然，則南面之君㊷，各務其治；九服㊸之民，知有定主㊹。上㊺之子愛㊻於是乎生，下㊼之體信㊽於是乎結㊾。世治足以敦風㊿，道衰(51)足以御暴(52)。故強毅(53)之國不能擅(54)一時之勢，雄俊之士(55)無所寄霸王之志。然後國安由萬邦之思治(56)，主尊賴群后(57)之圖身(58)。譬猶眾目營方，則天網自昶(59)；四體辭難，而心膂獲乂(60)。三代所以直道(61)，四王(62)所以垂業(63)也。

【章　旨】首先論述只有實行五等制，才可使公、侯、伯、子、男五長分擔帝業重任，輔助帝王實現對全國廣大地域的控制；然後闡明它又符合於人情，即由於五等制體現了帝王對五長的愛和利，所以可以使得五長與帝王休戚與共，王位將因此而永保，國家將因此而堅如磐石。

【注　釋】❶至曠　十分遼闊。❷偏制　一人控制。❸借力　借助之力。❹因人　依靠他人。❺設官分職　設立官職而分授職責。❻輕其任　減輕自己的重任。❼五長　指公、侯、伯、子、男五等官長。❽弘其制　擴大他控制的地域。❾立其封疆之典　建立典冊，規定他們封地的疆界的制度。封疆，邊界。❿財其親疏之宜　度量他們的親疏關係而封授相當的爵位。財，通「裁」。度量。疎，即「疏」字。⓫萬國　指所封的眾多諸侯國。⓬相維　相互連結。⓭盤石　不可動搖之巨石。盤，通「磐」。⓮宗　指宗子，即嫡長子。⓯庶　指庶子。嫡長子之外兄弟。⓰雜居　兩種諸侯國錯雜而處。⓱定　奠定。⓲維城　是城牆。《詩經・大雅・板》：「宗子維城。」維，是。⓳綏世　安世。⓴長御　長策。㉑大方　基本準則。㉒知其為人不如厚己二句　就一般人情而言。厚己，優待自己。利物，有利於人。圖身，考慮自身。㉓安上在於悅下二句　這二句是就治人者而言。安上，使在上者得到安定。悅下，使在下者得到安樂。㉔易　即《周易》。是我國古代的一部占卜書，也是儒家的經典之一。下引文為〈兌卦〉之辭。㉕說以使民　使人民心情喜悅地做事。說，通「悅」。今《周易》此句作「說以先民」，意思則是說在上的統治者先於民眾喜悅地從事其事。㉖孫卿　即荀子（西元前三一三?-至前二三八年）。漢人為避漢宣帝（劉詢）諱，改「荀」為「孫」。稱孫卿是表示對他的尊敬。戰國後期趙人，是當時儒家學派的代表人物。今傳《荀子》三十二篇。下引文出自〈富國〉。㉗不利　指王者不使人民得到利益。㉘利之　指王者從人民那裡得到利益。㉙利而後利之　使人民得到利益，然後自己從人民那裡得到利益。㉚分　給予。㉛天下　指全國的諸侯。㉜厚樂　充分的安樂。㉝饗　通「享」。㉞豐利　豐厚的財物。㉟利博　把利益廣泛地給人。㊱篤　厚。㊲樂遠　把安樂給予遙遠地區的人。㊳憂深　指得到安樂者為在上位者分憂的情意深切。㊴食土　封授的土地。因諸侯收取賦稅供自己食用之需，所以稱食土。㊵世及　即世襲。子孫世代承襲。㊶祚　福。㊷南面之君　指諸侯。古代以坐北朝南為尊位，所以天子諸侯見群臣，或卿大夫見所屬官吏，都南面而坐。㊸九服　相傳古代天子所住京都以外的地方，按遠近分為九等，叫做九服。方千里稱王畿，其外方五百里叫侯服，又其外方五百里叫甸服，又其外方五百里叫男服，又其外方五百里叫采服，又其外方五百里叫衛服，又其外方五百里叫蠻服，又其外方五百里叫夷服，又其外方五百里叫鎮服，又其外方五百里叫藩服。見《周禮·夏官·職方氏》。這裡指全國。㊹定主　確定的諸侯國君。㊺上　指天子。㊻子愛　像自己子女般地愛護。㊼下　指諸侯。㊽體信　親近；信服。㊾結　成。㊿敦風　使風俗淳厚。(51)道衰　世道衰微。(52)御暴　抵抗強暴。(53)強毅　強大殘忍。(54)擅　獨自操縱。(55)雄俊之士　英雄豪傑。(56)然後國安由萬邦之思治　「然後國安」下疑脫「國安」二字。「然後國安」四字屬上文，當斷句；「國安由萬邦之思治」為下句。(57)群后　諸侯。(58)圖身　為自身考慮。(59)眾目營方二句　這裡以眾目喻諸侯，以天網喻國家，說明「國安由萬邦之思治」。眾目，網上眾多的網眼。營方，張大。天網，天所布的羅網。自昶，自然舒張。(60)四體辭難二句　這裡以四體喻諸侯，以心膂喻天子，說明「主尊賴群后之圖身」。四體，四肢。辭難，消除疾患。心膂，心與脊骨。都是人體的要害部分。乂，安。(61)三代所以直道　語出孔子。孔子說：「因為有這樣的人，三代所以能直道而行。」見《論語·衛靈公》。三代，指夏、商、周。直道，正直之道。(62)四王　指禹、成湯、周文王、周武王。(63)垂業　把基業傳給後代子孫。

【語　譯】古代帝王知道帝王的事業十分繁重，天下十分遼闊。遼闊就不可能由一人控制，繁重就不可能獨自任事；承擔繁重的事業必須借助於他人之力，控制遼闊的地域終究要依靠他人。所以帝王設立各種官職並且分授職責，是為了減輕自己的負擔；同時設立五長，是為了擴大他控制的地域。於是建立制度，規定他們封地的疆界；斟酌他們關係的親疏而封授相當的爵位。使得萬國相互連結，以造成磐石一般堅固的基礎；使宗子和庶子之國錯雜而處，以奠定城牆般鞏固的基業。又看到了安世的良策，把握了識別人情的基本準則：知道一般的人若要為別人著想還不如厚待自己；有利於他人還不如先為自身著想。對居上位者來說，要想使自己獲得安定，必須使百姓得到安樂；為了自己，要領在於先有利於人。因此《周易》說：「能使人民心情愉悅地做事情，人民就會忘了勞苦。」荀子說：「不能使人民得到利益，卻要從人民那裡得到利益，還不如使人民得到利益，然後自己從人民那裡得到利益。」所以，能把充分的安樂給全國的諸侯，自己就能與他們同憂患；能使天下諸侯享有豐厚的財物，自己就能與他們共禍害。能把利益廣泛地給人，他的恩惠就深厚；能把安樂給予地處遙遠的人，人們也會情深意切地為他分憂。因此必須要使諸侯享有封地的實利，萬國享有世襲之福。這樣，諸侯才會各自致力於他們的政事；全國的人民才會各自知道自己確定的君主。天子對於諸侯產生了像愛護子女的感情，諸侯對於天子則形成親近信服的關係。世道平治時可以使風俗淳厚，世道衰微時可以抵禦強暴。因此強大殘忍的國家不能獨自操縱一時的形勢，英雄豪傑無處寄託自己實現霸王之道的理想。然後國家獲得安定，靠的是諸侯國想要治平的願望，天子得到尊榮，靠的是諸侯為自身考慮的心思。譬如眾多的網眼張開了，天所布下的羅網自然舒張；四肢消除了疾患，心膂就獲得安康。這就是三代所以要按正直之道行事，四王所以能把帝王的基業傳給後代子孫的緣故。

夫盛衰隆弊❶，理所固有；教之廢興，繫❷乎其人❸。愿法期於必涼❹，明道有時而闇。故世及之制弊於彊禦❺，厚下之典漏於末折❻。侵弱❼之釁❽遘❾自三季❿，陵夷⓫之禍終于七雄⓬。昔者成湯⓭親照⓮夏后⓯之鑒，公旦⓰目涉⓱商人之戒⑱，文質⑲相濟⑳，損益㉑有物㉒。故㉓五等之禮㉔不革于時㉕，封畛之制㉖有隆㉗焉者，豈玩㉘二王㉙之禍而闇經世㉚之筭㉛乎？固知百世非可懸御㉜，善制㉝不能無弊，而侵弱之辱愈㉞於殄祀㉟，土崩之困㊱痛於陵夷也。是以經始㊲權㊳其多福，慮終㊴取其少禍。非謂侯伯㊵無可亂之符㊶，郡縣㊷非致治㊸之具㊹也。故㊺國憂賴其㊻釋位㊼，主弱憑其翼戴㊽。及承微積弊㊾，王室遂卑，猶保名位，祚垂後嗣，皇統㊿幽(51)而不輟(52)，神器(53)否(54)而必存者，豈非置勢(55)使之然與？

【章旨】論述五等制在三代雖逐漸遭受破壞，然而仍相沿不變。它起了使王室保住名位、維繫皇統、不至絕嗣的作用。

【注釋】❶隆弊　興盛與衰敗。❷繫　關係。❸其人　指天子。❹愿法期於必涼　善法預期必會變得涼薄。愿法，善法。涼，薄。❺彊禦　勢力強大之人。彊，即「強」。❻厚下之典漏於末折　意思是樹枝太大則主幹會被折斷。比喻所分封的諸侯勢力太大則會有害朝廷。西漢初吳楚七國之亂就是例子。厚下，厚封土地給諸侯。典，法制。漏，失。末折，末大本折。❼侵弱　諸侯強者侵略弱者。❽釁　縫隙；弊病。❾遘　起。❿三季　夏、商、周三代的末年。⓫陵夷　衰敗。指五等之制。⓬七雄　戰國時期七個強大的諸侯國。即齊、燕、楚、趙、韓、魏、秦。⓭成湯　名天乙。商朝的開國之君，推翻夏朝，建立商朝。⓮照　見。⓯夏后　夏朝君主。指夏桀。⓰公旦　周公旦。姬姓，名旦，是周文王之子，輔助武王滅商，建立周王朝。武王死，成王尚幼，由周公攝政，對於鞏固周王朝起了很重要的作用，傳說周朝的禮儀制度都由他制定。⓱目涉　眼見。⓲商人之戒　商朝滅亡的戒鑒。⓳文質　形式與內容實質。指禮儀制度。⓴相濟　互相調和。㉑損益　減少與增益。也指禮儀制度。㉒物　事。㉓故　猶「而」。㉔五等之禮　即五等之制。㉕不革于時　不隨著時代的變遷而改變。㉖封畛之制　指封授諸侯土地，劃定其疆界的制度。封畛，疆界。㉗有隆　有發展。㉘玩　喜好。㉙二王　夏桀、商紂。㉚經世　治世。㉛筭通「算」。計謀。㉜百世非可懸御　今世之人不可能治理相隔遙遠的後代。懸御，遠治。㉝善制　一種好的制度。㉞愈　好過。㉟殄祀　絕祀。指宗廟祭祀斷絕。意思是王朝被滅亡。㊱土崩之困　王朝像土崩瓦解般地覆亡的災難。㊲經始　事情開始做。㊳權　度謀。㊴慮終　考慮事情的結局。㊵侯伯　指五等制。㊶符　驗證。㊷郡縣　郡縣制。㊸致治　達到治平。㊹具　措施；手段。㊺故　猶「而」。㊻其　指諸侯。㊼釋位　去位。指去從事解除國憂之事。㊽翼戴　擁戴。㊾承微積弊　相承衰微的趨勢，弊病日益嚴重。㊿皇統　帝王逐代相傳的世系。(51)幽　微弱。(52)不輟　不絕。(53)神器　帝王之位。(54)否　困厄。(55)置勢　建立五等諸侯形成磐石之勢。

【語　譯】一個朝代的興盛與衰敗，從道理上說必然是會有的；教化的廢棄與振興，關係在天子。好的法令預期必會變得涼薄，明智的治道有時也會變得昏暗。正因為如此，所以世襲的制度被勢力強大的人所破壞；多封土地給諸侯的法制，因部分諸侯的過於強大並危害朝廷而受到損害；強大的諸侯國侵略弱小的諸侯國的弊病，產生於三代的末年；五等制終至衰敗，則在七雄爭霸的戰國之時。從前成湯親眼看到夏桀的滅亡，周公旦親眼看到商紂的滅亡，這種前車之鑒，使得他們對禮儀制度作了增損調整，從而使它們在形式與內容實質上達到調和。然而五等之制並不隨著時代的變遷而改變，分封諸侯的制度甚且還有所發展，這難道是成湯與周公喜好夏桀商紂之禍，而不明白治國的計謀嗎？人們確實知道，今世之人不可能治理相隔遙遠的後代；一種好的制度不可能沒有缺點。而強大的諸侯國侵略弱小諸侯國的恥辱總輕於宗廟的絕祀，王朝土崩瓦解的災難總比五等制的衰敗更使人痛心。因此，事情開始做時，要估量它會得到多少的福利；考慮事情的結局，則為了要少遇災禍。不是說五等制沒有可以致亂的證據，郡縣制則決不是致治的手段。而是在國家遭遇憂患的時候，正要依靠諸侯離開自己的職位去解憂排難；在天子力量微弱的時候，正要依靠他們的擁戴。到了王朝相承這種衰微的趨勢，弊病日益嚴重，王室的地位於是卑下，可是還能保持著天子的名位，他的福祿還能夠傳給後代，帝王傳承的世系雖然微弱卻不致斷絕，天子的地位雖然瀕於險境卻終究能夠維持，這難道不是建立諸侯形成磐石之勢所造成的結果嗎？

降及❶亡秦❷，棄道任術❸，懲周之失❹，自矜❺其得❻。尋斧始於所庇❼，制國昧於弱下❽，國慶❾獨饗其利，主憂莫與共害❿。雖速亡趨亂，不必一道⓫；顛沛⓬之釁⓭，實由孤立。是蓋⓮思五等⓯之小怨⓰，忘萬國之大德⓱；知陵夷之可患，闇土崩之為痛也。周之不競⓲，有自來矣，國乏令主⓳，十有餘世。然片言勤王，諸侯必應；一朝振矜，遠國先叛⓴。故強晉收其請隧之圖㉑，暴楚頓其觀鼎之志㉒，豈劉、項㉓之能闚關㉔，勝、廣之敢號澤㉕哉？借使㉖秦人因循㉗周制㉘，雖則無道，有與共弊㉙，覆滅之禍，豈在曩日㉚？

【章　旨】論述秦朝不僅無道，而且採取了「弱下」之策，廢棄分封諸侯的制度，因而使自己處於孤立的境地，以至於危困無人救應，所以難免一朝覆亡之禍。

【注　釋】❶降及　時代發展到。❷亡秦　已滅亡之秦朝。❸棄道任術　拋棄先前帝王的治國之道，採用法術治理國家。《史記・卷五〇・商君列傳》記述商鞅先後遊說秦孝公的情況，商鞅說：「我向孝公說帝王之道，他說他等不及像三代這種治理境界；向他說強國的法術，他十分喜歡。」❹失　失去政權。❺自矜　自負。❻得　指靠武力取得滅亡周王朝的勝利。❼尋斧始於所庇　比喻受諸侯家族子弟庇護的諸侯政權。《左傳・文公七年》記述：宋昭公打算驅逐群公子，司馬樂豫認為不可。他對昭公說：「家族子弟，是國家政權的枝葉，假如把枝葉去掉了，樹木的主幹就沒有東西庇蔭它了。葛藤尚能庇護它的本根，所以君子拿它來相比，何況一國之君呢！這就是所說的受到庇蔭而使勁地使用斧子啊。」以枝葉比喻諸侯，以主幹比喻天子。尋斧，使用斧子。所庇，指庇蔭的枝葉。❽弱下　削弱下屬的勢力。❾國慶　國家有福利。❿共害　共同排除危害。⓫一道　指一個原因。⓬顛沛　覆亡。⓭釁　裂縫。指禍害的初起。⓮蓋　大概。⓯五等　指諸侯。⓰小怨　對於朝廷的小怨恨。⓱大德　指衛護朝廷的巨大功德。⓲不競　不強。⓳令主　賢明的帝王。⓴片言勤王四句　《公羊傳・僖公九年》記述：齊桓公在葵丘會盟諸侯，有洋洋自得之貌；於是有九個諸侯國反叛。片言，一言半語。勤王，為王事盡力。振矜，洋洋自得。遠國，疑指晉國。晉獻公在赴葵丘途中，遇到周襄王的使者宰孔。宰孔告訴晉獻公，齊桓公不注重以德服人而好侵略，勸獻公不必赴會。獻公於是折回。㉑強晉收其請隧之圖　《左傳・僖公二十五年》記述：晉文公朝見周襄王，請求用隧行葬，襄王不許，說：「帝王是地位顯著的，不具有取代帝王之德而出現二個帝王的情況，也是您所厭惡的。」晉，周分封的諸侯國。收，收回。請隧，請求用隧道行天子之葬禮。隧，隧道。即挖地而成的一種墓道。天子之葬禮，靈柩由隧道引入。諸侯的葬禮，有墓道而不築隧道。圖，意圖。㉒暴楚頓其觀鼎之志　據《左傳・宣公三年》記述：楚莊王兵至洛陽，並且在周王室的疆界上檢閱軍隊。周定王派大夫王孫滿去慰勞楚莊王。楚莊王向他訊問九鼎的大小輕重。王孫滿告訴他：「周朝雖然衰弱，可是天命沒有改變，九鼎的輕重是不能問的。」楚，周分封的諸侯國。頓，中止。觀鼎之志，觀看九鼎的意圖。實際上含有圖謀周王朝的企圖。鼎，指九鼎。相傳夏禹收九州之金鑄成九鼎，三代時奉為傳國之寶。㉓劉項　劉，劉邦（西元前二五六至前一九五年）。字季，秦末沛縣人。陳涉起義後，劉邦也在沛起兵。西元前二〇六年，劉邦率軍進入秦都咸陽，子嬰投降。項羽入咸陽後，封劉邦為漢王。後在楚漢戰爭中擊敗項羽，即帝位，建立漢朝。項，項羽（西元前二三二至前二〇二年）。名籍字羽，秦末下相人。陳涉起義後，隨其叔父項梁在吳中起兵響應。項梁戰死後，領兵討秦，是滅秦的主力。西元前二〇六年，擊破由劉邦軍把守的函谷關進入咸陽，自立為西楚霸王。後在楚漢戰爭中，為劉邦擊敗，自刎而死。㉔闚關　指不敢攻關滅秦。闚，同「窺」。窺視。關，函谷關。㉕勝廣之敵號澤　陳勝、吳廣在大澤鄉殺死押送戍卒的尉官後，號召戍卒起義，說：「大家因為遇雨，已經失期。失期，當被處斬。即使不被處斬，駐守而死的也必定占十之六七。壯士不死也罷了，死就要成就大名，王侯將相難道是祖傳的嗎？」戍卒都表示聽令。勝，陳勝（西元前？至前二〇八年）。字涉，秦末陽城人。本為雇農，西元前二〇九年被徵發往漁陽駐守，因失期當斬，行至蘄縣大澤鄉（今安徽宿縣東南）率戍卒九百人起義。起義軍入陳（今河南淮陽），陳勝稱王，建立張楚政權。後兵敗為人所殺。廣，吳廣（西元前？至前二〇九年）。字叔，秦末陽夏人。與陳勝同被徵發駐守漁陽，至大澤鄉與陳勝相謀起義。陳勝稱王後，以吳廣為假王。後為部下殺害。號，號召。澤，大澤鄉。㉖借使　假使。㉗因循　沿襲。㉘周制　指周代分封諸侯的制度。㉙共弊　一起治理弊病。㉚曩日　昔時。

【語譯】到了已滅亡的秦朝，拋棄帝王之道而用法術治理國家，鑑於周朝因諸侯喪失政權，又自負靠武力贏得了勝利。所以本來天子是受諸侯庇護的，卻開始削除諸侯；是想控制國家的，卻昏昧地採取削弱下屬的措施；國家的福利獨自享受，因而帝王有了憂患也沒有人與他分憂解難。雖然秦王朝趨於危亂和招致滅亡，不一定只有一個原因；然而秦王朝覆亡的起因，確實是由於置自身於孤立境地的緣故。這大概是想到諸侯對朝廷會產生小的怨恨，竟忘記了他們衛護朝廷的巨大功德；知道衰敗的可憂，卻不明白王朝土崩瓦解的悲痛。周朝所以不強盛，是有它的來由的，國家缺乏賢明的帝王，已有十多代了。可是只要有人用一言半語號召諸侯為王室盡力，諸侯必然會響應；相反地，稱霸的諸侯一旦洋洋自得，遠方的諸侯就會先叛離他。因而強大的晉國收回他請求用隧道行葬禮的意圖，強暴的楚國打消了他觀看九鼎的企圖，劉邦、項羽難道敢窺視函谷關，陳勝、吳廣難道敢在大澤鄉號召起義嗎？假使秦人能夠沿襲周朝的分封制行事，那麼雖然殘暴無道，還是會有人與他一起防治弊病，難道會發生昔日覆亡的災禍嗎？

漢矯❶秦枉❷，大啟侯王❸，境土踰溢❹，不遵舊典❺。故賈生憂其危❻，朝錯痛其亂❼。是以諸侯阻❽其國家之富，憑其士民之力，勢足者❾反疾❿，土狹者逆遲⓫。六臣犯其弱綱⓬，七子衝其漏網⓭。皇祖夷於黥徒⓮，西京病於東帝⓯。是蓋過正⓰之災，而非建侯之累⓱也。然呂氏之難⓲，朝士外顧⓳；宋昌策漢，必稱諸侯⓴。逮至中葉㉑，忌其失節㉒，割削宗子㉓，有名無實㉔，天下曠然㉕，復襲亡秦之軌㉖矣。是以五侯㉗作威，不忌㉘萬邦；新都襲漢㉙，易於拾遺㉚也。光武中興，篡隆皇統㉛，而猶遵覆車之遺轍㉜，養喪家㉝之宿疾㉞。僅及數世，姦軌㉟充斥㊱，卒㊲有強臣㊳專朝㊴，則天下風靡㊵，一夫㊶縱衡㊷，則城池自夷㊸，豈不危哉ㄗㄞ？

【章　旨】論述漢代諸帝在實行諸侯分封制上的重大失誤：初時讓諸侯占地過大，既而又削弱諸侯勢力，至東漢又不封子弟。這就使得一些諸侯與權臣能夠進行危害朝廷的罪惡活動。

【注　釋】❶矯　矯正。❷秦枉　秦朝廢棄分封諸侯的制度而實行郡縣制的失誤。枉，彎曲；失誤。❸大啟侯王　大開封授諸侯之門。大啟，大開。侯王，諸侯。❹踰溢　超越規定。❺舊典　舊法。❻賈生憂其危　賈生，賈誼（西元前二〇〇至前一六八年）。洛陽人。漢文帝初年召為博士，後為太中大夫。因力主改革制度，被權貴中傷，出任長沙王太傅，後轉梁懷王太傅。他曾向文帝上〈陳政事疏〉，認為當時諸侯國地大勢強，不利於朝廷長治久安，是「可為痛哭」之事。他說：「全國的形勢，好比一個人生了嚴重的腫病，一條小腿像腰那麼粗，一根手指像大腿那麼粗，平時無法屈伸。又好像腳掌倒生一樣，十分痛苦。」憂其危，擔心諸侯危害朝廷。❼朝錯痛其亂　朝錯，即鼂錯（西元前二〇〇至前一五四年）。潁川人。漢文帝時為太常掌故、博士、太子家令，遷至中大夫。景帝時，為御史大夫。為達到尊天子、安朝廷的目的，建議諸侯有罪過，則削其封地，收其支郡。結果吳、楚七國以誅鼂錯為名叛反，鼂錯遭讒被殺。痛其亂，痛恨諸侯叛亂。❽阻　依靠。❾勢足者　勢力強大的諸侯。即地廣國富兵眾者。❿反疾　反叛迅速。⓫逆遲　反叛遲緩。⓬六臣犯其弱綱　六臣，指燕王臧荼、韓王信、淮陰侯韓信、梁王彭越、淮南王黥布、燕王盧綰。漢高祖五年，燕王臧荼反，為高祖擒獲。高祖六年，匈奴攻韓王信，韓王信投降。七年，高祖擊韓王信，信逃入匈奴。高祖十一年，淮陰侯韓信被人告發與趙相國陳豨通謀欲反，被呂后與相國蕭何誘殺。同年，梁太僕得罪，赴長安告梁王彭越謀反，高祖捕彭越。呂后又令人告彭越反狀，高祖殺彭越。同年，淮南王黥布見韓信、彭越死，舉兵反。高祖擊黥布。十二年，黥布兵敗被殺。高祖十二年，燕王盧綰反，高祖遣樊噲往擊。盧綰兵敗，逃入匈奴。犯，違反。其，指朝廷。弱綱，軟弱的綱紀。漢朝初建，綱紀尚未得到強化。⓭七子衢其漏網　七子，七個諸侯。即吳王濞、楚王戊、趙王遂、膠東王雄渠、膠西王卬、濟南王辟光、淄川王賢。鼂錯屢言削吳地。漢景帝前三年，詔令削吳豫章郡、會稽郡，楚東海郡。吳王濞、楚王戊即聯合其他五國諸侯王舉兵叛亂。史稱「吳楚七國之亂」。後為太尉周亞夫所平定。衢，當從《六臣注文選》作「衝」，形近而誤。漏網，疏漏之法網。⓮皇祖夷於黥徒　高祖擊黥布時，為流矢所中，因而得病，不治而死。皇祖，即漢高祖。夷，傷。黥徒，指黥布。黥布本叫英布，因犯法被黥面，所以又稱黥布。他是驪山刑徒，所以這裡稱他為黥徒。⑮西京病於東帝　東帝，指吳王劉濞。吳楚七國已反，太常袁盎出使至吳，宗正劉通告諭劉濞拜受詔令。劉濞說：「我已為東帝，還要拜誰？」不肯見袁盎。西京，即長安。西漢時京都。此指漢景帝時朝廷。病，危害。⑯過正　超過法制規定。⑰建侯之累　封建諸侯的過失。⑱呂氏之難　漢高后八年，呂后病重，封趙王呂祿為上將軍，在遺詔中又封梁王呂產為相國，使他們擅軍政大權。他們陰謀作亂，以取代劉姓稱帝。呂氏，指高祖皇后呂氏之姪呂祿、呂產等人。⑲朝士外顧　劉章是呂祿之婿，呂祿之女知道呂氏陰謀作亂，害怕被誅，劉章於是告訴其兄齊王劉襄，使他發兵西誅呂氏，自己則與大臣為內應。後劉章與太尉周勃、丞相陳平等盡殺諸呂。朝士，朝臣。此指朱虛侯劉章。外顧，寄希望於外面的諸侯。⑳宋昌策漢二句　呂氏被誅後，丞相陳平、太尉周勃等議迎立代王（劉恆）為天子，代王問左右是否可行，郎中令張武等勸代王推託生病不要前去，以觀察局勢的變化，因為這幫大臣善於詐謀，不可信賴。宋昌則認為劉氏為天子，是天下人心所歸，不可動搖，大臣即使謀變，百姓不支持，也是孤立無援。朝內有朱虛侯（劉章）、東牟侯（劉興居，劉章之弟）這些劉姓宗親，外面畏懼吳、楚、淮南、琅邪、齊這些強大的諸侯，他們豈能恣意妄為？現在因為代王賢聖仁孝聞名天下，所以大臣順應天下之人心而迎立，對此不必生疑。事見《史記・卷一〇・孝文本紀》。宋昌，漢文帝初為代王時，為中尉；文帝即帝位後，拜衛將軍，鎮撫南北軍。策漢，對朝臣迎立代王為漢天子事為代王策謀。稱諸侯，引舉諸侯，認為可作依靠。㉑中葉　朝代中期。此指漢武帝之時。㉒失節　違背法制。㉓削宗子　指削減嫡長子的封地。宗子，嫡長子。漢武帝時，郎中主父偃對武帝說：「古時諸侯的封地不超過百里，不論強弱，都容易控制；現今的諸侯，有的封地數十座城市相連，地方千里，形勢安定的時候，就驕奢，容易淫亂；形勢危急的時候，就依恃它的強大，聯合其他諸侯國家來反叛朝廷。現在的諸侯，他們的子弟，有的有十多個，然而因為是嫡長子繼承爵位，所以其他子弟，雖然是骨肉之親，卻無尺寸之地。希望皇上下令，讓諸侯推恩把土地分給子弟，這樣，子弟人人喜於得到封地，皇上則有施加恩德之名，而實際上則瓜分了諸侯之國。這樣，雖不削減諸侯國的土地，而它的勢力卻逐漸地被削弱了。」武帝聽從他的計策而實行「推恩法」。㉔有名無實　指諸侯徒有其名，實無其國。㉕天下曠然　形容全國實無足以擔當衛護朝廷的強有力的諸侯勢力。曠然，空蕩貌。㉖軌　軌跡。㉗五侯　漢成帝河平二年，同日封其舅王譚為平阿侯、王商為成都侯、王立為紅陽侯、王根為曲陽侯、王逢時為高平侯，世稱「五侯」。㉘不忌　不畏懼。成帝即位後，即以舅王鳳為大司馬、大將軍，領尚書事；後又以王商為丞相，王音為御史大夫，王根為大司馬，使王氏得以專權。㉙新都襲漢　新都，指王莽。漢成帝永始元年，封元帝后王氏之姪王莽為新都侯。西元八年，王莽由攝政而宣布即天子位，國號新，廢繼嗣之漢宣帝玄孫孺子嬰為定安公。襲漢，篡漢。㉚拾遺　撿取他人遺失的東西。比喻十分容易。㉛光武中興二句　光武，即劉秀（西元前六至西元五七年）。劉邦九世孫。王莽新國末年，起兵於舂陵，大破王莽軍。西元二五年，自立為帝，建立東漢王朝。先後平定赤眉軍與割據勢力，統一全國。在位三十一年，勵精圖治，使漢朝振興。光武是他的謚號。中興，王朝衰弱後再次振興。纂隆，延續興盛。㉜遵覆車之遺轍　指遵師前漢的過失，不分封子弟。遺轍，前車所留之輪跡。㉝喪家　敗亡其家。㉞宿疾　舊病。㉟姦軌　同「姦宄」。姦險作亂的壞人。㊱充斥　眾多。㊲卒　通「猝」。突然。㊳強臣　勢強之臣。㊴專朝　在朝中專權。㊵風靡　向一邊傾倒。㊶一夫　指姦險兇暴之人。㊷縱衡　即縱橫。作亂。㊸城池自夷　城池，城牆與護城河。此指京城。自夷，自然毀滅。如東漢末董卓逼漢獻帝遷都長安，盡燒洛陽宮室宗廟，二百里內，屋室蕩然無存。

【語譯】漢朝為了糾正秦朝的失誤，大開封授諸侯之門，封地超越規定，不遵照舊法。因而使賈誼擔心諸侯會危害朝廷，使鼂錯痛恨諸侯進行叛亂。諸侯依恃自己國家的富有，憑仗百姓的力量，勢力強大的反叛迅速，封地狹小的反叛遲緩。有六個臣子違反朝廷還軟弱的綱紀，七個同姓諸侯觸犯尚疏漏的法網。高祖被黥布所傷害，京城長安的朝廷被自封東帝的吳王劉濞所侵害。這就是超過法制規定所引起的災禍，而不是封建諸侯的過錯。可是在呂氏陰謀作亂的時候，朝臣還是寄望於在外的諸侯；宋昌在為代王策謀即天子位時，必定要引舉諸侯，認為可作依靠。到了王朝中期，顧忌諸侯封地會違背法制，於是削減嫡長子的封地，使他徒有諸侯之名而實無其國，天下就不再有強有力的衛護朝廷的諸侯勢力存在，這又重蹈亡秦的覆轍了。因此，漢成帝時的五侯能大發其威，不畏懼眾多的諸侯國家；而新都侯王莽更篡漢即天子位，容易得好比去撿別人失落的東西一樣。光武帝劉秀使漢朝重新振興，於是劉氏為帝的世系得到延續並興盛；然而還是沿著覆車之轍，不去醫治足以亡家滅族的舊病。僅隔數代，姦險作亂的壞人就比比皆是，一有勢強之臣在朝中專權，天下之人就會向一邊傾倒；一人作亂，京城就難免遭到毀滅，這樣難道不危險嗎？

在周之衰，難興王室❶，放命者七臣❷，干位者三子❸。嗣王❹委其九鼎❺，凶族⑥據其天邑⑦，鉦鼙⑧震於闔宇⑨，鋒鏑⑩流⑪乎絳闕⑫。然禍止畿甸⑬，害不覃及⑭，天下晏然⑮，以治待亂⑯。是以宣王興於共和⑰，襄、惠振於晉、鄭⑱。豈若二漢⑲，階闥暫擾⑳，而四海已沸㉑，孽臣朝入㉒，而九服㉓夕亂哉！

【章　旨】論述周王室在衰弱之時，由於得到諸侯的衛護，所以禍亂只限於京畿，並且得到振興；而兩漢的末期，則由於失去諸侯的衛護，所以造成天下大亂的後果。

【注　釋】❶難興王室　災難產生於王室。❷放命者七臣　七臣，蔿國、邊伯、石速、詹父、子禽、祝跪、蘇氏。據《左傳·莊公十九年》記述：周莊王之庶子子頹得莊王寵愛，讓蔿國為師。周惠王即位後，取蔿國的園圃作為囿苑；因邊伯之居室靠近王宮，惠王又占據了；又奪取子禽、祝跪、詹父之田，而收回膳夫石速的俸祿，於是蔿國、邊伯、石速、詹父、子禽、祝跪六人相隨蘇氏作亂，奉子頹而進攻惠王，不勝，蘇子又奉子頹奔衛，借助衛、燕的軍隊伐周，並立子頹為王。放命，背叛天子之命。❸干位者三子　三子，指子頹、叔帶、子朝。叔帶是周襄王的同母之子，得其母惠后寵愛，因此想讓他即位，可是尚未立而惠后先死。襄王即位後，叔帶一再圖謀篡位。襄王三年，即招揚拒、泉皋、伊雒之戎同伐京城；襄王十六年，狄人奉叔帶攻周，立叔帶為王。子朝是周景王的長庶子。據《左傳·昭公二十二年》記述：他為景王所寵愛，欲立為太子，未立而景王死，國人立長子猛（即悼王）。子朝依靠已失去職位與俸祿的原朝廷官吏，與靈王、景王的子孫作亂，爭奪王位。晉出兵幫助猛。猛死後，立其弟丐，即敬王。下年，晉兵撤離不久，子朝進入王城，敬王則居澤邑，形成二王並存的局面。干位，干犯天子之位。即進行篡位活動。❹嗣王　繼位的天子。此指惠王、襄王、悼王。❺委其九鼎　指放棄朝廷而出居外地。委，棄。惠王、襄王、悼王都曾被迫離京出居。❻凶族　凶惡之徒。指子頹、叔帶、子朝。❼天邑　京城。❽鉦鼙　指鉦鼙之聲。鉦，古樂器名。形似鐘而狹長，有長柄，用時口朝上，以槌敲擊。行軍時用來節止步伐。鼙，軍用鼓。❾闔宇　四方。❿鋒鏑　兵刃與箭頭。此指箭。⓫流　飛。⓬絳闕　宮殿的門闕。⓭畿甸　京城周圍五百里以內之土地。此泛指京城地區。⓮害不覃及　災害不延及其他地區。覃及，延及。⓯晏然　安然。⓰待亂　對付亂事。⓱宣王興於共和　宣王，周宣王（西元前？至前七八二年）。名靜，周厲王之子。厲王暴虐，國人起義，進攻王宮，厲王出奔於彘。厲王死後，周公、召公共立宣王。宣王即位後，用仲山甫、尹吉甫、方叔、召虎等為輔佐大臣，北伐玁狁，南征荊蠻、淮夷、徐戎。史稱中興。共和，厲王奔彘後，朝政由召公、周公共同管理，稱為共和。⑱襄惠振於晉鄭　此句應作「襄振於晉、惠振於鄭」解釋。周襄王十六年，狄攻周，立叔帶為王。襄王出奔，向諸侯求救。隔年，晉兵護送襄王返回京城，殺叔帶。周惠王二年，子頹奪取王位。三年，鄭厲公迎惠王至鄭。四年，鄭、虢軍攻王城，殺子頹，使惠王復位。襄，即周襄王。惠，即周惠王。振，振起。鄭，周分封的諸侯國。其地域在今河南中部。⑲二漢　西漢與東漢。指西漢與東漢之末年。⑳階闥蹔擾　指西漢末年王莽篡位。階闥，宮廷的臺階與宮中小門。喻宮中。蹔，同「暫」。擾，亂。㉑沸　大亂。㉒孽臣朝入　西元一八九年，漢靈帝死，少帝立，何太后臨朝執政。大將軍何進召董卓帶兵進京以脅迫何太后。董卓兵到後，廢少帝，立獻帝，殺何太后，自為相國。於是關東州郡起兵討伐董卓。孽臣，亂臣。指東漢末年之董卓。入，進入朝廷。㉓九服　古代天子所住京城以外的地方，每五百里劃為區，按距離的遠近分為侯、甸、男、采、衛、蠻、夷、鎮、藩等九等，稱九服，也叫九畿。

【語譯】在周朝衰弱的時候，災難產生於王室，背叛王命的有七個臣子，進行篡位活動的有三人。繼位的天子放棄朝廷而出居外地，凶惡之徒占據了京城，鉦鼙之聲傳於四方，箭矢飛向宮殿的門闕。可是災禍僅限於京城一帶，沒擴及到其他地區，天下平安，能夠用平治來整頓亂事。因此，周宣王在共和之後使國家振興，周襄王、周惠王得到晉國、鄭國的救助而振起。哪裡像兩漢那樣，宮中剛引起紛擾，而天下立即鬧得鼎沸，亂臣早上才進朝，而晚上天下就已亂了呢！

遠惟❶王莽篡逆❷之事，近覽董卓擅權之際，億兆❸悼心❹，愚智同痛。然周以之存，漢以之亡，夫何故哉？豈世❺乏曩時❻之臣，士無匡合之志❼歟？蓋遠績❽屈於時異❾，雄心挫於卑勢❿耳！故烈士⓫扼腕⓬，終委⓭寇讎之手；中人⓮變節，以助虐國之桀⓯。雖復時有鳩合⓰同志，以謀王室⓱，然上非奧主⓲，下皆市人⓳，師旅[20]無先定之班[21]，君臣無相保之志。是以義兵[22]雲合[23]，無救劫弒[24]之禍；民望[25]未改，而已見大漢之滅[26]矣。或以諸侯世位[27]，不必常全[28]，昏主暴君，有時比迹[29]，故五等[30]所以多亂。今之牧守[31]，皆以官方[32]庸能[33]，雖或失之，其得固多，故郡縣[34]易以為治。夫德之休明[35]，黜陟[36]日用[37]，長[38]率[39]連屬，咸述其職[40]，而淫昏之君[41]，無所容過，何則其不治哉？故先代有以之興[42]矣。苟[43]或[44]衰陵[45]，百度[46]自悖[47]，鬻官[48]之吏，以貨準才[49]，則貪殘之萌[50]，皆如群后[51]也，安在其不亂哉？故後王有以之廢[52]矣。且要[53]而言之，五等之君，為己[54]思治；郡縣之長，為利圖物[55]。何以徵[56]之？蓋企及進取[57]，仕子之常志[58]；修己安民，良士[59]之所希及[60]。夫進取之情銳[61]，而安民之譽遲。是故侵百姓以利己者，在位所不憚；損實事以養名[62]者，官長所夙夜[63]也。君無卒歲[64]之圖，臣挾[65]一時之志[66]。五等則不然：知國為己土，眾皆我民，民安己受其利，國傷家嬰[67]其病[68]。故前人欲以垂後[69]，後嗣思其堂構[70]；為上無苟且之心，群下知膠固[71]之義。使[72]其[73]並賢居治[74]，則功有厚薄[75]；兩愚處亂[76]，則過有深淺[77]。然則八代[78]之制，幾[79]可以一理[80]貫[81]；秦、漢之典[82]，殆可以一言蔽[83]矣。

【章　旨】從比較周、漢二朝不同的制度中，先探究封建諸侯對於王朝的存亡是否起著關鍵性的作用。再比較五等制與郡縣制在社會治理方面的利弊得失，認為諸侯因能為己思治，故有利於致治；郡縣之長皆為利圖物，故容易致亂。然後徵證於歷史，認為五帝三王因實行五等制而綿延流長，秦漢二代因實行郡縣制，故亂起而速亡。

【注　釋】❶惟　思。❷篡逆　篡位。❸億兆　指億萬之人。❹悼心　傷心。❺世　指漢代。❻曩時　早時。指周時。❼匡合之志　指聚合抵抗暴逆的力量以衛護王室一正天下的志向。匡合，是「九合諸侯，一匡天下」的省稱。匡，正。合，會集。孔子在回答弟子關於管仲為人的疑問時，充分肯定管仲的功績，說他作為齊桓公之相，使桓公稱霸諸侯，因而能多次召集諸侯會盟，一正天下的形勢。見《論語・憲問》。❽遠績　繼承並發揚古人所建樹的功績。❾時異　指現時已無諸侯可以衛護王室。❿卑勢　地位卑賤。⓫烈士　想成就功名的壯士。⓬扼腕　握住手腕。表示憤恨、振奮或者惋惜。⓭委　棄身；被殺。⓮中人　一般的人。⓯桀　夏桀。夏朝末代暴君。比喻首惡之人。⓰鳩合　聚合。⓱以謀王室　為王室謀劃。⓲奧主　深明大義的君主。⓳市人　謀利之人。⓴師旅　指討伐暴逆的軍隊。㉑無先定之班　沒有事先部署好的次序。班，次序。㉒義兵　討伐暴逆的軍隊。㉓雲合　從四面八方聚合。㉔劫弒　劫持或殺死天子。㉕民望　人民希望漢王朝來統治重新安定天下的心願。㉖大漢之滅　指西漢亡於王莽篡位，東漢亡於曹丕篡位。㉗世位　爵位世代相傳。㉘常全　常處於安全之勢。㉙比迹　齊步。㉚五等　五等制。㉛牧守　州郡的長官。㉜官方　指朝廷。㉝庸能　任用有才能的人。㉞郡縣　郡縣制。㉟休明　美好而光耀天下。㊱黜陟　進退人才。降官稱黜，升官叫陟。㊲日用　每日處理。㊳長　古五國諸侯之官長。㊴率　通「帥」。《禮記・王制》：「千里之外設方伯，五國篇屬，屬有長；什以為連，連有帥。」㊵述其職　向天子告述他的職事。㊶君　指諸侯。㊷有以之興　有依靠實行五等制而興盛的情況。㊸苟　確實。㊹或　指有的君主。㊺衰陵　指道德卑微。㊻百度　國家的各種法度。㊼自悖　自身違背。㊽鬻官　賣官。㊾以貨準才　依據他拿出財物的多少來衡量他的才能。準，衡量。㊿萌　通「氓」。民。51群后　群君。指諸侯。52有以之廢　有依靠郡縣制而衰敗的情況。53要　總。54為己　為自己的根本利益。即與他的國家和民眾相一致的利益。55圖物　圖謀財物。56徵　證明。57企及進取　指對於優厚的俸祿，企望能獲得。58仕子之常志　官吏們永恆不變的志向。59良士　指賢良的官吏。60希及　少有人能達到。希，通「稀」。61銳　迫切。62養名　獲得名聲。63所夙夜　早晚所追求的。64卒歲　終歲；一年。65挾　懷。66一時之志　指短時間獲得名利的心願。67嬰　受。

(68)病　禍害。(69)垂後　指將基業傳給後代。(70)堂構　本指築堂基與構建房屋。語出《尚書・大誥》，說作父親的要建造房屋，將如何建造的方法教給兒子，兒子卻不肯築堂基，哪會肯建造房屋呢？此處以建造房屋比喻建造基業。(71)膠固　堅固不變。(72)使　假如。(73)其　指五等制與郡縣制。(74)並賢居治　同樣是賢者而處於治世。(75)功有厚薄　指五等制因諸侯在位久長而功多，郡縣制因官長經常調換而功少。(76)兩愚處亂　同樣是愚人而處於亂世。(77)過有深淺　指五等制因諸侯世代德澤的作用而過失輕微，郡縣制因官長為了利己而侵害百姓，故過失嚴重。(78)八代　指三皇五帝。(79)幾　大致。(80)一理　一種道理。指以封建諸侯來衛護朝廷。(81)貫　貫通。(82)典　法。(83)以一言蔽　用一句話來概括。即指不遵五等制古法（或廢棄封建諸侯而實行郡縣制；或封授給諸侯的疆域太大而超越古制）。

【語　譯】想到昔日王莽篡位之事，觀察近時董卓擅權之時，億萬之人為之傷心，愚人與聰明人同感悲痛。然而以前周朝能經亂事而依舊存在，漢朝卻經亂事而滅亡了，這是什麼緣故呢？難道是世上缺乏像以前周朝時侯的臣子，志士沒有抵抗暴逆以護衛王室一正天下的志向嗎？這是因為想發揚前人的功績卻屈服於時代的變遷，縱有雄心壯志卻受挫於地位卑賤啊！於是壯士們雖憤恨，卻終究被害於仇敵之手；而一般的人則變節從事，去幫助危害國家的元凶。即使還有人聚集志同道合的人，為王室謀劃，可是由於在上面的既不是深明大義的君主，而在下面的又盡是謀利之徒，因此軍隊的行列事先沒有部署好次序，君臣也無互相保護的心意。所以討伐暴逆的軍隊雖然從四方聚集，卻並不能制止天子被劫持、被殺死的禍害；百姓希望漢王朝來統治重新安定天下的心願還沒有改變，卻已看到大漢王朝的滅亡。有人認為諸侯的爵位世代相傳，不一定常處於安全的形勢下，而昏庸暴虐的諸侯有時會紛紛出現，因此實行五等制就是頻頻產生亂事的根源所在。現今的州郡長官，因為都是朝廷任用的有才能的人，所以即使有時會有所失誤，但取得的功績必定很多，因而實行郡縣制容易達於治平之境。然而事實卻是：實行五等制，由於天子的德行美好而光耀天下，日常都在任免官屬，各方諸侯之長接連不斷地前來向他陳述職事，而他對於昏庸荒淫的諸侯，則不留寬容他們過錯的餘地，所以怎麼會治理不好呢？因此古代有依靠實行五等制而興盛的情況。實行郡縣制，由於有的君主道德卑微，自己就違背國家的各種法度，出賣官職的官吏，又依據買方拿出財物的多少來衡量人的才能，那些貪殘的人，個個都好像稱了王一樣，所以什麼地方會不發生亂事？因此後代的君主有依靠實行郡縣制而衰敗的情況。總而言之，五等的諸侯，能為了自己的根本利益而想治理好自己的國家；郡縣的官長，則為了私利而圖謀財物。怎樣來證明這一點呢？企望能夠獲得優厚的俸祿，這是官吏永恆不變的志向；提高自身修養以達到使百姓安定的地步，這即使是賢良的官吏也少有人能夠做到的。官吏們獲得優厚俸祿的心情很迫切，而使百姓安定的讚譽則來得遲緩，因此，侵害百姓的利益以謀取自己的私利，這是在位的官吏並不感到畏懼的事情；即使於事有損，卻可以獲得名聲，這是官長日夜所追求的。這樣作君主的既沒有長年的打算，作臣子的又懷著短時間即可獲得名利的心願。而實行五等制就不是這樣：諸侯知道這是屬於自己的國家與領土，民眾也是屬於自己的，民眾安定則自己得到好處，國家遭受災難則自身也蒙受禍害。因此前代的人想把功業傳給後代，後代也想繼承功業；上面的人沒有得過且過的心態，下面的人都懂得堅定不移地忠心於本國諸侯的道理。假如同樣是賢人而處於治平之世，則處在五等制條件下的功績較多，而處在郡縣制條件下的功績較少；假如同樣是愚人而處於離亂之世，則處在五等制條件下的過失較輕微，而處在郡縣制條件下的過失較嚴重。這樣說來，八代的制度大致可以用一種道理去貫通；秦、漢的法制大概可以用一句話去概括了。

辨命論

【作　者】劉峻（西元四六二～五二一年），字孝標，平原（今屬山東省）人，南朝梁文學家、學者。生於秣陵縣，家貧好學，有「書淫」之譽。天監初年，為典校祕書，後任荊州戶曹參軍，因不能隨眾沈浮而不受重用，始終不得志。居東陽（郡名，轄境約當今浙江省金華江、衢江流域各縣地）紫岩山講學，從學者甚眾。又曾注《世說新語》，明代人輯有《劉戶曹集》。

【題　解】所謂「辨命」，是辨明命運存在的意思。根據《南史》記載，梁武帝時，招引文學之士，凡有高才的多被進用，並且擢拔不受等次限制。而劉孝標好任性而為，不願隨俗沈浮。一次，梁武帝招集文士策問經史，范雲、沈約等人都作了迎合之辭，為武帝所喜，厚加賞賜。武帝問到劉孝標，劉孝標由於身處閒散之列，不被重用而非常苦惱，便突然請求給他紙筆，隨即書奏十多件事情，在坐的人一看都十分吃驚，武帝也為之失色。從此就遭到厭惡，不再引見他。此後，劉孝標編成一部《類苑》（編集同類文章），梁武帝得知後，也讓文士編撰《華林遍略》，用以壓倒《類苑》。劉孝標由於始終沒有得到任用，抑鬱不得志，於是感慨地寫下這篇〈辨命論〉，用以寄託自己的情懷。

文章由三國魏時賢士管輅的遭遇發論，說明有才之士一生通達與否，無非由命而定。然後廣引自古至今眾多的事例，反覆辨明賢才不得志，堙沒無聞，以致含冤而死者，不可勝數；相反地，凶惡之人卻志得意遂，且為人所共知。作者由此得出結論，凡死生、貴賤、貧富、治亂、禍福十事都取決於天命；愚智、善惡四事則可決定於人。作者認為，對天命抱著懷疑的態度，是因為受到了蒙蔽。作者還進一步指出，所謂天命，是道的自然作用，因而是永恆不變的定數。

劉孝標在文章中雖然沒有說到自己的遭遇，但是很明顯的，作者正藉此抒發懷才不遇的憤慨之情。李善說：劉孝標由北魏所據之地歷盡艱險來到南朝，自負其才，自以為可以青雲得志，可是想不到徘徊十年，頻頻不得志，因此文中多憤激之言。作者力辨命之固有，雖不可取，然而他為歷來命途多乖的志士奇才一發其憤，卻自能震撼古今人心。

主上❶嘗與諸名賢言及管輅❷，歎其有奇才而位不達❸。時有在赤墀之下❹豫❺聞斯議❻，歸以告余。余謂士之窮通❼，無非命也。故謹述天旨❽，因言其致❾云。

【章　旨】此為序文，由皇帝談到管輅的遭遇，引出作者關於士人的窮通無非是命定的立論。

【注　釋】❶主上　指梁武帝蕭衍。❷管輅　字公明，三國魏平原人。八、九歲時便喜歡觀察星辰。成人後，精於風角（根據四方四角之風以占吉凶）占相（視占兆推知吉凶）之道。心胸寬大，常想以德報怨。清河太守華表召為文學掾。正元初為少府丞。他的弟弟管辰曾問他是否希望自己獲得富貴，他長歎一聲說：「天雖然賦予我才能，卻又不給我長壽，恐怕只能活到四十七、八歲，見不到女嫁男娶了。」果然卒於四十八歲。❸位不達　職位上受阻，不能稱其才。❹赤墀之下　指臣子站立的下方。赤墀，指宮殿之中。皇帝宮殿的地面與臺階皆塗丹漆。❺豫　參與其事。❻斯議　這種議論。❼窮通　困厄與通達。❽天旨　天子之意。❾致　深層之意。

【語　譯】皇上曾經和眾多有名的賢人說到管輅，感歎他具有卓異的才能，而仕途卻受到阻礙。當時有在殿上聽到這種議論的人，回來告訴我。我向他說，士人的困阨或通達，無非是命。因此恭敬地引述皇上的旨意，並遵循旨意，說說其中的深層意思。

臣觀管輅，天才英偉，珪璋❶特秀❷，實海內之名傑，豈日者❸卜❹祝❺之流乎？而官止少府丞❻，年終四十八，天之報施❼，何其寡❽與？然則高才而無貴仕❾，饕餮❿而居大位⓫，自古所歎，焉獨公明而已哉！故性命⓬之道，窮通之數⓭，夭閼⓮紛綸⓯，莫知其辯⓰。仲任蔽其源⓱，子長闡其惑⓲。至於鶡冠⓳甕牖⓴，必以懸天㉑有期㉒；鼎貴高門，則曰唯人所召㉓。譊譊㉔讙咋㉕，異端㉖斯起㉗。蕭遠㉘論其本㉙而不暢其流㉚，子玄㉛語其流㉜而未詳其本㉝。嘗試言之曰：夫通生㉞萬物，則謂之道；生而無主㉟，謂之自然。自然者，物見其然㊱，不知所以然；同焉皆得㊲，不知所以得。鼓動㊳陶鑄㊴而不為功㊵，庶類㊶混成㊷而非其力。生之無亭毒㊸之心，死之豈虔劉㊹之志？墜之淵泉非其怒，升之霄漢㊺非其悅。蕩㊻乎大乎，萬寶㊼以之化；確㊽乎純㊾乎，一化而不易。化而不易，則謂之命㊿。命也者，自天之命也。定於冥兆(51)，終然(52)不變。鬼神莫能預(53)，聖哲不能謀，觸山(54)之力無以抗(55)，倒日之誠弗能感(56)。短(57)則不可緩(58)之於寸陰(59)，長則不可急之於箭漏(60)。至德(61)未能踰，上智所不免。是以放勛之世，浩浩襄陵(62)；天乙之時，焦金流石(63)。文公(64)躓其尾(65)，宣尼(66)絕其糧(67)。顏回(68)敗其叢蘭(69)，冉耕歌其〈芣苢〉(70)。夷、叔斃淑媛之言(71)，子輿困臧倉之訴(72)。聖賢且猶若此，而況庸庸者(73)乎！至乃伍員浮屍於江流(74)，三閭沈骸於湘渚(75)。賈大夫沮志於長沙(76)，馮都尉皓髮於郎署(77)。君山鴻漸，鎩羽儀於高雲(78)；敬通鳳起，摧迅翮於風穴(79)。此豈才不足而行有遺(80)哉？

【章　旨】以古代眾多的事例說明命出於天道之自然，是人的品行與才學所不能改變的道理。

【注　釋】❶珪璋　珪與璋都是古時朝會所執的玉器，因而用以比喻美德。❷特秀　卓異出眾。❸日者　以觀察天象變化，或用卜筮以預測人事吉凶作為職業的人。❹卜　指卜者。用火燒灼龜甲，觀察它的裂紋，以預測人事的吉凶；或用其他方法來預測吉凶，都稱為卜。以此為職的人即稱卜者。❺祝　主持祭禮的人。❻少府丞　少府的屬官。魏時少府掌宮中工藝製造及錢幣之事。❼報施　酬報。❽寡　差。❾貴仕　顯貴的官職。❿饕餮　原為惡獸名，借指貪婪的惡人。⓫大位　猶高位。

⓬性命　指人的天性和命運。⓭數　命運。⓮夭閼　受到阻礙而中斷。指對於品性和命運的認識，因社會人事的複雜情況而受到阻礙。⓯紛綸　眾說紛紜。⓰辯　通「辨」。區別。⓱仲任蔽其源　仲任，王充，字仲任（西元二七至約九七年）。東漢會稽上虞人。少時至京城洛陽，師事班彪，好學，家貧無書，至書鋪博覽群書而成才。歸鄉里後，從事教學，出任郡功曹，後去職著述，成《論衡》一書。刺史董勤徵為從事，轉治中，自告免還家。王充在《論衡・命義》中說：「性與命是兩回事，操行善惡是性，禍福吉凶是命。有的人性善而命凶，有的人性惡而命吉。」在〈命祿〉中說：「人的死生壽夭、貴賤貧富都有命。自王公到平民，從聖賢到下愚之人，莫不有命。命中注定貧賤的人，即使富貴了，還是會遭受禍患的；命中注定富貴的人，即使貧賤了，還是會遇到好福的。」蔽其源，概括了性和命的原理。⓲子長闡其惑　子長，司馬遷，字子長（西元前一四五至約前八六年）。西漢夏陽人。年輕時曾遊歷各地，調查和考察史蹟和風土人情，後奉命出使西南。武帝元封三年繼父職為太史令，並開始寫《史記》。後因替戰敗而投降匈奴的李陵辯解，被下獄，受宮刑。出獄後任中書令，發憤而完成《史記》的寫作。司馬遷在〈伯夷列傳〉中說：「有的人說：天道不會對誰表示親愛，它會施加恩惠給善良的人。可是像伯夷、叔齊這樣的善人卻餓死在首陽山；孔子對於七十個弟子唯獨賞識顏淵，而顏淵以糟糠過日，終於早死；盜跖每天都在殘殺無辜之人，吃人的肉，十分暴虐，聚集黨徒數千人，橫行天下，卻竟然壽終。至近世，有人操行不正，專犯忌諱，然而終身逸樂富裕，世代相傳不絕；有人處事謹慎，只有到了該說話的時候才說話，不走邪道，在需要執持正義的時候，則能發憤忘身，可是竟遭受災禍，這樣的人不計其數。我十分困惑，像前人所說的天道，是對的呢，還是不對的呢？」闡其惑，闡述他對於天道與命運遭遇的困惑。⓳鶡冠　即鶡冠子。春秋時楚人，隱居深山，以鶡羽為冠，故稱鶡冠子。《漢書・卷三〇・藝文志》道家類錄有《鶡冠子》一篇。後人增至十九篇。⓴甕牖　用破罎當窗戶。形容生活清苦。㉑懸天　指命懸繫於天。㉒有期　指運來有時日。㉓鼎貴高門二句　這二句是說富貴人家，則認為富貴是自己所獲得的。鼎貴高門，鼎食人家；富貴人家。召，招致。《左傳・襄公二十三年》載閔子馬之言：「禍福不一定落於誰家，是人們自己所招致。」㉔譊譊　喧嚷爭辯之聲。㉕讙咋　大聲喧譁。㉖異端　各種不同的說法。㉗斯起　於是產生。㉘蕭遠　即李蕭遠。名康，字蕭遠。他曾作〈運命論〉。㉙論其本　論述了朝代的治亂興衰，人生遭遇的窮達，都由命定的根本觀點。㉚不暢其流　指對於品性的愚智善惡決定於人這一枝節問題未能作出闡述。㉛子玄　郭象，字子玄，晉河南人。喜好《老子》、《莊子》，善於清談。初任黃門侍郎，後東海王越引為太傅主簿，永嘉末病卒。曾得向秀《莊子》注文而成《莊子》注。㉜語其流　說到吉凶取決於自身這一枝節。郭象作〈致命由己論〉闡述這一觀點。㉝未詳其本　未能審察命定這一根本。㉞通生　普遍地生成。通，據胡克家《文選考異》說，茶

陵本作「道」。按《六臣注文選》同。㉟無主　不自視為主宰。據《道德經》說：「大道，萬物依靠它生成而不言說，養育萬物而不自視為主宰。」㊱物見其然　看到萬物是那樣。㊲同焉皆得　都各得其所。據《莊子・駢拇》說：「天下誘然皆生而不知其所以生，同焉皆得而不知其所以得。」㊳鼓動　激發萬物。㊴陶鑄　造成萬物。陶本指製造陶器；鑄本指製造金屬器物。㊵不為功　不自以為有功。㊶庶類　眾類；各種事物。㊷混成　在混沌之中自然生成。㊸亭毒　養育。㊹虔劉　殺害。㊺霄漢　九霄雲天。㊻蕩　廣。㊼萬寶　萬物。㊽確　堅固。㊾純　純一；專一。㊿化而不易二句　是萬物自然變化不可更改的定勢。(51)冥兆　初始之冥昧。指生萬物之道。(52)終然　自始至終。(53)預　參與其事。(54)觸山　撞山。指神話中的共工氏。從前，共工與顓頊爭帝位，共工發怒而撞不周山，使得天柱折斷，繫住地面的繩子也斷了。於是天倒向西北方，所以日月星辰向西北方向移動；地面則向東南方凹陷，所以河流泥沙向東南方向流動。見《淮南子・天文》。(55)抗　抗拒。(56)倒日之誠弗能感　像魯陽公能使太陽倒退的誠心也不能感動。倒日，使太陽退後。用魯陽公事。魯陽公與韓國交戰，仗打得十分激烈的時候，太陽要下山了。魯陽公於是用戈向太陽一揮，太陽就倒退三個次宿。見《淮南子・覽冥》。(57)短　指壽命短的。(58)緩延緩。(59)寸陰　一寸光陰。即極短暫的時光。(60)箭漏　指時日過得緩慢。箭，古代放在漏壺下用來標記時刻之物件。漏，也叫漏壺。是古代計時器，用漏水的方法標記時刻。(61)至德　品德最崇高的人。(62)放勛之世二句　是說即使在堯的時代，也要發大水，說明天命無法改變。放勛，堯之名。相傳是我國遠古部落聯盟的首領，古史傳為聖明的帝王。浩浩，洪水浩蕩貌。襄陵，滿上山陵。傳說堯時有連續九年的大水。(63)天乙之時二句　傳說成湯時有連續七年的旱災。天乙，即成湯。商朝的開國君主。焦金流石，金屬焦枯，石頭變成流液。形容旱災的嚴重。(64)文公　指周文王之子周公旦。他輔助武王滅商，建立周王朝。武王死，成王尚幼，由他攝政，並東征平定叛亂，又制訂朝廷的禮儀制度，對於鞏固周朝統治起了重要作用。(65)躓其尾　指一隻老狼後退時因踩著自己的尾巴而被絆倒。比喻受到挫折。躓，同「疐」。腳踩著東西而被絆倒。語出《詩經・豳風・狼跋》。〈詩序〉認為這一首詩是在讚美周公。說在周公攝政的時候，遠方的諸侯國中有人散布流言（按：商被滅後，周封商紂之子武庚管轄商餘民，又封武王弟叔鮮於管，叔度於蔡以監督武庚。叔鮮、叔度卻散布流言，說周公攝政將不利於幼小的成王），近旁的成王對此也不瞭解，在這樣的情況下，周公不失他聖賢之德，所以周大夫加以讚美。(66)宣尼　即孔子（西元前五五一至前四七九年）。漢平帝時追諡孔子為宣尼公。孔子是春秋魯人。曾任中都宰、司空、大司寇，攝相事。因與執政的季桓子不合而離開魯國，在諸侯國周遊十四年，無人任用。晚年返回魯國。孔子是儒家學派的創始人，提倡仁愛。他在教授弟子，整理文化典籍方面都有貢獻。(67)絕其糧　糧食斷絕。即斷炊。孔子周遊列國時，在陳國斷了糧。(68)顏回　春秋魯人（西元前五二一至前四九〇年）。字子淵，孔子弟子。好學，安貧樂道，在孔子弟子中以德行著稱。然而二十九歲髮白，三十二歲（一說：四十一歲）死。(69)敗其叢蘭　像叢蘭一樣被摧殘。叢蘭，叢生之蘭。比喻顏回。《文子》中說：「日月想明亮，浮雲卻遮蓋了它們；叢蘭想長得茂盛，秋風卻摧殘了它。」(70)冉耕歌其芣苢　指唱〈芣苢〉是對具有君子德行而患著惡性疾病的冉耕表示痛心。冉耕，春秋魯人，字伯牛，孔子弟子。有德行，然而患有惡疾。孔子去看望他的時候，拉著他的手說：「這是命吧，這樣的人而有這樣的病。」〈芣苢〉，《詩經・周南》篇名。芣苢，草名。有人以為即車前草，有人以為是一種惡臭之草。詩歌內容是寫人們在採集芣苢。據李善注所引薛君《韓詩章句》說：「芣苢是臭惡之菜。詩人傷心於君子有惡的習氣，勸阻無用，因而發憤寫下這首詩。表示芣苢雖然臭惡，我還是採而不停。君子雖然有惡習氣，我還是守護著不離去。」(71)夷叔斃淑媛之言　夷叔，即伯夷和叔齊。他們是商時孤竹君之子，對於周武王討伐商紂曾加勸阻，武王不聽，他們就隱居在首陽山上，以食周粟為恥辱，故採薇草充飢。李善注引《古史考》說：「伯夷、叔齊在首陽山採薇而食，有一個婦人對他們說：『你們仗義而不食周粟，然而這薇草也是周朝的草木呀！』於是二人就餓死了。」淑媛，善良的女子。(72)子輿困臧倉之訴　子輿，即孟子。名軻，字子輿，戰國鄒人（約西元前三七二至前二八九年）。受業於孔子之孫子思的弟子。曾遊說齊、魏等國，未被任用。後與弟子公孫丑、萬章等著書立說。他提倡實行王道仁政，主張「性善」。是孔子之後的儒家代表人物。存有《孟子》一書。臧倉，戰國時魯平公的寵嬖之臣。據《孟子・梁惠王下》記述，魯平公駕好了車將去會見孟子，臧倉對平公說：「禮義是由賢者制訂出來的，可是孟子給他母親辦喪事，辦得很為豐盛，超過他以前給父親辦喪事的規格，所以您不必去見他。」平公就沒有去會見孟子。孟子為此而十分感慨，他說：「我不能見到平公，是天意，臧倉怎麼能使我見不到平公呢？」訴，告訴。(73)庸庸者　平常的人。(74)伍員浮屍於江流　伍員，即伍子胥。春秋楚人，名員（西元前？至前四八四年）。因父親伍奢、兄伍尚都被楚平王所殺害，就逃奔到吳國。與孫武一起輔佐吳王闔閭伐楚，攻入郢都後，曾掘平王墓，鞭打平王屍體。後又輔佐夫差大敗越國，越國請和，伍員諫不可。夫差聽信伯嚭讒言而許和，並逼伍員自殺。伍員自殺後，夫差將他的屍體盛放在革囊之中，讓其在江中漂流。(75)三閭沈骸於湘渚　三閭，即曾為三閭大夫的屈原。屈原，名平，字原，戰國楚人（西元前約三四〇至前二七八年）。楚懷王時任左徒。在內政上主張革新圖強，外交上主張聯齊抗秦。因遭讒而貶為三閭大夫（掌管王族屈、昭、景三姓）。後來又被放逐。他深感朝政昏暗，救國無望，在秦將白起攻破郢都之時，投身汨羅江自殺。他寫有〈離騷〉、〈九歌〉、〈九章〉、〈天問〉等作品，是楚辭的代表作家。作品收集於漢人所編的《楚辭》之中。沈骸，沈身。湘渚，湘水的邊岸。指湘水之旁的汨羅江。(76)賈大夫沮志於長沙　賈大夫，指賈誼。曾任大中大夫，故稱賈大夫（西元前二〇〇至前一六八年）。洛陽人。漢文帝初年召為博士，後為大中大夫。因力主改革制度，被權貴中傷，出任長沙王太傅，後轉梁懷王太傅。梁懷王墮馬而死，賈誼不久也死了。沮志，心情沮喪。他由朝廷官員因受權貴中傷而外放，加上長沙地勢低溼，自己以為活不長，因此心情沮喪。[77]馮都尉皓髮於郎署　馮都尉，指馮唐。漢安陵人。以孝聞而為中郎署長。文帝時年已老，因敢於直諫，任為車騎都尉。景帝時，曾為楚相，不久免職。武帝時，舉賢良，因已九十餘歲，不能再任官。皓髮，白髮。郎署，即中郎署長。[78]君山鴻漸二句　君山，即桓譚。字君山（西元前二三至西元五〇年）。漢沛國相人。光武即位後，任議郎給事中。光武信讖緯，一次問桓譚：「我用讖來決斷事情，怎麼樣？」桓譚不回答，過了許久才說：「臣生平不讀讖書。」問他緣故，桓譚極力說它不對。光武發怒，要將他處斬。桓譚叩頭流血才得幸免。因失旨，出補六安太守丞，心中不樂，途中病死。著有《新論》。這兩句比喻桓譚拜為議郎給事中，漸得高位。卻出貶為六安太守丞而死於途中。鴻漸，鴻鳥逐漸飛向高處。鎩羽儀於高雲，在高高的雲天，鴻鳥被射中，傷殘了牠的羽毛。鎩，傷殘。羽儀，鴻鳥的羽毛。因為它可以作為旌旗等物的裝飾品，所以稱為羽儀。《周易・漸卦》說：「鴻鳥逐漸飛向陸地，牠的羽毛可以用來作儀飾。」[79]敬通鳳起二句　敬通，即馮敬通。東漢時人，年輕時有不凡之志，漢明帝認為他才過其實，於是不加任用，使他坎坷失意，最後在家壽終。鳳起，鳳凰飛起。比喻馮敬通是出眾的人才。摧迅翮於風穴，比喻馮敬通仕途失意，明帝不加任用。迅翮，使鳳凰迅飛的翅羽。風穴，高空中產生風的處所。[80]遺　失。

【語　譯】臣看管輅，是非凡的天才，具有出眾的美德，實在是天下聞名的俊傑，難道是像日者或卜祝之流的人嗎？然而他的官職僅限於少府丞，只活到四十八歲，天對他的酬報，為什麼這樣差呀？然而，具有高才卻沒有高貴的官職，貪婪的惡人竟身居高位，這種現象，自古以來，就為人們所感歎，哪裡只是管輅如此而已呢！因此，對於人的天性和命運的道理，對於人生困阨和通達的定數，因社會人事的複雜情況而受到阻礙，眾說紛紜，不知道怎樣加以辨別。王充概括了性和命的原理，司馬遷闡述了他對於天道與命運的困惑。至於鶡冠子，他用破鑪當窗戶，必定以為命運懸繫於天，會有時來運轉的時日；富貴人家，則認為富貴是他們自己造成的。人們大聲地爭辯，喧喧嚷嚷，各種不同的說法於是產生。李蕭遠論述了關於命定的根本觀點，而對於枝節問題卻未能作出闡述；郭象說到了枝節問題，卻未能審察命定這一根本。對於命這一問題，我試加論述：普遍地生成萬物的，就把它稱為道；生養萬物而不自以為主宰的，就把它稱為自然。自然，就是看到萬物是那樣，卻不知道為什麼是那樣；看到萬物都各得其所，卻不知道為什麼會各得其所。激發萬物的生機而造成萬物卻不以為有功，在混沌中生成萬物卻不以為是自己的力量。使萬物生長卻沒有養育之心；使萬物死亡，難道懷有殺害之意？品物墜入深淵之中，不是它在發怒；品物升上九霄雲天，也不是出於它的喜悅。廣大呀，萬物由於它而變化；堅固專一呀，一經變化而不可更改。變化而不可更改，就稱它為命。命，它出自天命，決定於最初生成萬物的冥昧之道，然後終究不可改變。鬼神不能參與其事，聖人也不能參與謀劃，能把山撞倒的力量無法抗拒它，能使太陽倒退的誠意不能感動它。壽命注定短的人不可延緩寸陰的時間；壽命注定長的人不能焦急於時日過得過於緩慢。道德最高尚的人不能超越它，智力最好的人也不能幸免。因此，在堯的時候，遭遇到浩大的洪水，水滿上了山陵；成湯的時候，遭遇到大旱災，使金屬焦枯，石頭變成液體。周文王之子周公，好像老狐後退時踩著自己的尾巴那樣遇到了挫折，孔子遇到了糧食斷絕的困阨。顏回時值壯年，卻像叢生之蘭般遭到摧殘；對冉耕的遭遇，詩人卻只得歌唱〈芣苢〉深表痛心。伯夷、叔齊因善良女子的一句話而餓死，孟子因為臧倉說的話而陷於困境。聖賢尚且如此，更何況平常的人呢！至於伍子胥被浮屍於江水之上，三閭大夫屈原沈身於汨羅江。賈誼被貶謫長沙而心情沮喪，馮唐直到白髮仍為中郎署長。桓譚像鴻鳥逐漸飛向高處，牠的羽毛卻在高高的雲天受到傷殘；馮敬通像飛翔的鳳凰，牠快飛的翅羽，卻在高空生成大風的地方受到摧折。這些人難道是才能不足，並且品行有失嗎？

近世❶有沛國❷劉瓛❸，瓛弟璡❹，並一時之秀士❺也。瓛則關西孔子❻，通涉❼六經❽，循循善誘❾，服膺❿儒行⓫。璡則志烈⓬秋霜⓭，心貞⓮崑玉⓯，亭亭⓰高竦⓱，不雜風塵⓲。皆毓德⓳於衡門⓴，並馳聲㉑於天地。而官有微於侍郎㉒，位不登㉓於執戟㉔，相次㉕殂落㉖，宗祀㉗無饗㉘。因斯兩賢以言古，則昔之玉質金相㉙，英髦㉚秀達㉛，皆擯斥於當年，韞㉜奇才而莫用，徼㉝草木以共彫㉞，與麋鹿而同死㉟，膏㊱塗㊲平原，骨填川谷，堙滅㊳而無聞者，豈可勝道㊴哉？此則宰衡㊵之與皁隸㊶，容㊷、彭㊸之與殤子㊹，猗頓㊺之與黔婁㊻，陽文㊼之與敦洽㊽，咸得之於自然，不假道㊾於才智。故曰「死生有命，富貴在天㊿」，其斯之謂矣。

【章　旨】以劉瓛、劉璡兄弟以及古今不可盡數的賢者被埋沒、遭淪喪為例證，論述富貴、死生等皆由天命所致的道理。

【注　釋】❶近世　指齊朝。❷沛國　漢所置沛郡，東漢為沛國，治所在今安徽濉溪西北。❸劉瓛　字子珪，宋大明四年舉秀才。少時專心學業，博通五經。出任安成王撫軍，行參軍公事，免職後不曾再任職。永明初年，因病而卒。❹璡　劉璡，字子璥。為人正直。文惠太子召劉璡入侍東宮，每次上書言事，即把草稿毀掉，以防洩漏。不久任射聲校尉，在任而卒。❺秀士　優秀的士子。❻關西孔子　原指東漢楊震，此借指劉瓛。楊震是關西華陰人，博覽並通曉經術，深究其理，所以當時的學者稱他「關西孔子」。關西，函谷關之西。❼通涉　通讀。❽六經　指《詩經》、《尚書》、《禮記》、《樂經》、《周易》、《春秋》。❾循循善誘　指教導有方。❿服膺　牢記心中，衷心信服。⓫儒行　儒者的行為。⓬志烈　心志剛正。⓭秋霜　比喻使人敬畏。⓮心貞　心地純潔。⓯崑玉　崑山之玉。崑山產美玉。⓰亭亭　高貌。⓱竦　通「聳」。⓲風塵　塵俗；世俗習氣。⓳毓德　涵養道德。⓴衡門　以橫木為門。指貧賤人家。㉑馳聲　馳名。㉒官有微於侍郎　作者在此借東方朔〈答客難〉句表示官職輕微。客說東方朔：「你侍從武帝已曠日持久，可是官職不過侍郎，職位不過執戟，是不是你品行上有所失檢呢？」有，乃；竟。微，輕微。侍郎，官名。侍從皇帝左右，屬光祿勳。㉓不登　不升任。㉔執戟　手持戟夜間在殿門守衛，是侍郎之職。㉕相次　次第；相繼。㉖殂落　去世。㉗宗祀　宗祠祭祀。㉘無饗　沒有供具祭品進行祭祀。意思是祭祀斷絕。㉙玉質金相　金玉之質。喻品才之優美。㉚英髦　猶英俊。㉛秀達　出眾。㉜韞　懷。㉝徼　胡克家《文選考異》說，當依袁本、茶陵本作「候」。㉞彫　通「凋」。凋謝。指死亡。㉟與麋鹿而同死　用東方朔《七諫・初放》「死日將至兮，與麋鹿同坑」句意。㊱膏　身上之脂肪。㊲塗　塗抹。㊳堙滅　埋沒。㊴勝道　盡說。㊵宰衡　宰相。㊶阜隸　奴隸。㊷容　指容成公。傳說是黃帝史官，始造律曆。《列仙傳》說他自稱黃帝之師，曾見周穆王。善於補導養生之事。世傳道家採陰補陽之術出於容成公。㊸彭　指彭祖。傳說姓籛名鏗，是堯之臣子，封於彭，壽七百餘歲，以壽長著稱。㊹殤子　未成年而死的孩子。㊺猗頓　春秋時魯人。以經營鹽業致富。㊻黔婁　春秋時齊人。貧士。一生修身清節，不求仕進。魯恭公欲聘為相，齊威王欲任為卿，都辭而不就。生時食不充飢，衣不蔽體，至死，衾不蓋體。㊼陽文　古美人名。㊽敦洽　古醜人名。傳說他是陳國人，額頭尖而臉部寬大，膚色如塗過紅漆，頭髮垂掛到鼻子上，手臂很長，並且倒生。㊾假道　借助。㊿死生有命二句　語出《論語・顏淵》，孔子之弟子說聽到過這樣的話。朱熹《四書集注》認為是孔子說的。

【語譯】 近代有沛國人劉瓛和他的兄弟劉璡，都是一時優秀的士子。劉瓛被稱為「關西孔子」，通讀《六經》，教導有方，衷心信服儒者的行為準則。劉璡則心志剛正，如秋霜般凜烈，心地純潔，好比崑山美玉，高高聳立，不雜塵俗。兩人都出身貧寒之家，涵養道德，一起馳名天下。然而官職比侍郎還要低微，地位還不夠持戟去守衛宮殿，兩人相繼去世，宗祠的祭祀從此斷絕。由這兩位賢人而說到古人，從前內懷金玉之質，英俊出眾之人，都在當時遭到擯棄排斥，懷有突出的才能卻無人願意任用，等到他們與草木一起凋謝，與麋鹿一起死亡，身脂塗於原野，骨骸填於河谷，就這樣埋沒而不為人知，這樣的人難道能夠一一盡說嗎？這就說明了宰相與奴隸，容成公、彭祖與夭亡的孩子，猗頓與黔婁，陽文與敦洽，他們都是得之於自然，而非借助於才智的。所以古人說「死和生有命，富貴取決於天」，就是這個意思。

然命體❶周流❷，變化非一，或先號❸後笑，或始吉終凶，或不召❹自來，或因人以濟❺。交錯糾紛，迴還❻倚伏❼，非可以一理徵❽，非可以一途❾驗。而其道密微❿，寂寥⓫忽慌⓬，無形可以見，無聲可以聞。必御物⓭以效靈⓮，亦憑人而成象⑮；譬天王之冕旒，任百官以司職⑯。而或者覩湯⑰、武⑱之龍躍⑲，謂龕亂⑳在神功㉑；聞孔㉒、墨㉓之挺生㉔，謂英睿㉕擅㉖奇響㉗；視彭㉘、韓㉙之豹變㉚，謂鷙猛㉛致人爵㉜；見張㉝、桓㉞之朱紱㉟，謂明經㊱拾㊲青紫㊳。豈知有力者㊴運之而趨㊵乎？故言而非命㊶，有六蔽㊷焉爾。請陳其梗概㊸：

【章　旨】論述由於人事變化的錯綜複雜，道的存在與作用便隱微難知，致使有人對於天命，心生疑惑。

【注　釋】❶命體　命運之體。❷周流　周轉流行。❸號　呼喊痛哭。❹不召　不用召致。❺濟　成。❻迴還　曲折循環。❼倚伏　相依或相伏。《道德經》說：「福之中有禍依存，禍之中有福隱伏。」❽徵　驗證。❾一途　一種途徑。❿密微　縝密隱微。⓫寂寥　空虛。⓬忽慌　即惚恍。隱約不清；不可捉摸。⓭御物　借用於外物。⓮效靈　表現它的靈驗。⓯成象　顯示出它的跡象。⓰天王之冕旒二句　天子頭戴冕旒，顯示其地位之尊嚴，由他主宰一切。此以天子主宰百官，比喻命運決定人事。天王，天子。冕旒，古代的一種禮冠。冠頂有版，稱為延。延的前端垂掛有穿著玉珠的五采絲繩，稱為旒。天子之冕有十二旒。司職，各司其職。⓱湯　即成湯。⓲武　即周武王。姬姓，名發，周文王之子，討滅商朝建立周王朝。⓳龍躍　喻登上天子之位。⓴龕亂　勝亂。龕，通「戡」。㉑神功　神奇之武功。㉒孔　指孔子。㉓墨　指墨子。姓墨名翟（約西元前四六八至前四〇〇年），戰國初期魯人。是墨家學派的創始人，提倡「兼愛」，反對侵略。㉔挺生　卓然出世。㉕英睿　異常的聰慧。㉖擅　獨得。㉗奇響　異乎尋常的名聲。㉘彭　彭越（西元前？至前一九六年）。字仲，昌邑人。秦末時常捕魚鉅野澤中，後聚眾起義，歸附劉邦，因多建奇功，被封為梁王。後被人告謀反，被殺。㉙韓　韓信（西元前？至前一九六年）。淮陰人。少時家貧，寄食於人。初從項羽，後歸劉邦，拜為大將。他是劉邦削弱項羽勢力，最後圍殲項羽的主要將領。初封齊王，後封楚王。因有人告他謀反，被執而降為淮陰侯。最後被呂后所殺。㉚豹變　比喻人的地位有巨大轉變。㉛鷙猛　勇猛。㉜人爵　指封為王。㉝張　指張禹（西元前？至前五年）。字子文，河內軹人。從施讎學習《周易》，從王陽、庸生學習《論語》，因詳明經學，應試為博士。漢元帝時授太子《論語》，遷任光祿大夫。成帝時為相，封安昌侯。奢侈成性，廣置產業，對於外戚王氏的專權曲意奉承。㉞桓　指桓榮。字春卿，東漢沛郡龍亢人。習歐陽《尚書》，教授徒眾達數百人。光武時拜議郎，授太子經，遷任太子少傅，後遷太常。明帝即位，以帝師之尊，拜為五更，封關內侯。㉟朱紱　紅色繫官印的絲帶。㊱明經　明於儒家經術。㊲拾　撿取。喻輕易獲得。㊳青紫　指高官。漢制，丞相與太尉都金印紫綬（印的繫帶），御史大夫銀印青綬，漢以此三個官職最為高貴。㊴有力者　指天道自然。㊵運之而趨　對他們起著作用而使他們各有歸趨。㊶非命　反對有命。㊷六蔽　六種認識上的障礙。㊸梗概　概要；要點。

【語　譯】然而命運之體周轉運行，它的變化不是單一的，有的人是先呼號痛哭而後笑，有的人是開始吉祥而終了凶險；有的人並非有意召致而禍福自來，有的人憑靠他人之力而成功。其間事故的交錯糾纏，曲折循環，禍與福的相依相伏，不是可以用一種道理、一種途徑就能夠進行驗證的。其中隱藏著道，縝密而細微，空虛而惚恍，沒有形象可以看到，沒有聲音可以聽到。必須借用於外物以表現它的靈驗，憑藉於人而顯示它的跡象。它的主宰作用，好比戴著冕旒的天子，能任命百官而使他們各司其職。可是有人因看到成湯、周武王登上天子之位，於是說克亂致勝靠的是神奇的武功；聽到孔子、墨子的卓然出世，於是說異常的聰慧會獨得異常的名聲；看到彭越、韓信的地位發生巨大的轉變，由貧賤而顯貴，於是說靠勇猛就可獲得封王的機會；看到張禹、桓榮的紅色印綬，於是說明於經術便可以撿得高貴的官職。哪裡知道這是天道自然在起著作用而使他們各有歸趨的呢？因此在言論上反對命定之說，這是因為在認識上存在著六種障礙的緣故。請讓我陳述它們的概要：

夫靡顏膩理❶，哆噅❷顣頞❸，形之異也。朝秀晨終❹，龜鵠千歲❺，年之殊也。聞言如響❻，智昏菽麥❼，神❽之辨❾也。同知❿三者⓫，定乎造化⓬，榮辱之境⓭，獨曰由人，是知二五而未識於十⓮。其蔽一也。

【章　旨】指出認為形貌的美醜、壽命的長短、神智的聰愚三者是出於自然，而不知人生榮辱也出於自然，這是認識上的第一種障礙。

【注　釋】❶靡顏膩理　顏面紋理細膩。靡，細。❷哆噅　張口時口角歪斜。❸顣頞　額頭皺縮。頞，通「額」。❹朝秀晨終　《淮南子》許慎注說：「朝生暮死之蟲，生於水上似蠶蛾。」這裡說「晨終」，則是說朝秀的生命只有一個早晨，極其短暫。朝秀，蟲名。❺龜鵠千歲　《養生要》說：「龜鵠壽長千百年，是生性長壽之物。」鵠，天鵝。❻聞言如響　聽到隱微之言，反應之敏捷，好比聲音產生回聲一樣。說明他非常的聰慧。《史記・卷四六・田敬仲完世家》記述：淳于髡與騶忌說話完畢，快步走出，說：「這個人，我五次向他說隱微之言，他回答我好像聲響的回聲，這個人不久必定會封侯。」❼智昏菽麥　智能痴愚到不能分辨豆與麥。《左傳・成公十八年》：程滑殺晉厲公，使荀罃、士魴迎周子（晉襄公曾孫，立為悼公）於國都而立為國君。周子有兄長卻沒有智能，不能分辨豆和麥，因此不能立。❽神　指智能。❾辨　差別。❿同知　都知道。⓫三者　指形異、年殊、神辨。⓬造化　自然的作用。⓭榮辱之境　人或者得榮，或者蒙辱的差別。境，指分界、差別。⓮是知二五而未識於十　意思是知一而不知二。二五，二個五。

【語　譯】有的人面部紋理細膩，有的人一張口，口角就歪斜，額頭會皺縮，這是形貌的差異。朝秀只有一個早晨的生命，烏龜天鵝可以活到千歲，這是壽命的不同。有的人聽到隱微之言，反應非常敏捷，如同聲音產生回響一樣；有的人智能痴愚到不能分辨豆與麥，這是智能的區別。大家都知道這三者取決於自然的作用，然而對於人獲得榮耀或蒙受恥辱的差別，卻偏說由人自取，這就如同知道二個五卻不知道十那樣。這是第一種障礙。

龍犀日角，帝王之表❶；河目❷龜文❸，公侯❹之相。撫鏡知其將刑❺；壓紐顯其膺籙❻。星虹❼樞電❽，昭聖德之符❾；夜哭聚雲，鬱興王之瑞❿。皆兆⓫發於前期，渙汗⑫於後葉⑬。若謂驅貔虎，奮尺劍⑭，入紫微⑮，升帝道⑯，則未達窅冥⑰之情，未測神明之數。其蔽二也。

【章　旨】說明人事都有先兆，由神聖莫測的天道在主宰。而有人卻認為取得天子之位是本於人力，這是第二種障礙。

【注　釋】❶龍犀日角二句　朱建平《相書》說：「額上有龍犀骨深入髮中，左角如日，右角如月，是稱王天下的形貌。」龍犀，舊相術家說頂門下骨隱起，下連鼻樑不斷為龍犀。日角，額骨中央隆起，形狀如日。表，形貌。❷河目　上下眼眶平正而長的眼睛。❸龜文　龜背的紋理。此指人足掌有猶如龜背的紋理。❹公侯　公與侯是高層的爵位之名。❺撫鏡知其將刑　《三國志・卷四二・蜀志・周羣》記述：張裕通相術，每次舉起鏡子看自己的面相，知道將會被處刑而死，所以常把鏡子摔在地上。後張裕曾預言劉備得益州後九年當失，劉備就借故將他處死。撫鏡，舉鏡。❻壓紐顯其膺錄　《左傳・昭公十三年》記述：楚恭王沒有嫡子，而有寵子五人，不知立誰作太子。於是隆重的祭祀境內所屬的星辰和山川，並祈告說：「請神來選擇在五人之中究竟誰可使他主持國家。」又用一塊璧玉遍視星辰山川，說：「誰在下拜的時候身子正好壓著璧玉，他就是神所要立的人，誰敢違抗？」於是與巴姬兩人祕密地在祖廟之庭埋好了璧玉，將璧玉的紐帶略微露出一點在外面，以便察看。然後讓五人按長幼入內下拜。康王跨了過去，靈王的肘部壓到了它，子干、子皙都相距很遠。平王弱小，讓人把他抱進去，他兩次下拜，都正好壓在紐帶上面。紐，指璧玉的紐帶。膺錄，當承受天命而為君主。錄，通「籙」。承受天命而為君主的符命。❼星虹　星如虹下。❽樞電　北極星如電光而下。樞，樞星。即北斗星。❾昭聖德之符　顯示了少昊與舜受天命而為帝的符命。昭，昭示；顯示。聖德，指具有聖德之人。即黃帝之子少昊與舜。符，符命。據《劉恕外紀》說：少昊是其母嫘祖感大星如虹下臨華渚而生。少昊，也寫作「少皞」。古帝之一。李周翰注：「舜母感樞星之精而生舜。」❿夜哭聚雲二句　指劉邦事。劉邦為泗水亭長時，押送徒眾去酈山。一天晚上遇大蛇擋路，劉邦拔劍把蛇斬死。過後，有人來到蛇死之處，遇見一老婦在哭，說：「我的兒子是白帝之子，化為蛇，今被赤帝之子斬死。」白帝之子指秦，赤帝之子指漢。又秦始皇聽說東南方有天子氣，於是東遊以相壓。劉邦自己疑心，因而躲藏在芒碭山中。呂后卻憑劉邦所在地方上有雲氣聚集而找到他。聚雲，雲氣聚集。鬱興，興起。瑞，祥瑞；吉兆。⓫兆　事前的跡象。⓬渙汗　流汗。謂流布貌。⓭後葉　後來。⓮驅貔虎二句　驅貔虎，指周武王舉兵討商事。《尚書・牧誓》記述武王誓師之言：「大家勉力，如虎如貔、如熊如羆地向商郊推進。」驅，率領。貔，猛獸名。豹屬。貔與虎都是猛獸，因此用來比喻勇士。奮尺劍，指奮起三尺長之劍。此指漢高祖劉邦之事。他曾說：「我提三尺劍取天下。」此二例是說憑藉威力。⓯紫微　帝王宮殿。⓰帝道　帝位。⓱窅冥　指幽深莫測之天道。

【語　譯】額骨呈龍犀日角之形，這是成為帝王的形貌；眼眶上下平正而細長，腳底長有龜文，這是成為公侯的相貌。張裕舉鏡自照，知道自己終將被處死；平王下拜時身子壓著璧玉的紐帶，顯示他當承受天命而為君王。星如虹下，北極星如電光而下，這顯示了少昊與舜受天命而為帝的符命；老婦夜哭、雲氣聚集，這是漢高祖將要興起的吉兆。他們的吉凶，都在事前出現徵兆，並在未來獲得應驗。假如說憑周武王率領勇士，憑劉邦提三尺之劍奮起，就可進入皇宮，登上天子之位，那是不知幽深莫測的天道之實情，未察神明的定數。這是第二種障礙。

空桑之里，變成洪川❶；歷陽之都，化為魚鼈❷。楚師屠漢卒，睢河鯁其流❸；秦人坑趙士，沸聲若雷震❹。火炎崑嶽，礫石與琬琰俱焚❺；嚴霜夜零❻，蕭艾❼與芝蘭❽共盡。雖游❾夏❿之英才，伊⓫、顏⓬之殆庶⓭，焉能抗之哉？其蔽三也。

【章　旨】以眾多事例說明天命所致，即使是英才也無法抗拒。不能明白這一道理，是第三種障礙。

【注　釋】❶空桑之里二句　《呂氏春秋・本味》記述：枯桑嬰兒之母居住於伊水之上，懷孕時夢見有神告訴她：「見石臼出水，就往東跑，不要回頭。」第二天看到石臼出水，就把神告訴她的話告訴鄰居，並向東跑出十里之遠，再回頭看她的住地，已是一片汪洋了。她於是變成一株枯桑。這嬰兒就是伊尹。空桑，地名。是伊尹出生之地。空桑原意是枯桑（不長葉的桑樹）。因有莘氏女子採桑，得嬰兒於空桑之中，所以這地方名為空桑。里，百姓聚居地。洪川，大河。❷歷陽之都二句　據

《淮南子・俶真》「歷陽之都，一夕反而為湖」注：從前，有一老婦常行仁義之事。有二個儒生遇到她，對她說：「這個城邑將淹沒為湖。」並告訴她，看到東城門檻上有血，便往北山上跑，不要回頭看。此後，老婦常去看門檻。看守城門的人問她，她以實告。當晚，看門人故意殺雞而用雞血塗門檻。第二天一早，老婦看到門檻上有血，便立即跑上北山，回頭看城邑，已變為湖。歷陽，地名。秦置縣，晉置郡，治所在今安徽省和縣境內。都，城邑。化為魚鼈，指全城邑之人淹沒於大水之中，如同魚鼈一樣。❸楚師屠漢卒二句　《史記・卷七・項羽本紀》記述：楚軍追擊漢軍至靈壁東睢水上，漢軍退卻，被楚軍所推擠，多被殺死，漢軍士卒十餘萬人都沈入睢水，睢水因此而不流。楚師，指項羽的軍隊。漢卒，指劉邦的士卒。睢河，古為蒗蕩渠的支流，今上游出自河南睢縣之上，下游在安徽蕭縣、宿縣、靈壁、宿遷、泗縣等地，入於淮水。鯁，通「梗」。阻塞。❹秦人坑趙士二句　西元前二六〇年，趙括代廉頗為趙將，出兵攻秦軍，大敗被圍。趙軍苦戰突圍不成，趙括戰死，士兵四十萬人都降。秦將白起坑殺降兵，當時呼喊之聲猶如雷聲震響。秦人，指戰國時秦將白起所率領的軍隊。坑，坑殺。趙士，趙國的士兵。❺火炎崑嶽二句　《尚書・胤征》：「火炎崑岡，玉石俱焚。」火炎，大火焚燒。崑嶽，即崑崙山。在新疆、西藏之間，西接帕米爾高原，向東延伸到青海境內。傳說崑崙山出產美玉。礫石，小石。琬琰，美玉名。❻零　落。❼蕭艾　都是賤草名。❽芝蘭　都是香草名。❾游　子游。姓言名偃，字子游，春秋吳人，孔子弟子，長於文學，曾任魯武城宰。❿夏　子夏。姓卜名商，字子夏，春秋衛人，孔子弟子。長於文學，相傳曾講學於西河，為魏文侯師。⓫伊　伊尹。名摯，本是成湯妻的陪嫁奴隸，後輔佐成湯討滅夏桀建立商朝，被尊為阿衡（宰相）。⓬顏　顏回。⓭殆庶　大概；差不多。《周易・繫辭傳下》：孔子說：「顏氏之子，其殆庶幾乎？」意思是品德修養已經達到很高的程度。

【語　譯】空桑的居地，變成了大河；歷陽這城邑，人都成了魚鼈。楚軍屠殺漢軍士卒，睢河之水為之阻塞不流；趙軍士卒被秦軍坑殺，呼喊之聲猶如雷聲震響。大火焚燒崑崙山，碎石與美玉一起被焚毀；夜間嚴霜降落，蕭艾與芝蘭一起枯萎。即使像子游、子夏這樣的英才，像伊尹、顏回這種品德修養達到很高程度的人，對此，又怎麼能夠抗拒呢？這是第三種障礙。

或曰明月之珠❶，不能無纇❷；夏后❸之璜❹，不能無考❺。故亭伯死於縣長❻，相如卒於園令❼。才非不傑也，主非不明也，而碎結綠❽之鴻輝❾，殘懸黎之夜色❿，抑尺之量有短⓫哉？若然者，主父偃⓬、公孫弘⓭對策不升第⓮，歷說而不入⓯，牧豕淄原⓰，見棄州部⓱。設令⓲忽如過隙⓳，溘死⓴霜露㉑，其為詬恥㉒，豈崔、馬㉓之流乎？及至開東閤㉔，列五鼎㉕，電照風行㉖，聲馳海外，寧㉗前愚而後智，先非而終是㉘？將㉙榮悴㉚有定數㉛，天命有至極㉜，而謬生㉝妍蚩㉞，其蔽四也。

【章旨】由主父偃、公孫弘先後的不同境遇，說明人的困悴、榮耀，都取決於天命定數。不能明白這一道理而妄加評說，是第四種障礙。

【注釋】❶明月之珠　即夜光珠。❷纇　疵病。❸夏后　夏朝君主。❹璜　半圓形的玉。❺考　不平。❻亭伯死於縣長　亭伯，即崔駰（西元？至九二年）。字亭伯，東漢涿郡安平人。博學多才，善為文。在太學時，與班固、傅毅齊名。和帝時，車騎將軍竇憲徵為府掾。竇憲為人驕恣，崔駰數諫不納，被出為長岑縣長。崔駰未赴任而歸鄉，卒於家。他曾仿揚雄〈解嘲〉而作〈達旨〉。著有詩、賦、銘、頌之類共二十一篇。死於縣長，老死於縣長之官。實際未赴任。❼相如卒於園令　相如，即司馬相如（西元前一七九至前一一七年）。字長卿，漢蜀郡成都人。武帝時因賞識其賦而任為郎，曾出使西南，後為孝文園令。晚年稱病免官，家居而卒。他是漢賦的代表作家，著有〈子虛賦〉、〈上林賦〉、〈大人賦〉等。❽結綠　與下句之「懸黎」，都是美玉之名。《戰國策・秦策》：應侯對秦王說：「梁有懸黎，宋有結綠，而為天下名器。」❾鴻輝　宏大的光輝。❿夜色　夜光。⓫尺之量有短　比喻像崔駰、司馬相如雖為才傑，也遇上明主，卻不能有所施展，是本身有不足之處，不能歸結於命定。尺之量，用尺丈量。有短，有所欠缺。《楚辭・卜居》：太卜鄭詹尹對屈原說：「夫尺有所短，寸有所長，物有所不足，智有所不明。」⓬主父偃　（西元前？至前一二七年）漢齊國臨淄人。初學縱橫家之術，後學《周易》、《春秋》與百家之說。家貧，借貸不得。北遊燕、趙、中山，無有厚遇。武帝元光初上書言事，拜為郎，至中大夫。曾提出削弱諸侯王勢力的「推恩法」，主張抑制豪強貴族的兼併。後出任齊相，因揭發齊王淫亂事，迫齊王自殺，自己也因得罪而被族誅。⓭公孫弘　（西元前二〇〇至前一二一年）字季，淄川薛人。獄吏出身。家貧，在海濱放牧豬為生。四十多歲才學習《春秋》雜說。武帝即位初，徵為博士。出使匈奴，不合武帝意，免職。元光五年，詔徵文學，公孫弘被推舉至太常處選試。有百餘人對策，公孫弘居下，武帝擢拔為第一，拜為博士。元朔中，由御史大夫升任丞相，封為平津侯。興造客館，以招延賢人。年八十終至丞相之位。⑭對策不升第　指公孫弘不被太常所取。對策，自漢以來考試取士，以政事、經義等設問並書寫在簡策上，讓應考者對答，叫作對策。升第，錄用。⑮歷說而不入　指主父偃遊說燕、趙等國不被採納。歷說，多處遊說。不入，不被人採納。⑯牧豕淄原　是公孫弘事。淄原，淄川之野。⑰見棄州部　是主父偃事。州部，地方行政機構。也指地方官吏。⑱設令　假使。⑲忽如過隙　意思是人生一世很快就過去，好像駿馬通過一道縫隙一樣。《莊子．知北遊》：「人生天地之間，若白駒之過隙，忽然而已。」忽，快速。⑳溘死　很快死亡。㉑霜露　像霜露一樣一見陽光就很快消失。㉒詬恥　恥辱。㉓崔馬　崔駰、司馬相如。㉔開東閤　開東向小門來延請賢人。此為公孫弘為丞相後之舉，因此以後稱丞相招賢之地為東閤。㉕五鼎　鼎是古時用青銅製造的盛食物的器具。五鼎是五個鼎分別盛羊、豕、倫膚（精美的肉類）、魚、腊（肉乾），是大夫用食的規格。㉖電照風行　比喻聲勢顯赫。電照，電光照耀。風行，風吹。㉗寧　豈。㉘終是　後來是正確的。㉙將　則。㉚榮悴　榮耀與困阨。㉛定數　指注定的命運。㉜至極　指最高的道。作者認為命「定於冥兆」。㉝謬生　錯誤地發出。㉞妍蚩　美醜；是非好惡。

【語　譯】有的人說夜光珠不可能沒有瑕疵，夏朝君主的璜不可能沒有不平的地方。因此，崔駰老死於縣長之任，司馬相如老死於園令之職。他們的才能不是不傑出，他們的君主不是不英明，然而閃耀宏大光輝的結綠還是破碎，發出夜光的懸黎還是破殘，或許他們本身有不足之處吧？假如可以這樣說，那麼公孫弘對策不被錄用，主父偃多方遊說卻不被採納，一個在淄川的原野上放豬，一個在郡國被厭棄。處在這種境遇下，面對飄忽而過的短暫人生，假使他們真的像霜消露乾一樣很快死了，他們所蒙受的恥辱，難道不與崔駰、司馬相如這些人一樣嗎？後來他們打開東門延請賢士，陳列五鼎食器，聲勢顯赫，猶如電光照耀、大風過境，馳名於國外，難道他們是先前愚笨而後來聰明，先前做錯了後來才做對了嗎？那就可以知道，得到榮耀與遭遇困阨都是命運注定的，而天命又取決於至高無上的道，不明於此，卻在那裡錯誤地評論是非好惡，這是第四種障礙。

夫虎嘯風馳，龍興雲屬❶。故重華立而元凱升❷，辛受❸生❹而飛廉❺進。然則天下善人少，惡人多；闇主眾，明君寡。而薰❻蕕❼不同器，梟❽鸞❾不接翼❿，是使渾敦⓫、檮杌⓬踵武⓭於雲臺⓮之上，仲容、庭堅⓯耕耘於巖石⓰之下。橫謂⓱廢興⓲在我，無繫⓳於天。其蔽五也。

【章　旨】以事例說明賢人的通達與困阨取決於君主的賢明，明主的產生則又取決於天，而有人卻認為賢人的通達困阨與天無關，這是第五種障礙。

【注　釋】❶虎嘯風馳二句　《周易・乾卦・文言》：「雲跟從龍，風跟從虎。」《淮南子・天文》：「老虎吼叫而山谷風來，龍升起而瑞雲相隨。」虎嘯風馳，老虎吼叫而風起。龍興雲屬，龍騰起而雲相隨從。興，起。屬，隨從。❷重華立而元凱升　《左傳・文公十八年》記述魯季孫行父之言：古帝高陽氏有才子八人：蒼舒、隤敳、檮戭、大臨、尨降、庭堅、仲容、叔達，天下之民謂之八愷。高辛氏有才子八人：伯奮、仲堪、叔獻、季仲、伯虎、仲熊、叔豹、季貍，天下之民謂之八元。到了舜作堯的臣子的時候，舉用八愷，讓他們管理土地，謀劃各種有關事務；舉用八元，讓他們到各地教導倫理道德。重華，舜之名。傳說古帝之一，繼堯而為帝，實為遠古部落聯盟的首領。元凱，又作「元愷」。是古代傳說中的十六位賢才。升，舉拔任用。❸辛受　即商紂。商朝的亡國之君。名受，號帝辛。❹生　出。指即位。❺飛廉　商紂之諛臣。❻薰　香草。❼蕕　臭草。❽梟　鳥名。也作「鴞」。即貓頭鷹。舊傳梟鳥會吃掉母鳥，所以被認為是惡鳥，也用來比喻惡人。❾鸞　傳說是鳳凰一類的神鳥。❿接翼　比翼齊飛。⓫渾敦　傳說中愚昧凶惡之人。《左傳・文公十八年》記述魯季孫行父之言：從前帝鴻氏（即黃帝）有不才子，對於執義之人加以掩蓋，對於害人者為他包庇罪惡，品行凶惡，專做壞事，勾結惡人，天下之民稱他為渾敦。⓬檮杌　古代傳說中凶頑之人。季孫行父說：顓頊氏有不才子，不可教訓，不知善言，對於明德之人驕傲狠毒，擾亂天下綱紀，天下之民稱他為檮杌。⓭踵武　繼跡；相隨而至。⓮雲臺　臺名。或稱雲閣。是東漢時明帝為追念功臣所建，臺在洛陽南宮中。此借指朝廷。⓯仲容庭堅　即前八愷中二人之名。指賢士。⓰巖石　山巖。⓱橫謂　恣意地說。⓲廢興　困阨與通達。⓳無繫　無關。

【語　譯】老虎吼叫而風起，龍騰起而雲相隨。因此舜即帝位而賢士被舉用，商紂即帝位而飛廉被進用。然而天下善良的人少，凶惡的人多；昏昧的君主多，英明的君主少。香草與臭草不能放在同一器皿裡，梟鳥與鸞鳥不會比翼齊飛，這就使得像渾敦、檮杌這樣的壞人能相繼在朝廷任職，而像仲容、庭堅這樣的賢士則在山巖之下耕耘。有人卻恣意說困阨與通達取決於自身，無關於天。這是第五種障礙。

彼戎狄❶者，人面獸心，宴安鴆毒❷，以誅殺為道德，以蒸報❸為仁義，雖大風立於青丘，鑿齒奮於華野❹，比於狼戾❺，曾❻何足喻！自金行❼不競❽，天地板蕩❾，左帶❿沸脣⓫，乘間⓬電發⓭，遂覆瀍、洛⓮，傾五都⓯，居先王之桑梓⓰，竊名號⓱於中縣⓲，與三皇⓳競⓴其萌黎㉑，五帝㉒角㉓其區宇㉔，種落㉕繁熾㉖，充仞㉗神州㉘。嗚呼！福善禍淫㉙，徒虛言耳！豈非否泰㉚相傾㉛，盈縮㉜遞運㉝，而汩之以人㉞？其蔽六也。

【章　旨】舉野蠻殘暴的戎狄，乘著晉國國力衰弱，侵擾並占據中原，繁衍後代的事例，說明這是命運在主宰，非人力所能改變。不明於此，迷信善良願望的作用，是第六種障礙。

【注　釋】❶戎狄　我國古代生活在西部與北部的民族。❷宴安鴆毒　《左傳・閔公元年》：管仲對齊桓公說：「戎狄好比豺狼，不能滿足他們；中原各國應該親近，不可離棄；安樂的危害，如同喝毒酒一樣，不可留戀。」此處「宴安鴆毒」的意思是說戎狄安心並樂於行凶作惡。宴安，安樂。鴆毒，毒酒。鴆羽有毒，放於酒中，喝了會中毒致死。❸蒸報　淫亂。蒸，通「烝」。《小爾雅・廣義》：「上淫曰烝，下淫曰報。」❹大風立於青丘二句　《山海經・本經》記述羿為民除害的傳說，說他殺鑿齒於疇華之野，射大風於青邱之澤。大風，傳說中一種凶猛的大鳥，牠一飛過，有大風伴隨，能毀壞房屋。青丘，傳說東方大澤名。鑿齒，傳說中怪獸名，齒長三尺，形狀像鑿子，露在下巴外面，並能操持戈盾等武器。華野，疇華之野，傳說南方地名。❺狼戾　狼性貪暴凶殘。❻曾　竟。❼金行　指晉朝。根據古代五行家之說，各個王朝的替承，是按金木水火土相生相剋的原理，如秦為水德，漢為火德。晉於五行屬金，所以以金行作為晉王朝的代稱。❽不競　不強；衰微。❾板蕩　動亂。《詩經・大雅》有〈板〉、〈蕩〉二詩篇，內容都在譏刺周厲王無道，敗壞國家。後人即以「板蕩」指政局的動亂或社會的動盪不安。❿左帶　同「左衽」。代指戎狄等少數民族人民。衽，衣襟。我國古代少數民族的服裝，前襟向左，不同於中原一帶人民服裝的前襟向右。⓫沸脣　戎狄的語言。脣，同「唇」。⓬乘間　乘晉朝衰弱的機會。⓭電發　如雷電之爆發。形容氣勢凶猛。⓮瀍洛　指瀍水、洛水一帶。瀍，瀍水。源出河南洛陽西北谷城山，南流經洛陽城東，入於洛水。洛，洛水。源出陝西洛南西北部，向東進入河南，流經洛陽等地，至鞏縣的洛口流入黃河。⓯五都　五個都市。指長安、譙、許昌、鄴、洛陽。此泛指中原地區的大城市。⓰桑梓　桑與梓是古代住宅旁常栽種之樹木，東漢以來用以喻故鄉。⓱名號　帝號。⓲中縣　即中原。⓳三皇　傳說中遠古部落的酋長，其名歷來說法不一。唐司馬貞所補《史記・三皇本紀》指伏羲、女媧、神農。⓴競　爭奪。㉑萌黎　百姓。萌，通「氓」。㉒五帝　相傳古代五帝，其名歷來說法也不一。據《史記・卷一・五帝本紀》，指黃帝、顓頊、帝嚳、堯、舜。㉓角　爭鬥；爭奪。㉔區宇　領土。㉕種落　種族；部落。㉖繁熾　繁盛孳多。㉗充仞　充滿。㉘神州　指中國。戰國時陰陽家騶衍說中國名曰赤縣神州，後世即以神州泛指中國。㉙福善禍淫　為善者得福，淫暴者遭禍。㉚否泰　本是《周易》的兩個卦名。舊時用以指命運的好壞。㉛相傾　壓倒對方。指不能並存。㉜盈縮　指長短、壽夭。㉝遞運　互相轉換。指「否泰相傾，盈縮遞運」，都由命運主宰。㉞汩之以人　憑人力去擾亂它。汩，亂。

【語　譯】那戎狄之人，是人面獸心，喜歡作惡害人，以殺人當作道德，把淫亂當作仁義，即使是立於青丘之上的大風鳥，橫行於疇華之野的鑿齒，還是無法比得上他們的貪暴凶殘！自從晉朝國力衰微，天下動亂，穿著左襟衣服，說著外族語言的戎狄之人，便乘這一機會而突然大肆侵擾，終於占據了瀍水和洛水一帶，占據了中原的許多大城市，居住在先王的故鄉，在中原竊據帝王的名號，與三皇爭奪百姓，與五帝爭奪領土，他們的種族不斷地繁衍孳多，充滿於中國大地。啊！說善良的人得福，淫暴之人遭禍，這僅僅是一句空話罷了！難道不是好運惡運互相傾壓，壽夭互相轉換，而人為從中擾亂嗎？這是第六種障礙。

然所謂命者，死生焉，貴賤焉，貧富焉，治亂焉，禍福焉。此十者，天之所賦❶也。愚智善惡，此四者，人之所行❷也。夫神❸非舜、禹❹，心異朱❺、均❻，才絓❼中庸❽，在於所習❾。是以素絲無恆，玄黃代起❿；鮑魚芳蘭，入而自變⓫。故季路⓬學於仲尼，厲⓭風霜⓮之節；楚穆謀於潘崇，成殺逆之禍⓯。而商臣之惡，盛業⓰光⓱於後嗣⓲；仲由之善，不能息其結纓⓳。斯⓴則邪正㉑由於人，吉凶㉒在乎命。

【章　旨】得出死、生、貴、賤、貧、富、治、亂、禍、福十事全取決於天命；愚、智、善、惡四事則在於人之所行所習的結論。

【注　釋】❶賦　授予。❷所行　所作所為。即人可以由愚變智，向善去惡。❸神　精神。❹禹　夏后氏部落領袖。傳說他因治水有功，繼舜而為部落聯盟領袖，建都安邑，後南巡至會稽而卒。❺朱　丹朱。傳說是帝堯之子，由於他不賢，所以堯傳位於舜。❻均　商均。舜之子，由於他不賢，所以舜傳位於禹。❼絓　止。❽中庸　中等。❾所習　學習的東西。❿素絲無恆玄黃代起　比喻人學習什麼，就會引起相應的變化。《墨子．所染》說：「墨子見到染絲的事情而歎息，因為白絲染於青色的染水之中，就變成青色，染於黃色的染水之中，就變成黃色。」《淮南子．說林》說：「墨子見染絲而哭泣，為的是絲可以染成黃色，也可以染成黑色。」素絲，白絲。無恆，不會永久不變。玄黃，黑色與黃色。指被染成黑色與黃色的絲。代起，更替著被染出。⓫鮑魚芳蘭二句　《孔子家語・六本》記述孔子之言：「與善人居住，如同進入盛放芝蘭之室，久而不聞其香，這是由於相隨在一起而發生了變化；與不善良的人居住，如同進入盛放鮑魚之室，久而不聞其臭，這也是由於相隨在一起而發生了變化。因此君子對於與誰相處必須慎重。」作者在這裡說的也正是環境條件對於人的愚智善惡所產生的潛移默化的影響。鮑魚，鹽漬魚，氣味腥臭。入，進入放著鮑魚或芳蘭之室。自變，指自己的嗅覺會起變化。⓬季路　姓仲名由，字季路、又字子路（西元前五四二至前四八〇年）。春秋卞人，孔子弟子。出仕於衛，為衛大夫孔悝邑宰，因不願跟從孔悝迎立蒯聵為衛君，被殺。⓭厲　激勉。⓮風霜　喻節操高尚。⓯楚穆謀於潘崇二句　《左傳・文公元年》記述：楚成王想立王子職為太子而廢黜太子商臣，商臣聽到這一消息，把它告訴老師潘崇，並問潘崇：「能否侍奉太子職？」潘崇說：「不能。」又問：「能否行大事？」回答說：「能。」於是以太子宮士兵包圍成王，成王自縊。商臣即位為穆王。楚穆，楚穆王。名商臣，春秋時楚國君主，西元前六二五至前六一四年在位。潘崇，商臣之師。殺逆，指商臣以子弒父。⓰盛業　大業。⓱光　光大。⓲後嗣　後代。此後在楚國繼承王業的人，是楚穆王的子孫後代。⓳仲由之善二句　仲由，子路，孔子弟子。《左傳・哀公十五年》記述：當時衛國君主是出公（蒯輒，是蒯聵之子），而孔悝專政。蒯聵由戚（今河南濮陽北）進入衛，並強迫孔悝從己。蒯輒出奔。子路對於蒯聵發動的政變進行反抗，結果被蒯聵的人用戈擊斷冠帶。子路說：「君子死，冠不可不戴。」於是繫好冠帶而死。息，休止。結纓，繫好冠帶。⓴斯　這。指上述這些事例。㉑邪正　即善惡。㉒吉凶　即禍福。

【語　譯】所謂的命，是指死與生，貴與賤，貧與富，治與亂，禍與福。這十件事，是天所授予的。愚與智，善與惡，這四件事，是在於人的所作所為。精神不如舜與禹，心術異於丹朱與商均處於中等之才的人，就在於自己之所學。白絲不會永久不變，它可以先後被染成黑色和黃色；盛放鮑魚或芳蘭之室，進去時間一長，自己的嗅覺也會產生變化。因此，季路受學於孔子，就能砥礪高尚的節操，楚穆王與潘崇謀劃，便造成了弒父之禍。然而惡毒的商臣，他的大業卻光大於後代；而賢良的子路，則落得結纓而死的結局。這些事例說明：邪與正是由人的作為，而吉與凶則定於命。

或以鬼神害盈❶，皇天輔德❷。故宋公一言，法星三徙❸；殷帝自翦，千里來雲④。若使善惡無徵⑤，未洽⑥斯義⑦。且于公高門以待封⑧，嚴母掃墓以望喪⑨，此君子所以自強不息也。如使仁而無報⑩，奚為⑪修善立名乎？斯徑廷之辭⑫也。

夫聖人之言，顯而晦⑬，微⑭而婉，幽遠⑮而難聞⑯，河漢⑰而不測。或立教⑱以進庸怠⑲，或言命以窮性靈⑳。「積善餘慶㉑」，立教也；「鳳鳥不至㉒」，言命也。今以其片言辯㉓其要趣㉔，何異乎夕死之類㉕而論春秋㉖之變哉！且荊昭德音㉗，丹雲㉘不卷㉙；周宣祈雨㉚，珪璧斯罄㉛；于叟㉜種德㉝，不逮勛㉞華㉟之高；延年㊱殘獷㊲，未甚㊳東陵之酷㊴。為善一㊵，為惡均㊶，而禍福異其流㊷，廢興㊸殊其迹㊹，蕩蕩㊺上帝㊻，豈如是㊼乎？《詩》云：「風雨如晦，雞鳴不已。」㊽故善人為善，焉有㊾息哉？

【章　旨】駁斥關於皇天在上，為善為惡必有報應之說，認為事實卻是為善未必有善報，為惡未必有惡報；即使同樣為善或為惡之人，他們或廢或興，或禍或福，也迥然不同，這正可以說明廢興禍福出於命定。因此指出對於聖人勉勵人們為善的事，要有正確的理解，不能因此而否定天命。

【注　釋】❶鬼神害盈　《周易・謙卦》說：「鬼神損害盈滿者而加福於不足者。」害盈，損害盈滿者。❷皇天輔德　《尚書・蔡仲之命》說：「皇天沒有親近的人，只輔助有德之人。」輔德，輔助有德之人。❸宋公一言法星三徙　宋公，指宋景公。春秋末至戰國初宋國君主，西元前五一六至前四五一年在位。《呂氏春秋・制樂》記述：宋景公之時，熒惑（星名，二十八宿之一）在心，景公懼，召司星子韋而問：「熒惑在心是為什麼？」子韋說：「熒惑是表示天罰。心，屬於宋國的分野，災禍會落在君主身上，然而可以轉移給宰相。」景公說：「宰相是輔助我治理國家的人，將死移到他身上是不吉祥的。」子韋說：「可以轉移給百姓。」景公說：「百姓死了，我還做誰的君主呢？寧可我一人死。」子韋說：「可以轉移到年成。」景公說：「危害年成，百姓便會飢餓，飢餓必定會死。作為君主而傷害自己的百姓以求得自己活命，誰還會把我當作君主呢？總是我的命確實已經完了，你不要再說了。」子韋說：「我要慶賀君主，君主說出了顯示您最高尚道德的三句話，天必定三賞君主，今晚熒惑將會移動三個次宿。」當晚，熒惑果真移動了三個次宿。法星，星名。即熒惑星（即火星）。李善說因係執法之星，故稱法星。三徙，移動三個次宿。❹殷帝自翦二句　《呂氏春秋・順民》記述：成湯滅夏之後，天大旱，五年沒有收成。成湯於是親自到桑林祈禱，並且剪下頭髮，縛著手，把自己作為祭祀的犧牲，結果天下了大雨。殷帝，指成湯。翦，同「剪」。自剪，指剪下頭髮。千里來雲，雲雨從千里之遠聚攏過來。❺徵　驗證。❻洽　合。❼斯義　這樣的道理。指「鬼神害盈，皇天輔德」而言。❽于公高門以待封　《漢書・卷七一・于定國傳》記述：于公時，閭門壞了，父老們一起重新修建。于公說：「閭門要加高加大，使它能通過四匹馬駕的大車。我治獄多積陰德，未曾有冤枉之事，所以子孫必定會榮顯。」後來于定國果真為丞相，孫于永為御史大夫，封侯傳世。于公，西漢時于定國之父，東海郯人，為縣獄史，斷獄公正，曾為東海孝婦雪冤，郡中為他立生祠，叫于公祠。高門，指重修閭門時把它加高。待封，等待子孫被封授高官。❾嚴母掃墓以望喪　嚴母，漢嚴延年之母。嚴延年，早年學法律於丞相府舉為侍御史。曾劾大將軍霍光專權廢劉賀而迎立宣帝為不道，為朝廷所敬畏。後又劾大司農田延年，因不實，罪至死而逃亡。遇赦後，先後任涿郡太守、河南太守。他治理嚴酷，令行禁止，然誅殺使人震驚。曾傳所屬縣之囚犯會審，處決罪犯至流血數里，故號為「屠伯」。後因被人怨恨，舉發他誹謗政治而被殺。在此之前，其母對他說：「天道是神明的，多殺人者自己也該死。我想不到老年之人見到壯年之子被處死。我走了，東歸家鄉，為你掃除墓地。」望喪，等待嚴延年的喪事。❿無報　皇天沒有報應。⓫奚為　為什麼。⓬斯徑廷之辭　指此種見解離正確的認識差距甚遠。斯，此。指此種見解。徑廷，指兩者甚有差距。徑，門外之路。廷，通「庭」。堂前之地。⓭顯而晦　言語明白而含意隱晦。⓮微　隱微。⓯幽遠　指含意深長。⓰難聞　難知。⓱河漢　銀河。⓲立教　樹立規範以教導人。⓳進庸怠　使平庸怠惰的人上進。⓴窮性靈　表示人之才性盡於此，無可奈何。窮，止盡。性靈，指人的才性、才智。㉑積善餘慶　《周易・坤卦・文言》說：「積善的人家一定會有多餘的福，積不善的人家一定會有多餘的災禍。」餘慶，多餘的福。意思是可以澤及後人。㉒鳳鳥不至　意味國家由亂致治已沒有希望。鳳鳥，鳳凰。是我國古代傳說中的神鳥，說牠等到出了聖君，天下將大治之時才會出現。《論語・子罕》：孔子說：「鳳凰不飛來，黃河中不出現河圖，我實現志業的希望恐怕是完了。」㉓辯　通「辨」。辨識。㉔要趣　要旨；旨意。㉕夕死之類　指朝生暮死這一類生物，如前所說的朝秀。㉖春秋　代指一年。㉗荊昭德音　《左傳．哀公六年》記述：這一年，眾多赤烏，夾日而連飛三日。楚昭王派人問周太史。周太史說：「災禍會降臨到昭王身上，假如用祭祀去消除災禍，就可以轉移到令尹司馬身上。」昭王說：「這好像要消除腹心之疾而移到手足，有什麼益處呢？我沒有大過錯的話，天難道會要我的命嗎？我有罪而受懲罰，又何必要嫁禍於人呢？」於是就不行祭祀，楚昭王當年果死。荊昭，即楚昭王。春秋時楚國君主，西元前五一五至前四八八年在位。德音，指顯示高尚品德的話。㉘丹雲　紅色的雲。㉙不卷　不收。㉚周宣祈雨　周宣，周宣王。西周君主，周厲王之子，西元前八二七至前七八二年在位。舊史稱為中興之主。據說周宣王時連年發生嚴重的旱災，宣王祭祀鬼神以祈求降雨。㉛珪璧斯罄　珪璧已經用盡。意思是雖然用盡珪璧，可是雨始終不降。珪璧，都是玉器，用以祭神。祭祀時把玉器或焚或埋。罄，盡。㉜于叟　即于公。㉝種德　布下德惠。㉞勛　放勛，堯之名。㉟華　重華，舜之名。㊱延年　即嚴延年。㊲殘獷　殘酷凶惡。㊳未甚　沒有超過。㊴東陵之酷　東陵，即泰山。傳說古時大盜盜跖居住並壽終於泰山，所以此「東陵」代指盜跖。相傳盜跖是春秋魯國柳下惠之弟，有九千人跟隨他，搶人牛馬，擄人婦女，侵暴諸侯，橫行天下。㊵為善一　同樣為善。如成湯與周宣王，宋景公與楚昭王，于公與堯、舜。㊶為惡均　同樣為惡。如嚴延年與盜跖。㊷禍福異其流　最後結局是得禍或得福不一樣。如同樣為善而祈雨的成湯與周宣王一成一敗，同樣願身當其禍的宋景公與楚昭王一生一死；又如同樣為惡的嚴延年與盜跖一被殺而一壽終。㊸廢興　指子孫的廢黜不用或榮顯。㊹殊其迹　走著不同的道路。迹，道。如同樣為善的于公與堯、舜，前者子孫榮顯，後者子孫被廢黜不用。㊺蕩蕩　寬廣貌。㊻上帝　天帝。㊼豈如是　難道能如此處置。意思是注定的命運，天帝也不能干預。㊽詩云三句　《詩》，即《詩經》。是我國最早的一部詩歌總集，搜集了自西周初年至春秋中葉各地的詩歌，是儒家的經典之一。下所引詩句出自〈鄭風．風雨〉。《毛詩》鄭玄箋說：「喻君子雖然生活於亂世，而不改變他的節操。」李善說：「這是解釋君子所以自強不息的緣故。」晦，昏暗。不已，不止。㊾焉有　何有。

【語　譯】有的人認為鬼神會損害盈滿者，皇天會輔助有德的人。因此，宋景公一席話，使熒惑星移動了三個次宿；商王成湯自己剪下頭髮祈求降雨，使雲雨從千里之遠聚攏而來。假如以為為善為惡，其後果都無從驗證，就不合上面所說的這種道理。于公曾加高閭門以等待子孫封授高官，嚴延年的母親曾掃除墓地以等待兒子的死亡，這是君子所以要自強不息的緣故。假如做仁義之事而皇天沒有福報，為什麼還要行善樹立名聲呢？

此種見解與正確的認識差距得太遠了。

聖人的話，言語明白而含意隱晦，旨意隱微而委婉，深遠而難知，像銀河一樣高不可測。有時樹立規範以教導人，使平庸怠惰的人得以上進；有時說到命，表示人的才性盡於此，是無可奈何的。說「積善的人家一定會有多餘的福」，這是樹立規範以教導人啊；說「鳳凰不飛來」，這是在說命啊。現在以聖人的隻字片語去辨識其中的要旨，這和與朝生暮死這一類生物談論一年的變化有什麼不同呢？而且楚昭王說出了顯示他高尚品德的話，紅雲還是不消失；周宣王祈求降雨，珪璧都用完了，雨還是不降；于公布下的德惠，不及堯舜那麼高；嚴延年的凶殘，沒有超過盜跖的酷烈。同樣為善，同樣為惡，他們最後結局是得禍或得福卻不一樣，他們的子孫是榮顯或是廢黜不用也遭遇各異，處在寬廣天空的天帝，難道能夠如此處置嗎？《詩經》說：「刮風下雨，天地昏暗，雞鳴報曉仍不停止。」因此善人行善，怎麼能停止呢？

夫食稻粱，進❶芻豢❷，衣❸狐貉❹，襲❺冰紈❻，觀窈眇❼之奇儛❽，聽雲和❾之琴瑟，此生人❿之所急，非有求⓫而為也。修道德，習仁義，敦⓬孝悌⓭，立忠貞⓮，漸⓯禮樂之腴潤⓰，蹈⓱先王之盛則⓲，此君子之所急，非有求而為也。然則君子居正⓳體⓴道，樂天知命㉑，明其無可奈何，識其不由智力，逝而不召㉒，來而不距㉓，生而不喜，死而不慼㉔。瑤臺夏屋㉕，不能悅其神；土室編蓬㉖，未足憂其慮㉗。不充詘㉘於富貴，不遑遑㉙於所欲。豈有史公㉚、董相㉛「不遇」之文㉜乎？

【章　旨】論述人雖然各有其人情必需之事，但君子必須領悟道，依正道而行，樂天知命，在任何情況下都處之泰然。

【注　釋】❶進　進食。❷芻豢　牲畜。用草料飼養的為芻，用穀米飼養的為豢。❸衣　穿著。作動詞用。❹狐貉　指狐皮與貉皮之裘衣。❺襲　穿上。❻冰紈　白色羅綺。❼窈眇　美好。❽儛　同「舞」。❾雲和　山名，出產製造琴瑟之材。因而也被認為是琴瑟的出產地。❿生人　指小人。對君子而言。⓫有求　有人要求他。⓬敦　厚。⓭孝悌　孝順父母，敬愛兄長。⓮忠貞　忠誠堅定的品質。⓯漸　逐漸接受。⓰腴潤　豐而美的流澤。⓱蹈　遵循。⓲盛則　盛美的法則。⓳居正　遵循正道。⓴體　體察；領悟。㉑樂天知命　領悟天命而樂於順從。《周易・繫辭上》：「聖人『樂天知命，故不憂』。」㉒逝而不召　已經過去的不能再重來。㉓距　通「拒」。㉔慼　憂。㉕瑤臺夏屋　意思是生活在富麗的環境中。瑤臺，用瑤玉砌的臺。瑤，美玉。夏屋，高大的房屋。㉖土室編蓬　意思是居住在簡陋的房屋裡。土室，用泥土建造的房屋。編蓬，用蓬草編成的門戶。㉗未足憂其慮　不能使他憂慮。㉘充詘　因滿盈而失控越規。㉙遑遑　匆忙的樣子。㉚史公　指太史公司馬遷。㉛董相　指董仲舒（西元前一七九至前一〇四年）。西漢廣川人。他曾任江都相、膠西王相。年輕時治《春秋公羊傳》，景帝時為博士。武帝時，因對策合武帝之意而被器重，拜江都相。後因言災異事下獄，幾乎被處死。遇赦免後，出任膠西王相，因擔心再獲罪而告病免官家居。朝廷每有大事，遣人詢問。生平講學著書，推尊儒術，抑黜百家，開啟我國以儒學為正統的局面。著有《春秋繁露》等書。㉜不遇之文　指司馬遷〈慼士不遇賦〉和董仲舒〈士不遇賦〉，兩賦都是抒情言志之作。兩賦現已不全存，《藝文類聚》有節錄。

【語　譯】吃大米小米飯，吃肉類食品，穿狐貉的裘衣，穿白色的羅綺，觀看美好奇特的舞蹈，聽賞雲和所出產的琴瑟演奏，這是小人所急之事，他們不是因為有人要求他才這樣做的。進修道德，涵養仁義之心，提高孝悌的品質，樹立忠誠堅定的情操，讓豐富美好的禮樂不斷地陶冶自己，遵循先王盛美的法則行事，這是君子所急的事，他們也不是因為有人要求他才這樣做的。如此，則君子遵循正道，領悟了大道，對於天命樂於順從，明瞭人對於天命無可奈何，知道它不因人的智力而改變，已經過去的不能再重來，要來的也不能拒絕，不因活著而欣喜，也不因死去而憂傷。生活在用瑤玉砌成的臺、房屋高而大的富麗環境中，不能使他心神愉悅；居住在土牆蓬門這樣簡陋的房屋裡，也不能使他憂慮。不因滿盈而失控越規，也不因有所追求而匆忙不息。要是這樣的話，難道還會有司馬遷、董仲舒感歎「不遇」的文章嗎？

卷五五

廣絕交論

【作　者】劉峻，見頁二六九一。

【題　解】這是劉孝標在東漢朱穆所撰〈絕交論〉的基礎上，對於「絕交」作更廣泛深刻論述的一篇文章，所以稱為〈廣絕交論〉。朱穆由於感慨那些舊交完全抱著利己的目的而與自己結交，所以憤然要與他們斷絕交往、終止友誼。而劉孝標則耳聞目睹了任昉的一批友人對於任昉生前死後兩種截然不同的態度，在憤慨之下寫了此文。

任昉生平好交結士友，並且加以獎勵、引薦。得到他稱譽的人多被舉拔；又能樂人之樂、憂人之憂，所以人不分貴賤都想與他交好，座上客常有數十人之多。然而他一死之後，他的四個兒子因無業可以維持生計，所以兄弟幾人流離失所，而任昉生前舊友，竟然無人予以收養救濟。其中二子西華，在冬日仍穿著葛布單衣、熟絹下衣。劉孝標在路上遇到了他，不禁泫然淚下，十分哀憐。為此對人情冷暖，世態炎涼，萬分感憤。

文章以主客答問的形式寫成，先由朱穆為什麼要寫〈絕交論〉發論，然後指出：友人之間能情誼純潔，憂樂與共，始終如一的「素交」，是萬古一遇的；一般均為勢利之交，尤其是在亂世末葉。其中有以利相交者，又有趨附有勢之人的「勢交」，有趨附富人以求沾光的「賄交」，有趨附善於談論之名流以求顯達的「談交」，有因身處窮途而趨附於人的「窮交」，有先衡量對方有結交價值然後才交往的「量交」。作者認為，此種交情無異於買賣，因而必定會隨著利變而生變。它的弊端在於敗壞人的品德與道義，使人們多結怨仇、多訴訟，陷人於惡名。最後則舉出任昉之例，敘述他生前死後的兩番情景，指出正直之人，對此深感可恥可畏！據說，此文寫成之後，當時做建安太守的到溉一見，氣得把文章扔在地上，並且對劉孝標終身痛恨。我們於此可見此文對於卑劣的交友習氣的揭露與諷刺，是多麼犀利逼人！

客問主人❶曰：「朱公叔❷〈絕交論〉，為是乎？為非乎？」主人曰：「客奚此之問❸？」客曰：「夫草蟲鳴則阜螽躍❹，雕虎嘯而清風起❺。故絪縕相感❻，霧涌雲蒸❼；嚶鳴❽相召，星流電激❾。是以王陽登則貢公喜❿，罕生逝而國子悲⓫。且心同琴瑟⓬，言鬱郁⓭於蘭茝⓮；道叶⓯膠漆，志婉孌⓰於塤篪⓱。聖賢以此鏤⓲金版⓳而鐫⓴盤盂㉑，書玉牒㉒而刻鍾鼎㉓。若乃㉔匠人輟成風之妙巧㉕，伯子息流波之雅引㉖。范、張款款於下泉㉗，尹、班陶陶於永夕㉘。駱驛縱橫㉙，煙霏雨散㉚，巧歷㉛所不知，心計㉜莫能測。而朱益州㉝汨㉞彝敘㉟，粵㊱謨訓㊲，捶㊳直切㊴，絕交游，比黔首㊵以鷹鸇㊶，媲㊷人靈㊸於豺虎，蒙㊹有猜㊺焉，請辨其惑。」

【章旨】客向主人提問：歷來人們都以友情為重，而朱穆之論卻取排斥決絕之態度，其是非究竟如何？請主人解疑釋惑。此為作者正論的引子。

【注釋】❶客問主人　以主客問難的形式展開情節與議論，最初見於漢賦。客、主人，是作者假設的人物。此篇借「主人」之言以表達作者意見。❷朱公叔　名穆。字公叔，後漢人。少有英才，學明五經，二十歲為郡督郵，舉孝廉，桓帝時拜侍御史。因常感時俗澆薄，心慕淳厚，所以曾作〈崇厚論〉，又作〈絕交論〉，用以矯正時弊。永興初，官冀州刺史，後遷尚書。為官清廉，數十年間，蔬食布衣，家無餘資。死後，贈益州刺史。〈絕交論〉作者也是以主客問難的形式，貶斥世人之交遊，皆違禮背公，掩蔽過錯，竊取虛榮，以滿足私欲，以為理當與此種人斷絕交往。❸奚此之問　為什麼問這件事。❹草蟲鳴則阜螽躍　《詩經・召南・草蟲》：「喓喓（蟲鳴叫聲）草蟲，趯趯（同『躍』。跳躍）阜螽。」《毛詩》鄭玄箋說：「草蟲鳴叫則阜螽相隨而跳躍，這是異類相感應的結果。」草蟲，蟲名。俗稱蟈蟈或紡織娘。阜螽，蝗蟲的幼蟲。或說即蚱蜢。❺雕

虎嘯而清風起　《淮南子・天文》：「老虎吼叫而山谷風來。」雕虎，皮毛花紋如雕畫的老虎。❻絪縕相感　《周易・繫辭下》：「天地間陰陽二氣交融，萬物感應，變化而精醇。」絪縕，同「氤氳」。古代指天地間陰陽二氣的交融。❼蒸　蒸騰。❽嚶鳴　鳥嚶嚶地鳴叫。❾電激　電光被激發。❿王陽登則貢公喜　王陽，名吉。字子陽，漢皐虞人。初為昌邑王中尉，昌邑王即帝位因荒淫被廢黜後，王陽常規諫，卻被罰為修築長城的刑徒。宣帝時召為博士，官至諫大夫，因病辭歸。元帝時復召為諫大夫，未至而卒。貢公，即貢禹。字少翁，漢琅邪人。初以明經潔行，召為博士，出任涼州刺史，因病去職。後復舉賢良，為河南令，因事去官。元帝初，徵為諫大夫，後官至御史大夫。與王陽為良友，世稱「王陽在位，貢公彈冠（相慶）」。登，到朝廷任職。⓫罕生逝而國子悲　《左傳・昭公十三年》記：子產聽到子皮死的消息，即哭，並且說：「我的事情完了，我無法完善地處理政務了，只有您老人家瞭解我。」案：襄公三十年，子皮因子產賢而讓政於子產。罕生，子皮，春秋時鄭國上卿。國子，即子產，名僑（西元前？至前五二二年）。春秋時為鄭國執政上卿，他在治政與外交上都取得了成就，是當時著名的政治家。⓬琴瑟　兩種弦樂器。同時彈奏時，音調和諧，所以用來比喻朋友之間的情誼融洽。⓭鬱郁　芳香。⓮蘭茝　都是芳草名。茝又稱白芷。⓯叶　「協」的古字。合的意思。⓰婉孌　親切。⓱塤篪　兩種樂器的名字。同時吹奏時，聲音調和，所以用來比喻兄弟情誼親切。塤，同「壎」。古代一種用陶土燒製的吹奏樂器。大如鵝蛋，形如秤錘，上尖下平中空。頂上一孔為吹口，前面四孔，後面二孔。篪，古代一種用竹製的吹奏樂器。端有一孔，作橫吹之用，管身七孔。⓲鏤　雕刻。⓳金版　用金屬製的版。用以雕刻要事。⓴鐫　雕琢。㉑盤盂　盛物之器。圓的為盤，方的為盂。古時在盤盂上刻文，用以記功或作警語。㉒玉牒　指典冊。㉓鍾鼎　在此通稱古銅器。鍾，通「鐘」。古銅製樂器。鼎，古代銅製烹飪器。㉔若乃　至於。㉕匠人句　《莊子・徐无鬼》文中說：有個郢人在塗刷白堊土的時候，有一小點掉在他的鼻尖上，好像蒼蠅的翅膀一樣微薄。他讓石木匠把它砍削掉。石木匠揮起斧頭形成了一股風，郢人則聽由石木匠砍，結果所沾的一小點白堊粉被砍掉了，郢人的鼻子卻絲毫沒有碰傷，他也臉不改色。宋元君聽到這件事情，召見石木匠，說：「你也給我試一試。」石木匠說：「我以前曾經砍削過，可是，能聽由我砍削的伙伴死去已經長久了。」匠人輟成風之妙巧，是說因沒有相知信賴的伙伴，所以木匠揮斧成風砍削白堊的巧技也只能中止不行了。上述寓言故事是莊子在為人送葬，路過好友惠子之墓時對跟隨的人說的。並且說：自從惠子死了之後，再也沒有相知而可以說話的伙伴了。用以比說友情之重。匠人，木匠。輟，止。成風，指木匠揮動斧頭而形成一股風。妙巧，巧妙的技術。㉖伯子息流波之雅引　《呂氏春秋・本味》說：伯牙善於奏琴，而鍾子期善於聽琴。伯牙開始奏時，意在泰山。鍾子期說：「高峻啊，好比泰山！」過一會，意在流水。鍾子期說：「壯闊而迅速啊，好比流水！」鍾子期一死，伯牙就拉斷弦、摔破琴，終身不再奏琴，認為世上不再有知音人了。用以說明「知音」難得。伯子，即伯牙。傳說是春秋時善於琴藝之人。流波，流水。雅引，高雅的曲調。㉗范張款款於下泉　范式和張劭在太學時結為好友。別時，相約二年後某日范式往訪張劭。至時范式果如約而至。後張劭卒，范式忽夢見張劭對他說自己將於某日死，某時葬，永歸黃泉。您要是沒有忘記我，能有什麼辦法及時趕到？范式被驚醒後，計算張劭下葬的日子，駕車奔赴。張劭的靈柩已運至墓地，準備抬至壙邊下葬，可是靈柩無法向前。他母親撫著靈柩說：「你難道有所等待嗎？」於是把靈柩停放下來。過了片刻，看見有人乘著素車白馬號哭而來，果真是范式趕到。范式對著靈柩說：「走吧，元伯，生死異地，從此永別！」並且親自執繩導引靈柩，靈柩才向前。葬畢，又為他修墳種樹，然後離去。范，范式。字巨卿，東漢山陽金鄉人。舉州茂才，任荊州刺史，遷廬江太守，有威名，卒於官。張，張劭。字元伯，東漢汝南人。款款，情意懇摯。下泉，黃泉之下。指死後。㉘尹班陶陶於永夕　尹敏與班彪親善，每次相遇交談，至日暮不食，白天則談至夜晚，夜晚則達旦，自以為如伯牙與鍾子期、莊子與惠子那樣情意投合。尹，尹敏。字幼季，東漢南陽堵陽人。初習歐陽《尚書》，後受古文《尚書》。精通《毛詩》、《穀梁傳》、《左傳》。光武建武初拜郎中，曾奉詔校圖讖，以為讖書非聖人所作，光武不悅。後遷長陵令，卒於諫議大夫。班，班彪。字叔皮（西元三至五四年）。漢扶風安陵人。西漢末年，曾至天水投靠隗囂，再至河西投靠竇融，並為其策劃歸順劉秀。光武初，舉茂才，拜徐令，因病免官。曾作西漢史後傳，以補《史記》之缺，未成，由其子班固、女班昭先後續成，即《漢書》。陶陶，和樂貌。永夕，終夜。㉙駱驛縱橫　連續不斷。駱驛，意同「絡繹」。㉚煙霏雨散　形容繁多。煙霏，煙霧升起貌。㉛巧歷　精於曆算的人。㉜心計　會心算的人。㉝朱益州　即朱穆。因他死後追贈益州刺史，故稱。㉞汩　亂。㉟彝敘　倫常。㊱粵　通「越」。㊲謨訓　原為《尚書》文體之名。謨，謀劃；議謀。是先王君臣相謀之文。訓，訓戒之文。指先王聖人的訓戒。㊳捶　打擊。㊴直切　正直誠懇之人。㊵黔首　人民。秦時改稱民為黔首。㊶鷹鸇　是兩種凶猛的鳥。比喻凶惡之人。㊷媲　比。㊸人靈　即人。因人是萬物之靈。㊹蒙　客自稱。㊺猜　疑惑。

【語　譯】有個客人問主人說：「朱公叔的〈絕交論〉，是對的呢？還是不對的呢？」主人說：「您為什麼要問這個事情？」客人說：「紡織娘叫了，幼小的蝗蟲就跳躍；花紋斑斕的老虎吼叫了，清風就刮起。因此，天地間陰陽二氣如交融而相感，就會湧生霧水而雲氣蒸騰；鳥嚶嚶鳴叫以相召，就會使星星流動並激發電光。也因此王陽去朝廷任職而貢公喜悅，子皮去世而子產傷心。只有兩心同琴瑟一樣和諧，話聽來才會比蘭茝還要芬芳；只有志同道合如同膠漆一樣牢固，情誼的密切才會超過塤篪的相和。聖賢之人把此種友情雕刻在金版盤盂之上，書寫在典冊之上，又雕刻在鐘鼎之上。至於匠人不再施展他揮斧成風的妙技；伯牙不再彈奏『高山流水』這種高雅的曲調；張劭死後，與范式的情誼仍懇摯如初；尹敏和班彪，每每徹夜交談，其樂陶陶。像這樣以友情為重的事例，古往今來，絡繹不絕；如同煙霧升起，雨水散落，不計其數。因此，即使精於曆算的人也無法統計，巧於心算的人也不能計算。可是朱益州卻擾亂倫常，不遵循古訓，打擊正直誠懇之人，斷絕與朋友交往，把人民比作鷹鸇，把世人比作豺虎，我有些懷疑，請為我廓清疑惑。」

主人听然[1]而笑曰：「客所謂撫弦徽音[2]，未達[3]燥溼變響[4]；張羅[5]沮澤[6]，不覩鴻[7]鴈雲飛[8]。蓋聖人握[9]金鏡[10]，闡[11]風烈[12]，龍驤蠖屈，從道汙隆[13]。日月聯璧[14]，贊[15]亹亹[16]之弘致[17]；雲飛電薄[18]，顯棣華[19]之微旨。若五音[20]之變化，濟[21]九成[22]之妙曲。此朱生[23]得玄珠於赤水[24]，謨[25]神睿[26]而為言。至夫[27]組織仁義[28]，琢磨[29]道德，驩[30]其愉樂，恤[31]其陵夷[32]，寄[33]通[34]靈臺之下[35]，遺迹[36]江湖之上[37]，風雨急而不輟其音，霜雪零而不渝其色[38]，斯賢達[39]之素交[40]，歷萬古[41]而一遇[42]。逮叔世[43]民訛[44]，狙詐[45]飆起[46]，谿谷不能踰其險，鬼神無以究[47]其變，競[48]毛羽之輕[49]，趨錐刀之末[50]。於是素交盡，利交興，天下蚩蚩[51]，鳥驚雷駭[52]。然則利交同源，派流[53]則異，較言[54]其略[55]，有五術[56]焉：

【章　旨】作者借「主人」之口提出，朱穆論「絕交」是應時世之變化而發。認為君子之間能以道義相交，憂樂與共，始終如一之「素交」，乃萬古一遇；而以利相交，則是衰世之必然趨勢。並且總括這種利交的流派為五，以帶出下面分述的部分。

【注　釋】❶听然　笑貌。❷撫弦徽音　撥動琴弦，發出美好的樂音。❸未達　未知。❹燥溼變響　因受天氣乾燥與潮溼的影響，琴聲會發生變化。❺羅　羅網。❻沮澤　水草叢生的沼澤地帶。❼鴻　天鵝。❽雲飛　高飛雲天。❾握　心懷。❿金鏡　喻明道。⓫闡　開創。⓬風烈　偉業。⓭龍驤蠖屈二句　隨著世道的盛衰，或如龍之騰躍一般奮發有為，或如尺蠖屈體一般屈身退隱。龍驤，龍昂首騰躍。蠖，又稱尺蠖。蟲名。蟲體細長，前行時蟲體一屈一伸，如用尺量物，所以稱為尺蠖。從，隨。汙隆，高下。指時世風俗的盛衰。⓮日月聯璧　本指日月並升的現象，古人附會為祥瑞。《易緯・易坤靈圖》說：「至德之世的出現，日月好像璧玉共升。」因而用以喻太平之世。⓯贊　輔佐。⓰亹亹　勤勉。指勤勉創業。《周易・繫辭上》說：「使人們勤勉地造就天下的事業。」⓱弘致　宏大的宗旨。⓲雲飛電薄　比喻衰亂之世。電薄，電光至。即出現閃電。⓳棣華　《論語・子罕》：「唐棣之華，偏其反而。」何晏《論語集解》說：「唐棣之華反而後合，世道相反之時用權謀會往後達到大治。」棣，唐棣。木名。一名郁李。華，即「花」。⓴五音　宮、商、角、徵、羽。㉑濟　成。㉒九成　指舜之樂曲〈韶〉。《尚書・益稷》說：「用簫吹奏〈韶〉共有九成。」樂曲奏完一曲叫一成。㉓朱生　指朱穆。㉔得玄珠於赤水　《莊子・天地》：「黃帝遊於赤水之北，登上了崑崙山，在由南面返歸時，遺失了他的玄珠。之後，多次派人尋找而未得，最後被象罔所找到。」玄珠，黑色明珠。道家用以比喻道。這裡用以比喻交友之道。赤水，神話中的水名。㉕謨　謀慮。㉖神睿　聖哲。㉗至夫　至於。㉘組織仁義　指友人之間共通涵養仁義之善心。㉙琢磨　原意是雕玉刻石，此指砥礪。㉚驩　通「歡」。㉛恤　憂。㉜陵夷　身世凋零。㉝寄　託附。㉞通　指情意相通。㉟靈臺之下　猶心中。靈臺，指心。㊱遺跡　忘卻形跡。㊲江湖之上　莊子曾說魚相忘於江湖，人相忘於道術。此處以相忘於江湖喻朋友相得，沈酣於道術之中。㊳風雨急而不輟其音二句　風雨急、霜雪零，都是比喻世態險惡。輟，止。音，言語。渝，改變。色，臉色。㊴賢達　賢能通達的人。㊵素交　情誼純潔的交結。㊶萬古　萬年。喻為時極其久長。㊷一遇　碰到一次。㊸叔世　猶末世。即朝代覆亡的前夕。㊹民訛　民情欺詐。㊺狙詐　獼猴好欺詐，所以稱喻人好權變，伺機用謀為狙詐。狙，獼猴。㊻飆起　狂風之起。㊼究　盡知。㊽競　爭奪。㊾毛羽之輕　喻極其輕微的小利。㊿錐刀之末　小刀的尖端，也喻極其細小之利。(51)蚩蚩　紛亂貌。(52)鳥驚雷駭　比喻奔逐爭利之人如受驚之鳥，受雷之駭。53 派流　流派；派別。54 較言　明言。55 略　要略；大體。56 五術　五種門類。

【語譯】主人笑著說：「您所說的，好比撥動琴弦發出動聽的樂音，卻不知琴音會隨著天氣的乾燥和潮溼而變化；又好比把網張在水草叢生的沼澤之地，卻沒有看到天鵝、大鴈高飛於雲天。聖人心懷明道，開創偉業，既能像龍騰虎躍一樣的奮發有為，又能像尺蠖屈體一樣的屈身退隱，看世道的盛衰採取行動。處在太平之世，則有助於勤勉創業，以期實現宏大的宗旨；處在變亂之世，則顯示出反世道而行並圖謀達到大治這種隱微的用心。這又好比憑著五音的變化，才能譜成〈韶〉這樣美妙的樂曲。這也說明朱君真正獲得了交友之道，好像象罔在赤水尋得了黃帝遺失的黑色明珠一樣；他本是依據聖哲之言而發論的。在友人之間，那種能共同涵養仁義的善心，砥礪高尚的品行；能為友人的愉悅而欣喜，能為友人的衰落而憂傷；能和友人心意相通，互相寄託共同沈醉於道術之中；風狂雨急，不能中止他們言語的相通，霜下雪落，也不會改變其友好的神色，這是賢能通達人士之間情誼純潔的交結，它是歷時一萬年才會遇到一次的。到了末世，民情欺詐，伺機詐騙之習俗猶如狂風突起，它的險惡，即使險惡的溪谷也不能比擬；它的變幻，即使鬼神也無法盡知。人們所爭奪的，是毛羽一般的微利；所追逐的，也是小刀鋒端一般的小益。於是情誼純潔的交往不再有了，以利相交的風習興起了，天下的人們為利而紛紛擾擾，如受驚之鳥受雷之駭。然而以利相交雖然同出一源，而流派卻不同，就其大體而言，可以明白地說出如下五種門類：

「若其寵鈞[1]董[2]、石[3]、權[4]壓梁[5]、竇[6]，雕刻百工，鑪捶萬物[7]。吐漱興雲雨，呼噏下霜露[8]。九域[9]聳[10]其風塵[11]，四海疊[12]其燻灼[13]。靡不望影[14]星奔[15]，藉響[16]川騖[17]。雞人[18]始唱[19]，鶴蓋[20]成陰[21]；高門日開，流水[22]接軫[23]。皆願摩頂至踵[24]，隳[25]膽抽腸，約[26]同要離焚妻子[27]，誓殉[28]荊卿湛七族[29]。是曰勢交[30]，其流一㉛也。

【章旨】指出對於得寵而權勢顯赫之人極力趨附奉承的，即流派之一的勢交。

【注釋】❶鈞　同。❷董　董賢。字聖卿，漢雲陽人（西元前二三至前一年）。哀帝時，因貌美善媚而得寵幸，遷為光祿大夫。出則與帝同乘輿，入則侍御左右，並與帝同臥。賞賜鉅萬，貴震朝廷。一日晝寢，董賢枕著哀帝衣袖，哀帝想起身，又不忍驚醒董賢，於是剪斷衣袖而起。董賢之父董恭因此而賜爵關內侯，有封邑。哀帝還下詔為董賢建造大宅，重殿洞門，土木之功技巧窮極，並以錦繡披覆柱檻。又封他為高安侯，拜大司馬衛將軍，位在三公，權等君主。哀帝甚至想讓位給董賢。哀帝死後，為王莽所劾，畏罪自殺。❸石　石顯。字君房，漢濟南人。宣帝時，以中書官為僕射。元帝時為中書令。因元帝有疾，所以委政於石顯，事無大小，都由石顯告請元帝而定，貴幸傾朝，朝中百官都敬奉他。他為人外表巧慧而內心陰險，常持詭辯而中傷人。被他先後譖殺的有蕭望之、京房、賈捐之等，周堪、劉更生等則被罷黜。在朝結黨營私，依附者都得寵位。所得天子賞賜及臣下賄賂的資財達一萬萬。成帝即位後，遷長信中太僕，後免官歸故郡，憂憤不食，途中病死。❹權　猶勢。❺梁　梁冀。字伯卓，東漢安定烏氏人（西元？至一五九年）。他是順帝、桓帝皇后之兄。其父大將軍梁商死後，梁冀繼職為大將軍。為人驕橫，質帝稱他為跋扈將軍，當即被梁冀所毒殺。迎立桓帝後，專斷朝政二十餘年，殘暴淫逸，殺人無度；又廣建府宅苑囿，強迫數千人為其奴婢。延熹二年，桓帝與中常侍單超等共謀，派兵捕梁冀，梁冀自殺。❻竇　竇憲。字伯度，東漢平陵人（西元？至九二年）。是和帝母竇太后的胞兄。章帝死，和帝十歲即位，竇太后臨朝，竇憲為侍中執政。後獲罪，自請出擊匈奴贖死。大破匈奴後，拜為大將軍，總攬大權。因其驕縱，永元四年，和帝與中常侍合謀，迫令自殺。❼雕刻百工二句　指他們氣焰囂張，目空一切。以為自己主宰著百工、萬物。雕刻，指造形。百工，眾多工種的工人。鑪捶，冶煉鍛造。❽吐漱興雲雨二句　比喻他們飛揚跋扈。吐漱，吐氣與咳嗽。興雲雨，雲起雨作。呼噏，即呼吸。❾九域　九州。❿聳　畏懼。⓫風塵　風起塵揚。比喻囂張的氣焰。⓬疊　畏懼。⓭熛灼　喻威勢逼人。⓮影　指得勢者的身影。⓯星奔　快如流星般地奔趨。⓰響　指得勢者的聲響。⓱川騖　河水的奔流。⓲雞人　古時報曉之官。⓳始唱　開始報曉。⓴鶴蓋　車蓋。其形狀像鶴張翼，故稱。此指趨附者的乘車。㉑成陰　指得勢者的門前變得陰暗。喻趨附者車乘之多。㉒流水　乘車絡繹不絕，好比流水。㉓接軫　車輛相銜接而行。軫，車後橫木。㉔摩頂至踵　把人從頭到腳地磨損。意為粉身碎骨。摩，通「磨」。頂，頭頂。踵，腳。孟子說墨子提倡「兼愛」，只要對天下人有利，哪怕自己要「摩頂至踵」，也會去做的（見《孟子・盡心上》）。㉕隳　毀壞。㉖約　約定。指約定實現承諾之事。㉗要離焚妻子　吳公子光殺死吳王僚篡位後，又想謀殺出奔於衛的王子慶忌。於是要離請求斬斷自己的右手，殺死自己的妻子，然後投奔慶忌，以騙取信任。在返歸吳地而渡江之時，要離刺殺慶忌，後也自殺。要離，春秋時刺客。焚，斃；殺死。㉘誓殉　立下誓言以犧牲生命來實現許諾之事。㉙荊卿湛七族　荊卿，即荊軻（西元前？至前二二七年）。戰國衛人。曾為燕太子丹門客，受命至秦刺殺秦王。至秦，詐獻秦亡臣樊於期首級與燕督亢地圖，以匕首刺秦王，不中，被殺。湛，通「沈」。沒；滅。七族，親族的統稱。㉚勢交　因人有權勢而與他交結。㉛其流一　是因利相交的流派之一。

【語　譯】「好像那得寵如同董賢、石顯的人，那權勢還在梁冀、竇憲之上的人，在他們眼中，似乎百工眾人都出於他們之手，天下萬物也是他們所鑄造。他們咳嗽一聲，就會雲起雨作；他們一呼一吸，就會霜下露落。因此，九州之人都害怕他們的氣勢，四海之內都畏懼他們的氣焰。人們無不看到他們的身影就飛速奔趨，但憑他們的一點聲響就急忙趨奉。報曉之人剛剛報曉，門前已是黑壓壓的一片車輛；高大的府門早晨一經打開，車輛就像流水一樣一輛接一輛地進入。人們都甘願為他們粉身碎骨，毀膽抽腸，保證要像要離那樣，不惜殺死妻子以求報效；立誓要像荊軻那樣，不僅自己可以獻身，即使親族夷滅也在所不辭。這叫做因人有權勢而與他交結，是其中的流派之一。

「富埒❶陶❷、白❸，貲❹巨程❺、羅❻，山擅❼銅陵❽，家藏金穴❾，出平原而聯騎❿，居里閈⓫而鳴鍾⓬。則有窮巷之賓，繩樞⓭之士，冀宵燭之末光⓮，邀⓯潤屋⓰之微澤⓱。魚貫鳧躍⓲，颯沓⓳鱗萃⓴，分鴈鶩㉑之稻粱，霑㉒玉斝㉓之餘瀝㉔。銜㉕恩遇㉖，進㉗款誠㉘，援㉙青松㉚以示心，指白水㉛而旌信㉜。是曰賄交㉝，其流二㉞也。

【章旨】指出對於資財厚積顯赫於世的富豪，為得其餘利而極力趨附奉承的，即流派之二的賄交。

【注釋】❶埒　等同。❷陶　陶朱公。即春秋時范蠡。范蠡在輔佐越王句踐滅吳之後，以為句踐為人不可共安樂，所以棄官至陶（今山東定陶縣境），稱朱公。以經商致富，十九年三致千金。子孫繼業，至巨萬。❸白　白圭。戰國時周人，善於觀察時變而行商，天下言生財，推白圭為祖。❹貲　財貨。❺程　程鄭。西漢時人，居臨邛，靠冶煉經商致富。❻羅　羅裒。西漢成都人。成帝、哀帝時，為經商而往返於京城與巴蜀之間，數年得資財千餘萬。以一半賄賂曲陽侯王根、定陵侯淳于長，依靠他們的權力，在郡國賒貸；又擅鹽井之利，成為巨富。❼擅　專有。❽銅陵　銅山。漢文帝時，賜蜀郡人鄧通蜀地嚴道之銅山，使他鑄錢幣。❾金穴　猶金庫。指有豐盛無比的金錢財物的貯藏。後漢光武帝郭皇后之弟郭況，光武帝所賞賜給他的金錢縑帛，豐盛無比，京城人稱郭況家為金穴。❿聯騎　即連騎。相連接的騎隊。喻騎隊之多。⓫里閈　里門；鄉里。⓬鳴鍾　即鳴鐘。擊鐘而發出聲音。古時富貴之家，食時要擊鐘奏樂。⓭繩樞　用繩繫門，代替轉軸。形容貧窮之家。⓮冀宵燭之末光　希望得到餘光的意思。《戰國策・秦策》：江邊的姑娘夜間常在一起做事，每人都要出燭。其中有一個姑娘因為家中貧窮，出不了燭。於是其他的姑娘商量讓她走開。她在離開的時候說：「我因為拿不出燭，所以經常先到，打掃房間，鋪好坐席。你們為什麼吝嗇這照在四周牆壁上的餘光？幸而能夠賜給我的話，對於你們又有什麼妨礙？我自認為對你們有好處，為什麼要讓我走？」姑娘們認為她說得對，於是讓她留下。宵燭，夜間的燭光。末光，餘光。喻餘利。⓯邀　求。⓰潤屋　華麗房屋。《禮記・大學》：「富潤屋，德潤身。」⓱微澤　少量的恩澤。⓲魚貫鳧躍　形容人們對富有者趨附的情狀。魚貫，指連續而進，如魚群相接。鳧，水鳥。即野鴨。躍，趨躍。⓳颯沓　眾多貌。⓴鱗萃　群集貌。㉑鶩　鴨。㉒霑　沾潤。㉓玉斝　玉爵。玉製的飲酒器。㉔餘瀝　飲酒將盡之餘滴。㉕銜　懷記。㉖恩遇　以恩惠相待。㉗進　報效。㉘款誠　懇摯；忠誠。㉙援　舉引。㉚青松　有歷時久長而不衰之特性。㉛白水　明澈之水。表信守誓言。《左傳・僖公二十四年》記重耳之誓言：「所不與舅氏同心者，有如白水。」㉜旌信　表示可以信賴。㉝賄交　因對方擁有財富所以與他交結。賄，財貨。㉞流二　流派之二。

【語譯】「一個人的富有與陶朱公、白圭相等，資財比程鄭、羅裒還多，專有銅山之利，家成藏金之庫，出行平原則車馬相連，居住鄉里則敲鐘奏樂而進餐。於是就有一幫住在窮巷的賓客，用繩子拴門的貧民，希望能像無燭姑娘那樣得到一點餘光，又希望能求得富者的一點恩澤。於是他們趨附富者之門，好像魚群一樣接連不斷，又好像野鴨一樣奔跳，眾多的人群聚著，像要與大雁和鴨子分食稻穀和小米，想霑潤一下玉爵中剩餘的酒滴。於是懷記著富人對待自己的恩惠，表示要以忠誠相報效，引舉青松以表示永遠效忠的心意，指著明澈的河水來表示自己的誠信。這叫做因人擁有財富而與他交結，是其中的流派之二。

「陸大夫[1]宴喜西都[2]，郭有道[3]人倫[4]東國[5]，公卿貴其籍甚[6]，搢紳羨其登仙[7]。加以顩頤蹙頞，涕唾流沫[8]，騁黃馬之劇談，縱碧雞之雄辯[9]。敘溫郁[10]則寒谷成暄[11]，論嚴苦[12]則春叢[13]零[14]葉。飛沈[15]出其顧指[16]，榮辱定其一言[17]。於是有弱冠[18]王孫[19]，綺紈公子[20]，道[21]不挂於通人[22]，聲[23]未遒[24]於雲閣[25]，攀其鱗翼[26]，丐[27]其餘論[28]，附駔驥之旄端[29]，軼歸鴻於碣石[30]。是曰談交[31]，其流三也。」

【章旨】指出對於擅長談論的名流趨身依附，以求得自己顯達的，即流派之三的談交。

【注釋】❶陸大夫　指陸賈。漢初楚人。初，隨從劉邦以建立漢王朝。富有辯才，曾先後兩次出使南越，使南越王尉佗歸順於漢，還朝後授太中大夫。後勸丞相陳平和太尉周勃團結，因而合謀誅諸呂，迎立文帝。著有《新語》闡述崇王道、黜霸術的主張。❷宴喜西都　高祖拜陸賈為太中大夫後，陳平給他五百萬錢，讓他在公卿達官間宴飲嬉樂。宴喜，宴飲嬉樂。西都，即長安。❸郭有道　即郭泰。因曾舉有道（漢代舉士科目之一），所以稱郭有道。字林宗（西元一二七至一六九年）。東漢太原界休人。初從事於縣廷，後棄而就學，博通經典，善言談。曾遊洛陽，與河南尹李膺相友好。歸鄉後，舉有道，不就。性明知人，對士人多所勉勵。在黨錮事起時，閉門教授弟子，弟子多至千數，卒於家。❹人倫　辨別、評論人的品第高下。

郭泰善於品評人物，不直言，也不作深刻的評述。❺東國　指洛陽。❻公卿貴其籍甚　此指陸賈。陸賈因陳平的資助而與公卿交遊宴飲，所以名聲很大。公卿，是三公九卿的簡稱。是朝廷的高級官吏。籍甚，名聲盛大。❼搢紳羨其登仙　此指郭泰。郭泰由洛陽歸鄉時，士大夫等送行。郭泰只與李膺同舟，送者望去以為是神仙。搢紳，本指官吏朝會時將記事的笏版插在腰帶上，後稱士大夫為搢紳。搢，插。紳，大帶。登仙，成為神仙。❽顩頤蹙頞二句　形容善於言談者言談時的情狀。顩頤，下巴彎曲。蹙頞，額頭皺起。頞，通「額」。涕唾流沫，指流著鼻涕和口水。涕唾，鼻涕和唾液。❾騁黃馬之劇談二句　指善於言談者為所欲為地暢發其論。騁，放縱。黃馬，指戰國中期名家惠施「黃馬黑牛三」的論題。惠施認為黃馬、黑牛是二個概念，加上「黃馬黑牛」這複合概念，就是三個概念，見《莊子・天下》。又戰國時名家公孫龍有「白馬不是馬」、「黃馬不是馬」之說，見《公孫龍子・白馬論》。劇談，暢談。碧雞之雄辯，指公孫龍子之說。碧雞，毛色青綠的雞。雄辯，雄健的辯論。在〈通變論〉中說：羊和牛相合不能成為馬，牛和羊相合不能成為雞。又說：青色與白色相合不能成為黃色，白色與青色相合不能成為碧色。又說：與其說可以成為碧色，寧可說可以成為黃色。與其說牛和羊可以合成雞，寧可說可以合成馬，因為牛、羊和馬是同類，而牛、羊與雞不是同類。從這個意義上說，可以說黃色的馬，卻不可以說碧色的雞。❿溫郁　溫暖。⓫暄　暖和。⓬嚴苦　寒苦。⓭春叢　春天的樹叢。⓮零　落。⓯飛沈　指地位的上升與下降。⓰顧指　眼視手指。含有時間短暫的意思。⓱定其一言　由他的一句話而定。⓲弱冠　指年輕的男子。《禮記・曲禮上》：「二十歲身體尚弱，加冠。」⓳王孫　貴族子弟。⓴綺紈公子　指穿著富麗的公子。綺紈，都是白色絲織品。㉑道　指道德學問。㉒通人　博通古今的人。㉓聲　名聲。㉔遒　美。㉕雲閣　即雲臺。是東漢時洛陽南宮中高臺名。這裡借指朝廷官員。㉖攀其鱗翼　像攀附龍鱗鳳翼那樣攀附善言談之名流，以求得顯達。鱗翼，龍鱗鳳翼。㉗丐　乞求。㉘餘論　本論之外的議論。或指名人對其略加褒揚。㉙附騏驥之旄端　《文選・卷五一・王子淵四子講德論》說：「蚊蟲依附於駿馬之尾，可以到達千里之遠。」此處意思相同，比喻依附他人而實現自己的欲望。騏驥，駿馬。旄端，尾端。㉚軼歸鴻於碣石　據李善注所引《淮南子》說：「馮遲、大丙駕御的雲車，在碣石山超過了飛歸的天鵝。」今檢《淮南子・原道》，無下半句之文，疑為佚文。此句也比喻依附他人而使自己飛黃騰達。軼，超過。歸鴻，飛歸的天鵝。碣石，古山名。在河北昌黎西北。㉛談交　因人善於言談而與他交結。

【語　譯】「太中大夫陸賈在長安與公卿們宴飲嬉樂，舉為『有道』的郭泰在洛陽品評人物，公卿們看重陸賈的名聲盛大，士大夫們羨慕郭泰彷彿成了神仙。有像陸賈、郭泰這樣有名聲又善於言談的有名人物，加上他們言談時彎著下巴，皺起額頭，流著鼻涕與口水，暢論『黃馬』，雄辯『碧雞』。說到溫暖，則寒冷的山谷也變得暖和；說到寒苦，則春天的樹叢也會落葉。人們地位的上升或下降，出於他們的眼視手指；人們的榮耀或恥辱，憑他們的一句話就成定局。於是就有年輕的貴族子弟、穿著富麗的公子，他們的道德學問不被知識淵博的人所稱說，他們的名聲也尚未受到朝廷官員的讚美，就想攀附善於言談的名流，向他們乞求一點辯說之辭，然後像依附於駿馬尾端的蚊蟲，可以到達千里之遠；像馮遲駕御雲車，在碣石山超過了飛歸的天鵝。這叫做因他是善於言談的名流而與他交結，是其中的流派之三。

「陽❶舒❷陰❸慘❹，生民❺大情❻；憂合驩離❼，品物❽恆性❾。故魚以泉涸而呴沫❿，鳥因將死而鳴哀⓫。同病相憐，綴⓬〈河上〉之悲曲⓭；恐懼置懷⓮，昭⓯〈谷風〉⓰之盛典⓱。斯則斷金⓲由於湫隘⓳，刎頸⓴起於苫蓋㉑。是以伍員㉒濯溉㉓於宰嚭㉔，張王撫翼於陳相㉕。是曰窮交㉖，其流四也。

【章旨】指出處於窮困境地的人為了有利於自己擺脫這種處境而結交於人的，即流派之四的窮交。

【注釋】❶陽　指春夏。❷舒　心情舒暢。❸陰　指秋冬。❹慘　心情抑鬱。❺生民　人民。❻大情　通常的性情。❼憂合驩離　憂愁困苦之時能使人結合，歡樂得意之時能使人分離。驩，同「歡」。❽品物　各類事物。❾恆性　常情。❿魚以泉涸而呴沫　《莊子・天運》說：「泉水乾了，魚兒處在乾燥的地上，於是吐出唾沫相互溼潤。」比喻處於困境時能相互救助。泉涸，泉水乾枯。呴沫，吐出唾沫。⓫鳥因將死而鳴哀　《論語・泰伯》：曾子說：「鳥之將死，其鳴也哀。」比喻人陷於困境時會引起人們的同情。鳴哀，叫鳴之聲悲哀。⓬綴　編製。⓭河上之悲曲　即悲哀的〈河上曲〉。據《吳越春秋・闔閭內傳》記述：楚人伯嚭出奔至吳，伍子胥請求吳王闔閭把他封為大夫。闔閭即封他為大夫，並與他商議國事。在一次宴會上，吳大夫被離問伍子胥說：「您出於何種看法而相信伯嚭？」伍子胥說：「我的怨與伯嚭相同。您沒有聽到〈河上歌〉嗎？『同病相憐，同憂相救。受驚之鳥，相隨而聚集。急流之下的流水，會回環而共流。』有誰不愛他所親近的人，不為他所思念的人悲傷？」伍子胥也是由於楚平王聽信讒言殺死他的父兄而出奔至吳的。⑭恐懼置懷　《詩經・小雅・谷風》之文，原文是「將恐將懼，置予于懷」。意思是當你處於恐懼的日子，把我置於你的懷中。用在這裡，則是說本詩作者心懷恐懼。⑮昭表白。⑯谷風　〈毛詩序〉以為是寫以諷刺周幽王時天下風俗鄙薄、朋友之間情誼斷絕的詩。也有人以為是一個被丈夫拋棄的婦人，指責她的丈夫忘恩負義的作品（見高亨《詩經今注》）。本文作者則取前者。⑰盛典　宏篇。⑱斷金　把金斬斷。比喻朋友間同心，力量堅強無比。《周易・繫辭上》：「二人同心，其利斷金。」⑲湫隘　指住宅低下狹小。《左傳・昭公三年》：齊景公想更換晏子的住宅，說：「您的住宅靠近集市，低下狹小又嘈雜，不能住，請換明敞乾燥的。」這裡喻貧賤之意。⑳刎頸　割頸。這裡指「刎頸之交」。即友誼深摯，可以共患難同生死的朋友。㉑苫蓋　用茅草編的遮蓋物。《左傳・襄公十四年》：晉范宣子責戎子駒支說：「你的先祖吾離當初被秦人所逐，披著苫蓋，穿過荊棘之地，前來歸附於晉的先君。」披苫蓋是說無衣服可穿，只能披草。用以比喻貧賤。㉒伍員　（西元前？至前四八四年）字子胥，春秋楚人。因父伍奢、兄伍尚都被楚平王殺害，所以逃奔至吳。與孫武共同輔佐闔閭伐楚。後吳王夫差打敗越國，越國請和，伍子胥認為不可，夫差聽信伯嚭讒言而許和，並迫令子胥自殺。㉓濯溉　原意是清洗，在此是推舉而使他榮貴的意思。㉔宰嚭　即太宰伯嚭。春秋楚人，伯州犁之孫。楚平王殺伯州犁，伯嚭聽說伍子胥在吳，於是也逃奔至吳。夫差即位，以伯嚭為太宰。㉕張王撫翼於陳相　陳相得到張耳的扶持。陳餘年少時，對於張耳如父親一般地侍奉。兩人流亡至陳時，陳里吏鞭打陳餘，陳餘想起而反抗，張耳用腳踩了他一下，暗示他忍著。事後告誡他，不可因為蒙受一點小的恥辱而殺一官吏。陳餘認為張耳的話是對的。張王，張耳。項羽曾封張耳為常山王，劉邦曾封張耳為趙王，所以稱為張王（西元前？至前二〇二年）。大梁人。初為魏信陵君門客，任外黃令。秦統一六國後，聽說張耳與陳餘是魏名士，所以購求兩人。兩人從陳涉起義，勸立六國之後。陳涉封兩人為左右校尉，使從武臣北定趙地。後兩人慫恿武臣背叛陳涉，自立為趙王。張耳為右丞相，陳餘為大將軍。張耳與陳餘原為刎頸交。後有間隙，張耳投漢王劉邦，與韓信共破趙軍，殺陳餘，封為趙王。撫翼，扶持。陳相，即陳餘。陳餘曾為趙王歇相，所以稱為陳相（西元前？至前二〇四年）。大梁人。項羽鉅鹿之戰大敗秦軍後，封陳餘南皮旁三縣，陳餘迎原趙王歇於代，使他復為趙王。趙王封陳餘為代王，後被張耳、韓信軍所殺。㉖窮交　因自己處於窮困的境地而結交於人。

【語　譯】「春夏之時，心情舒暢；秋冬之時，心情抑鬱，人們通常都是這樣的性情。處於憂愁困苦之時，能使互相結合；處於歡樂得意之時，能使互相分離，這是萬物的常情。所以魚由於泉水乾枯而吐出唾沫相互潤溼，鳥因為即將死亡而叫聲悲哀。由於同病相憐，所以編成了悲哀的〈河上曲〉；由於心懷恐懼，所以以〈谷風〉這樣的宏篇來表白。由於身處貧賤，所以同心之力能把金斬斷；由於處境困厄，所以能建立起同生共死的情誼。因此，伍子胥推舉伯嚭，而陳餘得到張耳的扶持。這叫做因自己的窮困而與人交結，是其中的流派之四。」

「馳騖[1]之俗，澆薄之倫[2]，無不操[3]權衡[4]，秉[5]纖纊[6]。衡所以揣其輕重，纊所以屬其鼻息[7]。若衡不能舉，纊不能飛[8]，雖顏[9]、冉[10]、龍翰鳳雛[11]，曾[12]、史[13]蘭薰雪白[14]，舒[15]、向[16]金玉淵海[17]，卿[18]、雲[19]黼黻河、漢[20]，視若游塵[21]，遇[22]同土梗[23]，莫肯費其半菽[24]，罕有落其一毛[25]。若衡重錙銖，纊微彯撇[26]，雖共工之蒐慝[27]，驩兜之掩義[28]，南荊之跋扈[29]，東陵之巨猾[30]，皆為匍匐逶迤[31]，折枝[32]舐痔[33]，金膏[34]翠羽[35]將[36]其意，脂韋[37]便辟[38]導[39]其誠。故輪蓋[40]所游，必非夷、惠[41]之室[42]；苞苴[43]所入，實行[44]張、霍之家[45]。謀而後動，毫芒[46]寡忒[47]。是曰量交[48]，其流五也。

【章　旨】指出首先衡量對方於己是否有利，如無利可圖，則不論其德才如何卓絕，決不交結；如有利可圖，則不問其如何凶惡，卻百般奉承的，即流派之五的量交。

【注釋】❶馳騖　趨走。❷澆薄之倫　品性鄙薄的一類人。❸操　拿著。❹權衡　秤錘和秤。❺秉　拿著。❻纖纊　極少量的絲綿。❼衡所以揣其輕重二句　都是指勢利之人的與人交結，首先衡量對方價值的輕重有無。揣，測量。屬其鼻息，在人臨死前，把少量的絲綿放在病人的口鼻處，以觀察他的氣息。屬，放置。《儀禮．既夕禮》：「屬纊以俟（等候）絕氣。」❽衡不能舉二句　喻指無利可圖。衡不能舉，秤桿尾部不能上舉。說明沒有分量。纊不能飛，說明已無氣息。❾顏　顏回（西元前五二一至前四九〇年）。字子淵，春秋魯人，孔子弟子。好學，安貧樂道，在孔子弟子中以德行著稱。❿冉　冉求。字子有，春秋魯人，孔子弟子。兼通文武，以政事著稱。⓫龍翰鳳雛　比喻君子。龍翰，毛長之龍。鳳雛，幼小的鳳凰。⓬曾　曾參（西元前五〇五至前四三五年）。字子輿，春秋魯人，孔子弟子。相傳以仁德著稱。⓭史　史魚。春秋時衛國大夫，以正直敢諫著名。相傳臨死前還諫衛靈公黜退寵臣彌子瑕而進用賢人蘧伯玉。為人以行義著稱。⓮蘭薰雪白　比喻人品芳潔。蘭薰，蘭香四溢。⓯舒　董仲舒（西元前一七九至前一〇四年）。西漢廣川人。年輕時研讀《春秋公羊傳》，景帝時為博士。武帝時，因對策合武帝之意而受器重，拜江都相。後因言災異事下獄，幾乎被處死刑。得赦免後，出任膠西王相，因擔心再獲罪而告病免官家居。朝廷每有大事，遣人詢問。生平講學著書，推尊儒術，抑黜百家，開啟我國以儒學為正統的局面。著有《春秋繁露》等書。⓰向　劉向（西元前七七？至前六年）。字子政，原名更生，是漢高祖弟楚元王（劉交）四世孫。宣帝時為散騎諫大夫。元帝時，因反對宦官弘恭、石顯，被捕下獄。成帝時，更名「向」，任光祿大夫，校閱經傳諸子詩賦等書籍，寫成《別錄》一書，為我國最早的分類目錄。另外還著有《新序》、《說苑》、《列女傳》、《洪範五行傳論》等書。⓱金玉淵海　指董仲舒、劉向的著作如金玉之珍貴，如淵海之深。⓲卿　司馬相如（西元前一七九至前一一七年）。字長卿，漢蜀郡成都人。武帝時因賞識他所作之賦而任為郎，曾出使西南，後為孝文園令。晚年稱病免官，家居而卒。他是漢賦的代表作家，著有〈子虛賦〉、〈上林賦〉、〈大人賦〉等。⓳雲　揚雄（西元前五三至西元一八年）。字子雲，西漢蜀郡成都人。少好學，長於辭賦，成帝時為郎。王莽時為大夫，校書天祿閣。晚年專治哲學，埋頭著述。著有《法言》、《太玄》、《方言》等。⓴黼黻河漢　比喻司馬相如、揚雄所作之賦，華麗的辭藻之豐富，猶如滔滔不絕的黃河、漢水之水。黼黻，指華麗的辭藻。河、漢，黃河與漢水。㉑游塵　浮塵。㉒遇　對待。㉓土梗　泥塑偶像。㉔半菽　半菜半糧。指粗劣的飯食。㉕落其一毛　孟子曾說：「楊朱的為人是為著自己，即使讓他拔下一根毛而可以有利於天下之人，他也是不肯的。」見《孟子．盡心上》。落，拔下。㉖衡

重錙銖二句　喻指稍有利可圖。衡重錙銖，所秤稍有重量。錙銖，輕量。彯撇，繽飛起貌。㉗共工之蒐慝　《左傳．文公十八年》魯季孫行父說：「少皞氏有不才子，廢毀忠信，以惡言為善，並加以修飾，安於讒毀人，信用奸邪之人，隱蔽地作惡，以誣陷盛德之人，天下之民稱他為窮奇。」杜預認為窮奇即窮其好奇。指共工。共工，傳說不一。此指古帝少皞氏之不才子。蒐慝，隱蔽地作惡。㉘驩兠之掩義　季孫行父說：驩兠是帝鴻氏（即黃帝）之不才子，他對於執義之人加以掩蓋，對於害人者為他包庇罪惡，品行凶惡，專做壞事，勾結壞人，天下之民稱他為渾敦。杜預注認為渾敦是不開通之貌。指驩兠。驩兠，傳說中的惡人。即渾敦。兠，「兜」之俗字。掩義，對於執義之人加以掩蓋。㉙南荊之跋扈　《韓非子．喻老》：莊子對楚莊王說：「莊蹻在楚國境內為盜，而楚國的官吏不能禁止，楚國的政治就亂了。」南荊，指莊蹻。因是楚人，所以以「南荊」代指其名。有說莊蹻是春秋楚成王或楚莊王時人的，也有說是戰國楚威王時人的。跋扈，橫行不法。㉚東陵之巨猾　東陵，指泰山。傳說古時大盜盜跖居住並壽終於泰山，所以此「東陵」代指盜跖。相傳盜跖是春秋魯國柳下惠之弟，有九千人跟隨他，搶人牛馬，取人婦女，侵暴諸侯，橫行天下。巨猾，大惡人。㉛匍匐逶迤　表示敬懼。匍匐，伏地爬行。逶迤，曲折行進貌。㉜折枝　按摩肢體。㉝舐痔　舐痔。表示為了奉承，甘願做最卑下的事情。《莊子．列禦寇》：宋人曹商為宋王出使秦國，秦王給他一百輛車。他返回宋國後見到莊子，得意地譏諷莊子。莊子說：「我聽說秦王有病，誰能給他刺破癰腫的，給一輛車；給他舐痔瘡的，給五輛車，所治的病愈卑下，給的車子愈多。你難道是治痔瘡的吧，為什麼他給的車子這麼多？」㉞金膏　金丹。古代方士煉金石為藥，以為服後可以長生，稱為金丹。㉟翠羽　翠鳥的羽毛。是珍貴的裝飾品。㊱將　致。㊲脂韋　指油脂與軟皮。此用以喻圓滑、阿諛。㊳便辟　逢迎諂媚貌。㊴導　表達。㊵輪蓋　車蓋。借指乘車的官員。㊶夷惠　即伯夷、柳下惠。被後人並稱為志清行潔的聖人，是百世之師（見《孟子．盡心下》）。夷，伯夷。是商末孤竹君之子，曾勸阻周武王以武力討伐商紂，武王不聽，伯夷以食周粟為恥辱，餓死於首陽山。惠，柳下惠。即春秋時魯國大夫展禽，因食邑於柳下，諡惠，所以稱柳下惠。曾任士師（獄官），三次被黜免，仍不離開魯國。認為以正直任職，無論在哪個諸侯國都會多次黜免，以歪道任職，又何必離開故國。㊷室　家。㊸苞苴　指行賄的財物。㊹實行　終究前往。㊺張霍之家　指權貴之家。張，張安世（西元前？至前六二年）。字子孺，漢杜陵人。少時因父（張湯，為廷尉，遷御史大夫）任而為郎，後為尚書令，遷光祿大夫。昭帝時封富平侯。曾與大將軍霍光定策廢昌邑王，迎立宣帝，以功拜大司馬，領尚書事。霍，霍光（西元前？至前六八年）。字子孟，漢河東平陽人。武帝時為奉車都尉。昭帝八歲即位，霍光以大司馬大將軍受遺詔輔政，封博陸侯。昭帝死，迎立昌邑王劉賀，因劉賀淫亂，霍光與大臣策議，廢劉賀而迎立宣帝。霍光把持朝政二十年，族黨滿朝，權傾內外。㊻毫芒　絲毫。㊼寡忒　少有差錯。㊽量交　衡量對方會於己有利才與他交結。

【語　譯】「在趨炎附勢的習俗之下，那些品性鄙薄的人，無不手中拿著一把秤，又拿著一絲兒絲綿。秤用來測量輕重，絲綿則放在人的鼻子下用來測看氣息。假如秤桿不能上舉，絲綿不能飄起，那麼即使是顏回、冉有這樣的君子，曾參、史魚這樣品行芳潔之士，董仲舒、劉向這樣學識淵博的人，司馬相如、揚雄這樣辭藻豐富的賦作大家，也如浮塵、如泥塑木雕一樣的看待，沒有人肯施捨粗劣的飯食，也少有人肯拔下一毛來幫助他們。假如秤得稍有重量，絲綿能稍微飄起，那麼即使是像共工這樣隱蔽地作惡的人、驩兜這樣對於主持道義者加以掩蓋的人、楚國的莊蹻這樣橫行不法之人、居住泰山的盜跖這樣的大惡人，都會爬伏在他們面前，懷著敬畏之心，曲折行進，甘願為他們按摩肢體、舔治痔瘡，奉送金丹翠羽以致意，阿諛諂媚以表達誠心。因此，作官之人他們所到的，必定不是伯夷、柳下惠這樣的人家；賄賂的財物所送的，終究是張安世、霍光這樣的門戶。他們謀劃之後才行動，絲毫不會有差錯。這叫做衡量對自己有利才與他交結，是其中的流派之五。

「凡斯五交，義同賈鬻❶，故桓譚譬之於闤闠❷，林回喻之於甘醴❸。夫寒暑遞進❹，盛衰相襲❺，或前榮❻而後悴❼，或始富而終貧，或初存而末亡，或古約而今泰❽，循環飜❾覆，迅若波瀾❿。此則殉利⓫之情未嘗異，變化之道⓬不得一⓭。由是觀之，張、陳所以凶終⓮，蕭、朱所以隙末⓯，斷焉可知矣。而翟公方規規然勒門以箴客⓰，何所見⓱之晚乎？

【章　旨】總括上述五交，論述以利相交無異於商人的交易，所以情誼必定因利變而發生變化。

【注　釋】❶買鬻　買賣。❷桓譚譬之於闤闠　《戰國策・齊策》：孟嘗君被齊所逐後返回齊國，譚拾子到國境上去迎接，並問孟嘗君說：「您對齊國的士大夫是不是有所怨恨呢？」孟嘗君說：「是的。」譚拾子告訴他：「人在富貴之時，就有人親近他；貧賤之時，就離開他。事情必然這樣，道理也必然這樣。請用集市作譬喻。集市早上人滿，晚上人空，並不是早上喜愛集市而晚上厭惡集市，而是有要買的東西所以前去，要買的東西沒有所以離開。希望您不要怨恨他們。」於是孟嘗君毀掉了記著所怨人名字的五百條竹簡。桓譚，（約西元前二三至西元五〇年）字君山，漢沛國相人。好音樂，習五經，精於天文。光武時任議郎給事中。光武信讖緯，桓譚極言其非，光武怒而貶為六安郡丞，途中病卒。闤闠，集市之場所。據李善說，桓譚著作中並無此意，「桓譚」為「譚拾」之誤。❸林回喻之於甘醴　林回說：「君子的交情淡得如同水一樣，小人的交情甜得如同甜酒一樣。淡卻親切，甜卻容易斷絕。無緣無故結合的，就無緣無故離散。」林回，《莊子・山木》中人名。甘醴，甜酒。❹遞進　交替著向前推進。❺相襲　相承接。❻榮　顯達。❼悴　困阨。❽泰　奢侈。❾飜　同「翻」。❿波瀾　像波浪一樣一浪一浪地推移向前。⓫殉利　貪利。⓬變化之道　指譎詐之術。⓭不得一　不能一成不變。⓮張陳所以凶終　張，張耳。陳，陳餘。凶終，項羽封張耳為常山王，陳餘領兵襲擊張耳；陳餘擅迎歇為趙王後，張耳與韓信擊殺陳餘。⓯蕭朱所以隙末　蕭育少時與朱博等人為友，著聞於當世。後朱博先為將軍上卿，接著蕭育也為丞相，相互有間隙，不能友善始終。蕭，蕭育。字次君，漢東海蘭陵人，蕭望之之子。初以父任而為太子庶子，歷任泰山、南郡等太守，哀帝時官至執金吾。朱，朱博。字子元，漢杜陵人。為人好交任俠，成帝時官至冀州、并州刺史。哀帝即位，拜御史大夫，代孔光為丞相，封陽鄉侯。後以附傅晏下廷尉治，自殺。隙末，最後有間隙。⓰翟公方規規然勒門以箴客　據《史記・卷一〇二・汲鄭列傳》記述，翟公開始為廷尉之時，賓客滿門，到了被廢時，門外可羅雀。當再任廷尉時，賓客又想前往。翟公於是在門上大寫其文：「一死一生，乃知交情；一貧一富，乃知交態；一貴一賤，交情乃見（顯示）。」翟公，漢下邽人，武帝元光五年為廷尉。方，乃。規規然，惘然有所失的樣子。勒門，在門上刻字。箴客，譏刺、規諫賓客。⓱所見　見到交情隨勢利而變化。

【語　譯】「所有這五種交誼，它的意義與做買賣是一樣的，因此譚拾子把它譬喻為集市交易，林回把它比作甜酒。寒天與暑天相交替而推進，興盛和衰敗相互承接，有的開始顯達而後來困阨，有的一開始富有而最終卻貧窮，有的初時存在而末後消亡，有的昔時節儉而現今奢侈，循環翻覆，迅速得好像波濤逐浪向前一樣。這樣貪利的心情未曾有變，而譎詐之術卻變化多端了。這樣看來，張耳、陳餘所以會以相殘殺告終，蕭育、朱博所以會最終有間隙，是斷然可知的了。可是翟公竟然惘然有所失地在門上寫字，用以諷刺規諫賓客，他為什麼那麼晚才看清這種情況呢？

「因❶此五交，是生三釁❷：敗德殄❸義，禽獸相若❹，一釁也；難固易攜❺，讎訟❻所聚，二釁也；名陷饕餮❼，貞介❽所羞，三釁也。古人知三釁之為梗❾，懼五交之速尤❿，故王丹威子以檟楚⓫，朱穆昌言⓬而示絕，有旨⓭哉！有旨哉！

【章　旨】論述以利相交的三種弊害，即敗壞人的品德與道義；使人多結怨仇多訴訟；陷人於惡名。因而認為朱穆絕交之論是有深意的。

【注　釋】❶因　由。❷釁　弊端。❸殄　絕滅。❹禽獸相若　和禽獸一樣。❺難固易攜　交情難以堅固而容易疏離。❻讎訟　成為仇人而訴訟。❼饕餮　惡獸名。比喻惡人。❽貞介　正直。❾梗　患難。❿尤　怨恨。⓫王丹威子以檟楚　王丹之子，因有一個同師的同學家中喪親，而家在中山，於是打算結伴而前往弔喪。王丹得知後，發怒而打了兒子，並讓他寄去黃色絲絹以作祭祀之用。有人問王丹為什麼要這樣？他回答說：「交道之難是不容易說的。」他列舉了管仲與鮑叔、王陽與貢禹、張耳與陳餘、蕭育與朱博的事例後說：「可知能夠始終保全交情的是很少的。」王丹，字仲回，漢下邽人。哀帝、平帝時任州郡之官，王莽時數徵不至，家財千金，農事之際，以酒食慰勞農人。後鄧禹西征缺糧，王丹曾獻麥。先後徵為太子少傅、太子太傅，卒於家。檟楚，用檟木與荊條製成的鞭撻刑具。⓬昌言　明言。⓭旨　美好。

【語　譯】「由這樣五種交誼的結果，就產生了三種弊端：敗壞品德，絕滅道義，和禽獸一樣，是第一種弊端；交情難以堅固而容易疏離，會造成眾多的結仇訴訟事件，是第二種弊端；陷人於惡名，為正直的人所羞恥，是第三種弊端。古人知道這三種弊端會產生禍患，擔心這五種交誼會招致怨尤，所以王丹用棍杖拷打來威脅兒子，朱穆用明言來表示絕交，說得好呀！說得好呀！

「近世有樂安[1]任昉[2]，海內髦傑[3]，早綰[4]銀黃[5]，夙昭民譽[6]。遒文麗藻[7]，方駕[8]曹[9]、王[10]；英跱[11]俊邁[12]，聯橫[13]許[14]、郭[15]。類[16]田文之愛客[17]，同鄭莊之好賢[18]。見一善[19]則盱衡[20]扼腕[21]，遇一才[22]則揚眉抵掌[23]。雌黃[24]出其脣吻[25]，朱紫[26]由其月旦[27]。於是冠蓋[28]輻湊[29]，衣裳[30]雲合，輜軿[31]擊轊[32]，坐客恆滿。蹈[33]其閫閾[34]，若升闕里之堂[35]；入其隩隅[36]，謂登龍門之阪[37]。至於顧眄增其倍價[38]，剪拂使其長鳴[39]，彩組[40]雲臺[41]者摩肩[42]，趍[43]走丹墀[44]者疊跡[45]。莫不締[46]恩狎[47]，結綢繆[48]，想惠、莊之清塵[49]，庶羊、左之徽烈[50]。及瞑目[51]東粵[52]，歸骸[53]洛浦[54]，繐帳[55]猶懸，門罕漬酒[56]之彥[57]，墳未宿草[58]，野[59]絕動輪[60]之賓。藐[61]爾[62]諸孤[63]，朝不謀夕[64]，流離大海之南[65]，寄命[66]嶂癘[67]之地。自昔把臂[68]之英[69]，金蘭[70]之友，曾無羊舌下泣之仁[71]，寧慕郈成分宅之德[72]？

【章　旨】敘述任昉是俊傑多才之人，又好賢愛才，受其推薦者都可顯達，所以常趨附成群，賓客滿座。可是一死之後，孤兒四散飄零，無以為生，卻無人憐憫。作者由任昉生前死後的兩般情景，說明那些為利求交者是不足與之結交的。

【注　釋】[1]樂安　郡名。故地在今山東惠民。[2]任昉　字彥昇（西元四六〇至五〇八年）。南朝梁樂安博昌人。歷仕宋、齊、梁三朝。梁武帝時為黃門侍郎，出任義興、新安太守，為政有聲望。曾校讎祕閣篇卷，定其篇目。擅長表、奏等各體散文，文集早散佚。[3]髦傑　俊傑。[4]綰　繫。[5]銀黃　銀印黃綬。[6]夙昭民譽　早為百姓所稱譽。[7]遒文麗藻　文章辭藻之美。遒，美。❽方駕　並駕齊驅。❾曹　曹植（西元一九二至二三二年）。字子建，是曹操第三子，曹丕之弟。曹丕稱帝後，因遭忌恨，一再貶爵並改換封地。明帝即位後，仍不得任用，於是抑鬱不得意而死。擅長詩文，在建安作家中，是影響最大的作家。今傳有《曹子建集》。❿王　王粲（西元一七七至二一七年）。字仲宣，三國魏山陽高平人。博學多識，文思敏捷。曾往謁蔡邕，蔡邕倒屣相迎。獻帝初因避亂往依荊州劉表，後歸曹操，任丞相掾，官至侍中。建安二十二年相從征吳，途中病卒。他是建安七子之一，著有詩賦論議六十篇，有《王侍中集》。⓫英跱　即「英峙」。偉異特出。⓬俊邁　英才超群。⓭聯橫　即「連衡」。並駕齊驅。⓮許　許劭（西元一五〇至一九五年）。字子將，漢平輿人。常評論地方鄉里人物。曹操年輕時求其品評，許劭說：「你是治世之能臣，亂世之姦雄。」曹操大笑。司空楊彪徵舉方正敦樸，不就。⓯郭　郭泰。⓰類　相似。⓱田文之愛客　田文，即孟嘗君。戰國時齊國貴族，姓田名文，承繼父親靖郭君田嬰的封爵，為薛公。以好客著稱，門下食客多至數千人。曾出使秦國，被扣，靠門客設法脫困，返回齊國，並任相。後因被齊湣公忌疑，出奔至魏，任魏相，並聯合諸侯攻齊。湣王死，返國。卒，諡為孟嘗君。愛客，喜好交結賓客。⓲鄭莊之好賢　鄭莊，名當時，漢陳人。景帝時為太子舍人。好任俠與交結名士，常置驛馬於四郊，以訪問友人。武帝時為大農令。客至，無論貴賤都以賓主之禮相待。後被客事連累而獲罪，贖為庶人。復起後，為汝南太守。⓳一善　一個善良的人。⓴盱衡　揚眉舉目。㉑扼腕　手握其腕。表示振奮或惋惜。㉒一才　一個有才能的人。㉓抵掌　擊掌。表示興奮與投機。㉔雌黃　評論。㉕脣吻　嘴唇。脣，通「唇」。㉖朱紫　比喻正邪、是非、優劣。㉗月旦　指品評人物，或稱月旦評。古時曾有每月品評人物的風俗。㉘冠蓋　指官吏的服飾和車子。借指官吏。冠，禮帽。蓋，車蓋。㉙輻湊　車輻集中於軸心。喻指人聚集一處。㉚衣裳　指穿戴衣冠的士人。㉛輜軿　指豪華之車。㉜擊轊　車軸之端相碰擊。形容車子之多。轊，車軸之端。㉝蹈　踐。㉞閫閾　門檻。㉟闕里之堂　指孔子家中之堂。闕里，地名。相傳是孔子教授弟子之處所，後漢開始稱孔子故里為闕里。堂，古人居室中臺階之上室之外的地方稱為堂。㊱隩隅　室之西南角。古時尊長所居之地，也是設臥席之處。㊲登龍門之阪　《藝文類聚·卷九六》引辛氏《三秦記》說：「數千條大魚聚積於龍門之下不能上，能上者變成龍，不能上者仍為魚。」因此，以登龍門喻指得到有名望者的接待和援引而提高身價。後漢時的李膺，聲望很高，士人被他接待的，稱為登龍門。龍門，山名。其地已不能確指，有人說即黃河之津口。阪，坡。㊳顧眄增其倍價　用蘇代之說為例。《戰國策·燕策》：蘇代想通過淳于髡求見齊湣王，於是對淳于髡說：「有人要出賣一匹駿馬，接連三天去趕早市，人們都不識這是一匹駿馬。他去見伯樂，說：『希望你到集市上的時候，將馬看上一眼，離開的時候再看上一眼，我將有微薄的酬謝。』伯樂於是這樣做了，一下子馬價就提高了十倍。我現在想見到齊湣王，你能否給我做伯樂呢？」淳于髡答應了，於是齊湣王接見了蘇代。此指官吏和士人因任昉一予接見而提高了身價。顧眄，看一眼；轉眼。㊴剪拂使其長鳴　《戰國策・卷一七・楚策》：汗明對楚春申君說：「從前，有一匹駿馬拉著鹽車上太行山，到了中途，遷延而不能上。被伯樂碰到了，伯樂下車撫著馬哭了，脫下衣服披在馬身上，於是駿馬仰天而鳴。駿馬看出伯樂是瞭解自己的。現在我受困阨的日子已經長久了，您無意於洗除舊辱，讓我向您一鳴在梁所受的困辱嗎？」此喻指官吏與士人希望能得到任昉的賞識愛憐而達到自己的願望。剪拂，猶湔袚。指洗滌舊辱。長鳴，本指受折磨的駿馬遇到伯樂而仰天鳴叫，以喻受困阨之人為人所賞識而一吐憂鬱。㊵影組　印帶飄起。指做官的人。㊶雲臺　漢宮廷中高臺名。此指朝廷中。㊷摩肩　肩相摩擦。形容人之眾多。㊸趍　同「趨」。㊹丹墀　指皇帝宮殿。古代宮殿的臺階和地面都塗丹漆。㊺疊跡　足跡相疊。形容人之眾多。㊻締　結。㊼恩狎　恩愛親近的關係。㊽綢繆　親密的情意。㊾想惠莊之清塵　莊子與惠子是知交，惠子一死，莊子認為世上再無可交談之人。惠，惠施。戰國時宋人，是名家學派的代表人物，主張「合同異」之說，即誇大事物的同一性，否定事物的差別和對立。他的見解在《莊子・天下》篇中有所反映。莊，莊子。戰國時宋蒙人，名周，曾為漆園吏。是道家學派的代表人物，學術觀點上獨尊老子而貶斥儒家與墨家，主張清靜無為。今傳《莊子》一書是他與弟子及後學的文章總集。清塵，清高；高尚。指高尚的情誼。㊿庶羊左之徽烈　據《烈士傳》記述，羊角哀和左伯桃是生死之交，他們聽說楚王賢明，就前往楚國。在途中，遇到了下雪天氣，左伯桃估計兩人不可能都活，於是把衣服和糧食都交給羊角哀，說：「我的學問不如您，您走吧！」自己跑進樹林死了。羊角哀到了楚國之後，做了官，出了名，然後為左伯桃改葬，並感歎地說：「我的朋友所以要死，是怕兩人都死無益，名字不會傳揚於天下，現在我難道能活著嗎？」於是也自殺了。楚國之人聽到這件事，無不流淚。羊，羊角哀。也寫作陽角哀。戰國燕人。左，左伯桃。戰國燕人。庶，冀。徽烈，壯美的事蹟。(51)瞑目　閉目。指死。(52)東粵　即東越。指新安（今浙江淳安西）。任昉死於太守任所。(53)歸骸　把遺體歸葬。(54)洛浦　洛陽。(55)繐帳　張設在柩前或靈位前的帳幕。(56)漬酒　弔祭舊友的一種方式。後漢徐穉常在家中預先準備烤炙之雞一隻，並將一兩絲綿浸漬於酒中，取出曬乾之後裹著雞。遇到舊友喪事，把它帶至墓前，用水浸濕絲綿，使帶有酒氣，祭畢即離去。(57)彥　指才德傑出的男子。(58)宿草　隔年的草。《禮記・檀弓上》：「朋友之墓，有宿草而不哭。」(59)野　野外。指墓地。(60)動輪　前往的車馬。(61)藐　幼小貌。(62)爾　你。指任昉。(63)諸孤　幾個孤兒。(64)朝不謀夕　早上不謀劃傍晚將怎麼過。指生活之無靠。(65)大海之南　喻遠地。(66)寄命　將生命寄託。(67)嶂癘　猶瘴癘。一種腐惡之氣。(68)把臂　握人手臂，表示親密。(69)英　才能出眾的人。(70)金蘭　喻友情堅固如金芳香若蘭。(71)羊舌下泣之仁　《國語・晉語》記述：叔向見到司馬侯之子，撫摸著哭泣起來，說：「自從他的父親死後，沒有和我合作來替國君辦事的人了。以前他的父親開始做的事情，我去辦完它，我開始做的事情，他去辦完它，沒有什麼事情辦不好的。」羊舌，羊舌肸。春秋晉人，一名叔肸，字叔向。博見多聞，能以禮讓治國。孔子稱讚他以直道行事，有古人之遺風。(72)郈成分宅之德　據《孔叢子》記述，郈成子聘問晉國而途經衛國。衛國的右宰穀臣讓他停下，並宴請他。陳設著樂器卻不演奏，宴飲完畢送一塊璧玉給郈成子，郈成子並不推辭。駕車的人問郈成子為什麼不推辭？郈成子說：「讓我停下並且宴請我，是親近我；陳設樂器而不演奏，是告訴我有悲哀事；送我璧玉，是有事託我。由此看來，衛國將要發生亂子了。」走了三十里路就聽到衛國發生了亂子，右宰穀臣死了。郈成子於是前去接來了他的妻子兒女，將璧奉還，讓她們居住在與自己相鄰近的房屋裡。郈成，郈成子。春秋魯大夫，名瘠，謚成子。分宅，分宅而居。

【語　譯】「近時有樂安人任昉，是海內的俊傑，早就繫掛銀印黃綬，也早為百姓所稱譽。他的文章辭藻之美，可以與曹植、王粲並駕齊驅；他英才超群，不下於許劭、郭泰。他像孟嘗君一樣愛好交結賓客，也如鄭當時一般喜好禮待賢才。見到一個賢良的人就揚眉舉目，為之振奮；遇到一個有才之士就眉飛色舞，擊掌而談。人物的高下，由他來評定；人物的優劣，由他來品評。因此官員與士人都聚集在他的門前，前往的車輛相互碰撞，家中賓客始終滿座。跨進他家的門檻，如同登上孔子府第之堂；進入他家屋內，如同為李膺所接待。只要他能看上一眼，身價便會增長數倍；只要得到他的賞識愛憐，即可如願以償。因此，受他推薦而在朝廷任職的人摩肩擦背，在殿上趨走的人足跡相疊。他們無不想和任昉結下恩愛親近的關係，建立密切的情誼，希望這種情誼能像惠子與莊子那樣高尚，能像羊角哀與左伯桃那樣壯美。可是到了他閉目於新安，靈柩歸葬洛陽之時，帳幕還懸掛著，門前卻少有祭奠的人，墳上尚無隔年的草，墓地已再無賓客的車前往。他所留下的幾個幼小的孩子，早上還不知道傍晚將怎麼過，流落到遠方，將生命寄託在散發腐惡霧氣的他鄉。從前那些關係親熱的英才，情誼堅固芳潔的朋友，竟然不像羊舌肸那樣具有仁愛之心而掉下眼淚，難道還會效慕郈成子的美德，給難友的家屬分宅而居嗎？

「嗚呼！世路❶險巇❷，一❸至於此！太行❹、孟門❺，豈云嶄絕❻？是以耿介❼之士，疾❽其若斯❾，裂裳裹足❿，棄之長騖⓫。獨立高山之頂，歡與麋鹿同群，皦皦然⓬絕其雰濁⓭，誠恥之也，誠畏之也。」

【章　旨】由任昉的遭遇，痛感與勢利之輩的交往實在可恥可畏，所以只有作出拋棄他們的選擇。

【注　釋】❶世路　世道。❷險巇　險惡。❸一　竟。❹太行　山名。是綿延於山西、河北、河南三省界的大山脈。❺孟門　山名。在今山西吉縣西，綿延黃河兩岸。❻嶄絕　山高聳險峻貌。❼耿介　正直；守志不移。❽疾　痛恨。❾若斯　如此。❿裂裳裹足　撕裂衣裳用來包腳。表示不辭辛勞，奮力向前。《呂氏春秋・愛類》：公輸般為楚國製造了雲梯，想用它來攻打宋國。墨子得知了這一消息，由魯出發前往，裂裳裹足，日夜不停，走了十天十夜而到了郢。⓫長騖　遠馳。⓬皦皦然　皎潔貌。⓭雰濁　汙穢之世俗。

【語　譯】「啊！世道險惡，竟到了這種程度！就是太行山、孟門山，難道能說有它的險惡嗎？因此，正直的人，痛恨此種情況，奮力行走，把與勢利之人交往之情拋棄，奔馳於遠方。獨立在高山之頂，歡欣地與麋鹿同群，懷著皎潔之情與汙穢的世俗隔絕，對於人們的勢利，真是感到可恥，感到可怕啊。」

連珠

演連珠五十首

【作　者】陸機，見頁二三四七。

【題　解】連珠是文體的名稱。這種文體興起於東漢章帝時，班固、賈逵、傅毅等都有作品。它不指說事情，只是用華麗簡約的文辭，借用譬喻的手法委婉地表達旨意。因為它的每一章都如同一顆明珠，全篇就好像明珠的連貫，所以稱為連珠。「演」的意思是「擴大」，陸機此篇稱為「演連珠」，意思是擴大舊連珠體文章的篇幅以成文。此篇寫成於何時，已不可得知。文章內容豐富，涉及面很廣泛，但也比較細瑣，並無條理，大致上論及了政治理想，闡述了道德教化的作用，以及如何致治的方法；有諷諭君主如何廣開言路，虛心納諫以避免壅塞的；有論及如何修養身心，使品性充實完美，堅守氣節的；有感歎懷才不遇，以及命運機遇的；有涉及如何辨識事理，注重求實，深入本質的。既充滿哲理的思考與探索，又不乏自然的理趣。劉勰在《文心雕龍·雜文》中說：「連珠之體自創製之後，仿作者不絕，但都不足觀覽，獨陸士衡此篇道理新穎而文辭敏達，意義明確而用詞省淨。」可見劉勰對此篇的賞識與推崇。此文無論思想上還是寫法上對後人都有所啟發，北朝作家庾信也作〈演連珠〉以喻梁一代的興廢，即可見其一斑。

其一

臣聞日薄星迴❶，穹天❷所以紀物❸；山盈❹川沖❺，后土❻所以播氣❼。五行❽錯❾而致用，四時違❿而成歲⓫。是以百官恪居⓬，以赴八音之離⓭；明君執契⓮，以要⓯克⓰諧之會⓱。

【章　旨】論述天、地、人三者之關係，首先說明天象地氣對於人事的巨大功用，然後指出君臣當各在其位，各盡其職，以諧和致治。

【注　釋】❶日薄星迴　指日月星辰迫近天際不停地運轉。薄，迫近。迴，運轉。❷穹天　即天。因為天的形狀在人看來像穹隆（中央高起四周下垂之形），故稱。❸紀物　指記時節。❹盈　高聳。❺沖　虛；低陷。❻后土　大地。❼播氣　散播陰陽自然之氣（如風、水、寒、熱等）。❽五行　指金、木、水、火、土。古人認為是構成各種物質的五種元素。❾錯　交互作用。指相生相剋。❿違　氣候不一。⓫歲　指歲功。即一年的收成。⓬恪居　敬慎地守在其職位上。⓭赴八音之離　赴，從事。八音，古代稱金、石、絲、竹、匏、土、革、木為八音。金為鐘，石為磬，琴瑟為絲，簫管為竹，笙竽為匏，壎為土，柷敔為木。離，不同的聲音。這裡是以「八音之離」代指百官不同的職事。⓮明君執契　是說賢明的君主寬厚地對待百官。執契，拿著契約。契，契約；合同。《道德經》：「聖人拿著左契憑證卻不向人索取。」借貸的契約有左契右契之分，貸人者拿左契，借貸者拿右契。貸人者可拿著左契向借貸者索取，可是聖人卻拿著左契而不向對方索取，說明聖人有所施而不求報，表現出他的寬厚。表現了道家無為而治的思想。⓯要　求。⓰克　造成；實現。⓱會　結合。

【語　譯】臣聽說日月星辰迫近天際而不停地運行，由此以記時節；山陵高聳而川谷低陷，大地由此而散播陰陽自然之氣。五行相生相剋而產生功效，四季氣候不同，而促成一年的收成。因此百官敬慎地在其職位上從事各自的職務，賢明的君主則寬厚地對待他們，以求實現和諧的結合。

其二

臣聞任重於力❶，才盡則困；用廣其器❷，應博❸則凶。是以物勝權❹而衡❺殆❻，形❼過鏡❽則照窮❾。故明主程才❿以效業⓫，貞臣⓬厎力⓭而辭豐⓮。

【章旨】指出君主當衡量臣子的才力而加以任用，以期創建功業；臣下則應盡一己之才力，辭去過豐爵祿。

【注釋】❶任重於力　承擔重任必須要有相應的才力。❷用廣其器　使用人才超過他的才能。器，才能；本領。❸應博　指應用太廣泛。❹權　秤錘。此指秤錘所能承受的限度。❺衡　秤。❻殆　困難。❼形　所照之物。❽過鏡　超過鏡所能照的限度。❾窮　困難。❿程才　量才。⓫效業　驗證其業績。⓬貞臣　忠誠之臣。⓭厎力　致力。⓮辭豐　辭去豐厚的爵祿。

【語譯】臣聽說承擔重任超過了相應的才力，就會才盡力竭，做起事來就有困難；使用人才超過他的才能，應用得過於廣泛，做事情就有危險了。這就好像所要秤的物件，超過了秤錘所能承受的限度，那就秤不了；所要照的東西超過鏡面所能照的限度，那就照不了。因此，賢明的君主量才而授任，以驗證其業績；忠誠的臣子則發揮他們的才力，辭去過豐的爵祿。

其三

臣聞髦俊❶之才，世所希乏❷；丘園之秀❸，因時則揚❹。是以大人❺基命❻；不擢才於后土❼，明主聿❽興，不降佐❾於昊蒼❿。

【章　旨】說明世上不乏傑出的人才，有待於君主的鑑識和任用。

【注　釋】❶髦俊　傑出。❷希乏　少有缺乏的。即缺乏其人的情況世所少有。希，通「稀」。❸丘園之秀　指隱居在山丘田園的賢才。丘園，山丘與田園。秀，德才出眾的人。❹因時則揚　因時勢的好轉而棄隱入世以效力。❺大人　指天子。❻基命　始命。即受天命為天子之初。❼不擢才於后土　大地不給他生出人才。擢才，生出人才。后土，大地。❽聿　語助辭。❾佐　輔佐的人。❿昊蒼　蒼天。

【語　譯】臣聽說傑出的人才，在歷代是少有缺乏的；隱居在山丘田園的賢才，會因時勢的好轉而入世效力。因此，天子在受天命之初，大地並不會給他生出人才；一位賢明君主的興起，蒼天也不會給他降下輔佐的人才。

其四

臣聞世之所遺❶，未為非寶❷；主之所珍，不必適治❸。是以俊乂❹之藪❺，希❻蒙❼翹車之招❽；金碧❾之巖，必辱鳳舉❿之使。

【章　旨】論述昏闇的君主無意於訪求有益於治國的賢才，卻著意於訪求無益於治國的神靈。

【注　釋】❶所遺　所遺棄的。❷未為非寶　未必不是珍寶。❸適治　適合於治理國家。❹俊乂　傑出的人才。❺藪　聚集之地。❻希　通「稀」。❼蒙　受到。❽翹車之招　《左傳・莊公二十二年》引逸詩：「遠遠的使者之車，用一把弓招引我，難道我不想前去嗎？怕我的朋友。」翹車，使者之車。❾金碧　指金馬、碧雞之神。❿鳳舉　指使臣。《漢書・卷二五・郊祀志》記：宣帝即位後，有人說益州有金馬、碧雞之神，可舉行祭祀而把祂們迎請來。於是派王褒去訪求。

【語　譯】臣聽說被世俗所遺棄的，未必不是珍寶；君主所珍貴的，不一定有益於國家的治理。因此傑出的人士聚集的地方，少有使者乘車前來招引；而出了類似金馬、碧雞之神的山巖，卻一定會承蒙使臣光臨。

其五

臣聞祿放❶於寵❷，非隆家❸之舉❹；官私❺於親❻，非興邦之選❼。是以三卿❽世及❾，東國❿多衰弊之政⓫；五侯⓬並軌⓭，西京⓮有陵夷⓯之運。

【章旨】指出如果偏私地把官位與俸祿賜給寵臣和親族，則不但不利於發家興邦，反而會造成衰敗。

【注釋】❶放　依。❷寵　寵臣。❸家　指皇家。❹舉　舉用賢人。❺私　偏私。❻親　親族。❼選　選賢授能。❽三卿　指春秋時魯國的孟孫、叔孫、季孫。他們都是魯桓公的後代。❾世及　即世襲。爵位世代相傳。❿東國　指魯國。因它位處中原諸侯國之東而得名。⓫衰弊之政　指魯國自文公死後，孟孫、叔孫、季孫三家勢力日漸強盛，分領三軍，實際上掌握了魯國的政權。哀公二十七年，哀公被三家所迫，出奔至越。⓬五侯　指漢成帝河平二年同日封其舅王譚為平阿侯、王商為成都侯、王立為紅陽侯、王根為曲陽侯、王逢時為高平侯。⓭並軌　同趨。指由王氏專權。成帝即位後，即以其舅王鳳為大司馬、大將軍，領尚書事；後又以王商為丞相，王音為御史大夫，王根為大司馬。⓮西京　指西漢。⓯陵夷　衰敗。由外戚專權，發展至王莽篡漢，西漢滅亡。

【語譯】臣聽說依據是否寵幸而施予俸祿，不是使皇家興旺的舉用賢能的方法；偏私地把官位給予親族，不是使國家興盛的選拔人才的方法。因此，魯國的三卿世襲相承，魯國的政治就出現不少衰敗的弊病；漢成帝同時封五舅為五侯，並讓他們專權，西漢就落得衰敗的命運。

其六

臣聞靈輝❶朝覯❷，稱❸物納照❹；時風夕灑❺，程❻形賦❼音。是以至道❽之行，萬類❾取足於世❿；大化⓫既洽⓬，百姓無匱⓭於心。

【章旨】認為只要實行最完美的治國之道，並使教化大行，就能使百姓各得其所。

【注釋】❶靈輝　日。❷覿　見。❸稱　量度。❹納照　受到光的照射。❺灑　吹。❻程　量度。❼賦　給予。❽至道　最完美的治國之道。❾萬類　萬物。❿取足於世　萬物的需求，都可從世上獲得滿足。⓫大化　廣遠深入的教化。⓬洽　周遍。⓭匱　不足。

【語譯】臣聽說早上看到太陽一出，陽光就量度萬物的大小和形狀而給予照耀；傍晚風兒吹來，風也量度品物的形狀而使它們發出不同的聲響。因此，實行最完美的治國大道的社會，萬物的需求都得到滿足；教化普遍大行，百姓就不會感到不滿足。

其七

臣聞頓❶網探❷淵，不能招❸龍；振綱❹羅雲❺，不必招鳳。是以巢箕之叟，不眄丘園之幣❻；洗渭之民❼，不發傅巖之夢❽。

【章旨】認為世上有為追求個人的逍遙自由而鄙棄功名利祿的真正隱士，這種人是無法招致的。

【注釋】❶頓　整治。❷探　深捕。❸招　招引；招致。❹振綱　提著網上的總繩。意思是布網。❺羅雲　在雲空網羅。羅，網羅；用網捕鳥獸。❻巢箕之叟二句　皇甫謐《逸士傳》說：巢父，是堯時的隱士。堯想把職位讓給隱士許由，許由把這件事告訴了巢父。巢父責備許由露面揚名，說「你不是我的朋友！」並在他胸口打了一掌，讓他走開。巢箕之叟，巢居於箕山的老人。指傳說中的巢父。不眄，不顧。丘園之幣，指送至山丘田園以招聘隱士的禮品。丘園，指隱居於山丘田園的隱士。幣，禮品。❼洗渭之民　指隱士許由。傳說堯向許由說要把天下讓給他，許由聽到這話，認為是玷汙了自己的耳朵，於是到渭水邊去洗耳朵。有人認為巢父和許由是一個人。此種傳說異辭，無從詳究。洗渭，到渭水洗耳朵。❽傅巖之夢　傳說殷高宗武丁夢見自己得到了一個名叫說的聖人，於是描繪了說的圖像，讓百工四處尋訪，結果在傅巖從事版築的刑人中找到了他。武丁與他說話，發現果真是聖人，於是舉拔為相，國家因而大治，使殷朝出現了中興的局面。傅巖，古地名。相傳是殷時賢人傅說版築之處。

【語譯】臣聽說理好網把網布設在淵的深處去捕捉，不能招致龍來投網；提著網繩而在雲空設置羅網，不能招致鳳鳥來投網。因此，巢居於箕山的老人，對於招聘隱居在山丘田園間隱士的禮品不屑一顧；到渭水邊洗耳的人，不會產生一朝像傅說那樣被舉拔的想法。

其八

臣聞鑑❶之積❷也無厚❸，而照有重淵之深❹；目之察也有畔❺，而眡❻周❼天壤之際❽。何則❾？應事❿以精⓫不以形，造物以神⓬不以器⓭。是以萬邦凱樂⓮，非悅鍾鼓之娛⓯；天下歸仁⓰，非感玉帛⓱之惠。

【章旨】認為君主的教化萬民重在道德仁義，不在形式和物質。

【注釋】❶鑑　鏡子。❷積　積聚的厚度，也就是體積。❸無厚　薄得沒有厚度。❹重淵之深　淵中的水有幾重之深。傳說最深有九重。❺有畔　有眼眶為界限。❻眡　古「視」字。❼周　遍及。❽天壤之際　天地之間。❾何則　為什麼。❿應事　指鏡和目用於照物和觀察之事。⓫精　指內在功能。⓬神　指神明。⓭器　器具。⓮凱樂　和樂。⓯鍾鼓之娛　鍾，通「鐘」。青銅製的擊樂器。鐘鼓之樂是為了感發人們和樂的情懷。孔子說：「說樂呀，說樂呀，難道說的是鐘鼓之樂嗎？」（《論語・陽貨》）正是這個意思。⓰天下歸仁　天下的人稱他是具有仁德的人。《論語・顏淵》：顏淵向孔子問仁，孔子說：「能克制自己按照禮的要求去做就是仁。有一天能這樣做了，天下的人就稱他是具有仁德的人。」⓱玉帛　瑞玉和縑帛。是古代用於祭祀、會盟、徵聘的珍貴禮品。

【語　譯】臣聽說鏡面的體積薄得沒有厚度，卻能照見淵的幾重深度；眼睛的觀察雖有眼眶的界限，但能遍觀天地之間。這是為什麼？是由於它們照物或觀察，靠的是內在功能而不是外形，而創造萬物靠的是神明而不是器具。因此，萬國之人和樂，不是由於喜歡鐘鼓之樂；天下之人稱他是具有仁德之人，不是由於感念他贈送玉帛的恩惠。

其九

臣聞積實❶雖微，必動於物❷；崇❸虛雖廣，不能移心❹。是以都人冶容，不悅西施之影❺；乘馬❻班如❼，不輟太山之陰❽。

【章　旨】論述實在的成就，即使很微小，也可以感動人心；而虛名即使很廣大，也不能感動人心。

【注　釋】❶積實　實在成就的積累。❷必動於物　必然感動人心。此句「動物」實與下句「移心」同意，用辭有別，是由於對句不可重複之故。❸崇　積聚。❹移心　感動人心。❺都人冶容二句　美士打扮漂亮，不會悅慕西施的圖像。都人，美士。冶容，打扮容貌。西施，傳說是春秋時越國美女，吳王夫差打敗越國後，越王句踐訪得西施，便把她進獻給夫差，夫差答應講和。結果夫差被迷惑忘政，為句踐所滅亡。因西施以美著稱，所以後來作為絕色美女的代稱。影，指圖像。❻乘馬　騎著馬。❼班如　迴旋不進貌。❽不輟太山之陰　不會因為見到泰山的巨大陰影而停步不前。這個例子說明「崇虛雖廣，不能移心」的道理。不輟，不停止。太山，即泰山。陰，陰影。

【語　譯】臣聽說實在的成就積累起來，即使微小，必然能夠感動人心；虛偽的名聲積聚起來，即使廣大，也不能感動人心。因此，美士打扮容貌後，就不會傾慕西施的圖像；騎馬盤桓不進，也不是由於泰山的陰影使牠停步啊。

其十

臣聞應物❶有方❷，居難則易❸；藏器❹在身，所乏者❺時❻。是以充堂❼之芳，非幽蘭所難；繞梁之音❽，實縈弦❾所思❿。

【章　旨】說明懷才之賢士由於不遇明時，所以不能施展其才。

【注　釋】❶應物　對待、處理事情。❷有方　有法。❸居難則易　雖處於困難之時也不難。❹器　才能。❺所乏者　所欠缺的。❻時　時機。❼充堂　滿堂。❽繞梁之音　形容歌聲優美，令人回味無窮。《列子・湯問》：從前，韓娥向東走到了齊國，在糧食匱缺的情況下，為了要吃飯，所以她在過了雍門之後，就在一戶人家為他們唱了歌。在她走了之後，遺留下的歌聲還在樑間迴轉，過了三天，歌聲還不消失。這個事例比喻人當盡其才。❾縈弦　縈曲之弦，即未被用來演奏之弦。❿所思　即期待「餘音繞梁」這種盡才的境界。

【語　譯】臣聽說處理事情有辦法的人，雖然處於困難之時也覺得容易；身懷才能的人，缺憾的是不遇明時。因此，要使滿堂都充滿芳香，並不是幽香的蘭花所難於做到的事；能使歌聲繞樑不絕，才確實是縈曲之弦所期望的境界。

其十一

臣聞智周❶通塞❷，不為時窮❸；才經夷險❹，不為世屈❺。是以凌飆❻之羽❼，不求反風❽；耀夜❾之目，不思倒日❿。

【章　旨】認為思慮周詳、堪經滄桑的聖人、賢人，自會奮發自強，剛強不屈。

【注釋】❶智周　思慮周詳的人。❷通塞　通達與困阨。❸不為時窮　不因時勢的不利而陷於絕境。❹夷險　平坦與險惡。指順境與逆境。❺不為世屈　不因時世所迫而屈服。❻凌飆　冒著巨風而起。❼羽　指鳥。❽反風　風向倒轉。指由逆風變為順風。❾耀夜　夜明。❿倒日　使將要下山的太陽後退。《淮南子・覽冥》：魯陽公與韓國交戰，在仗打得十分激烈的時候，太陽要下山了。魯陽公於是用戈向太陽一揮，太陽就後退三個次宿。

【語譯】臣聽說對於通達與困阨之途都能思慮周詳的人，不會因時勢的不利而陷於絕境；能經受順境和逆境遭遇的有才之士，不會因時世所迫而屈服。因此，冒著巨風而起的鳥，不求風向由逆轉順；晚上眼睛明亮的人，不會想到要使即將下山的太陽往後退。

其十二

臣聞忠臣率志❶，不謀其報❷；貞士❸發憤，期❹在明賢❺。是以柳莊黜殯❻，非貪瓜衍之賞❼；禽息碎首❽，豈要先茅之田❾？

【章旨】說明忠臣一心為國發憤，以舉薦賢人，不是為了貪求封賞。

【注釋】❶率志　遵照自己的志向。❷不謀其報　不考慮率志而行會獲得什麼報償。❸貞士　忠貞之臣。❹期　目的。❺明賢　表明自己所推薦的是賢人。❻柳莊黜殯　據李善說，經籍記載只有「史魚黜殯」，可能經籍散亡而已不可知，或者是陸士衡有所失誤。據《韓詩外傳》記述，史魚生病將死，對他的兒子說：「我多次向衛君說蘧伯玉賢能而不能進用，說彌子瑕不肖而不能黜退，我死之後靈柩不應該停放在正堂上，把它停放在室中已很好了。」衛君前來弔喪，問為什麼要這樣？史魚的兒子把父親臨死前的話告訴了衛君。衛君於是召見蘧伯玉而加以重用，同時黜退了彌子瑕，讓史魚的靈柩搬移到正堂之上，至弔喪之禮完畢才離去。史魚，春秋時衛國大夫，以正直敢諫著稱。黜殯，死者為了貶低自己，不讓靈柩停放在正堂上。❼瓜衍之賞　《左傳・宣公十五年》：晉侯賞士伯以瓜衍之縣，說「我能獲得狄的土地，是你的功勞」。此代指封賞。瓜衍，地名。春秋時晉邑，在今山西孝義北。❽禽息碎首　據《後漢書・卷一〇六・循吏・孟嘗傳》李賢注，禽息向秦穆公推薦百里奚而不被採納，一次禽息見秦穆公乘車出門，就說：「臣活著對國家無益，還不如一死！」於是用頭去撞門，腦漿都流出。秦穆公因此感悟，任用了百里奚，秦國於是大治。禽息，春秋時秦國大夫。碎首，撞破了頭。❾先茅之田　即先茅之地。代指封地。先茅，原晉大夫，因無後嗣，所以後來把他所得之縣稱為先茅之縣，再命而賞給晉大夫胥臣。

【語　譯】臣聽說忠臣遵循自己的志向而行，不是考慮將會獲得什麼報償；忠貞之臣抒發鬱結的憤怨，目的在於表明自己所推薦的是賢人。因此，史魚不讓自己死後的靈柩停放在正堂之上，並非是貪想獲得封賞；禽息撞碎自己的頭，難道是為了要獲得封地嗎？

其十三

臣聞利眼❶臨雲❷，不能垂照❸；朗璞❹蒙垢，不能吐輝❺。是以明哲之君，時有蔽壅❻之累❼；俊乂❽之臣，屢抱後時❾之悲。

【章　旨】指出君主常有被蒙蔽而不明下情的情況，而才能傑出的人則常有不遇的悲歎。

【注　釋】❶利眼　目光銳利的眼睛。比喻日月。李善注引《任子》說：日月是天下的眼目，而人不知道修養品德。❷臨雲　居於雲之上。❸垂照　向下照耀。❹朗璞　明玉。❺吐輝　發出光輝。❻蔽壅　受蒙蔽壅塞。❼累　憂。❽俊乂　才德出眾的人。❾後時　過時；失時。即不能在壯盛之年建功立業。

【語　譯】臣聽說日月居於雲層之上，就不能向下照耀；明玉蒙上了塵垢，就不能發出光輝。因此，明哲的君主，時常有受蒙蔽壅塞的憂慮；才德傑出的臣子，常懷著不能及時建功立業的悲哀。

其十四

臣聞郁烈之芳，出於委灰❶；繁會之音，出於絕弦❷。是以貞女❸要名於沒世❹，烈士赴節❺於當年❻。

【章　旨】說明烈士的赴難、貞女的殉義，都是為了保持名節，而不惜犧牲生命。

【注　釋】❶郁烈之芳二句　是說濃烈的香氣產生於香物燃燒變灰之時。郁烈，香氣濃烈。委灰，所棄之灰。❷繁會之音二句　傳說古時伯牙善於奏琴，鍾子期善於聽琴，鍾子期死後，伯牙因世無知音之人而將琴弦拉斷，把琴摔破，永不奏琴。是說錯雜美妙的琴聲產生於斷弦之前。繁會，錯雜。絕弦，斷弦。即琴弦拉斷。❸貞女　貞潔之女。❹要名於沒世　以自己的一死而求得名聲。要名，求得名聲。沒世，死亡。❺赴節　為名節而赴難。❻當年　壯年。

【語　譯】臣聽說濃烈的芳香產生於香物燃燒變灰之時；錯雜美妙的琴聲產生於斷弦之前。因此，貞潔之女以自己的一死來求得名聲，烈士處於壯年之時就為了守住名節而赴難。

其十五

臣聞良宰❶謀朝❷，不必借威❸；貞臣❹衛主，脩❺身則足。是以三晉之強，屈於齊堂之俎❻；千乘之勢，弱於陽門之哭❼。

【章　旨】指明只要國家的輔弼大臣具有崇高的修養，按禮節行事，深得民心，就可有力地維護君主的尊嚴而使國家不受侵犯。

【注　釋】❶良宰　賢良之相。❷謀朝　在朝廷謀劃與處理事情。❸借威　借助於威勢。❹貞臣　忠貞之臣。❺脩　通「修」。❻三晉之強二句　《晏子春秋．內篇雜上》記述：晉平公打算進攻齊國，派范昭先去觀察情況。齊景公宴請范昭，當酒喝得很痛快的時候，范昭請求用景公的酒樽來喝。景公讓侍從將自己的酒樽酌滿酒進奉給范昭，齊相晏子卻說把它撤了，改換一個酒樽。范昭為此不高興而起舞，他對樂師說：「給我奏成周之樂。」樂師回答說：「不會。」范昭很快的離開了宴席。景公問晏子：「為什麼要激怒大國的使者？」晏子說：「范昭不是不知禮的人，他是想要試探我們君臣，所以要拒絕他越禮的做法。」景公又問樂師：「為什麼不演奏成周之樂？」樂師說：「成周之樂是天子之樂，范昭是個臣子，怎麼可以演奏天子之樂而舞蹈呢？」范昭回報晉平公說：「齊國不可進攻。我試探它的君主，而被晏子識破了；我想違犯禮制，而被樂師識破了。」孔子聽到了這件事，說：「晏子可說是在宴席間挫敗了敵方在千里之外的進犯，樂師也參與了這件事。」三晉，即春秋時的晉國。因戰國初韓哀侯、魏武侯、趙敬侯共滅晉國，三分其地，成為韓、魏、趙三國，故稱為三晉。陸士衡在此稱三晉，是從後通言。齊堂，齊國朝廷。俎，盛放肉食的器具。借指宴席、宴會。❼千乘之勢二句　《禮記・檀弓下》記述：晉國派人到宋國去觀察情況，看能否出兵。觀察的人看到宋國守衛陽門的甲士死了，而任司城（即司空）之官的子罕哭得很傷心，宋國的人則對於子罕的行為很稱讚。於是他回去對晉侯說了，並且據此而認為對宋國不可出兵。孔子聽到了這件事，說「這個人真善於觀察！」意思是子罕為陽門甲士這一哭，打消了晉國出兵宋國的打算，好像壓倒了晉國的威勢。千乘，指千乘之國。即擁有一千輛兵車規模的諸侯國家。陽門之哭，指宋國司城之官子罕因守衛陽門的甲士死了而哭。陽門，春秋時宋國的國門。

【語譯】臣聽說有賢相在朝廷謀劃與處理事情，就不必借助於威勢；有具有崇高修養的忠臣，就足可衛護君主。因此，以晉國的強大，卻在齊國朝廷的宴席中間受挫；晉國雖有千輛兵車的威勢，卻被子罕的陽門之哭所壓倒。

其十六

臣聞赴曲❶之音，洪細❷入韻❸；蹈節❹之容❺，俯仰❻依詠❼。是以言苟適事❽，精粗❾可施❿；士苟適道⓫，修短⓬可命⓭。

【章旨】指出對待言論，只要有益於事，就該不論精粗都加以採取；對於人，只要他的品行合於道，就該不論其才能的高下都加以任用。

【注　釋】❶赴曲　應合曲調的節奏旋律。❷洪細　洪大和細小之音。❸韻　音聲和諧。❹蹈節　按照節拍舞蹈。❺容　舞姿。❻俯仰　前俯後仰，代指各種舞蹈動作。❼依詠　依照歌聲。❽適事　適合於事情。❾精粗　精密和粗疏。❿施　採用。⓫適道　符合道義的要求。⓬修短　指才能的長短、高下。⓭命　任命。

【語　譯】臣聽說只要是應合曲調節奏旋律之音，不論其洪大與細小，一概音聲和諧；按照節拍起舞的舞姿，前俯後仰的動作全依照歌聲調節。因此，言論只要適合於事情，不論精密和粗疏都可以採取；士人只要品行符合道義，不論其才能的高下都可加以任用。

其十七

臣聞因❶雲灑潤❷，則芬澤❸易流❹；乘❺風載響❻，則音徽❼自遠❽。是以德教❾俟物❿而濟⓫，榮名⓬緣時⓭而顯⓮。

【章　旨】說明道德教化只有依靠賢人才會成功；賢人美名只有依靠時機才會傳揚。

【注　釋】❶因　借助。❷灑潤　散落雨水。❸芬澤　猶甘雨。❹易流　容易散播。❺乘　憑藉。❻載響　傳播聲響。❼音徽　美妙的聲音。❽自遠　自然會傳播到遠方。❾德教　道德教化。❿物　人。指賢人。⓫濟　成功。⓬榮名　美名。⓭緣時　憑藉時機。⓮顯　傳揚。

【語　譯】臣聽說憑藉行雲來散落雨水，那麼甘雨就容易散播；憑藉風力來傳播聲響，那麼美妙的聲音自然會傳播到遠方。因此，道德教化靠著賢人才會成功，賢人的美名是憑藉時機而傳揚的。

其十八

臣聞覽影偶質❶，不能解獨❷；指跡❸慕遠❹，無救❺於遲❻。是以循虛器❼者，非應物❽之具❾；翫❿空言⓫者，非致治之機⓬。

【章　旨】指出脫離實際的空話與清談之風，無益於國家的治理。

【注　釋】❶覽影偶質　見到影子與形體相伴。質，指形。❷不能解獨　因為影子畢竟是虛幻的，所以說「不能解獨」。解獨，解除形體的孤單。❸跡　指古人的事蹟。❹慕遠　思慕古代。❺無救　無助。❻遲　為時已晚。❼虛器　即明器。古代專為隨葬製作的陶、木等器物。陸機〈弔魏武帝文〉：「宣備物於虛器。」❽應物　指實用。❾具　器具。❿翫　通「玩」。⓫空言　即清談。魏晉時一部分士人中崇尚老子、莊子，以談論脫離實際的玄理成為一時的風氣。⓬機　樞要；關鍵。

【語　譯】臣聽說見到影子相伴形體，卻不能解除形體的孤單；指點古人的事蹟而思慕古代，因為時已遠而無助於當今。因此，按照明器去製作，不會是實用的器具；愛好清談的行為，不是求得國家平治的樞要。

其十九

臣聞鑽燧❶吐火❷，以續湯谷之晷❸；揮翮❹生風，而繼飛廉❺之功❻。是以物有微而毗著❼，事有瑣❽而助洪❾。

【章　旨】指出瑣細之事不可忽視，這樣會有益於成就大事。人有小能也不可忽視，可成就大功。

【注　釋】❶燧　用來鑽取火種的木料。❷吐火　發出火種。❸續湯谷之晷　繼日光而照明。湯谷，古代傳說的日出之處。此借指日。晷，日光。❹揮翮　揮動羽扇。❺飛廉　傳說中的風神。❻功　事。❼毗著　有助於顯著。❽瑣　瑣細。❾洪　大。

【語　譯】臣聽說鑽木以發出火種，可以接繼日光而照明；揮動羽扇產生了風，可以接繼風神之事。因此，事物有本身隱微卻有益於成就顯著之功的，有本身瑣碎卻有助於成就宏大之事的。

其二十

臣聞春風朝煦❶，蕭艾❷蒙其溫；秋霜宵墜❸，芝蕙❹被❺其涼。是故威以齊物❻為肅❼，德以普濟❽為弘❾。

【章　旨】指出治理國家要威德並用，刑罰要貴賤一律，施德要使百姓普遍蒙受恩澤。

【注　釋】❶朝煦　早上暖和地吹。❷蕭艾　都是惡草。❸宵墜　夜降。❹芝蕙　都是香草。❺被　受。❻齊物　指貴賤一律。❼肅　嚴。❽普濟　使百姓普遍得到好處。❾弘　大。

【語　譯】臣聽說春日的早上，暖和的風吹來，蕭和艾都蒙受了它的溫暖；秋天的夜晚，嚴霜降落，芝和蕙都蒙受了它的寒冷。因此，刑罰以貴賤一律為嚴謹，施德以普遍救助為弘大。

其二十一

臣聞巧盡於器❶，習數❷則貫❸；道繫於神，人亡則滅❹。是以輪匠❺肆目❻，不乏❼奚仲❽之妙；瞽叟❾清耳❿，而無伶倫⓫之察。

【章　旨】認為技巧可以通過反覆練習而獲得，而微妙的道理既難悟得，更無法傳人。

【注　釋】❶巧盡於器　人在製作器物時充分發揮了技巧。❷習數　多次練習。❸貫　貫通；掌握。❹道繫於神二句　人死了，人的精神也不再存在，所以依附於精神的微妙的道理也隨之消失。道，微妙的道理。繫，附屬。神，精神。滅，指道消失。❺輪匠　製造車子的木工。❻肆目　極力地用眼睛察看。❼不乏　不差於。❽奚仲　傳說古時創製車子的人。代指技術最高的製車工匠。❾瞽叟　年老的樂師。古時樂師都由盲人擔任。❿清耳　靜耳。意思是專心辨音。⓫伶倫　傳說是黃帝時的樂官，由他發明音律。

【語　譯】臣聽說人在製作器物時充分發揮了技巧，這種技巧別人經過多次練習也可以掌握；微妙的道理依附於人的精神，人一死它也就消失了。因此，製造車子的木匠極力用眼睛察看，他的技術會不差於奚仲的巧妙；而年長的樂師專心靜耳去辨音，也不會有伶倫對音樂的明察力。

其二十二

臣聞性❶之所期❷，貴賤同量❸；理之所極❹，卑高❺一歸❻。是以准月稟水❼，不能加涼❽；晞日引火❾，不必增輝❿。

【章　旨】認為人的品性不論其富貴與貧賤，同樣可以達到完美之境；事理對於地位高低的人說，必定歸於一致。

【注　釋】❶性　人的品性。古時有人認為人的本性有善惡之別。❷所期　所能達到的境界。❸貴賤同量　富貴的人和貧賤的人同樣可以達到完美的境地。同量，同樣。❹所極　最終的歸結。❺卑高　指人的地位高低。❻一歸　一致。❼准月稟水　對著月亮取水。古人有用鏡子對著月亮取水的做法，所取得的水叫作明水，以供祭祀之用。見《周禮・秋官・司烜氏》。❽不能加涼　不能使所取得的明水變得比一般的水涼。此例用以說明「同一」的道理，下例同。❾晞日引火　對著烈日引燃火種。古人有用凹面銅鏡對著太陽引燃火種的做法，所取得的火種稱為明火，以供早上祭祀時點燃蠟燭之用。見《周禮・秋官・司烜氏》。晞日，烈日。❿不必增輝　意思是明火雖然取自日光，但是它不會比一般的火光更亮。

【語　譯】臣聽說人的品性所能達到的境界，富貴的人和貧賤的人是沒什麼不同的；道理的最終歸結，對於地位高和地位低的人都是一樣的。因此，對著月亮取來的水，不會比平常的水來得陰涼；對著烈日引燃的火種，不會比平常的火光更加明亮。

其二十三

臣聞絕節高唱❶，非凡耳❷所悲❸；肆義❹芳訊❺，非庸聽❻所善❼。是以南荊有寡和之歌❽；東野有不釋之辯❾。

【章　旨】說明凡是比較高尚的東西，就不為常人所接受。

【注　釋】❶絕節高唱　歌唱最為高深的絕妙曲調。❷凡耳　平常人的耳朵。❸所悲　聽了能感動。❹肆義　陳述道義。❺芳訊　芳言。即美好的言辭。❻庸聽　平常人聽了。❼所善　覺得是好的。❽南荊有寡和之歌　傳說是戰國時楚國的楚辭作家宋玉所作的〈對楚王問〉中說：宋玉告訴楚襄王說：有一個人在郢都中唱歌，開始唱的是〈下里〉和〈巴人〉，能夠跟著應和的有數千人；隨後唱〈陽阿〉和〈薤露〉，能夠跟著應和的有數百人；隨後再唱〈陽春〉和〈白雪〉，能夠跟著應和的不過數十人；最後為變調之音，能夠跟著應和的不過幾個人了。這表明曲調愈是高深，能應和的人便愈少。南荊，即楚國。楚也稱為荊，它又位於中原國家的南面，所以稱作南荊。寡和，能應和歌聲的人少。❾東野有不釋之辯　《呂氏春秋・必己》記述：孔子去到東野，馬兒跑開，去吃了農民的莊稼，於是農民把馬扣住了。孔子的弟子子貢前去向農民解說，話說完了，農民不聽他的。有一個剛跟隨孔子的郊野人請求前去。他對農民說：「你們從東海一直耕種到西海，我的馬怎麼會不吃你們的莊稼呢？」農民聽了十分高興，說「說話能像這樣就夠明白了，不像前面那個人。」就把馬解下來交給了他。子貢之言高雅，所以農民不肯解馬歸還；郊野人之言粗俗，所以農民高興地解馬歸還。東野，春秋時魯邑。不釋，不解下馬匹歸還。辯，言。

【語　譯】臣聽說歌唱絕妙的最高境界，不是平常人的耳朵聽了會受到感動的；陳說道義的美好言辭，不是平常人聽了會認為是好的。因此，楚國有少數人能夠跟著應和的歌曲；東野有農民聽了不肯解馬歸還的言辭。

其二十四

臣聞尋煙染芬❶，薰息❷猶芳❸；徵❹音❺錄響❻，操終則絕❼。何則❽？垂於世者可繼，止乎身者❾難結❿。是以玄晏⓫之風恆存，動神之化⓬已滅。

【章旨】認為禮教的作用可以永存，而聖人所體現的道德教化的作用，則因聖人去世而消亡。

【注釋】❶尋煙染芬　尋求用芳香的煙霧把居室薰染得充滿香氣。煙，指芳香的煙霧。染，薰染。❷薰息　指停止薰染。❸猶芳　居室還充滿香氣。❹徵　尋求。❺音　指聲樂表演。❻錄響　收聽音樂。❼操終則絕　曲子表演結束了，這種聲樂也消失了。操，曲子。❽何則　為什麼。❾止乎身者　個人所有的東西。❿結　承接。⓫玄晏　禮教。⓬動神之化　指前代聖賢感動人心的教化。

【語譯】臣聽說尋求用芳香的煙霧把居室薰染得充滿香氣，等薰染停止了，居室還充滿著芳香；尋求聲樂表演並認真收聽，等曲子表演一結束，這種聲響就消失了。為什麼？能夠流傳於世的可以相繼而不息，僅為本身所有的就難以為繼。因此，禮教的風氣永久存在，而聖賢感動人心的教化則早已消亡。

其二十五

臣聞託闇藏形❶，不為巧密❷；倚智❸隱情，不足自匿❹。是以重光❺發藻❻，尋虛捕景❼；大人❽貞觀❾，探心昭忒❿。

【章旨】說明天子能以正道觀照，那麼所有憑著自己的巧智隱瞞私情的行為，都會昭然若揭。

【注　釋】❶託闇藏形　把身子依附在昏暗的地方躲藏起來。❷巧密　巧妙周密。❸倚智　依靠智慧。❹自匿　隱藏自己。❺重光　太陽。❻發藻　發出光輝。❼尋虛捕景　比喻陰影都會消失。景，古「影」字。❽大人　指天子。❾貞觀　以正道觀照。❿探心昭忒　探明心跡，顯示差錯。忒，差錯。

【語　譯】臣聽說把身子依附在昏暗的地方躲藏起來，不是巧妙周密的辦法；依靠巧智而隱瞞私情，並不能隱蔽自己所做的事。因此，太陽發出光輝，陰影隨即消失；天子以正道觀照，就能探明人的心跡，顯示出他的差錯。

其二十六

臣聞披❶雲看霄❷，則天文❸清；澄風❹觀水，則川流平❺。是以四族❻放❼而唐❽劭❾，二臣誅而楚寧❿。

【章　旨】指明只有鋤滅亂政之惡人，朝政才會清平。

【注　釋】❶披　撥開。❷霄　天。❸天文　指日月星辰在天際運行的現象。❹澄風　風平靜。❺平　平靜。❻四族　指堯時行凶作惡的共工、驩兜、三苗、鯀四氏。傳說共工是古帝少皞氏的不才之子，他廢毀忠信，以惡言為善，並加以修飾，信用奸邪小人，慣於隱蔽地作惡。傳說驩兜是黃帝的不才之子，他品行凶惡，專會勾結壞人幹壞事，為害仁者包庇罪惡，壓抑執義之人。傳說三苗是我國古代野蠻民族之名。鯀，傳說是禹的父親。當時天下發大水，他為了治平洪水，沒有得到天帝的許可就取來了「息壤」，因而被認為是惡人。❼放　放逐。據《尚書・舜典》說：舜即堯之帝位後，把共工放逐到幽州，把驩兜放逐到崇山，把三苗流放到三危，把鯀處死在羽山。❽唐　指堯之朝代。因堯曾封於唐，所以稱堯為唐堯。文中說「唐」，實際上兼指虞舜。❾劭　美；安寧。❿二臣誅而楚寧　指費無忌與鄢將師同謀殺害郤宛等人後，沈尹戌向令尹子常訴說二人的罪惡，子常於是為楚國的安定把二人殺了。二臣，指春秋時楚臣費無忌與鄢將師。費無忌為楚大夫，為人好讒言害人。由於他的讒毀，使蔡大夫朝吳被蔡人所逐，使楚太子建出奔於宋，使太子太傅伍奢與郤宛先後被殺，又使蔡侯朱出奔於楚。鄢將師，曾為右領之官，與費無忌勾結誹謗並殺害賢良。

【語　譯】臣聽說撥開雲層能看到天，日月星辰在天空運行的景象便十分清晰；風平靜時去觀看河水，水流就顯得平靜。因此，四個惡人被放逐而堯舜的朝代便得到安寧，楚國二個讒人被殺而楚國就得到安定。

其二十七

臣聞音以比耳❶為美，色以悅目為歡❷。是以眾聽所傾❸，非假❹百里之操❺；〈萬〉夫❻婉孌❼，非俟❽西子❾之顏。故聖人隨世❿以擢佐⓫，明主因時而命官⓬。

【章　旨】提出君主應該隨著時世的變化而任用適用的人才，不能要求過高。

【注　釋】❶比耳　順耳；悅耳。❷歡　喜愛。❸眾聽所傾　眾人聽賞所傾倒的樂曲。❹假　靠。❺百里之操　百里，此有誤。五臣注本作「北里」。〈北里〉是商紂王使師涓所作的淫靡舞曲。胡克家《考異》疑為「百牙」之誤。「百牙」即伯牙。按胡校為是。從文意看，作者舉「百牙之操」，是肯定之辭，與下句「西子之顏」同例，如作「北里之操」，則以淫靡之曲為優，與所要表達的意思相背了。伯牙之操，伯牙演奏的樂曲。伯牙，傳說是我國古代精於琴藝的音樂家。❻萬夫　跳〈萬〉舞的人。〈萬〉，傳說古代舞曲名，跳舞的人有萬人。❼婉孌　年輕美好。❽俟　待。❾西子　即西施。❿隨世　隨著時代的發展變化。⓫擢佐　選拔輔佐人才。⓬命官　任命官吏。

【語　譯】臣聽說音樂以悅耳為優美，顏色以悅目為可喜。因此，眾人聽賞所傾倒的樂曲，不必是伯牙所演奏的；跳〈萬〉舞的人只要年輕美貌，不必定要有西施一般的容顏。所以聖人隨著時代的發展變化而選拔輔佐人才，英明的君主隨著時代的發展變化而任命官員。

其二十八

臣聞出乎身者❶，非假物❷所隆❸；牽乎時者❹，非克己所勗❺。是以利盡萬物❻，不能叡童昏之心❼；德表生民，不能救棲遑之辱❽。

【章　旨】認為人生性痴頑，世俗已經衰頹，就不能靠聖哲之力來改變。

【注　釋】❶出乎身者　出自人本性的東西。❷假物　借助於他人、他事。❸所隆　所能改變提高。❹牽乎時者　取決於時勢之事。❺所勗　勉力所能改變。❻利盡萬物　使天下所有的人都得到利益。❼不能叡童昏之心　此指堯、舜能造福天下，卻不能改變他們的兒子丹朱、商均之不肖。叡，明。童昏，痴頑的人。❽德表生民二句　德表生民，道德修養在百姓之上。此指春秋時代的孔子。孔子約於魯定公十四年因與執政的季桓子政見不一，離開魯國到諸侯各國進行遊說，奔走了十四年，無人任用，於魯哀公十三年返回魯國。在奔走途中，曾遇到斷糧、被圍困等事。表，上。生民，百姓。救，免；擺脫。棲遑，奔走不定的樣子。

【語　譯】臣聽說出自本性的東西，不是能夠借助於他人、他事來改變提高的；取決於時勢之事，不是有人能克制自己，勉力而為就能改變的。因此，能使天下所有的人都得到利益的人，卻不能使痴頑之子心明；道德修養在百姓之上的人，卻不能擺脫奔走不定的屈辱。

其二十九

臣聞動循定檢❶，天有可察❷；應❸無常節❹，身❺或難照❻。是以望景❼揆日❽，盈數❾可期❿；撫臆⓫論心⓬，有時而謬⓭。

【章　旨】認為天體的運行、時日的長短，因有常規，所以可以測知，而人心則難以測度。

【注　釋】❶動循定檢　運動按照固定的軌跡。檢，法度。❷天有可察　天體之日月星辰的運行，有辨法可以測知。❸應順應時世。❹常節　常規。❺身　自身。❻難照　難明。❼景　古「影」字。此指日晷儀（由測日影以定時刻的儀器）表柱所產生的日影。❽揆日　測度日的運行。❾盈數　指盈縮之數。即時日的長短之數。❿可期　可以預知。⓫撫臆　按自己的心意。⓬論心　推論別人的心意。⓭謬　失誤。

【語　譯】臣聽說物體按照固定的軌跡運動，就是日月星辰的運行也有辦法測知；順應時世沒有常規，即使自己有時也難以明白。因此，觀察日晷儀上的日影來測度太陽的運行，時日的長短之數就能預知；而按照自己的心意去推論別人的心意，有時就會有所失誤。

其三十

臣聞傾耳❶求音，眂優聽苦❷；澄心❸徇物❹，形逸神勞❺。是以天殊❻其數❼，雖同方❽不能分其慼❾；理塞其通❿，則並質⓫不能共其休⓬。

【章　旨】此章是以人體器官之功能各異勞逸各別，說明人才各異，要量才授職，以盡其能。

【注　釋】❶傾耳　側耳。❷眂優聽苦　眼睛快樂而耳朵勞苦。眂，同「視」。❸澄心　靜心；專心。❹徇物　營求得到某種事物。❺形逸神勞　身體輕鬆而精神勞苦。❻殊　差異；不同。❼數　命運。❽同方　同道。❾分其慼　分擔他的憂愁。❿理塞其通　按照天理自然，五官形神阻隔不通。⓫並質　都在一個人體。⓬共其休　共同歡樂。

【語　譯】臣聽說側耳尋求聲音，使眼睛舒服而耳朵卻勞苦；專心營求事物，使身體輕鬆而精神卻勞苦。因此，天使它們有不同的命運，即使是同道也不能分擔憂愁；按自然之理它們阻隔不通，即使是同在一體也不能共享歡樂。

其三十一

臣聞遯世❶之士，非受❷匏瓜之性❸；幽居❹之女，非無懷春❺之情。是以名勝欲❻，故偶影❼之操❽矜❾；窮❿愈⓫達⓬，故凌霄⓭之節⓮厲⓯。

【章　旨】闡述志氣崇高的人，能克制情欲而成全名節，能克制富貴顯達之欲望而安於窮儉。

【注　釋】❶遯世　離開世俗隱居。遯，通作「遁」。❷受　稟受；天所給予。❸匏瓜之性　本指匏瓜繫掛著不食用。喻指人不為世用。《論語．陽貨》：孔子說：「我難道是匏瓜嗎，怎麼能繫掛著不吃呢？」匏瓜，葫蘆。❹幽居　深居。❺懷春　少女思念婚戀。❻名勝欲　求名之心勝過欲望。❼偶影　孤身；與身影為偶。❽操　操守；品行。❾矜　莊重。❿窮　窮儉的生活。⓫愈　勝過。⓬達　富貴顯達的地位。⓭凌霄　高入雲霄。比喻志氣崇高。⓮節　節操。⓯厲　高。

【語　譯】臣聽說離世隱居的人，不是稟受了葫蘆一樣不為世用的性格；深居的女子，不是沒有婚戀的欲望。因此，能使求名之心勝過情欲，就會具有以形伴影這種莊重的品行；能使安於窮儉生活之心勝過追求富貴顯達的欲望，就會具有崇高的節操。

其三十二

臣聞聽極❶於音，不慕鈞天之樂❷；身足於蔭❸，無假❹垂天之雲❺。是以蒲、密之黎，遺時雍之世❻；豐、沛之士，忘桓撥之君❼。

【章　旨】指出地方上有好的長官與治績，就已滿足民望，百姓更無其他更高要求。

【注　釋】❶極　滿足。❷鈞天之樂　天上的音樂。鈞天，傳說是天帝所居之處，在天的中央。《史記・卷八七・扁鵲列傳》記趙簡子之言，他說夢見自己去到天帝的居地，與百神遊於鈞天，聽到一種不同於三代的音樂，非常動人。❸蔭　樹蔭。❹無假　不靠。❺垂天之雲　掛在天邊的巨大雲塊。❻蒲密之黎二句　《孔子家語・辯政》：孔子弟子子路為蒲地的官長，治理三年後，孔子到蒲地，對於子路的治績大加稱讚，說：「我進入蒲地，見到田地耕治得很好，草野大多開闢，溝渠挖得很深，說明他是謹慎職守，得民信賴的，所以百姓能盡力而為。進入城邑，見到牆屋完好堅固，樹木茂盛，說明他忠信而寬厚，所以百姓不會得過且過。走進他辦事之堂，見到十分清閒，說明他處事能明察而決斷，所以政務不紛亂。」又據《後漢書・卷五五・卓茂傳》，卓茂為人寬厚仁愛，平帝時任密令，數年後，教化大行，路不拾遺。蒲，春秋衛地。在今河南省長垣縣東。密，縣名。在今河南密縣東南。黎，黎民；百姓。遺，遺忘。時雍，指時世安定、太平。❼豐沛之士二句　按此兩句實為互文，文意互補。意思是地方之人因獲得本地的實際好處，所以竟忘了致治的國君。豐，邑名。屬沛縣。沛，縣名。在今江蘇沛縣。沛縣豐邑是漢高祖劉邦的故鄉，劉邦稱帝後，免收賦稅。後以豐、沛代指帝王的故鄉。桓撥，大治。指由大亂而至大治。《詩經・商頌・長發》：「玄王桓撥。」毛傳以為玄王指契，即商朝君主的祖先。張銑以為此指商湯。

【語　譯】臣聽說聽賞一般的音樂已感滿足，就不再企慕天上的音樂；對樹蔭給自己遮蔭已感滿足，就不再想靠天上大片的雲。因此，蒲、密的百姓，不記得有唐堯的太平盛世；豐、沛的百姓，竟忘了使天下大治的國君。

其三十三

臣聞飛轡❶西頓❷，則離朱❸與矇瞍❹收察❺；懸景❻東秀❼，則夜光❽與武夫❾匿耀❿。是以才換世⓫則俱困，功偶時⓬而並劭⓭。

【章　旨】認為人所懷有的才能能否發揮以建樹功業，完全取決於時世。

【注　釋】❶飛轡　飛馬。比喻日。❷西頓　止宿西方；西下。❸離朱　傳說中古代明目之人，能在百步之外看見秋毫之末。

❹矇瞍　瞎子。❺收察　不能察看。❻懸景　指日。❼東秀　東升。❽夜光　夜光璧。❾武夫　即「碔砆」。似玉之石。❿匿耀　失去光輝。⓫換世　改換一個時代。⓬偶時　遇時。⓭劭　美好。

【語　譯】臣聽說太陽西下，離朱就和瞎子一樣不能察看；太陽東升，夜光璧就和碔砆一樣失去光輝。因此，有才能的人改換一個時代都會遭到困厄，只要能遇到好時機，則都會建樹美好的功績。

其三十四

臣聞示應於近❶，遠有可察❷；託驗於顯❸，微或可包❹。是以寸管❺下傃❻，天地不能以氣欺❼；尺表❽逆立❾，日月不能以形逃❿。

【章　旨】說明瞭解事物的方法，可由明顯的跡象推知隱微之事，可由近事察知遠事。

【注　釋】❶示應於近　由近處顯示的反應。❷遠有可察　可以察知遠事。❸託驗於顯　在明顯的事情上驗證。❹微或可包　隱微的事情可以包含於其中。❺寸管　指律管。用竹管或銅管作成用以占氣的儀器。❻下傃　向下安放。❼天地不能以氣欺　天地間氣候的變化不能欺弄人。意思是可以正確測得。此指候氣之法。古人將葦膜燒成灰，放在律管內，到某節氣，相應律管內的灰就會自行飛出。據此，可預測節氣的變化。❽尺表　即由測日影以定時刻的日晷儀上的表柱。❾逆立　對著日光而立。❿日月不能以形逃　日運行的形跡不能掩蓋。日月，指日。為偏義詞。

【語　譯】臣聽說從近處顯示的反應可以察知遠處的事；由明顯的事情上驗證，可以知道它所包含的隱微的內情。因此，由向下安放的律管，就可以正確測得天地間氣候的變化；日晷儀上的表柱對著日光立著，太陽運行的形跡就不能掩蓋。

其三十五

臣聞弦有常音❶，故曲終則改❷；鏡無畜影❸，故觸形❹則照。是以虛己應物❺，必究❻千變之容❼；挾情❽適事❾，不觀萬殊❿之妙。

【章旨】認為能虛心地對待事物，就能得萬物之情，懷著私情偏見，就不可獲知實情。

【注釋】❶常音　固定之音。❷曲終則改　一曲演奏結束才改調弦音。❸畜影　留存之影。❹觸形　遇形。❺虛己應物　自己能虛心地對待事物。❻究　盡得。❼千變之容　千變萬化的事物情狀。❽挾情　懷著私情。❾適事　對待事物。❿萬殊　千差萬別的事物。

【語譯】臣聽說每根琴弦都有固定的音，所以到曲子演奏結束才改調弦音；鏡子裡沒有留存的影子，遇到有形之物就被照出。因此，自己能虛心地對待事物，必能盡知千變萬化的事物情狀；懷著個人偏見和感情去對待事物，就不能見到千差萬別的事物奧妙。

其三十六

臣聞柷敔❶希聲❷，以諧金石❸之和；鼙鼓❹疏❺擊，以節❻繁弦❼之契❽。是以經治❾必宣其通❿，圖物⓫恆⓬審其會⓭。

【章旨】認為治理國家如同指揮樂隊，既要使上下通暢諧和，又要注意把握關鍵。

【注釋】❶柷敔　兩種樂器名。開始奏樂時擊柷，結束時擊敔。❷希聲　幾乎難以聽見的極輕微之聲。❸金石　指鐘磬等樂器。❹鼙鼓 小鼓。❺疏 遲緩。❻節 控制調節。❼繁弦 眾多樂器的演奏。❽契 協調配合。❾經治 治理。❿宣其通 引導民眾與百官發表意見。《國語・周語上》：邵穆公告戒周厲王說：「治水要排除河道裡的壅塞使它暢通，治理百姓要引導他們發表意見。」⓫圖物 謀劃事情。⓬恆 經常。⓭會 要會；關鍵。

【語 譯】臣聽說柷敔發出極輕微之聲，卻能諧和鐘磬等樂器的演奏；鼙鼓只遲緩地敲擊，卻能控制與調節眾多樂器的演奏。因此，治理必須使下情暢達，謀劃事情必須經常注意其關鍵。

其三十七

臣聞目無嘗❶音之察，耳無照景❷之神❸。故在乎我者❹，不誅❺之於己；存乎物者❻，不求備❼於人。

【章 旨】認為人我都有不足之處，所以對人都不能求全責備。

【注 釋】❶嘗 試。❷照景 視物。❸神 功能。❹在乎我者 指自己所存在的不足。❺誅 責備。❻存乎物者 他人所存在的不足。❼備 完備。

【語 譯】臣聽說眼睛不能夠聽到一般的聲音，耳朵沒有視物的功能。因此，自身器官存在不足，不自我責備；他人存在不足，也不求備於人。

其三十八

臣聞放身❶而居，體逸❷則安；肆口❸而食，屬厭❹則充❺。是以王鮪❻登俎❼，不假❽吞波之魚❾；蘭膏❿停室⓫，不思銜燭之龍⓬。

【章　旨】指出生活享受應當知足，不可有非分之求。

【注　釋】❶放身　任情。❷體逸　身子輕鬆。❸肆口　放口。❹饜厭　飽足。❺充　滿足。❻王鮪　魚名。又稱鱘魚。顏色青碧，口在頷下，鼻長與身子相等，長的有一丈多。❼登俎　放上砧板。意思是即將宰割供食。俎，也可解作祭祀、燕享時盛食物的禮器。❽不假　不靠。❾吞波之魚　大魚。❿蘭膏　用蘭草煉成的香油，可以點燈。此指蘭膏之燈。⓫停室　安放在室內。⓬銜燭之龍　屈原〈天問〉：「太陽為什麼不到？燭龍又為什麼要照？」王逸《楚辭章句》說：「天的西北方有一個昏暗沒有陽光的國家，有一條龍口中銜著燭火來照明。」

【語　譯】臣聽說任情適性地生活，身子輕鬆了就安樂；放口飲食，吃飽了就滿足。因此，鱘魚放上砧板，就不再想吞波的大魚；有蘭油燈放在居室，就不會盼望銜著燭火的龍飛來。

其三十九

臣聞衝波安流❶，則龍舟❷不能以漂❸；震風❹洞發❺，則夏屋❻有時而傾。何則？牽❼乎動❽則靜凝❾，係❿乎靜⓫則動貞⓬。是以淫風⓭大行，貞女⓮蒙冶容之悔⓯；淳化⓰殷流⓱，盜跖⓲挾⓳曾⓴、史㉑之情。

【章　旨】認為人無常性，無不受到社會風氣的極大影響。

【注　釋】❶衝波安流　河水由大波起伏而變為平靜緩慢地流動。衝波，大波。安流，水平靜緩慢地流動。❷龍舟　做成龍形或刻著龍紋的船隻。❸漂　漂浮前行。❹震風　疾風。❺洞發　突發。❻夏屋　高大的房屋。❼牽　牽制。❽動　動的事物。❾靜凝　不再平靜。如平靜的夏屋因疾風突發而傾倒。凝，止。❿係　牽制。⓫靜　靜的事物。⓬動貞　動的事物轉為靜止。如前行的龍舟因風平浪靜而靜止。貞，正。⓭淫風　男女淫亂之風氣。⓮貞女　品行純潔之女。⓯蒙冶容之悔　追悔曾萌生打扮姿容之念。蒙，通「萌」。萌生。⓰淳化　淳厚之教化。⓱殷流　盛行。⓲盜跖　相傳是我國古時的大盜。居於泰山，率領九千人，奪人牛馬，侵暴諸侯，橫行天下。⑲挾　懷。⑳曾　曾參。字子輿，春秋魯人，孔子弟子，相傳以仁德著稱。㉑史　史魚。春秋時衛國大夫，以正直敢諫著稱。

【語　譯】臣聽說河水由大波起伏而變為平靜緩慢地流動，龍舟就不能漂浮向前；猛烈的風突然刮起，高大的房屋有時就會被吹倒。為什麼呢？平靜的事物受動的事物所牽制就不再平靜，動的事物受靜的事物所牽制就不再能動。因此，在淫亂之風大肆流行之時，品性純正的女人也會因為自己曾萌生過修飾姿容的念頭而悔恨；在淳厚的教化盛行之時，盜跖也會懷有曾參、史魚之情感。

其四十

臣聞達❶之所服❷，貴有或遺❸；窮❹之所接❺，賤❻而必尋。是以江、漢之君，悲其墜屨❼；少原之婦，哭其亡簪❽。

【章　旨】指出人無論窮達，都不可遺棄故舊。

【注　釋】❶達　地位顯達之人。❷所服　所用之物。❸貴有或遺　即使貴重有的也會拋棄。❹窮　貧窮的人。❺所接　所用之物。❻賤　指物品價格低廉。❼江漢之君二句　賈誼《新書・諭誠》說：楚昭王與吳軍打仗，楚軍失敗，楚昭王在逃奔時已走出三十多步，發現失落了一隻鞋子，於是回頭撿了才走。跟隨的人問他為什麼捨不得一隻鞋子？楚昭王回答說：「楚國即使貧窮，我難道會捨不得一隻鞋子？我是傷心與它一起出去而不能與它一起回來。」於是楚國的風俗不再有拋棄故舊的行為。江、漢，長江、漢水。君，指楚昭王。春秋時楚國位處長江中游、漢水一帶，而楚昭王是春秋時楚國君主，西元前五一五至前四八九年在位。墜屨，失落的鞋子。❽少原之婦二句　據《韓詩外傳》說：孔子到少源之野出遊，見到一個婦人在那裡很悲哀地哭著，於是孔子讓弟子去問問。婦人說：「早些時候我在割柴草時丟失了一根簪子，因此傷心。」弟子說：「丟失一根簪子，何必這樣傷心呢？」婦人說：「我不是傷心丟了這根簪子，而是忘不了舊物。」少原，地名。或作「少源」。所在不詳。亡，遺失。簪，用來插定髮髻或帽子的長針。

【語譯】臣聽說地位顯達的人，對於自己所使用的東西即使貴重有的也會拋棄；貧窮的人，對於自己失落的東西即使是低賤之物，卻一定要去尋找。因此，楚昭王為他失落的鞋子而傷心以糾正陋俗；少原的婦女為她遺失簪子而哭泣。

其四十一

臣聞觸❶非其類❷，雖疾❸弗應❹；感❺以其方❻，雖微則順❼。是以商飆❽漂山❾，不興盈尺❿之雲；谷風⓫乘條⓬，必降彌天⓭之潤⓮。故暗於治者，唱繁而和寡⓯；審乎物⓰者，力約⓱而功峻⓲。

【章旨】指出明於治道的人，能順應事理人心，所以事半功倍；闇於治道的人，違背事理人心，所以難以成事。

【注釋】❶觸　觸動。❷其類　指能相應的一類事物。❸疾　猛烈。❹弗應　沒有反應。❺感　觸動。❻方　類。❼順　指引起相應的反應。❽商飆　秋風。❾漂山　吹動山。❿盈尺　滿一尺之長。⓫谷風　東風。⓬乘條　吹動樹條。說明風小。⓭彌天　滿天。言其廣大。⓮潤　雨水。⓯唱繁而和寡　比喻法令繁多而人們不遵從。唱繁，提出得很多。唱，通「倡」。和寡，人們能應和的很少。⓰審乎物　指明於治。⓱力約　力少。⓲功峻　功高。

【語譯】臣聽說所觸動的不是能相應的一類事物，那麼觸動雖然猛烈卻不會引起反應；所觸動的是能相應的一類事物，那麼觸動雖然微弱卻會引起反應。因此，秋風能夠吹動山，卻不能興起滿一尺長的雲；東風只能吹動枝條，卻能降下滿天的雨水。所以，不懂得治道的人，法令雖繁而順從的人卻少；明白事理懂得治道的人，費力雖少而事功卻高。

其四十二

臣聞煙出於火，非火之和❶；情生於性❷，非性之適❸。故火壯❹則煙微，性充❺則情約❻。是以殷墟有感物之悲❼；周京無佇立之跡❽。

【章　旨】認為人性和情欲二者並不一致，殷紂王、周幽王都以縱欲亡性而身死國滅。

【注　釋】❶非火之和　不是和火相協調一致之物。和，協調一致。❷情生於性　由人性產生情欲。❸適　意同「和」。❹壯　旺；盛。❺性充　人性完美。❻情約　情欲減少。❼殷墟有感物之悲　據《史記・卷二〇・宋微子世家》說：商紂王荒淫暴虐，諸父箕子勸諫不聽，於是披髮裝瘋作為奴僕而隱居。周武王滅商後，訪問箕子，並把他封於朝鮮。後箕子去周朝京城朝見，途經殷朝京城，見到宮室宗廟毀壞，生長著禾黍；十分悲哀感慨，於是作了〈麥秀之歌〉而詠唱。歌詞說：「麥子吐穗長著麥芒，禾黍苗兒油光光。那個虛有其表的少年（指紂王）呀，不與我好呀！」殷商的遺民聽到這歌聲，都流下了眼淚。殷墟，商王朝京城的廢墟。感物，指感慨於京城的毀壞與變故。❽周京無佇立之跡　據《詩經・王風・黍離》的〈詩序〉說：「〈黍離〉，是憫傷西周覆亡之作。東周大夫因公務來到鎬京，經過原來的宗廟宮室之地，見到遍地長著禾黍。他痛心西周王朝的覆亡，徘徊不忍離去，於是作了這一首詩。」這句是說其地遍生禾黍，已無東周大夫的立足之地。周京，西周王朝的京城。即鎬京。無佇立之跡，無可立足之地。

【語　譯】臣聽說煙由火產生，卻不能和火相協調一致；情欲由人性產生，卻不能和人性相協調一致。因而火旺了，煙就少；人性完美，情欲就減少。由於這個緣故，箕子途經殷墟時，有感慨京城毀壞與變故的悲哀；東周大夫來到鎬京時，由於已無可立足之地而傷心。

其四十三

臣聞適物之技❶，俯仰異用❷；應事之器❸，通塞異任❹。是以鳥栖雲而繳飛；魚藏淵而網沈❺；賁鼓❻密❼而含響；朗笛❽疏❾而吐音❿。

【章　旨】說明事物各具特性，因而各有其不同的用途和使用的場合。

【注　釋】❶適物之技　適用於各種事物的不同技術。❷俯仰異用　對於需要「俯」和「仰」的事物使用不同的技術。❸應事之器　適應人事所使用的器物。❹通塞異任　結構通敞的器物和閉塞的器物各有不同的用處。指下文所說的笛和鼓。❺鳥栖雲而繳飛二句　射鳥需「仰」，網魚需「俯」。栖雲，形容鳥在雲中飛翔。栖，同「棲」。繳，射鳥時繫在箭尾的生絲線。此指繫繳的箭。飛，飛射。沈，沈放淵底。❻賁鼓　大鼓。❼密　閉；封閉。❽朗笛　能發出清越之聲的笛子。❾疏　通敞。❿吐音　發出聲音。

【語　譯】臣聽說適用於各種事物的不同技術，或「俯」或「仰」各有不同的使用範圍。適應人事所使用的器物，結構通敞的和閉塞的各有不同的用處。因此，鳥在雲中而箭向上飛射；魚藏於淵中而網下沈於淵底；大鼓封閉卻包含著聲響；管笛通敞就發出樂音。

其四十四

臣聞理之所守❶，勢❷所常奪❸；道之所閉❹，權❺所必開❻。是以生重於利，故據圖無揮劍之痛❼；義貴於身，故臨川有投跡之哀❽。

【章　旨】認為世上按理應做的事情，常因一時形勢需要而必須改變，所以人們捨利而保命，捨生而取義。

【注　釋】❶所守　應遵循的符合道理的事情。❷勢　指一定形勢需要。❸奪　強行改變。❹所閉　行不通的事情。❺權權宜之計。❻開　指實行原不該行之事。❼生重於利二句　《文子》說：假如左手把一張天下的地圖交給你，而右手拿著劍要割你的咽喉，那麼即使是愚蠢的人也不願意，因為身子畢竟比天下寶貴。據圖，拿著地圖。無揮劍之痛，沒有被人用劍割咽喉的痛苦。❽義貴於身二句　《莊子・讓王》說：舜要把天下讓給他的朋友北人无擇，北人无擇說：「你的為人好怪呀，本來生活在田野中間，卻來到了堯的門下，不僅如此，還想以你的恥辱來汙辱我，我見到你是羞恥的事情。」於是投身於清澈寒冷的淵水之中。臨川，面對著河水。投跡，投身。

【語　譯】臣聽說按理應遵循的事情，常因一定形勢而加以改變；道理上行不通的事情，出於一時權宜之計卻必須實行。因此活命比得利更重要，所以寧可不要天下，以免遭受挨劍的痛苦；道義比身子更貴重，所以對著河水，就有投身殉義而死的可悲行為。

其四十五

臣聞通❶於變❷者，用約而利博❸；明其要❹者，器淺❺而應玄❻。是以天地之賾❼，該❽於六位❾；萬殊之曲，窮於五弦❿。

【章　旨】認為對於事物的應用，能夠明白緊要之處，善於應變，就能使有限的事物得到充分的利用，收到廣泛的利益。

【注　釋】❶通　知道。❷變　變化。❸用約而利博　用以投入的少而收益多。❹要　緊要之處。❺淺　簡單。❻應玄　深得其用。❼賾　深。❽該　完備。❾六位　指《周易》重卦六爻的位置。自下而上，陽爻自初九、九二、九三、九四、九五至上九；陰爻自初六、六二、六三、六四、六五至上六。六位中一二為地道，三四為人道，五六為天道。❿五弦　指五弦琴。

【語　譯】臣聽說知道應變的人，投入的東西少而收益的東西卻多；明白緊要之處的人，器物簡單卻深得其用。因此，天地之深厚，包括於六爻之中；千萬種不同的曲調，全可由五弦琴來演奏。

其四十六

臣聞圖形於影❶，未盡纖麗之容❷；察火於灰，不覩洪赫❸之烈❹。是以問道存乎其人❺，觀物必造❻其質❼。

【章　旨】認為問道必須問得道之人，觀察事物必須深入本質。

【注　釋】❶圖形於影　看著人的影子來繪畫形像。❷未盡纖麗之容　容貌的細微而美麗之處不能全部畫出。纖麗，細微的美麗之處。❸洪赫　旺盛。❹烈　烈火。❺存乎其人　問於得道之人。❻造　深入。❼質　本質。

【語　譯】臣聽說看著人的影子來繪畫形像，就不能全部畫出容貌的細微而美麗之處；從灰中觀察火，就看不到熊熊的烈火。因此，問道必須要問得道之人，觀察事物必須要深入它的本質。

其四十七

臣聞情❶見❷於物❸，雖遠猶疏❹；神❺藏於形❻，雖近則密❼。是以儀天步晷，而脩短可量❽；臨淵揆水，而淺深難察。

【章　旨】認為事物的內情表露於外，就有辦法得知。相反地，人心內藏，不表露於外，就難以測知。

【注　釋】❶情　指事物的內在情況。❷見　通「現」。❸物　外物。❹疏　通。❺神　精神。❻形　外表。❼密　封閉。

是說無法探得內情。❽儀天步晷二句　此即「情見於物，雖遠猶疏」之意。儀天，按照天體運行規則。步晷，由日晷儀的日影推算。步，推算。晷，日影。脩短，時日的長短。脩，通「修」。❾臨淵揆水二句　此即「神藏於形，雖近則密」之意。《慎子》說：「離朱的視力能看清百步之外的秋毫之末，下到水中一尺深，就看不到水的深淺，這不是眼睛不明亮，而是在這種情況下難以張開眼睛去看啊。」臨淵，站在深淵旁。揆，測度。

【語　譯】臣聽說事物實在的情況表露於物外，那麼雖然是遠的事物也可以了解；精神隱藏在形體之中，那麼雖然很近也無從得知。因此，按照天體運行的規則而由日晷儀的日影去推算，時日的長短可以測得；站在深淵旁去測水，則水的深淺是難以得知的。

其四十八

臣聞虐暑❶熏天❷，不減❸堅冰之寒；涸陰❹凝地❺，無累❻陵火❼之熱。是以吞縱❽之強，不能反蹈海之志❾；漂鹵之威❿，不能降⓫西山⓬之節。

【章　旨】說明強大的威力決不能使志士屈服。

【注　釋】❶虐暑　酷暑。❷熏天　形容氣勢極盛。❸不減　不改變。❹涸陰　猶嚴寒。❺凝地　指大地冰封。❻累　妨礙。❼陵火　烈火。❽吞縱　把合縱之國吞滅。指秦國。縱，合縱之國。戰國時崤山以東的趙、魏、韓、齊、楚、燕六國聯合以對付秦國，稱為合縱。❾不能反蹈海之志　不能使抗禦強暴的志向回頭。反，通「返」。蹈海，投身於東海。此指魯仲連。齊人，以品節高尚著稱。據《戰國策．趙策》記述，趙孝成王時，秦圍韓國上黨，上黨被迫投降。於是秦出兵攻趙，在長平大破趙軍，坑殺趙軍四十餘萬，進而包圍都城邯鄲，形勢十分危急。魏安釐王派晉鄙領兵救趙，因畏懼秦國而不敢進兵。魏安釐王又派辛垣衍潛入邯鄲，對趙孝成王說：「假如趙國能派一個使者到秦國，尊奉秦昭王為帝，秦昭王必定高興，因而罷兵。」此時剛好魯仲連來到邯鄲。他對辛垣衍說：「秦國是鄙棄禮義而以殺敵多計上功的國家，對士人使用權詐之術，把百姓當作奴隸，它假如稱帝，我只有投身東海而死了。」❿漂鹵之威　指周武王滅商的牧野之戰，血流成河，使大盾漂浮。鹵，通「櫓」。

大盾。或作「杵」。見《孟子．盡心下》所引《尚書》佚篇〈武成〉文意。杵，舂米的棒棰。⓫降 屈。⓬西山 首陽山。在今山西省永濟縣南。此指隱居於首陽山的伯夷、叔齊。他們是孤竹君之子，周武王出兵滅商，他們扣馬而諫，武王不聽，於是他們隱居於首陽山，以食周粟為恥辱，所以採薇而食，終於餓死。

【語 譯】臣聽說酷暑熱氣逼人，卻不能改變堅實之冰的寒冷；使大地冰封的嚴寒，也不能改變烈火的熾熱。因此，以吞滅合縱之國的強大，竟不能使魯仲連抗禦強暴的志向回頭；以血流漂櫓的威力，竟不能使伯夷、叔齊屈節。

其四十九

臣聞理之所開❶，力所常達❷；數❸之所塞❹，威有必窮❺。是以烈火流金❻，不能焚景❼；沈寒❽凝海❾，不能結風❿。

【章 旨】認為事理有定，人力須受它制約。

【注 釋】❶開 通。❷力所常達 人力常能辦到。❸數 即事理。❹所塞 行不通之事。❺威有必窮 威力必定困竭。❻流金 使金屬變成液體而流動。❼焚景 焚燒影子。景，古「影」字。❽沈寒 嚴寒。❾凝海 使海水結冰。❿結風 使風凍結。

【語 譯】臣聽說道理上可行之事，靠人力往往能夠辦到；道理上行不通之事，即使靠威力，威力也必定困竭。因此，烈火能夠使金屬流動，卻不能焚燒影子；嚴寒能夠使大海結冰，卻不能使風凍結。

其五十

臣聞足於性❶者，天損❷不能入❸；貞於期者❹，時累❺不能淫❻。是以迅風陵雨❼，不謬❽晨禽❾之察❿；勁陰⓫殺節⓬，不凋寒木之心⓭。

【章　旨】認為人只要具有堅貞美好的品性，就能抵禦邪惡勢力的摧殘。

【注　釋】❶足於性　指質性完美。❷天損　天的損害。指霜雪。❸入　侵害。❹貞於期者　指能守時的生物。❺時累　時節的牽累。指風雨。❻淫　亂。❼陵雨　暴雨。❽不謬　不誤。❾晨禽　指早上啼鳴的雞。❿察　明辨。⓫勁陰　嚴寒。⓬殺節　摧折草木之時節。⓭不凋寒木之心　不能夠使品性耐寒的樹木受到傷害。不凋，不傷害。寒木，耐寒的樹木。如松柏。心，性。

【語　譯】臣聽說質性完美的生物，霜雪不能侵害它；能夠守時的生物，風雨不能擾亂它。因此，疾風暴雨，不能擾亂司晨之雞的明辨；在草木被摧折的嚴寒季節，也不能使質性耐寒的樹木受到傷害。

卷五六

箴

女史箴

【作　者】張華（西元二三二～三〇〇年），字茂先，西晉文學家，范陽方城（今河北固安南）人。少孤貧，性耿直。曾著〈鷦鷯賦〉，深得阮籍賞識，譽為「王佐之才」，遂漸為時人所知。晉初任中書令，加散騎常侍，力勸武帝排除異議，定滅吳之計。及吳平，進封廣武縣侯，後出為持節，都督幽州諸軍事。惠帝即位，歷任太子少傅、中書監等職，官至司空，進封壯武郡公，因拒絕參與趙王倫奪權陰謀而被害。他能詩善賦，原有集十卷，已散佚，明人輯有《張司空集》，又著有《博物志》。

【題　解】女史是女官之名。據《周禮》，女史有屬天官的，則掌管后妃禮儀；有屬春官的，則掌管文書。劉良注以為此女史拿著紅管之筆記后妃之事，則屬春官。箴是規諫、告誡的意思。「女史箴」，是指女史對后妃的規諫。箴又是文體名稱，此類文章，都以規戒為主題。張華由於畏懼當時后族勢力的強盛，便借女史之名作此箴文，而有所規諫。西元二九〇年，晉武帝死，惠帝立。惠帝天性痴呆，故由賈皇后專權。賈后隨即殺害曾輔佐武帝治政的楊皇后之父楊駿，滅其族；又廢殺楊太后。其族兄賈模、外甥賈謐等都得以參政。當時賈后與賈謐共謀，舉用張華為侍中、中書監，與賈模等一起輔政。張華處於君主闇弱、皇后暴虐之朝，想盡忠匡輔，使得國家安定，便作此〈女史箴〉以諷諫。賈后雖為人凶妒，然對張華尚敬重。本文告誡后妃，當重視修養內心的美德，秉持正道，合於禮儀規範。不可矜持今日之榮貴而專寵傲慢，應當慮及形勢會生變而防微杜漸。

茫茫❶造化❷，二儀❸既分。散氣流形，既陶既甄❹。在帝庖羲❺，肇經天人❻。爰始夫婦❼，以及君臣。家道❽以正，王猷❾有倫❿。婦德尚柔，含章⓫貞吉⓬。婉嫕⓭淑慎⓮，正位⓯居室⓰。施衿結褵⓱，虔恭中饋⓲。肅慎⓳爾⓴儀㉑，式㉒瞻㉓清懿㉔。樊姬感莊，不食鮮禽㉕。衛女矯桓，耳忘和音㉖。志厲義高㉗，而二主㉘易心。玄熊攀檻，馮媛趍進㉙。夫豈無畏？知死㉚不悋㉛！班妾有辭，割驩同輦㉜。夫豈不懷㉝？防微慮遠㉞！

【章　旨】闡述后妃應該內懷柔順的美德，使自己的作為合於名位，具有高尚的志向和行為。這樣既能深謀遠慮，又能防微杜漸。

【注　釋】❶茫茫　廣大貌。❷造化　自然。❸二儀　指天地。❹散氣流形二句　是說元氣流散變成有形之物，好像陶人製作出各種品類的瓦器一樣。散氣，元氣流散。流形，變成有形之物。既，猶「若」。陶，指陶人製作瓦器。甄，意同「陶」。❺庖羲　古代傳說中之帝王，實為部落酋長。即太昊，風姓。相傳他始畫八卦，教民捕魚畜牧。通常寫作「伏羲」，也寫作「庖犧」、「包犧」、「宓羲」、「伏戲」。❻肇經天人　開始取法天道治理人倫。肇，始。經，治理。❼爰始夫婦　於是從立夫婦之道開始。爰，於是。❽家道　家庭中的倫理道德。《周易・家人》說：「父成為父，子成為子，兄成為兄，弟成為弟，夫成為夫，婦成為婦，家庭成員間的倫理道德就端正了。」❾王猷　王道。指君王治國之道。❿有倫　合乎順序。儒家有「修身、齊家、治國、平天下」之說，見《禮記・大學》。⓫含章　內懷美德。⓬貞吉　合於規範則吉利。貞，正。⓭婉嫕　柔順貌。⓮淑慎　善良而謹慎。⓯正位　指言行舉止合於自己的名位。⓰居室　在家室之中。⓱施衿結褵　指女子出嫁。《儀禮・士昏禮》：

女子出嫁之時，母親為她整好衣領，繫好佩巾，告誡她說：「要勤勉恭敬，早晚做好家中之事。」施衿，整衣領（或說衣小帶）。結褵，繫好佩巾。⑱虔恭中饋　《周易．家人》：「在家中飲食等事上沒有什麼過失。」虔恭，恭敬。中饋，家中飲食等事。⑲肅慎　莊重謹慎。⑳爾　你。㉑儀　禮儀。㉒式　用；以。㉓瞻　鑒察。㉔清懿　指純潔美好之婦德。㉕樊姬感莊二句　據《列女傳》記述：楚莊王即位之初，喜好狩獵。樊姬加以勸諫，不聽，於是樊姬不食禽獸之肉。三年，莊王才悔改。樊姬，春秋時楚莊王之夫人。感，感悟。莊，楚莊王。芈姓，名旅，楚國國君，是春秋五霸之一。西元前六一三至前五九一年在位。鮮禽，新鮮的禽獸之肉。㉖衛女矯桓二句　據《列女傳》記述：齊桓公喜好淫樂，衛姬為勸阻而不相隨聽賞。衛女，春秋時齊桓公之夫人衛姬。矯，使之改正。桓，齊桓公。姜姓，名小白，齊國國君，是春秋五霸之一。西元前六八五至前六四三年在位。和音，諧和的樂曲。㉗志厲義高　高尚的志向與道義。㉘二主　指楚莊王和齊桓公。㉙玄熊攀檻二句　據《漢書．卷九七．外戚傳》記述：元帝前往關獸之處觀看獸相鬥，後宮之人也同往。觀看時，有一隻熊爬出了柵欄向殿上走來。左右貴人、傅昭儀等都逃了，而馮婕妤擋著熊站著。於是下面的人把熊殺死。元帝問馮婕妤為什麼擋著熊？馮婕妤說：「猛獸只有碰到人才會停下來，我怕牠會跑到您那裡，所以用身子擋著牠。」元帝聽了深為讚歎，因而對她加倍敬重。玄熊，黑熊。檻，關牲畜野獸的柵欄。馮媛，馮美女。指漢元帝之妃馮婕妤。趍，同「趨」。㉚知死　知道死得其所這種道理的人。㉛不恡　不吝嗇自己的生命。恡，同「吝」。㉜班妾有辭二句　《漢書．卷九七．外戚傳》記述：漢成帝遊於後宮，想與班婕妤同車。班婕妤辭謝說：「我觀看古代的圖畫，賢聖的君主都有有名之臣在旁，而三代之末的君主則有寵愛之女在旁。現在要我同車，不是與三代之末的君主相近似嗎？」於是成帝不再要她同車。班妾，指漢成帝之妃班婕妤。割驩同輦，捨棄與天子同車的歡樂。驩，通「歡」。輦，天子所乘之車。㉝不懷　不思念。㉞防微慮遠　從細小的事情上防備，從長遠處考慮。

【語　譯】廣大的自然，已分出天地。元氣流散，變成了有形之物，這好像陶人製造出各種品類的瓦器一樣。在古帝伏羲之時，開始取法天道來治理人倫。於是從確立夫婦之道著手，進而擴大到君臣之道的確立。端正了家庭中的倫理關係，君王治理國家才能有秩序。婦人的品德崇尚溫柔，內懷美德，合乎規範，事情就會吉利。舉止要柔順，要善良謹慎，在家中行為要與自己的名位相稱。女子在出嫁之後，到了夫家要恭恭敬敬，做好飲食等事務。要莊重謹慎，使自己合於禮儀，藉以讓人看到純潔美好的婦德。樊姬為了感悟楚莊王，不吃新鮮的禽獸之肉。衛姬為了使齊桓公改正過錯，不願聽賞諧和的樂曲。她們具有高尚的志向和道義，使得兩位君主改變了心意。黑熊爬出了柵欄，馮婕妤趨步向前擋住牠。難道她不害怕嗎？知道人應該死得其所的人，就不會吝嗇自己的生命！班婕妤有辭謝的美德，捨棄與天子同車的歡樂。難道她不想與天子同車？只因想到要從細小的事情上防備，從長遠處考慮啊！

道❶罔❷隆❸而不殺❹，物無盛而不衰。日中❺則昗❻，月滿則微❼。崇猶塵積❽，替若駭機❾。人咸知飾其容❿，而莫知飾其性⓫。性之不飾，或愆⓬禮正⓭。斧之藻之⓮，克念作聖⓯。出其言善⓰，千里應之⓱。苟違斯義，則同衾⓲以疑。夫出言如微⓳，而榮辱由茲⓴。勿謂幽昧㉑，靈㉒監㉓無象㉔。勿謂玄漠㉕，神聽無響㉖。無矜㉗爾㉘榮㉙，天道惡盈㉚。無恃爾貴，隆隆者㉛墜㉜。鑒㉝于〈小星〉㉞，戒彼攸遂㉟。比心〈螽斯〉，則繁爾類㊱。驩不可以黷㊲，寵不可以專。專實生慢㊳，愛極則遷㊴。致盈必損㊵，理有固然㊶。美者自美㊷，翩以取尤㊸。冶容求好㊹，君子所讎㊺。結恩而絕，職此之由㊻。故曰：翼翼矜矜㊼，福所以興。靖恭㊽自思，榮顯所期㊾。女史司箴㊿，敢告庶姬(51)。

【章　旨】告誡謹防由盛至衰的急變，若能謹慎地遵循禮儀，重視品性修養，則可保持榮顯之福；若依恃今日之榮貴，專寵傲慢，則必招衰敗之禍。

【注　釋】❶道　世道。❷罔　無。❸隆　興盛。❹殺　衰敗。❺日中　日居天空之正中。❻昗　同「昃」。日向西偏斜。

❼微　不明。❽崇猶塵積　指積累微小之善行以養成高尚之道德，像灰塵的逐漸積聚一樣。❾替若駭機　謂道德敗壞，像弩機突發一樣迅疾。替，廢。機，弩機。是機械發箭的裝置。❿飾其容　修飾他的容貌。⓫飾其性　修養他的品性。⓬愆　失。⓭禮正　禮儀規範。⓮斧之藻之　揚雄《法言·學行》說：「我還沒有看見喜好斧藻他的品德，好像斧藻他家樑上的短柱那樣。」斧、藻，指修飾。⓯克念作聖　《尚書·多方》說：「聖人不思念則成為狂人，狂人能思念則成為聖人。」克念，能思念。作聖，成為聖人。⓰出其言善　說出的話是善良的。⓱千里應之　千里之遠的人會響應。⓲同衾　指夫婦。衾，被子。⓳微　細微不足道。⓴由茲　由此。指由言語的或善或惡引起。㉑幽昧　昏暗。指暗中之事。㉒靈　神靈。㉓監　監察。㉔無象　沒有形跡。㉕玄漠　靜寂。指事情靜悄悄地進行。㉖神聽無響　神靈聽得到無聲之音。㉗無矜　不要驕傲自負。㉘爾　你。㉙榮　榮顯。㉚天道惡盈　指天的自然規律，憎惡盈滿。《周易·謙卦》說：「天道是虧損盈滿而增益虛空的。」㉛隆　隆者　地位高貴的人。㉜墜　失落；垮臺。㉝鑒　察。㉞小星　《詩經·召南》篇名。〈毛詩序〉說：「此詩是表示君夫人能施加恩惠給下面的賤妾。她沒有妒忌之心，她知道命有貴賤，但是能盡心讓賤妾們也進內侍候君主。」㉟攸遂　典出《周易·家人》：「六二，无攸遂，在中饋，貞吉。」據高亨解「无攸遂」即無隕失（《周易古經今注》）。㊱比心螽斯二句　就是說如〈螽斯〉所表明的那樣無妒忌之心。〈螽斯〉，《詩經·周南》篇名。〈毛詩序〉說：「此詩是說后妃子孫的眾多。能如螽斯的不妒忌，子孫就會眾多。」比心，同心。螽斯，蟲名。詩中以螽斯之多而成群，比喻子孫之繁多。繁爾類，使你家族的子孫繁多。㊲黷　過分。㊳慢　傲慢。㊴遷　變。㊵致盈必損　達到盈滿之後必定會虧損。㊶固然　必然如此。㊷美者自美　美的人而自以為美。㊸翩以取尤　容易陷於過錯。翩，輕易；容易。尤，過錯。㊹冶容求好　修飾容貌，追求好看。㊺讎　通「仇」。㊻職此之由　主要出於這種原因。職，主。㊼翼翼矜矜　小心謹慎貌。㊽靖恭　靜心嚴肅。㊾所期　期望達到。㊿司箴　掌管告誡之職。(51)庶姬　眾姬妾。

【語　譯】世道不會永遠興隆而不衰頹，事物也不會長久興盛而不衰敗。太陽處在天空正中就開始偏斜，月亮圓了就開始轉暗。積累善行而養成高尚的道德，好像灰塵一樣逐漸積聚，而道德敗壞，則像弩機突發一樣迅速。人們都知道修飾自己的容貌，而不知道修養自己的品性。品性不加修養，有時就會違背禮儀規範。能加以修養，念念不忘，就可成為聖人。說出的話善良，在千里之遠的人也會響應。假如違背此種道理，那麼夫婦之間也會生疑。一言一語，雖細微不足道，而榮耀或恥辱卻由此造成。不要認為是暗中做的事就不加謹慎，神靈看得清無跡之象。不要認為是靜悄悄地做的就無人知曉，神靈聽得到無聲之音。對於你的榮顯不要驕傲自負，天道是憎惡盈滿的。不要依恃你的高貴，再高貴的地位也會有墜落的一天。以〈小星〉這首詩為鑒，仿效詩中所寫的君夫人的品行，力戒失誤。應該像〈螽斯〉詩篇所表明的無妒忌之心一樣，那麼子孫就會繁多。歡樂不可過分，寵愛不可獨專。專寵則造成傲慢，寵愛到極點就會生變。達到盈滿之後必定會虧損，此為必然之理。美的人而自以為美，容易陷於過錯。修飾容貌以追求好看，是君子所痛恨的。為什麼結下的恩愛會斷絕，主要出自這種原因。所以說：小心謹慎，就會帶來福澤。能靜心嚴肅地自我思考，榮顯期望能夠達到。女史掌管的是告誡之職，以此敬告眾位姬妾。

銘

封燕然山銘并序

【作　者】班固，見頁二四一三。

【題　解】銘是文體名稱，是指古時刻在鐘鼎等器物或碑石之上的文辭。銘文或用以稱頌功德以示後世子孫；或作警戒之辭，以資自省。本文名為「封燕然山銘」，可知是在燕然山刻石記功所作的文辭。「封」是指積土為壇以舉行祭祀，是一種儀式。燕然山，在今蒙古境內，即杭愛山。這是發生在西元八九年（即東漢和帝永元元年）的事情。上年二月，漢章帝死，和帝十歲即位，竇太后臨朝。竇憲是竇太后的胞兄，為侍中而執政。

竇憲由於擔心齊殤王子都鄉侯劉暢，會得寵於竇太后而分去自己之權，所以擅自把劉暢殺了。事情被發覺後，竇太后發怒，竇憲害怕被誅，故而請求出擊匈奴以贖罪。此時恰逢南單于請漢出兵北伐，於是拜竇憲為車騎將軍，以耿秉為副，會同南匈奴兵討伐北匈奴。班固被任命為中護軍（督統調節將領關係的軍事長官）而隨同出征。漢軍出塞三千餘里，獲大勝，投降者二十餘萬人。於是登燕然山，命班固作此銘文刻石記功而回。銘文首先記述竇憲所率漢軍的強大陣營和威力，與他們所取得的顯赫戰績，然後闡述此戰對於開拓邊境，安寧後代，光揚漢朝聲威的貢獻，以述明在燕然山刻石記功的原因。

惟①永元元年②秋七月，有漢③元舅④曰車騎將軍⑤竇憲⑥，寅亮⑦聖皇⑧，登翼⑨王室，納于大麓⑩，維清緝熙⑪。乃與執金吾⑫耿秉⑬，述職⑭巡禦⑮，治兵⑯于朔方⑰。鷹揚⑱之校⑲，螭虎之士⑳，爰㉑該㉒六師㉓，暨㉔南單于㉕，東胡、烏桓、西戎、氐、羌㉖侯王君長之群，驍騎㉗十萬。元戎㉘輕㉙武㉚，長轂㉛四分㉜，雷輜㉝蔽路，萬有㉞三千餘乘㉟。勒以八陣㊱，蒞以威神㊲。玄甲㊳耀日，朱旗㊴絳天㊵。遂凌高闕，下雞鹿㊶，經磧鹵㊷，絕㊸大漠㊹。斬溫禺㊺以釁鼓㊻，血尸逐㊼以染鍔㊽。然後四校橫徂㊾，星流㊿彗埽(51)，蕭條(52)萬里，野無遺寇(53)。

【章　旨】記述竇憲所率漢軍，得到南單于等族勢力的配合，造成強大的討伐陣營與威力，取得了掃蕩北匈奴軍的巨大勝利。

【注　釋】①惟　句首語助詞。無義。②永元元年　即西元八九年。永元，東漢和帝年號。③有漢　即漢朝。有，詞頭。④元

舅　長舅。指竇憲為和帝的長舅。❺車騎將軍　將軍的名號。東漢章帝、和帝、安帝均以舅氏為車騎將軍。❻竇憲　字伯度。平陵人（西元？至九二年）。他大破匈奴班師回朝後，被拜為大將軍，總攬朝政大權。因其驕縱，永元四年，和帝與中常侍合謀，迫令自殺。❼寅亮　恭敬信奉。❽聖皇　指和帝。❾登翼　被進用而輔佐。❿納于大麓　《尚書・堯典》之文。說堯禪位於舜時，先將舜置於總領之位以觀察他的管理能力，舜能臨事不疑地處理。此喻指為侍中而執政。納，置。大麓，總領之位。⓫維清緝熙　《詩經・周頌・維清》之文。說「天下所以清靜，政治清明，是由於有文王之法」。這裡指竇憲的執政，使國家安寧，政治清明。清，清靜。緝熙，光明。⓬執金吾　巡視督察京城一帶治安的長官。⓭耿秉　字伯初。扶風茂陵人（西元？至九一年。）永平十六年，以駙馬都尉與奉車都尉竇固等擊北匈奴，次年又與竇固率軍深入車師，並在其地置西域都護。史稱耿秉勇壯而處事簡易，所以士卒都樂於為他而死。此次討伐北匈奴，耿秉為征西將軍，是竇憲之副。⓮述職　到任。⓯巡禦　巡視防禦。⓰治兵　出兵。⓱朔方　北方。⓲鷹揚　鷹之奮揚。比喻威武。⓳校　校尉。指領兵的將領。⓴螭虎之士　比喻勇士。螭，猛獸名。似虎而有鱗。㉑爰　語詞。㉒該　齊備。㉓六師　即六軍。天子的軍隊編制有六軍。此指北征的漢軍。㉔暨　與。㉕南單于　即休蘭尸逐侯鞮單于屯屠河，是匈奴族中位處南境的匈奴君主。據《後漢書・卷一一九・南匈奴傳》記述：屯屠河被立為單于後，適逢北匈奴內部大亂，於是他想乘此機會討伐並兼併北匈奴。他向漢朝朝廷表示，願發動國內力量與其他部族的力量配合漢軍出擊，以便一舉掃平北匈奴，使漢朝永無北患。竇太后聽從了他的建議。㉖東胡烏桓西戎氐羌　都是漢族之外的民族的名稱。㉗驍騎　勇猛的騎兵。㉘元戎　古代大型戰車。㉙輕　輕車。古代戰車。㉚武　武剛車。古代戰車。有巾有蓋，戰時以作先驅。㉛長轂　古戰車名。㉜四分　分布於四面。㉝雷輜　行進猶如雷聲之輜車。輜，輜車。古時可供坐臥與載物的車。㉞有　通「又」。㉟乘　輛。㊱勒以八陣　設置八種戰陣。八陣，據李善注引雜兵書說，即方陣、圓陣、牝陣、牡陣、衝陣、輪陣、浮沮陣、鴈行陣。㊲蒞以威神　以威武如神的氣勢統攝。蒞，臨。㊳玄甲　黑色之甲衣。㊴朱旗　紅色戰旗。㊵絳天　映紅天空。㊶遂凌高闕二句　於是登上高闕山，翻下雞鹿山。凌，登上。高闕、雞鹿，都是山名。㊷磧鹵　砂石鹹鹼之地。㊸絕　穿過。㊹大漠　大沙漠。㊺溫禺　即溫禺鞮王。是匈奴君長的名稱，是單于子弟。㊻釁鼓　殺人以其血塗軍鼓。㊼血尸逐　取尸逐骨都侯之血。尸逐，即尸逐骨都侯。也是匈奴君長的名稱，是單于的異姓大臣。此處「溫禺」、「尸逐」是泛指北匈奴的君長。㊽染鍔　沾染刀鋒。㊾四校橫徂　四面之軍隊恣意向前。㊿星流　隕星的移動。比喻軍隊行動的迅捷。(51)彗掃　比喻掃蕩之徹底。彗，彗星。俗名掃帚星。(52)蕭條　靜寂。(53)遺寇　留下的敵軍。

【語譯】永元元年秋季七月，漢天子的長舅即車騎將軍竇憲，恭敬地信奉聖哲的皇上，被進用而輔佐王室，處於總領之位，使得國家安寧，政治清明。於是與執金吾耿秉，執行任務，巡視防禦之事，出兵於北方。如奮揚之鷹一般的威武將領，如螭如虎一般的勇士，齊備於軍隊之中。出征的漢軍，與南單于，以及東胡、烏桓、西戎、氐、羌族的眾多侯王君長所率領的軍隊，共有十萬勇猛的騎兵會同出擊。大型的戰車、輕車、武剛車，以及長轂車分布於四面，行進猶如雷鳴的輜車充斥於道路，計有一萬三千多輛各式戰車。布下八種戰陣，以威武如神的氣勢統攝。黑色的甲衣在日光下閃耀，紅色的戰旗映紅了天空。於是登上高闕山，翻下雞鹿山，經過鹹鹼砂石之地，穿過了大沙漠。殺死溫禺鞮王，用他的血來塗抹軍鼓，使尸逐骨都侯之血沾染刀鋒。然後各路軍隊恣意出擊，像隕星一樣迅捷移動，又如彗帚一樣徹底掃除，使得萬里原野靜寂無聲，不再有剩留的敵軍。

於是域滅區殫❶，反旆❷而旋❸，考傳驗圖❹，窮覽❺其山川。遂踰❻涿邪❼，跨❽安侯❾，乘❿燕然，躡⓫冒頓⓬之區落⓭，焚老上⓮之龍庭⓯。將上以攄⓰高⓱、文⓲之宿憤⓳，光⓴祖宗之玄靈㉑；下以安固後嗣㉒，恢拓境宇㉓，振大漢之天聲㉔。茲可謂一勞而久逸，暫費㉕而永寧也。乃遂封山㉖刊石㉗，昭銘盛德㉘。其辭曰：

鑠㉙王師㉚兮征荒裔㉛，勦㉜凶虐兮截海外㉝，夐㉞其邈兮亙㉟地界㊱，封神丘㊲兮建隆嵑㊳，熙㊴帝載㊵兮振㊶萬世。

【章旨】記述既勝之後的耀師，並讚頌此戰對於光宗耀祖，開拓邊境，安寧後代以及光揚漢朝聲威的貢獻，以凸顯在燕然山刻石記功的用意。序文之後是簡鍊的銘辭。

【注　釋】❶域滅區殫　指北匈奴地域全部被占領。區，區域。殫，盡。❷反旆　掉轉軍旗。❸旋　歸。❹考傳驗圖　查考書籍，察看地圖。❺窮覽　充分地觀察。❻踰　越過。❼涿邪　山名。在今蒙古國西部。❽跨　跨越。❾安侯　水名。❿乘登。⓫躡　踐踏。⓬冒頓　匈奴君長之名號。⓭區落　部落。⓮老上　匈奴君長之名號。據《漢書·卷九四·匈奴傳》記述：頭曼單于之太子名冒頓。冒頓用響箭射殺頭曼，自立為單于。冒頓死，子稽粥立，名為老上單于。⓯龍庭　張晏注以為單于祭天的處所。⓰攄　抒發；發洩。⓱高　指漢高祖劉邦。漢高祖七年，高祖親自率軍擊韓王信，韓王信逃入匈奴。於是高祖率大軍擊匈奴，至平城（今山西大同東北），被冒頓圍於白登山（在平城東）七日。後用陳平計而得脫身。⓲文　漢文帝。文帝時匈奴侵擾十分猖獗。如前十四年，老上單于率十四萬騎入塞，文帝欲親征，因群臣及皇太后勸阻而止。匈奴留居塞內月餘，大掠人畜而去。後六年，匈奴又大入上郡、雲中郡，大肆殺掠。文帝遣將屯兵於飛狐口、句注山、北地以及長安附近的霸上、棘門、細柳等地。⓳宿憤　當初的怨憤。⓴光　光耀。㉑玄靈　神靈。㉒安固後嗣　安定子孫後代。㉓恢拓境宇　大大開拓疆域。㉔振大漢之天聲　奮揚了大漢王朝如天般的聲威。振天聲，奮揚如天般的聲威。㉕暫費　付出一時的代價。㉖封山　指在燕然山上積土為壇以舉行祭祀。㉗刊石　在石碑上刻字。㉘昭銘盛德　顯明地刻記皇帝的巨大功德。㉙鑠　顯赫。㉚王師　帝王的軍隊。㉛荒裔　邊遠地區。指北匈奴之地域。㉜勦　同「剿」。㉝截海外　用《詩經·商頌·長發》：「相土烈烈，海外有截」句意。是說相土（商之先祖，契之孫）有烈烈之威，使海外的民族與國家齊一地歸服。截，整齊；齊一。海外，指國外的民族與國家。㉞夐　與下「邈」，都是遠的意思。㉟亙　橫貫。㊱地界　指漢朝的疆界。㊲神丘　指燕然山。㊳隆嵑　高聳的石碑。㊴熙　光輝。㊵帝載　帝王的事業。㊶振　振動。

【語　譯】於是占據了北匈奴的全部地域，掉轉軍旗而歸返，查考書籍，察看地圖，並充分地觀察它的山川。終於翻越了涿邪山，跨過了安侯河，登上了燕然山，踐踏了冒頓的部落，焚燒了老上單于的祭天之所。如此，對於以往來說，抒發了高祖、文帝當初的怨憤，光耀了祖宗的神靈；對於今後來說，可以安定子孫後代，大大地開拓了疆域，奮揚大漢王朝如天般的聲威。這可以說是一勞而永逸，付出了一時的代價而贏得永久的安寧啊。於是在燕然山上積土為壇，刊刻石碑，以顯著地銘記皇帝的巨大功德。它的文辭說：

顯赫的帝王軍隊征伐邊遠地區，剿滅了凶暴的敵軍而使海外齊一歸服，以致這遙遠的地方都橫貫大漢的疆界，於是在燕然山之上積土為壇，建立高聳的石碑，顯耀帝王的事業，振奮千秋萬代。

座右銘

【作　者】崔瑗（西元七七～一四二年），字子玉，漢涿郡安平人，崔駰之子。早孤而好學，十八歲時至京城，向侍中賈逵請教，又與馬融、張衡等相友好。其兄崔章被州人所殺，崔瑗殺死兇手以報仇，隨即逃亡。後逢赦而返回家中。被舉茂才後，任汲令，為時七年，頗有政績，為百姓所歌頌。順帝漢安初，遷濟北相。

【題　解】崔瑗善於文辭，尤其是書記箴銘。呂延濟說：此銘文作於殺兄之仇蒙赦而出之後，用以自戒，常置於座位右側，所以稱為座右銘（見《六臣注文選》）。此銘是給自己的為人處事確立一些原則，大意是要嚴於律己，寬以待人；思想行為要以仁義為準則，以純樸自守，潔身自好；言行務必謹慎柔和，切忌剛強氣盛等。並且認為只要堅持始終，定會收到好的效果。

無道人之短，無說己之長。施人慎勿念，受施慎勿忘。世譽不足慕，唯仁為紀綱。隱心❶而後動，謗議庸何❷傷？無使名過實，守愚❸聖❹所臧❺。在涅❻貴不淄❼，曖曖❽內含光。柔弱生之徒，老氏誡剛強❾。行行❿鄙夫志，悠悠⓫故難量。慎言節飲食，知足勝不祥。行之苟⓬有恆，久久自芬芳⓭。

【注　釋】❶隱心　內心審度。隱，審度。❷庸何　什麼。❸愚　指純樸。❹聖　聖人。❺所臧　所善。❻涅　黑色汙泥。

❼淄 通「緇」。黑色。❽曖曖 昏暗貌。❾柔弱生之徒二句 《道德經．第七十六章》說：「人之生也柔弱，其死也堅強；萬物草木之生也柔脆，其死也枯槁。故堅強者死之徒，柔弱者生之徒。」徒，類別；範疇。柔弱顯示了生物界生存狀態的一種特徵，故老子如此說。❿行行 剛強貌。⓫悠悠 時勢紛亂動蕩貌。⓬苟 只要。⓭芬芳 比喻品性優良。

【語　譯】不要說別人的短處，不要誇自己的長處。給了別人好處一定不要記住，接受了別人好處一定不可忘記。世人的讚譽不值得嚮往，只把仁義奉為做人的準則。深思熟慮然後才行動，誹謗能傷害什麼？不使名聲超過實際，純樸自守才是聖人所讚賞的。貴在身處汙濁而不沾染，外表昏昧而內含光華。老子告誡：柔弱屬於生存的範疇，剛強屬於死亡的畛域。剛強本是無知庸人的意氣，世道紛擾，結果難以預料。謹慎說話，節制飲食，知足可以消除不祥。如能照此而行，持之以恆，久經歲月，自能發揚優良的品性。

劍閣銘

【作　者】張載，字孟陽，安平（今屬河北省）人，有文才，起家拜著作佐郎，後官至中書侍郎，領著作。後因世亂，稱病告歸。其詩頗重辭藻，與弟張協、張亢俱以文學著名，時稱「三張」。原有集，後佚，明人輯為《張孟陽集》。

【題　解】本文所謂「劍閣」，是指劍門山而言。劍門山位於四川省北部，山勢自東北向西南，長達七十餘里，共有七十二峰，大劍山是其主峰。由於山峰高聳如劍，其勢如閣，所以稱為劍閣。三國時諸葛亮曾主持開鑿劍閣棧道，位處四川省劍閣縣東北大劍山、小劍山之間，成為四川和陝西間的主要通道。張載的父親張收，在晉武帝時任蜀郡太守。太康初年，張載至蜀探望父親，途經劍閣。他認為蜀地之人好依恃險阻而作亂，所以作此銘文以寄託告誡之意。銘文為當時益州刺史張敏所見，他對於張載的見識與文辭很讚賞，於是表奏晉武帝。晉武帝看了也很欣賞，就派人將它刻在劍閣山上。銘文首先寫出劍閣形勢之險峻，認為是有利於防守的軍事要衝。接著告誡梁州、益州的官吏，不可憑險而自安，須知所能依靠的在德不在險，並指出歷史上有人因昏庸無德而敗亡於此的事例，正是前車之鑒，不可不慎。清方廷珪稱讚此文「理足氣充」（見《昭明文選大成》）。

巖巖❶梁山❷，積石峨峨❸。遠屬❹荊❺、衡❻，近綴❼岷❽、嶓❾。南通邛❿、僰⓫，北達褒、斜⓬。狹⓭過彭⓮、碣⓯，高踰⓰嵩⓱、華⓲。惟蜀之門⓳，作固⓴作鎮㉑。是㉒曰劍閣，壁立㉓千仞㉔。窮地之險㉕，極路之峻㉖。世濁㉗則逆㉘，道清㉙斯順。閉㉚由往漢㉛，開自有晉㉜。秦得百二，并吞諸侯㉝。齊得十二㉞，田生獻籌㉟。矧㊱茲㊲狹隘㊳，土㊴之外區㊵。一人荷㊶戟㊷，萬夫趑趄㊸。形勝㊹之地，匪親㊺勿居㊻。昔在武侯，中流而喜。山河之固，見屈吳起㊼。興實在德，險亦難恃。洞庭、孟門，二國不祀㊽。自古迄㊾今，天命㊿匪易(51)。憑阻作昏(52)，鮮不敗績。公孫既滅(53)，劉氏銜璧(54)。覆車之軌(55)，無或重跡(56)。勒(57)銘山阿(58)，敢告梁(59)、益(60)。

【注釋】❶巖巖　高聳貌。❷梁山　即劍門山。❸峨峨　高峻貌。❹屬　連。❺荊　荊山。在今湖北南漳西。漳水發源於此。❻衡　衡山。是我國五嶽之一的南嶽，有七十二峰。在今湖南省境內。❼綴　連接。❽岷　岷山。在今四川杜潘北，綿延於四川、甘肅兩省邊境，是岷江與嘉陵江的發源地。❾嶓　即嶓冢山。在今甘肅天水西南。❿邛　指邛崍山。在今四川滎經西。⓫僰　古代我國西南地區的民族名。⓬褒斜　即褒谷和斜谷。是沿褒水（南流入沔水）、斜水（北流入渭水）所形成的河谷。南口稱褒谷。在今陝西勉縣褒城鎮北十里。北口稱斜谷。在眉縣西南三十里。此河谷通道是古時陝西、四川之間的交通要道，稱為褒斜道，總長四百七十里。其間山勢險峻，因而需鑿山架木，在懸崖峭壁上修成棧道。⓭狹　指險。⓮彭　指彭門山。在今四川彭縣西北。因有兩石相對猶如宮闕，所以稱為彭門。⑮碣　指碣石山。在今河北昌黎之北。⑯踰　超過。⑰嵩　嵩山。是我國五嶽之一的「中嶽」。在今河南省登封縣之北。⑱華　華山。是我國五嶽之一的「西嶽」。在今陝西華陰南。⑲蜀之門　進入蜀地的門戶。⑳固　險阻易固守。㉑鎮　保安。㉒是　此。指「梁山」。㉓壁立　像牆壁一樣地聳立。㉔仞　古時量度名。一仞為七尺。一說：八尺。㉕窮地之險　所有的地方以此為最險。窮，盡。㉖極路之峻　所有的道路以此為最高。極，盡。㉗世濁　世道混亂。㉘逆　叛反。㉙道清　世道清明。㉚閉　指關閉劍閣通道。㉛往漢　以往的蜀漢。即三國之時劉備在蜀建立的蜀漢政權。劉備占據蜀地後，控制了劍閣通道。㉜有晉　即晉朝。魏晉元四年，鄧艾、鍾會率軍伐蜀，蜀亡，打開了劍閣通道。其時雖在魏朝，因政權實由晉公司馬昭把持，且司馬昭之子司馬炎隨即篡位建立晉朝，所以稱「有晉」。㉝秦得百二二句　言當時諸侯兵力如以百萬計，秦僅占二萬人。然而由於它地勢險固，所以能併吞諸侯。秦，指戰國時之秦國。百二，百分之二。㉞齊得十二　即齊國由於得山水之利，加上物產富饒，所以以二十萬之兵力可以抵敵諸侯百萬之師。齊，指戰國時之齊國。十二，十分之二。㉟田生獻籌　「秦得百二」，「齊得十二」都是田肯之言。田肯之獻策見於《漢書・卷一・高帝紀》。這裡是以秦齊之形勝比擬劍閣。田生，指田肯。漢高祖時人。漢高祖六年，田肯賀高祖建都關中，言此故秦之地是形勝之國。又言齊地得山水之利，物產富饒，不是親子弟，不可封於齊。獻籌，獻策。㊱矧　況且。㊲茲　此。㊳狹隘　險阻。㊴土　疆土。㊵外區　邊區。㊶荷　肩負。㊷戟　古時兵器。其形是合戈矛為一體，可以直刺和橫擊。㊸趑趄　不進貌。㊹形勝　地勢優越便利。㊺匪親　不是親屬。匪，通「非」。㊻勿居　不能處於此。意思是不能封於此。㊼昔在武侯四句　據《史記・卷四七・吳起列傳》記述：魏文侯死後，其子武侯即位。他與吳起一起泛舟西河，至中流，回頭對吳起說：「多壯美呀！山河如此險固，這是魏國之寶。」吳起回答說：「魏國之寶在於君主之德，而不在於山河的險固。如果君主不修德，那麼舟中之人都是『敵國』了。」武侯，魏武侯。戰國時魏國君主，西元前三九六至前三七一年在位。中流，江河的中段。此指西河（黃河上游南北流向的一段）的中段。見屈，被折服。吳起，（西元前？－至前三七八年）戰國衛人。初仕於魯，後仕於魏。魏文侯用為將，攻秦，拔五城，為西河守以拒秦。後為魏相公叔所忌而奔楚，楚悼王任為令尹。吳起在楚，銳意改革。悼王死，吳起被宗室大臣所殺害。㊽興實在德四句　這也是轉述吳起對魏武侯之言。吳起說：「以前三苗氏，左面是洞庭湖，右面是彭蠡湖（即今江西的鄱陽湖），由於不修德義，所以被禹所滅。殷紂之國，左面是孟門（按孟門在殷都朝歌之西，此說似有誤），右面是太行山，北面是常山（即恆山），南面是黃河，由於不行德政，為武王所殺。」洞庭，湖名。在今湖南省北部。孟門，古關隘名。位於今河南省輝縣西。二國，指古時的三苗與殷商。不祀，斷絕祭祀。意指被滅亡。㊾迄　至。㊿天命　古時把天看作神，稱天神的意旨為天命。[51]匪易　沒有改變。指天只輔助有德之人。匪，通「非」。[52]作昏　指因昏亂而做出違背天命的事情。[53]公孫既滅　公孫，指公孫述（西元？至三六年）。東漢扶風茂陵人。王莽時，為導江卒正。後起兵，據有益州，自立為蜀王，建武元年稱帝。建武十二年為漢軍所破，被殺。[54]劉氏銜璧　劉氏，指劉禪。劉備之子。劉備死後即位為後主。魏景元四年，鄧艾之軍抵成都，後主用車子載著棺材，自縛其手至營門表示投降。銜璧，口中銜著一塊璧玉。古時君主表示投降時，自縛其手，口中銜璧玉。[55]軌　車轍。[56]重跡　重蹈覆轍。[57]勒　刻。[58]山阿　山中曲處。[59]梁　梁州。治所在今陝西南鄭東。[60]益　益州。治所在今四川成都。

【語　譯】高聳的梁山，聚石巍峨。遠連荊山和衡山，近接岷山和嶓冢山，南通邛崍山和僰族之地，北面到達褒谷和斜谷。它的險峻超過彭門山和碣石山，它的高度超過嵩山和華山。它是進入蜀地的門戶，賴此險固而易鎮守。這就是劍閣，陡峭的山峰猶如牆壁一樣，有千仞之高。這裡的地勢最為險要，道路最為高峻。正因為如此，所以每當世道紛亂之時，這裡就有人會乘機反叛。只有在政治清明之時，才能順從朝廷。在蜀漢政權建立之時，劍閣通路曾被關閉，到了晉朝才被打開。田生曾向漢高祖獻計，他認為戰國時秦人依恃地勢險阻，因而二萬人可以抵敵諸侯百萬之軍，並且吞併了諸侯；齊人得山水之利，因而二十萬人可以抵敵諸侯百萬之軍。何況此處更為險狹，而又處國土的外圍呢！只要有一人背戟守衛，一萬人也不能向前。這樣優越的地方，不是親屬是不能讓他據有的。當初的魏武侯乘舟沿西河而下，到了中流，見到山河的險固，內心喜悅，卻被吳起的議論所折服。吳起說：國家的興盛在於君主有德，而不能依靠地勢的險阻。像古時處於洞庭湖畔的三苗，有著孟門關隘等作為屏障的殷商，都先後被滅，斷絕了宗廟的祭祀。從古至今，天的意旨並未改變，想依恃險阻而做出昏亂之事的人，是少有不徹底失敗的。公孫述已被消滅，劉後主則銜璧投降。前車已覆，不要重蹈覆轍。將此銘文刻在山中曲處，以敬告梁州、益州之人。

石闕銘 并序

【作　者】陸倕（西元四七〇～五二六年），字佐公，吳郡吳人。少年時即勤奮好學，聰慧過人，善於作文。曾在住宅之內起造兩間茅屋，晝夜在此讀書，杜絕交往，如此數年之久。梁武帝愛其才，詔使撰寫〈石闕銘〉和〈新漏刻銘〉，二文冠絕當時，武帝賞賜以束帛，朝野視為殊榮。後官至太常卿，有文集傳於世。

【題　解】此石闕是指天子宮廷南面正門外的臺觀建築。天子之宮門有多重，宮門都築有臺，臺上起屋，稱為臺門。其中庫門之臺門，兩旁建有雙闕，也稱兩觀。朝廷頒布之法，即懸掛於此，以使民眾觀看奉行。梁武帝蕭衍天監七年，構築雙闕，名「神龍」、「仁虎」（此據《梁書》、《南史》作「仁獸」）。由於是「鐫石為闕」，故稱「石闕」。並詔使陸倕撰此銘文。此篇前為序，後為銘辭。序文首先讚揚了蕭衍滅齊建梁的功德。指出齊帝東昏侯暴虐無道，致使民怨神怒，眾叛親離；而梁武帝起兵討伐，上應神意，下得民心，所以以摧枯拉朽之勢一舉推翻了齊朝。蕭衍即帝位建立梁朝後，終於使全國歸於一統，社會大治，歲豐而民和。然後指出，石闕的興建，是為了使民眾能觀看朝廷頒布之法而知所歸趨，有益於安國安民，長治久安。銘辭對於石闕的宏偉壯觀，非凡的氣勢，予以深情的讚美。

昔在舜❶格❷文祖❸，禹至神宗❹，周變商俗❺，湯❻黜❼夏政❽。雖革命❾殊❿乎因襲⓫，揖讓⓬異於干戈⓭，而晷緯⓮冥合⓯，天人⓰啟基⓱，克明⓲俊德⓳，大庇⓴生民，其揆㉑一也。

【章　旨】闡明雖然舜禹禪讓與湯武革命二者有異，然而他們在上合天意、下庇百姓這一意義上卻是彼此一致的。

【注　釋】❶舜　傳說中的古帝名。實為部落聯盟之首領。下「禹」同。❷格　至。❸文祖　堯的祖廟，傳位於舜之所。❹神宗　是舜傳位於禹之所。❺周變商俗　指周武王以武力推翻商紂王的統治，從而改變了商朝原有的習俗。❻湯　成湯。商朝的開國君主。❼黜　退；推翻。❽夏政　夏朝的統治。❾革命　指用武力奪取政權。❿殊　異；不同。⓫因襲　前後相承。⓬揖讓　讓位於賢。⓭干戈　本指盾和戟，是古代常用的兵器。這裡指武力征伐。⓮晷緯　借指日月星辰。喻天道。晷，日影。緯，指金、木、水、火、土五行星。因對經星（二十八宿等恆星）而言，故稱緯。⓯冥合　暗合。⓰天人　天和民眾。⓱啟惎　開啟。意為使他稱帝。⓲克明　能發揚。⓳俊德　高尚的品德。⓴大庇　廣泛地庇護。㉑揆　道。

【語　譯】從前，舜至文祖接受帝位，禹至神宗接受帝位，周武王用武力推翻商朝而改變了商朝的習俗，成湯用武力推翻了夏朝的統治。雖然用武力革命與帝位的前後相承不一樣，讓位於賢與用戰爭手段奪取政權不一樣，然而舜禹與商湯周武的稱帝都暗合天象，得上天與民眾之助，他們都能發揚高尚的品德，廣泛地庇護百姓，可見他們的為帝之道是一致的。

在齊❶之季❷，昏虐君臨❸。威侮五行，怠棄三正❹。刑酷然炭❺，暴踰❻膏柱❼，民怨神怒，眾叛親離。蹐地無歸❽，瞻烏靡託❾。於是我皇帝❿拯之。乃操斗極⓫，把鉤陳⓬，翼⓭百神，禔⓮萬福。龍飛黑水，虎步西河⓯，雷動風驅⓰，天行地止⓱。命旅⓲致屯雲之應⓳，登壇有降火之祥⓴，龜筮㉑協從㉒，人祇㉓響附㉔。穿胸㉕露頂㉖之豪㉗，箕坐椎髻之長㉘，莫不援㉙旗請奮㉚，執銳㉛爭先。夏首㉜憑固㉝，庸、岷㉞負阻㉟，協彼離心㊱，抗茲同德㊲。帝赫斯怒㊳，秣馬訓兵㊴，嚴鼓未通㊵，凶渠[41]泥首[42]。弘舸連軸，巨艦接艫[43]，鐵馬千群[44]，朱旗[45]萬里。折簡[46]而禽盧、九[47]，傳檄[48]以下湘[49]、羅[50]。兵不血刃[51]，士無遺鏃[52]，而樊[53]、鄧[54]威懷[55]，巴[56]、黔[57]底定[58]。於是流湯[59]之黨[60]，握炭[61]之徒，守似藩籬，戰同枯朽[62]。革車[63]近次[64]，師營[65]商牧[66]。華夷[67]士女，冠蓋[68]相望[69]，扶老攜幼，一日雲集[70]，壺漿[71]塞野[72]，簞食[73]盈塗[74]。似夏民[75]之附[76]成湯，殷士[77]之窺周武[78]。安老懷少[79]，伐罪弔民[80]，農不遷業[81]，市無易賈[82]。八方入計[83]，四隩[84]奉圖[85]，羽檄[86]交馳[87]，軍書狎至[88]。一日二日，非止萬機[89]。而尊嚴之度[90]，不愆[91]於師旅[92]；淵默之容，無改於行陣[93]。計如投水[94]，思若轉規[95]，策定帷幄[96]，謀成几案[97]，曾未浹辰[98]，獨夫[99]授首[100]。乃焚其綺席，棄彼寶衣，歸琁臺之珠，反諸侯之玉[101]。指麾[102]而四海隆平[103]，下車[104]而天下大定。拯茲塗炭[105]，救此横流[106]，功均天地，明並日月。

【章　旨】敘述齊帝東昏侯暴虐無道，致使民怨神怒，眾叛親離。梁武帝因而起兵討伐，由於上應神意，下得民心，因此以摧枯拉朽之勢一舉推翻了齊朝統治，成就了等同天地之大功。

【注　釋】❶齊　南朝齊代。自西元四七九年至五〇二年共二十四年而亡。❷季　末年。❸昏虐君臨　昏庸暴虐之君統治天下。指齊建武五年即位的東昏侯。❹威侮五行二句　語出《尚書・甘誓》。威侮，粗暴地踐踏。五行，指金、木、水、火、土五種物質。古人根據它們之間的相生相剋的關係，來比附與解釋社會和自然界的各種現象。此「五行」據孫星衍《尚書今古文注疏》謂實指與五行相配的五常。即仁義禮智信。怠棄三正，怠惰廢棄天地人之正道。❺然炭　燃燒的炭火。然，同「燃」。

❻踰　超過。❼膏柱　油脂所塗之銅柱。《六韜》說：「紂憂慮刑罰太輕，於是鑄造了一根銅柱，並且在上面塗了油脂，把它放在燃燒的炭火之上。然後，讓有罪的人去攀緣銅柱，看他們跌入炭火之中。紂與妲己以此為樂。」❽蹐地無歸　形容雖小心戒懼，可是仍無所容身。蹐，輕步；小步行走。《詩經・小雅・正月》：「說地深厚，走路不敢不小步。」❾瞻烏靡託　《詩經・小雅・正月》：「看烏鴉停息在誰家的屋上。」比喻百姓流離失所。瞻，看。烏，烏鴉。靡託，沒有棲身之處。❿我皇帝　指梁武帝蕭衍。⓫操斗極　謂蕭衍掌握了天命。操，執。斗極，北斗星、北極星。為人君之象。⓬把鉤陳　比喻蕭衍掌握軍隊。把，把持。鉤陳，星名。在紫微垣內，最靠近北極星。《晉書・卷一一・天文志》：「北極五星，鉤陳六星，皆在紫宮中。」《星經》說鉤陳「主天子六軍將軍」，故劉良認為是「兵衛之象」。⓭翼　敬。⓮禔　安。⓯龍飛黑水二句　齊永元二年，蕭衍為雍州刺史，因其兄尚書令蕭懿被齊帝東昏侯毒死，蕭衍得知後，即於襄陽起兵。龍飛、虎步，比喻蕭衍之起兵。黑水、西河，都是指代雍州。因《尚書・禹貢》有「黑水西河惟雍州」的話。雍州治所在今湖北襄陽。⓰雷動風驅　形容軍隊之聲威如雷，迅捷如風。⓱天行地止　天體運行，大地靜止。這裡是形容其軍之行止。⓲命旅　指率領軍隊發誓。⓳屯雲之應　此引漢高祖劉邦之事。傳說劉邦所在之地，天空中即有雲氣聚集，名為天子氣，預示他將為天子。屯雲，雲聚集。應，徵兆。⓴登壇有降火之祥　《尚書緯・帝命驗》說：「周太子姬發出兵討伐商紂，在渡黃河渡到一半時，見天上有火降下，並且變成了赤色的烏。」登壇，指祭祀天。降火，火從天降。祥，吉祥的徵兆。㉑龜筮　指用龜甲與蓍草占卜凶吉。古人認為它們足以體現天意。㉒協從　隨從其意；相一致。㉓祇　神。㉔響附　如響之應聲。㉕穿胸　胸部有空洞貫通之人。此出於傳說。據《博物志》與《藝文類聚・卷九六》所引《括地圖》說：從前，禹平定天下之後，在會稽之野召集諸侯。防風氏後至，禹把他殺了。當時夏德正盛，天上有二條龍降下。禹就讓范成克駕著二條龍去巡行天下。當行至南方時，防風神出於憤恨發箭射禹。此時雷聲轟鳴，二龍隨即上升。防風神因為恐懼，因此用劍刺透心臟而死。禹為此感到悲哀，於是用不死草進行醫治，使他得以不死，後即成為穿胸人。穿胸國距會稽一萬五千里。這裡以「穿胸」指代身體形狀不同於一般的少數民族。㉖露頂　不戴冠帽露出髮髻的人。此指古代我國西方的少數民族。《後漢書・卷一一八・西域傳》論說：西域之人因屈服於漢朝的兵威與禁不住財物的引誘，無不露頂附行，東行朝見東漢王朝。㉗豪　長官。㉘箕坐椎髻之長　指代我國南方的少數民族的長官。箕坐椎髻，是漢時南越人之習俗。《漢書・卷四三・陸賈傳》：「高祖使陸賈賜尉佗印，為南越王。陸賈至，尉佗魋結（即椎髻）箕踞（即箕坐）見陸賈。」箕踞，古人席地而坐，坐時兩膝著席，如現在的跪。箕坐則臀部著席，兩腳前伸，兩手放在膝蓋上，形狀如同畚箕。椎髻，髮髻之形如椎。㉙援　引舉。㉚請奮　請求出兵。㉛執銳　手拿銳利的武器。

㉜夏首　夏水與長江合流處。㉝憑固　依恃險阻的地形。呂延濟認為是指薛元嗣據守郢州（治所在今湖北武昌）而言。㉞庸岷　呂延濟說：庸、岷指蜀地。庸，地名。本為春秋時庸國之地，其地域在今湖北竹山。岷，岷山。在四川松潘北，綿延四川、甘肅兩省邊境。㉟負阻　依恃其地勢的險阻。㊱離心　指人心所背的齊帝東昏侯。㊲同德　指與臣民同一德行的梁武帝蕭衍。㊳帝赫斯怒　皇帝大怒。帝，指梁武帝。赫，盛怒貌。斯，助詞。㊴秣馬訓兵　餵飽戰馬，訓練士兵。㊵嚴鼓未通　急促的鼓聲，尚未擊到三百三十撾。古時擊鼓進軍，以三百三十撾為一通。㊶凶渠　凶徒的首領。指薛元嗣等敵方的首領。㊷泥首　用泥自塗頭面。表示服罪投降。㊸弘舸連軸二句　是說巨大的戰艦頭尾相連，一艘接著一艘。弘舸，大的戰船。軸，當作「舳」。船尾。巨檻，即「巨艦」。艫，船頭。㊹鐵馬千群　配備鐵甲的馬有三千匹。群，獸類以三為群。㊺朱旗　紅色戰旗。㊻折簡　折半之竹簡。古人用竹簡書寫文字，一條竹簡稱為簡。折半稱為折簡。表示輕易、隨便。㊼禽盧九　擒獲盧江、九江二郡之行政長官。禽，同「擒」。盧，盧江。郡名。治所在今安徽舒城。九，九江。郡名。治所在今安徽鳳陽南。㊽檄　指軍書。㊾湘　湘江。在今湖南省境。㊿羅　指汨羅江。是湘江的支流，在湖南省東北部。51兵不血刃　兵器刀口上沒有沾上血。指未經交戰。52遺鏃　損失一枝箭。鏃，箭頭。借指箭。53樊　樊城。原屬湖北襄陽。此地南臨漢水，與襄陽隔水相望，自古為兵家必爭之地。現屬襄樊市。54鄧　鄧城。在樊城之北，是春秋鄧國所在地，故城在今河南鄧縣一帶。55威懷　威服而心望安撫。56巴　巴郡。治所在今四川重慶。57黔　黔州。治所在今四川彭水。58底定　得到安定。59流湯　下沸水。60黨　同類的人。61握炭　手握熾炭。《六韜》說：「商紂的士卒，握炭流湯者十八人。」極言他們的悍勇。62枯朽　枯枝朽木。形容不堪一擊。63革車　兵車。64近次　指軍隊推進到靠近京城的地方駐紮下來。65師營　軍隊駐紮。66商牧　商朝京都之郊的牧野。其地在今河南淇縣南。周武王討伐商紂的軍隊推進到牧野，在此誓眾，並在牧野之戰中擊潰了商紂的軍隊，隨即消滅了商朝。這裡是以周武王之軍比梁武帝蕭衍之軍。67華夷　指中原的民族與少數民族。這裡泛指各種民族。68冠蓋　禮帽與車蓋。指達官貴人的服飾與車子。因而也借指達官貴人。69相望　一路上前後不絕。70雲集　如雲之聚集。71壺漿　用壺裝的酒漿。72塞野　充塞郊野。73簞食　用簞盛的飯食。簞，盛飯的竹器。74盈塗　滿路。指民眾熱烈歡迎並犒勞軍隊。75夏民　夏朝民眾。76附　歸附。77殷士　殷朝士民。78周武　即周武王。姬姓名發。是滅商建周的開國君主。79安老懷少　使老年人得到安寧，使年輕人得到關懷。《論語・公治長》記述孔子之志：「老者安之，朋友信之，少者懷之。」80伐罪弔民　討伐暴君，撫慰百姓。81農不遷業　農民不改行。82市無易賈　市場上的商品不改變價格。說明人心與社會安定。賈，通「價」。83入計　交納計簿。計簿是記載當地戶口賦稅等的簿籍。84四隩　四方。85奉圖　奉獻圖譜。86羽檄　插上羽毛的軍書。以

表示事急。[87]交馳　指傳送羽檄的使者交相奔馳而至。[88]狎至　緊接著送至。狎，更替。[89]萬機　也作「萬幾」。指帝王日常的紛繁政務。《尚書・皋陶謨》：「兢兢業業，一日二日萬幾。」[90]尊嚴之度　指天子的氣度儀容。度，氣度。下「淵默之容」同。[91]不諐　不失。諐，古「愆」字。[92]師旅　軍隊的通稱。古代軍隊編制，以二千五百人為一師，以五百人為一旅。[93]淵默之容二句　是說蕭衍雖於軍隊之中，已不失天子的儀容。淵默，深沈不言。行陣，軍隊行列。[94]計如投水　指聽取別人的計謀，如同把石投入水中。比喻所言皆聽。語出李蕭遠〈運命論〉：「張良遇到漢高祖後，所言如以石投水，沒有不聽從的。」[95]轉規　轉動圓規。比喻靈敏無礙。[96]帷幄　軍中的帳幕。[97]几案　泛指桌子。[98]曾未浹辰　尚未到十二日。浹辰，十二日。浹，一周。辰，地支。地支自子至亥為十二辰。故以辰紀日為十二日。[99]獨夫　眾叛親離的統治者。此指齊帝東昏侯。[100]授首　指罪人被殺。齊永元三年，蕭衍之軍到達建康（南京），並圍城。城中發生內變，東昏侯被殺。[101]焚其綺席四句　借以比喻蕭衍的廉潔。綺席，以有花紋的絲織品作為坐席。《六韜》說：「紂時，宮中婦人以有花紋的絲織品作為坐席，穿著綾羅的有三千人。」這裡是借用其意。寶衣，貴重之衣服。《六韜》又說：「武王伐紂，紂蒙著寶衣投火而死。」歸，歸還。琁臺，用美玉裝飾的臺。琁，同「璇」。美玉。《帝王世紀》說：「王命歸還琁臺的珠玉。」反，同「返」。送還。《說苑》說：「武王大敗殷人，上殿堂看到玉，問：『是誰的玉？』回答說：『是諸侯的玉。』即將它歸還給諸侯。天下人聽說此事，說：『武王對於財物能廉潔。』」[102]指麾　即「指揮」。指指揮討伐。[103]隆平　太平。[104]下車　指戰事剛結束而從戰車上下來。喻見效之迅速。[105]塗炭　爛泥和炭火。比喻處於災難困苦中的民眾。[106]橫流　指河水不按原河道流而泛濫。比喻處於動盪局勢下的人民。

【語　譯】在齊朝的末年，昏庸暴虐的君主統治天下。他粗暴地踐踏五常，怠惰並廢棄天地人之正道。刑罰的酷烈猶如燃燒著的炭火，凶暴超過用塗膏的銅柱烤灼人的商紂，致使民怨神怒，眾叛親離。民眾即使再小心戒備也無可容身，只能像無棲息之所的烏鴉那樣流離飄泊。於是，我大梁皇帝起來拯救他們。他上應北斗星、北極星，把握了天命，手中又掌握著軍隊，他敬重各種神靈，得到巨大的福分。他如龍騰黑水、虎行西河般地在雍州起兵，其勢如同雷鳴風馳，行軍如天體運行，駐紮如大地靜止。他率軍立誓就出現雲氣聚集的徵兆，登壇祭天就出現火從天降的祥瑞。用龜甲與蓍草占卜，都和順吉利，無論人還是神都來響應。那些穿透胸部的、頭上髮髻暴露的族群官長，那些坐姿如畚箕、髮髻如椎形的族群官長，無不舉起旗幟，請求出兵，手中握著銳利的武器，準備爭先奮戰。齊朝據守夏首的人和據守庸地和岷山一帶的人，他們依恃著地勢的險阻，幫助那個背離民心的人來抵禦與臣民同心同德的人。皇帝因而盛怒，他餵飽了戰馬，訓練了士兵，準備一戰。可是，急促的戰鼓尚未擂足其數，凶徒的首領就用泥塗汙頭面來表示投降。巨大的兵船首尾相連，一艘接著一艘；配備好鐵甲的戰馬有千群之多；紅色的軍旗萬里飄揚。於是，輕易地擒獲了廬江、九江的官長，軍書一傳就佔領湘江與汨羅江一帶。兵器不沾血跡，戰士不發一箭，就已使樊城、鄧城之人威服而盼望安撫；巴郡和黔州也因此得到安定。這就使得那些敢下沸水、敢握熾炭的悍勇之徒把守的要塞，像籬笆一般地脆弱不禁，作戰如同枯枝朽木般地不堪一擊。兵車馳近京城，軍隊駐紮在京郊。前來歡迎的有各族男女，達官貴人的車輛一輛接著一輛；也有扶老攜幼的人群，他們猶如風起雲湧般地一下子就聚集起來。壺裝的酒漿充盈於郊野，盛飯的竹器滿路皆是。真好比夏朝的民眾歸附於成湯，殷朝的民眾盼望周武王。大梁皇帝使老年人得到安寧，使年輕人得到關懷。由於他是討伐暴君而撫慰百姓的，所以農民照常從事農耕，市場上商品的價格也照舊不變。四面八方的人士紛紛前來奉獻計簿與圖譜，傳送插上羽毛的軍書的使者紛至沓來。一天二天之中所要處理的政務極其紛繁，可是處身於軍隊之中的皇帝，他那尊嚴的氣度，他那深沈的儀容卻始終不變。他對於別人的獻計，猶如以石投水一般的一概聽取，思路靈敏猶如轉動圓規。他定計於軍帳之中、几桌之上，尚未到十二天的時間，那獨夫民賊就被殺死。於是焚燒齊帝宮中綺羅的坐席，丟棄他的貴重衣服，又把裝飾璇臺的珠玉歸還與民，宮中的寶玉都歸還給諸侯。皇帝指揮之間就使全國變得太平，方才下車，天下已一片安寧。他拯救了陷於災難、困於亂世的民眾，功績等同天地，與日月同輝。

於是仰叶❶三靈❷，俯從億兆❸，受昭華之玉❹，納龍敘之圖❺。類❻帝❼禋宗❽，光❾有神器❿。升中⓫以祀群望⓬，攝袂⓭而朝⓮諸夏⓯。布教⓰都畿⓱，班政⓲方外⓳。

謀協⑳上策，刑從㉑中典㉒。南服緩耳㉓，西羇㉔反舌㉕。劍騎㉖穹廬㉗之國，同川㉘共穴㉙之人，莫不屈膝交臂，厥角稽顙㉚。鑿空㉛萬里，攘地㉜千都㉝，幕南㉞罷鄣㉟，河西㊱無警㊲。

【章 旨】敘述蕭衍因合天人之意，故能登天子之位而統攝全國，又使得四方異族順服而天下安寧。

【注 釋】❶叶 古「協」字。合。❷三靈 指天、地、人。❸億兆 都是大數。代指民眾。❹受昭華之玉 是即帝位的意思。昭華，玉名。《尚書大傳》說：「堯得到舜，推舉並尊重他，把昭華之玉贈給他。」❺納龍敘之圖 據說伏羲時，見龍馬從黃河中背著圖出現，就根據其圖像畫成八卦。河出圖傳說是伏羲氏稱王天下的徵兆，也是此後帝王聖人受天命的徵兆。李善注認為，此為堯受命之瑞徵。納，受納。龍敘之圖，指「河圖」。龍，指龍馬。❻類 通「禷」。古時祭天之名。❼帝 天帝。❽禋宗 祭祀祖宗。❾光 顯耀。❿神器 指天子之位。⓫升中 《禮記・禮器》說：古時先王「因名山升中于天」。意思是先王巡行天下之時，遇到名山，即將成功之事上告於天。升，上。中，成功。⓬群望 眾山川之神。⓭攝袂 整袖。⓮朝 指在朝廷接見百官。⓯諸夏 指周代分封在中原地區的諸侯國。這裡指全國的地方長官。⓰布教 發布教令。⓱都畿 京都與京都所轄地區。⓲班政 頒布政令。⓳方外 指邊遠地區。⓴協 符合。㉑從 採取。㉒中典 常行的法律。《周禮・秋官・大司寇》：「太平之國實施刑罰，用常行的法律。」㉓緩耳 南方少數民族，由於其族人耳下有飾物，使耳下垂，故稱。㉔羇 同「羈」。控制。㉕反舌 泛稱南方民族。因古代南方民族說話多捲舌喉音。㉖劍騎 善於使劍騎馬。㉗穹廬 氈帳。遊牧民族居住的圓頂帳幕。㉘同川 指父子在同一條河流洗澡。據《漢書・卷六四・賈捐之傳》說，南方的駱越之人，父子同川而浴，習慣用鼻飲水。㉙共穴 指一家同住在一個窯洞之中。《後漢書・卷一一〇・杜篤傳》謂「同穴裘褐（粗陋的衣服）之域」。意指北方民族。㉚屈膝交臂二句 都指表示屈服的姿勢。交臂，叉手；拱手。表示恭敬。厥角，以頭叩地。稽顙，跪拜時以額觸地。㉛鑿空 指鑿山以開通道路。㉜攘地 開擴領土。㉝千都 上千的都城。㉞幕南 即漠南。指北方沙漠以南。㉟罷鄣 指撤除戒備。鄣，「障」之本字。屏障。㊱河西 泛指黃河以西地區。㊲警 指軍事情況。

【語 譯】由於蕭衍上合天、地、人之意，下順億萬民眾之心，所以接受了昭華之玉，受納了龍馬背負之圖。

他祭祀了天帝和祖宗，顯耀地登上帝位。他把成功之事上告天帝，並祭祀名山大川之神靈。他整拂衣袖，在朝廷接見各地官員。對京都地區以及邊遠地區頒布政令教令。一切的謀劃都合於上策，刑罰則採用通常的法律。南方使緩耳族屈服，西方又控制了反舌民族。凡使劍騎馬、居住圓頂帳幕的民族，父子同川洗澡、一家同住一個窯洞的人，無不屈膝交叉手臂、叩頭至地表示屈服。又開通萬里山道，擴展千座都城，致使沙漠以南可以撤除戒備，黃河以西再無軍情。

於是治定功成，邇[1]安遠肅[2]，忘茲鹿駭[3]，息此狼顧[4]。乃正六樂[5]，治五禮[6]，改章程[7]，創法律。置博士[8]之職，而著錄[9]之生[10]若雲；開集雅之館[11]，而款關[12]之學如市[13]。興建庠序[14]，啟設[15]郊丘[16]。一介[17]之才必記，無文之典咸秩[18]。於是天下學士靡然[19]向風[20]，人識廉隅[21]，家知禮讓。教[22]臻[23]侍子[24]，化[25]洽[26]期門[27]。區宇[28]乂安[29]，方面[30]靜息[31]。役休[32]務簡[33]，歲阜[34]民和。歷代規謩[35]，前王典故[36]，莫不芟夷[37]翦截[38]，允執厥中[39]。以為象闕[40]之制，其來已遠。《春秋》[41]設[42]舊章[43]之教，《經禮》[44]垂布憲之文[45]，《戴記》顯游觀之言[46]，《周史》書樹闕之夢[47]。北荒明月[48]，西極[49]流精[50]；海岳[51]黃金[52]，河庭[53]紫貝[54]；蒼龍、玄武[55]之製[56]，銅雀、鐵鳳[57]之工[58]；或以聽窮省冤[59]，或以布化[60]懸法[61]，或以表正[62]王居[63]，或以光崇帝里。晉氏浸弱[64]，宋歷威夷[65]，禮經[66]舊典，寂寥[67]無記，鴻規[68]盛烈[69]，湮沒[70]罕稱[71]。乃假天闕於牛頭[72]；託[73]遠圖[74]於博望[75]，有欺耳目，無補憲章[76]。乃命審曲[77]之官，選明中[78]之士，陳圭置臬[79]，瞻星揆地[80]，興復[81]表門[82]，草創[83]華闕[84]。於是歲[85]次[86]天紀[87]，月[88]旅[89]太簇[90]，皇帝[91]御[92]天下之七載[93]也，搆[94]茲盛則[95]，與此崇麗[96]。方且趨以表敬[97]，觀而知法[98]。物覩[99]雙碣[100]之容，人識百重之典[101]，作範[102]垂訓[103]，赫[104]矣壯乎！爰[105]命下臣[106]，式[107]銘[108]盤石[109]。

【章　旨】論述創建石闕的背景條件和目的作用。梁武帝即位之第七年，已經完成了對於禮樂的整治，確立了典章制度，致使國家大治，社會安定，歲豐民和，民眾知禮明義，蔚然成風，於是仿效古制，經鄭重選址定日而創建石闕。石闕的建立，其主要作用是使百姓知典明法，有所歸趨。

【注　釋】❶邇　近的地方。❷肅　安寧。❸鹿駭　鹿性膽小，一聞聲響即驚恐逃竄。借喻為民眾擔驚受怕之狀。❹狼顧　狼性多疑，害怕被襲擊，所以行走時常反顧。借喻民眾畏懼不安。❺六樂　指相傳的六代之樂。即黃帝之〈雲門〉、堯之〈大咸〉、舜之〈大韶〉、禹之〈大夏〉、湯之〈大濩〉、周武王之〈大武〉。❻五禮　指古代以祭祀為事的吉禮，以冠、婚為事的嘉禮，以賓客為事的賓禮，以軍旅為事的軍禮，以喪葬為事的凶禮。❼章程　曆數和度量衡的推算法式。❽博士　我國古代學官名。南朝時相沿而設置國子博士和五經博士。國子博士掌教公卿大夫之子弟，五經博士掌傳授儒家的經典《易》、《尚書》、《詩》、《禮》、《春秋》。梁朝還置正言博士。❾著錄　記載在簿籍上。❿生　指有才學之人。下句「學」意同。⓫集雅之館　梁時所建學館名。以招集有才學之人。⓬款關　叩門。⓭如市　如趨市集。⓮庠序　古時學校名。⓯啟設　開設。⓰郊丘　供天子郊野祭天之處所。⓱一介　一個。⓲無文之典咸秩　不在禮文之典都依次祭祀。《尚書．洛誥》：「祀于新邑，咸秩無文。」⓳靡然　順勢傾倒貌。⓴向風　聞風歸附。㉑廉隅　品行端正。㉒教　教化。㉓臻　至。㉔侍子　古代諸侯或附屬國的君王遣送其子入侍皇帝，稱為侍子。㉕化　教化。㉖洽　遍及。㉗期門　官名。掌管士兵出入護衛。㉘區宇　疆域之內。

即國內。㉙乂安　太平無事。㉚方面　四面八方。㉛靜息　平靜無須戒備。㉜役休　勞役休止。㉝務簡　指官府一切事務從簡處理。㉞歲阜　年年穀物豐收。㉟規摹　法則。摹，同「謨」。㊱典故　舊的國家典制、常例。㊲芟夷　削除。㊳翦截　刪削。㊴允執厥中　語出《尚書‧大禹謨》。允，誠信。執，執守。厥，其。中，指中庸之道。即做事適得其中。㊵象闕　天子宮廷南面正門外之庫門兩旁的雙闕。也稱兩觀、象魏、魏闕，是朝廷頒法之所。㊶春秋　相傳是孔子據魯史修訂的編年體史書。所記起自魯隱公元年，迄於魯哀公十四年，共二百四十二年。㊷設　實施。㊸舊章　舊時的典章制度。《左傳‧哀公三年》：「此年五月，司鐸宮起火，火延燒至哀公之宮和桓公、僖公之廟，於是命人將所藏的周書典籍、禮書搬出。季桓子說：『舊章不可失。』」㊹經禮　指《周禮》。原名《周官》。西漢末被列為經而屬於禮，故稱《周禮》。此書是西漢時所出，內容分〈天官〉、〈地官〉、〈春官〉、〈夏官〉、〈秋官〉、〈冬官〉六篇，但與周時制度多不合。㊺垂布憲之文　《周禮‧天官‧太宰》：「正月初一，懸掛寫有法令的布告於象闕，使萬民觀看，懸掛十日後收藏。」垂，懸掛。布憲，頒布法令。㊻戴記顯游觀之言　《禮記‧禮運》：孔子陪侍魯君進行年終祭祀之後，出遊於觀旁，喟然歎息，向身旁的弟子言偃論說了「天下為公」的「大同」社會，和「天下為家」的「小康」社會，以及禮樂之因革等方面的主張。《戴記》，即《禮記》。因為是西漢時戴聖所傳，所以稱《戴記》。戴聖採先秦舊籍編定成書，共四十九篇。顯，發表。游觀，指孔子出遊於觀。㊼周史書樹闕之夢　《周史》，即《逸周書》。書中記述周文王在離開商都返周途中，其妻太姒做了一個夢，夢見商朝的朝廷之上長出荊棘，而子姬發取周庭的梓樹種植於兩闕之間，梓樹卻變成了松柏棫柞。太姒被驚醒後，把所作之夢告訴文王。經過占夢，知道這是行將代商的吉兆。樹闕，將樹種植於兩闕之間。㊽北荒明月　據《神異經》記述說：「在西北荒中有兩座金闕，高百丈。兩闕相距百丈，闕上有明月珠，珠之直徑有三丈，能光照千里。」北荒，北方極其遙遠的地方。明月，指明月珠。㊾西極　西方極其遙遠的地方。㊿流精　傳說之闕名。《十洲記》說：「崑崙山有三角，其一之正東有墉城，有流精之闕，是西王母所治之地。」(51)海岳　傳說的海中神山。即蓬萊、方丈、瀛州。(52)黃金　指黃金之宮闕。據《史記‧卷二八‧封禪書》說：傳說三神山在勃海中，其上有黃金與銀建造的宮闕。(53)河庭　水神河伯所居之宮。(54)紫貝　蚌蛤類軟體動物名。產於海中，質白如玉，殼有紫色點紋。此指用紫貝殼建造的宮闕。《楚辭‧九歌‧河伯》：「魚鱗屋兮龍堂，紫貝闕兮朱宮（以魚鱗蓋屋，堂畫蛟龍之圖。用紫貝建造的宮闕，紅色的宮廷）。」(55)蒼龍玄武　兩闕名。《三輔舊事》說：「未央宮之東有蒼龍闕，北有玄武闕。」(56)製　建造。(57)銅雀鐵鳳　兩闕名。據李善注引魏文帝歌詞：「長安城西有兩座圓闕，上面有一對銅雀。一鳴則五穀生長，再鳴則五穀成熟。」薛綜〈西京賦〉注說：「圓闕之上造有鐵鳳凰，讓牠張開兩隻翅膀，舉起頭散開尾巴的羽毛。」(58)工精巧。59聽窮省冤　傾聽困苦者的訴告，省察蒙冤者的申訴冤情。60布化　據胡克家《文選考異》說：本作「布治」，因諱「治」字，故改為「化」。布治，發布治令。61懸法　懸掛法令。62表正　表率法式。63王居　皇帝居住之處。下「帝里」同。64晉氏浸弱　指晉朝司馬氏政權逐漸衰弱。魏咸熙二年，司馬炎代魏建立晉朝，傳至晉愍帝降漢劉曜；建武二年司馬睿在建康稱帝建立東晉王朝，傳至晉恭帝元熙二年，劉裕代晉，東晉滅亡。65宋歷威夷　劉宋王朝歷六十年，傳至宋順帝昇明三年時，為蕭道成所取代，建立齊朝。宋，南朝之宋朝。劉裕代晉所建。威夷，衰微。66禮經　指有關禮的經籍。67寂寥　空虛貌。68鴻規　宏偉的規制。69盛烈　盛事。70湮沒　埋沒。71罕稱　少有說及。72假天闕於牛頭　李善注引山謙之《丹陽記》說：晉元帝大興中，擬建闕。有人說漢司徒許彧墓之二闕雄偉，可以把它們遷移，而王茂弘不贊同。後相陪元帝出宣陽門，南望牛頭山二峰，就說：「這是天闕，難道還要煩勞改建？」元帝聽從了他。假，假託。天闕，自然之宮闕。牛頭，山名。在今江蘇江寧南。山有二峰，東西相對，名為雙闕。73託　假託。74遠圖　長遠的規畫。指建雙闕。75博望　山名。在今安徽當塗西南，一名天門山，也叫東梁山。它與和縣梁山相對，稱東西梁山。沈約《宋書》說：「孝武大明七年，博望、梁山立雙闕。」76無補憲章　無益於典章制度。77審曲　審察地形及朝向。78明中　指通曉天文曆法。明，通曉。中，中星。古天文家把太陽和月亮所經的天區的恆星分成二十八個星座，稱為二十八宿，四方各有七宿。七宿中居中的宿稱為中星。79陳圭置臬　陳設圭臬。陳，設置。圭，測日影的儀器。臬，測日影的標竿。80瞻星揆地　觀測日星、地形。瞻星，指白天觀察日中之影，夜晚觀察北極星，以確定東西南北的方位。揆地，測度地形。81興復　即復興。再度興建。82表門　建立闕門作為標識。83草創　創建。84華闕　壯麗之雙闕。85歲　歲星。即木星。木星約十二年運行一周天，故古代用以紀年。86次　運行所在之處。87天紀　即星紀。在二十八宿中的斗宿和牛宿。88月　月份。89旅　次序。90太簇　農曆正月的別名。91皇帝　指梁武帝。92御　統治。93七載　第七年。即天監七年。94搆　通「構」。構築。95盛則　宏偉而合於規制之闕。96崇麗　高大華麗之闕。據劉璠《梁典》說：「於是選匠量功，鐫石為闕，窮極壯麗，冠絕古今，奇禽異羽，莫不畢備。」97趨以表敬　人經過闕時，必須急步而行，以表示敬意。98觀而知法　觀看所懸之法而得知。99物覩　觀看雙闕之建築。100雙碣　形容雙闕猶如兩座碣石山。碣，碣石山。古山名。在今河北昌黎西北。因遠望其山頂有巨石特出，形如圓柱，下如墳冢，故稱碣石。101百重之典　百代之法。102作範　立下法規。103垂訓　留給後人的教誡。104赫　顯赫。105爰　於是。106下臣　才能低下之臣。這是對自己的謙稱。107式　以。108銘　作銘文。109盤石　巨石。

【語　譯】於是治理已定，功業已成，遠近皆得寧靜，民眾不再惶恐驚懼之後，就著手整治六樂和五禮，改定曆數和計量標準，創制法律。設置博士之職，記載在簿籍上的學士多若雲聚；開設集雅之館，叩門欲進的學士如趨集市。又興建學校，設立皇帝郊祭的場所。當此之時，每一個有才學的人士必定記錄在冊，即使不在禮文之典也都依次祭祀。因此，天下的學士全都聞風歸附。人人都知道要品行端正，家家都具有禮讓之風。教化之風流佈於帝王身旁的侍子，遍及於期門之官。國內一片太平，四方平安無事。勞役罷休，事務簡略，歲歲五穀豐登，民眾和睦相處。此外，對於歷代的法規，前朝帝王的典制，無不經過斟酌刪削，使它們確實合於中庸之道。至於象闕之制，由來已久：《春秋》有用舊時的典章制度實施教導的記載，《經禮》有張掛頒布之法的文字，戴聖的《禮記》發表了孔子遊觀時的言論，《逸周書》上記載有太姒夢見姬發在兩闕之間種植梓樹的故事。在北方荒遠之地有一金闕，它的上面還有明月之珠；在西方邊遠之地則有流精之闕；在大海之中神山之上則有黃金之闕；河中龍庭則有紫貝之闕。除此而外，還建造有蒼龍、玄武之闕，有裝飾有銅雀、鐵鳳凰的圓闕。建造象闕，或者用以傾聽困苦者的訴告，省察蒙冤者的申述；或者用以懸掛頒布的法令；或者用以表明王宮是天下表率法式之處；或者用以光耀推崇首都。可是，由於晉朝司馬氏政權的逐漸衰弱，劉宋王朝不久也趨衰微，所以，在經籍舊典之中，關於象闕竟空無所記，象闕的宏偉規制埋沒無聞，少有人能說及。在晉朝，竟然假借牛頭山作為自然的宮闕；宋朝則在博望山與梁山上建立遙遠的雙闕。這是欺人耳目，而無益於執守典章制度的做法。於是朝廷命令會審察地形朝向的官員，並選用通曉天文曆法的人設置圭臬，觀察日影和北極星以確定方位，測度地形，再次興建這具有標識作用的闕門，創建華麗的象闕。當歲星運行至星紀這一區間，月份在正月之時，也就是在皇帝治理天下的第七年，就構建起宏偉而合於規制、既高大而又華麗的象闕。有此象闕，人們經過這裡時，必須急步而行，以表示敬意。並因此可以觀看而明白所頒布的法令。雙闕的雄偉氣勢，好像兩座碣石山相對而聳立。使人們得知百代之典法；立下法規，以教誡後人，這是多麼顯赫壯觀啊！於是詔令我這個才能低下的臣子，撰作銘文，以便把它刻在巨石之上。

其辭曰：惟帝建國❶，正位辨方❷。周營洛涘❸，漢❹啟❺岐、梁❻。居❼因業❽盛，文❾以化❿光⓫。爰⓬有象闕，是惟舊章⓭。青蓋⓮南洎⓯，黃旗東指⓰。懸法無聞，藏書弗紀⓱。大人⓲造物⓳，龍德⓴休否㉑。建此百常㉒，輿茲雙起㉓。偉哉偃蹇㉔，壯矣巍巍！旁映㉕重疊㉖，上連翠微㉗。布教㉘方顯，浹日㉙初輝。懸書㉚有附㉛，委篋㉜知歸㉝。鬱崛㉞重軒㉟，穹隆㊱反宇㊲。形聳飛棟，勢超浮柱㊳。色㊴法㊵上圓㊶，製㊷模㊸下矩㊹。周望原隰，俛臨煙雨㊺。前賓㊻四會㊼，卻背㊽九房㊾。北通二轍㊿，南湊(51)五方(52)。暑來寒往，地久天長。神(53)哉華觀(54)，永配(55)無疆(56)！

【章旨】先說明象闕的營建正當梁朝功業與德化並盛之時，它的結構雄偉壯觀，將有益於政治，使百姓有所依歸。再說明象闕的形制與方位，並讚美此闕必與本朝萬古永存。

【注釋】❶建國　指建立國家和確立京都。❷正位辨方　即辨正方位。❸周營洛涘　周成王欲遷居洛邑，故使周公營建洛邑。周，周朝。周武王滅商所建，都鎬（今陝西省西安市西）。營，營建。洛涘，指洛邑（故址在今洛陽市洛水北岸及瀍水兩岸）。洛，洛水。發源於今陝西洛南西北。東流進入河南，經洛陽至鞏縣流入黃河。涘，水邊。❹漢　漢朝。秦滅後漢高祖所建。都長安（今陝西西安）。❺啟　指另建。❻岐梁　二山名。在此指代長安（今西安市），因為它們都屬於古雍州。岐，岐山。在今陝西岐山東北。梁，梁山。在今陝西韓城縣境，接郃陽縣界。❼居　指帝王所居之地。❽業　事業；功業。❾文　指禮儀。❿化　指道德教化。⓫光　光大。⓬爰　於是。⓭是惟舊章　這象闕的建制本是舊時的典章制度。⓮青蓋　指青蓋車。即用青色車篷蓋的車子。古時皇太子、皇子為王所乘用之車。這裡用以指代晉朝政權。⓯南洎　南移。西晉滅亡之後，司馬睿在建康建立東晉王朝。⓰黃旗東指　孫策繼承父業，揮師江東，據有江東之地。此後，孫權建立了東吳政權。黃旗，天子祥瑞之雲氣。此指代三國吳之孫策。東指，東驅。⓱懸法無聞二句　據李善注說：「晉朝南遷之後，綱紀鬆弛，所以懸法藏書之事，都不作記載。」另又引臧榮緒《晉書》之說：「孫吳無闕，晉之南都，也無暇建闕，闕之制便被廢棄。」懸法，指建象闕懸掛法令之制。藏書，指公布之法令懸掛十天之後加以收藏之制。弗紀，不見記載。⑱大人　此指君。⑲造物　造就功業。⑳龍德　天子之德。龍，借指天子。㉑休否　結束混亂。㉒百常　百常之高的象闕。形容其高。常，古時以八尺為尋，一丈六尺為常。㉓雙起　指拔地而起的雙闕。㉔偃蹇　高峻貌。下「巍巍」同。㉕旁映　四周映襯。㉖重疊　指重疊的宮殿等建築。㉗翠微　青翠的山氣。㉘布教　指在象闕發布政教之令。㉙浹日　十日。古代用天干、地支相配以紀日。自甲至癸是十日，為一周匝，故稱浹日。公布之法令十日後收藏。㉚懸書　即指在象闕懸掛法令。㉛有附　指有象闕可懸掛法令。㉜委篋　指將法令放置於箱中。㉝知歸　知有地方存放。㉞鬱崛　雄偉貌。㉟重軒　重重欄杆。㊱穹隆　壯大貌。㊲反宇　反向上仰的屋簷。㊳形聳飛棟二句　據李周翰注：此「飛棟」、「浮柱」借指漢甘泉宮，因揚雄所作〈甘泉賦〉中有「抗浮柱之飛榱兮」之句（榱，椽木）。聳，高。飛棟，高的梁木。浮柱，梁上之柱。㊴色　指建造石闕之石的顏色。㊵法　效法。㊶上圓　指天。青色的天。㊷製　形製；形狀。㊸模　模仿。㊹下矩　指地。地有四方。此闕形狀為方形，故說模仿地。㊺周望原隰二句　形容象闕之高。周望，指在闕上向四周瞭望。原隰，原野與低溼之地。俯臨，由闕上往下看。俛，同「俯」。煙雨，據胡克家《文選考異》引陳少章說：「雨」為「雲」之誤。煙雲，雲霧。㊻賓　布列。㊼四會　指通達四方之道路。㊽卻背　後面背向。㊾九房　指明堂。是古代帝王宣明政教的地方。凡朝會、祭祀、慶賞、選士、養老、教學等大典，都在此舉行。㊿通二轍　可通二車。即二丈四尺寬。(51)湊　至。(52)五方　指東南西北中。(53)神　神奇。(54)華觀　華麗的觀闕。(55)配　相合。(56)無疆　指梁王朝萬古永存。

【語　譯】銘辭說：帝王建國立都，必須辨正方位。周朝營建洛水之濱的洛邑，漢朝建都於岐山、梁山一帶的長安。帝王所居之地因成就了功業而繁華，禮儀也因道德教化而光大。於是就有建立象闕之事，這本是舊時的典章制度。可是，自從晉朝南遷，孫吳揮師向東，就不再聽說有象闕懸掛法令之事，因而懸掛完畢將法令收藏之事也不見記載。大梁皇帝創建了功業，靠著他的聖德而結束了混亂。於是興建高闕，雙闕並地而起。奇偉呵多高峻，雄壯呵多巍峨！四周映襯著重疊的宮殿建築，上面與青翠的山氣相連。發布的教令十分顯目，到了第十天仍閃耀著光彩。於是要張掛的法令有所依附；欲收藏的法令也找到歸宿。看那象闕之上飾有重重欄杆，多麼雄偉！屋簷是反向上仰，多麼壯觀！它那凌空的氣勢足以超過漢朝的甘泉宮。它的色彩是效法天空的青色，形狀則模仿大地的四方。在高闕之上向四周瞭望，可以看到廣闊的原野和低溼的土地；向下觀看，則是雲霧瀰漫。它的前面布列著通達四方的道路，後面則背向九室的明堂。北面之寬可通過二輛車子，南面可迎來五方之客。暑來寒往，天長地久。神奇呵華麗的觀闕，將與萬古永存的梁朝同在！

新刻漏銘 并序

【作　者】陸倕，見頁二八〇四。

【題　解】「刻漏」或稱「漏刻」，是古代的計時器。它的形制，歷代不一，大致是：上面逐層放置若干個方形漏水壺，下面則放置一個圓形的受水壺。水由最上層的漏水壺傳遞至下一層的漏水壺，並逐層傳遞而下，使得最下一個漏水壺的水位基本保持不變，因而使它流入圓形受水壺的流速能基本穩定。圓形受水壺中設置一銅人，手抱漏箭，漏箭上則有刻度。受水壺受水後，抱箭銅人即逐漸上升，於是可根據刻度所示而知道時辰。據劉璠《梁典》說：梁武帝天監六年，由於舊的漏刻計時不準，於是詔令員外郎祖暅新製。新漏刻製成後，陸倕奉旨撰寫此銘文。陸倕當時為太子中舍人。序文先追溯計時器之初起與它的重要作用，再交代製作新漏刻的緣起，最後說明由於新漏刻製成後，經驗用非常精確，故奉詔撰文，以表彰功德。而銘辭則概述製作起因及其形制，著重於讚美它的精確。

夫自天觀象❶，昏日之刻未分❷；治歷明時❸，盈縮❹之度❺無準❻。挈壺❼命氏❽，遠哉義用❾。揆景測辰❿，儆宮⓫戒井⓬，守以水火⓭，分茲日夜⓮。而司歷亡官，疇人廢業⓯，孟陬殄滅⓰，攝提無紀⓱。衛宏⓲載傳呼之節⓳，較⓴而未詳；

霍融敘分至之差㉑，詳而不密㉒。陸機之賦㉓，虛握靈珠㉔；孫綽之銘㉕，空擅崑玉㉖。弘度㉗遺篇㉘，承天垂旨㉙，布㉚在方冊㉛，無彰器用㉜。譬彼春華㉝，同夫海棗㉞，寧㉟可以軌物字民㊱，作範垂訓㊲者乎？且今之官漏，出自會稽㊳，積水㊴違方㊵，導流㊶乖則，六日㊷無辨，五夜㊸不分。歲躔㊹閹茂㊺，月次㊻姑洗㊼，皇帝㊽有天下之五載㊾也，樂遷夏諺，禮變商俗㊿，業類補天，功均柱地[51]。河海夷晏，風雲律呂[52]。坐朝晏罷，每日晨興[53]，屬[54]傳漏[55]之音，聽雞人[56]之響[57]，以為星火[58]謬中[59]，金水[60]違用[61]，時乖啟閉[62]，箭異錙銖[63]。爰[64]命日官[65]，草創新器[66]。

【章旨】首先指出計時之重要作用，追溯周朝已有挈壺計時之事，而後代卻有荒疏。然後指出，由於現今朝廷所用之漏刻計時失準，不利於朝政，故詔令新製。

【注釋】❶自天觀象　從天空觀察天象的變化。❷昏旦之刻未分　指不能指明何時為昏，何時為旦。昏旦，暮與朝。刻，時。未分，不能分清。❸治歷明時　研究並制定曆法以表明時令。❹盈縮　謂歲時節氣的長短。❺度　數。❻無準　沒有標準。❼挈壺　懸漏壺。指懸漏壺以計時。❽命氏　命官。《周禮·夏官》之屬有「挈壺氏」，掌漏刻。❾遠哉義用　利用漏刻原理計時，由來已久遠。❿揆景測辰　用漏刻測度晝夜之時。揆，度。景，指白晝。辰，時。⓫微宮　巡行守衛宮中。指漏刻所示晝盡而入夜，則守衛者開始巡行於宮中。⓬戒井　告知有井。《周禮·夏官·挈壺氏》說：「挈壺以令軍井。」意為為軍隊開鑿水井，開鑿成之後，挈壺氏將壺懸掛在井上，使軍隊士兵望見懸壺就知道此地有井。又壺是盛飲水的，所以懸壺表示有井水可取飲。⓭守以水火　指挈壺氏守候於漏刻旁，在漏刻中添加水和晚上用火照明察看刻數。⓮分茲日夜　由觀察刻數而區分日夜。《周禮·挈壺氏》說：「以水火守之，分以日夜。」⓯司歷亡官二句　《史記·卷二六·曆書》說：「幽王厲王之後，周王室微弱，由陪臣執政，史官不記時，天子不向諸侯頒發來年十二個月的政事，因此曆算家的子弟分散於各地。」

司歷，掌管曆法之官。亡官，無專職之官。疇人，曆算家。廢業，放棄其職務。⑯孟陬殄滅　孟陬，農曆正月。殄滅，消亡。由於農曆每年與四季相比所差之時日（即「閏餘」）計算失誤，所以所確定的正月的時日也不當，故說「殄滅」。⑰攝提無紀　指計年失序。攝提，古天文名。即「攝提格」。由於木星（太歲）繞太陽運行一周為十二年，所以將其運行軌道分成十二等分，而以十二地支相配。本星運行在寅這一等分的軌道上時，就稱為「攝提格」。無紀，失序。⑱衛宏　字敬仲。東漢東海人。曾從謝曼卿學毛亨所傳《詩經》，又從杜林學古文《尚書》。光武帝時任議郎。作有《毛詩序》及古文《尚書訓旨》，又集西京雜事而作《漢舊儀》四篇。⑲傳呼之節　傳呼警衛之事。《漢舊儀》說：夜間的時刻一開始，宮中則傳呼警衛官值勤，衛士巡行，皇宮四周所設的警衛廬舍也開始巡夜而敲擊木梆，傳呼備火。⑳較　考察。㉑霍融敘分至之差　《後漢書・律曆志》載：永元十四年霍融上言：「官漏刻率九日增減一刻，不與天相應，或時差至二刻半，不如夏曆密。」霍融，東漢和帝時待詔太史。分至，春分、秋分、夏至、冬至。此借指時日。㉒不密　不切。指不能糾正其失誤。㉓陸機之賦　指陸機的〈漏刻賦〉。陸機，（西元二六一至三〇三年）西晉吳郡吳人，字士衡。吳滅後，閉門讀書十年。太康末年入洛陽，以文才名重一時。後事成都王司馬穎，任平原內史。司馬穎討伐長沙王司馬乂時，任後將軍、河北大都督。因戰敗被讒，為司馬穎所殺。有明人所輯《陸士衡集》。㉔虛握靈珠　意為虛有其文而無益實用。靈珠，靈蛇之珠。也即隋侯之珠。相傳春秋時隋侯遇見一條中斷的大蛇，使人用藥敷治。一年後，大蛇銜明珠以作報答，成為稀世之寶。此喻〈漏刻賦〉。㉕孫綽之銘　孫綽寫有〈漏刻銘〉。孫綽，（西元三一四至三七一年）晉太原中都人，字興公。初任章安令，轉永嘉太守，後至廷尉卿。博學善文，明人輯有《孫廷尉集》一卷，清嚴可均輯有二卷。銘，指〈漏刻銘〉。㉖空擅崑玉　意指空有其文而無益實用。崑玉，崑崙山出產的美玉。此以崑玉比喻〈漏刻銘〉。㉗弘度　李充，字弘度。晉江夏人，為王導記室參軍，後為中書侍郎。曾因典籍混亂，創制四部分法，祕閣作為定制。㉘遺篇　指弘度所作〈漏刻銘〉。㉙承天垂旨　據《宋書・曆志》說：宋太祖頗好曆數，太子率更令何承天私撰新曆法。何承天於元嘉二十年上表，詔令審議。二十一年《元嘉新歷》修成，次年施行。垂旨，指留下《元嘉新歷》。承天，何承天（西元三七〇至四四七年）。東海郯人。晉時為劉裕太尉行參軍。入宋後，先後任尚書殿中郎兼左丞、衡陽內史、著作佐郎，官至御史中丞。曾撰國史，改定元嘉歷。㉚布　發布。㉛方冊　指典籍。古人或書寫於版，或書寫於簡。通版稱方，聯簡稱冊。㉜無彰器用　無益於器物。意為雖有銘文與曆法，卻無益於計時之器物。㉝春華　春天的花。指其華而不實。即空有其銘文曆法而器物計時之法卻不得而知。㉞海棗　東海之棗樹。喻華而不實。《晏子春秋》說：齊景公問晏子：「東海之中有水赤之處，那裡有棗樹，開花而不結果，為什麼？」晏子回答說：「從前，秦穆公乘著船治理天下，用黃布裹著蒸過的棗子。到了東海，黃布被刺破。因是黃布，所以使得水變赤；因是蒸過的棗子，所以開花而不結果。」景公說：「我是假裝問您。」晏子說：「我聽說假裝問就假裝回答。」㉟寧　豈。㊱軌物字民　使事物合於法度，撫愛百姓。㊲作範垂訓　立下法規教誡後人。㊳今之官漏二句　據蕭子雲《東宮雜記》說，漏刻上有銘文：「咸和七年會稽山陰令魏丕造」，是會稽內史王舒所獻之漏刻。官漏，朝廷所用之漏刻。會稽，郡名。治所在今浙江紹興。㊴積水　漏刻之聚水。㊵違方　違背正確的法則。下「乖則」同意。㊶導流　引流。㊷六日　指每年的冬至之日，要比上年後移六日。據《淮南子・天文》說：由於閏餘的緣故，「冬至加三日，則為明年夏至之日」；夏至加三日則為冬至，所以每年後移六日。㊸五夜　舊時將一夜分為甲、乙、丙、丁、戊五段，稱為五夜。衛宏《漢舊儀》說：「夜間時刻開始後，宮禁之內用火照明，服役太監掌持五夜。」㊹歲躔　歲星（木星）運行的位次。㊺閹茂　地支中戌的別稱。此指在戌這一位置。即天監五年（丙戌年）。㊻月次　月份處在。㊼姑洗　古代十二樂律的第五種。也用來指農曆三月。㊽皇帝　指梁武帝。㊾五載　第五年。即天監五年。㊿樂遷夏諺二句　比喻梁朝改變了齊朝的弊政。遷，改變。夏諺，夏朝的民間諺語。此指孟子所引述之夏諺。《孟子・梁惠王下》引夏諺說：「吾王不遊，吾何以休？吾王不豫，吾何以助？」意思是天子不巡視各地，我們怎麼會得到休息？天子不快樂，我們怎麼會得到補助？商俗，商朝的風氣。《尚書・畢命》說：「商俗靡靡，利口惟賢。」意為商朝的風氣是隨風附和，能說會道就是賢才。(51)業類補天二句　指功業等同於補天、柱地。補天、柱地，古代神話傳說。《淮南子・覽冥》說：「遠古時候，天崩塌，地開裂，水災火災並起。於是女媧鍊五彩的石頭去修補蒼天，斬斷大龜之足而將天的四邊撐立，終於使天地恢復，人民得以生存。」均，等同。(52)河海夷晏二句　比喻梁武帝是有道之君，因而政治清明，呈現出一派太平氣象。河海夷晏，河清海靜。夷，平。晏，清。風雲律呂，是「東風入律，青雲干呂」的省略語。李善注引《十洲記》說：在漢武帝天漢三年，西國王派使者前來獻物，使者說常占得「東風入律，十旬不休；青雲干呂，連月不散」，或許閻浮有好道之君。「東風」「青雲」二句意指氣候溫和調順。(53)坐朝晏罷二句　說明梁武帝勤於朝政。晏罷，晚退朝。晨興，一早上朝。(54)屬　心中繫念。(55)傳漏　唱漏；報奏時刻。(56)雞人　古時報曉之官。《周禮・春官》之屬有「雞人」，其職是呼告旦晨，叫百官早起。(57)響　聲。(58)星火　即「火」。或稱「大火」、「心星」。星名。(59)謬中　因為計時有失誤，所以計算所得的寒暑轉換的時間與心星居中的位置所示不合。中，指心星處於天空偏南方向的正中位置。《左傳・昭公三年》載晉大夫張趯言：「火中，寒暑乃退。」杜預注以為，心星在季夏之月的黃昏時刻處於天空的正中位置，預示暑氣將退；在季冬之月的晨旦時刻處於天空的正中位置，預示寒氣將退。(60)金水　即指漏刻。金，指銅製品。借代漏壺。水，漏壺要使用水。(61)違用　與正確計時的作用相違背。(62)時乖啟閉　是說漏刻所示時間與四季之時不相合。時，計時。乖，違背；不合。啟，指立春、立夏。閉，指立秋、立冬。㊸箭異錙銖　是說漏箭所示的時刻與實際時間差距較大。箭，指漏箭所示的刻度。錙銖，都是古時重量單位。六銖為錙，重六百黍，因而用來比喻輕微、細小。㊹爰　於是。㊺日官　古代掌天文曆數之官。㊻草創新器　始製新漏刻。

【語　譯】從天空觀察天象的變化，黃昏與晨旦的時刻是不能分清的；研究並制定曆法以表明時令，而歲時節氣的長短卻沒有一定的標準。利用漏刻原理計時，並任命挈壺之官專職之制，可說由來已久了。他們用漏刻測度晝夜之時，入夜後就讓守衛人員巡行宮中；又懸漏壺於井上，告示這下面有井；他們守候在漏刻旁，為漏刻添加水，晚上用火照明以察看刻數，從而區分日夜。然而，由於掌管曆法無專職之官，曆算家遂放棄他的職業，致使農曆正月既計算失誤，攝提之年又計算失序。衛宏記載傳呼警衛的事，雖有所考察，但不詳明；霍融敘述官漏計時的差誤，但不能加以糾正。陸機的〈漏刻賦〉，好像是空握靈蛇之珠；孫綽的〈漏刻銘〉，好像是空握崑山美玉。李弘度留下了〈漏刻銘〉，何承天留下了《元嘉新歷》，都刊載於典籍，但對於計時的器物卻並無裨益。好比那春天的鮮花、東海的棗樹，難道可以用來作為人事的法度，體現對於百姓的撫愛，立下法規以教誡後人嗎？現今朝廷所用的漏刻，本出自會稽，由於它的聚水和引流都違背正確的法則，致使「六日」不能分辨，「五夜」不能分清。時間到了歲星在戌這一年的三月份，即大梁皇帝擁有天下的第五年，完全改變了齊朝的弊政，功業類同於女媧的補天，功勳等同於撐立天柱。此時河清而海靜，氣候溫和而調順。皇帝在朝理政，常常晚退朝而隔天一早就上朝。他心中繫念著唱漏之聲，聽著雞人報曉之聲，認為與心星居天空正中所顯示的不合，顯然漏刻違背了正確計時的作用；與立春、立夏、立秋、立冬的時間也不相符合，顯然漏箭所示的時刻與實際時間也有差誤。於是詔令日官，開始製造新的漏刻。

於是俯察旁羅，登臺升庫❶。則于地四，參以天一❷。建武❸遺蠹❹，咸和❺餘舛❻，金筒方員❼之制，飛❽流❾吐納❿之規，變律⓫改經⓬，一皆懲革⓭。天監六年，太歲丁亥⑭，十月丁亥朔⑮，十六日壬寅，漏成進御⑯。以考辰⑰正晷⑱，測表候陰⑲，不謬圭撮，無乖黍累⑳。可以校運筭㉑之暌合㉒，辨分天㉓之邪正，察四氣㉔之盈虛㉕，課㉖六曆㉗之疎密㉘。永世貽則㉙，傳之無窮。赫㉚矣煥㉛乎，無得而稱㉜也。昔嘉量㉝微物，盤㉞盂㉟小器，猶其昭德記功㊱，載在銘典㊲。況入神之制㊳，與造化㊴合符㊵；成物之能，與坤元㊶等契㊷；勳倍楹席，事百巾机㊸。寧㊹可使多謝曾水㊺，有陋昆吾㊻，金字㊼不傳，銀書㊽未勒㊾者哉？乃詔小臣㊿為其銘曰：

【章旨】敘述經過多方面的考察研究，終於製成了新的漏刻，並且經再三校驗，證明十分精確，於是詔令撰寫銘文，以表彰功德。

【注釋】❶俯察旁羅二句　是說作廣泛的考察。俯察，指向下觀察地理。《周易・繫辭傳下》：「仰則觀象於天，俯則觀法於地。」旁羅，廣泛收羅天文資料。李善注引《史記》：「黃帝順天帝之紀，旁羅日月星辰。」庫，指高的倉庫之上。❷則于地四二句　《漢書・卷二七・五行志》：「天以一生水，地以二生火，天以三生木，地以四生金，天以五生土。」漏壺是銅製品，故說取法於金；漏刻須用水，故說以水參用。則，取法。地四，指五行中之金。參，相參與。天一，指五行中之水。❸建武　東漢光武帝劉秀年號。❹遺蠹　指遺留下來的已蛀蝕的曆法。❺咸和　東晉成帝年號。❻餘舛　遺留的計時有誤的漏刻。即咸和七年會稽山陰令魏丕所造之漏刻。❼金筒方員　指銅製方形的漏壺與圓形的受水筒。員，通「圓」。❽飛　指漏箭。❾流　指水。❿吐納　吐，指居上的漏壺的引流而下。納，指居下的受水筒的受水。⓫律　法則。⓬經　常規。⓭懲革　改定。⓮太歲丁亥　即太歲在亥。丁亥年。太歲，即木星。古代以天干、地支搭配記年日。⓯丁亥朔　丁亥這一天為初一。⓰漏成進御　漏刻製成，進奉天子。⓱辰　時。⓲正晷　定日。⓳測表候陰　用標竿測量日影。表，指土圭器（古代用以測日影、正四時和測度土地的器具）上為測量日影以計時所立的標竿。候，察看。陰，日影。⑳不謬圭撮二句　指絲毫不差。不謬，不差。圭撮，古量名。以六十四黍為圭，以四圭為撮。此喻微小。無乖，不相差。黍累，也喻微小。累，十黍為累。㉑運筭　即「運算」。㉒睽合　離合；正誤。㉓分天　分辨星辰位置。㉔四氣　四季之氣。㉕盈虛　滿損。㉖課　考查；考核。㉗六歷　指黃帝、顓頊、夏、殷、周及魯曆。㉘疎密　指與實際歲時較有差距還是比較切近。疎，同「疏」。㉙貽則　留下法則。㉚赫　顯著。㉛煥　光輝。㉜無得而稱　無法用言語稱讚。㉝嘉量　標準量器。㉞盤　古代盥洗時承水之盤。㉟盂　古代盛食器。㊱昭德記功　稱揚並記載它們的功德。㊲銘典　銘文之列。《周禮・考工記・栗氏》：栗氏製造量器，……銘文說：「嘉量已經製成，可以出示四方，使他們的子孫後代，永遠以此為準。」李善注引劉歆《七略》說：《盤盂書》，傳說是黃帝之史孔甲所作，書於盤盂以為戒法，或書於鼎，名為銘。㊳入神之制　技藝達到精妙境界的製品。㊴造化　指自然的創造化育。㊵合符　符節相合。符節是古代朝廷用作憑證的信物。它用竹、木或金屬製作，上面書寫文字，剖分為二，各執其一，兩片相合為可信。㊶坤元　指大地之德。《周易・坤卦》：「至善啊坤卦的元始，萬物靠它生長，是順受天道的緣故。」在此也指自然的創造化育。㊷等契　與符節之合相同。等，同一。契，符契。即符節。㊸勳倍楹席二句　是說新漏刻的功用遠在楹席、巾机之上，它們尚且有銘，新漏刻理當有銘。楹席，柱子與坐席。百，百倍。机，通「几」。小桌子。古代置於座側，以便憑倚。蔡邕〈銘論〉說：「周武王登位後，咨問於太師，太師作席机楹杖之銘。」又說：「黃帝有巾机之法。」㊹寧　豈。㊺多謝曾水　意思是曾水之鼎有銘，為不使新漏刻相形而過於慚愧，故也應有銘。多謝，過於慚愧。曾水，出於今湖北武當山之水名。此指出於曾水之鼎，鼎上刻有銘文。蔡邕〈銘論〉說：從前召公作誥說：「先王賜我之鼎，出于武當之曾水。」㊻有陋昆吾　因無銘文而被昆吾之鼎看得卑賤。有陋，被看作卑賤。昆吾，夏時國名。其地在今河南濮陽，後為商湯所滅。此指昆吾國所鑄造之鼎。蔡邕〈銘論〉說：「呂尚作周太師而封于齊，其功銘于昆吾之鼎。」㊼金字　指碑銘文字。㊽銀書　銀文。也指碑銘文字。㊾未勒　不刻。㊿小臣　作者對自己的謙稱。

【語　譯】於是俯察地理，廣觀天文，或上高臺，或登府庫。取法於金，又參用於水。對於建武年間所遺留的陳舊曆法，和咸和年間所造的有誤差的漏刻，對於銅製的方形漏壺和圓形的受水筒的形制，對於漏箭、用水、引水和受水的法則等常規，全都加以改定。在天監六年，即太歲在亥的丁亥年的十月（丁亥之日為初一）十六日壬寅這一天，漏壺製成而進奉於武帝。用它來考時定日，再與土圭的立表測影相對照，可說是分毫不差。

可以用來校正運算的誤差、辨別星辰位置是否正常、考察四季之氣的滿損、考核六種曆法與實際歲時的疏密。它為世世代代留下了法則，將永遠流傳於人間。它的功績光輝顯赫，無法用言語來稱讚。從前，對於標準量器這樣的小物件、盤盂這樣的小器具，尚且要稱揚並記載它們的功德於銘文之列，何況如此出神入化的技藝製品，可說與自然界的規律相合，而創製的才能也與大地負載萬物之德相匹。它的功績成倍於楹席、百倍於巾几。難道可以使它對曾水之鼎相形見慚，被昆吾之鼎看得卑賤，不刻下金文銀字的銘文而傳留於後世嗎？於是詔令小臣給它作銘，銘辭說：

一暑一寒，有明有晦[1]。神道無跡[2]，天工罕代[3]。乃置挈壺[4]，是惟熙載[5]。氣均衡石[6]，晷正權概[7]。世道交喪[8]，禮[9]術[10]銷亡[11]。遽遷水火[12]，爭倒衣裳[13]。擊刀[14]舛次[15]，聚木[16]乖方[17]。爰究爰度[18]，時惟我皇[19]。方壺外次[20]，圓流內襲[21]。洪殺[22]殊等[23]，高卑異級。靈虬承注[24]，陰蟲吐噏[25]。倏往忽來，鬼出神入[26]。微[27]若抽繭[28]，逝[29]如激電[30]。耳不輟音[31]，眼無留眄[32]。銅史司刻，金徒抱箭[33]。履薄非兢，臨深罔戰[34]。授受[35]靡僭[36]，登降[37]弗爽[38]。惟精惟一[39]，可法可象[40]。月不遁來，日無藏往[41]。分以符契[42]，至猶影響[43]。合昏[44]暮卷[45]，蓂莢[46]晨生，尚辨天意，猶測地情[47]。況我神造[48]，通幽洞靈[49]。配皇[50]等極[51]，為世作程[52]。

【章旨】此為銘辭，敘述製造新漏刻的起因、形制，並讚美它的功能的精確，認為可作為計時的標準。

【注釋】❶有明有晦　有白天有黑夜。❷神道無跡　神妙之道的作用沒有痕跡。❸天工空代　天的職能少有能替代的。❹挈壺　挈壺之官。❺熙載　廣泛從事其職事。❻氣均衡石　劃分四季之精確，如同用秤秤物一樣。氣，指四季。衡石，秤。❼晷正權概　定時日如同用秤秤物、用概平穀物一樣正確。晷，時日。權，秤錘。概，量穀物時平斗斛的木棒。❽世道交喪　世俗與道義相互敗壞。《莊子・繕性》：「世喪道矣，道喪世矣，世與道交相喪也。」❾禮　禮儀制度。❿術　挈壺計時之術。⓫銷亡　消亡。⓬遽遷水火　水火，指專職管漏刻者，以水沃漏，以火視刻。遽遷，指此種制度突然改變。⓭爭倒衣裳　把衣和裳穿顛倒了。《詩經・齊風・東方未明》：「東方未明，顛倒衣裳。」這是說由於沒有計時器具，所以弄得十分忙亂。爭倒，顛倒。衣裳，古時把上身的衣服稱為衣，下身的衣服稱為裳。⓮刀　是「刁」字之誤。刁，刁斗。古時行軍用具。白天為炊具，夜裡敲擊以警眾報時。⓯舛次　與時間的早晚不合。⓰聚木　兩木梆相擊以報時。⓱乖方　不準時。⓲度　度謀；思慮。⓳我皇　指梁武帝。⓴方壺外次　方形的漏水壺，在外按高低逐層安放。㉑圓流內襲　水由內流入圓形的受水筒。㉒洪殺　大小。指漏水壺有大有小。㉓殊等　不同的層次。下「異級」同意。㉔靈虯承注　受水圓筒上飾有龍形，龍以口承接水的下注。靈虯，龍。承注，承接水的下注。㉕陰蟲吐噏　漏水壺上飾有蝦蟆之形，由其口中吐水而下注。陰蟲，李周翰說指蝦蟆。吐噏，吐水。㉖倏往忽來二句　喻新漏刻機製的微妙。倏、忽，迅捷。鬼出神入，猶神出鬼沒。㉗微　指下注之水的微細。㉘抽繭　抽引蠶繭之絲。㉙逝　迅速。指所示刻度變化之迅速。㉚激電　電光之激發。㉛耳不輟音　耳不停息地傾聽注水之聲。㉜留眄　停止觀察。眄，同「眄」。㉝銅史司刻二句　張衡〈漏水轉渾天儀制〉說：「蓋上又鑄造金銅仙人，居于左壺，鑄造一役徒則居于右壺，二人都以左手抱箭，右手指刻度，以辨別天時早晚。」銅史，指張衡所製漏水轉渾天儀中承水壺中的銅人。下「金徒」同。司刻，指示時刻。金徒抱箭，銅製的役徒，手抱漏箭。㉞履薄非兢二句　《詩經・小雅・小旻》：「戰戰兢兢，如臨深淵，如履薄冰。」因銅人處於受水筒的水面之上，故如此說。履薄，腳踏水面的薄冰。非兢、罔戰，不是戰戰兢兢。臨深，面臨深淵。㉟授受　指水的下注與承接。㊱靡僁　沒有差錯。僁，古「愆」字。過失。㊲登降　指漏箭之上升。㊳弗爽　無差錯。㊴惟精惟一　精粹純一。這是《尚書・大禹謨》中的話。借以指新漏刻是精品。㊵可象　可效法。㊶月不遁來二句　意指日往月來都有精確的新漏刻所明示。月不遁來，月份之到來無法隱蔽。日無藏往，日子之過去無法掩蓋。㊷分以符契　春分秋分之到來，如同符節之相合。分，指春分、秋分。以，猶「猶」。㊸至猶影響　夏至冬至的到來猶如影之隨形、回聲之隨聲一樣必然。至，指夏至、冬至。影響，影子與回聲。㊹合昏　即「合歡」。植物名。葉如槐葉，早開晚合，故稱。㊺暮卷　暮時捲合。㊻蓂莢　古代傳說中的瑞草名。每月自初一至十五每日早晨各生一莢，自十六交至三十每日落一莢。㊼尚辨天意二句　天意、地情，指天地間存在著日夜朝暮之情。測，識。㊽神造　如神所造。指新漏刻。㊾通幽洞靈　知曉天地之奧祕，與神靈相通。㊿配皇　與皇天相契合。51等極　與北極星的指示北方同樣的正確。52程　法則。

【語　譯】有暑天，有寒天，有白天，也有黑夜。神妙之道的作用不留痕跡，天的職能難以替代。於是設立挈壺之官，讓他廣泛地從事這方面的事務，使得四季的劃分如同用秤秤物一樣準確，確定時日如同用概木平穀物一樣得當。可是，由於世俗與道義交相敗壞，禮儀制度與挈壺計時之術也相繼消亡，專職管漏刻的制度突然改變，由於時間不準，人們手忙腳亂，連上下衣裳也穿顛倒了。敲擊刁斗與時間不合，打梆子也不能準時。在這種情況下，我們的皇帝作了謀劃。新製的漏刻，外面是方形的漏壺按次放置，水則從裡面注入圓形的受水筒。漏壺有大小不同的規格，放置的高低也有不同的層次。飾有龍形的受水筒承接注水，飾有蝦蟆之形的漏壺則吐水下注。漏刻之微妙，猶如神出鬼沒，來去迅捷。注水的微細好像抽引繭絲，所示刻度變化的迅速好像電光之激發。耳朵要不停地傾聽注水之聲，眼睛要不停地觀察所示之刻度。有金銅仙人在指示時刻，有銅製役徒手抱漏箭。他們腳踏薄冰而不戰戰兢兢，面臨深淵而不心寒膽顫。注水和受水沒有差錯，漏箭的升降也沒有差錯。它是精粹的製品，可以作為效法的規範。從此月份的到來無法隱蔽，日子的流逝無法掩蓋。春分、秋分的到來如同符節之相合，夏至、冬至的到來如同影之隨形、回聲之隨聲般的必然。合歡之葉晚上會捲合，蓂莢草早晨會生莢，它們尚且能辨識天地之情，何況我們這如同神造的器物，自可與神靈相通，知曉天地之奧祕。它與皇天相契合，與指示北方的北極星一樣正確，可以作為世上的準則。

誄

王仲宣誄 并序

【作　者】曹植（西元一九二～二三二年），字子建，沛國譙（今安徽亳縣）人。曹操第三子。少有文才，善為詩文，為曹操所寵愛，曾幾次欲立為太子。後因「任性而行，不自雕勵，飲酒不節」，失掉了曹操的歡心。曹丕稱帝後，備受猜忌和打擊，屢遭貶爵，多次改換封地。曹叡即位，其處境依然如故，寂寂無歡，最後鬱鬱而死。因曾封陳王，死後諡思，故世稱陳思王。原有集三十卷，已散佚，宋人輯有《曹子建集》。現存詩歌八十餘首，辭賦、散文四十餘篇。曹植是建安最傑出的詩人，他的作品可分前後兩期。前期是曹操在世時，他生活優裕，志滿意得，作品主要是抒發建功立業的豪情壯志，情調開朗樂觀。後期是曹丕即位之後的時期，由於處境的變化，逐漸體會到民生的疾苦因而作品題材廣泛，內容深厚，格調沈鬱悲壯，藝術成就更加卓越。

【題　解】誄是敘述死者德行功業以表示哀悼的一種文體，類似於現在的悼辭。誄一般有序和誄辭兩部分，序多為散文，而誄辭則為韻文。王粲在漢獻帝建安二十一年隨曹操征吳，次年春在途中病死。曹植作為他的摯友，寫了這篇哀悼文字。曹植與王粲的初交，在王粲投靠曹操之後。當時王粲任侍中，未得顯要官職，為此而悒鬱不平，曾賦詩抒懷。曹植有〈贈王粲〉詩加以勸慰，此後交情日厚。此誄文一以讚美他的道德才技的出眾以及祖上的榮耀；二以敘述他的身世，表彰他的功業。王粲曾因漢末之亂而被迫前往荊州投靠劉表；當建安十三年曹操征伐劉表時，劉表死，王粲因勸即位的劉表之子劉琮歸降曹操而建立功勳，得以榮顯；隨後相隨曹操征伐東吳，不幸而卒；三以追念友情，並對於他的華年早逝，深表哀悼。

建安❶二十二年正月二十四日戊申❷，魏❸故侍中❹關內侯❺王君卒。嗚呼哀哉！皇穹神察，哲人是恃❻。如何靈祇❼，殲❽我吉士❾？誰謂不庸❿？早世⓫即⓬

冥⑬。誰謂不傷⑭？華繁⑮中零⑯。存亡分流⑰，夭⑱遂⑲同期⑳。朝聞夕沒，先民所思㉑。何用誄德㉒？表㉓之素旗㉔。何以贈終㉕？哀以送之㉖。遂作誄曰：

【章　旨】此為序，先交代王粲去世的日期及其所任之官職；再說明對於他的英年早逝，人們都十分痛惜；然後指出以此誄文表彰其德，寄託哀思，以志送別。

【注　釋】❶建安　東漢末獻帝年號。❷戊申　此二字當刪。趙幼文《曹植集校注》引嚴敦傑先生說：建安二十二年正月乙未為初一，則戊寅為十四日，而不是「二十四日」。❸魏　指曹魏。建安十八年曹操被封為魏公，加九錫，以冀州十郡為魏，設置尚書、侍中、六卿。建安二十一年進爵為魏王；二十二年詔魏王設天子旌旗。❹侍中　官名。侍從天子左右，出入宮廷，應對顧問。❺關內侯　爵名。為封爵第十九級，有侯之封號，無國邑，居於京畿。❻皇穹神察二句　意為天意依靠哲人來體現。皇穹，指皇天。神察，觀察精微。喆人，明達而有才智的人。喆，同「哲」。❼靈祇　天神為靈，地神為祇。❽殲　滅。❾吉士　古時對男子的美稱。❿庸　「痛」之誤。胡克家《文選考異》引何義門、陳少章等之說。⓫早世　早年。王粲死時四十一歲，故云。⓬即　進入。⓭冥　冥界。俗說「陰間」。⓮不傷　不傷心。⓯華繁　即「花繁」。比喻壯盛之年。⓰中零　中途零落。比喻中年去世。⓱分流　分道而行。⓲夭　短命而死。⓳遂　終。指終其壽命。⓴同期　都以死亡為期限。㉑朝聞夕沒二句　意謂幸而王粲已是聞道君子，所以雖然早逝，也當無憾。朝聞夕沒，朝聞道而夕死。先民，指孔子。孔子說：「朝聞道，夕死可矣。」見《論語・里仁》。㉒誄德　記述其德行。㉓表　表彰。㉔素旗　白旗，即明旌。是古時喪具之一。用以書寫死者姓名和德行。舊說因為死者不可區別，所以憑旗幟識別。㉕贈終　送終。㉖哀以送之　以哀痛之情送別他。

【語　譯】建安二十二年正月二十四日，魏原侍中關內侯王君去世。啊，悲哀呀！皇天觀察精微，需要依靠明達而有才智的人。為什麼天地的神靈，要滅我賢良？對於他的英年早逝，誰能說不悲痛？對於他的盛年殞落，誰能說不傷心？現在，活的與死的已分道而行，可是日後，短命的與壽終的終歸要步入死亡的大限。朝聞道而可以夕死，這是古人殷切追求的。該怎樣來記述德行？應是把它表彰於白旗之上。該怎樣來送終？只有以哀痛之情送別他。於是作誄說：

猗歟❶侍中，遠祖彌芳❷。公高❸建業，佐武❹伐商❺。爵同齊、魯❻，邦祀絕亡❼。流裔❽畢萬❾，勳績惟光❿。晉獻⓫賜封，于魏⓬之疆。天開⓭之祚⓮，末胄⓯稱王⓰。厥姓斯氏⓱，條分葉散⓲。世⓳滋⓴芳烈㉑，揚聲秦、漢㉒。會遭陽九㉓，炎光㉔中矇㉕。世祖撥亂，爰建時雍㉖。三台樹位㉗，履道是鍾㉘。寵爵之加，匪惠惟恭㉙。自君二祖㉚，為光為龍㉛。僉㉜曰休㉝哉，宜翼㉞漢邦㉟。或統㊱太尉㊲，或掌司空㊳。百揆㊴惟敘㊵，五典㊶克從㊷。天靜㊸人和㊹，皇教㊺遐通㊻。伊㊼君顯考㊽，奕葉㊾佐時㊿。入管機密(51)，朝政以治。出臨朔、岱(52)，庶績(53)咸熙(54)。

【章旨】記述並讚頌自周初，歷春秋、秦、漢，至東漢末年王粲先祖的光輝事蹟，以及「王」姓之由來。

【注釋】❶猗歟　感歎詞。❷彌芳　喻功德非常顯著。❸公高　即畢公高。周文王第十五子。周武王滅殷後，封高於畢（今陝西省咸陽縣西北），於是以畢為姓。❹武　即周武王。名發，周文王之子。❺商　朝代名。也稱殷，為周武王所討滅。❻齊魯　都是周成王、周公時所分封的諸侯國。周公東征滅奄（今山東曲阜舊城東），使子伯禽為魯君，有今山東西南部。周公東征滅蒲姑（今山東博興東北），以為呂尚封地，為齊國。❼邦祀絕亡　畢公高的子孫由於失去爵位，降為庶民，所以不能繼續進行祭祀。邦祀，國家的宗廟祭祀。絕亡，斷絕。❽流裔　後代。❾畢萬　春秋晉人。事晉獻公，滅霍、耿、魏，因功封於魏，為大夫。❿勳績惟光　功勳業績顯著。⓫晉獻　即晉獻公。春秋時晉國君主，姬姓，名詭諸，西元前六七六至前六五一年在位。⓬魏　本西周分封諸侯國。在今山西芮城。⓭開　開啟；造就。⓮祚　福。⓯末胄　後代子孫。⓰稱王　指戰國時魏惠王即位開始稱王。並且，因為稱王而以「王」為姓氏。趙幼文《曹植集校注》引《通志・氏族略四》：「考魏王假被秦始皇消滅之後，子孫分散，時人謂之王家。或云：魏昭王彤生無忌，封信陵君。信陵君生閒憂，閒憂生卑子。秦滅魏，卑子逃至泰山。漢高祖召為中涓，封蘭陵侯。時人因其為王族，謂之王家。」⑰厥姓斯氏　這以「王」為姓氏的人。厥，其。⑱條分葉散　形容王姓在中國分布極廣。⑲世　世代。⑳滋　更。㉑芳烈　指德業顯赫。㉒揚聲秦漢　名聲傳揚於秦朝和漢朝。秦朝有名將王翦，善用兵，為秦始皇平定趙、燕，後又殺楚將項燕，大破楚軍，俘虜楚王負芻而滅楚，使秦統一全國。漢朝有名相王陵。漢高祖時任右丞相。惠帝死，呂后欲封諸呂為王，王陵以為不可，呂后遷王陵為太傅，實奪其相權。王陵怒而閉門不朝請，十年而卒。㉓陽九　指災年。古時術數家以四千六百一十七年為一元，初入元一百零六年，內有旱災九年，稱為「陽九」。其餘尚有陰九、陰七、陽七、陰五、陽五、陰三、陽三等。㉔炎光　指代漢朝。古人以五行附會朝代之更替，漢以火德王。㉕中曚　中途昏暗。喻指西漢末年王莽篡位代漢。㉖世祖撥亂二句　王莽篡位建立新朝後，劉秀於新地皇三年起兵，並於次年與其他起義勢力一起推翻王莽政權，王莽被殺。此後，於劉玄更始三年在鄗（今河北高邑）南自立為帝，改元建武，是為漢世祖光武帝。東漢自此開始。世祖，東漢光武皇帝劉秀。撥亂，平亂。時雍，時世安定太平。㉗三台樹位　設置三公之職位。三台，即三公。東漢時，以太尉、司徒、司空為三公。㉘履道是鍾　行道之人能擔當其職。履道，行道。鍾，當。㉙匪惠惟恭　不是出於皇帝的私恩，而是本身能謹慎職守。匪，通「非」。㉚二祖　指王粲的曾祖父王龔與祖父王暢。㉛為光為龍　指受到恩寵與榮光。龍，猶「寵」。王龔在順帝時為太尉，享名天下。王暢名在八俊，靈帝時為司空。㉜僉　皆；都。㉝休　美。㉞翼　輔佐。㉟漢邦　漢朝。㊱統　受任。㊲太尉　漢代為統率全國軍隊之官。指王龔。㊳司空　協助丞相處理國家政務，並負有糾察官吏行為之責。指王暢。㊴百揆　百官。㊵敘　秩序。指有上下尊卑之秩序。㊶五典　指父義、母慈、兄友、弟恭、子孝之五常。㊷克從　百姓能順從實行。㊸天靜　天時安寧，沒有自然災害。㊹人和　百姓和樂。㊺皇教　指朝廷的教化。㊻遐通　到達遠方。㊼伊　發語詞。㊽顯考　先父。㊾奕葉　累世。㊿佐時　輔佐當世。王粲之父王謙，曾為大將軍何進長史。(51)機密　指軍中謀劃之事。(52)出臨朔岱　王謙曾出任二地之官。因王謙無傳，官職未詳。出臨，出治。朔，郡名。其地在今內蒙古境內。岱，指今山東泰山一帶。(53)庶績　各種事功。(54)咸熙　都興盛。

【語　譯】啊！侍中，您的遠祖功德非常顯著。畢公高輔佐武王征伐殷商，建樹了功業。他的封爵與齊、魯一樣，到了後來國家的宗廟祭祀才斷絕。而後代則有畢萬，他的功勳業績顯著，晉獻公賜給他封地，即魏國的疆土。皇天造就了他的福，他的後代稱了王。這以「王」為姓氏的人，像樹枝與樹葉一樣散布於全國各地。他們世世代代更有顯赫的功業，名聲傳揚於秦朝和漢朝。不料適逢災年，漢朝中途昏暗。幸而世祖光武皇帝平息世亂，於是重新使時世安定太平。當時設置了三公之職位，只有行道之人才能擔當這種職位。因此寵爵加在身上，不是出於皇帝的私恩，而是他本身能謹慎職守。自從您的曾祖父與祖父受到恩寵與榮光，人們都說美好呀！應當使他們輔佐漢朝。有的受任太尉之職，有的掌管司空之職。他們使百官有上下尊卑的秩序；使百姓能順從並實行五常之德。此時天時安寧，百姓和樂，朝廷的教化通達於遠方。您的先父，承繼上代而輔佐當世。入管軍機之事，使朝政得以治理。出治朔郡和岱地，各種事功都很興盛。

君以淑懿❶，繼此洪基❷。既有令德❸，材技廣宣❹。強記❺洽聞❻，幽讚微言❼。文若春華❽，思若湧泉。發言可詠❾，下筆成篇❿。何道不洽⓫？何藝不閑⓬？棊局⓭逞巧⓮，博弈⓯惟賢⓰。皇家⓱不造⓲，京室⓳隕顛⓴。宰臣專制㉑，帝用西遷㉒。君乃羇旅㉓，離㉔此阻艱㉕。翕然㉖鳳舉㉗，遠竄荊蠻㉘。身窮志達㉙，居鄙行鮮㉚。振冠南嶽，濯纓清川㉛。潛處蓬室㉜，不干㉝勢權㉞。

【章旨】稱說王粲才德並佳，適遭東漢末西京擾亂，不得已託身荊州，然而未得劉表重用。在此種境遇下，王粲仍能以節操自守。

【注釋】❶淑懿　指美好的才德。❷洪基　祖上所建立的宏大基業。❸令德　美德。❹材技廣宣　才能技藝，廣泛傳揚。❺強記　記憶力強。《三國志・卷二一・魏志・王粲傳》記：王粲與人共行，讀路邊之碑文。別人問他：「您能默誦嗎？」王粲回答：「能。」於是讓王粲背誦，不錯一字。❻洽聞　廣聞；所聞知十分廣博。❼幽讚微言　不知所指。趙幼文《曹植集校注》說：《隋書・經籍志》載「《周易》五卷，漢荊州牧劉表章句」。《英雄記》：「表乃開立學官，博求儒士，使綦毋闓、宋忠等撰定五經章句。」或許王粲也參與撰述，故曹植如此稱道，史書失於記載。幽讚，深解。微言，精微之言。❽文若春

華　形容辭藻富麗。文，指辭藻。春華，春日之花。喻繁茂。❾發言可詠　出言即成可吟詠之文。❿下筆成篇　《三國志・卷二一・魏志・王粲傳》說：「善於作文，舉筆便成，無所改定，當時人們常以為他早已構思；然而即使精意深思，也不能超過。」⓫何道不洽　何種學術不遍曉。⓬何藝不閑　何種才技不熟習。⓭綦局　棋盤。綦，「棊」字之誤。棋盤縱橫各十七道，合二百八十九道，白黑棋子各一百五十枚。唐以前棋局之制如此。⓮逞巧　顯示出技巧。⓯博弈　下棋。博，又稱「六博」。共十二子，每人六子，先擲骰子後走棋子。弈，即下圍棋。⓰賢　擅長。⓱皇家　指漢朝。⓲不造　不善；不幸。⓳京室　王室。⓴隕顛　指權力失落。㉑宰臣專制　靈帝時董卓為前將軍。少帝時，大將軍何進謀誅宦官，密召董卓。董卓領兵入朝，誅滅宦官後，在朝中擅權。自為相國，廢少帝，立獻帝，為所欲為。宰臣，指董卓。㉒帝用西遷　將獻帝由洛陽遷居於長安，以長安為京都。長安在洛陽之西，故說「西遷」。董卓所以要挾獻帝西遷，是由於各地討卓義軍已蜂起，恐懼在洛陽不得安寧。帝，指漢獻帝。用，因；於是。㉓羇旅　飄泊異鄉。羇，同「羈」。㉔離　通「罹」。遭。㉕阻艱　艱難險阻。㉖翕然　起飛貌。㉗鳳舉　如鳳鳥的高飛。此以鳳稱美王粲。㉘遠竄荊蠻　據《後漢書・王暢傳》說：劉表十七歲時，曾從王暢受學，所以王粲前往投靠。竄，逃避。荊蠻，指荊州。周人稱南方民族為蠻，荊州在南方，故稱。㉙身窮志達　據《三國志・卷二一・魏志・王粲傳》：劉表因王粲形貌不揚而體弱，又曠達不拘小節，故不太器重。身窮，身遭困阨。志達，志向實現。指志向遠大，不為所屈。㉚居鄙行鮮　所處的地位卑下，而行為光明。㉛振冠南嶽二句　李善注引盛弘之《荊州記》說：襄陽城西南有徐元直之住宅，宅之西北八里有方山，山下有王仲宣住宅。故東阿王（指曹植）誄云：「振冠南嶽，濯纓清川。」趙幼文說：考《襄沔記》，王粲宅在襄陽縣西二十里峴山下。振冠，抖落帽上的灰塵。《楚辭・漁父》：屈原說：「我聽說，剛洗過頭的人，必定要彈去帽上的灰塵，剛洗過澡的人，必定要抖掉衣服上的灰塵。怎麼能讓乾淨的身子去沾染外物的汙染呢？」這裡比喻潔身自好。下「濯纓」喻意同。南嶽，即衡山。是我國五嶽之一，在今湖南省。當時屬荊州。濯纓，清洗帽帶子。清川，清澈之河川。《楚辭・漁父》：漁父唱起歌：「滄浪之水清的時候，可以洗我的帽帶子；滄浪之水濁的時候，可以洗我的腳。」清川即指滄浪水。在今湖北省境內，當時也屬荊州。㉜潛處蓬室　隱居於貧士的居室。㉝不干　不求。㉞勢權　有權有勢之人。

【語　譯】您以美好的才德，繼承祖上所建立的宏大基業。既具有美德，才能技藝又傳揚四方。您有強的記憶力，聞知又廣博，能深解精微之言。辭藻像春日之花，思路像泉水的湧出。出語即成可吟詠之文，下筆便成篇章。什麼學術不遍曉？何種技藝不熟習？在棋盤上顯示出您的技巧，下棋是您所擅長的。漢朝不幸，王室權力失落，由宰臣專制，皇帝於是被西遷。您遇到了這樣險惡的局勢，於是漂泊外鄉，遭遇到艱難險阻。像鳳鳥一樣起身高飛，遠避於荊州。雖然身遭困厄，志向卻遠大；所處地位雖然卑下，行為卻光明。在南嶽之上抖落帽上的灰塵，在清川之中洗濯帽帶。即使隱居於蓬室之中，也不去求有權有勢之人。

我公❶奮鉞❷，耀威南楚❸。荊人或違❹，陳戎講武❺。君乃義發❻，筭我師旅❼。

高尚霸❽功，投身❾帝宇❿。斯言⓫既發，謀夫是與⓬。是與伊何？響⓭我明德⓮。

投戈⓯編鄀⓰，稽顙漢北⓱。我公實嘉⓲，表揚京國⓳。金龜紫綬⓴，以彰勳則㉑。

勳則伊何？勞謙㉒靡已㉓。憂世忘家，殊略㉔卓峙㉕。乃署㉖祭酒㉗，與君㉘行止。

筭無遺策㉙，畫㉚無失理。

【章　旨】稱述曹操征伐荊州時，劉琮聽從王粲等的主張而投降，王粲因此而建立功勳。在被授予祭酒之職後，又能謹於職守，算無遺策。

【注　釋】❶我公　指曹操。曹操在建安十三年任丞相，故稱公。❷奮鉞　指出征。奮，舉起。鉞，古兵器。形如大斧，用於斫殺。❸南楚　地名。地域包括今湖南衡陽、長沙以東，江西南昌、九江及安徽南部一帶。此指荊州。❹或違　有人想抵抗。❺陳戎講武　布署軍隊，訓練士卒。趙幼文《曹植集校注》說：〈魏志〉未載劉琮遣軍拒曹操南下之事，僅於傅巽勸劉琮投降曹操之話中涉及到。❻義發　發言論理。❼筭我師旅　估量曹軍的強弱。筭，通「算」。度量。師旅，軍隊。指曹操所率的征伐大軍。❽霸　指曹操。❾投身　指勸劉琮投降。❿帝宇　漢朝。⓫斯言　這話。指王粲勸劉琮投降曹操的建議。⓬謀夫是與　指劉琮的謀臣，如蒯越、韓嵩、傅巽等人贊同此意見。⓭響　通「嚮」。仰。⓮明德　賢明之德。⓯投戈　放下武器。投，棄。戈，古兵器名。用以橫擊和鉤殺。此泛指武器。⑯編鄀　地名。在今湖北省宜城縣東南。⑰稽顙漢北　《三國志・卷六・魏志・劉表傳》：「曹操軍到襄陽，劉琮以荊州投降。」稽顙，跪拜時以額觸地。這裡指屈服。漢北，漢水之北。指襄陽。⑱實嘉　嘉之。指稱讚王粲之功。實，之。⑲京國　京都。⑳金龜紫綬　曹操任王粲為丞相掾，賜爵關內侯。關內侯為列侯，故授紫綬龜紐之金印。金龜，是金印、龜紐的簡稱。漢制，丞相、三公、列侯、將軍之印制為金印龜紐。紫綬，紫色的繫印的絲帶。㉑勳則　獎功法制。㉒勞謙　勤勞又謙遜。㉓靡已　不止。㉔殊略　不同一般的謀略。㉕卓峙　卓立；卓絕。㉖署　置。㉗祭酒　本是首席之意，原非官名。古代舉行盛大宴會或大的祭祀時，推年老有德行的人先舉酒祭祀地神，故有此名。後延作官名，為首席主管之任。曹操後又使王粲任軍謀祭酒。㉘與君　當作「與軍」。胡克家《文選考異》：「袁本、茶陵本「君」作「軍」，是也。此尤本誤字。」與軍，隨軍。㉙筭無遺策　謀劃沒有失算之策。意為計策都精妙可行。㉚畫　計策。

【語　譯】我丞相揚舉斧鉞，耀威荊州。荊州人有的想抵抗，布署軍隊，訓練士卒。您於是發言論理，估量我丞相所率之軍的強弱。推崇丞相之功，建議劉琮投降漢朝。這建議一提出，謀臣即表示贊同。為什麼？這是因他們敬仰丞相的賢明之德啊。於是在編鄀的軍隊放下武器，劉琮在漢水之北表示屈服投降。我丞相稱讚您的功勞，在京城表揚您。授給紫帶龜紐之金印，用以顯示獎功的法制。您是怎樣對待獎勵？始終如一的勤於職守，謙遜謹慎。憂慮時世而忘家，非同一般的謀略，顯得特別卓絕。於是被置於祭酒之位，隨軍行動止宿。您的謀劃沒有失算的，計策沒有不合理的。

我王❶建國❷，百司俊乂❸。君以顯舉❹，秉機省闥❺。戴蟬珥貂，朱衣皓帶❻。

入侍❼帷幄❽，出擁❾華蓋❿。榮曜⓫當世，芳風⓬晻藹⓭。嗟彼東夷⓮，憑江阻湖⓯。

騷擾邊境，勞我師徒⓰。光光⓱戎路⓲，霆駭⓳風徂⓴。君侍華轂㉑，輝輝㉒王塗㉓。

思榮㉔懷附㉕，望彼㉖來威㉗。如何不濟㉘，運極㉙命衰？寢疾㉚彌留㉛，吉往凶歸㉜。嗚呼哀哉！翩翩㉝孤嗣㉞，號慟㉟崩摧㊱。發軫㊲北魏㊳，遠迄㊴南淮㊵。經歷山河，泣涕㊶如頹㊷。哀風興感，行雲徘徊，游魚失浪，歸鳥忘栖㊸。嗚呼哀哉！

【章旨】稱述曹操被封為魏王後，王粲更得榮寵。卻不幸在隨曹操征吳途中病亡，使天地同悲。

【注釋】❶我王　指魏王曹操。獻帝建安十八年，封曹操為魏公。❷建國　建立魏之封國。據《三國志・卷一・魏志・武帝紀》：「今以冀州之河東、河內、魏郡、趙國、中山、常山、鉅鹿、安平、甘陵、平原，凡十郡，封君為魏公。秋七月，始建魏社稷宗廟。」❸百司儁乂　百官都是才德出眾之人。儁，同「俊」。千人之選為俊，百人之選為乂。據《三國志・卷一・魏志・武帝紀》裴注所引《魏氏春秋》說：「以荀攸為尚書令，涼茂為僕射，毛玠、崔琰、常林、徐奕、何夔為尚書，王粲、杜襲、衛覬、和洽為侍中。」❹顯舉　顯耀地被提拔重用。❺秉機省闥　在宮中掌管機要。省闥，宮中。❻戴蟬珥貂二句　指任侍中。蟬，指蟬之羽，作為冠飾。珥，插。貂，指貂尾。漢侍中之冠，插貂尾，加金璫，附蟬羽為裝飾。朱衣，紅色的官服。皓帶，素白之腰帶。❼侍　侍奉。❽帷幄　宮室的帳幕。❾擁　奉持。❿華蓋　帝王或貴官所用的傘蓋。⓫榮曜　即「榮耀」。⓬芳風　美好的聲譽。⓭晻藹　盛貌。⓮東夷　本指古代東方的民族。此代指吳。⓯憑江阻湖　依靠長江、巢湖等作為險阻。⓰師徒　軍隊。⓱光光　威武貌。⓲戎路　兵車。路，通「輅」。⓳霆駭　雷聲震響。⓴風徂　疾風所至。㉑華轂　華美的乘車。此指代乘華車的曹操。㉒輝輝　光輝。㉓王塗　指曹操征行之路。㉔思榮　思念自己得到榮寵。㉕懷附　感懷自己歸附曹操。㉖彼　指吳國。㉗來威　因懾於曹軍的威力而歸降。㉘不濟　事情未成。㉙運極　命運到了盡頭。㉚寢疾　臥病。㉛彌留　生命將終之時。㉜凶歸　死而歸返。㉝翩翩　孤單貌。㉞孤嗣　指王粲的二子。㉟號慟　極其悲傷地呼喊痛哭。㊱崩摧　崩壞摧折。形容悲傷到極點的情狀。㊲發軫　發車。㊳北魏　指魏京鄴城。㊴迄　至。㊵南淮　指南方的淮水地區。趙幼文以為指居巢（今安徽巢縣東北五里）。《三國志・卷一・魏志・武帝紀》：「二十二年春正月，王軍駐軍居巢。」而王粲正於二十二年春病卒。居巢在淮水之南。㊶泣涕　哭泣流淚。㊷頹　下墜貌。㊸哀風興感四句　以風、雲、魚、鳥來襯托哀痛之深切。哀風興感，意為悲哀的風聲也好像由於王粲之死而動情。行雲，飄動的雲。失浪，不再作浪。栖，同

「棲」。棲息。

【語譯】我魏王建國之時，百官都是才德出眾的人。您顯耀地被提拔重用，在宮中掌管機要。頭戴飾有蟬羽、插有貂尾的冠帽，身穿紅色官服，腰間束著素白的帶子。入內侍奉魏王於帷帳之中，出外奉持魏王於華蓋之下。榮耀於當世，美好的聲譽盛極一時。可歎的是那東吳，自以為依靠著江湖的險阻，騷擾我們邊境，於是要勞苦我們的軍隊。威武的兵車，猶如雷聲震響，疾風迅至。您一路侍奉魏王，光輝照耀征途。思念自己得到榮寵，感懷自己歸附之舉的正確，希望吳國也能懾於征伐的威勢而歸降。為什麼事情尚未成功，命運卻到了盡頭？您首先臥病不起，接著垂危彌留，終於以吉利出征而以死喪歸返。啊，悲哀呀！您留下的孤單的孩子，他們極其悲傷地呼喊痛哭，急迫地從鄴城發車，來到遙遠的淮水之濱。途中經過了山山水水，淚水不停地往下掉著。悲哀的風聲也為此動情，飄動的雲也徬徨不忍離去，游過來的魚兒竟不再作浪，飛歸的鳥兒竟忘了歸窩。啊，悲哀呀！

吾與夫子❶，義❷貫❸丹青❹。好和琴瑟❺，分過友生❻。庶幾❼遐年❽，攜手同征❾。如何奄忽❿，棄我夙零？感昔宴會，志各高厲⓫。予戲⓬夫子：「金石難弊⓭。人命靡常⓮，吉凶異制⓯。此驩⓰之人，孰先殞越⓱？」何寤⓲夫子，果⓳乃先逝！又論死生，存亡數度⓴。子猶懷疑，求之明據㉑。儻㉒獨㉓有靈㉔，游魂泰素㉕。我將假翼㉖，飄颻㉗高舉㉘。超登景雲㉙，要㉚子天路。

【章旨】追憶自己與王粲昔日的情誼，及兩人關於命運生死等問題的議論，以表示對他的思念。

【注釋】❶夫子　對於王粲的敬稱。❷義　信義。❸貫　始終如一。❹丹青　紅色與青色。二色穩定而不易退色，故用以比信義之一貫。❺好和琴瑟　琴和瑟是兩種弦樂器，同時彈奏，聲音諧和，故在此比喻朋友情誼的融洽。好，友好。和，諧和。❻分過友生　情分超過了朋友。生，助詞。無義。❼庶幾　表示希望之詞。❽遐年　高齡；長壽。❾同征　同行。❿奄忽　忽然間早逝。下「夙零」同。⓫高厲　高遠。⓬戲　戲謔。⓭難弊　難以損壞。⓮靡常　無常；沒有一定。⓯異制　猶異道。意為人的命運的吉凶難測，與堅固難以損壞的金石不一樣。⓰驩　通「歡」。指歡宴。⓱殞越　顛墜。喻死亡。⓲何寤　那想到。寤，通「悟」。⓳果　果真。⓴數度　定數。㉑明據　明確的證據。㉒儻　假如。㉓獨　猶「其」。㉔有靈　有知。㉕泰素　指天。㉖假翼　借取翅膀。㉗飄颻　即「飄搖」。飄動貌。㉘高舉　高飛。㉙超登景雲　飛登祥雲。㉚要　通「邀」。

【語譯】我與您之間，信義如同紅青二色的始終如一，友好如同琴瑟的諧和，情分超過了朋友。本來希望和您都享高壽，攜手同行。怎麼忽然間拋開了我獨自早逝？感慨於以往在宴會之上，您我志向都很高遠。我當時與您戲謔，說：「金石難以損壞，人的命運無常，吉凶迥異，不能與金石相比。這裡歡宴的人，誰將先死？」那裡想到果真您先去世呢！後來又議論到死生存亡有天命定數，您還表示懷疑，要我拿出明確的證據。假如您有知，魂魄遊於天際。那麼我將借取翅膀，飄然高飛，登上祥雲，在天路上遮道相邀。

喪柩❶既臻❷，將反❸魏京❹。靈輀迴軌❺，白驥悲鳴。虛廓❻無見，藏景蔽形❼。

孰云仲宣❽，不聞其聲？延首❾歎息，雨泣❿交頸⓫。嗟乎夫子，永安幽冥⓬！人誰不沒？達士⓭徇名⓮。生榮死哀⓯，亦孔之榮。嗚呼哀哉！

【章旨】先記述靈柩之迎歸，再哀歎其人已不可復見。最後告慰其靈，美名已成，生而榮顯，死而人悲，已可安息。

【注　釋】❶喪柩　裝屍體之棺材。❷既臻　已至。指至曹植當時所在之地。據趙幼文《曹植集校注》附錄三之〈曹植年表〉說：建安二十一年冬曹操征吳，曹植未從行，亦未在鄴，疑時在孟津。則可能王粲之靈柩途經孟津而再至鄴。❸反　通「返」。❹魏京　鄴城。❺靈轜迴軌　意指王粲與己情誼深摯，雖一死一生而此情難解，所以靈車迴旋，不能前行。下「白驥悲鳴」亦同此意。靈轜，喪車。迴軌，車轍迴旋。❻虛廓　空虛。❼藏景蔽形　隱藏其形。指身已藏於棺內，不可再見。景，同「影」。❽孰云仲宣　誰說這真是仲宣。表示不忍就如此生死相別的意思。❾延首　伸長頭頸。指靈車已遠，作者尚伸長項頸目送。❿雨泣　泣下如雨。⓫交頸　流落於頸。⓬幽冥　指地下。⓭達士　明智達理之士。⓮徇名　捨身為名。⓯死哀　人們對於他的死表示哀傷。

【語　譯】靈柩已至，將運歸鄴城。喪車迴旋不前，白馬悲鳴。您已藏身於棺內，我見不到您的身影。誰說這真是仲宣，我怎麼聽不到您的聲音？我伸長項頸，目送喪車遠去，歎息不止，如雨的淚水，流到了頸上。啊，夫子，您在地下永遠安息吧！做人誰會不死？明智達理的人則捨身為名。您活著榮顯，死了，人們為之哀傷，也是非常的光榮了。啊，悲哀呀！

楊荊州誄并序

【作　者】潘岳（西元二四七～三〇〇年），字安仁，滎陽中牟（今河南中牟東）人，西晉著名詩人、辭賦家。他姿貌俊美，早年以資才聰穎見稱，鄉邑稱為奇童。舉秀才，初任為河陽令，轉懷縣令，楊駿以太傅當政，潘岳為其主簿。楊駿被誅，受牽連除名。後歷任著作郎、散騎侍郎、給事黃門侍郎等官。他與石崇等均親附權貴賈謐，為賈謐「二十四友」之首，據說他每候賈謐外出，輒望塵而拜，因此頗為人譏議。後趙王司馬倫當政，孫秀為中書令，潘岳被誣與石崇、歐陽建謀奉淮南王允、齊王冏為亂，被誅，夷三族。潘岳原有集十卷，已散佚，明人輯有《潘黃門集》。潘岳在西晉文壇上與陸機齊名，並稱為「潘陸」。其詩詞采華美，部分篇什以言情見長。其賦今存二十四篇（一半已殘缺）。《文選》於諸家賦收錄甚嚴，獨於潘岳收其賦八篇，可見推重之甚。

【題解】楊肇，晉武帝時曾任荊州刺史，故稱「楊荊州」。他於武帝咸寧元年四月病故，潘岳撰此誄文，主要是記述他的生平事蹟並讚揚他的功德。文中記述他出於將門，德高才富。魏時初任軹令，後歷任治書侍御史兼大理臣、野王典農中郎將。繼為司馬昭參軍。晉代魏後，為武帝掌宮中警衛，被進封東武伯。隨後任東莞相，荊州刺史。為官都能廉正盡職，功德卓著。在吳將步闡降晉、吳軍進犯之時，受命相抗，結果兵敗而歸，被免職家居，潛心學術，不幸而卒。楊肇死後，武帝致哀，謚戴。文末記述自己感懷楊肇的知己之恩，對於他的死，不勝悲痛。楊肇，是潘岳父親潘芘的摯友，又是潘岳的岳父，關係之密切，情義之深厚，非同一般，所以，潘岳對於楊肇的死格外感到悲傷。這種悲傷之情，不但見於此文，即使在九年之後所寫的〈懷舊賦〉（見卷一六）中，也可以明顯地看出。據《晉書・潘岳傳》，咸寧元年，正是他在京城洛陽「棲遲十年，出為河陽令，負其才而鬱鬱不得志」之時，加上自己有病在身，竟不能奔喪致哀，內心的痛楚就可想而知了。〈潘岳傳〉又說他「辭藻絕麗，尤善為哀誄之文」。讀此誄文，可窺其一斑。

維咸寧❶元年，夏四月乙丑❷，晉❸故折衝將軍❹荊州刺史❺東武❻戴❼侯滎陽❽楊史君❾薨❿。嗚呼哀哉！夫天子建國，諸侯⓫立家⓬，選賢與能⓭，政是以和。周⓮賴尚父⓯，殷⓰憑太阿⓱。矯矯⓲楊侯⓳，晉之爪牙⓴。忠節克明㉑，茂績㉒惟嘉㉓。將宏㉔王略㉕，肅清荒遐㉖。降年不永㉗，玄首未華㉘。銜恨㉙沒世，命也奈何㉚？嗚呼哀哉！自古在昔，有生必死。身沒名垂，先哲㉛所韙㉜。行以號㉝彰，德以述㉞美。敢㉟託㊱旒旗㊲，爰作斯誄。其辭曰：

【章　旨】這是序文。述楊肇死事，對他未能盡才而死表示惋惜，並認為其行其德已足可揚名後世。

【注　釋】❶咸寧　晉武帝年號。❷乙丑　古時以天干、地支相配記日。❸晉　朝代名。司馬炎於魏咸熙二年代魏所建立。❹折衝將軍　是將軍的一種名號。楊肇為荊州刺史時，加折衝將軍。❺荊州刺史　荊州行政長官。荊州治所在今湖北襄陽。❻東武　即東武伯。楊肇由於為武帝掌宮中警衛之功勳，進封東武伯。❼戴　這是楊肇死後，晉武帝所授的諡號。❽滎陽　地名。在今河南滎陽東北。楊肇是滎陽人。❾楊史君　當作「楊使君」。胡克家《文選考異》說：袁本、茶陵本「史」作「使」。使君，漢以後對州郡長官的尊稱。❿薨　死。周朝諸侯死稱薨。楊肇因封東武伯，諡戴，故稱薨。⓫諸侯　古代對中央政權所分封各國國君的統稱。⓬立家　建立自己的封國。⓭選賢與能　選擇並舉用賢能的人。⓮周　周朝。⓯尚父　即呂尚。姜姓，呂氏，名尚。傳說為周文王所遇，立為師。後輔佐武王滅商，建立周朝。尚父是武王對呂尚的尊稱。意思是可尊尚的父輩。⓰殷　殷朝。⓱太阿　即伊尹。伊尹曾輔佐商王太甲而為阿衡（相），故稱太阿。伊尹名摯。輔佐成湯滅夏建國。⓲矯矯　威武貌。⓳楊侯　即楊肇。⓴爪牙　喻指武臣。㉑忠節克明　能顯示其忠義之節。㉒茂績　豐功偉績。㉓嘉　讚美。㉔宏　光大。㉕王略　王道。指以仁義治理天下。㉖荒遐　遠方。㉗降年不永　天所給予的年壽不長。㉘玄首未華　黑的頭髮未花白。㉙銜恨　懷恨。指功名未著。㉚命也奈何　命運為何如此。㉛先哲　以前的賢智之人。㉜所韙　所是；對的。㉝號　指武帝所賜的名號與諡號。即東武伯、戴。㉞述　指誄之稱述。㉟敬　表敬之詞。㊱託　借。㊲旒旗　即白旗。是古時喪具之一。用以書寫死者姓名和德行。

【語　譯】咸寧元年，夏四月乙丑日，晉原折衝將軍荊州刺史東武戴侯滎陽楊使君去世。啊，悲哀呀！天子建立國家，諸侯建立封國，必須選擇和舉用賢能的人，使政治因而和順。周朝依賴呂尚，殷朝依靠伊尹。威武的楊侯，是晉朝的武臣。他顯示了忠義的節操，豐功偉績受到讚美。將要光大王道，使遠方也得到安寧。天賜的年壽不長，黑髮尚未花白，竟懷恨而去世，命運為何如此？啊，悲哀呀！自古至今，有生必有死。身死而名傳，是以前賢智之人所肯定的。所作所為，依靠所賜的名號而得到彰顯，而德行則依靠誄文而顯示出它的美善。於是恭敬地憑藉白旗，寫下這篇誄文。誄辭說：

邈❶矣遠祖，系❷自有周❸。昭穆❹繁昌，枝庶分流❺。族始伯喬，氏出楊侯❻。奕世❼丕顯❽，允❾迪❿大猷⓫。天猒⓬漢德⓭，龍戰⓮未分⓯。伊⓰君祖考⓱，方⓲事⓳之殷⓴。鳥則擇木㉑，臣亦簡君㉒。投心㉓魏朝㉔，策名㉕委身㉖。奮躍淵塗，跨騰風雲㉗。或統㉘驍騎㉙，或據㉚領軍㉛。

【章 旨】追溯楊氏遠祖及姓氏之由來，並交代楊肇之祖父與父親在三國之魏朝所任顯職。

【注 釋】❶邈 遠貌。❷系 繼；承。❸有周 即周朝。有，語助詞。❹昭穆 古代宗法制度。宗廟或墓地的排列，以輩分區分：始祖居中；二世、四世、六世居左，稱昭；三世、五世、七世居右，稱穆。用來分別宗族內部的長幼、親疏和遠近。這裡指世代宗族。❺枝庶分流 支族分布於各地。❻族始伯喬二句 《漢書・卷八七・揚雄傳》說：「揚雄的祖先出自周朝的伯喬，伯喬因是周的支族而封於晉之揚，於是以『揚』為姓氏。後來周朝衰弱而揚氏或許稱侯，號揚侯。」族，宗族。伯喬，西周初被分封的諸侯。封於楊（一作「揚」）。其地在今山西洪洞東南。氏，姓氏。楊侯，伯喬之後，以楊氏稱侯的人。❼奕世 世代；一代接一代。❽丕顯 大明。意即十分榮顯。❾允 發語詞。❿迪 蹈。⓫大猷 大道。⓬猒 通「厭」。憎惡；厭棄。⓭漢德 漢代的道德。⓮龍戰 喻東漢末年魏、蜀、吳等群雄相爭戰。⓯未分 勝敗未定。⓰伊 發語詞。⓱祖考 祖父與父親。楊肇祖父楊恪、父楊暨。⓲方 正。⓳事 指從事軍旅之事。⓴殷 盛。指努力。㉑擇木 指選擇樹木做窩。㉒簡君 選擇君主投靠。㉓投心 盡其衷誠。㉔魏朝 指曹丕代漢所建立的政權。㉕策名 在竹簡上寫下自己的名字。表示作其臣子。㉖委身 託身；以身事人。㉗奮躍淵塗二句 比喻楊恪、楊暨父子之飛黃騰達。奮躍淵塗，指龍從深淵汙泥之中奮躍而起。跨騰風雲，騰越於飄動的雲彩之上。㉘統 領；受任。㉙驍騎 驍騎將軍。武官名。楊恪為驍騎將軍。㉚據 處。㉛領軍 領軍將軍。武官名，統領禁軍。楊暨為領軍將軍。

【語 譯】楊氏的遠祖，上承周朝，多久遠呀！宗族世代繁昌，支族分布各地。宗族開始於伯喬，姓氏出自楊侯。代代非常榮顯，能履行大道。上天厭棄漢朝的德行，群龍爭戰，勝負未定。您的祖父與父親，也正努力從事軍旅之事。鳥要選擇樹木做窩，臣子也要選擇君主投靠。竭盡他們的衷誠於魏朝，寫名於竹簡之上，表示稱臣而以身相託。於是他們像龍從深淵汙泥之中奮躍而起，飛騰於飄動的雲彩之上。一人受任驍騎將軍，一人位處領軍將軍。

篤生❶戴侯，茂德❷繼期❸。纂❹戎❺洪緒❻，克構堂基❼。弱冠❽味道❾，無競惟時❿。孝實⓫蒸蒸⓬，友⓭亦怡怡⓮。多才豐藝⓯，強記⓰洽聞⓱。目睇毫末，心筭無垠⓲。草隸⓳兼善⓴，尺牘(21)必珍(22)。足不輟行，手不釋文(23)。翰動若飛，紙落如雲(24)。學優則仕(25)，乃從王政(26)。散璞發輝(27)，臨(28)軹(29)作令(30)。化行邑里(31)，惠洽(32)百姓。越登(33)司官(34)，肅我朝命(35)。惟(36)此大理(37)，國之憲章(38)。君蒞(39)其任，視民如傷(40)。庶獄(41)明慎(42)，刑辟(43)端詳(44)。聽(45)參(46)皋、呂(47)，稱(48)侔(49)于、張(50)。改授農政(51)，于彼野王(52)。倉盈(53)庾億(54)，國富兵強。

【章旨】讚美楊肇年輕時品德之高超、才藝文筆之出眾，以及出仕於魏後先後所任各職之顯績。

【注釋】❶篤生　得天獨厚。❷茂德　高尚的道德。❸期　指人壽百年。❹纂　繼承。❺戎　汝；你。❻洪緒　大業。❼克構堂基　《尚書・大誥》：「他的兒子不肯建堂基，難道肯建造房屋嗎？」這裡是反用其意。克，能。構堂基，有所建樹。❽弱冠　古時男子二十歲成人，身體尚未壯，行加冠禮，故稱。此指年輕時。❾味道　玩味於道。❿無競惟時　指不與時俗爭名利。惟，猶「于」。⓫實　語助詞。⓬蒸蒸　通「烝烝」。淳厚貌。⓭友　指友愛兄弟。⓮怡怡　和順貌。⓯豐藝　多藝。⓰強記　記憶力強。⓱洽聞　博聞。⓲目睇毫末二句　形容心明眼亮，聰慧過人。睇，視見。毫末，野獸毛之末端。形容極其微小。筭，通「算」。無垠，無限。⑲草隸　草書與隸書。⑳兼善　都好。㉑尺牘　書信。㉒必珍　必為人所珍貴。㉓釋文　猶釋卷。放下書籍。㉔翰動若飛二句　形容楊肇才思敏捷，成文之速。翰動，揮筆書寫。翰，毛筆。若飛，筆好像在飛舞。紙落，指將寫畢之紙置於一旁。如雲，比喻紙張積聚之多。㉕學優則仕　學習優良就出任官職。《論語・子張》：子夏曰：「學而優則仕。」㉖從王政　從事王者之政。㉗散璞發輝　整理璞玉而使玉發出光輝。璞，未經雕琢加工的玉。比喻楊肇秉賦質樸之性因任職而大放光彩。㉘臨　統管；治理。㉙軹　縣名。在今河南濟源南。㉚令　縣令。即縣長。潘岳〈楊肇碑〉：「嘉平初除（受任）軹令。」㉛邑里　村鎮鄉里。㉜惠洽　恩惠遍及。㉝越登　升遷。㉞司官　指治書侍御史。〈楊肇碑〉：「肇遷治書侍御史。」為御史中丞所屬。㉟肅我朝命　整飭我們朝廷的命令。因御史中丞與治書侍御史掌管彈劾督察之事，故云。朝命，朝廷的命令；君命。㊱惟　助詞。㊲大理　掌刑法的官。楊肇又兼大理之職。〈楊肇碑〉：「肇兼統大理之任。」㊳憲章　法令。㊴蒞　臨；到。㊵視民如傷　看待民眾如同有傷疾的人那樣，不敢驚擾。形容他執法公正，愛民如子。㊶庶獄　眾多的刑事案件。㊷明慎　指處事精明謹慎。㊸刑辟　刑法；刑律。㊹端詳　端正詳審。㊺聽　聽獄；處理案件。㊻參　通「叁」。指三人。這裡是並列為三的意思。㊼皋呂　皋，皋陶。也作「咎繇」。傳說是舜之臣。掌刑獄之事，執法公正。呂，呂侯。周穆王臣。為司寇。周穆王採納他的言論作刑布告四方。即今《尚書》的〈呂刑〉。㊽稱　稱譽。㊾侔　齊等；等同。㊿于張　于，于定國。字曼倩，漢郯人。初為獄吏，宣帝時舉拔為廷尉，治獄公正，切合情理。當時人們稱讚說：「于定國為廷尉，民自然無冤。」遷為丞相，封西平侯。張，張釋之。字季，漢初堵陽人。文帝時歷任謁者僕射、公車令、中大夫，後為廷尉，持議公正。當時人們稱說：「張釋之為廷尉，天下無冤民。」(51)農政　有關農業的政令和制度。這裡指授管理農業的典農中郎將之職。典農中郎將掌管農業生產、民政和田租。(52)野王　地名。其地在今河南沁陽。〈楊肇碑〉：「除（授）野王典農中郎將。」(53)倉盈　糧倉盈滿。(54)庾億　露天穀倉積聚的穀物以十萬計。庾，露天的穀倉。億，古指十萬。

【語　譯】天生獨厚的戴侯，道德高尚地來到人間。您承繼祖上的宏大基業，更能有所建樹。年輕時就精研道術，不流於時俗而爭逐名利。淳厚地孝敬長輩，和順地友愛兄弟。多才多藝，記憶力強，聞知廣博。眼睛能察見毫毛的末端，心中能測算無限的空間。草書隸書都很出色，回覆的書信，人們必定視為珍寶。來往奔波不已，卻仍手不釋卷地好學。揮筆書寫，彷彿飛動的舞姿；散落寫成的紙張，多得像雲的聚集一樣。學習的成績優良就可以出任官職，於是就為聖王效力，管理政治。又好比雕琢璞玉而使玉發出光輝，被派到軹縣擔任縣令。教化推行到了村鎮鄉里，恩惠遍及於百姓。於是升任治書侍御史，能整飭我們朝廷的命令。此大理之職，是執行國家法規所在。您到任之後，看待民眾如同有傷疾的病患一樣。眾多的刑事案件都謹慎精明地加以處理，執行刑律端正而詳審。聽獄可以與皋陶、呂侯並列而三，稱譽可與于定國、張釋之相齊等。因而改授野王的典農中郎將，使得糧倉盈滿，連露天穀倉積聚的穀物也以十萬計，致使國家富裕，而兵力強大。

煌煌❶文后❷，鴻漸晉室❸。君以兼資❹，參戎❺作弼❻。用❼錫❽土宇❾，膺❿茲顯秩⓫。青社白茅⓬，亦朱其紱⓭。魏氏順天，聖皇受終⓮。烈烈楊侯，實統禁戎。司管閶闔，清我帝宮⓯。苛慝⓰不作，穆⓱如和風。謂督勳勞，班命彌崇⓲。茫茫⓳海、岱⓴，玄化㉑未周。滔滔江、漢㉒，疆埸㉓分流㉔。秉文兼武㉕，時惟㉖楊侯。既守東莞，乃牧荊州㉗。折衝萬里，對揚王休㉘。聞善若驚㉙，疾惡如讎㉚。示威示德，以伐以柔㉛。

【章旨】記述楊肇在司馬昭屬下任參軍，因功被封為東武子。在司馬炎代魏稱帝後，又受任掌管宮中警衛，因功被封為東武伯。後外任東莞相與荊州刺史，也功績卓著。

【注釋】❶煌煌　英明。❷文后　指司馬昭。司馬炎代魏稱帝後，追尊其父司馬昭為文帝。❸鴻漸晉室　指司馬昭官職漸升而進封晉王，於是建立了晉王室。鴻漸，大雁逐漸飛向高處。鴻，鳥名。今稱大雁。《周易・漸卦》說：「大雁飛到溪水，又飛到水邊石上，又飛到陸地上，又飛到樹上，又飛到山嶺上，又飛到大山上。」故以「鴻漸」比喻官職的進升。司馬昭於魏正元二年為大將軍、錄尚書事；景元四年為相國，封晉公，次年進為晉王。❹兼資　兼備文武之才。❺參戎　即參軍。官名。職務是參謀軍務。❻弼　輔佐。〈楊肇碑〉說：「天命定數將由文后即位，(楊肇)為參軍。」❼用　因；於是。❽錫　賜給。❾土宇　封疆；領土。指東武。今山東諸城。❿膺　受；當。⓫秩　指爵位的等次。古代諸侯爵位分公、侯、伯、子、男五等。楊肇被授予子爵，故稱顯秩。即榮顯的等次。〈楊肇碑〉說：「五等初建，封東武子。」⓬青社白茅　古代天子分封四方諸侯，分別給予封地方向的有色之土，並且用白茅包裹，讓諸侯帶去建立祭土神之社。東武位處東方，東方土色青，故以白茅包青土，所建之社稱作青社。青社，祭祀東方土神之處。白茅，白色茅草。⓭朱其紱　指穿上紅色的朝服或祭服。案：周制，諸侯朱紱。紱，朝服或祭服。⓮魏氏順天二句　意思是魏元帝順從天意而將帝位禪讓給司馬炎，司馬炎接受禪讓而即帝位。實際則是司馬炎於魏咸熙二年十二月逼元帝禪位，廢為陳留王，司馬炎即位，建立晉朝。魏氏，指魏元帝。聖皇，指晉武帝。受終，前帝終其帝位而後承者接受帝位。⓯烈烈楊侯四句　〈楊肇碑〉說：「皇祖（指晉武帝）之始，典戎（掌兵）武衛。」烈烈，威武貌。楊侯，指楊肇。實，語助詞。禁，禁中；皇帝宮中。戎，警衛的兵卒。司管，主管。閶闔，宮之正門。清，清淨安寧。⓰苛慝　暴虐邪惡之事。⓱穆　溫和。⓲謂督勳勞二句　〈楊肇碑〉說：「以清宮勳勞，封東武伯。」督，督察。勳勞，功勳勞績。班命，頒發詔令。指進封東武伯。彌崇，非常高。⓳茫茫　廣遠貌。下「滔滔」意同。⓴海岱　因《尚書・禹貢》有「海、岱及淮惟徐州」之句，故此代指徐州。古九州之徐州，約跨今江蘇、山東、安徽的部分地區。海，指黃海。岱，指泰山。㉑玄化　以道教化。㉒江漢　長江與漢水。㉓疆埸　疆界。㉔分流　指分屬於晉與吳。當時長江、漢水流域大部分屬於吳國。㉕秉文兼武　具有文武兼才之人。㉖時惟　當時只有。㉗既守東莞二句　〈楊肇碑〉說：「領東莞相、荊州刺史。」守，太守的簡稱。這裡是為太守的意思。東莞，郡名。治所在今山東沂水東北。牧，州官稱牧。這裡是為刺史的意思。㉘折衝萬里二句　〈楊肇碑〉說：「加折衝將軍。」折衝，使敵人的戰車後撤。即擊退敵軍。衝是戰車的一種。對揚，對答稱揚。舊時多對王命而言。王休，指帝王的美命。㉙聞善若驚　指聽到善言好像吃一驚。因為擔心自己不能做到。㉚疾惡如讎　痛恨惡人像仇敵一樣。㉛柔　安撫。

【語　譯】英明的文帝，官職漸升，終於建立了晉王室。您以文武兼備之才，擔任參軍輔佐晉王。因而被賜予封地，接受這榮顯的爵位。賜予用白色茅草包裹的青土，以建立青社，也穿上紅色的禮服。魏帝順從天的意志而禪讓帝位，聖明的皇帝接受禪讓而即位。威武的楊侯，統領宮中警衛兵卒。主管宮殿正門，使得我們武帝宮中歸於清靜安寧。暴虐邪惡的事不再發生，氣氛祥和得好像吹著溫和的風。皇帝認為楊侯督察有功勳勞績，於是頒布詔令，授予很高的封爵。由於廣遠的海、岱道德教化尚未周遍，廣遠的長江、漢水一帶，疆界尚未一統。能兼備文武之才的人選，當時只有楊侯。所以既為東莞太守，又為荊州刺史。在萬里之遠的地方擊敗敵人，以完成稱揚天子美好的命令。聽到善言好像受驚，痛恨邪惡如同仇敵。或用征伐，或用安撫，以顯示威力，彰揚德教。

吳夷❶凶侈❷，偽師❸畏逼❹。將乘讎釁，席卷南極❺。繼褰糧盡，神謀不忒❻。君子之過，引曲❼推直❽。如彼日月，有時則食❾。負執❿其咎⓫，功讓其力⓬。亦既旋旆⓭，為法受黜⓮。退守丘塋⓯，杜門⓰不出。游目⓱《典》《墳》⓲，縱心⓳儒術⓴。祁祁㉑搢紳㉒，升堂入室㉓。靡事不咨㉔，無疑不質㉕。位貶道行，身窮志逸㉖。弗慮弗圖㉗，乃寢乃疾㉘。昊天㉙不弔㉚，景命㉛其卒。嗚呼哀哉！

【章　旨】記述在吳將步闡降晉、吳軍進犯之時，楊肇受命相抗，結果兵敗而歸，被免職家居，潛心學術，不幸病卒。

【注　釋】❶吳夷　指三國時孫權所建之吳國。此時由孫皓掌權，據有長江南部及部分北部與閩、粵等地。後為晉所滅。夷，是古時對異族的貶稱。多用於東方民族。吳國位處東南，故稱。❷凶侈　凶惡驕侈。❸偽師　猶賊軍。指吳軍。❹畏逼　以威勢進犯。晉泰始八年，孫皓令西陵（今湖北宜昌東）督步闡入朝，步闡因畏懼而降晉，吳大司馬陸抗率軍擊步闡。❺將乘讎釁二句　當時步闡受擊，形勢危急，晉羊祜令楊肇迎戰陸抗，故楊肇有一舉滅亡吳國的雄心。讎釁，指吳國內部的間隙。南極，指吳國。❻繼褰糧盡二句　這是說楊肇被陸抗所擊敗，計謀並無差錯，而是由於後繼不及而糧食用盡之故。據《三國志・卷五六・吳志・陸遜傳》：陸抗令將軍左奕、吾彥、蔡貢等直赴西陵，對西陵進行堅實的圍困，並抵禦晉的援軍。包圍圈剛形成，晉巴東監軍徐胤率水軍至建平，荊州刺史楊肇至西陵。陸抗令張咸強固對西陵的圍困；令公安督孫遵巡南岸以抵禦羊祜；水軍督留慮等抵拒徐胤。陸抗親自率三軍憑恃圍軍與楊肇對陣。楊肇攻擊吳之圍軍，結果死傷相繼，為時一月，計謀受挫而夜間撤退。陸抗又令輕兵追擊，大敗楊肇。同時，羊祜軍也撤還。於是，陸抗攻陷西陵城，誅殺步闡及其家族。繼，指接濟糧食。褰，縮；不及。神謀，指楊肇迎戰陸抗的神計妙算。不忒，沒有差錯。❼引曲　把過錯歸於自己。指楊肇將造成戰爭失敗的責任由自己擔當，而不推諉於糧食不及接運而盡絕。❽推直　把功績推讓給人家。直，正確。此指功績。❾如彼日月二句　《論語・子張》：子貢說：「君子有過錯，好像日月有日蝕月蝕一樣，犯過錯時人們都看到，改正過錯人們都敬仰他。」意思是無損於他的光明。食，通「蝕」。指日蝕、月蝕。❿負執　擔負。⓫咎　過錯。⓬功讓其力　不能建功，自責未能盡力。讓，責。⓭旋旆　指班師回朝。旋，返歸。旆，戰旗。⓮為法受黜　因法而受到黜免。⓯丘塋　墳墓。指祖宗的墳墓。⓰杜門　閉門。⓱游目　觀看。⓲典墳　是《三墳》《五典》的簡稱。泛指古代文籍。⓳縱心　盡心。⓴儒術　儒家的學術。即孔子所創立的儒家學派以提倡仁愛為核心的學說。㉑祁祁　眾多貌。㉒搢紳　插笏版於腰帶間。這是古時為官者之裝束。於是稱士大夫為搢紳。㉓升堂入室　古人房屋內部，前面有堂，堂後用牆隔開，後部中央叫室，室的東西兩側叫房。《論語・先進》：孔子說：「子路，已升堂了，還未入室。」後人即以「升堂入室」比喻學問造詣精深。此處意指士大夫前來請教。㉔靡事不咨　無事不訊問。㉕無疑不質　有疑問沒有不就正的。質，就正；評定。㉖身窮志逸　指楊肇仕途困厄，心情卻快樂。㉗弗慮弗圖　沒有思慮，沒有圖謀。㉘乃寢乃疾　臥病。寢，臥。㉙昊天　即天。昊，元氣博大貌。㉚不弔　不憐憫。㉛景命　大命。

【語　譯】東吳凶惡驕侈，賊軍恃其威勢進犯。楊侯將乘敵方發生間隙之機，吞併吳國。可是由於後繼不及而軍糧盡絕，這不是神妙的計謀有什麼差錯。但君子犯了過錯，是將過錯歸於自己，而將功績推讓他人。好像那日月，有時會發生日蝕、月蝕一樣。自身擔當罪名，自責不能建立戰功是由於未能盡力。在已班師回朝之後，依法而受到黜免。於是退身守護祖宗的墳墓，從此閉門不出。觀看古代文籍，盡心於儒家學術。而眾多的士大夫們在學問上雖有精深的造詣，但他們無事不向他訊問，存疑之事也無不向他就正論定。雖然他的職位受貶而道術卻影響世人，仕途困阨而心情卻能保持愉悅。沒有思慮，沒有圖謀，終於年歲已盡臥病在床。天命不惜英才，大命就這樣告終。啊，悲哀呀！

子囊佐楚，遺言城郢❶。史魚諫衛，以屍顯政❷。伊❸君臨終，不忘忠敬。寢伏❹床蓐❺，念在朝廷。朝達厥辭❻，夕殞❼其命。聖王❽嗟悼❾，寵贈衾❿襚⓫。誄德⓬策勳⓭，考終⓮定謚⓯。群辟⓰慟懷⓱，邦族⓲揮淚。孤嗣⓳在疚⓴，寮屬㉑含悴㉒。赴者㉓同哀，路人增欷㉔。嗚呼哀哉！

【章旨】記述楊肇臨終不忘朝廷。武帝對於他的去世深致哀悼，並論定其功德而賜予謚號。而人們對於他的去世，也無不哀傷。

【注釋】❶子囊佐楚二句　據《左傳·襄公十四年》記載：子囊於此年舉兵伐吳，返歸後將死，臨終時對子庚（即司馬公子午，將繼子囊為令尹）說：「一定要築好郢都之城。」君子認為子囊能盡忠，將死而不忘保衛國家。楚自楚文王十年遷都於此，尚未築城，為防備吳國進犯，必須築城。子囊，春秋時楚臣。即公子貞。佐楚，在楚國輔政。子囊在楚共王、康王時為令尹。城郢，在郢都築城。郢，地名。春秋楚都。故址在今湖北江陵西北。❷史魚諫衛二句　據《韓詩外傳》記述：史魚生病將死，對他的兒子說：「我多次與衛靈公說蘧伯玉的賢能，卻不能進用；多次說彌子瑕不肖，卻不能黜退。因此，我死之後，不能在正堂上辦喪事，把我的靈柩停放在室中就可以了。」衛靈公前來弔喪，問其原因，史魚的兒子把父親的遺言告訴衛靈公。於是，衛靈公召見蘧伯玉而使他處於尊貴的地位，召見彌子瑕而將他黜退。然後，史魚的兒子才將父親的靈柩移到正堂。史魚，春秋時衛國大夫。諫衛，規諫衛靈公。屍，屍體。顯政，使政治清明。❸伊　語助詞。❹寢伏　寢臥。❺蓐　席。❻厥辭　其盡忠之言。❼殞　死亡。❽聖王　指晉武帝。❾嗟悼　歎息哀傷。❿衾　覆蓋屍體的單被。⓫襚　贈送給死者的衣服。⓬誄德　指撰寫誄文以表彰其功德。⓭策勳　將功勳書寫在簡策之上。⓮考終　善終。⓯謚　古時帝王、貴族、大臣、士大夫死後，根據他生前事蹟給予的稱號。〈楊肇碑〉：「肇薨，天子愍焉，遣謁者祠以少牢（即一豬一羊），謚曰戴侯。」⓰群辟　指諸侯。也指王侯公卿大夫士。⓱慟懷　哀痛懷念。⓲邦族　邦國宗族。⓳孤嗣　指楊肇之子。⓴在疚　在病中。㉑寮屬　僚屬；同僚。㉒悴　憂傷。㉓赴者　指前往弔喪的人。㉔欷　抽泣聲。此指抽泣。

【語　譯】子囊在楚國輔政，留下遺言要修築郢都的城郭。史魚以死後停柩於室規諫衛靈公，使政治趨於清明。您臨終之時，也不忘忠敬。臥病在床席，卻思念著朝廷。早上表達了盡忠之言，晚上就結束了生命。聖王歎息哀傷，加恩贈送單被和衣服。詔令撰寫誄文以表彰功德，將功勳書寫在簡策之上，並因善終而確定諡號。公卿大夫們都悲痛懷念，邦國宗族也都拭淚。嗣子在病中，同僚無不心含憂傷。前往弔喪的人們都很悲哀，連過路人也一再地抽泣。啊，悲哀呀！

余以頑蔽❶，覆❷露❸重陰❹。仰追先考❺，執友❻之心。俯❼感知己，識達❽之深。承❾諱❿忉怛⓫，涕淚霑襟。豈忘載⓬奔⓭，憂病是沈⓮。在疚不省⓯，於亡不臨⓰。舉聲⓱增慟⓲，哀有餘音⓳。嗚呼哀哉！

【章　旨】交代自己與楊肇的關係，楊肇既是父親的執友，又是岳父，因此，對於他的去世，格外悲痛。然而由於自己一直在病中，所以在楊肇生前不能前往探候，死後又不能奔喪，更覺痛心。

【注　釋】❶頑蔽　愚頑。這是自謙之詞。❷覆　庇護。❸露　指恩澤。❹重陰　兩重遮蔭。指潘岳之父與潘岳的岳父楊肇。❺仰追先考　上以追念過世的父親。❻執友　志同道合的朋友。❼俯　下。❽識達　有見識，能通達事理。❾承　奉聞。❿諱　指死。⓫忉怛　悲傷。⓬載　則；即。⓭奔　指奔喪。⓮沈　沈重。⓯不省　不能看望。⓰不臨　不能前去哭弔。⓱舉聲　放聲呼哭。⓲增慟　格外悲哀。⓳哀有餘音　哀哭之聲不絕。

【語　譯】我以愚頑之身，而蒙受雙重恩澤和庇蔭。往上追念先父引您為執友之心，俯下感念您見識獨到，通達事理，對我相知之深。奉聞死訊，十分悲傷，眼淚霑溼了衣襟。那裡是忘了要馬上奔喪，憂愁的是自己亦病情沈重。生病時候不能看望，亡故之後又不能前往哭弔。因而放聲呼哭，格外悲哀，哀哭之聲，不能停息。

啊，悲哀呀！

楊仲武誄 并序

【作者】潘岳，見頁二八四〇。

【題解】楊仲武是楊肇之孫，潘岳的內姪，於元康九年病卒。誄文先述他的身世，讚美他的道德修養與學業成就。仲武自幼喪父，由母撫養成人。幼年即德操高尚，才藝俊拔，能安貧樂道，致力於學業，本可承繼曾祖、祖父的勳業，而不幸盛年早折。其次追述自己與仲武生前難忘的情誼，加上妻子亡故尚不滿一年，所以愈覺悲痛。最後對於仲武之死，表示深切的哀悼。

楊綏，字仲武，滎陽宛陵人也。中領軍❶肅侯❷之曾孫，荊州刺史戴侯❸之孫，東武❹康侯❺之子也。八歲喪父。其母鄭氏，光祿勳❻密陵成侯❼之元女❽。操行甚高，恤養幼孤❾，以保乂❿夫家而免諸艱難。戴侯康侯多所論著，又善草隸之藝⓫。子以妙年之秀⓬，固能綜覽義旨⓭，而軌式⓮模範⓯矣。雖舅氏⓰隆盛⓱，而孤貧守約⓲，心安陋巷⓳，體服⓴菲薄㉑，余甚奇之。若乃㉒清才㉓儁茂㉔，盛德日新㉕，吾見其進，未見其已也。既藉㉖三葉㉗世親㉘之恩，而子之姑㉙，余之伉儷㉚焉。往歲㉛卒於德宮里㉜。喪服㉝同次㉞，綢繆㉟累月㊱，苟㊲人必有心㊳，此亦款誠㊴之至㊵也。不幸短命，春秋㊶二十九，元康㊷九年夏五月己亥㊸卒。嗚呼哀哉！

乃作誄曰：

【章旨】這是序文。簡述楊仲武的家世、身世與卓異的才德，以及與作者的關係與情誼。

【注釋】❶中領軍　武官名。統領禁軍。原也稱領軍、中領軍將軍。❷肅侯　「肅」是楊暨在魏所授諡號，「侯」為尊稱。❸荊州刺史戴侯　指楊肇。晉武帝時出任荊州刺史，諡號戴。見上篇〈楊荊州誄〉。❹東武　即東武伯。楊肇為東武伯，其子襲其爵位。東武在今山東諸城。❺康侯　指楊潭。康是他的諡號。❻光祿勳　官名。掌領宿衛侍從。❼密陵成侯　指鄭默。鄭默之父鄭袤，晉武帝時進爵密陵侯。鄭默襲爵位，又卒後授諡號「成」，故稱密陵成侯。❽元女　長女。❾恤養幼孤　撫養幼小的孤兒。❿保乂　治理以使平安。⓫善草隸之藝　擅長草書和隸書的技藝。⓬妙年之秀　少壯時期卓異的才智。⓭義旨　旨意。⓮軌式　效法。⓯模範　典範；規範。指楊肇和楊潭的學術成就。⓰舅氏　指鄭球。鄭默之子。⓱隆盛　家業興盛。在楊仲武生前，鄭球被徵召至宰相府，奉侍二宮。鄭默則為東郡太守，後至光祿勳。⓲孤貧守約　獨自貧寒，以儉約自守。⓳心安陋巷　以孔子賢弟子顏回比仲武。《論語・雍也》：孔子說：「賢良呀顏回！吃著一個竹器裡的飯食，拿一隻瓢飲水，居住在陋巷裡，人們忍受不了他們的憂愁，而顏回卻不改變他的快樂。」陋巷，狹窄的街巷。也指貧窮之家居住之處。⓴服　穿著。㉑菲薄　簡樸。㉒若乃　至於。㉓清才　優越之才能。㉔儁茂　卓絕。儁，同「俊」。㉕盛德日新　美德日進。㉖藉　憑。㉗三葉　三代。指仲武之曾祖楊暨、祖父楊肇、父楊潭。㉘世親　世代有通婚關係的親屬。㉙姑　姑母。㉚伉儷　妻子。㉛往歲　去年。㉜德宮里　里名。在洛陽。潘岳所居之處。㉝喪服　按喪禮穿戴一定的喪服服喪事。作動詞用。㉞同次　同位。㉟綢繆　親密貌。㊱累月　多月。㊲苟　且。㊳有心　有心於親密。㊴款誠　真誠。㊵至　極點。㊶春秋　指年齡。㊷元康　晉惠帝年號。㊸己亥　古時以天干地支相配記日。

【語譯】楊綏，字仲武，滎陽宛陵人。是中領軍肅侯的曾孫，荊州刺史戴侯的孫子，東武伯康侯的兒子。八歲時父親去世。母親鄭氏，是光祿勳密陵成侯的長女。她有很高的德行，撫養幼小的孤兒，料理夫家，使家中平安，而避免了各種艱難。戴侯與康侯的論著很多，又擅長於書寫草書、隸書的技藝。您憑著少壯時卓異的才智，本來就能夠綜觀論著的旨意，而作為效法的規範。雖然舅家家業興盛，然而獨自過著貧寒儉約的生活，安心地居住在貧家的住處，身上穿著簡樸的衣服，我感到非常的驚奇。至於他所具有的卓絕的才能，美好的德行，我只見到日有所進，尚未見到有停滯不前的。我既憑著三代世親的恩情，而您的姑母，又是我的妻子。去年她卒於德宮里。當時，我與您服喪，處於相同的位次，親密相處多月，且人有心於親密的話，這種真誠的心真是到了極點。不幸的是您生命短暫，年齡僅二十九歲，於元康九年夏五月己亥日便去世了。啊，悲哀呀！我於是作誄辭於下：

伊子之先[1]，奕葉熙隆[2]。惟祖[3]惟曾[4]，載[5]揚[6]休風[7]。顯考[8]康侯，無祿[9]早終[10]。名器[11]雖光[12]，勳業[13]未融[14]。篤生[15]吾子[16]，誕茂淑姿[17]。克岐克嶷[18]，知章[19]知微[20]。鉤深探賾[21]，味道[22]研機[23]。匪直也人[24]，邦家之輝[25]。子之遘閔[26]，曾[27]未齔髫[28]。如彼危根[29]，當[30]此衝猋[31]。德之休明[32]，靡幽不喬[33]。弱冠[34]流芳[35]，儁聲[36]清劭[37]。爾舅[38]惟榮，爾宗[39]惟瘁[40]。幼秉殊操[41]，違[42]豐[43]安匱[44]。撰錄[45]先訓[46]，俾[47]無隕墜[48]。舊文新藝[49]，罔[50]不必肄[51]。潘、楊[52]之穆[53]，有自來[54]矣。矧[55]乃今日[56]，慎終如始[57]。爾休[58]爾戚[59]，如實[60]在己。視予猶父[61]，不得猶子[62]。敬[63]亦既篤[64]，愛[65]亦既深。雖殊[66]其年[67]，實同厥[68]心[69]。日昃景西[70]，望子朝陰[71]。如何短折[72]，背世[73]湮沈[74]？嗚呼哀哉！

【章　旨】讚美仲武榮耀的家世，和他早年就顯示出來的美德與才華，尤其讚賞他安於貧困而專心學業的精神，認為是希望之所在。又追念自己與他的親密情誼，對於他的不幸早死，深表痛惜。

【注　釋】❶先　先輩。❷奕葉熙隆　世代興盛。❸祖　祖父。❹曾　曾祖父。❺載　則。❻揚　光耀。❼休風　美好的家風。❽顯考　先父。❾無祿　猶不幸。❿早終　早死。⓫名器　名，指爵號。器，指車服。⓬光　榮耀。⓭勳業　功勳事業。⓮融　大明。⓯篤生　得天獨厚。⓰吾子　指仲武。⓱誕茂淑姿　無比美好姿態出眾。誕，大。⓲克岐克嶷　指幼小時能有所認知有所識別。語出《詩經・大雅・生民》。克，能。岐，知意。嶷，識別。⓳章　通「彰」。彰明。⓴微　幽微。㉑鉤深探賾　探究幽深之事理。鉤，同「鈎」。賾，幽深。㉒味道　體察大道。㉓研機　探索事物發展的細微的先兆。機，微。㉔匪直也人　那是個正直的人。語出《詩經・鄘風・定之方中》。匪，通「彼」。㉕邦家之輝　國家的光榮。《詩經・小雅・南山有臺》：「樂呵君子，您是國家的光榮。」㉖遘閔　指其父早逝。遘，遭。閔，憂。㉗曾　尚。㉘齓髫　指童年。齓，同「齔」。毀齒。即兒童換牙。髫，兒童下垂之髮。㉙危根　危弱之根。㉚當　值；遇到。㉛衝焱　疾風。焱，當作「猋」。通「飆」。㉜休明　美好。㉝靡幽不喬　如同鳥兒沒有不從幽谷遷於喬木一樣。意思是處境貧寒，因品德之美好，不會不為世所重。《詩經・小雅・伐木》：「出於幽谷，遷於喬木。」說鳥兒從幽谷中飛出來，飛到喬木之上。靡，無。幽，指幽谷。幽深的山谷。喬，高大的樹木。㉞弱冠　指年輕之時。古時男子二十歲成人，身體尚未壯，行加冠禮，故稱。㉟流芳　傳揚好的名聲。㊱雋聲　美好的名聲。㊲清劭　清美。㊳爾舅　你的舅家。㊴宗　宗族。㊵瘁　衰落。㊶秉殊操　持有特異的品行。㊷違　避。㊸豐　指家業豐盛的舅家。㊹安匱　安於匱乏的生活。㊺撰錄　撰集著錄。㊻先訓　指祖父與父親的論著。㊼俾　使。㊽隕墜　失落。㊾舊文新藝　古代文籍，新近技藝。㊿罔　無。(51)肄　習。(52)潘楊　指兩家。(53)穆　親和。(54)有自來　由來已久。(55)矧　何況。(56)今日　指潘岳與仲武之相知。(57)慎終如始　親和的關係如同開始時那樣謹慎地保持到終了。慎終，指祖父楊肇已為摯友。(58)休　快樂。(59)戚　憂愁。(60)實　此。指休戚。(61)視予猶父　您看待我像看待父親一樣。(62)不得猶子　我不能如同兒子一樣對待您。(63)敬　指仲武對自己的敬重。(64)既篤　已深厚。(65)愛　指自己對仲武的喜愛。(66)殊　不同。(67)年　年歲；年齡。(68)厥　其。(69)心　指親密的心意。(70)日昗景西　日光偏西。潘岳自喻將年老。昗，同「昃」。太陽偏西。景，日光。(71)朝陰　猶黎明。喻仲武將顯示光彩。(72)短折　短命夭折。古時稱未至六十歲而死為短。未至三十歲而死為折。(73)背世　棄世。(74)湮沈　沈沒。指死。

【語　譯】您的先輩，世代興盛。祖父與曾祖父，即光大了美好的家風。先父康侯，卻不幸早死。爵名與車服雖然光彩，功勳與事業卻未能造成更大的榮耀。天生獨厚的您，無比美好，姿態出眾。在幼小剛懂事的時候，就能辨識明暗是非。探究幽深的事理，體察大道，探索事物發展的細微先兆。真是正直的人，是國家的榮光啊。您遭遇父喪的時候，尚未換齒垂髮。如那危弱的根苗，遇到了如此的暴風。由於品德美好，所以不會不為世所重。二十歲時，就名聲傳揚，好名無比清美。您舅家家業興盛，您家的宗族卻衰落。幼時就持有特殊的品行，迴避興盛的舅家而安於匱乏的生活。撰集著錄祖父與父親的論著，不使它們有所失落。對於古代文籍與時新技藝，無不加以學習。潘家與楊家的親和關係，由來已久。何況今日，仍一如既往謹慎地保持至終。您的快樂悲傷，就如同我的感受一般。您看待我如同父親，我卻不能像對兒子一樣對待您。您對我的尊敬可謂誠篤，我對您的愛護可謂深厚。雖然年紀不同，親愛之心確實相同。我已如日光偏西，正盼望您如黎明一般璀璨。怎麼您竟短命夭折，棄世而去？啊，悲哀呀！

寢疾❶彌留❷，守❸茲孝友❹。臨命❺忘身，顧戀❻慈母。哀哀❼慈母，痛心疾首❽。噭噭❾同生❿，悽悽⓫諸舅。春蘭擢⓬莖，方茂其華⓭。荊寶挺璞，將剖于和⓮。含芳⓯委耀⓰，毀璧⓱摧柯⓲。嗚呼仲武，痛哉奈何！德宮⓳之艱⓴，同次㉑外寢㉒。惟我與爾，對筵接枕㉓。自時㉔迄今，曾未盈稔㉕。姑姪繼隕㉖，何痛斯甚㉗？嗚呼哀哉！

【章　旨】記述臨終之情，歎惜仲武英才早逝，並痛述喪妻之時二人的情誼。

【注　釋】❶寢疾　臥病。❷彌留　生命將終之時。❸守　守持。❹孝友　能很好地對待父母為孝，很好地對待兄弟為友。

❺臨命　臨終。❻顧戀　眷戀。❼哀哀　十分悲哀。❽疾首　頭痛。❾噭噭　哭喊聲。❿同生　指兄弟。⓫悽悽　悲傷。⓬擢聳起。⓭方茂其華　正要開出茂盛的花。⓮荊寶挺璞二句　事見《韓非子・和氏》。相傳春秋時楚人卞和得玉璞於楚山中，獻給楚王，經雕琢加工而成美玉，稱為和氏之璧。荊寶挺璞，指出於楚國的玉石，為稀世之寶。挺，出。璞，未經雕琢加工的玉。將剖于和，將因卞和而成為美玉。剖，雕琢加工。和，卞和。⓯含芳　指春蘭言。⓰委耀　失去光彩。指和璧言。⓱毀璧　璧玉被毀。⓲摧柯　莖枝被摧折。指春蘭言。⓳德宮　即德宮里。⓴艱　難。指妻子之死。㉑次　止宿。㉒外寢　中門外的房屋，為治喪者所居。㉓對筵接枕　喻日夜都親密相處。對筵，坐席相對。筵，席。古人席地而坐。接枕，枕頭相接。㉔時　當時。㉕盈稔　滿一年。㉖繼隕　相繼去世。㉗何痛斯甚　還有什麼比這更痛苦呢。

【語　譯】在臥病至生命垂危之際，猶持守著孝順母親、友愛兄弟的品行。臨終之時，忘了自己的痛苦，卻眷戀著慈母。慈母十分悲哀，心痛頭裂。兄弟哭喊，諸舅悲傷。春蘭聳起莖枝，正要開出茂盛的花朵。楚國的珍寶原是塊璞玉，它將因和氏而雕琢成美玉。含香待放而莖枝被摧折，璧玉被毀而失去了光彩。啊，仲武，這是怎樣的痛心事呀！德宮里服喪之時，我們都宿於外寢。只有我與您，坐席相對，枕頭相接。自那時至今，尚未滿一年。姑母和姪子相繼去世，還有什麼比這更痛苦呢？啊，悲哀呀！

披❶帙❷散書❸，屢覩遺文❹。有造有寫❺，或草或真❻。執玩周復❼，想見其人。紙勞于手❽，涕沾于巾❾。龜❿筮⓫既襲⓬，埏隧⓭既開。痛矣楊子⓮，與世長乖⓯。朝濟⓰洛川⓱，夕次⓲山隈⓳。歸鳥頡頏⓴，行雲㉑徘徊。臨穴㉒永訣㉓，撫櫬㉔盡哀。遺形㉕莫紹㉖，增慟㉗余懷。魂兮往矣，梁木實摧㉘。嗚呼哀哉！

【章　旨】記述自己翻檢遺物與送葬之時悲痛的心情。

【注釋】❶披 打開。❷帙 書籍的套子。❸散書 打開書稿。❹遺文 留下的文稿。❺有造有寫 有自己作的，有抄寫的。❻真 楷書。❼執玩周復 反覆把玩。周復，反覆。❽勞于手 手不停地翻著。勞，勤。❾巾 衣襟。❿龜 古人燒灼龜甲以占卜凶吉。⓫筮 古人以蓍草占卜凶吉。⓬襲 因。謂因其吉而行葬。⓭埏隧 墓道。⓮楊子 猶稱楊君。⓯長乖 永別。⓰濟 渡過。⓱洛川 水名。也稱洛水。源出陝西洛南西北部，東入河南，流經洛陽等地，至洛口流入黃河。⓲次 止息。⓳山隈 山之彎曲處。⓴頡頏 或上或下地飛著。意為徘徊不進。㉑行雲 飄動的雲。㉒臨穴 面對墓穴。㉓永訣 永別。㉔櫬 棺。㉕遺形 身亡；解脫形骸。㉖莫紹 莫繼；沒有後嗣。㉗增慟 越加悲傷。㉘梁木實摧 《禮記・檀弓上》記述孔子臨終得病時所唱之歌：「泰山將要倒了，樑木將要壞了，哲人將要病危了。」梁木，屋上的棟樑。實，之。摧，折斷。比喻棟樑之材的夭折。

【語譯】我多次打開書套，翻開書稿，觀看遺下的文稿。有的是自作的，有的是抄寫的，字體有的是草書，有的是楷書。反覆把玩，想念之中就好像見到他的人一樣。手不停地翻著，淚水沾溼了衣襟。龜筮占卜既告吉利，墓道也已開好。悲痛呀楊君，您與世永別了。早上渡過洛水，晚上止息於山曲。歸窩的鳥在此或上或下地飛著，飄動的雲也徘徊不前。面對墓穴將與您永別，撫摸著棺材，悲哀到了極點。您身亡之後卻無後嗣，使我心中越加悲傷。您的魂魄已然逝去，棟樑之才已遭摧折。啊，悲哀呀！

卷五七

夏侯常侍誄并序

【作　者】潘岳，見頁二八四〇。

【題　解】夏侯湛，晉初人，年輕時即因富於智才而獲得時人稱舉，為武帝徵召為太尉掾。後以賢良方正徵，對策中第，拜郎中，進補太子舍人，轉尚書郎。既而出任野王縣令，遣中書侍郎後，再出補南陽王相。不久因仕途失意而辭歸家居。武帝末年，選為太子僕，尚未就任而武帝死。惠帝即位，授散騎常侍，當年即病卒。夏侯湛是潘安仁的相知好友。據《晉書・夏侯湛傳》記述，夏侯湛與潘安仁兩人不僅皆富於文才，並且儀容也皆佼美，所以兩人同車接席地出遊，京城之人譽為「連璧」。特別是，在夏侯湛辭南陽王相家居之後，一直到去世前，潘安仁與他過往甚密，相慰相勉，情誼深厚。因此，潘安仁對於夏侯湛的中年而逝，格外感到哀傷。誄文主要記述並稱揚夏侯湛的生平事蹟。首先稱讚他既富於文才，又具有厚德，所以歷任各職，都能盡心而有顯著的業績。次敘自己與他的交往以及彼此深厚的友誼。最後，對於他的不幸早逝，表示深切的哀悼。

夏侯湛，字孝若，譙❶人也。少知名，弱冠❷辟❸太尉府❹，賢良方正徵❺，仍為太子舍人，尚書郎❻，野王令，中書郎，南陽相❼。家艱❽乞還❾。頃之，選為太子僕❿，未就命⓫而世祖崩⓬。天子⓭以為散騎常侍⓮，從⓯班列⓰也。春秋⓱四十有⓲九，元康元年⓳夏五月壬辰⓴，寢疾㉑卒于延喜里㉒第㉓。嗚呼哀哉！乃作誄曰：

【章　旨】簡述夏侯湛的籍貫與生平。是誄之序文。

【注　釋】❶譙　縣名。故地在今安徽亳縣。據胡克家《文選考異》說：「袁本、茶陵本『譙』下有『國譙』二字，是也。此尤本脫。」譙國，指譙郡。❷弱冠　指二十歲時。古時男子二十歲時行冠禮，身體尚未壯，故稱。❸辟　徵召。❹太尉府　指太尉府佐治的官吏。即太尉掾。太尉，輔佐皇帝實行統治的最高武官。職掌全國軍事，為全國軍事首領。三公之一。❺賢良方正徵　因被舉賢良方正而受徵聘。賢良方正，是開始於漢代的選拔人才的科舉名目。即詔舉賢良方正、直言極諫之人。徵，徵聘。《晉書・夏侯湛傳》：「泰始中，舉賢良，對策中等，拜郎中。」❻仍為太子舍人二句　〈夏侯湛傳〉：「後選補太子舍人，轉尚書郎。」仍，衍文（見《文選考異》）。太子舍人，太子之屬官。尚書郎，官名。在尚書各曹綜理曹務的官員。❼野王令三句　〈夏侯湛傳〉：「出為野王令，除（授）中書侍郎，出補南陽相。」野王，縣名。故地在今河南沁陽。中書郎，即中書侍郎。是中書省長官中書監、中書令之副。中書監與中書令同掌機要，為皇帝所親近。南陽，郡名。治所在今河南南陽。晉武帝封其第三子司馬柬為南陽王。南陽相，南陽封國之相。為輔佐南陽王治理的最高行政長官。❽家艱　家有艱難之事。劉良說：「謂父母憂也。」即為父母居喪。據下文，恐不是。❾乞還　請求辭歸。❿太子僕　太子的屬官。⓫就命　按詔令就任。⓬世祖崩　晉武帝於太熙元年死。世祖，指晉武帝。崩，死。天子死稱為崩。⓭天子　指晉惠帝。⓮散騎常侍　官名。晉時往往預聞要政。⓯從　相隨。⓰班列　指朝廷官員的位次。謂以次而任，不是超擢。⓱春秋　指年齡。⓲有　通「又」。⓳元康元年　即西元二九一年。元康，晉惠帝年號。⓴壬辰　古時以天干、地支相配紀日。㉑寢疾　臥病。㉒延喜里　里名。是夏侯湛在洛陽所居之處。㉓第　住宅。

【語　譯】夏侯湛，字孝若，譙郡譙縣人。年輕時就聞名，二十歲時被徵為太尉府屬官，後因被舉賢良方正而受徵聘，曾任太子舍人，尚書郎，野王縣令，中書侍郎，南陽王相。後因家中有艱難之事而請求辭歸。不久，被選為太子僕，然尚未就任世祖皇帝即駕崩。於是天子拜他為散騎常侍，這是依於朝廷官員班次而升任的。不幸享年只有四十九歲，於元康元年夏五月壬辰日，因臥病而卒於延喜里居宅。啊，悲哀呀！於是作誄辭說：

禹錫玄珪❶，實❷曰文命❸。克明克聖❹，光啟夏政❺。其在于漢❻，邁勳❼惟嬰⑧。思弘⑨儒業⑩，小大雙名⑪。顯祖⑫曜德⑬，牧兗及荊⑭。父守淮、岱⑮，治亦有聲⑯。英英⑰夫子⑱，灼灼⑲其儁⑳。飛辯㉑摛藻㉒，華繁㉓玉振㉔。如彼隋㉕、和㉖，發彩流潤㉗。如彼錦繢㉘，列素㉙點絢㉚。人見其表㉛，莫測其裡㉜。徒謂㉝吾生㉞，文勝則史㉟。心照㊱神交㊲，唯我與子。且歷少長㊳，逮㊴觀終始。子之承親㊵，孝齊㊶閔㊷、參㊸。子之友㊹悌㊺，和㊻如琴瑟㊼。事君直道㊽，與朋信心㊾。雖實㊿唱高(51)，猶賞爾音(52)。

【章旨】述夏侯湛家世，稱美他祖父與父親的官職與治績。並讚揚夏侯湛不僅有卓絕的文才，而且有崇高的德行。

【注釋】❶禹錫玄珪 《尚書・禹貢》：「禹錫玄圭，告厥成功。」意思是堯賜給禹玄圭，將禹的成功告知於天。禹，相傳我國古代夏后氏部落領袖。因治平洪水，繼舜而為部落聯盟領袖，建都安邑，後東巡至會稽而卒。錫，賜給。玄珪，黑色的玉。古代帝王舉行典禮所用的一種玉器。❷實 此。❸文命 夏禹之名。❹克明克聖 能英明聖哲。❺光啟夏政 夏禹之子夏啟即位後建立了夏朝。傳說禹本夏后氏，故後以夏為姓氏。光啟，大啟。夏政，夏朝的統治。❻漢 漢朝。❼邁勳 功勳卓越。❽嬰 夏侯嬰（西元前？至前一七二年）。西漢沛人。秦末隨劉邦起兵於沛，屢立戰功，任太僕，封汝陰侯。惠帝死，又與陳平、周勃等共謀擁立文帝。❾弘 弘大；發揚。❿儒業 儒家的學術。指作為儒家經典的《尚書》。⓫小大雙名 指有小大夏侯兩人之名。小夏侯指夏侯建，大夏侯指夏侯勝。夏侯勝，西漢東平人。少時從夏侯始昌學今文《尚書》。後即傳授今文《尚書》，並奉詔撰《尚書說》。夏侯勝曾以《尚書》之學傳授其姪夏侯建，故《尚書》有大、小夏侯之學。《漢書・卷三〇・藝文志》著錄有《大小夏侯章句》各二十九卷，《大小夏侯解詁》二十九篇，都已散佚。⓬顯祖 對祖先的敬稱。此指先祖父夏侯威。⓭曜德 廣施其德。⓮牧兗及荊 王隱《晉書》說：夏侯威，字季權，歷任荊、兗二州刺史。牧，州官稱牧。

這裡是為州官的意思。兖，同「兗」。州名。治所在今山東鄆城西北。荊，州名。治所在今湖北襄陽。⑮父守淮岱　王隱《晉書》說：夏侯威之次子夏侯莊，為淮南太守。淮南郡治所在今安徽壽縣。張銑說：淮水、岱山為淮南郡之分界。父，指夏侯莊。守，太守的簡稱。這裡是為太守的意思。淮，指淮河。岱，岱山。即今之泰山。⑯有聲　有名聲。⑰英英　俊美貌。⑱夫子　對夏侯湛的敬稱。⑲灼灼　盛貌。⑳儁　同「俊」。指其才智之俊拔出眾。㉑飛辯　馳騁其辭。㉒摛藻　鋪陳辭藻。㉓華繁　繁盛的花。華，花。㉔玉振　擊磬。比喻聲韻的優美。㉕隋　指隋侯之珠。相傳春秋時隋侯看見一條大蛇傷斷，他就用藥為牠敷治，後來此蛇從江中銜大珠作為報答，世稱隋侯之珠。為稀世之寶。㉖和　指和氏之璧。相傳春秋時楚人卞和於楚山中得璞玉，獻給楚王，初被認為是石而遭刖足之刑，後經琢治而得美玉，世稱和氏之璧。亦為稀世之寶。㉗流潤　散發光澤。㉘錦績　錦繡。㉙列素　鋪列的白色絲絹。㉚點絢　點綴文彩。㉛表　外表。指擅長於文辭。㉜裡　內質。指內在的品質。㉝徒謂　憑空說。㉞吾生　指夏侯湛。㉟文勝則史　《論語・雍也》說：「質勝文則野，文勝質則史，文質彬彬，然後君子。」文質相稱，才是君子。這裡以「文勝則史」比說夏侯湛僅擅長於文辭，而其內在品質則未必完美。質，素質。文，文飾。勝，超過。史，祝史。為古代司祝之官。其祝辭往往言過其實。㊱心照　猶肝膽相照。謂朋友之間以誠心相待。㊲神交　指以道義相交，推心置腹。㊳少長　自年少至年長。㊴逮　及。㊵承親　侍奉父母親。㊶齊　同。㊷閔　閔子騫。春秋魯人，孔子弟子，以孝著稱。少年時，遭後母虐待。冬天，後母給自己所生的兩個孩子穿棉衣，給閔子騫穿蘆花衣。父親知道後，打算休退後母。閔子騫對父親說：「母親在家，只有一個孩子穿得單薄；母親走了，要有三個孩子受寒。」父親就不再休退。後母也悔改了，對待幾個孩子都一樣。㊸參　曾參。春秋魯人，孔子弟子，以仁德著稱。《禮記・祭義》記述：公明儀對曾參說：「您可以稱得上孝了。」曾參說：「君子所說的孝，預先要推知父母的心意而加以侍奉，並使父母曉諭正道。像我這樣，只是供養，怎麼說得上是孝呢！」㊹友　指友愛兄弟。㊺悌　指敬重兄長。㊻和　和諧。㊼琴瑟　兩種弦樂器。同時彈奏，聲音諧和。比喻兄弟間情誼融洽。㊽直道　正直之道。㊾信心　誠心。㊿實　此。(51)唱高　所唱之曲層次高。宋玉〈對楚王問〉說：有人在郢都唱歌，歌曲的層次低，應和的人就多；歌曲的層次提高，應和的人就減少；歌曲的層次越高，應和的人越少。用以比喻自己的志向行為高超，所以每每遭受眾人的非議。這裡用以比喻夏侯湛品行的高超而讚賞者少。(52)賞爾音　讚賞你的品行。賞，讚賞。爾音，你的歌唱。比喻為你的品行。

【語　譯】禹被賜給黑色的玉，而名字叫做文命。他英明聖哲，開啟了宏大的夏朝之治。到了漢朝，有功勳卓絕的夏侯嬰。又有想發揚儒家學術的小大夏侯兩人之名。先祖廣施恩德，出任兗州及荊州的長官。父親為淮南太守，管轄著以淮水與泰山為分界的地域，治理這個地方也享有聲譽。俊美的您，富於出眾的才智。馳騁言辭，鋪陳辭藻，如繁盛的鮮花，如敲擊玉磬發出優美的聲音。猶如隋侯之珠、和氏之璧，散發出光彩。猶如那錦繡，在鋪列的白色絲絹上點綴上文彩。人們只看到您的外表，卻不能測知您內在的品質。憑空說您只是擅長於文辭，而其內在品質則未必完美，如同言過其實的祝史。只有我與您，肝膽相照，以道義相交。我與您的交接，自年少而至年長，因而能觀察始終。您侍奉父母親的孝心，同閔子騫、曾參一樣。您友愛弟弟、敬重兄長，如彈奏琴瑟一般的和諧。以正直之道侍奉君主，與朋友以誠心相待。雖然您的品行高尚而讚賞者少，但是我是您的知音。

弱冠厲翼[1]，羽儀[2]初升[3]。公弓[4]既招，皇輿[5]乃徵。內贊兩宮[6]，外宰黎蒸[7]。

忠節允[8]著，清風[9]載[10]興[11]。泱彼樂都，寵子惟王[12]。設官建輔[13]，妙簡邦良[14]，

用取[15]喉舌[16]，相爾南陽[17]。惠訓[18]不倦，視民如傷[19]。乃眷[20]北顧[21]，辭祿[22]延喜。

余亦偃息[23]，無事[24]明時[25]。疇昔之遊，二紀于茲[26]。班白[27]攜手[28]，何歡如之[29]？

居吾語汝[30]：眾實勝寡。人惡雋異[31]，俗疵[32]文雅[33]。執戟[34]疲楊[35]，長沙投賈[36]。

無謂爾高[37]，恥居物下[38]。子乃洗然[39]，變色易容[40]。慨焉歎曰：道固不同[41]。為

仁由己[42]，匪[43]我求蒙[44]。誰毀誰譽？何去何從[45]？莫涅匪緇，莫磨匪磷[46]。予[47]獨

正色[48]，居屈[49]志申[50]。雖不爾以[51]，猶致其身[52]。獻[53]替[54]盡規[55]，媚[56]茲一人[57]。

讜言(58)忠謀，世祖(59)是嘉(60)。將僕(61)儲皇(62)，奉轡(63)承華(64)。先朝(65)末命(66)，聖(67)列(68)顯加(69)。入侍帝闈(70)，出光厥家(71)。我聞積善(72)，神降之吉。宜享遐紀(73)，長保天秩(74)。如何斯人，而有斯疾(75)？曾(76)未知命(77)，中年隕卒(78)。嗚呼哀哉！

【章　旨】記述夏侯湛之生平，即初時歷任之職、中途之辭官和最後受任而卒的經歷。並讚美他在任上能盡心盡職，取得了顯著的治績；在離任之時，仍不忘朝廷，忠心可嘉。

【注　釋】(1)厲翼　奮翅。喻奮力上進。(2)羽儀　《周易・漸》：「鴻漸于陸，其羽可用為儀。」孔穎達疏：「其羽可用為物之儀表，可貴可法也。」因以羽儀比喻被人尊重，可作表率。此指任太尉掾。(3)初升　指初任。(4)公弓　朝廷用以招士之弓。古時以弓招士。這裡用以指夏侯湛應朝廷賢良方正之徵。(5)皇輿　此指公車，國家用來徵召賢才。(6)內贊兩宮　夏侯湛曾任太子舍人，轉尚書郎。內，指朝中。贊，助。兩宮，指太子宮與朝廷。(7)外宰黎蒸　夏侯湛外任野王令。外，指地方。宰，掌管。黎蒸，黎民；眾民。(8)允　句中助詞。(9)清風　指淳美之風氣。(10)載　句中助詞。(11)興　發揚。(12)泱彼樂都二句　泱，大貌。樂都，安樂之都城。指南陽。王，指武帝第三子司馬柬。曾封為南陽王。(13)設官建輔　設置輔佐官員。(14)邦良　國中賢良之人才。(15)用取　用作。(16)喉舌　比喻掌握機要、出納王命的重要官員。(17)相爾南陽　朝廷任命您出任南陽王相。(18)惠訓　慈愛的教導。(19)視民如傷　看待民眾如同有傷疾的人那樣，不敢驚擾。形容愛民如子。(20)眷　懷念。(21)北顧　北望。(22)辭祿　辭官職。(23)偃息　閒居安息。(24)無事　指無職事。(25)明時　清明之時。(26)二紀于茲　到此時二十四年。二紀，二十四年。十二年為一紀。茲，此。(27)班白　即「斑白」。頭髮花白。指自己和夏侯湛都已瀕臨晚年。(28)攜手　手拉手。表示親熱。(29)何歡如之　什麼歡樂能像這樣。(30)居吾語汝　《論語・陽貨》：子曰：「由，居，吾語汝。」居，坐下。吾語汝，我對你說。(31)儁異　俊傑不凡之人。儁，通「俊」。(32)疵　病。指責過錯。(33)文雅　指有道德禮義修養的人。(34)執戟　秦漢時的宮廷侍衛官。因值勤時手持戟而得名。戟，古兵器名。合戈矛為一體。可以直刺和橫擊。(35)楊　即楊雄。通常作「揚雄」（西元前五三至西元一八年）。西漢蜀郡成都人。字子雲。少好學，長於辭賦，成帝時為給事黃門郎，持戟以侍衛宮廷，職位卑下。(36)長沙投賈　長沙，漢時為諸侯國名。徙封鄱君吳芮為長沙王。治所在今湖南長沙。投，置。賈，指賈誼（西元前二〇〇至前一六八年），漢初洛陽人。文帝時召為博士，後為太中大夫，甚得文帝器重，欲任為公卿，因遭到一些大臣讒毀，出為長沙王太傅。(37)無謂爾高　不要認為你的品行才學高尚。(38)物下　別人之下。從「眾實勝寡」至「恥居物下」為作者當時勸導之言。(39)洗然　肅敬貌。(40)變色易容　臉色改變。(41)道固不同　自己的為人處世之道本與世人不同。(42)為仁由己　《論語・顏淵》：孔子說：「為仁由己，而由人乎哉？」為仁，按照仁義行事。由己，取決於自己。(43)匪　通「非」。(44)蒙　無知之人。(45)誰毀誰譽二句　大意是說自己貴在守道，怎能以世人之毀譽而決定去從。夏侯湛之答詞至此。(46)莫涅匪緇二句　是說沒有什麼東西放入黑色染料之中而能不變黑的，沒有什麼東西磨了能不變薄的。《論語・陽貨》：孔子說：「不是說堅嗎？要能磨而不磷；不是說白嗎？要能涅而不緇。」比喻不受不良環境的汙染。這裡是反用其意。說明人們都會受到不良環境的影響。涅，黑泥；黑色染料。匪，通「非」。緇，黑色。磷，薄。(47)予　為「子」字之形誤。六臣注本作「子」。(48)正色　表情端莊嚴肅。(49)居屈　處於困厄的境遇之中。(50)志申　志向得到實現。(51)以　用。(52)致其身　獻身。(53)獻　指舉薦有才能的人。(54)替　主張黜免不賢之人。(55)盡規　盡心規諫。(56)媚　愛。(57)茲一人　指天子。茲，此。(58)讜言　正直之言。(59)世祖　指晉武帝。(60)嘉　嘉許；稱善。(61)僕　為太子僕。(62)儲皇　即太子。(63)奉轡　手持馬韁繩。喻指為太子服事。(64)承華　東宮門名。(65)先朝　指武帝。(66)末命　臨終之命。(67)聖　指天子。即晉惠帝。(68)列　明。(69)顯加　顯著地給予加官。即由太子僕而榮任散騎常侍。(70)帝闈　王宮之門。闈，胡克家《文選考異》說：袁本、茶陵本作「闥」。(71)出光厥家　出宮門而返家，家門顯得榮耀。厥，其。(72)積善　行善積德的人。(73)遐紀　長壽。(74)天秩　指天子所授予的官位與俸祿。(75)如何斯人二句　《論語・雍也》：「伯牛有疾。子曰：『斯人也，而有斯疾也！』」斯人，此人。斯疾，此病。(76)曾　竟。(77)知命　知命之年。指五十歲。孔子自說「五十而知天命」。見《論語・為政》。(78)隕卒　指死亡。

【語　譯】您二十歲就奮力上進，初任朝廷官職為人表率。朝廷以弓相招，以公車相徵。在朝中相助兩宮，在地方掌管眾民。以盡忠的節操著稱，使淳美的風氣得到發揚。在那個安樂的大都城中，武帝封他的愛子為王。設置輔佐官員，精選國中的賢才，用作掌握機要、出納王命的重要官員，於是命您出任南陽王相。您慈愛而不倦地對百姓進行教導，看待人民如同有傷疾的人那樣。當此之時，竟因懷鄉而北望，於是辭去官職而返歸延喜里。適逢我也閒居在家，在此清明之時而無所職事。二人從早年交往至此時，轉眼已過去了二十四年。如今二人都已頭髮花白，又能攜手作伴，還有什麼歡喜的事能夠與此相比？坐下來，讓我對您說：「人多可以壓倒人少。人們厭惡俊傑不凡的人，時俗會指責有道德禮義修養的人。因而揚雄疲乏於持戟侍衛的職事，而賈誼也被投置於長沙。不要認為您的品行才學高尚，就恥於居人之下。」您聽了肅然起敬，臉色改變，感歎地說：「自己和別人所奉行的道本來就不相同。按照仁義行事，完全取決於自己，不是我要有求於無知的人。我怎麼能以世人的毀譽來決定去從呢？」沒有什麼東西放入黑色的染料之中而能不變黑的，沒有什麼東西磨了而能不變薄的。您卻偏能端莊嚴肅，雖身處於困阨的境遇之中，志向卻能得到實現。朝廷雖然不能任用您，您卻還是獻身效力。推舉人才，主張黜免不稱職者，盡心規諫，出於對皇帝一人的愛。由於進言正直，謀劃忠誠，世祖稱善。將授命為太子僕，在承華門內為太子掌事。皇帝因武帝的臨終的遺命，而特別顯著的給予加官。進入宮門則侍奉皇帝；出宮門而返家，則家門顯得榮耀。我聽說行善積德的人，神會賜給他吉祥。應該享有長壽，永保天子所授予的官位和俸祿。為什麼這樣的善人，卻會得到這樣的疾病？竟未到知命之年，中年就去世。啊，悲哀呀！

唯[1]爾之存[2]，匪爵[3]而貴。甘食美服，重珍兼味[4]。臨終遺誓，永錫爾類[5]。

斂[6]以時襲[7]，殯[8]不簡[9]器[10]。誰能拔俗[11]，生盡其養[12]？孰是養生[13]，而薄其葬[14]？

淵[15]哉若人[16]，縱心條暢[17]。傑操[18]明達，困[19]而彌亮[20]。柩輅[21]既祖[22]，容體[23]長歸[24]。

存亡永訣，逝者[25]不追[26]。望子舊車[27]，覽爾遺衣。愊抑[28]失聲[29]，迸涕[30]交揮[31]。

非子為慟[32]，吾慟為誰？嗚呼哀哉！

【章　旨】記述夏侯湛生時講究衣食享受，死則主張喪葬從簡，以此讚美他為人的通達脫俗。並對他的死表示無限悲悼之情。

【注釋】❶唯 句首助詞。❷存 活著之時。❸爵 爵位；官職。❹重珍兼味 多種珍貴的菜肴。❺臨終遺誓二句 意為讓家族永遠按其臨終留下的誓言。即依下所述喪葬從簡的交代辦事。遺誓，留下誓言。錫，賜予。爾類，你的家族。❻斂 指給死者換衣。❼時襲 時衣。即時俗給死者穿的衣服。意為不必珍貴。襲，死者所穿之衣。❽殯 指殯柩。即放死者的棺柩。❾簡 選擇。❿器 指棺槨。⓫拔俗 超脫世俗。⓬盡其養 盡量保養。⓭養生 保養身心，以求保健延年。⓮薄其葬 喪葬從簡。⓯淵 深淵莫測。⓰若人 此人。指夏侯湛。⓱條暢 通達。⓲傑操 傑出的節操。⓳困 指臥病。⓴彌亮 更加顯著。㉑柩輅 載靈柩的車子。㉒祖 設奠祭送死者。㉓容體 容顏與身體。㉔長歸 永歸於地下。㉕逝者 去世者。㉖不追 無法追返。㉗舊車 舊時之乘車。㉘愊抑 哀憤。㉙失聲 因悲極氣咽，不能發聲。㉚迸涕 脫眶而出的淚水。㉛交揮 交下。㉜慟 指傷心痛哭。

【語譯】您在活著的時候，沒有官位卻身享富貴。注重的是華美的衣著和豐盛的美味佳肴。臨終卻留下了誓言，讓您的家族永遠照此行事。那就是：穿的衣服是時俗給死者穿的衣服，安放屍體的棺柩也不必特別挑選。誰能如此地超世脫俗，活著的時候卻盡量地保養？誰能如此地養生，卻喪葬從簡？這個人真深淵莫測呀！放縱心意，暢達無礙。傑出的操行，顯著通達，在臥病期間，表現得更加顯著。車子載著靈柩，設奠祭送之後，您的容顏與身體將永歸地下。活著的人和死去的人從此永別，死去的人再也無法追返。看著您往時乘坐的車子，和您留下的衣服，我悲憤氣咽，淚水不禁奪眶而出，紛紛落下。我不為您傷心痛哭，還要為誰呢？啊，悲哀呀！

日往月來，暑退寒襲❶。零露沾凝❷，勁風❸淒急❹。慘❺爾其傷❻，念我良執❼。
適❽子素館❾，撫孤相泣❿。前思⓫未弭⓬，後感⓭仍集⓮。積悲滿懷，逝矣安及⓯？
嗚呼哀哉！

【章　旨】記述自己因感時變遷，愈思念死者；及至見到死者之子，更添悲傷，無以排解。

【注　釋】❶襲　相繼而至。❷沾凝　沾溼草木的露水凝結成霜。❸勁風　疾風。❹淒急　指寒風猛烈，寒氣逼人。❺慘痛心。❻傷　喪亡。❼良執　良朋。❽適　往。❾素館　故居。❿相泣　相對而哭泣。⓫前思　指對於死者的思念。⓬未弭未止。⓭後感　指面對死者之子所引起的傷感。⓮仍集　相繼而積壓於心中。⓯逝矣安及　意為良友已逝，我怎麼能追及。

【語　譯】日往月來，暑氣消退，寒氣相繼而至。落下而沾溼草木的露水，已經凝結成霜；疾風猛烈，寒氣逼人。為你的去世而痛心，懷念著我的良友。去到你的故居，撫摸著孤兒，相對哭泣。前面的思念尚未止息，後面的傷感又相繼堆集。積聚著滿懷的悲哀，您已逝去，我怎能追及？啊，悲哀呀！

馬汧督誄并序

【作　者】潘岳，見頁二一八四〇。

【題　解】馬汧督指的是馬敦，因他曾任汧（今陝西隴縣南）之督守（鎮守地方之武官），故稱馬汧督。在晉惠帝元康五年時，處於西北地區的羌族和氐族發生騷亂，氣勢十分凶猛，既使得前往討伐的晉軍死傷相繼，也使得當地的官吏聞風而逃。其中氐族屬犟更所率領的一支軍隊，襲擊並重圍了汧城。馬敦卻指揮縣人奮力守衛，頑強抵抗。後幸有援軍趕到而免遭陷落，城中積貯的大量糧食也得以保全。本來馬敦功績顯著，理當嘉獎。可是，由於雍州有關官吏，出於妒賢害能之險惡用心，竟憑著些微莫須有之事而羅織罪名，將馬敦下於獄中。及至征西大將軍梁王彤上疏為他申訴曲直，朝廷雖下恩詔，而馬敦卻已發憤死於獄中。作者感憤於馬敦的遭遇，故為他作誄。誄文極力表彰馬敦面臨強敵而能鎮靜機智地指揮固守孤城的豐功偉績，使它大白於天下。同時，痛斥姦猾之徒對他的肆意誣陷，使他含冤而死的罪惡。

惟元康[1]七年秋九月十五日，晉故督守[2]關中侯[3]扶風[4]馬君卒。嗚呼哀哉！

初，雍部之內屬，羌反未弭[5]，而編戶[6]之氐[7]又肆逆[8]焉。雖王旅[9]致討[10]，終於殄滅[11]，而蜂蠆[12]有毒，驟[13]失小利，俾[14]百姓流亡，頻於塗炭[15]。建威喪元於好時，州伯宵遁乎大谿[16]。若夫[17]偏師[18]裨將[19]之殞首[20]覆軍者，蓋以十數[21]；剖符[22]專城[23]，紆青拖墨[24]之司[25]，奔走失其守者，相望於境[26]。秦[27]、隴[28]之僭[29]，鞏更[30]為魁[31]，既已襲[32]汧而館[33]其縣[34]。子以眇爾[35]之身，介[36]乎重圍之裡，率寡弱之眾，據十雉[37]之城。群氐[38]如蝟毛[39]而起，四面雨射[40]城中。城中鑿穴而處，負戶[41]而汲[42]。木石將盡，樵蘇[43]乏竭，芻蕘[44]罄絕[45]。於是乎發[46]梁棟而用之。⿱罒亏[47]以鐵鏁[48]機關[49]，既縱[50]礧[51]而又升焉。爨[52]陳焦[53]之麥，柿[54]梠[55]桷[56]之松。用[57]能薪芻不匱，人畜取給，青煙傍[58]起，歷馬[59]長鳴[60]。凶醜[61]駭而疑懼，乃闕地[62]而攻。子命穴[63]浚塹[64]，寘[65]壺鐳瓶甀[66]以偵之[67]。將穿響[68]作，內[69]焚穬[70]火薰之，潛氐[71]殲焉。久之，安西之救至[72]，竟免虎口[73]之厄[74]。全數百萬石之積[75]，文契[76]書於幕府[77]。

【章　旨】記述在羌、氐族肆虐之時，馬敦所指揮的汧城保衛戰的驚險事蹟，從而極力讚揚馬敦忠勇的氣節、機智的戰術和巨大的功績。

【注　釋】[1]元康　晉惠帝年號。[2]督守　官名。為鎮守地方之武官。[3]關中侯　爵名。為爵之第十七級。有侯之號而無封邑，不食租。❹扶風　郡名。故址在今陝西鳳翔等地。馬敦是扶風人。❺雍部之內屬二句　李善注引傅暢〈晉諸公讚〉說：「惠帝元康五年，武庫失火。北地盧水胡、蘭羌乘機而作亂，推齊萬年為主。」雍部，即雍州。治所在今陝西西安西北。部為州郡縣之通稱。內屬，州內所從屬。羌，我國古代西部民族之一。未弭，未息。❻編戶　編入戶籍。❼氐　也是我國古代西部民族之一。❽肆逆　放肆作亂。❾王旅　即王師。帝王的軍隊。❿致討　進行討伐。⓫殄滅　殲滅。⓬蜂蠆　蜂與蠍。泛指毒蟲。這裡用以比喻作亂的羌與氐族。蠆，蠍子一類的毒蟲。⓭驟　數。⓮俾　使。⓯塗炭　爛泥與炭火。比喻災難困苦。⓰建威喪元於好時二句　李善注引王隱《晉書》說：解系為雍州刺史。又說：朝廷以為周處忠烈，想發兵討伐氐族，於是拜周處為建威將軍。又說：周處、解系與賊戰於六陌，晉軍失敗，周處被殺。劉良說：雍州刺史為氐、羌賊所破，夜逃於大谿。建威，指建威將軍周處。喪元，人被斬首。元，指頭。好時，縣名。其地在今陝西乾縣城東。州伯，指雍州刺史解系。宵遁，夜逃。大谿，地名。所在不詳。⓱若夫　至於。⓲偏師　指軍隊的一部分。非主力軍。⓳裨將　副將。⓴殞首　頭掉下。㉑以十數　以十計。形容眾多。㉒剖符　指朝廷委派的地方官吏。符，符節。古代朝廷用以傳達命令、調兵遣將的憑證。用竹木或金玉做成，上書寫文字，剖分為二，各存其一，用時相合以作徵信。㉓專城　指主宰一城的州牧、太守等地方長官。㉔紆青拖墨　繫佩印綬。紆，繫。拖，垂掛。青、墨，指高官所佩印綬的顏色。㉕司　官吏。㉖相望於境　在其境地互望。意指人多。㉗秦　指秦州。其地在今甘肅天水。㉘隴　指隴西郡。其地在今甘肅東南部一帶。㉙僭　指僭越稱王。㉚鞏更　氐族一首領之姓名。當時占據秦、隴之地。㉛魁　首領。㉜襲　襲擊。㉝館　作為客舍住宿。指占據。㉞其縣　指縣城之外的地方。㉟眇爾　微弱貌。㊱介　阻隔。㊲雉　計算城牆面積的單位。一雉之牆長三丈、高一丈。㊳群氐　氐族之眾。㊴蝟毛　形容眾多。蝟，刺蝟。全身長刺毛。㊵雨射　箭如雨點一般射入。形容密集。㊶負戶　依靠門戶遮擋。㊷汲　打水。㊸樵蘇　木柴。㊹芻蕘　蒿草。㊺罄絕　用盡。罄，盡。㊻發　取下。㊼罥　鈎；弔。㊽鐵鏁　即「鐵鎖」。鏁，同「鎖」。為鐵的鎖鏈，以鐵環相鉤連。㊾機關　機用以發，關用以閉。凡設有機件而能制動的器件，都稱之。㊿縱　放下。(51)礧　從高處推石下擊。此處指以巨木下擊。(52)爨　燒。(53)陳焦　陳放已久而發黑。(54)柿　削下的木片。這裡作削解釋。(55)梠　楣；屋簷。(56)桷　方形的椽子。(57)用　因而。(58)傍　遍。(59)歷馬　指馬棚之馬。歷，通「櫪」。馬槽。(60)長鳴　常鳴。意為馬因飼料不乏而精壯。(61)凶醜　凶類。指圍困汧城的氐軍。(62)闕地　掘地；開掘地道。(63)穴　坑穴。(64)浚壍　深開挖。壍，同「塹」。(65)寘　即「置」。(66)壺鏞瓶甀　都是器皿名。(67)偵之　窺聽敵方開掘地道的情況。《墨子・備穴》說：如敵方掘地道攻城，則我方當於近城牆處開井，井底放置容積為四十斗以上之罌（陶製容器），罌用薄的皮革封口。使耳聽之人伏於罌上審聽動靜。

68響作　指壺鐳瓶甈聲響大作。69內　當依《六臣注文選》作「因」。70穬　脫殼的大麥。71潛氐　隱藏地道之中的氐軍。72安西之救至　李善注引王隱《晉書》說：「齊萬年帥羌胡圍涇陽，遣安西將軍夏侯駿西討氐、羌。」安西，指安西將軍夏侯駿。73虎口　比喻危險的境地。74厄　危困。75積　指積貯的糧食。76文契　書契。指記錄糧貯之數的書契。77幕府　將帥在外的營帳。軍隊在外無固定的住所，以帳幕為府署，故稱。此指征西大將軍梁王肜的幕府。

【語譯】元康七年秋九月十五日，晉原督守關中侯扶風馬君逝世。啊，悲哀呀！起初，在雍州境內所從屬的羌族反叛不息，而編入戶籍的氐族又放肆作亂。雖然王師進行討伐，終於殲滅，然而如有毒的蜂蠍，數失小利，致使百姓流亡，經常陷於災難困苦之中。建威將軍被殺於好畤，雍州刺史夜逃於大谿。至於率領一部分軍隊的副將中，掉頭使軍隊覆亡的，數以十計；為朝廷剖符委派而主宰一地，繫佩著青色或黑色印綬的官員，失守逃奔的，在當地也為數不少。秦州和隴西一帶僭越稱王的，以鞏更為首領，亂軍已襲擊汧城而占據縣城以外的地方。您以微弱之身，阻隔在重圍之中，率領寡少力弱的群眾，據守十雉的城牆。氐族之眾如刺蝟的刺毛一般湧向前來，從四面射入城中的箭像雨點一般。城中的人開鑿地穴居住，用門板擋著打水，木石將盡，木柴乏竭，蒿草用完，便取下棟樑來，用鐵鏈弔著，安上機關，既可放下打擊敵人又能升起。燒用陳放已久而發黑的麥子，劈削松木做的屋簷和椽子。因而使得柴草不缺乏，人畜取用充足，青色的炊煙四起，馬棚的馬常鳴。凶惡的敵方為此吃驚疑惑而恐懼，於是採取開掘地道的辦法來攻城。您下令深挖坑穴，放置壺鐳瓶甈用以察聽動靜。地道將開通時，所置器皿聲響大作，於是點燃脫殼的大麥用煙薰，地道中的氐軍即被殲滅。過了很長時間，安西將軍的救援軍隊到達，終於擺脫了垂餌虎口的險境。所保全的百萬石的糧食積貯，全數記在書契之上，存放在將軍的幕府裡。

聖朝❶疇咨❷，進❸以顯秩❹，殊以幢蓋❺之制❻。而州❼之有司❽，乃以私隸❾數口，穀十斛❿，考訊⓫吏兵，以檟楚之辭⓬連之⓭。大將軍⓮屢抗其疏⓯，曰：「敦固守孤城，獨當⑯群寇，以少禦眾，載⑰離寒暑⑱，臨危奮節⑲，保穀⑳全城。而雍州從事㉑，忌㉒敦勳效㉓，極推小疵㉔，非所以褒獎元功㉕。宜解㉖敦禁劾㉗假授㉘。」詔書㉙遽㉚許㉛，而子固㉜已下獄發憤㉝而卒也。朝廷聞而傷之，策書㉞曰：「皇帝咨㉟故督守關中侯馬敦，忠勇果毅，率厲㊱有方㊲，固守孤城，危逼㊳獲濟㊴。寵秩㊵未加；不幸喪亡，朕㊶用㊷悼㊸焉。今追贈牙門將軍㊹印綬，祠㊺以少牢㊻。」魂而有靈，嘉㊼茲㊽寵榮。然絜士㊾之聞穢㊿，其庸(51)致思(52)乎！若乃(53)下吏(54)之肆(55)其噤害(56)，則皆妬(57)之徒(58)也。嗟(59)乎！妬(60)之欺善，抑亦(61)貿首(62)之讎(63)也。語曰：「或戒其子，慎無(64)為善。」言固可以若是，悲夫！

【章　旨】首先記述馬敦有衛城之顯功，而州吏卻借事誣陷，並將他下於獄中。雖有大將軍梁王肜為他向朝廷辨明真相，而馬敦已含冤而死。朝廷得悉，表示哀悼，給予嘉獎表彰。然後對州吏的罪惡行徑深表痛恨之情。

【注　釋】❶聖朝　聖明之朝廷。此指晉惠帝朝。❷疇咨　訊問是誰所為。❸進　晉升。❹顯秩　榮顯的官職。❺幢蓋　旌旗與傘蓋。是將軍刺史之儀仗。❻制　儀節。❼州　指雍州。❽有司　官吏。指法官。❾私隸　指馬敦的私家奴僕。❿斛　古時量器名。容十斗。⓫考訊　查問。⓬檟楚之辭　指刑訊逼供之辭。檟楚，用檟木荊條製成的鞭撻刑具。這裡用作動詞。指笞打。⓭連之　牽連馬敦。⓮大將軍　指征西大將軍梁王肜。⓯抗其疏　上其奏疏。抗，上。⓰當　抵擋。⓱載　語助詞。⓲離寒暑　經過一年。離，經歷。寒暑，冬夏。常指代一年。⓳奮節　奮發忠勇之氣節。⓴保穀　保全糧食。㉑從事　指法官。㉒忌　妬忌。㉓勳效　功勳。㉔小疵　小的過失。㉕元功　大功。㉖解　解除。㉗禁劾　囚禁而追究其罪。㉘假授　假借名義授予官職，指地方大員權且任命。㉙詔書　皇帝下達的命令文告。㉚遽　緊急。㉛許　指許可梁王肜的奏請。㉜固猶「乃」。竟。㉝發憤　發洩怨憤。㉞策書　皇帝命令之一種。多用於封土授爵、任免三公；諸侯王死於其位，也以策書表彰其功德，賜以謚號。此指下表彰馬敦功績、追封名銜之文。㉟咨　讚歎。㊱率厲　率領勉勵。㊲方　法。㊳危逼　指遭遇危險困逼的形勢。㊴濟　成功；勝利。㊵寵秩　榮寵的官職。㊶朕　我。皇帝自稱。㊷用　因而。㊸悼　傷心。㊹牙門將軍　武官名。晉惠帝曾置四部牙門。㊺祠　祭祀。㊻少牢　古代祭祀單用一羊、一豬稱少牢。後專用羊也稱少牢。㊼嘉　美善。㊽茲　此。㊾絜士　品行純正之人士。絜，同「潔」。㊿穢　指姦猾之吏誣陷忠良之言。51庸　豈。52致思　加以考慮。此謂考慮、求生。53若乃　至於。54下吏　在下之吏。指雍州的有關官吏。55肆　放肆。56噤害　口不言而暗中加害。57妬　同「妒」。58徒　徒眾；一夥。59嗟　感歎詞。60妬　指「妬之徒」。61抑亦　也是。62貿首　互相欲取對方之首。指積仇至深，不共戴天。63讎　仇敵。64慎無　切莫；一定不要。

【語　譯】聖明的朝廷訊問是誰所為，將晉升榮顯的官職，授予特殊的旌旗和傘蓋的儀節。然而州的官吏，竟以私家僕隸數人、穀十斛的罪名，查訊軍吏和士兵，以刑訊逼供之辭牽連馬敦。大將軍多次呈上奏疏，說：「馬敦堅守孤城，獨擋群寇，以少數人去抵禦眾多的敵軍，經過一年，雖面臨困危，卻更加奮發他忠勇的氣節，終於保全儲藏的糧食，使全城完好。而雍州的法官，卻妒忌馬敦的功勳，極力追究他的小過失，這不是表揚獎勵有大功的人的做法。理應解除對馬敦的囚禁，並制止追究其罪，權且授予他官職。」皇帝緊急下達命令，表示准許，可是您竟已下獄並且怨憤而死了。朝廷得知這一消息為之哀傷，下達命令說：「皇帝讚歎原督守關中侯馬敦，忠勇果敢堅毅，率領軍士，勉勵有法，堅守孤城，在遭遇危險困逼的形勢下獲得勝利。尚未封授榮寵的官職，就不幸亡故，我因而哀傷。現追贈牙門將軍印綬，以少牢祭祀。」魂如有靈，當以此榮寵而感到美好欣悅。然而端正純潔的人士聞知姦猾之吏對自己的誣陷，他們難道會考慮求生嚒！至於在下肆意暗中害人的那些官吏，則都是出於妒忌的一夥人。啊，妒忌者如此欺壓善良，也是屬於不共戴天的仇敵之列。有句話說：「有人教誡他將要出嫁的女兒，一定不要去行善。」話竟然可以如此說，可悲呵！

昔乘丘之戰❶，縣賁父❷御❸魯莊公❹，馬驚敗績❺。賁父曰：「他日❻未嘗敗績，而今敗績，是無勇也。」遂死之❼。圉人❽浴馬❾，有流矢❿在白肉⓫。公曰：「非其罪⓬也。」乃誄之⓭。漢明帝⓮時，有司馬叔持⓯者，白日於都市手劍⓰父讎，視死如歸⓱。亦命史臣⓲班固⓳而為之誄。然則忠孝義烈之流⓴，慷慨㉑非命㉒而死者，綴辭㉓之士未之或遺㉔也。天子既已策而贈之，微臣㉕託㉖乎舊史㉗之末㉘，敢㉙闕㉚其文哉？乃作誄曰：

【章旨】以古時縣賁父、司馬叔持有誄之例說明，對於有忠孝義烈之行而死於非命者，自當撰誄文以表彰其功德，故為馬敦作誄。以上是序文。

【注釋】❶乘丘之戰　魯莊公十年魯與宋在乘丘交戰。乘丘，地名。春秋魯地。故城在今山東曲阜西北。❷縣賁父　魯人。為魯莊公駕御乘車者。❸御　駕御乘車。❹魯莊公　春秋魯國國君。西元前六九三至前六六二年在位。❺敗績　指馬驚奔失列。據《禮記・檀弓上》記述：魯莊公與宋人戰於乘丘，縣賁父為莊公駕車，馬驚奔失列，莊公從車上墜下。❻他日　往日。❼死之　指赴敵而死。❽圉人　掌管養馬之人。❾浴馬　給馬洗刷。❿流矢　無端飛來的亂箭。⓫白肉　指大腿內側之肉。⓬非其罪　因是流矢中馬，故馬驚奔失列，使莊公墜下，不是御者之罪。⓭誄之　為縣賁父赴敵而死之舉而作誄。士之有誄自此始。⓮漢明帝　東漢光武帝劉秀之子劉莊。西元五八至七五年在位。⓯司馬叔持　人名。生平不詳。⓰手劍　手拿劍殺人。⓱視死如歸　把赴死看作歸家。⓲史臣　即史官。為主管文書、典籍之官。⓳班固　（西元三二至九二年）東漢扶風安陵人。字孟堅。明帝時詔為蘭臺令史，後遷為郎，典校宮禁中藏書，並奉詔撰寫《漢書》。後隨竇憲出征匈奴，為中護軍。歸返後，竇憲因涉謀反事，被迫令自殺。班固因此也被捕，死在獄中。⓴流　一類之人。㉑慷慨　奮發有為。㉒非命　指因意外災禍而死。㉓綴辭　作文；寫作。㉔未之或遺　未有把誰遺漏的情況。㉕微臣　身分微賤之臣下。這是臣下對君主之自稱。

㉖託　寄。㉗舊史　指舊史氏。即掌圖書典籍之太史。㉘末　後。劉良說：潘岳當時為著作郎，不敢以史官自居，故說「末」。
㉙敢　豈敢。㉚闕　缺。

【語　譯】從前，乘丘之戰時，縣賁父為魯莊公駕車，馬驚奔失列。賁父說：「往日未曾驚奔失列，而今日卻驚奔失列，這是不勇的表現。」於是赴敵而死。養馬的人在給馬洗刷時，發現有無端飛來的亂箭在大腿內側的肉中。莊公說：「這不是縣賁父的過錯。」於是為他作誄。漢明帝時，有個叫司馬叔持的人，白天在都市裡手拿著劍殺死了父親的仇人，把赴死看作回家一樣。也使史官班固給他作誄。如此看來，對於忠孝重義而又剛烈的人，奮發有為卻遭遇意外災禍而死亡的人，作文的人是不會把他們遺漏的。天子既已下達詔令並且給予追贈，賤臣又在太史之後，豈敢不寫這篇誄文？於是寫作誄文說：

知人未易，人未易知。嗟茲馬生，位末❶名卑❷。西戎❸猾❹夏❺，乃奮❻其奇❼。
保此汧城，救我邊危。彼邊奚❽危？城小粟❾富。子以眇身❿，而裁⓫其守。兵無
加衛⓬，墉⓭不增築⓮。婪婪⓯群狄⓰，豺虎競逐。鞏更恣睢⓱，潛⓲跱⓳官寺⓴。齊
萬㉑虓闞㉒，震驚台司㉓。聲勢沸騰，種落㉔煽熾㉕。旌旗電舒，戈矛林植㉖。彤珠㉗
星流㉘，飛矢雨集㉙。惴惴㉚士女㉛，號㉜天以泣。爨麥而炊，負戶以汲。累卵㉝之
危，倒懸㉞之急。馬生㉟爰發㊱，在險彌亮㊲。精冠白日㊳，猛烈秋霜㊴。稜威㊵可
厲㊶，懦夫克壯㊷。霑恩㊸撫循㊹，寒士挾纊㊺。蠢蠢㊻犬羊㊼，阻㊽眾陵㊾寡。潛隧㊿
密攻，九地(51)之下。愜愜(52)窮城(53)，氣若無假(54)。昔命懸天(55)，今也惟馬(56)。惟此馬

生，才博智贍[57]。偵以瓶壺，剫[58]以長塹[59]。鍤未見鋒[60]，火以起焰[61]。薰屍[62]滿窟[63]，棓[64]穴[65]以斂[66]。木石匱竭，萁稈[67]空虛。瞷然[68]馬生，傲[69]若有餘。罥梁為礧，柿松為芻。守不乏械[70]，歷有鳴駒[71]。哀哀[72]建威，身伏斧質[73]。悠悠[74]烈將[75]，覆軍喪器[76]。戎釋我徒[77]，顯[78]誅我帥。以生易死[79]，疇[80]克[81]不二[82]？聖朝西顧[83]，關右[84]震惶[85]。分我汧庾[86]，化為寇糧。實賴夫子[87]，思謩[88]彌長[89]。咸使有勇，致命[90]知方[91]。

【章　旨】讚美馬敦在羌、氐族大舉騷擾，汧城被重圍，人心惴恐，形勢危急的情況下，鎮靜機智地領導民眾自救，奮起抗擊，安定民生，固守孤城的豐功偉績。

【注　釋】❶位末　官職居下。❷名卑　名聲低微，不顯重。❸西戎　指我國古代處於西部的民族。這裡指羌族、氐族。❹猾　騷亂。❺夏　華夏。古代漢族自稱。❻奮　施展。❼奇　指奇妙之才略。❽奚　何。❾粟　泛指糧食。❿眇身　即眇爾之身。⓫裁　裁度；謀劃。⓬兵無加衛　謂未增兵加強護衛。⓭墉　城牆。⓮不增築　不修築加高。⓯婪婪　十分貪婪貌。⓰狄　對我國古代北方地區少數民族的泛稱。此泛指羌族、氐族。⓱恣睢　狂妄；凶暴貌。⓲潛　指掩襲。即乘人不備，突然襲擊。⓳跱　止。指占據。⓴官寺　官府的房舍。呂延濟說：指「客舍」。似當指縣城之外的房舍。㉑齊萬　即齊萬年。盧水胡、羌作亂，推齊萬年為首。㉒虓闞　虎怒貌。比喻將士震怒。㉓台司　三公之位。㉔種落　種族部落。㉕煽熾　氣燄囂張。㉖旌旗電舒二句　形容旌旗、戈矛眾盛之狀況。電舒，如電光閃耀。戈，我國古代可用以橫擊、鉤殺的兵器。矛，古代有長柄和鋒刃用以刺敵的兵器。林植，林立。㉗彤珠　指燒紅之鐵砂。㉘星流　如流星四散。㉙雨集　如下雨一樣密集。㉚惴惴　恐貌。㉛士女　成年男女。此指民眾。㉜號　呼叫。㉝累卵　把蛋堆疊起來。因極易倒塌打碎，故比喻十分危險。㉞倒懸　人被頭向下、腳朝上地倒掛。形容處境極其困苦危急。㉟馬生　猶馬君。㊱爰發　於是發揮其智謀。㊲彌亮　更顯示出光輝。

(38)精冠白日　意為精誠所致，上感天日。精，精誠；忠誠之心。冠，「貫」之誤。胡克家《文選考異》說：袁本、茶陵本作「貫」。此尤本誤字。冠白日，穿過太陽。(39)秋霜　比喻嚴肅。(40)稜威　威嚴。(41)厲　通「勵」。勉勵。(42)克壯　能夠勇敢。(43)霑恩　蒙受恩澤。(44)撫循　安撫。(45)寒士挾纊　指人們因受撫慰而感到溫暖，好像寒冷的戰士穿上了棉衣。寒士，寒冷的戰士。挾，猶穿著。纊，指棉衣。《左傳・宣公十二年》：申公巫臣對楚莊王說：「戰士多寒冷，王巡視軍隊，安撫勉勵他們，戰士都如同穿上了棉衣。」(46)蠢蠢　眾多貌。(47)犬羊　鄙稱羌、氐族人。(48)阻　依恃。(49)陵　通「淩」。欺侮。(50)潛隧　指處於地下的地道。(51)九地　地最深處。(52)愜愜　憂懼。(53)窮城　陷於困境的城邑。指汧城。(54)氣若無假　形容人們因恐懼而呼吸急促之狀。無假，不給予。(55)懸天　繫於天。即取決於天。(56)惟馬　只能寄託於馬敦。(57)贍　豐富。(58)剫　掘。(59)長塹　深坑。(60)鍤未見鋒　即「未見鍤鋒」。指尚未見到敵方開掘地道之鐵鍬的鋒刃。鍤，即「鍬」。為掘土器。(61)火以起焰　即「火焰已起」。以，通「已」。(62)薰屍　被煙火薰熾而死的敵方屍體。(63)窋　指地道。(64)棓　猶「培」。填土。(65)穴　指深坑。(66)斂　埋葬。(67)其稈　豆稈。泛指柴薪。(68)瞷然　自得貌。(69)傲　高傲不屈。指馬敦。(70)械　指用以防守的器械。(71)駒　幼小之馬。泛指馬。(72)哀哀　悲傷不已。(73)斧質　或作「斧鑕」。鑕是古時執行腰斬時使用的砧板。(74)悠悠　眾多貌。(75)烈將　威武的將軍。(76)喪器　喪失武器。(77)徒　兵眾。(78)顯　公開。(79)以生易死　由生而變為死。意指為國獻身。(80)疇　誰。(81)克　能。(82)不二　沒有二心。(83)西顧　西望。表示朝廷為此關注而擔心。(84)關右　即關西。函谷關以西。(85)震惶　震驚恐懼。(86)庾　糧倉。此指糧倉之糧食。(87)夫子　對馬敦的尊稱。(88)思謩　謀劃。謩，謀。(89)彌長　很為長遠。(90)致命　獻身。(91)知方　知理。《論語・先進》：子路對孔子說：「擁有千輛兵車的國家，我去治理，三年之後，可使百姓有勇氣，並且能夠知理。」

【語　譯】要瞭解人不容易，要被人瞭解也不容易。啊，這馬君，官位居下而名聲卑微。在西戎騷擾華夏之時，竟施展他奇妙的才略。保衛了汧城，解除了我們邊境的險情。那邊境上有什麼險情？城邑小而糧食多。您以微弱之身，而謀劃城邑的守衛。沒有增加士兵加強護衛，城牆也沒有修築加高。十分貪婪的一群羌、氐族人，好像豺狼老虎一樣奔逐。翟更狂妄凶暴，突然襲擊並占據了城外的房舍。齊萬年所率領的兵眾，猶如憤怒的虎群，使朝廷的三公為之震驚。羌、氐的種族部落聲勢沸騰，氣焰囂張。旌旗好像電光閃耀，戈矛到處林立。燒紅的鐵砂如流星四散，飛箭如下雨一樣密集。惴恐的百姓，呼天哭泣。燒著陳麥來燒飯，用門板擋著打水。好像把蛋堆疊一樣的危險，把人倒掛起來一樣危急。於是馬君施展他的智謀，在險境中愈加顯示出光輝。精誠上貫白日，猛烈猶如秋霜。威嚴能夠勉勵別人，使懦夫能夠勇敢。士眾蒙受恩澤，受到安撫，好像寒冷的戰士穿上棉衣一樣溫暖。眾多的像狗像羊一樣的敵人，依恃人多而欺侮人少的我方。用開掘地道的方法祕密由很深的地下進攻。身陷圍城中的百姓十分憂懼，連呼吸都好像接不上氣一樣。以前命繫於天，今天卻只能寄託在馬君身上。這位馬君，才能廣博而智慧豐富。用瓶壺進行偵察，挖掘很深的坑道。尚未見到敵方鐵鍬的鋒刃，火焰已經燃起。滿地道都是被煙火薰熾而死的敵人屍體，於是填滿深坑加以掩埋。城中的木頭石塊已經用盡，豆稈也已蕩然無存。馬君卻悠閒自得，應付這種情況，傲然好像綽綽有餘。他下令把屋樑吊起以下擊敵人，劈削松木作為柴火。這樣守衛便不缺乏器械，馬棚的馬也在鳴叫。令人悲傷不已的是建威將軍，身死敵人刀斧之下。眾多威武的將軍，使軍隊覆沒，武器喪失。敵方釋放我們的兵眾，公開誅殺我方的將領。處在出生入死的關頭，誰能沒有二心？聖明的朝廷關注西方，函谷關以西的人們為之震驚恐慌。敵方將要瓜分我們汧城糧倉的糧食，變成他們的糧食。幸而靠您能從十分長遠的角度加以謀劃。使百姓都能有勇氣，能夠獻身，能夠知理。

我雖末學[1]，聞之前典[2]。十世宥能[3]，表墓旌善[4]。思人愛樹，甘棠不翦[5]。矧[6]乃吾子，功深疑淺[7]。兩造[8]未具[9]，儲[10]隸[11]蓋[12]鮮。孰[13]是[14]勳庸[15]，而不獲免？猾哉部司[16]，其心反側[17]。斲[18]善害能，醜[19]正惡直。牧人[20]逶迤[21]，自公[22]退食[23]。聞穢鷹揚，曾不戢翼[24]。忘爾大勞[25]，猜爾小利。苟莫[26]開懷[27]，于何不至[28]！慨慨[29]馬生，琅琅[30]高致[31]。發憤囹圄[32]，沒而猶眡[33]。嗚呼哀哉！安平出奇，破齊克完[34]。張孟運籌，危趙獲安[35]。汧人賴子，猶彼談、單[36]。如何吝嫉[37]，搖之筆端㊳？傾倉可賞，矧云私粟㊴；狄隸可頒，況曰家僕㊵。剔㊶子雙龜㊷，貫㊸以三木㊹。功存汧城，身死汧獄。凡爾同圍，心焉摧剝㊺。扶老攜幼，街號巷哭。嗚呼哀哉！

【章　旨】先怒斥州吏之姦猾，居然出於妒忌之心，使得保衛汧城的功臣死於汧獄。認為像馬敦這樣的功臣，即使有小的過失，也例當寬免。再記述汧城民眾對於馬敦被迫害致死的極度悲痛之情。

【注　釋】❶末學　學識膚淺。這是作者自謙之辭。❷前典　以前的典籍。❸十世宥能　對於賢能之臣，他的十代子孫仍當赦免罪過或減輕刑罰。十世，十代。宥，赦免罪過或減輕刑罰。能，指賢能之臣。《左傳・襄公二十一年》：范宣子殺叔向弟羊舌虎而囚叔向，祁奚聞知後見范宣子，說：「謀劃而少有失誤，叔向能夠做到這樣，是社稷的保障，他的十代子孫犯了罪，尚且要赦免或減輕刑罰，用以勉勵賢能之臣。現在僅因其弟的緣故而自身也不免，這是拋棄社稷的做法，不是糊塗嗎？」❹表墓旌善　指在善良之人墓前立石，或以其他方式，以示表彰。表、旌，都是表彰的意思。《左傳・僖公二十四年》：晉文公以綿上作為介之推的祭田，說：「用以標誌我的過失，並且表彰善人。」❺思人愛樹二句　傳說召公曾巡行南方，息於甘棠樹下。後來人們思念他的恩德，因而愛惜此樹。《詩經・召南・甘棠》說：「蔽芾（茂盛貌）甘棠，勿翦勿伐，召伯（即召公）所茇（止息）。」人，指召公。姬姓，名奭，周武王之臣，封於召。成王時，與周公旦輔政，分陝而治。自陝以西，由召公管轄。樹，即指甘棠。甘棠，即棠梨樹。果實酸美可食。翦，同「剪」。砍伐。❻矧　何況。❼疑淺　可疑之罪輕。❽兩造　訴訟之原告與被告同至法庭。❾未具　未曾具備。❿儲　儲穀。即前所謂「穀十斛」事。⓫隸　即前所謂「私隸數口」事。⓬蓋　語助詞。⓭孰　誰。⓮是　此。⓯庸　功。⓰部司　指雍州從事。⓱反側　不正；偏曲。⓲斲　殘害。⓳醜　惡。⓴牧人　治人。㉑逶迤　從容自得貌。㉒公　指公署。㉓退食　減省膳食。以示節約。《詩經・召南・羔羊》：「委蛇（即逶迤）委蛇，自公退食。」㉔聞穢鷹揚二句　此說馬敦為人清廉，嫉惡如仇，勤於職守。穢，汙穢之事。鷹揚，如鷹之奮飛。喻威武。曾，乃。不戢翼，喻不稍息。戢，收斂。《詩經・小雅・鴛鴦》：「鴛鴦在梁，戢其左翼。」㉕勞　功勞。㉖苟莫　若不。㉗開懷　舒展胸懷；寬大為懷。㉘于何不至　猶何所不至其極。㉙慨慨　慷慨；不得志。㉚琅琅　堅強。㉛高致　指高尚的節操。㉜圄圄　監獄。㉝沒而猶眂　猶死不瞑目。沒，沒世；死。眂，古「視」字。㉞安平出奇二句　當時燕攻伐齊，攻占齊七十餘城，僅莒與即墨二城未被攻下。即墨守將已戰死，城中人推舉田單為將軍。田單一面用反間計，使燕撤換其名將樂毅；一面將城中收得的千餘頭牛，在牛角上縛上刀，又將浸灌油脂的葦草縛在牛尾上。到了夜晚，將葦草點燃，牛因尾巴被燒灼而怒奔燕軍，被牛角刀刃所觸者或死或傷。同時，五千兵眾相隨牛後，大擊燕軍，殺其將騎劫，燕軍驚慌敗逃，被占領的七十餘城都因而收復。因此，齊襄王封田單，號為安平君。安平，指安平君田單。戰國時齊人。出奇，出奇計。破齊克完，使被燕攻破之齊國能恢復完好。㉟張孟運籌二句　戰國初，晉國知、趙、韓、魏四氏相攻伐，而知伯最強。知伯與韓、魏圍趙晉陽。張孟談對韓、魏二氏說，趙亡，韓、魏必相繼而亡。於是三家聯合，決水灌知伯軍，擒殺知伯而三分其地。張孟，即張孟談。戰國趙人。是趙襄子家臣。運籌，謀劃。㊱談單　即張孟談、田單。㊲吝嫉　仇恨妒忌。㊳搖之筆端　指恣意將妄加之罪名寫成書面文字。搖，擺弄。㊴傾倉可賞二句　意為兵士功勞如此之大，可用倉庫儲藏的全部糧食加以獎賞，何況馬敦用以獎賞的是私家之糧食。㊵狄隸可頒二句　意為全部俘虜都可以賜給兵士，何況馬敦所賜的是家僕。頒，賜。㊶剔奪。㊷雙龜　指汧督與關內侯二印。龜，指官印。因印紐刻作龜形。㊸貫　戴上。㊹三木　泛指加於頸部與手腳的刑具。㊺摧剝　摧折碎裂。形容極度悲傷。

【語　譯】我雖然學識膚淺，也從先前的典籍中知道。對於賢能的人，他的十代子孫仍當赦免罪過或減輕刑罰；對於善良的人，當在他的墓前立石，或用其他方式加以表彰。思念召公這個人，於是愛惜他曾憩息的樹，甘棠樹就不予剪伐。何況您，功勞大而可疑的罪輕。原告與被告未曾同至法庭，十斛之穀與數口私隸數量也少。哪個人功勳如此，而不能獲免？姦猾呵，雍州的法吏，他們的心地不正。殘害賢良，仇恨正直的人。您治理從容，自奉節儉。聞知汙穢之事，卻如蒼鷹奮飛，竟不收斂翅膀稍作休息。他們忘記您的大功勞，猜忌您得到了某些好處。假如不能寬大為懷，則何所不用其極！失意的馬君，堅強而節操高尚。身在獄中，怨憤難抑，人已死而尚不能閉目。啊，悲哀呀！安平君出奇計，被攻破之齊國得以恢復完好。張孟談出謀劃策，危急的趙氏獲得平安。汧人依賴著您，就如同那張孟談與田單，怎麼有人竟會出於仇視妒忌之心，搖動筆桿，寫出誣陷的文字？可以用糧倉的全部糧食來獎賞，何況是私家的糧食；可以用全部俘虜來賞賜，何況是私家的奴僕。奪了您的雙印，戴上了刑具。功績留於汧城，身卻死於汧城的監獄。所有與您一起被圍的人們，心肝碎裂，扶老攜幼，在街巷呼號哭泣。啊，悲哀呀！

明明❶天子，旌以殊恩❷。光光❸寵贈，乃牙其門❹。司勳❺頒爵❻，亦兆後昆❼。
死而有靈，庶❽慰冤魂。嗚呼哀哉！

【章旨】說明天子對於馬敦的追贈表彰，可以安慰冤魂。

【注釋】❶明明　英明。❷旌以殊恩　以特殊的恩賜給予表彰。❸光光　光輝貌。❹牙其門　指追贈牙門將軍。❺司勳　官名。主管功賞事務。❻頒爵　頒給爵位。頒，發布。❼亦兆後昆　亦給後代子孫以蔭庇。兆，開啟。後昆，後嗣。❽庶　差不多。

【語譯】英明的天子，以特殊的恩賜給予表彰。於是光輝榮寵地追贈為牙門將軍。司勳頒布爵位，後代子孫也將承受蔭庇。假如死而有靈，這樣差不多可以慰藉冤魂了。啊，悲哀呀！

陽給事誄 并序

【作者】顏延之（西元三八四～四五六年），字延年。南朝宋文學家。琅邪臨沂（今山東費縣東）人。少孤貧，好讀書，無所不覽。晉末為中軍行參軍。入南朝宋，舉博士，補太子舍人。少帝即位，任正員郎，兼中書，後出為始安太守。文帝時，入為中書侍郎，轉太子中庶子，領步兵校尉，賞遇甚厚。延之性激直，出言無所忌諱，其辭激揚，觸犯權要，遂出為永嘉太守。又因作詩辭意不遜，遂去職，屏居里巷七載。後復起為御史中丞、祕書監。孝武帝時，官至金紫光祿大夫。能詩善文，名冠當時，與謝靈運並稱為「顏謝」。原有集三十卷，已佚，明人輯有《顏光祿集》。

【題解】劉宋永初三年，武帝劉裕死，少帝即位。北魏明元帝乘機大勢進犯，命奚斤等全力攻打滑臺（今河南滑縣東舊滑縣城）。在城之東北被攻破之時，作為這次保衛戰的統領、寧遠將軍、東郡太守王景度卻棄城出奔，而陽瓚作為王景度的司馬則堅守不動。守城軍隊全面崩潰，陽瓚仍堅持氣節，決不投降，終於被敵方所殺。少帝為此追贈他為給事中，予以表彰。此誄文即對於陽瓚效忠朝廷、臨危不懼、奮勇抵抗、終於獻身的崇高氣節，給予深情的讚頌。

惟永初[1]三年十一月十一日，宋故寧遠[2]司馬[3]、濮陽[4]太守[5]彭城[6]陽君卒。

嗚呼哀哉！瓚少稟[7]志節[8]，資性[9]忠果[10]。奉上以誠，率下[11]有方。朝[12]嘉其能，故授以邊事[13]。永初之末[14]，佐守[15]滑臺[16]。值國禍薦臻[17]，王略中否[18]。獯虜[19]間釁[20]，劘剝[21]司[22]、兗[23]；幽、并[24]騎弩[25]，屯逼[26]鞏[27]、洛[28]。列營[29]緣戍[30]，相望屠潰[31]。瓚奮其猛銳，志不違難[32]。立乎將卒之間，以緝[33]華裔[34]之眾。罷困相保，堅守四旬，上下力屈[35]，受陷勍寇[36]。士師[37]奔擾[38]，棄軍爭免[39]。而瓚誓命[40]沈城[41]，佻身[42]飛[43]鏃[44]，兵盡器竭[45]，斃于旗下。非夫貞壯[46]之氣，勇烈[47]之志，豈能臨敵引義[48]，以死徇節[49]者哉？景平[50]之元[51]，朝廷聞而傷之，有詔曰：「故寧遠司馬、濮陽太守陽瓚，滑臺之逼，厲誠[52]固守，投命[53]徇節，在危無撓，古之烈士，無以加之(54)。可贈給事中(55)，振(56)卹(57)遺孤(58)，以慰存亡(59)。」追寵(60)既彰，人知慕節(61)，河(62)、汴(63)之間，有義風(64)矣。逮元嘉(65)廓祚(66)，聖神(67)紀物(68)，光昭(69)茂緒(70)，旌錄(71)舊勳(72)。苟有概(73)於貞孝(74)者，實(75)事感於仁明(76)。末臣(77)蒙固(78)，側聞(79)至訓(80)，敢(81)詢(82)諸前典(83)，而為之誄。其辭曰：

【章旨】此為序文。記述陽瓚在北魏南犯之時，受命守衛，在保衛滑臺一戰中，面臨險境猶能奮力抵抗，終於英勇獻身的事蹟，以及朝廷對他的褒揚與追贈。

【注釋】❶永初　宋武帝年號。❷寧遠　指寧遠將軍王景度。❸司馬　官名。為軍府之官。在將軍之下，綜理一府事務，參與軍事謀劃。❹濮陽　郡名。治所在今河南濮陽西南。❺太守　官名。是一郡的最高行政長官。❻彭城　地名。故址在今江蘇徐州。陽瓚是彭城人。❼稟　天性所賦。❽志節　志向與節操。❾資性　天資；資質。❿果　果敢。⓫率下　領導下屬。⓬朝　朝廷。⓭邊事　守衛邊疆之事。⓮永初之末　永初之末年。即永初三年。⓯佐守　輔佐王景度守衛。⓰滑臺　城名。故址在今河南滑縣東舊滑縣城。⓱薦臻　重至；一再至。⓲王略中否　指宋武帝劉裕之死。王略，王道。指以仁義治理天下。中否，中途受阻。⓳獯虜　對北魏族的鄙稱。⓴間釁　伺此間隙。㉑劘剝　傷害；侵犯。㉒司　司州。治所在虎牢（今河南滎陽汜水關）。㉓兗　兗州。治所在今山東兗州。㉔幽并　幽，州名。治所在今北京城西南。并，州名。治所在今山西太原西南晉源鎮。幽并二州，當時為北魏所占據。㉕騎弩　指能騎善射的北魏族軍隊。騎，戰馬。弩，以機械發箭的裝置。此指弓。㉖屯逼　聚集起來進逼。㉗鞏　地名。故址在今河南鞏縣。㉘洛　地名。即洛陽。今河南洛陽。㉙列營　布列軍營。㉚緣戍　沿著邊境守衛。㉛屠潰　被北魏軍屠殺而潰敗。㉜違難　逃避危難。㉝緝　聚集。㉞華裔　華，指中國。裔，指邊地。㉟力屈　力盡。㊱勍寇　強大的敵軍。㊲士師　指將領軍官。㊳奔擾　紛紛逃奔。擾，紛亂。㊴爭免　相爭使自己免於一死。㊵誓命　發誓下令。㊶沈城　已陷之城。㊷佻身　獨身。㊸飛　射出。㊹鏃　箭頭。此指箭。㊺兵盡器竭　武器盡絕。㊻貞壯　忠誠威武。㊼勇烈　英勇頑強。㊽引義　取義。㊾徇節　守節而至死不變。㊿景平　宋少帝年號。(51)元　元年。(52)厲誠　精誠。53投命　致命。54加之　超過他。55給事中　官名。給事殿中，備顧問應對，討論政事。56振　通「賑」。救濟。57卹　通「恤」。撫恤。58遺孤　喪父之子。59存亡　活著與死去的人。指陽瓚與其遺孤。60追寵　追贈與榮寵。61慕節　敬慕有崇高節操之人。62河　指黃河。63汴　汴河。由今河南省的舊鄭州、開封、歸德北境，流經江蘇省的舊徐州合泗水入淮河。元時為黃河所奪，今已淤塞。64義風　道德風尚。65元嘉　宋文帝年號。66廓祚　開福。意為為國家造福。因宋少帝遊戲無度，執政徐羨之等召檀道濟進京，廢殺少帝，迎立宜都王劉義隆為帝。即宋文帝。改元元嘉。67聖神　原喻人之智與德達到至極，無所不通，靈妙不可思議，因而轉指天子。此指文帝。68紀物　治理政事。69光昭　光明。70茂緒　盛業。71旌錄　表彰記載。72舊勳　往時有功勳者。73概　節概；節操。74貞孝　忠貞孝敬之品行。75實　猶「即」。76仁明　指仁愛英明的天子。77末臣　地位低賤之臣。是臣下對君主的自稱。78蒙固　固陋不明事理。這是作者的謙詞。79側聞　在旁聽到。謙詞。80至訓　至高無上的教誨。指當為有功德者撰作誄文。81敢　表敬詞。82詢　咨諏。這裡是參照的意思。83前典　先前的典籍。

【語　譯】永初三年十一月十一日，宋原寧遠司馬、濮陽太守彭城人陽君去世。啊，悲哀呀！陽瓚年輕時就具有志向和節操，天資忠貞果敢。以忠誠之心為上效力，領導下屬自有其法。朝廷嘉許他的才能，所以授予邊防之事。永初末年，輔佐守衛滑臺。適值國家的災禍頻頻而至，王道的實施因而中途受阻。北魏族伺此間隙，侵犯司州和兗州；居於幽州、并州一帶的能騎善射的軍隊，聚集起來進逼鞏縣、洛陽一帶。我方沿著邊境布列軍營，守衛的軍隊相繼遭到北魏軍的屠殺而潰敗。陽瓚奮發他勇猛銳利的精神，立志決不臨危脫逃。他站在將士之中，以集結中原和邊地的兵眾。在軍力困疲的情況下保衛滑臺城，堅守了四十天，終於官兵上下力盡，滑臺城被強大的敵軍所攻陷。在將領們紛紛逃奔，拋棄自己的軍隊，相爭使自己免於一死之時，而陽瓚卻發誓與已陷的滑臺城共存亡，孤身射出飛箭，直至武器盡絕，死於戰旗之下。若不是具有忠貞威武的氣概，英勇頑強的志氣，難道能夠臨敵取義，捨生守節嗎？景平元年，朝廷聞知此事而為之悲痛，下了詔書說：「原寧遠司馬、濮陽太守陽瓚，在滑臺遭遇困逼之時，能精誠固守，捨生守節，在危難之際不屈服，即使古時堅貞不屈的剛強之士，也不能超過他。可追贈給事中，撫恤他的子女，以安慰死者與活著的人。」追贈與榮寵已公諸天下，人們就知道敬慕有崇高節操的人，而黃河、汴河一帶，也會有好的道德風尚了。到了元嘉之時，國家重開福運，聖明的天子治理政事，使盛業得以光大，因而表彰、記載往時建樹功勳者。只要有忠貞孝敬的節操，仁愛英明的天子即為之感動不已。我這個卑賤之臣雖然固陋不明事理，也聆聽過至高無上的教誨，恭敬地參照先前的典籍，而給陽瓚撰寫誄文。誄辭說：

貞不常祐❶，義有必甄❷。處父勤君，怨在登賢❸。苦夷致果，題子行間❹。忠❺壯❻之烈❼，宜自❽爾先❾。舊勳❿雖廢⓫，邑氏⓬遂傳。惟邑及氏，自溫⓭徂⓮陽⓯。狐⓰續⓱既降⓲，晉族⓳弗昌⓴。之子㉑之生，立績㉒宋皇。拳㉓猛沈毅㉔，溫敏㉕肅良㉖。如彼竹柏，負雪懷霜㉗。如彼騑駟㉘，配服㉙驂衡㉚。

【章旨】稽考陽氏之傳承與中衰，讚揚陽瓚是後繼之秀，可負重任。

【注釋】❶貞不常祐　忠貞者不一定得到天的保佑。祐，保佑；護助。❷義有必甄　持義守節者必須加以表彰。甄，表彰。❸處父勤君二句　據《左傳・文公六年》記述：春，晉在夷閱兵，捨去二軍而恢復三軍之制，使狐射姑（即賈季）率領中軍，趙盾為副。陽處父自溫至，改為在董閱兵，並且以趙盾為中軍主帥，狐射姑為副。認為趙盾有才能，說：「任用賢能，是為了國家的利益。」狐射姑因此怨恨陽處父。九月，狐射姑派續鞫居殺死陽處父。處父，即陽處父。春秋晉臣。勤君，盡力於君主之事。怨在登賢，因推舉賢者而招怨。登賢，推舉賢者。❹苦夷致果二句　據《左傳・定公八年》記述：苦越生了兒子，將等待特殊的喜事而給他取名。在魯侵齊的陽州之戰中，苦越獲得了俘虜，於是取名「陽州」。苦夷，又稱「苦越」。春秋魯季桓子家臣。致果，取得成果。指獲得俘虜。題子，給兒子取名。題，取名。行間，軍中；行伍之間。❺忠　指陽處父。❻壯　指苦夷。❼烈　功。❽自　猶「即」。❾爾先　你的祖先。❿舊勳　舊時之功勳。指陽處父與苦夷。⓫廢　斷缺不繼。⓬邑氏　邑與氏。即陽州與陽氏。⓭溫　周地。春秋晉文公時屬晉。故址在今河南溫縣南。據《左傳・成公十一年》記述：劉子、單子對晉郤至說：「周襄王慰勞晉文公而把溫賜給他，而狐氏、陽氏先處於溫。」⓮徂　往；至。⓯陽　即指陽州。春秋時齊地。故址在今山東省東平縣北境。案：陽州並非陽氏所居之邑；苫夷之子名陽州，並不姓陽。此文有誤。⓰狐　指狐射姑。⓱續　指續鞫居。⓲既降　以後。指狐射姑派續鞫居殺死陽處父之後。⓳晉族　在晉的陽氏宗族。⓴弗昌　不昌盛。㉑之子　這位陽君。㉒立績　建立功績。㉓拳　有力。㉔沈毅　深沈堅毅。㉕溫敏　溫和敏達。㉖肅良　嚴肅善良。㉗負雪懷霜　指被霜雪所披覆。此以松柏的耐寒之性比喻陽瓚品性的堅貞。㉘騑駟　四馬中的騑馬。騑，四馬駕車時，兩旁的馬名為騑，也稱驂。駟，指駕一車之四馬。㉙服　四馬駕車時，中間夾車轅的兩馬名為服。㉚驂衡　指並駕車子。以驂駟之承駕比喻陽瓚可負重任。驂，三馬並駕一車為驂。指並駕。衡，車轅前端的橫木。

【語　譯】忠貞的人不一定常得到天的保佑，而對於持義守節的人則必須加以表彰。陽處父盡力於君主之事，他推舉賢良郤招來了怨恨。苫夷在軍中，立意要獲得戰果才給兒子取名。能有如此忠貞威壯之功績的，也只有您的祖先了。往時的功勳雖然中斷不繼，陽州這邑名與陽的姓氏終究相傳到後代。這邑名與姓氏，本由溫而至於陽州。自狐射姑、續鞫居殺死陽處父之後，在晉的陽氏宗族就不昌盛。這位陽君的出生，為宋朝皇帝建立了功績。勇猛有力，深沈堅毅，溫和敏達，嚴肅善良。如同那竹柏，覆雪蓋霜。如同那駕車的四匹馬中的騑馬，配合服馬駕著車子。

邊兵喪律❶，王略未恢❷。函❸、陝❹堙阻❺，瀍❻、洛❼蒿萊❽。朔馬❾東騖❿，
胡風南埃⓫。路無歸轊，野有委骸⓬。帝圖⓭斯⓮艱，簡⓯兵授才⓰。寔命⓱陽子，
佐師⓲危臺⓳。憬⓴彼危臺，在滑㉑之坰㉒。周、衛是交，鄭、翟是爭㉓。昔惟華國㉔，
今實㉕邊亭㉖。憑巘㉗結關㉘，負㉙河㉚縈㉛城。金柝㉜夜擊，和門㉝晝扃㉞。料敵㉟
厭難㊱，時惟陽生。

【章　旨】先指出陽瓚受命於北魏肆虐、防守唯艱之時。再述滑臺地勢險阻，陽瓚自有制勝之才。

【注　釋】❶喪律　喪失軍法。❷未恢　未發揚光大。❸函　指函谷關。❹陝　地名。今河南陝縣。❺堙阻　阻塞。❻瀍　指瀍水。自今河南洛陽西北，東南流入洛水。❼洛　指洛水。源出今陝西洛南西北，東流入河南，經洛陽，至鞏縣的洛口流入黃河。❽蒿萊　野草；雜草。❾朔馬　代指北魏的軍馬。朔，指北方。❿東騖　指對宋朝用兵。騖，奔馳。⓫胡風南埃　意為北魏軍南犯，聲勢洶湧，揚起的塵土滾滾南下，猶如被風吹著一樣。胡，指北魏。埃，塵埃。這裡用作動詞。為塵土飛揚的意思。⓬路無歸轊二句　意為宋朝抵禦的軍隊遭到慘敗，已無人可送柩歸葬。轊，通「槥」。小棺。委骸，被棄的屍骸。⓭圖　謀。⓮斯　乃。⓯簡　選擇。⓰授才　授命有才能的人。⓱寔命　這才授命。寔，同「實」。這。⓲佐師　在軍中任輔佐之職。⓳危臺　指滑臺。⓴憬　遙遠。㉑滑　地名。本周時國名。姬姓。故址在今河南偃師緱氏鎮。㉒坰　郊野。㉓周衛是交二句　據《左傳・僖公二十四年》記述：鄭侵入滑，滑人聽命，鄭軍撤還後，滑又親近衛國。於是鄭軍再次伐滑。周襄王派伯服游、孫伯至鄭，請鄭軍從滑撤離。鄭文公不聽周襄王之命而拘押伯服游、孫伯。襄王怒，借助狄而討伐鄭。周，指春秋時的東周王朝。衛，姬姓諸侯國。其地在今河南黃河以北地區。是，此。指滑，而兼及滑臺。交，黨與。因利益一致而結合。鄭，姬姓諸侯國。其地在今河南中部。翟，同「狄」。是對我國北方地區外族的泛稱。㉔華國　中原之國。㉕實　則。㉖邊亭　邊境之地。㉗巘　山。㉘結關　成為關塞。㉙負　憑靠。㉚河　指黃河。㉛縈　環繞。㉜金柝　即「刁斗」。軍用銅器，三足一柄，白晝用於炊煮，晚間用以打更巡夜。㉝和門　軍營之門。㉞扃　關閉。㉟料敵　估量敵方。㊱厭難　制勝定亂。厭，通「壓」。

【語　譯】邊境的軍隊喪失軍紀，王道尚未發揚光大。函谷關與陝地一帶被阻塞，瀍水與洛水一帶長滿蒿萊。北魏的軍馬向東奔馳，風塵滾滾地向南而來。路途上沒有送歸的靈柩，原野上有拋棄的屍骸。天子的謀劃因而艱難起來，於是選擇軍隊，授命有才能的人才。這才授命陽君，在軍中任輔佐之職以守衛危難之中的滑臺。那遙遠的滑臺，處在滑的郊野。在春秋時，滑國是周和衛的友邦，是鄭與狄相爭之地。從前是中原之國，如今則是邊境。它憑山設立關塞，依靠黃河環繞它的城郭。夜晚敲擊刁斗，白天軍門關閉。能估量敵人而克敵制勝的，在當時只有陽君而已。

涼冬氣勁❶，塞外❷草衰。遏❸矣獯虜❹，乘障❺犯威❻。鳴驥橫厲❼，霜鏑❽高翬❾。軼❿我河縣⓫，俘⓬我洛畿⓭。攢⓮鋒⓯成林，投鞍為圍⓰。翳翳⓱窮壘⓲，嗷嗷⓳群悲。師老⓴變形㉑，地孤援闊㉒。卒無半菽㉓，馬實㉔拑㉕秣㉖。守未焚衝，攻已濡褐㉗。烈烈㉘陽子，在困彌達㉙。勉慰痍傷㉚，拊巡㉛飢渴。力雖可窮，氣不可奪㉜。義立邊疆，身終鋒栝㉝。嗚呼哀哉！

【章　旨】記述強大的北魏軍隊大肆進犯邊境，使得守衛的宋軍陷入困境之中，而陽瓚以他英勇氣概奮起抵抗，終於為國捐軀的經過。

【注　釋】❶氣勁　寒風猛烈。❷塞外　邊塞以外。指我國北邊地區。❸遏　遠。❹獯虜　指北魏異族。❺乘障　登上我方守衛的小城。❻犯威　冒犯朝廷的威嚴。❼橫厲　縱橫凶猛。❽霜鏑　利箭。❾高翬　高飛。❿軼　經過。⓫河縣　指黃河沿岸的城邑。⓬俘　奪取。⓭洛畿　洛陽城郊之地。⓮攢　聚集。⓯鋒　指劍戟等有鋒刃的兵器。⓰投鞍為圍　丟下馬鞍就形成包圍之勢。極言敵軍之多。《漢書・卷五二・韓安國傳》：「韓安國說：漢高祖曾被圍困於平城，匈奴軍前來，丟下的馬鞍，堆積得像城牆一樣高的，有好幾處。」⓱翳翳　幽暗不明貌。⓲窮壘　指處於絕境中的營壘。⓳嗷嗷　悲鳴聲。⓴師老　軍隊疲勞，鬥志衰弱。㉑變形　形勢改變。㉒地孤援闊　地勢孤單，救援遼遠。㉓半菽　本指五升豆，此指少量的糧食。㉔實　則。㉕拑　指以木銜馬口，不使馬食。這是說馬無飼料。㉖秣　餵養。㉗守未焚衝二句　《左傳・定公八年》：「魯攻齊廩丘之外城，廩丘人焚燒魯軍之衝車。魯人用濡溼的褐衣去撲救，於是攻陷了外城。」比喻敵強我弱，軍力懸殊。衝，用以攻城的軍車。濡，使之溼。褐，賤者所穿的粗麻布短衣。㉘烈烈　威武貌。㉙彌達　愈加顯示出他的才能。㉚痍傷　指傷兵。痍，創傷。㉛拊巡　巡視安撫。㉜氣不可奪　氣節不可強制改變。㉝栝　箭。

【語　譯】嚴冬寒風勁吹，邊塞外草色枯黃。遠地的北魏異族，攻上我方小城，冒犯朝廷的威嚴。馬兒嘶鳴著縱橫驅馳，利箭高飛。經過我黃河沿岸的城邑，奪取我洛陽的郊野。劍戟聚集成為樹林，丟下馬鞍堆成城牆可構成包圍之勢。處在幽暗營壘中面臨絕境的人們，成群悲泣。軍隊被圍已久，疲勞衰弱，使形勢變得更不利；加上地勢孤單，救援相隔遼遠。士兵竟無少量的糧食，馬則口銜木片不使吃食。守衛者尚未焚燒敵軍的衝車，攻城的敵軍已準備好濡溼的粗布短衣。威武的陽君，處於圍困之中，愈加顯示出才能。勉勵安慰傷患，巡視安撫飢渴的人。力量雖然可被削弱以至窮盡，氣節卻不可強制改變。在邊疆確立了忠義的節操，身子卻終於被敵人所殺害。啊，悲哀呀！

賁父殞節，魯人是志❶。汧督効貞❷，晉策攸記❸。皇上❹嘉悼，思存❺寵異。于以贈之，言❻登❼給事❽。疏❾爵紀庸❿，恤孤表嗣⓫。嗟⓬爾⓭義士，沒有餘喜⓮。嗚呼哀哉！

【章　旨】頌讚陽瓚終因其功獲得朝廷追贈的殊榮，並對他的死表示哀悼。

【注　釋】❶賁父殞節二句　據《禮記・檀弓上》記述：魯莊公與宋人戰於乘丘，縣賁父為莊公駕車。因馬驚奔失列，致使莊公從車上墜下。縣賁父說：「此馬以前未嘗如此，今日如此，是我無勇的緣故。」於是赴敵而死。後來養馬的人在給馬洗刷時，發現有無端飛來的亂箭在大腿內側的肉中。莊公說：「不是縣賁父的過錯。」於是為他作誄。賁父，即縣賁父。春秋魯人。為魯莊公駕御乘車者。殞節，為節義而死。是，此。指縣賁父殉節之事。志，記。即為他作誄。❷汧督効貞　馬敦在羌族、氐族大肆騷擾，汧城被圍而陷於絕境的情況下，指揮汧人奮力抵抗，終於有後援趕到而免遭陷落。雍州官吏卻以妄加的罪名使他下獄，馬敦終於含冤死於獄中。汧督，即馬敦。晉惠帝時任汧（今陝西隴縣南）之督守，故稱馬汧督。効貞，效忠。効，同「效」。❸晉策攸記　李善注引臧榮緒《晉書》說：「汧督馬敦，立功孤城，為州司所枉，死于囹圄，岳誄之。」晉策，指《晉書》。攸，所。❹皇上　指宋少帝。❺思存　思念。❻言　發語詞。❼登　升遷。❽給事　即給事中。❾疏分授。⑩庸　功勳。⑪表嗣　表彰陽瓚的後嗣。⑫嗟　歎詞。⑬爾　語助詞。⑭餘喜　尚有可喜之事。

【語　譯】縣賁父為節義而死，魯人記述其事。馬汧督效忠朝廷，為《晉書》所記載。皇上對於陽瓚稱讚、悼念，想要賜予特殊的榮寵。於是為他追贈，升遷為給事中。分授爵位，記載功績，撫恤孤子，表彰其後嗣。啊，忠義之士，死後尚有可喜的事。啊，悲哀呀！

陶徵士誄 并序

【作　者】顏延之，見頁二八八三。

【題　解】陶淵明在東晉安帝義熙十四年曾被徵聘為著作郎，辭不就職，所以稱為「徵士」。作者顏延之和陶淵明是朋友。顏延之做始安郡（治所在今廣西桂林）太守時，路過尋陽，常在陶淵明家中飲酒和談論世事，相互情誼頗深。陶淵明於宋元嘉四年去世，顏延之為他作了這篇誄文，以深致哀悼之情。誄文十分推重陶淵明的高風亮節，認為他始終奉行決不違志從俗的人生準則。他數次被徵聘皆不至；後一度為彭澤令，也因乖違心志，不久即棄官歸田；再徵為著作郎，亦不就。就這樣安於過清貧的生活，潔身自好以終。正因為陶淵明有如此德操，所以作者與友好相商，定諡為「靖節」。文中作者還追憶與死者生前情意投合的交往，對於知友的去世，表示沈痛的哀悼。

夫璿玉致美❶，不為池隍❷之寶；桂椒信芳❸，而非園林之實❹。豈其深而好遠哉？蓋云殊性而已❺。故無足而至者，物之藉也❻；隨踵而立❼者，人之薄❽也。若乃❾巢❿、高⓫之抗行⓬，夷⓭、皓⓮之峻節⓯，故⓰已父老堯、禹⓱，錙銖周、漢⓲，而綿世⑲浸⑳遠，光靈㉑不屬㉒，至使菁華㉓隱沒，芳流㉔歇絕，不其惜乎！雖今之作者㉕，人自為量㉖，而首㉗路同塵㉘，輟塗㉙殊軌㉚者多矣。豈所以昭末景，汎餘波㉛？

【章旨】指出具有高風亮節的隱士，世所罕有。古代雖曾有，後世卻難尋。

【注釋】❶璿玉致美　《山海經・中山經》：「又東北二十里曰升山，黃酸之水出焉，其中多璇玉。」璿玉，美玉。璿，亦作「璇」。致美，極美。❷池隍　護城河。❸桂椒信芳　《山海經・南山經》：「招搖之山，臨于西海之上，多桂。」又〈中山經〉：「琴鼓之山，其木多榖、柞、椒、柘。」桂、椒，都是可做香料的樹木。信芳，確實芳香。❹實　物產。❺豈其深而好遠哉二句　以美好的東西不出現於尋常的地方，比喻隱士由於秉性卓異，故世所罕見。深，深水之中。指璿玉。遠，遠山之上。指桂、椒。蓋，大概。云，句中語助詞。殊性，特殊的習性。❻無足而至者二句　《韓詩外傳》：蓋胥對晉平公說：「夫珠出於江海，玉出於崑山，無足而至者，由主君之好也。」說明珍貴稀罕之物，只要被人愛好，就自然會得到。物以稀為貴。物之藉，憑藉它是珍奇之物。藉，憑藉。❼隨踵而立　站立的人腳挨著腳。形容人的眾多。踵，腳後跟。❽人之薄　為人所輕視。❾若乃　至於。❿巢　巢父。相傳是堯時的隱者。⓫高　伯成子高。相傳是禹時的隱者。⓬抗行　高尚的品行。⓭夷　伯夷。殷周之間人，孤竹君之子，與其弟叔齊反對周武王伐紂，隱居於首陽山，不食周粟而餓死。⓮皓　指四皓。即秦末隱於商山的四個隱士。名東園公、綺里季、夏黃公、甪里先生。由於四人鬚眉皆白，故稱四皓。⓯峻節　高峻的節操。⓰故　通「固」。⓱父老堯禹　把堯和禹看做普通父老。父老，指普通老百姓。為意動用法。堯、禹，都是我國古代部落聯盟的首領。後代則視為聖王。⓲錙銖周漢　輕視周朝和漢朝。錙銖，古代的兩種重量單位。二十四銖為一兩，六銖為一錙。由於重量輕微，所以用以表示輕視之意。周、漢，周朝和漢朝。是我國古代比較興盛的朝代。⓳綿世　世代綿延。⓴浸　漸。㉑光靈　道德之光輝。㉒不屬　不連屬；不能繼承。㉓菁華　精粹。指往時隱士的抗行峻節。㉔芳流　指抗行峻節的影響。㉕作者　這裡指隱士。《論語・憲問》：子曰：「作者七人矣。」㉖人自為量　人們自以為合於抗行峻節。量，度。㉗首　當據五臣本作「道」。㉘同塵　《道德經・第四章》：「和其光，同其塵。」這裡指與世沈浮，隨波逐流。㉙輟塗　半途而廢。

㉚殊軌　走不同的道路。㉛昭末景二句　比喻後人能繼承發揚。昭末景，日光至後而仍明。昭，明。景，日光。汎餘波，水流至後而仍流。這裡以景、波比喻以往隱士的抗行峻節。

【語譯】極美的美玉，不是出自護城河的寶物；確實芳香的桂和椒，也不是園林之物產。難道是它們喜好在深水之中和遠山之上嗎？大概是由於特殊的習性使得它們如此罷了。沒有腳而能來到面前的，就憑藉它是珍奇之物；腳挨著腳站著的，就被人所輕視。而相較於像巢父、伯成子高的高尚品行，伯夷、四皓的高峻節操，堯和禹在世人眼中早已與普通父老無異，至於周朝和漢朝就更不足道了。然而由於世代綿延，相隔逐漸遙遠，先賢的道德光輝不能繼承，以至於使這種高尚的品行和節操被埋沒，它們的影響也斷絕，不是很可惜嗎！雖然當今的隱士們，各自以為合於高尚的品行和節操，可是有的一開始就走著與世沈浮的道路，有的則半途而廢，另走他路，這樣的人多得很。難道能靠這樣的人來繼承、發揚先賢高尚的品行和節操嗎？

有晉❶徵士❷尋陽❸陶淵明，南岳❹之幽居❺者也。弱❻不好弄❼，長❽實❾素心❿。學非稱師⓫，文取指達⓬。在眾不失其寡⓭，處言愈見其默⓮。少而貧病，居無僕妾。井⓯臼⓰弗任⓱，藜菽⓲不給⓳。母老子幼，就養⓴勤匱㉑。遠惟㉒田生致親之議㉓，追㉔悟毛子捧檄之懷㉕。初辭州府三命㉖，後為彭澤㉗令。道㉘不偶㉙物㉚，棄官從好㉛。遂乃㉜解體㉝世紛㉞，結志㉟區外㊱，定跡深棲㊲，於是乎遠㊳。灌畦鬻蔬，為供魚菽之祭；織絇緯蕭，以充糧粒之費㊴。心好異書㊵，性樂酒德㊶。簡棄㊷煩促㊸，就成㊹省曠㊺。殆㊻所謂國爵屏貴㊼，家人忘貧㊽者與？有詔徵為著作郎㊾，稱疾不到㊿。春秋(51)若干，元嘉(52)四年月日，卒于尋陽縣之某里(53)。近識悲悼，遠士傷情。冥默福應(54)，嗚呼淑貞(55)！

【章　旨】先簡述陶淵明的生平事蹟。再稱道他秉性樸實，沈靜持重，能事親盡孝。尤其稱舉他一再辭聘，和雖一度出任彭澤令，不久即解綬而歸的行為。最後讚美他潔身自好，安於貧寒，決不違志從俗的高尚節操。

【注　釋】❶有晉　即晉。有，為詞頭。❷徵士　不應朝廷徵聘之士。❸尋陽　郡名。治所在今江西九江西南。陶淵明是尋陽柴桑人。❹南岳　指廬山。在江西九江東。❺幽居　隱居。❻弱　幼年。❼弄　嬉戲。❽長　年長。❾實　猶「則」。❿素心　心地淳樸。⓫稱師　標榜師法。⓬指達　意思通達明瞭。⓭在眾不失其寡　意為在眾人當中有自己獨特的操守。⓮處言愈見其默　意為處於眾人發表言論的場合，愈加顯示出他的沈靜。⓯井　指從井中打水。⓰臼　指用石臼舂米。⓱弗任　不能承擔。⓲藜菽　指粗劣的菜蔬。藜，一種野菜。菽，豆。⓳不給　不充足。⓴就養　奉養父母。㉑勤匱　盡力。勤，勞。匱，竭。㉒惟　想到。㉓田生致親之議　《韓詩外傳》說：齊宣王問田過：「我聽說儒者為父母居喪三年，君主與父親比較，哪一個重要？」田過回答說：「君主恐怕不如父親重要。」齊宣王氣忿地說：「那麼為什麼離開父母親而為君主辦事？」田過說：「沒有君主所封的土地，就使父母沒有居處；沒有君主的俸祿，就無法奉養我的父母；沒有君主封授的爵位，就無法使我的父母受到尊敬和獲得榮耀。這些都是從君主那裡接受過來，而奉獻給父母。為君主辦事也是為了父母親。」齊宣王聽了心裡不高興，卻也無話可答。田生，指田過。戰國時齊人。致親，盡心奉養父母親。議，言論。㉔追　隨。㉕毛子捧檄之懷　《後漢書・卷六九》記述：毛義家貧，以孝著稱。母親在世時，當他接到州府徵召他做縣令的檄文時，喜形於色。到母親一死，即離任。後再徵召他，也不赴任。他應徵是完全為了奉養母親。毛子，指毛義。後漢廬江人。字少卿。檄，指官府徵召用的文書。懷，心情。㉖三命　指多次的徵聘。陶淵明曾被州府召為主簿，不就。㉗彭澤　縣名。舊治在今江西湖口東。陶淵明為彭澤令，事在晉安帝義熙元年八月。㉘道　指陶淵明奉行的道德操守。㉙不偶　不合。㉚物　指世俗。㉛從好　為「從吾所好」的省略語。見《論語・述而》。意為從事我所喜好之事。指隱居。陶淵明棄彭澤令職，事在義熙元年十一月。㉜遂

乃　於是。㉝解體　擺脫。㉞世紛　世俗的紛擾。㉟結志　專心一志。㊱區外　世外。㊲定跡深棲　定居於山林深處。定跡，定居。㊳遠　指遠離世俗。㊴灌畦鬻蔬四句　喻其生活貧寒，自食其力。灌，灌溉。畦，田園中分成的小區。指小區中種植的蔬菜。鬻，賣。魚菽之祭，用魚和豆祭祀祖先。絇，鞋頭上一種鉤形的東西。可以穿繫鞋帶，此代指鞋。緯蕭，編織蒿草做成席箔。緯，織。蕭，蒿草。糧粒，糧食。費，費用。㊵異書　當指《山海經》、《穆天子傳》等。陶淵明〈讀山海經〉說：「泛覽周王傳，流觀山海圖。」㊶酒德　指酒。因晉劉伶有〈酒德頌〉。㊷簡棄　略棄。㊸煩促　迫促。㊹就成　即成就。㊺省曠　簡約曠達。㊻殆　或許。㊼國爵屏貴　屏棄高貴的國家的爵位。《莊子．天運》：「至貴國爵屏焉。」意為最高貴的人連國家的爵位也屏棄。國爵，國家的爵位。屏，屏棄。㊽家人忘貧　使家人忘掉貧窮。《莊子．則陽》：「故聖人，其窮也，使家人忘其貧。」㊾著作郎　官名。主管編修國史。為專職史官。㊿稱疾不到　託辭有疾不赴任。(51)春秋　指年齡。(52)元嘉　宋文帝年號。(53)某里　指柴桑里。(54)冥默福應　得福的報應暗昧不明。冥默，暗昧不明。福應，古人認為行善會得福，這是天對人的報應。(55)淑貞　善良正直的人。

【語　譯】晉朝徵士尋陽陶淵明，是廬山的隱居者。幼年不喜嬉戲，年長後則心地淳樸。學問不標榜師法，作文但求意思通達明瞭。在眾人當中有自己獨特的操守；處於眾人發表言論的場合，愈加顯示出他的沈靜。少時家貧而多病，家無奴僕婢妾。打水與舂米的事也不能承擔，家中連粗劣的菜蔬都不充足。母老而子幼，盡力奉養母親。想到古時田生盡心奉養父母的言論，隨後又明白毛君捧接徵召文書的心情。當初推辭州府多次的徵聘，後出任彭澤令。由於自己奉行的道德操守與世俗不合，因此棄職而去從事自己喜好的事。於是擺脫世俗的紛擾，專心一志於世外，定居在山林深處，於是遠離塵俗。灌溉種植田畦，並出賣蔬菜，以便用魚和豆祭祀祖先；編鞋織蒿草的席箔，以供買糧食的費用。心愛閱讀奇異的書，性好飲酒。遠離匆促繁瑣的生活，過著簡約曠達的日子。他就是所謂屏棄高貴的國家爵位，使家人忘掉貧窮的人吧？後來雖接獲詔令，徵聘為著作郎，卻推託有疾而不赴任。年齡若干，在元嘉四年幾月幾日，卒於尋陽縣之某里。相識之士，近者哀悼，遠者傷心。唉！得福的報應暗昧不明，真可悲啊，這麼善良正直的人！

夫實❶以誄華❷，名由諡❸高，苟允❹德義，貴賤何筭❺焉！若❻其寬樂❼令終❽之美，好廉克己之操，有合諡典❾，無愆❿前志⓫。故詢⓬諸友好，宜諡曰靖節徵士。其辭曰：

【章旨】根據陶淵明為人的德行事蹟，定諡為靖節徵士。以上為序文。

【注釋】❶實　指實際的行事與德行。❷華　顯示出光華。❸諡　凡帝王、貴族、大臣、士大夫死後，根據其生前事蹟給予之稱號。❹苟允　只要確實符合。❺貴賤何筭　貴賤不用計較。筭，同「算」。❻若　至於。❼寬樂　曠達安樂。❽令終　善終。❾諡典　諡法。相傳周初始制。❿無愆　不違。⓫前志　前人有關諡號的記述。⓬詢　謀；相商議。

【語譯】實際的行事與德行依靠誄辭以顯示出它們的光華，名聲由諡號而獲得提高，只要確實符合德義，貴賤就不用計較了！至於他曠達安樂得以善終的美行；喜好方正，能自我制約的操守，符合有關諡號的準則，與前人的記述不相違背。因此與諸位友好相商議，認為應諡為靖節徵士。誄辭說：

物尚❶孤生❷，人固❸介立❹。豈伊❺時遘❻，曷云世及❼？嗟❽乎若士❾，望古遙集❿。韜⓫此洪族⓬，蔑⓭彼名級⓮。睦親⓯之行，至自非敦⓰。然諾之信，重於布言⓱。廉深⓲簡絜⓳，貞⓴夷㉑粹㉒溫。和而能峻㉓，博而不繁。依世㉔尚同㉕，詭時㉖則異㉗。有一於此，兩非默置㉘。豈若夫子㉙，因心㉚違事㉛。畏榮好古㉜，薄身㉝厚志㉞。世霸㉟虛禮㊱，州壤㊲推風㊳。孝惟義養㊴，道必懷邦㊵。人㊶之秉彝㊷，不隘不恭[43]。爵同下士，祿等上農[44]。度量[45]難鈞[46]，進退可限[47]。長卿棄官，稚賓自免[48]。子[49]之悟之[50]，何悟之辯[51]？賦詩歸來[52]，高蹈[53]獨善[54]。亦既[55]超曠[56]，無適[57]非心[58]。汲流[59]舊巘[60]，葺宇[61]家林[62]。晨烟暮藹[63]，春煦[64]秋陰。陳書輟卷[65]，置酒弦琴[66]。居[67]備[68]勤儉，躬[69]兼貧病。人否[70]其憂[71]，子然[72]其命。隱約[73]就閒[74]，遷延[75]辭聘。非直[76]也明[77]，是[78]惟道性[79]。糾纆斡流[80]，冥漠[81]報施[82]。孰云與仁[83]？實疑明智[84]。謂天蓋高[85]，胡[86]諐[87]斯義[88]？履信曷憑，思順何寘[89]？年[90]在中身[91]，疢[92]維[93]痁疾[94]。視死如歸，臨凶若吉。藥劑弗嘗，禱祀[95]非恤[96]。傃[97]幽[98]告終，懷和[99]長畢[100]。嗚呼哀哉！

【章旨】稱讚陶淵明有卓立於世的節操。除了述其養親以孝，對人重信之外，尤其稱道他不屑阿時隨俗，但求順心遂志、率性自然的操守。故能安於儉樸的隱居生活，直至坦然去世。然而天道對於陶淵明未有好的報應，作者特地表示不解。

【注釋】[1]尚 崇尚。[2]孤生 獨生之物。[3]固 必。[4]介立 獨立。[5]伊 語助詞。[6]時遘 隨時遇到。[7]世及 代代都有。[8]嗟 歎詞。[9]若士 此士。指陶淵明。[10]望古遙集 意為和遠古的隱士遙遙相應。集，聚。[11]韜 藏而不露，不炫耀。[12]洪族 大族。陶淵明的曾祖陶侃曾為大司馬。[13]蔑 蔑視。[14]名級 指官位等級。[15]睦親 敬重父母。[16]至自非敦 意為出自本性自然。敦，敦促勉勵。[17]然諾之信二句 漢初人季布以任俠著名，看重履行諾言，因而楚人有「得黃金百斤，不如得季布一諾」的諺語。然諾，履行諾言。布，季布。楚人，秦末先為項羽將，後歸屬劉邦，召拜為郎中。[18]廉深 方正深沉。[19]絜 同「潔」。[20]貞 正。[21]夷 平。[22]粹 純粹。[23]峻 峻拔高尚。[24]依世 依從世俗。[25]尚同 以同於世俗為上。㉖詭時　違背時俗。㉗異　立異。㉘有一於此二句　意為人於「依世尚同」、「詭時則異」兩者之中有其一，即不可取。因其對於世俗不是採取默然置之的超然態度。默置，默然置之。㉙夫子　對陶淵明的尊稱。㉚因心　順著自己的本心。㉛違事　違棄世事。㉜好古　喜愛古代文化。㉝薄身　自身儉約。㉞厚志　注意增進道德修養。㉟世霸　當世的霸者。指當權的大官。㊱虛禮　虛心以禮相待。㊲州壤　指州縣地方。㊳推風　推崇陶淵明的高風。㊴義養　合乎禮義地奉養父母。㊵道必懷邦　行道必定關心本鄉。此指就近出任彭澤令。邦，指本郡。㊶人　指陶淵明。㊷秉彝　指秉性。彝，「彛」俗字。常。㊸不隘不恭　《孟子．公孫丑上》說：「伯夷隘，柳下惠不恭，隘與不恭，君子不由也。」隘，狹隘。恭，敬。㊹爵同下士二句　是說陶淵明位卑祿薄。爵，指職位。下士，官名。古代天子、諸侯都設有士，分上士、中士、下士。上農，上農夫。指勞力強、生產技術高的農民。《禮記．王制》說：「諸侯的下士，其俸祿比照上農夫，俸祿足以代替他的耕種。」㊺度量　氣度；胸襟。㊻難鈞　難以衡量。指其氣度宏大。㊼進退可限　即指其出於「懷邦」之心而應徵出任，隨即為順應本心而退隱。進退，指出仕與退隱。可限，可度。㊽長卿棄官二句　意為陶淵明也如司馬相如和郇相一樣稱病辭官。長卿，即漢代司馬相如。字長卿。蜀郡成都人。武帝時因賞識其賦而任為郎，曾出使西南，後為孝文園令。晚年稱病免官，家居而卒。棄官，即指因病辭官。稚賓，即漢代郇相。字稚賓。州舉茂材，因數病而辭官。自免，自己辭退。㊾子　指陶淵明。㊿悟之　領悟了棄官退隱的道理。(51)辯　通「辨」。分明；透徹。(52)賦詩歸來　即作〈歸去來辭〉。〈歸去來辭〉是陶淵明辭去彭澤令後歸田園時所作。作品表現了對惡濁現實的不滿，和回歸田園的無窮樂趣。(53)高蹈　猶遠走。即回歸田園。(54)獨善　即「獨善其身」。自己保持美好的節操。《孟子．盡心上》：「窮則獨善其身，達則兼善天下。」(55)既　已。(56)超曠　超脫曠達。(57)無適　無往。(58)非心　不隨心。(59)汲流　汲水。(60)舊巘　舊日家山。(61)葺宇　修理房屋。葺，用茅草覆蓋房屋。(62)家林　家鄉的園林。(63)晨煙暮藹　朝夕都有山氣。煙、藹，都指山氣。(64)煦　日出溫暖。(65)輟卷　停止讀書。(66)弦琴　彈奏弦琴。用作動詞。(67)居生活。(68)備　兼備；兩者兼具。(69)躬　身。(70)否　不能忍受。(71)憂　憂愁困苦的處境。(72)然　安於。(73)隱約　隱居。(74)就閒　回歸安逸的田園生活。(75)遷延　退避。(76)非直　不但。(77)明　明智。(78)是　此。(79)道性　遵循於道的本性。(80)糾纆斡流　禍與福的相互依附相互變化，如繩索由幾股相糾合一樣，如水流之運轉。糾纆，相糾纏。糾，兩股撚成的繩索。纆，三股撚成的繩索。斡流，水流旋轉。賈誼〈鵩鳥賦〉說：「斡流而遷兮，或推而還。……夫禍之與福兮，何異糾纆。」意思是事物在變化運轉，有的推移過去了又回返。斡，轉。(81)冥漠　渺茫。(82)報施　指天給予人的報應。(83)孰云與仁　老子《道德經．第七十九章》說：「天道無親，常與善人。」孰云，誰說。與，幫助。仁，指仁人。(84)明智　指老子。(85)謂天蓋高　《詩經．

小雅・正月》之言。蓋，語助詞。86胡　何。87諐　古「愆」字。違反。88斯義　這「與仁」的道理。斯，此。89履信曷憑二句　《周易・繫辭上》說：「天之所助者，順也；人之所助者，信也。履信思乎順。」意思說履行信義能得到何人之助，思順天道又被置於何處。履信，履行信義。曷，何。思順，思順天道。90年　年齡。91中身　即中年。92疢　病。93維　語助辭。94痁疾　瘧疾。95禱祀　祭祀鬼神並祈禱病癒。96非恤　不顧。97傃　向。98幽　幽冥；陰間。99懷和　懷抱著沖淡和平的襟懷。100長畢　指生命永遠結束。

【語　譯】對於物，則崇尚獨生之物；對於人，則必以獨立特行的人為貴。這種人怎麼會隨時遇到，又哪能說世代都有呢？啊！這樣的人士，與遠古的隱士遙遙相契。隱諱您的家世出自大族，蔑視那官位等級。自然地敬重父母的品行，並非敦促勉勵所致。看重諾言的履行，講究信義，要超過季布。為人方正深沈，簡略高潔，忠正平易，純粹溫和。和善而又峻拔高尚，廣博而又不繁雜。一般人依從世俗，就以同於世俗為上；違背時俗，就標舉新異。兩者之中有其一，就不是對於世俗採取了默然置之的態度。哪裡能像夫子，做到依順自己的本心而違棄世事。畏懼榮耀而愛好古代文化，生活儉樸而注意增進道德修養。當世有權勢的人物，虛心地以禮相待；州縣地方，則推崇高風。盡孝則以合乎禮義地奉養父母為上；行道則必定關心本鄉。您的秉性，不狹隘也不太嚴肅。職位與下士相同，俸祿等同於上農夫。氣度難以衡量，出仕與退隱則可用情理來推度。像司馬相如一樣稱病辭官，像郇相一樣因病辭退。您對棄官退隱的道理，為什麼領悟得這樣透徹？作了〈歸去來辭〉，遠歸田園而獨善其身。既已超脫曠達，則無往而不隨其心。於是在舊日家山汲水，在家鄉的園林修蓋房屋。早晨傍晚山氣瀰漫，春日陽光溫和而秋日多陰。有時展書吟讀，有時閉卷輟讀，擺出酒肴，撥弄弦琴。生活既勤又儉，身處貧病之境。別人不能忍受您所受的憂困，您卻安於此種命運。隱居田園過上安逸的生活，退避朝廷州郡的徵聘。這不僅是出於明智，而是出於循道的本性啊。禍與福相互依存相互轉化，如繩索糾纏，水流旋轉，上天給予人的報應如此渺茫不明。誰說天道會幫助仁人？我實在懷疑古代那明智之人。說天高高在上卻聽得到下情，報應無差錯，為什麼事實又違反了這種說法？履行信義能憑藉何人之助，思順天道又被置於何處？他年紀尚在中年，就得了瘧疾的病。卻能視死如歸，面對凶險，視若吉事。既不吃藥劑，也不願向鬼神祭祀和祈禱。走向陰間，生命到了盡頭，抱著沖淡和平的襟懷，生命就這樣永遠結束。啊，悲哀呀！

敬述靖節❶，式尊❷遺占❸。存不願豐，沒無求贍❹。省訃❺卻❻賻❼，輕哀❽薄斂❾。遭壤❿以穿⓫，旋⓬葬而窆⓭。嗚呼哀哉！

【章　旨】說明由於遵照陶淵明的遺囑，所以喪事從簡。

【注　釋】❶靖節　靖，當作「清」。胡克家《文選考異》說：袁本云善作「靖」。茶陵本云五臣作「清」。各本所見皆傳寫誤。此下八句敘述薄葬，必是「清節」無疑。至末「旌此靖節」方說其謚，相涉致譌。式，發語詞。❷尊　通「遵」。❸遺占　即遺囑。占，口述的話。❹贍　指喪葬物品的豐足。❺訃　訃告；報喪的信。❻卻　辭謝。❼賻　送喪的禮品。❽輕哀　哀悼的禮儀從簡。❾斂　指給死者穿衣下棺及安葬。❿遭壤　隨便找一個地方。⓫穿　指挖掘墓穴。⓬旋　立即。⓭窆　將棺材放進墓穴。

【語　譯】敬述高潔的節操，遵照您的口頭遺囑。活著不願生活富裕，死後不求喪葬物品的豐足。省卻訃告和謝絕送喪的禮品，喪禮與斂葬從簡。隨便找個地方挖掘墓穴，立即下棺安葬。啊，悲哀呀！

深心❶追往，遠情❷逐化❸。自爾介居❹，及❺我多暇。伊❻好❼之洽❽，接閻❾鄰舍。宵盤❿晝憩⓫，非舟非駕⓬。念昔宴私⓭，舉觴⓮相誨⓯。獨正者⓰危，至方⓱則礙⓲。哲人⓳卷舒⓴，布㉑在前載㉒。取鑒不遠，吾規㉓子㉔佩㉕。爾㉖實㉗愀然㉘，中言而發㉙。違眾速尤㉚，迕風㉛先蹶㉜。身才非實㉝，榮聲㉞有歇㉟。叡音㊱永㊲矣，誰箴㊳余闕㊴？嗚呼哀哉！仁㊵焉而終㊶，智焉而斃。黔婁㊷既沒，展禽㊸亦逝。其在先生，同塵㊹往世㊺。旌㊻此靖節，加㊼彼康、惠㊽。嗚呼哀哉！

【章旨】作者追憶與陶淵明的往來交好，感念陶淵明生前對自己的勸誡，而致深悼之意。

【注釋】❶深心　專注地。❷遠情　猶深情。❸逐化　指追念死去的人。❹介居　獨居；隱居。❺及　遇到。❻伊　發語詞。❼好　友好。❽洽　和諧。❾閻　閭里。❿盤　遊樂。⓫憩　止息。⓬非舟非駕　指兩人交往，由於住處靠近，所以不必坐船駕車。⓭宴私　祭祀後同族親屬私宴。此指宴飲。⓮觴　古飲酒器。⓯相誨　教誡我。下即為陶淵明告誡之言。⓰獨正者　獨自正直者。⓱至方　極其方正者。⓲礙　有礙。⓳哲人　才能識見卓絕的人。⓴卷舒　指隱退和出仕。意為國家有道則出仕，國家無道則退隱。㉑布　陳述。㉒前載　以前的記載。㉓規　規勸。㉔子　指顏延年。㉕佩　佩帶。這裡是記住的意思。㉖爾　指陶淵明。㉗實　則。㉘愀然　憂慮的樣子。㉙中言而發　發自內心的話。中，內心。㉚尤　罪責。㉛迕風　逆風。㉜蹶　倒下。㉝身才非實　身子和才智不是最實在之物。㉞榮聲　榮華和名聲。㉟有歇　會有消亡的時候。㊱叡音　明哲之言。㊲永　永絕。㊳箴　規勸。㊴余闕　我的過失。㊵仁　指仁人。㊶終　已死。㊷黔婁　春秋時人。清貧自守，不願出仕。㊸展禽　春秋時魯國大夫。因食邑於柳下，諡惠，所以稱柳下惠。曾任士師（獄官），三次被黜免，仍不離開魯國。認為以正直任職，無論在哪個諸侯國都會多次被黜免；以歪道任職，又何必離開故國？㊹同塵　同樣形跡。㊺往世　過去的時代。人死則同屬過去之世。㊻旌　表彰。㊼加　超過。㊽康惠　康，黔婁的諡號。皇甫謐《高士傳》記述：黔婁先生死，曾參與其弟子前往弔喪。問其妻用什麼諡號。其妻回答以「康」為諡號。曾參說：「先生活著的時候，吃不飽，衣不遮體；死後手足都不能蓋住，又無酒肉。生時不能過上好日子，死時不得榮耀，有什麼快樂而諡為『康』呢？」其妻說：「從前先君曾打算以國相之位授予他，他推辭不受，這是貴而有餘；君主曾賜給他三十鍾粟，他推辭不接受，這是富而有餘。他以天下的淡味為甘美，處於天下之卑位而安心，不為貧賤而憂傷，不為富貴而奔走，求仁而得仁，求義而得義，諡為『康』，不是適宜的嗎？」惠，展禽的諡號。

【語　譯】專注地追念往事，深情地追念死者。自從您隱居之後，遇到我正好常有閒暇。雙方友好和諧，閭里相接，屋舍相鄰。用不到乘船和駕車，白天和晚上就能一起遊樂和休息。想到當初您和我宴飲之時，舉起酒杯教誡我：「獨自正直者處境危險，極其方正者也有所礙。明哲之人適時退隱或出仕，在先前的記載中已有陳述。可以記取的鑒戒，時隔不遠，我的規勸您要記住。」您現出憂慮的神情，句句出自肺腑。「違背眾人則會招致罪責，逆風者則先被吹倒。身子和才智不是最實在之物，榮耀與名聲總會消亡。」明哲的話永遠不能聽到了，誰來規勸我的過失？啊，悲哀呀！仁者已亡，智者已逝。黔婁已死，展禽也已去世。他們和先生，在過去的時代是同樣形跡。以此「靖節」的謚號加以表彰，要超過那「康」與「惠」啊。啊，悲哀呀！

宋孝武宣貴妃誄并序

【作　者】謝莊（西元四二一～四六六年），字希逸，南朝宋文學家，陳郡陽夏（今河南太康）人。幼聰慧，能屬文。初為始興王劉濬後軍法曹行參軍，又轉隨王劉誕後軍諮議，並領記室。孝武帝時曾任吏部尚書，明帝時官金紫光祿大夫。他要求收復北方，反對與北魏議和；又主張不限門閥，廣泛任用人才。原有集十九卷，已散佚，明人輯有《謝光祿集》。

【題　解】這是為劉宋孝武帝之妃劉淑儀所作的誄文。據《南史・后妃傳》載，淑儀是宋武帝之子南郡王劉義宣之女，姿容佳麗。劉義宣因叛反朝廷事敗而自殺，於是孝武帝祕密娶以為妃，深得寵幸，並使她改為殷姓，稱「殷淑儀」。凡知情而洩密者，即被處死，故人們不知她出生之真實情況。淑儀死後，追贈為貴妃，謚為「宣」，故稱「宋孝武宣貴妃」。孝武帝驟失愛妃，悲痛萬分，親為送喪，慟哭不能自制，並為之立別廟，以示尊寵。謝莊作此誄文，頗合孝武帝心意，故臥起覽讀，淚下不止，讚歎作者是難得的人才。京城中一時廣為傳寫，紙墨因此而貴。有人說淑儀本殷琰家人，入劉義宣之家，故姓殷氏。所以誄文讚美貴妃出生高貴，秉性芳潔，姿容絢麗，富有學識才藝；入宮後，舉止有儀則，合於規範。述其生育之子女，有二子均已封侯為王。哀歎她不幸而卒，上下為之悲痛，加上其第二子因過於哀傷，竟相繼而卒，更添悲哀。誄辭又對貴妃的喪葬之情作了飽含情致的記述。此誄文文辭之美頗為人所讚賞。方廷珪《文選大成》評說：「按鏤字雕句，掇英擷華，未免以文傷質，然其撰作處，卻有一段逸情秀色躍露行間。如盆中假山，懸巖疊嶂，樵徑漁磯，雖非本來，然人巧之極，亦足奪天工之勝矣。」然而黃侃《文選平點》則說：「殷淑儀乃劉休龍（案即宋孝武帝之名）堂妹，其事干犯人倫，誄縱能佳，亦不宜取也。」

惟大明❶六年夏四月壬子❷，宣貴妃薨❸。律谷❹罷煖❺，龍鄉❻輟曉❼。照車去魏❽，聯城辭趙❾。皇帝❿痛掖殿⓫之既閴⓬，悼泉途⓭之已宮⓮。巡⓯步簷⓰而臨⓱蕙路⓲，集⓳重陽⓴而望椒風㉑。嗚呼哀哉！天㉒寵方降㉓，王姬㉔下姻㉕。肅雍揆景㉖，陟屺爰臻㉗。國軫㉘喪淑㉙之傷，家㉚凝㉛霣㉜庇㉝之怨。敢㉞撰德㉟於旂旒㊱，庶㊲圖芳於鍾〈萬〉㊳。其辭曰：

【章　旨】此為序文。先交代貴妃之死日，與為她修築墓穴之事。再敘孝武帝睹物傷情，與國傷家悲的情形。最後說明為稱美其德而撰此誄文。

【注　釋】❶大明　宋孝武帝年號。❷壬子　即壬子之日。古人以天干、地支相配記日。❸薨　死。❹律谷　山名。即黍谷。又名燕谷山、寒谷山。其地在今河北密雲西南。李善注引劉向《別錄》說：「鄒衍在燕，有谷寒，不生五穀。鄒衍吹律而溫之至，生黍。」故稱為「律谷」和「黍谷」。律本為用竹管或金屬作成的定音或候氣的儀器，此指吹出的陽聲，故說它可以使地暖。❺罷煖　不再獲得溫暖。喻宮中因貴妃去世而籠罩著淒涼的氣氛。煖，同「暖」。❻龍鄉　地名。即種龍鄉。因出產報曉之雞聞名。故此處以「龍鄉」代指報曉之雞。李善注引《陳留風俗傳》說：「允吾縣者，宋、陳、楚地，故梁國寧陵種龍鄉也，出鳴雞。」❼輟曉　停止報曉。喻人們沈浸在悲哀之中，猶如處在無盡頭的漫漫長夜之中。❽照車去魏　《史記・卷二八・田敬仲完世家》說：齊威王與魏惠王在郊野一起打獵。魏惠王問：「王有寶嗎？」齊威王說：「沒有。」魏惠王說：「像我，是小國，尚且有直徑一寸的明珠，一顆明珠能照亮前後十二輛車子，這樣的明珠共有十顆。怎麼萬乘之國的齊國會沒有寶呢？」這裡以明珠喻宣貴妃，以「去魏」喻死亡。照車，指能照亮乘車的明珠。去，離開。魏，戰國時諸侯國。其地域在今河南北部及山西南部。❾聯城辭趙　《史記・卷六三・藺相如列傳》說：「趙惠文王時，得到楚國和氏之璧。秦昭王聽到此事，派人送給趙王一封書信，表示願意用十五座城市來交換璧玉。趙王於是派藺相如捧著璧去往秦國。」這裡以和氏璧喻宣貴妃，以「辭趙」喻死亡。聯城，指價值連城之璧玉。辭，離開。趙，戰國時諸侯國。其地域在今河北南部、山西北部。❿皇帝　指宋孝武帝。⓫掖殿　掖庭之殿。掖庭是宮中旁舍，嬪妃居住的地方。此「掖殿」指宣貴妃所居之處。⓬閴　「闃」之俗字。靜寂；空虛。⓭泉途　黃泉之下。⓮宮　指墓穴。此用作動詞。意為修築墓穴。⓯巡　行走。⓰步簷　走廊。⓱臨　行。⓲蕙路　指貴妃車子出入之路。因美其名，故云。⓳集　休止。⓴重陽　指天。《楚辭・遠遊》有「集重陽之帝宮兮」之句，因以代指「帝宮」。此指孝武帝所居之宮。㉑椒風　漢宮閣名。《漢書・卷九三・董賢傳》說：「哀帝召董賢之妹為昭儀，位次皇后，更名其舍為椒風。」此代指貴妃居舍。㉒天　指孝武帝。㉓降　當作「隆」。胡克家《文選考異》說：袁本、茶陵本「降」作「隆」。是也。何校改「隆」。此尤本誤字。㉔王姬　天子之女的通稱。此指貴妃所生第二皇女。㉕下姻　下嫁於諸侯。㉖肅雍揆景　意為皇女已選定日子，將乘車出嫁。肅雍，也作「肅雝」。車子行進整齊和諧的樣子。《詩經・召南・何彼穠矣》：「曷不肅雝，王姬之車。」揆景，揆度日影。指選擇日子。㉗陟屺爰臻　以至於為思母而痛苦。《詩經・魏風・陟岵》：「陟彼屺兮，瞻望母兮。」後即以「陟屺」喻思親。陟屺，登山。爰，語助詞。臻，至。㉘軫　痛。㉙淑　賢惠。指貴妃。㉚家　指家人。㉛凝　沈浸。㉜賈　失去。㉝庇　庇護。㉞敢　表示敬意。㉟撰德　撰述其美德。㊱旂旐　靈柩前的旗幡。㊲庶　希望。㊳圖芳於鍾萬　意為以鍾上的銘文和〈萬〉舞來顯示貴妃的美德。圖芳，顯示貴妃之美德。鍾，指古代銅器。古人用以銘刻歌功頌德等文字。〈萬〉，古代一種舞名。用於宗廟祭祀。因是萬人作舞，故稱。

【語　譯】大明六年夏四月壬子日，宣貴妃去世。律谷不再溫暖，產自種龍鄉的雞也停止報曉。她如照亮乘車的明珠離開了魏國，又如價值連城的和氏之璧離開了趙國。皇帝痛心於掖殿已經空寂無人，哀傷黃泉之下已築好墓穴。行走徘徊於走廊之上和芳蕙之路，休止於皇宮，而眼望著椒風閣。啊，悲哀呀！皇帝的寵愛正在隆盛時，而皇女也將下嫁諸侯。已經選定日期，皇女將乘上行進整齊和諧的車子出嫁，忽然間卻遭受到了思念母親的痛苦。國人沈浸於失去賢惠妃子的痛苦之中，家人則沈浸在失去庇護的哀怨之中。恭敬地將她的美德撰寫於旗幡之上，希望將它銘刻於鍾器之上，並以〈萬〉舞來顯揚。誄辭說：

玄丘❶烟熅❷，瑤臺降芬❸。高唐渫雨，巫山鬱雲❹。誕❺發蘭儀❻，光❼啟❽玉度❾。望月方❿娥⓫，瞻星比婺⓬。毓德⓭素里⓮，棲景⓯宸軒⓰。處⓱麗絺綌⓲，出懋蘋蘩⓳。脩⓴詩賁道㉑，稱圖㉒照言㉓。翼訓姒幄㉔，贊軌堯門㉕。綢繆㉖史館㉗，容與㉘經闈㉙。陳㉚〈風〉㉛緝㉜藻㉝，臨㉞〈彖〉㉟分微㊱。游藝㊲殫㊳數㊴，撫律㊵窮㊶機㊷。躊躇冬愛，怊悵秋暉㊸。展如之華，寔邦之媛㊹。敬勤顯陽，肅恭崇憲㊺。奉榮㊻維㊼約㊽，承慈㊾以遜。逮下㊿延(51)和(52)，臨(53)朋違怨(54)。祚(55)靈(56)集祉(57)，慶藹(58)迎祥。皇胤(59)璿式(60)，帝女(61)金相(62)。聯跗(63)齊穎(64)，接萼(65)均芳。以蕃以牧，燭代輝梁(66)。視朔(67)書氛(68)，觀臺(69)告祲(70)。八頌扃和(71)，六祈輟滲(72)。衡總滅容(73)，翬翟(74)毀衽(75)。掩(76)綵(77)瑤光(78)，收華(79)紫禁(80)。嗚呼哀哉！

【章　旨】讚美貴妃出生高貴，秉性芳潔，姿容佳麗，富有學識才藝；入宮為妃後，舉止有儀則，合於規範。也讚其生育之子女皆為美嗣，二子均已封侯為王。從而哀歎她不幸而病卒。

【注　釋】❶玄丘　傳說地名。是商族始祖契之母簡狄所居之處。《列女傳》說：「簡狄，是有娀氏的長女。在堯時候，簡狄與其妹浴於玄丘之水。有玄鳥銜著蛋從上面飛過，蛋掉下來，呈五色。簡狄把它啥在口中，不慎吞了下去，於是生下了契。」❷烟熅　水氣瀰漫貌。❸瑤臺降芬　《楚辭・離騷》：「望瑤臺之偃蹇（高峻貌）兮，見有娀之佚女（美女）。」傳說簡狄與其妹即居住在瑤臺之上。後來簡狄嫁給帝嚳（即高辛氏）為妻。這裡即以簡狄比喻貴妃。瑤臺，用美玉砌成的臺。降芬，飄散芳香。❹高唐渫雨二句　宋玉〈高唐賦〉記楚襄王遊雲夢臺館望見高唐宮觀。宋玉對襄王說：「以前先王（懷王）遊於高唐，夢與巫山女神相會。神女辭別時說：『妾在巫山之陽，高丘之阻。旦為朝雲，暮為行雨。』」這裡即以巫山女神比喻貴妃。高唐，戰國時楚臺觀名。渫雨，降雨。巫山，山名。在今四川巫山東，為巴山山脈特起處，有十二峰。鬱雲，雲盛貌。❺誕　大。❻蘭儀　芳美的儀容。❼光　光彩。❽啟　發。❾玉度　如玉之姿色。❿方　比。⓫娥　嫦娥。相傳為月中仙女。⓬婺　婺女星。李善注引《星占》說：「婺女為既嫁之女也。」⓭毓德　涵養美德。⓮素里　故地。指生長之地。⓯棲景　喻託身。棲，託。景，即「影」。⓰宸軒　天子所居之宮。⓱處　指在宮中。⓲麗絺綌　以絺綌為麗。這是說貴妃穿著儉樸。《詩經・周南・葛覃》：「為絺為綌，服之無斁（不厭棄）。」這裡用此詩意。絺綌，細和粗的葛布衣服。⓳出懋蘋蘩　《詩經・召南・采蘋》：「于以采蘋，南澗之濱。」〈采蘩〉：「于以采蘩，于沼于沚。」比說貴妃的勤勞和對祭祀的虔誠。懋，勉力。蘋，水草名。這裡意為「采蘋」。作動詞用。蘩，草名。即白蒿。這裡意為「采蘩」。作動詞用。蘋與蘩，古人都用作祭品。⓴脩　通「修」。學習。㉑賁道　讚美道義。㉒稱圖　稱舉圖書。李善注以圖指象形文字，典見《呂氏春秋・勿躬》。㉓照言　闡明其言論。㉔翼訓姒幄　《列女傳》說：「塗山氏之女，夏禹娶以為妃。既生啟，塗山氏之女獨明教訓而使教化達到美的境地。」此句意指處於夏禹的帷帳之中而輔佐夏禹進行教化。作者在此以夏禹比孝武帝，以塗山氏之女比貴妃。翼，輔佐。訓，教誨。姒，指夏禹。禹姓姒。幄，帷帳。㉕贊軌堯門　《漢書・卷九七・外戚傳》：孝武鉤弋趙婕妤，是昭帝之母。趙婕妤居鉤弋宮。懷孕十四月才生昭帝。武帝說：「聽說從前堯是十四月才生，現在鉤弋趙婕妤也這樣。」於是命名所生門為堯母門。意為貴妃生育皇子盡輔佐之職。贊，輔佐。軌，法則。堯門，堯母門。㉖綢繆　留連忘返的樣子。㉗史館　存放史書之館。㉘容與　從容貌。㉙經闈　藏放經籍之處所。經，經書。指六經：《詩經》、《尚書》、《周易》、《禮記》、《樂經》、《春秋》。闈，門。㉚陳　擺著。㉛風　指《詩經・國風》。是《詩經》的組成部分。在此代指《詩經》。㉜緝　綴集。㉝藻　辭藻。㉞臨　面對。㉟彖　指《周易・彖傳》。有〈上彖〉、〈下彖〉兩篇，相傳為孔子所作。本自成篇，附於經後，與〈象〉、〈繫〉、〈說卦〉等稱為「十翼」。今通行注疏本附於經下，凡卦內「彖曰」皆是。在此代指《周易》。㊱分微　闡明其精微之理。㊲游藝　泛指學藝的修養。游，從事於某種活動。藝，六藝：禮、樂、射、御、書、數。㊳殫　盡。㊴數　技藝；技術。㊵撫律　依六律演奏。撫，演奏。律，六律。即黃鐘、太蔟、姑洗、蕤賓、夷則、無射。㊶窮　盡。㊷機　微妙。㊸躊躇冬愛二句　《左傳．文公七年》：酆舒問賈季：「趙衰與趙盾誰賢？」回答說：「趙衰，冬日之日；趙盾，夏日之日。」杜預注：「冬日可愛，夏日可畏。」躊躇，行止貌。冬愛，指冬日。怊悵，猶「惆悵」。失意感傷貌。秋暉，秋月。㊹展如之華二句　《詩經．鄘風．君子偕老》：「展如之人兮，邦之媛也。」展，誠；真是。華，花。寔，通「實」。邦，國家。媛，美女。㊺敬勤顯陽二句　《宋書．后妃傳》說：「文帝路淑媛生孝武皇帝。即位，奉尊號皇太后，宮曰崇憲，太后居顯陽殿。」此以「顯陽」、「崇憲」代指孝武帝之母。顯陽，宋朝殿名。崇憲，宋朝宮名。㊻奉榮　受到榮寵。㊼維　猶「以」。㊽約　約束。㊾承慈　受到太后的慈愛。㊿逮下　對待眾妾。51延　長。52和　和氣。53臨　對待。54違怨　不怨恨。55祚　報答。56靈　善。57集祉　聚集眾多之福。58慶藹　喜氣極盛。59皇胤　皇帝的後嗣。指貴妃所生的始平王子鸞、晉陵王子雲。60瓊式　如美玉一般可為典範。61帝女　指貴妃所生之女。62金相　內質如金之美。63跗　花足。64穎　指特別優美的花。65萼　花托。66以蕃以牧二句　據《漢書．卷四七．文三王傳》記載：文帝立劉武為代王，劉參為梁王。此乃以劉武、劉參借指貴妃二子。謂為藩牧頗有治績。蕃，通「藩」。屏障。牧，指諸侯王。燭，光耀。代，漢侯國名。治所在今河北蔚縣東北。梁，漢侯國名。治所在今河南商丘南。67視朔　天子諸侯每月朔日（陰曆初一）祭告於祖廟，然後治理政事。告廟稱告朔，聽政稱視朔。68氛　指惡氣。69觀臺　用以觀望之臺。70祲　陰陽二氣相侵所形成的象徵不祥的雲氣。與上文「氛」，皆為貴妃將薨的凶兆。71八頌扃和　意為卜筮不吉。八頌，八種占兆之辭。《周禮．春官．占人》：「掌占龜，以八筮占八頌，以視吉凶。」鄭玄注：「以八筮占八頌，謂將卜八事，先以筮筮之。言頌者，同於龜占。」即先筮而後以龜卜，由八種占兆之辭而視其吉凶。扃，關閉。和，吉祥。72六祈輟滲　意為天地鬼神不賜福。六祈，六種祈禱天地鬼神之禮。用以消除六種災變。《周禮．春官．太祝》：「掌六祈，以同鬼神示：一曰類，二曰造，三曰禬，四曰禜，五曰攻，六曰說。」因天地鬼神不和同，所以出現災變。類、造、禬、禜、攻、說，都是祭名。用以使天地鬼神和同。輟，停止。滲，滲漉。喻祉福。73衡總滅容　《周禮．春官．巾車》：「王后之五路，重翟錫面朱總，厭翟勒面繢總，安車雕面鷖總，皆有容蓋。」此以「衡總」指貴妃的乘車。衡，車轅前端的橫木。總，同「緫」。為車馬之飾，飾於馬勒（絡頭）與鑣（馬嚼子）及車轄（軸端）。滅容，廢毀車帷。車帷廢毀，則不能再乘坐。喻貴妃之死。容，車帷。74翬翟　《周禮．天官．內司服》：「掌王后之六服：褘衣、揄狄、闕狄、鞠衣、展衣、緣衣。」鄭玄注說：狄，當為「翟」。翬，通「褘」。褘衣，為王后之祭服。衣上有翬（野雞）的圖紋。翟，指用作服飾的雉羽。75毀衽　廢毀衣襟。衣襟廢毀，則不能再穿。喻貴妃之死。76掩　消失。77綵　通「彩」。光彩。78瑤光　殿名。貴妃所居。79華　光華。80紫禁　以紫微星位比喻帝居之所，故稱禁中為紫禁。

【語譯】玄丘之水，霧氣彌漫；瑤臺之上，飄下芳香。高唐宮觀雨下不止，巫山之上彩雲聚集。神女之美使您充分顯示出如蘭一般芳美的儀容，光彩煥發，恰如美玉的姿色。望去可比月中嫦娥，看著可比星中婺女。在您的故里修養美德，然後託身於天子之宮。在宮中，將葛布之衣看作麗服，出門則勉力採集蘋草蘩草以助祭。學習詩文而讚美道義，稱述圖書而闡明所言之意。在皇帝的帷帳中輔佐教化，生育皇子奉行前代之軌。在存放史書之館留連忘返，在藏放經書之所從容研習。擺著《詩經》綴集辭藻，面對《周易》闡明其中精微之理。在學藝的修養上，技藝盡數掌握；依照六律彈奏，曲調窮極微妙。徘徊冬日之下構思篇章，惆悵秋月之下尋覓詩句。真如鮮豔的花朵，確實是天姿國色。侍候太后，既恭敬，又勤勉。對待皇上的榮寵能自我約束，對待太后的慈愛能謙恭，對待下面眾妾一直和氣，對待賓朋從不抱怨。善良的人自會獲得多福的報應，洋洋的喜氣迎來了吉祥。皇子如美玉一般可為典範，皇女有著金玉之質。兩位皇子猶如出色的並蒂之花，花托相連而一樣芬芳。他們被封為侯王，從而起了屏障的作用。在各自的封國之中，又都取得了光輝的治績。初一祭告祖廟後聽政，有了惡氛的記錄，觀臺之官報告出現了不祥的雲氣。進行占卜，徵兆均不吉祥；祈禱天地鬼神，都不賜福。好像乘坐的車子被廢毀了帳幔，所穿的祭服被廢毀了衣襟。瑤光殿消失了光彩，紫禁宮收去了光華。啊，悲哀啊！

帷軒❶夕改❷，輧輅❸晨遷❹。離宮天邃❺，別殿雲懸❻。靈衣❼虛襲❽，組帳❾空煙❿。巾⓫見餘軸⓬，匣⓭有遺弦⓮。嗚呼哀哉！移氣⓯朔⓰兮變羅紈⓱，白露凝⓲兮歲將闌⓳。庭樹驚兮中帷響⓴，金釭㉑曖㉒兮玉座㉓寒。純孝㉔擗㉕其俱毀㉖，共氣㉗摧㉘其同欒㉙。仰昊天㉚之莫報㉛，怨〈凱風〉㉜之徒攀㉝。茫昧㉞與善㉟，寂寥㊱

餘慶㊲。喪㊳過乎哀㊴，棘㊵實㊶滅性㊷。世覆㊸沖華㊹，國虛淵令㊺。嗚呼哀哉！

【章旨】記述貴妃死後情景，不但居室空虛，座椅生寒，子女哀傷，更使得子雲過分悲哀而卒，令人格外感傷。

【注釋】❶帷軒　貴妃所乘四周張帷為障蔽的車子。❷夕改　至晚改變樣子。指不再張帷。❸輧輅　后妃所乘四周有障蔽的車子。❹遷　指遷於外。不再乘坐。❺離宮天邃　皇帝正宮之外的宮室，相隔已如天一般地遙遠。邃，遙遠。❻雲懸　如天邊雲彩一般遙遠。❼靈衣　死者平生所穿之衣。❽襲　重疊。❾組帳　華美的帷帳。組，繫帳的絲帶。❿空煙　指居室空虛無人，徒留浮煙。⓫巾　巾箱。⓬餘軸　留下的書卷。⓭匣　指琴匣。⓮遺弦　留下的弦琴。⓯移氣　節氣轉換。⓰朔　農曆每月初一。這裡是時光逐月推移的意思。⓱變羅紈　意為羅紈之衣已可擱置。貴妃之薨在夏天，故如此說。羅紈，輕薄的絲絹。此指羅紈之衣。⓲凝　結成霜。指已入秋時。⓳闌　盡。⓴庭樹驚兮中帷響　庭樹與帷帳被風吹動作響，似若受驚。形容氣氛的淒涼。中帷，居室中的帷帳。㉑金釭　燈盞。㉒曖　昏暗。㉓玉座　華麗高貴的座椅。㉔純孝　指極孝的兩位皇子。㉕擗　搥胸。極其哀痛之情狀。㉖毀　毀瘠；十分消瘦的樣子。㉗共氣　同「同氣」。指同胞兄弟。㉘摧　指身心挫傷。㉙欒　身體瘦瘠貌。㉚昊天　即天。㉛莫報　指對於善良人沒有賜給好的報應。㉜凱風　《詩經・邶風》篇名。詩中讚美母親養育七子之勞苦。〈毛詩序〉說：「美孝子也。」㉝徒攀　不能挽留。㉞茫昧　幽暗；渺茫。㉟與善　幫助善人。《道德經・第七十九章》說：「天道無親，常與善人。」㊱寂寥　虛無。㊲餘慶　後福。意為澤及後人。《周易・坤卦》：「積善之家必有餘慶，積不善之家必有餘殃。」㊳喪　居喪；子女為母親居喪。㊴過乎哀　過分地哀傷。㊵棘　通「急」。㊶實　猶「則」。㊷滅性　因喪親過悲而危及生命。《孝經・喪親》：「教民無以死（親死）傷生，毀（毀瘠）不滅性。」此指皇子子雲過悲而卒。㊸覆　覆亡；失去。㊹沖華　至美。㊺淵令　深善。

【語譯】貴妃生前所乘坐的張著帷帳的車子，到傍晚改變了樣子，清晨被移到了外面。住過的離宮相隔已如天一般地遙遠，別殿猶如懸掛天空的雲彩。生前所穿的衣服，重疊地放著；華美的帷帳之中已空虛無人，徒留浮煙。巾匣之中，看到有留下的書卷；琴匣之中，有留下的弦琴。啊，悲哀呀！節氣轉換，日月推移，輕薄絲絹之衣已可擱置。白露凝結成霜，一年將到盡頭。庭園中的樹和居室中的帷帳，被風吹動作響，好像受到驚嚇；燈盞發出的火光昏暗，華麗的座椅已經寒涼。兩位極其孝順的皇子捶胸頓足，身心受到傷害，兩人都十分清瘦。仰望上天，感歎對於善良的人沒有給予好的報應；怨恨雖有〈凱風〉的孝子之心，卻不能挽留慈母。渺茫呵！說天會幫助善人，虛無呵！說積善之家會有後福。居喪過分悲哀，心急如焚，終於危及生命。世上失去了品行最美的人，國中再無如此善良的人。啊，悲哀呀！

題湊[1]既肅[2]，龜[3]筮[4]既辰[5]。階[6]撤兩奠[7]，庭[8]引[9]雙輴[10]。維慕維愛，曰子曰身[11]。慟[12]皇[13]情於容物[14]，崩[15]列辟[16]於上旻[17]。崇[18]徽章[19]而出寰甸[20]，照[21]殊策[22]而去[23]城闉[24]。嗚呼哀哉！經建春[25]而右轉，循[26]閶闔[27]而逕[28]渡。旌[29]委鬱[30]於飛飛[31]，龍[32]逶遲[33]於步步[34]。鏘[35]楚挽[36]於槐風，喝[37]邊簫[38]於松霧。涉姑繇而環迴，望樂池而顧慕[39]。嗚呼哀哉！晨轀解鳳，曉蓋俄金[40]。山庭[41]寢日[42]，隧路[43]抽陰[44]。重扃[45]閟[46]兮燈[47]已黯[48]，中泉[49]寂兮此夜深[50]。銷[51]神躬[52]于壤末[53]，散靈魄[54]於天潯[55]。響乘氣兮蘭[56]馭[57]風，德有遠兮聲無窮。嗚呼哀哉！

【章　旨】記述母子二人同時出喪與安葬之情，並讚頌他們的美德與美名將傳揚遠方，永不止息。

【注　釋】[1]題湊　古代貴族死後，槨室用厚木累積而成，木頭皆內向，稱題湊。[2]肅　指莊重地安放著。[3]龜　此指占卜。古人以龜為靈物，故燒灼龜甲以占卜凶吉。[4]筮　用蓍草占卜凶吉。[5]既辰　已確定安葬時日。辰，時日。[6]階　臺階。指西面的臺階之上。[7]奠　設酒食祭祀。奠祭完畢即撤除，表示將出喪安葬。[8]庭　指堂前之地。[9]引　拉動。[10]雙輴　兩輛喪車。⑪維慕維愛二句　《孟子・萬章上》：「人少則慕父母。」故此指子雲。維，語助詞。慕，思慕；嚮往。愛，慈愛。指貴妃。曰，語助詞。子，指子雲。身，指貴妃。⑫慟　極其悲痛。⑬皇　皇帝。指孝武帝。⑭容物　喪禮之儀容與衣物。⑮崩　形容心情沮喪到極點。⑯列辟　諸侯。指子雲被封為晉陵王。⑰上旻　上天。指代孝武帝。⑱崇　高高樹起。⑲徽章　旌旗。⑳寰甸　京畿地域。㉑照　鮮明。㉒殊策　指特加策書的誄文。用以讚揚其美德。㉓去　離。㉔闉　城曲重門。㉕建春　洛陽城門名。㉖循　行。㉗閶闔　城門名。㉘逕　直。㉙旌　指旌銘。即靈柩前的旌幡。上寫死者姓名、官銜、身分等。㉚委鬱　同「委迤」。旗翻展貌。㉛飛飛　飛揚。㉜龍　指駿馬。《周禮・夏官・廋人》：「馬八尺以上為龍。」㉝逶遲　從容自得之貌。㉞步步　一步一步向前行走。㉟鏘　鳴唱聲。㊱楚挽　用楚聲唱的挽歌。楚聲較悲切。㊲喝　吹鳴聲。㊳邊簫　邊地用簫吹奏的曲調。形容簫聲的悲淒。㊴涉姑繇而環迴二句　借指安葬貴妃。《穆天子傳》說：「天子西征至玄池之上，於是奏樂三日，名池為樂池。盛姬亡，天子即殯盛姬於穀丘之廟，葬於樂池之南。天子用姑繇之水，環繞喪車。」涉，渡過。姑繇，神話中之水名。環迴，環繞。指用姑繇之水環繞喪車。樂池，神話中之水池名。顧慕，思慕。㊵晨輼解鳳二句　李善注：「葬訖，故車解鳳飾，蓋斜金爪也。」輼，喪車。鳳，車蓋所飾之鳳凰。俄，傾斜。金，指車蓋上金玉之飾。㊶山庭　指墓室。山，山陵。㊷寢日　日光不到。㊸隧路　墓道。㊹抽陰　引入幽暗。㊺重扃　幾重墓門。㊻閟　關閉。㊼燈　指墓中之燈。㊽黯　昏暗。㊾中泉　泉中。猶黃泉之下。㊿深　長。意為永無曉時。(51)銷　消解。(52)神躬　指貴妃之身。(53)壤末　細碎的土壤之中。(54)靈魄　貴妃之靈魂。(55)天潯　天涯。(56)蘭　喻美德。(57)馭　駕。

【語　譯】槨室已經莊重地安放好，用龜甲和蓍草占卜已確定了安葬的日子。西階之上對母子兩人的祭祀也已撤除，庭中拉動了兩輛喪車。靈柩之中，一個是思慕母親的皇子，一個是慈愛兒子的貴妃。皇帝見到喪禮的儀容與衣物，心情極其悲痛，子雲之死使他更為心碎。出喪的人群高高樹起旌旗，出了京畿；特加策書的誄文十分鮮明，離開了城曲重門。啊，悲哀呀！途經建春門而向右轉，走過閶闔門而徑直渡河。旌銘隨風翻飛，駿馬一步步從容地向前走著。風吹槐樹，唱起了楚聲的挽歌；霧籠松林，竹簫吹起了邊地的曲調。渡過了姑繇之水，用姑繇之水環繞喪車；望著樂池葬地而思慕不已。啊，悲哀呀！早晨，從喪車上解去了鳳飾，金飾的車蓋傾斜著。墓室陽光不到，墓道帶進了幽暗。重重墓門關閉了，墓中之燈已昏暗；黃泉之下一片靜寂，這一夜再無天亮之時。身體將消解於細碎的土壤之中，靈魂將飄散至天邊。美好的名聲將隨著四氣傳揚，如同蘭氣馭風，美德永存，流芳百世。啊，悲哀呀！

哀

哀永逝文

【作　者】潘岳，見頁二八四〇。

【題　解】哀，也稱為哀辭，是文體名。用以表示對死者的追悼之情。形式上多用韻語，與誄辭相似。哀辭貴在充分表達出作者內心的哀傷愛惜之情，是感情的結晶。潘岳此文是為哀悼他去世的妻子楊氏而寫的。為悼念亡妻，他寫了三首〈悼亡詩〉，又寫了此哀辭，可見他對於亡妻感情的深固。潘岳善於寫「哀誄之文」，讀此文尤能見其肺腑真情，感人至深。文中通過為亡妻舉行喪葬的整個過程，以及作者葬畢返歸居室時種種情景的描寫，逐層展示他對於妻子的深切悼念，與從此永隔的無比痛苦的心境。

2913　哀永逝文

啟夕兮宵興❶，悲絕緒❷兮莫承❸。俄❹龍轜❺兮門側，嗟❻俟時兮將升❼。嫂姪兮慞惶❽，慈姑❾兮垂矜❿。聞鳴雞⓫兮戒朝⓬，咸驚號⓭兮撫膺⓮。逝日⓯長兮生年淺⓰，憂患眾兮歡樂尠⓱。彼⓲遙思兮離居⓳，歎〈河廣〉兮宋遠⓴。今奈何㉑

兮一舉㉒，邈㉓終天㉔兮不反㉕！

【章　旨】述啟殯之前夕，合家悲痛不安之情。想到當初盼妻來嫁，更為今日永別而痛心。

【注　釋】❶啟夕兮宵興　〈既夕〉說：「既（已）夕哭，請啟期，告于賓。夙興，設盥于祖廟門外。」按古時喪禮，人死後，先在西階之上（據周禮制）掘一坑，以暫時停放靈柩稱「殯」。至將葬前夕，又要開掘而將靈柩取出，稱為「啟」。啟，開掘。夕，前夕。宵興，指晚上早起。今《儀禮．既夕》作「夙興」。❷絕緒　沒有頭緒。❸莫承　無法承受。❹俄　傾斜。❺龍轜　喪車。因畫著龍，故稱。❻嗟　歎詞。❼升　指將靈柩從坑中取出，並用輁軸支拄。❽慞惶　慌張；忙亂。❾姑　婆婆。❿垂矜　表示哀憫。⓫鳴雞　報曉之雞。⓬戒朝　警惕到了早上。⓭驚號　驚心呼喊痛哭。⓮撫膺　捶胸。表示痛心悵恨。⓯逝日　死後的日子。⓰淺　短。⓱尠　少。⓲彼　彼時。指妻子未嫁之時。⓳離居　離開娘家。⓴歎河廣兮宋遠　〈河廣〉詩說：「誰謂河廣，一葦杭之（一葉扁舟就可渡過去）。誰謂宋遠，跂予望之（我踮起腳就能看見）。」當時作者在衛（今河南黃河以北地區），他所思念的人在宋，中間隔著一條黃河。作者迫切地盼望與他思念的人相會。潘岳用以比說當初迫切地盼望妻子歸嫁。〈河廣〉，《詩經．衛風》篇名。宋，周時諸侯國名。其地在今河南東部和山東、江蘇、安徽間。㉑奈何　怎麼。㉒一舉　一去。㉓邈　遙遠。㉔終天　久遠；永遠。㉕反　通「返」。

【語　譯】在啟殯的前夕，夜裡很早就起來。心情悲痛，沒了頭緒，無法承受。喪車傾斜著停放在門旁，可嗟歎的是等到了時候，將把靈柩取出。嫂姪們慌張忙亂，仁慈的婆婆表示哀憫。聽得雞啼，警惕已到了早晨，全家都驚心呼喊，捶胸痛哭。死後的日子長而活著的歲月短，憂患多而歡樂少。遙想昔日妻子離開娘家出嫁，正如〈河廣〉詩中寫的那樣，我迫切思念你的到來。怎麼今日一去，就天涯永隔，再不能回來！

盡余哀兮祖之晨❶，揚❷明燎❸兮援靈輴❹。徹❺房帷❻兮席庭筵❼，舉酹觴❽兮告永遷。悽切兮增欷❾，俯仰❿兮揮淚。想孤魂⓫兮眷舊宇⓬，視倏忽⓭兮若髣髴⓮。徒⓯髣髴兮在慮⓰，靡耳目兮一遇⓱。停駕⓲兮淹留⓳，徘徊⓴兮故處。周求㉑兮何獲？引㉒身兮當去。

【章　旨】記述將靈柩遷於祖廟，並撤除居室之帷帳，告神靈將永遠別離此地，自己因悲思而神情恍惚之情狀。

【注　釋】❶祖之晨　靈柩遷於祖廟那天的早晨。祖，指將靈柩在葬前先遷於祖廟，並設奠祭。《儀禮・既夕》鄭玄注說：「蓋象平生時將出，必辭尊者。」❷揚　發揚。❸燎　火炬。《儀禮・既夕》：「宵為燎于門內之右。」❹靈輴　喪車。❺徹　通「撤」。除去。❻房帷　房中的帷帳。❼席庭筵　在庭中布席。布席以舉行奠祭。席，布席。❽酹觴　酹，用酒灑地而祭。觴，古飲酒器。❾增欷　歔欷不止。欷，歔欷。抽泣之聲。❿俯仰　身子前俯後仰。是哭泣時悲痛的情狀。⓫孤魂　孤單的靈魂。指其亡妻之靈。⓬眷舊宇　眷戀故居。⓭倏忽　一瞬間。⓮髣髴　同「彷彿」。隱約的形跡。⓯徒　空。⓰慮　思念之中。⓱遇　指耳聞目睹。⓲駕　指馬駕的喪車。⓳淹留　滯留。⓴徘徊　不進貌。㉑求　尋找亡靈。㉒引　舉。

【語　譯】在將靈柩遷於祖廟的那天早晨，我悲哀到了極點，火炬發著明亮的光輝，拉動了喪車。撤除了房中的帷帳，在庭中布了席，舉起酒杯用酒灑地，告訴亡靈將永遠離開此地。心情淒切，歔欷不止，前俯後仰地哭泣，灑下了眼淚。想到孤單的靈魂眷戀著這故居，忽然間好像看到了亡妻隱約的身影，原來卻是空無所有，它不過在自己的思念之中，既無法一聞其聲，也無法一睹其形。喪車滯留原地，徘徊不能向前。遍找亡靈，又能找到什麼？不由得動身向前而去。

夫華藿❶兮初邁❷，馬迴首兮旋旆❸。風泠泠❹兮入帷❺，雲霏霏❻兮承蓋❼。

鳥俛翼❽兮忘林，魚仰沫❾兮失瀨❿。悵悵⓫兮遲遲⓬，遵⓭吉路⓮兮凶⓯歸。思其人兮已滅，覽餘⓰跡兮未夷⓱。昔同塗⓲兮今異世⓳，憶舊歡兮增新悲。謂原隰⓴兮無畔㉑，謂川流兮無岸。望山兮寥廓㉒，臨水㉓兮浩汗㉔。視天日㉕兮蒼茫㉖，面邑里㉗兮蕭散㉘。匪㉙外物兮或改㉚，固歡哀兮情換㉛。嗟潛隧㉜兮既敞㉝，將送形㉞兮長往㉟。委㊱蘭房㊲兮繁華㊳，襲㊴窮泉㊵兮朽壤。

【章　旨】記述踏上出喪之途，到達墓地，一路因感物而懷舊的情形。

【注　釋】❶華輦　指畫龍的喪車。❷初邁　剛出發。❸旋斾　旌旗回轉。斾，「旆」之俗字。❹泠泠　陰涼貌。❺帷　車帷。❻霏霏　盛貌。❼承蓋　籠罩著車蓋。❽俛翼　展翅下飛。俛，同「俯」。❾仰沫　仰頭吐水泡。❿失瀨　游離了水面。瀨，水波。⓫悵悵　悵恨貌。⓬遲遲　行進遲緩貌。⓭遵　沿著。⓮吉路　往時吉利之路。⓯凶　不吉。指死喪。⓰餘　遺。⓱夷　滅。⓲同塗　同路。指一起生活在世上。⓳異世　指一在人世，一在陰間。⓴原隰　原，原野。隰，低溼之地。㉑畔　邊際。㉒寥廓　曠遠；廣闊。㉓臨水　面對水流。㉔浩汗　浩瀚。水勢廣大貌。㉕天日　指天空。㉖蒼茫　曠遠無邊貌。㉗邑里　猶鄉里。㉘蕭散　冷落；離散。㉙匪　通「非」。㉚或改　有所改變。㉛固歡哀兮情換　因當初情歡，今日情哀，所以雖是同一事物，感覺上前後有別。固，本來；實在。換，變化。㉜潛隧　墓道。㉝敞　開。㉞形　亡妻之身。㉟長往　一去不返。㊱委　棄。㊲蘭房　散發蘭香的精舍。此指婦女的居室。㊳繁華　指裝飾富麗。㊴襲　進入。㊵窮泉　閉塞的黃泉之下。

【語　譯】畫龍的喪車剛出發，馬兒就回過頭來，而旌旗也打轉。一路上，陰冷的風吹入帷帳，彌漫的雲籠罩著車蓋。鳥兒展翅下飛，忘記了返歸樹林，魚兒仰頭吐泡，游離了水波。悵恨呀，行進遲緩，沿著往日帶來吉祥之路走，卻沒想到如今以死喪歸去。我想到人雖已亡故，而遺跡猶在目前。往日同為世上之人，今日卻已陰陽相隔。想到往日的歡樂相處，更增添了今日的悲哀。說原隰沒有邊際，說河流沒有邊岸。山望去曠遠，水望去廣闊。天空望去寬闊無邊，鄉里望去冷落蕭條。不是外界的事物有所改變，而是自己歡樂與悲哀的心情變了。嗟歎墓道已經敞開，將送進亡妻之身，從此一去不返。放棄了充滿蘭香裝飾華麗的居室，進入了這黃泉之下腐朽土壤之中。

中慕❶叫兮擗摽❷，之子❸降兮宅兆❹。撫靈櫬❺兮訣幽房❻，棺冥冥❼兮埏❽窈窕❾。戶闔❿兮燈滅，夜何時兮復曉⓫？歸反⓬哭兮殯宮⓭，聲⓮有止兮哀無終。是乎非乎⓯何皇⓰？趣⓱一遇兮目中。既遇目兮無兆⓲，曾⓳寤寐⓴兮弗夢㉑。既顧瞻㉒兮家道㉓，長寄心㉔兮爾躬㉕。

【章　旨】記述送靈柩入墓穴，封壙訣別，到歸返居室的經歷，表現作者悲痛欲絕之情，並表示對於妻子將永遠銘懷之心。

【注　釋】❶中慕　內心愛慕。❷擗摽　捶胸。❸之子　指亡妻。❹宅兆　也作「宅垗」。指葬地、墓穴。❺靈櫬　靈柩。即棺材。❻幽房　墓室。❼冥冥　昏暗貌。❽埏　墓道。❾窈窕　幽深貌。❿戶闔　墓門關閉。⓫復曉　天再亮。⓬反　通「返」。⓭殯宮　停放靈柩之室。⓮聲　指哭泣之聲。⓯是乎非乎　指妻子的死，是真有其事，還是本無其事。《漢書・卷九七・外戚傳》載漢武帝因悲傷李夫人卒，作詩說：「是邪？非邪？立而望之，偏何姍姍其來遲！」⓰皇　通「暀」。往。⓱趣　尋求。⓲無兆　沒有跡象。⓳曾　乃；竟。⓴寤寐　醒著和睡著時。此為偏義複詞。意思在「寐」。㉑夢　做夢。意為夢中也不能見到。㉒顧瞻　回顧；顧念。㉓家道　指與妻子生前的情誼。《周易・家人》：「父父，子子，兄兄，弟弟，夫夫，婦婦，而家道正。」因以指代「夫夫，婦婦」。即夫像夫，婦像婦。㉔寄心　寄託於心中。㉕爾躬　你的身影。

【語　譯】當妻子的靈柩下放到墓穴的時候，由於內心對妻子的愛慕，我不禁呼喊捶胸。在墓室之中手撫著靈柩與亡妻訣別，靈柩處在昏暗之中，墓道也顯得那樣幽深。墓門關閉了，燈也熄滅了，漫漫長夜什麼時候才會天亮？返回到停放靈柩的房舍哭泣，哭泣之聲雖然有停止的時候，心中的悲哀卻沒有終期。妻子是真的死了，還是並沒有死？能到什麼地方去尋求見上一面的機會？不僅可望見面的跡象已不存在，竟在睡夢中也見不到你。然而顧念往日夫妻的情誼，在我的心中將永遠銘刻著你的身影。

重曰❶：已矣！此蓋❷新哀❸之情然❹耳。渠❺懷之❻其❼幾何❽？庶❾無愧兮莊子❿。

【章旨】曲折地表示，自己無法從深重的悲痛中擺脫出來。

【注釋】❶重曰　再說。❷蓋　大概。❸新哀　指喪妻的悲哀尚處在開始之時。❹然　如此。❺渠　發語詞。❻懷之　懷念亡妻。❼其　猶「將」。❽幾何　多少時間。❾庶　副詞。希冀；但願。❿莊子　名周。戰國時宋國蒙人。曾為漆園吏。是道家學派的代表人物，學術觀點上獨尊老子而貶斥儒家與墨家，主張清靜無為。今傳《莊子》一書是他與弟子及後學的文章總集。〈至樂〉說：莊子的妻子死了，惠子前去弔喪，看到莊子伸著腳坐著，敲著盆子唱歌。惠子說：「和妻子一起生活，為你生育子女，如今年老身死，不哭也夠了，還要敲著盆子唱歌，這豈不太過分了嗎？」莊子說：「不是這樣。當她剛死的時候，我怎能不哀傷呢？可是觀察她起初本來是沒有生命的，不僅沒有生命而且還沒有形體，不僅沒有形體而且還沒有氣息。在若有若無之間，變而成氣，氣變而成形，形變而成生命，現在又變而為死，這樣生來死往的變化就好像春夏秋冬四季的運行一樣。人家靜靜地安息在天地之間，而我還在啼啼哭哭，我以為這樣是不通達生命的道理，所以才不哭。」何焯《義門讀書記》於上文說：「惟悲之甚，故不得已為是言也。」

【語譯】再說：罷了！這大概是悲哀的感情還處在開始之時才會這樣。對亡妻的懷念將會保持多長的時間呢？但願能無愧於莊子。

卷五八

宋文皇帝元皇后哀策文并序

【作　者】顏延之，見頁二八八三。

【題　解】據沈約《宋書》，宋文皇帝元皇后原是陳郡陽夏（今河南太康）人袁湛的庶出女兒，後來嫁給文皇帝，做了皇后，不久便生了兒子和女兒，所以甚得文皇帝的尊寵。但是實際上，文皇帝更加喜歡潘淑妃，對她可說是百依百順。皇后得知這個實情之後，自然是十分惱恨，並由此而得了重病，很快就過世了，年僅三十六歲。皇后過世之後，文皇帝很是悲痛，於是便下詔前永嘉（今浙江溫州、嘉興一帶）太守顏延之做哀策文一篇。

文章分為序文與正文兩個部分。序文主要交代交章的寫作緣起。正文則包括兩個方面的內容：一是列述皇后生前的種種美德善行，二是表達文皇帝的哀悼之情。須得補充交代的是，因為皇后過世後被追謚曰元，所以在文章的題目中，袁皇后便寫成元皇后了。

本來哀文這種文體，是專門用來哀悼夭折者的，至於何為夭折，則據《尚書・洪範》疏引鄭玄語，似特指以下兩種情況：一是未滿二十歲而亡者，二是未婚而亡者。又據劉勰的意見，哀文的寫作應該是「情主於傷痛，而辭窮乎愛惜」，「譽止乎察惠」，「痛加乎膚色」，總結地說，就是要寫得有哀傷的真情實感，並且要竭力避免阿諛之嫌。假使專就這兩點來看的話，我們就覺得本文有點不大合格了。為什麼呢？這有兩個原因。第一，皇后死於三十六歲，故不得謂為夭折；第二，因為本文是代筆的作品，所以頗難寫得那麼地富於真情實感，而且自然也就難免阿諛之嫌。既然如此，為什麼昭明太子還會將本文選入《文選》呢？這裡大約也有兩個原因：其一，文體這東西原本沒有定格，可以因應時代的發展而生出許多的變化，哀文的寫作在起初雖是為了哀悼夭折者的，卻不妨礙後世的作者適當地突破這個限制；其二，就本文而論，雖然的確存在著真情不足的毛病，的確難免阿諛之嫌，然而文章卻寫得極富文采，這就很為昭明太子所喜歡；再者，太子也是竭力主張文章要隨時而變，要不主故常。這樣看來，本文之能被選入《文選》，也就沒有什麼可奇怪的了。此外我們還發現，那時的大作家沈約也將本文通篇錄入他的歷史著作《宋書・元皇后本傳》中，這也足見，本文在當時的文苑中是占了頗高的位置的。

惟❶元嘉❷十七年七月二十六日，大行❸皇后崩❹於顯陽殿，粵❺九月二十七日，將遷座❻於長寧陵❼，禮也。龍輴❽纚❾綍❿，容翟⓫結驂⓬。皇塗昭列⓭，神路幽嚴⓮。皇帝親臨祖⓯饋⓰，躬瞻宵⓱載⓲。飾遺儀於組旒⓳，論徂⓴音乎珩珮㉑。悲黼㉒筵之移御，痛翬㉓褕㉔之重晦㉕。降輿㉖客位㉗，撤㉘奠㉙殯㉚階。乃命史臣，累德述懷。其辭曰：

【章　旨】此哀文的序文，說明文章的寫作緣起。

【注　釋】❶惟　發語詞。❷元嘉　宋文帝年號。❸大行　《風俗通》曰：「皇帝新崩，未有定諡，故總其名曰大行皇帝。」皇后新崩，亦仿其例，總其名曰大行皇后。❹崩　《禮記・曲禮》曰：「天子死曰崩。」故皇后死亦曰崩。❺粵　發語詞。❻座　疑為「瘞」。埋。❼長寧陵　宋文帝陵號。❽輴　古代載棺之車。❾纚　繫。❿綍　引棺之繩。⓫容翟　古代貴族婦女乘坐的小車。⓬結驂　車將行。⓭昭列　五臣本作「昭烈」。即光明的意思。⓮幽嚴　深敬的意思。⓯祖　始行。⓰饋　祭。⓱宵　夜。⓲載　始載於庭。⓳組旒　旗飾。⓴徂　往。㉑珩珮　玉器。㉒黼　黑白相間的花紋。㉓翬　雉雞。這裡指雉雞的圖飾。㉔褕　指褕翟。古代王后從王祭先公之服。㉕晦　暗。㉖輿　載棺之車。㉗客位　古以西為客位。㉘撤　去。㉙奠　祭。㉚殯　殮而未葬。

【語譯】宋文帝元嘉十七年七月二十六日，大行皇后在顯陽殿去世，遵照舊禮，將於九月二十七日移柩於長寧陵。刻有龍紋的載棺之車已經繫上了挽繩，飾有雉雞羽毛的女車也已套好了馬匹。天子所行的道路布置得光亮鮮明，神靈所走的路途顯得幽靜莊嚴。皇帝親臨始行的祭儀，並在夜裡照看著將靈柩載送於庭中。精美的旌旗裝飾著皇后遺容，珩珮玉器的叮噹聲，卻與皇后的聲響一道消逝不存了。黑白相間的坐席本是皇后生前所用之物，現在卻被移置別處，對此怎不讓人傷感！繡飾著野雞圖形的衣服本為皇后生前所穿，現在卻隨同皇后一起永眠深暗的墓中，對此怎不令人悲痛！把靈柩抬下喪車移入客位，同時把奠品全部撤去停柩西階，於是命令史臣作文，列述皇后生前的美德善行，並抒發皇帝的傷悼之情。其辭說：

倫❶昭儷❷昇，有物❸有憑❹。圓精❺初爍❻，方祇❼始凝❽。昭哉世族，祥❾發慶❿膺⓫。祕⓬儀景⓭冑⓮，圖光玉繩⓯。昌⓰輝在陰⓱，柔明將進。率禮蹈和，稱《詩》⓲納順。爰⓳自待年⓴，金聲夙㉑振。亦㉒既㉓有行㉔，素章增絢㉕。

【章旨】從這章起到末尾為文章的正文。本章寫皇后出身高貴，美譽早振。

【注釋】❶倫　倫匹。❷儷　伉儷。❸物　物象。❹憑　憑依。❺圓精　天。❻爍　明亮。❼方祇　地。❽凝　形成。❾祥　善。❿慶　福。⓫膺　當。⓬祕　閉。⓭景　大。⓮冑　後裔。⓯玉繩　殿名。⓰昌　盛。⓱陰　妻道。⓲詩　指《詩經》。⓳爰　語詞。⓴待年　舊稱女子尚未許嫁。㉑夙　早。㉒亦　語詞。㉓既　已經。㉔有行　舊指女子出嫁。㉕絢　有文彩。

【語譯】天地未分之前，倫匹之義已明，伉儷之道已昇，這些都有物象作為憑依。於是圓天開始閃出光亮，方地開始凝結成形。皇后所由出身的世族是多麼地輝赫啊！因為它能揚善，所以它也克當福祐。皇后在母家之時，藏儀行於大族之家；既嫁皇帝之後，乃發榮光於玉繩之殿。謹守婦道，其輝昌盛；溫柔明達，努力上進。遵奉諸禮，和於室人；崇尚《詩》教，順於舅姑。還在待嫁閨中的時候，就已令譽早振，待到出嫁之後，更是德行日進，彷彿素色的底子繪上了絢爛的文彩。

象服❶是加，言❷觀維則。俾我王風，始基嬪德❸。惠❹問❺川流，芳猷❻淵塞。方江泳漢，載謠南國❼。伊❽昔不造❾，鴻化中微。用❿集寶命，仰陟⓫天機⓬。釋位公宮，登曜紫闈。欽若⓭皇姑⓮，允⓯迪⓰前徽⓱。孝達寧⓲親，敬行宗祀⓳。進思才淑⓴，傍綜㉑圖㉒史㉓。發音在詠，動容㉔成紀㉕。壼㉖政穆㉗宣㉘，房樂㉙韶㉚理㉛。坤㉜則順成，星軒㉝潤飾。德之所屆㉞，惟深必測㉟。下節㊱震騰，上清㊲朓側㊳。有來斯雍㊴，無思不極㊵。謂㊶道輔仁，司化㊷莫晰㊸。象物㊹方臻㊺，眡㊻祲㊼告沴㊽。太和㊾既融㊿，收華(51)委世(52)。蘭殿(53)長陰(54)，椒塗弛衛(55)。嗚呼(56)哀哉(57)！

【章　旨】讚歎皇后生前的種種德行。

【注　釋】❶象服　后妃、貴夫人所穿禮服，上繪各種物象。❷言　語詞。❸嬪德　嬪妃之德。即〈毛詩序〉所說的后妃之德。此為王化之始。❹惠　美。❺問　名。❻猷　道。❼方江泳漢二句　《詩・周南・漢廣》之〈毛詩序〉曰：「文王之道，被於南國，美化行於江漢之域，無思犯禮。」其詩曰：「漢之廣矣，不可泳思。江之永矣，不可方思。」方，以木排渡水。❽伊　語詞。❾不造　不幸。這裡指少帝之時。❿用　因此。⓫陟　登。⓬天機　皇位。⓭欽若　敬順。⓮皇姑　皇太后。⓯允　的確。⓰迪　繼承。⓱徽　美。⓲寧　古稱出嫁的女兒回家省親為歸寧。⓳宗祀　祭祀。⓴淑　善。㉑綜　理。㉒圖圖書。㉓史　史籍。㉔動容　舉止。㉕紀　綱紀。㉖壼　宮中。㉗穆　和。㉘宣　明。㉙房樂　房中之樂。古代后夫人諷詠以事君子。㉚詔　繼。㉛理　習。㉜坤　婦德。㉝星軒　軒轅星。㉞屆　至。㉟測　度。㊱下節　指水。㊲上清　指月。與「下節」皆為陰德。都用以比喻皇后。㊳朓側　朓，指陰曆每月最後一天，月出現於西方。側，指陰曆每月第一天，月出現於東方。又朓為疾行貌，側為遲行貌。㊴雍　和。㊵極　中。㊶謂　說。㊷司化　主持造化。㊸晰　明。㊹象物　成象之物。這裡指麟、鳳、龜、龍四靈。㊺臻　至。㊻眡　視。㊼祲　陰陽之氣相和漸成祥瑞。㊽沴　氣相傷。㊾太和　天下平和。㊿融　明。(51)收華　收斂光華。(52)委世　故世。(53)蘭殿　為后妃所居之處。下「椒塗」同。(54)長陰　長閉。(55)弛衛　撤去侍衛。(56)嗚呼　歎聲詞。(57)哉　語詞。

【語譯】穿上貴人的禮服，她的舉止也極合規範，這就使我王之風化，得以從后妃之德開始。她的美名，如川水一般地長流不盡；她的善道，似深淵一般地充實不竭。昔日她的德行影響在於江漢流域，在南國一帶為人所詠唱。到了少帝之時，皇室不幸，大化式微，後來皇帝身膺天命，仰登皇位，她也放棄諸侯子的身份，來到皇宮成為天子之后。皇后敬順皇太后，確能繼承前代之美。說到她的孝，可以看她如何地歸寧父母；談起她的敬，可以看她如何地祭祀祖宗。皇后思得賢才與淑女進於皇帝，廣泛研習圖書與史籍。她開口講話，如詠詩篇；舉止容色，皆合綱紀。她所主持的宮政和穆宣明，她又能繼承前規，習理房樂。她還能效法坤德以成柔順之道，且能得軒轅星之光彩以成裝飾。皇后之德無遠不至，無深不度。地上的水震盪沸騰，天上的月疾行慢運，這些都是皇后將崩的先兆。皇后所做之事，必能盡柔和之理；所思之事，亦必能合中庸之道。常言道，天道總是會扶助仁慈，可是現在主管造化者卻是那麼地闇而不明。四靈剛剛出現，本來這是皇后之德極和的象徵，誰知觀察天象的卻報告說，看到陰陽二氣在互相摩盪傷害，這是皇后即將駕崩的預兆。說起來真正是非常可惜啊！正當天下太平一派光明之時，皇后卻要收斂她的光華，離世而去！從此以後，蘭殿永遠關閉，椒房撤去侍衛。啊！真是令人悲傷啊！

戒涼❶在肂❷，杪秋❸即穸❹。霜夜流唱❺，曉月升魄❻。八神❼警引❽，五輅❾遷跡❿。噭噭⓫儲嗣⓬，哀哀⓭列辟⓮。灑零⓯玉墀⓰，雨泗⓱丹掖⓲。撫存悼亡，感今懷昔。嗚呼哀哉！

【章　旨】寫皇后下葬時的淒慘情景。

【注　釋】❶戒涼　秋天。❷肂　死後三日暫葬道旁。❸杪秋　末秋。❹穸　長夜。❺流唱　輓歌流囀。❻升魄　神靈升天。❼八神　八方之神。❽警引　開道。❾輅　王車。❿遷跡　行駛。⓫噭噭　啼哭。⓬儲嗣　太子。⓭哀哀　悲哀貌。⓮列辟　諸王。⓯灑零　落淚。⓰玉墀　以玉鋪飾的宮殿前臺階上的平地。⓱雨泗　落淚。泗，鼻涕。⓲丹掖　指內宮。掖，掖庭。

【語　譯】皇后的棺木在秋時暫葬，到了秋末，皇后便要永久葬入墓穴。霜降夜寒，哀輓的歌聲流囀不歇；曉月高掛，皇后的神靈離世升天。八方之神在前開道，王車在行進。太子在噭噭悲啼，諸王在哀哀痛哭，淚水灑滿了內宮和玉階。撫慰存者，傷悼亡者；感念今時，追懷昔日。啊，可悲啊！

南背國門，北首❶山園❷。僕人按節❸，服馬❹顧轅。遙酸❺紫蓋❻，眇❼泣素軒。滅綵清都❽，夷體❾壽原❿。邑野⓫淪藹⓬，戎⓭夏⓮悲讙⓯。來芳⓰可述，往駕弗援⓱。嗚呼哀哉！

【章　旨】寫送葬時的淒慘情景。

【注　釋】❶首　向。❷園　園陵。❸按節　徐行。❹服馬　駕馬。❺酸　悲。❻紫蓋　紫色篷頂車。❼眇　遠。❽清都皇后生時之居處。❾夷體　毀滅軀體。❿壽原　指文帝的長寧陵。時文帝未死，故稱。⓫邑野　都邑郊野。⓬淪藹　失其茂盛之色。⓭戎　泛指少數民族。⓮夏　漢族。⓯讙　號哭。⓰芳　指皇后的美德善行。⓱援　攀附。

【語　譯】送葬的隊伍背朝南對著都城城門，向著北邊的山陵行進。僕夫放慢了行車的速度，駕車的馬時時回顧後車。遙望紫色的車蓋，不禁悲從中來；遠瞻素色的棺車，不由得淚水奪眶而出。皇后生前的居處從此不見她的光彩，她的身體也將毀於陵墓之中。皇都郊野都失去了茂盛之色，漢民與夷人一起放聲悲號。皇后的美德善行將來尚可一一述說，載著她的棺木的車駕卻一去不復返回，無法挽回。啊，可悲啊！

齊敬皇后哀策文 并序

【作　者】謝朓（西元四六四～四九九年），字玄暉，陳郡陽夏（今河南太康）人。與謝靈運同族，世稱小謝。少好學，有美名。年十九，為南齊豫章王太尉行參軍，後在隨王蕭子隆、竟陵王蕭子良幕下任功曹、文學等職，深得賞識，為「竟陵八友」之一。明帝時任驃騎諮議，掌中書詔誥，轉中書郎，出為宣城太守，故世又稱「謝宣城」。官至尚書吏部郎。因事被蕭遙光誣陷，下獄致死，年僅三十六歲。原有集十二卷，逸集一卷，已散佚，明人輯有《謝宣城集》。謝朓長於五言詩，其寫景抒情之作，清俊秀麗，頗多佳句。他是永明體詩之雄，所作新體詩講究平仄對仗，音韻和諧。

【題　解】據蕭子顯《南齊書》，明帝敬劉皇后名惠端，原是彭城（今江蘇徐州）人劉道玄的女兒，後由高帝作主嫁給高宗（即後來的明帝），武帝永明七年（西元四八九年）故世，葬於江乘縣（今江蘇句容以北）張山。高宗即帝位後追尊她為敬皇后。皇后故世後九年，高宗駕崩，葬於興安陵，同時皇后也被合葬於此。主其事者嗣子東昏侯乃下詔謝朓，讓他做哀策文一篇，以表達自己的痛悼之情。文章也分為序文與正文兩個部分。序文照例是交代哀文的寫作緣起，正文也是列述皇后生前的種種美德善行。

與前文一樣，本文也是代筆的作品，因此前文所有的那些缺點，本文是一樣不能免。不過比較前文，本文卻有兩個長處。其一，本文的作者謝朓乃是極有名的詩人，他的詩作不像前文的作者顏延之的詩作那麼地雕繢滿眼，雖也還不能脫盡六朝的風習，讓人感到有點綺麗華美，但究竟頗多清雋之氣，這個特點在他所做的文章中，照樣有很多的體現，所以本文讀過去，覺得要比前文順暢一些。其二，前文自首至尾，一律是整齊的四字句，雖然顯得典重整敕，卻終嫌呆板，本文在正文的最末，改用騷體，這就使文字富於變化而免去呆板的毛病。

惟永泰元年❶。秋九月朔日❷，敬皇后梓宮❸啟自先塋❹，將祔❺於某陵❻。其日，至尊❼親奉奠某皇帝❽，乃使兼太尉某設祖❾於行宮❿，禮也。翠帟⓫舒⓬阜⓭，玄堂⓮啟⓯扉⓰。俎⓱徹三獻⓲，筵⓳卷⓴六衣㉑。哀子嗣皇帝，懷蜃衛㉒而延首㉓，想鷖輅㉔而撫心㉕。痛椒塗㉖之先廓，哀長信㉗之莫臨。身隔兩赴，時無二展㉘。旋昭左言㉙，光敷㉚聖善。其辭曰：

【章　旨】此為本哀文的小序，交代本哀文的寫作緣起。

【注　釋】❶永泰元年　即西元四九八年。永泰，齊明帝年號。❷朔日　指陰曆每月初一日。❸梓宮　梓木棺。❹先塋　張山舊陵。❺祔　合葬。❻某陵　明帝所葬之興安陵。因為明帝初崩，尚未定謚，故曰。❼至尊　皇帝。❽某皇帝　指明帝。❾祖　即將舉行的祭禮。❿行宮　帝王出行在外時所居之宮室。⓫翠帟　翠幕。⓬舒　布。⓭阜　山。⓮玄堂　墓室。⓯啟　開。⓰扉　門。⓱俎　食几。⓲三獻　初獻、亞獻與終獻。⓳筵　席。⓴卷　捲去。㉑六衣　皇后所服之衣有六。包括禕衣、褕狄、闕狄、鞠衣、展衣與褖衣。㉒蜃衛　蜃車。即柩車。車身低矮，迫地而行，其狀似蜃，因以得名。㉓延首　伸長脖子遠望。㉔鷖輅　柩車。因車面刻鷖，故名。㉕撫心　悲痛之狀。㉖椒塗　皇后所居之處。㉗長信　漢有長信宮，太后所居。㉘展　省視。㉙左言　舊時史官分為兩種。一種記事，是為右史，一種記言，是為左史。㉚敷　布。

【語　譯】永泰元年秋九月初一日，齊敬皇后的靈柩被從張山的舊陵中取出，與明帝合葬於興安陵。這一天，皇帝親自奉奠某皇帝。於是乃使兼太尉某將祭禮設於行宮之中，這是按照禮制而行。翠色的帷幕廣布於山丘之上，墓穴的門扉也已洞然開啟。祭品已經獻過三次，放置祭品的几子也被撤去，坐席也連同六衣一并捲去，祭祀的儀式宣告結束，哀傷的繼位皇帝悲懷柩車而舉首遠望，痛想柩車而以手撫心。想到內宮過早地寂寥無人，不覺地痛自心生；知道太后的居處從此無人駕臨，不由地哀從中來。所恨的是沒有分身之術，所以不得共赴二處，一同省視。於是立即降詔左史，命他秉筆為文，以光布皇后之德。其辭說：

帝唐❶遠胄❷，御龍❸遙緒。在秦作劉❹，在漢開楚❺。肇❻惟淑❼聖，克❽柔克令❾。清漢表靈❿，曾沙膺慶⓫。爰⓬定⓭厥祥，徽⓮音允⓯穆⓰。光華沼沚，榮曜中谷⓱。敬始紘綖，教先穜稑⓲。睿問⓳川流，神襟⓴蘭郁㉑。

【章　旨】寫皇后所出身的家族之高貴及其德行。

【注　釋】❶帝唐　劉姓自虞以上為陶唐氏。❷胄　後嗣。❸御龍　劉姓在夏為御龍氏。❹在秦作劉　劉姓至秦始稱劉氏。❺在漢開楚　劉姓至漢曾有人被封為楚王。指漢高祖封劉交為楚王。❻肇　始。❼淑　善。❽克　能。❾令　美好。❿清漢表靈　《韓詩外傳》曰：「漢有遊女。薛君曰：遊女，謂漢神。」這句說，漢水的清澈表示那裡有神女存在著。這裡以神女暗喻皇后。⓫曾沙膺慶　是說皇后的誕生是足當得起從前所謂沙麓崩而後聖女興的說法的。《漢書・卷九八・元后傳》曰：「元城建公曰：昔春秋沙麓崩，晉史卜之曰：後六百四十五年，宜有聖女興。」⓬爰　於是。⓭定　定婚。《詩・大雅・大明》：「文定厥祥，親迎于渭。」⓮徽　美。⓯允　信。⓰穆　和。⓱光華沼沚二句　據〈詩序〉，《詩經》中的〈采蘩〉一詩，主要是讚揚做夫人的能夠謹奉婦道。其中有句云：「于以采蘩，于沼于沚。」《詩》中的〈葛覃〉一詩，主要是誇獎后妃之德。

其中有句云：「葛之覃兮，施于中谷。」其目的便是歌頌婦德的。⓲敬始紘綖二句　是說皇后以親織紘綖為習教之始，以親獻穜稑之種為教化之先。據《列女傳》，古時后妃要親織玄紞，公侯夫人則除此而外，還要親織紘綖。又據《周禮》，每到春時，六宮要把穜稑的種子獻給君王。⓳問　通「聞」。名譽。⓴襟　胸懷。㉑蘭郁　蘭香濃郁。

【語　譯】皇后的家族歷史相當久遠，她可算是帝堯與御龍的後嗣。她的家族在秦時開始姓劉，到了漢時，又有人被封為楚王。從小，皇后就善良而且富於智慧，為人又柔順美好。清澄的漢水顯示了神女的存在，沙麓的崩壞預示著聖女興起的福運。因此定下的婚姻十分吉祥，她的美德的確和諧。夫人之德，無比光華；后妃之行，榮耀天下。她以親織紘綖為習教之始，以向君王親獻穜稑之種為教化之先。她的聖譽廣為天下流傳，如同川水一般長流不歇；她的神聖的胸襟，如同蘭花似地芳香馥郁。

先德❶韜光❷，君道方被❸。於佐求賢，在謁無詖❹。顧❺史❻弘式❼，陳❽詩展❾義。厚下❿曰仁，藏往⓫伊⓬智。十亂斯俟⓭，四教⓮罔⓯忒⓰。思媚⓱諸⓲姑⓳，貽⓴我嬪則㉑。化㉒自公宮㉓，遠被㉔南國。軒曜㉕懷光，素舒㉖佇㉗德。

【章　旨】寫皇后生前的美德美行。

【注　釋】❶先德　先帝之德。先帝指明帝。❷韜光　藏光。喻指明帝未即位之時。❸方被　四方遍及。❹於佐求賢二句　據〈詩序〉，《詩》中有〈卷耳〉一詩，旨在歌頌后妃能夠求賢人以輔佐君子；凡有所請求，均是出於公心，而沒有絲毫的邪僻之意。此即借用這個舊典，說明皇后能如〈卷耳〉所歌頌的后妃一樣地遵奉婦道。謁，請求。詖，邪僻。❺顧　視。❻史　女史。為古代女官，掌管有關后妃之禮儀的典籍。❼弘式　弘大法度。弘，廣。式，法式。❽陳　布。❾展　申。❿厚下　待下仁厚。⓫藏往　不彰揚以往的德行。⓬伊　語詞。⓭十亂斯俟　據《論語》，周武王曾經自豪地說他有十個治亂之臣。孔子就此發表他的感歎道，人才是十分難得的啊，不是麼！然而武王的十位人才之中還有一位婦女。此即借用這個舊典，說明皇后也和那個婦人一樣，是個很了不得的人才，就等她來湊成十個治亂之臣的數目了。亂，治亂。斯，這個。俟，待。⑭四教　古代婦女所學為四科。即婦德、婦容、婦言與婦功。⑮罔　無。⑯忒　差錯。⑰媚　親近。⑱諸　之於。⑲姑　太后。即明帝的母親。⑳貽　賜教。㉑則　法則。㉒化　受教。㉓公宮　古時宮裡用以教育女子的地方。㉔被　遍布。㉕軒曜　軒轅星。比喻皇后。㉖素舒　月亮。比喻皇后。㉗佇　通「貯」。

【語　譯】先帝未即帝位之時，能夠藏光於下，並且廣行為君之道於四方。皇后以尋求賢才來輔助先帝；凡她所請，均無一點邪僻的私心夾入其中。她向女史諮詢以弘大法度，她布陳詩篇以闡發大義。她待下相當地寬厚，這個乃是仁人之行；她不誇耀過去的德行，這個乃是智者之舉。當今的治亂之才可說不乏其人，可是要想得到整十之數，還得把她加入計算才行。皇后一向嚴於女教，於婦德、婦容、婦言、婦功四個方面，都沒有半點差錯。她又一向十分親近皇太后，這樣太后便得以時時將婦德賜教給她。皇后未嫁給高宗之時，便先在公宮裡接受了有關婦德的薰陶，她又把這一切傳布於南國一帶。她如同軒轅星一樣地把光亮藏於一身，又好似月亮一般地貯積德行。

閔①予②不祐③，慈④訓⑤早違⑥。方年沖⑦藐⑧，懷袖⑨靡⑩依。家⑪臻⑫寶業⑬，身嗣⑭昌⑮暉⑯。壽宮⑰寂遠⑱，清廟⑲虛歸。嗚呼哀哉！

【章　旨】寫東昏侯自歎自己的不幸。

【注　釋】①閔　哀憐。②予　我。指東昏侯。③祐　神靈的幫助。④慈　指皇后。⑤訓　教養。⑥違　失去。⑦沖　年幼。⑧藐　微小。⑨懷袖　懷抱。⑩靡　無。⑪家　指高宗。⑫臻　得到。⑬寶業　帝位。⑭嗣　繼承。⑮昌　盛。⑯暉　明。⑰壽宮　供神之處。⑱寂遠　虛空。⑲清廟　宗廟。

【語　譯】可憐我不得上天的護祐，過早地失去了母后仁慈的教誨。當我年幼體小之時，不能依偎於母后的懷抱。高宗登上寶位，我為嗣子繼承父親的盛明，可是皇后的祭處已經寂然邈遠，宗廟空虛不見人蹤。啊，可悲啊！

帝❶遷明命❷，民神胥❸悅。乾景❹外臨，陰儀❺內缺❻。空悲故劍❼，徒嗟金穴❽。璋瓚❾奚❿獻，褘褕⓫罔⓬設。嗚呼哀哉！

【章　旨】寫對皇后的哀悼之情。

【注　釋】❶帝　天帝。❷明命　天命。❸胥　相互。❹乾景　指高宗之光。景，日光。❺陰儀　指皇后。❻內缺　指皇后故世。❼故劍　喻指敬皇后。據《漢書》，宣帝許皇后是元帝的生母。當初嫁給宣帝時，帝尚未即位。待帝即位後，大臣中有人欲議立霍光之女為皇后。宣帝知道這個情況後，立即下詔徵求他未即帝位時用過的寶劍，暗示他不會同意立霍光之女為皇后。這樣一來，大臣們便打消原先的念頭，復建議立許倢伃為后。❽金穴　喻指敬皇后。據《後漢書》，光武帝郭皇后之弟況任大鴻臚時，經常得到金錢的賞賜，當時京城裡稱他家為金穴。❾璋瓚　皆為玉器。古代祭祀大典時后夫人所執。❿奚　何。⓫褘褕　古代后夫人所服之衣。⓬罔　無。

【語　譯】當上天改換天命，父皇即位之時，真可謂人神共樂，在外則有先帝的光輝照臨天下，在內則缺乏皇后的內助。對故劍而空生悲哀，臨金穴而徒發嗟歎。璋瓚之器對誰而獻？褘褕之衣為誰而設？啊，可悲啊！

馮相❶告祲❷，宸居❸長往❹。貽❺厥❻遠圖❼，末命❽是獎❾。懷豐沛❿之綢繆⓫兮，背神京⓬之弘敞。陋⓭蒼梧之不從⓮兮，遵鮒隅以同壤⓯。嗚呼哀哉！

【章　旨】痛悼高宗的駕崩，同時表明要把皇后移葬於高宗的陵墓之中。

【注　釋】❶馮相　古時看天相者。❷祲　妖氣。❸宸居　天子居處。指明帝。❹長往　駕崩。❺貽　遺留。❻厥　那。❼圖謀。❽末命　高宗的遺令。❾獎　戒勵。❿豐沛　漢高祖的故鄉。指帝之故鄉。⓫綢繆　形容情義深厚。⓬神京　京城。⓭陋　鄙陋。⓮蒼梧之不從　據《禮記》，舜帝駕崩之後，葬於蒼梧之野，兩個妃子沒有從葬。⓯鮒隅以同壤　據《山海經》，鮒隅山乃是帝顓頊與其九個嬪妃的合葬之處。

【語　譯】馮相報告說，妖氣正盛，很不吉利。果不其然，父皇突然駕崩，丟下他長遠的謀劃，溘然而去。臨終留下遺令，對我多有戒勵。懷想故鄉，不由得心意綢繆，拋卻京城的廣大高敞。帝舜駕崩，二妃不從葬於蒼梧之野，實令人生鄙陋之意；帝顓頊駕崩後，九個嬪妃能從他一起葬於鮒隅之山，這才是可以遵奉的榜樣。啊，可悲啊！

陳象❶設於園寢❷兮，映輿❸鍐❹於松楸❺。望承明❻而不入兮，渡清洛❼而南遊。繼❽池❾綍❿於通軌⓫兮，接龍帷⓬於造舟⓭。迴塘⓮寂其已暮兮，東川澮⓯而不流。嗚呼哀哉！

【章　旨】寫扶柩赴陵時的悲痛情景。

【注　釋】❶陳象　生時之象。❷園寢　陵廟。❸輿　車。❹鍐　馬飾。❺松楸　陵墓四圍所栽之樹。❻承明　即承明門。洛陽宮門。為后宮出入之門，此指建康宮門。❼洛　洛水。此指齊都附近之水。❽繼　連接。❾池　棺之飾物。以竹編成，上覆青布，狀如宮室之簷，掛於車側。據《禮記》，天子用四池，諸侯用三池。❿綍　輓繩。⓫通軌　大路。⓬龍帷　棺之飾物。以白為之，上畫龍形，障於車側。⓭造舟　浮橋。⓮迴塘　曲隄。⓯澮　水止貌。

【語　譯】陵廟裡陳設著生時之象啊，棺車與馬飾交映於松楸之間，回望宮門而不得再入啊，渡過清澈的流水向南行進。靈車的輓繩首尾相銜於大路之上啊，龍形的車帷前後連接於浮橋之上。曲隄寂靜日色已昏啊，東川停止而不再流動。啊，可悲啊！

籍❶閟宮❷之遠烈❸兮，聞纘女❹之遐❺慶❻。始協❼德於蘋❽蘩❾兮，終配祀❿而表⓫命⓬。慕⓭方纏⓮於賜衣⓯兮，哀日隆⓰於撫鏡⓱。思寒泉⓲之罔極兮，託彤管⓳於遺詠。嗚呼哀哉！

【章　旨】對皇后作總體的頌讚，同時寫東昏侯的傷痛之情。

【注　釋】❶籍　承繼。❷閟宮　《詩經》中有〈閟宮〉一詩，是頌讚后稷的母親姜嫄的。❸烈　業績。❹纘女　據李善說，語出《詩・閟宮》。原句為：「纘女維莘，長子維行。」纘，承嗣。維，語詞。❺遐　遠。❻慶　善。❼協　和。❽蘋　《毛詩》有〈采蘋〉一詩。據〈毛詩序〉，這詩是歌頌大夫的妻子能夠循法度而行事。❾蘩　《毛詩》有〈采蘩〉一詩。據〈毛詩序〉，這詩是寫夫人不失其職的。這句是讚美敬皇后在高宗未即位時之德。❿配祀　指把皇后配地而祀。《漢書》云：「天地合祭，先妣配地。」妣者母也。⓫表　明。⓬命　天命。⓭慕　思慕。⓮纏　環繞。⓯賜衣　指敬皇后舊衣。李善注引《東觀漢記》：「上賜東平王蒼書曰：『向衛南宮，皇太后因過按行閱舊時衣物。今以光烈皇后假結帛巾各一枚、衣一篋遺王，可瞻視，以慰凱風寒泉之思。』」⓰隆　加重。⓱鏡　皇后生前所用之鏡。漢宣帝隨身帶史良娣之寶鏡。⓲寒泉　《詩經》有〈凱風〉詩一首。中有句云：「爰有寒泉，在浚之下，有子七人，母氏勞苦，欲報之德，昊天罔極。」詩意是慨歎兒子雖多，卻不能使母親免於勞苦。需要報答的母恩，就好似天穹一樣地沒有窮盡。⓳彤管　赤管筆。《詩經・邶風・靜女》：「靜女其孌，貽我彤管。」毛傳：「古者后夫人必有女史彤管之法。」此代指序文所說之左史。

【語　譯】皇后承繼了〈閟宮〉遙遠的業績啊，又聽到了纘女久遠的善德。初合於大夫夫人之德啊，最終作為皇后配地而祀表明天命。思慕因看見母后故衣而纏綿不已，悲哀因撫摸遺鏡而日日加重。於是禁不住地想到母恩如寒泉無極啊，最後只得託左史寫下這篇詠文。啊，可悲啊！

碑文

郭有道碑文并序

【作　者】蔡邕，字伯喈，陳留圉（今河南杞縣）人。東漢文學家、書法家。博學善文。靈帝時召拜郎中，校書東觀，遷議郎。後因上書論朝政闕失，遭誣陷，流放朔方。遇赦後又浪跡江南十二年。獻帝時董卓當權，被徵任侍御史，官至左中郎將，封高陽鄉侯。董卓誅，蔡邕被誣「懷卓」，下獄死。有集二十卷已佚，今有輯本。

【題　解】蔡邕是東漢時代的大作家，擅寫詩賦，此外諸如碑、銘、贊、連珠、箴、弔等也寫得不錯，本文便是他所做的許多碑文中的佼佼者。本文是為東漢的名士郭林宗寫的。碑文主要從六個方面對郭氏做高度的評價。這裡首先是說他的出生決非尋常可比，他是周文王的父親王季的親戚虢叔的後代；接著就稱讚他天生聰敏而富於智慧，此外又具有孝友溫恭仁篤慈惠這八種德行；跟著又說他是「器量弘深，姿度廣大」，而且為人正直，頗重節概，再下來便是說他對於六經及其他典籍都有很深的研究；然後又說普天之下的讀書人對他都是不勝欽慕之至；最後則說他不慕榮利，能夠如巢父和許由那樣引身退處，去做隱士。我們對照范曄的《後漢書・卷九八・郭太傳》，覺得這些都說得很允當，沒有什麼過譽之處，這不僅是我們這麼看，蔡邕自己也是這麼認為的。據《後漢書·卷九八·郭太傳》，有一次蔡邕對他的朋友盧植說：「吾為碑銘多矣，皆有慚德，惟郭有道無愧色耳。」從前劉勰在他的《文心雕龍》中講到碑文的寫作時曾說，自從後漢以來，碑文的寫作便開始風靡於世，有如風起雲湧一般，可是卻沒有什麼人能夠寫得過蔡邕，比如他的這篇〈郭有道碑文〉，就內容講，可以說是寫得既周詳而又簡要；就文字看，也是寫得典雅而富於色澤，清麗的詞句層出不窮，的確是文才之極至也。這話大體可以成立，但是我們卻不得不稍作保留。看碑文中諸如「器量弘深，姿度廣大」的說法，終究覺得有點空泛，有點大而無當，不大能當得起周詳而又簡要的評價。

先生諱[1]泰，字林宗，太原界休[2]人也。其先出自有周王季[3]之穆[4]，有虢叔[5]者，寔[6]有懿[7]德，文王咨[8]焉[9]。建國命氏[10]，或謂之郭，即其後也。先生誕[11]應天衷[12]，聰睿[13]明哲[14]，孝友溫恭，仁篤[15]慈惠。夫其器量弘[16]深，姿度廣大，浩浩焉，汪汪焉，奧[17]乎不可測已[18]。若乃砥節厲行[19]，直道正辭，貞固足以幹事，隱括[20]足以矯時。遂考覽六經[21]，探綜[22]圖[23]緯[24]。周流[25]華夏[26]，隨集帝學。收文武[27]之將墜，拯微言[28]之未絕。於時纓緌[29]之徒，紳[30]佩[31]之士，望形表[32]而影附，聆[33]嘉聲而響和者，猶百川之歸巨海，鱗[34]介[35]之宗[36]龜龍也。爾乃[37]潛隱衡門[38]，收朋勤誨。童蒙[39]賴[40]焉，用[41]祛[42]其蔽[43]。州郡聞德，虛己備禮，莫之能致[44]。群公休[45]之，遂辟[46]司徒掾，又舉[47]有道，皆以疾辭。將蹈鴻涯[48]之遐跡，紹[49]巢許[50]

之絕(51)軌(52)，翔區外(53)以舒翼，超天衢以高峙(54)。稟命不融(55)，享年四十有二，以建寧(56)二年正月乙亥卒。

【章　旨】此為碑文的序文，對郭氏的生平作了全面而簡要的評價。

【注　釋】❶諱　舊時稱呼帝王或者尊者長輩的名字時，常在前面加上此字，意謂不敢直呼其名，以示尊敬。❷界休　東漢縣名。治所在今山西太原。❸王季　周文王的父親。❹穆　常與昭字連用。指古代貴族宗廟排列的次序。始祖廟居中，以下按父子的輩分排列為昭穆，昭居左，穆居右。王季為昭，故虢叔為穆。❺虢叔　虢，據高誘《戰國策註》，即「郭」之古文。❻寔　同「實」。❼懿　美好。❽咨　詢問。❾焉　之於。❿建國命氏　以所建國之名為人之姓氏。⓫誕　大。⓬衷　善。⓭睿　明聖。⓮哲　智。⓯篤　厚。⓰弘　大。⓱奧　深。⓲已　至。⓳砥節厲行　即砥厲節行。厲，同「礪」。砥礪，磨刀石。這裡用作動詞，意為磨練。⓴隱括　矯直樹木的器具。這裡用作動詞，意為矯正。㉑六經　儒家的六部古代經典著作。計包括《詩經》、《尚書》、《禮記》、《樂經》、《周易》、《春秋》。㉒綜　整理；研究。㉓圖　指《河圖》等讖緯書。㉔緯　與六經相配合的古代文獻。㉕周流　周行。㉖華夏　中國。㉗文武　周文王與周武王的治政之道。㉘微言　幽微的含道之言。㉙纓緌　衣冠之飾物。㉚紳　衣帶。㉛佩　佩玉。㉜表　古代測時之物。為一立於日下之直木，觀者可據其影之長短而定時之早晚。㉝聆　聽。㉞鱗　泛指有鱗的動物。㉟介　即「甲」。這裡泛指有甲的動物。㊱宗　尊仰。㊲爾乃　表示過渡與轉折。㊳衡門　以柴木作成的門。指簡陋的居處。㊴童蒙　義理未明。㊵賴　得益。㊶用　因。㊷祛　去除。㊸蔽　迷惑。㊹莫之能致　莫能致之。㊺休　美。㊻辟　徵辟。㊼舉　推舉。㊽鴻涯　古代仙人。㊾紹　繼。㊿巢許　即巢父、許由。皆古代隱士。(51)絕　遠。(52)軌　跡。(53)區外　亦稱「方外」。意為人世之外。(54)峙　立。(55)融　長。(56)建寧　靈帝年號。

【語　譯】先生名泰，字林宗，太原界休人氏。他的祖先出自周代王季之子虢叔。虢叔是一個很有美德的人，文王曾經向他請教，於是便讓他建成虢國，並以虢字用作他的姓氏，那時有人稱為郭，這樣看來，郭氏便是虢叔的後代了。先生上應天之美善，生來聰敏、賢聖、明達、富於智慧，此外又非常地孝順、友愛、溫和、恭肅、仁厚、誠篤、慈愛有恩。至於說到他器量的弘深，姿態氣度的廣大，的確可以說是如江之浩浩，似海之汪汪，深奧得不可探測。至於他的砥礪節行，遵奉正道，出語嚴正，又可以說他忠貞堅固適足以成就大事；獨立不遷，適足以矯正時弊。於是先生考校閱覽六經之文，探尋收集圖緯之書，周行於中國之地，隨後來到國學之中，即將失墜的文武之道因此而被拾起，幾欲斷絕的大道微言因此而得拯救。這個時候，在朝百官及儒學諸生中，仰慕先生的人很多，他們可以說是望其形象就會如影跟從，聽其美音就會如回聲一般附和，猶如百川之會歸大海，鱗甲之尊崇龜龍。於是先生潛伏隱居於簡陋的居處，接納朋友，對他們勤加教誨。許多人原先於義理方面頗有不明之處，卻都因此而去除了他們的困惑。州郡的長官風聞先生的德行後，便虛心降尊，備禮相請，然而卻不能使先生出山。朝廷諸公十分讚賞先生的人品，於是徵辟先生為司徒掾，並且又薦舉他為有道，先生都託以有病而不赴任。他要追尋仙人鴻涯遼遠的足跡，繼承隱士巢父許由將絕的行蹤，到人世之外去展翅翱翔，超越天上的大道而高高地峙立。然而，先生稟命不長，只活了四十二歲便於建寧二年正月乙亥日溘然謝世了。

凡我四方同好之人，永❶懷哀悼，靡❷所寘❸念，乃相與惟❹先生之德，以謀不朽之事。僉❺以為先民既歿，而德音猶存者，亦賴之於見述也。今其如何而闕❻斯禮！於是樹碑表墓，昭❼銘❽景行❾，俾芳烈❿奮於百世，令問⓫顯於無窮。其辭曰：

【章　旨】交代寫此碑文的原由，至此序文結束。

【注　釋】❶永　長。❷靡　無。❸寘　同「置」。❹惟　思。❺僉　都。❻闕　缺的意思。❼昭　明。❽銘　刻。❾景行　崇高的德行。❿芳烈　美好功業。⓫令問　美譽。

【語　譯】所有四方有著共同愛好的人們，都長懷哀悼之情，不知把自己的思念放置何處才好，於是大家聚合在一起，共憶先生的德行，想要做點使先生得以不朽的事情。大家都以為，古人雖然早已沒世，然而他們的德音卻仍能存在，也是靠著把他們的事蹟形諸記述。今天怎麼能不照此古禮而行呢！於是便在先生的墓前樹立石碑，將先生崇高的德行明刻其上，使得先生美好的功業流傳百代，美好的聲譽永遠顯揚。碑文曰：

於❶休先生，明德通玄。純❷懿❸淑❹靈，受之自天。崇壯❺幽浚❻，如山如淵。
禮樂是悅，詩書是敦❼。匪惟摭❽華，乃尋厥❾根。宮牆重仞，允得其門❿。懿乎
其純⓫，確⓬乎其操⓭。洋洋⓮搢紳⓯，言⓰觀其高。棲遲泌丘⓱，善誘能教。赫赫⓲
三事⓳，幾⓴行其招㉑。委㉒辭召貢㉓，保此清妙㉔。降年㉕不永，民斯悲悼。爰㉖
勒㉗茲㉘銘，摛㉙其光曜。嗟爾來世，是則是效㉚。

【章　旨】此為碑文的正文，對郭泰的道德與文章做集中的頌讚。

【注　釋】❶於　歎美之辭。❷純　純正。❸懿　美。❹淑　善。❺崇壯　高大。❻浚　深。❼敦　重視。❽摭　揀拾。❾厥　那個。❿宮牆重仞二句　意謂夫子道高，人不可及，然而郭先生卻可以稱得上是真正進入聖門者。據《論語》所記，一次子貢對叔孫武叔說，夫子（指孔子）居處之牆高達數仞，不能得其門而入，就見不到宗廟之美，以及百官之富，能得其門而入者也並不多見啊。仞，古代以八尺或者七尺為一仞。允，確實。⓫純　質。⓬確　堅。⓭操　志。⓮洋洋　盛多的樣子。⓯搢紳　古仕宦插笏於帶。此指官員們。紳，大帶。⓰言　語詞。⓱棲遲泌丘　意在讚美郭泰能夠不慕榮利，退處林下，而過隱居的生活。《詩經・陳風・衡門》：「衡門之下，可以棲遲。泌之洋洋，可以樂飢。」意思是說，衡門之居，雖然簡陋，然而卻可以盤桓遊息。洋洋泌水，雖然不可飽腹，卻也可以在那裡翫樂而忘飢。泌丘，指隱居之地。⓲赫赫　鮮明盛大的樣

子。⑲三事　指三公。⑳幾　數。㉑招　徵辟。㉒委　委棄。㉓召貢　徵召入朝。㉔清妙　清高玄妙的人生追求。㉕降年　年壽。㉖爰　於是。㉗勒　刻。㉘茲　這。㉙攡　舒布。㉚是則是效　即則是效是。

【語　譯】啊，美好的先生，既明大德，又通玄道，他的純正美好，善良聰敏，稟受自天。它高大如山、幽深似海。先生所喜愛的是禮與樂，先生所重視的是詩與書。先生不僅揀拾它們的英華，而且要探尋它們的根本。孔夫子的門牆有數仞之高，先生可以說是真正能夠得其門而入者。美妙啊，先生的資質；堅定啊，先生的操守。眾多的官員都仰觀先生品性的崇高。先生隱居林下盤桓遊息，善於誘導，精於教誨。顯赫的三公，數次徵召先生，先生卻數次給予辭謝，為的是不致干擾他清高美妙的人生追求。先生年壽不長，過早地與世永別，人們為此真是悲悼萬分。於是乃刻成此銘，以舒布先生的種種光曜。來世之人啊，學習先生，仿效先生。

陳太丘碑文 并序

【作　者】蔡邕，見頁二九三五。

【題　解】這篇碑文的傳主是東漢時人陳寔。我們由范曄的《後漢書》可知，他是那時很出名的人物，他的聲名決不在前碑文傳主郭泰之下。與前碑文一樣，這篇碑文也分為序文和正文兩個部分。序文主要是著力地稱頌陳寔生前的種種美德美行。計約有如下數端：第一是不但仁而愛人，且能獎掖後學；第二是雖稟大道，卻能不拘出處，可進則進，不可進則退，可用則用，不可用則藏；第三是居官為政，先之以禮，不必既嚴且肅，教化乃成；第四是雖遭逢厄運，卻能樂天知命，淡泊自適。比較序文，正文反而沒多少內容，只是把序文所述的一切，作一整齊而有力的綜合。我們對照《後漢書》看，覺得這篇碑文所述一切均是實情，沒有什麼虛美之辭。本文尚有幾個長處值得一提：首先是它的句式稍富變化，與口語更加接近，這是很值得佩服的；其次是借同時人的口來對傳主進行評價；再次是於傳主死後所引起的社會反應多所著墨，從前人稱這個為以燈取影法。

先生諱寔，字仲弓，潁川❶許❷人也。含元精❸之和，應期運之數❹。兼資❺九德❻，揔❼修百行❽。於鄉黨❾則恂恂❿焉，彬彬⓫焉，善誘善導，仁而愛人，使夫少長⓬，咸⓭安懷之。其為道也，用行⓮舍藏⓯，進退可度⓰。不徼⓱訐⓲以干⓳時，不遷⓴貳㉑以臨下㉒。四為郡功曹㉓，五辟豫州㉔，六辟三府㉕，再辟大將軍，宰㉖聞喜㉗半歲，太丘㉘一年。德務中庸，教敦㉙不肅。政以禮成，化行有謐㉚。會遭黨事㉛，禁錮二十年，樂天知命，澹然自逸㉜。交不諂㉝上，愛不瀆㉞下。見機而作，不俟㉟終日。及文書㊱赦宥㊲，時年已七十，遂隱丘山，懸車㊳告老，四門備禮㊴，閒心靜居。大將軍何公㊵，司徒㊶袁公㊷，前後招辟，使人曉喻㊸，云欲特表㊹，便可入踐㊺常伯㊻，超補三事㊼，紆佩金紫㊽，光國垂勳㊾。先生曰：「絕望已久，飾巾㊿待期(51)而已。」皆遂不至。弘農(52)楊公，東海陳公(53)，每在衮職(54)，群僚賀之，皆舉手曰：「潁川郡陳君，絕世超倫，大位未躋(55)，慙於文仲竊位之負(56)。」故時人高其德，重乎(57)公相之位也。

【章旨】此為序文的前半，敘寫陳寔生前的種種美德美行。

【注　釋】❶潁川　古代郡名。治所在今河南境內。❷許　即許縣（五臣本作許昌）。治所在今河南許昌東。❸元精　天地之精氣。❹期運之數　指歷史周期性演運的常數（據孟子的意見，這個常數為五百年）。據《孟子》所記：「五百年必有王者興，其間必有名世者。由周而來，七百有餘年矣，當今之世，舍我其誰！」意思是說，歷史就是這樣，每隔五百年，必定會興起一個真正的王者，這期間必然會產生當世的名人。由周以來，已經過去七百多年了，當今之世，除了看我孟軻的而外，還能看誰的呢！❺資　稟賦。❻九德　古代所推尊的九種德性。它們是：寬而栗、柔而立、願而慕、亂而敬、擾而毅、直而溫、簡而廉、剛而塞、強而茂。❼揔　同「總」。❽百行　諸種品行。❾鄉黨　均為古代的居民組織。一萬二千五百戶為一鄉。五百家為一黨。❿恂恂　恭敬謹慎。⓫彬彬　文質相當。⓬少長　年少者與年長者。⓭咸　都。⓮用行　為世所用則施行。⓯舍藏　不為世所用則斂藏退處。⓰可度　可為法度。⓱徼　同「邀」。邀取。⓲訐　揭人之過。⓳干　求。⓴遷　遷怒。㉑貳　貳過。㉒臨下　待下。㉓功曹　官名。掌管記錄考察功勞。㉔豫州　古代州名。轄境相當於今淮河以北伏牛山以東之豫東、皖北地。㉕三府　古稱太尉、司徒、司空設立的官署。㉖宰　出任某邑之行政長官。㉗聞喜　古代縣名。治所在今山西聞喜。㉘太丘　古代縣名。治所在河南永城西北。㉙敦　厚。㉚謐　靜。㉛黨事　即黨禍。舊稱因結朋黨而招致的災禍。此以東漢為最烈。㉜逸　閒逸。㉝諂　巴結；奉承。㉞瀆　輕慢。㉟俟　待。㊱文書　公文。㊲赦宥　赦免寬宥。㊳懸車　把所乘之官車懸掛起來。以示從此不再做官。㊴四門備禮　意指當時的許多在位者，都爭著要徵辟先生出山做官。㊵何公　何進。㊶司徒　古代官名。掌教化之事。㊷袁公　袁隗。㊸曉喻　告知。㊹特表　特別表奏。㊺踐　擔任。㊻常伯　指侍中。㊼三事　三公。即大司徒、大司馬、大司空。㊽紆佩金紫　掛金印，繫紫綬。喻任三公之職。㊾勳　功業。㊿飾巾　整飾衣巾。(51)待期　等待死期。(52)弘農　古代郡名。治所在今河南靈寶以北之地。(53)陳公　陳耽。(54)袞職　三公之職。(55)躋　登。(56)慙於文仲竊位之負　意在說明楊陳二公都覺得自己原本沒有什麼才德，卻能身居三公之位，比起陳寔來未免很有點慚愧了。慙，即「慚」。《論語》曰：「臧文仲其竊位者歟？知柳下惠之賢而不與立也。」意思是說，臧文仲怕是個在其位而不謀其政的人罷？不然的話，怎麼會明知柳下惠是個賢德之人，卻不設法讓他擔當什麼職務，俾其在事業上能夠有所成立呢！(57)重乎　重於。

【語　譯】先生名寔，字仲弓，潁川許縣人氏。先生蘊含了天地精氣之和，應合了產生賢人的定數，又兼稟了九種美德，並能注意修持諸種品行。在鄉黨裡面與人相處非常恭敬謹慎，既文雅又樸實。先生又很善於誘導後學，為人仁而愛人，這就使得無論老少，都能得到安逸和關懷。他的為人之道是，能被用時就推行，不能被用時就斂藏，他的進退都合於法度。先生從不邀取虛名，或揭人過失以求合於當權者。待下也從不遷怒於人或者犯同樣的過錯。先生四次擔任郡功曹，五次被豫州刺史徵召，六次被三公所徵召，兩次被大將軍徵召，此外又任聞喜縣令半年，太丘縣令一年。先生於德性上致力於中庸，於教化上不主威肅。先生為政，成之以禮；教化之行，靜而不喧。以後適巧遭遇黨禍，被禁止仕宦達二十年之久。這期間，先生始終是樂天知命，淡泊自逸。先生廣為交接，對上決不巴結奉承；普施仁愛，對下決不倨傲輕慢。先生辦事，向來是見有預兆即採取行動，決不拖延一日以上。等到赦免寬宥的公文下達時，先生已經七十歲了，於是隱居丘山，辭職告老。四方在位者們都備禮以聘先生，先生卻閒心靜居，不接受他們聘請。大將軍何進、司徒袁隗也曾先後招辟先生，並派人告知先生說要特別向朝廷推薦，這樣先生便可出任侍中，並可超越常規，補任三公，掛金印，繫紫綬，光耀國家，留下功勳。然而先生卻回答說：「我對做官一事，早已不存任何盼望了，目前只是在整飾衣巾，以等待死期而已。」於是便將所有的徵招都辭謝了。弘農郡楊公、東海郡陳公，每逢出任三公之職，在群僚齊表祝賀的時候，都要舉手慨歎道：「潁川陳君乃是絕世超倫的賢才，如今卻未能踐登大位，比起從前的臧文仲來說，我們都近乎竊位而居，實在是慚愧得很。」因此當時的人，推崇先生的仁德遠在公相的地位之上。

年八十有三，中平三年❶八月丙午，遭疾而終。臨沒顧命❷，留葬所卒❸，時服素棺，槨❹財❺周櫬❻，喪事唯約❼，用過❽乎儉。群公百僚，莫不咨嗟❾，巖藪知名❿，失聲揮涕。大將軍⓫弔祠⓬，錫⓭以嘉謚⓮，曰：「徵士⓯陳君，稟⓰岳⓱瀆⓲之精，苞⓳靈曜⓴之純㉑。天不憖㉒遺老㉓，俾㉔屏㉕我王，梁崩哲㉖萎，於時靡憲㉗。搢紳㉘儒㉙林，論德謀㉚跡，諡曰文範先生。」傳曰㉛：「郁郁乎文哉。」《書》㉜曰：「洪範九疇，彝倫攸敘㉝。」文為德表，範為士則，存誨㉞沒號㉟，不亦宜乎！三公遣令史㊱祭以中牢㊲，刺史㊳敬弔。太守㊴南陽㊵曹府君命官作誄㊶曰：「赫㊷矣陳君，命世㊸是生㊹。含光醇㊺德，為士作程㊻。資始㊼既正，守終又令㊽。奉禮終沒，休㊾矣清聲！」遣官屬㊿掾吏(51)，前後赴會，刊(52)石作銘(53)。府丞(54)與比縣會葬。荀慈明、韓元長等五百餘人，緦麻(55)設位(56)，哀以送之。遠近會葬，千人以上。河南尹(57)种府君(58)臨郡，追歎功德，述錄高行，以為遠近(59)鮮(60)能及之。重(61)部(62)大掾，以成時(63)銘。斯(64)可謂存榮沒哀，死而不朽者已。乃作銘曰：

【章　旨】寫陳寔的故世所引起的種種社會反響，說明他的故世乃是一個巨大的損失。

【注　釋】①中平三年　西元一八六年。中平，漢靈帝年號。②顧命　遺命。③所卒　故世的地方。④槨　外棺。⑤財　通「才」。⑥櫬　內棺。⑦約　簡約。⑧過　差失。⑨咨嗟　歎息。⑩巖藪知名　隱居的知名人士。⑪大將軍　指何進。⑫弔祠　弔祭。⑬錫　通「賜」。⑭諡　古代帝王、貴族、大臣或其他頗具身分地位的人，死後被加上帶有褒貶之義的稱號。如漢武帝諡曰武，王安石諡曰文。⑮徵士　舊稱曾被朝廷徵聘而未應徵的隱士。⑯稟　稟受。⑰岳　高山。⑱瀆　大川。⑲苞　蘊含。⑳靈曜　指天。㉑純　和。㉒憖　願。㉓遺老　舊稱前朝的舊臣。此指陳寔。㉔俾　使可以。㉕屏　護衛。㉖哲　智。㉗憲　法。㉘搢紳　百官。㉙儒　讀書人。㉚謀　討論。㉛傳曰　即《論語》曰。㉜書　即《尚書》。㉝洪範九疇二句　語出《尚書・洪範》。洪，大。範，法。疇，類。彝倫，意同疇類。攸，所。敘，成其秩序。㉞存誨　指先生存則以其文範教誨於人。㉟沒號　指先生沒則以其文範為其諡號。㊱令史　官名。主管文書。㊲中牢　豬羊。㊳刺史　官名。掌督鹽。㊴太守官名。主管一郡之政務。㊵南陽　古代郡名。治所在宛縣（今河南南陽）。㊶誄　古代的一種文體。它的作用是列述死者生前的種種業績或者德行，以便定其謚號。㊷赫　明盛。㊸命世　即「名世」。㊹是生　即「生是」。代指陳寔。㊺醇　厚。㊻程　法則。㊼資始　即「始資」。資，稟受。㊽令　美。㊾休　美。㊿官屬　官之屬員。(51)掾吏　官之屬員。(52)刊　刻。(53)銘　銘文。(54)府丞　府尹的輔佐官。(55)緦麻　喪服名。(56)設位　設置靈位。(57)尹　行政長官。(58)种府君　即河南尹种拂。(59)遠近　六臣本良曰：「遠近，古今也。」(60)鮮　少。(61)重　鄭重。(62)部　命。(63)時　當時。(64)斯　這個。

【語　譯】先生於中平三年八月丙午日因病逝世，享年八十三歲。臨終之前，先生留下遺命，說就將他葬在故世的地方，穿著平時的衣服，棺材不施彩繪，外棺不用太大，只要剛剛能夠套住內棺即可。喪事一切從簡，花費也盡量節省。群公百僚，都歎息不已；隱居在山巖與澤藪之中的知名之士，也都失聲揮淚，痛哭不歇。大將軍在弔祭時，以美謚賜給先生，說：「徵士陳君，天生稟受了山川的精華，苞蘊了上天的純和。可惜的是，上天彷彿不願留下這位老臣，以護衛我王。屋樑崩塌，智人萎謝，一時失去了憑依的法則。百官儒生乃相與論列先生的仁德與行跡，並追定謚號曰文範先生。」傳曰：「多麼豐富多彩啊！」《尚書》曰：「大的法則共有九類，天地社會的常道條理就從這裡獲得秩序。」文這東西可以說是德行的外在表現，範則可以說是讀書人的行為榜樣。先生活著時，以他的文範教訓於世，他故世後就以文範作他的謚號，這不是非常相宜的嗎！於是三公派遣令史以豬羊為牲前來祭祀先生，刺史也前來敬弔先生。太守南陽曹府君命令屬官作誄文說：「光輝啊，陳君！你彷彿是為了聞名於世才生到這個世界上來的。你生而稟含輝光及醇厚的德性，真堪為讀書人仿效的楷模。你一開始所具有的資稟就非常純正，又能緊緊守著以得美終。你能奉禮而終，真可謂品德馨美、名聲清高啊！」於是派遣官屬掾吏前後赴會，刻石作銘。府丞與鄰近各縣一起會合送葬。荀慈明、韓元長等五百餘人，都穿著緦麻的孝服，設置靈位致哀送葬。遠近各地前來參加會葬的人數達到千人以上。河南尹种府君也到郡，追歎先生的功德，述錄先生的崇高品行，認為古往今來很少有人能比得上先生的。同時鄭重地委派大掾，叫他及時作成碑銘。真可以說是生時榮耀，死後令人痛惜，雖死而不朽的了。於是乃作銘說：

峨峨崇❶嶽❷，吐符❸降神❹。於皇❺先生，抱寶懷珍❻。如何昊穹❼，既喪斯文❽！微言❾圮❿絕，來者曷⓫聞！交交黃鳥，爰集於棘⓬，命不可贖⓭，哀何有極⓮！

【章　旨】此是本文的正文，頌讚死者文德，並表哀傷。

【注　釋】❶崇　高大。❷嶽　高山。❸符　符應。❹神　神靈。❺於皇　歎美之詞。又指美盛鮮明的樣子。❻抱寶懷珍　謂其道德才能之超群絕類。❼昊穹　天。❽斯文　指陳寔。因為陳寔很有文德，故以此稱之。❾微言　含道之言。❿圮　毀壞。⓫曷　怎麼。⓬交交黃鳥二句　出自《詩經・黃鳥》。秦穆公死後，秦人乃以子車氏的三個兒子殉葬，這首詩便是對他們的不幸表示哀傷。詩中以小小的黃鳥尚能飛憩於灌木之上而得其所哉，反襯三良（時人稱子車氏的三個兒子為三良）雖然活著，卻不能如黃鳥那麼地得其所哉，反而要以身去殉穆公之葬。交交，小貌。爰，語詞。棘，灌木。⓭贖　贖取；延長。⓮極　窮盡。

【語　譯】巍峨的高山啊，你吐出符應，降下神靈。美盛啊先生，你懷抱著超群的道德文才降生到這個人世上來。可是為什麼蒼天卻失去了這位有文德的先生！大道之微言因此而毀滅斷絕，後世之來者要如何再能聽到！小小的黃鳥尚能集息於灌木之上，為什麼先生的生命卻無法贖取延長！人們的哀傷之情何時才是盡頭！

褚淵碑文 并序

【作　者】王儉，字仲寶，琅邪臨沂（今屬山東省）人，南朝齊文學家。幼好學，手不釋卷。宋時娶陽羨公主，拜駙馬都尉，歷任祕書郎，義興太守。後佐齊代宋，封南昌縣公，遷尚書左僕射。武帝時任侍中、尚書令、鎮軍將軍，後改領中書監，參掌選舉。卒諡文憲。原有集六十卷，已佚，有輯本《王文憲集》。

【題解】這篇碑文的傳主褚淵和作者王儉都是宋齊之間很出名的人物，也都是一身仕於宋齊兩朝，並且做到高官的人物。不僅如此，他們倆又有過許多的交往，互相之間非常地投契推尊。不用說，這樣的碑文自然有其特別的價值。我們對照《南齊書．褚淵本傳》看，覺得這篇碑文寫得真實詳細，可以當傳主的一篇小傳來讀，許多的地方更可以補本傳之不足。碑文亦分序、銘兩個部分。序文極長，是碑文重點所在。這裡首先是說碑主的家世如何地久遠不凡，接著便約略地說他具有許多的美德，然後便集中筆墨寫他的仕宦歷程以及軍政方面的業績。銘文部分與前兩篇碑文一樣，也是用整齊的四字句收束全文，對碑主做整體的讚頌。本篇寫得樸實自然，不事藻飾，是一篇好的碑文。

夫❶太上❷有立德，其次有立功，此之謂不朽。所以子產云亡，宣尼泣其遺愛❸；隨武既沒，趙文懷其餘風❹。於文簡公❺見之矣。公諱淵，字彥回，河南陽翟❻人也。微子以至仁開基❼，宋段以功高命氏❽。爰逮❾兩漢，儒雅繼及。魏晉以降❿，奕世⓫重暉。乃⓬祖太傅元穆公⓭，德合⓮當時，行比⓯州壤。深識臧否⓰，不以毀譽形⓱言；亮采⓲王室，每懷沖虛之道⓳。可謂婉⓴而成章，志而晦㉑者矣。

【章旨】寫碑主的家世如何地久遠超凡。

【注釋】❶夫　發語詞。❷太上　最上。❸子產云亡二句　典出《左傳》。鄭國的子產死了以後，孔子便哭著說，可惜啊，那可是古代遺下的仁愛之風啊！❹隨武既沒二句　典出《禮記》。隨武子和趙文子都是晉國的大夫。隨武子死了以後被葬於九原，別的大夫死了以後也都葬在那裡。一次趙文子與叔譽同遊於九原。趙文子便對叔譽說：「假使地下的死者能夠復活的話，我們將追隨哪一位呢？」叔譽回答道：「大概應該是陽處父罷。」趙文子則說：「不，我要追隨的乃是隨武子，因為隨武子這個人做起事來，一方面能夠對國君有利，另一方面又能兼顧他自身的利益；不但如此，他在為自身謀利的時候，也不把他的朋友忘在一邊；這種品格可以說是極其難得。」❺文簡公　即褚淵。❻陽翟　縣名。治所在河南禹縣。❼微子以至仁開基　據《史記》說，微子是殷紂的哥哥，有至仁之德。周武王滅紂以後，到周成王時，微子被封於宋地，作為殷的後裔在那裡生養繁衍。❽宋段以功高命氏　據《左傳》說，宋段原是宋人共公子，擔任褚師之職，後來因為他立了大功，就被允許以官名為氏，於是就姓褚。另外，褚師的職責是管理市場。❾逮　到了。❿以降　以下。⓫奕世　累世。⓬乃　其。⓭太傅元穆公　官名。為三公之一。位次於太師，與太師、太保一起，作為重臣參與朝政，共同掌管全國的軍政大權。元穆公，指褚裒。⓮合　適合。⓯比　合。⓰臧否　善惡；好壞。⓱形　表現。⓲亮采　佐事。⓳沖虛之道　謂心懷虛靜，則可以得道，可以接士。⓴婉　曲。㉑晦　暗。

【語譯】據古人的意見，人生在世，最好是能於德行上有所成立，如果不行的話，也可以設法去建立功業，這些都可以稱得上是不朽之事。這樣看來，鄭國的子產死了以後，也就難怪孔子要哭著歎息說，那可是古代遺下的仁愛之風啊；晉國的大夫隨武子死了以後，趙文子也要緬懷他的餘風。我們在這位文簡公的身上，彷彿可以看到二位昔日賢者的影子。公名淵，字彥回，河南陽翟人氏。那地方原屬宋地，由微子以其至仁之德開出最初的基業，後來宋段又因為擔任褚師之職時立了大功，故而得以褚為姓氏。到了兩漢時期可以說是儒雅相繼，斯文一脈。魏晉以來，世代都光輝顯赫。他的祖父太傅元穆公，德行為時人所稱許，在州縣之中，行為也與人相合。他雖然精於評論人物的善惡好壞，卻從來不把對人的毀譽形於言表；他雖然身居要職，輔佐王室，卻每每能懷抱沖虛之道。真可以說是婉曲而順理成章，雖蓄志不凡卻使它藏而不露。

自茲厥後❶，無替❷前規，建官❸惟賢，軒❹冕❺相襲❻。公稟❼川岳之靈暉，含珪璋❽而挺❾曜。和順❿內凝，英華外發。神茂初學⓫，業隆弱冠⓬。是以⓭仁經義緯⓮，敦⓯穆⓰於閨庭⓱；金聲玉振⓲，寥亮於區宇。孝敬淳深，率由⓳斯⓴至；

盡歡朝夕，人無間言㉑。逍遙乎文雅之囿㉒，翱翔乎禮樂之場㉓。風儀㉔與秋月齊明，音㉕徽㉖與春雲等潤。韻宇㉗弘深，喜慍㉘莫見其際；心明通亮㉙，用人言必猶於己。汪汪焉㉚，洋洋焉㉛，可謂澄之不清，撓㉜之不濁。袁陽源才氣高奇，綜覈㉝精裁㉞；宋文帝端㉟明臨朝，鑒賞無昧㊱。袁既延譽㊲於遐邇，文亦定婚於皇家。選尚㊳餘姚公主，拜駙馬都尉㊴。漢結叔高㊵，晉姻武子㊶，方㊷斯蔑㊸如也。

【章　旨】寫褚淵資稟如何地神異，文章德行如何地傑出，以及如何因此而深得時賢和宋帝的稱賞與器重。

【注　釋】❶自茲厥後　自那以後。❷替　更改。❸建官　為官；居官。❹軒　官車。❺冕　官帽。❻襲　承襲。❼稟　稟受。❽珪璋　皆是美玉。❾挺　外發。❿和順　溫和恭順。⓫初學　古以十歲為初學之年。⓬弱冠　古以男子二十歲為弱冠之年。⓭是以　以是；因此。⓮仁經義緯　以仁為經，以義為緯。⓯敦　重。⓰穆　和睦。⓱閨庭　家庭。⓲金聲玉振　比喻名聲很好。⓳率由　遵循；沿用。⓴斯　而。㉑間言　離間之言。㉒囿　園。㉓場　平地的空地。㉔風儀　風度儀表。㉕音　德音。㉖徽　美。㉗韻宇　器量。㉘慍　怒。㉙亮　誠信。㉚汪汪焉　水深大的樣子。㉛洋洋焉　水深大的樣子。㉜撓　攪動。㉝綜覈　考核。㉞精裁　精通裁決。㉟端　正直。㊱昧　不明。㊲延譽　延致聲譽。㊳尚　古稱娶公主作妻。㊴都尉　武官。職位略低於將軍。㊵漢結叔高　據《三輔決錄》說，漢代有個叫做竇叔高的，以明經的出身做了郡上計吏，他的風度儀表很是美妙，天子非常珍愛他，就把公主嫁給他做妻子。㊶晉姻武子　據王隱《晉書》說，晉代有個叫王武子的，少年時候就很出名，又有俊才，武帝就把常山公主嫁給他做妻子。㊷方　比。㊸蔑　不。

【語　譯】自那以後，沒有人更改過前代傳下的規範。做官的均為賢明之才，任高官者前後相繼。公生來就稟受了大河高山的靈氣神暉，內含美質而外發光曜。溫和恭順的德性凝結於內，神采光華顯露於外。公還在十歲的時候，就顯得神氣峻茂，到了二十歲的時候，學業上已有豐盛的成就。於是公以仁義為做人準則，十分注重家庭的和睦；公的美譽便好似敲擊金鐘玉磬一樣，在區宇之中發出嘹亮的響聲。公孝敬父母，可謂淳樸深厚，遵循前規自然做到。一家之內，無論早晚，都是一片歡洽，沒有人能在其中施加離間之言。公逍遙於文藝之苑，翱翔於禮樂之場；所以公的風度儀表就能與秋月齊明，公的德音之美就能與春雲比潤。公的器量弘大深廣，喜怒從不輕易流露於外，所以平常人無法測度它的涯際。公的心明達誠信，用人之言如同用己之言。公好似大海，汪汪焉，洋洋焉，你無法把它澄清，也無法把它攪渾。袁陽源這個人，可以說是才氣高奇，考核人才，精明而善於裁決。宋文帝這個人也可以說是臨朝明正，鑒賞人物絕無不明之處。袁氏竭力地為公延致聲譽，使公名聞遐邇，文帝也出面做主，使公和皇家定婚，娶餘姚公主作妻，並且拜公為駙馬都尉。過去漢代的天子與叔高定婚，晉朝的武帝和武子聯姻，與此相比，還是不如。

釋褐❶著作佐郎❷，轉太子舍人❸。濯纓❹登朝，冠冕❺當世；升降❻兩宮❼，實惟時寶。具瞻❽之範既著❾，台衡❿之望⓫斯⓬集。出⓭參太宰軍事⓮，入為太子洗馬⓯，俄⓰遷祕書丞⓱。贊⓲道⓳槐庭⓴，司㉑文㉒天閣㉓；光昭㉔諸侯，風流㉕籍甚㉖。以㉗父憂㉘去職，喪過乎哀，幾將毀滅。有識㉙留感㉚，行路傷情。

【章　旨】開始寫碑主的仕宦及其功績。

【注　釋】❶釋褐　脫去粗布衣服。意指做官。❷著作佐郎　官名。主管編修國史。❸太子舍人　太子官屬。❹濯纓　洗滌官帽上的帶子。❺冠冕　本均為帽子。此喻指超眾、傑出。❻升降　上下。❼兩宮　天子宮與太子宮。❽具瞻　為人所共瞻之高位。❾著　盛。❿台衡　比喻宰輔大臣。台，三台星；衡，玉衡，北斗三星。皆在紫微宮帝座之前。⓫望　聲望。⓬斯以；而。⓭出　謂外任。⓮參太宰軍事　指太宰參軍之職。⓯太子洗馬　太子太傅、太子少傅的屬官。太子出行則為前導，為先驅。⓰俄　不久。⓱祕書丞　官名。主管圖書祕籍。⓲贊　輔佐。⓳道　司政之道。⓴槐庭　喻指三公任所。㉑司　主持。㉒文　文史之任。㉓天閣　即天祿書閣。㉔昭　明。㉕風流　美聲美譽如風流布。㉖籍甚　很多。㉗以　因為。㉘父憂　因父喪而生憂痛。㉙有識　有識之士。㉚留感　多感。

【語譯】公最初以著作佐郎進入仕途，然後又轉為太子舍人，於是就洗滌冠纓，登朝為官，道德之高為當世之首。公上下於天子之宮、太子之宮，的確稱得上是當時之寶。顯示出國之重臣的風範，而且也凝聚了出任宰輔的聲望。於是出任太宰參軍，又入仕太子洗馬，不久即遷任祕書丞。輔佐三公推行治國之道，主持文史之事於天閣之中，真可謂光彩照耀諸侯，名聲遠播，不久公因遭父喪而辭去職務。公居喪過於哀痛，幾乎是形銷骨毀。有識之士為之多有哀感，行路之人也產生傷痛之情。

服❶闋❷，除❸中書侍郎❹，王言如絲，其出如綸❺。恪❻居官次❼，智效❽惟穆。於時新安王❾寵冠列蕃❿，越⓫敷⓬邦教，毗⓭佐之選，妙盡國華⓮。出為司徒右長史⓯，轉尚書吏部郎⓰。執銓⓱以平，御煩以簡，裴楷⓲清通，王戎⓳簡要，復存於茲。泰始⓴之初，入為侍中㉑。曾不移朔㉒，遷吏部尚書。是時㉓天步㉔初夷㉕，王途尚阻，元戎㉖啟行，衣冠㉗未緝㉘。內贊㉙謀謨㉚，外康㉛流品㉜。制勝㉝既遠，涇渭斯明。賞不失勞㉞，舉無失德。績㉟簡㊱帝心，聲敷㊲物聽。事寧㊳，領㊴太子右衛率㊵，固㊶讓㊷不拜。尋㊸領驍騎將軍㊹。以帷幄㊺之功，膺㊻庸㊼祗㊽

之秩[49]，封雩都縣[50]開國伯[51]，食邑五百戶[52]。既秉辭梁之分[53]，又懷寢丘之志[54]，所受田邑，不盈百井[55]。

【章　旨】繼寫諸公的仕宦與功績。

【注　釋】[1]服　服喪。[2]闋　完畢。[3]除　任命。[4]中書侍郎　官名。為中書省長官中書監、令之副。[5]王言如絲二句　語出《禮記》。意思是說，王者的話剛說出時如絲一樣地細小，一旦對外宣布以後，便像線一般地粗大了。綸，粗線。[6]恪　謹慎；恭敬。[7]官次　官所。[8]效　顯示。[9]新安王　宋孝武帝第八子鸞封新安王。新安，郡名。治所在始新，轄境相當於今浙江淳安以西、安徽新安江流域、祁門及江西婺源等地。[10]列蕃　諸王。[11]越　將。[12]敷　布。[13]毗　輔佐。[14]國華　國之英賢。[15]司徒右長史　司徒之屬官。[16]尚書吏部郎　官名。主管選舉。[17]銓　選拔。[18]裴楷　字叔則。晉代尚書郎。[19]王戎　字濬沖。晉代司徒。[20]泰始　宋明帝年號。[21]侍中　丞相屬官。[22]移朔　指一個月的時間。陰曆每月初一日為朔。[23]是時　這時。[24]天步　指國運。[25]夷　平定。[26]元戎　兵車。[27]衣冠　朝士。[28]緝　同「輯」。和。[29]贊　助。[30]謀謨　商議國事。[31]康　安撫。[32]流品　百姓百官。[33]制勝　平定天下之亂。[34]勞　功勞。[35]績　功。[36]簡　選擇。[37]敷　傳播。[38]事寧　兵戈之事寧息。[39]領　任。[40]太子右衛率　太子屬官。[41]固　堅決。[42]讓　辭。[43]尋　不久。[44]驍騎將軍　武官名。[45]帷幄　指謀劃。[46]膺　當。[47]庸　用。[48]祗　敬。[49]秩　官位。[50]雩都縣　古縣名。治所在今江西省。[51]伯　古代爵位之一。[52]食邑五百戶　食用五百戶之賦稅。[53]辭梁之分　典出《國語》。說有一次楚惠王打算把梁地贈送給魯陽文子，文子答說不要，理由是，梁地遠而且險，恐怕他死了以後，子孫難以保住這塊地方。[54]寢丘之志　典出《列子》。說一次有位叫孫叔敖的士大夫得了重病，不久將死，於是就把他的兒子招至身邊，戒之說，大王對我封賞很多，我沒有接受，我死之後，大王仍會對你行封賞之事，你務必不要接受好的地方。楚越之間，有塊叫寢丘的地方，其地不好，且名聲甚惡，但你可以接受這個地方，因為這樣你就可以永遠擁有這個地方。孫叔敖死了以後，王果然以美地封賞其子，其子亦果然按照父親所說的那樣，辭而不受，而請求封賞寢丘之地，至今不失其地。[55]井　古以三屋所占之地為一井。

【語　譯】服喪結束以後，公被任命為中書侍郎，主要工作是替天子草擬詔令。王言初出口時，細微如絲，一旦經公之手寫成公布出去，便如粗大的線一般有影響力。公在官舍裡，謹慎辦公，嚴肅地盡其智力。其時新安王很得天子的寵信，遠出諸王之上。王將在邦國之內敷布教化，所以要選擇英賢擔任輔佐之職。於是公乃出任司徒右長史，又轉任尚書吏部郎。公執掌銓選官員之職非常公正，並且能做到以簡御繁，裴楷為政的清明通達、王戎行事的簡要，可以說都復現在公的身上了。泰始之初，公入朝受任侍中之職，不到一個月的時間，便遷任吏部尚書。這個時候，國運初定，然而王途尚多艱阻，戰事也還在進行，朝中官員之間尚不和諧。於是公在內則輔佐謀劃大計，在外則撫定百姓百官，取勝定亂於遠方，分別勳勞涇渭分明。有功勞的必得賞賜，有才德的必被舉用。公所建立的功績都記在皇帝心中，名聲傳布於眾人之耳。等到兵戈之事平息以後，公被任命為太子右衛率，但公堅決不受此任，不久便被任命為驍騎將軍。公在謀劃籌策當中所建立的功績，使他得到大用大敬的顯位，於是公被封為雩都縣開國伯，食用邑中五百戶賦稅。公一方面既秉承了魯陽文子不受梁地過分封賞的名分，另一方面又懷抱著孫叔敖囑咐其子希望得到寢丘之地以保後嗣的志意，他所受之封還不滿百井之地。

久之，重為侍中[1]，領[2]右衛將軍。盡規[3]獻替[4]，均[5]山甫[6]之庸[7]；緝熙[8]王旅[9]，兼[10]方叔[11]之望[12]。丹陽[13]京輔[14]，遠近攸[15]則[16]；吳興[17]衿帶[18]，實為股肱[19]；頻作二守，並加蟬冕[20]。政以禮成，民是以[21]息[22]。明皇[23]不豫[24]，儲后[25]幼沖[26]，貽厥[27]之寄[28]，允[29]屬時望[30]。徵為吏部尚書[31]，領衛尉[32]，固讓不拜。改授尚書右僕射[33]。端流[34]平衡[35]，外寬內直[36]，弘二八[37]之高謩[38]，宣〈由庚〉[39]而垂詠。太宗[40]即世[41]，遺命以公為散騎常侍[42]、中書令[43]、護軍將軍[44]。送往[45]事居[46]，忠貞允㊼亮㊽，秉㊾國之鈞㊿，四方是維(51)。百官象物(52)而動，軍政不戒(53)而備，公之登太階(54)而尹(55)天下，君子以為美談，亦猶孟軻致欣於樂正(56)，羊職悅賞於士伯(57)者也。

【章　旨】繼寫公之仕宦以及軍政方面的功績。

【注　釋】①侍中　丞相屬官。②領　兼任。③盡規　盡其規諫之責。④獻替　獻其可行之理，廢其不可為之事。⑤均　同。⑥山甫　周代賢臣仲山甫。能補王事之缺。⑦庸　作用。⑧緝熙　光明。⑨王旅　天子的軍隊。⑩兼　兼有。⑪方叔　周代之賢臣。⑫望　聲譽。⑬丹陽　郡名，治所在宛陵（今安徽宣城）。⑭京輔　京都輔衛之地。⑮攸　所。⑯則　效法。⑰吳興　郡名。治所在烏程（今浙江吳興南）。⑱衿帶　衣襟衣帶。⑲股肱　意指手足。股，大腿。肱，胳膊上由肘到肩的部分。⑳蟬冕　即蟬冠。漢代侍中、中常侍以貂尾蟬文為冠飾。此指常侍。㉑是以　以是。㉒息　安寧。㉓明皇　指宋明帝。㉔不豫　有病。㉕儲后　太子。㉖幼沖　幼小。沖，幼。㉗貽厥　指後嗣。㉘寄　託。㉙允　實。㉚時望　時所屬望。㉛吏部尚書　吏部行政長官。㉜衛尉　官名。掌管宮門警衛。㉝尚書右僕射　尚書省行政長官。㉞端流　理有不平者，端正其條流。㉟平衡　事有不平者施以權衡。㊱外寬內直　形於外者十分寬和，蘊於內者非常剛直。㊲二八　指八元八凱。均為古代的賢臣。㊳謩　謀略。㊴由庚　《詩經》中的篇名。據〈毛詩序〉，這詩是講萬物得其道的。㊵太宗　指宋明帝。㊶即世　駕崩。㊷散騎常侍　官名。職責是在皇帝左右規諫過失，時備顧問。㊸中書令　官名。漢武帝時，以宦者為之。掌傳宣詔命。㊹護軍將軍　官名。掌軍職的選用。㊺往　指明帝。㊻居　指少帝。㊼允　合。㊽亮　信。㊾秉　執。㊿鈞　政。(51)是維　維是。(52)象物　依據旌旗軍官作出行動。此指循禮。典出《左傳・宣公十二年》。(53)戒　告戒。(54)太階　三公之位。(55)尹　治。(56)孟軻致欣於樂正　據《孟子》，一次魯國的君王打算讓樂正子主持政事，孟子知道以後高興得夜不成寐。公孫丑問他何以這麼高興，孟子回答說，因為他這人是很好善的。(57)羊職悅賞於士伯　據《左傳》，一次晉侯把瓜衍之縣賞給士伯，羊舌職知道以後感到很高興，覺得這是很恰當的。

【語　譯】過了較長時間之後，公又被任命為侍中，並兼任右衛將軍。公盡到他規諫的職責，獻出可行之理，廢除不可為之事，功勞與仲山甫相等；公又使天子的軍隊光明鮮盛，聲望與方叔相同。丹陽是京輔之地，實在是遠近的榜樣；吳興為襟帶之地，堪稱京輔的手足。公數次擔任二郡的太守，並兼任常侍。公在任期間，行政之事，依禮來完成，百姓因而得以休養生息。不幸明帝患病，太子年幼，後嗣所託就在於公，實合於當時人的希望。於是公被徵為吏部尚書，兼任衛尉。公推辭不接受，於是就改授為尚書右僕射。公任此職，理有不平的，就加以端正整理；事有不平的，就予以平衡，待人非常寬和，秉性十分正直。一心弘揚八元、八凱的高明謀略，宣揚〈由庚〉的宗旨而流於歌詠。不久明帝駕崩，留下遺命，任公為散騎常侍、中書令、護軍將軍。公恭送明帝，敬事少主，忠貞誠信，執掌國政，四方因此得以維繫。百官辦事都能循禮而為，軍政之務不須告戒便能完備。公登上三公之位而治理天下，君子以為美談，恰如孟子因樂正子主持政事而大覺欣喜，羊舌職因士伯得到瓜衍之封賞而深表愉悅一樣。

丁所生母憂❶，謝職❷。毀疾之重，因心則至。朝議以有為為之，魯侯垂式❸；存公忘私，方進明準❹。爰降詔書，敦❺還攝❻任，固請移歲，表奏❼相望❽。事不我與❾，屈己弘化❿。屬值⓫三季⓬在辰⓭，戚蕃⓮內侮⓯。桂陽失圖，窺窬神器⓰。鼓棹⓱則滄波振蕩，建旗則日月蔽虧⓲。出江派⓳而風翔，入京師而雷動，鳴控弦⓴於宗稷㉑，流鋒㉒鏃㉓於象魏㉔。雖英宰㉕臨戎㉖，元渠㉗時殄㉘；而餘黨實繁，宮廟憂㉙逼㉚。公乃揔㉛熊羆㉜之士、不貳心之臣，戮力㉝盡規㉞，克㉟寧禍亂。康㊱國祚㊲於綴旒㊳，拯王維㊴於已墜。誠由太祖㊵之威風，抑㊶亦仁公之翼㊷佐。可謂德刑詳，禮義信，戰之器㊸也。以靜難之功，進爵為侯㊹，兼授尚書令㊺、中軍將軍㊻，給班劍㊼二十人。功成弗有㊽，固㊾秉㊿撝挹(51)。改授侍中(52)、中書監(53)，護軍如故(54)。又以居母艱(55)去官。雖事緣義感(56)，而情均天屬(57)。顏丁之合禮(58)，二連之善喪(59)，亦曷(60)以踰(61)！

【章　旨】繼寫公參與平定桂陽王叛亂的功績。

【注　釋】❶丁所生母憂　遭逢生母之喪。遭父母喪謂丁憂。❷謝職　辭職。❸有為為之魯侯垂式　據《禮記》，一次魯侯伯禽遭喪，剛巧有徐戎作難，伯禽乃哭而征之，為的是急王家之事，此即所謂有為為之也。❹存公忘私二句　據《漢書》，有翟方進者為漢之丞相。遭母喪，母葬十六日後，便除去喪服去辦公事，因為據他的意見，既然身為漢相，便應以公事為重，此所謂方進明準也。❺敦　勸勉。❻攝　就。❼表奏　指有關的各種公文。❽相望　不斷。❾事不我與　意謂固辭之事不被批准。❿弘化　弘揚天子之大化。⓫屬值　適逢。⓬三季　指夏、商、周三代之末。⓭辰　時。⓮戚蕃　諸王。⓯侮　亂。⓰桂陽失圖二句　據《宋書》，桂陽王原是文帝之子，為江州刺史。太宗駕崩後，王乃起兵反叛，欲竊帝位，後事敗被誅。桂陽，桂陽王休範。圖，謀。窺窬，偷視。神器，帝位。⓱鼓棹　行舟。⓲虧　缺半。⓳派　水分流。⓴鳴控弦　意謂使用弓箭。㉑宗稷　宗廟社稷。㉒鋒　劍戟之屬。㉓鏃　箭頭。㉔象魏　天子之闕。㉕英宰　指齊王蕭道成。㉖臨戎　親臨前線，指揮打仗。㉗元渠　惡首。㉘殄　滅。㉙憂　懼。㉚逼　迫。㉛揔　集合。㉜熊羆　皆猛獸。㉝戮力　盡力。㉞盡規　盡職。㉟克　平定。㊱康　安。㊲國祚　國福；國統。㊳綴旒　帽上的垂珠。㊴王維　王朝之綱維。㊵太祖　指齊王蕭道成，後建齊朝，廟號太祖。㊶抑　或者。㊷翼　輔佐。㊸德刑詳三句　見《左傳·成公十六年》申叔時之言。詳，通「祥」。器，器用。㊹侯　古代爵位。高伯爵一位。㊺尚書令　官名。為尚書臺之首長，直接對皇帝負責總攬一切政令。㊻中軍將軍　古代主將。㊼班劍　有紋飾的劍。班，通「斑」。漢制，朝服帶劍。晉改以木劍，謂之班劍。後世又以班劍為儀仗，由隨從武士若干人佩之，天子以賜功臣。㊽弗有　不居功而受賜。㊾固　堅決。㊿秉　執。(51)撝挹　謙抑。(52)侍中　官名。為丞相屬官。

(53)中書監　官名。與中書令同掌機要。(54)護軍如故　保留以前的護軍之職。(55)母艱　即母喪。這裡所謂母指公之嫡母。即吳郡公主。(56)義感　即「感義」。(57)天屬　天性。(58)顏丁之合禮　據《禮記》，有顏丁者，居喪甚合古禮。(59)二連之善喪　據《禮記》，孔子曾深讚少連、大連二人頗善居喪，說他們三日不怠，三月不懈。(60)曷　怎麼。(61)踰　超過。

【語　譯】適逢生母去世，於是辭職居喪。公因此而悲痛欲絕，以致身毀體病，這些都是由於內心哀傷所致。因此朝議認為，居喪可因有緊急之事要辦而暫時中止，此應以魯侯伯禽為榜樣；心存公事而忘記私痛，翟方進已樹立了準則。於是皇上降下詔書，勸公還朝就職。公仍然堅決辭謝達一年之久，這期間有關的公文絡繹不絕。公的辭職終於不被批准，於是公只好委屈就職以弘揚天子的教化。這個時候，諸王作亂於內，恰巧和夏、商、周三代的末世無異，加上桂陽王失於謀劃，窺視帝位。於是王師征討，軍勢浩大，行舟則滄波振蕩，舉旗則日月蔽缺。駛上江流，其快速如風飛馳，突入京師，其威勢好似雷聲震動。在宗廟社稷使用弓箭，在天子闕下揮舞劍戟。雖然英明的宰輔親臨前線，指揮作戰，因此禍逆之首及時被剿滅，但終因餘黨很多，故而王宮宗廟仍然很感逼迫。於是公集合了猛烈如熊羆的兵士及忠無貳心的朝臣，並力同心盡心謀劃以平定禍亂，使危似綴旒的國祚得以安穩，險如已墜的王綱得被拯救。這一方面固然是因為太祖的威風，另一方面也與仁公的輔佐有至密的關係。可以說德行、刑罰、和順、禮法、道義、誠信，稱得上是作戰時有利的器用。因為公立下這靖難的大功勞，皇上便晉升公為侯爵，並授公尚書令、中軍將軍的職務，同時賜公二十人的班劍儀仗。然而公卻不居此功，堅決地執持謙抑退讓之道，不接受這樣的賞賜。於是皇上便改授公侍中、中書監的職務，並保留護軍的官職。可是公又因為居嫡母之喪而辭去上述職務，這雖說是感義而為，實在也是哀情出於至性。過去顏丁以居喪合於古禮而得時人的讚美，少連、大連二人也以善於居喪而蒙孔子的讚賞，然而與公相比，還能顯出什麼過人之處呢！

天厭❶宋德，水運❷告謝❸。嗣主荒怠於天位，彊臣❹憑陵於荊楚❺。廢昏繼統❻之功，龕❼亂寧民之德，公實仰贊❽宏規❾，參聞❿神筭⓫。雖無受脤出車之庸⓬，亦有甘寢秉羽之績⓭。乃作司空⓮，山川攸序；兼授衛軍⓯，戎政輯睦⓰。

【章　旨】寫公之參與廢蒼梧王立順帝的功績。

【注　釋】❶厭　厭棄。❷水運　宋以水德而王，故稱。❸謝　盡。❹彊臣　逆亂之臣。❺憑陵於荊楚　沈攸之起兵荊州謀反，故曰。憑陵，侵淩。荊楚，指荊州。為漢武帝所置十三刺史部之一。轄境相當於今湖北、湖南及河南、貴州、廣東、廣西的一部分。東漢時治所在今湖南省常德市東北，其後屢經遷移，轄境漸小。代指荊州刺史沈攸之。❻廢昏繼統　李善曰：「廢昏謂廢帝為蒼梧王也，繼統謂立順帝也。」❼龕　五臣本作「戡」。意為制勝。❽贊　輔佐。❾規　規劃；規模。❿聞　參與。⓫筭　同「算」。計謀。⓬受脤出車之庸　據《左傳》，古時天子遣將出征時，必賜脤肉而後行。脤，祭肉。庸，功。⓭甘寢秉羽之績　據《莊子》，孔子對楚王說，過去孫叔敖這個人雖然整日只在那裡安穩地高臥，或者修些禮樂之事，可是卻能使郢人丟掉兵器，不生戰事。甘寢，安寢。秉羽，修禮樂之事。⓮司空　官名。掌測度土地、居民、山川等。⓯衛軍　指衛軍將軍。⓰輯睦　和睦。

【語　譯】上天開始厭棄宋朝，因此宋朝的水運差不多已經告盡。少主荒淫怠惰，亂臣於荊楚強橫侵凌。於是廢除昏主，擁立順帝的大功告成；制勝逆亂，安定萬民的德澤完成。公確實能輔佐施行宏大的計劃，參與籌劃神妙的計謀。公雖說沒有立下受脤以出兵車而取勝疆場之上的大功，卻取得了安寢以修禮樂而折衝千里之外的偉績。於是就任司空的職位，江山由此皆各得其序；既而又被授予衛軍將軍的職位，軍旅因此而和睦。

既而❶齊德龍興❷，順皇高禪❸。深達先天之運，匡贊奉時之業❹。弼❺諧❻允❼正，徽❽猷❾弘❿遠，樹之風聲，著之話言，亦猶稷契⓫之臣虞夏，荀裴⓬之奉魏晉。自非坦懷至公，永監[13]崇替[14]，孰[15]能光輔五君[16]，寅[17]亮[18]二代[19]者哉！大啟南康[20]，爰登中鉉[21]；時膺[22]土宇，固辭邦教[23]。今之尚書令，古之冢宰[24]，雖秩[25]輕於衮司[26]，而任隆於百辟[27]。暫遂沖旨[28]，改授朝端[29]。邇[30]無異言，遠無異望。帝嘉[31]茂[32]庸[33]，重申前冊[34]。執五禮[35]以正民，簡[36]八刑[37]而罕[38]用，故能騁績[39]康衢[40]，延[41]慈哲[42]后[43]。義在資[44]敬，情同布衣；出陪鑾蹕[45]，入奉帷殿[46]。仰〈南風〉[47]之高詠，餐東序之祕寶[48]。雅[49]議於聽政之晨，披文[50]於宴私[51]之夕。參[52]以酒德[53]，間以琴心[54]。曖[55]有餘暉，遙然留想[56]。君垂冬日之溫[57]，臣盡秋霜之戒，肅肅焉[58]，穆穆焉[59]。於是見君親之同致[60]，知在三之如一[61]。太祖升遐[62]，綢繆[63]遺寄[64]。以侍中、司徒錄[65]尚書事。稟[66]玉几之顧[67]，奉[68]綴衣之禮[69]。擇皇[70]齊之令典，致聲化於雍[71]熙[72]。內平外成，實昭舊職。增給班劍三十人，物有其容，徽章[73]斯允。位尊而禮卑，居高而思降。自夏徂[74]秋，以疾陳[75]退。朝廷[76]重違謙光[77]之旨[78]，用申超世之尚，改授司空，領驃騎大將軍，侍中錄尚書如故。

【章　旨】寫褚公由宋入齊，輔佐二代齊帝之德業。

【注　釋】❶既而　不久。❷齊德龍興　指齊太祖蕭道成接受宋順帝的禪讓而即帝位。❸順皇高禪　指宋順帝將帝位禪讓給齊太祖。❹深達先天之運二句　出自《周易》，原為「大人者，與天地合其德，先天而天弗違，後天而奉天時。」意思是說，有道之人，其德與天地相應合，他有時先天而為，但因為能合於天德，所以天對他的所為不生違礙；他有時又後天而為，這時他便遵奉天時而動。匡，正。達，通。⑤弼　輔佐。⑥諧　和。⑦允　信；確實。⑧徽　美。⑨猷　謀。⑩弘　大。⑪稷契　古時二賢臣名。曾輔佐舜禹以致太平之化。⑫荀裴　荀，荀攸。魏之名臣。裴，裴秀。晉之名臣。⑬監　通「鑑」。⑭崇替　興廢。⑮孰　誰。⑯五君　宋文帝、宋明帝、宋順帝、齊高帝、齊武帝。⑰夤　敬。⑱亮　信。⑲二代　宋與齊。⑳大啟南康　齊建元元年（西元四七九年），公被封為南康公，故曰。南康，郡名。晉太康三年（西元二八二年）置，治所在雩都（今江西于都東北），東晉時移治贛縣（今江西贛州）。轄境相當於今江西南康、贛縣、興國、寧都以南之地。㉑中鉉　司徒之位。㉒膺　受。㉓邦教　指司徒之位。因為司徒的職責是管一邦之教化，故以邦教代指司徒。㉔冢宰　古代官名。掌邦之教化。㉕秩　階序；級別。㉖袞司　三公之位。㉗百辟　百官。㉘沖旨　深意。㉙朝端　朝臣之首。㉚邇　近。㉛嘉　稱揚。㉜茂　盛大。㉝庸　功。㉞前冊　先前的冊命。指授司徒之職。建元二年重申前命。㉟五禮　古代有吉、凶、賓、軍、嘉五禮。㊱簡　省略。㊲八刑　古有不孝、不義、不姻、不悌、不仕、不恤、造言、亂民八刑。㊳罕　少。㊴績　功。㊵康衢　大路。㊶延　招。㊷哲　明。㊸后　君。㊹資　用。㊺鑾蹕　聖駕。㊻帷殿　掛著帷幕的宮殿。㊼南風　據《孔子家語》，舜曾彈五弦琴，造〈南風〉詩。這裡所謂仰〈南風〉之高詠，意思是說，公仰奉明君如同仰奉舜德一樣。㊽餐東序之祕寶　據說古有天球、《河圖》之寶，並皆存於東序，為帝王之瑞應。餐，美。㊾雅　正。㊿披文　開閱文籍。(51)宴私　私宴。(52)參雜。(53)酒德　魏劉劭作有〈酒德頌〉一文。列述酒的種種好處。(54)琴心　據劉向《列仙傳》，涓子曾作〈琴心〉三篇。(55)曖昏暗。(56)遙然留想　遠想安危之理。(57)冬日之溫　比喻天子之恩澤。(58)肅肅焉　恭敬的樣子。(59)穆穆焉　和美的樣子。(60)君親之同致　謂事君與事親原出同一理致。(61)在三之如一　指對父母、老師、君主都一樣服事。古有「親生之，師教之，君食之」的說法。非食不生，非教不成，雖其事分而為三，其義則合而為一。(62)升遐　駕崩。(63)綢繆　情意深厚。(64)遺寄　遺下詔命，託公以輔佐帝室之事。(65)錄　古代任官方式之一。始見於東漢。最初指兼管，後變為實任。(66)稟　接受。(67)玉几之顧　據《尚書》，周成王臨崩之時，乃將召公、申公召至身邊，並憑倚玉几以顧託後事。此借指公受太祖之顧託。(68)奉　奉行。(69)綴衣之禮　據《尚書》，周成王臨崩之前，群臣於受顧命之託之後，便將綴衣撤至庭中，以待其駕崩。綴衣，幄帳。(70)皇　大。(71)雍　和。(72)熙　樂。(73)徽章　旌旗。(74)徂　往。(75)陳　請。(76)朝廷　指天子。(77)謙光　謙而愈光。(78)旨　意。

【語　譯】不久，齊德如龍一樣地興騰而起，於是宋順帝實行禪讓的崇高義舉，遜帝位於齊。公深明天運的常理，先天而動；匡正輔佐，順天時而行以建立大業。公輔佐諧和，誠信端正，善美的謀略弘大深遠，樹立風氣教化，把有益的話著錄於典冊，就如同從前稷契臣服於虞夏，荀裴事奉於魏晉。如果不是因為襟懷坦蕩，為人公正，並且又能以前代的興廢之事為鑑的話，誰能像公這樣輔佐五位君王，實行恭敬誠信於二代呢？齊建元元年，公被改封為南康公，並被升為司徒，公於是受封為南康公，而堅持辭謝司徒之職。今天的尚書令就是古代的冢宰，雖然就官階而言輕於三公，但其工作的重要卻在百官之上。有鑑於此，公暫且滿足天子的心願，接受尚書令的任命，以為朝臣之首。由公擔任這個職位非常恰當，所以近者沒有異言，遠者也沒有異望。天子對公建立的豐功偉績很表嘉賞，於是重申前命，授公司徒之職。公於是執持五禮以正萬民，至於八刑則盡量省而不用。正因為如此，所以公能夠順利無阻地建功立業，得到明聖之君的慈愛，道義上以敬慎之心侍君，而其情卻彷彿是與平凡百姓相交一般。所以出則陪聖駕同行，入則侍奉於帷殿之下。公仰崇虞舜〈南風〉的高詠，又潛心把玩東序的祕寶。於天子聽政的早晨，公秉正朝議；於天子私宴的夜晚，又一同翻閱文籍，品酒取樂，撫琴娛心。天子的深恩厚澤，如同曖曖的餘輝一般，此時此際，公仍能遠想安危之理，以便君臣相互為戒。君既能垂恩如冬日的暖陽，臣亦能戒懼如面對凜烈之秋霜，彼此恭敬，相處和美。於此可見事君與事親，兩者並無不同；親生之，師教之，君食之，雖分而為三，但是事君、事師、事親卻是一致。不幸太祖升天，遺下情意深厚的詔書，命公以侍中、司徒之職，兼掌尚書之事。公於是稟受太祖的顧託，奉行綴衣的大禮，同時選擇大齊皇朝的善典，使聲威教化達到和樂，國內和平，對外和解，實在可以說是顯揚舊職。於是天子將公的儀仗隊增加到三十人，禮物都相當的美好，旌旗也都允當。公雖居尊位卻能卑禮待人，雖處高層卻能思退其身。從夏至秋，公一直以身染疾病為理由，懇請准其引身退處。天子覺得不好違拗公的謙退愈光之意，從而顯示出超越世人的高尚之情，於是改授公為司空，兼驃騎大將軍、侍中，掌尚書之事如故。

景❶命不永❷，大漸❸彌留。建元❹四年八月二十一日薨❺於私第❻，春秋❼四十有八❽。昔柳莊疾棘，衛君當祭而輟禮❾；晏嬰既往，齊君趍車而行哭❿。公之云⓫亡，聖朝⓬震悼於上，群后恇⓭慟於下，豈唯⓮哀纏一國，痛深一主而已哉！追贈太宰⓯，侍中⓰錄尚書如故，給節⓱羽葆⓲鼓吹班劍為六十人，諡曰文簡，禮也。

【章　旨】寫公的故世所引起的反響。

【注　釋】❶景　大。❷永　長。❸大漸　病重。❹建元　齊高帝年號。❺薨　古稱諸侯的死。❻私第　私人住宅。❼春秋　代指年歲。❽四十有八　即四十八。❾昔柳莊疾棘二句　典出《禮記》。衛國有太史叫柳莊者，一次得病甚重，其時衛公正在廟中行祭祀之禮，聽到這個消息後，為他禱告。柳莊死，公不釋服而往。棘，甚；重。輟，停止。❿晏嬰既往二句　典出《晏子春秋》。一次齊景公正值外遊，忽然聽到晏子故世的消息，於是急忙馳車趕去，下車後，一邊急走一邊痛哭。往，亡故。⓫云　語詞。⓬聖朝　這裡代指天子。⓭恇　恐。⓮唯　僅。⓯太宰　官名。相傳殷代始置太宰。周代名為家宰。為天官之長，輔佐帝王治理國家，有時也簡稱為宰。⓰侍中　官名。秦代開始設置，為丞相之屬官。兩漢沿置，無定員，因為侍從皇帝左右，出入宮廷，應對顧問，地位漸漸提高，常代表皇帝與公卿辯論朝政，晉時侍中屬門下省，南朝時始掌機要。⓱節　符節。⓲羽葆　葬禮儀仗之一，以鳥羽聚於柄頭如蓋。

【語　譯】不幸得很，公大命不長，病重臨危，竟於建元四年八月二十一日病故於私宅，享年僅四十八歲。從前衛國的柳莊病得很重，衛君聽到這個消息時正在進行祭祀，竟不顧禮儀急忙趕過去看望；齊國的晏嬰亡故之後，齊君馳車趕去，下車一邊行走，一邊痛哭。公的故世，使聖朝天子震動痛悼於上，百官諸侯驚恐哀慟於下，這難道僅僅是哀悼縈繞於一國，悲痛集於一主而已嗎！於是追贈公為太宰，保留侍中兼管尚書之事如故，並且發給節信以及羽葆、鼓吹、班劍的儀仗六十人，同時定諡號曰文簡，這些都是按禮而為的。

夫乘❶德而處，萬物不能害其貞；虛己以遊，當世不能撓其度❷。均貴賤於條風❸，忘榮辱於彼我❹，然後可兼善天下❺，聊以卒歲❻。經❼始圖❽終，式❾免祇❿悔。誰云⓫克⓬備？公實有焉⓭。是以⓮義結君子，惠霑⓯庶⓰類。言象⓱所未形⓲，述詠⓳所不盡。故⓴吏㉑某甲等，感逝川之無捨㉒，哀清暉之眇默。餐㉓輿誦㉔於丘里㉕，瞻㉖雅詠㉗於京國㉘。思衛鼎之垂文㉙，想晉鍾之遺則㉚。方㉛高山而仰止㉜，刊玄㉝石以表德。其辭曰：

【章旨】綜評褚公的為人和功業，並且說明立碑以表其美德的緣故。

【注釋】❶乘　據。❷度　氣度。❸均貴賤於條風　典出《淮南子》。原文為：「夫貴賤之於身也，猶條風之時麗也。」意思是說，貴與賤這兩樣東西對於人來說，都是不固定、不長久的，說破了，不過如同東北風有時吹到身上罷了。條風，指東北風。❹忘榮辱於彼我　典出《莊子》。原文為：「肩吾問於孫叔敖曰：『子三為令尹而不榮華，三去之而無憂色，何也？』孫叔敖曰：『不知其在彼乎！其在我乎？其在彼邪亡乎我，其在我邪忘乎彼，何暇至乎人貴人賤哉！』」意思是說，一次肩吾問孫叔敖道，你三次當了令尹，都不怎麼榮華顯赫，三次被撤職也都沒有什麼憂色，這是什麼原因呢？孫叔敖回答說，我不知道榮與辱這兩樣東西畢竟屬於我呢？還是屬於彼？假使屬於我的話，便不屬於彼；假使屬於彼的話，便不屬於我。既然如此，又何嘗能使人變得貴起來或使人賤起來呢？這裡孫叔敖的意思是說，不必以彼為辱，也不必以我為榮，反過來說也是一樣。❺兼善天下　典出《孟子》。原文為：「古之人窮則獨善其身，達則兼善天下。」意思是說，古時的人（指有道之君子者流）都是官運不亨通時，就獨自做個好人；官運亨通時，就出來做些對天下人有好處的事情。❻聊以卒歲　語出《論語》，意謂姑且以此打發時光。❼經　理。❽圖　謀。❾式　語詞。❿祇　大。⓫云　語詞。⓬克　能。⓭焉　之。⓮是以　以是。⓯露　遍及。⓰庶　眾。⓱言象　言說與形容。⓲形　表現。⓳述詠　敘述與歌詠。⓴故　舊的；熟識的。㉑吏　即官吏。春秋以前，大小官都可以稱為吏。戰國以後一般指低級的官。㉒逝川之無捨　語出《論語》。原文為：「子在川上曰：『逝者如斯夫，不捨晝夜！』」意思是說，一次孔子在川上感歎說：「你看它（指川水）就這麼地在往前流著，真可以說是晝夜不歇啊！」這裡借逝川之無捨，說明生命一旦告盡，就再也不會再生，如同川水一旦流過去就再也不會回頭一般。㉓餐　聽。㉔輿誦　指賤者之言。㉕丘里　田里之間。㉖瞻　觀聽。㉗雅詠　指歌頌公之美德的聲音。㉘京國　京城與諸侯國。㉙衛鼎之垂文　據《禮記》，衛國大夫孔悝有大功，故衛國乃鑄鼎將其功績銘於鼎上。㉚晉鍾之遺則　據《國語》，晉國大夫魏顆擊敗秦國，他的大功被銘於大鍾之上。則，法。㉛方　比擬。㉜止　語詞。㉝玄　黑色。

【語譯】且說一個人若能有德而處，則萬物便無法傷害他的貞正之性；一個人如果能虛心以遊的話，那麼當世便無法擾亂他的氣度。如把貴賤看得相等，如同東北風吹到身上一般，忘記榮辱是在別人或在自己身上，那麼他必定能做到兼善天下，並姑且以此度過一生。能夠理始而謀終，且因此而免大悔，這個誰能做得到呢？然而公卻足以當之。因此公也可以說能夠與君子結道義之交，施惠於大眾，這些決不是言說與形容所能表現得出的，也決不是敘述與歌詠所能說得盡的。公的故吏某甲等有感於川水晝夜不停地往前流逝，而歎息生命一去便不再返回，哀傷一旦沒入幽冥之界，公的儀形便無法再看見。聽卑賤者談論公的善行的話語流傳於田里之間，看歌頌公的仁德的聲音流傳於京都，想到衛國鼎上留下的銘文，想起晉國銘功於鍾的法則。公的品行可以比作高山，讓人瞻仰。現在將它刊刻在黑石之上，以表彰公的仁德。其辭說：

辰精感運❶，昴靈發祥❷。元首❸惟明，股肱❹惟良。天鑒璿曜❺，踵武❻前王❼。

欽❽若❾元輔❿，體微知章⓫。永言必孝，因心則友⓬。仁洽⓭兼濟⓮，愛深善誘⓯。觀海齊量，登嶽均厚。五臣茲六⓰，八元斯九⓱。內謩⓲帷幄，外曜⓳台階⓴。遠無不肅㉑，邇無不懷㉒。如風之偃㉓，如樂之諧。光我帝典，緝㉔彼民黎。率㉕禮蹈㉖謙，諒㉗實身幹㉘。跡㉙屈朱軒㉚，志隆衡館㉛。眇眇㉜玄宗㉝，萋萋㉞辭翰㉟。義既川流，文亦霧散。嵩㊱構云㊲頹，梁陰㊳載缺㊴。德猷㊵靡㊶嗣㊷，儀形長遞㊸。怊悵㊹餘徽㊺，鏘洋㊻遺烈㊼。久而彌㊽新，用而不竭㊾。

【章　旨】此是碑文的正文，總束序文，以為讚語。

【注　釋】❶辰精感運　辰精，辰星之精。辰星即房星。主水，齊為水德，故曰感運。❷昴靈發祥　據說漢代的蕭何乃是稟昴星而生，後發祥而做了漢的丞相，故曰。❸元首　指君。❹股肱　指臣。這裡指褚公。❺天鑑璿曜　典出《尚書》。原文為：「在璿璣玉衡，以齊七政。」蔡沈注曰：「在，察也，美珠謂之璿。璣，機也，謂衡簫也。以玉為管，橫而設之。所以窺璣而齊七政之運行，猶今之渾天儀也。七政，日月五星是也。七者運行於天，有遲有速，有順有逆，猶人君之有政事也。此言舜初攝位，整理庶務，首察璣衡，以齊七政。」意思是說，齊帝能根據天璣以鑑七曜之運行，並依此而整理政務。❻踵武　繼承。❼前王　先代明王。❽欽　敬。❾若　順。❿元輔　指褚公。⓫章　明。⓬永言必孝二句　語出《詩經》。六臣本翰曰：「言孝友之道，因心而生，不在於外也。」⓭洽　普遍。⓮濟　幫助；有益。⓯誘　誘而使前進。⓰五臣茲六　六臣本良曰：「周有五賢臣，兼褚公，此為六也。」⓱八元斯九　六臣本良曰：「堯有八元，亦賢臣也，兼褚公，此為九也。」⓲謩　籌劃。⓳曜　星發光。⓴台階　星名。這裡指三公之位。㉑肅　恭敬。㉒懷　來。㉓偃　傾側。㉔緝　治理。㉕率　循。㉖蹈　履。㉗諒　信。㉘身幹　身軀。㉙跡　行為。㉚朱軒　紅色的車子。這裡指官車。㉛衡館　以木為門的房屋。指隱者所居。㉜眇眇　深遠的樣子。㉝玄宗　大道。㉞萋萋　草木茂盛的樣子。㉟辭翰　語言文章。㊱嵩　中嶽嵩山。㊲云　語詞。㊳梁陰　樑木。㊴載缺　缺壞。㊵猷　謀。㊶靡　無。㊷嗣　承。㊸遞　往；去。㊹怊悵　悲恨的樣子。㊺徽　美。㊻鏘洋　德音。㊼烈　功業。㊽彌　更。㊾竭　窮盡。

【語　譯】齊為水德，所以能與辰星之精相互感通；漢蕭何稟昴星而生，發禎祥而流於子孫。因此之故，大齊皇朝，為君者都可稱為明哲，作臣者亦皆可以稱為賢良。齊帝能據玉璣以衡七曜的運行，並以此為鑑而整理國事，繼承了前王的遺則。公是敬順的首輔大臣，不但能體察事情於微末之時，也能知情於已明之後。他永遠孝順父母，因親親之情而友愛兄弟。他的仁德廣施兼濟天下，他的愛心深厚循循善誘，可以與海水齊量，也可以與山岳比厚。從前周有五臣，都是賢者，加上公一人，可稱為六；堯有八元，亦為賢者，添公一人，可號為九。公內則籌策於帷幄之中，外則發光於三公之位。因此，遠方的人無不恭敬服從，近處的人無不歸附。公掌管教化，如同風之吹拂，草無不伏倒，又如同樂之演奏，曲調無不諧和。公之主管政事，一方面能光大法制，一方面能治理黎民，遵循禮儀，履行謙抑，把信實作為為人的根本。公雖然委屈於官場之中，但是他的心志崇尚隱士生活。公的大道深遠難測，公的文章盛如春草，義理如川流不竭，文章似晨霧彌漫繁多。公的亡故如高山之構的一朝傾頹，似大屋之櫟的摧折壞缺。他的道德謀略再無嗣響，他的儀態容貌永逝不返。他的餘美令人悲傷，他的德音和遺留的功業，可謂歷久彌新，用之不竭。

卷五九

頭陀寺碑文 并序

【作　者】王巾，字簡棲，山東琅邪臨沂（今山東臨沂縣）人，生年不詳，卒於梁天監四年（西元五〇五年），他是一位生活於齊梁之際的作家。最早做官是擔任齊朝的郢州（今湖北武昌一帶）從事，以後又做過征南記室、輔國錄事參軍之職。

【題　解】這篇碑文與前相同，也可分為序文和碑文兩個部分。序中所述有三個方面的內容：一是闡述佛法的偉大及佛理的奧妙，並由此說明頭陀寺的建成，實為勢之必然；二是頭陀寺建成之後所經歷的興與廢；三是頭陀寺的重建。碑文則是用四字句的韻語對序文所述的一切作有力的總結。

《姓氏英賢錄》說，這篇碑文寫得「文詞巧麗，為世所重」，這話說得大抵不錯。

蓋聞挹❶朝夕之池❷者，無以測其淺深；仰❸蒼蒼之色❹者，不足知其遠近。況視聽之外，若存若亡，心行之表❺，不生不滅者哉！是以掩室❻摩竭❼，用❽啟❾息言之津❿；杜口⓫毗邪⓬，以通得意⓭之路。然語⓮彝倫⓯者，必求宗於九疇⓰；談陰陽者，亦研幾於六位⓱。是故三才⓲既辨，識妙物之功；萬象已陳，悟太極之致。言之不可以已⓳，其在茲乎！然爻⓴〈繫〉㉑所筌㉒，窮於此域㉓；則稱謂㉔所絕㉕，形㉖乎彼岸㉗矣。彼岸者：引之於有，則高謝㉘四流㉙；推之於無，則俯弘六度㉚。名言不得其性相㉛，隨迎不見其終始；不可以學地㉜知，不可以意生㉝

及，其涅槃之蘊也。

【章旨】這章說涅槃之彼岸如何地奧妙，為言意所不及。

【注釋】❶挹　舀。❷朝夕之池　即潮汐之池。指海。❸仰　仰望。❹蒼蒼之色　指天。❺表　外。❻掩室　閉戶。指斂心入靜。❼摩竭　即摩竭提國。據《華嚴經》，佛在那裡的寂滅道場，始成正覺。❽用　因。❾啟　開。❿息言之津　不言之路。津，渡口。⓫杜口　閉口。⓬毗邪　即毗耶離城。據《維摩經》，一次佛在那裡對文殊師利說，你去看看維摩詰病得怎麼樣。文殊師利問住在毗耶離城的維摩詰說，什麼叫做菩薩入不二法門？這時維摩詰便默然無言。文殊師利乃歎曰，好啊，好啊，原來沒有語言文字，方是真正的不二法門。⓭得意　指得其意。語出《莊子》。原文為「言者所以在意也，得意而忘言也」。意謂語言原是為了傳達意思的，現在既然已得其意，那麼那語言便可以忘掉了。⓮語　談說。⓯彝倫　常理。⓰九疇　禹治天下之九類大法，即九類。一曰五行，二曰五事，三曰八政，四曰五紀，五曰皇極，六曰三德，七曰稽疑，八曰庶徵，九曰五福。⓱六位　《易》卦之六爻。⓲三才　古稱天、地、人。⓳已　止。⓴爻　《周易》中組合成卦的符號。有六爻。㉑繫　即〈繫辭〉。為《周易》篇名。㉒筌　詮釋。㉓此域　生死之此岸。㉔稱謂　言說。㉕絕　不用。㉖形　現。㉗彼岸　涅槃之境。㉘謝　絕去。㉙四流　欲流、有流、天明流、有見流。㉚六度　布施以廣仁義、持戒以守信、忍辱以為謙、精進以思敬、禪定以守靜、智慧以通理。㉛性相　體性質相。㉜學地　在仍要繼續學習的階段中。阿羅漢階位以前眾生，雖習得四諦，未斷盡煩惱，故仍要學習戒、定、慧。㉝意生　本著意識（第七識末耶識），表現思量的作用。

【語譯】我聽說，舀大海的水，無法測得它的深淺；仰望蒼蒼之天，難以知道它的遠近。何況視聽所不能及，似有似無，心思所不可到的那不生不滅的境界呢？因此，我佛便在摩竭之國閉戶入定，以開啟不言而得寂滅正道的津渡；維摩詰乃閉口於毗耶離城，以打通得到真意之路。然而論常理，必定從九疇尋求根本之理；談陰陽，也要從卦爻之中研究幽微的變化。因此，三才既已分別，便可認識奇妙生成萬物的功用；萬象既已呈現，就可領悟原始混沌之氣變化生成的理致。語言所以不可不用，原因怕就在此罷。然而所可詮釋於爻相繫辭者，也僅僅限於生死的此岸，而言辭無法表達的妙旨，只現於涅槃的彼岸。所謂涅槃彼岸，真可以說微妙無比：如果把它引至萬有之界，便可以辭絕四流；假使把它推至虛無之境，它又可以弘揚六度。名號詞語無法把握它的體性形相，追隨相迎也不得見到它的終結與起始。它不可以在學習中懂得，也不能通過思量去把握，它實在乃是涅槃的深奧所在。

夫[1]幽[2]谷無私[3]，有至[4]斯響；洪[5]鍾虛受[6]，無來不應。況法身[7]圓對[8]，規矩冥立[9]；一音稱物，宮商[10]潛運[11]。是以如來利見迦維，託生王室[12]。憑五衍[13]之軾[14]，拯溺逝川[15]；開八正[16]之門，大庇[17]交喪[18]。於是玄關幽鍵[19]，感而遂通；遙源濬[20]波，酌而不竭。行[21]不捨[22]之檀[23]，而施洽[24]群有[25]；唱無緣之慈[26]，而澤周萬物；演[27]勿照之明，而鑒[28]窮沙界[29]；導[30]亡機[31]之權[32]，而功濟塵劫[33]。時義[34]遠矣！能事[35]畢矣！然後拂衣雙樹[36]，脫屣[37]金沙[38]。惟恍惟惚[39]，不皦[40]不昧[41]，莫繫於去來，復歸於無物。因斯[42]而談，則棲遑[43]大千[44]，無為之寂不撓[45]；焚燎堅林[46]，不盡之靈無歇。大矣哉！

【章　旨】頌讚佛的偉大與微妙。

【注　釋】[1]夫　發語詞。[2]幽　幽深。[3]私　情。[4]有至　即有聲至。[5]洪　大。[6]虛受　空虛其體以受扣擊。[7]法身　成就佛法之真身。[8]圓對　有感即對而無不周。即沒有滯礙的意思。[9]冥立　謂暗中自然存在。[10]宮商　古有五音，即宮、商、角、徵、羽。這裡以宮商代指眾生之呼應。[11]運　響應。[12]如來利見二句　據《瑞應經》，菩薩下當世作佛，託生天竺迦維羅衛國，父王名靜，夫人曰妙。迦維羅衛者，天地之中央。如來，佛號。謝靈運《金剛般若經注》曰：「諸法性空，理無乖異，謂之為如會如解，故名如來。」竺道生《維摩經注》曰：「如者，謂如與如冥，無復有如之理，從此中來，故曰如來。」二家釋如來之義，均可參考。利見，語出《周易》。原句為「九二，見龍在天，利見大人」。意思是說，據〈乾卦〉第二爻，龍星在天田星那裡出現，對大人（即貴族）有利。利見，指出現而世有利。迦維，指天竺迦維羅衛國。⓭五衍　五乘。即人乘、天乘、聲乘、辟支乘、菩薩乘。乘，即車。⓮軾　車前的橫木。⓯拯溺逝川　意謂人為不善，有如墮入逝川之中，且日夜流逝不止，如來乃將他救出以達於岸。⓰八正　據《大品經》，八正指正見、正思惟、正語、正業、正命、正精進、正念、正定。⓱庇　保護。⓲交喪　《莊子》曰：「世喪道矣，道喪世矣，世與道交相喪也。」⓳玄關幽鍵　即玄幽之門的關鍵。⓴濬　深。㉑行　實行。㉒捨　施捨。㉓檀　天竺語。意為布施。㉔洽　遍。㉕群有　萬有；萬物。㉖無緣之慈　對對方不起區別的慈，絕對平等的慈。對眾生皆施與慈，一體無間。㉗演　廣。㉘鑒　照見。㉙沙界　恆河沙數之三千大千世界。㉚導引。㉛機　機心。㉜權　方便。㉝塵劫　佛教以一世為一劫，無量無邊劫為塵劫。㉞時義　隨時之義。㉟能事　效能之事。㊱雙樹　即娑羅雙樹。據《涅槃經》，樹在枸尸那國力士生地阿利羅拔提河邊，世尊在樹間涅槃成佛。㊲脫屣　典出《史記》，原文為「武帝曰：『嗟乎！吾誠得如黃帝，吾視去妻子如脫屣耳。』」意謂哎呀，假使我能如黃帝那般地活著的話，我便可以如同脫去鞋子那樣地拋掉妻與子。㊳金沙　金沙河。即阿利羅拔提河。㊴惟恍惟惚　形貌不定的樣子。㊵皦　明。㊶昧　暗。㊷斯　這。㊸棲遑　忙碌不安。㊹大千　人居之世界，為一世界；千世界為小千世界；千小千世界為中千世界；千中千世界為大千世界。㊺撓　亂。㊻焚燎堅林　《涅槃經》：「佛以千疊纏裹其身，積眾香木以火焚之。」堅林，即娑羅樹木。

【語　譯】幽深的山谷沒有私心，凡是來了聲音，它必定以回響作答；巨大的銅鐘中間空虛，凡有扣擊，它必定以鳴聲相應。再說，法身本是有感即對圓融無礙，暗中自然存在著法則，佛以一音說法與眾生相合，眾生便會潛響呼應，各得解脫。因此如來下降當世於迦維之國，託生於帝王之家。憑藉五乘之車，拯救溺於逝川的眾生；開啟八正之門，救護世道交喪的塵寰。於是幽深玄妙的道門的關鍵，一朝感悟遂得開啟，佛法如同遠源深波一樣，任憑眾生酌飲而永不枯竭。因能摒棄施捨之心廣加布施，所以其惠能遍及眾生；因能拋開分別之心，普遍慈愛，所以其澤能周浹萬物。廣放不照之光明，故其照反能窮遍廣大界；以毫無心機的方便法門導引眾生，故其濟世之功可至無窮之世。佛法隨應時世的意義可說深遠了，作用可說巨大了。然後佛在雙樹之下拂衣成道，在金沙河邊拋棄家室，歸於涅槃。其境恍恍惚惚，不明不暗，無去無來，最後歸於無物。

據此而談，則雖忙碌不定於大千世界之中，其無為寂滅之道不會被擾亂；焚燒於婆羅木之上，其聖靈永存不滅。真是偉大啊！

正法❶既沒❷，象教❸陵夷❹。穿鑿異端者，以違方❺為得一❻；順非辯偽❼者，比❽微言❾於目論❿。於是馬鳴幽讚，龍樹虛求⓫，並振⓬頹綱，俱維⓭絕⓮紐⓯。蔭⓰法雲⓱於真際⓲，則火宅⓳晨涼⓴；曜慧日㉑於康衢㉒，則重昏㉓夜曉。故能使三十七品㉔有樽俎之師㉕；九十六種㉖無藩籬之固。既而方廣㉗東被，教肄㉘南移。周魯二莊，親昭夜景之鑒㉙；漢晉兩明，並勒丹青之飾㉚。然後遺文㉛間㉜出，列剎㉝相望，澄什㉞結轍㉟於山西，林遠㊱肩隨㊲乎江左㊳矣。

【章　旨】寫佛祖入滅後佛法之傳承及在東土流布的情況。

【注　釋】❶正法　指正法時。為佛入滅後五百年，時教、行、證三者都具體顯現的時期。❷既沒　如來涅槃，故沒其正法。❸象教　設象以為教。指佛教。句中又兼指佛教流行的第二時期，像法時。❹陵夷　頹壞。❺違方　違於大法。❻一　指道。❼順非辯偽　順於非是以為是，口辯其偽理以為真。❽比　等同。❾微言　含道之妙言。❿目論　典出《史記》，原文為「齊威王使說越王。齊使曰：『幸也越之不亡也！吾不貴其用知之如目見毫毛，而不自見其睫也。今王知晉失計，而不自知越之過，是目論也。』」意思是說，一次齊威王派使者去遊說越王。齊使對越王說，真是大幸啊，越還沒有敗亡啊！你們越國人運用知識，如同眼雖可以看見毫毛，卻看不見睫毛一樣，這我是不能佩服的。今天你大王只知道晉國做事失計，卻不知道越國也有過錯，這乃是地道的目論。這裡所謂目論指見細不見大，見遠不見近。⓫馬鳴幽讚二句　馬鳴、龍樹，均印度古高僧，於弘揚佛法起了重大作用。幽讚，深刻闡明。虛求，虛心以求道。⓬振　振起。⓭維　繫。⓮絕　斷。⓯紐　紐帶。⓰蔭覆。⑰法雲　真法之雲。⑱真際　真實際。指最高真理。指真如、空理。⑲火宅　《法華經》云：「三界無安，猶如火宅。」⑳晨涼　如早晨一般地清涼。㉑慧日　六臣本翰曰：「言二比丘演說佛化，萬物見明，如日照於道。」㉒康衢　大路。㉓重昏　重深昏暗之處。㉔三十七品　此指四念處、四勤正、四如意足、五根、五力、七覺分、八正道分。此諸品為修行之要。㉕樽俎之師　據說，一次晉國要攻打齊國，先派使者到齊國探聽情況。齊國便設宴招待晉使，席間且奏樂以助興。晉使者想設法使音樂變亂，卻被太師晏子知道了。使者回到晉國後便對晉主說，齊國是不可攻打的。孔子聽到這件事情之後就說，不出於酒席之間而能取勝千里之外，這就是晏子啊！這裡所謂樽俎之師，喻指馬鳴龍樹二比丘。說他們能興行三十七品之佛法，以伏外道。樽，酒器。俎，盛器。㉖九十六種　泛指諸種外道之議論。㉗方廣　廣大之意。指大乘經典。㉘肄　習。㉙周魯二莊二句　六臣本向曰：「周莊王、魯莊公時，夜恆星不見，謂夜明也。」據說這天乃是佛的生日。㉚漢晉兩明二句　漢明帝和晉明帝都曾圖畫佛像以崇佛法。㉛遺文　遺落之經文。㉜間　不時。㉝列剎　佛塔。㉞澄什　即佛圖澄和鳩摩羅什。皆天竺國之高僧。㉟結轍　奔走傳教。㊱林遠　即支道林和慧遠。皆晉之高僧。㊲肩隨　先後相隨。㊳江左　江東。

【語譯】如來涅槃之後，佛的正法時已過，佛教逐漸衰敗。這個時候，穿鑿附會的異端之見，以違於大法為得其道；錯誤虛偽卻善於巧辯之人，將含道之妙言等同於浮淺之目論。於是有馬鳴深刻闡明佛理，有龍樹虛心求道，並皆振起頹壞之綱紀，都在維繫斷絕之紐帶。二位比丘將正法之雲覆蓋於覺悟之眾心，則無安之三界便好似早晨一般地清涼；他們又把智慧之日照耀於大路，則重深之昏暗便恰如拂曉一樣地光亮。如此乃能使三十七品之佛法獲折衝樽俎的巨大威力，九十六種外道無籬笆之固。以後大乘經典向東流布，佛法傳習向南移動。周莊王、魯莊公親見佛誕辰夜景之明，漢明帝、晉明帝皆曾圖畫佛像以崇佛法。然後佛法大盛，經文時時出現，佛塔遠遠相望。佛圖澄與鳩摩羅什，先後傳教於崤山之西；支道林與慧遠相繼弘佛於江東。

頭陀寺者，沙門❶釋❷慧宗之所立。南則大川浩汗❸，雲霞之所沃蕩❹；北則層峰削成，日月之所迴薄❺。西眺❻城邑❼，百雉❽紆餘❾；東望平皐❿，千里超忽[11]。信[12]楚都之勝地[13]也。宗法師行絜[14]珪璧[15]，擁[16]錫[17]來遊。以為宅生者緣[18]，業空則緣廢[19]；存軀[20]者惑，理勝則惑亡[21]。遂欲捨百齡於中身[22]，徇[23]肌膚於猛鷙[24]，班[25]荊蔭松者久之[26]。宋大明五年[27]，始立[28]方丈[29]茅茨[30]，以庇[31]經像[32]。後軍長史[33]江夏[34]內史[35]會稽[36]孔府君[37]諱顗，為之薙[38]草開[39]林，置經行[40]之室。安西將軍郢州刺史[41]江安伯濟陽[42]蔡使君[43]諱興宗，復為崇[44]基表[45]剎[46]，立禪誦[47]之堂焉。以法師景行[48]大迦葉[49]，故以頭陀[50]為稱首。後有僧勤法師，貞節[51]苦心，求仁養志，纂[52]修堂宇，未就而沒[53]。高軌[54]難追，藏舟[55]易遠。僧徒闃[56]其[57]無人，榱[58]椽毀而莫構，可為長太息矣！

【章　旨】寫頭陀寺的來歷及其興衰。

【注　釋】[1]沙門　出家之僧人。[2]釋　東晉道安以來佛弟子以釋為姓。意謂都是釋迦牟尼的弟子。[3]浩汗　浩瀚。[4]沃蕩　流動。[5]薄　迫近。[6]眺　望。[7]邑　人民聚居之處。這裡與城同。[8]雉　古時計算城牆面積的單位。長三丈高一丈為一雉。[9]紆餘　曲折之貌。[10]皋　水邊之地。[11]超忽　遼遠的樣子。[12]信　真正；的確。[13]楚都之勝地　頭陀寺在鄂州，鄂州屬楚地，即今湖北武昌一帶，故曰。[14]絜　潔。[15]珪璧　美玉。古代以之比有德。[16]擁　執。[17]錫　錫杖。僧人執持以為標誌。[18]宅生者緣　僧肇說：「身，眾緣所成，緣合則起，緣散則離。」宅生，生命所居之處。即指身體。[19]業空則緣廢　僧肇《維摩經註》曰：「諸法之生，本乎三業，既無三業，誰作諸法？」業，指身、口、意三方面的活動，將引起善惡報應。法，通指一切事物。[20]軀　身。[21]亡　無。[22]中身　未及全壽之身。[23]徇　即「殉」。以身從物。[24]猛鷙　鷹。[25]班　布。[26]久之　甚久。[27]大明五年　西元四六六年。大明，宋孝武帝年號。[28]立　建。[29]方丈　住持所居之處。[30]茅茨　茅草屋頂。[31]庇藏置。㉜經像　佛經佛像。㉝長史　官名。秦官。李斯入秦後曾任長史。西漢時丞相下有兩長史，其職務相當於丞相府中的祕書長。將軍的幕府中也有長史，為幕僚之長。長史亦可分領軍隊作戰，稱為將兵長史。東漢的太尉、司徒、司空三公府也設長史，職任頗重，號為三公輔佐。三國、晉、南北朝沿置不改。㉞江夏　郡名。治所在今湖北雲夢、武昌一帶。㉟內史　官名。負責政務。㊱會稽　郡名。治所在今浙江紹興。㊲府君　尊稱。㊳薙　芟除。㊴開　闢。㊵經行　安靜地步行，往來旋繞。可防止坐禪時生起睡意，加強血液循環，以養身療病。㊶刺史　官名。為地方最高軍政長官。㊷濟陽　縣名。西漢時置。治所在今河南蘭考東北。㊸使君　尊稱。㊹崇　高。㊺表　突出。㊻剎　塔。㊼禪誦　坐禪誦經。㊽景行　《詩經》：「高山仰止，景行行止。」有景仰、尊崇之意。㊾大迦葉　佛之大弟子摩訶迦葉。㊿頭陀　據《彌勒成佛經》，彌勒佛說，釋迦牟尼佛曾於大眾中讚大迦葉為頭陀第一，並說他通曉禪定，解脫三昧。頭陀，修習苦行，過著極其清苦生活，俾能專心於修道的人。(51)貞節　堅持其節。(52)纂　繼。(53)沒　死。(54)軌　跡。(55)藏舟　《莊子・大宗師》謂藏舟於壑，雖說穩固，然終被有力者負之而走，比喻死生變化之不可逃。(56)闃　寂。(57)其　語詞。(58)榱　棟木。

【語譯】頭陀寺原是由沙門釋慧宗建立起來的。它的南邊有浩瀚的大江，雲霞流動；它的北邊有層峰挺立，日月迫近照耀。西望城邑，則百雉城牆蜿蜒屈曲；東看水邊平地，則廣袤千里，渺然遙遠。真可謂是楚都的勝地啊！慧宗法師，德行高潔，可比珪璧，執持錫杖來此遊處。據他的意見：人身原為眾緣之所集，如果業為空，則緣亦廢滅；戀身乃為迷惑所致，假使能知理而存道的話，那麼迷惑便會頓時消失。於是想要中捨百齡之身，以肌膚殉鷹，布荊草而坐於松蔭下，野居甚久。宋大明五年，開始建立方丈，覆蓋茅草，以庇藏佛經佛像。以後有後軍長史、江夏內史、會稽孔府君名覬者，為之芟除雜草，開闢樹林，設置休息散步之室。又有安西將軍、郢州刺史、江安伯、濟陽蔡使君名興宗者，更為之砌建高基崇塔，並建參禪誦經之堂。因法師全力奉行大迦葉的佛法，而大迦葉又被釋迦牟尼佛稱為頭陀第一，所以就以頭陀為稱舉之首。後來又有僧人勸法師，能堅貞其節，刻苦其心，追求仁德來修養志趣，繼續修繕堂宇，可惜事業未成便辭世而去。這種高尚的行跡難為平常人所追隨，他也終於辭世遠逝。從此僧徒無人，寂寞寥落，棟椽毀壞，無人修繕，實令人為之長歎啊！

惟齊繼五帝❶洪名，紐❷三王❸絕業。祖武宗文❹之德，昭升❺嚴配❻；格❼天光❽表❾之功，弘啟興復。是以惟新舊物，康❿濟⓫多難；步⓬中雅頌⓭，驟⓮合〈韶〉〈護〉⓯；炎區⓰九譯⓱，沙場⓲一候⓳。粵⓴在於建武㉑焉。乃詔西中郎將㉒郢州刺史江夏王㉓觀政藩維㉔，樹風㉕江漢㉖，擇方城㉗之令典㉘，酌㉙龜蒙㉚之故實㉛。政肅刑清，於是乎在㉜。寧遠將軍長史㉝江夏內史㉞行事㉟鼓城劉府君諱諠，智刃㊱所遊，日新月故㊲；道勝㊳之韻，虛往實歸。以此寺業廢於已安，功墜於幾㊴立，慨深覆簣㊵，悲同棄井㊶。因百姓之有餘，間㊷天下之無事，庀㊸徒㊹揆㊺日，各有司存。

【章旨】寫修繕頭陀寺的由來。

【注釋】❶五帝　古稱黃帝、顓頊、帝嚳、堯、舜。❷紐　連綴。❸三王　指夏禹、商湯、周文王（或加上周武王）。❹祖武宗文　《禮記》曰：「周人祖武王而宗文王。」❺昭升　明舉。❻嚴配　尊崇父親以配天。❼格　至。❽光　廣。❾表　指四表。❿康　安。⓫濟　救。⓬步　舉措。⓭雅頌　《詩經》分風、雅、頌三類。據朱熹說，風者，民俗歌謠之詩也；雅者，正也，正樂之歌也；頌者，宗廟之樂歌，大序所謂「美盛德之形容，以其成功，告於神明者也」。⓮驟　舉措之意。⓯韶護　〈韶〉為舜樂，〈護〉為湯樂。〈護〉，當作「濩」。⓰炎區　南方蠻夷之地。⓱九譯　即重譯、輾轉翻譯。意指邊遠語言不通之地。⓲沙場　邊遠之地。⓳一候　意指少邊患。候，邊境伺望斥候的設置。⓴粵　語詞。㉑建武　齊明帝年號。㉒中郎將　官名。掌警備之事。㉓江夏王　蕭寶玄。字智深，齊明帝第三子。㉔觀政藩維　視察政情，藩衛王室。㉕樹風　樹立風尚。㉖江漢　指郢州。㉗方城　指楚。楚北境古長城名方城。㉘令典　善典。㉙酌　斟酌。㉚龜蒙　指魯。龜蒙，山名。

㉛故實　舊日之史實。㉜於是乎在　在於是。是，這；此。乎，語詞。㉝長史　佐吏名。㉞內史　王國之行政長官。㉟行事　因王幼，由內史代行州府政事。㊱智刃　智慧之劍，謂看事明睿，善於決斷。㊲日新月故　日新月異。㊳道勝　據《瑞應經》，迦葉曾對他的二弟說，佛道最勝。㊴幾　近。㊵覆簣　《論語》：「譬如為山，未成一簣，止，吾止也。譬如平地，雖覆一簣，進，吾往也。」覆簣，原是開始之意，此處乃是功虧一簣之意。㊶棄井　《孟子》：「有為者譬若掘井，掘井九仞而不及泉，猶為棄井也。」意即想有所作為這件事就和挖井差不多，假使挖到九仞的深處將及泉還見不到水的話，那麼就還只是一口沒有用的井。㊷間　伺。㊸庀　具。㊹徒　眾。㊺揆　度。

【語　譯】齊代繼承了五帝的大名，連續了三王的絕業。具有周人祖襲武王、尊嚴文王之德，崇奉祖先配天而祀；做到上通於天，恩澤廣及天下之功，擴大國土，興復頹壞。因此受天命以來一派新氣象，而舊的典章制度不改，故能安其下人而救其多難。其舉措皆與雅頌之詩相合，與〈韶〉〈護〉之樂相應。南方蠻夷之族經過重重翻譯來朝，北方沙漠邊遠地區不用設防便能安靜無事。在建武之時，便下詔西中郎將郢州刺史江夏王，命其出守地方，拱衛京城，並且在郢州之地樹立良好的社會風尚。於是選擇楚國的優秀法令，斟酌魯國的往昔史實，以用作治理的依據。於是乎，其政嚴肅，其刑清簡。寧遠將軍長史江夏內史行事彭城劉府君名諠者，為政也很傑出。他明睿善斷，政事日新月異，極富佛道的韻度，能使人虛心而往，得實而歸。他認為這頭陀寺可以說是大業廢於天下已安之時，大功毀於將成之時。想到孔子的功虧一簣之喻，不免感慨頗深；想到孟子的將至泉而棄井不挖之譬，不禁悲從中來。於是隨著百姓的生活普遍過得寬綽有餘裕，趁天下太平無事之際，聚集徒眾，擇日修葺佛寺，而且使得人人各負其責。

於是民以悅來，工❶以心競。亙❷丘被陵，因高就遠。層軒❸延❹袤❺，上出雲霓❻。飛閣❼逶迤❽，下臨❾無地❿。夕露為珠網，朝霞為丹雘⓫。九衢之草⓬千計，四照之花⑬萬品。崖谷共清，風泉相渙⑭。金姿寶相⑮，永藉⑯閒安。息心了⑰義，終焉⑱遊集⑲。法師釋曇珍業行淳⑳修，理懷淵㉑遠，今屈知㉒寺任，永奉㉓神居㉔。夫民勞事功㉕，既鏤㉖文於鍾鼎；言時㉗稱伐㉘，亦樹碑於宗廟。世彌㉙積而功宣，身逾遠而名劭㉚。敢㉛寓㉜言於雕篆㉝，庶㉞髣髴㉟乎眾妙。其辭曰：

【章旨】寫頭陀寺的修復情況。

【注釋】①工　勞作。②亙　橫貫。③層軒　廊。④延　長。⑤袤　南北曰袤。⑥霓　副虹。即雨後天空中與虹同時出現的彩色圓弧。⑦飛閣　凌空構建的通道。即閣道。⑧逶迆　相連之貌。⑨臨　視。⑩無地　因閣太高，故往下看彷彿不見其地。⑪雘　赤石脂之類。古代以為顏料。⑫九衢之草　言樹枝交錯相重互出，有象衢路。九，非確數，古代表示多的意思。衢，路。⑬四照之花　《山海經》上所載名為迷穀的奇花。因其花能發光彩，照臨四方，故得名。⑭渙　水流很盛的樣子。⑮金姿寶相　指佛像金身。⑯藉　得。⑰了　明覺。⑱焉　之。代指佛寺。⑲遊集　集合遊處。⑳淳　通「純」。純粹。㉑淵　深。㉒知　主持。㉓奉　事奉。㉔神居　神佛居處。因寺中供置著佛像，故曰。㉕功　成。㉖鏤　鐫刻。㉗言時　謂言時記功。即舉動合於時令，建立功勞。㉘伐　征伐。㉙彌　久長。㉚劭　美。㉛敢　何敢。㉜寓　寄。㉝雕篆　文字。㉞庶　近。㉟髣髴　不分明的樣子。

【語譯】於是萬民歡悅而來，百工競心而作。橫貫山丘，布於崗陵，因高起樓，便生遠勢。層層迴廊，綿延南北，其高遠出雲霓之上；閣道凌空，連綿不絕，俯視看不見地面景物。傍晚的露水彷彿為它披上珠網；早晨的彩霞好似替它塗上硃紅。樹枝交錯的草木，數以千計；照耀四方的奇花，有萬種之多。峭崖山谷，其清如洗；風吹泉水，其流頗盛。金身佛像於此可以得到安閒；息心明義的僧人可以在此群居遊處。有法師釋曇珍，他的道業品行修養精純，他的道理深刻而懷遠。今天屈身主持本寺，永久奉事神佛之所居。萬民勞苦完成事業，於是乃將其事鐫刻於鍾鼎之上。講論合於時令而建功，稱揚征伐，也要樹碑於宗廟之中。時間愈是過去，其功乃愈加顯明；其身愈是久遠，其名乃愈加美好。豈敢奢望寄言於文字之中，但求約略表現出一點玄理罷了。其辭曰：

質判玄[1]黃，氣分清濁。涉[2]器[3]千名，含靈[4]萬族。淳[5]源上派[6]，澆[7]風下黷[8]。愛流[9]成海，情塵[10]為岳。皇[11]矣能仁[12]，撫期[13]命[14]世。乃睠[15]中土[16]，聿[17]來迦衛。奄[18]有大千[19]，遂荒[20]三界[21]。殷鑒[22]四門[23]，幽求[24]六歲[25]。亦既[26]成德[27]，妙盡無為[28]。帝獻方石，天開淥池[29]。祥河輟水，寶樹低枝[30]。通莊[31]九折[32]，安步三危[33]。川靜波澄[34]，龍翔雲起[35]。耆山廣運[36]，給園多士[37]。金粟[38]來儀[39]，文殊[40]戾[41]止。應[42]乾[43]動寂[44]，順民[45]終始。法本不然，今則無滅[46]。象正[47]雖闌[48]，希夷[49]未缺[50]。於[51]昭有齊[52]，式揚[53]洪烈[54]。釋網[55]更維，玄津重楫[56]。惟此名區，禪慧[57]攸[58]託。倚據崇巖，臨睨[59]通壑[60]。溝池湘漢[61]，堆阜[62]衡霍[63]。膴膴[64]亭皋[65]，幽幽林薄[66]。媚[67]茲[68]邦后[69]，法流[70]是[71]挹[72]。氣茂[73]三明[74]，情超六入[75]。眷[76]言[77]靈宇[78]，載[79]懷興葺[80]。丹刻[81]翬[82]飛，輪[83]奐[84]離[85]立。象[86]設既闢[87]，睟容[88]已安。桂林冬燠[89]，松疏夏寒。神足[90]遊息，靈心[91]往還。勝幡[92]西振[93]，貞[94]石南[95]刊。

【章 旨】讚頌佛法之偉大和江夏王之功德。

【注 釋】❶玄 黑。❷涉 相關。❸器 物。❹靈 生命。❺淳 厚。❻派 分流。❼澆 薄。❽黷 汙。❾愛流 愛欲之流。❿情塵 六根與六塵。情，根的舊譯。六根，指眼、耳、鼻、舌、身、意。六塵，指色、聲、香、味、觸、法。六根引起的六塵染汙真性。⓫皇 大。⓬能仁 即釋迦牟尼。⓭撫期 應期。⓮命 名。⓯睠 顧。⓰中土 即迦維羅衛國。因國在天地之中，故曰。⓱聿 語助詞。⓲奄 包；覆。⓳大千 即大千世界。⓴荒 包。㉑三界 凡夫生死往來之世界分而為三。一欲界，二色界，三無色界。㉒殷鑒 《詩・大雅・蕩》：「殷鑒不遠，在夏后之世。」原謂殷人子孫以夏亡為借鑒，後遂作借鑒之意。㉓四門 據《瑞應經》，佛原是迦衛國的太子，到十四歲時，便啟告父王而出遊。一開始出城的東門，天帝化作病人，太子悲念人生俱有患，於是乃轉車而回。太子又出城的南門，天帝又化作老人，太子因愍念人生壯盛無多，又轉車而回。接著又出城的西門，天帝又化作死人，太子便愍念人生皆有終結，於是又轉車而回。最後太子乃出城的北門，天帝便化作沙門。太子乃說，好啊！只有這個稱得上是快樂之事。於是急轉車而回，並想道，大道清靜，求道不宜在家。於是乃出家求道而成佛。㉔幽求 幽居而追求。㉕六歲 六年。㉖既 已。㉗成德 成就功德。㉘無為 超越因緣、條件，超越生死變化之物。即涅槃、真如。㉙帝獻方石二句 據《瑞應經》，佛走還樹下，路上發現一件棄衣，乃撿而欲洗之。天帝知道佛意，即於頗那山上取紋理色澤均好的四方石，置於池邊，並告訴佛說，可用此石洗衣。第二天飯時，佛持缽從迦葉家受飯而還，找一個清靜之地把飯吃了。後要洗澡，天帝知道佛意，即下來以手指地，當即有水出而成池，並令佛受用。此池後乃名為指地池。㉚祥河輟水二句 據《瑞應經》，有一時，尼連河水流甚疾，佛乃以自然神通使水流斷而湧起，且高出人頭，並讓河底揚塵，佛在其中。後日，佛入指地池浴畢，欲出，無所可攀。池上原有樹，名迦和，高大美好，其樹乃自然曲枝，下而就佛，佛於是牽枝而出。㉛莊 道路。㉜九折 山名。㉝三危 山名。㉞川靜波澄 喻指心定則煩惱不生。㉟龍翔雲起 《周易》云：「雲從龍。」喻道明則萬物感而應之。㊱耆山廣運 據《法華經》，佛住王舍城耆闍崛山中，與大比丘眾一萬二千人在一起。廣運，廣為運行。㊲給園多士 據《金剛般若經》，佛在舍衛國祇樹給孤獨園，與大比丘眾一千二百五十人在一起。㊳金粟 指維摩詰居士。精通大乘之理，善於化導，曾指點文殊師利等。㊴來儀 來而有容儀。㊵文殊 佛弟子。㊶戾 至。㊷應 順應。㊸乾 即乾坤。指天地。㊹動寂 動靜；天動地靜。㊺民 人性。㊻法本不然二句 《維摩經》曰：「法本不然，今則無是，寂滅之義。」僧肇釋此句曰：「小乘以三界熾然，故滅之以求無為。大乘觀法，本自不然，今何以滅，乃真寂滅。」意思說，小乘佛教把三界看作熾燃之地，所以要滅之以求無為。大乘原是直觀佛法，根本就不認為有什麼熾燃之三界，既然如此，又有什麼可滅的呢？這個乃是真寂滅。然，燃。㊼象正　指佛教傳承之正法時、像法時，即指佛教。㊽闕殘。㊾希夷　沒有聲色。㊿缺　缺廢。51於　歎美之詞。52有齊　即齊。有為語詞。53揚　舉。54洪烈　大業。55釋網　與下句的「玄津」並為佛法。56枻　棹。代指船。57禪慧　禪定與智慧。58攸　所。59睨　視。60壑　川。61湘漢　湘江與漢水。62阜　小山。63衡霍　並為山名。64膴膴　肥美貌。65亭皋　平澤。66薄　草木叢生。67媚　愛。68茲　這。69邦后　指江夏王。70法流　佛法之流。71是　此。72挹　酌取。73茂　盛。74三明　天眼明、宿命明、漏盡明。75六入　眼入、耳入、鼻入、舌入、身入、心入。76眷　顧。77言　語詞。78靈宇　指頭陀寺。79載　語詞。80興葺　興起修葺。81丹刻　佛殿朱漆而雕刻。82翬　野雞。83輪　高大。84奐　文章之貌。85離　鳳。86象　佛象。87闢　開。88睟容　潤澤之貌。89燠暖。90神足　神之足。又指佛之神通能力，可到任何地方。91靈心　佛之心。92勝幡　戰勝外魔之得勝旗幡。93西振　在西方招展。94貞　堅。95南　謂在國之南。

【語譯】一片混沌分為天玄地黃，其氣分為清濁。相關的器物成千；有生命的種類亦成萬。再往後，淳厚之源分流於上，澆薄之風鼓濁於下。愛欲之流匯成大海，六塵積聚成為山岳。偉大的我佛，應期運而生，顯名於世。於是顧懷中土，降生於迦維羅衛國。廣覆大千眾生，普濟三界脫離火宅。以四門景象為借鑑從而悟真諦，幽居六年以求大道。終於成就大德，透徹悟得無為法。天帝獻上方石，助其洗衣；天帝開啟深池，供其沐浴。祥河為之斷流，寶樹為之低枝。雖行於九折之山，卻如同走在通衢大道；雖行於三危之岳，卻好似悠然安步一般。大河靜而水波澄，游龍翔而陣雲起。我佛於耆闍崛山中廣行佛法，在給孤獨園中與眾比丘講論大道。維摩詰居士在世顯容儀，文殊師利來到他處受到化導。適應天動地靜，隨順人之生死。萬法本自不在熾燃之中，今則不求其熄滅乃真寂滅。佛教雖然衰微，無聲無色的大道卻是毫無缺失。美哉！明哉！大齊之朝，發揚宏大的事業。釋教之網將壞又重換主繩修好，玄妙的渡口重又濟渡眾生。想此佛寺，堪稱名區，乃禪定智慧之人所居。倚據高岩，臨視通川。湘江漢水，看去好似溝池；衡山霍山，望去如同土堆。肥美的水邊平地；林木叢生，深幽無盡。敬愛的此邦之主，酌飲正法之流。其氣盛於三明，其情超越六入。乃睠顧此寺，而懷興修之意。修葺之後，面貌一新。殿宇朱紅，精雕細琢，如同彩雉飛翔；堂屋高大，文彩美奐，彷佛鳳鳥停立。供養我佛形象之室既開，潤澤之容已安。桂樹成林，雖在冬而溫暖；松木疏朗，雖在夏而寒冽。我佛之神可於此處遊息，我佛之靈心可於此處往還。得勝之旗展於西方，堅貞之石刊於南國。

齊故安陸昭王碑文 并序

【作　者】沈約，見頁二四九五。

【題　解】這篇碑文的傳主安陸昭王，名緬，字景業，為始安貞王（太祖高皇帝蕭道成的二兄）之子。王計生有三個兒子，長為蕭鳳，次為蕭鸞（即後來的齊明帝），末為蕭緬。蕭緬在劉宋朝便已做官，蕭氏立朝以後，他因為宗室的關係，自然頗見重視，特別是世祖武皇帝，對他更是器重非常，給他委以種種的重任。他因為頗具才略，所以政績顯著。當他於三十七歲亡故時，武帝和蕭鸞都感到非常悲痛。到蕭鸞正式做了皇帝之後，便追封他為安陸昭王。那時大作家沈約也在朝為官，便為這位宗室子弟撰寫碑文。

本碑文在結構上也分為序文與正文兩個部分。序文按時間的順序，敘寫碑主的生平，可以當作一篇小傳來讀。正文部分，是以四字句的韻文總結序文的內容。序文敘述的成分較多，而正文則偏於抒情。

我們讀《南齊書》和《南史》，看到裡面都有蕭緬的列傳（雖然後者不過是照抄前者罷了），但總感到有點過於簡略，比較起來，這篇碑文就寫得詳細得多了，彌補了兩史列傳的不足，頗具史料的價值。有的地方又不免有點失之誇與諛。

公諱緬，字景業，南蘭陵❶人也。稷❷契❸身佐唐虞，有大功於天地。商武❹

姬文❺，所以膺圖❻受籙。蕭曹❼扶翼漢祖❽，滅秦項❾以寧亂。魏氏❿乘時⓫於前，皇齊⓬握符⓭於後。靈源⓮與積石⓯爭流；神基與極天⓰比峻⓱。祖宣皇帝⓲，雄才盛烈，名蓋當時。考⓳景皇帝⓴，含道居貞，卷懷前代。公㉑含辰象㉒之秀德，體㉓河岳之上靈，氣蘊㉔風雲，身負日月。立行可模，置言成範㉕，英華外㉖發，清明內㉗昭。天經地義之德㉘，因心必盡；簡久遠大㉙之方㉚，率由㉛斯㉜至。挹其源者，游泳而莫測；懷㉝其道者，日用而不知。昭昭若三辰㉞之麗㉟于天，滔滔猶四瀆㊱之紀于地。六幽㊲允㊳洽㊴，一德㊵無爽㊶。萬物仰之而彌高，千里不言而斯㊷應。若夫彈冠㊸出仕之日，登庸蒞事之年，軍麾㊹命服㊺之序㊻，監督㊼方部㊽之數，斯固國史之所詳，今可得略也。

【章旨】寫安陸昭王出身之高貴及德行之傑出。

【注釋】❶南蘭陵 郡名。治所在蘭陵（今江蘇武進西北）。❷稷 即后稷。堯之輔佐，有至德，為周之始祖。❸契 舜之輔佐。有至德，為殷之始祖。❹商武 商武王成湯。❺姬文 周文王。❻圖 指河圖。下文之「籙」是符命之書，均天子將興之符應。❼蕭曹 即蕭何、曹參。均有大功於漢。❽漢祖 漢高祖劉邦。❾秦項 秦朝與項羽。❿魏氏 曹參之後代。即曹操、曹丕。⓫乘時 乘時為雄。⓬皇齊 即蕭齊。蕭何之後代。⓭握符 握符命而為人主。符，符命，古以所謂祥瑞的徵兆附會君主得到天命的憑證。⓮靈源 指齊朝神異之源。⓯積石 《尚書·禹貢》：「導河積石。」此指源遠流長之黃河。⓰極天 《詩經·大雅·崧高》：「崧高維嶽，駿極于天。」言四嶽高峻至天。此處以極天代四嶽。⓱峻 高。⓲宣皇帝 即蕭承之。齊高帝蕭道成之父，安陸昭王之祖父。高帝即位後，追尊曰宣皇帝。⓳考 亡父。⓴景皇帝 指安陸昭王之父蕭道生。道生為高帝之次兄。高帝即位後，進封其為始安貞王。明帝即位後又追尊為景皇帝。㉑公　指蕭緬。㉒辰象　日、月、星。㉓體　得。㉔蘊　積。㉕範　法。㉖外　指貌。㉗內　指心。㉘天經地義之德　指孝道。㉙簡久遠大　《周易·繫辭上》：「乾以易知，坤以簡能。易則易知，簡則易從。易知則有親，易從則有功。有親則可久，有功則可大。可久則賢人之德，可大則賢人之業。」㉚方　道。㉛率由　指《詩經·大雅·假樂》：「率由舊章。」㉜斯　語詞。起連接的作用。意與「而」相近。㉝懷　歸。㉞三辰　日、月、星。㉟麗　附麗；附著。㊱四瀆　江、河、淮、濟。㊲六幽　天地四方。㊳允　信。㊴洽　合。㊵一德　純一之德。㊶爽　差。㊷斯　語詞。有連接的作用。㊸彈冠　典出《漢書》。據說王陽與貢禹是很好的朋友，比如王陽在位，則貢禹彈冠以表示將要出仕。㊹軍麾　軍中用以指揮的旌旗。㊺命服　官員按等級穿的禮服。㊻序　次序。㊼監督　指監督軍事。㊽方部　四方州部。

【語　譯】公名緬，字景業，南蘭陵人氏。想當初，后稷和契輔佐唐堯虞舜，成大功於天地之間。如此才有後來商湯與周文王親受河圖與符命之書。往後又有蕭何曹參共扶漢祖劉邦，消滅嬴秦與項羽，以平定天下之亂。接著便有做為曹參之後的魏主趁時而為天子於前，還有做為蕭何之後的大齊踐位於後。大齊福祚源遠流長，可與黃河相比，神聖的基業可與四嶽比高。公的祖父宣皇帝雄才盛烈，名蓋當時；公的父親景皇帝含道居正，睠懷前代。公生而蘊含了日月星辰一般的美德，又秉承了江河山岳的精靈。氣度恢弘，如胸蘊風雲；光明磊落，就像身肩日月。他的立身行事可以作為人們的楷模，他的言語可以用作人們的規範。他的容貌如英華之發，內心有如清澄之明。公行天經地義的孝德，並非因為外力，而是由內心發散出來，故必能盡其所行；公奉行賢人簡久遠大之道，遵循前代章程就能做到。酌飲其德之源者，雖沈潛其中而不能測其深淺；懷歸其道者，雖日日用之而不知有多麼深厚。光明如日月星辰附著於天，滔滔似江河淮濟為大地之綱紀。天地四方確實和諧，純一之德沒有絲毫差誤。萬民仰望，更覺其高；千里應之，不待其言。至於公彈冠出仕的日期，任官視事的時間，軍旗命服的等級，監督軍事的州數，本來國史都有詳明的記載，這些現且從略。

水德[1]方衰，天命未改[2]。太祖[3]龍躍俟[4]時，作鎮淮泗[5]。如仁夕惕[6]之志，中夜[7]九迴[8]；龕[9]世拯亂之情，獨用懷抱。深圖[10]密慮[11]，眾莫能窺[12]。公陪奉朝夕，從容左右，蓋同王子洛濱之歲[13]，實惟辟彊內侍之年[14]。起[15]予聖懷，發言中旨。始以文學遊梁[16]，俄而[17]入掌綸誥[18]。蘭桂有芬[19]，清暉自遠。帝出于震[20]，日[21]衣青光[22]。方軌[23]茅社[24]，俾[25]侯安陸[26]，受瑞[27]析[28]珪[29]，遂荒[30]雲野[31]。式掌儲命[32]，帝難其人，公以宗室羽儀[33]，允膺嘉選。協[34]隆[35]三善[36]，仰敷[37]四德[38]。博望之苑載暉[39]，龍樓[40]之門以峻。獻替[41]帷扆[42]，實掌喉脣[43]。奉待漏之書[44]，銜如絲之旨[45]。前暉後光，非止[46]恆受[47]。公以密戚上賢，俄而奉職[48]，出納[49]惟允[50]，劍璽[51]增華。伊[52]昔帝唐，九官[53]咸事，熊豹臨戢[54]，納言是司[55]。自此迄今，其任無爽[56]。爰自近侍，式[57]贊[58]權衡[59]。而皇情眷眷，慮深求瘼[60]。

【章旨】寫蕭緬奉侍天子與太子的情況。

【注釋】❶水德　指劉宋王朝。宋為水德。❷未改　未終。❸太祖　齊高帝蕭道成。❹俟　待。❺作鎮淮泗　宋明帝曾以太祖為冠軍將軍，使鎮守淮陰。淮泗為其地二水名。❻惕　警覺。❼中夜　半夜。❽九迴　反覆思慮之狀。❾龕　通「戡」。❿圖　謀劃。⓫慮　籌策。⓬窺　見。⓭王子洛濱之歲　指十五歲。據說一次晉平公派叔譽出使於周，叔譽到了那裡便和太子相見，互相交談甚久。他回到晉國後對平公說，太子很是了不起，才十五歲的人，我就說不過他。另據《列仙傳》，周靈王的太子晉喜歡以笙作鳳鳴，常遊於伊水和洛水之間，後來成了仙人，這便是仙人王子喬。這裡用這個典故，無非是說，蕭緬入傅太祖時也只是十五歲左右的年紀，可見他年少時便很有才氣。⑭辟彊內侍之年　據《漢書》，張良的兒子張辟彊做侍中時只有十五歲。這裡用這個典故，作用與前同。⑮起　啟發。⑯始以文學遊梁　據《漢書》，梁孝王好接納文學之士，故司馬相如、枚乘之徒皆遊其門。這裡指蕭緬當初曾以文學遊於宋邵陵王門。⑰俄而　不久。⑱掌綸誥　指任中書郎之職。綸誥，指六子詔誥。⑲芬　香。⑳帝出于震　震，指〈震卦〉。震為東方之木，齊為木德，故曰。㉑日　喻君。㉒青光　木色。㉓方軌　並跡。㉔茅社　古時天子分封諸侯，必以白茅包土賜之，供其立社。社，祭土神之處。㉕俾　使。㉖安陸　郡名。治所在今湖北安陸。㉗瑞　玉符。㉘析　分。㉙珪　古時為諸侯所執，用作符信。因與天子各執一半，故要一分為二。㉚荒　擁有。㉛雲野　即雲夢澤。地屬安陸。㉜式掌儲命　指緬入為太子中庶子。式，用。儲命，太子的命令。㉝羽儀　《易．漸》：「鴻漸于陸，其羽可用為儀。」此處有被人尊重，可作表率之意。㉞協　協助。㉟隆　盛。㊱三善　指事父、事君、事長。㊲敷　布。㊳四德　體仁足以長人，嘉會足以合體，利物足以和義，貞固足以幹事。㊴博望之苑載曄　據《漢書》，武帝的戾太子成年以後，帝乃為他立博望苑，使通賓客，縱其所為。這裡用以喻指緬入傅太子。㊵龍樓　典出《漢書》。指太子之門。㊶獻替　獻其事之可為者，廢其事之不可為者。㊷帷扆　指帝座。扆，屏風。帝背扆而坐。㊸喉脣　指出納言辭。㊹待漏之書　從前大臣奏事上書，均在清晨，為不誤時間，通常要起身很早，以待其時，故曰。漏，古時的計時方法。㊺如絲之旨　《禮記》云：「王言如絲。」㊻止　僅。㊼恆受　恆常百官之所受任。㊽奉職　指擔任侍中之職。㊾出納　出納天子之言。㊿允　信。(51)劍璽　侍中之職。天子出，則佩璽掛劍而隨行。(52)伊　惟。即思想。(53)九官　據《漢書》，舜命九官，以禹作司空，棄后稷，契司徒，咎繇士師，垂共工，益朕虞，伯夷秩宗，夔典樂，龍納言。(54)熊豹臨戭　據《左傳》，從前高陽氏有才子八人，內有檮戭與大臨。高辛氏有才子八人，內有仲熊與叔豹。(55)司　掌；主。(56)爽　差。(57)式　用。(58)贊　助。(59)權衡　政理。(60)求瘼　求得下人之所病者，以便除而去之。瘼，病。

【語　譯】劉宋的水德正在衰退，而國祚尚未告罄。這時太祖正鎮撫淮陰，待時以踐天子之位。有濟世仁者終夜警惕的志向，半夜猶在反覆思慮；有平定亂世拯救黎民的情懷，獨自心中運思。他的深謀遠慮，眾人一概難以窺見。公這個時候乃陪奉於朝夕，從容周旋於左右。那時公年僅十五歲，正與王子晉初遊洛濱，和張辟彊初任侍中時的年紀相同。公的應對周旋頗能啟發太祖心中所思；出言吐語又頗中太祖的心意。公一開始作為文學遊於宋邵陵王的門下，不久便出任中書郎，專掌天子的制誥。公的為人如同蘭桂發出清香，清明光輝自能傳播久遠。齊以木德興起，太祖於是身披木色的衣服而登上天子之位。並給公以諸侯的禮遇，封公為安陸侯。公乃接受玉符，與天子各執珪的一半以為信符，於是擁有雲夢之野。其時天子急需賢才來執掌太子的命令，左右遴選，難得其人。公身為宗室的表率，所以被視為最佳人選。公協助太子隆盛三大善事，輔佐太子發揚四大德行。博望苑因而能生輝，龍樓門因而得以高峻。一方面上奏天子獻其可為之事，廢其不可為之事；另一方面則為太子出納言辭，手捧奏疏待時上朝，謹奉王命宣布執行。前後所任，皆有光輝，非尋常百官受命行事可比。因為公是天子的近戚，又是上等的賢才，不久便被遷任侍中。公在此職上：宣旨納言均堪稱誠信；佩璽把劍陪奉天子，可以說倍增光華。遙想從前舜命九官各掌其事，仲熊叔豹擣戭大臨專管納言。從那時而至今日，公任職最無差誤。後來公擔任天子近侍的職位，輔助理政。而天子也一心一意關心民生，深深思慮訪求百姓的疾苦。

姑蘇①奧壤②，任切③關河。都會④殷⑤負⑥，提封⑦百萬。全趙⑧之袨服⑨叢臺⑩，方⑪此為劣；臨淄⑫之揮汗成雨⑬，曾何足稱。乃鴻騫⑭舊吳，作守東楚⑮。弘⑯義讓以勗⑰君子，振⑱平惠⑲以字⑳小人。撫同上德，綏㉑用中典㉒。疑獄得情㉓而弗喜，宿訟㉔兩讓而同歸。雖春申之大啟封疆㉕，鄧攸之緝熙氓庶㉖，不能尚也。夏首㉗藩要㉘，任重推轂㉙；衿帶㉚中流，地殷㉛江漢。南接衡巫㉜，風雲之路千里；西通鄖鄧㉝，水陸之途三七㉞。是惟形勝，閫外㉟莫先。建麾㊱作牧㊲，明德攸㊳在。乃暴㊴以秋陽，威以夏日。澤無不漸㊵，螻蟻之穴靡㊶遺；明無不察，容光㊷之微必照。由近而被㊸遠，自己而及物。惠與八風㊹俱翔，德與五材㊺並運㊻。遠無不懷㊼，邇無不肅㊽。邑居不聞夜吠之犬㊾，牧人不覩晨飲之羊㊿。譽表六條(51)，功最(52)萬里。還居近侍(53)，兼饗戎秩(54)。侯府(55)寄隆，儲端(56)任顯，東西兩晉，茲選(57)特難。羊琇願言而匪獲(58)，謝琰功高而後至(59)。升降二宮(60)，令績(61)斯(62)俟(63)；禁旅(64)尊嚴(65)，主器(66)彌(67)固。

【章　旨】寫蕭緬出任吳郡太守、都督郢州等地軍事及還朝任侍中、中領軍、太子詹事等職的情況。

【注　釋】❶姑蘇　地名。即今江蘇蘇州，為吳郡之治所。❷奧壤　腹地。奧，深。❸切　重要。❹都會　人口聚集的大城市。❺殷　盛。❻負　五臣本作「阜」。大。❼提封　總計面積。❽全趙　全盛時的西漢趙國。❾袨服　美服。❿叢臺　趙王所修之臺名。⓫方　比。⓬臨淄　齊國都城。這裡即代指齊國。⓭揮汗成雨　比喻人多。⓮騫　飛。⓯東楚　指吳地。⓰弘　揚。⓱勗　勉。⓲振　舉。⓳平惠　平正仁惠。⓴字　撫愛。㉑綏　安。㉒中典　常行的法律。㉓情　實。㉔宿訟　未決之訟。㉕春申之大啟封疆　據《史記》，楚考烈王以黃歇為相，號春申君。君請封於江東，王許之。於是春申君乃以吳的故墟作城以為都邑。㉖鄧攸之緝熙氓庶　據王隱《晉書》，有鄧攸字伯道者，將為吳郡太守。時吳人餓死者極多，攸到任之後，乃上表要求貸糧，可是上官卻不同意。攸乃自作主張，盡出倉庫之米，如此一郡之人皆蒙救濟。緝熙，理和。㉗夏首　水口名。指郢州之地。㉘藩要　國家的藩屏要地。㉙推轂　古時遣將，天子皆親自推車以送之，以此表示親重。轂，車輪中心的圓木。這裡代指車。㉚衿帶　衣襟衣帶。㉛殷　正。㉜衡巫　二山名。㉝酆鄧　邑名。㉞三七　指二千一百里。㉟閫外　門限之外。這裡指邦畿之外。㊱麾　旗類。㊲牧　古稱地方行政長官。謂牧其地之民。此時蕭緬兼郢州刺史。㊳攸　所。㊴暴　曬。㊵漸　入。㊶靡　無。㊷容光　指小隙。㊸被　布。㊹八風　八方之風。㊺五材　金、木、水、火、土。㊻運　行。㊼懷　懷歸。㊽肅　敬。㊾邑居不聞夜吠之犬　據司馬彪《續漢書》，有劉寵字榮祖者，先曾任會稽太守，後徵拜為將作大匠。山陰縣若耶山中有五六個老人，年皆七八十，聽到這個消息後，便走來相送。劉問其故。答說劉未來以前，常有吏至民間騷擾，弄得半夜裡狗叫之聲不絕。自從劉來了以後，就沒有吏來擾民，半夜也就再聽不到狗叫了。㊿牧人不覩晨飲之羊　據《孔子家語》，當初魯國的羊販子沈猶氏常在早上給羊飲水，以增加羊的重量，然後再牽至市上去售賣。自從孔子主政以後，這個羊販子就再也不在早上給羊飲水了。51六條　據《漢書音義》，舊時刺史所察計有六條：察民疾苦冤失職者，察墨綬長吏以上居官政狀，察盜賊為民之害及大奸猾者，察犯田律四時禁者，察民有孝悌廉潔行修正茂才異等者，察吏不簿入錢穀放散者。52最　最大。53還居近侍　指入為侍中。54兼饗戎秩　指兼驍騎將軍。饗，享。戎秩，武職的俸祿。55侯府　指中領軍之職。相當於漢北軍中候之官，故稱。蕭緬永明五年遷中領軍。56儲端　指任太子詹事。57茲選　此任之人選。58羊琇願言而匪獲　據《晉諸公贊》，有羊琇者，字稚舒，泰山人，頗有濟世之才，與世祖同年，且相處甚善。曾對世祖說，日後貴為天子，望能給個領護軍太子詹事的職務。世祖即了帝位之後，給了羊琇左將軍、中護軍的職務，卻沒有任他為太子詹事。59謝琰功高而後至　謝琰為輔國將軍，後因拒氐有功，進號征虜左僕射，領詹事。謝琰，字瑗度，謝安之少子。60二宮　天子宮與太子宮。61令績　善功。62斯　此。63俟　待。64旅　兵。65尊嚴　莊嚴威武。66主器　指太子。67彌　更。

【語　譯】姑蘇之地為齊國的腹地，它的郡太守負責的是有關國家山河的重任。這裡都會盛大，總計百萬之眾。全盛時期的西漢趙國，其叢臺下麗服之人成市的景象，與此相比，尚覺不足；臨淄城內人多揮汗成雨的景象，與此相較，哪裡值得一提。公如鴻雁飛臨舊吳之地，出任吳郡太守。在任期間，一方面弘揚義讓之德，以此勉勵君子；一方面採用平正仁惠的措施，以此撫愛小人。撫愛百姓同於德行最高的人，安定地方採用常行的法律。存疑之獄，經公審理，常能得到實情，然而公卻從不因此而喜形於色；尚未解決的訴訟，經公的教化，都能發生效力，使雙方讓步，各自歸去。所有上述一切，雖從前春申君的開發封疆，鄧攸的和理百姓，與公相比，亦不能超過。郢州之地，自古以來就是國家屏藩的要地，公都督郢州、司州之義陽軍事，責任重於受命出征的大將。此處以江流為其衿帶，其地正當江漢二水。南與衡巫二山相接，可謂風雲之路千里，西與酈鄧之邑相通，真是水陸之途二千一百里。談到形勝之地，可以說邦畿之外，沒有能先於此地的。於是建旗幟以任郢州刺史，俾使其明德在於其處。公治理郢州，一方面使百姓能得秋陽的溫煦，一方面又使百姓能知夏日的威嚴。他的恩澤所施無不可及，雖螻蟻的小穴，亦不遺漏；他的明智無不可察，雖容光之微隙，亦必看清。由近而及遠，因己而及物。可以說，他的恩惠與八方之風俱翔，他的大德與金、木、水、火、土五行並行。遠方無不懷歸，近處無不敬肅。民間不再有官吏來擾民，半夜也就聽不到狗的叫聲，清晨不見牧人為增加羊的重量而給羊飲水。他的聲譽超過刺史的六條職責之外，其功績天下第一。不久公又奉命入為侍中，兼驍騎將軍。中領軍之責，寄望甚隆；太子詹事之職，原為顯任。東西兩晉，均以此官的人選為難得。比如羊琇，雖曾開口向武帝要求此任，可是終究未能遂願；再如謝琰，他能得到此任，乃在多次立功之後。公卻能先後於二宮擔任近侍之職，其善政之功，可以說正待此時而立，如此京師禁軍莊嚴威武，太子之位就更為堅固了。

禹穴[1]神皋[2]，地埒分陝[3]。江左以來[4]，常遞[5]斯[6]任。東渚鉅海[7]，南望秦稽[8]。淵藪[9]胥[10]萃[11]，萑蒲[12]攸[13]在。貨殖之民[14]，千金比屋[15]；郛鄽[16]之內，雲屋[17]萬家。刑政繁舛[18]，舊難詳一[19]。南山群盜[20]，未足云多；渤海[21]亂繩[22]，方[23]斯易理。公下車[24]敷[25]化，風動神行，誠恕既孚[26]，鉤距[27]靡用。不待赭汙之權[28]，而奸渠[29]必翦；無假[30]里端[31]之藉[32]，而惡子[33]咸誅。被以哀矜[34]，孚以信順。南陽葦杖[35]，未足比其仁；潁川時雨[36]，無以豐其澤。公攬轡升車，牧州典[37]郡，感達民祇[38]，非待期月[39]。老安少懷，塗歌里詠，莫不歡若親戚，芬若椒蘭[40]。麾旆[41]每反，行悲道泣。攀車臥轍[42]之戀，爭塗忘遠；去思一借之情[43]，愈久彌結[44]。

【章　旨】寫蕭緬出任會稽太守的情況。

【注　釋】❶禹穴　會稽山有孔穴，相傳為禹葬地，故名。此代指會稽。❷神皋　因其地肥沃，故曰神皋。皋，地。❸地埒分陝　史載，周時，陝以東，周公主之，陝以西，召公主之。這裡是說，緬為會稽太守，此可與從前周召二公分陝之事相比埒。埒，相等。❹江左以來　指東晉建都江南之建康（即今江蘇南京）以來。❺遞　一個接一個更換。❻斯　此。❼東渚鉅海　即濱臨大海的意思。鉅，即「巨」。❽秦稽　即秦望山與會稽山。❾淵藪　魚和獸類聚居的地方。此謂盜賊所藏之淵藪大澤。❿胥　相。⓫萃　聚。⓬萑蒲　鄭國聚盜之草澤。⓭攸　所。⓮貨殖之民　以販賣貨物而牟利之民。即商人的意思。⓯比屋　家家。⓰郛鄽　城內居民區。郛，外城。鄽，民居。⓱雲屋　入雲之屋。即高屋。⓲繁夥　繁多而錯亂。⓳詳一　詳而歸一。⓴南山群盜　史載京兆（治所在今西安一帶）之終南山多藏盜賊。㉑渤海　渤海郡。治所在今東北烏蘇里江流域一帶。㉒亂繩　喻盜賊。㉓方　比。㉔下車　初到任。㉕敷　布。㉖孚　信。㉗鉤距　探聽實情之法。如欲知馬價，先問狗價，又問羊價，然後再問馬價，最後乃考錯較綜，則馬之真價可得而知矣。㉘赭汙之權　據《漢書》，宣帝時，長安偷盜頗多，商賈甚以為苦。上乃使張敞為京兆尹，以治盜賊。敞乃召見諸偷盜之頭目，令其協助捕獲諸偷盜，以贖其罪。諸頭目說須得委他們以小吏之職，俾其在家以待群偷盜前來慶賀。敞皆應允。至時，群偷盜果至頭目之宅示賀。因置酒供群偷盜飲，飲醉，頭目乃以赭色汙其衣。待酒畢，則捕吏乃於門口一一檢查，發現衣有赭汙者，便收捕之。赭，紅色。權，指權詐。㉙渠　盜賊之首。㉚假　借助。㉛里端　將法令布於閭里門首。㉜藉　用。㉝惡子　盜賊。㉞哀矜　哀憫矜憐。㉟南陽葦杖　據《後漢書》，有劉寬者，字文饒，曾任南陽太守。吏民有過，只用蒲鞭鞭而罰之而已，並不加刑罰於他們。又據《韓詩外傳》，孔子曰，「老蒲為葦」。則葦杖與蒲鞭原為一物。南陽，郡名。治所在河南南陽。㊱潁川時雨　據趙岐《三輔決錄》，茂陵人郭伋為潁川太守，其德化如同及時雨一般。㊲典　主管。㊳祇　神。㊴期月　一月。㊵椒蘭　均香草。㊶麾旆　旗類。㊷攀車臥轍　東漢秦彭離任，老弱攀車，啼號填道。侯霸離任，百姓有當道臥者。㊸去思一借之情　漢何武為地方官，去後常為當地人所思念。據《東觀漢記》，寇恂曾任潁川太守，後又為汝南太守。有潁川郡的人民攔住天子的道路，要求再借寇恂一年，天子乃許之。㊹結　固。

【語　譯】會稽之地，土甚肥沃，公出任會稽太守，實在可以與從前周召二公分治東西二陝相提並論。自從東晉定都江南以來，此任時常在更換。其東則濱臨大海，其南則可望秦望山、會稽山。藏匿盜賊的淵藪、草澤聚於此處。這裡又相當殷富：經商之民，擁有千金者家家都是；區內居民，高屋入雲者動以萬數。政令刑法繁多而錯亂，向來不易詳而歸一。據說終南山的盜賊多如牛毛，然而與此相比，尚不得稱多；渤海的盜賊作亂，與此相較，還屬可以治理。公到任之始，即廣布德化，速度之快，恰如風動神行。公的誠信與寬恕既取信於民，那麼各種探聽實情的方法自然不必使用。正因為如此，公治理此邦：雖不使用赭汗的權謀，而奸人頭目卻能被剪除；雖不借助里端的方法，而作惡的人卻定能伏誅。公廣施哀憫矜憐之德，並以誠信和順取信於民。如此之舉，雖劉寬的治郡專賴寬仁，也無法與公的仁德相比；雖郭伋的理郡好如時雨，也無法與公的恩澤相比。公初到任，治理州郡，他的感化達於民神，不必等到一個月即成。因此老者安心，少者感懷，道路可聽到頌揚公的歌聲，鄰里可聞讚揚公的詠唱。一郡之民無不愛公，如同與公本為和合的親戚一般；又彷彿趨赴於椒蘭的芳香一樣。所以當公打著旌旗離任的時候，郡民都戀戀不捨，行悲而道泣。有昔人攀住行車、臥於車道的留戀之情，也有人爭著送別，忘卻了路途的遠近。雖然他已離去，但這分思念不已，還想挽留一年的情感，將隨著時間愈久而愈益牢固。

方城❶漢池❷，南顧莫重。北指崤❸潼❹，平塗不過七百❺；西接嶢武❻，關路曾不盈千❼。蠻陬❽夷❾徼❿，重山萬里。小則俘民略畜，大則攻城剽⓫邑。晉宋迄今，有切民患⓬，烽鼓⓭相望，歲時不息。椎埋⓮穿掘⓯之黨，阡陌⓰成群；傲法⓱侮⓲吏之人，曾莫禁禦⓳，累藩⓴咸受其弊，歷政㉑所不能裁㉒。加以戎羯㉓窺窬㉔，伺我邊隙。北風未起，馬首便以南向；塞草未衰，嚴㉕城於焉㉖早閉。永明八載㉗，疆埸大駭㉘。天子乃心北眷，聽朝不怡㉙。揚旆漢南㉚，非公莫可。於是驅馬原隰[31]，卷甲遄[32]征。威令首塗[33]，仁風載[34]路。軌躅[35]清晏[36]，車徒不擾。牛酒日至，壺漿塞陌。失義犬羊[37]，其來久矣，徼賦嚴切[38]，唯利是求；首鼠[39]疆界，災蠹[40]彌廣。公扇以廉風，孚以誠德[41]，盡任棠置水之情[42]，弘郭伋待期之信[43]。金如粟而弗覩，馬如羊[44]而靡入[45]。雛雉必懷，豚魚不爽[46]。由是傾巢舉[47]落[48]，望德如歸；椎髻髽首[49]，日拜門闕[50]。卉服[51]滿塗，夷歌[52]成韻。禮義既敷[53]，威刑具舉[54]，疆[55]民獷[56]俗，反志[57]遷情[58]。風塵不起，囹圄寂寞[59]。富商野次[60]，宿秉[61]停菑[62]。蝝蝗[63]弗起，豺虎遠跡。北狄[64]懼威，關塞謐[65]靜。偵諜不敢東窺，駝馬不敢南牧[66]。方欲振策[67]燕趙[68]，席卷秦代，陪龍駕於伊洛[69]，侍紫蓋[70]於咸陽。而遘[71]疾彌留[72]，欻[73]焉大漸[74]。耕夫釋[75]耒[76]，桑婦下機。參請[77]門衢[78]，並走群望[79]。維[80]永明九年[81]夏五月三十日辛酉薨，春秋三十有七。城府颯然[82]，庶僚[83]如霣[84]。男女老幼，大臨街衢，接響傳聲，不踰[85]時而達于四境。夷群戎落，幽遠必至，望城搯膺[86]，震動郛邑，並求入奉靈櫬[87]，藩司[88]抑而弗許，雖鄧訓致劈面之哀[89]，羊公深罷市之慕[90]，對而為言，遠有慚德。神駕[91]東還[92]，號送踰境。奉觴奠以望靈，仰蒼天而自訴。震響成雷，盈塗咽水。

【章　旨】寫蕭緬都督雍州等地軍事及任雍州刺史之政績及其病故的情況。

【注　釋】❶方城　古楚長城。❷漢池　漢水為護城河。❸崤　山名。❹潼　水名。❺七百　七百里。❻嶢武　均關名。❼千　千里。❽蠻陬　蠻族所居角落。蠻，舊時指南方的少數民族。❾夷　舊時指東方的少數民族。❿徼　邊界。⓫剽　劫。⓬有切民患　極有關乎民患。⓭烽鼓　均為用以報警者。⓮椎埋　殺而埋之。⓯穿掘　盜墓。⓰阡陌　田間小路。南北為阡，東西為陌。⓱慠法　不守法。⓲侮　欺。⓳禦　止。⓴累藩　每次為政於地方者。㉑歷政　歷來為政於此地者。㉒裁　制裁。㉓戎羯　指北朝異族政權。㉔窺窬　竊視。㉕嚴　戒備甚嚴。㉖於焉　於是。㉗永明八載　即西元四九〇年。永明，齊武帝年號。㉘駭　驚。意指有賊亂。㉙怡　悅樂。㉚揚旆漢南　指緬遷為持節都督雍梁南北秦四州荊州之竟陵司州之隨郡軍事、左將軍、寧蠻校尉、雍州刺史之事。雍州為漢水上游之重鎮，故曰揚旆漢南。㉛原隰　平原之地。㉜遄　速。㉝首塗　啟程上路。㉞軷　行。㉟軌躅　車馬之跡。㊱清晏　清肅安寧。㊲失義犬羊　不明大義之犬羊。喻指北朝。㊳徵賦嚴切　此指後魏之主賦斂百姓十分嚴厲而急迫。㊴首鼠　指或前或後。㊵蠹　害。㊶孚以誠德　以誠德取信。㊷任棠置水之情　據《東觀漢記》，龐參字仲達，拜漢陽太守。郡民有任棠者，有奇節，聽說參即將到任，棠乃先至衙署候參。參至，棠徑入而不言一語，只以薤（薤，植物名，一種山菜，即藠子）一株、水一杯置於屏前，自己則抱孫兒伏於戶下。參思其微意，良久乃曰：「棠乃欲曉喻太守。水者，欲吾清也；拔大株薤，欲吾擊強宗也；抱孫兒當戶，欲吾開門恤孤也。」參在任之期，果能踐其所言。㊸郭伋待期之信　據司馬彪《續漢書》，有郭伋者，拜并州牧，上任行至美稷之地，見有數百小兒騎竹馬來迎。伋問怎麼遠遠地跑來迎我？答說，聽說你來，很是高興，所以來迎。伋謝說，辛苦諸童。小兒又送至郭門之外，且問何時當還？伋便讓別駕官計數日期，然後告知小兒。後人馬回至美稷，卻比所告之期早出一日，於是伋乃命止於野亭，待期到再往。㊹馬如羊　馬如羊之多，且賤。㊺靡入　不牽入。㊻雛雉必懷二句　緬之施仁，雖小野雞也必懷其仁德，緬之重信，雖對河豚魚也無差失。㊼舉　全。㊽落　部落。㊾椎髻髽首　蠻夷結髮之形。椎髻，髮髻如椎。髽首，用麻束髮。㊿闕　指門。51卉服　蠻夷以草為服，故曰。卉，草。52夷歌　地方民族之歌。53敷　布。54舉　施用。55彊　彊暴。56獷　獷惡。57反志　恢復本來美好的心志。58遷情　轉變情性。59囹圄寂寞　指監獄少囚犯。60次　舍。61秉　禾束。62菑　一歲之田。63蝝蝗　蟲之食苗者。蝝，未生翅的幼蝗。64北狄　指魏人。65謐　靜。66不敢南牧　不敢南侵。67振策　揚鞭。68燕趙　指古燕國、趙國之故地。69伊洛　即洛陽。70紫蓋　意同「龍駕」。71遘　遇。72彌留　指疾病不去其身。73歘　火光之一現。比喻很快。

74大漸　病重將死。75釋　丟下。76耒　耕具。77參請　問疾。78衢　路。79群望　各個祭祀山川之處。80維　語首詞。81永明九年　西元四九一年。82颯然　凋零貌。83庶僚　眾官。84霣　同「隕」。墜落。85踰　過。86膺　胸。87櫬　棺材。88藩司　指雍州官屬。89鄧訓致劈面之哀　據《後漢書》，有鄧訓字平叔者，遷護烏桓校尉，病卒，戎人莫不號哭或以刀自割以示其哀。90羊公深罷市之慕　據《晉諸公贊》，羊祜薨，南州以市日聞喪，即號哭罷市。91神駕　喪車。92東還　謂自荊州還江東。

【語　譯】楚以方城為城，漢水為池，南方之重地，莫過於此：其北直指崤山潼水，平坦之途不過七百里；其西遠接嶢關武關，關山之路不足千里。蠻夷之族聚居萬里重山之中：小則俘虜人民，掠奪牲畜；大則攻打城廓，剽劫都邑。晉宋迄今，頗為民患。烽火相望而燃，警鼓相應而擊，一年到頭不斷。殺埋人民，盜竊墳墓的惡黨，在道路上成群結隊；藐視法律欺侮官吏的歹人，竟然從未能禁止。地方行政長官歷來均深受其苦，但又無法制裁。加上北方戎羯又時時窺伺可趁之機，以行劫掠之事。北風尚未刮起，他們的馬便要抬頭南望；塞草還未衰殘，我方戒備森嚴的城池便須及早關閉。永明八年，邊疆大驚。天子心中關注北方邊情，臨朝處理政務心情不愉快。揚大旗於漢水之南，此任重大，非公莫屬。公乃即刻驅馬於平原之上，捲起甲冑，快速行軍，威令發於出發之時，仁風充滿於征途之上。部隊的行進，一路清肅安寧；車輛步卒毫不擾民。百姓牽牛攜酒者不絕於日；擔壺送漿者充塞於路。想邊地夷狄之作亂，確如不明義理之犬羊，此非近時而然，實是由來已久。他們向百姓徵賦斂稅，急切而且嚴厲，唯利是求。他們在疆界上或進或退，盤桓騷擾，所造之害愈益深廣。公乃發揚廉潔之風，以誠信之德樹立信譽。竭盡任棠置水所寄望的清廉之情，弘揚郭伋待期所表示的為政之信。其地之金雖多如粟米，然而公卻決不看一眼；其地之馬雖賤如羊，然而公也決不牽為己有。公之施行仁德，雖幼小之野雞亦必關心；公之奉行誠信，雖對河豚魚，亦必毫無差失。這樣一來，夷狄之族便傾巢而出，整個村落都行動，投向大德的蕭公如同歸家一樣。髮髻如椎或束麻的夷狄日日拜於公門。身著草服之夷人滿途奔走，各方部落之夷歌詠唱和諧。禮與義既已廣布，威與刑一起舉用。如此則強悍之民，獷惡之俗皆能恢復本來心志，改變性情。其結果自然是，風塵不起，監獄空虛。富裕的商賈，可以暫舍於野外，收割的禾束，能夠停放於田間。食苗的蝝蝗不再飛起，吃人的豺虎也已遠跡。北狄之人懼畏威嚴，關塞之地一片靜謐。偵探間諜不敢向東窺視，駱駝馬匹亦不敢向南牧放。其時，公正欲控制燕趙之地，席捲於秦代之地，陪奉龍駕遊於洛陽，隨侍紫蓋進於咸陽，卻不料竟一病不起，日益沈重。這個消息一經外洩，農夫拋耒輟耕，桑婦下機停織。上門探視者絡繹不絕，都跑到祭祀山川之處祈求蕭公康復。然公終究於永明九年夏五月三十日辛酉之時亡故，享年三十七歲。城內府內一派蕭瑟，眾多官吏感到如墜深淵。一州之民，無論男女老幼，皆走至街路哭弔，號哭之聲相應傳接，不出一個時辰，便傳而達於四境之處。夷人之種群，戎人之部落，雖處幽遠之地，也都走來相互痛哭。一州吏民，仰望城廓，撫胸哀慟，其聲之響，震動城邑並且一致懇求能夠入奉公的靈柩，然而雍州官屬不表同意。雖昔人為鄧訓致割面之哀，為羊公深表罷市之慕，與此相比，其德望之高還要略遜一籌。於是喪車乃自雍州返回江東，吏民號哭護送，直至境外。他們一路奉觴奠以瞻望靈柩，仰蒼天而自訴其哀。痛聲震響，彷彿雷鳴，盈於道途，嗚泣之聲如水之哽咽。

公臨危❶審正❷，載❸貽話言❹。楚囊之情❺，惟幾❻而彌固；衛魚之心❼，身亡而意結。二宮❽軫❾慟，遐邇同哀。追贈侍中❿領⓫衛將軍⓬，給鼓吹一部，諡曰昭侯。時皇上納麓在辰，登庸伊始⓭，允副朝端⓮，兼掌屯衛。聞凶哀震，感絕移時⓯。因遘沈痾⓰，綿留⓱氣序⓲。世祖⓳日夜憂懷，備盡寬譬⓴。勉膳禁哭，中使㉑相望。上㉒雖外順皇旨㉓，內殷私痛，獨居不御㉔酒肉，坐臥泣涕霑衣。若此㉕移年㉖，癯瘠㉗改貌㉘。天倫之愛，振古㉙莫儔㉚。及俯膺天眷㉛，入纂㉜紹業㉝，分命㉞懿親㉟，臺牧㊱並建。對繁弱以流涕㊲，望曲阜㊳而含悲。改贈司徒㊴，因諡為郡王，禮也。

【章　旨】寫公亡故後，武帝、明帝對他的哀悼褒贈。

【注　釋】❶臨危　臨終。❷審正　心意不迷亂。❸載　語首詞。❹話言　美善之言。❺楚囊之情　據《左傳》，楚國的子囊從吳國返回以後病而將死，便留下遺言給子庚說一定要築城於郢。君子便評論說，像子囊這樣的行事可以稱得上是將死而不忘衛社稷，的確是很忠的。❻幾　危殆。❼衛魚之心　據《韓詩外傳》，從前衛國的大夫史魚病而將死，便對他的兒子說，我曾好幾次說蘧伯玉是怎麼地賢明，可是卻沒有能使他受到重用；我又曾好幾次說彌子瑕如何地不肖，同樣也沒有能使他退而不被重用。想起來頗令人感到慚愧。這樣我死了以後便不配停喪於正堂，不如把我殯於室罷。後來他的兒子果然依其言而行事。衛君見了便問他的兒子何以要這樣做，兒子便以其父之遺言相答。於是衛君乃召伯玉而用之，退子瑕而抑之，同時又把史魚殯於正堂。❽二宮　天子宮與太子宮。❾軫　沈痛。❿侍中　官名。主要任務是侍奉皇帝的左右，出入宮廷，應對顧問，並代表皇帝與公卿辯論朝政。⓫領　兼任。⓬衛將軍　官名。⓭時皇上納麓在辰二句　時齊明帝蕭鸞尚為尚書右僕射領衛尉，後政變登帝位。是說他其時正總攬大政，開始重用。麓，錄。辰，時。庸，用。⓮朝端　朝廷中首要重臣。⓯移時　過了些時候。⓰痾　病。⓱綿留　不去於身。⓲氣序　季節的替換。即時序。⓳世祖　齊武帝。⓴寬譬　寬慰勸說。㉑中使　天子私使。㉒上　指明帝。㉓皇旨　武帝旨意。㉔不御　不用；不食。㉕若此　如此。㉖移年　經年。㉗癯瘠　消瘦。㉘改貌　改變容貌。㉙振古　自古。㉚儔　匹；比。㉛天眷　天之眷顧。㉜纂　繼。㉝紹業　中斷之帝業。㉞命　任命。㉟懿親　近親。㊱臺牧　臺輔方牧之任。㊲對繁弱以流涕　《左傳‧定公四年》記載，周成王曾把良弓繁弱贈給周公子魯侯伯禽。此言明帝見昔日所贈遺物不禁流淚。㊳曲阜　周公子伯禽封於魯，在曲阜，此以曲阜代蕭緬封地。㊴司徒　官名。掌教化之事。

【語　譯】公臨終之際，心意並不迷亂，留下了美善之言。想從前楚國的子囊，當他生命處於垂危的時候，忠君之情卻顯得更加堅固；衛國的史魚，當他快要死亡的時候，進賢退讒之心卻不曾忘記。公死之後，兩宮都極為悲痛，遠近同哀。於是追贈公為侍中兼衛軍將軍，並給鼓吹一部，諡曰昭侯。其時皇上正總攬朝政，開始大用，確實為朝中重臣之副，兼掌屯衛之職。聞公凶信，身心哀震，昏厥良久才醒。於是罹患重病，經過季節替換仍未痊癒。世祖武皇帝日夜憂慮在懷，竭盡寬慰勸說之能事，勸勉皇上進餐止哭，其間派遣前來探望的中使，可謂相望不絕。皇上雖外表順承武帝的旨意，然而內心卻是私痛頗巨。獨居之時，便不食酒肉，坐臥之際，即泣涕霑衣。如此情狀，經過了一年，致使因消瘦而改變面貌。此天倫之愛，可說自古都沒有能與之相比的。等到皇上俯受上天的眷顧，入宮繼承中斷的帝業，就分別給近親以各種任命，一時臺輔方牧之任並皆成立。皇上見昔日所贈遺物不禁流淚，望著他的封地而含著悲哀。於是改贈公為司徒，諡為郡王，這是依禮而行啊。

惟公少而英明，長而弘潤。風標秀舉，清暉映世。學遍書部❶，特善玄言❷。鞶帨❸之麗，篆籀❹之則。窮六義❺於懷抱，究八體❻於毫端。弈❼思之微，秋儲❽無以競巧；取睽❾之妙，流睇❿未足稱奇。至公以奉上，鳴謙⓫以接下。撫僚庶盡盛德之容，交士林⓬忘公侯之貴。虛懷博納，幽關⓭洞開。宴語談笑，情瀾⓮不竭。譽滿天下，德冠⓯生民。蓋⓰百代之儀表⓱，千年之領袖。曾不憖⓲留，梁⓳摧奄⓴及。豈唯僑終蹇謝，與謠輟相㉑而已哉！凡我僚舊，均哀共戚㉒。怨天德之無厚，痛棠陰㉓之不留。思所以克㉔播㉕遺塵，弊之穹壤㉖，乃刊石圖徽，寄情銘頌。其辭曰：

【章旨】對蕭緬的文章道德做綜合的評價，並說明何以要刊石銘頌。

【注　釋】❶書部　書的部類。❷玄言　指崇尚老莊玄理的言談。❸鞶帨　帶與巾。比喻文字的修飾。❹篆籀　指大篆、小篆二種書體。❺六義　〈毛詩序〉曰：「詩有六義焉，一曰風，二曰賦，三曰比，四曰興，五曰雅，六曰頌。」❻八體　據《漢書》韋昭注書有八體，一曰大篆，二曰小篆，三曰刻符，四曰蟲書，五曰摹印，六曰署書，七曰殳書，八曰隸書。❼弈即下棋。❽秋儲　弈秋之儲蓄精思。弈秋乃古代之善弈者。❾取睽　指射箭。❿流睇　據說養由基乃古代之善射者，射時流睇而瞄準目標。此指養由基之善射。睇，斜眼而視。⓫鳴謙　有好名聲而謙虛自以為不敢當（高亨說）。⓬士林　知識分子。⓭幽關　玄道之關。⓮情瀾　情之波瀾。⓯冠　為首。⓰蓋　語詞。但有實義。表示不敢那麼肯定。⓱儀表　準儀表率。⓲慭惜。⓳梁　屋上的大橫木。⓴奄　很快。㉑僑終蹇謝興謠輟相　據《左傳》，子產在鄭國從政奉行法治。一年以後，有個趕車的便造出順口溜說，把我的衣服和帽子拿過去，把我的田畝奪過去，這些都是子產做的好事！如果有什麼人打算殺子產的話，我也可以算一個。過了三年，這個趕車的又造出順口溜說，我有子弟是子產給教誨的，我有田畝，是子產給增加收成的。假使子產死了，不知有誰能接替他的位子啊！子產名公孫僑。據潘岳〈賈充誄〉，秦國的蹇叔死了以後，舂米的都因為悲傷而停下手中的舂杵不再相對舂米了。㉒戚　憂。㉓棠陰　指日落。《淮南子》曰：「日朝發扶桑，入於落棠。」高誘注曰：「扶桑，日所出；落棠山，日所入也。」㉔克　能。㉕播　布。㉖穹壤　穹天壤地。

【語　譯】公自幼便英秀聰明，長大以後則寬弘潤澤，可謂風度秀異，清暉映世。學問遍及各部之書，猶善談論道家之言。文章繁富綺麗，大篆、小篆俱有法則。胸中窮研詩的六義精義，筆下探究書的八體技巧。下棋運思之微妙，雖飽儲精思的弈秋也無法與公相比；公射箭之妙，雖流睇而射的養由基也不足與公相較。對上公而忘私，對下有令名而謙虛。撫慰眾官，可謂盡盛德之容儀；交接士林，能忘記自己作為公侯之高貴。公虛其懷抱，廣採博納，如此則胸中玄道之門洞然而開。閒談說笑，情之波瀾，永無竭時。如此，公自然是譽滿天下，德冠生民，確可稱為百代之儀表，千年之領袖。可惜上天竟然不憐惜挽留，致使公過早地離開人世，恰如樑木的突然摧折一樣！這種損失所帶來的悲痛，難道只是子產去世、蹇叔隕謝，百姓歌謠、停止舂米而已呢！所有我們的同僚故舊，都共感哀痛。怨上天所施的恩德不厚，痛時光不能留駐。考慮到如何才能使公的遺風廣布永存，與天地同朽壞，於是決定刊刻石碑，記述公的美德美行，以寄哀情於銘頌。其辭說：

天命玄鳥，降而生商❶。是開金運❷，祚始玉筐❸。三仁去國❹，五曜入房❺。亦白其馬，侯服周王❻。

【章　旨】追溯蕭緬之遠祖。

【注　釋】❶天命玄鳥二句　語出《毛詩・商頌》。據說，有娀氏女吞燕卵而生契，契為殷之先祖，蕭氏為殷後，故說天命玄鳥，降而生商。❷是開金運　殷為金德，故曰。❸祚始玉筐　據《呂氏春秋》，有娀氏有二女，造作九成之臺，天帝命燕飛往視之，燕之鳴聲隘隘，二女愛而捉之，置於玉筐之中，稍停，開筐視之，燕乃生卵於筐內，隨即飛去，故云。❹三仁去國　據說殷有三仁，後皆不在其國。三仁，照《論語》說，一微子，二箕子，三比干。「微子去之，箕子為之奴，比干諫而死」，故曰。❺五曜入房　據《春秋元命苞》說，殷紂之時，五星聚於房。房者，蒼神之精，周據此而興。故曰五曜入房。曜，即星。房，星名，二十八宿之房宿。❻亦白其馬二句　武王勝殷紂之後，封微子於宋，以續殷祀，微子來朝周之祖廟，因殷為金德，故騎白其馬。侯服者，謂為諸侯以奉周王。

【語　譯】天帝命黑燕下降，而生殷商祖先。如此便開啟了金德之運，殷之福祚即始於有娀女以玉筐覆燕之時。後來殷的三位仁者，離開故國，五星聚於房宿，周便據此代殷而王天下。微子由宋騎白馬來朝見周之祖廟，從此，殷乃以侯國的身分事奉周王。

本枝❶派別，因菜命氏❷。涉徐而東❸，義均梁徙❹。自茲以降，懷青拖紫❺。崇基巖巖❻，長瀾瀰瀰❼。

【章　旨】續寫蕭緬的遠祖。

【注　釋】❶本枝　謂與殷為同根之枝。❷因菜命氏　菜，通「采」。指采邑，古卿大夫的封地。蕭氏祖先食采邑於蕭，因而以地名為姓氏。❸涉徐而東　謂蕭氏本從殷涉於徐州而居於蘭陵。蘭陵，古縣名。治所在今山東蘭陵。徐州，古九州之一。轄境約當泰山、淮水、濟水以東一帶。❹義均梁徙　謂其義與劉邦祖先由大梁徙居於豐相同。豐，亦作「酆」。在今陝西長安西南。❺懷青拖紫　青紫為漢代高官的印綬，意為做高官。「懷」當作「紆」，或「青」當作「金」。❻巖巖　高出的樣子。❼瀰瀰　水流很長的樣子。

【語　譯】蕭氏原為殷人之後的別派，因為食采邑於蕭，所以便命為蕭氏。蕭氏後來經由徐州向東移居蘭陵，其義與當初劉氏由大梁移居於豐相同。從那以後，歷代都有佩帶青紫印綬的高官。家族基礎巖巖高聳，源流瀰瀰而長。

惟聖造物❶，龍飛❷天步❸。載❹鼎❺載革❻，有除有布。高皇❼赫矣，仰膺❽乾顧❾。景皇❿蒸⓫哉，實啟洪祚。

【章　旨】寫蕭齊仰膺天命而建朝。

【注　釋】❶造物　指利萬物。❷龍飛　為陞帝位。❸天步　指時運。❹載　則。❺鼎　建立。❻革　革去。❼高皇　指齊高帝蕭道成。❽膺　當。❾乾顧　上天眷顧。❿景皇　明帝之父追封景皇帝。⓫蒸　美。

【語　譯】聖者有利於萬物，乘時運而登帝位。於是既建立又改革，除去舊政以布新制。高皇帝可謂盛矣，仰而膺受天之眷顧。景皇帝可謂美哉，實開啟洪大福祚。

喬❶嶽❷峻峙❸，命世❹興賢。應期❺誕德，絕後光前。機❻以成務，覺在民先。

位非大寶❼，爵乃上天❽。

【章旨】寫蕭緬之誕生。

【注釋】❶喬　高。❷嶽　高山。❸峻峙　高聳。❹命世　名世。❺應期　適應期運。《孟子》曰：五百年必有王者興。這裡即指應五百年之期。❻機　通「幾」。事之萌芽或預兆。❼大寶　指天子之位。《周易》曰：「聖人之大寶曰位。」❽爵乃上天　孟子曰：「有天爵，有人爵，仁義忠信，樂善不倦，此天爵也；公卿大夫，此人爵也。」

【語譯】如高山峻峭聳立，靈氣降生賢人著名於世。應期運而誕生大德之人，可謂光於祖考而絕於來世。公明見幾微，以成事務，其覺常在眾人之先。公所居之位雖稱不上天子之位，然而他所獲的爵位，是仁義忠信、樂善不倦的天爵。

爰始濯纓❶，清猷❷濬❸發。升降文陛❹，逶迤魏闕❺。惠露霑❻吳❼，仁風扇越❽。涉夏❾踰漢❿，政成期月。

【章旨】寫蕭緬之主要仕宦歷程。

【注釋】❶濯纓　指入仕。纓，帽帶。❷猷　謀。❸濬　深。❹文陛　天子殿階，以文石砌之。❺魏闕　天子之闕。❻霑　潤。❼吳　指吳郡。❽越　指會稽。❾夏　夏水。❿漢　指漢水。

【語譯】公剛入仕，運用深沈的智慧提出美善的謀略。後又上下於天子之殿階，徐行於天子的闕下。他的雨露恩澤遍灑吳郡，仁愛之風吹遍會稽，再後又渡過夏水，橫越漢水，一個月便已把郢州治理好。

用簡❶必從，日新❷為盛❸。在上哀矜，臨下莊敬❹。草木不夭❺，昆蟲得性❻。我有芳蘭❼，民胥❽攸詠。

【章旨】寫蕭緬之仁德。

【注釋】❶用簡　政令簡易。❷日新　日日推陳出新。❸為盛　稱為盛德。❹臨下莊敬　對待下人莊重則受人尊敬。❺夭　早死。❻性　天性。❼芳蘭　香草。這裡比喻公之德。❽胥　相與。

【語譯】公的政令簡易，下屬必定服從。道德日日增進稱為盛德。公在上則富於哀矜之情，對待下屬莊重則受到尊敬。在他的治理下，即使草木也不早死，昆蟲也得以保全其天性。公的仁德，芳香如蘭，所以人民相與詠唱。

群夷蠢蠢❶，巖別嶂分❷。傾山盡落❸，其從如雲；挈妻荷子❹，負戴❺成群。迴首請吏❻，曾何足云。

【章旨】寫蕭緬制夷之功績。

【注釋】❶蠢蠢　動貌。❷巖別嶂分　指夷人分居於山之各處。❸落　蠻夷之部落。❹挈妻荷子　攜妻帶兒。挈、荷，均攜帶之義。❺負戴　負擔生活之物資等。❻迴首請吏　據《漢書》，邛、笮的君長聽說南夷與漢廷通好後，便也懇請漢廷委派官吏去管理他們，意即願意歸順漢廷。

【語譯】蠻夷一向動蕩不安，因為巖嶂的分隔，散居各處。自從公來治之後，群夷傾山而出，舉落而歸，跟隨而順從的人，多如天上的雲；攜妻揹兒，擔荷物資的人，成群結隊。想當初漢廷制伏蠻夷有迴首請吏的美談，然而與公的治蠻相比，還有什麼值得稱道的呢！

昔聞天道，仁罔❶不遂❷。彼蒼❸如何，與山止簣❹。四牡❺方馳，六龍頓轡❻。斯民曷❼仰，邦國殄瘁❽。

【章旨】寫蕭緬之亡故。

【注釋】❶罔　無。❷遂　順。❸蒼　蒼天。❹與山止簣　謂起土為山，再加一簣之土，山便可成，然卻停止而未能加成。簣，畚簣。❺四牡　四馬。❻六龍頓轡　是說日停止運行。比喻公之亡故。六龍，傳說日神所乘之車由六龍牽拉。頓，停止。❼曷　何。❽殄瘁　生病。指禍患。

【語譯】從前聽說天道沒有偏私，仁善之人無不得祐而順利。然彼蒼天，究為何意？怎麼竟使土山之堆壘虧於一簣！公方欲乘坐四馬之車，為國馳使四方，豈料卻溘然與世長辭，彷彿六龍為日神拉車，突然停轡不行一樣！人民將要仰望何人，這真是邦國的一場禍患。

齊隕晏平，行哭致禮❶。趙徂昌國，列邦揮涕❷。況我君斯，皇❸之介❹弟。哀慼徒庶❺，慟興雲陛❻。

【章旨】寫上下痛悼蕭緬的亡故。

【注釋】❶齊隕晏平二句　據說一次齊公出遊在外，聽說晏子死了，便急忙返回，且一路上痛哭不已。隕，墜落。喻指故世。❷趙徂昌國二句　據《史記》，燕國的樂毅在趙國故世以後，列國都為之傷痛不已。徂，往。代指故世。昌國，指樂毅，燕昭王曾封樂毅為昌國君。❸皇　指明帝。❹介　大。❺徒庶　下人。❻雲陛　天子之殿階。指天子。

【語　譯】過去齊國的晏子死了，景公邊走邊哭前去致禮。燕國的樂毅在趙國死了，各國都禁不住要為之哀傷流涕。何況我君啊，原是皇帝尊貴的弟弟。故悲哀遍及眾多的下人，傷痛發於高高的殿階之上。

階毀❶留攢❷，川泛歸軸❸。競❹羞❺野奠❻，爭攀去轂❼。遵❽渚❾號追，臨波望哭。無絕終古，惟蘭與菊❿。

【章　旨】寫蕭緬的歸葬與郢州之民的悲痛。

【注　釋】❶階毀　周制在堂的西階掘一坎地停柩，稱為殯，出葬則毀階而啟發其殯。❷留攢　攢為殯時棺上之屋形木架。此時留之。❸軸　原指載棺車。這裡實指載軸之船。❹競　競獻。❺羞　祭物。❻野奠　在野外設奠。❼轂　載棺車。❽遵　循。❾渚　水邊陸地。❿蘭與菊　比喻蕭緬之德行。蘭、菊，皆香花。

【語　譯】啟動階前之殯，留下棺上木架；載棺歸葬的船泛於江水之上。公的下人皆競獻祭物，在野外設奠以祭公；許多人爭著攀住馳離的載棺車。還有許多人沿著水邊陸地奔跑追號，望著逝去的水波痛哭流涕。公的盛德終古不絕，猶如蘭與菊一樣地永發馨香。

塗由帝渚❶，朱軒靡駕❷。東首❸塋園❹，即宮❺長夜❻。逝川無待，黃金難化❼。鐘石徒刊，芳猷❽永謝❾。

【章　旨】寫葬蕭緬於塋園。

【注　釋】❶帝渚　指湘江。因帝堯之女娥皇女英死於此，故曰。❷朱軒靡駕　意謂現在蕭緬所乘乃素色之棺車，不像昔日那樣乘坐的是朱紅色官車。❸東首　謂東向。❹塋園　墓園。❺宮　居。❻長夜　指墓中。❼黃金難化　黃金難以化成仙丹，使緬長生不死。❽猷　謀略。❾謝　逝。

【語　譯】棺車返國，途經湘江，昔日公所乘坐的朱紅官車，再也不駕駛了。向東歸於墓園，從此置於墓中，如同處於長夜之中一般。啊！逝去的川水，片刻不停。黃金也無法變成仙丹，使公永生不死。現在只能把公的業績刊刻在金石之上，但公美好的謀略卻再也難求！

墓誌

劉先生夫人墓誌

【作　者】任昉（西元四六〇～五〇八年），字彥昇，南朝樂安博昌（今山東壽光）人，早慧，十六歲舉秀才第一，仕宋、齊、梁三代。梁時任義興、新安太守等職。文章之美，冠絕一時，與沈約有「任筆沈詩」之稱。原集已散佚，明人輯有《任彥昇集》。

【題　解】墓誌，又叫墓誌銘，它與碑文有點相近，都是用來敘寫死人的，不過也有一點不同，這便是碑是立在地上的，墓誌則埋在地下的。

這篇〈劉先生夫人墓誌〉，文分三段，每段八句、四韻，且每段換韻，極富音樂之美。

這篇墓誌所寫的主人公，據《南齊書》可知「劉先生」名瓛，字子珪，沛國相人，為晉丹陽尹惔的六代孫。劉瓛從小好學，博通五經，頗有一點名氣，齊高帝為此多次請他出來做官，都給謝絕了。他到四十多歲時由太祖做主娶了王氏的女兒作妻。我們除依據王僧孺〈劉氏譜〉，知道她是王法施的女兒之外，其他所知甚少。但據《南齊書·劉瓛傳》，我們可以知道，這位王氏沒有能和劉瓛白頭到老，她後來被休了，原因是得罪了她的婆婆。沒有多久，劉瓛便亡故了，跟著王氏也死了。她的宗人便把她合葬到劉瓛的墓中，同時便請當時的大作家任昉做了這篇墓誌。因為劉瓛死後謚為「貞簡先生」，所以題目便叫劉先生夫人墓誌。

既稱萊婦❶，亦曰鴻妻❷。復有令德❸，一與之齊❹。實佐❺君子，簪蒿❻杖藜❼。欣欣❽負載❾，在冀之畦❿。

【章　旨】寫王氏堪稱賢妻。

【注　釋】❶萊婦　據劉向《列女傳》，有個叫老萊子的，因為要避世，所以便在蒙山之南種田度日。有人把這情況告訴了楚王，楚王便親自登老萊子之門，請他出來做事，老萊就答應了。他的妻子便說，生在亂世，而又為別人所制，能夠免去禍患麼？我做老婆的不想為別人所制，你去做官吧，我走了。說著便丟下畚箕走了。老萊聽後也急忙追上她一齊走了。因為劉瓛也是一個不慕仕官的人，所以喻王氏是老萊之婦。❷鴻妻　據《列女傳》，有梁鴻者娶了同郡孟氏的女兒作妻，且雙雙共逃於霸陵山中，過起隱居的生活。以後到了會稽，靠著替人家舂米過日子。生活雖然十分艱苦，可是妻子卻始終很是賢慧，每次吃飯，妻子都要將放飯的案（小木托子）舉得和眉毛一樣高，並且把頭低著，不敢正視一眼，以示恭敬，後世稱「舉案齊眉」。❸令德　美德。❹一與之齊　指嫁給劉瓛為妻。《禮記·郊特牲》：「信，婦德也，壹與之齊，終身不改，故夫在不嫁。」齊，指夫妻尊卑相等。❺佐　輔助。❻簪蒿　以蒿草為簪。❼杖藜　以藜為杖。藜，一年生草本野生植物。❽欣欣　高興的樣子。❾負載　漢朱買臣在山中打柴割草，其妻隨後揹負柴草。❿在冀之畦　《左傳》載冀缺耕田，其妻送飯，相敬如賓。畦，田地。

【語　譯】劉先生的夫人可以把她比作老萊之婦，也可以把她看成梁鴻之妻。她既具有如此的美德，便嫁給了劉先生。她確是丈夫的好幫手，以蒿草為簪，以藜為杖。像朱買臣的妻子高高興興隨夫揹柴草，似冀缺的妻子恭恭敬敬給丈夫送飯。

居室有行❶，亟❷聞義讓。稟訓丹陽❸，弘風丞相❹。籍甚❺二門❻，風流❼遠尚❽。肇❾允❿才淑⓫，閫⓬德斯諒⓭。

【章　旨】寫夫妻二人的家世顯貴，具有教養。

【注　釋】❶行　特指符合道義之行。❷亟　數；屢次。❸稟訓丹陽　因為劉瓛為丹陽尹惔的六代孫，所以說他稟訓丹陽。❹弘風丞相　因為王氏是晉丞相王導之後，所以說她弘風丞相。❺籍甚　盛大的意思。❻二門　指劉王二門。❼風流　遺風；流風餘韻。❽遠尚　久遠。尚，久。❾肇　開始。❿允　信。⓫淑　美。⓬閫　門限。⓭諒　信。

【語　譯】夫妻日常生活中她很有德行，屢次聽到她按照禮義謙讓的事。劉先生從他的六世祖丹陽尹劉惔那裡稟受了很好的教化，王氏夫人則弘揚了她的先祖丞相王導的家風。劉王二門一向發達興旺，遺風流傳久遠。王氏既有才能，又極賢淑，婦人之德，確屬無疑。

蕪沒❶鄭鄉❷，寂寥揚冢❸。參差❹孔樹❺，毫末❻成拱❼。暫啟荒埏❽，長扃❾幽隴❿。夫貴妻尊，匪⓫爵而重。

【章　旨】寫夫妻合葬。

【注釋】❶蕪沒　皆謂人死而沒於草中，十分荒涼。下文「寂寥」同。❷鄭鄉　據《後漢書》，鄭玄，字康成，北海人。國相孔融對他十分尊敬，便讓高密縣特立一鄭公鄉，以示崇賢之意。此以鄭玄比劉瓛。❸揚冢　據〈七略〉說，揚雄死了以後，他的弟子侯芭乃負土作墳，號曰玄冢。此以揚雄比劉瓛。❹參差　高低大小不齊之狀。❺孔樹　孔子冢四圍之樹，為其弟子由四方持樹種來栽種，故人莫能識。❻毫末　細小。❼成拱　意謂劉瓛亡故已久，墳前之樹已長得很大。拱，可用雙臂合抱。❽荒埏　墓中之道。❾扃　關閉。❿幽隴　墓中。⓫匪　不。

【語譯】鄭玄之鄉從此蕪沒，揚雄之冢也已寂寥。劉先生墓前的高低樹木，已由細小而長大。現在夫人又已謝世，於是暫時啟開先生的墓道，便把夫人靈柩永遠封閉於墓穴之中。丈夫貴顯，妻子尊榮，先生雖未身居任何官爵卻為時人所重。

卷六〇

行狀

齊竟陵文宣王行狀

【作　者】任昉，見頁三〇〇七。

【題　解】褚斌傑所著《中國古代文體學》說：「所謂行狀，就是指一個人的德行狀貌的意思。古代一些有名望的人死後，他的家屬、門生、故舊，為了向朝廷謀求諡號，或請求史館為他立傳，便將死者的名字、爵里、生平事蹟、享年等寫下來，送呈上去。作為這一用途而寫下來的文字，即稱為行狀。故劉勰說：『狀者，貌也。體貌本原，取其事實，先行表諡，並有行狀，狀之大者也。』（《文心雕龍・書記》）」這是行狀的最初用途。而後來大量的行狀，則已不是出於這一用途，大半是請人替死者代撰墓誌以前，由死者家屬或瞭解死者的人，事先起草的一篇有關死者生平事蹟的資料。

這篇行狀寫的是齊竟陵文宣王。他是齊太祖高皇帝的孫子。蕭子顯《南齊書》中有他的本傳。他雖是皇家宗室，卻相當地聰明好學，對上敢於犯顏直諫，對下卻能和顏悅色。此外又頗具理政的才能，一面推崇禮樂教化，一面又喜好佛老之學，於文學也有相當的興趣，與許多文學家都有交往，當時如沈約、王融、范雲以及本文的作者任昉等都是他家的常客。但他死得很早，死時才三十五歲。

在這篇行狀中，對這位竟陵王的世系、里籍、官階、生平及為人、學問等作了全面的介紹。對比史書記載，要詳備得多。然而有褒無貶，評價自缺乏公允。但文字駢散兼運，也有生動之筆。

祖太祖高皇帝，父世祖武皇帝。

南徐州❶南蘭陵❷郡縣都鄉中都里蕭公年三十五行狀。

公道亞❸生知❹，照❺鄰幾庶❻。孝始人倫，忠為令德，公實體之，非毀譽❼所至。天才博贍❽，學綜❾該明。至若曲臺之《禮》❿，九師之《易》⓫，樂分龍趙⓬，詩析齊韓⓭。陳農所未究⓮，河間所未輯⓯，有一於此⓰，罔不兼綜者歟！昔沛獻訪對於雲臺⓱，東平齊聲於楊史⓲，淮南取貴於食時⓳，陳思見稱於七步⓴，方斯蔑㉑如也。

【章旨】寫竟陵王如何地忠孝聰明，博學多才。

【注釋】❶南徐州　東晉南渡後僑置。治所在今江蘇鎮江一帶。❷南蘭陵　治所在今江蘇武進西北。❸亞　次。❹生知　生而知之。❺照　內明。❻幾庶　庶幾。舊指賢者。《易・繫辭下》：「子曰：『顏氏之子，其殆庶幾乎？』」顏氏之子，指顏回。❼毀譽　偏義複詞。指譽。❽贍　富。❾學綜　學術修養。綜，總合。❿曲臺之禮　曲臺，指漢之曲臺殿，在未央宮東。為天子射宮，又立為署，置太常博士弟子，為著記校書之處。有博士后倉說《禮》數萬言，號曰〈后氏曲臺記〉。⓫九師之易　據《漢書音義》，淮南王安曾聘請九位懂《易》的學者講《易》，號為九師說《易》。⓬樂分龍趙　據《漢書・卷三〇・藝文志》，古有趙氏雅琴七篇，龍氏雅琴九十九篇。趙名趙定，龍名龍德。⓭詩析齊韓　漢時說《詩》者計分魯、齊、韓、毛四家。⓮陳農所未究　漢成帝時，因書籍散亡頗多，帝便叫陳農廣求遺書於天下。⓯河間所未輯　西漢河間獻王從民間得到善書之後，一定派人抄寫一本，將真本留下，抄本送還，同時賜書主金帛若干，因此人多爭以先祖所傳之書奉獻王，這樣獻王所得之古書量竟與朝廷相近。⓰有一於此　凡精於此中之一項者。⓱沛獻訪對於雲臺　據《東觀漢記》，永平五年秋天，京城少雨。明帝乃登雲臺占之，明日大雨。上就卦辭下詔問劉輔，輔便就這個問題回答得頭頭是道。劉輔封沛王，死謚獻。⓲東平齊聲於楊史　據《東觀漢記》，明帝嘗自作〈光武皇帝本紀〉一篇，並拿給東平憲王蒼看。憲王看了以後便寫了一篇〈世祖受命中興頌〉呈給皇上。上看了以後覺得不錯，便問校書說，這可以與誰相比？答說很有點像司馬相如、揚雄，前輩文人中只有史岑可以與之相比。⓳淮南取貴於食時　據《漢書》，武帝有次叫淮南王做篇〈離騷傳〉，王早上受詔，中午吃飯的時候就做成了。⓴陳思見稱於七步　據《世說新語》，魏文帝曹丕曾命其弟陳思王曹植於七步之內成詩一首，王果然七步成詩。詩曰：「其在竈下燃，豆在釜中泣，本是同根生，相煎何太急！」㉑蔑　不。

【語譯】祖父太祖高皇帝，父親世祖武皇帝。

南徐州南蘭陵郡縣都鄉中都里蕭公年三十五行狀。

公的領悟正道，僅次於生而知之；公的明智，頗近於賢哲之人。孝為人倫的開始，忠為美好的品德，都是公所確實擁有的，絕非虛美的言辭所造成。公的天才宏博富贍，學術修養廣泛通明。后倉在曲臺殿所論的《禮》、淮南王請九師所講的《易》、雅琴分龍趙二氏、詩說有齊韓二家、陳農所未曾研閱的佚書、獻王所未曾收輯的古本等，凡有一種存在今世，公無不兼備。過去沛獻王受漢帝的詔問，答帝問於雲臺，得到皇帝的褒揚；東平王閱讀〈光武〉的文章，自作世祖頌文以呈帝，被譽為相如、揚雄；淮南王奉詔作〈離騷傳〉，早上奉詔，飯時成文；陳思王被限七步成詩，果然能成詩於七步，凡此種種，與公相比，還覺有點不如。

初❶，沈攸之跋扈上流❷，稱亂陝服❸，宋鎮西晉熙王❹、南中郎邵陵王❺，並鎮盆口❻。世祖❼毗贊❽兩藩❾，而任揔西伐❿。公時從在軍⓫，鎮西府版寧朔將軍軍主⓬，南中郎版補行參軍署法曹⓭。于時景燭⓮雲火⓯，風馳羽檄⓰。謀出股肱[17]，任切[18]書記[19]。遷左軍邵陵王主簿記室參軍[20]。既允[21]焚林之求[22]，實兼儀形之寄[23]。刀筆[24]不足宣功，風體[25]所以弘益[26]。除邵陵王友，又為安南[27]邵陵王長史。東夏[28]形勝，關河重複[29]。選眾而舉[30]，敦[31]說[32]斯在[33]。除使持節[34]都督會稽[35]東陽[36]臨海[37]永嘉[38]新安[39]五郡諸軍事、輔國將軍、會稽太守[40]。

【章旨】寫劉宋順帝時，蕭子良隨世祖平定沈攸之亂及有關情況。

【注釋】❶初　當初。❷沈攸之跋扈上流　沈攸之，字仲達，荊州刺史，順帝即位，攸之乃起兵至夏口反。荊州位在長江上游，故曰跋扈上流。❸陝服　即荊州。陝，指分陝。周公、召公分陝而治，後以代稱地方重鎮。服，指京畿以外地區。❹鎮西晉熙王　據《宋書》，明帝第六子燮，字仲綏，封晉熙王，進號鎮西將軍。❺南中郎邵陵王　據《宋書》，邵陵殤王友，字仲賢，明帝第七子，年五歲便出為南中郎將、江州刺史、邵陵王。❻並鎮盆口　據《宋書》，沈攸之舉兵反，鎮尋陽之盆城，所以這裡說二王並鎮盆口。尋陽，郡名。時治所在柴桑。即今江西九江西南。❼世祖　即後來之齊武帝。❽毗贊　輔贊。❾兩藩　晉熙王、邵陵王。❿任揔西伐　擔任總理西伐之大政。⓫時從在軍　時從世祖而在軍中。⓬軍主　軍中之主將。⓭行參軍署法曹　將軍府之屬官。⓮景燭　景，日光。燭，燭照。⓯雲火　烽火。⓰羽檄　插上羽毛的軍中緊急文書。⓱股肱　大腿和手臂。比喻左右輔佐得力之人。⓲切　重要。⓳書記　文學之士。相當現在的祕書。⓴主簿記室參軍　主簿、記室，均為掌書記文學之任。參軍，官名。參與軍事。㉑允　實。㉒焚林之求　據〈文士傳〉，太祖（即曹操）很聽說阮瑀的文名，於是請他來做事，但阮瑀不應請，並逃入山中。太祖沒法，便焚燒山林，逼他出來，請他當了記室。㉓實兼儀形之寄　據何法盛〈晉中興書〉，有王承者，字安期，很得司空王越的賞識，並在王那裡當記室參軍。平常王越對他十分敬重，並對自己的兒子說，單是學習，進益較淺，身體所安，所得反深。整天把禮法矩度弄得很熟，並不及瞻視儀形來得有效；用功諷詠前賢的遺言，也抵不上親聆賢者的教誨。王參軍這個人乃是人倫的表率，你可以以他為師。儀形，即儀刑，效法的意思。㉔刀筆　文章之事。㉕風體　風儀體氣。㉖弘益　大有益於人倫。㉗安南　指安南將軍，時邵陵王兼任。㉘東夏　華夏東部，指會稽郡。㉙重複　重重疊疊。㉚選眾而舉　在眾官中挑選推舉。㉛敦　重。㉜說　通「悅」。㉝斯在　在斯。斯，代指竟陵王。㉞使持節　加給地方大吏的稱號，有誅殺二千石以下官吏之權。㉟會稽　郡名。治所在今浙江紹興一帶。㊱東陽　治所在今浙江金華一帶。㊲臨海　治所在今浙江臨海一帶。㊳永嘉　治所在今浙江溫州、樂清、永嘉一帶。㊴新安　治所在今浙江淳安以西一帶。㊵太守　一郡之最高行政長官。

【語譯】當初荊州刺史沈攸之，在長江的上游驕橫放縱，從荊州起兵叛亂。於是宋鎮西將軍晉熙王、南中郎將邵陵王一起鎮守盆口，以平叛亂。其時世祖正受命輔佐二王，總理西伐之事。公也隨同世祖在軍中效力，鎮西將軍府以版封授為寧朔將軍軍主，南中郎將府以版補授行參軍署法曹。那時烽火燃燒如同日光燭照，軍中文書，奔馳不絕，彷彿風飛一般。軍中的謀略出於左右，軍中的重要職務在書記。於是遷公為左軍邵陵王主簿記室參軍。這樣，公一方面滿足了邵陵王焚林求賢的請求，另一方面也實現了邵陵王把他作為眾人效法榜樣的厚望。公的文章不足以顯示他的全部功績，但是他的風範卻對人們大有益處。於是又任命公為邵陵友、安南邵陵王長史。會稽這個地方，的確可以稱為地勢優勝，關山河川重重疊疊。從眾官當中把公推舉出來，認為重視詩書、喜愛禮樂就在此人。於是又任命公為使持節都督會稽、東陽、臨海、永嘉、新安五郡諸軍事、輔國將軍、會稽太守。

太祖❶受命❷，廣樹藩屏❸。公以高昭武穆❹，惟戚❺惟賢。封聞喜縣❻開國公，食邑千戶。又以奏課❼連最❽，進號冠軍將軍。越❾人之巫❿，覩正風而化俗；篁竹⓫之酋⓬，感義讓而失⓭險。邪叟忘其西昊⓮，龍丘狹其東皋⓯。會⓰武穆皇后⓱崩，公星言奔波⓲，泣血千里，水漿不入於口者，至自禹穴⓳。逮⓴衣裳㉑外除，心哀內疚，禮屈於厭降㉒，事迫於權奪㉓，而茹戚肌膚㉔，沈痛瘡距㉕。故知鍾鼓非樂云之本㉖，縗麤非隆殺之要㉗。改授征虜將軍、丹陽㉘尹。良家㉙入徙，戚里㉚內屬，政非一軌，俗備五方。公內樹寬明，外施㉛簡惠，神皋㉜載穆，轂下㉝以清。

【章旨】寫蕭子良當太祖受命建立齊朝之後，如何治越，如何奔武穆皇后之喪，如何治理丹陽。

【注釋】❶太祖　齊高帝蕭道成。❷受命　受天命踐天子位。❸廣樹藩屏　廣封子弟為諸侯王。❹高昭武穆　古宗廟之中，始祖居中，以下父子左右遞為昭穆。這裡是說竟陵王為高帝之孫，武帝之子，所以對於高帝而言，他是昭，對於武帝而言，他是穆。❺戚　親。❻聞喜縣　今山西聞喜。❼奏課　上奏考察官吏的成績。❽連最　第一。❾越　會稽之地名為越國。❿巫　事鬼神者曰巫。⓫篁竹　竹林。越人多處於谿谷篁竹之中。⓬酋　酋長。⓭失　棄。⓮邪叟忘其西昗　據《後漢書》，劉寵拜會稽太守，後徵為將作大匠。山陰有五六老叟，自若邪山谷出而送寵。說，聽說你要走，所以相扶著走來送你，竟然忘記天將晚了。邪，若邪山。昗，日西斜。⓯龍丘萇其東皋　據《後漢書》，有任延者，字長孫，南陽人，十九歲就被拜為會稽都尉。吳地有龍丘萇者，一向隱居不出。有人建議任延召他出來做事。任以為，這萬萬不可。因為龍丘先生是有德之人，與從前的原憲、伯夷差不多，請這種高人出山，須得用恭誠之心去打動他才行。於是就不斷地給他送藥、致問。過了一年，龍丘萇竟親到府門報到，說願意盡力為政府出力。狹其東皋，是說龍先生以東皋之地為狹小，而願出山做事。東皋，泛指隱居之地。⓰會　適逢。⓱武穆皇后　據《南齊書》，武穆裴皇后，諱惠昭，河東人，父璣之，后生子良。⓲星言奔波　據《禮記》，父母之喪，子女須見星而行，夜見星而舍，故云。言，語詞。無實義。⓳至自禹穴　由禹穴（即會稽）出發奔至齊都。禹穴，大禹墓穴，在會稽。⓴逮　及。㉑衣裳　喪服。㉒厭降　古喪禮，母亡，子服三年喪；父在母亡，則減一年，稱厭降。㉓事迫於權奪　其事又迫於權宜，須奪其哀情而入仕。這裡指將授公征虜將軍之職。㉔茹戚肌膚　吞食憂苦，損傷肌膚。茹，食。戚，憂苦。㉕沈痛瘡距　是說沈於毒痛，如創痛之至大。距，大。㉖鍾鼓非樂云之本　是說樂之所貴在移風易俗，並不僅在有鍾鼓之聲。據馬融說，《論語》記孔子的話說：「樂云，樂云，鍾鼓云乎哉！」意即樂啊，樂啊，難道就僅僅是指鍾與鼓這些樂器麼？㉗縗麤非隆殺之要　表示哀喪程度的高低並不在喪服級別的高低，而在哀情的深淺。縗麤，粗麻布喪服。隆，升。殺，降。㉘丹陽　古郡名。治所在今江蘇南京一帶。㉙良家　有一定身分、地位或經濟力量的人家。㉚戚里　天子姻親所居之處。㉛施　施行。㉜神皋　指京畿以內。㉝轂下　帝都。

【語　譯】不久太祖稟受天命，登上天子的寶位，於是廣泛地分封侯王。公因為是太祖的孫子，武帝的兒子，不僅血緣上有親屬的關係，而且又是一等的賢才，所以被封為聞喜縣開國公，食邑一千戶。因為在接受考課時，與別處比較起來，成績最好，又進號為冠軍將軍。越地向來巫風特盛，可是見了公的正風，便都歸順而改變風俗；盤踞在深山竹林中的酋長們，也因公仁義謙讓的德行而大受感動，便帶著夷人拋棄險阻，過著安枕平和的日子。猶如後漢劉寵做了會稽太守，離任之時，若邪山就有五、六個老頭前來送行，忘記日已西斜。又如曾任會稽都尉的任延，他以至誠感動隱士龍丘萇出來效力。適逢武穆皇后亡故，公立即披星戴月地忙著奔喪，不辭千里之遠，邊走邊哭以致眼裡出血，而且一點水漿也不進口，就這麼從會稽一直奔到京都。等到除去喪服，依然哀痛不減，彷彿生了心病一樣。可是依照喪禮厭降的規定，服喪要減少一年，而且當時又有公事在即，所以也不得不權宜將哀情擱下，於是公只有吞食痛苦而損害肌膚，沈浸在悲痛之中，如遭巨大創傷。由此可以知道，所謂鐘鼓之聲，並不是樂的本質所在，縗麤也不是決定哀傷程度之高低的關鍵。不久，公便被改授為征虜將軍、丹陽尹。丹陽這個地方曾經從別處遷徙來許多的大戶人家，又有天子的姻親住在這兒，行政的事不易統一，風俗也是雜而不純，可以說是五方均有。蕭公來了以後，為人寬厚明察，對外實行簡要仁惠的作風，不久，京畿之地，社會和美，帝都之內，政治非常清明。

武帝❶嗣位❷，進封竟陵郡❸王，食邑加千戶。復授使持節都督南徐兗❹二州諸軍事、鎮北將軍、南徐州刺史❺。遷使持節、侍中、都督南兗❻、徐、北兗❼、青❽、冀❾五州諸軍事、征北將軍、南兗州刺史。兗徐接壤，素❿漸⓫河潤⓬，未及下車，仁聲先洽⓭。玉關⓮靖柝⓯，北門⓰寢扃⓱。朝旨⓲以董⓳司⓴岳牧㉑，敷㉒

輿邦[23]教，方任[24]雖重，比此[25]為輕。徵[26]護軍將軍，兼司徒，侍中如故。又授車騎將軍，兼司徒，侍中如故，即授司徒，侍中又如故。上穆[27]三能[28]，下敷五典[29]。闢[30]玄闈[31]以闡[32]化[33]，寢[34]鳴鐘[35]以體國[36]。翼[37]亮[38]孝治[39]，緝熙[40]中教[41]。奪金恥訟，蹊田[42]自嘿[43]。不離其朴，用晦[44]其明。聲化[45]之有倫[46]，繄[47]公是賴。庠序[48]肇[49]興，儀形[50]國胄[51]；師氏[52]之選，允師人範。以本官領[53]國子祭酒[54]，固辭不拜。八座[55]初啟，以公補尚書令[56]。式[57]是[58]敷奏[59]，百揆[60]時[61]序。夫國家之道，互為公私；君親之義，遞為隱犯[62]。公二極[63]一致[64]，愛敬同歸[65]。亮[66]誠盡規，謀猷[67]弘遠矣。又授使持節、都督揚州諸軍事、揚州刺史，本官悉如故。舊惟淮海[68]，今則神牧[69]。編戶[70]殷[71]阜[72]，萌俗[73]繁滋[74]，不言之化，若門到戶說[75]矣。頃之[76]，解[77]尚書令，改授中書監[78]，餘悉如故。獻納樞機[79]，絲綸[80]允緝。武皇晏駕[81]，寄深[82]負圖[83]。公仰惟[84]國典，俛遵遺記，俯擗[85]天倫[86]，踴絕[87]于地。居處[88]之節[89]，復如居武穆之憂。

【章　旨】寫公在武帝朝，如何以風教理政。

【注　釋】❶武帝　齊武帝蕭賾。❷嗣位　接位。❸竟陵郡　治所在今湖北鍾祥一帶。❹兗　治所今山東兗州一帶。❺刺史　掌一州之軍政大權。❻南兗　東晉元帝時立，治所在京口。即今江蘇鎮江。南朝宋元嘉八年（西元四三一年）移治廣陵。即今江蘇揚州。❼北兗　即兗州。❽青　這裡指東晉的僑置州。治所在廣陵縣。即今江蘇揚州北邊一帶，南朝宋初併入南兗州。❾冀　這裡亦指南方的僑置州。治所在今江蘇連雲港一帶。❿素　本。⓫漸　浸潤。⓬河潤　以河水浸潤。比喻施予恩惠。⓭洽　遍。⓮玉關　原指玉門關，這裡指邊關。⓯靖柝　守更木不擊。喻太平無事。⓰北門　指邊關之北門。一說：指潤州。⓱寢扃　關門不鎖。⓲朝旨　天子之旨意。⓳董　督。⓴司　主持。㉑岳牧　為堯舜時四岳十二牧的省稱，此泛指封疆大吏。㉒敷　布。㉓邦　國。㉔方任　一方重任，指都督五州軍事及南兗州刺史等職。㉕此　代指司徒之職。㉖徽　徽拜。㉗穆　和。㉘三能　三臺。星名。指三公之位。㉙五典　五常之教。即父義、母慈、兄友、弟恭、子孝。㉚闢　開。㉛闈　門。㉜闡　闡揚。㉝化　天子之教化。㉞寢　息。㉟鳴鐘　鳴鐘而食。㊱體國　治國。㊲翼　佐。㊳亮　光大。㊴孝治　以孝道治理天下。㊵緝熙　光明。㊶中教　中和之教。㊷蹊田　牛行於田，踏壞莊稼。㊸嘿　不語。㊹晦　暗。㊺聲化　聲威教化。㊻倫　序。㊼綮　語詞。㊽庠序　學校。此指國子學。㊾肇　始。㊿儀形　榜樣。(51)國胄　貴族百官之子。(52)師氏　學官名。掌教國子。(53)領　兼。(54)國子祭酒　學官名。主管太學、國子學或國子監所屬各學。(55)八座　指五尚書、左右二僕射及尚書令。(56)尚書令　尚書省最高長官。總管尚書臺二十曹之政務。(57)式　用。(58)是　代指蕭公。(59)敷奏　敷奏天庭。(60)揆　事。(61)時　是。(62)君親之義二句　李善釋曰：「事親有隱而無犯，事君有犯而無隱。隱謂不稱揚其過，犯謂犯顏而諫。」(63)二極　君與親。(64)一致　謂忠孝同歸於一。(65)同歸　指同歸君親。(66)亮　信。(67)猷　謀。(68)淮海　《尚書·禹貢》：「淮、海惟揚州。」淮，淮河。海，黃海。謂淮河黃海之間為揚州。(69)神牧　神州之牧。(70)編戶　居民。(71)殷　富。(72)阜　盛。(73)萌俗　指百姓之習俗。萌，通「氓」。意為老百姓。(74)繁滋　眾多。(75)門到戶說　登門挨家挨戶地宣傳。(76)頃之　不久。(77)解　免去。(78)中書監　官名。略高於中書令，與中書令同掌機要。為事實上的宰相。(79)樞機　語言。(80)絲綸　天子之言。(81)晏駕　指天子駕崩。(82)寄深　寄託深遠。(83)負圖　指託公佐少帝之命。孔子曾見周公抱成王臨朝之圖，故省曰負圖。(84)惟　思。(85)撫心　而哭。(86)天倫　指父子之親。武帝為其父。(87)踴絕　號哭頓足，昏厥於地。(88)居處　指居喪。(89)節　儀節。

【語　譯】不久，武帝接替皇位，並進一步封公為竟陵郡王，食邑增加一千戶。接著又授公使持節都督南徐、兗二州諸軍事、鎮北將軍及南徐州刺史。跟著又遷使持節、侍中、都督南兗、徐、北兗、青、冀五州諸軍事、征北將軍、南兗州刺史。兗州與徐州互相接壤，平時就受到恩惠。沒有等到公下車到任，他仁厚的名聲就已傳遍那些地方了。邊關夜裡也不用再擊更柝，北門也不必再上鎖。朝廷的旨意認為，司徒監督主管封疆大吏，推廣振興國家教化，主持一方政務雖然重要，但比起司徒來則要輕一些。於是徵拜公為護軍將軍，兼任司徒，侍中之職依舊。又授公車騎將軍的職務，兼司徒，侍中的職位如故。旋即又正式授公司徒之職，保留侍中之職如故。公上能和睦三公，下能宣揚五教。一方面開啟了政道之門，用以闡揚教化；另一方面，又崇尚節儉，不好鐘鳴鼎食的闊綽，以這種作風來治理國家。公輔佐天子光大以孝治理天下之道，使中正和平之教大放光彩。即使發生搶奪金子的事情，也不會有人跑來打官司；即使有牛踩到人家的田裡去，雙方也會保持沈默。公保持民性的質樸，不尚雕琢，也不讓明察過分地外露。聲威教化所以能有倫有序，實在都是靠公的努力。國子學開始興辦，主管的人必須是王侯百官子弟的榜樣；擔任老師的人選，要確實是人中模範，公又被命兼任國子祭酒的職務，公堅決辭謝未能任命。這時尚書臺八座剛剛設置，就命公為尚書令。由他將各種大事敷奏朝廷，這樣百事都有次序。國與家之間的關係，可以說是互為公私；事君與事親的道理，則交替為犯顏直諫和隱晦其過。公兩者都能兼顧，而使之歸於一致，愛和敬統一在忠孝裡面。以誠信行事，盡他規諫的職責，他所進獻的許多謀劃，的確可說是既寬大又深遠。於是又授公使持節、都督揚州諸軍事、揚州刺史，原來的一切職位照舊全部保留。揚州這個地方，從前稱作淮海之地，現在的刺史可說是神州方牧。這地方的居民富裕，民俗繁滋。公到任之後，潛移默化，彷彿登門挨家挨戶地進行宣傳一樣。不久，公被免去尚書令的職務，同時改授為中書監，其餘官職仍舊保留。公在中書監的職位上，獻納議論，起草詔旨信實和美。等到武帝駕崩之後，公又承受武帝深遠的寄託，輔佐少帝。公仰而考慮國家的大典，俯而遵奉武帝的遺託，不禁用手撫心，痛哭至親的去世，以致頓足昏厥於地。至於公居喪的節儀，可說是與居武穆皇后之喪無二。

聖主❶嗣興，地❷居旦奭❸。有詔策授太傅❹，領司徒，餘悉如故。坐而論道，動以觀德；地尊禮絕，親賢莫貳❺。又詔加公入朝不趨❻，讚拜❼不名❽，劍履上殿[9]。蕭傅[10]之賢，曹馬[11]之親，兼之者公也。復以[12]中威重道，增崇德統，進督南徐州諸軍事，餘悉如故。並表疏[13]累上，身沒[14]讓存[15]。天不憖[16]遺[17]，梁[18]岳[19]頹峻，某年某月日薨，春秋三十有五。詔給溫明祕器[20]，斂以衮章[21]，備九命[22]之禮，遣大鴻臚[23]監護喪事，朝夕奠祭，太官[24]供給，禮也。故以慟極津門，感充長樂[25]，豈徒[26]舂人不相，傾墀罷肆而已哉[27]！乃下詔曰：「褒崇庸[28]德，前王[29]之令典；追[30]遠尊戚，沿情[31]之所隆。故使持節都督揚州諸軍事、中書監、太傅、領司徒、揚州刺史、竟陵王、新除進督南徐州，體睿[32]履正，神監[33]淵邈。道冠民宗[34]，具瞻惟允。肇自弱齡[35]，孝友光[36]備。爰及贊[37]契[38]，協[39]升景[40]業。燮[41]和台曜[42]，五教[43]克[44]宣[45]。敷奏朝端[46]，百揆[47]惟穆。寄重[48]先顧[49]，任均[50]負圖[51]。諒[52]以齊徽[53]二南[54]，同規往哲[55]。方[56]憑[57]保佑，永翼[58]雍熙[59]。天不憖遺，奄[60]見薨落[61]。哀慕[62]抽割[63]，震動于厥[64]心。今先遠戒期[65]，龜謀[66]襲吉[67]。茂[68]崇嘉制，式[69]弘風猷。可追崇[70]假黃鉞[71]、侍中、都督中外諸軍事、太宰[72]、領大將軍、揚州牧、綠綟綬[73]，具九錫[74]服命[75]之禮，使持節、中書監、王如故。給九旒[76]鑾輅[77]，黃屋[78]左纛[79]，轀輬車[80]，前後部羽葆[81]鼓吹[82]，挽歌[83]二部，虎賁[84]班劍[85]百人，葬禮一依晉安平獻王孚[86]故事。」

【章 旨】這章寫公的亡故。

【注 釋】❶聖主 指鬱林王蕭昭業，為武帝文惠太子蕭長懋的長子，武帝駕崩時，文惠太子已死，故立鬱林王為帝。❷地地位。❸旦奭 即周公旦、召公奭。❹太傅 三公之一。為輔弼國君之官。❺莫貳 沒有第二個。❻不趨 不必如百官那樣地快步而走。❼讚拜 朝拜時司儀大聲唱出行禮人姓名的儀式。❽不名 不用稱道名字。❾劍履上殿 可以佩劍著履走上殿。❿蕭傅 指漢相蕭何。⓫曹馬 指曹真。為魏太祖的族子，魏明帝時曾任他為大司馬，故曰。另據呂延濟的意見，蕭傅分指蕭何與傅說，這個說法恐怕不妥，然亦可聊備一說，以供參考。⓬以 為了。⓭疏 同「表」。⓮身沒 身死。⓯讓存 謙讓之德尚存。⓰憖 情願。⓱遺 遺留。⓲梁 樑木。⓳岳 高山。⓴溫明祕器 古代葬器。㉑袞章 古代天子和上公的禮服，繡龍。㉒九命 周代九等官爵中最高一等，上公之禮。㉓大鴻臚 官名。掌禮儀之事。㉔太官 掌食膳之事的官員。㉕慟極津門二句 據《東觀漢記》，東海王彊薨，天子聽到噩耗之後，走下床伏在地上，大聲痛哭，後走到長樂宮，向太后回報，並駕至津門亭，參加發喪。㉖豈徒 豈只。㉗舂人不相二句 秦大夫百里奚死，民間舂穀不唱號子。鄭子產卒，商人罷市而哀。㉘庸 功。㉙前王 指古先聖帝王。㉚追 追念。㉛沿情 因情。㉜睿 聖。㉝監 即「鑒」。㉞民宗 為民所宗仰。㉟弱齡 幼年。㊱光 大。㊲贊 輔助。㊳契 王者所執。㊴協 協助。㊵景 大。㊶燮 理。㊷台曜 指三公之位。㊸五教 即父義、母慈、兄友、弟恭、子孝等五種倫理的教化。㊹克 能。㊺宣 敷布。㊻朝端 朝廷之重臣。㊼揆 事。㊽寄重 寄託重大。㊾先顧 先帝之顧命。㊿均 同。(51)負圖 孔子曾見周公抱成王朝見諸侯之圖，省稱負圖。事見《孔子家語》。(52)諒 信。(53)徽 美。(54)二南 指周公與召公。(55)往哲 以往之賢哲。亦指周公與召公。(56)方 適值。(57)憑 憑藉。(58)翼輔佐。(59)雍熙 雍和安樂。(60)奄 很快。(61)薨落 亡故。(62)慕 慕懷。(63)抽割 如抽割一樣地痛苦。(64)厥 其。(65)先遠戒期預先從遠日確定葬日。(66)龜謀 占卜。(67)襲吉 得吉。(68)茂 盛。(69)式 用；以。(70)追崇 給死者追加禮遇。(71)黃鉞 指以金所飾之斧。古時天子用以賜給諸侯，明其有專征之權。鉞，斧。(72)太宰 官名。輔佐帝王治國理家。(73)綠綟綬 一種黑黃而近綠色的絲帶，三公以上所配。(74)九錫 一曰車馬、二曰衣服、三曰樂則、四曰朱戶、五曰納陛、六曰虎賁、七曰斧鉞、八曰弓矢、九曰秬鬯。錫，即賜。(75)服命 章服與命數。指天子所賜之爵祿服飾。(76)九旒 旗名。(77)鑾輅 天子車駕。(78)黃屋 天子車。(79)左纛 毛羽製成之幢。懸於車衡木的左上方，故曰。(80)轀輬車 天子喪車。(81)羽葆 以鳥毛做成之幢幡。(82)鼓吹 樂隊。(83)挽歌 樂隊。(84)虎賁 勇士。(85)班劍 有斑紋的劍，用作儀仗。(86)安平獻王孚 晉宣帝弟。

【語　譯】武帝駕崩以後，聖主繼位。這時公所處的地位，與從前周公旦和召公奭所處的地位相同。不久，皇帝下詔，授公太傅的職位，兼任司徒，其餘官職仍保留不變。公居於端坐論道的尊貴地位，他的一言一行，別人都可以從中看出他的品德。公地位的崇高，受到禮遇的卓絕，在貴戚賢臣之中，沒有第二人比得上。後來又下了詔書，決定給公上朝不須快步而走，朝拜時司儀不唱出他的名字，以及可以佩劍穿鞋走上宮殿的特殊待遇。當年漢代的蕭何以賢明著稱，曹魏的曹真與天子有親戚的關係，如今重賢親親可以說公一人兼有了。朝廷又為申張威嚴，推重大義，尊崇道德綱紀，又授他都督南徐州諸軍事的職位，其他官職均保留如故。公多次上表，表示辭讓，身死而謙讓之德尚存。不料老天不惜英才，讓樑木和高山倒塌。公於某年某月日亡故，享年三十五歲。天子下詔，決定給予溫明祕器，並以袞服作為公的斂服，又備上公之禮，派大鴻臚監督並幫助辦理喪事，早晚都要奠祭，一切所需之物，均由太官供給，這樣做是遵禮而行。公的亡故使天子十分悲痛，彷彿從前漢代的東海王彊死後，天子在津門亭極度痛苦，在長樂宮無比感傷一樣。這哪裡僅僅是舂人舂米時不再唱號子，所有的商店都關門停業所可比的呢？於是天子下詔說：「褒獎推崇功德，是先帝的善典；追懷亡者，尊愛親戚，是出於情感所隆重而為。已故使持節都督揚州諸軍事、中書監、太傅、領司徒、揚州刺史、竟陵王、新除進督南徐州蕭公，不但資質睿聖，又能履行正道，神識清明，可以照鑒深遠之處。他在道德上的修養，可以稱得上冠於一時，為萬民所尊仰，瞻望他的仁德之美，覺得真的當得起這樣的評價。從幼年起，他就具備對父母孝敬，對兄弟友愛的美德。到了他輔佐天子，共舉大業的時候，他又能理和三公之位，並盡力地推廣五常之教。他以朝之重臣的身分，不時敷奏以言，萬事都辦得很完美。先帝駕崩時，又託他輔佐少帝的重任，這和周公抱成王負扆臨朝一樣。的確可以與周公召公比美，可以與前代賢哲同樣作為榜樣。正當要憑藉公來保安佑福，長佐天下，永保和平安樂局面之時，老天卻不肯留公，致使公突然地亡故。悲哀與追慕的感情，起伏不停息，彷彿鞭抽刀割一樣地讓人痛苦，內心的震動更是可想而知。今且先從遠日確定下葬的日期，以占卜的方法求個吉利的日子。為了隆盛地推崇國家的美好制度，弘揚公的品格道德，可以追崇假黃鉞、侍中、都督中外諸軍事、太宰、領大將軍、揚州牧，綠綟綬備具九錫服命之禮，使持節、中書監、以及竟陵王如故。又給九旒旗車駕，黃屋左纛、轀輬車，前後部羽葆鼓吹，挽歌二部，虎賁持班劍百人，葬禮一切依照晉安平獻王孚的舊例。」

公道識虛遠，表裡融通，淵然萬頃，直上千仞❶。僕妾不覩其喜慍，近侍莫見其傾弛❷。他人之善❸，若己有之。民之不臧❹，公實貽❺恥。誘❻接恂恂❼，降以顏色❽。方❾於事上，好❿下規⓫己。而廉於殖⓬財，施⓭人不倦。帝子⓮儲季⓯，令行禁止，國網天憲，寘⓰諸掌握。未嘗鞫⓱人於輕刑，錮⓲人於重議⓳。人有不及，內恕諸己。非意相干⓴，每為理屈。任天下之重㉑，體㉒生民之俊。華袞㉓與縕緒㉔同歸，山藻㉕與蓬茨㉖俱逸㉗。良田廣宅，符仲長之言㉘；邙山洛水，協㉙應叟之志㉚。丘園東國㉛，鎦銖㉜軒冕㉝。乃依林構宇㉞，傍巖拓架㉟。清猿㊱與壺人㊲爭旦，緹㊳幙與素瀨㊴交輝。置之虛室，人野㊵何辨。高人何點，躡屩於鐘阿㊶；徵士劉虯，獻書於衡岳㊷。贈以古人之服㊸，弘以度外之禮㊹。屈以好士之風，申其趨王之意。乃知大春屈己於五王㊺，君大降節於憲后㊻，致之有由也。其卉木之奇，泉石之美，公所製〈山居四時序〉㊼，言之已詳。

【章　旨】寫王有高士的風度與趣味。

【注釋】❶仞　古代長度單位。周制八尺，漢制七尺。❷傾弛　傾廢。❸善　優點；技藝。❹臧　善；好。❺貽　有。❻誘進。❼恂恂　溫恭之貌。❽降以顏色　表現出謙和的神色。❾方　正。❿好　喜歡。⓫規　規諫。⓬殖　聚積。⓭施　施予；施捨。⓮帝子　指竟陵王。為武帝之子，故曰。⓯儲季　指竟陵王。為皇太子弟，故曰。⓰寘　同「置」。⓱鞫　問。⓲錮執。⓳議　議罪。⓴干　干犯。㉑重　重負；重責。㉒體　體察；理解。㉓華袞　三公之服。㉔縕緒　貧賤之服。㉕山藻華屋。㉖蓬茨　草屋。㉗逸　樂。㉘仲長之言　據《後漢書》，仲長統，字公理，山陽人，少即好學，博及群書。每逢州郡召他出來做事，他就以有病為藉口，回絕不就。嘗對人說，假使有良田廣宅以為居所，而且又是背山臨水，溝池環繞，竹木四布，這就足供四時的休歇之用了。㉙協　合。㉚應叟之志　應叟，即應璩。曹魏時的文學家，他在〈與程文信書〉中說：「所以我就想尋求幾塊偏遠的田地，用以過過躬耕的日子。不過這地方最好在關之西，而且又南臨洛水，北據邙山，依著高高的山凹做個屋子，再從茂密的林木那裡借點陰涼。」㉛東國　指東魯。為周公所封之國。㉜錙銖　意指很輕。古以八兩為錙，十絫為銖。㉝軒冕　原指官車與官帽，這裡代指做官。㉞宇　屋舍。㉟架　指屋舍。㊱清猿　鳴聲很清之猿。㊲壺人報時人。壺，漏壺。㊳緹　赤色的絲織物。㊴素瀨　白波。㊵人野　貴人與士人。㊶高人何點二句　據虞孝敬〈高士傳〉，有何點者，常常趿著草鞋，乘柴車，四處遊行。屩，草鞋。鐘阿，鐘山。在金陵。即今江蘇南京。㊷徵士劉虬二句　據《南齊書》，有劉虬者，字虛豫，南陽人。當時豫章王做荊州牧，劉虬為別駕，並給他寫信，以禮相請。虬便寫信回答說他不能應命。㊸贈以古人之服　據《南齊書》，竟陵王子良，聽說何點是個高人，就派人給他送一只嵇叔夜用過的酒杯，和徐景山用過的酒鎗，以表示願與結交的意思。服，指服用之物。㊹弘以度外之禮　據干寶《晉記》，何曾一次對太祖說，阮籍這個人如此地不循禮教，假如世人都學起他來，怎麼得了？太祖說，他原是超於法度之外的人，不妨寬容一點。㊺大春屈己於五王　據《後漢書》，井丹，字大春，扶風人。建武末，沛王輔等五王居北宮，都喜好接納賓客。他們風聞丹的大名，便輪番地請他去作客，可是一個都沒有請成。有信陽侯陰就者，原是光烈皇后之弟。見五王累次請丹不成，便說如果給他以千萬之錢，他定能把丹請來。他得了錢後，便派人硬把丹邀劫去。丹去了以後，陰就乃故意弄些麥飯蔥菜給丹吃。丹便把這些吃食推開去。並說：「我原以為你們君侯一流能夠供給我上等的吃食，所以才來做客，現在卻讓我吃這等的賤食，這未免有點薄禮了罷！」於是陰就便另辦了高級的吃食來，井丹這才吃了。㊻君大降節於憲后　據《東觀漢記》，荀恁，字君大，雁門人。永平中，驃騎將軍、東平憲王蒼辟恁為祭酒，對恁非常敬重。有一次大家上朝，天子對荀恁開玩笑說：「先帝徵你來做官，你不肯來，現在驃騎將軍徵辟你就來了，這是什麼緣故呢？」荀恁回答說：「先帝講究德治，以仁惠對待下人，所以我沒有來。現在驃騎將軍根據法紀來檢視下人，我是不敢不來。」這二句是以竟陵王對賢士的尊重與前人的粗暴做法相比。㊼山居四時序　見《全上古三國魏晉南北朝文・全齊文》。

【語　譯】公的道德見識，謙虛深遠，為人表裡融會貫通，彷彿深如萬頃之淵，難見其底；高如千仞之松，挺拔正直。僕妾難以看到他把喜慍形之於外；近侍也不見到他傾廢正事，怠惰鬆懈。別人有什麼好的地方，他便看得彷彿自己所有一般；人民有什麼不善之事，他就感到難為情。他引進接待賢良，總是和顏悅色，表現出謙恭的神情；他一向以正道事上，對待下屬，又很喜歡他們規諫自己。他在聚積財產方面，非常廉潔，但給別人的施予，卻從不吝惜。他雖是武帝的兒子，又是太子之弟，發令即行，有禁即止，國家刑法，就掌握在他的手裡。但他對輕刑者總是寬而不問，議人罪名時，也從不往重的方面偏頗。別人有什麼做得不夠的地方，他也能將心比心，表示寬恕。有人意外地冒犯他，他也總是通過說理來折服對方。他擔負天下的重任，卻能體恤老百姓中的俊秀之士。在他眼裡，穿三公官服與低賤民服的人，最終都同其歸宿；住華美屋宇和低矮草屋的人，都可以享受逸樂。公所企求的是聊供卒歲的良田廣宅，這與仲長統的話很是相符。他又以為，這地方最好是南臨洛水，北據邙山，這也與應璩的理想十分相近。在他眼裡，東國之地猶如丘園，軒冕之貴恰似錙銖。這樣，他就依著樹木，建構屋宇，傍著山巖，起造房舍。猿猴的清啼聲與壺人的報時聲，一起爭著迎接早晨的到來，紅色絲織的帷幕和白色的水波，互相發著光輝。住在這樣空空的屋裡，哪裡還分得出什麼文明人與山野人。當時有個叫做何點的高人，穿著草鞋在鐘山的拐彎處徜徉。還有個叫劉虯的徵士，荊州牧豫章王請他去做別駕的官，他卻由衡山回信推辭。公給何點送去古人的服玩之物，對劉虯也以法度外之禮寬宏對待。因為公喜歡結交名士，所以才如此地屈身而為，申張了賢士們要求王尊重他們的意願。這樣我們才知道，原來大春所以會屈己而應五王的宴請，君大會不固執自己的清高，到東平憲王那裡去做官，並不是沒有緣故啊！至於公所居的那些地方所種的花卉草木的奇絕，水泉山石的幽美，這些公在他的〈山居四時序〉中已經說得很詳盡了。

文皇帝[1]養德[2]東朝[3]，同符作者[4]。爰造[5]〈九言〉[6]，實該[7]百行。導衿禱[8]於未萌，申炯[9]戒於茲日。非直[10]日暮千載，故乃萬世一時也。命公注解，衛將軍王儉綴[11]而序之。山宇[12]初構，超然獨往，顧[13]而言曰：「死者可歸[14]，誰與入室？」尚想前良[15]，俾[16]若神對[17]。乃命畫工，圖[18]之軒牖[19]。既而緬[20]屬賢英，傍思才淑[21]。匹婦之操[22]，亦有取焉。有客游梁朝者[23]，從容而進曰：「未見好德[24]，愚竊[25]惑[26]焉。」即命[27]刊削[28]，投杖[29]不暇[30]。公以為出言自口，驥騄[31]不追；聽受一謬[32]，差以千里。所造箴銘[33]，積成卷軸，門階戶席，寓物垂訓[34]。先是[35]震[36]于外寢[37]，匠者[38]以為不祥，將加治葺[39]。公曰：「此天譴[40]也，無所改修，以記吾過，且令戒懼不怠[41]。」從諫如順流，虛己若不足[42]。至於言窮藥石[43]，若味[44]滋[45]旨[46]；信[47]必由中[48]，貌無外悅；貴而好禮，怡[49]寄[50]《典》《墳》[51]；雖牽[52]以物役[53]，孜孜[54]無怠。乃撰《四部要略》[55]、《淨住子》[56]，並勒[57]成一家[58]，懸諸日月[59]。弘洙泗[60]之風，闡迦維[61]之化。大漸彌留[62]，話言盈耳，黜殯[63]之請，至誠懇[64]惻[65]。豈古人所謂立言於世，沒而不朽者歟！易名[66]之典[67]，請遵前烈[68]。謹狀。

【章　旨】寫王在德行、文章方面取得的成績。

【注　釋】❶文皇帝　即文惠太子。為世祖武帝長子，蕭昭業即位後，進尊為文皇帝。❷養德　修身培養德性。❸東朝　東宮。為太子所居。❹同符作者　與寫文章者的所為有許多相合的地方。意思是說，他也喜歡寫寫文章，可以稱得上是一個作者。❺造　寫作。❻九言　即九言之書。一曰言德，二曰言親，三曰言賢，四曰言史，五曰言靜，六曰言昭，七曰言真，八曰言節，九曰言義。❼該　通「賅」。❽導衿褵　是說把九言之書的內容，書而佩於衿褵，以為遵循的準則。導，五臣本作「遵」。似以「遵」為好。衿，衣襟。褵，女子出嫁時所繫佩巾。❾炯　明。❿非直　不止。⓫綴　連綴文辭與意思。指寫作。⓬宇　屋舍。⓭顧　視。這裡指看顧山中屋宇。⓮可歸　難道是可以歸返的麼。意謂古人已死，不可復活。⓯前良　前代賢良之人。⓰俾　使。⓱神對　以神相對。⓲圖　繪畫。⓳軒牖　窗戶。⓴緬　遠。㉑淑　美。㉒操　操守；節操。㉓游梁朝者　游於漢代梁孝王之朝者。這裡以梁孝王代竟陵王。㉔未見好德　意思是說，你現在圖畫列女之像，有點近乎好色，而與好德相差甚遠。《論語・子罕》：「吾未見好德如好色者。」㉕竊　私下裡。㉖惑　不解。㉗即命　主語為竟陵王。㉘刊削　去掉。㉙投杖　把手中的拐杖扔掉。表示改過。《禮記》記載子夏曾投杖拜曾子以謝過。㉚不暇　忙不及的樣子。㉛驤騄　均為好馬。㉜聽受一謬　對聽來的話理解上發生一點錯誤。㉝箴銘　均文體。箴是用來針砭過失的，銘是用來警戒的。銘通常寫於器物的上面。㉞門階戶席二句　意謂所造箴銘，都與門階戶席有關，並且借助這些器物寄寓訓戒。㉟先是　在此之前。㊱震　指降下霹靂。㊲外寢　外屋。㊳匠者　工匠。㊴治葺　修理。㊵譴　責備。㊶怠　慢。㊷虛己若不足　虛己之心以接受別人的意見，常常感到不能滿足。㊸言窮藥石　說話沒有保留，如同醫生以藥石治病一樣。㊹味　品嘗。㊺滋　香味。㊻旨　美味。㊼信　相信並接受別人的意見。㊽中　中心。㊾怡　樂。㊿寄　潛心。51典墳　古代有《三墳》、《五典》、《八索》、《九丘》，都是文化方面的文獻。52牽　干擾。53物役　指勤勞王事。54孜孜　勤奮的樣子。55四部要略　書籍目錄提要性質的著作。56淨住子　佛教的典籍。57勒　編纂。58一家　一家之言。59懸諸日月　如同日月一般高懸於天。60洙泗　魯國的二水名。據說孔子曾在那裡講學，教授子弟。61迦維　印度國名。相傳釋迦牟尼在那裡降生為王子。62大漸彌留　臨死之際。63黜殯　衛大夫史魚臨死時以自己不能進賢退纔，命居喪不在正堂，殯於室。衛君乃接受了他的諫諍。64懇　勤懇。65惻　真誠。66易名　改名立謚。67典　規則。68前烈　前代之名賢。烈，通常指成績卓著者或有遠大之抱負者。

【語　譯】當文皇帝在東宮修養德性的時候，就好像一個寫文章的作者。他寫了一篇叫做〈九言〉的文章，此文雖說是講九個方面的德性，實在是概括了人生的百行。這文章可書寫於襟帶上面，以便時常想到，把許多錯誤在萌芽狀態時加以克服，這也是把明戒申述於今世。這篇文章的難得，恐怕不止是早晚見到卻如同千年才遇到一次，實在也是經過萬世才有的作品吧。於是命公為文章作注解，又命衛將軍王儉連綴文辭，為文章作序。公在山林中建造的屋舍完工，便超然獨往，顧視屋舍而說道：「往昔的死者可以歸來嗎？現在我與誰一起進到這屋舍裡面去呢？」他想像著前代優良之士的神態，使得能如同和他們在精神上相對。於是就命令畫工們，把這些優良之士的形象畫在窗戶上。接著公便遠而思賢英之士，廣而想才美之人。他認為一般婦女凡有節操者，也很可取，也應畫上。有位來此的客人從容地進言說：「據我的意見，你這樣做有點近乎好色，而不是好德，私下裡我覺得這是不可理解的。」公立即下令把這些圖畫去掉，並忙不迭地丟下拐杖，表示認錯。據公的意見，話從口裡說出來後，即使好馬也是追不上的；假使聽的時候，有一點理解得不很準確，最後的誤差就近乎千里之遠。公所作箴銘不少，積聚起來而成卷軸。借助門階戶席等物，寄寓訓戒之意。在此之前，公的外屋遭到雷電的襲擊，工匠以為是不祥的兆頭，打算修治一番。公說：「這是天譴責我，不必修治了，這樣可以記錄我的過錯，並使我時時警戒恐懼，不致懈怠。」公非常樂於聽從別人的勸諫，如同順著水往低處流去一樣。他虛心接受別人的意見，常常覺得不滿足。至於有時別人的話，說得毫無保留，一如治病的藥石，公聽了以後，反而覺得如同品嘗美味一般。他聽信忠言，絕不是裝出來的，都是真心如此，但外表並不表現出取悅別人的樣子。公出身雖然高貴，卻很喜好禮儀，又樂於潛心研讀《三墳》《五典》等古代的典籍，雖然時時為王事所干擾，卻始終孜孜不倦，毫不懈怠。他親自撰寫了《四部要略》和《淨住子》，編纂在一起，成一家之言，如日月懸於天空，永傳後世。弘揚了孔子的儒學，闡述了釋迦的教化。公臨死之際，所說的話至今還盈於耳間，就像黜殯提出的請求，他的話可說至為勤懇而真誠。這難道不就是古人所說的：「立言於世，沒而不朽」嗎？至於為公改名立諡的規則，請照先賢的舊例。謹狀。

弔文

弔屈原文 并序

【作者】賈誼，見頁二一五一九。

【題解】弔，原本是用來慰問生者遭逢災禍的，如《左傳》所記魯莊公十一年，宋國發生水災，魯莊公派人前去慰問，那就是弔。後來哀悼死者，也用弔，可以說是弔的變體，如這篇〈弔屈原文〉即是。《文選》裡弔文和祭文雖分為兩類，但實質上還是一類。

這篇弔文所哀悼的屈原，是中國歷史上非常出名的人物。一方面是因為他作有長篇的政治抒情詩〈離騷〉，另一方面更因為他是品德傑出的悲劇人物。這篇弔文的作者賈誼，在許多方面與屈原都很相同，他在遭到讒言，貶職赴長沙王太傅之職時，道經湘水，不禁想起楚國的詩人屈原，覺得自己的命運與這位詩人有許多相同的地方，同病相憐，感慨良深，既傷屈原之不得時，亦哀自己之不得志，不由得寫下這篇〈弔屈原文〉，以抒發自己的哀傷之情。本文採用楚辭體，加重了文章感歎意味；而辭藻的富麗、比喻的繁多，都增強了文章的表現力。

誼為長沙王❶太傅❷，既以謫❸去，意不自得❹，及渡湘水❺，為賦以弔屈原。

屈原，楚賢臣也，被讒放逐，作〈離騷賦〉，其終篇曰：「已矣哉！國無人兮，莫我知也。」遂自投汨羅❻而死。誼追傷之，因自喻。其辭曰：

【章旨】此是全文的小序，主要交代弔文的寫作緣起。此為後人所加。

【注釋】❶長沙王　據《史記．卷六六．賈生列傳》索隱，此是高祖時的長沙王吳芮的玄孫吳差。差襲祖封為長沙王。❷太傅　官名。掌輔弼國君或太子之事。❸謫　古稱被貶或被流放為謫。❹意不自得　即不得意。❺湘水　即湘江。縱貫湖南省。❻汨羅　即汨羅江。為湘江支流。

【語譯】賈誼做了長沙王的太傅，既然是遭了貶謫離京，當然心中感到鬱鬱不得志。等到渡湘水時，便做這篇賦文以弔屈原。屈原，原是楚國的賢臣，被讒放逐而作〈離騷賦〉。篇末說：「算了吧！國家已沒有什麼人啦，沒有人能瞭解我啦！」於是便投汨羅江而死。賈誼禁不住要為他哀傷，於是作文自比。其辭說：

恭承嘉惠❶兮，俟❷罪長沙。側聞❸屈原兮，自沈汨羅。造託湘流❹兮，敬弔先生❺。遭世❻罔極❼兮，乃隕❽厥❾身。嗚呼哀哉❿！逢時不祥！鸞鳳⓫伏竄兮，鴟梟⓬翱翔。闒茸⓭尊顯兮，讒諛得志。賢聖逆曳⓮兮，方正倒植。世謂隨夷⓯為溷⓰兮，謂跖蹻⓱為廉。莫邪⓲為鈍兮，鉛刀為銛⓳。吁⓴嗟㉑默默㉒，生之無故兮！斡㉓棄周鼎㉔，寶康瓠㉕兮。騰㉖駕罷㉗牛，驂㉘蹇驢㉙兮。驥㉚垂兩耳，服㉛鹽車㉜兮。章甫薦屨㉝，漸不可久兮。嗟苦先生，獨離㉞此咎㉟兮！

【章旨】寫屈原的生不逢時。

【注釋】❶恭承嘉惠 謂敬承天子之命。嘉惠，恩惠。❷俟 得。❸側聞 從旁打聽到。❹造託湘流 來到此地憑藉湘流。❺先生 指屈原。❻遭世 謂遭當時小人的讒間。❼罔極 沒有中正之道。❽隕 喪。❾厥 其。❿嗚呼哀哉 皆歎詞。⓫鸞鳳 皆傳說中的神鳥。比喻賢人。⓬鴟梟 皆惡鳥。比喻進讒之小人。⓭闒茸 無能的人。⓮逆曳 倒拉而行。喻不得順正道而行。⓯隨夷 指卞隨與伯夷。都是古代的貞介之士。⓰溷 濁。⓱跖蹻 盜跖與莊蹻。都是古代的盜賊。⓲莫邪 古代傳說中的神劍。⓳銛 鋒利。⓴吁 語首詞。㉑嗟 歎詞。㉒默默 不得意貌。㉓斡 轉。㉔周鼎 周朝所鑄之大鼎，為傳國寶器。㉕康瓠 空瓦器。《爾雅・釋器》：「康瓠謂之甈。」㉖騰 奔。㉗罷 疲。㉘驂 古稱三駕馬車。這裡即指駕。㉙蹇驢 跛足之驢。㉚驥 良馬。㉛服 服駕。㉜鹽車 載鹽的車。㉝章甫薦履 是說帽子本應戴在頭上，現在卻拿來放在腳下，任其踐踏，真是上下顛倒了。章甫，帽子。薦，即「荐」。墊的意思。履，鞋子。㉞離 遭。㉟咎 難。

【語譯】我現在是敬承天子的恩惠，被貶而待罪於長沙。聽說屈原啊，是自投汨羅江而死的。現在來到此地憑藉湘水啊，敬弔先生。想你遭逢世上沒有正道啊，最後喪失了自己的性命。啊，可悲啊！逢時不祥啊！鸞鳳一類的神鳥不得不潛伏奔逃啊，鴟梟一類的惡鳥卻在展翅翱翔。無能的人享受尊榮啊，進讒的傢伙都很得志。賢聖之人無法順道而行啊，方正之士跟小人顛倒易位。世人都以卞隨、伯夷為混濁啊，反而以盜跖、莊蹻為廉潔。世人都認為莫邪這柄神劍很鈍啊，反而覺得鉛刀很鋒利。吁，真正是不得意啊，先生無故而遭禍啊！世人把周朝的大鼎拋棄，反而去珍惜那空空的瓦器啊！世人又拼命地駕著疲憊的牛，要牠奔跑，還要用跛足的驢子駕車啊！良馬垂著雙耳，去拉裝鹽的小車啊！禮帽用來墊鞋，這種情形不能長久啊！啊，真是苦了先生，竟讓你一個人承受這樣的苦難啊！

訊❶曰：已矣！國❷其❸莫我知兮，獨壹鬱其誰語？鳳漂漂❹其高逝❺兮，固自引❻而遠去。襲❼九淵❽之神龍兮，沕❾深潛以自珍。偭❿蟂獺⓫以隱處兮，夫豈從蝦⑫與蛭⑬螾⑭？所貴聖人之神德兮，遠濁世而自藏。使騏驥⑮可得係而羈⑯兮，豈云異夫犬羊？般⑰紛紛⑱其離此尤⑲兮，亦夫子之故⑳也！歷九州而相㉑其君兮，何必懷此都也？鳳凰㉒翔于千仞㉓兮，覽德暉而下之。見細德㉔之險徵㉕兮，遙曾㉖擊㉗而去之。彼尋常㉘之汙瀆㉙兮，豈能容夫吞舟之巨魚？橫江湖之鱣鯨㉚兮，固將制於螻蟻㉛。

【章旨】借屈原的遭遇抒發自己的感慨。

【注釋】❶訊 相當於屈原〈離騷〉末尾的亂。亂的意思有二：其一就內容說，亂就是理的意思。篇章既成，撮其大要為亂。就音樂的節奏來說，亂就是終了的樂章，也即尾聲。因為樂曲終了時，往往是繁音促節，交錯紛飛，所以叫做亂（以上採用馬茂元先生的意見，詳見馬著《楚辭選．離騷．注釋》）。就本文說，訊的作用是總束上文以領起下文。❷國 指君。❸其 他。代指君。❹漂漂 高飛的樣子。❺逝 往。❻引 退。❼襲 察。❽九淵 九重深淵。❾沕 潛藏。❿偭 背離。⓫蟂獺 皆害魚之水獸。⓬蝦 蛤蟆。⓭蛭 水蟲。⓮螾 蚓。⓯騏驥 皆良馬。⓰羈 約束。⓱般 盤桓不進的樣子。⓲紛紛 紛亂之狀，指亂世。⓳尤 罪。⓴故 過失。㉑相 觀察。㉒鳳凰 比喻賢人。㉓仞 長度單位。八尺為一仞。㉔細德 即無德。㉕險徵 奸險的徵驗。㉖曾 高。㉗擊 《史記．卷八四．屈原賈生列傳》引文為「翮」。㉘尋常 指長度單位。八尺曰尋，一丈六尺曰常。㉙汙瀆 濁水溝。㉚鱣鯨 大魚。比喻賢人。㉛螻蟻 小蟲。比喻讒佞之小人。

【語譯】訊說：算了罷！國君對我全然不瞭解啊，我獨自積憂在心，可是這些可以與誰去講呢？看那鳳鳥高高地飛去，我也應該自甘引退而遠去才是。看那九重深淵中的神龍啊，深深地潛藏淵底，珍惜自己。離開蟂獺去隱居啊，難道能學著蛤蟆蛭蚓的樣子去苟且偷生麼？所可珍貴的是聖人的神德啊，遠遠地離開濁世，將自己藏匿起來。假使把騏驥一類的良馬都羈絆起來，那麼牠們與犬羊又有什麼分別呢？現在夫子你盤桓於亂世，而遭到這樣的過錯，實在也是自己的過失啊！可以遍歷九州去尋找賢君，為什麼一定要留戀這個郢都呢？鳳凰飛翔在千仞之上呵，看到下面發出有德的光輝，於是盤旋而下。發現無德之君奸險的徵兆，於是高舉羽翮遠遠地飛離而去。那尋常大小的濁水溝，哪裡能容得下吞舟的大魚呢？橫絕江湖的鱣鯨啊，一旦失去水一定會被螻蟻制服住的。

弔魏武帝文

【作　者】陸機，見頁二三四七。

【題　解】晉元康八年（西元二九八年），作者陸機剛剛以臺郎出補著作郎，有機會在祕閣翻閱舊時的各種文獻，有一次讀到魏武帝曹操的遺令，其中既有關於政事的指示，也有許多關於家事財產的細碎囑咐。作者心有所感，寫了這篇弔文。文章充分肯定了曹操一生巨大的業績和宏偉的氣魄，但又對他過分牽掛身後的瑣事提出批評，認為這不是一個通達的人所應持的態度。本文辭藻華麗，卻又很有情韻，是一篇佳作。

元康❶八年，機始以臺郎出補著作，遊乎祕閣❷，而見魏武帝遺令，愾然❸歎息，傷懷者久之。

【章　旨】寫作者見武帝遺令，而為之傷懷。

【注　釋】❶元康　西晉惠帝年號。❷祕閣　朝廷收藏文獻的地方。❸愾然　歎息的樣子。

【語　譯】元康八年，陸機以尚書郎出補著作郎，經常在祕閣裡面，所以讀到魏武帝的遺令。讀了之後，不禁愾然歎息，為之感傷很久。

客❶曰：夫❷始終❸者，萬物之大歸；死生者，性命之區域。是以臨喪殯而後悲，覩陳根❹而絕哭。今乃傷心百年之際❺，興哀無情之地❻，意者❼無乃❽知哀之可有，而未識情之可無乎？

【章　旨】借客人之口提出人死已久不必為之過分地傷情。

【注　釋】❶客　虛擬的人物。❷夫　語詞。❸始終　人生為始，人死為終。這裡重在「終」字。❹陳根　一年以上的草。因為多生於墓地，故用以代指故墓。❺百年之際　魏武帝的死距陸機寫此文時，剛好百年。❻無情之地　指舊墓。因不能令人生哀傷之情，故云。❼意者　估計；大概。❽無乃　恐怕是。

【語　譯】有位客人說：始與終可以說是萬物的歸宿；死與生可以說是生命的區域。所以平常我們親臨喪殯的時候，自然會產生哀傷之情；可是看到舊的墳墓，我們卻不會哭泣。現在你卻傷心於人死百年之後，對著本不該發生哀情的地方而悲傷，估計你恐怕是只知道人死時哀傷是可以有的，卻不瞭解事過境遷哀傷之情是可以沒有的嗎？

機答之曰：夫日蝕由乎交分❶，山崩起於朽壤，亦云數❷而已矣。然百姓怪焉者，豈不以資❸高明❹之質，而不免卑濁❺之累；居常安之勢而終嬰❻傾離❼之患故乎？夫以迴天❽倒日❾之力，而不能振形骸之內❿；濟⓫世夷⓬難之智，而受困魏闕(13)之下。已而格(14)乎上下(15)者，藏於區區(16)之木(17)；光(18)于四表(19)者，翳(20)乎蕞爾(21)之土(22)。雄心摧於弱情(23)，壯圖終於哀志(24)。長筭(25)屈於短日(26)，遠跡(27)頓於促路(28)。嗚呼！豈特(29)瞽史(30)之異(31)闕景(32)，黔黎(33)之怪(34)頹(35)岸乎？觀其(36)所以顧命(37)冢嗣(38)，貽(39)謀四子(40)，經國之略(41)既遠，隆(42)家之訓(43)亦弘(44)。又云：「吾在軍中，持法是(45)也。至於小忿怒，大過失，不當效也。」善乎達人之讜言矣！持(46)姬女(47)而指季(48)豹(49)以示四子曰：「以累汝！」因泣下。傷哉！曩(50)以天下自任(51)，今以愛子託人。同乎盡(52)者無餘(53)，而得乎亡者無存(54)。然而婉孌(55)房闥(56)之內，綢繆(57)家人之務(58)，則幾(59)乎密與！又曰：「吾婕妤(60)妓人(61)，皆著(62)銅爵臺(63)。於臺堂上施(64)八尺床，繐(65)帳(66)，朝晡(67)上(68)脯(69)糒(70)之屬(71)。月朝(72)十五(73)，輒向帳作妓(74)。汝等(75)時時登銅雀臺，望吾西陵墓田。」又云：「餘香可分與諸夫人。諸舍中無所為(76)，學作履(77)組(78)賣也。吾歷官所得綬，皆著藏中(79)。吾餘衣裘，可別為一藏。不能者兄弟可共分之。」既而竟分焉。亡者可以勿求(80)，存者可以勿違(81)，求與違不其兩傷(82)乎？悲夫！愛(83)有大而必失，惡(84)有甚而必得；智惠不能去其惡，威力不能全其愛。故前識(85)所不用心，而聖人罕(86)言焉。若乃繫情累(87)於外物，留曲念(88)於閨房，其賢俊之所宜廢乎？於是遂憤懣(89)而獻弔云爾。

【章　旨】寫武帝遺令，不免為物情所累，認為這不是賢俊所應有的態度。

【注　釋】❶交分　日與月交會分離。交，指日與月相交會。分，指日月分離。❷數　氣數；命運。❸資　稟受。❹高明　指日所稟受的物質既高且明。❺卑濁　指日蝕。❻嬰　遭遇。❼傾離　指崩壞。❽迴天　使天迴轉。❾倒日　使日倒行。❿形骸之內　指生命。⓫濟　救助。⓬夷　平息。⓭魏闕　天子之宮闕。⓮格　至；達。⓯上下　指天地。⓰區區　小的意思。⓱木　指棺。⓲光　通「廣」。⓳四表　四方之外。⓴翳　掩蔽。㉑蕞爾　小貌。㉒土　墓。㉓弱情　病中之情。㉔哀志　將死之志。㉕長筭　長遠的謀劃。㉖短日　生命將盡。㉗遠跡　遠大的功業。㉘促路　短促的人生之路。㉙豈特　豈只。㉚瞽史　此指掌日蝕之史官。㉛異　感到奇異。㉜闕景　失缺日光。㉝黔黎　百姓。㉞怪　感到奇怪。㉟頹　塌壞。㊱其　指魏武帝。㊲顧命　顧託遺命。㊳冢嗣　指長子文帝曹丕。㊴貽　遺留。㊵四子　指曹丕、曹植、曹彪、曹彰。㊶略　謀略。㊷隆　興隆。㊸訓　訓戒。㊹弘　大。㊺是　對。㊻持　抱持。㊼姬女　姬妾所生小女。㊽季　古以排行小為季。㊾豹　武帝小兒名。帝臨崩時，年才五歲，故曰季豹。㊿曩　過去；從前。(51)以天下自任　以拯救天下為己任。(52)盡　指死亡。(53)無餘　指精神不存。(54)無存　指威勢消失。(55)婉孌　柔順的樣子。(56)房闥　指內室。闥，指門。(57)綢繆　相親的樣子。(58)務　家事。(59)幾　近。(60)婕妤　嬪妃的稱號。(61)妓人　樂妓。(62)著　安置。(63)銅爵臺　臺名。即銅雀臺。(64)施　置放。(65)繐　細而疏的麻布。(66)帳　靈帳。(67)晡　日晚之時。約當下午三時至五時。(68)上　五臣本作「設」。(69)脯　乾肉。(70)糒　乾飯。(71)屬　類。(72)月朝　初一。(73)十五　五臣本下有日字，以有日字為好。(74)妓　妓樂。(75)汝等　指四子。(76)諸舍中無所為　指眾妾各在自己的屋裡無所事事地活著。(77)履　鞋。(78)組　絲帶。(79)藏中　藏器之中。(80)勿求　指不必求將衣裘別為一藏。(81)勿違　指不違帝令而分之。(82)兩傷　武帝求別為一藏是一傷，四子竟違令而分之是兩傷。(83)愛　指愛生。(84)惡　指惡死。(85)前識　前代之達人。(86)罕　少。(87)情累　感情的牽累。(88)曲念　情思纏綿的思念。(89)憤懣　煩悶。

【語　譯】陸機回答說：日蝕是由日月相交相分而形成的，山崩是發生在土質朽壞的時候，這一切都是運數所決定罷了。然而百姓終究還是免不了要感到驚奇的原因，難道不是因為那日所稟受的資質雖然稱得上是高明，然而最終卻擺脫不了卑下汙濁的牽累，那高山本來居於安穩的常態，結果卻遭到崩壞的禍患的緣故嗎？一個人即使有使天迴轉使日倒行的偉力，也不能使體內將死的生命再度振起；有的人即使有救助人世，平定大難的智慧，可是卻不得不受困於天子的宮闕之下；到最後，有些人平生建立的業績，可以說達到天地，可是死了也只有被裝進小小的棺木之中而已；再有些人，德行可說是廣被於四方之外，然而死了還不是照樣被埋在一撮土中。雄心被病中之情所摧毀，宏圖因為死亡的到來而結束。長遠的謀劃因為所剩的生命沒有幾天而被迫丟棄，遠大的功業，因為短促的人生而被迫中止。唉！難道只是掌日蝕的史官因為日被蝕而感到奇異，百姓因為高岸塌壞而感到怪異嗎？看武帝臨死的時候，囑咐嗣子曹丕，又對丕、植、彪、彰四個兒子交代遺謀，治國的方略可以說是很遠，興家的訓誡可以說是很大。他又說：「我在軍中，執法是正確的。至於有時也會生些小小的忿怒，也會犯些大的過失，這些你們四個不應該仿效。」這些說得很好，不愧為通達的人的正道之言。他又抱持姬妾所生的小女，同時指著小兒豹，對四位兒子說：「把他們交託給你們了！」於是哭泣起來。可悲啊！從前以拯救天下為己任，現在也不得不把愛子託付給人。和一般人一樣，軀體死了，精神也就跟著消失；生命完了，威勢也就不再存在。不過，臨死的時候，在房間之內，表現得那麼婉順，在家人的事務上，是那麼地情意纏綿，也可以說是近乎細碎了。他又說：「我的婕妤妓人，在我死後，都要把她們安置在銅雀臺上。並在臺堂上放一張八尺的床，床上照樣掛著繐帳，每天早上傍晚，給我供上乾肉乾飯之類的食物。每月初一、十五兩天，就讓妓人對著繐帳奏樂跳舞。你們幾個也要不時地登上銅雀臺，望望我的西陵墓田。」他又說：「多餘的香料，可以分給眾位夫人。眾妾無事可做時，可以讓她們去學習編織鞋上的絲帶去賣錢。我歷來做官所得的綬帶，可以都藏於一處。我多餘的衣裘等，可以另外藏個地方。如實在做不到的話，你們兄弟幾個可以共同分掉。」他死後不久，這些衣裘果然被分掉了。將死的人，可以不必提出這樣的要求，活著的人，也不應該違背死者的意願，但現在死者竟求了，活著的人也違令分了。不是兩傷嗎？真是可悲啊！貪生過分的還是要失去生命，惡死太甚，還是要得到死，再有智慧的人，也不能拋掉他厭惡的死，再有威力的人，也沒有辦法保全他貪戀的生命。所以前代的有識之士才不在這上面留心，而聖人也極少談這些事情。至於感情被外物所牽累，心意留戀於閨房之中，恐怕這是賢人俊士所應該廢棄的吧？於是心中煩悶起來，獻上弔文一篇。

接皇❶漢之末緒❷，值❸王途❹之多違❺。佇❻重❼淵以育鱗❽，撫慶雲❾而遐飛。運神道以載❿德，乘靈風而扇威。摧群雄而電擊，舉⓫勍⓬敵其如遺⓭。指八極⓮以遠略，必翦焉⓯而後綏⓰。釐⓱三才⓲之闕⓳典，啟⓴天地之禁闈㉑。舉㉒修網㉓之絕紀㉔，紐㉕大音之解㉖徽㉗。掃雲物㉘以貞觀㉙，要㉚萬途㉛而來歸。丕㉜大德以宏㉝覆，援㉞日月而齊輝。濟㉟元㊱功於九有㊲，固舉世之所推㊳。

【章　旨】綜述武帝生前所建之功業。

【注　釋】❶皇　大。❷緒　業。❸值　逢。❹途　道。❺多違　政令多背謬。❻佇　待。❼重　深。❽鱗　指龍。❾慶雲　瑞雲。❿載　行。⓫舉　意同「摧」。⓬勍　強。⓭如遺　如同揀拾地上的遺物。⓮八極　意謂天下。⓯翦焉　翦除暴亂。⓰綏　安。⓱釐　理。⓲三才　天、地、人。⓳闕　同「缺」。⓴啟　開。㉑禁闈　禁門。㉒舉　振舉。㉓修網　長網。㉔紀　綱紀。㉕紐　繼；連。㉖解　散。㉗徽　繫琴絃的繩。㉘雲物　比喻群凶。㉙貞觀　天地之道貞正的景象。㉚要　使。㉛萬途　殊途。㉜丕　使宏大。㉝宏　普。㉞援　攀附。㉟濟　成。㊱元　大。㊲九有　九州。意謂天下。㊳推　推戴。

【語　譯】武帝承接了大漢的末業，適逢國家政令多有背謬。於是他就在深淵當中伺時而動，彷彿潛龍化育一般，待到時機成熟，便拍著瑞雲，一舉高飛遠去。他就運用神道，以推行他的大德，又乘著靈明之風，以播揚聲威。摧毀群雄，如同雷電的襲擊一般，殲滅強敵，彷彿拾起地上的遺物一樣。他手指天下，以運籌他的遠略，以為只有翦滅一切暴亂，才能安定百姓黎民。他便理定有關天地人事的殘缺的舊典，開啟天地的禁門，讓宇宙的元氣流通不歇。重新振起國家法網上已斷的綱紀，結好已散的琴徽，恢復禮樂。掃蕩群凶，以換來清平的政治局面，並使各方之士都經由殊途而前來歸附。光大其德，以普覆世界，攀附日月與它們同放光輝，他成就大功於天下，本應為天下所共同推戴的。

彼人事之大造❶，夫何往而不臻❷。將覆簣❸於浚❹谷，擠❺為山乎九天。苟理窮而性盡❻，豈長算❼之所研❽。悟臨川之有悲❾，固梁木其必顛❿。當建安⓫之三八⓬，實大命之所艱⓭。雖光昭於曩載⓮，將稅駕⓯於此年。

【章　旨】寫武帝的亡故。

【注　釋】❶造　成。❷臻　至。❸覆簣　盛土覆之以成山。比喻建立大業。❹浚　深。❺擠　墜。❻理窮而性盡　《周易・說卦》：「窮理盡性，以至於命。」謂窮研物理而盡物性，以至於通天命。❼長算　思慮深長。❽研　究。❾臨川之有悲　是說川水永流不息，一去不返，恰如生命一去不返一樣，這是很令人傷悲的。《論語》：「子（孔子）在川上曰：逝者如斯。」❿梁木其必顛　《禮記・檀弓上》載孔子死前唱道：「泰山其頹乎？梁木其壞乎？哲人其萎乎？」⓫建安　漢獻帝年號。⓬三八　指建安二十四年。即西元二一九年。⓭大命之所艱　指患病。大命，天命。⓮載　年代。⓯稅駕　停駕。比喻死亡。

【語　譯】他在人事上的大成就，可以說沒有什麼是辦不成的。打算在深谷裡覆土為山，建立大業，就在這山高達九天，大業快要建成的時候，他卻顛墜不起。假如要求窮研物理、盡知物性而通達天命，這哪裡是思慮深長的人所能精研而得知的。能悟到孔子面臨江流會發生悲慨，就知道本來樑木終有一天要坍倒。建安二十四年，公受天命以來遇到了艱難。雖然他光輝顯耀於過去的歲月，然而卻將要在這一年停止人生的歷程。

惟降神❶之綿邈，眇❷千載而遠期。信斯❸武❹之未喪，膺❺靈符而在茲。雖龍飛❻於文昌❼，非王心之所怡❽。憤西夏❾以鞠❿旅⓫，泝⓬秦川⓭而舉旗⓮。踰⓯

鎬京[16]而不豫[17]，臨渭濱[18]而有疑[19]。冀[20]翌日[21]之云瘳[22]，彌[23]四旬而成災[24]。詠歸途[25]以反旆[26]，登崤澠[27]而揭來[28]。次[29]洛汭[30]而大漸[31]，指六軍曰念哉[32]。

【章　旨】寫武帝因伐蜀病故的過程。

【注　釋】[1]降神　指天生聖智之士。[2]眇　通「渺」。遠。[3]斯　此。[4]武　神武之道。[5]膺　當；受。[6]龍飛　指受王位。[7]文昌　殿名。[8]怡　樂。[9]西夏　指劉備。[10]鞠　告誡。[11]旅　軍隊。[12]泝　逆流而上。[13]秦川　指渭水。[14]舉旗　奮舉軍旗而開戰。[15]踰　過。[16]鎬京　長安。[17]不豫　有疾。[18]渭濱　代指長安。因為長安在渭水之濱。[19]有疑　指病重。[20]冀　希望。[21]翌日　第二日。[22]瘳　病癒。[23]彌　甚。[24]成災　指病甚重。[25]詠歸途　即返回歸途。[26]反旆　指把旗子掉個方向，往回走。旆，旗。[27]崤澠　二山名。在洛陽之西。[28]揭來　指歸來。[29]次　至。[30]洛汭　洛水彎曲處。指東都洛陽。[31]大漸　病重將死。[32]念哉　《尚書・大禹謨》：「禹曰：『於，帝念哉！德惟善政，政在養民。』」此為禹獻謀於帝之言。此處則指魏武帝對軍士的遺命。

【語　譯】上天降生聖智之士，多麼遙遠，一千年才期望出現一個。實在天是不想喪失這神武之道。所以武帝便因此接受了上天的符命。雖然他在文昌殿登上王位，但這並不能讓他高興，由於憤恨劉備誓師出發，沿著渭水溯流而上，舉起戰旗。剛剛過了長安，便染了疾病，到了渭水之濱，疑心病重起來。本來指望第二天會好起來，豈料連病了四十天，越發沈重了。只得把旗子掉轉頭，返回歸途，登上崤澠二山往回走。行到洛陽，竟然一病不起，武帝自知死期將近，便指著六軍將士說：記住，千萬存念王室，不可生有二心。

3043　弔魏武帝文

伊[1]君王[2]之赫奕[3]，寔[4]終古之所難[5]。威先天[6]而蓋世，力盪海而拔山。厄[7]奚[8]險而弗濟[9]，敵何彊而不殘[10]？每因禍以禔[11]福，亦踐危而必安。迄[12]在茲而蒙昧⓭，慮噤閉⓮而無端⓯。委⓰軀命以待難⓱，痛沒世而永言⓲。撫四子以深念，循膚體而頹歎⓳。迨⓴營㉑魄之未離，假餘息㉒乎音翰㉓。執姬女㉔以嚬瘁㉕，指季豹而漼㉖焉。氣衝襟㉗以嗚咽，涕垂睫而汍瀾㉘。

【章旨】寫武帝雖英雄一世，臨危卻是悲傷滿懷。

【注釋】❶伊　句首語詞。❷君王　指武帝。❸赫奕　盛大；顯赫。❹寔　實。❺難　難有。❻先天　為天下之先。❼厄　受困；遭遇。❽奚　何。❾濟　渡過。❿殘　消滅。⓫褆　安。⓬迄　至。⓭蒙昧　病重而神志不清。⓮噤閉　閉口無言。⓯端　端緒。⓰委　棄。⓱難　死。⓲永言　多言身後之事。⓳頹歎　悲思隕絕。⓴迨　及。㉑營　魄。㉒餘息　僅餘的氣息。㉓音翰　語音、文字，此指遺令。㉔姬女　小女。㉕嚬瘁　蹙眉而憂。㉖漼　涕泣貌。㉗襟　衣襟。㉘汍瀾　淚疾流貌。

【語譯】武帝這位君王，的確是盛大顯赫，終古難得。他的威嚴為天下之先，蓋世無雙；他的威力可以激盪大海而拔起高山。有什麼樣的危險他不能度過，有什麼樣的強敵他不能消滅呢？他每因禍患而得安福，雖身陷危境，卻必定能轉為平安。到現在，卻因患了重病，而被弄得神智不清，擔心開不了口，說不出他的遺令。只得委棄身命，坐待死亡的到來。因而感到哀痛，反覆交代後事。手撫著四個兒子，表示自己很深的懷念，同時又摸著自己的體膚，發出悲歎。趁著魂魄沒有離體而去的時候，藉著尚未滅絕的氣息，交代他的遺令。手執著小女，蹙眉而悲，手指著幼子豹，淚流滿面。氣喘吁吁，直衝衣襟，嗚嗚咽咽，哭泣不止，涕淚不斷地從眼睫裡流淌出來。

違❶率土❷以靖寐❸，戢❹彌天❺乎一棺。咨❻宏度之峻邈，壯❼大業之允昌❽。

思居終而卹始❾，命臨沒而肇❿揚⓫。援⓬吝⓭以惎⓮悔⓯，雖在我而不臧⓰。惜內顧⑰之纏綿⑱，恨末命之微⑲詳⑳。紆㉑廣念㉒於履組㉓，塵㉔清慮於餘香㉕。結遺情之婉孌，何命促而意長！陳法服㉖於帷座，陪窈窕㉗於玉房㉘。宣㉙備物㉚於虛器㉛，發哀音於舊倡㉜，矯㉝慼㉞容以赴節㉟，掩零淚而薦㊱觴。物無微而不存㊲，體無惠㊳而不亡。庶㊴聖靈之響像㊵，想幽神之復光。苟㊶形聲之翳㊷沒，雖音景其必藏。徽㊸清弦而獨奏，進脯糒而誰嘗？悼㊹繐帳之冥漠，怨西陵之茫茫㊺，登爵臺而群悲，眝㊻美目其何望？既睎㊼古以遺累㊽，信簡禮而薄葬。彼裘紱於何有，貽塵謗㊾於後王㊿。嗟(51)大戀(52)之所存，故雖哲而不忘。覽(53)遺籍以慷慨(54)，獻茲文而悽傷。

【章旨】批評武帝對後事的過分縈懷，但又覺得這樣做也是人情之常。

【注釋】❶違 棄；離。❷率土 《詩經．小雅．北山》：「率土之濱，莫非王臣。」此指天下。❸靖寐 安靜長眠。❹戢 收斂。❺彌天 指高遠之志。❻咨 嗟歎。❼壯 認為壯偉，有讚歎之意。❽昌 昌盛。❾居終而卹始 語本《穀梁傳．定公元年》：「昭公之終，非正終也；定之始，非正始也。」居，遵守。終，正終，指合於禮儀而老，死即老死在古都洛陽。卹，憂。始，正始，指合於禮儀而開始。❿肇 始；初。⓫揚 抑揚。⓬援 引。⓭吝 出於《周易．泰》，謂卜問不吉，其事難行。此指所行不善之事。⓮惎 教。⓯悔 反悔。⓰臧 好。⓱內顧 家事。⓲纏綿 親密。⓳微 細。⓴詳 悉。㉑紆 彎；屈。㉒廣念 廣大的思慮。㉓履組 指遺命眾妾織鞋上絲帶去賣。㉔塵 塵汙。㉕餘香 指武帝臨終所說餘香分予諸夫人的話。㉖法服 平生所穿之禮服。㉗窈窕 美人。㉘玉房 指銅雀臺上以玉為飾之房。㉙宣 布。㉚備物 平生所用之物。㉛虛器 無用之器。㉜倡 女樂。㉝矯 抬起。㉞慼 憂。㉟赴節 跟隨音樂的節拍。㊱薦 進。㊲存 長存。㊳惠 通「慧」。㊴庶 期望。㊵響像 即音影。㊶苟 如果。㊷翳 遮掩。㊸徽 調弄。㊹悼 痛。㊺茫茫 草木叢生貌。㊻眝美目 張開美目而視。㊼睎 看。㊽遺累 拋棄牽累。曹操臨終遺令薄葬。㊾塵謗 如塵汙之謗。㊿後王 後世帝王。(51)嗟歎。52大戀 最留戀的東西，指生命、財產等。53覽 閱讀。54慷慨 感慨甚深的樣子。

【語譯】他不得不丟棄天下，而長眠不醒，不得不收斂他高遠的志向，而被放進小小的棺木之中。可歎他宏大的氣度，是那麼高遠，讚歎他的大業確實昌盛。他思慮合乎正道而終而憂心後嗣合乎正道而始；遺命到臨終開始顯揚。他還能列舉自己一生行事中錯誤的部分，用以教訓四子，讓他們可以悔改，儘管這些錯誤是與他本人有關，他也不文過飾非。只可惜，他卻免不了在一些家事上顯得那麼地多情，遺憾他的遺命對一些細碎的事物詳述不歇。把他廣大的思慮縈繞在眾妾織鞋、絲帶等事，勞動清慮於把剩餘香料分給眾夫人。那麼地纏綿，然而他的生命卻又是那麼地短促而情意多麼深長！下令把他平生所穿的禮服陳列於帷座之上，又令美人住在銅雀臺華麗的房中陪侍。把他生前用過的物品日日虛設在那裡，讓那些樂妓們照樣演唱哀音。樂妓們只好面露憂戚，一邊按著節拍演唱，一邊就遮掩淚眼，向前進酒。日常生活用品再怎麼小也還存在，至於人體，也不會因哪個有智慧就不會死亡的。期望能夠看見聖靈的音像，總想能看幽神重現光彩，然而假使形與聲被淹沒了，音與影必定也會跟著被掩藏。樂妓調弄清弦，徒然獨自奏樂，雖然會按時進供乾肉乾飯，可是誰能夠嘗得到呢？令人痛心的是，那些繐帳掛在那裡，顯得多麼地黯然而沒有生氣啊！令人怨苦的是，向西陵望過去，所看到的只是草木茫茫。登上銅雀臺，大家悲傷，美人們凝目遠望，又能看到什麼呢？既然仰慕古人之風拋棄牽累，確實簡省禮儀做到薄葬。叫兒子們把裘衣綬帶藏在另外的地方，又有什麼意思呢？這樣做只會成為後世帝王譏諷的口實。可歎生命、財產等最可留戀的東西存在，便是聖哲之人也是無法能忘情不顧的。讀了武帝留下的遺籍，感慨不已，獻上這篇弔文，內心悽愴。

祭文

祭古冢文 并序

【作者】謝惠連（西元四〇七或三九七～四三三年），南朝宋文學家。陳郡陽夏（今河南太康）人。與族兄謝靈運並稱「大小謝」。幼即能文，曾受業於何長瑜。本州辟為主簿，辭而不就。因居父喪，與會稽郡吏杜德靈以詩贈答，受到非議，長期不得入仕。殷景仁愛其才，頗為辯白。元嘉七年為彭城王劉義康法曹參軍。元嘉十年卒。詩賦深得靈運讚賞，原有集六卷，已散佚，明人輯有《謝法曹集》。

【題解】祭文，就是為祭奠死者而寫的一種哀悼性的文章。不過它與墓誌不同，墓誌偏於記述死者的生平，讚頌死者的功業德行，而且多為代筆之作；祭文則偏於對死者表示追悼與哀痛，而且大都是作者為自己亡故的親友而作，故一般感情色彩比較濃厚。

關於這篇祭文的寫作，據沈約《宋書・謝惠連傳》，情況大致是這樣：宋文帝元嘉七年（西元四三〇年），謝惠連到任司徒的彭城王劉義康手下做法曹參軍。一次修建東府城，施工的過程當中，在城塹裡挖到一座古墓，於是把它遷到別處，作了這篇祭文以記其事。本文不長，文前有序，主要就古冢的發現情況及冢中所見之事物略作說明。正文共計三章，第一章算是開頭；第二章對冢的主人的有關情況作種種的推測與詢問；第三章則是告訴主人將要替他改葬。

這篇祭文從寫作上看，可取之處在於正文第二章的後半部分，著筆十分奇巧，連下八個詢問，表現出作者對冢中主人生前情況的熱切關注。這種寫法，生動而有情致，頗受人稱賞。

東府❶掘城北塹，入丈餘，得古冢❷，上無封❸域❹，不用塼甓❺。以木為槨❻，中有二棺，正方，兩頭無和❼。明器❽之屬，材瓦銅漆，有數十種，多異形，不可盡識。刻木為人，長三尺，可有二十餘頭。初開見，悉是人形，以物棖⑨撥之，應手灰滅。棺上有五銖錢⑩百餘枚，水中有甘蔗節及梅李核瓜瓣⑪，皆浮出不甚爛壞。銘誌不存，世代不可得而知也。公⑫命城者⑬改埋於東岡，祭之以豚⑭酒。既不知其名字遠近，故假為之號⑮曰冥漠君云爾。

【章　旨】寫古冢的發現和冢中所見。

【注　釋】❶東府　指東府城。故址在今南京市，原為晉會稽文孝王道子府。❷冢　墓。❸封　界。❹域　牆。❺甓　同「磚」。❻槨　外棺。❼和　棺材兩頭的板。❽明器　神明之器。即隨葬物。❾棖　杖。❿五銖錢　漢代貨幣。⓫瓜瓣　瓜籽。⓬公　彭城王。⓭城者　築城人。⓮豚　小豬。⓯假為之號　暫且稱之。

【語　譯】在東府城挖掘城北的壕溝，挖到一丈多深的時候，發現一座古墓，上面沒有界牆，也沒有磚砌，僅僅以木為槨，中間有兩口棺木，正向一方，兩頭都沒有板。用木、瓦、銅、漆製成的隨葬器物之類，有數十種，大多形狀奇異，沒法完全辨識。又有以木刻成的人，高達三尺，約有二十多個。起初打開看時，全是人的形狀，待到用杖去撥觸之後，便都立刻如灰一樣地散滅而不成形了。棺上有五銖錢一百多枚。水裡面還有甘蔗的節，梅、李的核子，以及瓜籽，都浮在水上，不怎麼爛壞。只是銘誌不存，所以年代不得而知。彭城王下令叫築城的人，把棺木改埋在東岡，並且用豬酒祭奠一番。既然不知道死者的名字，及年代的遠近，只得暫且稱之為冥漠君罷。

元嘉七年❶九月十四日，司徒❷御屬❸、領直兵令史、統作城錄事、臨漳令、亭侯朱林，具❹豚❺醪❻之祭，敬薦冥漠君之靈：

【章旨】此是祭文的開頭，交代什麼時候，由什麼人，對什麼人行祭奠之禮。

【注釋】❶元嘉七年　西元四三〇年。元嘉，宋文帝年號。❷司徒　官名。掌教化之事。❸御屬　屬官。掌總錄文簿及舉善彈惡之事。❹具　準備。❺豚　小豬。❻醪　濁酒。

【語譯】宋元嘉七年九月十四日，司徒御屬、領直兵令史、統作城錄事、臨漳令、亭侯朱林，準備了小豬和濁酒的祭禮，敬獻給冥漠君的靈前：

忝❶總❷徒❸旅❹，版築❺是司❻。窮泉❼為塹，聚壤成基。一槨既啟，雙棺在茲。捨畚❽悽愴，縱❾鍤❿漣而⓫。芻靈⓬已毀，塗車⓭既摧。几筵⓮糜⓯腐，俎豆⓰傾低。盤或梅李，盎⓱或醢醯⓲。蔗傳⓳餘節，瓜表⓴遺犀㉑。追惟㉒夫子㉓，生自何代？曜質㉔幾年？潛靈㉕幾載？為壽㉖為夭㉗？寧㉘顯㉙寧晦㉚？銘誌堙滅，姓字不傳。今誰子後㉛？曩誰子先㉜？功名美惡，如何蔑㉝然㉞？

【章旨】寫古冢的發現及有關古冢的一些情況，並對有關古冢主人的情況作種種的設問。

【注釋】❶忝　愧。❷總　帶領。❸徒　服役的人。❹旅　眾。❺版築　築牆。❻司　主管。❼窮泉　指挖到地的深處。❽畚　盛土筐。❾縱　丟開。❿鍤　鍬。⓫漣而　流淚貌。⓬芻靈　以草木紮成的人馬。⓭塗車　泥車。為明器。⓮几筵　墓中所設靈座。⓯糜　爛。⓰俎豆　皆食器。⓱盎　一種腹大口小的盛器。⓲醢醯　醢，肉醬。醯，醋。⓳傳　遺留。⓴表現。㉑犀　瓜辦。㉒追惟　追想。㉓夫子　代指家主。㉔曜質　一個人因為能在世間施展抱負，而顯得光彩奪目。此指生。㉕潛靈　如龍一樣地潛藏水底。指死。㉖壽　長壽。㉗夭　短命。㉘寧　其；或。㉙顯　顯耀。㉚晦　默默無聞。㉛今誰子後　今天誰是你的後代。㉜曩誰子先　過去誰是你的先人。㉝蔑　沒有。㉞然　語尾詞。

【語　譯】我奉命帶領服役的眾人，主管在這裡築城。先把地挖至深處，形成壕溝，再聚積土壤，以成地基。忽然發現一座古墓。打開外槨之後，就看到兩具棺木。丟下手中的畚箕，心情悽愴，又把鐵鍬擱下，欷歔地流下眼淚。發現裡面以草木紮成的人馬都已毀滅，泥車也已壞得不成樣子。陳列在裡面的靈座也已糜爛，一些食器已東倒西歪。有的盤子裡放著梅子李子，有的盎裡則放著肉醬和醋。甘蔗還遺留下節，瓜只顯露出剩下的瓜籽。我追想這位夫子：你生在哪個朝代？你光彩地生活過幾年？你又潛藏於此多少年？你是長壽還是早夭？你生前聲名顯赫還是默默無聞？現在銘誌已經湮滅不存，你的姓名也不得而知。不知今天誰是你的後代？也不知道過去誰是你的先人？你的功名是美是惡，怎麼一點也不可知？

百堵❶皆作，十仞❷斯齊。墉❸不可轉，塹不可迴。黃腸❹既毀，便房❺已頹。循題❻興念，撫俑❼增哀。射聲垂仁❽，廣漢流渥❾。祠❿骸府阿⓫，掩⓬骼城曲。仰羨古風，為君改卜⓭。輪⓮移北隍⓯，窀穸⓰東麓⓱。壙⓲即新營，棺仍舊木。合葬非古⓳，周公所存。敬遵昔義⑳，還祔㉑雙魂。酒以兩壺，牲㉒以特㉓豚。幽靈髣髴，歆㉔我犧㉕樽。嗚呼哀哉！

【章　旨】寫把棺木遷葬於別處。

【注　釋】❶堵　牆的度量單位。五版為一堵。❷仞　牆的度量單位。七尺或八尺為一仞。❸墉　牆。❹黃腸　柏木之心。

此指漢時帝王陵寢槨室四周，用柏木枋堆壘成的框形結構。❺便房　墓中室。❻題　棺的兩頭。❼俑　木人。❽射聲垂仁　據《後漢書》，有曹褒者，遷任射聲校尉，他到任後，發現射聲營舍中停了許多棺木，曹褒便向舊吏打聽何以如此的緣故。舊吏回答說，多是建武以來的，沒有後人的死者，所以才停在那裡，沒有下葬。曹褒便專門買了塊空地，把這些無主的棺木給葬了。這是非常仁厚的舉動，所以說射聲垂仁。❾廣漢流渥　據《東觀漢記》，有陳寵者，字昭公，沛國人，被任命為廣漢太守。在他到任之前，洛陽城南，每到了陰雨天，就可聽到哭聲，一直傳到公府裡面。寵來了之後，就專門查點這事，看到底是什麼原因。原來是有許多以前留下的屍骸，沒有安葬，所以才有哭聲。寵就下令叫縣府把屍骸都葬了，從此就沒有哭聲了。陳寵的舉動也是仁厚的，所以說廣漢流渥。渥，恩澤。❿祠　祭。⓫府阿　東府的彎曲處。⓬掩　葬。⓭卜　卜葬。⓮輪　代指葬車。⓯隍　城池無水。⓰窀穸　墓穴。⓱麓　山腳之地。⓲壙　墓。⓳古　古代禮制。⓴昔義　過去合葬之義。㉑祔　合葬。㉒牲　古代獻祭用的牲畜。㉓特　一隻。㉔歆　享用。㉕犧　同「牲」。

【語　譯】城牆砌到百堵，十仞高也已造齊。砌好的牆沒法調轉方向，挖成的壕溝也不可彎道而行。柏木之心已毀壞，便房也已傾坍。我手撫棺木的兩頭，不禁意念頓興，撫摸木俑，頗增哀情。想到從前曹褒任射聲校尉時，把無主的棺木統統葬了，仁厚之名流傳後世；又想到從前陳寵做廣漢太守時，也曾把無名的屍骸全部給葬了，也是流布恩澤於世。我在東府的彎曲處，祭祠夫子的骸骨，並要把你的骸骨掩蔽在府城的曲處。我仰慕古風，為夫子占卜改葬。載著你的棺木的車子沿著北面城濠移動，來到東山腳下的墓穴。這墓是新營造成的，棺木仍是舊的。二人合葬本非古禮，大約從周公時才行此風。現在我敬遵昔人禮儀，將你夫婦二人的靈魂合葬在一起。另外又備酒兩壺，以一隻小豬做獻祭的牲畜。我彷彿可以見到你們的幽靈，在享用著我獻上的牲禮與水酒。啊，可悲啊！

祭屈原文

【作　者】顏延之，見頁二八八三。

【題解】據沈約《宋書》，宋少帝即位後，本文作者出任始平（郡名，治所在今陝西興平一帶）太守。上任時，途經汨羅江，受到當時的湘州刺史張邵的款待，就為這位刺史寫了這篇〈祭屈原文〉，以表達他對屈原的欽仰與同情。

顏延之此次出京是受到權臣的排擠，實際上有點外放的意思。這與屈原的命運很相近。顏延之自然是不滿，所以途經汨羅江時，湘州刺史張邵接待他，他就想到寫這篇祭文，作為答禮，實在是藉寫屈原來寫自己，可以說是藉古人的酒杯澆自己心中的壘塊。所以我們讀來，覺得很有真情實感，決不是那種空洞的祭古文所可比的。

惟❶有❷宋❸五年❹月日，湘州❺刺史❻吳郡❼張邵，恭承帝命，建旟❽舊楚❾。訪懷沙❿之淵，得捐珮⓫之浦⓬。弭節⓭羅潭⓮，艤舟⓯汨渚⓰。乃遣⓱戶曹掾⓲某，敬祭故楚三閭大夫⓳屈君之靈：

【章旨】此是祭文的開頭，交代寫此祭文的緣起。

【注釋】❶惟　語首詞。❷有　語首詞。常加在朝代前，如有漢、有唐等。❸宋　南朝劉宋朝。❹五年　宋立朝五年。指景平二年。❺湘州　州名。治所在今湖南長沙。❻刺史　官名。掌一州之軍政大事。❼吳郡　郡名。治所在今江蘇蘇州。❽旟　旗幡之類。為刺史身分的標誌。❾舊楚　湘州過去屬於楚地。❿懷沙　屈原〈離騷〉有句云：「懷沙礫而自沈兮。」故曰。⓫捐珮　〈離騷〉有句云：「捐余玦兮江中，遺余珮兮澧浦。」玦、珮均為美玉。為古代士大夫的佩飾。⓬浦　水邊。⓭弭節　停駕。⓮羅潭　指汨羅江邊。⓯艤舟　停舟靠岸。⓰汨渚　指汨羅江邊。⓱遣　派。⓲戶曹掾　戶曹的屬官。管理戶籍。⓳三閭大夫　屈原所任官名。掌王族三姓（昭、屈、景）之事。

【語譯】有宋五年月日，湘州刺史吳郡張邵，敬承天子之命，在舊楚之地的湘州擔任刺史的官職。到任之後，便去訪問當初屈子捐棄玦珮，懷沙自沈的地方。我把車駕停在汨羅江邊，把船也停靠在汨羅江邊。於是派戶曹掾某，敬祭已故楚三閭大夫屈君之靈：

蘭薰❶而摧，玉縝❷則折。物忌堅芳，人諱❸明潔。曰若❹先生❺，逢辰❻之缺。溫風❼怠時❽，飛霜❾急節❿。

【章　旨】寫屈原生不逢時。

【注　釋】❶薰　一種香草。這裡指發出香氣。❷縝　細密。❸諱　避忌。❹曰若　語首詞。❺先生　指屈原。❻辰　時。❼溫風　養育萬物之風。這裡喻指君王養育賢士的仁懷。❽怠時　慢於時令。❾飛霜　指殺虐萬物的自然現象。喻指小人之進讒言及人君之不明。❿急節　快於時節。

【語　譯】蘭草因為能發出香氣，所以招人採摘而致摧毀，美玉因為質地細密，所以引人喜愛以致被雕琢折斷。凡是萬物最怕的是堅貞芳香，凡是人最忌諱的是明亮潔淨。至於屈原先生，真可以說是生不逢時：那時君主養育賢人的和風遲遲不來，而摧殘賢人的飛霜偏偏來得很快。

嬴❶羋❷遘紛❸，昭懷❹不端❺。謀折儀尚❻，貞❼蔑❽椒蘭❾。身絕❿郢闕⓫，跡遍湘干⓬。比物荃蓀⓭，連類龍鸞。

【章　旨】這章寫屈原的遭遇。

【注　釋】❶嬴　秦姓。指秦國。❷羋　楚姓。指楚國。❸遘紛　製造紛亂。❹昭懷　秦昭王、楚懷王。❺不端　不行正道。

❻謀折儀尚　當時屈原力主楚國與齊國聯合以防備秦國的侵犯，可是楚王經不住張儀的花言巧語的蠱惑以及靳尚的挑撥離間，終於沒有採納屈原的意見而和齊國絕交。儀，指張儀。秦派到楚國的說客。尚，指靳尚。為楚國的上官大夫。❼貞　正。❽蔑　輕視。❾椒蘭　指子椒、子蘭。子椒為楚大夫，子蘭為懷王少弟。二人都是奸佞之臣，詆毀屈原。❿絕　遠離。⓫郢闕　郢都王宮。⓬湘干　湘江之邊。⓭荃蓀　香草。在〈離騷〉中，與「龍鸞」均比喻賢人君子。

【語　譯】那時秦國與楚國正發生糾紛，秦昭王與楚懷王都不遵行正道。您的良謀遭到張儀、靳尚破壞，正直的人格受到子椒、子蘭的蔑視和詆毀。您只得被迫遠離郢都王宮，足跡遍於湘水之邊。您清高的人格好比是香草荃蓀；又好比是天上的飛龍鸞鳳。

聲❶溢❷金石❸，志華❹日月。如彼樹芳❺，實穎❻實發。望汨心欷❼，瞻羅思越❽。藉用❾可塵❿，昭忠難闕。

【章　旨】抒發對屈原的讚歎與懷念。

【注　釋】❶聲　聲名。❷溢　流播。❸金石　指銅器碑碣。❹華　光華。❺芳　香草。❻穎　與下文「發」均為秀發。❼欷　悲歎。❽越　遠。❾藉用　語本《易·大過》：「藉用白茅。」言用白茅墊祭品，以表敬神。此謂祭品。❿塵　塵掩。

【語　譯】您的聲名流播於銅器碑碣，您弘大的志向所發出的光華，也超過日月。您彷彿是種在那裡的香草，生長茂盛，開花抽穗。現在我望著汨羅江，心裡禁不住欷歔而歎，不由得思緒遠邁。我的祭品終會被塵土所掩埋，但您的光明忠誠卻永世也難以損壞。

祭顏光祿文

【作者】王僧達（西元四二三～四五八年），琅邪臨沂（今山東臨沂）人。幼聰敏，南朝宋文帝徵為太子舍人，後歷任宣城太守、吳郡太守，尚書右僕射、護軍將軍等職。其性放曠，自負才氣，以平生未蒞宰相為憾事，曾屢次挫辱權貴，後因荊州與江州二刺史叛亂事而被牽連賜死。

【題解】這篇祭文的作者王僧達和死者顏延之，曾在宋始興王濬那裡一起當過後軍參軍，可以說是同僚兼朋友，相處得很不錯。雖然年齡相距頗大，卻能成為忘年之交。據沈約《宋書》，孝武帝孝建三年的時候，王僧達被任命為太常。他一肚子不高興，就上表辭職。剛好這一年他的朋友顏延之死了，便為他的亡友做了這篇祭文。文很短，一共才二百字不到，可是寫得不錯，很有動人的力量，因為注入了他的真情。其中一方面是對亡友的友情，另一方面是他的人生感受。不是那種泛泛而談所可比的。文中對亡友的品德、學問、個性，做了高度的評價，然後便是對他的死亡表示哀悼，寫得文情並茂，催人下淚。

維❶宋孝建三年❷，九月癸丑朔十九日辛未，王君以山羞❸野酌❹，敬祭顏君之靈：

【章旨】這是祭文的開頭，交代什麼時間，由誰給誰行祭奠之禮。

【注釋】❶維　語首詞。❷孝建三年　西元四五六年。孝建，宋孝武帝劉宋年號。❸羞　食物。❹酌　酒。

【語譯】宋孝建三年，九月癸丑朔十九日辛未，王君我以山中的食物和村野的濁酒，敬祭顏君之靈：

嗚呼哀哉！夫德以道樹❶，禮以仁清。惟❷君之懿❸，早歲飛聲。義窮幾彖❹，文蔽❺班揚❻。性婞❼剛潔，志度淵英❽。登朝❾光國，實宋之華❿。才通漢魏，譽浹⓫龜沙⓬。服爵⓭帝典，棲志雲阿⓮。清交素友，比景⓯共波⓰。氣⓱高叔夜⓲，嚴方⓳仲舉⓴。逸㉑翮㉒獨翔，孤風絕㉓侶。流連㉔酒德㉕，嘯歌琴緒㉖。

【章　旨】對死者表示讚歎。

【注　釋】❶樹　建立。❷惟　語首詞。❸懿　美。❹幾象　指《周易》。象，指象辭。是說明各卦基本觀念的篇名。❺蔽　蓋過；超過。❻班揚　漢代作家班固、揚雄。❼婞　直。❽英　有光華。❾登朝　指入朝做官。❿華　精華。⓫浹　及。⓬龜沙　龜茲、流沙。均為遠方國名。⓭服爵　服命受爵。⓮雲阿　雲山之曲阿。此指隱士生活。⓯比景　比影而行。意謂二人相處親密。⓰共波　共浴水波。意謂二人相處親密。⓱氣　志氣。⓲叔夜　嵇康。字叔夜，為魏晉的名士，性甚孤傲。⓳方　比。⓴仲舉　陳蕃。字仲舉，後漢人，曾任豫章太守，性甚嚴峻。㉑逸　速。㉒翮　翅膀。㉓絕　離絕。㉔流連　喜歡；嗜好。㉕酒德　魏晉竹林七賢之一的劉伶作有〈酒德頌〉一文，列述飲酒的種種好處。㉖琴緒　琴樂的餘音。

【語　譯】啊，可悲啊！德是靠了道才得以樹立起來，而禮則是由於仁才使它變得清明。你的美善之德，使你很早就聲譽四播。你精通《周易》的道理，文章也超過了班固和揚雄。又生性剛正不阿，潔身自好，志趣深遠，儀度光華。入朝就職，可以說是為國家增添光彩。你實在是我大宋朝的精華。你的才情與漢魏的才子們一脈相承，聲譽遠布龜茲、流沙等邊遠的國家。你雖然遵從天子的大典，受命服爵，但你的心意卻繫於雲山曲阿的隱士生活。你和一些樸素的朋友結下純潔的友誼，形影相隨，親密相處。你的志氣比嵇康還要高遠，你的嚴正也可與陳蕃相比。好似展翅迅飛的鳥獨自飛翔，風致孤高，斷絕遊侶。你又特別喜歡飲酒，有時還隨著琴樂的餘音，長嘯唱歌。

遊顧❶移年❷，契闊❸宴處。春風首時❹，爰❺談爰賦。秋露未凝，歸神太素❻。

明發⑦晨駕⑧，瞻廬望路。心悽目泫⑨，情條⑩雲互⑪。涼陰⑫掩軒，娥月寢耀⑬。微燈動光，几牘誰炤⑭？衾⑮衽⑯長⑰塵，絲竹罷調。擥⑱悲蘭宇⑲，屑⑳涕松嶠㉑。古來共盡，牛山有淚㉒。非獨昊天，殲㉓我明懿㉔。以此㉕忍哀，敬陳奠饋㉖。申酌長懷，顧望戲欷㉗。嗚呼哀哉！

【章　旨】對死者表示哀悼之情。

【注　釋】❶遊顧　交遊親密。❷移年　幾年。❸契闊　相交；相約。❹春風首時　指陰曆正月。春風，代指春天。首時，四時之首。即陰曆正月、四月、七月、十月。❺爰　語氣詞。❻歸神太素　指死亡。太素，虛無。❼明發　黎明。❽晨駕　靈車早出。❾泫　下淚。❿情條　情緒。⓫雲互　如雲一樣地變化紛亂。⓬涼陰　涼陰之氣。⓭寢耀　無光。⓮誰炤　為誰照明。炤，同「照」。⓯衾　被子。⓰衽　衣。⓱長　永遠。⓲擥　同「攬」。⓳宇　室。⓴屑　下。㉑松嶠　長有松柏的山嶺。指墓所。㉒古來共盡二句　意思是說，自古以來，凡人都會死亡，這的確是令人悲傷的事情，難怪景公遊牛山想到這點會下淚哭泣。據《晏子春秋》，一次景公遊於牛山，面朝北看著他的國家，不禁流淚歎息說：為什麼到頭來總會拋開這一切而死掉呢？這時陪著景公一道遊玩的艾孔、梁丘據也跟著流淚哭泣，只有晏子在一邊獨笑不已。景公止了哭，問他何以要笑。晏子回道：假使賢者永遠不死的話，那麼有了太公與桓公就夠了，假使長者可以永遠不死的話，那麼有莊公也就夠了，這樣，我的君王你又怎麼會來到這人世上呢？你怎麼有機會在這裡哭泣下淚呢？㉓殲　滅。㉔明懿　明美之德。㉕以此　因此。㉖奠饋　祭品。㉗戲欷　歎息。

【語　譯】想我與你交遊親密，也有些年了。我們快樂地在一起相聚，今年春天正月裡，我們還在一起談笑賦詩，沒想到在秋露還沒有凝結的時候，你就魂歸虛無了。一早你的靈車出發，望著你住過的房舍，看著路上送靈的儀仗，忍不住滿心悽愴，眼中流淚，情緒如同浮雲一般紛亂不定。涼陰之氣吹進窗來，月亮也失去光華。微弱的燈光依然在閃爍著，又為誰而照耀書桌文書呢？你蓋過的被子，穿過的衣服，從此落滿灰塵。你的樂器，從此再也不會有人去調弄。我在你住過的蘭室中抒發滿心的悲哀；在你的墓地裡灑下淚水。自古以來，沒有人最終不會死去，難怪那位齊景公遊牛山時要觸景生情，感歎淚下。這樣看來，就不能說是上天特別不仁，要奪走我這位擁有光明美德的朋友。因此，我也就忍住悲痛，敬陳祭品。借酒以表達我深長的思念，環顧而望，不禁歎息。啊，可悲啊！

索引

人名筆畫檢索

三畫

四畫

五畫

六畫

七畫

八畫

九畫

十畫

十一畫

十二畫

十三畫

十四畫

十五畫

十六畫

十七畫

十八畫

二十畫

時代作者作品總覽

春秋

子夏

毛詩序／冊三・二二五二

戰國

屈原

離騷經／冊三・一五三九
九歌四首／冊三・一五六二
　東皇太一／冊三・一五六三
　雲中君／冊三・一五六四
　湘君／冊三・一五六五
　湘夫人／冊三・一五六八
九歌二首／冊三・一五七三
　少司命／冊三・一五七三
　山鬼／冊三・一五七四
九章／冊三・一五七六
　涉江／冊三・一五七六
卜居／冊三・一五七九
漁父／冊三・一五八三

宋玉

風賦／冊一・五三七
高唐賦并序／冊二・八〇一
神女賦并序／冊二・八一二
登徒子好色賦／冊二・八一八
九辯五首／冊三・一五八五
招魂／冊三・一五九四
對楚王問／冊三・二二〇五

無名氏

易水歌并序／冊二・一三一三

秦

李斯

上書秦始皇／冊三・一八五一

西漢

劉邦

大風歌并序／冊二・一三三四

韋孟

諷諫詩并序／冊二・八四七

賈誼

鵩鳥賦并序／冊一・五六〇
過秦論／冊四・二五一九
弔屈原文并序／冊四・三〇三二

漢武帝

詔／冊三・一六八三
賢良詔／冊三・一六八四
秋風辭并序／冊三・二二四七

劉安

招隱士／冊三・一六〇五

張悛

詠史八首／冊二・九三五
招隱詩二首／冊二・九七九
雜詩／冊二・一三九三
為吳令謝詢求為諸孫置守冢人表／冊三・一七九三

李密

陳情事表／冊三・一七七〇

曹攄

思友人詩／冊二・一三八六
感舊詩／冊二・一三八八

王讚

雜詩／冊二・一三九〇

歐陽建

臨終詩／冊二・一〇四〇

木華

海賦／冊一・五〇五

郭泰機

答傅咸／冊二・一一三一

劉琨

答盧諶并書／冊二・一一三六
重贈盧諶／冊二・一一三六
扶風歌／冊二・一三二五
勸進表／冊三・一七八〇

束皙

補亡詩六首并序／冊二・八三三

張翰

雜詩／冊二・一三九四

東晉

郭璞

江賦／冊一・五一四
遊仙詩七首／冊二・九六七

庾亮

讓中書令表／冊三・一七九八

盧諶

覽古詩／冊二・九四五
贈劉琨并書／冊二・一一四三
贈崔溫／冊二・一一五一
答魏子悌／冊二・一一五三
時興詩／冊二・一四一一

袁宏

三國名臣序贊并序／冊四・二三七〇

干寶

論晉武帝革命／冊四・二四三六
晉紀總論／冊四・二四三八

孫綽

遊天台山賦并序／冊一・四五五

桓溫

薦譙元彥表／冊三・一八〇四

殷仲文

南州桓公九井作／冊二・九八五
自解表／冊三・一八〇九

謝混

遊西池／冊二・九八七

王康琚

反招隱詩／冊二・九八三

陶淵明

始作鎮軍參軍經曲阿作／冊二・一二〇一
辛丑歲七月赴假還江陵夜行塗口作／冊二・一二〇二
挽歌詩／冊二・一三三一
雜詩二首／冊二・一四一二
結廬在人境／冊二・一四一二
秋菊有佳色／冊二・一四一三
詠貧士詩／冊二・一四一四
讀山海經詩／冊二・一四一五
擬古詩／冊二・一四六二
歸去來／冊三・二二四八

齊

梁

范雲

江淹

任昉

丘遲

沈約

古籍今注新譯叢書

【哲學類】

新譯四書讀本　謝冰瑩等編譯
新譯學庸讀本　王澤應注譯
新譯論語新編解義　胡楚生編著
新譯孝經讀本　賴炎元等注譯
新譯易經讀本　郭建勳注譯
新譯乾坤經傳通釋　黃慶萱著
新譯易經繫辭傳解義　吳　怡著
新譯禮記讀本　姜義華注譯
新譯儀禮讀本　顧寶田等注譯
新譯孔子家語　羊春秋注譯
新譯老子讀本　余培林注譯
新譯帛書老子　趙　鋒注譯
新譯老子解義　吳　怡著
新譯莊子讀本　黃錦鋐注譯
新譯莊子讀本　張松輝注譯
新譯莊子本義　水渭松注譯
新譯莊子內篇解義　吳　怡著
新譯列子讀本　莊萬壽注譯
新譯管子讀本　湯孝純注譯
新譯墨子讀本　李生龍注譯
新譯公孫龍子　丁成泉注譯
新譯晏子春秋　陶梅生注譯
新譯鄧析子　徐忠良注譯
新譯荀子讀本　王忠林注譯
新譯尹文子　徐忠良注譯
新譯尸子讀本　水渭松注譯
新譯鶡冠子　趙鵬團注譯
新譯鬼谷子　王德華等注譯
新譯韓非子　傅武光等注譯
新譯呂氏春秋　朱永嘉等注譯
新譯韓詩外傳　孫立堯注譯
新譯淮南子　熊禮匯注譯
新譯春秋繁露　朱永嘉等注譯
新譯新書讀本　饒東原注譯
新譯新語讀本　王　毅注譯
新譯潛夫論　彭丙成注譯
新譯論衡讀本　蔡鎮楚注譯
新譯申鑒讀本　林家驪等注譯
新譯人物志　吳家駒注譯
新譯張載文選　張金泉注譯
新譯近思錄　張京華注譯
新譯傳習錄　李生龍注譯
新譯呻吟語摘　鄧子勉注譯
新譯明夷待訪錄　李廣柏注譯

【文學類】

新譯詩經讀本　滕志賢注譯
新譯楚辭讀本　林家驪注譯
新譯楚辭讀本　傅錫壬注譯
新譯文心雕龍　羅立乾注譯
新譯六朝文絜　蔣遠橋注譯
新譯世說新語　劉正浩等注譯
新譯昭明文選　周啟成等注譯
新譯古文觀止　謝冰瑩等注譯
新譯古文辭類纂　黃　鈞等注譯
新譯樂府詩選　溫洪隆注譯
新譯古詩源　馮保善注譯
新譯千家詩　邱燮友等注譯
新譯詩品讀本　成　林等注譯
新譯花間集　朱恒夫注譯
新譯南唐詞　劉慶雲注譯
新譯唐詩三百首　邱燮友注譯
新譯宋詩三百首　陶文鵬注譯
新譯宋詞三百首　汪　中注譯
新譯宋詞三百首　劉慶雲注譯
新譯元曲三百首　賴橋本等注譯
新譯明詩三百首　趙伯陶注譯
新譯清詩三百首　王英志注譯
新譯清詞三百首　陳水雲等注譯
新譯唐人絕句選　卞孝萱等注譯
新譯唐才子傳　戴揚本注譯
新譯拾遺記　石　磊注譯
新譯搜神記　黃　鈞注譯
新譯唐傳奇選　束　忱等注譯
新譯宋傳奇小說選　束　忱注譯
新譯明傳奇小說選　陳美林等注譯
新譯容齋隨筆選　朱永嘉等注譯
新譯明散文選　周明初注譯
新譯人間詞話　馬自毅注譯

新譯白香詞譜　劉慶雲注譯
新譯幽夢影　馮保善注譯
新譯菜根譚　吳家駒注譯
新譯小窗幽記　馬美信注譯
新譯圍爐夜話　馬美信注譯
新譯郁離子　吳家駒注譯
新譯歷代寓言選　黃瑞雲注譯
新譯賈長沙集　林家驪注譯
新譯揚子雲集　葉幼明注譯
新譯曹子建集　曹海東注譯
新譯建安七子詩文集　韓格平注譯
新譯阮籍詩文集　林家驪注譯
新譯嵇中散集　崔富章注譯
新譯陸機詩文集　王德華注譯
新譯陶淵明集　溫洪隆注譯
新譯江淹集　羅立乾等注譯
新譯庾信詩文選　歸　青注譯
新譯初唐四傑詩集　李福標注譯
新譯駱賓王文集　黃清泉注譯
新譯王維詩文集　陳鐵民注譯
新譯孟浩然詩集　楊　軍注譯
新譯李白詩全集　郁賢皓注譯
新譯李白文集　郁賢皓注譯
新譯杜甫詩選　張忠綱等注譯
新譯杜詩菁華　林繼中注譯
新譯高適岑參詩選　孫欽善等注譯
新譯昌黎先生文集　周啟成等注譯
新譯劉禹錫詩文選　閻　琦注譯

新譯柳宗元文選　卞孝萱等注譯
新譯白居易詩文選　陶　敏等注譯
新譯元稹詩文選　郭自虎注譯
新譯李賀詩集　彭國忠注譯
新譯杜牧詩文集　張松輝注譯
新譯李商隱詩選　朱恒夫等注譯
新譯范文正公選集　王興華等注譯
新譯蘇洵文選　羅立剛注譯
新譯蘇軾文選　滕志賢注譯
新譯蘇軾詞選　鄧子勉注譯
新譯蘇轍文選　朱　剛注譯
新譯曾鞏文選　高克勤注譯
新譯王安石文選　沈松勤注譯
新譯唐宋八大家文選　鄧子勉注譯
新譯柳永詞集　侯孝瓊注譯
新譯李清照集　姜漢椿等注譯
新譯陸游詩文選　韓立平注譯
新譯辛棄疾詞選　聶安福注譯
新譯歸有光文選　鄔國平注譯
新譯唐順之詩文選　馬美信注譯
新譯徐渭詩文選　周　群等注譯
新譯薑齋文集　平慧善注譯
新譯顧亭林文集　劉九洲注譯
新譯方苞文選　鄔國平等注譯
新譯袁枚詩文選　王英志注譯
新譯李慈銘詩文選　潘靜如注譯
新譯聊齋誌異全集　袁世碩等注譯
新譯聊齋誌異選　任篤行等注譯

新譯閱微草堂筆記　嚴文儒注譯
新譯浮生六記　馬美信注譯
新譯弘一大師詩詞全編　徐正綸編著

歷史類

新譯史記　韓兆琦注譯
新譯漢書　吳榮曾等注譯
新譯後漢書　魏連科等注譯
新譯三國志　吳樹平等注譯
新譯資治通鑑　韓兆琦等注譯
新譯史記—名篇精選　韓兆琦注譯
新譯尚書讀本　吳　璵注譯
新譯尚書讀本　郭建勳注譯
新譯周禮讀本　賀友齡注譯
新譯逸周書　牛鴻恩注譯
新譯左傳讀本　郁賢皓等注譯
新譯公羊傳　雪　克注譯
新譯穀梁傳　顧寶田注譯
新譯春秋穀梁傳　周　何注譯
新譯戰國策　溫洪隆注譯
新譯國語讀本　易中天注譯
新譯說苑讀本　左松超注譯
新譯說苑讀本　羅少卿注譯
新譯新序讀本　葉幼明注譯
新譯吳越春秋　黃仁生注譯
新譯西京雜記　曹海東注譯
新譯列女傳　黃清泉注譯
新譯越絕書　劉建國注譯

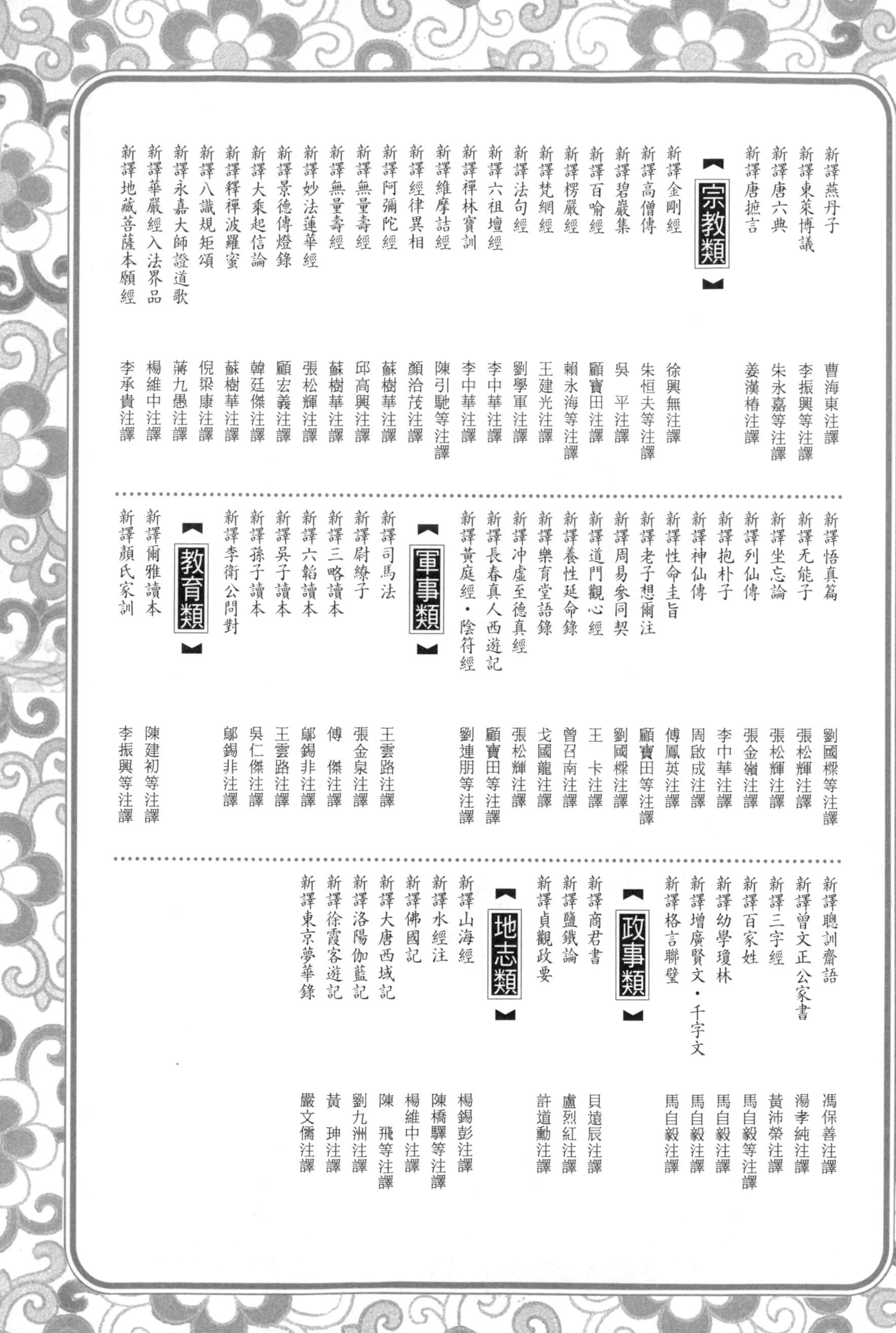

新譯燕丹子　曹海東注譯
新譯東萊博議　李振興等注譯
新譯唐六典　朱永嘉等注譯
新譯唐摭言　姜漢椿注譯

【宗教類】

新譯金剛經　徐興無注譯
新譯高僧傳　朱恒夫等注譯
新譯碧巖集　吳　平注譯
新譯百喻經　顧寶田注譯
新譯楞嚴經　賴永海等注譯
新譯梵網經　王建光注譯
新譯法句經　劉學軍注譯
新譯六祖壇經　李中華注譯
新譯禪林寶訓　李中華注譯
新譯維摩詰經　陳引馳等注譯
新譯經律異相　顏洽茂注譯
新譯阿彌陀經　蘇樹華注譯
新譯無量壽經　邱高興注譯
新譯無量壽經　蘇樹華注譯
新譯妙法蓮華經　張松輝注譯
新譯景德傳燈錄　顧宏義注譯
新譯大乘起信論　韓廷傑注譯
新譯釋禪波羅蜜　蘇樹華注譯
新譯八識規矩頌　倪梁康注譯
新譯永嘉大師證道歌　蔣九愚注譯
新譯華嚴經入法界品　楊維中注譯
新譯地藏菩薩本願經　李承貴注譯

新譯悟真篇　劉國樑等注譯
新譯无能子　張松輝注譯
新譯坐忘論　張松輝注譯
新譯列仙傳　張金嶺注譯
新譯抱朴子　李中華注譯
新譯神仙傳　周啟成注譯
新譯性命圭旨　傅鳳英注譯
新譯老子想爾注　顧寶田等注譯
新譯周易參同契　劉國樑注譯
新譯道門觀心經　王　卡注譯
新譯養性延命錄　曾召南注譯
新譯樂育堂語錄　戈國龍注譯
新譯冲虛至德真經　張松輝注譯
新譯長春真人西遊記　顧寶田等注譯
新譯黃庭經・陰符經　劉連朋等注譯

【軍事類】

新譯司馬法　王雲路注譯
新譯尉繚子　張金泉注譯
新譯三略讀本　傅　傑注譯
新譯六韜讀本　鄔錫非注譯
新譯吳子讀本　王雲路注譯
新譯孫子讀本　吳仁傑注譯
新譯李衛公問對　鄔錫非注譯

【教育類】

新譯爾雅讀本　陳建初等注譯
新譯顏氏家訓　李振興等注譯

新譯聰訓齋語　馮保善注譯
新譯曾文正公家書　湯孝純注譯
新譯三字經　黃沛榮注譯
新譯百家姓　馬自毅等注譯
新譯幼學瓊林　馬自毅注譯
新譯增廣賢文・千字文　馬自毅注譯
新譯格言聯璧　馬自毅注譯

【政事類】

新譯商君書　貝遠辰注譯
新譯鹽鐵論　盧烈紅注譯
新譯貞觀政要　許道勳注譯

【地志類】

新譯山海經　楊錫彭注譯
新譯水經注　陳橋驛等注譯
新譯佛國記　楊維中注譯
新譯大唐西域記　陳　飛等注譯
新譯洛陽伽藍記　劉九洲注譯
新譯徐霞客遊記　黃　珅注譯
新譯東京夢華錄　嚴文儒注譯